U1011676

新中国 70 年 70 部
长篇小说典藏

邓一光

(1956—　　)

当代作家，重庆人。

新中国70年70部
长篇小说典藏

我是我的神

上

邓一光——著

学习出版社
人民文学出版社

图书在版编目（CIP）数据

我是我的神：全2册／邓一光著. —北京：人民文学出版社：学习出版社，2019
（新中国70年70部长篇小说典藏）
ISBN 978-7-02-015517-0

Ⅰ. ①我… Ⅱ. ①邓… Ⅲ. ①长篇小说—中国—当代 Ⅳ. ①I247.5

中国版本图书馆CIP数据核字（2019）第157666号

责任编辑 刘 稚
装帧设计 刘 静
责任印制 徐 冉

出版发行 人民文学出版社 学习出版社
社　　址 北京市朝内大街166号
邮政编码 100705
网　　址 http：//www.rw-cn.com

印　　刷 北京新华印刷有限公司
经　　销 全国新华书店等

字　　数 754千字
开　　本 680毫米×960毫米 1/16
印　　张 62.25 插页4
印　　数 1—5000
版　　次 2016年1月北京第1版
印　　次 2019年9月第1次印刷

书　　号 978-7-02-015517-0
定　　价 168.00元（上下册）

如有印装质量问题，请与本社图书销售中心调换。电话：010-65233595

出版说明

为庆祝中华人民共和国成立70周年，全面展现中华民族的文化创造能力和文学发展水平，深入揭示新中国70年来的伟大历程、辉煌成就和宝贵经验，激励人们为实现“两个一百年”奋斗目标、中华民族伟大复兴的中国梦而不懈奋斗，我们策划出版了这套“新中国70年70部长篇小说典藏”丛书。为将该丛书打造成思想精深、艺术精湛、制作精良的精品丛书，我们成立了丛书评审专家委员会，成员均为密切关注和深刻了解我国长篇小说创作动态的资深评论家。委员会从历史评价、专家意见和读者喜好等方面对新中国成立70年来众多优秀长篇小说进行综合评定，从中选出70部描写我国人民生活图景、展现我国社会全方位变革、反映社会现实和人民主体地位、弘扬社会主义核心价值观和讴歌中华民族伟大复兴中国梦的精品力作。这些作品，大多为曾获中宣部“五个一工程”奖、“茅盾文学奖”等重大国家级奖项的长篇小说，政治性、思想性和艺术性高度统一，代表了中国文坛70年间长篇小说创作发展的最高成就。

我们致力于“把提高作品的精神高度、文化内涵、艺术价值作为追求”的使命任务，通过这套丛书的出版，在讲好中国故事、传播中国声音、阐释中国精神、展现中国风貌的同时，倡导精品阅读，引领和推动未来的中国文学原创出版。

“新中国70年70部长篇小说典藏”
评审专家委员会名单

评审专家委员会主任：李敬泽

评审专家委员会委员（按姓氏笔画排序）：

丁　帆	白　烨	朱向前	吴义勤	何向阳
应　红	张　柠	张清华	陆文虎	陈思和
孟繁华	胡　平	南　帆	贺绍俊	梁鸿鹰
董保生	董俊山	谢有顺	臧永清	潘凯雄

项目统筹：吴保平　宋　强

目　录

上

第 一 章　亲爱的萨雷 · 萨努娅　1
第 二 章　奴隶们什么也不要　18
第 三 章　黄金时代的传说　35
第 四 章　我是你的心上人呀　63
第 五 章　守着月亮星星入睡　96
第 六 章　一把种子扬天而去　129
第 七 章　肉食主义家庭的病儿　153
第 八 章　干掉一只狐狸有多难　173
第 九 章　朝天空扔出石头　202
第 十 章　让湿润快些干爽　228
第十一章　被雨淋湿了翅膀　247
第十二章　杀死那些狗崽子　274
第十三章　我们恋爱吧　297
第十四章　头上的星星往下落　315
第十五章　如同一道温暖的风　331
第十六章　像蛋壳一样脆弱　355
第十七章　找到草履虫伙伴　383
第十八章　婴儿似的噙住手指　412
第十九章　寻找杀死你的那个敌人　433

第 二 十 章　向着电闪雷鸣的天空　460
第二十一章　用蝴蝶的语言说话　477

下

第二十二章　想要做一个男人　501
第二十三章　除了野兽就是风　524
第二十四章　完了的事情才算完　547
第二十五章　狗獾和狐狸不是威胁　563
第二十六章　水能静成什么样子　580
第二十七章　带上你们的长矛和弓箭　600
第二十八章　把自己还给妈妈　639
第二十九章　只想和他结一次婚　662
第 三 十 章　下意识地闭上眼睛　680
第三十一章　数到二百零三停下　702
第三十二章　回到母亲子宫　730
第三十三章　别把梦告诉过路的青年　753
第三十四章　乳房上的功勋章　784
第三十五章　光不在了怎么行走　805
第三十六章　跃上日光翩翩起舞　835
第三十七章　像一个傲慢而高贵的杀手　853
第三十八章　和我一起生活，成为我的爱人　877
第三十九章　必须搜集更多的火柴　900
第 四 十 章　下到水里当一条鱼　919
第四十一章　天使不在天堂里　948

生命在一处处不为人知的地方诞生，也会在一处处不为人知的地方倒下。

乌力天扬擦掉剃头推子上胎液般晶莹的黄油，把擦干净的剃头推子放在床头柜上，在病床上坐下，拿过一只枕头垫在腿上，把手伸向躺在床上的父亲，环住父亲的胳肢窝，慢慢用力，一点一点，把父亲抱到自己的腿窝里，安置好，取过围布，咬掉围布上的线头，替父亲仔细围上，然后拿起剃头推子。

浓烈的丹参味扑鼻而来，还有一股什么东西正在腐烂的味道。呼吸机过滤器里传来气泡冲击蒸馏水发出的声音，显得懒散而疲惫不堪的生命监视仪上，暗绿色的显示波僵蛇般呆板地来来去去，落下一片片数字蛇蜕。

乌力天扬在自己的头上试了第一推子。新推子，很好用，咬合起采几乎没有声音。一片头发无声地落下来，掉在乌力天扬的裤子上，乌力天扬没有管它，开始给父亲剃头。他剃得很小心，很认真，每一推子都像执着的垦荒者，滩进很十分彻底，推进到可以望见和可以抵达的尽头。

当乌力天扬做着这件事情的时候，乌力家的成员，母亲萨努娅、大儿子乌力天健、二儿子葛军机、三儿子乌力天时、四儿子乌力天赫、大女儿安禾、二女儿童稚非、养女卢美丽，他们在人间或冥世静静地看着乌力天扬，看着乌力天扬怀里那个行将就木的老人。

他们在彼岸或此世看着他和他，目光如炬，一句话也不说。

最后一推子下去，咬合着向前，再向前，离开。那里一根头发也没剩下。乌力天扬认真地看着怀里那个风烛残年的老人。他，乌力图古拉，一个多年前手无一根茅草的奴隶，一个在那之后除了胜利什么也不要的士兵，现在已经被剃光了，硕大的头颅暴露无遗，在荧光灯下，像一只无所畏惧的毒蘑菇，而这个被剃光了脑袋的老人，正满心坚定地走向死亡，不和任何人商量，也由不得任何人阻止。

乌力天扬拿不准，他是不是应该告诉父亲，作为父亲一大群孩子当中的一个，作为乌力家的叛逆者，他根本就没有想到，想到了也没有资格，有资格也会拒绝为父亲这种人写墓志铭。

乌力天扬知道一件事，那就是他的生命来自他怀里的这位老人，他们是血脉相承的亲人，也是人世间最对立的仇敌。在他出生之前，他是一个没有人类身份的生命，是一个不知前世为何类生命的野魂，在他出生之后，他得到的第一个归属是一个中心，那个中心就是给予他生命的父亲。而在整个成长过程中，他一直在干着一件事情，那就是杀死父亲，杀死他生命的给予者，然后通过以生命传承命名的那条炼狱窄道，落籽为林。现在，父亲要死了，他生命出处的那条通道要关闭了，那么，父亲是他杀死的吗？他在杀死父亲之后，是否已经通过了生命出处的那条窄道？他在通过了生命出处的那条窄道之后，是否成为了他自己所选择的那个生命？

乌力天扬下意识地转过头去。他的目光与母亲萨努娅的目光交遇。那是他生命的另一个源头。他们默默地对视了一会儿，然后他收回目光，把剃光了脑袋的父亲搂在怀里，搂得紧紧的。他听见父亲粗糙而滞涩的呼吸声。他感到父亲的耳轮正在一点点地冷却下去。他知道，那是父亲生命的最后时刻，也是他们父子和仇敌关系的最后时刻。他屏住呼吸，等待父亲咽下最后一口气，然后父亲会突然地轻下去,一缕无形的东西从父亲的囟门飘出,飘去他看不见的上空。他不能肯定会不会真有这样的事情发生,也不能肯定生命有没有来世。如果有,他无法确定父亲在来世里是一条巡游八极的梭子鱼,还是一株独悬深渊的野樱桃。如果那样,他们这一对今生的父子,会不会在来世再次相遇,相遇的他们还是不是父子和仇敌?

那一瞬间,乌力天扬如遭雷劈,头发参立,热泪盈眶,浑身颤抖。他迫切地想要回到生命的过去,回到生命通道的入口。他知道,只有这样,只有看清楚了过去,他才能决定来世的那些事情……

第一章　亲爱的萨雷·萨努娅

1

公元1949年5月16日，在进入汉口之前，蒙古族人乌力图古拉从一匹重量超过八百磅的连钱马上摔下来，一只胳膊摔脱了臼，威风凛凛的大鼻子也给擦伤一大块，因此他遭遇了美丽的鞑靼女人萨努娅，和萨努娅做了一辈子的生死对头，并且生下了一大群孩子。

事情也许本可以不“因此”。比如说，如果313师政委葛昌南的四座雪佛莱吉普车马达没有烧坏，没有赖在半道上；如果313师师长乌力图古拉没有把自己的六座道奇吉普车让给被痔疮折磨得苦不堪言的葛昌南，自己骑上一匹青海产的连钱马；如果乌力图古拉在骑上连钱马之前没有率领部队连续数日追击桂系白崇禧，白天黑夜地看地图、和前指讨价还价、和友邻吵架、骂军需部门的娘，还在大别山区打了两仗，几天几夜没睡觉，困得要命，借着行军的机会，在马背上摇摇晃晃打瞌睡；如果军装甲团两名驾驶员没有让尿憋急，下车痛痛快快地放一气水，上车继续走，停在路边代号为“莎菲”的美式M24轻型坦克没有突然点火；如果乌力图古拉胯下的连钱马没有惊得尥蹶子，把猝不及防的乌力图古拉从马背上撂下来，哎呀一声跌个大马趴；如果葛昌南没有过意不去，进城以后硬要乌力图古拉替自己去坐主席台，参加各界人士欢迎解放大军解放武汉的祝捷大会，自己去替乌力图古拉接管警察局、工部局、教育局、卫生局和军事要塞……如果没有这些环环相扣的“因”，没有这些“因”当中的任意一“此”，乌力图古拉就不会吊着胳膊坐在主席台上，喝着烫嘴的茉莉花茶，一双眼睛不安分地到处乱瞅；他不乱瞅，也就不会瞅见年轻美丽的国际女干部萨努娅，他和萨努娅就不会有成为一辈子生死对头这个“所以”了。

乌力图古拉身躯魁梧健壮，一头乱糟糟硬得割手的鬈发，五官像被富有经验的铁奴锻打出来又丢进炉子里烧红，再一样样砸在活力四溢的大脸上，活脱脱一尊阿尔泰风格的青铜雕像。他披着一件旗帜般威风的英国呢大氅，穿一条又破又脏的咔叽布宽裆窄腿马裤，舌檐耷拉的八角帽斜扣在硕大的后脑勺儿上，腰间铁锤似的吊着一支德国 P38 式瓦尔特手枪，目光炯炯，眼珠子到处乱盯，盯谁谁都撑不住，身子骨儿弱点儿的，咣当一声就得往后倒。他这种八面招风的样子，从高大的连钱马上摔下来，摔起一股逼人的尘土，把丢掉了主人的连钱马烫得四蹄一缩，跳到一旁去，也把那辆闯了祸的美式轻型坦克吓得立即熄了火，不敢再咳嗽。

几名身上七零八碎挂满了快慢机望远镜牛皮公文包的警卫员和参谋赶紧从各自的马上跳下来，七手八脚抢上前去，去尘土和热浪中捡乌力图古拉。乌力图古拉不让捡，瞥一眼警卫参谋，不高兴地嚷嚷道：

“还捡什么，都摔过了，早你们干什么去了？”

“师长，你也不看看你多大的个儿，牛似的，再多人架着也拦不住你真想摔。”警卫员笑嘻嘻地说，“不如等你摔，摔舒坦了，摔彻底了，再捡不迟。”

乌力图古拉不是那种死要面子的角色，怎么摔下去的，还怎么爬起来，人站稳了，拨拉了一下摔脱了臼的那只胳膊，让选一支掷弹筒，再来两个结实的兵，兵扛住掷弹筒，枪带套住摔坏的胳膊，叫声“立住了”，人往下一坐，咔嚓一声，脱了臼的胳膊就被拉回了原位。

乌力图古拉拾掇好胳膊，翻身回到马背上，先说替自己拍尘土的警卫员，别拍了，进城多弄几桶水，里里外外涮干净，涮出革命本色来。又说吓得嗝儿屁的美式轻型坦克，愣着干吗，没人请你们吃猪肉炖粉条，该上路上路，该撒野撒野，别在那儿傻趴着，丢人现眼。再说酸枣林子下站着傻笑的士兵们，嘴张那么大干什么，不怕灌沙呀，一会儿进了城，锣响着，鼓响着，人民往肩膀上扛你们，够你们乐和的，别咧着腮帮子进城，给我丢脸。那么说着，没伤的那只手空出来，先扶正后脑勺儿上的八角帽，再伸直，铸剑似的往南一指：

“都有了，枪上——肩！齐步——走！”

葛昌南听说乌力图古拉惊了坐骑，挂了彩，调转车头往回返，迎住重新回到马背上的乌力图古拉。葛昌南坐在宽敞舒适的车里，胳膊搭在边门上，半欠着火烧火燎的屁股，幸灾乐祸地说，老乌啊，你不是说能在马背上生孩子嘛，生不生孩子的就算了，你倒是坐稳了，别往下摔呀。所以说，我活了小四十年，还没听说老蒙子往马下摔的。

乌力图古拉把受伤的胳膊窝在怀里，宝贝似的不让葛昌南看，也不搭葛昌南的话，晃晃悠悠，在马背上眯了眼睛，搭了个凉棚看四周。

正是稻谷灌浆的季节，田野里四青六黄，层次分明，那些哔哔剥剥勃胀着的庄稼，像极了抽着风往高里拔节的半大孩子，在馥郁熏风的拂弄下站不住，东摇过来，西摆过去。大道上，成千上万的年轻士兵昂着灰扑扑的脑袋，背着卡宾枪和汤姆式冲锋枪，兴冲冲，一路小跑往前赶，脱了漆皮的水壶和鼓鼓囊囊的手榴弹袋敲打着年轻而蓄势待发的卵子。他们的脸蛋是红彤彤的，他们的心里充满了焦渴，他们急匆匆的，都想第一拨儿赶进灯红酒绿云蒸霞蔚的大汉口，去踩一踩传说中踩上一脚就能冒香油的沥青大马路。士兵所经之处，荷尔蒙味呛鼻，路边的灌木丛立即耷拉下脑袋，枯萎成柴火；指挥员尖着嗓子的吆喝声、传令兵不耐烦的口令声、各部队联络的小喇叭声高高低低响成一片，热闹极了。

乌力图古拉越看越喜欢，神清气爽地转过头来，笑呵呵地冲着葛昌南喊了一嗓子：

“挺进中南，挺进中南哦！”

2

313 师天还没亮就进入汉口，很快控制住局势，全歼保警总队和警察局所属武装，与国民党第 58 军一部发生了小规模战斗，收拾掉几千号溃兵，阻止了几起国民党宪兵团企图实施的爆破。14 团特务营遇到了一件有趣的事情：他们在英租界海关总税务司缴了一群印度红帽子巡捕的械，人关进地下室，因为没有看明白地下党提供的市政图，在沿着怡和洋行、阜昌洋行、太古公司、英美烟草公司、横滨正金银行、老沙逊洋行、花旗银行、亚细亚银行往前搜索的时候，闯进了特三区 75—79 号英国领事署，惊吓了还在睡觉的领事夫人，差点儿没和皇家陆战队的士兵刀枪相见。

乌力图古拉听 14 团团长在电话里支支吾吾地报告，说特务营开了枪，没冲着人打，是威胁，打天上的云彩了，领事夫人扬言要给在香港的丈夫打电话，让丈夫派皇家海军来报复中共。领事夫人这话是当着 14 团团长的面说的，当然，说这话的工夫，领事夫人已经穿戴整齐，没有光着身子。

“吴大个儿，你少给我来这一套，”乌力图古拉一边挤着下巴颏儿上一颗巨大的粉刺，一边对着电话听筒说，“你的人踹人家的门了吧，你自己也看见光屁股女人，眼睛没拔出来吧。你说你这种德行，打就打，打云彩干什么，有本事你果断点儿，你干净彻底全部消灭之呀。告诉你，别说云彩是中国的云彩，皇家不皇家，他人在我的马厩里，道理由不得他说，得我说，就算他抢先说了，我也得给他改过来，我还真给他改了。特三区的江面上，刚才鬼子的炮艇撞沉了工兵团两艘船，我已经下令，先奉还两千发重机枪子弹，狗操的要不开溜，就改师炮兵上，让他喂江里的鮰鱼去！听明白了？听明白了该干吗干吗，别没事儿老说光屁股女人，晦气。”乌力图古拉说罢，也不管对方还有话没话，咔嚓一下撂了电话，想了想，回头问葛昌南，“老薄荷，鮰鱼长什么样儿，有刺没刺？”不等葛昌南回答，气势汹汹地说，“老子来了，它们也该改信革命了吧？”

葛昌南削肩膀，脸色苍白，走路外八字，读过几年私塾，眼睛有点儿近视，老觑着，书生一个。这种人，理论和实践都占着，在军队里是厉害角色，属于狼群中瘸腿瞎眼站在后面支着儿的那一类。葛昌南不理乌力图古拉鮰鱼的话，以师党委的名义决定：乌力图古拉行动不便，代替自己去参加祝捷大会，自己则替乌力图古拉去接管国民党市政府和兵营要塞。

乌力图古拉表面上得服从师党委的决定，可到底心有不甘，当着葛昌南的面，在电话里高门大嗓地向各团团长训话：部队进入市区后，驻扎在指定兵营里，不得往公共机关、庙宇、祠堂、公所、会馆里钻；要像爱护自己的卵子一样爱护公共建筑和家具设备；不许随便放枪，惊吓人民；不许接受人民的慰劳，一个鸡蛋一粒枣也不许吃，谁吃了扒开嘴让他吐出来；大车不得入城，必须运送弹药粮食入城者，禁止在树上拴牲口，牲口粪便随手抓起，带回郊外丢掉；不许上街乱跑，执行任务上街者，步子要小，胳膊别甩过脖子，见人立正行军礼，包括三岁大的孩子；在公共场所不许大声喧哗，理发、洗澡还有乘坐公共电汽车，必须照章购票……乌力图古拉一口气说了几十个不许，说得嗓子顺畅了，痛快了，这才甩手榴弹似的撂下电话,放葛昌南去替自己耍威风。

“老乌,你还忘了一条,”葛昌南阴里阴气地笑,“部队在城里待不了两天,所以说,干部家属别急着往城里赶,赶来也睡不上两宿,反倒上火。”

“爱睡不睡。”乌力图古拉龇牙咧嘴地弯了受伤的胳膊往下扒衣裳,把自己扒得一丝不挂。他光着身子,挺着结实的胸脯和傲岸的阴茎,站在汉口江汉关三菱洋行临时指挥部高大的穹顶下,眯缝着眼睛,仰了脑袋,饶有兴趣地看着挂在墙上的一幅油画。

那油画的名字叫做《维纳斯、丘比特、罪恶与时间》。乌力图古拉不知道这幅画是样式主义代表画家安东尼奥洛·布隆齐诺的作品,也不认识画中的人物——维纳斯和她的儿子丘比特,象征嫉妒的伏尔甘,象征诗意美的维吉尔,象征和平的鸽子,象征信念和虚伪人生的面具。乌力图古拉不在乎象征不象征,他感兴趣的是画上丘比特捉住维纳斯乳房亲吻的情景。乌力图古拉心里想,才多大一点儿的娃娃,就光着屁股和风骚娘儿们干上了,还有规矩没有呀!

乌力图古拉这么想着,快活地摇晃了一下大脑袋,由洋行进口部一名买办领着,赤脚噼啪地踩着卡拉拉大理石,进了巨大的盥洗间。他吊着受伤的胳膊,把自己痛痛快快地洗涮了一遍,仰着脑袋灌足自来水,靠墙单手拿了一个大顶,控出肚子里的水,连同满肚子的污物,再哼着不着调的曲子,对着整面墙的大镜子愉快地刮了胡子,然后光着身子赤脚噼啪地出了盥洗间,由警卫员伺候着,换上一身别扭的新军装,扎上腰带,出了门。

3

乌力图古拉赶到祝捷大会现场,被人领着上了主席台。那个时候，锣鼓震耳欲聋，鞭炮铺天盖地，口号热烈无比，红红绿绿的传单一个劲儿地往头上落，拍都没法儿拍净。乌力图古拉春风得意啊，一张棱角分明的大脸笑得稀烂。他看坐在前面两排那些油光水滑的各界人士，再看还没来得及消却一脸菜色的华中局头头儿们，怎么看怎么觉得这些头头们和自己一样，是一群遭过老罪的骡子，如今让各界人士给捆住了，要硬往身上贴肉，好让他们尽快地长出肥膘来。乌力图古拉为自己的这个想法差点儿没笑出声来。他从骡子们身上收回视线，在自己的位子上坐下，拿大巴掌扇着风，端起桌上的茶杯，美滋滋地喝起了茉莉花茶。正喝得痛快，一只红颏歌鸫在什么地方脆脆地叫了一声，那叫声清流似的划开他的囟门，他浑身一激灵，让滚烫的茶水烫了一下，茶水噙在嘴里没咽下去，手中的茶缸子僵在那儿，伸长了脖颈向台上看去。

台上站着一位年轻美丽的姑娘。那姑娘一看就不是汉人，深凹眼眶，宝石蓝眸子，高拔鼻梁，鲜红嘴唇，褐色皮肤；她挺着小胸脯，挥着小手，激情洋溢地站在台上发言，那个生动鲜活，把乌力图古拉整个儿给看傻了。

就像在一群犍牛中看见了一匹雪白的骏马，乌力图古拉眼睛刷地一亮，一伸脖子，咽下嘴里的茶水，茶杯没放下，扭头就去找师政治部主任简先民，压低声音给简先民布置任务：调查一下，正讲话的姑娘什么名字、多大、什么出身、有没有对象，调查结果立即报上来。

简先民从东北起就跟随乌力图古拉，是乌力图古拉的老部下，人很精明，知道从哪儿下手。祝捷大会没开完，他就气喘吁吁来向乌力图古拉报告：萨雷·萨努娅，克里米亚鞑靼人，1930 年出生，现年十八岁，家庭出身大地主。卫国战争结束后，苏联政府把五十万克里米亚鞑靼人迁徙至中亚，萨雷家族也被驱赶到柯尔克孜。萨雷·萨努娅本人不是地主，十岁时逃离反动家庭，随在第三国际工作的哥哥、职业革命家萨雷·库切默沿伊塞克湖东进,先到霍城,后到乌鲁木齐,在上海和南京各生活了半年,然后被送往延安国际共产主义学校学习,在延安东方大学和莫斯科远东大学读过书,远东大学毕业后回到中国,正逢解放大军挥师南下,她随干部总团南下先遣团进入武汉,现任南下干部先遣团支队长。中国同志不习惯叫全名,都叫她萨努娅,或者小萨。

简先民不愧为老政工,外调细目做得好,连人家哥哥的事情都问清楚了,连人家到中国来的时候走的哪条线路都摸清楚了,可偏偏不说萨努娅是不是成家了、有没有对象,把乌力图古拉急得差点儿没上火。乌力图古拉说简先民,别的先打住,读没读书往后放,全名儿叫什么也不碍事儿,先说她成家没有,要没成,现在有对象没有。简先民这才不紧不慢把最重要的情况说了:萨努娅没成家,不但没成,连对象都没有。年龄小是一个原因,生活动荡也是一个原因。最主要的原因,人家是"国际"同志,政策上有约束,生活上有限制,即使有人动了跃马横枪的心思,前后左右一思量,最终觉得困难不小,也就知难而退,放弃了,组织上找不到相应对策,一时也帮不上什么忙。

"十八了,小什么?放在我那家乡,该抱第三个娃了。"乌力图古拉咧开嘴开心地笑,笑过伛下高大的身子,撅着屁股认真地给简先民上历史课,"国际同志也是人,也得嫁人过日子,对不对?往上数几百年,我祖先也是国际同志,我祖先比我威风,马蹄所到之处,克什米尔女人也娶过,波斯女人也娶过,谁约束住了?要说鞑靼,我乌力图古拉也算一个——喀尔喀蒙古,和她那鞑靼同一粒种子,别人知难而退,我偏迎着困难上,我和萨……她叫萨什么?我俩的事儿,我给出对策,用不着组织上操心。"

4

祝捷大会一结束，乌力图古拉就让简先民去先遣团，把萨雷·萨努娅同志接到了三菱洋行师指挥部。

乌力图古拉请萨努娅同志坐，请萨努娅同志喝美国咖啡，吃美国饼干，然后把伤着的那只胳膊弯进怀里，做成一个有力的支臂，再把没受伤的那只胳膊伸出去，伸牢固了，摊出一只蒲扇似的大巴掌。

“亲爱的萨雷·萨努娅同志，第一呢，你是女人，我是男人，对吧。第二呢，你是柯尔克孜大地主的女儿，我是科尔沁草原穷牧民的儿子，对吧。”乌力图古拉把摊出去的那只大巴掌收起来，捏紧，捏成一个拳头，用力在空中一挥，豪情万丈地对萨努娅说，“萨雷·萨努娅同志，我看我俩合适！”

自打进了三菱洋行，从看见乌力图古拉的第一眼起，萨努娅就一直埋着脑袋，盯着自己脚下的皮鞋和花边布袜子，没敢再抬头看他。之所以这样，不是萨努娅胆子小，也不是她害羞，是她一看见乌力图古拉那张被土疙瘩擦伤的大花脸就想笑，一看见乌力图古拉龇牙咧嘴地往怀里窝胳膊就想笑。就因为这个，萨努娅不敢多看乌力图古拉，怕看多了，没忍住，把嘴里的美国咖啡和美国饼干笑得喷出来，那就是对解放军首长不礼貌了。直到听乌力图古拉说起男人女人的事，萨努娅一时没弄明白，就不能不抬眼看乌力图古拉了。

“师长同志，”萨努娅瞪了一双美丽的大眼睛看着乌力图古拉，她看见乌力图古拉的眼睛里充满了七情六欲，露出一往情深的光芒，正热情洋溢地看着自己，就有些懵懵懂懂，觉得让乌力图古拉那么欢欣鼓舞地一看，自己有些不对劲儿，想变成一匹马，在一望无际的大草原上撒野，这让她有些反常的亢奋，“您说什么呀？我俩合适什么，师长同志？”

“什么合适什么？”乌力图古拉瞪着一对天真无邪的骆驼眼，比萨努娅更不明白地看着萨努娅，“我说亲爱的萨努娅，我不都说了嘛，女人和男人，大地主和穷牧民，克里米亚和科尔沁，一对儿呗，而且是棋逢对手的一对儿，激烈的一对儿，我是说，这个合适！”

萨努娅愣住了，也弄明白了，人家师长同志说“一对儿”，那是求婚来着，是找“棋手”来着，是找“激烈”来着。明白过来的萨努娅根本就来不及害羞，根本就来不及让美丽的脸蛋儿上涂上一层胭脂色，她被乌力图古拉的那个不讲道理的“合适”理论弄得很不高兴，同时对马力图古拉用不屑的口气提到她的家庭出身十分反感。他怎么不说斗争的一对儿？他该说斗争的一对儿才对。

“师长同志，您不应该这么对我说话。”萨努娅生气地对乌力图古拉说，“我十岁那年就和家庭决裂了，不远万里，来到中国，参加中国革命的伟大事业。要是牺牲了，也是一个白求恩；毛主席要是知道了，也会写一篇《纪念萨努娅》。我是革命者，您应该尊重我，而不是在这儿给我提什么大地主的事儿。”

“你怎么不是革命者？你当然是革命者。我怎么不尊重你？我当然尊重你。我说大地主的事儿，难道不是尊重？那就是尊重，是对历史的尊重。可是萨努娅同志，你是革命者，你就得加强团结，继续革命。你不加强团结，不继续革命，你就不再是革命者了，对不对？再说，小萨同志，你不是没牺牲吗？毛主席不是没有写《纪念萨努娅》吗？没有的事儿你乱说什么？不光是乱说，还是白说。”乌力图占拉连质问带教育，同时攥紧两只拳头，一只拳头往另一只拳头上狠狠一撞，因为撞击连带了受伤的胳膊，疼得他深深地抽了一口冷气，但他很快展开紧蹙的浓眉，摊开巴掌，把两只大巴掌摊得一样平，很肯定地继续教育萨努娅，“小萨，你听我给你讲一个道理，你看我讲得对不对。既然你不远万里来到中国，你就彻底地来,你打算牺牲,就彻底地牺牲,不要遮遮掩掩,半生不熟,你看是不是这个道理呀?”乌力图古拉这么说了,觉得道理说清楚了,问题解决了,再往下就该进入行动了。他伸出没有受伤的那只手,把萨努娅端在手里的咖啡杯夺下来,放在桌子上,向她做了个执缰上马的手势:“现在,你打马回营,回去收拾收拾,咱们国际团结、民族团结、入城式和婚礼一块儿办。咱们把团结加得强强的,这样,战果也有了,热闹也有了,意义也有了,什么尊重没有?”

美丽的鞑靼女人萨努娅十岁来到中国,长到十八岁,这期间她遇到过多少麻烦呀,遇到过多少不讲道理的中国同志呀,可她还没有遇到过像乌力图古拉这样蛮不讲理到这个份儿上的。乌力图古拉不是不讲理,他是自成道理,而且理直气壮,他能把方的说成圆的,把事情绕得让人没有办法不糊涂。萨努娅被这样的乌力图古拉气得直哆嗦,恨不得扑上去给他一记响亮的耳光。

“您要是觉得大地主威风,您娶我爹去,您尊重他去!”萨努娅冲着乌力图古拉尖叫道。

“我娶你爹干什么?”乌力图古拉又瞪起骆驼眼看着萨努娅,一副不明白的样子,“大老远的,隔山隔水,我又不会说突厥话,犯不着。”乌力图古拉打了几十年仗,也胜过,也败过,可有一点,擅长控制战局,还有一点,得好不饶人。他明白过来萨努娅为什么生气之后,咧开大嘴笑了一下,所向披靡地说:“再说,地主的反都让我造了,你爹他是不是中国人,都是大地主,说不定你爹他的什么亲戚,就是我家乡的大牧主,他们是一丘之貉。你爹他肯定恨我恨得一鼻子灶土,见了面,他要拿鞭子抽我,我还手还是不还手?我是跟他讲礼貌还是讲阶级?我怎么做都不是,伺候不了,娶他干什么?”

萨努娅气得差点儿当场吐血。现在,她再也不觉得乌力图古拉那张被土疙瘩擦伤的大花脸有什么好笑了。她盯着乌力图古拉那张切割得棱角分明的脸,冷笑着质问:

“您,您有多坏?告诉我,您有多坏?”

“你看你,小萨,你看你,沉不住气了吧,白国际一场了吧。”乌力图古拉真的被萨努娅的话给逗乐了,仰了脑袋放声大笑,笑得前仰后合,轰隆隆的,天花板直打战,偌大的花枝灯在两个人的头顶上晃晃悠悠。然后,他伸出受过伤的胳膊,再换了没受伤的胳膊,扣扳机似的指点着萨努娅:“我坏不坏的,你不和我过日子,光凭我说怎么行,那不是放任自流吗?你顺着小溪流找大河,踩着镫子上马背,你得亲自实践,这个简单的道理都不明白,你这个城市工作队副队长是怎么当的?真是太有意思了,太有意思了。”

乌力图古拉对萨努娅的恼怒和敌视一点儿也不介意。说过萨努娅太有意思的话之后,他不再和萨努娅斗嘴,地动山摇地起身,把萨努娅半送半撵地赶出了三菱洋行,回过头来吩咐简先民,让他替自己打个结婚报告,准备迎娶国际女同志萨雷·萨努娅。

5

葛昌南给乌力图古拉做了两年政治委员,要说关系,两个人并不怎么融洽,老干架,有时候干急了,谁和谁都是鼻子不是鼻子脸不是脸的。可葛昌南和乌力图古拉干架从不当着下属的面干,看着乌力图古拉上了脸,或者自己的火压不住了,要干,先示意下属退开,留出场子来,再从容不迫地干。乌力图古拉是313师的师长,但他是军事干部,得服从政治挂帅这个党的基本原则,把政治委员端在怀里,力气再大也不能出手。乌力图古拉只能冲自己发火,抓住什么摔什么。有一次,两个人闹上了,乌力图古拉缺乏准备,手上没抓的,身边拴着辎重队的一匹骡子,骡子正吃草料,乌力图古拉也不和人家商量,上去使了个搏克手[①]的绊子,把一头好骡子硬

---

① 蒙古摔跤手。

给撂了个仰八叉，一肚子草料撂得吐了一地。

“乌力图古拉同志，不要发那么大的脾气，发脾气也不能拿骡子来发嘛，”葛昌南一点儿不生气，呵呵地笑，说乌力图古拉，“骡子是革命的骡子，它犯了什么错误，要受到残酷的打击呢？所以说，请把骡子扶起来。”

乌力图古拉气得半死，以后逢人就说，自己不喜欢和汉族同志打交道，汉族同志狡猾得很，明明输了理却不肯承认，他把你往别处绕，往“所以说”上绕，让你把倒在地上的骡子扶起来。你要听了他的话，去扶骡子，等于你就承认，首先你不该把骡子摔倒，进一步说，你根本就不该找骡子的麻烦，去摔骡子，错的是你。至于你为什么摔骡子，他不说，反正你已经承认错误了。

葛昌南听完简先民的汇报，觑着眼睛下意识地摸了摸隐隐作痛的屁股，摸完去找乌力图古拉，说老乌，你手脚够快的，这才进城不到一天，就打上了。乌力图古拉一匝一匝地打着绑腿，抬头瞥一眼葛昌南，说，我不快能活到现在，能打出个 313 师来？葛昌南说，再快你也得把情况弄清楚啊，人家是国际同志，不能乱来，说娶就娶呀。乌力图古拉振振有词：我怎么乱来了，说娶就娶就是乱来？她是国际不假，可她是不是国民党小老婆，是不是资本家姨太太？她不光不是国民党和资本家，她连老婆和姨太太都不是，我为什么不能娶？葛昌南说，就算她不是国民党资本家，你也不能急眉躁眼的，你再等等，等等再说。乌力图古拉不耐烦了，说等什么等，等到共产主义？那个时候我牙掉了，鸡巴不能立正，撒尿都尿不出三尺远，能干什么？又气愤地说葛昌南，你说进城不到一天就说进城不到一天的话，少给我来痔疮那一套。说完，乌力图古拉扎紧绑腿，一抬屁股起身出了指挥部，把葛昌南撂在那儿。

乌力图古拉说葛昌南少来痔疮那一套，葛昌南并不生气。葛昌南的痔疮是为革命操心操上的，包括操 313 师的心，操乌力图古拉的心,得上这样的痔疮没有什么不光荣。葛昌南了解乌力图古拉,乌力图古拉离开家乡科尔沁后才学说汉话,他说话就跟在草原上活命一样,择水草而居,丝毫没有逻辑。他经常说一些和事情本身毫不相干的话,比如“不要在共产主义的大锅里洗裤子”,“把你煮豆子的靴子收起来”,这些话千万不能当真,一当真就上了他的当。葛昌南不和乌力图古拉争论痔疮问题,回过头来阴险地给简先民支招儿,让简先民装糊涂,别拿乌力图古拉的话当真,上面说了,部队调整一下就走,不会在汉口筑窝生孩子,让简先民拖着,看乌力图古拉能折腾出什么名堂。

6

年轻美丽的鞑靼女人萨雷·萨努娅呢?她被这突如其来的遭遇气得要命,气得浑身哆嗦,在乌力图古拉要她别遮遮掩掩、半生不熟,怂恿她彻底牺牲的时候,她本来想和他吵一架,结果却让乌力图古拉不由分说地赶出了他那个用麻石和大理石垒成的鼹鼠窝,没吵成。在走下三菱洋行高高的台阶时,她被一件事情搞糊涂了:那个自以为是,像一匹骚骡子一样精力无穷的男人,他怎么在那么快的时间里就眼花缭乱地改变了对她的称呼?——他先叫她“亲爱的萨雷·萨努娅同志”,然后叫她“亲爱的萨努娅同志”,接下来叫她“萨努娅同志”,往后叫她“萨努娅”,再接着叫她“亲爱的小萨同志”,再往下叫她“小萨同志”,到后来干脆叫她“小萨”了——他怎么就这么麻利,一点儿障碍也没有?他是怎么做到的?

萨雷·萨努娅没想到的不光如此。乌力图古拉不光麻利,还执著。在接下来的两天里,乌力图古拉打电话到南下干部先遣团,请小萨说话。萨努娅不接,一听是313师打来的就让把电话扣上。乌力图古拉在电话里捉不到人,干脆去了干部先遣团,人去了,萨努娅也不见，也斜着眼说乌力图古拉的警卫员：叫你们那只大鼹鼠走远一点儿，别挡我的阳光。乌力图古拉挡风挡雨挡子弹，还真没挡过谁的阳光。就为萨努娅这句话，乌力图古拉不依了，笑呵呵地闯进萨努娅的宿舍，椅背吱呀地往下一坐，说：

“小萨呀，你瞧我这张脸，我这张脸让太阳晒的，能挂在草原上让马驹子们当火把使，等于是太阳嘛。”这么说了还嫌不够，还大包大揽地说，“你放心，我会教你怎么尽快地和中国同志打成一片，一步也落不下你进步。”

“不用您教首长同志，”萨努娅看着乌力图古拉那张充满了七情六欲的脸，尽量保持着风度，让自己微笑着，不把反感表现出来，“我进不进步我自己知道，您把您自己教好就行了。”

“煮饭的事情不用你，我们吃食堂。”乌力图古拉根本没有听萨努娅在说什么，一门心思琢磨着，按照他的思路往下说，“你把孩子带好就行了。”

“什么孩子？”萨努娅愣了一下，“我带谁的孩子？”

“还能是谁的，当然是我们的。”乌力图古拉嘎嘎地笑，开心得像个坏孩子，“你，还有我，我们的。”

萨努娅气紫了脸，丰满的小胸脯剧烈起伏，一浪接一浪，眼见着要扑上海岸。她盯着乌力图古拉那张闪耀着金属光泽的脸，一字一句地说：

“您就痴心妄想吧！我就是变成一棵山楂树，就是变成一条丢失了尾巴的鱼，也不会嫁给您这样的人！”

萨努娅真的和乌力图古拉吵上了。两个人不光在南下干部先遣团吵，还去313师指挥部里吵。去313师指挥部吵是萨努娅的主意。萨努娅气呼呼地对乌力图古拉说：您不能总让我在我的同事面前丢脸，要丢大家一块儿丢，丢光，丢成无产者，再从头革命！于是，乌力图古拉的六座道奇吉普车就屁股冒着青烟，快乐地来往于先遣团和三菱洋行之间,接萨努娅去吵架,再把吵完架的萨努娅送回干部先遣团,送回去了人不走,坐在萨努娅的宿舍里热情洋溢地和萨努娅拉家常:

“我猜你从来没有丢过脸,我没说错吧?是啊,日头很好,还有到处撒野的花儿,它们连毡包顶上都长,真是让人惊奇得很。可你是大地主的千金,用不着顶着日头赶狼,还有,你家的草场数也数不清,不像我家,席围大一片草场,丢了就活不下去,对吧?

“天是王爷的,地是王爷的,王爷手下的兵都这么说。别踢我额娘!别抽我妹妹!我说。那么大的雪,帐篷它怎么就燃了?羊群被赶走了,它们咩咩地叫,不肯走。你让我们怎么活?没有草场我们活不下去,我说。那就死,穷小子只配死,王爷手下的兵说。爹死了,额娘死了,妹妹咽气前问我:哥,我们怕不怕下雪?

“没有什么脸,没有什么可丢的,没有,没有,没有!这个天地不是我的,我生下来干什么?可是,我已经生下来了,我靠什么活下去?我只能斗争啊,只能和人拼!既然天下没有公平,地上没有活路,我还套马干什么?接羊羔干什么?赶骆驼干什么?撵狼干什么?一个接一个地掩埋我的家人干什么?我不是无产者吗?我得革命,和他们拼!事情就是这样。”

“您得回去。您必须回去。我不想再吵。我还要工作。您影响我的工作了。”萨努娅精疲力竭,没了脾气,几乎是带着乞求的口气说。

“你看你,”乌力图古拉盯着萨努娅看了半天,突然说,“你看你耽误了我多少时间!你把红花草掺进马料里。你把牛犊子赶进戈壁滩。你让我怎么革命?”

“是您自找。谁让您耽误来着!”

“Үхэл дайрсан!”[①]乌力图古拉这回真生气了,说了一句粗话,

① 蒙语:真该死!

不耐烦地站起来，一张紫檀木椅子在他身下吱呀裂开，坍塌在地板上。他眼皮子也没抬一下，向年轻美丽的鞑靼女人下命令，“把你煮豆子的靴子收起来，我没有时间和你纠缠。我要去揍那些不要脸的家伙，我揍过他们就回来。你准备准备，别挂在鱼竿上睡觉，等我回来，咱们把事情办了！”

乌力图古拉把歪扣在大脑袋后面的帽子气呼呼地抓在手上，英国呢大氅撩起一道灼人的热浪，大步朝宿舍门口走去。楠木地板在他脚下呻吟着。洗得发白的窄腿咔叽布马裤绷得紧紧的，显出他浑圆的臀部和结实的大腿。咣当一声，他摔门而去。

“Вы，это самый проходимец-милитарист，кого я увидела！”①萨努娅尖着嗓子朝摇晃得不正常的门扇大声喊。她也说了一句粗话。说过那句粗话以后她捏紧了两个拳头，脸涨红到脖颈，浑身颤抖，不知道再该做些什么，并且因为不知道而差点儿晕厥过去。

但是，很快的，萨努娅松开了拳头，呆呆地看着那扇脱落了铰链的门。她想，他说“把你煮豆子的靴子收起来”，他说“别挂在鱼竿上睡觉”，那是什么意思？她还想，是该去军管会告乌力图古拉不讲“三大纪律八项注意”呢，还是该去工务科，请那里的师傅来修修这扇遭了殃的大门？

---

① 俄语：“您，是我见到过的，最无赖的军阀！”

第二章　奴隶们什么也不要

1

军队浩浩荡荡，渡过清冽冽的长江。开阔的长江水天浩渺，充满王者之气，压抑得低矮的河岸仿佛随时都有可能破碎。商船川流不息，帆桅疏落有致，江畔，湘军和徽军留下的要塞早已无人使用，成为古迹。这样的景致让人由不得有些伤感，使得浩浩荡荡向前开拔的军队显得沉甸甸的。

“你怎么知道你会回到汉口？”葛昌南伸手赶了赶扑面而来的尘土，在摇摇晃晃的车上问乌力图古拉，“你把人家小萨同志撩拨起来，又晾在那儿，不负责嘛。”

“当然要回去。”乌力图古拉闭着眼睛打瞌睡，连眼皮都不动，“事情没解决，我能让它留在那儿？”

“你没有明白我的意思。我是说，还有半个中国没解放，部队一开拔，哪里是个停，让打到台湾去也不是不可能。你这又撩又晾的，不是耽误人家嘛。”葛昌南把屁股下面的棉衣小心垫好，欠过身去，拍了拍驾驶员的肩膀，示意绕开路上那些极像牛屎的石头，“再说，你怎么就能肯定你能囫囵个儿地回来？要是一颗炮弹飞来，打准了，药量又大，炸出你的肝肠肚肺，掀掉你的天灵盖，你去哪儿搞国际大团结？”

乌力图古拉喜欢听炮弹的事儿，葛昌南一说炸出什么掀掉什么的他就来了情绪，睁开眼睛，抬起身子朝两边看。

军队刚渡过长江，正沿着逶迤的大洪山向通山方向开进，去和白崇禧的桂系军作战。军队在汉口驻扎了几天，在地方政府统一提供的木制马桶里撒了两天尿，没让上街，相当于路过了这座城市。可是，在城市的魔瓶中浸淫了两天，兵们一个个都变了，目光往上移了半寸，脖子也硬着，看什么都用一种不屑的神色，而且沉默寡言，非常深沉。这样的军队，是蓄着什么的，能闹出大动静。

乌力图古拉看过他的兵，很满意地呸了两口尘土，狗熊挪窝似的往葛昌南身边凑。

“别挤，”葛昌南一咧嘴，抽了一口凉气，十分不满地说，“屁股比磨盘还大，挤你轻点儿挤，别碾破我棉衣。”

“老葛，你见过我屋里那幅画没有，就是大厅南墙上挂着的那一幅？”乌力图古拉向往地眯起骆驼眼，天真无邪地说，“你说，屁大点儿孩子，鸡巴没长硬，抓着个肉瓷的女人，又亲嘴儿又摸奶子，他是什么感觉？”

葛昌南旁顾左右，歪过身子去，示意身后的警卫员把耳朵堵上，再歪过身子来咳嗽一声，拉长声音说乌力图古拉：

“你狗操的，光问男的，怎么不问问女的？”

“女的？”乌力图古拉咧开嘴无声地笑了一下，“大白鹅让水撞了一下，她能有什么感觉？什么感觉也不会有。”

“我没问大白鹅，我问小萨。”

“小萨怎么了？”

“你三十五，人家小萨十八，要屁大也是屁大。所以说，你要得逞，闲不下来，小萨她会是什么感觉？”

“还真是的。”乌力图古拉让葛昌南那么一问，问着了，人有些发愣，愣过就发窘地笑，“这事儿，还真没问过她。”

“你呀，”葛昌南痛心疾首地摇摇头，“你呀你呀！”

乌力图古拉不听葛昌南的你呀你呀，他有挠头的事儿，正为部队非战斗减员的事情上火。

2

313师头一天宿扎汀泗桥，第二天宿扎崇阳，第三天进至蒲圻，耗损报告随后送来。从武汉出来以后，士兵脚上打泡的居多，四个战斗团，超过一半人坏了脚，龇牙咧嘴走不动路。乌力图古拉一看报告就皱眉头，把肩上的外套扒下来往地上一摔，捡起来再一摔。简先民要替师长捡外套，葛昌南伸手拦住，示意他该干什么干什么，让师长发情去。

“你别使怪眼儿，偷偷摸摸地来小动作，”乌力图古拉冲葛昌南冷冷一笑，“你不是有能耐嘛，有能耐你给破脚们训话去，先讲将革命进行到底的意义，再讲加强支部建设的作用，把那些臭脚丫子上的泡给讲没了。”

“那什么，”葛昌南一点儿也不火，真抓了桌上的骆驼烟往屋外走，走到门口站下，回头笑眯眯地说乌力图古拉，“你那件外套，它是后勤配的，属于组织财产，你那样张牙舞爪地破坏它，不对嘛。所以说，老乌同志，请把组织的财产捡起来。”

通山是李自成兵败之地，当年如火如荼的农民造反，最后一粒火种就是在这儿让清廷给掐灭的。葛昌南疑神疑鬼，老是在乌力图古拉耳边煽风点火，要乌力图古拉注意前车之鉴，不要学李前辈，动静闹到京城里，最后废在一个穷山恶水的地方。乌力图古拉被这个私塾先生聒噪烦了，免不了下手干出一些狠事来。13团几个兵借老乡的门板睡觉，压坏了门板，没赔偿就开溜，老乡追上去，兵还说狠话，说“老子给谁打仗啊！”老乡告到师部，乌力图古拉下令，照双倍价赔偿，压坏门板的兵关起来，饿一天不给饭吃，说狠话的兵饿两天，连长撤职下排当排长，排长下班当兵，看谁是老子。

后勤一个协理员，夜里溜进老乡家，硬是纠缠着把一个黄花姑娘给糟蹋了。乌力图古拉那个火，职也不撤了，饭也不饿了，让警卫营立刻将淫棍协理员五花大绑，押去村里，召开群众大会批，批完再毙人，毙过的尸体悬曝一天，一天后挖坑埋掉，坟头竖一块木牌子：某某，山东海城人，1941 年入伍，立大功一次、小功三次，三等乙级残废军人，1949 年 6 月因奸污民女正法不贷。

葛昌南连夜召开全师教导员以上政工干部会，开到凌晨，回来困得不行，进屋一边打晃一边忧心忡忡地说，这样信马由缰下去，部队非失去战斗力不可。

“都是胜利在望闹的。部队不打仗就乱性，一根鸡巴，害了多少人。”乌力图古拉在油灯下冷笑，“等全国解放了，非给毛主席党中央写封信，仗打完了兵不能留下，挑不乱性的养几个，其他的改屯田，让他们放马挤奶子去。”

“是啊是啊，问题就在这里。”葛昌南拿手指头撑住眼皮子，用力揉，好像那是一块肥沃的瓜地，用力揉下去，就能揉出一堆蜜汁儿滴答的瓜儿来，“都是让鸡巴给害的，都长了鸡巴。所以说，严肃了挑，谁不想乱性？能挑出谁来？谁该让中央养？”

“什么意思，”乌力图古拉愣了一下，推开面前的地图，盯着葛昌南，“你是在说我和小萨？”

“不要在共产主义的大锅里洗裤子嘛。”葛昌南学乌力图古拉的口吻，“裤子和裤子不一样，我是对事不对人。可问题吧，是个男人就有花花肠子，你总不能说，哪一截儿花花肠子是云彩，该由着性子张扬，哪一截儿花花肠子是屎汤，该泼了埋了，你说，是不是这个道理？”

“别把脚揣进你的口袋里，你没洗脚，臭！”乌力图古拉沉下脸，站起身子，踢开马扎向屋外走，在门口甩下一句，“我乌力图古拉把话放在这儿，我踹门的事儿做，蒙脸的事儿不做，我要是羊圈里硬按了,糟蹋了哪只羊羔,不用谁绑,我先割了自己,再把自己吊在太阳底下,让日头一天三百鞭子地抽!”

“门都踹了,不按还能当佛供起来?”葛昌南一点儿也不恼,继续揉着眼皮子,对摇晃着的门咕哝道,“所以说,人家信,我不信。”

3

部队在通山和蒲圻打了两仗,动静都不大,歼灭桂系一个营,小有斩获。乌力图古拉在抵近指挥作战时被一片炮弹皮削了腮帮子,削掉一块肉。乌力图古拉习惯了把自己弄得血糊拉的,没当回事儿,伤口处理完,人在葛昌南身边转来转去,有意无意地踩葛昌南的脚,像一条百无聊赖想要寻猫掐架的狗。

“有话就说,有屁就放,别绕得我头晕。”葛昌南往一边躲乌力图古拉。

“听野指二号说,”乌力图古拉撅了屁股在葛昌南面前坐下,恭恭敬敬地请教,“马克思的老婆是个大美人儿,有这事儿没有?”

“有,叫燕妮。不光是美人儿,那叫美不胜收。”

“嘁!”乌力图古拉醋意兮兮地来了一声,“有小萨美?”

“老乌你别来这一套,人家燕妮比马克思大,人家的美,那是充满母性的光芒。再说,人家马克思写了《资本论》,你写了什么?斗大的字不识一箩筐,所以说,想写封求爱信都凑不齐字儿。”

乌力图古拉英雄一场,就害在文化不高这事儿上。也努力过,早年在保定军官学校念过书,后来在抗大和联合大学时抓耳挠腮地补习过文化,字儿肯定不止识一箩筐,可到底道在行武,写不了《资本论》。这么一比,他沮丧得很,起身去一边灌凉水,灌得守在屋外的哨兵都能听见。

乌力图古拉灌了一肚子凉水,人缩到屋角坐着,呆想了一会儿，不知怎么就给他找到了翻身的理由，突然在那儿嘎嘎地笑，笑过以后，说一边看电报一边鸡啄米似的打着盹的葛昌南：

“你少来这套老薄荷，我不会写《资本论》，可我会养马，还会打仗，还会打草鞋，还会捉虱子。你说说看，老马他会这个？”

乌力图古拉和马克思比完，高兴了，不再理睬葛昌南，咋咋呼呼地出门，牵马去下面看他的兵。马还是那匹八百磅重的连钱马，自打摔过主人之后，就和主人气息相投，亲如兄弟。乌力图古拉外套做了斗篷，没扣扣子，风一吹，旗帜似的扬在脑后。他骑着他的兄弟，扬着他的旗帜，快乐无比地在各团驻地奔跑，过河带一身湿漉漉的鱼腥味，越岭带一身饱满的草香味，让各团的指挥员们嗅了，一个劲儿地打喷嚏。

跑够，汗出透，两兄弟深更半夜回师部，这回带着一身顶着夜露的月光。马留在屋外吃夜草，乌力图古拉抢进门，枪带往桌上一顺，大步走到床边，撩开脚臭味扑鼻的毛毯，从床上把睡梦中的葛昌南拽起来，扶正，不让倒，一副虔诚极了的架势，向睡眼惺忪的葛昌南提出一个严肃的要求：以前的事情不算，天亮开始，他乌力图古拉拜葛薄荷为师，学习《资本论》。

4

雾破得很快，江风涌上长江两岸，沿着马路和街道吹拂，把棉絮似的一团团晨雾砸得到处都是。碎雾撞在暗绿的爬墙虎上，撞在粉蓝的牵牛花上，撞得大街小巷全是醉人的芬芳，连一大早从特四区刘家祺路南下干部先遣团驻地出来的萨努娅没走几步，也觉得自己怎么就变成了一株植物，一个劲儿地往上拔节，再让沁人肺腑的碎雾迎面一扑，胳膊腿一伸开，就满腔热情地想抽叶，满门心思地想挂果了。

萨努娅有一双匀称的长腿，腰肢柔韧，就像一头两岁大发育良好的羚羊，有的是力气和好心情，走在路上，怎么看都像是跳跃，步子充满弹性。她这个样子，再变成一株想往蓬勃里去的植物，再一个劲儿地往上拔节，就认定自己能像那些和晨雾一起戏耍的江风，想到哪儿去就能到哪儿去，想去天上疯上一阵子也行。

萨努娅去看望哥哥库切默。一年前，国际共产主义革命者萨雷·库切默随斯大林私人特使科瓦廖夫一起，带着一个特派员观察小组来到中国，帮助中国共产党解决经济问题以及铁路运输问题。6月中旬，特派员观察组来到汉口，库切默从华中局打听到了妹妹萨努娅，很快联系上她。作为观察小组的副代表，库切默的行程十分匆忙，在汉口只停留两天，就得赶往南京，去那里视察中共接收国民政府首都的情况。有消息说，4月20日，人民解放军打响渡江战役，南京政府匆忙撤退，总统府及政府各院、部、会皆作鸟兽散。军队在撤离时放火焚烧了多处房屋，市政当局和警察局失去控制，城市破坏和骚乱严重，市民承受心理崩溃，日内瓦公约组织向国民革命政府提出强烈抗议。蒋介石为此大骂代总统李宗仁和京沪杭警备司令汤恩伯，同时下令，各待弃城市警察局属员不在撤退之列，卫戍部队必须留下足够人员维持城市秩序，在解放军进城时妥为移交。苏联方面不希望中共在接管大城市时犯下低级错误，指示观察小组速往考察。

库切默对妹妹在革命道路上的茁壮成长十分满意。中共高层领导者们的浪漫主义情怀常常使他们犯下偏执的毛病，中共队伍中不乏国际同志，但成为干部骨干的却微乎其微。萨努娅不到二十岁，已经当上了南下干部先遣团的支队长，这充分证明萨雷家族的人身上不光流淌着贵族的黑血，也流淌着革命者的红血，不管是在比什凯克、杜尚别、延安还是莫斯科，他们都能像森林狼一样地活下去，并且成为那里新的主人。

库切默为萨努娅妹妹带来了一封家信，那是他们被吉尔吉斯苏维埃社会主义联盟共和国人民政权判了徒刑的、在海拔五千米高的阿赖山脉锑矿场采矿的父亲写来的——

亲爱的坚定不移跟随伟大的斯大林同志进行世界革命的柯契亚、莎什卡：

你们的祖先如此糊涂，犯下利欲熏心的大罪，可把我和你们可怜的母亲给害苦啦！现在我和你们苦命的母亲在人民领导下的国营矿场里服刑，以抵偿我们对人民所犯下的罪恶。我们已经改造了整整八年——善良而正义的好心人知道，我和你们痛不欲生的母亲不过是被天下人无能为力热爱自己祖先的那些个弱点蒙住了眼睛，从你们罪恶的祖先手中继承下了那些个浸透了他们汗水和鲜血的草场和牛羊。我们到底有什么罪过呀？亲爱的柯契亚、莎什卡，伟大的斯大林同志领导着世界革命，你们是世界革命的钢铁战士，你们将舍生忘死，点燃全世界无产者向土地以及土地的掠夺者——比如我和你们欲哭无泪的母亲——讨还血债的怒火。为此，我和你们病入膏肓的母亲以新生的劳动者的光荣身份，由衷地向你们致以无产者的敬礼。亲爱的柯契亚和莎什卡，我的亲人们哪，我和你们正在与死神搏斗的母亲现在已经是地地道道的无产者啦！我们将在人民政权的严密监视下努力改造自己，争取早日成为你们信赖的同志！苏维埃社会主义联盟共和国万岁！斯大林同志万岁！

你们的父亲萨雷·巴乌托舍弗·希里亚

“他的可怜样儿是装出来的。他根本就不甘心失去他那些肮脏而可耻的财富，还有反动沙皇赐封的爵位。他在等欧洲的资产阶级拯救他。”坚定不移的国际共产主义革命者库切默同志提醒妹妹萨努娅同志，“千万不要被他蛊惑人心的来信蒙住了眼睛。”

“他们毕竟是我们的父母呀。”萨努娅有些犹豫不决，“而且，他们帮助过伏龙芝元帅对巴斯马奇匪帮的镇压，差点儿被白军杀掉。”

“他们不过是害怕英国人和土耳其人抢走他们的财富，因此讨好突厥斯坦方面军。”库切默毫不犹豫地揭穿父母，“他们是人民的败类，只配下地狱。”

这以后，他们改变了话题，不再谈萨雷·巴乌托舍弗·希里亚和他可怜的、苦命的、痛不欲生的、欲哭无泪的、病入膏肓的、正在与死神搏斗的妻子。他们谈了很多：阿赖山脉最高峰列宁山的积雪，环绕第一故乡美丽而漫长的海岸线，他们从第二故乡出来时途经的伊塞克湖和湖畔啾啾鸣叫着的高山黑天鹅，库切默牺牲在仰光的第四个妻子掸族女人纳陶。因为那个勇敢地掩护自己的上级和丈夫而无怨无悔走向刑场的缅甸女人，他们的话题转到她的爱情——有可能出现的爱情上。

“不，还没有意中人。革命正经历着紧要关头呢，受苦受难的人民正盼着我们去解救他们，谁会考虑这种事儿。”萨努娅的脸红了，在她敬佩的哥哥面前，不加掩饰地流露出少女的羞涩。

“莎什卡，你到恋爱的年龄啦，该有心上人啦。”观察小组副代表温存地看着含苞欲放的妹妹，“我们革命者从不拒绝爱情。爱情是美好的，它只会激励我们更激烈地向反动派报复，以及在人民的要求下勇敢地去牺牲。”

“可我还没有爱人。”萨努娅有些茫然，拿不准，“我不知道该去爱谁。”

“那就不要勉强。”观察小组副代表深深地松了一口气，“亲爱的莎什卡，你是一粒珍珠，而你身边的那些粗俗的中国人，他们不过是一堆沙子，不值得你爱——蒙昧而固执的中国人不值得你爱。”

也许柯契亚是对的。把罪恶的父母推上人民的审判台，十多年在苏维埃兄弟国家和兄弟政党之间的游说和斡旋，娶了四个不同民族的妻子并且最终向世界革命输送了她们宝贵的生命——他具有可贵的判断力和斗争经验，他是对的。萨努娅敬佩她的哥哥，她必须服从他伟大的思想和崇高的见解。

萨努娅没有提到另外一件事。一个中共军队的高级指挥员像一头顽强的公牛一样追逐过她，要把她追进他的牛圈里。事情过去了半个月，她已经忘了这件事。

5

7 月，大雨笼罩着宜（昌）沙（市）地区。雨是这个时候该来的雨，连续十几天没有停下，只是在瓢泼的委顿中，间或淅沥一阵，然后再瓢泼。风雨声中，密密麻麻的枪炮声一刻不停，使一切都变得那么模糊不清。

奉命防守岳阳至宜昌间长江防线的湘鄂边绥靖公署主任宋希濂以十八个师的兵力向当阳、远安、荆门发动进攻，抢夺当、远之地充裕的存粮，以缓解补给困难，同时向步步为营的解放军做战役试探。中共四野前委立即组织数十万人发起宜沙战役，意欲全歼宋希濂部有生力量，并乘胜解放湘、桂、川各地。313 师的任务是打穿插，全师奔袭荆门以南水网地带，切断宋希濂主力退路，尽量吸引宋部增援，以候友邻各军集结完毕，对宋部形成合围。

乌力图古拉率部冒雨前进，一天一夜，部队赶了一百四十华里路，不少士兵的鞋子陷进泥里，只能赤脚奔跑。

战斗在两天之后打响。313 师遭到宋部五个师六万多人劈头盖脸的攻击，一天时间丢掉了八百多人，连以上指挥员阵亡二十多人。参谋长守着电台呼叫军前指，嗓子都喊哑了。葛昌南这会儿工夫根本顾不上痔疮之苦了,整个儿人差不多趴在地图上,东戳一指头,西戳一指头,说老乌,不能再等了,得把预备团拉上去!

“拉什么拉,”乌力图古拉拨拉开地图上零落的草节,阴阴地冷笑,“老子还得活到10号凌晨4点,不能豆子都撒出去,让人全捡进锅里炖掉。”

313师在宋部重兵围困下恶战了三天,用光了一万六千发炮弹、五十二万发子弹、九万枚手榴弹、三千公斤黄色炸药,战斗减员占全师三分之一。预备队填上去之后,师警卫营也拉了上去,替补那些阵地打得只剩下几名断胳膊断腿士兵的连队。宋希濂从长沙调来十几架水平式陆基轰炸机,炸弹不断落在313师的阵地上,炸得313师官兵们连眉毛胡子都燃了起来,空气中弥漫着呛人的硝磺味,山冈上到处都是被燃烧弹烧得哔剥冒油的死尸,连日大雨也没有把那些火焰浇熄。最前沿的14团8营,官兵们的衣裳全着了火,营长战死,副营长两只眼珠给炸没了。教导员火人儿似的光着脚丫子满阵地跑,嘶哑着嗓子喊叫,要士兵们脱掉燃着的衣裳,在大雨中光着身子向冲上来的敌人射击。

进攻的一方和被攻击的一方全都豁了出来。他们身上、脸上满是污血和泥浆,他们的耳朵因为炮弹和炸弹的轰鸣而聋掉了。战场上几乎没有伤员,倒下去的人根本来不及爬离战场或者被救护队拖下去,他们会再度遭到炮弹轰击,从伤员变成阵亡者。313师侧翼有好几次被敌方撕破,差一点儿陷入全军覆灭的绝境。战斗最激烈的时候,宋部士兵冲到师指挥所附近,连续向指挥所扔进几颗捷克造瓜式手雷,好几名参谋警卫被掀到洞壁上贴着,慢慢滑下去,软在那儿再也捡不起来。

这不是313师打得最恶劣的一仗,却是最窝火的一仗,师指挥所不得不在仓促中几度转移。乌力图古拉的衣袖沾上了燃烧油,冒着火苗。他带着那些火苗抓住参谋长的衣领,大声向他吼:别让那些王八羔子影响老子捉虱子！他推开参谋长，转身向剩下为数不多的卫士们下令：小崽子们，这是最后一次，就是天王爷来了，老子也不挪窝儿了！

因为有了雨，宋部攻势受阻，长沙的水平式陆基轰炸机在起飞后摔下来两架，以后起降次数少了一些，阵地上那些来不及拖走的尸体也滞缓了腐烂的时间，静静地卧在那儿，像是那之前的阳光多了，渴透了，要喝足了雨水才肯起来。葛昌南瞅着灰蒙蒙的雨天喃喃地说：老天，老天哪，再下大一点，往死里下呀！他那种渴雨的样子，根本就不像一个坚定的唯物主义革命者，倒像是一个旱了八百年没有了主张的老农民。

乌力图古拉咬烂了嘴唇，一句话也不说。除了那些正在前线的泥水和死亡中挣扎着的士兵，他手头已经无兵可用。他已经是光杆司令了。

6

10 日凌晨，连日的雨停下来，解放军三个兵团零六个军全部运动到指定位置，开始对宋部实施合围。数万发由北方辗转运来的炮弹同时在宜昌和荆门之间炸响，数十万支在南方的阴雨天气中迅速生出绿色霉苔的轻重武器同时吐出死亡的火舌，在数百公里的战场上，战争的恶之花开得烂漫一片，连三百公里以外的汉口上空都弥漫着被风带去的浓烈的硝烟味。宋部情知大势已去，开始沿着沙市和宜昌向川、湘方向全线撤退。

“堵住狗娘养的，一个也不许放走！”乌力图古拉向打废掉的部队下令，“除非 313 师打没了，让狗娘养的从 313 师头上踩过去！”

313 师以残疾之躯拦在荆、沙公路要道上，寸步不让。乱了阵脚的宋部至少有三个整编师倾巢出动，扑向 313 师，拼死夺取逃生之路。313 师战斗减员已过大半,有效战斗人员不足四千,最糟糕的是弹药储备已尽,后勤组织向仙桃方向抢运弹药,被宋部保安 3 旅拦截住,两名管理主任、两个排官兵连同七百多名民工无一生还。

“奶奶×的! 奶奶×的!”葛昌南听到后勤报来的噩耗,垂头丧气地在指挥所里转着圈子。

“没想到,这回真要把靴子收起来,煮不成豆子了。”乌力图古拉咧开皲裂的嘴唇,恶狠狠地笑了一下:“老子这条命,本来就是捡的,留到现在,该清账了。”他说过这句话,潮湿的帽子往头上一扣,赤脚套进一双胶鞋中,伛下身子,认真地系紧鞋带。他做这些事情的时候镇定得很,一点儿也没上火,和大雨之后风和日丽的天气如出一辙。

“我去前面,你留在指挥部。”葛昌南抓了一支卡宾枪和一条子弹袋在手中,要走没走,人站在那儿,眼圈有些发涩,“老乌,也许你比我晚见马克思,也许你命大,能活着,叶至珍你就替我看顾了,好在没让她养上孩子,省了件事儿。就说我说的,让她改嫁,另找人吧。”

乌力图古拉猿臂一伸,一把揪住葛昌南,将他拖回壕沟,连人带枪摔在地上,摔了一个狗吃屎,“又不是吃席,抢什么?”乌力图古拉冲着葛昌南喊,“你老婆我看顾什么? 我又不想要她,留着你自己伺候!”乌力图古拉迈过地上的葛昌南,飞身一步上了壕沟。一发炮弹在不远处炸响,有警卫员痛苦地呻吟着倒下。乌力图古拉回头,冲葛昌南坏笑了一下,“留在这儿捏你的痔疮,别让烂肠子流出来!”

“师长,你要小心!”简先民红了眼圈,在乌力图古拉身后不放心地喊。

“九十九岁的大娘养孩子,他吃不掉我。”乌力图古拉话音未落，人已经消失在蒙蒙雨雾之中。

顶在最前面的14团打得只剩下二百多人，十几辆宋部坦克在阵地上疯狂地冲来冲去，用高速机枪绞杀14团的士兵，然后把他们碾成肉泥。那根本就不是战斗，而是一场地地道道的屠杀。14团团长和政委全都负了伤，衣裳没了，连裤衩都撕成了碎片，光着的身子鲜血淋漓，脸上的皮一块块地往下掉，见了乌力图古拉都不会说话了。

周光荣呢？何甲呢？杨士俊呢？关铁军呢？田玉祥呢？鲁庆德呢？孔福龄呢？向启贵呢？王太和呢？乌力图古拉一口气报出十几名营连级指挥员的名字，那是他的兄弟、他的肋骨、他的肝肠肚肺、他的呼吸。他们有的战死了，有的负了伤。负了伤的他们和更多的士兵一起被拖下去，甩在随便哪条壕沟里，用青草或灌木掩藏着，痛苦地喘着气，等待战斗结束，增援部队的救护队把他们抬走，或者是在无助的等待中淌尽最后一滴血。现在乌力图古拉知道情况有多么严峻了。不是交代掉他的命，而是连同313师的荣誉和自尊。他知道还有一个结局：他和他的兄弟们弹尽粮绝，阵地被攻下来，他们这些衣衫褴褛没了人形的阻击者，眼睁睁看着恼羞成怒的敌方士兵冲过来，用汤姆弹把他们打成筛子。

“师长，我们完了。”14团团长和政委哭了。偌大的汉子，眼泪在脏兮兮的脸上不知羞耻地流淌，“14团打光了，我们再也挡不住了。”

“哭什么哭？哭什么哭！日头在头顶上看着哪，害羞不害羞！”乌力图古拉眼圈儿也潮湿了，“完了什么？什么完了！我不是在这儿吗？你们不是也在这儿吗？不是还没死光嘛！”

乌力图古拉把目光从伤痕累累的部下身上移开，去看四周。那根本就算不上一个指挥部。炮弹把这一片整个儿翻了一遍，焦土上只剩下几截熏黑了的银杏树根，还有一些酷似树根的东西。

乌力图古拉好半天才看出，那是一片坟地，那些酷似树根的东西，是埋在地下不知多少年的骸骨。

乌力图古拉把目光收回来，重新落到他的那些部下脸上，深深地吸了一口气，说出了下面的一番话：

“告诉所有活着的指挥员，告诉所有还能动弹的战士，在我们脚下这片戳着骨头的土地上，人民政权还没有建立，反动派在阻止它建立，可我们必须建立它！没有它，我们的爹就得不到想要的那头牛，我们的娘就会继续为她的孩子没有粮食吃哭瞎眼睛，我们的兄弟就永远讨不上媳妇，我们的姐妹还会被人糟蹋，这就是为什么我们要去牺牲的原因。我，乌力图古拉，313 师师长，以一个昔日的奴隶、今天的共产党员的名义命令他们：拦截住敌人，消灭他们！告诉我们的指战员，除了胜利，奴隶们什么也不要！”

乌力图古拉说完这番话，从身边一名警卫员手中夺下一支汤姆式冲锋枪，哗啦一声顶上弹匣，拨开快机，倒提在手上，顶开那些哭着的部下，踩着被炮弹掀起的虚土，张开双臂跃了出去。在跃出去的那一刻他想，狗日的老薄荷是没听见老子刚才那番话呢，要听见了，他这个政委还当不当得下去？要当，还不当得羞死了呀？

7

313 师像一只砸不烂吞不下的铁核桃，死死堵在荆沙通往宜昌的要道上，硬是挡住了绝望的宋部的轮番攻击，没有让对方撞开一寸口子。11 号凌晨两点 15 分，39 军和 47 军追上来，从两个方向紧紧钳住被 313 师牢牢堵在荆沙公路上的宋部，并且迅速将宋部切割开，形成歼灭之势。欣喜若狂的葛昌南一连派出三个通讯员，向在前沿阵地上撒野的乌力图古拉传达前指命令：移交阵地，撤出战斗。

一名通讯员跳过密密麻麻的尸阵，在枪声开始疏落的一片稻田里找到了枪管打得冒烟、被硝烟熏染得几乎辨不出模样的乌力图古拉。就在这个时候，一发120口径的加农炮弹掠过黑暗中的夜空，落在乌力图古拉身边。乌力图古拉被高高掀起，再落下，结结实实地埋进稻田里的泥蔸子底下。乌力图古拉在落回地面的时候，感到一片沁凉的东西切进他的左耳廓，他并不知道，那是一片有着几千万年历史的江汉鱼化石。

风将硝烟吹开，天亮得很快，战争的潮水退却下去，竟然有鸟叫声传来。天亮后，江汉军区一个地方旅从313师手中接过打得稀烂的阵地，协助清理阵亡官兵和伤员，脱离战斗。撤离行动虽然带着大死过后又活过来的疲惫，却显得井井有条。

从稻田里把乌力图古拉挖出来费了点儿力气。那发加农炮弹威力非常大，连同乌力图古拉在内，死伤十一人。乌力图古拉就像一粒顽强的谷种，不甘心上好的水田里光秃秃的什么也不长，硬是把自己埋得很深，一群士兵和民工先翻开一大堆腥臭的田泥，把14团团长和三名士兵炸烂的尸体拉走，往下又翻了两尺深，才翻出瞪着眼睛一动不动的乌力图古拉。

葛昌南接到报告，人往下一软，身边警卫员连忙架住。葛昌南让自己站稳，深深吸了一口气，推开警卫员，中了弹的兔子似的，一路撞开抬着架着相互搀扶着从前面撤下来的官兵，去找乌力图古拉。

“他在哪儿？”

“后面。”

“胳膊腿呢？捡齐没？”

“没捡。”

“王八蛋，你们狗操的，为什么不捡？你们干什么吃的！何营长，去，派一个班，给我把师长的肉一块一块捡回来，一块也别丢下！”

“政委，师长他没掉肉，他睡着哪。”

葛昌南愣了好一会儿，没有明白过来“睡着”是什么意思，是死了的讳口，还是那发将十一名官兵炸得血肉模糊的加农炮弹没有装填黄色炸药，而是装填了致人睡眠的催眠剂？等弄清楚了情况，葛昌南长长地吁出一口气，松开担架队长，跳上马向后奔去。

葛昌南迎住抬着乌力图古拉的那具担架，扑过去，抱住整个儿人用绷带缠得乌眉灶眼的乌力图古拉，没开口，眼泪哗哗地流淌下来，半天说出一句：

“老乌，那发炮弹是你替我挨的！你为什么要这样做？为什么要这样做！你浑球呀！”

乌力图古拉睁开眼睛，阴沉着脸，像不认识葛昌南似的，看了他一眼，然后头一歪，又合上眼，继续睡他的，并且立即鼾声大作起来。

第三章　黄金时代的传说

1

凌晨两点多钟，萨努娅突然在风雨中醒过来。

风在水淋淋的巷子里东一扑，西一拐，扑腾得很快，像是撵着人行乞的乞丐。雨很大，天色又早，黑漆漆的街上没有行人，风无所作为，显得极不耐烦，推搡得百叶窗碰来撞去；爬墙虎和牵牛花禁不住，老想从窗外跳进屋里，又有长年的根牵系着，不让进，在窗台上扫来扫去，把窗台边的地板弄湿了一大片。

萨努娅惴惴不安，怎么都无法在风雨交加的这个凌晨再度入睡。她躺在那儿胡思乱想，从已经去了南京的哥哥，想到革命的爱情观，再从陌生的爱情，想到哥哥对她说的话：蒙昧而固执的中国人，不值得你爱。就像在黑夜中，荒原上有一丛灌木被雷电点燃了，萨努娅突然想到了乌力图古拉。那个头发硬得像狮子鬃毛的解放军师长，那头自以为品种优良因此蛮横不讲理的公牛，那个不但侮辱了人，而且损坏了人民财产的破坏分子，他现在在哪儿？

萨努娅心里蓦然一动，一股早已消失的怨气油然而生。她怎么会把他给忘了？他是谁？他是打哪儿钻出来的？他有什么资格对她和她的家庭指手画脚？他有什么理由侮辱了人就溜之大吉？他弄了一套“合适”的理论出来，强词夺理，还发火，还摔门，到底是什么意思？她根本没有什么豆子，也不是什么鱼，他凭什么阻止她把靴子收起来，还不让她挂在鱼竿上睡大觉？她就是挂了，睡了，美梦翩翩,又能怎么样?

灌木丛燃烧得很快,火苗一会儿工夫就蔓延开,火焰炽热,火星到处飞舞,再加上风,火势根本控制不住,整座谷地都燃烧起来,明亮如昼。萨努娅躺在那儿,屋外是风雨交加中渐次来临的黎明,她想着那头可恨的公牛,想着那些哔剥燃烧的恼人的问题,再也回不到梦中。最大的问题是,他现在在哪儿?他说他揍完了那些不要脸的家伙就回来,他揍完了吗?他说话算不算话?他什么时候回来?

事实上,萨努娅根本就没有时间考虑那些燃烧着的火焰,她非常忙碌,就像春天到来时森林中的溪流,要跳跃着从高山上流淌下来,歌唱着穿越整片森林,匆忙地赶去更远的地方,根本就停不下来。南下干部先遣团的大部分团员在武汉分配了工作,去军队、军管会、政府机关、工厂、学校或者农村,还有的去了周边几个刚解放的城市,在那里开始了他们崭新的工作和生活。萨努娅一直没有拿到派遣通知。不是没有人要她,是每一个地方都想要她,都希望她这条小溪流去他们的森林、平原、峡谷和盆地。对列宁同志创建的、斯大林同志领导的苏维埃社会主义共和国联盟的无限景仰和向往,使来自苏维埃加盟共和国的萨努娅成了新政权的明星,好像她就是斯大林同志的女儿,只要她在,人们就可以把自己从事的工作和斯大林同志乃至整个共产主义运动紧密地联系起来。萨努娅被借调到各个部门。她热情、执着、忘我、不怕困难;她美丽、年轻、开朗、大方,这使她成为革命队伍中最受欢迎的人。她为这个而骄傲,同时也为这个而焦急。她希望自己成为被人民需要的那些人中的一个,能够为人民奉献一切的那些人中的一个。但什么时候才是人民需要的关键时刻呢,她困惑不解。所以,当华中军区兵站部到汉口特四区刘家祺路来号房子,为后方总医院扩充病房时,萨努娅就觉得找到了机会。作为先遣团留守处负责人,萨努娅找到兵站部负责人，告诉他，先遣团的团员大部分已经分配离团，只留下几名留守团员，先遣团可以腾出一批房子让兵站部使用。随后，萨努娅就领着留守团员打扫房间、布置病房，满怀激情地迎接新的工作。

萨努娅没有想到，她的欣喜和辛劳迎来的会是这样一种情况——上百辆散发着扑鼻血腥味的卡车一辆接一辆驶来，拥挤在特四区后方总医院附近，把几条街道全都给堵住了。兵站部和总医院的人跑来跑去，大声吆喝着，警备区和公安局封锁了附近的街道，禁止市民往来，整个特四区充盈着难闻的汗味和大小便发酵的味道。从车上往下抬伤员，足足用了两天，抬下的伤员有两千多。伤员中有的完全没有了知觉，有的痛苦地呻吟着，有的大声叱骂着，有的默默哭泣着，有的神经质地叫着不知谁的名字，有的呆呆地看着阴暗的天空……

据说，这只是从前线送下来的伤员中的一部分，更多伤势较轻的伤员已经疏散到了武昌、汉阳和孝感。

萨努娅帮助医护人员把重伤员从车上抬下来。那些重伤员完全没有了样子——胳膊被炮弹炸飞，露出参差不齐的骨碴儿；腿被手榴弹轰得只连着一层皮，像是没发育好的婴儿躺在身体一旁；肚子被机枪子弹打成了烂筛子，花花绿绿的肠子流出一大团；腹背被刺刀挑开，肋骨白生生地刺在外面；汽油弹烧瞎了眼睛，黑黢黢的面孔上只看见两只呆滞的眼仁；因为脑震荡而成了白痴，一动弹就呵呵地傻笑；生殖器连同宝贵的膀胱被坦克机枪一块儿打掉，下身露出巨大的空洞；脊梁被炮弹掀起的石头砸碎成好几截，担架一摇晃身子就左右乱摆……

萨努娅尽可能地不去看他们，不去看那些面目全非的肢体和器官。她满身大汗，脑子里一片空白，尽可能地憋住呼吸，什么也不想，什么也不敢想。

萨努娅和两名护士把一名士兵从车上抬下来。那名士兵看起来非常年轻,还是个孩子,他咬紧牙关,一声不吭,在所有的伤员中,是最安静的一个。萨努娅看出来,他的目光中有一种害怕说出什么来的恐惧。她冲他感激地笑,她不知道自己为什么要笑。她只是想,她应该感激他,感激他没有呻吟、叱骂、哭泣、嘶喊和左右乱摆;感激他和她一样,也有恐惧。

担架离开卡车,风掀起盖在孩子似的士兵身上的被单。萨努娅惊呆了——孩子似的士兵没有了手臂,没有了两腿,只剩下一具光光的躯干!

一股热流从萨努娅的胃里汹涌而上,她放下担架,冲到一边,大口大口呕吐起来,直到把肠胃里所有的东西都吐干净。

2

萨努娅没有看见乌力图古拉。作为宜沙战役职务最高的挂彩者,乌力图古拉被单独送往后方总医院。他几乎没有什么外伤——要是不算插进左耳廓中的那片江汉鱼化石,还有被气浪燎光的头发和眉毛。但是,医生很快作出判断,乌力图古拉受到了严重的震颤伤——那发加农炮弹把他整个儿震垮了,他全身的骨头都被震松了,只要稍稍扳动一下,就会散了架似的瘫成一团。

乌力图古拉一直在昏睡,整整两天两夜都昏然不醒。第三天,他醒过来,坚持要下床撒尿。

“我撒尿,不吃饭,把你的饭碗拿开。”

“首长,这不是饭碗,是小便盆。医生不许您下床。”

“丫头,别把他的脚揣进你的口袋里。”

“您说什么,首长?”

“不是大夫撒尿,是我。我自己决定自己。”

“首长，如果您害臊，我可以换一个男同志来，您不能下床。”

“我要什么男同志？我不管他们，我管我自己。”

乌力图古拉根本不在乎他的震颤伤有多严重，他全身的骨骼以及肝肠肚肺还在不在原来的位置上，是不是因为随便动弹了就会诱发不可收拾的脏器问题。他只是固执地要从床上下来，站在地上，自己扶着家什，往随便什么容器里撒出骄傲的尿。这个要求有点儿古怪，但并不过分，而且看起来根本由不得商量。医生权衡再三做出决定，答应乌力图古拉的要求，但事先必须在他身上绑好夹板，以防止骨骼移位和内脏剥离，同时由三个身体健壮的男同志把他抬进出恭之地，再把他竖起来，架住，任他信马由缰。

半边脑袋被绷带缠紧，没有了头发和眉毛的脸可笑地浮肿着，身上打着厚厚夹板的第201号伤员乌力图古拉被人抬到茅厕外，慢慢架起来，小心翼翼地送进茅厕，竖在茅坑前。两个小伙子一边一个，牢牢架住他，第三个抓住他上了夹板的胳膊，把他的手导向胯下，帮助他寻找到目标，然后退到一旁。

一股黄色的尿汤威风凛凛，笔直地刺射出，发出震耳欲聋的声响，撞得水花四溅，至少两分钟没有断流。三个小伙子被扑面而来的热浪冲得一怵，眼睛立刻睁不开，直流泪水。他们谁也没有见过如此猖狂恣肆的激流，谁也没有想到，本来属于洪水性质的季节河，怎么可以泛滥成无休无止的永久性河流？这让他们大惊失色，同时暗自愧疚。

最后一滴尿液发出愉快的歌唱声跃入茅坑，乌力图古拉畅快地嘘出一口长气，眉开眼笑，满意极了。他很快失去了他的战场，被重新搬运回床上，接受检查。那一整天，他都眉飞色舞，情绪高昂，找机会和医生斗嘴，说一些“在草尖上练习跳高的蚂蚁”之类莫名其妙的话，而且不断地向护士们讨好，指导她们如何把他脸上和身上的死皮剥下去，好像那样做，他占了多大的便宜似的。

3

萨努娅那些日子疲劳极了。她每天只能睡两三个小时。她要协助军管会处理涉外领事馆问题、外资金融行馆问题、外资企业问题、在汉外籍侨民问题，还要为基督教女青年会的干部们做培训，告诉他们如何开展工作。忙完之后，夜里回到先遣团，她还要从留守团员那儿了解临时病房的情况，问清有没有需要先遣团协助的事情，然后再去病房探望那些伤员，看看有什么需要她帮助做的事情。

几天下来，萨努娅已经和伤员们很熟了。她给他们洗脸洗脚抹身子，替他们写家信，给他们讲希腊神话英雄的故事，为他们唱歌。他们喜欢她，而她心疼他们。他们拿她当一个长着和他们不一样面孔的小妹妹，她则把他们当成自己的异族兄弟。

莎什卡，请帮我叫一下医生。莎什卡，我自己来。莎什卡，有我的信吗？莎什卡，我们给你留了苹果。莎什卡，给我们唱支歌吧。莎什卡莎什卡莎什卡莎什卡……

萨努娅成了伤员们每天最盼望见到的人。她是临时医院里一颗发热的恒星。可没有人知道，每当夜深人静，当伤员们都睡去的时候，萨努娅拖着疲惫不堪的身子回到宿舍，她会坐在床头呆呆地发愣，默默地流泪。她一直在寻找那个只剩下一具躯干的孩子似的士兵。她再也没有找到他。在送进总医院的当天夜里，他就闭上了眼睛，永远地安静下来。萨努娅无法忘记他，无法忘记他那双因为恐惧而安静的眼睛。她开始怀念他了。

那天早上，萨努娅出门去怡和洋行办事，在路上遇到了葛昌南和简先民。萨努娅不认识葛昌南，却认识简先民。她站下来，捋了捋被风吹乱的头发，礼节性地和简先民打招呼。简先民像一只最先看到牝鹿并且把消息报告给黑豹的黄颏杜鹃，兴奋地把萨努娅介绍给葛昌南，再把葛昌南介绍给萨努娅。

“小萨同志啊，我们应该算是认识的哟。”连夜从江陵驻地风尘仆仆赶到汉口的葛昌南和萨努娅握手，意味深长地多看了她两眼，挠了挠脑袋，并且有些不好意思，“不知道该不该告诉你，我们是来看望乌力师长的。”

“哦。”萨努娅不喜欢葛昌南看她的眼神，淡淡地说，往准备离去的那条路上看了看，“首长还有事吗？我有工作，得赶时间。”

“需要我替你带什么话吗？”葛昌南把手从脑袋上移下来，试探着去摸屁股，“我是说，给乌力师长。”

“不用。”萨努娅的口气有些冷漠。她想，那头蛮不讲理的公牛？她有什么话好带给他的？“对不起，我真的要走了。”

“他负伤了。”

实际上，萨努娅已经离开了。她已经走出了两步。可她一时没有弄明白，站下，重新转过身子，询问地看着葛昌南，“他怎么了？他怎么会？”萨努娅的意思是，那是一头横冲直撞的公牛呀，谁会让他负伤，谁敢让他负伤？“他伤在哪儿？严重吗？”

7月份，进入伏季的汉口热浪滚滚，即使在法桐遮蔽的林荫下，也能感觉到灼脸的热气扑面而来。

4

乌力图古拉根本感觉不到夏季的炎酷。他的外伤全是擦伤，没有深及骨肉，死皮剥去后很快长出新皮。在那些伤口开始感染并且腐烂的伤员中，他是最幸运的一个，用不着对付伤口溃烂的痛苦和绝望。

乌力图古拉不是因为要在别人的搀扶下往茅坑里撒尿而闹着

从床上起来的，是他的那些兵正在死去。

在荆门那片方圆二十一公里的土地上，313 师失去了三千多名官兵，而同样数目的官兵和乌力图古拉一起，被送进后方总医院和它属下的几座临时医院。乌力图古拉从昏睡中醒来，站立着撒出他的尿之后，开始坐在轮椅上，挨着病房检阅他的部下。送到后方总医院的伤员，一半以上隶属 313 师，乌力图古拉等于是在检阅他的 313 师！他的兵三分之一躺在这里，昏迷着，呻吟着，嘶喊着，发着呆，或者停止了呼吸，被沮丧的医生交给兵站部掩埋队，登记造册处理掉。他不能让他们就这样被处理掉，他得去检阅他们！

乌力图古拉阴沉着脸，从一个病房来到另一个病房，从一个兄弟探视到另一个兄弟。他的动作越来越迟钝，脸色越来越沉重，呼吸越来越急促。跟随他的护士一看不对，忙问他是不是需要注射止痛药，是不是要把他推回病房去休息。他不说话，一个字也没有，只是把拳头捏得咔咔直响，把腮帮子咬得肌肉直抖。

周光荣，14 团一位红军时期参加革命的营长，喜欢使用冷兵器，即使面对全副美式装备的对手，冲锋时也带着大刀。现在，他被燃烧弹烧得像一截焦炭，躺在那儿困难地呼吸着……

杨士俊，14 团 7 连指导员，入伍前是东北国立大学学生，能操琴棋书画，人长得像名字一样英俊。现在，他的脸被坦克炮弹皮削去一半，两只手掌炸没了，因为吗啡效力过后的疼痛不断抽搐……

杜衡，13 团机枪连文书，上海沪华公司三少爷，两年前还不相信人可以徒步走上五华里，除了本帮菜和家里印度厨子做的西餐，看什么都像猪食。现在，他没有知觉地裹在厚厚的绷带里，一个劲儿地说胡话：水，给我水……

吴二毛，师警卫营班长，一个腼腆的陕西兵，整风教育时一上台就哭，一直哭到下台，没事的时候老喜欢问乌力图古拉：首长，革命胜利后，饿（我）家能不能分到一头油（牛）？现在，他的脊梁断了，胸部以下没有了知觉，两条腿正在迅速地坏死……

乌力图古拉看着那些失去了健壮和完整躯体的年轻人，他们的肢体或身体中的某一部分此刻已经离开他们，被随便掩埋在哪一片荒野下，覆盖它们的泥土上，正在飞快地生长出茂密的喜食腐肉的鹿蹄草和扶郎花。

即将死去的那个兵是师炮营的一位排长，叫历小小，河南人，还有几天就满十七岁。他被机枪子弹击中腹部，贯通伤，伤口乱七八糟，像被豺狗撕过又被秃鹰叼过，不要说缝合，连内脏都给打没了。他听说师长也在医院，要求见师长一面。俺不想死，求你别让俺死，俺娘等俺回去。他瞪着一双空洞的眼睛对乌力图古拉说。他还是死了，喉咙里拉出一声长长的不甘的叹息，挺起身子，想要努力抵抗住死神，但他没能做到。

乌力图古拉被推回自己的病房。在病房门口，一双手指纤长的手换下了男护理员的手，将轮椅推到床前。几个护士上来，把乌力图古拉小心地移回到床上，让他躺下。

“他死了。”

“我在那儿，我都看到了。”

“他想活。”

“他是那么年轻。”

“他娘等他回去。”

“您别太难过。”

“跟死头牛犊子一样？”

“医生尽力了，他们做不到不能做到的事情。”

乌力图古拉皱了皱眉头，奇怪地看着萨努娅，看着那个美丽的、穿着一身干净得没有一道皱褶军装的萨努娅，一副茫然的神色。他不明白她在说什么，不明白她怎么会在这儿，不明白她凭什么是军人。她不是南下干部先遣团的人吗？该南下就南下，该干部就干部，鸟在天，鱼在水，她在这儿干什么？他甚至忘了他对她说过的那些话，比如他们“合适”，比如等他回来他们就把事情“办了”。

“你在这儿干什么？”

“来看您。”

“看我怎么烂掉？”

“什么？”

“不是有人烂掉了吗？”

“为什么说这种话？”

“你想听什么？”

“您心情不好，我能理解。”

“哈。”

“如果您不想看到我，我可以离开。”

“那还待在这儿干什么？闲着没事儿，帮着多挖两个坑儿，埋我不埋我，终归是填人进去，做点儿正经事儿，别抄着手到处闲逛。”

萨努娅已经领教过乌力图古拉的蛮不讲理，现在她再次领教了。但是，这一次她不想和他计较——不想和一只在火阵中失去了太多工蜂的蜂王计较。在来苏儿味浓烈的病房里，她看到了他巨大而徒劳的痛苦和忧伤，触摸到了他隐藏在高大躯体里的脆弱。她想，他并不是一头横冲直撞的公牛，至少不全是。

“他们是革命的功臣。人民将永远记住他们。”她在他身边坐下，动情地看着他。

“狗屎。”他烦躁地撕掉绷带，困难地除去胳膊上的夹板，把它们丢开。

“我不明白您的意思。”她拿不准，有些犹豫。

“死了。烂掉了。明白了？他们该是爹，该是爷爷和祖宗！

‘俺娘等俺回去’，明白了？”他怒气冲冲地冲她喊。

他的绝望让她不寒而栗。她想，他到底经历了多少地狱的劫难，才变得这样狂躁和倔犟？她被他的绝望激励起来，想要战胜他的绝望，就像喜欢雨水的白蓬草要战胜森林的覆盖一样：“我知道您的心情，首长同志。没有谁想看见自己的同志牺牲。可他们是为一个新鲜的共和国的诞生牺牲的。”她想，她得把一件事情说破，一件事情说破就没有什么了。

“新鲜吗？它有多新鲜？死了，烂了，它有多新鲜？残了断了呢？没胳膊没腿呢？共和国诞生了，靠什么去建设它？断胳膊断腿吗？那就是新鲜的共和国吗？”他怒气冲冲，好像是她让事情弄成这样的。

“您并不是没有经历过这些，首长同志。您经历过，而且战胜过死亡和烂掉，对吗？”她坚持她的看法，并不因为他的怒气冲冲而退却。

“别告诉我那是革命胜利的组成部分！”他烦躁地对她说，巨大的脑袋上那些难看的新疤痕在灯光下显得非常刺眼，“别告诉我共产主义的大锅里什么裤头都能洗！”

“这当然是革命胜利的组成部分，难道不是吗？”她激动地辩驳，而且因为激动双颊绯红，这让她看起来很像一朵正在努力开放的番红花，“人民会照顾他们的英雄。人民会把他们当成英勇的儿子，善待他们。”

“是吗？照顾吗？真不错！那么，告诉我，你是谁？”他嘲笑地盯着她。

“革命者萨努娅。萨雷·萨努娅。”她说，骄傲地挺起胸脯，仰起下颏儿。

“很好，很好，现在我们知道你是谁了。可是，为什么你叫萨雷·萨努娅？为什么你不叫萨雷·人民，或者叫莎什卡观世音娘娘?”他太恶毒了,甚至连她的昵称他都知道,而且拿它来取笑,而且不肯止住,“你真是一个好女人!我们这些大男人让你们这些娘儿们照顾!哈,真是好心肠,这个人民的胜利真不赖!”现在他更过分了,他差不多就是在糟蹋自己,“烂掉真他妈的不赖!”

萨努娅慢慢从椅子上站起来,仰起下颏儿,乳峰高耸,极度憎恨地看着面前这头可恶的不肯让人抚慰的公牛。可是,这样做一点儿用处也没有。她没有战胜他,战胜不了他。对于“烂掉”这个词,她什么话也说不出来。她突然有一种钻心的疼痛,泪水顺着她美丽的面颊扑簌簌地往下流。她不想让他看见这个,迅速地转过身,快步走出病房。

一直忙碌到下半夜,萨努娅才回到宿舍,疲倦地洗了把脸,上了床,取过一本书,想接着往下看,可心绪不宁,翻了好几页,一个字都没看进去。她索性闭了灯,缩进被单里,拉过被单,掩住下颏儿,在透窗而入的蓝色月光中呆呆地发愣。她想,她和乌力图古拉见第一面就吵架,和他分手后再见面,两个人又吵;如果说第一次是因为她不能接受他的“合适”理论、反感他的蛮不讲理,那么这一次呢,又是因为什么?是什么让她不能接受他?难道他们就像两只来自不同群落的长犄羊,非得用掐架这种方式见面不可?

萨努娅这么想着,突然想起来,她去看望乌力图古拉,她是为看望他去的,可自始至终,他俩都在掐架,唯独没有提到他的伤势。

5

夏天过去后,萨努娅接到派遣通知。她被派往刚解放的广州,去那里工作。

自从乌力图古拉拿“烂掉”这个词来嘲笑她,让她对他的探望成了她的再度受辱,她有两个多月没有见到他了。她为什么要惹这个不愉快呢？为什么要自取其辱？她从来没有欠过他什么，现在也不欠。现在她只是对他更加的憎恨。既然他不肯接受她的关心，她也就没有必要再理会他，让他痛痛快快地去“烂掉”好了。因为这个决定，萨努娅心里有了说不出的轻松。

萨努娅的工作很忙。这两个多月，她每天都是深夜才回到住地，第二天凌晨再从那里离去。夜里是医院往外拖死尸的时候，伤员都睡了，街上没有行人，这个时候把咽了气的士兵拖走，可以照顾一下其他伤员的情绪。萨努娅遇到过好几次拖死尸的场面，总是同一辆蒙了帆布的卡车停在医院门口，几个兵站部的士兵进进出出，把几具或十几具已经开始僵硬的尸体搬上车，再把车开走。

萨努娅不愿意看到那样的场面，她宁愿守在伤员们的床边，像他们的亲妹妹一样，或者像勇敢的莎拉①一样，握住他们的手，替他们擦拭汗水和眼泪，为他们轻轻地唱歌：

林子着火了，鸟儿到哪儿去了？
小河干涸了，鱼儿到哪儿去了？
天上下雨了，云彩到哪儿去了？
高山坍塌了，麝牛到哪儿去了？
爸爸他老了，烟袋到哪儿去了？
母亲她死了，家园到哪儿去了？
哥哥他走了，爱情到哪儿去了？
我哭泣了，泪水到哪儿去了？

萨努娅不知该怎么安慰那些在伤残中痛苦挣扎的异族兄弟，不知能为他们做些什么。有时候她觉得，他们是在为她受苦受难，因为他们是为了那些和她一样的姐妹们不再受人欺负，才迎着死亡冲上去的。萨努娅心里很疼，老有一种亏欠了谁的感觉。

---

① 即莎拉·贝因哈特（1844—1923），法国女演员，第一次世界大战中曾坐着担架上阵地，冒着炮火为前线士兵演唱，深受爱戴。

葛昌南来医院探望乌力图古拉的时候，顺道看望了萨努娅一次。

“就在隔壁，抬脚就过来了。”削肩书生葛昌南这段时间单打独斗，忙得脚丫子朝天，痔疮犯得更厉害，老是咝咝地抽凉气，因此垂头丧气，“没了老乌，313 师就是重建也没意义。散黄的蛋，有什么意思？”葛昌南脸色苍白，看看堆在萨努娅床头的书，露出羡慕的神色，“财主啊，仓满囤满。革命的起因嘛，不平等。所以说，要均田地，也要均书。”葛昌南自嘲地笑笑，想起什么，“老乌没找你借书？不会吧？他这人，虚荣心强，拿文化当脸，可爱看书了。可谁都不爱借给他。他那双铁耙子似的手，费书，书到他手上，跟啃过似的。”

“他看什么书？”萨努娅想象着，书要读成怎样的贪婪，才跟啃过似的。

“这个嘛，不一定。《三国志》，《七侠五义》什么的。”葛昌南有些窘，挠了挠头，看萨努娅在那儿淡淡地笑，立刻警觉，撇开了书的问题，“可 313 师的兵爱他。你没有见过老乌走在路上的时候那些兵拿什么眼神儿看他，跟儿子看爹似的，眼里汪着泪，恨不得为他死了才好。”一说起这个葛昌南就来情绪，脸上带着不满，“我费九牛二虎之力，嘴说烂了，他往那儿吧嗒吧嗒走一圈，唾沫星子没费一粒，人就给他勾走了魂儿。所以说，和他搭档，没劲儿。他还老爱吧嗒，枪一响，人就抽筋，往前直蹿，拉都拉不住。你想呀，老和兵泡在一起，要倒一块儿倒，兵能不拿他当爹？”

萨努娅想象着，乌力图古拉昂首阔步从兵面前走过的样子，还有搂着枪撞开兵往前冲的样子。吧嗒吧嗒。横冲直撞。蛮不讲理。他那个时候是不是恶毒的？他的兵要怎样加快速度跳跃着往前扑才能跟上他？萨努娅想不出来。“没有进入”，所以想不出来。“没有实践”过，所以想不出来。所以说，“遮遮掩掩”。也许她真的亏欠了他们，那些不愿意让娘儿们帮助的男人。

不知是不是因为这个，萨努娅有些不安，于是，在接到派遣通知起程去广州报到之前，萨努娅决定把个人的憎恶和屈辱放到一边，再去看望一下乌力图古拉。不管怎么样，他们在革命的洪流中相遇了，他们是同一条河流里的浪花，不该有芥蒂。再看望他一次，最后一次，除此之外，什么也没有。他们不是爹和儿子的关系，不用吧嗒吧嗒。

萨努娅收拾好行李，换了一件干净的军装，朝总医院走去。她想好了，这一次，不管乌力图古拉说什么，怎样恶毒，她都微笑，不理他的茬儿。她在他那儿稍稍地坐上一会儿——不让坐站着也行——然后告别，祝他早日康复。是的，她不叫“萨雷·人民”，也不叫“莎什卡观世音”，但她可以叫“萨雷·微笑”。他能把微笑怎么样？

乌力师长吗？他不在，已经走了。不，没有牺牲，是康复出院。是的，康复，全好了，连头发和眉毛都长出来了，看不出有什么后遗症。不不，根本没有散架，也没有脑震荡，脑瓜子好使得很，老拿我们的护士开玩笑，管她们叫疙瘩蛋。这个，我们说不清楚，你们的伏罗什洛夫大夫说，这是奇迹，自打俄波战争到现在，他治疗过的伤员可以组成一个加强师，可他从没见过这样的奇迹。不知道，应该是回 313 师了吧，您可以问问前指。再见，一切顺利萨努娅同志。

汉口的 10 月是最好的季节。爬墙虎和牵牛花沿着街道郁郁葱葱地扩张着它们的地盘，有花翅蝴蝶和大眼睛蜻蜓在花丛中飞翔，走出医院的萨努娅却有些失落，显得不知所措，犹豫着，不知该再做些什么。

事情本来可以结束了，她来看望过他，表示不管她接不接受他的“合适”理论，在不在乎他的“烂掉”说法，她都原谅了他，不管他在不在那里，她已经完成了礼节性拜访。然而，她却没有预料中的轻松,甚至有些不快。他怎么可以走掉?怎么就康复了?他为什么不告诉她这个?——他不光是一头蛮不讲理的公牛,还是个脑瓜子好使的会和护士开玩笑的人。他会在挨了一发加农炮弹之后死里逃生,而且飞快地长出头发和眉毛来?他是一个会创造奇迹的人吗?问题是,他怎么告诉她?她负气离开他的时候,他还坐在轮椅上,浑身绑着厚厚的夹板,脑袋和脸可笑地浮肿着,他不可能像两个人最早认识的时候,山摇地动地走进她的宿舍,椅背吱呀地坐在她面前,笑嘻嘻地告诉她,他对创造奇迹拿手得很,她要不信,他将表演给她看。是她在长达两个多月的时间里不理他,因为对他的憎恨,她想起他来就气恼,这才让他有了机会没有散架,并且养好了脑子,快快乐乐地踹开医院的大门,吧嗒吧嗒地回部队撒野去了。他踹开大门撞进这个世界,这个世界是个庞大的牧场,天高地阔,无边无际,而她要去一个更远的地方,那个地方在大海边,他当然没有机会告诉她这些事情。

年轻美丽的鞑靼女人萨努娅在想着上面这些问题的时候,因为困惑和茫然而有些闷闷不乐,脸上却始终挂着微笑。

萨努娅一直敬佩着哥哥库切默,她觉得库切默和伟大的列宁、光荣的斯大林、神奇的毛泽东、了不起的朱德一样,是人生道路上的强者。现在,萨努娅有了新的看法,她觉得在列宁、斯大林、毛泽东和朱德之外,哥哥库切默不是孤独的,他有很多目标清晰、意志坚定的同志,乌力图古拉就是其中的一个。萨努娅很早就读过《理想国》《乌托邦》《太阳城》这些理想主义者们凭着想象撰写的著作,她知道乌力图古拉不是柏拉图、普罗提诺、莫尔和康普内拉视野中的那些人,他对现实世界蛮不讲理,对旧的秩序粗野而蔑视,不会也不打算束缚自己破坏一个旧世界的自由欲望,可他却比那些凭着想象建立出逃避现实、在极端的对立中寻求避难所的空想社会主义者们所创造出的任何人物都要鲜活生动,富有朝气。他是在用他朴素的理想和果敢的行动毫不留情地蔑视并且摧毁着那些压制，创造着他自己的黄金时代。

这是萨努娅在离开汉口前往广州途中生发出的全新认识。她为自己有了这样的认识而高兴。

6

在萨努娅进入中国南方那座财富和鱼腥味同样让人坐卧不安的城市时，乌力图古拉正带着整编后的313师进入广西，在十万大山中辗转作战。

313师参加了粉碎白崇禧南路攻势的作战，而后转战粤桂边境，参加了追击和歼灭白崇禧主力的钦州围歼战役。重新整编过的313师兵源好，有国民政府军起义部队，有解放区踊跃入伍的青年，宜沙战役牺牲掉的干部也从别的师抽调来补上。经过一段时间的整训，部队积极性空前高涨，在好几场战斗中，穿插果断，追踪迅猛，阻截有力，攻击凶狠，表现可圈可点。

广西战役结束后，乌力图古拉率部开赴雷州半岛，参加解放海南岛的渡江作战。因为忙于整编工作，加上一路舟楫劳顿，身体本来就弱的葛昌南染上了疟疾，钦州战役的后几天，基本是警卫营的士兵抬着走。部队转道广州去雷州半岛时，葛昌南实在撑不住了，被留在广州养病。乌力图古拉平时不怎么待见葛昌南，老觉得他阴一句阳一句，拿狗屁文化来压人，要不是有纪律约束，早摔他的骡子了。可一旦要分开，乌力图古拉反倒抽筋似的腿软，心里空空的，舍不得。那天广东军区请转战雷州半岛各部队的指挥员吃饭，葛昌南躺在床上瞪着眼望着天花板打摆子，一个劲儿地咳嗽，去不了。乌力图古拉也不肯去，散了神似的茫然着，在床边转来转去。

“你别遛马，这个习惯顶不好，遛得人心慌。”葛昌南破车轴子似的空空地咳了一阵儿，皱着眉头说乌力图古拉。

“非得留下？不就是打摆子吗？屁大点儿事儿，你就不能想想办法，拿出革命毅力，战胜它？”

“拿什么战？怎么胜？我不如你，我都四十了，又没喝过马奶子，又没和骡子摔过跤，顶不住。”

“你哪里是顶不住？你是临阵逃脱！”乌力图古拉失望极了，一失望，嘴里就收不住，开始放恶，“革命都走到这一步了，你什么毛病不好得，非得上打摆子的破毛病。你还不如挨一发炮弹，天灵盖儿直接掀掉，我也不用指望你。”

“咳，呵呵，咳，呵呵。念我的好处了吧，看出真佛来了吧。”葛昌南咳一声，笑一声，再咳一声，再笑一声，咳过笑过以后得意地指指桌上的水杯，示意乌力图古拉取过来，伺候自己喝水，又指示他送回水杯，重新躺下，拉过被单掩住半边瘦脸，“你也不用往死里咒我。不是我说你老乌，你这种人和谁能搞好？也就是天上飞的、水里游的、地上跑的，没脑子的那一种。所以说，除了我，你和别人还真没办法相处。”

“别夸大啊，我有这么糟糕？我跟谁没搞好？”乌力图古拉不服气，水杯也不放回去了，咚咚地喝个底朝天，空杯子抱在怀里，“我恨不得都是亲兄弟，缺胳膊缺腿儿的大家相搀着，这还不算搞好啊？”

“你自己想一想，想彻底了再开表扬会。”葛昌南木乃伊似的躺在床上，真诚地点拨乌力图古拉，“你和谁搞好过？别说兵的事儿，兵是你儿子。说上面，说同级，说说你搞好过没有。想不好，我这个政委白给你当三年，就算天灵盖儿掀掉也不甘心。”

“老葛，”乌力图古拉让葛昌南说得动了情，丢开杯子，坐到床头，伸手把葛昌南的手拽住，捏在自己的大巴掌里，“我给你坦白了吧，上面搞好搞不好我不在乎，同级各吃各的马料，我也不在乎。

我是真舍不得你，王八蛋骗你！”

“老乌，说话就说话，骂人干什么。”葛昌南让乌力图古拉说得心里发酸，热乎劲儿上来了，不想让乌力图古拉把自己当羊羔似的一把一把地抚摩，显弱了自己，于是撑起身子，抽回手，说乌力图古拉，“要真舍不得，行，病养好了我追你去，海南岛赶不上，台湾能赶上，我还看你摔骡子。”

“呵呵，”乌力图古拉得了葛昌南的话，一颗心落下来，笑眯眯地放开他，床腿吱呀地站起来，阴阳怪气地说，“广州，好地方啊，离海近，大夫个个学渔民，会剖鱼，给他们说说，这回治干净，连肠子一块儿剖开，好好洗洗，别回来老摸屁股，让下面的人看着影响不好。”

广东军区的酒席没吃成，乌力图古拉不甘心，吩咐下面准备一顿好饭，给政委送行。军队进入大城市，供给容易多了，跑采购的科长换上便装，去市场里扛回半头猪，还弄回两条鱼。葛昌南听说后，心疼钱，一个劲儿地咳嗽，批评科长刚过上两天好日子就学会糟蹋，败家子，还说自己胃口弱，鱼能吃两筷子，猪肉不能吃，让把猪肉退回去，钞票换回来。乌力图古拉狡黠地眨巴眨巴眼睛，说退什么，你胃口弱，你吃鱼，剩下的我们能对付，不用你操心。葛昌南就明白了，乌力图古拉是拿犒劳他当幌子，自己解馋呢。

那天他们还说了一些别的，其中提到了萨努娅。

葛昌南告诉乌力图古拉，自己见过萨努娅，是去汉口野战医院看乌力图古拉的时候，在路上见到的，后来还专门去探望过一次。“专门”的意思，是拿萨努娅当重要人物，和乌力图古拉以及313师有特别关系的人物，和萨努娅扯了一通野棉花，正经事儿没说，留给乌力图古拉自己说。葛昌南特别补充，搞对象不属于政治思想工作范畴，所以说，本政治委员不予干涉。葛昌南以为自己办了件大好事，不光没落下插手搭档婚姻大事的口实，政治思想工作也做到前面去了，论工作技巧，叫煽阴风点鬼火，叫欲擒故纵，属于比较高明的一种。葛昌南想，你老乌挨了一发炮弹，一个师的儿子交给我带，没过门儿的媳妇得我去安抚，我还只能吃两筷子鱼，上好的四指膘猪肉留给你，我这心操的，够呛。葛昌南就心安理得地躺在床上，等着乌力图古拉来表扬自己，对自己感恩戴德。

乌力图古拉先前一直拿葛昌南开涮，又是拍大腿又是砸鞋子，哈哈儿打得震天响，开心得要命。可等葛昌南自摆功劳地说出萨努娅的事，他不拍腿也不砸鞋子了，脸阴沉着坐在那里，半天没话。

葛昌南看看乌力图古拉的脸色，问他怎么了。乌力图古拉假模假式地笑了笑，说没什么。葛昌南看出来，公鸡不打鸣，那是公鸡出了问题，不是日头没了，比如乌力图古拉变脸，是乌力图古拉出了问题，不是他下手错了。葛昌南揪住不放，问乌力图古拉没什么是什么意思，特别解释了一句，我都说了，光扯闲淡，正经事儿没说，你那一肚子屎全给你兜着，一点儿臭气也没露出去。

乌力图古拉本来不想说，让葛昌南这么一逼，也不管葛昌南是不是在那一头吓了一跳，说，仗没打完，人还在往死着烂着，我这儿闹着要媳妇，心里亏，不提这事儿。

葛昌南一时反应不过来，拿眼睛怀疑地看乌力图古拉，意思是狼改牧羊犬，鹰改稻草人，你哄谁呀，你这样就没意思了，就不是一肚子屎的问题了。乌力图古拉看出葛昌南真想知道，便坐正了身子，拿出一副掏心窝子的真诚架势出来。

“老葛，这事儿我没给人说过，本来也没打算说，你这么问，我就给你说了吧。宜沙战役，我挨那发炮弹，炮弹落下来，我飞到天上，人清醒着，没失去知觉。我在天上看下面，那些个兵，全都血糊拉地揪在一起，搂着抱着，往死里捅，往死里掐，更多的兵，烂泥似的躺在水田里，脸扎在泥水里，动弹或是不动弹。我就想，人是什么？人能经得住什么？人什么也经不住，一阵风就能扔到天上去，再摔下来就成了一摊烂泥。

“老葛，我扛枪打仗，是人家欺负我，抢我家的牧场，夺我家的牛羊，不让我活；是我知道，人不光只有当奴隶的命，还有更好的活法儿，堂堂正正挺着腰杆子的活法儿；我不愿意让人欺负，我得奔着更好的活法儿去，我是为这个，和反动派干上的。现在，我和人家小萨干上了。我瞧上了人家小萨。我没觉得瞧上不对。可我不光瞧上了，我是要抢她的婚，夺她的人，这就是欺负她了。我也没问问她，她愿不愿意？她想要什么样的活法儿？我这不是和国民党反动派一样了吗？不是也该让人往死里捅，往死里掐，变成烂泥吗？

“老葛，我想过了，我不能这样做，这样做，我对不起从家里出来那天在格里额河边起过的誓，对不起家乡的还魂草团扇蕨黑羔子马驹伢，对不起我死去的阿爸和额娘，对不起那些让人欺负的、不想当奴隶的、想要过好日子的人。小萨那里，我是犯错误了，真犯错误了，错误犯大了。我浑哪！我想认错儿，可脸上臊，当面儿说不出口。写信吧，又拿捏不出什么好词儿，不想丢这份儿脸，信写了又给撕了。我也不是那种脸皮厚的人，我也不想再认什么错儿，我想好了，打从今往后，不再招惹小萨，她是百灵我把鹰毛拔了，她是白天我往夜里躲，总之离她远远儿的。你这儿，也别再给我提这档子事儿；小萨那儿，她爱怎么想让她想去。这事儿，就这么算了。”

葛昌南目瞪口呆，没想到那发炮弹打老远的地方飞来，把乌力图古拉掀到天上去，再摔下来，埋了个九十九层，竟然掀、摔、埋出了神奇，让乌力图古拉得出如此深刻的反省！葛昌南倒不是觉得乌力图古拉的反省不好，乌力图古拉的这番话，是掏心窝子说出来的，说得他眼里有了潮湿，想流泪。可他又觉得，事情有点儿不对，什么地方弄拧了，不该这样，或者说，事情要真是这样，就落下了遗憾。葛昌南一个老政工,嘴皮子是看家本事,要显摆,能从天上显摆到地下。他可以告诉乌力图古拉,麦子割着根儿还疼呢,麦子也没说过它愿意泼洒在地里;桃子摘着桃枝还冒浆呢,桃子也没说过它愿意烂在树上;怎么就把麦镰和桃筐都给否了呢?可是,一看乌力图古拉那张严肃的脸,那张脸上呈现出的严峻,不比当年他们举着拳头站在党旗前发血誓的样子轻松,他就知道,乌力图古拉是认真的,是自己和自己较上了劲儿,不是麦子和桃子的道理可以哄过去的,别人扳不回来。

这么想过,葛昌南就不再把话往下说了,只是担忧乌力图古拉这样把自己憋着,迟早得憋出毛病,而且,放着如花似玉的小萨憋着,让人家小萨没了招惹,两头儿都可惜。葛昌南除了咳嗽之外,就又多了欷歔和摇头,觉得自己失败得很,不是一个优秀的政委。

7

部队第二天在大坦尾码头乘船,沿珠江入海,去雷州半岛。本来没有葛昌南什么事,他却非要送,说上次那发炮弹没打准,这回说不定打准了,乌力图古拉没有这么好的运气,再从天上逍遥地往下看,再踹了医院的门跑出来撒野,自己先送送,就当向遗体告别。

葛昌南送乌力图古拉到码头,先和副师长副政委参谋长政治部主任一应同僚握手,叮嘱了若干的话,再和乌力图古拉并肩站在码头上,看士兵们上船。

313 师大半是北方人,不习水,见了水就头晕,虽说事先做了一些训练,找营地附近的小河沟里泡过,蹲在木盆子里荡过,毕竟真正的训练得到雷州半岛去进行,还是鸭雏子,一上船,船一摇晃,吱哇乱叫,像是上到了风大时的月亮上。船工提意见,要大军们安静下来,照石灰画的圈坐下,别扭秧歌,免得动静太大,引了国民政府军的轰炸机来下蛋。

葛昌南看到这种情况，不放心地叮嘱乌力图古拉，要他千万留意，打海南岛时，没学会水的坚决不让上船，别再弄出过长江时翻船淹死人的窝囊事；又叮嘱办事牢靠的简先民，盯住师长，别让师长脑子一热，到时候犯浑。

乌力图古拉没说什么，也没和葛昌南握手，大步朝码头走去，两臂一张，一个鹞子跃，人就扑上了船。

船离岸，大大小小上千条，把珠江挤得顷刻间瘦了不少。果然就有四架国民政府军的轰炸机飞来，在广州上空盘旋了两圈，一扎头，两架去了丫髻沙方向，去追先出发的民工船队，另两架直扑大坦尾，丢下几颗炸弹，再拉高，扎下来，用机载机枪胡乱扫射了一通。地面早有准备，沿珠江一线部署的高射炮乱珠齐发，江中大船上架设的高射机枪也吐出火舌。轰炸机看出下面不是空庙中的供果，有金刚守着，讨不到便宜，在空中绕了两个圈，飞走了。

313 师有一条船被炸中，死伤了一些兵。死伤的兵从江里捞出来，和炸烂的船一起交给岸上处理，船队不受影响，该机动的机动，该扬帆的扬帆，编队朝珠江口驶去。还有老长一段路，部队不会因为挨了一脚便停下来。

轰炸机丢炸弹的时候，葛昌南被通讯员拉着走，找地方躲炸弹。本来已经躲好，葛昌南一个近视眼，怎么就看见了乱糟糟的码头上，一群穿灰布干部装的人在火光中抱头乱窜，其中一个穿掐腰列宁装的年轻女同志，人漂亮得扎眼，在人群中跑动着，尖着嗓子喊叫，要同伴们不要乱跑。葛昌南让飞机炸过，吃过亏，知道从天上下来的不光是炸弹，紧接着还有顺道儿秃噜的机枪子弹，他从躲藏处冲出来，边喊边朝穿灰布装的人群冲去，大声叫喊着，叫他们别乱跑，找地方躲起来。等他跑过去，轰炸机已经俯冲下来。他顾不得那么多，把穿掐腰列宁装的扎眼女同志往地上一摔，自己也趴下,抱住头,无助地算计着这一秃噜自己是不是靶子。

等轰炸机过去之后,两个人从地上爬起来,抬头看看对方,都眼睛一亮,同时喊出声:

"葛政委?"

"小萨!"

萨努娅带着人往大坦尾码头运送支前的粮秣、雨具、蚊帐和医药器材,只知道乱哄哄往船上挤的部队是去打海南岛的,也没问是哪支部队,没想到物资刚移交完就遇到敌机轰炸,更没想到炸出了个葛昌南。

"不光我,313 师刚走,乌力师长就在船上!"葛昌南一激动,摆子又上来了,身子颤抖着,嘴唇乌紫。追过来的通讯员赶紧拿棉大衣把他包裹住,像裹早产的胎儿。

萨努娅愣了一下,有些不相信地盯着葛昌南,然后转过身去,看白茫茫的珠江。

珠江上乱云飞渡,千帆竞发,庞大的船队拉出一道道尾浪,浩浩荡荡向远处的珠江口驶去。原先一江的江鸥,广州人上街都得捂住脑袋,怕鸥粪落到头上,现在每艘船后面撵几只,散得七零八落,显不出阵势了。

"他在哪儿?"萨努娅像是在问葛昌南,又像是在自言自语,更像是在问着另一个世界的谁,那一脸的茫然,让葛昌南心里狠狠地揪了一下。

"你要早来一步就好了,就能见着他!"葛昌南说完这话才发现自己没说对。萨努娅来得并不晚,她和乌力图古拉,他们在一个码头上忙活了半天,而且是为了同一个目的,他们就像挂在一株树上的两只果子,近在咫尺,却被热闹无比的枝叶给遮挡住,谁也没看见谁。葛昌南这么一想,先前在乌力图古拉那儿落下的遗憾,此刻在萨努娅这儿又平添出几分。

8

当天晚上，萨努娅忙完工作，从市区赶到凤凰岗，看望住在那里的葛昌南。萨努娅给葛昌南带了杧果，说杧果性热，吃了抗摆子。葛昌南埋怨萨努娅不该跑这么远的路，天又这么黑，城内还有特务打黑枪，昨天还通报两名干部让人给放倒在马路上，一个城区派出所里飞进一颗手榴弹，伤了不少人，萨努娅真要出了什么事，他这个老头子可担待不起——真要有好果子，说一声，他让通讯员取去。

"您算什么老头子呀，比我哥也就大几岁。"萨努娅抿着嘴笑，将削过皮的杧果递给葛昌南，"弗拉基米尔·伊里奇同志在您这个年龄，一天只睡三四个钟头的觉呢。"

"不光比你哥哥大几岁，也比乌力师长大几岁。"葛昌南很认真地在灯下看削成了片的果，特别强调说，"怎么能和列宁同志比？人家是领袖，领袖不能比。所以说，老头子。"

葛昌南美滋滋地咬了一口杧果，嚼了几口，不说话了，牙龇着，一副痛苦极了的样子。

"怎么啦？"萨努娅吓一跳。

"什么味道，鸡屎似的。"葛昌南呸呸地把嘴里的东西吐掉，半天才缓过劲儿来，要通讯员快给自己拿牙缸来漱口。

"好果子呢，葛政委您怎么这样。"萨努娅咯咯地笑，笑得眼泪都出来了。

"你是不是觉得，我们这些扛枪打仗的，嘴没遮拦，比较油，比较痞？"葛昌南被萨努娅笑得不好意思，漱过嘴，又哈着气自己闻了闻，"鸡屎鸡屎的，不文明吧？"

"嗯。"萨努娅点头承认，想一想，补充说，"你们中国同志，特别是军队里的同志,的确和我们苏联同志不同。我们苏联同志也开玩笑,可不说粗话。"

"乌力师长也让你不习惯吧?"葛昌南老惦记着乌力图古拉和萨努娅"算了"的那件事,有些不甘,不由得话往上说,"他一犯浑就绕嘴,你就觉得他不讲道理,气人得很,对吧?"

"嗯。"

"没办法,都是让战争给逼的。和无常天天面对面地撞着,小鬼爷拎着绳子在背后站着哪,就等缚你走人。要说,都是死,咱不怕,可革命没成功,死不瞑目呀,得活着。这活着的事儿,光拿严肃对付不了,严肃能对付谁?所以说,革命的乐观主义嘛。"

"总不能不讲道理吧。葛政委,您就挺讲道理的,多好呀。不像他,什么道理也不讲,野蛮人一个。"

"这你就错怪他了。你是没把他琢磨透。他不是不讲道理,他是太有道理了。"

"那,他总得把道理说出来,让别人知道吧。"

"有哪一只臭虫告诉过你,它咬你是为了什么?相反,所有不生蛋的母鸡都会红着脸扑棱着翅膀咯咯地乱叫。所以说,不能一概而论。"

萨努娅被葛昌南的比喻逗笑了。他们已经很熟悉,像忘年交,一个床上躺着,一个床下坐着,床下坐着的一会儿过来替床上躺着的喂口水,揩揩汗,外人看见,像爷儿俩似的。

"其实吧,老乌他不是臭虫。他咬你也不是想喝你的血。他有时候根本就不咬人。他是一只好臭虫。他是一个大好人。"

葛昌南这么说,讲了一个乌力图古拉的故事:1942 年,在晋察冀,乌力图古拉奉命回八路军总部开会,路上遇到一队娶媳妇的,乌力图古拉过去凑热闹,用马鞭挑开新媳妇的盖头,看新媳妇。后来鬼子来了,双方干上了,鬼子没捞上乌力图古拉,把迎亲的老乡连同新媳妇一块儿抢走了。按规定，为减少伤亡，在鬼子的地盘上不许和鬼子纠缠。可冲出重围的乌力图古拉不守这个规定，带着手下的人调头回去，从后面揍了鬼子，硬是把新媳妇抢了回来。那一次，牺牲了两名战士，伤了好几个，乌力图古拉因此受了处分。乌力图古拉不服处分，说怪话，说女人是咱们的女人，凭什么让鬼子糟蹋？男人不为这个死，算什么男人？我看死得值。

讲完这个故事，葛昌南咳上一阵儿，就着萨努娅递过来的杯子喝了几口水，接下来，就把乌力图古拉在分手前对他说的那番话，原封不动说给萨努娅听了。

萨努娅听完，愣在那里，过了好一会儿才回过神儿来。这以后她变得有些沉默，不怎么说话了，笑起来也有些勉强，是那种一笑就立刻收住的样子。

又坐了一会儿，萨努娅起身，替葛昌南掖了被子，和他告别，说天快亮了，自己还有工作，得赶回驻地去。

破晓时分，风很强劲，晨曦被风吹得一点点破开，地平线上溢出一抹鱼肚白，再往上，鱼的鳞甲一片一片分出来。只是鱼不是随便的鱼，是整座天空，大到不见首尾，不知道这样大的鱼，被人称作宇宙的鱼，要多大的水域才能让它游动起来。

萨努娅走得很快。走到大元帅府时，她叫住一辆黄包车，上了车，让车夫拉她过江，去江对面的省政府。路上已经有了行人——扛着鱼篓的，是去洲头咀鲜鱼码头贩鱼的贩子；荷着枪支的，是匆匆走过的士兵。还有风，风追上来，吹拂起萨努娅的头发。她一点儿也不管头发乱成什么样子，眯着眼睛，一动不动地坐在车上。她想，那些船，它们现在到了哪儿？是不是已经驶过了虎门，进入伶仃洋了呢？她想，他说“算了”是什么意思？是因为他不愿意让“娘儿们”照顾，还是因为她不叫“萨雷·萨努娅人民”而让他失望？她想，她不同意他的“合适”和“烂掉”理论，不同意他把挡在前面的任何东西都视为对头，但她同意他用朴素的理想和果敢的行动毫不留情地蔑视并且摧毁旧世界的压制，创造自己的黄金时代。她不光同意，她也在摧毁旧世界，也在创造自己的黄金时代，他们的理想是一致的，那就是他们共同拥有的道理。她还牵挂地想，他说对不起从家乡出来那天在格里额河边起过的誓，对不起家乡的还魂草团扇蕨黑羔子马驹伢，这是什么意思？他起过什么誓？他的家乡是什么样子？格里额河是什么样子？还魂草团扇蕨黑羔子马驹伢是什么样子？

这些纷乱的念头，让萨努娅想了很长时间，一直到了省政府，也没有想出答案。

第四章　我是你的心上人呀

1

整个儿冬天，乌力图古拉带着313师在雷州半岛进行紧张的渡海作战训练。不但练游泳、打秋千、走浪桥、船上射击、登陆冲锋，还学撑篙、划桨、摇橹、拉篷、掌舵、下锚、提放分水板、识别风向、观察潮汐、航行编队等航船技术。乌力图古拉身先士卒，先把自己呕吐成一只鱼鹰，再练成一条迎风招摇的梭子鱼，然后照这个样子，训练他的兵。

葛昌南在广州治好疟疾，果然信守诺言，赶回313师。

一见面，葛昌南完全不认识乌力图古拉了。乌力图古拉头戴一顶破斗笠，光着脊梁，下身鼓鼓囊囊兜一条粗麻缝制的裤衩，古铜色的皮肤油光水滑，沾不住一星水珠，人又黑又瘦，肌肉结实得像成熟的椰子果，刀都砍不开。葛昌南在医院里翻了本儿，不光疟疾治好了，烂肠子也割得干干净净，用不着再摸屁股，很得意地和同僚们一一握手，说辛苦了，辛苦了。

握到乌力图古拉，乌力图古拉不接葛昌南的手，拦腰将他抱起，大步往海边走。葛昌南说哎哎你干什么，又不是三年两载没见，犯不上这么热情。乌力图古拉不说话，走到海边，倒鱼篓似的，咣当把葛昌南倒进海里。葛昌南没踩着底，喝了好几口海水，等站稳了，苦涩得直呸呸，埋怨乌力图古拉，没有骡子你摔船呀，你摔我干什么。乌力图古拉嘿嘿地笑，笑过一抹脸，转身指示教头，照这个样子，把政委训结实。

1950年4月16日夜晚，北风如强贼，呼呼地在琼州海峡上空穿梭。两批小规模偷渡部队成功登岛之后，大规模登岛作战的信号弹升起在夜空。乌力图古拉在先头团的指挥船上，四周是大大小小数百条战船，船队在海上行驶了六个多小时，和前来拦截的国民政府军海上舰队打了几仗，在海防炮火的轰击下顽强前进。指挥船挨了好些子弹和炮弹片，几次被近处落下的炮弹溅起的浪头掀起来。第二天凌晨，指挥船的船舷终于被炮弹击中，乌力图古拉下令弃船下海。一个小时后，拼命划动海水的乌力图古拉踩到了松软的沙地，他大喜过望，朝身后喊，落地啦！

乌力图古拉率313师在博铺港一线抢滩登陆成功，和友邻部队一起，连续攻克敌方的立体防御阵地，建立起登陆基地，然后迅速向海岛纵深发展。乌力图古拉在岛上打得很顺利，基本上跟打孙子似的，势如破竹。国民政府军海防司令薛岳麾下十万兵力，各型舰艇五十艘，飞机四十五架，拥有绝对的制海权和制空权，却被没有大型舰船和一根飞机毛的解放军强行渡海登陆，撕开地堡群构筑的海防工事，逢城略城，遇县克县，撵得鸭子飞。乌力图古拉对㞞到底的薛岳不满，嫌自己带着部队练了几个月，练得脱了几层皮，都不像人了，却遇上这么个不让人痛快的对手，早知道这样，不如留下精力晒日头去。

乌力图古拉第一次见到热带雨林，没想到植物可以长得如此嚣张，问向导，棕榈树的叶子和芭蕉树的叶子能不能喂马，听说不能，心疼得一个劲儿地摇头，觉得上好的东西给糟蹋了。乌力图古拉在植物面前像个童心未泯的孩子，他很惊讶，青黄不接的季节，岛上竟然瓜果遍布，而且密实得不讲道理，好好的打着打着，让草棵里的西瓜绊个大马趴，摔一脸瓜汁，好好的打着打着，枝头上的荔枝掉进嘴里，噎得人直瞪眼。还有士兵被菠萝和椰子吓住，一片一片地往地上趴，以为是对方埋设在那里的新式地雷，等着爆炸，后来知道那些不是地雷，是果子，能吃，不炸，这才继续往前冲。乌力图古拉为这个气得要命，要部队别耽搁，见了不认识的果子只管踩着走。下面的指挥员犯了难，说不光果子，也有美式压发雷，专炸步兵，过去没见过，真不认识。乌力图古拉没了辙，直骂娘，骂过以后叮嘱部队还照生疏的走，见了不认识的仍然趴下，真不炸再吃了它。

葛昌南不气，也不骂，人坐在车里，脚下一堆果子，车颠簸一下，就势弯腰摘一枚荔枝，剥了壳往嘴里塞，吃得蜜汁儿滴答，还满意地怂恿乌力图古拉，说老乌你尝尝，味道不错，比杧果好吃。乌力图古拉让果子的事拖延了前进速度，和果子不共戴天，烦，不尝，问什么杧果，要不要通知部队识别一下？葛昌南想起在广州时和萨努娅说话的情形，想起乌力图古拉不再招惹萨努娅的决定，思绪万千，不说杧果的事儿，只遗憾地叹长气。

海南岛上的土著居民长期受大陆人的欺辱和压榨，生活在水深火热中，基本上是睡山洞、盖蒲叶、吃木薯、喝山泉，跟猴子没有什么两样。部队往深山里去，乌力图古拉看到黎族和苗族的大姑娘光着身子，不穿裤子，站在油棕树下目光呆滞地看人，心疼，让部队搜集衣裳给老乡穿上。部队登岛作战，没有多余的被服，仗打了几天，士兵们早已衣衫褴褛，没什么可搜集，乌力图古拉就下令，凡捉了俘虏，先缴武器，再扒衣裳，只留下裤衩护住私处，其余的一律扒光，扒下来的衣裳送给老乡，够不够，先让大姑娘穿上。那以后，只要是313师攻下的地盘，俘虏们都光着脊梁，押在路上走，就像一队脱了毛的鸭子。

海南岛战役结束后，参战部队轮休整顿。没等舒坦过来，乌力图古拉就接到通知，要他和葛昌南留下部队，带上师指挥部，随兵团首长回武汉，向四野前委汇报渡海登陆作战情况，接受新任务。

一接到通知，乌力图古拉就斜着骆驼眼老谋深算地琢磨开了，私下里对葛昌南说，到咱俩为止啊，别传，传我也不承认——有大动作，要打大仗了。葛昌南刚得知，妻子叶至珍已经从东北南下，正在武汉等着和他见面。葛昌南最后一次见叶至珍是在东北夏季攻势的时候，三年时间没见，心里痒痒的，不免往美事儿上想，心不在焉，说打什么大仗，都说清楚了，是汇报渡海登陆作战情况。

“汇报情况带什么指挥机关？”

“那就是说，你让扒俘虏衣裳的事儿上面知道了，上面要修理你。”

“还是那句话，修理我，带什么指挥机关？”

“那还等什么，还不赶快和你的儿子们告别去。”

“老薄荷，分心了吧？闹个人主义了吧？丧失革命斗志了吧？”

“和老婆团聚的事儿，不闹个人主义，还能搞集体主义不成。所以说，老乌，有老婆和没老婆就是不一样。你呢，真得讨个媳妇了，要不，你身上老有一股汗臭味儿。”

葛昌南大言不惭，话里有话，原以为能拿住乌力图古拉。谁知乌力图古拉身上没肉，只当一身轻松，不受刺激，仍拿葛昌南开涮，先申明，到了武汉，他和葛昌南换角色，葛昌南改军事，仗葛昌南自己打，无中生有也行，借刀杀人也行，笑里藏刀也行，声东击西也行，顺手牵羊抛砖引玉釜底抽薪欲擒故纵浑水摸鱼树上开花假痴不癫都行，往死里掐；他呢，改政治，掐架的事儿不帮忙，只替葛昌南弄点儿柴火，烧口水，让葛昌南洗洗涮涮什么的，顺带给叶至珍同志说点儿集中兵力打歼灭战的道理。

葛昌南拿痞里痞气的乌力图古拉没办法，说去去去，把乌力图古拉推到一边，拉开门走出屋子，到外面独自傻乐去。

2

7 月份，正是武汉最炎热的夏季，萨努娅从火车上下来，立刻感到一股灼浪扑面而来。

九个月前，萨努娅离开这座被大江大湖包围着的城市去了广州。那个时候，这座城市刚刚告别夏天，人们还穿着夏天的衣裳。现在她回到这座城市，看到人们还是那身衣裳，好像她昨天早晨才从这座城市离开，人们还没来得及换下那身衣裳似的。这种感觉怪怪的，让萨努娅觉得自己和这座城市有一种宿命关系。

中南局和华南局联席会议在武汉召开。斯大林同志的私人特使科瓦廖夫率观察组列席会议。萨努娅作为华南局的外事干部、观察小组副代表库切默同志的妹妹，随华南局领导赴会，协助与观察小组方面的联络。

不到一年时间，萨努娅再次见到哥哥，别提有多高兴了。兄妹俩一见面，库切默就告诉萨努娅，她已经有了第五个嫂子，是一个中国同志，叫吴瑛。吴瑛同志比库切默大两岁，和原来的丈夫在皖南事变中双双被捕，丈夫被枪毙，她则遭到残酷的折磨，后来在宋庆龄的营救下得以出狱，回到党的怀抱。库切默一听吴瑛的遭遇，立刻决定娶她为妻。他的举动深深感动了中国同志，吴瑛当场流下了激动的眼泪。库切默的行程非常匆忙，婚事办得果断。虽然南京刚刚解放，接管国民政府的事情千头万绪，有关方面还是为观察小组副代表和烈士遗孀举办了一个相当热烈的婚礼，各方面领导亲临祝贺，并且发表了热情洋溢的讲话。

萨努娅倒不觉得新嫂子结过婚有什么，年纪比哥哥大有什么，她只是有些担心，自己这第五个嫂子，会不会像前四个嫂子一样，不久之后也会成为革命烈士。库切默沉默不语。萨努娅一看哥哥沉重的表情就后悔了，连忙改口说，不会的，中国革命已经成功了，嫂子不会再成烈士。库切默严肃地批评妹妹有躺在功劳簿上睡大觉的思想。他告诉妹妹，中国革命成功了，也许它会成为苏联的第十七个加盟共和国，可世界革命还没有成功，他将接受新的任务，去朝鲜、老挝、缅甸、阿富汗、泰国、越南，去那些国家指导兄弟党工作，帮助他们建立人民政权，吴瑛作为他的妻子，是他最亲密的战友，会和他并肩战斗，随时都有牺牲的可能，对此，他已经做了充分的准备。萨努娅听哥哥那么一说，差点儿没落下泪来，越发加深了对哥哥的敬佩，同时在心里默默地为新嫂子祝福。

3

联席会结束那天，中南局组织了一场舞会，招待华南局的同志，以及苏联观察小组的同志。中南局领导吩咐，让把从前线轮战回来的高级指挥员，还有在武汉等待分配工作的高级指挥员都请来，一起招待一下，让他们也放松放松。

舞会安排在德托美领事街的天星花园，请了一支葡萄牙人的乐队，还请来德英女子中学的高年级学生和东北军政大学的女学生陪舞。天星花园的舞厅用软布包了墙，地板是上好的南洋橡木，仔细打过蜡，再用滑石粉擦拭了两遍，踩上去不吸脚，有一种腾云驾雾般的感觉。乐队是熟手，虽然改朝换代，国语流行舞曲《蔷薇处处开》和《疯狂世界》不能演奏，但经过短时间的排练，《七枝花》和《绣金匾》这样的革命曲子也能演奏得有模有样。乐队的管事是个白俄，看见来宾中有自己的同胞，特意在舞会开始前指挥乐队来了一曲《亲人列宁》，博得在场的观察小组同志和中国同志的热烈掌声，赢得一个碰头彩。

舞会开场不久，军官们来了。军官们就像一群从森林中拥出的大型肉食动物，非常高兴自己能够来到一个食物丰沛的草场，一个个眼珠子发亮，指节掰得咔吧直响。舞会组织者看见军官们进来，立即领着女学生们上前，请革命的功臣们跳舞。军官们当然不会拒绝，没等坐下喘口气，就一人搂着一个软软的细腰，进入舞池操练。高级军官，不管参加革命前是什么出身、会不会跳舞，参加革命后都扭过秧歌，熟稔也好，生疏也罢，转圈圈的事都能对付，只是几十年的追击和逃亡、跳跃鹿砦和死尸，让他们习惯于步伐大一些、动作刚烈一些。在场的领导多是老上级，没有生分，军官们一时喧宾夺主，把先来的观察组的同志和领导同志挤到一边，观察组的同志和领导同志已经跳过几曲，正好借这个机会去一边抽烟休息说话，并不因为草场上来了一群生猛动物而不悦。

到武汉之后，乌力图古拉接受了新任务，到军里任副军长，随军部赴东北参加东北边防军的组建工作。葛昌南的工作也有变动，他身体状况欠佳，上面认为他不适应东北的严酷气候，让他留在中南，另行安排工作。两个人各有新任，都得离开带熟了的313师，但毕竟有区别，乌力图古拉是人往上走，葛昌南是水往下流。用葛昌南的话说，乌力图古拉是升了辈分儿，爹成了爷爷，儿子们还是自己的，虽说管别人叫了爹，可管乌力图古拉得叫爷；而他葛昌南却是丫头命，千辛万苦地长熟，说嫁就给嫁掉，还不知道婆家什么样，公公婆婆小叔小姑拿不拿她当外人。

本来乌力图古拉不想参加舞会，要去长江里凫水，说是自从打过海南岛，落下了渴水的毛病，见了水就跟见了漂亮女人似的，非得亲热一下不可。葛昌南心里不痛快，要找地方宣泄一下，说水里没有漂亮女人，舞会上有，要亲热去舞会亲热去，硬把乌力图古拉拽到舞会上来。

乌力图古拉能跳跺脚舞，跳得还不错，部队祝捷的时候，下面的兵老拽他来一个，他一高兴，就真来一个，连踢踏带咔嚓，圈子转得那是满场飞，汗瓣子甩得八丈远，唯独瞧不起四二拍子的正步。乌力图古拉进来的时候，乐队正在演奏《七枝花》，乌力图古拉没去搂软软的细腰，在一旁坐着，跷着二郎腿哼歌词：什么花开花朝太阳？什么人拥护共产党？葵花儿开花朝太阳，老百姓拥护共产党……什么花开花穿在身？什么人的话儿要记在心？棉花儿开花穿在身，毛主席话儿记在心……乌力图古拉哼到“蒺藜花开花拦住路，反动派鬼怪要铲除”的时候，他一眼看见了舞池中正和一位中南局领导跳舞的萨努娅。

萨努娅那天打扮得很漂亮，长发用一条红色缎带齐发根扎住，露出大理石般饱满滑润的额头，一袭红色棉质布拉吉，红得像一团可爱的火焰，在那些雏鸟儿一般生涩的女学生中，显得鹤立鸡群。

乌力图古拉像是让人踢了一脚，打了个激灵，不再哼歌词，也不跷二郎腿了，慢慢放下腿，弓下腰，躲埋伏似的，悄悄潜入舞池，拉了一下葛昌南的衣角，压低声音紧张地说，老葛你来一下。葛昌南挑选了半天，挑中一个人高马大的东北军政大学女学生做舞伴，正搂着人，咬牙切齿，渐入佳境，没有理会乌力图古拉。乌力图古拉便小鸡娃啄母鸡羽毛似的，又拉了一下葛昌南。这回力气大了点儿，把葛昌南拉了个趔趄。

“干什么？”葛昌南不满意地说乌力图古拉，“这位小同志有力量，适合我，不换。今天馍馍多，谁也空不下，你找别的馍馍去。”

乌力图古拉朝舞池中瞥了一眼，眼看着萨努娅火焰一般，翩翩然朝这边烧过来，心里一急，上前捉了那个有力量的女学生，胳肢窝里一架，端离地面，放到一旁，也不管人家夹紧胳肢窝羞成什么样儿，拉了葛昌南就走，边走边急眉躁眼地说，出事儿了，她在这儿。

“谁呀在这儿，”葛昌南刚宣泄个开头就让人搅了好事，譬如撒尿刚撒个开头就堵在小腹里，心里有火，不免声音大了一倍，“油光水滑的地，别拉来拉去，拉出问题。”

“真出问题啦。是麻烦。你得帮我。”

“帮什么？食尽飞鸟各投林，你往上踮了一脚，没说帮帮我，凭什么我就该帮你？”

“行行行，”乌力图古拉看出自己不合时宜，只顾了自己的尴尬，没顾着同僚的心情，松开葛昌南，嘴里嘟囔道，“反正是分手，今后谁也不认识谁。没你什么事儿，你回去捡你的馒头吧，我得走。”说罢撇下莫名其妙的葛昌南，像个运气不好，刚挖穿城墙就遇到巡城官兵的贼，快步朝门口溜去。

萨努娅已经看见了乌力图古拉，而且是早就看见了，在军官们进门的时候就看见了，只是在看见乌力图古拉之后，她稍许迟疑了一下，然后决定不理会他。过去那些不快有如春水覆盖下的池塘，看着池塘涨满，水面平静得很，其实水下的草丛都在，没来得及走掉的刺猬、甲壳虫都在，一旦水涌动起来，植物也好，动物也好，搅得纠缠不清。萨努娅被一位谢顶的中南局领导搂着，领导一只眼睛负过伤，视力不好，但他却像钓鱼的高手，不管水面上浮萍有多少，身边的军官们如何横冲直撞，总能把萨努娅像鱼漂一样令人佩服地甩到空隙中，两人所到之处，是池塘里最不受打扰的地方。这为萨努娅提供了便于观察的良好条件。萨努娅就算决定了不理会乌力图古拉，她的一只手搭在领导的肩上，另一只手被领导满心呵护地握在手中，腾不出手来蒙眼睛，可要是闭上眼，岂不是告诉舞伴他的秃顶让她多么厌恶。萨努娅占据着舞池中最好的观察点，又不能遮住或者闭上眼睛，只能违心地接受很容易看到乌力图古拉一举一动这样的事实。何况，萨努娅决定不理会乌力图古拉，这只是她自己的决定，这个决定是下意识做出来的，缺乏保障这一决定坚定不移地完成的充足条件，这就为后来发生的事情埋下了转变的基础。

舞曲刚开始没有多久,还在热情洋溢地问“什么花开花不怕雪,什么军队打仗最坚决”,不会在这个时候停下来。在攒动的人群中,萨努娅在一步步接近乌力图古拉。她感到一股热浪隐隐向她涌来,烤得她脸蛋儿灼烫,这让她有点儿不安,脚步错了一个节拍。萨努娅想,这还用问吗,腊梅花开花不怕雪,人民军队打仗最坚决。萨努娅还想,舞厅是个不错的舞厅,可还没有大成一个世界,不管她是否决定了不理乌力图古拉,他们躲不开,总要见面的。萨努娅接下去想,见面又能怎么样?他们不是没有见过面,他把她怎么样了?不是没怎么样吗?不光没怎么样,他还得“算了”,还得在他蛮不讲理的招惹过她之后放弃他蛮不讲理的招惹,拿她一点儿辙也没有。萨努娅继续想,不管过去发生了什么不愉快的事情,他们毕竟是同志,在为同一个事业奋斗,而且,她是同意他用他朴素的理想和果敢的行动毫不留情地蔑视并且摧毁旧世界的压制,创造自己的黄金时代的。不光同意,她也在摧毁,也在创造自己的黄金时代,他们的理想是一致的。既然如此,见了面真要是装作没看见,也显得自己太没有胸怀。这么一想,萨努娅就推翻了最初的决定,做出新的决定,她打算在靠近乌力图古拉之后,装作刚刚看见他的样子,不惊不诧地、有礼貌地、微笑着、迷人地向他打个招呼,然后舞步飘逸地离去,以后再也不看他一眼,他们分头去摧毁并且创造他们的世界,谁也不招惹谁。做出了新的决定之后,萨努娅反倒释怀了,浑身一阵轻松,脚下的舞步也轻盈起来。这让她的舞伴一时感到迷惑,不知是乐曲的哪一节段落,让自己怀里的萨努娅由一个美丽的姑娘变成了一只轻盈的鸟儿。

萨努娅在接近乌力图古拉的时候,看见他从舞池边的座位上站起来,猫下腰,蹑手蹑脚地进入舞池,拉住葛昌南说着什么。这样更好,她可以故作在舞池中与他正当相遇,这比扭了头向休息座的方向迷人地微笑容易得多,也更合情理。萨努娅开始判断舞伴带舞的方向和速度，并且暗中控制着方向和速度，精心制造着一次看起来再巧不过的邂逅。眼见就要接近乌力图古拉了，她却发现他端掉了葛昌南的舞伴，拽着葛昌南往舞池外走，两人一边走一边说着什么，然后，他松开葛昌南，一个人快步朝舞厅门口走去。

萨努娅愣了一下，立即明白过来，乌力图古拉也看见了她，却并不打算和她"邂逅"，而是准备溜之大吉！这个发现重重地刺伤了她的自尊心，让她非常生气，让春水中的池塘又不平静了，水草泛滥起来，刺猬和甲壳虫们扑腾起来，搅起一团团怒气冲冲的水泡。萨努娅在这些水泡中气愤地想，事情是你惹的，不是我惹的，不是我想和你邂逅；你说"合适"就"合适"，你说"算了"就"算了"，你合适的时候就摔门，你想"算了"就讽刺人家是"萨雷·人民"，这算什么？萨努娅接下去想，本来她已经决定不理他了，因为他负伤，她打算原谅他，去医院向他道别，可是，她去了，他却溜走了，连让她接受他诚恳道歉的机会都没有留给她；然后，他们相遇在珠江边，那么遥远的千里之外，他们在同一个时间里为同样的事业出现在同一座码头上，那是多好的机会呀，他完全可以利用这个机会弥补他做错的事情，热情洋溢地迎向她，向她惭愧地、一遍又一遍地道歉，就算"部队不能久待"，他要"去揍那些不要脸的东西"，至少可以让她在码头上或者船舷边和他握手，让她微笑着、鬓发飞扬地祝他作战顺利，为中国人民的解放事业再立新功，可是，他就像一只故意要惹母狐狸生气的公狐狸，又溜掉了，让她站在永远也不会移动的岸边，无奈地遥望他得意扬扬的帆影。萨努娅怒不可遏地想，凭什么呀？凭什么他就该一而再再而三地侮辱她，惹她生气，然后又在占足了她的便宜之后溜之大吉？她究竟该了他什么！

萨努娅的心被重重地撞击了一下，一种强烈的冲动潮涌而来。她来不及分辨那种冲动到底是什么，只是觉得自己非常委屈，委屈到无法忍受。不错，这之前他让她受到两次侮辱，她对他有一种痛苦而敌视的情绪，但不管怎么说，那毕竟也是一种感情哪！他怎么能这样对待她？怎么能这样无视她那些越来越说不清楚的感情呢？而且，她不能欺骗自己——尽管他使她承受了巨大的耻辱，她恨他，厌恶他，可她却被他一次又一次强烈的出现和接下来一次又一次神秘的失踪给深深地吸引住了；被他昂首阔步从兵面前吧嗒吧嗒走过，搂着枪踢开兵横冲直撞往前冲，泥土埋了九十九层没有死，踹开医院大门满世界去撒野的顽强生命力给深深地吸引住了！

萨努娅不顾一切地撇下舞伴，裙裾摆动，穿过人群，与看见了她并且直了眼张大嘴的葛昌南擦肩而过，向舞厅门口快步走去，在那里挡住了刚刚拉住大门上光滑的楠木把手的乌力图古拉。

乌力图古拉本来已经溜走了。他已经抓住了舞厅大门的把手，只需稍稍用一点儿力气，拉开大门，迈出去，就会摆脱“什么花儿开花蜜蜂儿亲”的诘问，消失在舞厅外面的黑夜之中。如果他溜走了，溜到大街上，他肯定会有一种冲出包围圈的松弛和快感。他会解开风纪扣，叉着粗壮的腰，仰头向天，哈哈大笑，然后在舞会结束后，得意地告诉葛昌南自己的机智与果断，顺便向葛昌南打听一下萨努娅的情况——如果葛昌南聪明一点儿，知道应该主动上前去和萨努娅同志再扯上一通野棉花的话——那该是一件多么值得总结并且在今后发扬光大的成功战役呀。可是，这场预谋中的成功战役只是停留在乌力图古拉谋略的沙盘上，没有来得及实施，就被终止在离他仅半尺之遥、年轻得令人沮丧、美丽得咄咄逼人、正愤慨地盯着他的萨努娅面前。乌力图古拉傻了眼，窘迫地握着大门的把手，不知道该不该把自己的手从那上面松开。

“萨……萨……这个……”乌力图古拉脑子里一片空白。

“萨雷·萨努娅同志。”因为跳了几曲舞，萨努娅充满青春活力的脸颊上洇着血色，浮现着嘲笑，但更多的是愤慨，“您也可以叫我萨雷·人民。要是您觉得我们可以更亲密一点儿，就叫我莎什卡观世音娘娘好了，随您的便。”

乌力图古拉窘迫得很。他在心里暗暗骂自己，恨不得用力扇自己的耳光。他想这是干什么？何必呢？他想狗日的乌力图古拉，你总是这样，总是管不住自己的嘴，在嘴巴这种非常重要的部门犯严重的方向性错误。你什么话不好编派，非要去编派人家的名字；你就是要编派名字，也动动脑子，编派个好一点儿的，比如说，“萨雷·世界人民大团结万岁”，或者“莎什卡阶级姐妹”什么的，现在好，让人家抓住把柄，什么都完了。

“这个，是的，是的，我们可以更亲密一点儿……不不，我们不能亲密。我的意思是说，得严肃一点儿。”乌力图古拉极力控制住一团糟的脑子，尴尬地松开大门把手，抚着大巴掌四下打量，寻找脱身的机会。他必须脱身。这是一场危险的战役，这个他看出来了，“萨雷·世界人民……哦，不对。萨雷·萨努娅同志，萨努娅同志，小萨同志，小萨……”

“随便，您可以随便，干吗不随便呢？”萨努娅有了一些开心。她看出了乌力图古拉的窘迫。毫无疑问，他是窘迫的。她需要用这个来疗治她的创口。但这还不够。她得痊愈对不对？她得从她受到的屈辱中踢开大门走掉对不对？他得为他做出的野蛮行为付出代价对不对？“您甚至可以说，烂掉真他妈的不赖。请便，首长同志。”

“是吗？可以吗？可是，为什么？”乌力图古拉在挣扎。他用余光侦察了一下舞厅，没有发现可供脱身的机会，却发现已经有人在注意他和她。他俩太出众，太显眼，太一枝独秀两朵争艳，不让人们注意都不行。这是一件好事，可在眼下，还是不要这样的好事为好，“萨努娅同志，你能不能，我是说，在这种场合下，注意一点点影响，稍微注意那么一点点？我是说，你能不能，不那么大声嚷嚷？”

“我大声嚷嚷了吗？”萨努娅冷笑一声，弯曲而好看的眉毛往上一挑，“您怎么对影响关心起来了，首长同志？是您教会我嚷嚷的呀。您忘了，在我的宿舍，还有您的指挥部，您是怎么嚷嚷的？您嚷嚷得满世界都听见了，您连椅子都嚷嚷坏了，您连门都嚷嚷坏了，您不也没有注意影响吗？”

“这个，萨雷……萨努娅……同志……小萨……”乌力图古拉语无伦次。他觉得那么美丽的萨努娅，让人神清气爽的萨努娅，没有她世界革命就会留下一些遗憾的萨努娅，现在她一点儿也不像斯大林的女儿，而像一个可恶的敌人，她怎么能这样？但是，在眼下这个战场上，她是一个强有力的敌人，他不知道能不能战胜她，他感到吃力，有点儿招架不住，弹药罄尽，战斗减员无法控制，形势越来越恶劣。也许他可以试试别的，比如说，投降：“我向你，我是说，萨努娅同志，表示，严重的道歉……”他发现自己完全乱了方寸，怎么是严重呢？应该是严肃才对。可怎么又不是严重呢，那就是严重：“请你接受我严重的道歉。”

“不，”萨努娅倒是很严肃，淡蓝色的眸子清澈地盯着乌力图古拉，嘴角露出一丝愉快的嘲讽，“不不亲爱的首长同志，请您不要这样，这不是您的风格，这不像您，这样的您让我失望，非常失望。”萨努娅感到快乐了。她就是要这样的快乐。她得到这样的快乐非常非常不容易。她尝到了踢开门走掉的欣喜。她希望把这样的欣喜扩大：“第一，您是男人，我是女人，对吧？第二，您是科尔沁草原牧民的儿子，我是柯尔克孜大地主的女儿，对吧？我们是棋逢对手的一对儿，激烈的一对儿，不是吗？”

有生以来头一回，乌力图古拉红了脸，原本青铜一样坚毅的脸，涨成难看极了的紫茄子色。他简直没法儿忍受，想变个蠓子什么的从纱窗钻过去，逃离此地，哪怕钻过去以后再也变不回人形来。舞会组织者事先从汉口冰厂运了两车冰，布置在帷幕背后，舞厅里并不热，可以说十分宜人，他却直冒热汗，棉布衬衫湿了一大片。现在不是有人注意到他们，而是整个儿舞厅，差不多所有的人都注意到了他们。舞曲还在响着，舞步没有停止，但所有该死的脖颈都他妈的变软和了，让那上面长着的脑袋能够从各种角度扭向他们这边，让脑袋上那双不要脸的、被称作眼睛的窟窿，毫无节制地看着他们。这是一个什么样的舞会呀，这简直是一场灭绝人性的凌迟！

乌力图古拉陷入了绝地。萨努娅等于是在踢他的屁股，而且是当众踢。该死的葛昌南，打摆子烂屁眼儿的老薄荷，现在代替萨努娅，成了舞会的明星，正在激动地向那些军官们讲述着什么，而那些军官们则开始激动，充满羡慕和嫉妒地朝这边看。乌力图古拉痛苦地闭上了眼睛。她还不如利索一点儿，当众结果掉他，比如说，掐死他。是的，他说过“一对儿”的话，说过“棋逢对手”的话，这些话不对，非常不对，可他也说过“犯错误了”、“浑”、“不谈这事儿”的话，他说“不谈这事儿”，那是他的真心话，是他在作出深刻反省之后说出来的，那些话认真严肃，触及灵魂，而且是以蒙古鞑靼盟誓的方式说出来的，他是知错就改的呀！但这并不是说，他不想把她当成激烈的一对儿，棋逢对手的一对儿，更不是说，他在主动撤出战场之后，她就可以向他猖狂进攻，把他逼近死角，捉他的俘虏，而且她那么做的时候，他不会发起反攻。

“我说了，我道歉。”乌力图古拉把眼睛睁开，睁成风暴中的骆驼眼的样子，声音有些提高，脸色也有些阴沉，“我已经道过歉了，日头不往天上挂了，羊羔不吃奶了，难道你非得让我把洗干净的脚揣回脏口袋里？”

“您让我有点儿糊涂首长同志。”萨努娅继续冷笑。她一点儿也不怕乌力图古拉的骆驼眼，不怕他提高声音，阴沉脸色。对手又能怎么样，她牵着哥哥的手万里迢迢来到中国，就没有打算怕过对手。他太恶毒了，现在轮到她来恶毒了。而且，她觉得她开始迷恋上踢开门昂首阔步吧嗒吧嗒的快乐了:“您是在告诉我,共产主义的大锅里什么裤子都可以洗?”

乌力图古拉生气了,威风凛凛的狮子鼻翕动着。他愤怒地想,是的,是的是的,我是有那么一点点不对,有那么一点点,嗯,不讲道理,还有,粗暴,还有,不斯文,但是,我不是没有死缠烂打吗?不是主动撤出战斗了吗?不是战略大转移了吗?为什么不看到这个大方向,给人一条出路?再说,当着这么多人的面,有那么好听的曲子伴奏,我向你道歉,真诚地道歉,你却得理不饶人,这算什么?你就讲道理吗?你的大方向就对吗?

乌力图古拉再一次回头看舞厅,他看见人们仍然朝这边张望,中南局和华南局的领导在休息区小声议论,一个戴了夹鼻眼镜、梳着整齐的亚麻色头发的小个子外国同志十分严肃地询问身边的翻译,然后目光闪烁地朝这边看。这让乌力图古拉更来气。注意就注意,严肃就严肃,有什么了不起?人多有什么了不起?外国同志有什么了不起?他又不是没见识过人多,又不是没见识过外国同志。他还就喜欢人多,就喜欢外国同志。他在六个整编师铺天盖地蜂拥而至中也能够疯起来,也能够于乱阵之中取上将首级如探囊,他怕过谁?他就是因为喜欢外国同志才招惹上萨努娅,才让萨努娅在众人面前堵住他,当众踢他的屁股。既然如此,他怕谁,凭什么怕?

“好吧,”乌力图古拉的战斗精神被轰的一声点燃,他昂起巨大的脑袋,挺起厚实的胸,扬起剑一般锋利的眉毛,自上而下,挑战地看着萨努娅,“说,你想干什么?想怎么样?”

舞曲戛然而止,因为舞池中已经没有人再去听它。人们就像舞曲响起时欣然拥进舞池一样,现在正松开枝头的果子似的松开自己的舞伴,慢慢拥向舞厅大门口,将两个吵着架的人儿远远围住。舞厅里一下子安静下来,静得成了一个等待打响的战场,而参加战斗的双方此刻站在大门口，正虎视眈眈地盯着对手。

夹鼻眼镜满脸不快地朝这边走了过来，一副要冲进顶犄的羊群中的牧羊犬的架势。但是，他晚了一步，没有阻止住战斗。

一袭红色布拉吉的美丽的鞑靼女人眼睛闪烁着，慢慢仰起好看的下巴颏儿：

“我想怎么样？还能怎么样？我要您兑现诺言——您的诺言。”

“什么诺言？”

“把我们的事情办了。”

乌力图古拉愣了一下，没明白，呆呆地看着胸脯剧烈起伏满面潮红的萨努娅。什么意思？“我们”是什么意思？“事情”是什么意思？“办了”是什么意思？他搞不懂。但是，他很快就懂了，明白了。那是冲锋号！全线出击，总攻开始了！嘀嘀嗒嘀嘀嗒——嘀嘀！好啊，好啊好啊，既然这样，那就来吧！

萨努娅也愣住了。她想天哪，这是怎么啦？发生了什么事情？她怎么会说出这句话？她压根儿就没有想要说这句话！她只不过是生气，被对方的傲慢所激怒，不想让对方再度回到恼人的对抗上去，她就是说“去死吧”也不会说这句话的！萨努娅一下子乱了阵脚，美丽的眸子里挂上一层惊慌的霞色，下意识地往后面退了一步，好像那样一来，她就可以收回她说过的这句话。问题是，从战术的角度讲，这句话不是试射，不是密集射击，不是炮火延伸，而是双方在炮火打击之后最后的刺刀见红。她说出了这句话，就等于是射出了枪膛里的最后一粒子弹，把自己一览无余地亮在对方面前。她再也没有了弹药，这使得她越发慌乱起来。

有人为萨努娅的进攻而激动，不由自主地鼓了两下巴掌。是葛昌南，还有几个军官，他们为萨努娅鼓掌。他们等于是战斗者的友邻，隔岸观火的友邻，上屋抽梯的友邻，他们希望任何一方打响，并且希望战斗越激烈越好、越残酷越好。

更多的人沉默着。他们已经看出来,那是一场战斗。在这场战斗中,一方发起了进攻,另一方还没有还击,也许不准备还击,而是打算撤出战斗——如果那样,就不能称其为一场严格的战斗,这场战斗就没有什么意思。所以,鼓掌者呱呱了两下之后,不得不停了下来。现在,舞厅里更加安静,人们在等待另一方的战斗者亮出武器,开始还击,或者放下武器,宣布撤退。

"好吧。"乌力图古拉的眼睛里闪烁着被激怒的豹子般的凶光。他根本就不看那些潮水般漫到脚边的友邻。他的眼里只有一个猎物。现在,他慢慢地收束起尖利的爪子,埋下脑袋,龇出锋利的牙齿,拱起腰背,"我的诺言,我当然要兑现。我们把事情办了。"

沉默了两个节拍,完全可以演奏完"迎春花开花迎春天,中国人民迎接胜利年",然后,舞厅中响起一片热烈的、经久不息的掌声。

两个战斗者被热烈的掌声吓了一跳,各自退后一步,目光从对方脸上移开,惊慌地去看舞厅。他们看见葛昌南眼里溢满雾气,用力鼓着掌,那些解开了风纪扣的军官们,差不多把自己的一双手当成了一个师、一个军,拼命地拍着,中南局、华南局的领导微笑着,轻轻地拍着巴掌,年轻的英德中学、东北军政大学的女学生们,崇拜和羡慕得几乎快要晕厥过去,就连乐队和舞会的工作人员也遥遥地冲着战场这边兴奋地鼓掌。

只有一个人例外,那个梳着整齐的亚麻色头发、戴着夹鼻眼镜的小个子外国同志。他皱了皱眉头,不快地瞪了萨努娅一眼,转身向休息室走去。

4

中南局和华南局的领导基本上把乌力图古拉和萨努娅这一对

新人的国际主义大团结当成开国大典遗漏下来的一枚礼炮，为他们“把事情办了”大开绿灯：如果没有新的或者特殊任务下达，乌力图古拉休假十天，打好结婚这场大战役；萨努娅把手头工作移交给其他同志，乌力图古拉什么时候返回部队，她什么时候返回工作组，如果工作组提前返回广州，她就留在武汉，等她和乌力图古拉新婚的战役胜利之后，再返回广州。

乌力图古拉一时成了同僚们共同妒忌的对象。十天哪，奶奶个熊，整整十天哪！日头出来，落下去，再出来，再落下去，再出来，再落下去，这么出来落下的整整十个回合！这期间，所有的日子都归这狗日的，没别人什么事儿，别人想管都管不上，这是什么样的好事儿啊，怎么就落到他脑袋上！乌力图古拉，他凭什么就该享受这个待遇！

“吵吵什么？没听明白呀，开国都大典了，人民都当家了，我该谁来管？还不该轮上一回好事儿？那你们说说，这命还有什么革头？”乌力图古拉得好不饶人，咳嗽一声，挺胸拿架子，眼白左抡一下，右抡一下，抡得他那些醋意兮兮的同僚们，吐血的心思都有。

萨努娅那儿遇到了一些麻烦。库切默不赞同妹妹这桩婚事。一个没有文化的中国男人，而且还是个老男人，而且还是个让汉人同化了的老蒙子，他怎么可以做萨努娅的丈夫？这太可笑了，简直令人不可思议。萨努娅既然已经决定，并且当众表示了要和乌力图古拉“把事情办了”，开弓没有回头箭，当然不会由着哥哥不同意，哪怕这个哥哥是自己最敬佩的人。萨努娅说服哥哥支持自己。她才十九岁。她不能一个人孤军奋战，就算她豁出来了，可要面对经验丰富、深奥得如同一座矿藏的乌力图古拉，她还是有点儿害怕。但是，观察小组副代表不支持萨努娅。他肯定地表示，萨努娅是在犯错误，犯一个严重的人生错误。

“你可以选择白俄罗斯人、波兰人、日本人、缅甸人、中国人做妻子，我为什么不能选择蒙古人做丈夫？”萨努娅生气了，“吴瑛的年龄可以比你大，乌力图古拉的年龄为什么不能比我大？波妮娅和纳陶可以没有文化，乌力图古拉为什么就必须有文化？”

“莎什卡，”库切默看出自己已经不能阻止妹妹，万分难过，“你已经长大了，翅膀硬了，我已经说服不了你了，你就自由自在地飞吧。等你受了伤，从天上跌落下来，再回到哥哥的怀抱里来吧。”

萨努娅知道，哥哥是疼自己爱自己的，哥哥说回到他的怀抱就是疼她爱她。她不断地流着泪，呜呜的，一个劲儿地拿手绢揩，怎么揩也揩不完。

“柯契亚，”萨努娅抽搭着说，“柯契亚我害怕。可我不能让自己害怕。我已经把话说出去了。我得让自己勇敢起来。我得让自己不回头。柯契亚，你能抱抱我吗？”

国际主义战士库切默眼圈红了，他向妹妹张开怀抱。萨努娅像一只迷失了方向的狸猫，委屈地缩进哥哥的怀里，又是鼻涕又是泪，痛痛快快大哭了一场。她的鼻涕和泪水把库切默的衣襟都给打湿了。

5

两天之后，乌力图古拉和萨努娅举行了他们的婚礼。结婚仪式由中南局和华南局的领导共同主持，这样，主婚人也有了，证婚人也有了，两相合宜。在什么地方“把事情办了”的问题难办一点儿，组织的好处这个时候就显示出来。中南局接待处的同志把乌力图古拉和萨努娅接到汉口租界区最豪华的德明饭店，拿出一把落地长窗直通花园的套房钥匙给他们，门上还给贴了湿漉漉的大红喜字，告诉他们，这就是他们临时的家，就是他们“办事情”的地方，希望这个家是他们革命道路上的加油站，等办完事，加足油，出了加油站，就一路加速，直奔共产主义终点站。

乌力图古拉的家人全都被王爷杀害了；萨努娅的父母还在，被押在吉尔吉斯社会主义联盟共和国阿赖山脉的锑矿场里，而哥哥库切默拒绝参加妹妹的婚礼，等于两人都没有亲眷。亲眷是部队上的同志，那是托付过生命，而且将继续托付生命的兄弟姐妹。乌力图古拉让警卫员翻了一下行李，翻出一些散碎银两，葛昌南跟自己娶媳妇似的，跳上跳下，找同僚凑了一些，在饭店包了几桌酒席，等两边的领导说完话，人一离开，就把能请到的同僚都吆喝上，大家着实醉了一场，醉得你揪我的衣领，我箍你的脖子，跟乳毛刚干想打架打不动的牛犊子差不多。

乌力图古拉被同僚们逼着交代恋爱史。他没有那个“史”，他对上萨努娅这个象，不叫恋爱，叫什么，一时半会儿想不出来。大家转而围攻萨努娅，向她要恋爱史。萨努娅工作出色，和中国同志也能打成一片，唯独遇到军队上的人，有点儿拉不下脸，懵懵懂懂，也说不出个子丑寅卯来。乌力图古拉见自己交代不出来，新娘子也交代不出来，窘得很，直告饶。葛昌南知道底细，两个稀里糊涂的人，满打满算也就见了几面，而且见面就掐架，还真没什么恋爱史好交代，看着搭档过不了关，出来解围，说照老习惯，唱支歌吧，就唱《打》，唱完了事。乌力图古拉很感激葛昌南帮自己过关，像捞着根救命稻草似的，不等其他人说同意不同意，张嘴就唱：

打！打就打个痛快！
打！打就打个干脆！
一下两下再一下，
连续打你几铁锤。
好说好讲你不干，
叫我发火你活该。
碰过鼻子你忘了痛，

又要来做送枪队。
来得容易去就难，
打不死你才有鬼。
不管你什么火箭炮、长柄枪，
不打收条，滚你妈的蛋！
不管你什么天上飞、地上爬，
一股脑儿，去你妈的鬼！
打！打打打打！

乌力图古拉一唱这首歌就来劲，血脉贲张，有新娘子在场，先还拿捏着，很深沉的样子，以后浪起来，嗓子吊到天上去，脖颈上青筋直蹦，边唱边挥舞双拳，指挥众人一起唱。军官们一个个按捺不住，全都跟着唱，尖嗓子的有，沙嗓子的有，走调的有，跺脚敲盘子的有，气势汹汹。葛昌南一个劲儿地向军官们摆手，要他们打住，别跟着唱。军官们不明白怎么回事儿，后来葛昌南笑得支住腰往椅子下倒，说哎哟哎哟，受不了啦。军官们看看葛昌南的样子，再想想歌词里的意思，这才反应过来，葛昌南那里有埋伏，拿乌力图古拉当羊牵呢。

组织上有纪律，高级军官可以吃酒席，下面人不行。葛昌南处理这种事游刃有余，买了一些糖果瓜子，让下面的人自己慰劳自己。今天是首长大喜的日子，你们是首长身边的人，替首长烫过脚、牵过牲口、挡过炮弹、抹过血，是首长的筋、首长的穴，酒不能喝，糖果饼干管够，晚上接着闹新娘子，到那个时候，喝酒的下，吃糖果的上，你们打主攻。葛昌南拿出政委的水平，安慰和鼓动一块儿交代了。

那天晚上，乌力图古拉有些心神不定，老盼着酒快点儿喝完，大家快点儿散伙，他好放他的礼炮。他嫌大家酒喝得慢，说你们别乌鸦啄水，一口一口的，你们往嘴里倒好不好。这么说了还嫌慢，憋不住去抢酒瓶子，往自己嘴里倒。大家就生气，说乌力图古拉没意思，婚他结，没大家的事儿，大家不过喝两口寡酒，这样还不干，新娘子和酒都包揽下，抠门儿。

葛昌南知道乌力图古拉的心思，这一回没有使绊子，起身把桌子上散落的花生连壳带仁抓起来往衣兜里塞，说好了好了，老乌那儿还有攻坚战，任务艰巨，能不能打下来还得另说，大伙儿散了吧，要没喝够，我那儿藏了两听美国大豆罐头，去我那儿接着喝。

一辆大屁股福特把乌力图古拉和萨努娅送到德明饭店，车还没停稳，乌力图古拉就等不及地跳下车，往外拽萨努娅。两个人刚下车，饭店旋转门里拥出一大群兵，又是敲锣又是打鼓，还有人领着喊口号：热烈祝贺首长结婚！向萨努娅同志学习！向萨努娅同志致敬！

乌力图古拉傻了眼，像让一群蝙蝠扑了脸的犍牛，半天没回过神儿来。萨努娅却激动得热泪盈眶，迎上前去一个个握手，说谢谢，谢谢你们！乌力图古拉缓过神儿来，拦住下属，把萨努娅的手从下属们的手中解救出来，拿到自己身后掩护住，说干什么，这么晚了还不去睡，没吹熄灯号呀？领头的下属摩拳擦掌地汇报，今夜有任务，改作息时间了，明天补两小时觉。乌力图古拉看出了问题的严重性，若不拿出手段，自己的十天假就去了十分之一，而且是关键的十分之一，损失大了。乌力图古拉就拿出手段，老奸巨猾地问下属，是不是想闹新娘子。下属们笑嘻嘻地说，您是首长，什么事儿能瞒过您。乌力图古拉爽快地说，那行，你们跟我来。

乌力图古拉把下属们领到花园里，让锣呀鼓的都放下，人站整齐，严肃军风纪，扣子一律扣好，帽子戴正，先立正，再稍息，端足架子，把事情做到公事公办的样子上，然后说，闹新娘子行，先把任务完成，完成了由着你们闹。领头的下属抢炸药包似的说，什么任务，首长您尽管吩咐，我们保证完成。乌力图古拉眨巴着骆驼眼，摸着下巴颏儿说，唱歌。下属们都笑，心想这叫什么呀，当兵的，歌是解乏解乡愁的妙药，妙药服多了，满肚子药末儿，让倒一点儿出来，张嘴就来，你这个老狐狸，也有给自己下套子的时候呀。下属们就闹着要乌力图古拉快布置任务，任务完成好进入主题，让新娘子度过生命中最美好的一天。

"天上有星——"乌力图古拉扎好马步，高举双臂，摆出打拍子的架势，起了个音儿，"两百遍——预备——唱！"

下属们愣住了。不是《先有绿叶后有花》这首歌不会唱，这首歌是新歌，十分抒情，大家喜欢，是兵都会唱，只是让唱两百遍，这个没试过，不知来来回回能不能唱下来，唱下来得到什么时候。那么犹豫了片刻，人家乌力副军长发了话，等于是下了命令，命令不完成，不要说新娘子闹不成，下属的职责都没完成，只能张嘴唱。

乌力图古拉根本不关心下属们歌唱得怎么样，一把拽过站在那里抿嘴笑的萨努娅，抬腿就走，迈过月季，迈过玫瑰，迈过喷泉，登堂入室，直上三楼自己的"家"，开门，再关门。

身后的花园里传来下属们急吼吼的歌声：

天上有星，水上有星，像你晶莹的眼睛；
树上有花，地上有花，像你娇红的笑靥。
你曾低声告诉我：先要开花才结果；
你曾高声歌唱：先爱祖国再爱她。
我高兴地走上战场，你的歌声在我耳旁；
我快乐地流浪天涯，你的微笑在我心上。
先爱祖国再爱你，先有绿叶后有花。
…………

6

柳桉木地板散发出森林的气息。落地窗外，橘黄色的汽灯咏哧地在路灯杆子上响着，燃出忽明忽亮的光。偶尔，有一架送冰块儿的马车响着铃铛驶过。附近教堂里，唱诗班在唱最后一首感激主的歌：起初如何，今日亦然；宇宙无限，直到永远……

乌力图古拉和萨努娅站在屋子当中。

乌力图古拉看面前的萨努娅。萨努娅淡蓝色的眸子在灯光下变成了浅褐色，目光蒙眬，麦秸色的鬈发似天鹅绒璎珞，沉甸甸垂在肩头，浑身上下潜伏着一股不肯驯服的野性，弥漫出一种自遥远的克里米亚半岛吹拂而来的神秘种子的芬芳。她没有穿火狐狸般大红的布拉吉，改穿了一件非常合身的小掐腰的列宁装。乌力图古拉知道，不管列宁装合不合身，那不过是冬枯夏荣的燕子草，是上天创造出来，供给羊呀牛呀马呀啃嚼的，好让它们活下去，变得肥美，在燕子草下面，才是温暖的、潮湿的、富有弹性的土地，那才是他应该顶礼膜拜的新鲜而神秘的绿洲。他困难地咽下一口唾沫，像个傻瓜似的站着，一时不知该如何下手，开始他对她整个疆域的探寻和征服。

萨努娅也看乌力图古拉。乌力图古拉特地去剃了个头，刮了胡子，换了一件牙白色的衬衫，这使他显得有些生硬和拘束，不太像他。好在因为燠热，衬衫领口的两颗扣子没有扣上，暴露出古铜色结实的胸肌，那些柔软的胸毛没有剃掉，这使他的野蛮和不讲道理保留了下来，让她心里多少有些踏实。而且，她发现，他一直在紧张地咽唾沫，看她的眼神儿也紧张，要是她一看他，他会倏地把目光移开，像个害羞的孩子。这让她有了一丝感动。

屋外什么地方响起一声鸟儿的梦呓。乌力图古拉像是被一粒子弹击中，身子踉跄了一下，跨出一大步，捉住萨努娅，急不可耐地去撕她的衣裳。萨努娅在乌力图古拉扑向她的时候下意识地僵住身子，闭上眼睛，但很快的，她生气了，越来越生气。她把眼睛睁开，把自己打开，咬紧了牙，怒火中烧地去扒他的衣裳。两个人就像两头在森林里遭遇到的野兽,在最初充满敌意的对视之后,急促地扑向对方,互相撕扯着,很快把对方撕光。

现在,他们是一对真正的野兽,赤身相见了。他目光炯炯地搜索着他的对手——富有弹性的优雅长腿,执拗而充满活力的腰肢,饱满的乳房像一对果实充盈的粮仓,温润鲜嫩的皮肤在台灯的暗光中熠熠闪光。因为优雅、执拗、充盈和温润不再被遮蔽,她感到羞耻,脸蛋儿憋得通红,高傲地仰着下颏儿。不知道是不是因为这个,他突然变得温柔起来,伸出手,试探着,小心翼翼地握住她丰挺的乳房。他很快膨胀了,变成情欲饱满的孩子,把她摁倒在地毯般尚未萌动的初春草地上,衔住她,生硬地吮吸她。

阳光泼洒开来。格桑花痛苦地绽放着。一匹惊鹿掠过清凉的小河,蹿进松油馥郁的树林。苍鹰箭一般射下来,凌厉地击中长着一身温暖皮毛的兔子。尖锐的鹰鸣声中,一株挺拔的桃树颤抖着飘落下无数碎红,那些碎红掩蔽着透明的冰凌,拥着它们顺着河水流走了。

她疼痛地叫了一声,扬手抽了他一个耳光。她把他推开,推得远远的,然后,她眸子锐亮,跃身而起,气喘吁吁地骑到他身上。壁炉里的火开始蔓延。蒲公英爆裂开,蓝色的飞绒弥漫了整座天宇。阳光被森林里巨大的植物切割成一道道栅栏,她在那些淡蓝色的栅栏中困住自己,再由绝望中挣扎出来,让自己变成另一种栅栏,困住他。

他由进攻变为防守,有点儿惊讶,有点儿生气,开始反攻,撕咬她。但她的撕咬更厉害,更致命,完全让他失去了主动。他受伤了,咆哮起来,威胁她,要置她于死地。这正是她所要的。她不在乎是不是死。她喜欢同归于尽,好比如矢而下的苍鹰与纠缠不休的毒蛇,好比腾挪辗转的黑豹与绝地跃进的雪地狼。她瞪着一双美丽无邪的大眼睛,用她扑鼻的芬芳自上而下罩住他,用她的吻套住他。窒息的甜蜜。醉醺醺的温馨。通向死亡的激烈。渴望再生的疯狂。她把他拉进岩浆里，再让他坠入冰河中，让他喘不过气来。

热血在他们体内澎湃，沿着贲张的血管和毛孔喷射而出，流向屋外漆黑的夜空。那些血越流越急，越流越多，终于流淌出天边最初的那一抹朝霞……

7

在枪声还没有消失的1950年夏末，在汉口德托美领事街一栋法国人建造的巴洛克风格的大穹庐饭店里，蒙古人乌力图古拉让美丽的鞑靼女人萨努娅结束了少女时代，做了自己的老婆，并且在接下来的漫长岁月里，无怨无悔地替他生儿育女，焐脚暖被窝儿。那一年，乌力图古拉三十六岁，比十九岁的萨努娅整整大了十七岁。

事情过去之后，萨努娅百思不得其解，不明白自己一开始对乌力图古拉那么没有好感，甚至可以说是恨着他的——她恨过了，发过誓了，决定要反抗，并且勇敢地冲了上去，可她在冲上去之后，他发起反攻之后，怎么就再也没有反抗，或者说，在短暂而没有任何成效的反抗之后，怎么就会稀里糊涂地嫁给了他，而且听凭摆布，替他生养了那么多的儿女？

“是他身上的汗味儿和别的男人不一样，”好友兼邻居方红藤好脾气地问萨努娅，“还是他种地的方式和别的男人不一样？”

“没脸没臊。”萨努娅狠狠地打了方红藤一巴掌，“再不一样，不一样成天上的露水，用康拜因种地，我能光凭这些就嫁给他？他追成那个样子，不依不饶，我能怎么办，总不能把他踢开吧？”

“他追你？”方红藤抿着嘴吟吟地笑，笑出一副里外都清醒的模样,“他都放弃了,说过不再缠你,是你把人家堵住,不让人家走,人家当众道歉都不干,非得把事情办了,你等于是送上门去让他撕咬嘛。”

“我是想和他斗争来着。”萨努娅急赤白脸地为自己找解释。她的确不想买他的账,并且被他激怒了,“他这种人,自打丢下粪叉子和拴马桩就满世界呼风唤雨,什么也没有拦住他。要说英雄,一身枪眼儿,一身虱子,两样儿都是奖章,他是眼睛望着天上,只是嫌天梯高,不耐烦往上爬,要不他会天天夜里抱着被子去天上睡觉。我要不和他斗争,就没人和他斗争,有朝一日,兴许真的让他上了天。”

“那么,”方红藤笑眯眯地看着萨努娅,笑眯眯地问,“你们俩,谁斗赢了?”

萨努娅让方红藤一问,给问在了那里。她想,要说事实,她和乌力图古拉的婚姻,最先是乌力图古拉愿意,她不愿意;她不愿意,最终却由着她来愿意了,乌力图古拉想放弃都不行,等于是依了乌力图古拉最先的愿意;并非乌力图古拉违反了国际大团结的原则,她不嫁,乌力图古拉不依,硬按着牛头喝水,而是她要斗争,本不愿意嫁,却逼着乌力图古拉娶了自己。按照旁人的看法,她急匆匆的,当着一大群上级和同事的面,拦住乌力图古拉不让走,那是偏要嫁,不让嫁都不行。照这样说,她肯定不是胜利者,胜利者是乌力图古拉。但是,萨努娅不愿意承认这样的事实,承认了也不肯服气。

“这辈子才去了开头,还没分出胜负呢!”萨努娅没发狠地说,“就算开头的胜负已定,我不叫停,他就停不了。就算这辈子斗他不过,下辈子我还和他把事情办了,我和他接着斗!”

萨努娅说“这辈子”和“下辈子”,那只是为了表示决心,顺嘴的一个说法。有时候人就是这样,对什么事情感兴趣,什么事情引起了他（她）的激情和欲望，他（她）就会在想象里把这件事尽可能地扩大，时间尽可能地延长，在现实生活中一寸一分地守住，守不住则在虚拟世界里纠缠不休，这就是人类精神力量的强大之处。这一点方红藤非常明白，所以电影演员出身，兼着简先民老婆的方红藤说萨努娅，你要不嫁，他能把你怎么样，是从腰里掏出枪来把你毙了，还是叫上两个警卫员把你抬上床去，警卫员退下，他再收拾你？你还是被老乌的风度给迷住了，自觉自愿和他斗争来着。

萨努娅想了想，还真是的，自己在乌力图古拉进攻面前大动肝火，而在他撤退之后又迷迷瞪瞪，非要缠着人家继续进攻，等人家再进攻了，又完全没有招架之力，甚至就没有想到过要招架。要说没有被乌力图古拉的强盗风度迷上，没有被他过人的力量征服，那是假话，归根到底，自己是喜欢甚至迷恋这个斗争的。但是，年轻美丽的鞑靼女人萨努娅又想，斗争这种事情，不是一件单纯的事情，大凡斗争，都会在轰轰烈烈的开头之后潜移默化地继续下去，随着斗争的发展，新的问题和矛盾还会层出不穷，纠缠和解决这些问题的欲望也会应运而生。萨努娅这么一想，咯咯笑了一阵，说：

“你别说，老乌还真有风度，老乌的风度真还找不出比的来。那我就换一种说法——我和老乌的斗争，我们刚刚开始。”

说“斗争刚刚开始”，其实是几年以后的事情，那时萨努娅已经有了正式的家，开始正正规规地过起了日子。而在1950年，乌力图古拉和萨努娅根本来不及斗争。他们刚刚成家，只有十天婚假，借居在汉口一家饭店里，他们的婚姻成了一个楷模，整个中南局和华南局都传诵着他们传奇般的故事，他们要接待很多领导和同事的来访，以至于不得不一天往饭店的伙房里跑八趟，去为刚刚忙完工作赶来祝贺的领导和同事们煮面条。

十天时间，不管白天要接待多少客人，他们总会在黄昏到来时掩上房门，溜出饭店，来到长江边，坐在江堤上，看笨拙的江鸥追逐白帆，让江风把头发吹得尽可能的乱。

长江在傍晚时分是湿漉漉的，暖洋洋的熏风带来香蒲和芦花的芬芳，远处天边不时闪烁起蛛网似细而弯曲的蓝色闪电，隐约滚过阵阵雷鸣。江中，夜航船点着哧哧响的汽灯从墨汁色的江面驶过，水手的号子声隐约传来：收当家的……卷风……撑挺……锁龙门……上篷……暮色中看不见，可以想象，是一条双桅大货船，赤裸着身子的水手们在船上跑来跑去，系紧缆绳，收樯，扳舵，打橹，从江中拎水哗哗地冲洗甲板。那是一个热闹的劳动场面。

萨努娅信赖地依偎着乌力图古拉，看江上渔火，轻声唱歌给他听。她唱的是她家乡的歌：

好邻居呀，你闹得我睡不了觉，在屋外唱什么呢？
——我吃鱼呢，我是一只水獭呀。
好邻居呀，你闹得我睡不了觉，在屋外唱什么呢？
——我吃草呢，我是一匹骏马呀。
好邻居呀，你闹得我睡不了觉，在屋外唱什么呢？
——我疯耍呢，我是一阵风呀。
好邻居呀，你闹得我睡不了觉，在屋外唱什么呢？
——我想姑娘呢，我是你的心上人呀。

萨努娅的嗓子有着紫罗兰的甜美和夜莺的清脆，乌力图古拉被萨努娅的歌声诱惑着，眼眶里有了雾气，把萨努娅的手捉住，心疼地捏在自己的大巴掌里，也唱歌给萨努娅听。他唱的是他家乡的潮尔①：

旭日般升腾的是慈善和阴德，
安详雍容的是盛夏的万物。

① 蒙古传统歌唱中独有的复音方式，歌者在嗓音发出持续低音的同时，用上颌激发出两个八度的泛音旋律，形成一个人唱出两个或两个以上声部的奇特和音效果。

高歌劝宴是苍天的恩赐，

我要永享那欢乐和幸福。

噢，阿彦珠咳阿彦那外都哲……

乌力图古拉唱歌像马儿在漫天苍茫的雪子中嘶鸣，或者打响嚏，但他觑着骆驼眼，柔情万状，很是投入，歌又是自由散板的节奏，全然不似世俗歌曲的效果，让萨努娅感动。

萨努娅把自己的感受告诉乌力图古拉。乌力图古拉有些臊，不敢看萨努娅，把目光从她脸上移开，去摸索脚下的石子。萨努娅不干，从乌力图古拉大巴掌里抽出手，去扳乌力图古拉的脸，非要他看着她。乌力图古拉僵硬着脖子不肯看。两个人急赤白脸地动了一阵手，最终还是萨努娅赢了，让不好意思的乌力图古拉看了她，这才满意地罢休。

他们抬头看夜空。星星在空中不断闪烁，一会儿跳到这儿，一会儿跳到那儿。萨努娅喜欢那样的景色，仰了头不肯让视线回到地面来，那样睁大眼睛看上一会儿，眼睛酸了乏了，星星中间有的就消失掉，好像它们掉了下来，掉进乌力图古拉乱糟糟的头发中，藏了起来。萨努娅不喜欢什么东西往乌力图古拉头发里掉，有了醋意，攀起身子，扳过乌力图古拉的脑袋，搂进怀里，在他的头发中翻来翻去。

“嘿。”他往一边躲，说。

“它们不见了。”她生气地说。

“我没招惹它们。”他向她保证，想挣脱。

“谁信！”她因为生气而固执，因为固执而不肯住手。

“以革命的名义！”他急了，咬她的手，咬过以后又心疼，捏在手里一下一下地吹。

以后的事当然又是萨努娅赢。乌力图古拉连声问萨努娅是不是被咬疼了。萨努娅没被咬疼。但乌力图古拉心疼。乌力图古拉就给萨努娅赔不是,给她讲笑话。乌力图古拉的笑话讲得那叫没水平,没等包袱抖开,自己先笑成老太太害腰疼,弄得萨努娅没觉得笑话有什么好笑,倒觉得乌力图古拉好笑。萨努娅看出来了,这时的乌力图古拉是羞涩的,没有世故,活像个需要人疼爱的大孩子。然后,他们离开江堤,沿着夜风沁凉的小巷往回走。

关于亲热,他俩都十分拿手。乌力图古拉不是骡子,是雪豹,对于把牛犊子扳倒之类的游戏自有一身本事。萨努娅是克里米亚的山地羊,对肉搏这样的游戏无师自通,总是滑腻腻地从乌力图古拉身上溜开,在他气呼呼的时候又猝不及防地扑回来,将他结结实实地骑在身下,用撕咬进攻他。在整整十天里,他们像一对不共戴天的敌人,咬牙切齿,因为无休止的厮搏而大汗淋漓,并且把自己和对方弄得伤痕累累。

萨努娅很快迷恋上新婚的日子,她为自己的命运感到庆幸。萨努娅告诉乌力图古拉,去年她在武汉时,因为负责处理外侨工作,在汉口俄国人开的朋比酒店、海军酒店和巴黎生酒店结识了一些从事卖笑生涯的俄国女人,那些女人大多是贵族,十月革命后失去了富有的生活,流亡国外,沦为下层舞女和妓女。这次她从广州来武汉,特地去那些地方看了看,那些俄国舞女和妓女不在了,被新政权送进了改造院。

"你看她们干什么?你是革命者,和她们不一样。"

"要是柯契亚不带我离开家,参加革命,我不也是穷奢极欲的贵族小姐吗?我不也和她们一样吗?我真的感谢柯契亚,感谢革命。"

"我也感谢革命。可我不感谢柯契亚。我感谢欺负我的大牧主,要不是他欺负,我也不造反了,也不闹革命了,哪里知道什么叫天下公平,什么叫解放。"

1950年,乌力图古拉的1950年呀!萨努娅的1950年呀!有多少像乌力图古拉和萨努娅这样的革命者，在红色的 1950 年扬眉吐气，做了自己的主人，然后又像一片得了风雨的森林，尝试并且野心勃勃地做了他人的主人。那是浪漫主义的森林气候带给他们的。黑压压一望无际的森林可以呼风唤雨，他们也能。他们就是在红色的 1950 年，知道了在这个世界上做一个掌握自己命运的人有着什么样的重要意义。

那一年，武汉三镇至少下了二十场明媚的太阳雨。

第五章　守着月亮星星入睡

1

不管同僚们妒忌成什么样儿，十天的时间毕竟离着一生很遥远，眨巴眼就过去了。

假期结束前一天，天没亮，街上送水人的两轮车刚刚轱辘吱呀地碾过，葛昌南和叶至珍两口子就来到德明饭店，敲乌力图古拉和萨努娅的门。

乌力图古拉和萨努娅还没起来，两个人一黑一白，赤条条在床上搂着，像两条晾在河滩上的梭子鱼。乌力图古拉耳尖，从怀里拖出睡得沉沉的萨努娅，把她拍醒，两个人连忙穿上裤衩，套上衬衫，去开门。

“别急，慢慢来。”葛昌南吊着眉毛进来，没脸没臊地挥挥手说，“我和叶至珍不是雏子，也光过身子。所以说，不稀罕。”

葛昌南的新工作分配下来了，他被分到益阳军分区，负责剿匪，来向乌力图古拉告别。等了半个月，人给发落到地方部队，和偷鸡摸狗的土匪打交道，葛昌南情绪低落，一个劲儿唉声叹气。萨努娅替他点上香烟，他抽几口就摁到烟缸里，抽几口就摁到烟缸里。乌力图古拉心疼得要命，说老薄荷，红炮台呢，你往死里糟蹋，哪像干政治的。

两个女人到一边说悄悄话，挠痒痒似的咯咯笑，门窗都掩着，风进不来，两个人却像风中杨柳似的摇晃得坐不住。乌力图古拉老往女人那边看，眼里是得了好牧场的温暖和柔情。

“我和叶至珍办事儿的时候，守着一筐水萝卜，就没吃上这么好的果子。所以说，上面还是偏心你嘛。”葛昌南啃着胶东苹果，一点儿也不知道羞耻地说，“叶至珍这两天老踢我，不让我动她。”

“你气她了吧？”乌力图古拉得了幸福，心里软成了一片茂盛的沼泽，关心地说伙伴，“你气她干什么？这就是你不对了，好容易凑到一块儿，你不招惹她身子，招惹她脚干吗？”

“母猫在什么时候抓咬公猫？”葛昌南没精打采地考乌力图古拉。

“饿了，捞上一条鱼，刚到嘴，公猫往上凑，硬下爪子。”乌力图古拉很有把握地说。

“坐怀。”葛昌南扬扬得意地纠正，“母猫肚子里有了东西，心里踏实，身子也踏实，公猫就别想近身。”

“那你还吊张死脸干什么？”乌力图古拉明白过来，大喜过望，当胸给了葛昌南一拳，“你还不一张脸笑得稀烂！”

“笑什么？凭什么把我撸下来，你们吃席，马蹄翻飞，我给你们钉马掌？”葛昌南皱着眉头揉胸，一脸的愤愤不平，“我操他土匪，我操他上面！”

“老葛你这就不对了。上面是照顾你的病身子，你操别的行，操这个就错啦。”乌力图古拉不愿意和葛昌南分手，掐架掐熟了，骡子倒了还搀扶一把呢，但那副犀牛甩掉牛虻的幸灾乐祸，怎么掩盖都掩盖不住。

“照顾什么？”葛昌南激动，把啃了一半的果子往果盘里一甩，“不就是嫌我脸白、文化高，排斥知识分子嘛。所以说，老乌你不够意思，你不帮我说话。”

乌力图古拉没有接葛昌南的话。不是因为幸灾乐祸不接，是叶至珍怀上孩子的事，触动了他的一桩心事。乌力图古拉一副心事重重的样子，嘴里哼哼哈哈应付着葛昌南，不断地回过头去，看那边和叶至珍说话的萨努娅。叶至珍悄悄捅了一下萨努娅，说你看你那口子，怀里才拽出多大一会儿，身子还热着呢，就又惦记上了。臊得萨努娅直跺脚，差点儿没跟叶至珍急。

两家四口一待就是一天。萨努娅和叶至珍去楼下借用的伙房做饭，弄了个拍黄瓜，炒了个豆角，找饭店要了几头腌大蒜，萨努娅特意做了一道克里米亚菜炖牛杂，牛杂里放了很多辣椒和葱头，还放了紫苏，菜一端上来，满屋喷香。

葛昌南这回是真失落，一点儿风度也不讲，也不顾乌力图古拉腻不腻，只管在那儿絮絮叨叨，像个不受待见的丫鬟。乌力图古拉一杯一杯地灌葛昌南，说老葛，你多喝酒，少说话，你一说话吧，我就想哭。葛昌南摇头晃脑地说，你哭吧，你往死里哭，说不定我能开心一点儿。乌力图古拉说，我干吗要哭，我刚过上好日子，老薄荷你什么意思？葛昌南扭了头说萨努娅，小萨呀，我不算媒人，可煽阴风点鬼火的，比媒人作用大，所以说，你得敬我。

后来葛昌南喝醉了，端了酒杯唱兴国民歌，歌没唱完，眼泪刷刷地下来，说革命二十年，卸磨杀驴，卸磨杀驴呀！是叶至珍把他架出门的，出门的时候回过头来眼巴巴地看着乌力图古拉，说了一句：伙计，我走了，走了啊。

2

看着叶至珍架着摇摇晃晃的葛昌南出了旋转门，消失在大街上，乌力图古拉和萨努娅回到楼上，进了“家”，关了门。乌力图古拉盘了腿坐在床上，人发着愣，半天不说话。

“葛政委怪可怜的。”萨努娅说。

“没办法，馍馍就这么几个，有能吃上的，就有饿肚子的。”乌力图古拉叹口气，“也难怪老葛心里不好受。打了二十年仗，土地革命战争，是中国人打中国人；解放战争，还是中国人打中国人；抗日战争照说打的是小鬼子，可八年时间，老和伪军纠缠，大半儿时间打的还是中国人。加上八国联军那会儿，清廷帮着鬼子灭义和团，中国人窝里斗啊！好容易要打美国人了，扬眉吐气了，又不让上，能不窝心？”

天正暗下去，天一黑紧接着就是天亮，两个人就得分手。这之前，两人一直没提分手的事，都撑着。这个时候，萨努娅心里就隐隐地有些发紧，本来收拾着桌上的残汤剩菜，把碗筷盘子一丢，过去把乌力图古拉搂住。乌力图古拉等在那儿，萨努娅人一贴近，他两只胳膊就紧紧箍住她，把她举到自己胸膛上，按实，任她猫崽似的往他怀里拱。

“四百万手里拽着枪的男人呢，谁都想去撵熊瞎子，谁都争着上，能轮上你，是你的光荣，你要珍惜，帮助朝鲜人民夺回祖国，保卫中国不受美帝国主义侵略，啊？”

“也不全是光荣，也有牺牲。”

“那要看怎么牺牲。”

“怎么牺牲？”

“最勇敢的那种，站着往下倒那种。”

“这我能做到。”

“我知道你能做到。你就是要做到。你就是想做到。”

“我要真做到了，你就改嫁。”

“改就改。你做到我就改！”萨努娅嘴硬，乌力图古拉下河她给抱衫子，乌力图古拉上天她给竖梯子。可到底不是心硬的男人，没能硬过乌力图古拉，萨努娅心里刀剜似的疼，眼泪没忍住，簌簌地下来了。

“别呀。”乌力图古拉慌了，把萨努娅的脑袋扳过来，粗大的手指头插进她头发里，梳马鬃似的梳她的头发，“谁让你改？谁说我能做到？我马刚骑上，还没骑够呢。让别人牺牲去，我不牺牲。”

“你不牺牲。你别牺牲。”萨努娅使劲往乌力图古拉怀里钻，钻出不弃不舍的样子，钻过又钻出来，仰了美丽的泪脸，痴痴地望着乌力图古拉，发狠地说，“我让你好好骑，骑舒坦。我让你骑一百年，一百年不让你下马！”

“好女人……”乌力图古拉心里一热，把萨努娅搂回来，拿大巴掌抹她脸上的泪花，“我的好女人！”

两个人生离死别，搂着抱着，谁也不肯松开，你亲我一口，我亲你一口，你掐我一把，我掐你一把，亲和掐都狠。那亲不是亲，是啃，恨不能把对方一口口地啃下来，咽进肚子里去；掐也是，一把把全往心肝上去。那么亲着掐着，好几次被尿憋急了，要撕扯开，可怎么都撕扯不开，索性不撕扯了，让尿憋着。

“对了，”过了很长时间，乌力图古拉想起什么，生硬地把萨努娅从怀里推开，“有件事儿，我没给你说。事情来得太快，没容我说，可又得说，关键是，现在情况变了，变了就按变了的办。我明天就走，来不及办，这事儿你给办一下。”

“什么事儿？”萨努娅嘴离开乌力图古拉的脖颈，撑起身子来，抹一把脸上的泪，看乌力图古拉。

乌力图古拉衣衫不整地起身，赤脚去五屉柜上打开皮箱，从皮箱里翻出一张泛黄的纸头，过来重新上了床，迟疑一下，把纸头郑重地放在萨努娅手中。

“拿着。”

“什么？”

“地址。你照这个地址，去东蒙的乌拉盖，找一个叫沙木古尔的人，要是他不在，就找他老婆，他老婆叫额德，左手少一根手指。你就说，科尔沁骑兵师的乌力图古拉来领孩子了。”

“什么孩子？”萨努娅没明白，再抹一把泪，抹干净，“谁的孩子？领孩子干什么？”

“孩子哪年出生，叫什么，他妈妈在身上给留了什么印记，这上面都写着。你把它背下来，别到时候弄丢了，孩子找不回来。”乌力图古拉伸长脖子，困难地咽了一口唾沫，“还能是谁的孩子，我的呗。现在我有家了，孩子不用再寄存在别人家了，领回来，咱们自己过日子。”

“你，说什么？”萨努娅离开乌力图古拉的怀抱，眼瞪着，看乌力图古拉。有一阵儿，萨努娅蒙在那儿，半天才明白过来那是怎么回事儿，明白以后就惊呆了，“你，你结婚了？还有，还有孩子？为什么你不告诉我？”

“注意啊，我那不是结婚了，是结过婚。结过婚和结婚了不是一回事儿。”乌力图古拉纠正萨努娅，“结婚不挂果，叶子干吊着，那不是寡树吗，当然得有孩子。”

“我是说，我是说，为什么你不告诉我，你结过婚？为、什、么！”一股血涌上萨努娅的脑门儿，她差点儿没倒下去。

“我是打算告诉你来着。我没打算瞒着你。不是说了嘛，事情来得太急，统共两天时间，一天半咱俩不在一块儿，忙着交接工作，在一块儿的时候身边又有人，没说出口。”乌力图古拉坦白说，那么坦白了，知道不关时间什么事儿，是事情过了十几年，自己早已淡忘了，让急吼吼迎面扑来的婚事一冲，一时没拎起来，等拎起来了，又让一些说不清道不白的念头给堵在那儿，没说出口。不管原因是什么，错都在自己，到底自己没在事先让萨努娅明白，心里愧疚，又不肯让愧疚战胜了，脑子一热，红着脸补了一句，“再说，你不是没问嘛，你没问，事情又过去了十几年，女人死了，孩子也不知是死是活，告诉你干什么，显摆呀。”

他太有道理了！他太有道理了！萨努娅身子一软，一屁股坐在床头，颤抖着，低头奇怪地看手中那张泛黄的小纸片。是的，她没有问过他，的确没有问过，她知道他是喀尔喀蒙古，苦大仇深的牧民，没有文化，三十六岁，负过四次盲管伤、五次贯通伤、三次炸伤、一次烧伤、一次震颤伤，立过十七次战功，挨过两次处分，犯过无数次错误，脾气暴躁，喜欢说一些诸如“让屎壳郎给大象当奶妈”这样莫名其妙的话，笑起来惊天动地能把屋梁震下来，柔情起来像个害羞的孩子，这些她都知道，就是不知道他结过婚，有个死去的老婆，还有个不知是死是活的孩子！可对她来说，这才是最重要的呀！

萨努娅不是乌力图古拉的结发妻子。乌力图古拉的前妻是家乡女人，叫格尔胡斯琴，1942 年死了，被钦察尔哈王爷的兵拴在马后拖死的。乌力图古拉和格尔胡斯琴生有一个儿子，叫莫力扎，战争时期，乌力图古拉忙着打仗，或者被别人撵着屁股逃命，顾不上孩子，孩子托付给乌拉盖草原上的老乡带。枪声稀疏的时候，乌力图古拉一边在夕阳下擦拭褪去烤蓝的老套筒，一边咳嗽着吐出肺里的硝磺，那个时候，他会想起那个能唱长调的女人，还有那个在格桑花中摇摇晃晃走来走去的孩子，满眼泪花，心里充满惆怅。

格尔胡斯琴死后，乌力图古拉没有再娶，一直做着鳏夫。延安时期，从前线回来整训的不少军队干部喜欢去女子大学或者延安大学门口等女学生出来散步，在散步中试探、接触、研究并解决婚姻问题，可在那些军队干部当中，从来没有过乌力图古拉。换句话说，乌力图古拉属于延安时期少数不追女学生的干部中的一个。关于乌力图古拉没有在延安解决婚姻的原因，他的老部下简先民私下里说过，不是乌力图古拉不愿意去延河水边逛悠，延河水多好啊，清澈得要命，洗什么都会亮成星星的样子，还能照出成双成对的人影子，还败火，谁不愿意在河边多待上一阵子，只是乌力图古拉去了也没用；延安枣子多，信天游多，窑洞多，小米里的土疙瘩多，干部多，随手抓一把，红军时期的干部能占一多半。男女比例三百零八比一，三百零八比一呀！简先民强调。他的意思是，就算乌力图古拉有那个想法，整天在延河水边撒野，僧多粥少，也轮不上乌力图古拉追谁。

简先民这么说有失公允，他在延安时期只是个小小的连级干部，可他不光把个人问题解决了，还解决得相当出色。他的老婆方红藤不光年轻漂亮，还是上海来的电影演员，在《大路朝天》和《桃花劫》里扮演过角色。方红藤至少被一打以上的干部追过，其中不乏资格相当老的干部，那些红军时期的老革命都没有把她搞到手，却让简先民给搞到了，可见三百零八比一不是必然条件，而是事在人为。乌力图古拉不为，按他的话说，他命硬，克妻，好端端能挤奶甩牛粪饼的女人，让他给克死了，他就是想女人想得再厉害，伤天害理的事也不愿再干。

这些都是多余的话。事情在 1950 年 8 月，在乌力图古拉郑重其事地把一张泛黄的纸片交给萨努娅，要萨努娅去找他的孩子，如果孩子没有死，还活着，就把孩子领回来，过日子。事情到这个时候，血涌囟门的萨努娅就觉得自己被彻底地欺骗了。

“你！”萨努娅怒不可遏，哆嗦着手拍床沿，“乌力图古拉，你是个骗子！”

“我都说了，你不是没问吗？”乌力图古拉没有打算骗谁，就算他没事先把结过婚的事情告诉萨努娅，那也不是他存心，让萨努娅一骂骗子，生气了，“你要问我还能不告诉你？我现在不都告诉你了吗？事情已然是这样了，我总不能让屎壳郎给大象当奶妈，让别人去办这件事吧？你是我老婆，是孩子的后妈，当然得你去。”他想这还有什么说的，“用得着这么拍床沿吗？”

“我，”萨努娅嘴唇哆嗦着，又拍了两下床沿，这回加大了力气，把枕头拍得跳了起来，“我就是你的后妈吗？”说过这话之后发现自己说错了,“我就是你孩子的后妈吗?我凭什么要当他的后妈?凭什么要去收拾别人生下的孩子?凭什么要去伺候大象,给它当奶妈?凭什么!”

乌力图古拉慢慢蹙起浓厚的眉头,慢慢挺直腰杆,捏紧拳头。屋里很静,萨努娅的声音还在屋里撞来撞去,像一只受了惊的不肯停下来的蜂鸟。

“你什么意思?”

“我什么意思也没有。我不给谁当奶妈!”

“那你要怎么样?”

“我不怎么样。我就是不给谁当奶妈!”

“好吧,你想干什么就干什么吧,随你的便。”

乌力图古拉说罢,瞥了床上盘腿坐着的萨努娅一眼,下地,套上衬衣,系好裤带,穿上鞋,冷冷地抓起外套,拉开门,大步走出去,咣当一声把门撞上,门撞得回音缭绕。现在,屋里不光有一只受了惊的不肯停下来的蜂鸟,又多了一只愤怒的四处乱扑的蝙蝠。

3

萨努娅一夜没睡,坐在床头委屈地流泪,守着月亮移动,等待乌力图古拉什么时候推门进来,一脸怒气、一身酒气地往床上一倒,呼呼大睡。

乌力图古拉当天夜里并没有踹门进屋。第二天一大早,他的警卫员轻轻敲响房门,红着脸进来,支支吾吾地把他的行李取走了。警卫员走的时候什么话也没有留下,好像乌力图古拉不是去遥远的东北,而是去长江里嬉水,嬉过水就会回来。萨努娅什么也没问,默默地替乌力图古拉收拾好行李,交给警卫员,然后关上门,坐回床头,看花园里一片一片白起来,直到日头当午。

萨努娅没有去给乌力图古拉送行。她的脚焊在床上，动弹不了。中午的时候，她下了一次床，去盥洗间，然后又窝回床上，呆呆地看着花园里的蝴蝶无声地飞来飞去。也许他现在还没有走，她还来得及赶往火车站，追赶上那趟憋足了劲儿要往远处奔的军列。可她没有动。一只乌龟对奔跑中的兔子有多绝望，她对乌力图古拉就有多绝望。不，她的绝望比这个还要深。

天快黑的时候电话响了。突然响起的铃声把萨努娅吓了一跳。她从昏睡中惊醒，从床上撑起，带倒椅子，碰疼膝盖，扑向电话。

电话是中南局接待处打来的，很客气地问萨努娅同志，要不要来个车接她去世界饭店。萨努娅好半天没明白过来，后来才想起，世界饭店是华南局代表团落脚的地方，是她在十天的婚假结束后应该回到的地方。接待处的同志听萨努娅在电话这头沉默，又解释：不是催萨努娅同志，是看看乌力图古拉同志走了以后，萨努娅同志还需要什么帮助；如果要搬去世界饭店，要不要来一辆车送一送；至于德明饭店这边，萨努娅同志只需把钥匙交出来，别的事情就不用管了。

还需要什么帮助？人都走了，需要的，什么也没留下，他们帮得了她什么？萨努娅转过头来看看屋子。他的皮箱已经取走了，她的皮箱还在那儿，五屉柜上还有几个不太新鲜的水果，镜子上趴着一只苍蝇，这是他们共同生活了九天半之后剩下的全部残留物。什么时候家里飞进了苍蝇？她想，然后很快为“家”这个念头发起呆来。

“我会把房间和伙房打扫干净，钥匙和菜金留在饭店。”她对电话那头说，“不用麻烦你们了。谢谢你们。”

对方马上表示，房间不用萨努娅同志打扫，伙房也不用，千万别留菜金，领导吩咐过，不能收菜金。“而且，”对方说，“我们坚持要送您萨努娅同志。”

对方在电话里反反复复解释的时候，萨努娅把脸扭过去看窗外。天色正在迅速地暗下去，让人觉得老天得了白内障，要是不做手术，会很快看不清，而且越来越看不清。萨努娅想，这能怪谁呢？是她数错了头羊，让它从她的甩石绳下溜开，走错了方向，接下来，所有的羊儿都不听她的差遣，它们一只只从她的脚边蹿了过去，咩咩的，好像滚了一地的珍珠，全乱套了。

萨努娅等对方说完最后一个字，什么也不再说，放下了电话。

4

8 月底，乌力图古拉赶到东北，立即进入东北边防军的组建和训练工作。

9 月 15 日，麦克阿瑟率美第 10 军实施朝鲜半岛仁川登陆作战，攻克月尾岛，攻陷仁川市，十天之后攻入汉城，切断了朝鲜人民军的主要后方交通线，使人民军在多个战场腹背受敌。

10 月 19 日，美军和南韩军攻陷平壤。

平壤沦陷的当天夜里，鸭绿江边细雨霏霏，阴云如盖，乌力图古拉率先头师自辑安口岸渡过鸭绿江，进入朝鲜境内。

在踏上朝鲜土地的时候，军政治部副主任简先民从后面赶上来，递给乌力图古拉一张从笔记本上撕下来的纸，上面抄录了炮兵第 1 师第 26 团 5 连指导员麻扶摇写的出征诗：

雄赳赳，气昂昂，跨过鸭绿江，
保和平，卫祖国，就是保家乡。
中华好儿女，齐心团结紧，
抗美援朝，打败美国野心狼。

“诗写得好啊，写得太好了！”简先民激动地说。

“让部队加快行军速度，”乌力图古拉把那页纸看了两遍，折叠起来，揣进上衣口袋，向身边的先头师师长低声下令，“揍那些狗操的王八蛋去！”

5

乌力图古拉冒雨跨过鸭绿江的时候，萨努娅正在和乌力图古拉的儿子莫力扎打架。

萨努娅下班回家，做好饭，叫莫力扎吃饭，叫了几声都没有答应。她解下围裙，到外面去找。莫力扎像一头潜向岸边的水獭，蹑手蹑脚地从萨努娅身后过来，往前一扑，从后面搂住她的腰，一个搏克摔，把她摔倒在地，然后叉着腰，扬扬得意地用蒙语说着什么，大意是警告萨努娅，以后别对他指手画脚，如果她想把日子过好，就得听他的。

萨努娅没有提防，人摔在地上，肚子里一阵躁动，有些隐隐作痛。她捂着肚子，觉着没捂出什么异样来，抬头看了莫力扎一眼，从地上爬起来，走过去，把莫力扎捉住。莫力扎想挣扎，没能挣脱，萨努娅背包米似的，一使劲儿，把滑溜溜的水獭摔在地上。莫力扎在草原上学的搏克技术对付不了萨努娅，龇牙咧嘴地躺在地上。萨努娅把手伸给莫力扎，拉他起来，拉起来了没放手，背包米似的再背住，再摔，莫力扎吭哧一下又给摔在地上。这一回，不管萨努娅怎么伸手，莫力扎也不肯起来了。

“摔疼没？”萨努娅护住腹部，在莫力扎面前蹲下，轻声细语地问。

莫力扎抽搭着，眼里噙着泪水，翻着鱼眼儿，仇恨地看着萨努娅，不说话。

“当然摔疼了。我也让你摔疼了。”萨努娅伸出手去摸莫力扎的脑袋。

莫力扎偏过脑袋躲开萨努娅的手,张嘴冲她吐了一口唾沫。

“我说过,不许冲人吐唾沫。”萨努娅不擦脸上的唾沫,盯着莫力扎。

呸!莫力扎又吐了一口。萨努娅不客气了,也吐,呸呸呸,一连吐了好几口。萨努娅嘴大,有力量,吐了莫力扎一脸,差点儿没把莫力扎淹死。莫力扎看出自己不是萨努娅的对手,绝望地哭了,呜呜地,拿脏手胡乱揩脸。

“好了,你现在知道,你能摔人,别人也能摔你;你能吐人口水,别人也能吐你口水。没有什么奇怪的。”萨努娅站起来,朝屋里走,“起来,去洗手,洗完手吃饭。”

8月份,萨努娅没有从武汉回广州,而是从武汉直接去了乌拉盖草原,去那里找莫力扎。本来她还想顺便找一找格尔胡斯琴的遗骨,可那女人死得太惨,五马分尸,不算肚子里带出来的零碎,整块的就有四块,人死以后没人敢收尸,遗骨不知道遗落在哪一丛草棵里。萨努娅打听了好些地方,都没有结果。萨努娅为这个怆然,恨恨地想,连自己的女人都保护不了,让人家给撕掉,英雄个啥呢!又联想到哥哥库切默,想男人是不是都这样,需要女人的时候,就娶过来做老婆,当马骑,不需要了,就让她们去做烈士,当遗骨,随她们的便。这样想过,萨努娅觉得自己折腾出这么大个动静,还以为自己是革命的胜利者,为自己的命运感到庆幸,结果一点儿意义也没有,就后悔当初没直接回广州,而是大老远地跑到乌拉盖草原来,替人家收拾老婆孩子的事儿。

莫力扎倒是找到了,在一群脏兮兮的羊群中。萨努娅站得远远的,护着头发,不让草原上劲烈的风把它们吹乱,眯着眼睛仔细打量那孩子。

孩子十一岁,瘦得像根烟熏过的牛胫骨,个头儿比婴儿大不了多少，正光着身子在羊群里爬动，吭哧吭哧地和一只羊羔争抢母羊的奶头。羊羔一犄角把他顶了个滚儿，他就拽着母羊的一条腿不肯松手，让母羊在草地上拖着走。

“多难看的孩子呀，我从来没有见过这么难看的孩子！”萨努娅在心里暗暗想，然后叫那孩子，“孩子，过来。”

孩子嘴角沾着羊粪，用力揪着母羊的尾巴，靠近母羊的奶子，不肯让母羊走掉，同时警觉地看萨努娅。隔着老远，萨努娅都能闻到孩子身上马粪和干草酸溜溜的气味儿。

“Мулжаа, ээж чинь таныг тосохоор ирсэн！”[①]牧民沙木古尔用脏兮兮的手擦拭一下眼睛，朝孩子喊。

“不是他妈。他妈已经死了。”陪同萨努娅去的地方同志把沙木吉尔的话翻译给萨努娅听，萨努娅一肚子恼火地说，又用力捋了一下被风吹乱的头发。

萨努娅给牧民沙木吉尔留下一笔钱，是从武汉出来时找中南局借的。她告诉沙木吉尔，钱是乌力图古拉让给的，非给不可，要不就不领走孩子。乌力图古拉当然没说这话，是萨努娅说的。萨努娅不做忘恩负义的人，也不想乌力图古拉做忘恩负义的人。

萨努娅和孩子在深没膝头的草棵和弯弯曲曲的河流中走了六天，第七天赶到通辽。在招待所一住下，萨努娅就给这个娘不顾爹不管的小东西彻彻底底地做了一次内务。她给莫力扎剃光了头，把他按在水里，从头到脚涮了三遍，涮得她胳膊酸疼，从头到脚都湿透了。

莫力扎对萨努娅非常敌视，去通辽的路上，好几次甩下萨努娅往回跑，都让萨努娅抢进河里捉住，或者按倒在草棵中。萨努娅拼命给孩子解释，告诉他，她不会把他捉住宰掉煮着吃——是他阿爸——他阿爸还活着，要她来找他，看他是不是还活着，要是活着，

① 蒙古语：“莫力扎，这是你妈。你妈接你来啦！”

就把他像一颗种子似的带回去。孩子听不懂汉语,也听不懂突厥语,瞪着一双仇视的小眼睛又踢又咬,弄得萨努娅无计可施,到后来,只能捉了孩子的手,连拉带拽地绑到通辽。一到城市,孩子蒙了头,不知道路了,也不跑了,可他不准萨努娅碰他。萨努娅给他剃头他拼命地躲,萨努娅给他洗澡他狠狠地咬萨努娅的手,把萨努娅累得要命。

“你有什么好犟的?你以为我喜欢你?”萨努娅气咻咻地冲孩子扬起手里的丝瓜瓤子,“我一点儿也不喜欢你,我才不愿意碰你呢!”

莫力扎说什么也不肯睡在萨努娅身边,自己跑到门口,脱下围在羞处的鹿皮围子,往地上一铺,身子一蜷躺在地上,一会儿就打起了小呼噜。萨努娅坐在床头,万般无奈地看着地上那个不断吧嗒着嘴的孩子,心里恨恨地想,他怎么就结过婚?怎么会有这么大的孩子?为什么要有孩子?我才十九岁呢,拿这么大个儿子怎么办呀?

第二天,萨努娅紧拽着莫力扎的手,挤在一群红衣黄衫喇嘛和一些大包小包背着扛着的皮货商人中间,上了去北京的火车。从通辽经赤峰到北京的火车是那种森林小火车,老是在灰蒙蒙的烟雾中转悠,吭哧吭哧,很吃力。一个上了车就不断数狐狸皮的皮货商,看了看蓝眼睛高鼻梁白皮肤的萨努娅,又看了看萨努娅身边的莫力扎,把狐狸皮塞进包袱里,过来和萨努娅套近乎,问萨努娅卖不卖孩子,他可以出一张狐狸皮,或者两张獭子皮。萨努娅说不卖,人家不让卖。皮货商缠着不走,说老蒙子养下的孩子不会伺候人,不是最好的小玩意儿,小姐要想找捏脚揉背的,得找安徽人,他可以再加一张麂子皮,外带两颗烟土。萨努娅被缠烦了,从包袱里拿出军装,当着皮货商的面穿上。那皮货商一看,立刻溜去了别的车厢。

到了北京，换了大车头，车厢宽大，也整洁多了，乘客半数是军人，再就是穿着灰布装的干部和戴着瓜皮帽或者巴拿马帽的商人。军人们吹着口琴，大声唱着歌，快乐而亲切。他们对萨努娅很热情，不断为她端茶倒水，还带莫力扎去玩。莫力扎很紧张，坐在座位上不肯起身，两只手死死抓住椅子，一刻也不肯松开，好像火车是一匹不听使唤的野马，居心叵测，他只要一松手，就会从什么地方漏下去。

一名年轻英俊的军官一上车就注意上了萨努娅。车没走多远，年轻英俊的军官就站起来，整理好腰带，挺着胸膛走过来，向萨努娅敬礼，礼貌地问道，他能不能在她对面坐下。当然可以，本来就空着，请便吧。年轻英俊的军官挺着腰杆坐下，关心地问萨努娅是不是很疲劳，是不是需要放松一下。我是他们的指挥员，如果您需要，我可以下令为您空出一排位置来，让您睡下。年轻英俊的军官知道如何向美丽的女人献殷勤。您让我知道了我们伟大的祖国有多么美丽，而且，我们必须保护它。萨努娅很快把他打发走了。不，她不是少数民族，至少不是这个伟大国家的少数民族。她看出了他的与众不同，可与众不同的他弄错了，她已经结婚了，不光结了，还是身边这个孩子的妈妈——管他的，后妈也是妈——一匹雄心勃勃的儿马可以吃青草，也可以吃马料，但要换了鹿肉，它就得长出一副狮牙来才行。

打发走年轻英俊的军官之后，萨努娅闭上眼打了一会儿盹，又被车窗外钻进来的煤烟味呛醒。莫力扎还瞪着恐惧的眼睛坐在那儿，小手因为长时间紧抓着座位而有些苍白。萨努娅心里掠过一道厌恶，没来由地想，怎么就不漏下他去？

6

萨努娅辗转几千里，一路风尘仆仆，带着乌力图古拉的儿子回到广州。同事们都知道萨努娅结婚了，去一趟武汉就把自己给嫁掉了，又听说她还找到并且带回了丈夫的儿子，都跑来看，惊奇地说，呀，这么大的儿子！莫力扎紧张得很，人缩在墙角，小眼睛骨碌碌地转动着，像一只落进了罗网的小野兽，谁要走过去摸他的脑袋，他就嘶嘶地低声咆哮着，冲谁吐唾沫。

"别吐口水，那样不礼貌。"萨努娅皱着眉头对孩子说，然后纠正同事，"不是我儿子，是乌力图古拉同志的儿子。"

"乌力图古拉是谁？那不一样吗？"同事们笑。

萨努娅想了想，还真一样。这样，萨努娅也笑了。

组织上非常照顾萨努娅，给刚一结婚就带上了孩子的萨努娅分了房子，让她从单身宿舍里搬出来，和孩子一起过日子。你看萨努娅同志，俗话是怎么说的？搂草打兔子，对吧。你一成家就添丁进口，日子多兴旺啊，多红火啊！萨努娅一点儿也没觉得兴旺有什么好，红火有什么好，她倒是有一个奇怪的念头，她觉得自己终于明白过来了，这个国家为什么会有四万万五千万人口。

房子是一套老式公寓，两间正房，有阳台，完全够萨努娅和孩子住。萨努娅把房子布置了一下，孩子住一间，自己住一间。在布置自己那间房子的时候，她特地选了一张单人床，被褥也是单人的。她已经决定，那间屋子她只留给自己，没有别人什么事。这样很好，好极了，她想。

但是莫力扎却不觉得这样有什么好。莫力扎夜里不习惯睡在床上，非得睡到阳台上去。好几天晚上，萨努娅都把他从阳台上捉回床上，替他盖上被子，可到第二天一早，她还是在阳台上发现了他——他摊开瘦小的身子，均匀地呼吸着，胳膊紧紧抱住阳台栅栏，就像抱住信赖的马脖子似的。

萨努娅非常生气。广州潮气大，这样多容易得风湿病呀，他要是害上风湿病该怎么办？谁来负责！萨努娅把莫力扎叫到面前，严厉地批评他，告诉他，如果他再这样做，她会让他知道厉害。莫力扎一点儿也不怕萨努娅，冲她横眉瞪眼，嘴里叽里咕噜地说着她听不懂的蒙语。萨努娅好容易才弄明白，莫力扎不喜欢被关在屋子里，他要看着月亮和星星才能入睡。

萨努娅心里咯噔一下，立刻被感动了。她自己也是喜欢月亮和星星的。她想起自己十岁的时候，柯契亚冲父母大声喊叫着，把她抱上马，狠狠地朝马屁股上抽了一鞭，冲开试图拦住他们的仆人，从花园蓝色的榉木栅栏上一跃而过。那以后，柯契亚牵着她的手，带着她走了多远的路呀。她那个时候非常害怕，不敢在有陌生人的地方睡觉，柯契亚就把她带到屋外，把她抱在怀里，哼着曲子哄她入睡。那个时候，除了柯契亚，月亮和星星是她最可信赖的朋友。

他们其实是一样的种子，她，还有莫力扎。萨努娅心里这么想过，再看莫力扎，就不觉得他丑了。他的眼睛小了点儿，鼻子塌了点儿，可五官大大方方，挺耐看呢。她在心里这么承认，为自己在车上诅咒孩子“漏下去”而感到愧疚。

萨努娅决定尽快教莫力扎学汉语，要不，就算他换上了干净的汉装，有了充足的食物，不用趴在母羊的肚子下吮奶，也仍然是一只飞进了贼鸥群中的军舰鸟，百无一用，而且会受到伤害。

要命的是，莫力扎不肯学汉语，顽强反抗，萨努娅把他送到学校，他很快从那里跑回家。广州比通辽大多了，可莫力扎跟马驹子似的，能嗅路，一条路只要走上两遍，就能照原路返回。萨努娅当然不会让莫力扎返回，放学以后可以，上学的时候不行。萨努娅生气，揍莫力扎的屁股，揍过以后把他搂进怀里，打着手势对他说，小犊子，你不能光是哞哞地叫唤，你这样哞哞地叫唤，谁能听懂你的话呢？莫力扎盯着萨努娅，眼里充满了仇恨，不过他没有冲她扑过来，踢她或咬她。自从他偷袭过她，并且被她摔倒在地上之后，他再也不偷袭她了。

“你和你那个不讲道理的阿爸一样犟。”萨努娅也瞪莫力扎。她的仇恨不比他少。她眼睛大,瞪起来比莫力扎威风许多:“你们父子俩,你们一样的种!”

莫力扎满不在乎地耸了耸肩膀,伸手去揉屁股,然后把揉皱的裤子抻巴整齐,不让它留下痕迹。他很喜欢他那条亚麻布裤子,尤其喜欢套在腰上不让裤子掉下来的皮带,即使是晚上睡觉的时候,他也不肯松开皮带,不肯把裤子脱下来。要是萨努娅硬给他脱下来,他也会取下皮带,系在腰上,然后才肯躺下睡觉。

“好吧,”萨努娅万般无奈地在地上坐下,那是莫力扎通常的坐法,莫力扎不肯上桌,有时候为了迁就他,他们就那样坐在地上吃饭,“莫力扎,我也不是汉人,我从很远的地方来,我的家乡也有草原,也有牛羊,现在我会听汉人的话,会和汉人说话,这样,我就知道他们想干什么,他们也知道我想干什么。你现在不是乌拉盖的小牛犊了,你得学会说话,得学会和大多数人说话,你得和我一样,学会汉话,明白了吗?”

萨努娅很累,这一点莫力扎看出来了。莫力扎迟疑了一会儿,走过来,提着那条他喜欢的亚麻布裤子,在萨努娅对面坐下,仰了脑袋看着她,迟疑了一会儿,然后,他把一只手放在她的手上,冲她点了点头。

那天晚上,萨努娅把褥子搬到阳台上去了。她在那里为莫力扎和自己铺了一个暖和的窝。蓬蒿和蓟草的香味在阳台上弥漫开,凉沁沁的栅栏就像一棵棵刚刚生长出来的赤杨,海风从远处吹来,紧一阵慢一阵,空气中充满了咸涩的味道。萨努娅躺在那里,把手枕在脑后,瞪大了眼睛看夜空。银河灿烂,就像草原上如网的河流,那些河流破碎了,东流一道,西流一道,流得繁星闪烁。

莫力扎先是警惕着,缩在角落里一动不动,不时朝萨努娅投来一瞥。后来他困了，眼睛睁不开，慢慢挪过来，再挪过来，挪进萨努娅怀里，拽住萨努娅的长辫子，小野兽般毛茸茸的脑袋扎进萨努娅的怀里，很快打起了小鼾。

萨努娅有一会儿没动，然后，她把手从脑后一点点抽出来，一点点弯下，手指尖生疏地触摸到莫力扎，又下意识地弹开，在黑暗中僵持了一会儿，再慢慢回来，触摸上，触摸住了，这回手没挪开，手指一点点滑下，指肚，指根，手掌，一点点搂住了莫力扎，搂紧。她就那么搂着他，瞪大眼睛，看着夜空，直到黎明。

7

在遥远的朝鲜半岛，五次战役正酣，中国军队各突击集团在指定位置上向美第8集团军发起了强大的攻击，于1951年4月25日全力压过三八线，占领了汶山、东豆川、抱川、华川等地，逼近第8集团军的“堪萨斯线”主防线。

乌力图古拉烦躁得很。他是带着一股烦躁的情绪参战的。烦躁的他完全打疯了。他就像一头闯进了腌制厂的疯牛，一路上泼筛倒缸，把腌鸭肫似的美国军队、熏鲭鱼似的英国军队、油氽肉皮似的法国军队、糟鹅似的意大利军队、腌火腿似的澳大利亚军队、酱香肚似的加拿大军队、酱炙排骨似的土耳其军队、卤水麻雀似的南朝鲜军队、叉烧肉似的菲律宾军队、肉枣似的荷兰军队撞得七零八落。

乌力图古拉在临津江北岸打掉了一个由土耳其和法国人组成的混成旅，扑过南岸，追上并紧紧咬住了美军的一个营。乌力图古拉下令咬住这支美军，不管付出多大代价，也要把它吃掉。

美军的增援部队想撕开一道口子将同伴接应走，用主战坦克和自行火炮组成猛烈的火力网，压制住乌力图古拉的收缩围歼，一批又一批"油挑子"从空中扑下来,拦截住不断发起冲锋的乌力图古拉,把乌力图古拉的兵们一排排打倒在公路两旁的山坡上。

在接下来的几天里,双方展开了突围和反突围的激烈拉锯战。白天是美国人的天下,美国人在飞机坦克的火力掩护下往前推进两百米;到了夜晚,擅长夜战的乌力图古拉再将美国人压回两百米。乌力图古拉的突击小组近似于自杀的顽强攻击明显取得了效果,那些反穿着棉衣的朴素的士兵热衷于蛇形跃进、滚动和攀爬,他们爬上坦克,朝坦克里塞手雷,或眼看着坦克就要碾碎自己的时候拉燃炸药包上的导火索,而且几乎没有一个人从坦克上跳下来,或者从坦克的履带下滚开。贴近的肉搏战使美军战机无计可施,那些不可一世的钢铁大鸟只能一次次做着高难度的低空掠过特技,把炸弹和机枪子弹像便秘时拉不出的屎似的留在机舱里。乌力图古拉的兵表现出了太强烈的肉体亲近渴望,他们甚至丢下打光了子弹的武器,抱住对手,用手抠对方的眼珠,用牙咬对手的咽喉,这种疯狂的举动令美国人束手无策。在潮水般呐喊着冲上来的中国人面前,美国人不得不停止射击,放下武器,检查怀里那份用六国文字印刷的日内瓦国际公约组织优待战俘的文件了。

乌力图古拉领着前方指挥部紧跟穿插部队,一路马不停蹄。公路上到处都是打烂的坦克,还有冒着烟的十轮卡车。尸体横七竖八地丢弃在那儿,一群大眼睛蜻蜓在尸体上空诡秘地盘旋着。重机枪在较远的地方响个不停,那是美国人的柯尔特、英国人的绍什、南朝鲜人的马克辛和土耳其人的贝格曼,间或传来105MM自行榴弹炮和120MM加农炮沉闷的炮声。一群赶路的中国士兵饿极了,把一些黑色的粉末一把一把往嘴里塞,后来才知道,那些苦涩的东西不是面粉,是咖啡。

乌力图古拉乘坐一辆嘎什牌吉普,后来车的底座颠断了,换了一辆道奇卡车,又换了一辆轻型坦克。部队连战数月没有休整,乌力图古拉好长时间没有睡过囫囵觉。在逼近“堪萨斯线”主防线后，中朝联合司令部下令，各突击集团暂停攻击。乌力图古拉这才觉得自己的烦躁消退了不少，该歇歇了。

天黑的时候，乌力图古拉去前线视察。他登上一座山坡，看到一群因为过度困倦而酣睡不醒的女兵。这些女兵横七竖八地躺在草地上，身边的草丛被炮火炙烧得满目苍凉，不远处的树桩还冒着呛人的硝烟，这使她们很像一堆新鲜的尸体。她们睡在那里，呼噜此起彼伏，毫无羞耻地大叉着腿，因为冬装已经脱掉，只穿着单装，还没有被异性抚摩过的纯洁的乳房挤落在外面，因为落上了混杂着硝烟的尘土，在灰色的天际下泛着死青蛙般的苔藓色。

乌力图古拉认出她们是军前方急救队的。她们中间有好些来自京、津、沪，是北大、清华或者复旦大学的学生，有的还出身于富裕人家，是大家闺秀。现在，她们谁也分不出是什么出身、什么文化。她们都一样。

“王义琴。”乌力图古拉叫。

“王义琴！王义琴！”简先民喊。

小马驹一样结实的急救队长跳起来，懵里懵懂地跑过来，向乌力图古拉和简先民敬礼，“首长，军前方急救队三分队正在待命，请指示。”

“去吧。”乌力图古拉发了一会儿呆，冲女孩子挥了挥手，表示没事儿了，让她回去继续睡。

女孩子歪歪倒倒往回走，走到同伴身边，身子一软，扑在地上，连哈欠都没有打一个，很快睡着了。乌力图古拉还站在那儿，呆呆的。简先民轻轻咳嗽一声。乌力图古拉醒过来，对他说：地上潮，伤身子，让她们少睡一会儿，起来动一动。

乌力图古拉想到了萨努娅。那些女兵年龄和萨努娅差不多。乌力图古拉心里猛地蹿了几下，一股血顺着小腿肚子直往上涌。

他想，她怎么样了？她现在在干什么？她还好吗？不知是不是被树桩冒出的烟呛住了，乌力图古拉咳起来。他推开警卫员递过来的水壶，在一块被炮火翻起来的石头上坐下。

离开武汉北上的时候，乌力图古拉很沮丧，一路上绷着脸，不说话，像谁该他半石粮账。他还和一个师长吵了一架，骂人家是想给大象当奶妈的屎壳郎。吵过以后他先后悔，在心里承认自己浑球，是自己仗没有打好，冲锋号也吹了，总攻也发起了，城池也攻下了，到打扫战场的时候，却没有拿捏准，当了可耻的逃兵。

乌力图古拉不是犹豫不决的人，可这一回，他心乱如麻，一时整理不出个头绪。和格尔胡斯琴的婚姻没有事先告诉萨努娅，是他不对，他对不起萨努娅，萨努娅骂他骗子，他嘴上不承认，心里认了。只是认归认，萨努娅当面又抹泪又拍床沿，他还是觉得脸搁不住，不肯嘴上认。所以，在武汉摔门走掉的那天晚上，他回了德明饭店。他舍不下萨努娅。多好的一个女人！让他拿命来换他都干，一点儿犹豫都不会有。可他不知道该怎么面对萨努娅。*我就是你孩子的后妈吗？我凭什么要当他的后妈？凭什么要去收拾别人生下的孩子？凭什么要去伺候大象，给它当奶妈？凭什么！*他脸臊得很。他还怒气冲冲。能怎么样呢？他结过婚，这是事实，有孩子，也是事实，共产党员尊重事实，他总不能把孩子塞回他娘的肚子里，再告诉孩子的娘，咱们不能成家过日子，因为你会死在王爷手里，而你死后，我还得娶另外一个女人做老婆吧？他就这么胡思乱想着，在德明饭店外面转圈子，一圈一圈，来来回回转悠了一夜。

乌力图古拉费解地抬起头，看天上。满月，很亮。乌力图古拉想，月亮那么亮，又有什么用呢？它真是浪费，怪可惜的。这么一想，他真就惋惜地摇了摇头。

8

萨努娅是秋天到来的时候发现自己怀孕的。

萨努娅两个月没有来例假，因为工作忙，没往心里去。那天莫力扎逃学，去大马路上撵汽车，要爬到汽车背上去。萨努娅气得要命，在后面撵莫力扎。撵着撵着，她站下了，脸色苍白，手捂肚子叫莫力扎，说你别跑了，我肚子疼。莫力扎没犯犟，恋恋不舍地丢下汽车，让萨努娅牵着他的手，两个人去了医院。

“你让公马骑过。你要生马驹子了。”看过医生出来，莫力扎很有把握地对萨努娅说。

萨努娅想想，怎么不是？当然是，她让莫力扎的阿爸骑过，那匹可恶的公马！但是她没有说。她不能和一个十一岁的孩子讨论这种问题。

在抗美援朝总会的号召下，大规模的募集资金和物资慰问志愿军的群众运动在中国各地蓬勃展开。萨努娅所在部门不过十几人，一周时间就寄出了三十封慰问信和五十多个慰问袋。一个年轻漂亮的女同事噙着泪水，用大头针刺破自己的指头，用鲜血在卡片上签下自己的名字，然后郑重地将卡片装进慰问袋里。卡片上写着：亲爱的志愿军同志，这是一个共青团员献给您的毛巾和肥皂。希望您用它洗净身上的硝烟、汗水和血水，英勇作战，杀敌立功。如果有一天，她能有幸与英雄的您见面，那将是她人生中最幸福的一天。

萨努娅不光写了慰问信、送了慰问袋，还把家里能凑的钱都凑了起来，和莫力扎一起，把钱送交到募捐部门。在萨努娅的怂恿下，莫力扎捉了毛笔，憋着小脸儿，一笔一画地在募捐名册上签下了“莫力扎”三个字。因为这个，莫力扎兴奋得大叫。工作人员都夸莫力扎人小志气大，莫力扎骄傲地用生硬的汉语说，我阿爸志气大过牛，我阿爸是志愿军！工作人员笑着夸萨努娅，你们姐弟俩都这么大了，你们的父亲一定是位首长。莫力扎抢着纠正工作人员的话，她不是姐，是额嫫。

从募捐处出来，闹了个大红脸的萨努娅生气地警告莫力扎，以后别当着人的面叫她额嫫，再叫额嫫她就摔他。莫力扎问为什么。萨努娅说你不是我生的，你不能叫我额嫫。莫力扎振振有词地说，你让我阿爸骑了，你是我阿爸的女人，我怎么不能叫你额嫫？萨努娅一说这个就来气，说你阿爸不光骑我了，你阿爸还骑了别的女人，那个女人才是你的额嫫。

"那，"莫力扎纠缠不休，指了指萨努娅的肚子问，"你肚子里的孩子生下来，他可不可以叫你额嫫？"

"他是我的孩子，我生下他，他就该叫我娘。"萨努娅肯定地说。

"那，"莫力扎正在学算术，对运用数字这种事儿很着迷，他问萨努娅，"我不能叫你额嫫，能不能叫你二额嫫？"

"幸亏你阿爸不是大牧主，"萨努娅哭笑不得，"你阿爸要是大牧主，别说二额嫫，十八额嫫都有，你学的那几个数不够用。"

"你不愿意当我的额嫫，"莫力扎很伤心地问，"那你可不可以当我的姐姐？"

"我当你姐姐，你阿爸呢？我算他什么人？"萨努娅觉得头疼。

"那就没有办法了，那你还得当我的额嫫。"莫力扎很得意，咧嘴乐。

春节到来时，各级组织上门慰问志愿军家属，萨努娅腆着出怀的肚子，不断地接待前来慰问的人，累得差点儿没把腰闪了。莫力扎把慰问品装进口袋里，到处找针线，说要缝了给阿爸寄到朝鲜去。萨努娅要莫力扎用刚学会的毛笔字给他阿爸写一封信，让他阿爸看了高兴。莫力扎找出笔墨，趴在桌上，写两个字叹一口气，

写两个字叹一口气，写了不到半页纸，弄得一手一脸都是墨汁。这样写着写着，他突然停下，抬头问萨努娅，额娘，你怎么不给我阿爸写信？别人都写哪。莫力扎的话把萨努娅给问住了，问得她哑口无言。萨努娅不是没写，她写了不少，但她写的信，都是"最敬爱的志愿军同志"，这样的信不是写给乌力图古拉的，不能算莫力扎说的那种信。

萨努娅一直在抵制给乌力图古拉写信的冲动。她无法欺骗自己，她很想念他，也很担心他。她想知道他现在怎么样了，是否平安。报纸上和收音机里每天都在报道志愿军英勇杀敌的事迹，那些事迹感染着全国人民，却让萨努娅隐隐不安。她觉得乌力图古拉随时都有可能成为那些事迹中的一个名字，成为黄继光、邱少云、罗盛教、杨根思，这让她感到恐惧。好几次夜里做噩梦，她扑在乌力图古拉烧得焦枯的尸体上，哭得泪人儿似的，被莫力扎摇晃醒，还止不住抽搭。

萨努娅无法告诉莫力扎自己为什么不给他阿爸写信。萨努娅恨乌力图古拉。她恨他欺骗了她，恨他结"过"婚，还有个孩子，让她在十九岁的时候就做了一个十一岁孩子的"二额娘"。他过去就不是什么好鸟，欺负得她够呛，这事上又欺骗了她，他简直太坏了！她不能原谅他！

但是，莫力扎说得对，她为什么不给他阿爸写信呢？别人都在写，全国人民都在写，因为他们是最可爱的人，他们在保卫着刚刚建立的人民共和国，就算她犟着不给他写信，他们仍然是人民心目中的英雄。萨努娅这样一想，就决定放弃个人恩怨，给乌力图古拉写一封信。

那天夜里，等莫力扎睡着，萨努娅坐到床头，摊开信纸，开始给乌力图古拉写信——

乌力图古拉同志：

萨努娅在信纸上写下抬头，停下来，思忖片刻，起笔往下写——

工人们提出，工厂就是战场，机器就是枪炮，多出一件产品就是增强一分杀敌力量，减少一件废品就是消灭一个敌人。他们不断创造出新的生产纪录，为支持志愿军在前线的作战作出应有的贡献。在农业战线上，农业劳动模范和互助组走在前面，爱国增产竞赛运动蓬勃开展，大大激发了广大农民群众的生产积极性，今年的粮食和棉花等农作物的产量都超过了往年。这就是伟大的中国，这就是伟大的中国人民。人们都为自己的英雄在兄弟国家的作战而深感骄傲和自豪，到处都是欣欣向荣的景象。

在中国人民志愿军归国代表团的报告会上，以及中国人民赴朝慰问团的报告会上，我们听到了志愿军许许多多可歌可泣英勇战斗的光辉事迹、朝鲜人民对中国人民深厚的感激之情，以及美帝国主义及其帮凶屠杀朝鲜人民的滔天罪行。我们受到了巨大的教育……

萨努娅在“巨大的教育”这几个字后犹豫了一下，再一次停下笔。她听了听隔壁房间传来的莫力扎均匀的呼吸声，然后扭过头，朝窗外看去。

正是春意盎然的二月，夜晚的街上有一股潮乎乎的空气，叫卖虾米馄饨的担子从小巷子里挑过，还有花篮里剩下的最后一束失去了水汽的水仙花。萨努娅看不见这些，她只能够凭着呼吸去闻。有时候就是这样，你看不见的东西，只能去闻。

9

6月10日，志愿军主动撤出铁原和金化，将联合国军阻止在三八线附近的汶山、高浪浦里、三串里、铁原、金化、杨口、明波里一线。五次战役的进攻阶段打了二十多天，转移阶段又打了二十多天，战役双方均已失去主动进攻的能力，转入相持防御。

在三八线以北的防御阵地上，乌力图古拉收到了萨努娅的来信。他很激动，低头躲过一发炮弹掀起的石块，急不可耐地撕开信封，取出信瓤，看了一眼信的抬头，然后贪婪地往下读：

……在那些巨大的教育背后，肯定有一些人们不知道的事情。不光是这个国家，所有在剧烈变革时代的国家都会如此。人们会为一些崇高的目标去献身，人们愿意因此而带来世界的解放，可是有些牺牲，是不会被大多数人知道的。

我为你担心。我知道你勇敢，有经验，是优秀的战士。但是，战争是无情的，这就是我的担心。我不希望听到任何关于你的坏消息。我不欢迎志愿军总部的那些个政治工作人员来敲我们家的门，是的，就是不欢迎。我会把所有敲响我们家门的人——我是说，那种专门给别人带来坏消息的人——赶出家门。我要把他们赶得远远的。我就是不欢迎他们……

一发炮弹呼啸着飞来，炸起的泥土掀到天上，再落下，将信纸砸破了一个角。乌力图古拉想象着萨努娅气呼呼的样子，想象着她把“那些个”送去坏消息的同事赶出门的样子，傻乎乎地咧嘴笑了。他的目光没有离开信纸。他把砸破的信纸抻抻齐，扑打掉信纸上的泥土，接着贪婪地往下读：

……说到家，莫力扎已经找到了，而且已经接回广州。我给他剃了头，换上了干净的衣裳。他在八一子弟小学读书，假期结束就上二年级。他比班上别的孩子大四五岁，但是他很聪明，喜欢写毛笔字，算术总得四分和五分，体育是班上第一名。而且，他已经学会说汉话了。

莫力扎一开始被汽车吓坏了，他跑到马路边躲起来，冲着过路的汽车吐口水,怎么劝都不肯停下。你猜怎么着,一个星期之后,情况发生了变化,他从家里跑出去,失踪了。我到处找他,急得要命,结果汽车公司把他送到派出所,我在那里找到了他。他干了什么?他爬到汽车的头上,说他能骑这头大马,而且说什么也不肯从汽车上下来。你明白了吗,这个小家伙,他把汽车当成他的马了!他对一切都充满了好奇,情况就是这样。

你不用惦记莫力扎,他很喜欢吃米饭,一顿能吃三大碗。只是,他在睡觉方面有点儿小毛病。不过,我不认为这是毛病。我们都有毛病,相比起来,他的毛病是那么的令人心疼。他长得很快,越来越壮实,他是我见过的最英俊的孩子。也许——我是这么想的——你已经认不出他了……

乌力图古拉读信的时候一直在咧嘴笑,皲裂的嘴唇破了一道口子,流出一丝血。他为孩子还活着欣慰,也能够想象活着的孩子是什么样子。阿爸是什么样子,儿子就该是什么样子。孩子是没见着飞机呢,要见着,他会把飞机当成天鹅,骑到它背上去。不过,乌力图古拉还是迷惑了一下,心想,孩子会认不出他这个阿爸吗?

……至于我,我希望保持一个革命者的身份。在"响应祖国号召,到最光荣的岗位上去"运动中,我申请去基层工作。组织上没有批准我的请求,他们的理由是我的情况比较特殊。"您是一位国际人士萨努娅同志,目前我们没有得到这样的政策萨努娅同志。"他们这样对我说。

我不知道,如果我坚持去基层,莫力扎该怎么办?孩子不肯让我离开他,老问我是不是要送他回科尔沁草原。怎么会呢?我不会这样做。可孩子不相信,他一定要跟我睡。有时候他会跟我睡,我是说,通常是礼拜天的时候。他说他会保护我。我相信他会,不过现在还不行,现在他还需要学习更多的东西。

我会把孩子带好。我也渴望成为中国革命中最优秀的那些人当中的一个。我能够理解，现在不是战争年代，革命已经在这个国家取得了胜利，革命者不光需要革命的身份，还要有别的身份，比如建设者的身份。我已经向有关方面递交了报告，申请加入中国籍，这样，我就和别人一样，享有革命的权利了。

对了，大夫说，如果不出意外，六月份我会临产……

乌力图古拉愣了一下，迅速把目光转回到刚才读过的那一段，重新看了一遍那句话："对了，大夫说，如果不出意外，六月份我会临产……"他又读了一遍，认定自己不会把事情弄错，心里一阵狂喜，差一点儿没憋住，仰天长啸出来。他想，老乌力啊老乌力，你行啊，有能耐啊，一枪中的啊！他还眼睛潮湿地想，好女人哪，好牧场哪！乌力图古拉这么想过，愉快地摇了摇头，长长地叹了口气，在信封里找到了另外一封信。那是莫力扎写的——

尊敬的阿爸同志：

我是您的儿子、少年先锋队队员莫力扎。我今年十二岁，这个您没有忘记吧？我现在已经一年级毕业了，老师说，如果我用功，就不用读二年级，可以直接上三年级。我觉得这是一个好消息，我把它告诉您，这样您就是第二个知道这个好消息的人了。

我还要告诉您，我为您感到骄傲。您是那么的高大英勇，全国人民都热爱您。只不过，我记不得您是什么样子了。我很难过。我有点儿等不及了。您会把美国鬼子杀光吗？我真的不能当一名志愿军战士吗？您真的不能给我留几个美国鬼子，让我来消灭吗？但是不要紧，萨努娅妈妈说，我长大以后，可以当一名工人，还可以当科学家，这样我就和您一样高大英勇了。我想当一名汽车司机。我觉得这个主意不错。我还没有把这个想法告诉萨努娅妈妈,您是第一个知道这个想法的人。

我也为萨努娅妈妈骄傲。她已经让我叫她妈妈了。我很高兴。每一个人都喜欢她,人们说她是世界上最好的女人。但是我不这么想,我觉得她是世界上最好的妈妈。

萨努娅妈妈同意我每个礼拜在阳台睡一晚上。她和我一起睡。我们看星星,还说很多的话。有一次我看见萨努娅妈妈哭了。还有一次我哭了。我没让萨努娅妈妈知道我哭的事。我是在她睡着之后才哭的。我不会让她伤心。她是个美丽的女人,像白色的奶牛一样,您觉得呢?

乌力图古拉笑了。很快地,他沉默下来。萨努娅为什么哭?莫力扎没在信里说,可这很关键,非常关键。萨努娅还是没有原谅他,这是肯定的。

一个参谋沿着壕沟跑来,向乌力图古拉汇报前线的情况。乌力图古拉简明扼要地做了指示。参谋连跑带跳地离开。乌力图古拉蹲下身子,背靠壕沟,让自己坐得更舒服些,从口袋里掏出一包骆驼牌香烟,笨拙地点燃,眯着眼睛,深深地吸了一口。跟美国人打仗与跟中国人打仗不一样,他能学会很多东西,比如吸烟。但他却学不会写信。他写过信,给萨努娅。写过好几次,但都没写完——没写下去。他不知道该怎么对萨努娅说,说出他想要说的话,那些他藏在心里的话。但他必须说。他不能老是对不起萨努娅,那样他就真是个浑蛋了。

两个小时后,乌力图古拉回到指挥部。在那里,他找出写给萨努娅的几封半截子信,看了看,把它们撕碎,然后挑选了一支苏制莫辛-纳甘狙击步枪,拿了两匣五发装 7.62MM 子弹。几分钟之后,乌力图古拉在前,警卫员随后,一行人在坑坑洼洼的弹坑路上走了一个多小时，来到前线，顺着正在加固的永久性交通壕，进入狙击手阵地。

乌力图古拉叉开大腿，两只脚死死抵住用工兵铲拍得严严实实的壕沟，趴在隐蔽式战壕沿上。他把狙击步枪架上射击台，两只五发装弹匣整整齐齐地放在一边，空仓挂机，取过一只弹匣装上，枪轻轻推到一旁，用望远镜观察了片刻，然后放下望远镜，将狙击步枪标尺定在五百五十米，一推长长的装填拉柄，将第一发子弹推进枪膛，枪托稳稳地抵在厚实的肩头，一偏头，腮帮子贴上木质枪衬，三点一线，从瞄准镜中套住了目标。

乌力图古拉的第一发子弹将四百米开外对方的一只高音喇叭打碎了；第二发子弹将五百五十米外一名背着风点香烟的美军军官打得往后一坐，人贴着壕沟滑下去；第三发子弹追上了一名在五百米外坑道口向外撒尿的士兵，让那个士兵直接扑倒在自己的尿液里；第四发子弹将一只朝这边咆哮着的短毛军犬打得飞出去，再也叫不出声来。

第五发子弹用去的时间长了点儿。他锁住五百米外对方的一名狙击手。那名狙击手使用一支狙击步枪，对乌力图古拉还以颜色，而且很有成效——第一发子弹引爆了一串三八线以北埋设的地雷，第二发子弹将一名人民军观察哨打出了观察平台，第三发子弹击中了一名往坑道里送水的志愿军炊事兵，第四发子弹直冲乌力图古拉而来，差点儿没把一名警卫员的脑袋掀掉。那个狙击手很有经验，躲在地堡里，没有露出任何可以被对手利用的身体部分，只是在每次射击后，从地堡的射击孔中袅袅地冒出一道青烟，悠闲得很。

有一段时间，乌力图古拉趴在那儿纹丝儿不动，枪也不响，好像他拿对手没有办法，或者干脆的，他睡着了。然后，他稳稳地扣动了扳机。

地堡的射击孔突然一跳，像吃饱了噎着的河马，吐出那名丧头垂气的美军狙击手的尸体。

乌力图古拉从容不迫地退下打空的弹匣，装上新弹匣。接下来的五发子弹一气呵成，将四名美军官兵打得脑浆四溅，再也爬不起来，剩下的一名，捂着肚子被同伴七手八脚地拖回了战壕。

好了，现在，乌力图古拉给萨努娅和莫力扎的回信写完了——热情洋溢的工厂、广大农民、带来坏消息的人、国际人士萨努娅同志、有些牺牲、6月份的临产、睡觉方面的毛病、少年先锋队队员、直接上三年级、想当一名汽车司机、世界上最好的妈妈、美丽的白色奶牛——一共十二个问题，他都回答他们了，回答得清清楚楚。

乌力图古拉松了口气，看也不看自己的回信，一撑壕沟壁，将苏制莫辛-纳甘狙击步枪交代邮件似的丢给身边的警卫员，离开狙击平台。

好几发子弹恶狠狠地追赶上乌力图古拉，落在他脚下的泥土中，子弹溅起的泥土打得脸生疼。乌力图古拉毫不理睬，只是加快了脚步，连头都没有回，消失在壕沟里。

第六章　一把种子扬天而去

1

氢物质"麦克"被装置进金属器皿中，小心翼翼地安放在太平洋埃尼威托克环礁上。1952 年 11 月 1 日 7 时 14 分 59 秒，"麦克"被引爆。一朵壮丽的蘑菇云腾空而起，埃尼威托克环礁被巨大的火球吞噬，瞬间化为焦炭。

差不多就在同一时刻，一发步枪子弹慢慢悠悠穿过火光四溢的战场，从朝鲜半岛的三八线以南飞向三八线以北。子弹从一支美式伽兰德 M1 半自动狙击步枪里射出，准确无误地击中了正在前线视察作战情况的乌力图古拉，从他的咽喉部钻入，后颈部穿出；弹头的入口处像是被蚊子咬了一下，看不出什么，出口撕出很大一个洞，显得有些不整齐。乌力图古拉被一股巨大的力量掀了起来，一屁股坐到地上，有些不肯相信地看了看天空，然后吃力地去摸脖颈。血先是有些羞涩地从伤口里向外探了探头，然后如泉般涌出，顷刻之间就把乌力图古拉染红了。

乌力图古拉身边的警卫和参谋们根本没有留意那颗击中了乌力图古拉的子弹是打哪儿飞来的，慌手慌脚去血泊中捡乌力图古拉。简先民的眼泪立刻就下来了，尖着嗓子喊，副军长！副军长！乌力图古拉有些恼火，想骂娘，但喉间不断冒出的气泡和血让他说不出话来。他只能把抵近指挥联合攻坚的指挥权移交给参谋长，沮丧地让人们把他架上担架，送往后方救护所。

“我就知道,迟早我会让他们中间的一个尝到肉味儿。”等乌力图古拉能开口说话的时候,他这样对人说。因为被一发子弹打得一屁股坐在地上,而不是靠在什么地方,他十分恼火,并且因为这羞耻无从补偿而沮丧不已。“他很幸运,这个王八羔子!”他支棱着被绷带裹得像烟囱似的脖子由衷地说。

乌力图古拉这么说一点儿也不客观。幸运的不是那个王八羔子,而是他。那发从美军官兵十分喜爱、在第二次世界大战中表现出色、受到美国陆军参谋长麦克阿瑟宠爱、被巴顿将军喻为“最了不起的战斗武器”里射出的7.62MM枪弹,完全可以把一头非洲丛林象的脑袋打碎,但它近似于怜惜地放过了乌力图古拉,只不过在他的脖子上钻了一个不太雅观的弹洞。

乌力图古拉想留在朝鲜治伤。他相信一件事——他和射中他的那个狙击手,说不定能在什么场合见上一面,那会是一件非常有意思的事情。乌力图古拉没有说,要是遇到了那个狙击手,他是不是会和他握手,并且祝贺他。但他没能留在朝鲜。秋季战术反击作战第二阶段结束之后,志愿军司令部实施高级指挥机关和高级指挥员轮换计划,他被列入名单,送回了国内。

子弹擦过了颏勒嗉,从侧后颈穿出,没有击碎颈椎,只是让乌力图古拉漂亮的喉结缺损了一块。创伤在新安州志愿军后方医院得到控制,回到国内后,乌力图古拉被送往北京接受进一步治疗,每天在漂亮女护士的搀扶下散步,用盐水熏咽喉,再就是不断接受人民的慰问。

乌力图古拉得意了一段时间,说到底打的是美国大鼻子,仗没白打,让人这么伺候着,不像爹也像爹,有点儿意思,可后来就烦了。乌力图古拉主要是烦人们送来的鲜花。他老是在鲜花丛中打喷嚏,阿嚏阿嚏,止都止不住。丫头,能不能把花儿弄走?要弄你弄美国大鼻子来。他怨声载道地对漂亮女护士说。鲜花弄走了,明媚的阳光围绕着乌力图古拉一个人转。乌力图古拉十分满意，不再打喷嚏。

乌力图古拉在北京给萨努娅打长途电话。电话要通好几次，都没有找到萨努娅，这让乌力图古拉气馁不已。

头一次，广州的接线员没有听懂乌力图古拉的北方口音，把电话接到一个名叫桑陆阳的男同志办公室。桑陆阳同志认识萨努娅同志，和萨努娅同志不在一个部门，两个人的办公地点隔着一条珠江，没法儿叫。

"王肇庆，我告诉你，你的'五毒'罪证我们全都掌握着！"第二次电话一接通，一个火气极大的男人就在电话里喊，"你在抗美援朝军需物资上做手脚，残害志愿军，胆大包天！你赶快到'三反''五反'办公室交代问题，否则王康年①就是你的榜样，李寅廷②就是你的榜样！"

没等乌力图古拉说一个字，对方就把电话摔掉，把乌力图古拉晾在这一头，半天没弄清出了什么事。乌力图古拉想，我要萨努娅，你给我接桑陆阳，这也罢了，我没说话呢，你就叫我王肇庆，还说我犯"五毒"，这算什么事儿？

接下去的电话，要么挂不通，要么挂通了，萨努娅却不在，在别处工作。挂不通很正常，萨努娅在别处工作也正常。乌力图古拉这么打了几次电话，摇柿子摇下一堆柿树叶，还让鸟粪砸了头，情绪一落千丈，索性不再打电话。那些日子每天散步，熏喉咙，接受人民的慰问，吃营养丰富的流食，日程安排得满满当当，有阳光围绕着，没有鲜花来捣乱，乌力图古拉也不好发什么脾气，老老实实地做他的优秀伤员。

---

①② 均为抗美援朝时期的不法商人，被政府镇压。

2

乌力图古拉从北京打来长途电话,萨努娅是知道的。萨努娅很激动。乌力图古拉从北京打来电话,证明他已经回国了,他能一而再再而三地打电话,证明他平安无事,只这两样,她一直悬着的心就放下了。萨努娅后悔自己怎么早不外出晚不外出,偏偏在乌力图古拉来电话的时候外出,又怨乌力图古拉事先不打招呼,让自己总也接不到他的电话。再转念一想,他要真能打招呼,自己不就接到他的电话了,还有招呼什么事儿?这么一想,又暗笑自己犯糊涂。

萨努娅高兴得很,那些天脸上老是挂着明媚的春光,而且不能和人说话,一说话她就咯咯地笑——别人说昨天雨太急,她咯咯地笑个不停;别人说今天风有点儿大,她咯咯地笑个不停;别人说这支笔怎么不出墨水,她也咯咯地笑个不停;好像这样的事儿非常值得开怀大笑似的,让同事们莫名其妙。

“萨努娅,你怎么啦?爱人的电话没接着,你还那么高兴?”

“羊蹄甲出荚了你高兴不高兴?白头翁回巢了你高兴不高兴?”萨努娅理直气壮地说同事,“春天来的时候,先是春水涨呢,它可不会直接往你被窝儿里钻。”

同事一时没有明白,不知道羊蹄甲出荚是什么样儿,春水涨了是什么样儿,而且它们和萨努娅的高兴有什么关系。同事没明白,却看出萨努娅的高兴按捺不住,真像涌动的春水,是很快就能涨出春天来的架势,同事就笑,说,嘿!

萨努娅回到家,忍不住把乌力图古拉从北京打电话来的事情告诉莫力扎。你阿爸要回来了。她止不住喜悦地说。莫力扎站在镜子面前梳头,一下一下的。他现在很注意自己的小分头是不是分得均匀，会不会显出一边多一边少。他回过头，看了萨努娅很长时间，确定她没有骗自己，便严肃地保证，他相信她的话，同时不会吐他阿爸的口水。萨努娅夸奖莫力扎乖，把他拉到身边，噙一口水喷在他的头发上，梳子中间一剖，麻利地分出两份，歪着脑袋左右看了看，很满意。

“我是不是可以摔他的搏克？”莫力扎确定了自己的分头是最棒的那一种之后，很严肃地问萨努娅。

“有这个规矩吗？”萨努娅没有这样的经验，愣了一下，“我是说，你们蒙古人，是不是都这样？”

“我不认识他，我和他是陌生人，对吗？”莫力扎把手揣进裤子口袋，努力做出一副大人的样子来。

“你有把握赢他？”萨努娅考虑了一下，有些犹豫不决，“他可是大人。”

“你也是大人。你会帮我，对不对？”孩子很有把握地说，然后表扬道，“你的搏克摔得不错。”

莫力扎学习很努力，跳了一级，已经是小学三年级的学生了。他是全年级最有力气的孩子，还是中队委，管组织。一个有力气同时担任着组织委员职务的男孩子做出的决定，萨努娅不会反对。尤其是，那个男人对不起萨努娅，应该被摔一下，不，摔很多下。

小雪那天，乌力图古拉拎着一只简易皮箱出现在华南局直属机关大楼。他穿了一身挺括的志愿军制服，制服缝制得十分合体，皮鞋锃亮，腰板笔直，脚步咚咚，穿过长长的走廊，见到每一个人都站下来，收住携带在身后的阳光，声音洪亮地问，请告诉我，萨努娅同志的办公室在什么地方？二楼第二个办公室？谢谢。

萨努娅手中的文件脱落下来，雪片似的掉在地上。她瞪大眼睛，用手捂住嘴，立刻又松开，然后，神经质地抻自己的裙子，又停下来，人站在那里，像是被定住了。

他突兀地出现，而且瘦得厉害，让她不能接受。

华南局直属机关所有的人都感到了一次地震，而谁都知道，广州这种地方是没有地震的。同事们拥到萨努娅的办公室。他们十分奇怪，那个高大魁梧的志愿军军官，他头发剃得短短的，皮肤黝黑，闪着金属般的光泽，人有些消瘦，显得有点儿飘，像是一缕光，他怎么会长得这么帅气？而他们美丽的同事萨努娅眼里噙着泪水，为什么她不冲上去紧紧地拥抱他？广州的冬天气候宜人，气温一般在十五摄氏度，萨努娅的同事们却觉得这是一个夏天，因为他们全都感到了灼热。

3

乌力图古拉对十三岁这个数字没有什么概念，所以，当他站在自家窗口，看见脸蛋儿鼓鼓囊囊、脖子上飘着红旗一角的莫力扎穿过马路朝这边走来的时候，有些发蒙。是他？乌力图古拉拿不准，扭头看萨努娅。萨努娅枕着他的肩，抿着嘴微笑，点了点头。

父子俩在楼梯口见了面。莫力扎没有摔乌力图古拉的搏克。他对那个威风凛凛的大个子军官非常友好。是您把侵略者赶回三八线去的吗？在得到肯定的答复后，莫力扎立刻对乌力图古拉表示出由衷的崇拜，坚持用“您”来称呼乌力图古拉。您太了不起了，我要向您学习。莫力扎严肃地说。

萨努娅向闷闷不乐的乌力图古拉解释，莫力扎非常有上进心，他是一个有礼貌的孩子，连校长都表扬他，说莫力扎是他见过的最聪明的孩子，这样的莫力扎，用“您”而不是“你”来称呼自己的父亲，不是什么错误，做父亲的不应该闷闷不乐。乌力图古拉接受了萨努娅的批评，但是，他仍然有些弄不明白，莫力扎是他的儿子还是萨努娅的？答案应该是明确的，莫力扎是他的儿子，是他和女人格尔胡斯琴生下的，至于萨努娅，她不过是莫力扎的后妈。可是，很显然，萨努娅和莫力扎在一起更和睦，他们之间十分默契，而且莫力扎非常佩服萨努娅，这个谁都能看出来。

对全托在寄宿幼儿园里的二儿子，乌力图古拉表示出做父亲的最大的欣喜。老二正在学走路，他摇摇晃晃地穿过两个大人，在房间中央摔了一跤，一声没吭地爬起来，再摇摇晃晃地往前走，去莫力扎手里抢夺一支漂亮的中华牌铅笔。乌力图古拉把老二举起来，举到自己头上，用脸去贴老二肥嘟嘟的屁股，用牙去咬老二胖乎乎的腿，咬得老二吱哇乱叫，用手拽乌力图古拉的头发。要不是萨努娅把老二从乌力图古拉手里夺下来，情况会非常糟糕。

家庭团聚的热闹结束时已到半夜，萨努娅检查完莫力扎的“红领巾节约计划”，再把兴奋的老二哄睡，回到自己房间，见乌力图古拉老老实实地坐在她的单人床上。她在门口站了一会儿，捋了捋剪短的头发，走过去，在乌力图古拉身边坐下，扭过脸，看乌力图古拉。

乌力图古拉有些紧张，手中没了老二，人显得生硬，直着身子坐着，咽着唾沫，不说话。萨努娅手伸出去，在半空中停顿了一下，然后捧住乌力图古拉的脸，把他的脸慢慢地掰向一边，看他的脖颈。

“你的伤……”她打着战说，声音里透着后怕。

“伤没带回来，留给大夫了。”他故作轻松，有点儿打哈哈。

“还疼吗？”她疼，这一点，他能看出来。

“它疼不过我。让它疼去，看谁犟过谁。”他不让她疼，为他也不行。

“为什么不回信。我和莫力扎给你写了信。”她问，怨怨的，气往上冒。

“写了。没写完。后来又写了，你们收不到。不用收到。”他傻乎乎地笑,那傻不是真傻,有点儿阴坏。

他一阴坏她就缩回手,起身走到屋子当中,在那里站住。屋子里沉默了。她在调整她的情绪,而他绷着面子,有些忐忑不安,但不肯投降。时间不早了,孩子们都睡了,你也去洗吧。过了一会儿,她打破沉寂,捋了捋额前的散发,弯下腰,去收拾一地的玩具。明天一大早还得送孩子去幼儿园呢。她说。

"嘿嘿,"乌力图古拉不好意思地扯了扯身后那床单人被子,对他来说,那床被子就像一件遮不住肚脐的单褂子,"我睡哪儿?我是说,我……我们,怎么睡?"

萨努娅停下来,明白过来为什么他一直坐在那儿。屋里又静了。萨努娅手中的木鸭子咯嗒脆响了一下。她看他。他坐在那儿,莫名其妙地傻笑着,浑身像是捆满了蒺藜,不安地动来动去,样子有些紧张。她想起报纸和收音机里说到的那些故事,他们是在和这个世界上武器装备最现代的军队作战,他们就像一群扑向丛林象群的狼,悲壮而绝望,可他们却以史无前例的顽强和骄人的勇猛把象群咬得七零八落,不得不坐到谈判桌上,谈判丛林领地的划分。他是那群狼当中的一个,他有什么好怕的呢?他是狼不是狼?她还想,她很生气,她一点儿也不想委屈自己,说她不生他的气。而且,她是一只有针刺的大黄蜂,当然可以,并且有能力理直气壮地去刺惹它生气的河马。但是,她把河马怎么样了呢?能把河马怎么样呢?就算她能怎么样,她刺伤了谁?会刺伤谁?会刺伤吗?

"地板抹过,是干净的。"她到底说服了自己,放下手中的玩具,朝衣柜走去,打开柜门,抱出被褥,把褥子铺在地板上,再把床上的那床褥子抱过来,挨着铺好。现在,那是一张十分舒坦的双人床了。她双膝着地跪在那里,抻着床单,再将枕头拍拍松,然后抬起头,奇怪地看着一旁不断咽着唾沫的乌力图古拉。

"干吗愣着?你不能过来帮我一下?是我一个人睡吗?"

4

熄灯之后有片刻的沉寂。四周静静的，潮湿的海水味被夜风带进屋内，渔火在远处魔眼般闪烁着，让人感到有什么事情会发生。乌力图古拉不安地在萨努娅身边翻动着身子，就像一条渴望潜回水中去的巨大的海洋动物。萨努娅能听见乌力图古拉身上的鳞片干渴的破碎声，还有他苦恼的呼吸声。但她没有动。有些陌生了，有些下意识地拒绝。她不知道该不该走向海滩。

乌力图古拉坐了起来。海浪声传过来，哗——哗——萨努娅闻到了强烈的海葵味，肺叶被猛烈地冲开。他在黑暗中看着她，缓慢地朝她伛下高大的身子。沁凉的浪花溅起，浪花中涌动着一些柔软的海星或蟹类动物，它们细小的触角触动她的皮肤，在那上面留下神秘而熟悉的诱惑。是一头濒临灭绝的露脊鲸。他高高地跃出海面，向她展示他矫健的空翻和转体动作，然后重重地跌回海水里，击打出一大片水花。海水泼洒在她脸上和身上，她的全身都湿透了。

她想，他回来了，他活着，没有死。她想，他回来有多好啊！活着有多好啊！没有死有多好啊！她想，她不能被他战胜，也不能被自己战胜，如果他是一头露脊鲸，她就是一条抹香鲸，因为他在，他还活着，她应该感激，感激她没有失去他。她这么想了，就有什么东西从她两肋下快速地生长出来。是胸鳍。于是，当他再一次高高跃出海面的时候，她接住了他，随他一同跌入海中。

海水溅起来，珊瑚礁在他们身边隐退，最先出现的是黑斑剑尾鱼和蓝环神仙鱼，天使鱼和火焰鱼也游了过来。她感觉到他在向她贴近，尾鳍在暗流中向她拍打过来。她不易觉察地扭动了两下身子，暗示他，她不会被他撇下，她会在更远的地方跟上他。现在，金边刺尾鲷和蓝魔鬼游过来，还有长鼻鹰鱼和棒尾狮子鱼，它们在他们的身边嬉戏，学着他们的样子扭动着身体。

他们开始向前游动，穿过浣熊蝴蝶鱼和皇冠盔鱼群向前，不断地扭动着尾鳍，搅动出巨大的水流。深海中的长刺河豚和狐面鱼游过来，慢腾腾地围绕在他们四周。她看见一片五彩缤纷的爱神蛤和猫舌蛤，还有奇形怪状的西施舌和砗磲，现在，他们快潜入海底了。他再度靠近她，用胸鳍轻轻地拍打她。她的呼吸变得急促起来。但他不放她离去，带着她继续往深里潜。

眼前出现了无数的螺类——鹞头骨螺、洋葱螺、勋章芋螺、白葡萄螺、花斑石鳖、美丽象牙贝、帝王螺、杀手螺。他在那些螺类的城堡中停下来，回过身子，纠缠住她，将她裹挟到他身下。她知道，那是他蓄谋已久的事情，他所做的一切，包括他所以成为一头露脊鲸，全是为了在这寻欢之地与她交配。她无法摆脱他的纠缠，这一点是肯定的。他一点儿也不吝惜他的力气，这一点也是肯定的。她感到了窒息，感到肺部快要爆炸。她知道他要她死在海底。她想，那又怎么样呢？那就死吧，她愿意这样死去！

整个黑夜，海水都在房间里涌动着。风没有寻找到他们，月光也没有寻找到他们，没有人知道那间狭窄的房间是怎么成为一片海洋的，连他们自己也不知道……

5

乌力图古拉把自己当成家庭主男，整天围着老婆孩子转。他把合体的制服脱下来，只穿一件衬衫，牵着老二去托儿所，送萨努娅去上班，在街口接放学回家的莫力扎；他拎着菜篮去菜市里买菜，回家把袖口绾得高高的，围上萨努娅的围裙，洗切烹饪，为老婆和孩子做烤羊腿、辣白菜、酱地梨、莜面窝头；他还能用奶粉和鲜奶魔术师一般做出味道可口的酸奶来，令萨努娅惊喜过望。

“喂，别表扬我，”乌力图古拉伸出一只裹着莜面粉的手指头警告萨努娅，“我这个人一身优点，就这一个缺点，一表扬我就上房——我会做一桌满汉全席出来。”

“请您别拿手指妈妈，”莫力扎不满地批评乌力图古拉，“那样不礼貌。”

乌力图古拉和萨努娅相视一眼，哈哈大笑，把莫力扎笑得摸不着头脑。莫力扎想，他们怎么啦？难道他们是一年级的小学生，不知道什么是礼貌吗？

一个重要的问题是，得给老二取名字。萨努娅一直没给老二取名字。小名倒是取了一个，叫果子。萨努娅一直等着乌力图古拉回来给儿子取大名。你总不能下了种子，连收割的事情也不操心，到头来，连果子叫什么也不管吧？萨努娅就是这么想的。

对给老二取名字这件事情，乌力图古拉十分上心，整天皱着眉头，嘴里嘟嘟囔囔的，琢磨着儿子的名字。我看，就叫冈巴尔吧。憋了好几天，名字终于想了出来。乌力图古拉很满意自己给儿子取的这个名字，取过之后很郑重地告诉萨努娅。

“老二叫冈巴尔，老三呢，老四呢，五六七八呢？”萨努娅没有对“冈巴尔”这个名字评头论足，只是拿漂亮的眼睛瞟着乌力图古拉，问他。

乌力图古拉没有想过这个。他不是一个爱幻想的人，不操老二之后乱七八糟的心，就算要操心，乌力图古拉也知道一个简单的道理，人和蚂蚁产卵不一样，和母猪生崽也不一样，人想要孩子，想在老二之后再来老三，老三之后四五六七八，那得一个一个地怀，再一个一个地生，而且怀得怀足十个月，就算他和萨努娅团聚了，萨努娅不闲着，一个接一个地怀，十个月，时间不算短，够他取名字的。但是，既然萨努娅问起了这件事，他不能不考虑。

“老三叫嘎仁钦，”乌力图古拉认真地想了想，掰着粗粗的指头说，“老四叫察干巴拉，老五叫图力多，老六……”

“嘎仁钦察干巴拉图力多，那都是男孩子的名字，”萨努娅不依，叫乌力图古拉打住，“要是女孩子呢，怎么叫？”

“那还不简单，”乌力图古拉打开了思路，脑子好使得很，一拍大腿就往外咕噜，“大丫头叫德日琴，二丫头叫乌兰博贝，三丫头叫格根塔娜，四丫头……”

“喂，这算什么呀！”萨努娅再也忍不住，脸蛋儿涨得通红，冲着乌力图古拉大声喊叫，“就算你种子好，插花着生男生女，那儿子也是我的儿子，女儿也是我的女儿，不光是你一个人的，你一个人急得干瞪眼也生不下来！”

“我没说我生，”乌力图古拉瞪了一双无辜的骆驼眼睛看萨努娅，不明白萨努娅发的是哪门子火，“当然是你生。我种你生，你生我取名字，不是这样分工的吗？”

“你，你是一只揣不进口袋里的臭脚！”眼见乌力图古拉油盐不进，萨努娅恼怒地从他手中夺过老二，“儿子也好，女儿也好，既然不是你一个人的，就不能光取蒙古人的名字，也应该取鞑靼人的名字！”

乌力图古拉这才恍然大悟。萨努娅要他给孩子取名字，等他给孩子取名字，问他老二之后如何取名字，陷阱原来在这里呀。他想想，也是的，儿子也好，女儿也好，那是一把种子扬天撒下去，有土地托着、日头照着，不论长出什么，都是他和萨努娅两个人共同奋斗的结果，他独吃独占，没有道理。

“这样吧，”乌力图古拉从萨努娅怀里夺回老二，肉蛋蛋似的抱紧，挠着脑袋和萨努娅商量，“这头一个儿子，咱们取蒙古人的名字；下一个儿子，咱们按你喜欢的取，取鞑靼人的名字，这样谁也不吃亏。”

“你打算生几个?”萨努娅不接乌力图古拉的茬儿,问乌力图古拉,“是生两个就打住,还是继续往下生?”

“嘁,”乌力图古拉哑然失笑,反问萨努娅,“怎么打住? 革命是打得住的吗? 新民主主义革命以后有社会主义,社会主义以后还有共产主义,革命无穷无尽。”乌力图古拉斩钉截铁地说,“所以,你什么也别想,只管往下生,生他个天翻地覆再说!”

“天翻地覆是多少?”萨努娅不依不饶,“究竟是多少?”

“不管有多少,”乌力图古拉不让萨努娅拿住,肯定地说,“有多少算多少!”

“问题就在这儿。”萨努娅抓住乌力图古拉的破绽,扬扬得意地反驳,“咱俩又不是机器,逢双打住,逢单继续。要是生下单数,那单下的一个怎么取名?”

乌力图古拉愣住了。他发现自己不光中了萨努娅的埋伏,而且是中了很深的埋伏。问题是,萨努娅懂得战术,她埋伏在那儿是有道理的。生孩子的事儿和打仗一样,仗打成什么样,不到战斗结束谁也估不住。要是任着性子往下生,两个不打住,四个打不住,八个不叫停,天翻地覆地生下去,谁能保证一树的柿子摇下来,落地的一定是双数? 那单下的一个怎么取名? 取谁的名都不好,都有闹宗派的可能,都有闹分裂的可能,这就不是生孩子的初衷了。

乌力图古拉毕竟是军事干部,有战斗经验,这种遇到埋伏的事情难不倒他。他很快拿出一套方案:既然他们的家庭是民族大团结、国际大团结,索性连孩子的名字也大团结,把父母两个民族的名字拆掰着都带上。比如,老二叫乌力冈巴尔·列普西,要不就叫乌力冈巴尔·扬什克,或者别的什么,老三要是丫头,就叫乌力德日琴·希妮亚,或者乌力博贝·玛丽什卡,这样显得气派,也热闹,一树的花骨朵儿,新鲜得很。以后生下的孩子照葫芦画瓢,都这样。

萨努娅正喝着水，听了乌力图古拉的话，扑哧一声把嘴里的水喷出来，呛得连声咳嗽，差点儿没笑闪了腰。萨努娅那么山花烂漫地一笑，乌力图古拉就知道自己幼稚了，他的战术烂得很，不是什么好战术，这让他有些沮丧，觉得自己白做了半辈子军事指挥官，窝囊。

萨努娅笑过以后，揩去脸上笑出的泪水，严肃地向乌力图古拉建议，他俩都是革命者，他俩的生命属于革命，由他俩生命延续下来的孩子，也应该属于革命；既然如此，那就索性抛弃掉私利，做个彻头彻尾的革命者，不管今后生多少儿子和女儿，都给取汉族人的名字，让孩子们从小就融入到世界革命的大氛围里去。

萨努娅的建议大气得很，大气得乌力图古拉眼珠子一亮，认定不光在莫力扎和他死去的娘的问题上，萨努娅的觉悟比他高，就是在她自己生的孩子这个问题上，她的觉悟也比他高。乌力图古拉二话没说，一口同意了萨努娅的建议。

这一回，两个人的意见出奇地一致，脑袋凑脑袋，和和美美地商量，给老二取了个汉族名字叫“天时”。不光如此，乌力图古拉做主，连老大的名字也改过来，不叫莫力扎，叫“天健”。当然，“天时”不能就叫“天时”，“天健”也不能就叫“天健”，比如“瓜”不能就叫“瓜”，得说是“南瓜”还是“冬瓜”。汉族人有姓复姓的，萨努娅就提议，把乌力图古拉的名字拆散，孩子就姓“乌力”，这也叫革命。

“咱们教育教育汉族同志。咱们不搞二亩地、一头牛、老婆孩子热炕头儿。”乌力图古拉深深地叹息一声，把萨努娅一把搂过来，搂进怀里，深情地搓揉着。

6

半个月的假期结束之后，乌力图古拉从广州回到北京。他在北京接到新的任务，去一所军事院校学习。半年后，乌力图古拉以优异成绩毕业，和一批高级军官一起前往苏联，去伏龙芝军事学院学习一年。以后的几年，乌力图古拉不断接到调令，从东到西，从南到北，足迹几乎踏遍整个中国，始终没有安定下来。

乌力图古拉安定不下来，萨努娅就没法儿安定。乌力图古拉在苏联学习的时候，萨努娅在广州生下了她的第二胎，是个男孩儿，取名乌力天赫。萨努娅自己有工作，又带着三个儿子，总不能跟着风跑一阵儿，再跟着云彩飘一阵儿。就算真的装了风火轮，好容易撵上风，攀上云，风和云野去别的地方，就又得跟着跑，又得跟着飘，那跟树叶和羽毛没有什么区别，所以，萨努娅一直留在广州没挪窝儿，和乌力图古拉牛郎织女，过着两地分居的夫妻生活。

这期间，乌力图古拉托人找到了老战友葛昌南的儿子葛军机。

1951 年冬天，葛昌南在益阳剿匪，行军时遇到塌方，连人带马给石头砸进了沅江。几十名士兵跟着葛昌南往江里跳，扎进冰冷的沅江去捞人，一条江水给搅浑了，捞上来一副结了冰的马鞍子，还有一顶只剩下篾架的斗笠，人和马都给湍急的江水卷得没了影儿。

部队把葛昌南牺牲的消息通知给在邵阳搞土改的叶至珍。谁知消息还没有送到，叶至珍就在下乡途中被土匪捉住，剁掉手指脚趾，割掉乳房，开膛破肚，大卸八块，活活杀死在一块稻田里，一缕清魂追随丈夫而去。

军机是叶至珍牺牲前九个月生下的。她工作忙，顾不上，把孩子寄养在保育院。葛昌南和叶至珍牺牲后，军机没人探望，被一个保育员偷偷领出保育院，卖给了一个江湖郎中。那个江湖郎中上街撂地摊时，让军机做引子，当着众人面，先把他的胳膊腿卸掉，霜打嫩丝瓜似的挂着，再绕场子吆喝一圈，冲他喷口药水，变魔术似的嘁里咔嚓将小胳膊小腿还原，博得场边看客一阵喝彩，即使膏药卖不出去，善良的妇女们也总会在疼得哭不出声来的孩子面前丢下几个铜子儿。

乌力图古拉听说后，发狠地寻找军机。功夫不负有心人，几年后，终于在贵阳找到了。找是简先民给找到的。简先民从朝鲜回国后分到国防部门工作，他去贵阳检查工作，顺带着让人陪着上街找流浪孩子，凡是流浪孩子都抓住问问，这一查一问，还真在打场子卖艺的江湖郎中身边找到了葛军机。简先民在电话里欣喜地给乌力图古拉汇报，说孩子肯定是葛政委的孩子，没落下残疾，只是见人就躲，而且又黑又瘦，看不出人形了。乌力图古拉牙咬得嘎巴响，问简先民，那个保育员和江湖郎中杀掉没有？简先民说没有，保育员事发过后逃掉了，找不着人，江湖郎中手上没有命案，审了一下，放了。乌力图古拉冲着电话吼，你把人抓回来，头砍掉，再踢上两百圈，要不咱们的关系就算完！说罢咔嚓一声撂下电话。简先民在电话线那一头直摇脑袋，心想，这个乌力图古拉，当人头是羊头，想剁就剁，想踢就踢呀？

乌力图古拉撂了简先民的电话，又给广州拨电话，在电话里告诉萨努娅，老葛和小叶的骨血找到了，已经让简先民托人往广州送了，嘱咐萨努娅认准人，别出差错。萨努娅在电话那头为葛政委和叶大姐抹了一会儿眼泪，不敢耽搁孩子的事儿，问孩子几岁，长什么样，说什么方言，有没有残疾，要治什么病。这些乌力图古拉都问过，按照小本子上记的，一一说给萨努娅听。

“我和老葛一个身子两颗头，老葛走了，小叶也走了，孩子命苦，不能让他没着落。从今往后，我就是孩子的爹，你就是孩子的妈，这孩子，我们养。”乌力图古拉又和萨努娅商量了一下军机的事情，连给他喝牛奶的事都没忘，这么说了半天，才放下电话。

自从找到军机后，乌力图古拉有一段时间着了迷，像寻找恐龙蛋似的，到处寻找战友的遗孀和遗孤，见到熟人就打听，谁谁的孩子在哪儿，谁谁的老婆找着没有。操他妈，乌力图古拉红着眼圈说，打了二十几年仗，人打没了，种得找着，别让他们烂在地里没人问。

7

1955年，乌力图古拉接到调令，到武汉一个军事基地当司令员。他和萨努娅商量，不能再等了，要不好好的日子硬撕成两半，一辈子都得等过去，台风过没过去，鸟儿都得往下落。萨努娅向华南局提出申请，工作关系调到武汉，然后带着四个孩子离开广州，到武汉和乌力图古拉团聚。

乌力图古拉到了武汉，仍然着迷地寻找战友的遗孀和遗孤，找到了就一个个安置好，能工作的安排工作，到年龄的送进学校学习，不能工作和学习的送回老家，委托地方组织给他们解决生活问题，遗孤年龄小的，老家没有人的，他就让送到武汉，让萨努娅带。

解放了，天下是自己的，军队又是最活跃的时候，譬如一张庞大的蜘蛛网，哪儿动一下都能有反应，找人有条件。那些年乌力图古拉的家就像夏天的金色牧场，战友的遗孀和遗孤来来往往，络绎不绝，人多的时候，得开三桌饭才管够。乌力图古拉一下子成了恐龙蛋博物馆馆长，他自己乐不可支，却把萨努娅累得不行。

萨努娅和乌力图古拉商量，孩子是党的孩子，不是私人财产，不能都往怀里搂，拿人家的老婆孩子当恐龙蛋可以，找也可以，但找到以后，能不能把这些恐龙蛋交给组织，让组织上解决这种事情。乌力图古拉拿眼睛瞪萨努娅，说怎么不是组织？我就是组织，你看我是不是组织。萨努娅自己也是革命者，也是一级领导，而且是从阿拉木图跑到中国来闹革命的领导，自然不会百事依着乌力图古拉。看着不能拗过乌力图古拉，就换了一个方式。

萨努娅向乌力图古拉摊牌,既然乌力图古拉热衷于当恐龙蛋博物馆馆长,四处搜集别人的蛋,那他们自己就少下两个蛋,把位置空出来,以便精力充沛地把那些战友的蛋养好。乌力图古拉不接受这个建议。他一点儿也不反对生孩子,恰恰相反,他是热衷于生孩子的,革命需要孩子,建设社会主义需要孩子,享受共产主义更需要孩子,他们是多么好的砖瓦呀!他们简直就是革命道路上扬眉吐气奔跑着的小马驹!这样的砖瓦和小马驹,那是社会主义建设的未来,有多少都不过分。可是,乌力图古拉再热衷于生孩子也不能不承认,那些孩子的确太多了一些,他们像真正的小马驹一样跑来跑去,踢翻圈撞断栏,让人犯晕。而且乌力图古拉也看出来了,萨努娅两只手十个爪子,和平常人一样,没多长出一只,五瓜八枣的,刨不过来,是真累。乌力图古拉心疼萨努娅,萨努娅再一坚持,他就勉强同意了。两人决定,自己少生几个,腾出精力,把现有的蛋养好。

事情定下来,为了保障决定的顺利实施,夫妇俩分了床,定下规矩,乌力图古拉同志夜里不准往萨努娅同志的床上摸,萨努娅同志也不能去纠缠乌力图古拉同志,大家保持在三八线南北两端,让和平共处的旗帜永远飘扬。

相安无事两天,到第三天,规矩毁于一旦。毁是乌力图古拉毁的。乌力图古拉同志精力旺盛,革命胜利了,伙食又好,伙食一好,精力更旺盛,如此相辅相成下去,乌力图古拉同志没憋住,半夜三更踹开萨努娅同志的房门,往萨努娅同志的床上摸。萨努娅同志比乌力图古拉同志小十多岁,正是青春年少的时候,性格又是山花烂漫的那一种,哪里又能稳住?没容乌力图古拉同志摸上床,听见门响就跳下床,黑暗里在门边迎住冤家,一边抱怨乌力图古拉同志破坏规矩,一边手忙脚乱地帮助乌力图古拉同志解除装备,两个人三下五除二,就在门口把决定和规矩毁掉了。

“操，挂在鱼竿上睡觉算什么事儿。”乌力图古拉同志很满意这样的结果，事情结束后，深情地看着怀里的女人，大汗淋漓地喘着气，总结说，“要不怎么说，将革命进行到底呢。”

这以后就控制不住了。乌力图古拉往萨努娅房间里蹿，萨努娅往乌力图古拉房间里钻，两个人撞上，黑骡白马，雄狮雌豹，捉对儿撕咬成一团，也不管自己是不是违反了决定，也不管先前的约定还算不算数。事情正像萨努娅说的那样，她嫁给乌力图古拉，是要和他斗争，要是没了她，他就没有了斗争的对手，而且两人都是征服者，都有主宰对方的强烈欲望，这样征服过来主宰过去，乌力图古拉日益筋骨强健，萨努娅不断滚瓜溜圆，两人又不知道该如何避孕，萨努娅怀上并生下老五天扬，乌力图古拉又收罗到安禾和童稚非这两个战友留下的蛋。除去找到后陆续送走的，家中留下七个蛋，一半是自己的，不能送，一半是别人的，孤儿孤女，没地方可送，乌力图古拉一律认下。自己的没得说，别人的当做义子义女，养着。

8

家中蛋满为患，萨努娅二十六岁就做了七个孩子的母亲，心里烦躁不安，乌力图古拉却很得意，到处炫耀自己的一大堆蛋。工作忙的时候，乌力图古拉十天半月不回家，一回家，进门先叫蛋们集合，由高到低站好，他来检阅，挨个儿敲脑袋，问熟了没有。蛋们玩熟了乌力图古拉爸爸的这一套，踮着脚尖争着嚷着自己熟了，熟得憋不住了，让乌力图古拉爸爸把自己高高地扛在肩头，到门外叫卖去。

三年自然灾害的时候，乌力图古拉被部下揭发，说家里的孩子吃公家大灶，属于多吃多占。乌力图古拉不争辩，申明的确有吃大灶这事儿，孩子们吃不饱饭，饿得小脸儿焦黄，眼珠子往里眍，他看不下去，让小保姆卢美丽带着去了几次大灶，还下令，不许讲客气，吃就吃个肚儿圆；但去的是军机、安禾和稚非，是战友的遗孤，自己的孩子一个没让去，全在家里吃代食粉蒸馍。

负责调查乌力家孩子吃公家大灶情况的是简先民。

乌力图古拉到军事基地任职时，组织上征求他的意见，看他在班子的问题上有没有什么要求。军事基地政治委员由总部一位副政委兼着，平时人在北京待着不下来，其实是个虚职。乌力图古拉不擅做思想政治工作，想那是费嘴皮子的事儿，得有个能干人挑起来，就向组织上提出，把老部下简先民配给他。组织上就把简先民配给了乌力图古拉，还让他给乌力图古拉当政治部主任。

简先民用不着调查，他就能证明乌力图古拉没撒谎，去公家大灶吃饭的是战友的孩子，乌力图古拉自己生的一个也没去。不是我包庇老乌，老乌他根本不是这种人，他从没揩过公家的油水，他那是心疼烈士的后代啊！简先民替乌力图古拉抱屈，激动地向上面反映情况。上面不依。战友的确是战友，可战友已经不在了，战友孩子的户口在乌力家，那些孩子一口口管乌力图古拉叫爸爸，管萨努娅叫妈妈，和战友一点儿关系也没有。再者说，都是打战争年代过来的，谁没有战友？也没见都往公家食堂里塞的。再者说，这是什么年头？自然灾害，帝国主义反动派卡我们的脖子的年头，所以，多吃多占的揭发成立。乌力图古拉由此受到党内记大过处分，被责令在党委会上做检查，从津贴中扣除多吃多占的那部分。

萨努娅特别看重政治名誉。她不远万里从风光优美的伊塞克湖来到中国，她是那么的喜欢中国，她可以累一些，再累一些，自己生蛋，也替别的同志养蛋，却不能接受革命经历被玷污的事实。一气之下，她闹着要和乌力图古拉同志离婚，让乌力图古拉同志自己当他的恐龙蛋博物馆馆长，她要一身轻松两袖清风地干革命去。

“你这算什么？”乌力图古拉当然不干，批评萨努娅同志小题大做，遇到点儿困难和委屈就撂挑子，特别举例说，“狗撵獐子马驮人，两样都对人类有贡献，都是革命者，但也不是没有副作用，比如狗流哈喇子就是缺点，马打嗝儿就是缺点，总不能因为有这样那样的缺点，就把狗和马都杀掉，不让它们撵獐子和驮人，不让它们革命吧？”

“亏你还是首长，说出这种牧民才说的话，没觉悟！”萨努娅心里有气，讥嘲乌力图古拉。

“我就是牧民，”乌力图古拉瞪起了骆驼眼，“我祖宗八代都是牧民，扔土坷垃赶臭羊，你还能剥削我不成？”

两个人因此大吵一架。吵完以后又奇怪，明明说离婚的事儿，怎么就说到狗撵獐子马驮人上，说到谁剥削谁的问题上？两个人都笑，笑过以后，乌力图古拉同志做自我批评和检讨，承认自己在工作方式上有问题，犯了“左”倾冒进错误，让萨努娅同志受了连累。

那么骄傲的乌力图古拉同志都能诚恳地对自己的过失做出自我批评，萨努娅同志当然不会一点儿觉悟也没有，她也表示，问题不应该由乌力图古拉同志一人承担，在生孩子的问题上，他们是友邻部队，要不是她给了乌力图古拉同志错误的诱导，而且两人互为友邻，他也不可能一个人进入阵地，顺利地把仗打下来，并且取得那么骄人的战果。萨努娅提出一个解决问题的办法——做子宫摘除术，彻底根除生子之虞，这样，大家既不用在是否冒进的问题上憋着，又没有了“左”倾盲动主义的后顾之忧。

“你想毁我的地！”乌力图古拉一听就急了，头发奓立，眼珠子瞪得比杏子还大，“你试试，你要敢毁我的地，看我怎么收拾你！”

萨努娅不试，也不让乌力图古拉收拾，她给乌力图古拉分析局势：乌力图古拉一百八十厘米的个头儿，身子骨儿结实，一顿饭能吃掉八个馒头，喝下三碗小米粥，一脚能踢倒一头犍牛，他这样的人，精力充沛，生育能力毋庸怀疑。至于她萨努娅，细腰丰臀，乳房饱满，波西米亚人的腰铃舞跳起来能三天三夜不下场，人快乐得见风就招摇，完全是一片水草丰泽的草原，鸟儿丢下一粒草籽就能长出一片茂密的草场。这样的草原不能随便动，尤其不能让乌力图古拉这种精力充沛的骡子随便动。可她这辈子没有遇到鸟儿，遇到的是丝毫不讲道理的他，不让他动根本不可能。他俩一个精力充沛，一个水草丰泽，合在一起，成就了一片品质优良的牧场，而且他们自己就是阳光、风、雨水，不需要谁来帮忙，自然会把一片牧场折腾得热闹无比。

"我不毁地怎么办？只能毁，毁了你就能动我，那就不叫随便了。"萨努娅总结说。

萨努娅分析得头头是道，乌力图古拉无话可说，可他就是不说赞同的话。到萨努娅去医院"骗"自己那天，乌力图古拉说什么也不愿意陪着萨努娅去医院，扬言萨努娅要自绝于党，自绝于人民，他拦不住，但绝不当帮凶。

乌力图古拉那天情绪烦躁，从早到晚板着脸，样子凶狠，嫌凳子挡路，嫌老五天扬哭声大，嫌馒头样子不好看，嫌白天比黑夜长，一脑门儿的不耐烦，还找碴儿把老四天赫揍了几巴掌，算是出了口邪气，后来又莫名其妙地说了句：总算解决了问题。

萨努娅不愿听"解决问题"这句话，以后逢着和乌力图古拉吵架，就把这句话翻出来，说乌力图古拉只想着"解决问题"，怂恿她"毁了地"，让医院合法地"骗"掉她，害得她二十多岁就没了子宫，弄得内分泌失调，脾气不好。乌力图古拉并不愿意"骗"掉萨努娅，可他不翻案，爽快地承认萨努娅的子宫是他放任自流，让她给摘掉的。

"不摘你想怎么样，当地主老财？"乌力图古拉安慰萨努娅，又开玩笑说，"萨努娅同志，不要灰心丧气，革命嘛，哪能都合着自己的意，捞个盆满钵满。”

萨努娅最不喜欢乌力图古拉这一点，一说就说到五谷六畜，一点儿修养都没有。但不知为什么，她偏偏不反感乌力图古拉“不要灰心丧气”这句话，不但不反感，鼻子一酸，没忍住，眼窝里那点儿不争气的咸水儿就落了下来。乌力图古拉一看，立刻收住五谷六畜，把萨努娅搂过去，拿大巴掌替她揩眼泪，一连声地哄她说，好了好了，骗也骗了，变不回地主老财去，那咱们就不当地主老财，就守着这一窝蛋，好好过日子，啊！

萨努娅不是那种不讲道理的女人，事后想，自我批评也好，党内斗争也罢，乌力图古拉同志从来吃软不吃硬，逢仗就上，根本不看老天的脸色，也不会真让一两次残酷斗争束缚住马蹄子，幸亏她理智，废了地，驰骋任驰骋，种子是白下的，稗子荞麦谁也长不成，要不然，就乌力图古拉那股百折不挠的劲头儿，一年播种，二年收瓜，一季一季种下来，自己不想当地主老财都不行。再说，她太清楚了，乌力图古拉把战友的孩子往家里接，并没有闹贪污的想法，南瓜倭瓜全算自己的。他自己有本事，不缺种子和力气，也不缺热情和手艺，要顺着脾气，多少孩子都能养下，那种霸道的丰年，刮风下雨都拦不住。他把别人的孩子接到家里来，其实是亏了自己。萨努娅这样想了，心里多少对乌力图古拉有些歉意，觉得这个结果，是自己造成的。

9

到了60年代初，蒙古人乌力图古拉和鞑靼人萨努娅多姓混居的家庭局面基本上固定下来。这个固定，包括乌力图古拉和萨努娅定居武汉，还有不再生孩子。

乌力家共有九口人：乌力图古拉本人和妻子萨努娅，1939年出生的老大乌力天健,1951 年出生的老二葛军机和老三乌力天时,1953 年出生的老四乌力天赫,1956 年出生的老五乌力天扬,1958 年出生的老六安禾和 1960 年出生的老七童稚非。九口人,姓了乌力、萨雷、葛、安、童五个姓,要是再加上小保姆卢美丽、秘书严之然、警卫员何子良、司机高二油、公勤员兼厨师万东葵,那就是十四个人、十个姓。用简先民的话说,乌力家就像一个优良的牧场,有骡子有马,有骆驼有羊,热闹得很。

简先民是给自己的老婆方红藤说这番话的。说这番话的时候,他脸上露出向往的神色,口气是伤感的,就像胯下只有一匹瘦马的牧人,遥远地看着水草丰泽、人丁兴旺的部落,心里五味杂陈。简先民说完这番话以后不服气,又加了一句:你说哈,都是人,都有那把子劲头儿,可打鸟的和打熊的收成就是不一样,气人不气人。

简先民膝下有儿子简小川,大女儿简雨槐,二女儿简雨蝉,解放以后,又把大哥的孩子简明了从老家接到身边,四个孩子,不算少。简先民想继续生,方红藤不同意,二女儿简雨蝉没出生前,她就基本上和丈夫分了床。

方红藤把简先民的话告诉给萨努娅听,两人笑了一气,说男人这种东西,吃着嘴里的,还要瞅着盘子里的,什么德行。萨努娅回家就把简先民的话,还有她和方红藤怎么议论男人的话说给乌力图古拉听。萨努娅知道乌力图古拉护老婆,尤其中意自己的老婆,以为乌力图古拉会反驳他的同事,说男人应该满意胯下的那匹马儿,别比什么马儿,要比比骑术。可是,没有。

“在我的家乡,有这样的一句谚语,”乌力图古拉有一段时间没说话,目光炯炯地看着萨努娅,然后他一字一句说出了那句谚语,“马的前蹄踏向太阳升起的地方,马的后蹄伸向太阳落下的地方。”

萨努娅事后琢磨了半天,也没能明白乌力图古拉这句话是什么意思。

第七章　肉食主义家庭的病儿

1

整个幼儿园时期，丑孩子乌力天扬最想做的事，就是让自己长高一点儿，再长高一点儿，高到能攀上练功房的窗户，看见可爱的女孩简雨槐。

简雨槐在练功房里跳新疆舞。她长着一对茸乎乎的长睫毛、羚羊般安详清澈的大眼睛，圆圆的脸蛋儿上嵌着一对深深的酒窝，美丽而骄傲。她跳舞的样子就像一只生长在巴西丛林里的小蓝摩尔浮蝴蝶，轻轻摇曳着金属蓝的翅膀，在赭红色大理石地面上飞来飞去，飞累了，降落下来，再展开两臂，继续飞，要等到下一个累了的时候，或者班主任康老师叫停下来的时候才降落下来。一个六岁的女孩，刚刚化蛹为蝶，翅膀还没有来得及展开，展开成伞状双翼，水母似的在空气中翕动，这样的蝴蝶娇嫩得很，常常需要停下来休息一下，喝点露珠儿，或者整理一下翅膀。问题是，简雨槐知道自己美丽，比如一只袅袅飞舞的蝴蝶，或者一朵刚刚开始灌浆的向日葵，要仰着脸儿走路；她飞舞着或者仰起脸儿走着，就算需要停下来休息一下，并且歪着脑袋啄一啄自己的翅膀，又有什么关系呢？

五岁的乌力天扬基本上是半个新疆通。他知道我们新疆好地方，达坂城的姑娘辫子长，阿拉木罕不胖也不瘦，在那遥远的地方有位好姑娘，库尔班大叔要骑着毛驴去北京城见毛主席。乌力天扬知道很多新疆的事情，他还会说“亚克西”这种俏皮的新疆话。他说“亚克西”的时候，脖颈像木偶，左右移动，并且用大拇指象征性地抹一抹唇上根本不存在的小胡子，就像他真的是那个有一头小毛驴的库尔班大叔。可惜的是，这些一点儿也帮不上乌力天扬的忙。乌力天扬太瘦小，牙齿因为老是不规范使用而不断掉落，耳根子后面时时沾着泥垢，一双眼睛倒是滴溜溜的，随时都会露出惊讶来，却不在中规中矩的惊讶之内。在健康而漂亮的孩子成堆的基地幼儿园里，像乌力天扬这样的丑孩子几乎完全可以被忽略掉。乌力天扬这个样子，会不会说“亚克西”都没有用，会不会移动脖子并且象征性地抹胡子都没有用，只能被排除在练习新疆舞的孩子们之外。

乌力天扬被排除在练习新疆舞的孩子们之外，让他沮丧不已，但这一点儿也不影响简雨槐在他心目中的地位。美丽的简雨槐不光是整个幼儿园里最美丽的女孩，还是整个基地最美丽的女孩。她这样的女孩，当然应该成为牙老是缺着的乌力天扬的偶像。

乌力天扬所有的心思都在简雨槐身上。他躲过手工课老师慵倦的目光，偷偷溜出教室，溜到练功房外，想方设法往窗户上攀，去看小蓝摩尔浮蝴蝶简雨槐。可惜他个头儿太矮，矮到无法攀上窗户，以致这样的努力每一次都以失败告终。他只能隔着窗户，咬着脏兮兮的无名指，徒劳而伤心地听活动室里传出“阿拉木罕怎么样”的歌声。乌力天扬有一个习惯，在做错了事情或者孤立无援的时候，总会下意识地咬自己的无名指。有时候他控制不好，咬重了，会把自己咬疼。他还是个孩子，常常把握不好牙齿的力量，这不能怪他。

乌力天扬活像一只长着三副长舌头的八哥，跟在康老师身后喋喋不休地问，他怎么才能长高，长得像康老师那么高。康老师不知道乌力天扬的阴谋，不知道他在练功房的窗下生出的绝望有多么深，她要他多吃饭，这样就能长高。

乌力天扬有一段时间把自己变成了一头小猪崽，拼命地吃，抓住什么吃什么，连骨头都不放过，嚼碎咽进肚子里，吃完还要舔碗，脑袋伸进碗里，把碗舔得干干净净，好像他饿得要命，并且一生下来就没有吃过任何东西。他这样毫无节制地吃，终于吃积了食，肚子鼓鼓的，解不下大便，疼得直流泪，被送进卫生院灌肠。

康老师对这样的结果哭笑不得。她对卫生院的来苏儿药水味儿很不习惯，不断地嗅着鼻子，这妨碍了她对一些事情的基本判断。于是，当乌力天扬躺在病床上泪眼婆娑地问她，他要怎么才能长高，长得像她那么高的时候，她就不耐烦地训斥他，要他把嘴闭上，好好躺着，好好睡觉，不许再提任何怪问题。她向他保证，只要他把嘴巴闭上，好好睡觉，就能很快长高。

从卫生院回到幼儿园的乌力天扬迷上了睡觉，只要入睡时间一到，他就头一个跑进寝室，急不可耐地爬上床，把眼睛紧紧地闭上，一动也不动，活像一条休眠状态下的石斑鱼。平时坏孩子乌力天扬睡觉的时候老是废话连篇，不断惊叫，盘腿坐在床上讲吊舌鬼的故事，偷偷地爬起来去掀别的孩子的被窝儿，躲在窗帘后面嘎嘎大笑。现在他不说废话，不惊叫，不讲鬼的故事，不掀孩子们的被窝儿，不嘎嘎大笑了。同样，他也不让别人和他说话，不让别人掀他的被窝儿，别人和他说话他就拿枕头砸人家，往死里掐人家，别人掀他的被窝儿他就瞪了眼睛丝丝地吐舌头，像一条受到袭击的蝮蛇。现在的他就像一头急于冬眠的棕熊，整天盼望着钻进山洞里不再出来，这就让基地幼儿园天下太平了。

可是，没过两天康老师就发现，乌力天扬并没有像她希望的那样回到被海水冲上滩涂的那只魔瓶里去，幼儿园的太平日子根本就没有到来，情况比先前更糟糕。乌力天扬急不可耐地往床上钻，其实并没有睡觉。他紧张地躺在床上，人绷在那儿，废话倒是没说,但他却闭着眼睛大声地数数,一直数到超出他能够数出的数字,然后再从头开始。这样一来,不光他自己睡不着,全班的孩子都不睡,跟着他一起数数,或者提示他一百之后应该是一百零一,而不是十一或者一。这还不算,每次起床,别的孩子起来穿衣裳,乌力天扬却赖在床上不肯动,被窝儿掖得紧紧的,说什么也不肯起来,谁要去拉他,他就咬谁的手,真咬。乌力天扬的表现属于暴力行为,危险性和破坏性很大。大家都知道,乌力天扬掌握不好牙齿的力量,他要真下嘴,会把人咬出毛病来。

“你再这样没完没了地问下去,”康老师生气地说,“我就把你送进医院,让医生剪掉你的舌头!”

“剪舌头吗?”乌力天扬兴奋地仰起脸儿,“剪掉舌头就能长高了吗?”

“你这个讨厌的孩子,”康老师绝望极了,烦躁极了,怒气冲冲地喊,“你怎么不去吃桉树叶?”

“吃桉树叶吗?”乌力天扬的把握不在了,仰了头看面前这个美丽的女人,脸上露出一丝不解的神色,“吃桉树叶就能长高吗?”

康老师纳闷儿,这孩子姓什么不好,怎么姓了乌力这么个怪姓?康老师恨恨地想,我非把你这条饶舌的八脚鱼治住不可。

绝望的康老师把乌力天扬拉过去,让他贴着自己高耸的胸脯,从衣兜里掏出一方漂亮的手绢,仔细地包住他的一只耳朵,然后用力掐那个地方。手绢上绣着一只可爱的小白兔,透着淡淡的香水味儿,乌力天扬被香水熏得流出了眼泪。好了,乖孩子,你现在听明白老师的话了吧?

乌力天扬流着眼泪看着康老师,一副困惑极了的样子。他不愿意失去康老师的胸脯,可是,以他有限的经验,他无论如何想不出来桉树叶和长高有什么必然的联系。他完全被这种联系弄糊涂了。

晚饭后，康老师让班里的孩子手牵手，带着他们在池塘边散步。乌力天扬在半路上成功地摔了一跤，并且就此离开了手牵手的队伍。

离开了队伍的乌力天扬像一头灵活的浣熊，转眼之间爬上一棵高高的桉树。他看见树杈上卧着一块鸽卵般大小的石头，黑灰色，小可怜儿的样子。他想它也许是星星的孩子，落错了地方，再攀不回天空中去。他把石头够过来，揣进口袋里，热泪盈眶地看了一眼在坠落的夕阳下越走越远的同伴们，然后探出身子，采下一抱赭红色的桉树叶子，从高高的树上溜下地，像一只藏在灌木丛中瘦小的刺猬，怀里抱着那些桉树叶，摇摇晃晃走到操场边，在水龙头下把它们洗干净。

他想，就算剪掉他的舌头也没有关系。他想，他为什么一定要做一个爱干净的孩子呢。他想，大人们还有多少秘密，比如像长高这样的秘密，他们把那些秘密当作财产吝啬地藏起来不让别人知道。他们真的害怕孩子们长大吗？他想着这些严肃的问题，然后盘腿坐下，一把接一把，把那些洗过的桉树叶全部塞进了嘴里。

“这孩子怎么了，怎么老是往嘴里塞东西？”乌力天扬再一次被送进卫生院，大夫一边准备灌肠器皿一边百思不得其解地问康老师，“他塞也罢了，怎么也不挑选一下，什么都敢塞？”

乌力天扬手里捏着从桉树上够下来的那块石头，躺在冰冷的病床上，小脸儿煞白，一片瓦的脑袋乱糟糟的，人伤感得要命。被洗肠液催吐出来的桉树叶面目全非，盛在盂盆里，被护士端走倒掉。乌力天扬觉得倒掉的不是桉树叶，而是他自己——他被这个世界抛弃了。

“我找不到办法了。”他委屈地抽动鼻翼，“我再也不能爬上窗台去了。”他绝望地抽搭，“我还不如死掉算了。”他伤心地放声大哭。他的哭声把医生弄得不知所措。

幼儿园是巨大的，像一座由成年人建立的森林公园，麋鹿似的孩子在幼儿园里出没，还有豺狼似的老师以及面目和善但心眼歹毒的园长。这样的搭配是真正森林动物的搭配，让孩子们兴奋，让孩子们整天充满紧张的求生欲望。出生时的痛苦和茫然在这里一点儿也没有被夸大其词，而是被新的捕猎关系所替代，比如悄然游过灌木丛的野猪和在阳光下打盹的小青蛇，比如埋伏在沼泽地里的鳄鱼和前来饮水的羚羊。这是弱小生命在出生的恐惧后得到的第一次由追逐的刺激带来的新鲜补偿。乌力天扬生活在这样的森林公园里一点儿也不快乐。他不知道该如何长高。他吃了那么多的苦头，却找不到长高的办法。他攀不上活动室满布灰尘的窗户，因此离蝴蝶般美丽的简雨槐十分遥远。

这是整个幼儿园时期乌力天扬唯一铭心刻骨的事情，也是他出生后遭遇到的第一次人生挫败。

2

几年过后，乌力家的老五乌力天扬成了一名小学生。他精力充沛，不喜欢上课，一到上课的时候就打不起精神，哈欠连天，因此成绩平平，不像乌力家其他的孩子，个个学习成绩出色，让老师和家长感到骄傲。乌力天扬学习成绩不好，人却出奇聪明。他的聪明是那种令人头疼的聪明，一眨眼一个鬼蜮伎俩，老是反穿衣裳，做梦脚丫子都动，想着鬼主意。他知道母马怎么生产马驹子、公螳螂和母螳螂怎么交配、动物为什么要分公母、女孩子为什么要蹲着撒尿……在这方面，他简直就是天才。谁都认为他应该成为另一个爱迪生。

“你这都不懂，真是蠢。”乌力天扬在自家门口的石阶前挖坑，人蹲得像一只寻找自己尾巴的鬣狗，满脸不屑地说简雨槐的堂兄简明了，“女孩子站着撒尿，尿湿了鞋子怎么办？那她还不得一天换三双鞋呀？她去哪儿弄那么多鞋？就算有那些鞋，往哪儿放？挂在脖子上吗？”

“放在书包里呗。”简明了自作聪明地回答，“这样，她就可以随时换她的鞋了。”

“鞋放书包里，那杏仁核、桃核、蓖麻子、蚕蛋、桑叶、沙包、剪纸、塑料绳儿、橡皮筋儿、画片儿、歌片儿、万花筒子……还有，鸡毛毽呢，往哪儿放？”乌力天扬脸色青紫，差点儿没被那一长串词儿噎得背过气去。

简明了对乌力天扬佩服得五体投地。他怎么也想不通，语文算术从来就没有得过一个五分的乌力家老五，怎么会知道这么多。简明了长着一只塌鼻子，他告诉乌力天扬，那是他小时候被一个力大无穷的鬼舔塌的。起码是个军官。他说。他的意思是，舔他鼻子的那个鬼是一名军官。他还告诉乌力天扬，如果不是他那个老实巴交的种田的父亲省吃俭用，供他二伯简先民到上海读书，他二伯现在还在农村种田呢，从这个意义上说，他父亲是他二伯的革命引路人。

乌力天扬哄简明了行，可哄不住乌力家的老四乌力天赫。乌力天赫不是树上的知了，知道不知道的都嚷嚷说知道。乌力天赫的学习成绩是乌力家孩子中最好的，是真知道。女孩子没有鸡鸡，尿不准，只能蹲着尿。乌力天赫揭穿乌力天扬。

“尿不准会怎么样？不是尿到鞋子上面去了吗？尿到鞋子上，鞋子不是湿了吗？”乌力天扬在石阶旁挖好一个小土坑，土坑光滑得让人想躺进去。他看出四哥在破坏自己的形象，立刻反驳，而且他不光知道鞋子的事情，还知道别的，比如如何摆脱四哥的威胁：“还有地雷。鞋子可以制造地雷，叫鞋子雷。”

“嗬！”简明了佩服地叫了一声，叫过以后一想，没明白，“鞋子怎么制造地雷?”

“《地雷战》白看了呀。一硝二磺三木炭,火药就是这么做成的,鞋子雷就是这么做成的。”乌力天扬俨然像个老资格的兵工专家。

“我家有木炭,我二伯老让我伯母给他烤鞋垫。”简明了恍然大悟,为自己能联系上鞋子得意。很快的,他又犯傻了,“可是,到哪儿去弄硫磺和硝呢?”

“说你蠢,你比猪还蠢,像抽了脊水的脑膜炎病人,难怪你是白毛。”乌力天扬哧哧地笑,像一只被油灯燎着了尾巴的耗子,笑过以后不客气地指导简明了,“电线杆子上有什么?瓷瓶。瓷瓶里装着什么?硫磺。厕所里有什么?墙壁。墙壁上有什么?尿。尿干了变成什么?硝。要不八路军说,敌人不给我们,我们自己动手做呢。”

简明了很生气。他的确有点儿少白头,可这与他是不是猪毫无关系,而且他长这么大,一次脑膜炎也没得过,脊水一点儿不少,全待在脊腔里,他怎么会蠢呢?原来你的地雷是尿做成的。简明了反过来嘲笑乌力天扬,冲着乌力天扬挖的小坑做了个挖臭屉屉雷的动作,一只骨节粗大的手在蒜头鼻子前甩动着,耸着鼻子学电影里山田队长的口吻,“唆——嘎——”

乌力天扬的痛苦就在这里。傻大个儿简明了连一硝二磺三木炭都不知道,白有一副好块头,而他乌力天扬是多么的聪明啊,这么聪明的他却没有与之相匹配的个头儿,站远了看,让人误以为是个被人丢弃在那儿的马桩子。这不公平的世道让乌力天扬苦恼不堪。

乌力天扬不再理会简明了。他从小坑里捡出一片落叶,再把一只坠入坑中的黄须蚂蚁捉出来,放在一旁,看它掸了掸触须上的泥土匆匆忙忙地爬开,从兜里郑重其事地摸出一块石头——那块从幼儿园里带回来的石头。乌力天扬抚弄一番石头，长长地叹了一口气，把石头放入坑中，埋葬自己似的把它埋上。

3

和乌力天扬一样，乌力天赫也有着苦恼不堪的童年。

乌力天赫体弱多病，他是在疾病中度过童年的。萨努娅想不通，自己的老四有什么理由老让她往医院里跑？老四和头三个孩子不同，头三个孩子生在战争年代，吃过苦，老四是黄金年代出生的，萨努娅像对待其他孩子一样，没少给他喂牛奶、鱼肝油和钙片。而且，乌力家是一个肉食主义家庭，在这个家里，肉和空气一样重要，没有肉，一家子大大小小就没法儿活。乌力家的厨师万东葵可以证明，首长家的饭非常好做，只要炖上一锅肉，用大盆子盛着端上桌，怎么做首长都满意。那么，从不缺少营养的老四凭什么会多病？

萨努娅养了七个孩子，在乌力天赫身上用的心思最多。她总是被自己的老四弄得心神不宁，夜里睡觉都不安生。乌力图古拉问萨努娅翻来覆去的折腾个啥。萨努娅说，你没听见老四喘得厉害呀。乌力图古拉不满意地说，他喘晕过去的时候我也见过，小犊子，别拿他当蚕养。

大多数时候，蒙古人乌力图古拉喜欢热气腾腾的生活。这个来自科尔沁草原喝骆驼奶长大的汉子打小习惯了开阔的日子，习惯了雹砸当雨点儿、百里一溜烟儿的马上生涯，他总是夸大生活，喜欢把事情说得和原来的样子毫不相干。比如刮胡子，他叫割草。每天早晨一睁眼，他轰轰隆隆地起床，站在小便池边响亮地撒出一泡能淹死一头牛的长尿，然后飓风一般刮进盥洗间，山呼海啸地刷牙，嚷得满世界都能听见：萨努娅，萨努娅，我的保险刀片呢？我得割草,再不割草我就得让草埋掉了!再比如吃饭,他叫喂马料。他脚蹬一双踢死牛的皮靴,地动山摇地往饭桌边一坐,一秒钟也不肯等,大拳头把桌子擂得山响,大声嚷嚷:萨努娅,今天什么马料?我得喂喂我的肚子,再不喂我可啃桌子啦!他管萨努娅叫"我的母马",管儿女们叫"犊子们"。一会儿,他会柔情蜜意地把萨努娅拽进怀里,说,我的母马,别老是尥你那小蹄子,来吧,咱们干点儿正经事儿。一会儿,他又双手叉腰气呼呼地说,这是哪只犊子干的事儿?非得给套上马嚼子不可!他在高兴的时候会一只粗壮的胳膊环了他的"母马",另一只粗壮的胳膊环了他的"犊子们",把他们吊起来抡风车——萨努娅是一片风车叶,孩子们轮流着是另几片风车叶,这样的风车结实得要命,抡起来很有力量,呼呼转着,一时半会儿停不下来。有时候转急了,碰了桌子板凳,风车停不下来,风车叶也停不下来,没人去扶倒了一地的桌子板凳,这个时候的乌力家,萨努娅悦耳的笑声和孩子们尖锐的叫喊声响成一片,能传出很远。

乌力图古拉习惯惊天动地的生活,喜欢干什么都弄出大动静来,所以在他看来,老四夜里喘上几声算不了什么大事,就是喘晕过去,他这个当爹的也不会起来,继续打他响彻云霄的呼噜。

4

乌力天赫一个人在院子里玩。他一个人,没有别的孩子。孩子们在简家老大简小川的带领下乱糟糟地在院子外面拍烟盒、赌糖纸、打子弹壳、玩官兵捉强盗的游戏;他们把信号弹碾成镁粉,晚上的时候点燃,让它们贴在窗户玻璃上耀眼地燃烧;要不他们就比赛吃冰棍儿,看谁能打破一口气吃三十六根的纪录。香蕉冰棍儿豆沙冰棍儿牛奶冰棍儿——三分四分五分——

孩子们不愿和乌力天赫玩。乌力天赫冷冷的，用体弱多病把自己弄得高高在上，像那个要求人们一生都去信仰和不断祈求他的以拿撒勒人[①]。这样的乌力天赫是一堆狗屎。谁也不会和一堆狗屎玩儿。简小川代表孩子们宣布。

葛军机陪乌力天赫玩。葛军机是乌力家最懂事的孩子，他心眼儿好，知道疼比自己小两岁的四弟。乌力图古拉和萨努娅逢人就夸葛军机，说这孩子省事儿，风吹着就能长大，圈养敞养都见膘，不用大人操心。葛军机当然不是小犊子，他相貌清秀，不擅言语，就像秋天里叶片变得鲜黄的银杏，或者有红橙色浆果的大叶冬青，让人看着就生出怜惜。他当年被找到的时候可不这样，人瘦成一副骨架，一身亮晶晶的虱子，攒起来足有二两重。而且他什么也不懂，到了萨努娅身边，很长一段时间不愿改变流浪儿的习性——吃饭不用筷子，五爪金龙下手抓，不会洗脸刷牙，不肯换衣裳，每天都得萨努娅死拽着往洗脸间里拖，掰开嘴替他刷牙、反剪手替他洗脸，就这样还得提防他拿脚踢人，把人踢淤了血。老大乌力天健给萨努娅帮了大忙。乌力天健就是莫力扎。乌力天健没有当过流浪儿，但他当过爹娘不要的孤儿，这方面深有体会，知道如何对付新来的二弟。乌力天健很懂事地说，妈，让军机弟弟和我住一个屋，我带他睡。后来军机变乖巧了，不知是当大哥的调教有方，还是他八字多木，命里听话，反正乌力家几个孩子当中，他是养着最省心的一个。

乌力天赫和葛军机坐在阳光下拍糖纸。齐齐哈尔压南宁，佳木斯压齐齐哈尔，乌鲁木齐压佳木斯，漠河最大，是王。葛军机想让四弟高兴，故意输给四弟。乌力天赫偏不高兴，忧郁地收了糖纸，拆散，一张张压进书本里，不玩了。

简家大姑娘简雨槐也和乌力天赫玩。简雨槐是基地最美丽的

---

① 指耶稣。

女孩,她模样儿俊俏,又懂事又听话,见了长辈,不管认识不认识,老远地站下,甜甜地问好。不光如此,简雨槐还是青少年宫春蕾少儿舞蹈团的小演员,跳舞跟小鸟儿飞似的,好几个文工团看中了她,想招她进团,是方红藤嫌女儿岁数小,拦着没让去。没人觉得简雨槐模样儿俊俏有什么不对,懂礼貌有什么不对,像只小鸟儿有什么不对,简先民相貌堂堂,有文化,方红藤演员出身,气质好,生下漂亮伶俐的女儿合情合理。

简雨槐和乌力天赫比赛吃冰棍儿。简雨槐吃到第四支的时候,乌力天赫吃到第三支。简雨槐又吃掉一支。乌力天赫没动弹,脸转瞬发白,瞪着一双死鱼眼,痉挛着用手扼住喉咙。乌力天扬从来不肯陪四哥玩,因为有简雨槐在场,他才醋兮兮地守在一旁,这个时候逮住机会,做了叛徒,兴奋地跑去向萨努娅告密,说四哥快死啦,再不去就变成僵尸鬼啦!

“又怎么了?”医生看一眼抱着乌力天赫冲进急救室的萨努娅。

“三支冰棍儿。”萨努娅气喘吁吁。

“叮嘱过您,这孩子体质弱,得禁食。”医生不满。

“是冰棍儿。”萨努娅解释。

“一样。”医生强调。

“只三支。别的孩子吃三十支呢。”萨努娅怎么也不肯相信,几块固体水会是杀手。

“壳郎猪一顿吃一桶食,香猪一顿吃一碗食,品种不同,不能同日而语。”医生看出萨努娅有些不高兴,“当然,猪和人不一样,但道理是一样的。”

这一次,乌力天赫住了两天院,比上一次闻过油菜花后少住了三天,比上上次淋过雨后少住了五天。医生努力向萨努娅主任证明,乌力天赫的病很奇怪,找不到任何文献资料和临床经验来说明和判断他的情况。这孩子丢了。医生说。

“也真奇怪,”方红藤替乌力天赫锁着毛衣领,萨努娅希望用双扣针,这样领口的弹性强,乌力天赫就不怕害风寒了,“你家别的孩子体质都不错,怎么老四的体质这么弱?”

“我们家乡有句谚语:第二个来敲门的是冤家。”一向性格开朗的萨努娅愁容不解,叹气道,“天赫是我生下的第二胎,他是来追我命的呢。”

还是乌力图古拉解决了乌力天赫的问题。乌力图古拉容得孩子夜里不停地喘,却容不得孩子让冰棍儿给噎住,输在一个丫头片子手上。

“你得做一个跤王,要不你就进太平间。”乌力图古拉很肯定地对这个脸色苍白的可怜虫说。

乌力图古拉把乌力天赫带到院子里,张开双臂,窝盘着腿,像一头吃饱了流食的熊一样舞蹈着,然后他把乌力天赫拽住,拎起来,重重地摔到地上,上前再拽住,拎起来,重重地摔到地上。为了鼓励乌力天赫从地上爬起来,他顺手拎过站在一旁啃着羊腿幸灾乐祸看热闹的乌力天扬,把他也摔到地上,然后大声呵斥着,往死里踢两个儿子,让两个龇牙咧嘴的儿子从地上爬起来。

乌力天扬从地上爬起来,捡起羊腿,哭兮兮地抹着眼泪去找萨努娅告状,说爸爸把四哥摔死了,打算把他也摔死,幸亏他机灵,死里逃生。萨努娅一听就知道是怎么回事。乌力图古拉不是傻瓜,不会把自己的儿子摔死,但他是疯子,他打算把血肉做成的他们摔成铁蛋,这是肯定的。

在教育孩子的问题上,萨努娅一直对乌力图古拉有意见。乌力家有一些奇怪的家规,比如说,这个家的男孩子一律不许穿内裤,按乌力图古拉的说法,不能妨碍小鸡鸡的成长;女孩子则不许穿紧身小衣,乌力图古拉要她们不受约束,自由生长。为这个,萨努娅没少和乌力图古拉斗争。萨努娅给乌力图古拉讲道理,孩子不是小野兽,不能总光着屁股。乌力图古拉不听萨努娅的道理,他有他的道理。小野兽也是孩子,是大野兽的孩子,野兽光着屁股没见它们脸红,人有什么好脸红的?乌力图古拉还让萨努娅把她煮豆子的靴子收起来,少来那一套,说野兽还不见得愿意人像它们呢。

有一次,乌力天扬说脏话。他骂乌力天赫,你个鸡巴东亚病夫!萨努娅听了目瞪口呆,说乌力图古拉,瞧你儿子嘿,瞧他说什么!乌力图古拉去衣架上抽皮带,问乌力天扬谁让他说东亚病夫,不知道这是骂中国人的话?萨努娅纠正乌力图古拉,不是这句,是前面那句。乌力图古拉把皮带举起来,问乌力天扬,谁让你说鸡巴?乌力天扬怯巴巴地看着皮带上的铜扣子,吞吞吐吐地说,是你。萨努娅冷冷地跟上一句,别想了,就是你说的,你老这么说,孩子们鹦鹉学舌。乌力图古拉悻悻地把皮带收起来,指着乌力天扬说,给我记好,以后不许说鸡巴,说鸡鸡。

萨努娅拿这样的乌力图古拉没办法,拿孩子们也没办法。孩子们很乐意当鹦鹉,他们对乌力图古拉崇拜得要命,一个个像开阔地里的向日葵,把乌力图古拉当做太阳,乌力图古拉往哪边去他们就往哪边倒,不让倒都不行。爸爸,您是了不起的英雄,对不对?爸爸,我们要害怕打雷吗?爸爸,你快让天亮吧。爸爸,我们现在能撵上你啦!哈!

这会儿萨努娅听了乌力天扬的告状,把手头事情丢下,跑到院子里去阻止乌力图古拉摔儿子。萨努娅说,天赫身子骨儿弱,你把他当死孩子摔,想把他摔成牛粪饼呀!乌力图古拉气喘吁吁说,要真是牛粪饼,留下他也没用!萨努娅跟随着父子俩转圈子,说你锻炼孩子就锻炼孩子,你教孩子打什么架!乌力图古拉说,这叫打架?这叫搏克,你懂什么!乌力图古拉说完萨努娅,再说一身青紫眼泪在眼眶里打转的乌力天赫,以后就照这个样子练,练完找人打架,打不赢、打哭了、打了女孩子,不许回家吃饭!

乌力图古拉长期盘马弯弓,习惯了部落生活,他认定家庭是一个部落,不光是吃奶长大捉对儿繁殖的生活单元,也是呼啸原上的战斗单元。乌力图古拉让战斗单元里那个名叫乌力天赫的孱弱的成员抱紧他的腿。他狠狠踢乌力天赫的小肚子,把他踢得捂着肚子往下蹲。

“混账! 不许往下倒! 起来! 抱紧我的腿!”他恶狠狠地给乌力天赫一脚,再给一脚,把他从院子这头踢到了院子那头,“起来揍我! 揍我呀! 往死里揍!”

乌力图古拉就这么训练乌力天赫。他把乌力天赫揍得鼻青脸肿,也被渐趋习得搏克技巧而变得越来越不耐烦的乌力天赫揍得下颏儿和眼角上青了好几块。乌力图古拉创造出了奇迹。他把乌力天赫训练得不喘了,不咳了,不往医院里跑了,一口气能吃掉三十八支冰棍儿。

简先民向乌力图古拉抱怨,说天赫把他家小川和明了两兄弟按在地上痛揍了一顿,差点儿没揍出屎来。乌力图古拉摁着青紫的眼角哼哼了两句,回家问萨努娅,知不知道老四在外面把人揍出屎的事,还问老四回来哭了没有。萨努娅不满地说乌力图古拉,你儿子揍了人,你不问把人揍成什么样儿了,倒问你儿子哭了没有。乌力图古拉一翻白眼说,一个对付两个,要揍上了,那两个就活该挨揍,我问什么。乌力图古拉对老四没哭的表现非常满意,却对老五到处告状的表现痛心疾首。别让我来军阀作风啊! 他警告自己的老五说。

乌力家的孩子们都会唱一首歌:是骑手都生在大草原,草原上骑手千千万,千千万个骑手里面呀,最勇敢的是沙力占。沙力占啊不一般,他是阿爹教养出来的英雄汉……乌力天赫不喜欢唱这支歌,乌力天扬他们一唱这歌他就走开。

乌力天赫已经不是那个吃三支冰棍儿就喘不过气来的孱弱孩子了,他精瘦,矫健,敏感而孤独,容易忧郁,能把所有基地的孩子干净利索地摔到地上。他现在是最勇敢的沙力占。可他和歌里唱的那个沙力占不同,他和鹦鹉学舌的、随风招摇的树苗不同,他不想当什么阿爹教养出来的英雄汉。

5

有关鸟儿和鸟儿之间的关系问题,是葛军机在早餐的饭桌上提出来的。

葛军机懂事,吃饭的时候乖乖坐着,掰了馒头一块块往嘴里塞,一句话也不说,这是他的优点。说话的一般是乌力天扬。乌力天扬太爱说话了,在整个用餐时间一直喋喋不休,根本不肯停下来。有时候他觉得这样还不够,还要敲打盘子,用脚踢桌子腿,以此来为他的那些废话壮色。他的语速很快,常常因为说得太急把自己给噎住,瞪着眼做出一副等死的绝望样子,要等萨努娅放下碗用力拍他的背,把他噎在嗓子眼里的馒头拍出来,他才不至于噎死。险情解除以后,这个没噎死的小东西还不肯接受教训,眼泪汪汪地打一个嗝儿,不等喘过气来,又急匆匆地开始说,非得等四哥乌力天赫被他叨唠烦了,冲他一瞪眼,并且在他额头上狠狠地敲一个响亮的栗暴,他才会委屈地把嘴闭上,暂时老实一会儿。再就是女孩子安禾和童稚非,两个丫头片子就像两只刚从林子里捕回来的红嘴歌鹛,老是唧唧喳喳的,一刻也不肯停顿下来。这样两只不安分的小鸟,再加上乌力天扬老是招惹她们,一会儿揪揪这个的小辫儿,一会儿捅捅那个的肚脐,惹得她们吱哇乱叫,什么样的场合,都能让她们折腾出羊群遇到雹子似的动静来。

乌力天扬骗安禾看窗户上趴着的一只壁虎,然后把安禾的馒头皮剥了吃掉。安禾回头找不到馒头皮，拿脚踹乌力天扬。安禾个头儿小，上小学了还不肯自己睡，非要和萨努娅一起睡，洋娃娃的衣裳穿在她身上正合适，哪里是狼崽似的乌力天扬的对手？让乌力天扬回手推了个仰八叉，从凳子上摔下来，委屈地坐在地上大哭。乌力天赫看不过五弟欺负大妹，在乌力天扬脑袋上重重地敲了一记栗暴。乌力天扬奋起反抗，鬼哭狼嚎地抢过一把饭勺，要拿饭勺去捅乌力天赫的肚子，饭厅里一片混乱。

孩子们打闹，萨努娅不管。萨努娅认为，孩子就跟没长大的野兽似的，相互间撕咬很正常，不撕咬的野兽长不大，就算长大了也没有什么出息。萨努娅专心致志地往童稚非嘴里填代奶糕，填得小稚非一脸面糊。

童稚非是孩子中最小的一个，病多，以前由小保姆卢美丽带。卢美丽是司机高二油的远房外甥女，父母早亡，亲戚托人送她到武汉投奔舅舅。高二油照顾不了卢美丽，要撵她走，乌力图古拉做主把她留下。留下是做小保姆，但乌力图古拉不让叫保姆。保姆那不是丫鬟吗？我家不是地主，不用丫鬟，你给你萨努娅妈妈做养女，就当你是她生的。乌力图古拉乐呵呵地说。卢美丽到乌力家时不到十五岁，连名字都没有，是萨努娅给起的名字。萨努娅问清楚高二油，卢美丽叫四丫，也叫臭女，也叫花花，也叫没把儿，姓卢，却没有个正名儿，萨努娅就做了主，给四丫起了个美丽的名字，叫卢美丽。卢美丽自己还是个孩子，走路摇摇晃晃，只惦记着往肚子里填吃的，上顿饭刚吃完就着急地问什么时候开下顿，根本不会带童稚非，粽子般结实的童稚非，让她带了一个月，愣给带成瘪了壳的花生仁儿，让萨努娅吃惊得很，也恐惧得很。萨努娅以后就不让卢美丽带童稚非了，她自己带。她要把童稚非喂回成一头小野兽来。

葛军机不打闹，乖乖地吃饭。他小心翼翼地咬了一口馒头，伸出舌头来舔了舔嘴唇边的馒头渣，把它们舔得干干净净，然后抬起头来看着萨努娅，安静地问：

“妈妈，我们为什么不姓乌力？”

萨努娅愣了一下，停下来，抬头看葛军机。她很快明白过来葛军机说的那个“我们”是谁。那是葛军机自己，还有安禾和童稚非。萨努娅愣过之后并没有停下手中的勺子，把一口代奶糕填进童稚非的嘴里，用手绢揩了一下童稚非的嘴，装出一副漫不经心的口气说：

“吃饭的时候什么也不许问。”

“为什么天健哥哥和爸爸一个姓，天时弟弟、天赫弟弟和天扬弟弟也和爸爸一个姓，我和安禾、稚非，我们不跟爸爸姓？”葛军机的目光并没有从萨努娅的脸上移开，安静地提出了他的第二个问题。葛军机那天早饭时向萨努娅提出的最后一个问题是：“我们是谁的孩子？”

葛军机向萨努娅提出上述三个问题的时候，乌力天扬停止了向乌力天赫的攻击，手里捏着捅弯了柄的饭勺，迅速抬起头看了葛军机一眼，再调过头看乌力天赫、安禾和童稚非。嘿！他兴奋地说。没有人附和他的怪叫，包括严阵以待的乌力天赫在内。孩子们都被葛军机问蒙了，呆呆地看葛军机和萨努娅。

葛军机问过萨努娅最后那句话以后，低下头，喝了一口蒙上一层奶皮子的牛奶，再小心翼翼地咬了一口馒头。那以后，他再也没有问过任何问题，甚至连头也没有抬起一次，好像他那样问萨努娅，问他们的母亲，他和安禾，和童稚非，他们三个孩子为什么不姓乌力这种严肃的问题，他其实并不需要答案，只是随便地问一问，就好像问今天他应该穿什么衣服去学校，他考试又得了两个优应该得到什么奖赏——这些问题的答案他是知道的，无须谁来告诉他。

孩子们上学去之后，萨努娅给在外面检查工作的乌力图古拉挂了个电话，把老二向自己提出的三个问题告诉了乌力图古拉。

“小犊子！”

“军机聪明，像长了三个脑袋的参谋长，我拿他怎么办？”

“这小犊子嘿！”

“别说小犊子，也别说嘿，你就说，怎么办吧。”

“叫小何扛半扇牛脊骨回来，多放点儿辣椒和姜，炖一锅，炖烂。”乌力图古拉想了想，在电话那头吩咐，“该上班你上班，过两天我回来收拾他们。”

萨努娅放下电话，心事重重地想，这个乌力图古拉，给他说孩子的事儿，他倒惦记着牛脊骨，好像牛脊骨和孩子是一回事儿，或者牛脊骨比孩子还要重要；再说，孩子又不是金门的蒋匪军，没往大陆打炮，只不过问问他们到底是谁的孩子，孩子有这个权利，收拾什么？凭什么收拾？

6

两天后，乌力图古拉风风火火赶回家，当天晚上就召开了一个家庭会议。那个时候，老大乌力天健和老三乌力天时已经离开家，一个在南海舰队的鱼雷艇上当水兵，一个在市郊的寄宿学校读书。参加会议的是乌力夫妇俩，还有剩下的五个孩子——葛军机、乌力天赫、乌力天扬、安禾和童稚非。

乌力图古拉严肃地告诉了孩子们他们各自的出处：天健，是他乌力图古拉的孩子，是他和格尔胡斯琴妈妈生的；天时、天赫和天扬，他们三个是他和萨努娅妈妈生的，是他俩的孩子；军机、安禾和稚非，他们也是他和萨努娅的孩子，但他们不是他和萨努娅妈妈生的，而是别人生的，那个“别人”，分别是葛昌南和叶至珍、安卫民和黄柳、童均儒和蔡小芳，他们在中国人民的解放事业中英勇地牺牲了，或者在社会主义建设事业中积劳成疾去世了；而军机、安禾和稚非，既然他们是他和萨努娅的孩子，但又不是他和萨努娅妈妈生的，自然得管他和萨努娅叫爸爸妈妈，却不能跟着他和萨努娅姓，事情就是这样。

听完乌力图古拉的话，葛军机一脸苍白，但表现得很镇静，只是在萨努娅把手伸给他，要他到自己怀里来时下意识地朝后退了两步，人靠在墙壁上，孤零零地站在那里，一副强撑着自己的样子，拒绝过去。

安禾和童稚非惊慌了一阵儿，两人都被吓住，嘴咧开，眼泪在眼眶里打着转，想哭，一时没哭出来。萨努娅事先做了准备，乌力图古拉说话的时候，她把两个女孩子紧紧地揽进怀里，不断地抚摩着，拿自己的脸蛋儿贴她俩的小脸儿，好像自己是棵大树，女孩子们是刚刚断了蒂儿的青涩的果子，她们要往地上落，而她不许她们往地上落，要用力往自己的枝头上接似的。两个女孩子很快找到了归宿，平静下来。

倒是乌力天赫和乌力天扬，一个冷冷地看着乌力图古拉，另一个兴奋地晃动着双腿，两只眼睛滴溜溜地转动，并且用力啃着无名指。乌力天扬啃了一会儿手指头，觉得没意思，凑过去，试图像往常一样，去招惹安禾和童稚非。乌力天赫狠狠地瞪了乌力天扬一眼，捏紧了拳头，食指箭头似的弯曲起来，做出一副随时可能敲以栗暴的架势。乌力天扬只能遗憾地放弃。

一点儿也不好玩儿。乌力天扬沮丧地想。就算我有一个了不起的爹，同时还有一个了不起的娘，可为什么我不是别人生的孩子呢？为什么我的父母不英勇牺牲或积劳成疾呢？这是那天晚上乌力天扬脑子里老也挥不去的念头。

第八章　干掉一只狐狸有多难

1

简先民对乌力图古拉说，乌力家和简家都是好园子，是基地的标杆园子，应该嫁接一下，让革命的果实代代相传，同时也给基地别的园子树立一个学习的榜样。

那天刚刚结束了新式武器入库的验收工作，苏联顾问团波里哈斯上校对中国同志的工作很满意，提议庆祝一下。波里哈斯上校对中国的茅台酒情有独钟，他提议庆祝一下，意思就是弄上两瓶茅台喝上一顿。乌力图古拉一撇嘴，对政治部主任罗罡说，五六式半自动步枪和四联高速机枪是用来杀人的，怎么庆祝？打出来对着猪圈扫他一梭子？波里哈斯眼睛尖，看见乌力图古拉咬罗罡的耳朵，扭过头问翻译，乌力将军对罗大校说什么？翻译当然听到了司令员对政治部主任说什么，但他不好翻译，怕说出来影响中苏两党两国和两国人民的关系，有些尴尬地待在那儿。简先民看出来了，要翻译告诉苏联同志，乌力司令员对罗主任说，苏联同志喜欢中国茅台，证明苏联同志对中国的情况是了解的，对中国是热爱的，这样的苏联真是了不起，真是“欧沁哈拉烁！”翻译把简先民的话传达给波里哈斯上校，上校笑逐颜开，嘴都合不上，欠起宽大的屁股，隔着桌子和乌力图古拉热烈握手。

那天的酒宴不光有茅台，还有五加皮。菜比较简单，一筲箕带刺的黄瓜，一筲箕水淋淋的大葱，松花蛋剥了一脸盆，个个晶莹剔透，活像魔鬼的眼珠子，涪陵榨菜装了几大碗，管够。他不就是要喝酒嘛，乌力图古拉对后勤部长汪道坤说，酒备足，再弄点儿鱼腥草来，醋泡上，喝死他。大家都笑，说司令员又犯军阀作风了，而且这个军阀作风犯得大，犯到了苏联老大哥头上。波里哈斯上校听不懂，这回没让翻译，看着大家笑，也跟着笑，哈哈的，拍乌力图古拉的肩膀，拍得跟亲家似的。

军人喝酒和打仗差不多，来势凶狠，何况是两支军队的军官一起喝，那酒就喝得有点儿邪乎。基地党委七个首长，加上苏联顾问团三位顾问、一名翻译、两名技术干部，一共十三个人，八瓶茅台十二瓶五加皮见了底，一半是乌力图古拉、简先民和波里哈斯上校喝掉的。罗罡喝得在屋子里直转悠，一个劲儿地问汪道坤，老汪你看看，我的头是不是大了一圈儿。汪道坤说大什么，我都没见着你的脑袋在哪儿，光看见你肚子了。乌力图古拉就在一旁笑着使坏，嘿嘿的，怂恿罗罡出去找猪圈扫他一梭子。

简先民就在这个时候，拿开波里哈斯上校搭在自己肩膀上的爪子，把满桌摸大葱皮的罗罡推到一边，挤到乌力图古拉身边坐下，向乌力图古拉说出了两家搞嫁接的想法。老乌，咱们把雨槐嫁接给天赫，雨蝉嫁接给天扬，怎么样？

“雨槐那丫头，水晶似的，往哪儿放哪儿亮堂，是个百里挑一的好丫头。”乌力图古拉夸过简家大姑娘，歪着脑袋眯了眼睛看简先民，像一只吃饱了停在岩石上晒着太阳看牛蒡花下鼹鼠打洞的草原雕，看了一会儿，撅一根筷子，用断茬儿挑牙齿里的榨菜头子，不容置疑地说，“天赫先放一边，让雨槐跟军机。雨槐配军机。”

简先民喝了不少酒，心里却一点儿也不犯糊涂。他想好哇你个老乌力，你拿筷子头剔牙，你眯着眼晒太阳，你在这儿等着我哪，你狗日的这样做，是把我简先民不放在眼里呀。简先民就有点儿不高兴。

简先民不高兴有原因。1929 年，十五岁的乌力图古拉追随嘎达梅林在科尔沁草原举事，参加抵抗达尔罕王爷和奉系军阀的“西夹荒”和“辽北荒”开垦，跟随嘎达梅林转战昭乌达盟和哲里木盟，从此纵骑沙场。那以后，乌力图古拉在保定军官学校念过书，在东北军带过兵，以后又投身革命；他熟读战史，擅用兵机，打了二十年仗，人死过好几次，又生生活了过来；新中国成立以后，军队的三大勋章①，他一口气拿了两个二级，一个一级，加上一大堆七零八碎的奖章，要挂全，得挂到裤腿上去。

简先民 1935 年参加革命，是红军后期的干部，解放东北的时候，他调到乌力图古拉身边，给乌力图古拉当政治部主任。新中国成立以后，乌力图古拉调到基地，把他要来，凭着读过中学的那点儿底子，他进步很快，没有辜负乌力图古拉的器重，从政治部主任升到了基地副政委，主持基地的政治思想工作，虽说级别还差着乌力图古拉一截子，职务上基本和乌力图古拉平起平坐，两人属于同一个运筹帷幄的小团体。

简先民跟随乌力图古拉多年，对乌力图古拉十分敬佩，愿意向乌力图古拉学习，学得和乌力图古拉一样风光。可他心里清楚，有的事情他能学，有些事情，比如政治上的事情，为人单纯的老乌力还不能小觑了他，得反过头来向他学。可要论着杀伐之气，论着刺刀尖上挑了血糊拉一颗人胆，站直了、昂了头、咬天上落下来的雹子吃，那不是想学就能学成的，那是骨血里的东西，他简先民没有啃过白水煮牛头，没有呼啸原上的祖先，永远学不会。简先民资历上不如乌力图古拉，比英雄比不过乌力图古拉，但他脑瓜子灵，能琢磨。都说在朝之人，儿女亲事须遵在朝之道，师生弟子是树上挂果，同朝联姻是果上挂果，挂上就是同道，这方面，简先民正好有本

① 即八一勋章、独立自由勋章、解放勋章，分别是中国人民解放军在土地革命时期、抗日战争时期和解放战争时期的荣誉勋章。

钱。乌力图古拉有五个长势喜人的小子，简先民有两个如花似玉的女儿，有了这样的本钱，简先民才决定和乌力家联姻，这个姻要联上了，他简先民就不光是乌力图古拉的部下，而是亲家了，在自己这儿是铁打的势力没人能撼动，到了儿女那儿就是良缘佳偶，那还不要风得风要雨得雨呀？现在乌力图古拉让把简雨槐说给葛军机，葛军机是乌力的螟蛉义子，不是乌力的种，简先民当然不能接受，心里骂了一声“盗马贼！”

简先民骂归骂，和乌力图古拉家联姻的事，他是拿定了主意不退却。他在心里迅速权衡了一下，葛军机虽不是乌力夫妇所生，却被乌力夫妇当亲生儿子收养，一点儿不比亲儿子差。再说葛昌南也是他简先民的老上级，论玩心眼儿要舌头，他简先民不是葛昌南的对手，人家要不是脚跟子不稳，一头扎进沅江，活到现在，级别只会比自己高。葛军机有这么一个烈士生父，再有一个英雄养父，添上自己这后来居上的岳父，那是三重顶戴的光荣身份，这些光荣最后都得落到雨槐身上，自己一点儿亏也没有吃。

“那就把雨槐给军机，把雨蝉给天赫。”简先民坚持要把一个女儿“嫁接”给乌力家老四。他认定乌力家老四日后必有大出息。这小兔崽子和别的孩子不一样，只看他那一双冷冷的眼睛，还有那狂傲狷介样儿，就知道他长大以后绝不会是寻常之辈。

乌力图古拉很爽快，一口答应，同意雨蝉配天赫。事情定下来，简先民的两个丫头，一个不少全说了出去。这个时候，简先民就有些后悔，当初没在方红藤身上多下点儿工夫，让她多生几个女儿，这会儿也好派上用场，除了乌力天赫，乌力家其他几个小崽子一个个套上嚼头，谁也跑不了。

简先民到底是搞政治的，思维敏捷，很快想到事情并不只有一种做法。他简先民可以把女儿嫁给乌力家，乌力家也有女儿，也能嫁到简家。安禾和童稚非虽说不是乌力图古拉亲生，可武将之后，弱不了，一个嫁给儿子简小川，一个嫁给侄儿简明了，一点儿不亏。这么一想，他就为自己这个主意感到兴奋。

“要这样，索性风从龙，云从虎，都配了，把安禾嫁给小川，稚非嫁给明了。”

“那得先看看小川和明了，看他俩日后出息不出息，是不是龙，是不是虎。”乌力图古拉把身子往前倾，狡黠地拿一双眯缝着的骆驼眼乜斜着简先民，像瞟一头饿急了眼在湖边逛来逛去的狐狸，“要不出息，弄个犬鼠之辈出来，别把我姑娘糟蹋了。”

“你这是什么话？怎么我家姑娘往你家嫁，你笑纳了，你家姑娘往我家嫁，就成了糟蹋？”简先民嫁接出两个姑娘没捞回一个本儿，还让乌力图古拉在众人面前说自己儿子侄儿是犬鼠之辈，觉得这个该死的斜眼鞑靼太霸道，太压人。简先民到底也是挨过枪子儿的，酒有点儿上头，顾不上谋略，赌气拍桌子，“要这样，你也别娶，我也不嫁，这个园子，我荒了它！”

乌力图古拉不说同意，也不说不同意，嘿嘿笑两声，一推杯盏，旱地拔葱似的站起来，大声嚷嚷道：回家啰，回家数蛋去！

事情过后，简先民酒醒了，很后悔，觉得原本一件好事儿，是把两处上好的园子往一块儿凑，凑成一片好风景，是件既往根子里红又往树梢上红，红成千秋万代的儿孙大事，自己思谋了多少日子，结果在霸道或赌气这些不相干的事情上计较太多，让好事儿荒了。

简先民把事情说给方红藤听，说完之后咬牙叮嘱方红藤，把两个姑娘调教好，看住长势，只要姑娘有出息，不要说军机被雨槐迷上，天赫死活缠上雨蝉，乌力家男孩子一窝蜂地往上蹿也不是不可能，那个时候再说什么叫糟蹋吧！

2

乌力天扬并不知道自己的父亲和简雨槐的父亲曾经有过这样

一个约定,在这个约定里,有二哥葛军机、四哥乌力天赫,没有他。乌力天扬一门心思地喜欢着简雨槐。

萨努娅说,乌力天扬一生下来就喜欢简雨槐。萨努娅这个漂亮得一塌糊涂的鞑靼女人有着一副开朗的胸怀,爱指草为母指风为父地开玩笑。她说世界上所有漂亮的孩子都是她生下来的,她是他们的妈妈,这种离谱到南极还拐个弯儿的疯话,相信的没有几个。对于乌力天扬来说,母亲萨努娅不像别人的母亲,而是一个老是在讲童话故事并且讲完之后自己先哈哈大笑的母亲,这样的母亲与其说是母亲,不如说更像一个玩伴。没有长大的乌力天扬要是不捣蛋的时候,或者在受到别的孩子的攻击而无法还手的时候,就会垂头丧气地回到家,一脸肮脏地攀上萨努娅的膝头,忧郁满腹地让母亲讲自己和简雨槐的故事。这个时候的乌力天扬乖乖的,既不踢桌子,也不啃脏手指头,让萨努娅没法儿拒绝他,萨努娅就满足乌力天扬的要求,讲他和简雨槐小时候的故事。

萨努娅知道自己的老五喜欢简家的大姑娘雨槐,而雨槐却喜欢自己的老四。萨努娅不但不阻止,不说破,反而从中积极撮合,鼓励老五往雨槐身边凑。她说男人只有在恋爱中才能长大,还说自己五岁的时候就开始恋爱了,只不过她爱上的不是一个小伙子,而是一匹叫做“狐”的布琼尼种战马。据萨努娅说,乌力天扬身上的胎液还没有揩干,就踢开襁褓,推开前来阻拦的萨努娅,摇摇晃晃地跑进简家,要往雨槐的摇篮里爬,去亲雨槐的嘴。乌力天扬被这个故事说得很兴奋,一个劲儿地问萨努娅,他真的踢开过襁褓吗?他刚生下来就会走路了吗?他最终是否成功地爬进了雨槐的摇篮,并且亲到了雨槐的嘴?萨努娅被自己傻乎乎的老五逗得哈哈大笑,丰满的乳房颤动着。笑过之后,她并不告诉老五答案,只说让他自己去问雨槐。

乌力天扬真的就去问简雨槐。他从母亲膝上下来,走出门,穿过梧桐如盖的林荫道，敲开简家的门，找到简雨槐，一本正经地问她，还记不记得他们小的时候，他还在襁褓里的时候，她还在摇篮里的时候，他踢开襁褓，爬进她的摇篮，和她亲过嘴？

简雨槐在钩桌布。简雨槐在惹人怜惜的膝头铺了一块布，一根长长的白线缠在钩针上，钩针如鱼啄水，钩出一朵朵牡丹，再钩出一只只喜鹊。你说呢？简雨槐笑眯眯地看着乌力天扬，放下手中的钩针，伸出一只手，轻轻地抚摩了一下乌力天扬的脸，问他。

其实，乌力天扬根本就没有去问过简雨槐。这只是他的幻想，是他在漫长的童年里不断地受伤之后唯一保留的快乐节目，这样的节目仅限于在他和母亲萨努娅之间进行，别人不知道。乌力天扬不能拿母亲的话去求证，不能去问简雨槐。他太软弱，软弱到根本就没法儿接近简雨槐，找不到求证的机会。

有一次，萨努娅带乌力天扬到简家去串门，和方红藤俩坐在夕阳辉照的窗边唠着闲话，简雨槐和简雨蝉姐妹俩安静地在一旁刻剪纸，乌力天扬在姐妹俩身边走过去走过来，像一只让人踩伤了爪子的小狗。

"去，闻闻她们姐妹俩。"萨努娅停下和方红藤的聊天，怂恿自己的老五。

乌力天扬高兴得很，摇摇晃晃地过去，撅了屁股，踮了脚尖，很认真地挨个儿闻了闻姐妹俩。

"她俩什么味儿？"方红藤笑着问。

"香。"乌力天扬说。

"什么香？"方红藤再问。

"她是蜂蜜香，"乌力天扬指妹妹，再指姐姐，"她是槐花香。"

姐姐安静地看着乌力天扬。妹妹突然噘嘴，冲着乌力天扬吐了一口唾沫。

萨努娅饶有兴趣地看着老五，想看看老五怎么对付那个精灵古怪的妹妹。她很失望。老五的眼睛里汪着一汪水,不知所措地站在那里,神经质地抻裤腿,用力抻,就像一条想得到一朵浪花的鱼,却被水抛上了河滩,无助地晾在岸上。

老五太软弱,成不了气候。萨努娅叹了口气,暗暗地想。她瘦了点儿,男人不喜欢瘦马。萨努娅皱了皱漂亮的鼻子。这是她对老五意中人的评价。

3

简雨槐喜欢乌力天赫。她很早就喜欢上了乌力天赫。乌力天赫是一个忧郁的男孩子,生着一副清瘦的脸庞,棱角分明而又不失俊朗,两颊凹陷,尖尖的下颏儿,嘴巴宽大,冷凝的眸子,目光阴郁,一绺倔犟不驯的头发老是往上翘着,让人想到迎了风的草原雕。简雨槐读过一本小说,小说的名字叫《钢铁是怎样炼成的》。简雨槐惊讶地冲着书中主人公保尔·柯察金喊,他俩多像呀!

简雨槐喜欢上乌力天赫的原因令人费解。有一次,乌力天赫从家里出来,一边走一边往身上套衬衣。简雨槐正在自家门前摘桑叶,远远地看了乌力天赫一眼。乌力天赫没注意到简雨槐,他眯着眼对天空看,显得有点漫不经心。乌力天时和乌力天扬的眼睛像他们的母亲萨努娅,眸子是瓦蓝色的,像一块藏地琼结产的上等水晶;乌力天赫则不然,他的眸子是淡绿色的,有点儿冷,这使他不像他的父亲、母亲以及任何一个兄弟。简雨槐愣了一下,她被乌力天赫对着天空漫不经心伸出长胳膊来的样子征服了,被他淡绿色的眼睛里迅速漫起的雾气征服了,她一下子就喜欢上了他。

乌力天赫并不知道简雨槐在想什么。他套上衬衣,看见简雨槐咬着下嘴唇,踮着脚够树上的桑叶,怎么也够不着,就说,别够了,差八丈远呢。说着跳过矮树墙,走到简家门前,脱下刚穿上的衬衣,整整齐齐叠好,放在地上,哧溜两下爬上树,帮简雨槐摘了够蚕吃到下辈子的桑叶。一松手,他从树上跳下来,看了简雨槐一眼,突然说,我妈说,你喜欢我。

简雨槐的脸腾地红到脖颈,慌里慌张没有遮掩住。简雨槐的脸再红也没有她的嘴唇红,她的嘴唇红得就像两片娇嫩的花瓣。

"我妈没说。"

"我妈说的。"

"我妈不会说。"

"我没说你妈。我说我妈。"

"我妈就是不会说。"

"你到底想说什么?"

"是你说的。我没说。"

简雨槐脾气好,从不生气,但这一次她生气了。她怀里抱着桑叶匆匆进了院子,回身把大门关上。她走掉的样子就像一只被风吹了个趔趄的蝴蝶。一些桑叶落下来,掉在地上。一只银背牵牛从银杏树上俯冲下来。风把夹竹桃吹得凌乱,夹竹桃花很怪,一落到地上,粉红就变成雪白。

简雨槐从没对人说过她喜欢乌力天赫,可她老是找乌力天赫玩。基地的男孩子都喜欢简雨槐,美丽安静的简雨槐,可人儿简雨槐,谁不喜欢呀!但是,他们没办法走近简雨槐,没办法和简雨槐一起玩。简雨槐干干净净,他们邋邋遢遢;简雨槐乖乖巧巧,他们惹是生非;简雨槐会跳脚尖舞,跳起舞来的样子让人如风沐面,而他们呢,除了上房揭瓦下河摸鱼,再找不出能露上一手的本事。和简雨槐一比,男孩子先就没了勇气,怎么走近呀?

乌力天扬到处散布乌力天赫的坏话,说乌力天赫包皮长,撒尿撒不准,老撒到浴缸里,把冰在浴缸里的西瓜浇得快生秧了。

乌力天扬突然对简家老大简小川殷勤起来。他跟在简小川屁股后面，简小川走到哪儿，他就跟到哪儿，还不要脸地说简小川是基地最有力气的孩子。简小川不信任地问乌力天扬想干吗。乌力天扬就像一名得到了情报的伪军，向简小川透露，乌力天赫快弹尽粮绝了，只要简小川下次出三张海口、五张乌鲁木齐、八张哈尔滨，乌力天赫就非出那张漠河不可。

乌力天扬吃饭的时候故意打喷嚏，阿嚏阿嚏，而且专门朝着乌力天赫的方向打，把嘴里的东西都打到乌力天赫的碗里。我病了，病得很厉害，嗓子发炎。乌力天扬喝了一大口榨菜汤，让自己坐好，面对乌力天赫的饭碗，酝酿着这一次怎么把喷嚏打得更好。

乌力天扬就像爬上滩涂有一段时间的弹涂鱼，晚饭后大量喝水，灌皮球似的，灌得直翻白眼，这样到了半夜，他就会被尿憋醒。乌力天扬像电影里偷地雷的山田队长，在黑暗中蹲下身子翻乌力天赫的书包，翻出语文课本，不出声儿地撕两页，翻出算术课本，又不出声儿地撕两页。第二天到学校，乌力天赫的课本面目全非，被老师狠狠地教训了一顿。

乌力天扬去找葛军机，二哥我们打扑克吧。乌力天扬手里捏着双王，三个小二，两把尖子，输了。咕咚咕咚，灌一大缸子水。乌力天扬去找安禾，小禾我们丢沙包吧。乌力天扬把沙包往脑袋后面丢，输了。咕咚咕咚，又灌一大缸子水。乌力天扬去找童稚非，小妹我偷你的歌片儿了，我认罚。咕咚咕咚，再灌一大缸子水。

乌力天扬把自己弄得跟呛了水的青蛙似的，谁看了都心疼。他这样肆无忌惮地干，干得越来越过分，终于惹怒了乌力天赫。乌力天赫揪着乌力天扬的耳朵，把他拖到基地游泳池，推进池子，自己在一边看小人书。乌力天扬泅到游泳池边上，攀住池壁往上爬。乌力天赫收了书，起来，走过去，拿脚把乌力天扬踹回水里。乌力天扬再攀回池壁，往上爬。乌力天赫再收书，把乌力天扬再踹回水里。乌力天扬在游泳池里来来回回游了两个小时，终于坚持不住，烈士一样翻着白眼沉到水底。乌力天赫这才丢开小人书，不慌不忙地跳进水里，把乌力天扬捞起来，晾在池子边，一脚踩下去，乌力天扬像超级消防水龙头，吐出的水足可以扑灭一座火山。

乌力天赫是冷冷的乌力天赫。乌力天赫是白杨般挺拔的乌力天赫。乌力天赫是桦树般高贵的乌力天赫。乌力天赫的拳头很硬，基地的孩子没人能比，这当然得归功于乌力图古拉的“法西斯”教育。

4

直到小学毕业，简雨蝉才知道自己不是方红藤的孩子。

简雨蝉和女孩们跳房子。她打着赤脚，把裙子撩得高高的，亮出长胳膊长腿，两根小辫儿在脑袋后面晃来晃去，眨眼从一跳到十二，再眨眼从十二跳回一，枝头间跳跃的鸟儿似的。

女孩们说，简雨蝉你无耻，还让不让我们跳了呀。简雨蝉让女孩们跳，自己拎着红色塑料鞋，光脚噼啪地往家里走。因为快乐地疯过，她汗淋淋的，头发贴在脑门儿上，鼻尖上沾了一块黑，眼圈罩着一抹赤潮。

“你怎么向雨蝉的母亲交代？”

“她的事你不要管，管好你自己的孩子。”

简雨蝉停下光脚噼啪。方红藤和简先民停下争执。方红藤从客厅出来，不看简雨蝉，用一块手绢揩拭着眼睛，匆匆上了楼。

简雨蝉生气。她不是姐姐简雨槐那种乖女孩，她性子野，脾气犟，说话呛人，敢和男孩子打架，喜欢干大人不让干的事情，大人把它叫做惹祸，这些都是事实。可她聪明伶俐，胆子大，有主见，不肯服输，人长得像洋娃娃，谁见谁喜欢，这些也是事实。她需要交代什么，向谁交代？

那天简雨蝉不和家里的任何人说话。简雨槐送给她一根果绿色的发绳,她没有理简雨槐。简明了咬着铅笔头子问她向秀丽浑身烧伤多少度,她没有理简明了。简小川挨了简先民的训,她没有帮简小川。她安安静静地写作业,干干净净地洗手绢,坐在饭桌前有滋有味儿地吃方红藤做的蒜泥白肉、姜汁豇豆、豆瓣鲫鱼和凉拌茄子,并且把掉在饭桌上的饭粒捡起来,塞进嘴里吃掉。直到晚上,简雨蝉缩在被子里,看窗外月光一点一点地驱走黑暗,移到床头,攀上她的枕头,她才开始想,她白天听到了什么。

“你怎么向雨蝉的母亲交代?”

“她的事你不要管,管好你自己的孩子。”

他们一个很冲动,一个不耐烦。

很明显,方红藤说的“雨蝉的母亲”,不是方红藤自己,而是另外一个人;简先民说“管好你自己的孩子”,是指方红藤生下的孩子,那些孩子当中不包括简雨蝉。一问一答,意思就是,那个大汗淋漓一脸苍白咬牙切齿把简雨蝉从自己的脐带上剪下来的人不是方红藤,而是另外一个女人。方红藤不过是简雨蝉名义上的母亲。事情就这么简单。

简雨蝉就像一只热带雨林里生活着的红腰穗鹛,从来没有怀疑过自己的出生,没有怀疑过自己的父母、兄弟姐妹和住习惯了的球状巢。现在她却被告之,她不是这个球状巢里的土著,不是那两只老红腰穗鹛孵出来的孩子,不是那些总是发出一连串短促活泼悦耳鸣啼声的小红腰穗鹛们的小妹,她有另外一个母亲,不是方红藤这个母亲的母亲——甚至,她还可能有着另外一个父亲,不是简先民这个父亲的父亲。

有好几天,简雨蝉惊慌失措,不知道自己是谁,身处何处。那些天她走路老是磕破脚趾,这里一下,那里一下,方红藤给她抹上红汞后,她的脚趾就像一丛散了花瓣的大丽菊。她连续几天夜里从梦中惊醒过来，冷汗顺着背胛往下流淌，把衬衫都濡湿了。她想知道她是谁，谁生下了她。至少应该有人告诉她，如果她不是方红藤生下来的，不是红腰穗鹛，那么她的母亲在哪儿，家在哪儿？她是黑翎噪鹛的孩子，家是用薄而韧性的冷杉叶铺成的宽碟形巢？她是眼纹噪鹛的孩子，家是用结实的草根树枝和竹叶铺成的杯状巢？或者她是栗冠弯嘴鹛的孩子，家是用细细的白茅草和柔软的羊毛铺成的半球形巢？生命再多，世界再大，不管是谁，在哪儿，总得有个生她下来的人，有她一个家啊！

没有人告诉简雨蝉她想要知道的事情，简雨蝉等了几天，窗外并没有悦耳的鸟叫声出现，召唤她回到自己的家里去。那两只在一天之内变得陌生起来了的大鸟，像什么事也没有发生过似的，根本不把简雨蝉的苦恼和恐惧当做一回事。简雨蝉不能再等了。她已经害怕得快要叫出声来了。

“你们不是我的父母，对吗？”

“谁告诉你的？”

“我听见了你们的谈话。”

“小孩子，不要瞎说。”

“我的父母是谁？”

“我们就是你的父母。”

“撒谎！”

“不许这么和大人说话！”

“告诉我！”

“不许胡闹！”

简雨蝉看了一眼皱着眉头的简先民和一脸苍白的方红藤，不再说什么，把一张南瓜贴饼丢进稀饭碗里，再从米汤中捞出那张饼，丢在地上，从凳子上跳下地，用红色的小皮鞋狠狠踝了两脚，然后仰起脸儿噔噔地推门而去。

简先民阴沉着脸，腮帮子一抽一抽的。方红藤神经质地咬紧了筷子头。简雨槐吃惊地捧着碗，看一眼父亲，再看一眼母亲，然后把头转过去，寻找她的小妹，碗中的稀饭不住地晃动。

简雨蝉抱着腿，蜷坐在防空洞阴凉干爽的角落里，下颏儿支在磕膝头上，扁着嘴，做出一副要哭的样子，并且不断地命令自己哭，却一滴眼泪也没有流出来。

后来简雨槐来了，身后跟着简小川和简明了。简雨槐不放心小妹，要小妹跟她回家去。

“回去也行，你们先告诉我，我的父母是谁？”简雨蝉把在饭桌上问过的问题向那几个小红腰穗鹏提出来。

“你的父母不就是我们的父母吗？”简小川笑道。

“小妹，别瞎想，”简雨槐担心地握住简雨蝉的手，担心地劝慰她的小妹，“难道你还能有别的父母？”

“管谁是你的父母。”简明了有一种找到了同志的兴奋，“你就当是我，就当你是亲戚的孩子，抱到这个家里来的，反正不缺你吃不缺你穿。你就当你是他们从垃圾箱里捡来的好了，都一样。”

没有找到答案的简雨蝉像是一只听不见大鸟翅膀扇动的小鸟，这相反激发了她弄清自己身世的欲望。简雨蝉像苏格兰场①的实习生一样，顽强地跟踪简先民和方红藤认识的所有的女人，在她们当中甄别那个可能是自己母亲的女人。她甚至仔细观察过屋檐下的燕子，还有喜欢在黄昏时分出没的翅膀上有奇异花纹的红裙灯蛾。她这样做，当然不会得到任何结果。

现在可以肯定，方红藤不是自己的母亲，自己的母亲是另外一个女人，一个在生育下自己之后就藏匿起来的女人。简雨蝉有一种被出卖了的感觉。她从此痛恨她的父亲，她在心里一直叫他简先民。

---

① 伦敦警察厅总部别称，英国反间谍反破坏机构。

简雨蝉开始做一个梦，那个梦非常奇怪。她在梦里看见了她的生母。生母看了她一眼，叫她，然后朝远处走去，走远了，远到地平线的尽头。她拼命奔跑，去追生母，跑呀跑呀，跑到了地球的另一边，头开始朝下，越来越朝下。她没有追上生母。生母不在了。她倒悬着从地球上坠落下去，坠落向无边无际的太空。她害怕极了，张扬着手臂，大声呼喊着惊醒过来。

简雨槐穿着一件套头睡裙跑进简雨蝉房间，问简雨蝉怎么了。简雨蝉把她做的梦告诉了简雨槐。简雨槐把小妹搂过来，搂进怀里，说你傻呀，地理课教了，地球是个类球体，地球有引力，人和物体永远也不会跌落进太空。简雨槐忧心忡忡地说，小妹，你别瞎想，妈妈就是你的妈妈，你没有别的妈妈。

简雨蝉不相信这个。她反复做着从地球上坠入太空的那个梦。她每一次都会在梦中向地平线尽头拼命奔跑。她固执地坚守着她会坠入太空的念头。她怀疑就是因为她的生母走远了，她才会跌入太空。

5

简雨槐不想看到小妹老做噩梦，为这个她很不安。

简雨槐梳好小辫儿，去敲简先民办公室的门。她说爸，我能进来吗？她当然能够进去。简先民是世界上最好的那种慈父，一儿两女，三个孩子他都爱，但他最疼大女儿。大女儿是他的心头肉，他的骄傲，她要他做什么他都会答应，就是要他趴在地上让她当马骑他也会答应。乖女儿，你想不想去月亮上？你要想，爸爸抱你上去。

简雨槐坐在简先民面前。她坐在那里的样子乖乖的，真是让人疼惜。她说爸，小妹不该把饼子丢在地上用鞋踩，那是浪费。可是，小妹的妈妈真的不是妈妈吗？我是说，小妹的妈妈不是我的妈妈吗？她还有一个妈妈，是这样的吗？

简先民看着大女儿。他的目光充满了慈祥和爱意。他有一个多么好的女儿啊。不，是两个。她们是他的骄傲。他为什么不骄傲呢？有什么理由不骄傲呢？月亮的事怎么样了？月亮还是放在一边吧，它不配他的女儿。

简先民把手头的工作放下，把身子转向女儿，以示他对她的重视。他口气亲切地问女儿，作业做完了吗？今天练功了没有？春蕾舞蹈团最近有什么演出？要有，一定要告诉他，还有她的妈妈——她们的妈妈，他们一定要去看女儿的演出。是的，饼子来之不易，不能丢在地上，更不能用鞋子踩，这让那些曾经受过苦的长辈，比如说，他和她们的妈妈心里发疼——当然没有别的妈妈，怎么可能有别的妈妈呢？

简雨槐羞涩地笑了。她很高兴爸爸告诉她这些。她知道饼子来之不易。她从来就是一个懂事的孩子，不会浪费任何东西。她为这个感到心疼，还为这个感到羞愧。不光是饼子，还有妈妈。小妹没有别的妈妈。小妹的妈妈就是自己的妈妈。她难过地想，我这是怎么啦？我多对不起妈妈呀！

来，到我这儿来。简先民张开怀抱，把女儿搂进怀里，爱惜地替她整理了一下小辫儿。我要你知道，你是爸爸的好女儿，你让爸爸感到骄傲。看着女儿走出办公室，简先民的目光落在重新掩上的门上，脸上依然带着慈祥的微笑。

6

简雨蝉的确有个妈妈。她的妈妈不是方红藤。

简雨蝉的妈妈是总部的一名年轻干事。简先民在总部负责一个兵器试验项目的时候，他们认识了。简先民和年轻干事的关系保持了几个月，在方红藤发现之后，他们的关系告吹。年轻干事很快被调离，在破格晋升为上尉军衔之后，她离开了军队，转业到地方。以后的日子里，简先民信守承诺，没有再和年轻干事见面。但在那之前，方红藤和年轻干事被同时巧妙地安排到了外地，在那里“工作”了几个月，直到年轻干事生下一个女婴。那以后，这个孩子取名简雨蝉，管方红藤叫妈妈。

自从年轻干事的事情发生之后，简先民始终保持着警惕，感情上再没有出轨。一个人想要进步并非轻而易举，尤其是在硝烟散去的和平年代。战争的死亡威胁和泾渭分明的利益让人们集团化，清晰的敌对阵营提供了充足的力比多宣泄渠道，高度限制着人们对同类的攻击，而和平年代，这种限制很快被打破，撕咬频仍。简先民心里清楚，必须谨慎从事，以免让政治对手拿住。要是那样，他就永远无法勃起了。

简先民不担心方红藤，她不会和他闹。她也有把柄捏在他手上，闹不起来。

方红藤被她同父异母哥哥奸污过，那是她十四岁时发生的事情。那个四川绵阳大户家族中的七哥，因为苦于寻找理想生活的目标而需要撕开自己，认清他本能中潜藏着的兽性，柔弱美丽的十一妹成了他的目标。有一次，十一妹去七哥房间为七哥送家佣刚采摘的百花桃，七哥没有动那些水灵灵的果子，动了生涩的十一妹。那以后，七哥一发不可收拾，直到十一妹不能再忍受，只身逃出那座万恶的深宅大院。

方红藤在上海流浪了几个月，以其天资聪慧和相貌清纯被联华公司的星探看中，在两部电影中扮演了两个不太重要的角色。她很快受到电影界进步思潮的影响，参加了左翼文化运动，在抗战热潮中，撇下锦绣前程，义无反顾地投奔了延安。

方红藤到延安的第一件事,是和其他投奔光明的青年一样,接受组织上的调查。她就像一个婴儿面对自己的母亲,什么也没有隐瞒,说出了自己经历中的一切。

为什么到延安来?革命,我要革命。你革命的动机是什么?向肮脏的旧世界复仇!那么,那个什么,你叫七哥哥,对吧,他是你的亲哥哥吗?你们有血缘关系吗?他是我的亲哥哥,我们同父异母。你说被他睡过,是什么意思?他奸污了我。是你情愿?投怀送抱?不,我不愿意,我害怕。他参加过反动组织吗,比如说,三青团?他参加过中共地下组织的活动,他给我讲马克思,还有托洛茨基,他憎恨这个世界。如果革命需要,你会向你的罪恶家庭宣战吗?会,我会!欢迎你,方红藤同志!

简先民负责对方红藤的调查。他一下子就被这个满怀复仇心理的少女的美貌吸引住了。她不光有一张漂亮的脸蛋儿,还有一种电影人不顾一切豁出去的勇气。他当然不会告诉她,在参加革命以前,他曾经做过天一影业公司的场工,少年时代的他,每天收晚工回到臭烘烘的阁楼,躺在蚊虫肆虐的地板上,在他的同事阮玲玉、汤天锈、林楚楚的电影海报上,奉献出了他青春年少时代的大半狂想和梦遗。他暗自决定,他要和天真无邪的方红藤合拍一部戏,一部人生的大戏。不为票房,他要捧红她,捧红自己。

延河水是多么清亮啊!简先民的心里是火热的,热得他想成为一个救世主,去拯救被侮辱和欺凌的方红藤,去拯救全人类。他放慢脚步,痛心地告诉方红藤,一朵鲜花落上了一只苍蝇,有人会觉得苍蝇脏,也有人会觉得那朵鲜花被弄脏了,人们大多时候会原谅鲜花的孤独,却不会原谅鲜花被玷污。他在晚风中站下来,真诚地问方红藤,她能不能战胜歧视和偏见,忍受没有文化而只有粗暴拳头的老革命对她的傲慢和野蛮占有?她愿不愿意成为勇敢的战士,和有文化有抱负的他一起,不但向帝国主义、封建主义、官僚资本主义宣战，也向腐朽没落的习惯势力宣战？

简先民在胡宗南进攻延安的隆隆炮声中迎娶了白区来的电影演员方红藤。一对新人即使在中央机关匆匆撤离延安的路上也在激动着。他们相信，两个人的结合是两个生命的新生，他们甚至因为这个，比别人更坚信党中央退出延安只是暂时的，他们有信心和党中央一起重返延安。

事实上，简先民并没有当成救世主。他当然要宣战，他甚至敢于向高山和大海宣战，但是在人才济济的革命队伍中，他太不起眼儿，太单薄，方红藤若不配合他，他一个人，怎么面对高山丛林中那些动物腐尸，以及大海峡谷中沉淀的淤泥呢？方红藤的表现让他大失所望。她根本不愿意按照他的暗示行事，去那些和他有直接关系的首长家串门，亲切地让首长握住她的手，直到深夜还不肯离开。她落落寡合，拒绝去首长家，拒绝和他们说话。她说她厌恶了达官显贵，并且厌恶成为男人注视的对象。现在他知道了，她的七哥是一条毒性何等剧烈的毒蛇，他让她变成了性冷淡的女人，她在这个世界上的唯一作用，就是被她的七哥奸污，并且为了这个经历成为一个空想的复仇主义者。

简先民痛心疾首。那是他人生中最大的错误，它毁了他，还将彻底地毁下去。别人都认为他是为了方红藤漂亮的脸蛋儿才娶她，只有他自己知道，那是一次年轻人在虚荣心驱使下一时冲动留下的苦涩果实，这枚果子要他在漫长的日子里点点滴滴地消受，那些带着各种复杂心态赞美方红藤和他之间美好结合的人，是永远也不会知道的！

那么好吧，那就报复吧。让我原谅你带给我的终身耻辱？不，不不，你得把我和别的女人生下的孩子养大，这才叫原谅，我们共同原谅。

7

乌力天扬要把简雨蝉干掉。他把这个主意告诉了他的跟屁虫高东风、好朋友鲁红军，还有几个一起玩的同院孩子——后勤部部长汪道坤的老六汪百团、政治部主任罗罡的老三罗曲直、修缮队队长邱金汉的老大邱义群。

简雨蝉是她爸爸和另外一个不知名的女人生下来的野孩子，这件事情渐渐在基地传开。大人们对这种事讳莫如深，谁也不愿意撩起简副政委的短襟看看他的肚脐长得什么样，可孩子们的想法就不一样了。在孩子们看来，野孩子就是野孩子，就像单独行动的丛林野猪，或者总是撕咬伙伴的山猫，以及别的什么来路不明的家伙，是丛林中其他动物共同的天敌。况且，简雨蝉不是一般的野孩子。这个野孩子太可气。她和她的姐姐简雨槐长得一样漂亮，不同的是，简雨槐是瘦骨仙，长发长腿，说起话来娇声娇气，人很安静，站在那儿或坐在那儿，总是一副若有所思的样子，让人愿意原谅她的漂亮；简雨蝉则是典型的婴儿肥，胖嘟嘟的，浑身上下净是酒窝，媚人之态让人看着可气，完全像一个不驯服的小妖精。长成这个样子也罢了，她还目中无人，说话口无遮拦，语速很快，常有惊人之语，不说话时哈欠连天，一副懒洋洋的样子，要是再斜了眼睛看人，和狐狸精有什么区别？

有一个事实无可辩驳，那就是简雨蝉老是能煽动起男孩子们的破坏欲，让他们无端生出干坏事的念头——用刚上脚的新皮鞋去踢地上的砖头，在夜深人静的时候对着别人家的窗户装鬼叫，莫名其妙地和老师还有大人捣乱……这些坏事从来没有让男孩子们得到任何好处，不是因为皮鞋踢坏了被妈妈骂得狗血淋头，在漆黑的夜里被警卫连的士兵撵得鸭子飞，就是被游刃有余的大人捉住教训一顿。这他妈的太可气了,他们都是一些好孩子,是一些有教养的孩子,他们又没惹谁,只不过在少年时期有点儿冲动,需要发泄一下,这有什么错?

乌力天扬承认,简雨蝉并没有怂恿他和他的伙伴们干那些坏事。她没有对他们说,喂,你们的新皮鞋怎么不派上用场?她也没有让他们在水盆里盛上脏水,再倒上半瓶墨水,丢几只毛毛虫,然后把水盆架在教室的门上,让推门而进的老师淋成“化学落汤鸡”。是他们自己要那么干。他们禁不起该死的狐狸精简雨蝉用讥嘲的目光看他们,鬼使神差地就干了,这和怂恿没有什么区别!

有一段时间,男孩子们很想知道女孩子和他们有什么不同。不是一个人有这种想法,差不多所有的男孩子都渴望遭遇一场淋透的确良小褂的大雨,或者掀起裙子的大风。比如罗曲直,他老是蹲在基地女澡堂门口的大树下,看进进出出的女兵。罗曲直下颌大得像河马的下颌,脸上永远挂着笨拙的微笑,他在阳光下眯着眼睛,像故事里的守株待兔者,因为没有一只女兔子为衣裳被人抱走冲出澡堂撞在他身边的大树下被他从容拎走而心里充满了伤感。

汪百团不守大树。汪百团的骨节粗大,皮肤白得像个娘儿们似的,他的目标是和娘儿们一样的母牛。他侦察到基地奶牛场的一头母牛要生孩子了,就兴冲冲地通知男孩子们放学以后到奶牛场看母牛生孩子。那头要生孩子的母牛吊着骄傲的乳房,在草地上悠闲地走来走去,看样子它并不打算立刻就生下它的孩子。

男孩子们没看成母牛生孩子,无聊得要命。简明了问谁带了烟。邱义群从书包里摸出一大把晒干的丝瓜藤,每人分几根。他们划着火柴点燃丝瓜藤,像真正的牛仔那样趴在粗大的栅栏上,或者骑在上面,晃荡着两条腿,抽着丝瓜藤。

丝瓜藤抽起来有一股淡淡的苦涩,让人晕晕乎乎,不停地吐口水。他们比赛谁的口水吐得远。简明了吐到一丛鸡冠草上。乌力天扬吐到一丛野莴笋上。乌力天扬赢了简明了。但是乌力天扬在吐烟圈上却败给了简明了。简明了老练地吮住丝瓜藤，不让烟漏掉，拿一根手指头戳腮帮子，戳一下，嘴里冒一个圆圆的烟圈，戳一下，嘴里冒一个圆圆的烟圈，这样不停地戳下去，头顶上孪生似的排出一长串烟圈，它们不断地往上翻滚，明明没脚，却像是牵了手在走。乌力天扬不行。乌力天扬白长一张好嘴，要论斗嘴，八个大人也不是他的对手，可吐起烟圈来却糟糕得要命，只能吐出乱七八糟的云彩，散到高处，像是一块没洗干净的烂抹布。乌力天扬不服气，不断地吐，嘴都吐麻了，直到把丝瓜藤全抽光，也没能吐出一个正经烟圈。

“等我有了钱，非把全世界的烟都买光，看鸡巴谁还吐烟圈！”乌力天扬丧气地发狠说。

“可惜。”简明了慢慢腾腾地说，吐出一个烟圈。他和高东风商量，两人合伙儿买一支冰棍儿。高东风没钱，他爸没钱给他。他爸高二油给乌力天扬他爸开车，没几个工资，还要攒着给他的瘫子妈治病。他很自卑，所以简明了总爱欺负他。

“我们合伙儿买支冰棍儿吧。”简明了换了自己的同班同学鲁红军，“我出一分钱，外带跑腿，你出四分，我们买牛奶冰棍儿。”

“凭什么我出四分，你才出一分？”鲁红军不高兴。鲁红军是武昌区委子弟，他爸是区宣传科职员，他妈是灯泡厂职工，他没事总爱往基地跑，先是找同学简明了玩，慢慢地就和基地的孩子们混熟了。鲁红军头发凌乱，身材瘦长，有点儿驼背，走路外八字，人自信得很，整天像个魔术师，笑眯眯地从远处走来，突然从什么地方变出一只肉乎乎的小老鼠，拎着尾巴在孩子们的鼻尖下晃荡，吓得孩子们大惊小怪。简明了埋怨鲁红军脏，给自己丢脸，但乌力天扬觉得鲁红军挺有意思，鲁红军找到了知音，不理同学简明了，改和聪明得一塌糊涂的乌力天扬交上了朋友。

“我都跑腿了，你多划得来呀。”简明了比鲁红军还不高兴，“有你这么抠门儿的吗？”

“呕——呕——”乌力天扬掐着脖子，做出一副呕吐得要晕过去的样子，然后拉长了声调说阿尔巴尼亚电影《地下游击队》的台词，“老大，过来吃。”

“我不吃，打鱼这倒霉的行道，连根上吊绳都买不起。”鲁红军嘻嘻哈哈地接上。

“我揍你个吃屎的家伙。”简明了气咻咻地对着乌力天扬攥拳头。

“没听说吗，”乌力天扬蔑视地换了八路军特务罗金保的台词，“别看现在闹得欢，小心将来拉清单。”

简明了气得脸发白。要是单挑，他能对付乌力天扬，可乌力天扬不是一个人，身后有个堡垒户高东风，再加上非常想当皇协军的鲁红军，一对三，他下不了手。他想好吧，总有一天他会让乌力天扬吃屎。

“简明了，听说你家简雨蝉裙子里什么也没穿，有没有这回事儿？”鲁红军出卖简明了。他在勇敢方面无人可比，这也是乌力天扬拿他当朋友的原因。

“有又怎么样，没有又怎么样？”简明了眼皮一翻。

“有就是狐狸变的。”鲁红军吐一口唾沫。

“变什么？她本来就是狐狸。”简明了卖关子。

“你怎么知道？”汪百团问。

“少来，鸟儿都知道，你们装什么。”简明了摆谱儿地抬起下颏儿，“再说，简雨蝉是我们家的人，我凭什么告诉你们？告诉你们我能得到什么好处？”

“他什么也不知道。他只会舔鼻涕。”乌力天扬哼了一下。

“你胡说！”简明了朝乌力天扬迈出一步，用胸脯顶住乌力天扬的胸脯,就像大义凛然的地下党员,"党组织的情况我知道,党员的情况我也知道,那是我们的秘密,我不能告诉你们。"

"这种人,给个烈士都不敢当。"乌力天扬老奸巨猾地跳下栅栏,提了提快要掉下来的裤子,"走吧,去游泳。"

"走喽,游泳去喽。"男孩子们跳下栅栏,跟着乌力天扬朝江边走。

"站住!"简明了被晾在那里,脸气得发白,"你们站住!"

"阿巴拉古,呜,阿巴拉古,呜……到处流浪,噢,到处流浪,噢……"孩子们勾肩搭背,像伤透了心的流浪汉拉兹,流里流气地唱着歌走远了。

"我说还不行吗?"简明了完全像绝望中的叛徒,他站在那里,眼泪都快流下来了,"我也不知道简雨蝉的裙子里有什么!我真的不知道!"

8

如何干掉简雨蝉,成了男孩子们的一桩心事,这让他们很苦恼。简雨蝉的眼仁是那么黑,她的小鼻头就像从露水如珠的蓬叶下钻出来的草莓,他们不能把这样的草莓揍一顿,这不公平。

乌力天赫警告乌力天扬,别去碰简雨蝉。你俩是一路货色,都是毛刺栗子,到处扎人。乌力天扬说,那就对扎,看谁扎死谁。乌力天赫鄙视地说,浑球儿,你扎不过她。那丫头扎人不看对象,谁都敢往死里扎,她连自己都敢扎。你俩一对冤家,哪一次狭路相逢,不是你这个投机分子败下阵来?乌力天扬被四哥拿住,鼻子酸酸的,委屈得想死,还想尿尿。他发狠地想,看谁怕谁。

简雨蝉臭美得不像话,高勒儿羊皮靴,黑色波兰绒短腰夹克,黑红相间的厚呢裙,裙子奓撒开,就像一只到处寻找坚果的火鸡。

臭丫头嘴里叼着一只卤鸭脚，有滋有味儿地舔着，还斜了眼，身子一摇一晃，检阅似的在路上走，漂亮的小皮靴踢得地面啪啪响。她看见一只情绪不正常的猫，那只猫完全把自己当成了狗，见到谁都昂了脑袋冲人叫，还试图去扑一辆过路的汽车。她站下，两只手指钩住嘴角，用力往两边拉，吐出粉红色的舌头，朝情绪不正常的猫龇牙咧嘴。猫被简雨蝉的样子吓住了，全身的毛耸立起来，绿眼成了灰眼，慢慢往后退，腹腔里发出蛇一样的嘶嘶声。简雨蝉觉得没劲，松开手指头，瞧不起地朝猫"耶——"了一声，然后她看见了乌力天扬。他坐在路边的一堆砖头上，朝她丢小砖块。

"干吗?"

"没干吗。"

"那你丢石头?"

"不是石头，是砖头。"

"一样。"

"不一样。石头是天生的，比如我。砖头是制造的，比如你。"

"乌力天扬，你给我说清楚。"

乌力天扬眯缝着狡狯的小眼睛，痞里痞气地看着简雨蝉，他看见简雨蝉肥嘟嘟的手背上那一串气呼呼的肉窝，得意地想，哈，小妖精，我可把你收拾了。

男孩子们不承认这就是收拾。收拾怎么是这样呢?乌力天扬怎么能证明简雨蝉肥嘟嘟手背上的肉窝是气呼呼的?它们就不能是喜洋洋的吗?乌力天扬这种收拾，用乌力伯伯的话说，叫大象累了，找一只蚊子来给大象捶腿。男孩子们勾肩搭背地唱：喔，喔喔，大象累了，大象累了，大象它太累啦。

"亲她的嘴儿怎么样?最好的办法，是亲她的嘴儿。"乌力天扬打了个寒战，突然说，然后像受了惊吓的麻雁似的嘎嘎地尖笑起来，把停在球场边草地上的一群鸽子都惊飞起来。

男孩子们激动了。这才是高级主意,有质量的主意,比扯断橡皮筋和倒掉书包强多了。男孩子们一想到简雨蝉被亲了嘴儿,她再也做不成狐狸精了,他们就万分兴奋。可是,谁来实施这个计划?谁去充当亲简雨蝉嘴儿的那个人?如何亲?要是简雨蝉反抗,她尖叫、逃跑,或者不逃跑,反而站下来,给实施者一记响彻云霄的耳光,该怎么对付?是继续下去,宜将剩勇追穷寇,还是放弃计划,索性做了可笑的项羽?“谁”是资格问题,“如何”是手段问题,“耳光”是后果问题,“项羽”是荣誉问题。对这些问题,男孩子们争论了很长时间,就像为了要不要帮助被希腊联军重重围困的特洛伊人,阿尔卑斯山上的诸神在月桂和丁香树下彼此意见不合那样,争得面红耳赤。最后乌力天扬决定,谁也不实施,他们共同实施,像青年近卫军一样,集体行动,一起“干掉”简雨蝉。

“怎么个集体?”邱义群发现了乌力天扬计划中的破绽,“每人亲一下吗?那得多长时间?要是把她的嘴亲破了怎么办?”

“你妈的比日本鬼子还要傻,集体不等于每个人,是说荣誉。好比打鬼子,不能捉住一个都上去给一枪,那还不打成筛子呀,而且浪费弹药,而且还有胆小的、准头儿差的、不敢打和打不上的。”谁叫乌力天扬那么聪明,他简直太聪明了,让人不服都不行,“谁亲上,行动就结束,大家就撤,不许补枪,而且不管谁亲上,都不许用牙咬。”

放学之后,男孩子们一溜儿飞鸽锰钢转铃全链盒,大叉腿狂蹬一阵,撵上简雨蝉的二六凤凰,刹车,两脚支地,胳膊抱在怀里,把简雨蝉圈在当中。凶猛的乌力天扬不刹车,前车轮直接别进简雨蝉前车轮的钢圈里,把二六凤凰别停下。

简雨蝉没有他们想象中那样惊慌失措,既没有尖叫,也没有扇谁的耳光,甚至没像别的女孩儿那样,慌不迭地从车上下来,而是和男孩子一样,一脚点地,一脚支在车踏上,左边歪一下脑袋,右边歪一下脑袋，看着四周的男孩子。

“站住。”乌力天扬苍白着脸，激动地宣布。

“我已经站住了。”简雨蝉看着因为猛蹬车，招风耳显得兴奋而红晕的乌力天扬，好意提醒他。

“我们要干掉你。”乌力天扬愣了一下，有些懊恼，提了提气，继续宣布。

“怎么干掉？”简雨蝉眨巴着黑得瘆人的大眼睛问。她没有问“怎么干掉我”，而是饶有兴趣，好像这件事与她无关，或者她并不反对被人干掉似的。

“我们决定，”乌力天扬紧张地咽了一口唾沫，“亲你的嘴儿。”

简雨蝉慢慢抬起下颏儿，看了乌力天扬一眼。她看过乌力天扬之后又看简明了，“简明了，你等着，我回去找你算账。”然后她沉下脸推车，拿车撞乌力天扬，“让我过去。”

“没门儿。”

“流氓。”

“流就流。”乌力天扬知道，“流氓”是一句口头语，差不多所有的女孩子都喜欢说“流氓”，就像差不多所有的女孩子都喜欢说“真的呀”一样。她们其实很崇拜流氓，比如像拉兹这样的小偷，这让没有鬈发并且热爱着丽达的乌力天扬恨得咬牙。

简雨蝉说过“流氓”这两个字以后就上了车，用力蹬踏板。但是男孩子们围住了她，没有人让她过去，连大义灭亲的简明了都没有让开。行动就是这样，一旦制定就必须实施，否则就成了一个笑话。

“你们敢强奸我吗？”简雨蝉下车，虚眯着黑得瘆人的眼睛冷笑一声，“有本事，你们强奸我好了。”

所有的男孩子都笑了。但是他们很快就傻了，继而害怕了，因此闭上笑起来十分夸张的嘴。天哪！怎么回事，第三次世界大战爆发了吗？难道希特勒没有死？先是简明了，他装作裤腿被链盒绞住，不想影响整体行动，退到一边，弯下身子噼噼啪啪地拍链盒。然后是罗曲直，脸上露出非常讨厌的神色，装作伸手扑打脖颈上落下的鸟屎，倒蹬着地往后退了几步，仰了脑袋看天上。其他男孩子受到启发，很快找到比干掉简雨蝉更重要的事情，陆续撤出行动的队伍，闪开一条道儿。

“让开。”简雨蝉盯着面前孤零零的乌力天扬。

“不让。”乌力天扬脸色苍白。

“那你来呀。”简雨蝉嘲笑地看乌力天扬。她的嘴唇就像两片鲜艳而骄傲的花瓣，刺眼地炫耀着。那简直就是一朵该死的罂粟花，“你来强奸我呀。”

乌力天扬全身僵硬，眼珠子发直，两腿提着车前杠可笑地挓挲开，身子绷得紧紧的，好像他在等待简雨蝉的再一次指令，然后他就会扑过去，把她干掉。

简雨蝉真的下令了。她松开一只车把，腾出手去推乌力天扬。乌力天扬好像被什么东西蜇中，跳了起来，在简雨蝉的手还没有接触到他之前，提起车龙头飞速闪到一旁。简雨蝉上了车，看也没有看乌力天扬，从他让开的地方蹬车骑走了。

“操，她头都没回！”过了好一会儿，鲁红军像是被远处的知了提醒了，冲地上啐了一口。

“她就是这样！臭丫头！她老是这样！”简明了殷勤地接上话。他的车离乌力天扬最近，汗涔涔的胳膊几乎贴在乌力天扬的胳膊上，好像他一直和乌力天扬站在一起，从来没有离开过乌力天扬。

泪水像凿开的泉眼，往外一跳，从眼眶里涌出，顺着乌力天扬脏兮兮的脸颊流淌下来。他比谁都聪明，可他觉得自己比谁受的打击都要多，自打他生下来，荣誉之光就没有照耀过他。他总是显得那么脆弱，因此他总是收获耻辱。难道，难道这就是聪明的全部好处吗？

混浊的眼泪越流越急，越流越多，很快就把乌力天扬淹没了……

第九章　朝天空扔出石头

1

被失败的屈辱深深刺激着的乌力天扬发誓要弄清楚，是什么让简雨蝉不可一世，完全无视恃强而去的他的存在。他想知道，简雨蝉拥有什么样的秘密武器，以致她能一次又一次轻易地战胜他。

乌力天扬在萨努娅的书柜里找到一本《人体解剖学》。书很厚，烫金的繁体字书名，书名下有一排拉丁文，像一条扭动着的有着灵性的蝮蛇。乌力天扬躲在贮藏室里，花了几天时间，一页一页看完书中的那些图片。他汗涔涔的，感到强烈的头晕，感到胳膊上正在长出了不起的肌肉，它们在怂恿他，让他朝天空扔出石头。他突然觉得自己老了，老到完全可以做一位先知。

乌力天扬派高东风向鲁红军等人送去鸡毛信，让他们晚上到防空洞集中，他将在那里朝天空扔出他的第一块石头。高东风气咻咻地回来，向乌力天扬汇报，鲁红军很高兴乌力天扬把他当朋友，他早就觉得他和乌力天扬是朋友了，他肯定来；简明了不来，他说乌力天扬又不是司令，他不听乌力天扬的。乌力天扬一点儿也不生气，说活该。高东风吸了一下鼻子，可怜巴巴地问乌力天扬，那我是不是也活该？乌力天扬搂住高东风的肩膀，认真地说，你放心，你和鲁红军一样，是我的朋友，我不会让你活该。

司机高二油最近老犯糊涂，不是忘了给车灌油，就是忘了检查车胎，好几次误了出车，有一次乌力图古拉去下面检查工作，刹车失灵，差点儿没连人带车折进山沟里。乌力图古拉让秘书严之然带高二油去医院看病。高二油知道自己没病，是惦记瘫在江西老家的老婆，心里乱。高二油不是现役军人，过去给国民党开车，后来给共产党开车，编制上属于军工，他给乌力图古拉开了八年车，从没误过事，现在误了，不愿意再误下去，趁乌力图古拉在北京开会的时候，向后勤部提出辞工的要求，他要带着儿子高东风回家去伺候老婆。

本来很正常的事儿，首长身边的工作人员来来去去，走的也不是高二油一个，后勤部通知司令员家，高二油要走，另给司令员配了一名司机。萨努娅拗不过高二油一定要走，给高二油的妻子准备了一些药，又悄悄包了两百块钱和两百斤粮票，缝在一件衣裳的口袋里，打算等高二油走后，再写封信去告诉他。一切收拾好，买了去九江的船票，萨努娅给乌力图古拉挂电话，告诉他高二油要走的事。乌力图古拉先在电话那头嘻嘻哈哈，说见到空军的老战友，人家送了一顶降落伞，上好的尼龙布，说是给美丽的萨努娅同志做裙子和披肩。后来乌力图古拉听明白萨努娅的话，问什么票，买票干什么，让把票退掉，人不许走，等他回来再说。

乌力图古拉从北京风尘仆仆地回来，到家灌了一气凉开水，一抹嘴，让高二油坐在沙发上，自己坐在高二油对面，处理高二油。

“高二油呀高二油，你起早贪黑，给我做了八年牛马，说什么走的话。你留下。不灌油，你喝牛奶；不洗车，你坐车。你把过去吃的苦翻个个儿，你享福。”

“首长说笑话。我一个开车的，鸡鸭身子蝙蝠命，哪里会享福？首长您是骂我。”

“我骂你什么？是你骂我。解放这么多年，你还鸡鸭命鸡鸭命的，让人说我乌力图古拉是万恶的刘文彩。”

“我哪里敢说首长是刘文彩？刘文彩怎么能和首长比？”

“这就对了。你不说那种没觉悟的话。你待在我家,我在我管你,我不在了,我的儿女们养你,这个福,还非让你享不可。”

萨努娅对乌力图古拉有意见。乌力图古拉说高二油起早贪黑,做了八年牛马,这话不是事实。高二油起早贪黑不假,那是惦记着家里的老婆,给老婆数中药粒子,自己不睡还不算,还拉着她唠家常,唠得她困得鸡啄米似的直扣脑袋,还得接他的话,安慰他。至于做牛马的话,就更不着调儿了。不说卢美丽,明明一个小保姆,乌力图古拉非不认,非让她做干女儿;工作人员那儿,乌力图古拉有规定,除了公勤员兼厨师万东葵,其余人不许掺和家里的事儿。萨努娅自己是勤快人,孩子的事从不让工作人员插手,连高东风的衣裳都是她给添置的,哪里又多出个牛马来?

萨努娅不高兴乌力图古拉乱说话,也知道他这个人有口无心,不和他计较,在一旁帮着他劝高二油留下。谁知高二油不干,说自己三十多岁出来做工,在外面开了十几年车,把老婆一个人丢在家里,如今老婆瘫在床上,他不能不管。乌力图古拉听了直咂嘴,大脑袋晃得让人眼晕,晃过以后向高二油发指示,要他把老婆接来,乌力家一块儿养。

这就不是享福的问题了,不是觉悟不觉悟的问题了。乌力图古拉已经养了三个战友的孩子,还供着五六个去世战友的父母和老婆,家里已经是牛满圈马满厩的牧场了,添一个高二油倒没什么,只当是自己的兄弟,可再抬一个瘫子来,谁端汤送水?谁擦屎倒尿?公家的人不能指使,总不能让萨努娅去做这些事情吧?

萨努娅不同意把高二油的老婆接到家里来,情愿每月给高二油寄一笔钱,说高东风小,指望不上,可以花钱请亲戚伺候高二油的老婆,算是对高二油一家负责。乌力图古拉批评萨努娅没有觉悟,对老百姓没感情,官僚主义高高在上,过上了好日子就忘了本,剥削阶级的一套。两个人当场吵了起来。

“我对老百姓有什么感情?”萨努娅气上了头,也不顾什么厉害,只管打击乌力图古拉,“我又不出生在老百姓家,我就不知道老百姓是什么,怎么来感情?”

“这正说明你需要改造。你老老实实改造,改造好你就知道了。”乌力图古拉冷笑说,“要不怎么说,世界上三分之二的人民生活在水深火热之中,你在这儿喝牛奶,穿布拉吉,你心疼不起来呢。”

“你是说,别人吃了烂梨子,你老往茅坑里跑,拉起肚子来了?”萨努娅明知乌力图古拉讽刺自己爱漂亮,偏偏不接他的话,反唇相讥,“你怎么有这样的本事?为什么不行行好,做一个为世界人民献身的革命者,把受苦受难的人民的痢疾一个人拉光?”

这句话把乌力图古拉气得够呛。他瞪起豹子眼,冲着萨努娅扬起了巴掌,一看高二油吓得缩在沙发里,恨不得沙发是个防空洞才好,又看见身边的桌子上停着一只绿头苍蝇,正探头探脑地考虑往哪儿飞,他的大巴掌转了个向,啪的一声拍下去。那只苍蝇被拍成了半摊杂色的泥水,一边眼睛还瞪着,看着乌力图古拉,好像在问,然后呢?

然后,乌力天扬怀里揣着那本神秘的图书,轻手轻脚地从楼上下来,拉开大门,溜进院子,消失在夜幕中。

2

乌力天扬像怀了孕的母猪一样,托着肚子,哼哼着穿过黑暗,到防空洞门口不进去,先抬腿踹铁栅栏门,踹一脚,再踹一脚,动静很大,气焰嚣张。

其他人早到了,等着乌力天扬,趁机在矿石灯昏暗的光晕下赌一盘烟标。简明了输给鲁红军两张南洋烟草公司的“双喜”,气不打一处来,往一边推看热闹的高东风,说去去去,小心溅一身血。高东风委屈,听见有人踹铁栅栏门,知道是乌力天扬,谄媚地跑出去迎接。

乌力天扬两只手端着肚子,摇晃着身子进来,看一眼简明了,拉长声音说,你来干什么?又没有打你的米。高东风告状,他说小心溅我一身血。乌力天扬冷笑着补一句,乌贼变的,有血吗?简明了不吭声,气呼呼地收了烟标,没头没脑地往地上啐了一口。

乌力天扬叫这些人在他面前站整齐,开始点名。他顺着人头叫名字,规定好,叫到谁,谁往前迈一步,挺着胸脯立正,大声说“到”。说“来了”不行,说“哎”也不行,非得说“到”。

点到简明了,简明了有些不高兴,说我不是站在你面前吗?我这么高的个子,你不会看不见。乌力天扬极不耐烦地说,我知道是你呀,电线杆子个头儿也不矮,我拿电线杆子当你成不成?

大家都想早一点儿知道乌力天扬要扔什么石头,都埋怨简明了。鲁红军这个时候要表现自己和乌力天扬站在同一条战线上,就说简明了,你烦不烦?你又不是江竹筠,就不能说个“到”呀。简明了被自己的同学这么说,委屈得要命,看了看四周,大家都拿不待见的眼神儿看他,只好极不情愿地挺了胸脯立正,说了声“到”。

乌力天扬看人都让他点射过了,也挺了胸脯向他立过正了,这才让鲁红军站到自己身边,让罗曲直把矿石灯交给鲁红军,像展示宝贝一样,慢慢地、生孩子似的从衣襟下取出厚厚的书。简明了伸手去乌力天扬怀里抓书。乌力天扬毫不客气地一巴掌打开简明了的爪子,然后舔了舔手指,小心翼翼地在灯下翻开书,指着其中一幅剖开的猪下身似的彩色插图让孩子们看。看看吧,看看我们遇到了什么对手。他口气凝重地宣布。

孩子们的脑袋凑得像一丛团结一致的毒蘑菇。有人屏住呼吸。有人喘着粗气。有人晚上吃了茴香菜馅的饺子。有人晚上吃的是醋熘白菜，葱花炝的锅。

罗曲直看清了插图，蛇咬住手似的叫了一声，恐惧地往后退去，然后蹲下身子大口大口地呕吐起来。孩子们相互看一眼，轰地笑了，气氛一下子热烈起来。一只见了亮光的木蠹蛾从外面飞进来，绕着矿石灯飞，飞出很多奇妙的姿势。

“笑什么，我见过。不是图片上的，是真事儿。”罗曲直吐完，揩一下嘴。

“吹吧。吹。”简明了发现自己的处境有些不妙，不要说正规军，连土八路的干活都危险，于是抢白罗曲直，同时朝乌力天扬讨好地看了一眼。

“我没吹，是真的。那次我爸生病，护士到我家给我爸打针，打完针，我爸从床上起来，裤子没提，把护士按住了。”罗曲直神经质地笑了笑，马上收住。

“你爸怎么了？按住干什么？”简明了抽了一口冷气。

“明知故问是不是？”鲁红军嘘了一声，说完简明了再说罗曲直，“你爸演电影哪。”

“没演电影。我爸把护士按在床上。”罗曲直急了。

“没演电影你爸让你看？”简明了也嘘，“吹牛不打草稿。”

“我爸有红锡包，我想偷一包，拿来扳本儿。我爸去厕所撒尿，我溜进去，谁知护士来了。她说首长好。她说首长我给您打针来了。她说首长不疼吧。她说首长您别这样。她后来哭了，我爸就哄她，说你看这不是挺好的嘛。我躲在床下，护士在床上，我爸骑在护士身上。不信你们去问，内科的蔡小枚，就是嘴角上有痣的那个。我一想到这件事就想吐，吐完以后就兴奋。”罗曲直抢着说，生怕被人拦下来，说完卸下包袱似的喘了一口气，轻松了。

孩子们不说话了。防空洞里一片寂静。这他妈才是原子弹呢！这他妈才是哥萨克夏伯阳[1]呢！他们突然有一种沮丧感，好像整个世界都在英勇作战，他们却被这个世界抛弃了。

沉默了一会儿，孩子们缓过来，简明了带头，大家笑成一片。有人磨牙齿，咯咯的。有人神经质地打嗝。简明了朝乌力天扬手里的书看了一眼，离开乌力天扬，朝罗曲直走过去，很友好地把一只胳膊搭在罗曲直的肩膀上。

乌力天扬不笑，气愤得要命，恨不得扇罗曲直一记响亮的耳光。乌力天扬最讨厌自以为是的人。他从一本秘密的有灵性的书上得到的先知的快乐被剥夺了，这让他忍无可忍，他非教训教训剥夺者不可。你妈的撒谎。乌力天扬冷冷地合上图书，一字一句地对罗曲直说，既然你知道得比我还多，那你还留在这里干什么？你走吧。

罗曲直慌了手脚，不兴奋了，乞求乌力天扬让他留下。乌力天扬不光知道他们遇到了什么对手，还知道很多别人不知道的事情。他有很多别人想不出来的鬼点子，总是能在众人感到山穷水尽的时候拿出主意，这样的乌力天扬差不多就是组织，罗曲直必须向组织靠拢。

“天扬，让他留下吧。”简明了把手从罗曲直的肩膀上收回来，离开罗曲直，走到乌力天扬身边，劝和道，“一会儿罚他，让他把他爸的事儿再说一遍，说详细一点儿。”

“还不如罚他去偷红锡包呢，一人偷一包。”鲁红军向乌力天扬建议。

“鲁红军你总是这样，利欲熏心！你这种人是没遇上抗战，遇上抗战非当伪军不可！”简明了有点儿急，还记着同学叛变的事，攻击鲁红军。

“我怎么利欲了？我看你才利欲，就想听流氓故事。”鲁红军反

---

① 即恰巴耶夫（1887—1919），苏联国内战争时期红军将领。

唇相讥。

“哈！”简明了像是受到了天大的委屈，向乌力天扬摊开手，以示清白，“我想听流氓故事吗？天扬你说，我想还是不想？”

“你再吐怎么办？”乌力天扬厌恶地瞥罗曲直，“你把我们都熏晕了。”

“肯定不吐，”罗曲直发誓，“再吐我吐在手绢里，藏起来。”

“早就知道你是撒谎大王。”乌力天扬鼻子里哼了一下，警告罗曲直，“以后你要再敢编故事，将被彻底地从革命队伍里清除出去。”

乌力天扬觉得他这样做是对的。他在向天空扔出他的石头。他可以成为一个很棒的扔石头的人。他觉得他应该做得更多，比如说，把这册精美的书拿给简雨槐看，让她看看，他发现的石头是多么的神奇啊。他认定简雨槐一定会喜欢这块石头。他认定没有什么比这个更重要的事情了。

但是，乌力天扬的计划没有成功。当天夜里，乌力天扬揣着书回家的时候，乌力图古拉在门口堵住了他。一眼能看清天空中飞过的鸟儿肚子里有没有蛋的乌力图古拉让乌力天扬把怀里掏空，狠狠地揍了他一顿，然后叫来警卫员何子良，让把书拿到院子里烧掉。萨努娅责问乌力图古拉为什么要烧她的书。乌力图古拉回到家里，连萨努娅其他的书一块儿翻出来，一本本检查，稍有嫌疑的，一律丢进火堆里。两个人为此大吵了一架。

乌力天扬眼泪汪汪地躺在床上，听着窗外鸽子的梦呓，彻夜未眠。他不是为自己挨揍而流泪，他是为简雨槐再也不能看到那些精美的插图而深深地伤心。

那天晚上，乌力天扬在心里暗暗发誓，等他长大了，有了自己的儿子，他一定不会命令儿子把藏在怀里的图书拿出来。他会为儿子买很多有着精美插图的书。他会帮助儿子偷偷地把书从家里偷出去,并且和儿子一起,躲在某个防空洞里,什么话也不说,倚着干燥的洞壁坐下来,安静地看他们的石头。

3

因为向天空扔石头而遭到毁灭性打击,不甘打击的乌力天扬有了一个新的决定,他要把停泊在废料场上的那架日本海军96式陆基攻击机炸掉,以证明除了挨父亲的打,他并不是什么事情都做不到。

飞机是日本侵华军队投降时留在湖北山坡机场的,被拖来做实体弹道测验,然后丢弃在江边的废料场上。飞机上的主要装置已经被拆掉,只留下一具巨大的空壳,像一座主人离去后的魔王空巢。孩子们拿这架巨大的飞机当游戏场,他们喜欢在二十五米长的机翼上摇摇晃晃地跑动,或者钻进十七米长的机舱里玩,而从四米高的飞机上往下跳,历来是孩子们打赌中最刺激的项目之一。

乌力天扬对这架有着蜻蜓复眼式驾驶舱的飞机的全部了解,来自四哥乌力天赫。海军96式陆基攻击机,三菱飞机公司重1934年研制,总设计师本庄季郎,日本国第一种双引擎、起落架可收放飞机,1936年在日本海军航空本部部长山本五十六的监制下批量生产,机身采用考究的全金属单壳式结构,动力装置为十四缸气冷发动机、木质四叶螺纹桨,军械装置为一挺安装在背部炮塔上的20MM机炮、一挺侧舷窗7.7MM机枪和一挺背部可收回7.7MM机枪、一枚800KG鱼雷或炸弹,最大起飞重量为8000KG,最大航速为414KM/H,升限为10280M,航程为6250KM,盟军编号为NELL内尔。

乌力天赫酷爱兵器,对各种武器的制式、配制和性能了如指掌,常常让那些技术员大吃一惊。总工程师胡兆周有一次对乌力图古拉说，他得尽快活到六十岁，把位置让出来，免得乌力家的老四等得不耐烦，把他踢出总工程师的办公室。乌力图古拉听了得意地哈哈大笑。

乌力天扬非常讨厌日本人。他对日本人的小胡子、点火烧房屋时狰狞的大笑、说“嗨伊”时愣头愣脑的样子，还有击沉邓世昌和他的致远号这些事充满了仇恨，对整个侵华战争期间，96式陆攻机作为侵华日军的主力轰炸机，对南京、武汉、南昌、重庆、成都、昆明等地进行长期轰炸这件事充满了仇恨。乌力天扬一直在找机会向日本人宣战。他决定把基地的那架96式陆攻机炸掉。

乌力家的火柴用得很快。厨师万东葵总是不明白，两天前才买的一大包火柴，一眨眼工夫就没了，数火柴盒子，一个不少，可就是空着。有一段时间，他老为这件事烦恼，不断向何子良抱怨。何子良问他是不是犯癫痫，划一根火柴灭了，再划一根火柴又灭了，要那样，就不是火柴的问题，而是万东葵要赶紧去医院治病的问题。

损失最大的不是万东葵，是乌力天扬自己。为了凑齐足够的火药，乌力天扬不得不忍痛用子弹壳和烟标去换火柴。那些烟标不是脏兮兮的“光荣”“恒大”“美丽”“大重九”“大公鸡”“大生产”，或者阿尔巴尼亚的“山鹰”和朝鲜的“祖国”，而是“老刀”“哈德门”“红炮台”“一品香”“紫罗兰”这样的老牌子。

鲁红军那段时间老往基地跑，他打算搜集充足的弹药，代表“革干子弟”对“革军子弟”发动一次总攻击。鲁红军验明烟标的身份和品相，仔细收好，从书包里取出火柴，一盒一盒清点给乌力天扬。消灭法西斯，自由属于人民。鲁红军拍了拍乌力天扬的肩膀，深沉地嘱托着。

乌力天扬完全疯了，他甚至用一套《七侠五义》向简明了换了三百盒火柴。他们讨价还价。乌力天扬眼眶里噙满泪水。简明了就像黄世仁,也斜着乌力天扬手中的烟标,卑鄙地掏出六元钱在乌力天扬眼前晃来晃去,朗朗地背诵课文:六盘山上高峰,红旗漫卷西风,今日长缨在手,何时缚住苍龙。

乌力天扬就此永远地失去了他的《七侠五义》。

乌力天扬花了一个春天和一个夏天的时间搜集火柴,整整搜集了一千七百零三盒。他躲在防空洞里,刮下火柴头子,用擀面杖擀,筛子筛,碾成药面,在药面中掺上硫磺、硝粉,做成炸药。为了确保万无一失,他用制成的炸药做了一枚小拉雷,带着高东风到江边,让高东风在一旁望风,自己拉响它。拉雷轰的一声爆炸开,将覆盖在雷上的砖头炸得四分五裂。高东风被拉雷的爆炸威力吓白了脸,半天没说出话。

"敬爱的首长、同志们,"乌力天扬眼里噙着热泪,心里大义凛然地默默念道,"为了胜利,向我开炮!"

4

乌力天扬实施他伟大抱负的那一天,孩子们都去了。乌力天扬那天打扮得很威风,腰里盘着长长的导火线,袖口和裤腿用鞋带扎紧,不知道从哪儿弄来一只钢盔,钢盔缺了一块檐,有些锈迹斑斑,戴在头上,显得很悲壮。乌力天扬要求所有的孩子都退到两百米开外的江堤后面,趴在草丛中。炸药的威力很大,足以把一个鬼子中队炸到天上去,我不想伤着乡亲们。乌力天扬用突击队员的口吻深沉地说。

孩子们看着乌力天扬背着一只鼓鼓囊囊的军用挎包下了江堤,摇摇晃晃地走向那架陆基攻击机。他个子本来就不高,那样摇摇晃晃地朝远处走去,越走越远,远得只剩下一个模糊的人影。空气黏得像泼翻的番茄汁。江上有几只船,老也不动,好像是被人画在那儿的。

孩子们看见乌力天扬走到陆基攻击机下，仰了头往上看。他把军用挎包从胸前移到身后，用皮带扎紧，开始顺着拆掉发动机的动力架往机翼上爬。他没有选择更容易的驾驶舱和投弹舱口，这让人不可思议。他爬上机翼，沿着长长的机翼往机身方向走。他险些失了脚，从飞机上摔下来。孩子们惊叫一声。他们看见他扶住机翼，让自己保持住平衡，慢慢站起来，继续朝机身走去。

“如果他摔下来，炸弹就会爆炸，他连头发丝都留不下一根。”高东风硬着嗓子说。乌力图古拉已经通过关系把高二油安排到武汉锅炉厂工作，还帮助他接来了他老婆，高东风则依然留在基地上学。高东风没有活该，他因此更加感激乌力天扬。

“要不，叫他回来吧。”罗曲直怨怨艾艾地说。

“你以为他会吗？”窝囊废高东风突然发火，“他说过，不成功，便成仁。”

“那是蒋该死的话。”简明了抓住了高东风。

“闭嘴！”鲁红军冲简明了喊。他不愿意看到地方子弟被人欺负，再说，简明了也不是正经革军子弟，他凭什么冒充打猎人！

高东风突然抽泣起来。连一脸不在乎的简雨蝉眼里都涌出了泪水。他们不争吵了，继续看乌力天扬。

乌力天扬已经走到机头上。他蹲下来，抓住没有玻璃的驾驶舱的天窗舷，先把两只脚伸下去，到腰部时停了一下，身子尽量往前贴，让身后的挎包通过，慢慢地，身子也下去了，松开手，人进了驾驶舱。

孩子们给乌力天扬鼓掌，庆祝他完好无损地进入阵地。鲁红军阻止住大家，提醒大家，那样做会惊动炸弹。大家马上不鼓掌了，学着鲁红军的样子，把两只手远远地分开，放在身子两侧，以免不小心碰到一起。

孩子们看见乌力天扬在机舱里撸起衣袖，擦了一把汗，解开皮带，把背在身上的军用挎包取下来。有一段时间他们看不见他，他蹲下身去取炸弹，安装导火索。等他再站起来，他们看到了他怀里用胶带扎紧的家伙，他小心翼翼地捧着它，像捧着一个婴儿。

现在是最关键的时候。孩子们全都屏住呼吸。可乌力天扬却好像有点儿犹豫，不知道该把他的婴儿放在哪儿。然后，他决定了。孩子们看见乌力天扬把炸弹在座舱中间固定好，从裤兜里掏出火柴盒，取出一根火柴，把它划着。导火线跳动了一下，冒出一股青烟。乌力天扬像是吓了一跳，而且吓傻了，呆呆地看着跳动的导火线，仿佛他不知道导火索是会燃烧的。

“天扬，快跑！”先是简雨蝉，然后是其他的孩子，他们一起喊。

乌力天扬像是被谁狠狠地踢了一脚，丢下还在冒烟的火柴，蹬上导航员的座位，吊住天窗舷，蹬着两条细麻秆腿翻上机顶。

“从舷窗跳啊！”鲁红军着急地喊。

“他从来不敢从那里跳。”简明了揭发。

“你也没跳过！”高东风噙着泪水冲简明了喊。

乌力天扬根本没听见孩子们在吵什么。他慌里慌张地沿着机顶往机尾跑，样子非常奇怪，腿被紧扎的裤腿牵扯着，歪歪扭扭的，显得十分吃力，好几次趔趄着，要从飞机上跌下来。可那真的没有什么，他身上已经没有了炸弹，他不会被炸得头发丝都留不下一根——如果他能成功地离开飞机的话。但是孩子们不明白，他是怎么啦？为什么他没有在机翼那儿转弯，沿着他上去的路，再从动力架回到地上？

“翅膀在你的左边！”鲁红军喊。

“还有右边！”高东风喊。

乌力天扬不听他们的，继续朝机尾方向跑，好像他是一只在越冬地出生，从来没有回到过欧亚大陆家乡的灰鹤。他在机尾站住，因为那里没有了路。他像是才明白过来，转头朝水平尾翼跑去。他被高高的垂直尾翼拦住。他试图翻过垂直尾翼，翻了两次都没有成功。他们看见他四下张望，有一种陷入敌人重围的绝望。孩子们的目光离开乌力天扬，投向驾驶舱。那里，导火索燃起的烟雾越来越浓，已经冒出天窗。他们也绝望了。

“他会被炸死的！”高东风眼泪汪汪地说。

“他跑不掉了！”鲁红军痛苦地闭上了眼睛。

“我敢保证，我们再也找不到他的一根头发！”简明了肯定地宣布。

简雨蝉突然从草地上跳起来，踢掉脚上的凉鞋，不顾一切地跃上江堤。简明了去拉简雨蝉。简雨蝉甩开简明了，从江堤上滑下江滩，拼命朝陆基攻击机奔过去。雨蝉，你疯了！简明了脸都吓灰了，想去追简雨蝉，追出两步又站住，重新爬回草丛里。她会害死我的！他懊恼地埋怨说。

“笨蛋，还翻什么，直接跳呀！”简雨蝉小辫儿挓挲着，边向陆攻机跑着，边朝乌力天扬大喊。

乌力天扬真的停下来，不再徒劳地翻越垂直机尾，眼睛一闭，从机尾上跳下来。他跌了一跤，啃了一嘴沙土。简雨蝉奔过去，像迎接子弟兵的乡亲们一样，张开怀抱紧紧地抱住乌力天扬。然后，她把他从地上拉起来，两个人没命地往回跑。

加油！孩子们喊。

简雨蝉和乌力天扬就像两只逃命的鸟儿，顾不上飞翔的姿势。只是简雨蝉不肯松开乌力天扬的手，好像那样一来，他又会转头向雷雨云飞去似的。

他们终于跑回江堤，两腿一软，跪在草地上，然后趴下，脸蛋儿贴在地上大喘气。大家都被乌力天扬从未有过的笨拙和简雨蝉的胆大包天给弄得不知所措。然后，他们扭过头去看那架陆基攻击机。

驾驶舱里冒起一团巨大的火光，轰的一声，一股高高的黑烟一冲而起。浓烟迅速地向四下弥漫，很快罩住整架飞机。飞机失踪了。

孩子们从草丛中爬起来，欢呼雀跃。我们胜利了！高东风热泪盈眶。中国人民是不可战胜的！鲁红军喊。打倒日本帝国主义！简明了喊。中国，共产党，万岁！汪百团结结巴巴地喊。可是，只一会儿工夫，大家就不欢呼雀跃了。怎么飞机没有炸碎？鲁红军疑惑地问。好像没有打响。简明了犯了糊涂。

一阵江风吹过，黑烟散去，那架96式陆基攻击机完好如初地耸立在那里，毫发未损，只是驾驶舱被熏得黑黢黢的，分辨不出原来的样子。倒是发黏的空气突然间稀薄开，江中那几只船像是松了绑，很快地驶向远方。

“呵呵，还一身奶味儿呢！”简明了看清楚了战场，很高兴，学电影里的李向阳，然后再改成老勤爷，“平安无事喽——当——当当——”

乌力天扬傻愣在那儿，不肯相信地死死盯着那架该死的飞机。他的心口剧烈地疼了一下。他想，我的一千七百零三盒火柴呀！我的……《七侠五义》呀！他这么想过，耸了耸肩，走到简雨蝉面前，用尽可能悲壮的口气对她说，谢谢你把我从战场上救回来。

“臭狗屎，就你这能耐，还不如炸死呢！”简雨蝉蛾眉倒竖，抬手一耳光，还把乌力天扬推了个重重的屁股蹲儿。

5

在乌力天扬挨了简雨蝉一耳光的同时，乌力天赫也挨了乌力图古拉一耳光。

乌力天赫和简家老大简小川打架。简小川给了乌力天赫一肘，乌力天赫掰折了简小川的手指。

“老乌，孩子不是牲口，光敞开了放养不行，该收缰时得收缰。”简先民心疼孩子，但他尽量压住心里的火，对乌力图古拉说，“不管小川怎么了天赫，天赫也不能下这样的狠手吧，孩子还得学习，还得建设社会主义，手掰折了，你让他怎么学习，拿什么建设？”

乌力图古拉认为简先民说得在理。爱新觉罗・溥仪还要自食其力呢，日本战犯还要劳动改造呢，把一个革命后代的手掰折，让他怎么学习？怎么建设？乌力图古拉回家就提审乌力天赫。

“你把小川的手指头掰折了？”

“是。”

“他怎么你了？”

“没怎么。”

“我再问一遍，他怎么你了？”

“没怎么。”

啪！乌力图古拉给了乌力天赫一耳光，把乌力天赫打得从茶几上翻过去，跌倒在墙角。茶几上的几只茶杯，稀里哗啦全摔碎在地上。

五十岁的乌力图古拉力气不减当年。过去一脚踢死一头犍牛，现在得费点儿劲，再添一脚。乌力天赫不是犍牛，所以乌力图古拉不用脚，用巴掌，裹风挟火一巴掌下去，五脏六腑都快给拍出来，拍得乌力天赫要晕上好一会儿，再睁眼，看东南西北方向。

“他没怎么你，你掰折他的手指头？你这是地主老财的做法儿。去，给人家赔礼道歉。道完歉让你妈带着去医院，人你背着。要是人家不原谅，你就把自己的手指头掰折，赔。”

乌力图古拉有一个原则，家里的孩子，别人生的不捅一个手指头，若犯了错误，脸上挂着严肃，嘴上轻言细语；自家的孩子，思想教育和体罚相结合，叫革命的两手。葛军机和安禾、童稚非在场时，乌力图古拉多少有些顾忌，要打孩子，先把葛军机和安禾、童稚非弄上楼，然后再大打出手。

萨努娅不护犊子，孩子犯了错也批评，错要犯大了，批评就往狠里去，也动手，揪住孩子的衣领，一转一个圈儿，一转一个圈儿，严厉得很。但不像乌力图古拉，动巴掌往死里扇，打得太狠。这哪儿是打孩子？整个儿就是揍阶级敌人！

“孩子属鸟儿，有你这样揍的吗？”

“多大的鸟儿？他那是恶鹰。我不揍，他扑完兔子再扑鸡，扑完鸡该往锅里扑了。”

“你不会给孩子讲道理？”

“我当然讲，巴掌就是道理！”

乌力天赫到卫生间洗鼻血，洗了两盆水。卢美丽战战兢兢地来送棉花球，让乌力天赫堵鼻子，看乌力天赫肿得老高的半边脸，差点儿没哭出声来。

“你爸他是爱你。他爱你才打你。”萨努娅给儿子抹万花油，抹完才发现，自己的解释和万花油一样，不着调。

乌力天赫看了母亲一眼，他阴沉的眸子里有一种渐次浓密的疑问。他说什么也不跟萨努娅去医院，“除非我死。”他阴沉着脸，咬着牙说，“下次他再惹我，连腿一块儿给他打折。”

萨努娅知道，老四不是随便说。老四是几个孩子当中最特别的，就他不服乌力图古拉的管制。他像一只急于摆脱老鹰的幼鹰，越来越阴郁，越来越不爱说话，他要说了就会做。

萨努娅没有强迫老四随她去医院，自己去了，陪方红藤给孩子看伤。到了医院她才知道，简小川违反了孩子们制定的《日内瓦公约》，用弹弓袭击了不该袭击的对象，老四是因为这个掰折了简小川的手指。

6

弹弓不是基地本土发明的武器，属于舶来品，引进之日起孩子们就有约定，为防止第三次世界大战，不得互相射击。该武器的射击对象为：麻雀、知了、蜻蜓、长得难看的狗、所有猫、玻璃窗、路灯、警卫连带夜哨的干部、营房管理员、傲慢的女兵、文工团的男兵。

简小川拿一把弹弓在人群外转悠，挑选目标。他挑剔得很，好像很不满意那些目标似的，挑呀挑呀，嘴里还念念有词：各小组注意，各小组注意，你们要各自为战，你们要各自为战，打一枪换一个地方，打一枪换一个地方，不许放空枪，开火！

简小川开了火。乌力天扬脑门儿上啪地一响。乌力天扬哎呀一声跳了起来。

“操你妈！”乌力天扬捂着额头冲简小川喊。

“你妈。”简小川笑嘻嘻的。

乌力天扬急赤白脸，攥了拳头往前冲。可惜他不是简小川的对手，连简小川的人都没够着，被简小川一个绊子给撂了个狗吃屎。

乌力天赫先一脸冷漠地坐在一旁，看脚下两队蚂蚁“各自为战”，看见乌力天扬被打倒，站起身来，朝简小川走去。简小川早想和乌力天赫单挑，站好步子，拳头端到鼻尖处，瞄准乌力天赫，像只吃饱了要运动一下的袋鼠，跳来跳去。乌力天赫突然抽出一把雪亮的侦察匕首，一句话没有，咬牙切齿往简小川肚子上捅。简小川像被马蜂蜇了一下，眼疾腿快地跳开，脸都变了形，拳头换成巴掌拦住乌力天赫。

“嘿，嘿嘿，来真的呀！”

“各庄有各庄的高着儿。”大家哄地一笑。

当天晚上,乌力天赫带着乌力天扬改造兵器。课本纸叠的弹弓射弹全部销毁,改用牛皮纸叠射弹,以解决射弹的质量问题。牛皮纸质硬,叠起来很困难,乌力天扬没叠几粒手上就打起了泡。原子弹难不难?可它能让小日本投降。乌力天赫一点儿也不怜悯地说。乌力天赫自己改造弹弓的有效射程和射击精度问题。这需要制造者有弹道、偏流、修正量、标准气象条件等相关知识。乌力天赫主要解决的是提高弹弓的射距难题。他找来一只破损的小车内胎,从内胎上剪下细细一条胎皮,把弹弓上原来使用的橡皮筋卸下来,绑上胎皮,制成一把新弹弓。

新式武器和射弹制作好,进入兵器试验阶段。乌力天赫在院子的花坛上摆好一只旧茶缸,让乌力天扬把射距定在十米。乌力天扬拉满弹弓,瞄准目标,叫声"着"。射弹击中茶缸,当的一响,茶缸绽落钱币大一块瓷,生铁缸体凹下去一块,滚落到台阶下。

乌力天赫领着乌力天扬和高东风,在修缮队门外拦住了简小川和简明了。简小川眼尖,一见乌力兄弟俩,情知不妙,脑袋往下一低,撒腿就跑。乌力天赫咬住简小川不放,追出几百米。简小川且战且退,身上留下几处伤痕,借着夜幕的掩护逃遁而去。简明了就惨了,被乌力天扬和高东风堵进修缮队,橡皮筋和课本纸射弹根本无法与乌力氏新式武器对抗,脑袋上留下几个青疙瘩,哭啼啼地抱头蹲在地上,缴械投降。

战争在基地打响,基地的孩子们以乌力和简家的孩子为核心组成了两个成员国。两个成员国成群结伙,执弓相向。硝烟乍起处,免不了有遭遇战、伏击战、局部战、全面战,自然也会有战区战略、军种战略、进攻战略、防御战略,战役不断展开——佯攻、封锁、偷袭、迂回、相持、包围、反攻、决战。随着战争的推进,武器的扩散程度令人咋舌,凡三岁以上男孩人手一把弹弓,战争参加不了,跟在大孩子身后扑扑跌跌地跑,昭示着全民皆兵的如火如荼。大一些的孩子，一人拥有好几把制式不同的弹弓，用在远距离射击、近距离进攻、白刃格斗等不同的战斗场合。乌力天扬和简明了这样的主力突击队员，武器损耗量大，每只口袋里都装着一把弹弓，以备不虞，子弹花花绿绿，掏出来足有半斤，几乎是全身披挂。这还不算，女孩子也开始对战争表现出强烈的兴趣，连简雨蝉都弄了一把弹弓，要和乌力天扬比赛射树上的苦楝子果，让人对战争的浸淫程度担忧。

战争要求武器日新月异，在这方面，乌力天赫是最有天赋的枪械和弹药专家。他成功地研制出近似于连弩的连发式弹弓——弹弓上装有瞄准具，提高了精确度；射弹先上好，提高了射速；可以单发，亦可连击，火力十分威猛，属于早期的半自动大功率冷兵器。至于射弹，在所有的孩子都从牛皮纸材料上得到启发的时候，乌力天赫已经带着乌力天扬改造了射弹材料，用《解放军画报》和《人民画报》制造射弹。画报比牛皮纸重，光滑度好，制造出来的射弹准确度更高。等所有的孩子发现了制造画报射弹的秘密后，穷兵黩武的乌力天赫走得更远，他就像传奇的卡拉什尼科夫①一样，很快设计出了冬青树枝射弹。这种射弹发射的时候能发出令人心惊胆战的尖啸声，首先具有了威慑性，射在人身上，隔着衣裳也能留下一条血痕，是真正具有强大杀伤性的射弹。冬青树枝子弹的另一个好处，是它拥有广阔的替代品材料市场，可以用夹竹桃枝、樟树枝、柳树枝、橘树枝代替，它的诞生，把弹药库推广到取之不尽用之不竭的整个自然界——如果制造者想那么做，他甚至可以爬到月亮上去，把那棵著名的桂花树砍伐下来做成他需要的弹药。

简氏集团军屡败屡战，勇气可嘉，但处境并没有丝毫好转。乌力氏集团军的战争态势大气磅礴，战略步骤周密精致，战役行动出

① 即米哈伊尔·卡拉什尼科夫，苏联著名枪械设计师，设计了 AK-47 突击步枪，享有世界枪王美誉。

神入化，令人防不胜防。

在新的一轮战役中，乌力氏集团军开始使用更新式的装备——他们改进了弹弓的推进器部分，用止血胶管代替汽车内胎，这样制造出来的弹弓，柔韧度达到了完美无瑕的程度；他们还用整块的胶皮贴在脸上、裸露的手臂上，这样就等于穿戴上一副刀枪不入的铠甲；他们仗着优势装备，有恃无恐，一个个不要命地往前冲，攻势之猛烈，根本无法阻拦。

简小川精心组织了一次伏击战，生俘了满脸贴着伤湿止痛膏的高东风，缴获了一把乌力氏弹弓。简小川根本不在意眼里流露出异常恐惧直往地上跪的高东风，从简明了手里接过那把精致的弹弓，在月光下看了又看。

“世界上最了不起的冷兵器！”简小川仰天叹息，“既生亮，何生瑜！”

在战争明显呈现出对简氏集团军不利的局势下，简小川走出了孤注一掷的一步——向乌力氏集团军的非战争人群发动攻击，迫使乌力天赫放弃总攻，与简氏集团军城下结盟。

“我们停战。”简小川鬼鬼祟祟地走进乌力家的院子，掀起雨衣帽，开门见山地对乌力天赫说。

“除非你投降。”乌力天赫攀在鸽舍的梯子上，看也不看简小川。

“再想一想。”简小川仰了头往上看，诚恳地建议。

“不。”乌力天赫向鸽舍里撒了一把绿豆。

简小川慢慢从裤兜里掏出他的手，他的手上握着那把从高东风手中缴获的乌力氏带瞄准具弹弓。乌力天赫笑了一下，但是他很快不笑了。简小川的另一只手用同样慢的速度从口袋里掏出来，他的手里捏着一把射弹——不是乌力氏弹药，而是铁丝制作的射弹。他慢腾腾地把铁丝射弹装在弹弓上，一共装了三发。他检查了一下自己的装备，满意地吹了声口哨，把弹弓举起来，对准目标。

停在鸽舍上的一只红雨点惨叫一声，像一颗熟透的红枣从屋顶滑落下来。射弹准确无误地击中了它的脑袋，它躺在地上，美丽的头颅已经分辨不出原来的模样了。屋顶上的鸽子们惊慌地扑棱着翅膀，飞上天空。阳光像雨水一样罩住了它们。

“我操！”乌力天赫咆哮。

“我们停战。”简小川捯动着两条腿，像得了手的苍蝇，摆弄着手中那把可怕的武器。

“去死吧！”乌力天赫咬牙切齿。

第二只雨点儿从天空中摔下来，滚落到乌力天赫的脚下。乌力天赫从梯子上扑下去，将简小川扑倒。两人揪作一团。一只猫惊慌地从他们身边蹿过。尘土飞了起来。落叶重新回到天空。花坛边上的白芨草和绶草覆倒。鸽子们回到屋顶，远远地探了脑袋往下看。它们看见自己的主人下颏儿上挨了一肘，血喷射出来。然后，主人身下那个穿着雨衣的偷袭者惨叫一声，像是在课堂上积极要求发言的学生似的，高高地、颤抖地、可笑地举起了一只变了形的手。

7

老四折断了简家老大的手指，老五去炸飞机，两件事都不仅限于上房揭瓦，属于造反性质。乌力图古拉当然不会由着他们胡来，不管萨努娅怎么反对，他都搬出了家法来严厉管教。

乌力天赫和乌力天扬吃了一个礼拜的忆苦思甜饭。饭分干稀两种，干的是米糠野芹菜的菜团，稀的是豆楂汤；干的硌牙，稀的涩口，别说好吃不好吃，能对付下去就不简单。就这样，乌力图古拉还不满意,尝了一口豆楂汤,生气地批评万东葵,为什么在汤里放盐?弄得跟鸡汤似的!让万东葵把汤端下去重做,不许放盐。

乌力天赫没有被那份牲口料吓住,上桌以后谁也不看,米糠菜团一掰四块,一口一块,三下五除二,把属于他的那份干粮填进了肚子里,再喝光碗里的豆楂汤,还倒了一口开水在碗里,把碗底剩下的汤楂涮了涮,仰脖喝得干干净净,然后一脸不在乎地起身离开饭桌。

乌力天扬就困难了。他嗓子眼儿小,眼馋桌上新旧两重天的饭菜——他的是猪食,别人的是金钩芸豆、红烧狮子头、香煎黄花鱼。最可气的是那盘油汪汪的烧白肉,肉皮红亮,芽菜清绿,上笼蒸得烂烂的,让人直流口水。坐在乌力天扬身边的童稚非不懂事,明知道乌力天扬不忍心看,偏把烧白肉端到自己面前,一筷子一筷子地向盘子里伸,吃出香甜的呜呜声,让乌力天扬一头撞死的心都有。乌力天扬没有乌力天赫那么硬气,但他鬼机灵。他很认真地吃他那份米糠菜团,突然耸动鼻子,打一个喷嚏,糠菜喷得到处都是,然后一脸惊慌地看着萨努娅。蠓子飞进鼻子里了,他无辜地解释。他还在乌力图古拉对秘书严之然说话的时候,飞快地把剩下的糠菜团子塞进衣袖里,等乌力图古拉说完话,他已经喝光了碗里的豆楂汤,满意地打着饱嗝儿,离开饭桌。总之,这方面他很有办法。

"教育归教育,也得有个教育方法。你总不能把下一代教育出个牲口肠胃来吧?"吃过饭后,萨努娅给乌力图古拉换领章帽徽。三届人大九次会议通过了《关于取消中国人民解放军军衔制度的决定》,戴了十年的肩牌领花和帽徽得换下来,改戴红五星帽徽和红领章。萨努娅不能说红帽徽红领章有什么不好,对乌力图古拉教育子女的做法却心存块垒。

"修正主义苗子,亡党亡国都在他们身上,那才是牲口。我扒他两层皮下来，看他拿什么当牲口。”乌力图古拉的道理不容推翻。

乌力天扬晚上做噩梦，梦中又踢又咬，鬼捉似的。乌力天赫拍醒乌力天扬，问出了什么事。乌力天扬一身冷汗，说老头子要扒我们两层皮，我就找，找呀找呀，只找着一层皮，没有第二层。乌力天赫皱着眉头，说你白聪明了，他说两层，是说我俩，一人一层，加起来正好两层，现成的，怕他什么。

哥儿俩老挨打，挨出了经验。乌力天赫的经验是迂回战略，乌力图古拉的大巴掌过来，先缩脖子后转脸，拿后脑勺儿去接巴掌，眼睛闭着，以免巴掌打歪了把眼珠子刮出来。后脑勺儿也有讲究，分哪一部分后脑勺儿，最好是枕骨，其次是顶骨，顶不济了再用额骨，但千万得保护住颞骨和外耳门子，要不就给打成傻子或者聋子了。

乌力天扬也有经验。他的经验是虚张声势，乌力图古拉探照灯似的眼睛一罩住他，示意领刑，他就号。那号不是干号，要号得气都上不来，号得惨不忍睹，号出惊天动地的效果，同时配以协同动作，巴掌过来，人往地上赖，东倒西歪地让他打不准，有多少弹药都给他消耗了。

“你号什么？”乌力天赫最见不得乌力天扬这样，领过刑后瞧不起地说乌力天扬，“亏得没打仗，打仗准当叛徒。”

“不是没打仗吗？真打仗我和他同归于尽，宁死也不做俘虏，还叛什么徒？”乌力天扬不服气，向乌力天赫推销自己的办法，“号有好处，号能止疼，号得越响越止疼，不信你试试。”

兄弟俩领完刑去找毛主席，在毛主席像前跪下反省。

毛主席的像是刺绣，有个怪怪的名字，叫《湖南农民运动考察报告》，是说毛主席年轻的时候，去湖南农村发动农民造反的事儿。那个时候的毛主席很年轻，梳着分头，穿一件知识分子常穿的士林蓝土布短褂，脚上蹬一双能走千山万水的千层底布鞋，腋下夹一把无法无天的红油伞，这样的毛主席充满自信，一看就知道他非闹出大动静不可。

两兄弟跪在毛主席像前。乌力天赫跪得刚烈，腰杆儿笔直，是那种好汉做到底，在刑场上引颈就义的跪法。乌力天扬打过就百无禁忌，拿什么都无所谓，人往墙角一贴，身子顺着墙溜下去，有人进来就跪正，没人进来就倚着。

那么跪着倚着，等夜深人静，大家都睡了，乌力天扬也倚着墙睡过一觉，一撑膝盖起来，先去父母卧室外贴门侦察一番，再放心大胆地去厨房，过一会儿，得了手的老鼠似的，嘴里呜呜地嚼巴着，给乌力天赫端来一盘冷饼子和两块冻凝了油的烧白肉。

“就剩这些了。”乌力天扬打了个饱嗝儿，用手遮住嘴，“要不够，还有一个鱼头，我去给你拿来。”

乌力天赫对五弟贪图口腹之欲废弃骨气的做法充满蔑视。他热衷于对抗，比如黑暗对抗光明，冷漠对抗热烈，死对抗生，儿子对抗老子。他看也不看五弟手中的盘子。乌力天扬不劝四哥，盘腿坐下，盘子搁在腿窝里，先把两片冷烧白肉填进嘴里，再把冷饼子一块一块填进嘴里，都吃了。

夏天的夜晚十分美丽，空气中弥漫着栀子花和黄果兰的暗香，花香阵阵袭来，沁人肺腑。乌力天赫起身出了屋子，来到后院，攀着梯子上了鸽舍。

鸽子们都睡着，遭遇了一场屠杀，睡得不安宁，在梦中挤作一堆，咕咕地说着梦话。乌力天赫趴在那里，着迷地看着它们。他猜它们梦里有着什么，是不是有高贵的飞翔。他趴在梯子上，人悬着空，在黑暗中，有一种逃离地面的幻觉。

乌力天赫回到屋里时，乌力天扬已经睡着了，躺在水泥地上，四仰八叉，满不在乎，手里还不肯松开空盘子。乌力天赫把乌力天扬抱起来，自己靠墙坐下，让乌力天扬躺在自己怀里睡。他那么坐着，抬头看对面。他看见毛主席脚步匆匆朝他走来。他想，毛主席喜欢自由自在地走动，没有人能够阻止他。

乌力天赫看了一会儿无拘无束的毛主席，伸手关掉灯。现在，屋子里全黑了，什么也看不见。乌力天赫一动不动地抱着乌力天扬，在黑暗中瞪大了眼睛。

第十章　让湿润快些干爽

1

萨努娅出门上班，家里的电话响了。卢美丽追出门，在院子里叫住萨努娅。

电话是简先民打来的，声音有些异样，问乌力图古拉来过电话没。萨努娅说不是去通山检查工作了吗？你知道的。简先民说是的是的，我知道，我往通山打过电话，他和汪部长胡总工刚离开，我是问他有没有在路上给家里打电话。萨努娅说，他从来不在工作的时候给家里打电话。萨努娅听出简先民的话说得有些生涩，像是整个旱季没有喝过一滴水的鹭鸶。萨努娅问简先民有什么事。简先民在电话那头迟疑了一下，说萨努娅同志，你能不能在家里等我一下，我马上过来。

萨努娅挂断电话，给单位拨了过去，告诉单位自己会晚点儿去，又和外事办主任说了几句，李宗仁回到大陆，受到周总理的热烈欢迎，毛主席也接见了他，看情况，肯定要安排他看一看祖国日新月异的大好形势，武汉是他待过的最重要的地方之一，得做好准备。电话打过，萨努娅想简先民一向拿得住事，这回的情绪有点儿反常，感觉有些不对，就起身去院子里等他。

孩子们正出门上学，浩浩荡荡。乌力天赫替童稚非拿着书包，葛军机为安禾系鞋带，两个当哥哥的，一人牵着一个妹妹出了院子。乌力天扬像只土拨鼠，慌里慌张地从屋里蹿出来，萨努娅看他捂着肚子，神色不对，知道他又藏了什么东西在怀里。萨努娅叫他。他装耳聋，晃荡着大书包跑到院子门口。乌力天赫伸手去抓他。他泥鳅似的一埋头躲过，回头冲乌力天赫做了个怪脸，一阵风吹，不见了。

简先民来得很快，神色沉重，不断咽着唾沫，一副出了大事的样子，一进门就把事情告诉了萨努娅。

“天健牺牲了。”简先民说。

萨努娅头嗡地一响，愣在那里。

8 月 6 日凌晨，国民党海军猎潜旗舰“剑门”号和猎潜巡逻舰“章江”号驶入大陆沿海，冲撞作业渔船，被人民解放军南海舰队突击编队阻截在金门以南海域。“剑门”“章江”两舰凭借其火炮优势，先向人民海军突击编队开炮。人民海军突击编队连续两次抵近齐射，压制住两舰炮火，将两舰分开。“剑门”号一面还击一面规避，“章江”号被四艘人民海军护卫艇紧紧咬住，护卫艇从五百米处与“章江”号同航向行驶，同时射击，一直打到百米以内，“章江”号中弹起火爆炸，于三时三十三分沉没于东山岛东南约 24.7 海里处。国民党海军巡二舰队少将司令官胡嘉恒在“剑门”号上呼叫空军求援，但援兵未到，他自己和“剑门”号也被击沉了。

人民海军 611 号炮艇在海战中勇猛阻截“章江”号，艇身正好位于己方编队与“章江”号之间，误被己方炮火击中，接着又被“章江”号炮火击中，三部主机被打坏，前舱进水，人员伤亡过半；轮机兵麦贤得头部被弹片击中，失去知觉，苏醒后以惊人毅力顽强坚守在主机旁；主炮瞄准手乌力天健英勇杀敌，在激烈的战斗中被破甲弹击中，光荣牺牲。

萨努娅喘过气，连声问，是牺牲吗？你没弄错？简先民捧起茶杯，又把茶杯放下，说海政打来的电话，说得很清楚，天健头部被弹片击中，脑浆都流出来了，仍然英勇作战，不下火线，战斗结束时倒在战斗岗位上，是牺牲了。萨努娅发愣，看着窗外秋风吹起片片落叶，在院子里打着旋儿。她想，那个和自己摔跤的孩子、冲自己吐口水的孩子、在阳台上迷迷糊糊往自己怀里钻的孩子、要自己做他二额娘的孩子，怎么就，牺牲了？

乌力图古拉是第二天赶回基地的。在听取简先民传达海军政治部的电话记录时，他脸上几乎看不出什么表情。简先民说完后，乌力图古拉一句话也没说，站起身来朝门外走。简先民欠了欠身子叫，哎，老乌。乌力图古拉站下，回头看简先民。简先民停了片刻，关心地说，老乌你要节哀。乌力图古拉仍旧没话，转身，拉开门走掉了。

乌力图古拉好几天没说话。一句话也没说。饭照吃，觉照睡，去单位上班时说不说话萨努娅不知道，反正在家里不说。等到第三天，萨努娅憋不住了，一把拽住乌力图古拉。你别这样，开口说话呀，你这样会把自己憋出毛病的！萨努娅的声音有些颤抖。乌力图古拉看萨努娅。他看她的样子就像一只鹰看另一只陌生的鹰，眼里是一种不认识谁的表情。萨努娅就知道，她的颤抖起不到丝毫作用，事情比想象的严重，乌力图古拉就像一张弓，绷住了。

萨努娅那些日子提心吊胆，生怕乌力图古拉绷断了弦。她背着乌力图古拉叮嘱秘书严之然，要他随时留意首长的情绪，只要能让首长松弛一下，不论干什么，都任他。她去孩子们的房间一一叮嘱，要他们听话，不要犯错误，至少不要在这段时间里犯错误，也不要哭，不要闹出动静来。她要他们向她保证，做一个听话的好孩子。

安禾和稚非还是哭了，窝在萨努娅的怀里不肯抬头。乌力天扬眼眶里巴巴地转着眼泪，一脚一脚踢床脚。乌力天赫黑着脸，抬手给了乌力天扬一巴掌，说叫你不要闹出动静来！乌力天扬朝乌力天赫喊，我就闹，你把我怎么样！有本事你打国民党去！乌力天扬喊完就让眼泪流出来，呜呜的，一把接一把抹鼻涕。

萨努娅有一个奇怪的感觉，她觉得乌力图古拉的情绪不对，不正常。她有好几天回不过神儿来，不能接受天健没了这个事实，人走在路上，突然心口抽着疼，疼得上不来气，就站在那儿，等着那口气上来，才能往前走。她那样疼得上不来气，好像她比乌力图古拉更不能接受天健走了这个事实。

2

海军政治部和南海舰队的人10月初到武汉，程序十分正规，先到办公室见了乌力图古拉，然后由基地副政委简先民和政治部主任罗罡陪同，在党委会议室里与乌力图古拉和萨努娅正式谈话。

和听取简先民传达电话记录一样，乌力图古拉腰板儿笔直地坐在那里，在南海舰队的人汇报乌力天健同志牺牲经过、代表舰队向英雄的父母表示哀悼和敬意的时候没有说话，在海军政治部的人代表总部宣读授予乌力天健同志革命烈士称号、二级英模称号、荣立一等功文件的时候，仍然没有说话。只是在海军的人照本宣科说完了他们该说的话、念完了他们该念的文件之后，他开了口。

“我能看看他吗？”

“这个，恐怕不能。烈士已经火化了，他的骨灰安放在舰队烈士陵园里，如果首长和首长的爱人工作上能走开，我们会安排二位去为烈士敬献花圈。”

“海战是8月6日发生的，人是当天死的，为什么事情过了六十一天，你们才告诉家属，才把阵亡通知书送达阵亡者家里？”

海军的人愣住了。简先民和罗罡愣住了。萨努娅也愣住了。他们没有想到，乌力图古拉会提出这样的问题，而且他是那么冷静，冷静得简直有点儿刻薄。南海舰队的人转过身去，为难地看了看海军政治部的人。

“乌力图古拉同志，”海军政治部的人把身子往前坐了坐，把话接了过去，“我们知道，您为失去了您的儿子而难过，我们能够体谅您的心情。您是部队的老同志，应该知道，事情总会有一些程序，我们是按照程序办事的。”

“什么程序？办什么事？”乌力图古拉冷笑了一下，“《解放军报》8月7日报道了海军击沉两艘国民党猎潜舰的消息，毛主席8月18日接见了‘八六’海战有功部队代表，‘八六’海战不是什么秘密，你们的动作也并不慢嘛。还有什么事要办？还有什么程序要履行？”

“乌力图古拉同志，您这是什么意思？”海军政治部的人愣了一下。

“乌力！”萨努娅像在河边饮水的母豹子，看到配偶慢慢移动步子要去进攻一队行走中的犀牛，低声警告着。

“你们当然知道我是什么意思。”乌力图古拉浓眉如剑，怒气冲冲，重重地拍了一下茶几，把茶杯都震得跳了起来，“你们在审查他，看他是不是战死在炮位上，死的时候是不是怀里抱着炮弹。你们在审核他，看他有没有资格当烈士，他这个烈士会不会影响整个海战的战绩。你们在审议他，看他可以评几等功、该不该给他一个什么称号，这些东西对宣传和教育有什么样的好处！”

“司令员……”简先民想阻止乌力图古拉。

“你们可以那样做，可以那样做，可以。”乌力图古拉把两只大巴掌往下用力压，再用力往下压，不是阻止简先民插话，而是阻止他自己，是在费力地替那些海军的人寻找理由，“可你们在做那些事情的时候，应该让我去看一看他，然后再把他烧掉。要是你们做不到，至少应该告诉我，他已经死了，人已经不在了，得尽快把他埋掉。我是他的父亲，我只想知道这个，我不要向我的儿子献什么狗屁花圈!”

“司令员,你冷静点儿!”简先民还是插了话。

可没有人能够拦住乌力图古拉,他一巴掌将面前的茶几推倒,起身离开了会议室。在他身后,四川的橘子、山东的苹果、广西的香蕉滚了一地,它们来自那么远的地方,一路颠簸,现在还没有安定下来。

简先民处理这种事情有经验,他先安慰海政的同志和南海舰队的同志,向他们解释,乌力图古拉同志这些日子一直在下面检查工作,没日没夜连轴转,休息不好,有些激动,请他们原谅;然后在他的主持下,由萨努娅同志代表烈士家属从南海舰队同志的手里接过乌力天健烈士的阵亡通知书和舰队首长的慰问信,从海军政治部同志的手中接过烈士证书、英模证书和军功章。在安排罗罡把萨努娅同志和乌力天健烈士的各种荣誉证件证章安全送回家,并且看看是不是需要医院的人去为乌力图古拉同志量一量血压、开几片安定之后,简先民将海军政治部的同志和南海舰队的同志请到基地小灶,在那里共进晚餐。

南海舰队的同志不胜酒力,喝了两杯,眼圈红了,说我们不好告诉乌力司令员,乌力天健烈士的脑袋被掀掉了一半,我们怎么让他看,让他看没有了半边脑袋的儿子?

简先民表示理解,无言地拍了拍南海舰队同志的肩膀,然后他转了话题,一杯接一杯向海军政治部的同志敬酒。你们辛苦,来一杯……第一次来武汉吧?来过三次?那得来三杯。不不,这是第四次来,还得加一杯……你们不容易,真不容易,这种事情,难哪,亏你们还是上级机关的领导。来,我敬你们,干……干部部刘副部长怎么样,他还好吗?他爱人的瘤子拿掉了?你们替我代问他好,还有他爱人,叫郭明秀吧,郭秀明?对,叫郭秀明,脸上有一个瘊子?对对,就是她。来,把这杯干了,为首长的健康,还有首长的爱人……周副主任原来是我们兵团的首长，他很看重我，五三年全军政治工作会议的时候，我见过他，他问我愿不愿意去海军。海军好啊，“我爱蓝色的海洋，祖国的海疆多么宽广。”我们差点儿成了同事。来，为同事干一杯。不，为这个，为差点儿，我们得干三杯……

3

萨努娅走进客厅的时候，天色已经暗下来。

乌力图古拉坐在客厅里，手撑住头，完全委顿下去。客厅里没开灯，沙发在暗处像一块块礁石，地毯像铺满了碎贝壳的沙滩，乌力图古拉则像一艘撞了礁的船，深深地陷在礁石丛中。

萨努娅朝乌力图古拉走去，在他身边坐下，伸出手，把手落在乌力图古拉脑袋上，就像一只白色的海鸥，轻轻地落在水草丛生的锚头。她轻轻地抚摩着他，抚慰着他。

“孩子是勇敢的。孩子没有给你丢脸。孩子像他妈。”萨努娅嗓子硬硬的，强忍着不让自己的声音变调。

“他当时就死了，脑袋打得稀烂，根本没有坚持战斗。他连一句话都没有留下，他们在撒谎。”乌力图古拉开口说。

萨努娅惊诧地看着乌力图古拉。海鸥不动了。水草被风刮得一颤。锚头艰难地移动了一下。锚链发出嘎吱嘎吱的声音。乌力图古拉慢慢地抬起头。

“老朱 8 月 8 号给我来了电话。老朱在电话里说了天健的事。”

“你，早就知道天健牺牲的事？”

乌力图古拉闭上眼睛，点了点头。黄昏最后一片霞色被地平线吞噬掉，他也像被吞噬掉了似的。

“那……”萨努娅只说了一个字就不再说了。她在回忆，那一个多月的时间，他是怎么过来的？一个多月，四十三天，他究竟经历了什么？他怎样才能在别人面前掩盖他知道的一切，包括在她的面前？她想不起来他有过什么异常。他夜里没有披衣起来坐在客厅里，没有恢复已经戒掉的香烟，在走进院子的时候没有在台阶上迟疑一下，没有发愣，没有冲着她吼，没有揍孩子们。他一个月前咳嗽的那几声算吗？有一次洗脸的时候动作慢了一拍，那个算吗？

萨努娅在脑子里迅速地整理一个多月时间里发生在乌力图古拉身上的所有细节。她还是捕捉到了一个异常。有一天晚上，是9月初的那几天，外事办传达西藏自治区成立的有关文件，她回家晚了点儿。当她走进客厅的时候，看见他站在客厅里，客厅就像今天一样没有开灯，他站在黑暗中，听见她的脚步声，回过头来。她把灯打开，放下包，脱外套，告诉跟进来的卢美丽，自己已经在单位吃过了，要她不要管她，早点儿去睡。然后她在沙发上坐下来，兴奋地告诉他，在西藏自治区成立大会上，张国华说了什么，阿沛·阿旺晋美说了什么，中央代表团团长谢富治说了什么。他站了一会儿，也坐下了，静静地听她说。她想起来了，他站在那儿，其实并不想坐下，并不想听她说那些话。他站在那里，站在黑暗中，他是对着那幅《湖南农民运动考察报告》的绣像，他在凝视绣像上的领袖。现在她明白了，这一个多月的时间，他一直在安静地等待，等待他的组织，等待他们告诉他有关他儿子牺牲的情况。他是那么的相信他的组织，他希望从组织那里而不是战友那里听到儿子牺牲的消息。他在安静的期盼之中足足等了四十三天。

而他们却瞒着他，没有告诉他发生了什么事情，没有告诉他，他的大儿子战死了。他们瞒着他这个和他们一道为一个共同的目标出生入死、打了半辈子仗的老兵。

4

乌力图古拉没有去南方那座海滨城市，把天健的骨灰从水泥浇筑的墓穴里挖出来，带回武汉。他甚至没有去看望一下儿子。

萨努娅在提醒过乌力图古拉两次之后，知道劝不动，知道他和他的组织犟上了，知道他这条船被撞击得厉害，一时半会儿不会拉响汽笛驶出港湾，便向外事办请了假，安顿好家里，自己去湛江，去探望天健。

“不，”萨努娅严肃地对南海舰队的人说，“你们不用陪我，也不用你们派车。你们只要告诉我，孩子埋在什么地方，这就行了。”

萨努娅在一大片灰白色的墓群中找到了天健。她在那座刚刚建立起来，还没有来得及长出苔藓的坟墓前默默地站了一会儿，腿一软，坐在了地上，眼泪止不住地就下来了。她坐在地上呜呜地哭，哭那个光着身子和羊羔争奶头、不断地从她身边逃开、咬她的手、害怕从火车上漏下去、冲着公共汽车或者人吐口水、蹑手蹑脚地从后面过来把她摔倒在地上、不肯在床上睡觉、在星星的闪烁中慢慢挪到她怀里来的孩子，哭那个从小失去了生母的孩子。

“莫力扎……莫力扎……”她叫着他的名字，从他的生母那儿带来的名字。她想，这样的话，他就能听见两个母亲的声音了。

她从来没有这样心疼过，从来没有这样放肆地哭泣过。她哭了好一会儿，哭够了，去口袋里掏手绢，这才发现，她走得太匆忙，连手绢都没有带。她不好意思地揪起衣袖来，揩干净脸上的泪水，撑着冰冷的水泥地，站起来，打开随身携带的旅行袋，取出从家里带来的糖果，一粒一粒地检查，一粒一粒地放在墓前，把它们摆整齐。

“莫力扎，我给你带糖果来了。是你爸让我给你带来的。你爸他工作忙，这回没来看你，让我来看你。你爸爸他为你骄傲，他说你是他的好儿子，你是他头上飞翔的鹰，是他眼前飞奔的骏马。他要我告诉你，他骄傲，为有你这个好儿子，骄傲。”

她不知道这样说对不对。乌力图古拉没有说这样的话。他什么话也没有说。她不知道她这样做对不对。她是背着乌力图古拉往旅行袋里装这些糖果的。她记得孩子小时候第一次吃糖果时的样子。孩子嘴里含着糖果，惊讶并紧张得要命。她不知道这样做有用没有。她没有这方面的经验。反正她这么做了。

“莫力扎，你是英雄呢！他们对你说了吧，你是海军的英雄，是军队的英模！报纸上报道了你的英雄事迹，好多爸爸的战友都来电话，说他们看到了报道，被你的事迹感动了呢！莫力扎，你被评为革命烈士了。一枚英模奖章，一枚军功奖章，它们亮晶晶的，多么好看哪！莫力扎，莫力扎，你怎么做到的？你让我……你让妈妈骄傲呢！”

泪水再一次涌了出来。这回她不用衣袖了，衣袖不够用，她得用衣襟才能堵住它们。她把它们堵住。她为自己的失态不好意思。她让自己努力起来，在脸上露出笑容。

“莫力扎，你是一个好孩子。你不光是烈士，不光是英雄和英模，你还是你爸爸和我的好孩子。我们爱你莫力扎。你爸爸和我，我们爱你。当然，你不光是孩子，你还是你弟弟妹妹们的哥哥，他们都要向你学习呢。他们都爱你。”

她真的笑了。她脸上的笑容在深秋的海洋性暖气流中洋溢开。她甚至把沾着泪水的手伸出去，像抚摩孩子毛茸茸的脑袋似的，抚摩着沁凉的墓碑。

“我会再来看你的莫力扎。我会给你带好吃的糖果。我会带毛笔，还有宣纸，我要看你的毛笔字练得怎么样了。你要答应我莫力扎，你答应了我才高兴。你的弟弟妹妹们他们也会来，他们会来和你说话。他们都长大了,就像一群长大的鸟儿,唧唧喳喳,唧唧喳喳,可会说话了。你爸爸也会来。他一定要来。他非常想来。你是他的大儿子,是他的鹰,是他的骄傲,他怎么能不来呢?”

萨努娅那天在天健的坟前待到很晚。她带了新毛巾。她找来水,用新毛巾把整座墓仔细地擦拭了一遍。她用另外一块新毛巾扇风,好让湿润快些干爽,以免风吹来的尘埃沾在墓石上。然后她重新坐下,坐在地上,陪着她的孩子。

烈士陵园的管理人员来过几次,提醒萨努娅,天太晚了,他们得关门了,他们已经推迟了两个钟头的关门时间。萨努娅向管理人员表示抱歉。她请他们原谅。她说实在对不起,真是对不起。她和他们商量,几乎是乞求,那些美丽的大白兔奶糖,能不能,她是说,可不可以在坟前多放上两天?孩子喜欢吃糖,一时半会儿吃不完,她不愿意孩子吃得太急,那样会长虫牙。

萨努娅走出烈士陵园的时候,看见南海舰队的人站在陵园外的台阶下踱来踱去。她明白过来烈士陵园为什么会推迟两个小时才关门。她突然有了一丝愧疚。她觉得他们并没有做错什么。他们也是一种使命。穿上军装,人人都有了使命。但是萨努娅在愧疚之后,并没有离开自己的丈夫。不管发生了什么、有什么样的理由,她必须和自己的丈夫站在一起。

“谢谢你们的好意。但我还是得拒绝你们。我不能留下来休息。也请你们不要送我。我自己去火车站,这就去。谢谢你们了,谢谢。”

5

乌力图古拉知道萨努娅去了什么地方,去干什么,可在她回到家里后,却一个字也没有问。萨努娅也没有向乌力图古拉提起她在湛江郊区那个打扫得十分干净的烈士陵园里说了什么、做了什么，就好像她哪儿也没有去，什么事也没有做过。只是在当天晚上的饭桌上，乌力图古拉吃过两大碗干饭，喝下一大碗汤，放下汤碗，很随意地，就像告诉她院子里的一只鸟儿飞走了似的告诉她，他已经把老三送到部队上去了的时候，她才惊讶地抬起头，看自己的丈夫。

“天时？”

“对。”

“他人呢？”

“走了。”

“走了？”

“走了。”

“可他才十四岁，还不到入伍的年龄呀？”

“十五岁。”乌力图古拉纠正萨努娅的算法，“想一想，我十五岁在干什么？你十五岁在干什么？没有入伍的年龄，根本没有。”乌力图古拉干脆地说，然后推开碗，起身离开饭桌。

乌力天时是从寄宿学校回到家里来的，然后乘轮渡过江，去了黄浦路的兵站，在那里和1965年秋季征兵中应征入伍的新兵一起，乘上军列，去了贵州。

因为家里孩子太多，乌力天时从小就离开家，被送去寄宿幼儿园，再从那里去了寄宿学校，这一次回家也没能多待，匆匆忙忙吃了一顿饭，洗了一个澡，换了一套衣裳，背上一个挎包就离家了。直到他离开家，他的书包和从学校拿回来的行李卷儿还放在客厅的地毯上。乌力图古拉不许家里人送乌力天时，也不许基地的车送过江，只许家里人送到院子门口，基地的车送到军港码头，然后乌力天时自己搭船过江，再从汉口的接驾咀码头乘公共汽车去黄浦路兵站。

“为什么不送送他？你不送，军机呢？天赫呢？天扬呢？小禾呢？稚非呢？他们总可以送一送吧？”萨努娅心里一阵绞痛，无法接受这个已然成了事实的事实，“当年红军、八路军、解放军还有老乡送，一个十四岁的孩子，他自己的亲人，为什么就不能去送一送？”

“送什么？能送到贵州去？能送到他当将军或者当烈士？他兜里有三块五毛钱，他想到天上去都能乘宇宙飞船，他是大富翁了呢。”乌力图古拉的口气充满了嘲讽，也不知道他是在嘲讽谁。

萨努娅觉得乌力图古拉太不近人情。天时是她生下的第一个孩子，是她的头腹子啊！她不能决定这个家里的老大和老二与她的子宫无关；她不能阻止乌力图古拉在她的头腹子三岁的时候就送他去寄宿幼儿园，七岁的时候就送他去寄宿学校，十四岁时就送他去当兵；她无法做到在孩子去远方之前提前回到家里来，和孩子好好说几句话，在三块五毛钱之外再多给孩子几块钱，让孩子到了一个陌生的地方之后，没有了家庭照顾之后，能好好地照顾自己，自己照顾自己；可她总应该知道孩子要去哪儿，去做什么，他总该事先告诉她吧！

“为什么不告诉我？”

“不是告诉你了嘛。”

“我是说事先，事先为什么不和我商量一下？”

“有必要吗？”

“我是孩子的妈。”

“你现在还是孩子的妈。”

“要这样，天健的事儿，他们也可以不告诉你。”

乌力图古拉没容萨努娅反应过来就出了手。萨努娅毫无提防，被打倒在沙发上，她的脸上立刻出现了一片红印。她在那儿愣了片刻，撑起身子，母豹子似的向乌力图古拉扑去，揪住了他。他们撕咬成一团。但很快的，她就撤出了战斗——乌力天赫踹开门冲了进来，手中捏着一把冰冷的菜刀，脸色煞白，红着眼睛盯着乌力图古拉。

“放开她！”那个冷冷的、两颊凹陷、目光阴郁的孩子尖着嗓子对他父亲喊。

“她是谁？她是谁！”孩子的父亲气急败坏地冲着手拎菜刀的孩子吼。

“你来干什么？你要死！”孩子的母亲扑过去，死命抱住她的老四，把他往屋外拖。

“你撒谎！他根本就不爱你！他那就是爱吗？他打你就是爱你吗？”那个倔犟的孩子举着菜刀冲她喊，一步也不肯退。但是显然的，他不知道接下来他该怎么办，他手中的菜刀该怎么办。

“有种。你小子有种。”孩子的父亲呵呵冷笑，拳头捏紧了，捏得咔吧响，“来呀，别站在那儿，别像个磨不动脚的屎虫子。手里的家伙举起来，举高点儿。”

“他会杀了你！”孩子的母亲头发乱糟糟的，声嘶力竭，紧紧抱住孩子，不肯松开他，“他会杀了你！”

她没有吓唬儿子。即使在愤怒的时候她也清楚，就算儿子提着十把菜刀，就算所有的儿子每人提着十把菜刀，他和他们一拥而上，他和他们也对付不了他们的父亲。他们会被他们的父亲活活打死，踩成肉泥。她把孩子拖出客厅，让自己和孩子，以及悬置在母子间的菜刀一起，靠在走廊上瑟瑟发抖。

6

萨努娅好几天没和乌力图古拉说话。她完全被那一耳光给打蒙了。她见到他就来气，气咻咻的，眼睛瞪得溜圆。你撒谎！他根本就不爱你！他那就是爱吗？他打你就是爱你吗？老四是怎么啦？他为什么要这样说？他到底想说什么？这已经不是第一次了，每次她和乌力图古拉发生争执，别的孩子都往楼上躲，唯独老四不躲，非但不躲，还往两人面前冲，冲过来用仇恨的目光盯着他父亲。她当然不能和他父亲打架。她说过要和他父亲斗争，但斗争不是打架，不是扇人耳光，不是比谁的巴掌硬。而且，斗争是她和他父亲之间的事，不能扩大到别的什么人当中去，尤其是扩大到孩子们当中去，那不是她要的。既然如此，既然她愿打架，又不能让事态扩大，她总可以不和那个扇人耳光的家伙说话吧。

可是，老四到底想说什么？他为什么要那样说？萨努娅想不明白，或者说，她能想明白，却不愿意想明白。

乌力图古拉那几天脸阴沉得厉害。他是为自己窝火。他很后悔，不该出手揍萨努娅。天健的事情他控制得很好，天时的事情他也控制得很好，后来却失去控制，全线崩溃，打了败仗。他根本没想出手，可他出手了。他不想解释——没有时间解释，他得处理葛军机的事情。

葛军机向乌力图古拉提出，他也要当兵，去接过天健哥哥手中的钢枪，而且要去南海舰队当水兵，在主炮位做一名瞄准手。葛军机越来越文静，连说话的语气都文质彬彬的，但乌力家的孩子，倔强是都有的。

“当什么兵？有什么兵好当的？你给我好好读书，把书读好。”

“我是家里的老二，应该第二个离开这个家。”

“会让你离开。等你能撒野了，就是不想出去，我也会用鞭子把你抽出去！”

葛军机懂事，知道父亲决定下来的事情不能违抗，不再说什么。反倒是乌力天赫，他把事情做成了。

两天之后，乌力天赫往挎包里装进两件换洗衣裳，悄悄地离开了家。乌力天扬早晨起来没有看见乌力天赫，而且发现他带走了一把匕首，就大呼小叫地跑下楼去告诉萨努娅。萨努娅一听就急了，直奔厨房，朝案板上看去，然后松了一口气——那把冰冷的菜刀安静地躺在案板上，没有被带走。

乌力天赫被乌力图古拉从空军的一个招待所里拎出来，带回基地。空军方面证实，他们的确答应乌力天赫，准备把他送到一支高炮部队去。他告诉我们他十七岁，我们也有点儿不相信，不过，乌力司令员的儿子，我们总得照顾一下。对方解释说。

乌力天赫挨了乌力图古拉一顿好揍。乌力图古拉这次连家法都不讲了，只管动巴掌。萨努娅几次上前阻止，都被乌力图古拉推到一旁。萨努娅说，孩子已经找回来了，你还打他，你算什么家法！乌力图古拉气咻咻地说，这回不是家法，我要他牢牢记住，什么叫组织，什么叫纪律！你去，把菜刀拿来，交给他，我倒是要看看，他能操蛋到什么程度！

萨努娅气急了。她不想扩大斗争范围，可她阻止不住他扩大；他简直就是一个战争贩子，谁也拦不住他！她无法阻止她和他之间的龃龉，绝望得很，绝望到想要放弃斗争。那天晚上，萨努娅决定和乌力图古拉分床，她不再和他同床共枕，她去客房睡。

萨努娅走进卧室，去拿她放在枕边的一份保密文件，那份文件是关于印尼武装部队袭击并强行检查中国驻印尼大使馆商务参赞处、印尼右派分子冲击中国驻印尼领事馆、侮辱中国国旗国徽事件的。萨努娅进卧室的时候，乌力图古拉靠在床头想心事，萨努娅没有理他，拿了文件往外走，走到门口，却被身后的什么动静给止住了。她回过头来，看见乌力图古拉在台灯的光晕下咧开嘴笑，嘿嘿的。萨努娅本来就生气，这一下更生气，心想你有什么好笑的，把孩子打成那个样子你还笑。谁知乌力图古拉说出一番话来，让她吃了一惊。

“胡闹，十三岁，尿床去呀，不是胡闹嘛。”

“他不尿床。尿床的是天扬。”

“可他是个人物，知道往哪儿跑，跑去干什么。”

“你在说什么？”

“两个月前，中国向越南派出支援部队，帮助越南人打美国人。部队分地空导弹、高炮、工程、铁道、扫雷、后勤保障和筑路。”

“那又怎么样？”

“你儿子去了空军，要求分到高炮部队。知道他想去干什么？他想去越南打鬼子的飞机。狗杂种。”

听乌力图古拉一分析，萨努娅恍然大悟，这个天赫，要去当兵也罢了，偷偷从家里溜出去也罢了，你往越南跑什么？去打什么美国鬼子，这不是胡来吗？要这样，挨一顿揍也不冤枉。萨努娅这么一想，就觉得乌力图古拉揍老四揍得有道理。

萨努娅回到床边，在床头坐下，愣愣地想乌力图古拉和自己的事。心想打儿子你也打了，看儿子你也看住了，姜还是老的辣，拳头还是老的狠，这些都让你证明了，可你凭什么给我来军阀作风？凭什么打我？我是你的妻子呀！你来军阀作风也别骂孩子，就是骂，也别骂狗杂种，那算什么？萨努娅转念一想，骂狗是不对的，但她和乌力图古拉一个是克里米亚鞑靼，一个是蒙古鞑靼，他们是激烈的一对儿，斗争的一对儿，因为激烈和斗争生下了三个儿子，天赫是三个儿子当中的一个，从遗传学的角度讲，不是杂种又是什么？这么一想，萨努娅竟然抿着嘴，凄凉地，不出声地笑了。

7

萨努娅在楼下不出声地笑着的时候，乌力天赫在楼上他自己的房间里，面对窗外一声不吭。

一群鸽子从窗外暮色中掠过，它们是漂亮的铁青、瓦灰、点子、霞白、麒麟和宝石眼儿。有时候它们会玩一个花样，落到枯黄的草地上，侧着头看风吹过来的落叶，然后再飞走。它们在黄昏里像一群透明的无骨鱼儿，沿着草地的河岸游过，然后潜入深不可测的天空中，那些柠檬色夜幕下的黄色草地，就像密实而平静的海浪一样，令人敬畏和向往。

乌力天扬进进出出了好几次，在乌力天赫身边来来回回走了好几趟，乌力天赫都没有看他。乌力天扬很想和乌力天赫说话。乌力天扬打心眼儿里佩服他的四哥。四哥是家里孩子当中唯一敢向父亲的权威挑战的人。其他的孩子谁都不敢这么做，没有想到要这么做，他们全都仰着脑袋看那个自打他们生下来就高高在上的父亲。乌力天赫却不仰脑袋，竟敢提着菜刀冲向父亲，命令父亲放开母亲，还打算跑到越南去打美国鬼子，就算他这一次叛逃没有得逞，他还是让乌力天扬感到了强烈震撼。乌力天扬搞不懂他的四哥，有时候他恨他，有时候他崇拜他。一只在树上荡来荡去的长臂黑叶猴，它嫌森林太小，总是去捅水里的月亮，偷地里的苞米，它可以去摘无花果吃，可以去惹树懒或者眼镜蛇，对这些事情它完全百无禁忌，可它一看见懒懒地躺在古榕树上眯着眼睛向远处看的猎豹，就傻眼了。乌力天扬就是这个样子的。乌力天扬想，乌力天赫真他妈的了不起，他简直就是牛虻①！

乌力天扬想和乌力天赫说话，他想，他至少可以帮乌力天赫揉一揉被父亲暴打一顿后伤势不轻的后脑勺儿，在这方面他很有经验。他还想，他主要不是替乌力天赫揉脑袋，主要是想告诉乌力天赫，吃过晚饭后，简明了把他从家里叫出去，简雨槐在外面等着。她把简明了支走，着急地问他，乌力天赫是不是从家里跑出去了？

---

① 英国女作家艾·丽·伏尼契著《牛虻》一书中的主人公亚瑟·勃尔顿，一个背叛自己笃信的上帝和阶级，为统一意大利而牺牲年轻生命的革命志士。牛虻为其绰号。

是不是被家里捉回来了？是不是挨乌力伯伯打了？打得厉害吗？他点头，再点头，再再点头，再再再点头。她难过地低下头，神经质地绞着手中的长辫子，慢慢转身，慢慢走掉，风一阵紧似一阵，那么大的风，也没有让简家老二走快起来。乌力天扬站在那里，看那个瘦得像仙女一样的女孩子，心里非常生气。他想，大冬天的，她连棉袄都没穿，隔着两个院子和一条营区马路跑来，她只问乌力天赫的事，怎么不问问他的事？她要问了他的事，他就不光点头了，尤其不会在问到第四个问题的时候非常用力地点头。他会开口说话，说很多的话，让她在这个风很大的晚上不至于一点儿收获也没有。

可是，乌力天赫坐在床上，面向窗外，就像一块正在风化着的石头，一句话也不说，一动也不动，连头也不肯转过来，这让有着强烈说话欲望的乌力天扬怎么和他说话呢？他究竟在看什么？

1965 年的冬天，武汉下了一场大雪。雪下了两天两夜，把三镇都下白了。一只有着竖起的冠羽、因为生病落了队的栗头凤鹏从天空中飞过，要去追赶早先飞向越南北部的同伴。它从高空看下去，除了两条江和数百座湖，大地一片白茫茫的，甚至看不到一点儿人类活动的痕迹。

第十一章　被雨淋湿了翅膀

1

整整半个月，乌力天赫每天早上都到江边看蝴蝶。

4 月底，大量的蝴蝶从汉阳方向飞来，盘桓于古琴台一带，造成斑斓天空的壮美景观。几天之后，这些蝴蝶相互裹挟着，不断滚动着，飞过清澈的汉江，移群到汉口，沿着长长的江堤来回飞行。突然的，它们成群成团，自杀似的朝江面扑去，在江面上升腾滚动，一团一团坠落江中，被江水吞噬，但其中大部分仍然飞过了气流涌动的长江，来到武昌。一直到 5 月份，这些蝴蝶才突然消失。

在动荡年代来临的时候，乌力天赫越来越不喜欢和伙伴们来往。他认为他们就像一群被雨淋湿了翅膀的蝴蝶，东扑一下，西扑一下，没头没脑，迟早会被雨点打落到地上，变成一星彩色的泥土。

乌力天赫对那些比自己大几岁的孩子充满了妒忌。他们是一些获得了自由的蝴蝶——色彩鲜明的大黄带凤蝶、漂亮而独特的蓝带环纹蝶、舞姿优美的小樱蝶、带有毒液的狭翅麝馨凤蝶、具有攻击性的黄纹蛇目蝶、难以辨认和判断的小端红粉蝶、平庸而俗气的银尾小灰蝶、变异性很大的虎纹斑蝶……

在每年冬季征兵中，这些获得了自由的蝴蝶们一个个骄傲地微笑着，展开双翅，飞离基地，消失在长江中游的这座江湖城市，去北方冻土或者南方丛林，开始他们自由自在的冒险生活。他们是一些多么傻的家伙呀！自以为是、行动笨拙、头脑简单、大舌头，除了往远处吐口水，再没有别的本事。可他们却拥有了该死的自由！

乌力天赫不想做蝴蝶，他要做一只与蝶为敌的鸟儿，比如说，一只信天翁。在太阳下晒干了羽毛上的蛋液之后，他希望自己能腾空而起，飞上云端，在变幻万千的高空中锻炼楔形尾部的力量，在强劲的风力中试一试展翼滑翔的能力。他渴望有一天，他再也用不着偷偷地往挎包里塞进换洗衣裳，在家庭的统治者还没有醒来的时候悄悄离开家庭这所监狱，去远方寻找呼唤他的那些声音。自从他逃亡失败被捉回基地之后，这种声音越来越困扰他，让他在每天夜里都无法安宁地入睡。这是少年的他不为人知的深深隐痛。

乌力天赫不喜欢他的家庭。他眼中的家庭是那么冷漠和怪异，它由他的父亲，那个在传奇年代里获得了英雄称号的统治者凭着自己的意志建立，他是家庭的奠基者和生产者，他成功地完成了他和伴侣栖息地的选择、对家庭成员的生育繁衍、捕食和分配，并制定下家庭成员的生命路线。这个生命路线包括现在的吃喝拉撒睡和今后的未来。这个统治者从来不关心他的成员们在想什么，想要什么。别把自己挂在鱼竿上。他只会这么说。那不是家庭，甚至连监狱都不是，而是一个巢穴，生活在这个巢穴里的生命和栖身在岩洞中的蝙蝠没有什么两样。

乌力天赫被深深的内心隐痛煎熬得苦不堪言，他想战胜成长道路上那些看到和看不到的对手，他想毁掉这个令他痛恨的世界。他对家庭的专制痛恨不已，对家庭规定给他的严肃的暴力教育痛恨不已。他为这个而彻夜难眠。

5月份过后，乌力天赫看到了一丝希望。就在短短一个多月时间内，发生了那么多惊天动地的大事：北京清华附中红卫兵成立，聂元梓贴出全国第一张大字报；中央“文化革命”领导小组成立，工作组进驻北京市委和大专院校；高校停止招生考试，校长们被一个个揪出来挂上了黑牌子;《人民日报》发表《横扫一切牛鬼蛇神》的社论,《五七指示》发表;外交部就苏联国防部长马利诺夫斯基公开诬蔑中国阻挠苏联援助越南物资过境一事发表声明,《解放军报》发表《千万不要忘记阶级斗争》社论;国防部就五架美军战机侵入云南上空击落中国训练机、美军飞机在北部湾公海袭击中国渔船打死打伤二十多名渔民向美国提出强烈抗议,中国成功地进行了第三次核爆炸……

接下来学校停课了,一些激进的老师和不安分的学生向校方发难,要求校方对他们的资产阶级教学思想进行交代。没有去北方冻土或南方丛林的大孩子们全都参加了这样的革命行动,比如简家的大儿子简小川、修缮队队长邱金汉的大儿子邱义群。稍小一些的孩子们热衷于在满校园的大字报中穿梭,追看从学校“黑帮分子”家中抄出的高跟鞋、旗袍、金条、珠宝、银行证券、名人书画,以及它们惊恐万状的主人。简小川和邱义群成了风云人物,他们挥舞着铜扣皮带,把“黑五类”分子抽得皮开肉绽,场面之生猛,让孩子们佩服得五体投地。

葛军机和乌力天赫是最早的学生造反组织成员。乌力天扬因为年龄小,没有被造反组织接受,他向造反组织的联络员大献殷勤,还为自己缝制了一个红袖章,外出时不戴,在院子里拿鸡鸭猫狗开训的时候戴,戴上很神气地走来走去,有袖章的那只胳膊抬得高高的,亮给人看,像挂了彩而又热衷于向人展示伤口的伤兵。

乌力图古拉严防死守,和孩子们约法三章:组织可以加入,可不准参加活动,谁参加活动谁将被他毫不留情地消灭之。孩子们不服,这算什么规定,是组织就得活动,哪有不活动的组织,不让活动,等于没有参加组织。不堪约束的孩子们和乌力图古拉争论,要求革命的权利。乌力图古拉不争论,拿眼睛瞪孩子们。孩子们感到后脑勺儿凉沁沁的,嘎吱嘎吱作响,脖子一缩,争不下去了。

葛军机听话,不让参加活动就不参加,索性连组织也很少去,每天从学校回来,看书看报,按时作息。乌力天扬想偷偷溜出家去看红卫兵抄家,被乌力图古拉堵在基地大门口。那次的经历让乌力天扬一辈子也忘不了。

乌力天扬兴高采烈地朝大院门口走,隔着百十步远,看见乌力图古拉铁塔似的站在那里,冷冷地盯着自己,乌力天扬吓得站住。乌力图古拉不说话,一伸手从门岗手中夺过五六式半自动步枪,哗啦一声推弹上膛,举枪瞄准乌力天扬。乌力天扬吓得一猫腰,抱着脑袋往路边的大槐树后蹿。乌力图古拉扣动扳机,子弹尖锐地呼啸着,在乌力天扬脚跟后钉出一朵泥花,然后擦着乌力天扬的头皮飞过去。

"你,你有可能杀了他!"萨努娅大惊失色,差点儿没有坐到地上。

"不是可能。我是打算杀了他,遇上风大,算他运气好。"乌力图古拉冷冷地说。

"你,怎么,可以,这样做?他是你儿子!"萨努娅脸色苍白,嘴唇哆嗦。

"那他就做一个规矩的儿子。"乌力图古拉扭头就走。

乌力天扬那天晚上吃完饭就吐,吐了一地,然后发高烧,夜里说胡话,被萨努娅送到基地医院去看急诊,病好之后从此老实了,乌力图古拉在家时绝不出门,让到院子里乘凉都不敢,老拿眼睛睃老爸,老爸要不表态,他动都不敢动一下。

乌力天赫在乌力图古拉的书柜里找到一册"供批判使用"的内部资料,里面有美国人杰弗逊的一段话,这段话让他困惑了整整一个冬天——

我们认为这些真理是不言而喻的:人人生而平等,他们从他们的"造物主"那里被赋予了某种不可转让的权利,其中包括生命权、自由权和追求幸福的权利。

从来就没有人告诉乌力天赫这个——父母没有，老师没有，社会也没有。没有人告诉他人人生而平等，人人都有生命权、自由权和追求幸福权，这些权利是不能推卸也不可以被剥夺的。人们告诉他的是，国家是一致的，民族是一致的，阶级是一致的，人民是一致的。在这些一致中，没有人关心他是谁，他想干什么。

他常常和大人发生争吵。他不再是一个俯首帖耳的孩子。有时候他的语言十分尖锐：你们真是为了人民的幸福参加革命的吗？你难道不是压制平等和自由的刽子手？你难道不是新的暴君和独裁者？

乌力图古拉和萨努娅面面相觑。他们不知道老四怎么了，他在说些什么，他到底想干什么，他怎么会变成这样。总之，这是一个被青春期的轻浮和烦躁弄得有些不知所措的孩子，这样的孩子幸亏在他们身边，要不然，他很可能会因为缺乏应有的教育和严格的管制成为社会的危害分子。他们管这种孩子叫做二流子。

2

春天将尽的一个夜晚，乌力天赫突然从梦中醒来。他下楼走进厨房，从刀架上取出一把菜刀，擎在手里，走进储藏室。他怒目圆瞪，挥舞着手中的菜刀，向虚拟的恶魔的头上嗖嗖砍去。他把皮蛋当手雷，向墙壁狠狠投掷，把黄元帅苹果当敌人的头，用菜刀一个个砍碎。小小储藏室里弥漫着皮蛋的草碱味和苹果的酸甜味，它们给整个躁动不安的春天做了一个恰如其分的总结。

第二天的情形可想而知。被吓坏了的万东葵和卢美丽将萨努娅拉到一片狼藉的储藏室，让她看那一大堆砸成烂泥的松花皮蛋和身首异处的苹果。萨努娅大惊失色，吩咐两人尽快处理现场，以免让其他孩子看到，要是那样，他们中间很可能会出现兴奋的拥趸者和急不可耐的效仿者，那可就麻烦了。

随后回到家里的乌力图古拉了解到家里发生了暴乱，他怒发冲冠，大步冲上楼。乌力天扬正摇晃着身子，嗓子眼儿里哼着歌，趴在桌上做作业，做一道题在习题书上打一个大大的叉。乌力图古拉奔过去，从乌力天扬手中抓过笔，丢在桌上，揪住乌力天扬的衣领，把他拎起来往楼下拽。

“不是他干的，是我。”乌力天赫在一旁冷冷地说。他一如既往地勇敢，同时也一如既往地免不了一顿皮肉之苦。

谁都不知道这个有着暴力倾向的少年内心深处有着怎样的悲悯情怀，连简家老二也不知道。

“看我干什么？”乌力天赫冷冷地问。

“没什么。”简雨槐迅速移开目光，把头低了下去。

“可你看了。”乌力天赫充满恶意地说。

“你，脸上有痘痘。”简雨槐慌里慌张地说，说罢红了脸。

乌力天赫狠狠地瞪了简雨槐一眼，走开了。看着乌力天赫走开的背影，简雨槐伤感地想，所有的男孩子都想走近她，和她说话，她谁也不想理，只想理他，和他说话。可他从来对她冷冷的，就算他和她在路上相遇了。夏天快到了，穿林而过的风已经不那么没章没法，他也不肯好好地和她说一句话，或者不肯好好地多说几句话。

乌力天赫为什么要好好说话？为什么要说那些废话？他脸上的确开始生出难看的青春痘，它们像一些危险的火星，在他年轻的脸上迅速蔓延。可谁能看到他骨子里有什么在蔓延？他骨子里充满了对家庭权力拥有者的愤怒，以及迅速滋生的抗争的毒素。那是革命者最初的血液。在许多不眠的夜晚，他想象着自己就是那样的革命者，他在为美好而单纯的世界而战，为此忍受敌人的严刑拷打，并且献出了年轻的生命。他老是觉得自己应该生在一个战争环境里，四边都是潜在的敌人，连父母、兄弟、严之然以及卢美丽都是他的敌人。他们在暗中监视他，侦察他的行踪，随时都有可能将他的叛逆念头扼杀在摇篮里。

乌力天赫并非没有喜欢的人，他们是何塞·马蒂①和切·格瓦拉②。后者曾在乌力天赫七岁那一年来过中国，受到他敬佩的毛泽东和伟大的中国人民热烈的欢迎。而前者写下的《枷锁和星辰》，则让乌力天赫百读不厌：

> 暗无天日的那一刻，我呱呱坠地。妈妈对我说："我胸中的花朵，豪爽的小伙儿，你属于我，也属于天地万物。你曾像小鸟和小鱼儿，如今已长大成人，我交给你两样东西，你看看选什么。这是一副枷锁，谁拿到了它就能苟且偷安地活着；那是一颗闪闪发光却注定要牺牲的星星，它洒下光明，掩护黑暗世界的罪人逃跑，它自己则因为光明而永远孤独，成为人们眼里身负重罪的怪物。"哦，母亲，给我枷锁吧，我把它踩在脚下，让那闪闪发光又注定要牺牲的星星，在我的额前光芒四射！

乌力天赫也有他喜欢的地方，它们是热带丛林或者别的什么易于酝酿革命火种的地方。在读切少校的《游击战：一种手段》的时候，他想象自己就是一个亚美利亚人，在南亚的热带丛林中紧握着汗涔涔的半自动步枪，在深没小腿的腐叶中毒蛇般行走，眼里闪烁着异样的光芒。那是一种渴望献出自己的光芒。他必须成为那样的人，就像卡洛斯·弗朗基对切的评价一样，像一个波希米亚流浪汉。只是，他得和切少校有同样的运气，乘上那艘破旧的、白色

① 古巴民族英雄和独立先驱，发动和领导了古巴第二次独立战争，宣布古巴脱离西班牙而独立。

② 阿根廷人，职业革命者，参加过古巴反对巴蒂斯塔独裁政府的游击战、刚果和玻利维亚的游击战，曾任古巴国家银行行长、工业部部长，1967 年在玻利维亚的游击战中被捕并被处死。

木制的“格拉玛”号快艇，在惊涛骇浪中去做一个自由人。

乌力天赫如饥似渴地读《解放军报》：海军在福建崇武以东海域击沉美制国民党军护卫舰“永昌”号，击伤大型猎潜舰“永泰”号；外交部从达荷美撤出全部外交人员；印度尼西亚政府纵容暴徒袭击中国大使馆，蹂躏和屠杀华侨；美国军舰和飞机频繁侵入中国领海领空，外交部提出第398次严重警告；加纳政变军队殴打中国专家；肯尼亚参议院通过反华动议；战争罪犯受到特赦；河北省邢台地区发生6.7级强烈地震；越南河内和海防遭到美国轰炸；美帝国主义在北部湾炸沉中国货船；苏联驱赶中国留学生，殴打中国外交人员；柬埔寨遭到美帝国主义连续侵犯；香港英国当局出动军队和直升机残酷镇压香港工人和市民；缅甸当局迫害中国华侨……

如火如荼的革命形势让年轻的乌力天赫热血澎湃，非洲人民和东南亚人民的水深火热让他热泪盈眶，他的心在疼痛，他谴责自己失职，没有去拯救受苦受难的人民。他在夜深人静的时候从床上悄悄爬起来，穿着一件单薄的背心走出屋子，在树影婆娑的月光下，用匕首的尖刃一下一下划开自己的手腕，让鲜血流淌出来，滴落在胶鞋上。他想，他应该做点儿什么了。

3

乌力天赫的反常行为没有被家人发现，倒是被随时都在注视着乌力天赫的简雨槐发现了。他们在路上相遇，她放慢脚步，他还在走。她在与他擦肩而过的刹那间横跨出一步，站下了。他被她拦住，看着她。她却不看他，羞涩地看别的地方。细心的她看见了他袖口露出的一截绷带，脸色立刻变得比绷带还要白。她瞪大了一双美丽而忧郁的眼睛，抬脸看他，再看他手腕上的绷带。她下意识地想要摸摸那条绷带，但她知道，他不会允许她那样做。

简雨蝉从一旁跑来，手里拎着一根大棍子，天还凉着，没热得受不了，她就换下长褂，穿上短衣短裤，臭美她的身材。简雨蝉大声说，天赫哥哥，你让狗咬了呀。然后她放肆而清脆地大笑，笑过以后朝地上啐了一口，要乌力天赫别伤心，她会替他报仇雪恨，说罢一抹汗涔涔的头发，挥舞着手中的大棍子，去撵警卫连一条有着波什罗奇血统的狼狗，撵得那条狼狗吱哇乱叫，没命地跑。

“怎么会弄成这样？”

“没什么。”

“你爸又打你了？”

“嗯。”

“你不能不惹他生气吗？”

“他为什么要生气？”

“他是大人呀。”

“大人就有权利生气吗？”

“我说不过你。你总是让人说不过。疼吗？”

简雨槐到底没能忍住，伸出手，去抚摩乌力天赫的手腕。乌力天赫一下子缩回胳膊，摇头。他摇头的时候额前一缕长发奁拉下来，遮住他的一只眼睛，这样就使得他更加的忧郁。

“我爸和你爸说过一件事。关于我俩。”简雨槐刷地红了脸，突然说。她说了，自己吓了一跳，慌里慌张补充，“是几年前说的。”

“什么？”乌力天赫茫然地看着简雨槐。

简雨槐深深地埋着脑袋，揪着长辫子，慌不择路地绕过乌力天赫，走开，走了两步又站住，“我爸说，把我说给你，雨蝉说给天扬。你爸不答应，要把我说给军机，雨蝉说给你。”简雨槐声音很小，说得很快，像风吹着似的。她很少说话，说这么多已经是奇迹了。

乌力天赫把头扭到一边，看不远处的那条江。江滩上，草棵郁郁葱葱，疯长得不像话，乌力天扬带着高东风，两人在那里放两只单轴四尾大蝶风筝。有风且风足,风筝飞得很高。飞呀,你妈的飞呀,你个地主婆!乌力天扬兴奋地大喊大叫。

乌力天赫撇下简雨槐朝江滩走去。简雨槐难过地站在那儿没动,看着乌力天赫走远,又揪了一阵辫子,转身向家里走去。

4

乌力图古拉那些日子忙于日益红火的政治运动,根本顾不上在青春期里困惑着的儿女们。

不知何时,从北京传出主持中央军委日常工作的贺龙搞“二月兵变”的消息。5 月 4 日,中共中央政治局扩大会议在北京举行。毛泽东没有出席,康生传达了毛泽东关于批判彭真和陆定一、解散中共中央宣传部和中共北京市委的意见。会议通过了由陈伯达起草、经毛泽东多次修改的《五一六通知》,宣布撤销“文化革命五人小组”及其办事机构,重新设立“中央文化革命小组”。

基地党委整天开会,研究“文化革命”的形势。乌力图古拉的脑子有点儿转不过来。他不是没有经历过政治运动,过去三十年,他经历过好几次政治运动,甚至当过运动对象,运动一阵子,前方一吃紧,他就解脱了,去前线打仗撒野去了。他一点儿也不在意运动,认为那不过是没仗可打让身上的虱子闹的。可眼下这一次运动不同,毛主席亲自点火,中央集体出动,连中宣部和北京市委都给端了炮楼,动静那么大,让他弄不懂,像一条刚刚度过冬季休眠期的蝮蛇,嗅到一股浓浓的烟火味,却不知道火势来自丛林的哪一个方向,它们有多大。

萨努娅也顾不上儿女们,她正为单位日益浓烈的“文化革命”气氛苦恼着。

作为一名俄裔中国人,自《九评》事件发生后,萨努娅就开始经历中苏交恶带给她的种种阵痛。她这个昔日中苏友好时期的天使被停止了工作，严格地审查，写下大量交代材料，一遍遍交代自己前往中国、在上海和南京的短暂生活、在延安的学习、返回苏联的经历以及重返中国的经历，那些经历甚至被要求细致到每一天、每一件事，否则无法过关。

“文化大革命”开始后，萨努娅的问题再度被提出。首先是“中国阻挠苏联援助越南物资”事件，其次是苏联驱逐中国留学生事件，然后是红卫兵在海拉尔拦截北京至莫斯科特快列车事件，接下来是苏联人冲击中国驻苏大使馆事件……萨努娅在被激怒了的中国人面前几乎成了苏联修正主义在中国的代言人，不断受到质询和批判。萨努娅想不通，回家对乌力图古拉发牢骚：

“我又不是马利诺夫斯基，我也不认识中国留学生，我根本不知道中国驻苏联大使馆的门朝哪边开，我能向你们交代什么？”

“那就把你的脚从口袋里拿出来，说你没什么好交代的。”

“我连赫鲁晓夫的面都没见过，我对他们的了解和你们一样多，干吗你们还要问我苏联政治局开会的事情？”

“那你就说你没见过他们，说你没有参加过苏共政治局会议，说你不是挂在鱼竿上的鱼。”

“可你们不相信呀。你们非得让我交代。”

“不是我们，是他们。”

“我是苏联人——你们就是这么说的。”

“告诉他们，你是中国人。”

“有人要我出示国籍证明吗？有人把我当成中国人吗？反正都一样。”

“那好吧，你就告诉他们……告诉我们，等你接到了参加苏共中央政治局扩大会议的通知之后，你会立刻告诉他们……告诉我们。”

萨努娅一点儿也没有觉得乌力图古拉的主意好。他是中国人,当然会站在中国人的立场上,甚至可以满不在乎,嘻嘻哈哈。她不是,所以她不能。她已经被“他们”整出了严重的神经衰弱,她不想再被“他们”整成疯子。

萨努娅想起哥哥柯契亚多年以前说过的那番话。柯契亚在那番话里对“他们”做了刻薄而轻蔑的评价。萨努娅那个时候是怀疑柯契亚的话的,就算现在,在她不断受到“他们”刁难的时候,她还是不肯相信柯契亚的话。如果她相信,就等于她那么执着地加入到“他们”中间彻底地错了。她不愿意承认她错了。但是,要怎么才能做到不承认错了呢?她很迷惑,非常迷惑。

5

简小川在六中学生造反组织夺权运动中大打出手,打破了一个新中国成立前参加过三青团的副校长的脑袋,还打断了一个当过国民党军医的校医的肋骨。方红藤很担心,要简先民管一管自己的儿子,不要让儿子在外面惹是生非。

简先民那两天上火,舌头上长了两个疮,疼得他连话也不想说。但他还是把简小川叫到自己的办公室,关上办公室的门,问清楚情况,然后语重心长地告诉简小川,凡事不要往前冲,出头的椽子先烂,这是历史经验;砍椽子的斧子先锈,这是党内斗争经验。简先民苦口婆心,教育了简小川好半天。

简先民得到一个消息,中共中央政治局扩大会议时,毛主席没有参加,住在他老家的一个山洞里,然后,毛主席轻车简从,从韶山的滴水洞悄悄来到武汉,住进东湖梅岭别墅。简先民在心里琢磨,天下大乱,毛主席连政治局会议都不参加,肯定有原因,老人家躲回自己的老家,躲进老家的一个山洞,这倒也想得通,可他为什么会到武汉来？武汉对毛主席有着什么样的重要意义？

毛主席在武汉的消息很快得到了证实。7 月 15 日下午，在没有得到任何说明的情况下，乌力图古拉和简先民被紧急接往武汉军区。军区负责人告诉他俩，毛主席将在第二天上午 9 时左右畅游长江，路线为长江大桥至青山，全长二十二华里，其中七华里江水线途经基地管辖地，中央办公厅负责人要求组织好警戒，不许任何人从管辖地下水，不许造成围观围堵局面，武汉军区希望基地协助做好领袖的安全保卫工作。

乌力图古拉和简先民当即回到基地，组织警戒人员和救生人员。沿江边设了两道岗，一道在营区主干道以北，每五十米布置一个岗哨，阻止基地人员和家属下到江滩；另一道设在江滩上。设在江滩上的岗哨不能让毛主席看见，怕他老人家看见生气，可毛主席喜欢仰泳，他老人家躺在水上东看看西看看，说不定让他老人家看见了，所以，这一道岗不能站立，只能趴下。保卫工作要求组织第三救生队，在必要的时候，有关方面提出要求的时候，协助中央警卫团和武汉军区游泳队进行救生工作。救生人员从警卫连官兵中挑选，人员配备救生器材，三人一组，每隔二百米设一组。救生人员比警戒岗更忌讳，更不能让江中的毛主席看见，所以，他们也趴在地上，由观察哨统一调度指挥，叫谁下水谁下水。

那天万里无云，阳光灿烂，毛主席乘风破浪，和他的护卫队从长江大桥方向游过来。乌力图古拉事先让人拖了两节货车到江边，和党委一班人早早爬上货车，用雨布遮住身子，只留出一个脑袋，一人手里拿着一只望远镜，充当观察哨。乌力图古拉在望远镜里观察毛主席。毛主席很会利用水流，不和涌浪斗气，遇到漩流巧妙地避开，游得很自如。而且，他很懂得劳逸结合，累了就往水上一躺，反而是他身边救护队的毛头小伙儿们，一会儿上船一个，一会儿上船一个，不如他。

毛主席游水的线路是事先确定下来的，前面有武汉警备区的巡逻艇开道，把线路上往来的船只赶开。毛主席下水没有多久，就被人认出来，一传十，十传百，都知道毛主席畅游长江的事了，有人往水里跳，去撵毛主席，没跳的就在船上和岸上激动地举着胳膊喊毛主席万岁，江面上的船和码头上的船纷纷拉响船笛，长江两岸一时笛声此起彼伏，热闹非凡。基地党委的人趴在雨布下，看着江面上的热闹场面，心里痒痒的，也想下江去撵毛主席，可是有指示，不能撵，大家就只能趴在闷头闷脑的雨布下，作壁上观。

七华里，不够毛主席游，毛主席很快游远，去了青山方向。等江面上的队伍看不见了，党委的人才汗流浃背地钻出雨布，从货车上下来。大家往回走，乌力图古拉就把自己刚才的想法说出来，说难怪主席喜欢游泳，主席有本事嘛，游上一阵儿，往水上一躺，像一只上好的扎住口子的猪尿脬，风吹浪打都不怕，照这个样子，主席要谁护着？都拉倒吧，就他老人家一个人，能一直游到大海里去呢。大家笑。简先民说，伟大领袖呀，就是不一样。政治部主任罗罡说，我们这些小兵自愧弗如哟。后勤部长汪道坤说，教育太大，回头得练。简先民笑眯眯说，练什么，再练你能练出胜似闲庭信步来？主席的大无畏和气概，那是主席独有的，练不出来。

简先民推说自己有点儿头疼，不参加党委的聚餐了，要回家躺一躺。他不要秘书陪，自己往家走，一路上想着心事。

开春的时候，有消息说乌力图古拉要调离基地，去北京总部任职。这个消息最初并没有让简先民在意，他只是往北京挂电话汇报工作时，顺便核实了一下消息的可靠程度，同时了解到，新任司令员的名单与他无关，也就是说，他还将以副政委的身份在革命的道路上走下去。放下电话，他有些失落，这失落倒不在于乌力图古拉的升迁，也不在他自己与新任司令员无关。乌力图古拉是老革命，在基地做了六年司令员，六年时间没动，连简先民都觉得不应该，都替乌力图古拉叫屈。何况，乌力图古拉就像一棵百年老树，罩住了基地这片林子，如果乌力图古拉是榉树，这片林子就得叫榉树林子，如果乌力图古拉是栎树，这片林子就得叫栎树林子，什么时候乌力图古拉走了，这片林子才能改名，不叫乌力图古拉林子了，叫什么，得看谁来当司令员，新任司令员什么脾性，从这个意义上讲，乌力图古拉走比不走好。

简先民并非觉得他该接乌力图古拉的班。他和乌力图古拉不同，资历不如乌力图古拉老，级别上还动过一次，先来基地时是政治部主任，然后调到副政委，和乌力图古拉比，他一点儿亏也没吃。可是，他现在的处境十分尴尬，基地的编制不合理，因为有总部首长兼着政治委员，他这个副政委明明是基地政治主官，却不能行使政治主官的职权，连在党委中也和司令员一样，是副书记委员，名单还要排在司令员之后，这就让他不光在军事业务上，就连政治上都屈人之下。简先民曾经试探过有没有可能去掉头上这个“副”字，名正言顺地扶正。上面说有可能，60 年代以后国防事业发展很快，像基地这样的单位不再是独生子，一般情况总部不会再派出兼职，只是即便总部撤回兼职政委，军政一把手是分开还是兼任，还得考虑实际情况。现在乌力图古拉要走了，他不会留下来兼任军政一把手，可同时也留下一些难以把握的遗患，要是上面再给派个军政一把手下来，他简先民该怎么办，就这么窝囊废似的听人喝遣？

6

简先民回到家，要方红藤去给自己弄两个皮蛋来清火，清完火想心思，让别打扰他。方红藤往外走，甩下一句话，那我让雨槐别等你。简先民忙问雨槐怎么了。方红藤说，青少年宫让红卫兵抄了，春蕾舞蹈团给拆散了，雨槐难过，在那儿哭呢。简先民一听就坐不住了，叫住方红藤，让她别去，他去。方红藤说，我没打算去雨槐那儿，我就告诉你一声，知道雨槐的事儿你一听准坐不住——我去给你取皮蛋。

简先民上楼，轻声叫，雨槐，雨槐。推开女儿的房间门，看见女儿正趴在床上哭。简先民咽一口唾沫，润了润发火的嗓子，脸上浮起慈爱的笑容，去床边坐下，轻轻拍着女儿的背，说，嗬，看看谁在抹眼泪呀，羞不羞呀。简雨槐把脑袋深深埋进枕头里，委屈地呜咽说，爸，他们把……春蕾舞蹈团……给拆散了。简先民把简雨槐从床上扶起来，掏出手绢，替她揩眼泪，安慰她说，拆就拆吧，拆了咱们在家里跳，我和你妈给你当观众，还有小川有雨蝉，还有明了，你要觉得不够热闹，我让值班室的人都参加，给你鼓掌。简雨槐一下一下抽搭着说，我想在舞台上……跳舞……我喜欢……舞台。简先民心里被重重地划了一下，疼。这是百灵鸟儿一样的女儿啊！是什么让她失去了快乐？有好一会儿，他看着女儿没有说话。过了一会儿，他一字一句地开口道：

“姑娘，爸爸知道你。爸爸知道你喜欢跳舞。爸爸向你保证，要不了多久，爸爸会还给你一个舞台。”

哄好女儿，简先民回到楼下。方红藤已经把皮蛋剥好，放在办公桌上。简先民掩上办公室的门，在沙发上半躺下，接着想他被打断的心思。

女儿的事情和桌上的皮蛋，让简先民想起一件往事。那是几年前，请苏联顾问吃皮蛋喝五加皮酒，他向乌力图古拉提出，乌力家和简家，两个园子嫁接。本来很好的事情，两个园子真要嫁接了，简家和乌力家就成了亲家，乌力图古拉的升迁，就是两家共同的升迁，谁知老家伙傲慢得很，不但没让嫁接，还把他羞辱了一顿，让他在人前人后丢尽了面子。

简先民这么一想，就不光是这两桩事了——给乌力图古拉当下级时受过的呵斥，受到的不待见，自己老婆的同床异梦和乌力图古拉老婆的活泼鲜亮，甚至自己只生下一个儿子，人家一生就是一窝……这些事不想则罢，越想越窝囊，它们纷纷涌上心头，让简先民恼火不已，同时也为自己感到羞愧。自己在乌力图古拉手下干了那么多年，从战争年代一直干到现在，从来就是仰着头看乌力图古拉的，看习惯了，改不过来，甚至乌力图古拉把他从总部要到基地，他还认为那是乌力图古拉看重他，并为此感激涕零，念乌力图古拉的好，可这样一辈子下去，岂不是做定了老家伙的陪衬，要这样，他还算一个革命者嘛！

简先民羞愧得很。他很快决定，改变这种状况，不能再拿乌力图古拉当神供着，而是相反，要革乌力图古拉的命，革神的命！既然乌力图古拉在基地没有给他提供任何升迁的机会，走了也不可能给他提供任何升迁的机会，那好，乌力图古拉的走，就得给他提供点儿机会，要不，这世道也太不公平了，他简先民这一辈子就白活了！

简先民仔细思索了两天。决定一旦做出，问题就变得简单了：他得在新任司令员到任之前拿出手段，让新任司令员和上面看看，不管谁来做基地的一把手，都不能拿他简先民当下稀粥的榨菜头。当然了，事情并非这一种结果，比如说，上面若能从接下来基地将发生的“实际情况”中悟出一点儿什么，明智一点儿，不再派司令员到基地，而是让一把手在基地内部产生，那样的话，基地这片林子，就该改姓简了。

不用考虑乌力图古拉。乌力图古拉打仗行，搞政治斗争不行，那是一头不知政治为何物的天真骆驼——他简先民只需选择一个合适的时机，让信号弹升上天空。

7

基地的大字报已零星出现。大字报多数是向“文化革命”表决心，或者为全国的“文化革命”形势叫好，也有涉及基地的，比如对机关作风不满意，批评有关方面对家属区管理不严之类，所以，当夏天到来的时候，一份矛头直指基地司令员的大字报一贴上报栏，就在基地引起了强烈反响，不到半天时间，司、政、后三大部的机关干部都看过了那份墨迹未干的大字报，并且对大字报的内容议论纷纷。

简雨槐从简小川那里知道乌力伯伯被人贴了大字报，她立刻跑到大字报专栏去看。没看几眼，只觉得脸上臊得慌，匆匆去找乌力天赫。

乌力天扬穿一身大得透风的军装，戴一顶连眼睛都给遮住的军帽，斜挎军挎包，脚上是胶鞋，腰里扎着皮带，一副出远门的架势，门没出，坐在台阶上一把一把地抹眼泪。简雨槐问乌力天扬干吗抹泪。乌力天扬大骂乌力天赫是张国焘、王明投机主义分子。骂过不解恨，狠狠踉一脚蚂蚁。那以后，简雨槐从乌力天扬嘴里得知，武汉中学生红卫兵联合指挥小组去北京接受毛主席的接见，乌力天扬让乌力天赫带上自己，乌力天赫不带，和葛军机两个人溜掉了。

萨努娅晚上很晚才回到家，一进门，卢美丽就对她说了乌力天赫和葛军机去北京的事儿。乌力天扬气还没消，火上加油，把乌力天赫好好地出卖了一通儿，还怂恿着检查家里的毛主席像章少了没，全国粮票少了没。乌力天扬状没告完，秘书严之然神色紧张地进来，把萨努娅叫下楼，在客厅里说了些什么。萨努娅二话没说，拿着手电筒出了门，到机关大楼前的大字报专栏，很快找到了那份大字报。

大字报的署名是“部分革命群众”，标题是《且看“老革命”乌力图古拉的丑陋嘴脸》。大字报写道：乌力图古拉很早就混进了我党我军，几十年来，他一直打着“老革命”的旗号，干着欺骗革命群众的勾当，现在，让我们看看乌力图古拉到底是个什么角色——他给自己的小保姆取名叫卢美丽，讽刺我们伟大而美丽的社会主义祖国，其狼子野心何其毒也；他忘了劳动人民朴素善良的本性，没有鸡鸭鱼肉不吃饭，实为剥削阶级的酒囊饭袋；他生活腐败肮脏，用尼龙布给自己老婆做连衣裙，在家里不让男孩子穿裤衩，不让女孩子穿小衣，让他的孩子们光着屁股在家里走来走去，是地地道道的大流氓；他侵吞革命战友的财产，把黑手伸向烈士子女，企图将他们改造成他的孝子贤孙；他拿国民党残渣余孽当亲人，扬言要替国民党残渣余孽养老送终，还借读书离校近为由，把国民党残渣余孽的孩子留在修缮队，替国民党培养反动后代……我们一定要认清乌力图古拉的真实面目，不要让他这只披着羊皮的狼蒙蔽了眼睛。

萨努娅看完大字报，气得要命，一句话没说，上去就把大字报给撕了。哨兵听见动静过来，看清是司令员的爱人，不好说什么，吭吭哧哧的，倒腾着肩上的枪带。萨努娅也不避讳，问清大字报专栏由政治部机关负责管理，对哨兵说，告诉政治部，大字报是我撕的，有什么事让他们找我。

过了两天，乌力图古拉从下面回来，一进门，萨努娅就把大字报的事情说给他听。乌力图古拉哈哈大笑，一边脱鞋一边说，哪有这样编派人的，讲故事你也讲点儿有根有据的事情嘛，你上大字报乱讲。萨努娅说，怎么没根据？怎么乱讲？卢美丽的名字是我给取的，咱家吃肉多不假，我那件连衣裙是尼龙伞做的，孩子们的确没让穿裤衩小衣，军机安禾稚非是战友的孩子也不是编派，高二油给国民党开过车也是事实。问题不在有没有根据,问题是人家上纲上线,这才是胡来。乌力图古拉一挥手,不以为然地说,让他上去,他还能上到哪儿去?上到月亮上去?

两人话没说完,严之然进来报告,那份被萨努娅撕掉的大字报又给贴出来了,末尾注明保存三十天,还写上了警告小爬虫不要向革命群众伸黑手之类的话。这还不算,后面还跟了一张新的大字报,题目叫《谁在阻挠"文化革命"?》,大致意思是,全国"文化革命"的形势一片大好,我部却冷冷清清,成为革命形势之外的一片"世外桃源",究其原因,就在于军阀"南霸天"乌力图古拉一手遮天,阻止"文化革命"在我部的开展。

乌力图古拉愣了一下,问严之然,说我是军阀?严之然点头。乌力图古拉不笑了,脱掉的鞋重新蹬回脚上,起身出门,去机关看大字报。那一看,自然就看出一肚子火来。

乌力图古拉没撕大字报,回家就给简先民打电话,问他看过大字报没有。简先民说看过了,群众的火气大了一点儿,用词激烈了一点儿,但提出的问题值得我们深思。乌力图古拉说值什么得?深什么思?那是没事儿干,闲得无聊,犯自由主义,要这样,明天我就紧螺丝,三天的活儿一天干完,再让每天早晚全副武装各跑十五公里,看谁还有力气嚼舌头!简先民在电话那头哼哼哈哈地安慰了乌力图古拉几句,把话岔开,问乌力图古拉下去的事情,然后把电话挂掉。

8

乌力图古拉以为没事了,大字报的事属于机关"文化革命",按照全军"文革"小组的规定,由基地文革小组组长简先民管,他已经和简先民交换过意见,简先民会处理。

谁知事情没有控制住，针对乌力图古拉的大字报仍然不断地贴出来，而且火力越来越猛，把他和正在全国批判的“彭罗陆杨”联系起来，说他对“彭罗陆杨”有感情，长期保留“彭罗陆杨”的照片，对中央立案审查四人集团十分不满，还说他反对突出政治，压制革命左派，把基地变成了针插不进、水泼不进的独立王国。

乌力图古拉觉得事情有些蹊跷，不像先前想得这么简单。战场上从来是流弹横飞，但火力点在什么地方，通常能看出作战动机。包括简先民在内，基地党委的人都被贴过大字报，可谁都不像针对他的大字报那么火力集中，而且战斗射速猛烈。乌力图古拉凭着经验，知道这是有来头的，不是流弹。联想到头一张冲自己来的大字报，那大字报里写的事情，不管有没有，都是家里的事，穿不穿裤衩也好，做不做连衣裙也好，自家人不说，外人不知道。乌力图古拉就断定，家里出了内奸。

乌力图古拉和萨努娅说了自己的想法。萨努娅不接受内奸这个说法。两人关着门分析了半天，可分析谁都不像。萨努娅埋怨乌力图古拉多心。乌力图古拉一笑，说要是盲目射击也罢了，人家没有禁止射界，命中点都在要害处，我一个当司令员的，既不能拦阻射击，又不能压制射击，不疑心怎么办？让人冷枪放倒啊？

和萨努娅的谈话没有解决问题，乌力图古拉怎么都不能释怀。他不想光等着人打冷枪，一枪一枪地在自己身上钻窟窿。乌力图古拉也不打电话了，直接闯进简先民的办公室。

“老简，风向不对嘛，说我抓枪杆子，是不是说我要搞反革命政变呀？”乌力图古拉对简先民毫无提防，拖过一把椅子坐下，开门见山地说。

“抓枪杆子是事实嘛，你的工作就是抓枪杆子，说你光占着茅坑不屙屎，你怕是不会承认吧？”简先民正和自己的秘书说着什么事，半真半假地开了一句玩笑，“是不是搞反革命政变，就得你自己交代喽。”

“交代个屁!”乌力图古拉恼火,“我的事儿,别人不知道,你还不清楚?参加革命三十多年,吃着革命粮,干着革命事,要说反革命,有,身上挨的子弹炮弹,那全是反革命的。”

“老乌,不要光给自己评功摆好,也得在灵魂深处给自己爆发一场革命嘛。”简先民把脸上若有若无的笑容收掉,示意秘书退下,自己从办公桌后走出来,往乌力图古拉面前的沙发上一倒,“你的情况,我当然清楚。但‘文化大革命’,是人民群众的革命,清楚不清楚,得人民群众说了算。就群众揭发的情况看,你的问题还是很严重的。当然,是不是搞了反革命政变,还得核实,但有些事情,是可以肯定的。”

“你什么意思?”乌力图古拉没想到简先民会这样说,愣了一下,“我有什么事儿让群众肯定?”

“老乌,你不找我,我也要找你。群众都揭发了,说你在基地搞独立王国,说你反对政治挂帅,这些事情,你承不承认,事实都存在嘛。”

“老简,别人要这么说,我话都不回,你在基地干了六年了吧,能不清楚这个?基地是军队,不是菜市场,四敞着马出牛进,三分钱一棵葱五分钱一头蒜,那就叫独立王国?政治工作不归我管,我也没少嚷嚷,点灯熬夜学文件的事儿我不比谁少干,那叫反对政治挂帅?”

“就算这些事是捕风捉影,和彭罗陆杨小集团的关系,你总不能说没有吧?”

“我就纳闷儿了,彭真和罗瑞卿我见过,开会见的,人家在台上,我在台下,八竿子打不着。至于陆定一和杨尚昆,我连面都没见过,我和他们有什么关系?”

“没关系,那你在家里偷偷保留他们的照片,一摞一摞的,怎么解释?”

“保留什么照片？我压根儿就没有他们的照片。”

简先民起身拨了个电话，要人拿几号材料过来。一会儿工夫，“文革小组”一名干部抱着卷宗进来了，照简先民的吩咐，从卷宗里取出一摞照片摊在桌子上。

乌力图古拉看那些照片，照片上还真是那几个人，因为是翻拍的，做了剪裁，原来在干什么不知道，只留下了大脑袋，或笑或凝思。乌力图古拉翻了两张，看不出什么意思，没兴趣再往下看，把照片推到一旁，一笑说，照片光拍大脑袋了，拍得不好。简先民让那个干部把照片收好，退下，对乌力图古拉说，照片是新华社中央新闻社解放军画报社人民画报社的摄影师拍的，人家是专家，轮不着你老乌说拍得好不好。但照片是你保存的，这是铁的事实，不用狡辩。

乌力图古拉让简先民这么一说，恍然想起，那些照片来自《解放军画报》和《人民画报》，是从画报上翻拍下来的。乌力图古拉的确有这两份画报，但画报是政治部给每个党委成员订的，不光乌力图古拉有，简先民也有，拿这个来说自己和“彭罗陆杨”有关系，不是笑话吗?

简先民没有被乌力图古拉笑住，很严肃地告诉乌力图古拉，基地“文革小组”在半个月前对党委七个成员、三个书记进行了调查，除了乌力图古拉和汪道坤，其他成员和书记都在5月4日中央宣布对“彭罗陆杨”反党集团进行专案审查之后，把有关的书籍照片上交到“文革小组”，这充分说明，乌力图古拉和汪道坤与别的同志不同，他们两人对中央审查“彭罗陆杨”反党集团不满，对“彭罗陆杨”反党集团怀有难以割舍的感情，保留上述照片就是铁的事实。

“淡扯大了。”乌力图古拉冷笑一声，“你我身上这套军装还是罗瑞卿主持军委工作的时候配备的，军队现行的所有条例装备也都是经过罗瑞卿签署的,咱们把衣裳扒下来,把军队砸掉? 再说,画报上不光有彭罗陆杨,还有美国人、苏联人,你们怎么不把他们拍一拍,说我和老汪对美帝苏修有感情? 不是扯淡嘛!”

乌力图古拉这么说,心里也在犯嘀咕,想自己平时不看画报,政治部给订了,由警卫员何子良取回家,也都是卢美丽和工作人员翻得多,他基本没动过。他曾经对罗罡说过,要政治部节约点儿经费,别给他订画报了。这以后还真没再见过,也不知道这个时候怎么就钻了出来。

9

事情后来弄清楚了。原来,乌力图古拉向罗罡说了不订画报的意见,罗罡没有执行。没有执行不是硬要反抗司令员的指示,是党委成员都有,独独不给司令员订说不过去。画报还是由何子良取回家,何子良知道乌力图古拉不让再订画报,就没把画报拿出来,自己收在宿舍里,没事时翻翻。小伙子喜欢画报上英姿飒爽健康壮实的女兵女工人女农村青年的图片,看完夜里睡不着,翻来覆去地折腾自己,天长日久,爱不释手,床下堆了一大堆。“文革小组”搞乌力图古拉的调查时,秘书严之然和警卫员何子良是重点。严之然有经验,知道司令员在基地有对头,“文革小组”找他谈话,他支支吾吾,东拉风西扯云,没往正题上说。何子良就没有这个经验了,让“文革小组”的人一唬一讹,再让简先民一谈话,没顶住。其实简先民和何子良也没谈什么,很和蔼地问了问何子良家庭的情况,入伍后的情况,嗯嗯嗯地点头,像是偶然想起什么,就手给后勤部长汪道坤拨了一个电话,说老汪,上次你说机关油库差一个协理员,我这里有个人选,我看挺合适。然后就把何子良的情况说了,没提何子良的名字,情况一模一样,说完放下电话,把何子良送出办公室。何子良回来一想，自己跟了司令员六年，从十七岁跟到二十三岁，威风倒是威风，可没咋进步，这协理员是排级，那是提干了，简政委把话都说到这个份儿上，这边放着个犯大错误的司令员，那边放着个排级干，他还能放着馍馍不吃，去啃苦菜窝窝？何子良回去就照"文革小组"的暗示，把家里能搜集到的资料都搜集好，扛到"文革小组"，还连想带编，给"文革小组"写了一份情况说明，把乌力图古拉给卖了。

"小何他怎么会这样？我拿他当亲弟弟待呢！"萨努娅很难过，怎么都想不通，"我怕你批评，还背着你把他妈从山东接到武汉看过病。你别看我，没花公家的钱，花我的工资。你说，我们是不是对他太严厉了，他才这样做？"

乌力图古拉没有萨努娅那么多愁善感，看何子良出了事，自己身边的工作人员都有点儿紧张，情绪不对，把萨努娅拦住，要萨努娅别当着工作人员的面说这件事，大家都看着呢。萨努娅也就不说，那两天有些神经过敏，老是像母马看儿马一样，忧郁地看工作人员，每天夜里都要起来好几次，去后院工作人员宿舍，看工作人员掀被子没，要不要喝水，让人看了，心里怪不舒服。

乌力图古拉知道萨努娅心善，拦不住她，又不能看着她老这样。何子良那几天躲在"文革小组"不敢露面，人留不住，乌力图古拉就通知机关给换人，这回不找后勤，直接找司令部，要司令部给自己派个不看画片儿的人来。

换了人，乌力图古拉又去找简先民，要和简先民交心。自打上次和简先民谈了话，乌力图古拉就已经判断出，事情的根源出在简先民这儿。他心里犯嘀咕，想不通简先民为什么要这么干，找不出理由，但简先民鬣狗露牙，一副下嘴的架势，他已经能看清了。乌力图古拉找到简先民，先说画报的事情，不往何子良身上推，说画报是自己没交上去，可那构不成反党，批判不上他，然后征求简先民的意见，问他是不是对自己有什么看法。

这一回，简先民也爽快，拉下脸，不哼哼哈哈，直截了当地告诉乌力图古拉，他本人对他乌力图古拉没有任何意见，他的意见紧跟党中央和毛主席。《五一六通知》说，要“批判混进党里、政府里、军队里和文化领域的各界里的资产阶级代表人物，清洗这些人”，他乌力图古拉就是这样的人物。

“连朱德都批了，彭罗陆杨都批了，你算老几，不能批？”简先民说这话时支着身子，冷着眼，还借势挥了一下胳膊，那个样子，和指挥一场大战役的前线指挥员没有什么两样。

乌力司令员和简副政委在政治部机关大楼吵架的事很快在基地传开。何子良知道了，心里乱糟糟的，忐忑不安。但他很快接到通知；调他到后勤管理学校学习，回来以后另行分配工作。何子良知道这是简政委的关照，简政委还真是说话算话，替自己安排了光明前程，何子良也就没有什么忐忑不安的了。

何子良怀着对简政委的感激之情，去警卫连向自己的同乡告别。从警卫连高高兴兴地出来，是晚上 9 点 25 分左右。他走过修缮队的苗圃时，黑暗中扑出两个黑影，没等他反应过来，一条麻袋就套在了他的脑袋上。据游动哨掌握的情况和何子良事后回忆，整个袭击时间大约在两分钟左右，何子良被拳头、脚尖和砖头殴打二十余下，疼得大叫二十余声，被小刀捅中屁股两下，惨叫两声，等游动哨赶到，袭击者已经逃走，除了那只麻袋和几块碎砖头，没有留下别的作案痕迹。何子良立刻被送往医院。检查的结果是，何子良被钝器击伤，导致头部、肋部数处挫伤，臀部有两处锐器刺伤，伤口深达两厘米，幸亏没有伤到股动脉，否则问题就大了。

“你没说要杀他！”高东风脸吓得煞白，一个劲儿地抠鼻子，看乌力天扬把沾了血污的小刀用力往花坛的泥土里插。

“我当然没杀他。”乌力天扬插干净刀子，合上刀刃，往裤兜里一揣，“要杀他捅屁股干什么？我照他胸上扎，照他脑门儿上扎，明白了？”

“他们不会抓住我们吧？”高东风打了个寒战，朝身后黑暗中的柳树林看了看，“我不想蹲监狱。”

“所以叫你去偷鞋，戴口罩，别说话。”乌力天扬老练地说，说完以后像被挠动的笑笑草，嘎嘎地窝到地上，前仰后合地笑，“那条……那条麻袋是……是从简家偷来的，让他们查……查……简明了去吧……”

第十二章　杀死那些狗崽子

1

8月17日晚上9点多钟，乌力天赫和葛军机还没弄上饭吃。他俩挤在一大群外地来京的学生和教师当中，想挤近食堂打饭窗口领两个馒头。

一辆铲车开来，铲斗里装着满满一斗菜汤，有人冲过去想用缸子捞上一缸菜汤，被北京工业大学一群维持秩序的造反派堵住。造反派大声吆喝着，要饿急了眼的外地学生和教师不要拥挤，并且把一些年纪大、看起来像乞丐的人从人群中拽出来，赶出食堂。

乌力天赫终于挤到窗口，从戴着红袖章的食堂师傅那里要到两个馒头，然后使尽浑身的力气退出来，到处找葛军机。他看见两个女孩子被挤得脸憋得青紫，鞋挤掉了，怎么都不能突进重围，其中一个女孩子模样儿长得像安禾，他心里一软，把捏得跟饼子差不多的馒头给了她俩，自己反身再往打饭窗口挤。

简小川顶着个乱糟糟的脑袋来了。他高声喊着，红旗战斗小组的，红旗战斗小组的，有紧急任务，让一让！还真有人给他让路，让他挤进人群。简小川找到乌力天赫和葛军机，把他俩从人群中叫出来，告诉他俩，今晚不睡了，赶快收拾一下，十点往天安门走，得在凌晨两点以前进入广场，两点钟封场，晚了进不去。葛军机说，我们一天没吃饭，排了六次队，人太多，轮到我们就没了，连青菜汤都没喝上一口。简小川不耐烦地说，连顿饭都混不上，不是给武汉造反派丢脸吗？又得意地说，我吃了，在北航吃的，木犀肉和炖黄鱼，还嘬了两口老白干儿，腐败得要命。说完叮嘱两人，戴上袖章和像章，带上《毛主席语录》，水壶也带上，要是路上走散了，就到清华大学队伍的后面找，那是分配给武汉学生造反派的位置。操，简小川撇着一口刚学的京腔不满意地说，现在才知道中央军和杂牌军的区别，人家北京的造反派全在金水桥两边，毛主席眨没眨眼都看得清楚，要不怎么说革命非得赶“一大”，“二大”你都得听人喝。

早两年，“简氏集团”和“乌力氏集团”是冤家对头，两个集团斗争的结果，基本上是“乌力氏集团”占优势。如今简小川是武汉市中学生造反组织的骨干，而因为基地有乌力图古拉不得参加运动的规定，乌力天赫和葛军机只是造反组织的一般成员。简小川身份不同于先前，眼界也不同于先前，早两年与“乌力氏集团”的冤仇，因“文化革命”的风起云涌而逐渐淡化，也因乌力家的孩子们在运动中的边缘化有所转变。如今是简小川带着乌力家的孩子们玩，比如以组织名义到北京串联，就是简小川替乌力兄弟争来的名额。简小川为乌力兄弟提供名额，自然要对这兄弟俩吆五喝六，他要的就是这种换了天地的痛快感觉。

乌力天赫和葛军机顾不得要馒头，连忙回睡觉的地方去收拾东西。睡觉的地方是学校的大礼堂，几千个人打地铺，刚生下来的耗子似的一个挤一个。两人回到礼堂，看大家都在扎腰带戴帽子整理袖章，一问，都是去天安门的，于是一起上路。

2

走在路上才知道，幸运的人不光他们，是成千上万。那种场面有点儿像百川入海，年轻人一群一群、一队一队，有北京的红卫兵，也有来自全国各地的学生和教师,还有一些年轻的工人和无业青年,他们从胡同和小街里走出来,一上长安街,便汇成一条人群的河流。大家打着旗帜,昂首阔步,唱着革命歌曲,向天安门进发,每个人脸上都洋溢着压抑不住的笑容,好像他们是全世界最幸福的人。此时的北京城黑乎乎的,路灯隔着老远亮一盏,鬼火似的。倒是北京的红卫兵有经验,不少带了手电筒,无数手电的光在脚下和头顶上晃来晃去,恐怕巴黎公社成立时也没有这份奇幻和热闹。

乌力天赫兴奋得要命,觉得这就是自己要寻找的那份生活,这就是自己要寻找的那条道路。他挤在人群中,大步往前走,跟着别人一起大声地唱着歌,一首接一首地唱,一点儿也不知疲倦。

快到天安门时,人越来越多,长安大道上水泄不通,东西长安街两侧都有北京的红卫兵维持秩序,一水儿的绿军装,雄赳赳气昂昂。这个时候开来两辆大卡车,上面站满了穿军装扎腰带的红卫兵,他们大声冲路上的人吆喝,让开让开!都让开!葛军机慢了一步,没躲开,被卡车头顶了一下,差点儿没碾进车轮子底下。乌力天赫反应快,一把拽过葛军机,心想大家都走,你们都到广场了,还赖在车上,乌力天赫就往上冲,要去理论。简小川拦住乌力天赫,说别去,没看见是清华附中红卫兵和北大附中红旗战斗小组的人呀,人家是"文化革命"的功臣,就你,理嫌小了点儿,论不上。

广场正中央的位置是北京大学红卫兵的,他们的队伍很整齐,簇拥在一块巨大的全国第一张大字报模型四周。给武汉学生造反组织分配的位置原来在清华大学红卫兵的后面,不知为什么,又给挪到人民英雄纪念碑旁边了。简小川骂骂咧咧,带着乌力天赫和葛军机在人群中挤,等挤到人民英雄纪念碑旁,已经是凌晨两点了。广场果然被北京卫戍区的人封住,邱义群大汗淋漓地挤过来,说差一分钟给封在外面,封姥姥了,没进来的少说几十万,都在那儿又哭又喊。简小川抹一把汗,说谁让他们不急行军,以为北京是延安哪，现在是世界革命时代，没看见人家外国红卫兵吗，比咱们还积极。乌力天赫和葛军机朝远处看，果然就看见一群戴着红袖章穿着绿军装的外国青年，黑皮肤的有，白皮肤的有，棕色皮肤的也有，在那儿啃着馒头，大声地唱歌，比土著红卫兵还起劲儿。乌力天赫和葛军机也顾不得一天没吃饭，肚子里咕咕叫，找地方挤着坐下，等待天亮。

等待不是光坐着，各地来京的学生都有组织，有宣布纪律的，有演讲的，有现场搞大批判的，最多的是唱歌。人民英雄纪念碑旁有几个年纪不大的女孩子，看模样是艺术学院附中的学生，个个有气质，手里拿着大喇叭，组织大家拉歌。一个俊美的女孩举着喇叭朝纪念碑南头喊，四川的革命战友们，来一个，来一个！南头就响起一片歌声："马克思主义的道理千头万绪，归根结底，就是一句话，造反有理。根据这个道理，于是就反抗，就斗争，就干社会主义。"

歌声刚落，俊美女孩转过喇叭，朝乌力天赫他们这个方向喊，武汉的革命战友们，来一个！简小川就站起来，整了整腰间的武装带，猩猩上树似的端起两只胳膊，一脸庄严地起了个音，说预备——唱！大家就扯开喉咙大声唱："拿起笔做刀枪，集中火力打黑帮，革命师生齐造反，'文化革命'当闯将。"

歌刚唱完，邱义群就埋怨简小川没有选择好歌，太短，不能体现武汉造反派的风采。乌力天赫兴奋地站起来，说大家听我的，抬头望见——唱！大家就在乌力天赫的指挥下扯开喉咙唱起来："抬头望见北斗星，心中想念毛泽东，迷路时想您有方向，黑夜中想您照路程。湘江畔，您燃起火炬通天亮，号召工农闹革命；井冈山，您率领我们反围剿，红旗一展满地红。红军是您亲手创，战略是您亲手定，革命战士想念您，伟大的领袖毛泽东。"

这一回的歌唱得很长，基本上是广场表演，挣足了面子。歌还没有唱完,旁边的云南学生们等不及了,不用人拉歌,扯着喉咙唱起来。

歌这么唱下去,天边渐渐露出一丝鱼肚白。简小川一直为唱歌的事情和邱义群过不去,嫌邱义群不尊重他这个第三号联络员,同时埋怨乌力天赫在外地战友面前丢他的脸。乌力天赫没反驳。邱义群不服,反唇相讥,说简小川只会扒着门槛斗狠,不能经风雨见世面。两人吵起来,一号联络员过来批评他俩,要他俩闭嘴,否则开除出组织。

乌力天赫唱得嗓子都哑了,壶里的水喝下去一大半,不敢再喝了,怕白天还要唱,还要喊,口渴了没水喝。看看葛军机,葛军机脸青着,嘴唇起了泡,是饿和渴闹的,问他,他摇了摇水壶,差不多还是满的。乌力天赫就觉得自己不如葛军机,葛军机能忍耐。

破晓前,乌力天赫正仰了脑袋看深井一样的天,人群中突然响起一个声音,我操你妈,谁偷了我的望远镜,哪个王八蛋干的!谴责的声音立刻响成一片,不说偷望远镜的人,都攻击那个丢望远镜的人,说你算老几,有什么资格用望远镜看伟大领袖?谴责声没落,另一头又响起打流氓的叫喊,说许小丫让人剪了辫子,还在屁股上摸了一把。人群向那个地方拥去,传出一片喊打声,看那架势,估计犯事的人很快就得没了气。这还不算完,有人叫鞋掉了,有人叫我的眼镜,有人大声问吴卫东在哪儿,朱向阳在哪儿……等喧闹稍稍平息下去,一个声音又在高喊,小胡你醒醒,胡兵晕过去了,谁有仁丹?葛军机带着仁丹和十滴水,立刻人传人传过去,一会儿那边传过来感谢的话,说河南红卫兵向武汉战友致敬。

感谢的话没说几句,有消息传来,说毛主席已经来了。大家不相信,有人看表,才 5 点钟,说毛主席日夜操心世界革命大事,这会儿工夫也许刚睡下,不可能来。有人就反驳,毛主席就该这个时候来,天快亮了,太阳要升起来了,毛主席和初升的太阳一起出现在天安门城楼上，多好啊。

正争论着，前面突然乱起来，欢呼声潮水似的往后涌，人们一下子兴奋起来，还没弄明白发生了什么事，先条件反射地跟着欢呼，高喊毛主席万岁，一边踮着脚往天安门看。看了半天，什么也没看见，城楼上倒是有人影儿，可是不是毛主席却没法判断。过了一会儿，又有消息传来，说毛主席真的来了，上了天安门城楼，又下来了。

忽然，金水桥方向爆发一片欢腾，“毛主席万岁”的口号声一浪高过一浪。广场上的人又都踮起脚往那边看，太远，看不清，只看出那里像刚出锅的爆米花，膨胀的不得了。大家都打听是怎么回事，不一会儿有人传过话来，说毛主席是从城楼上下来了，已经走到金水桥了，在那儿向咱们招手呢！于是人们更使劲儿地喊毛主席万岁，更使劲儿地踮起脚往那边看。过了好一阵儿，欢呼才稍稍平息，又有人传过话来，说毛主席这回用的是游击战术，只有一个年轻女兵跟着，别的中央首长都让他给撇开了，当兵的拉出一道人墙保护毛主席呢！还有人就像刚刚亲眼所见，说毛主席一走到金水桥就坐在地上，看庄稼似的看着满眼茁壮的红卫兵，还摘下军帽，向全场挥舞致意……消息像风一样在广场上刮来刮去，人们兴奋不已，欢呼声一波又一波，响彻云霄。简小川差点儿晕过去，一个劲儿地说，毛主席要来接见我们了，毛主席不光是北京的毛主席，毛主席是全世界人民的毛主席！

毛主席到底没有走进广场，说是被随后赶来的周总理和卫士们拉回到城楼上，还说原来在城楼下东西两侧观礼台上的红卫兵都被调到城楼上去了，还说毛主席在城楼上接见了北大红卫兵领袖聂元梓，和聂元梓等人握了手。简小川愤怒得直骂娘，说怎么不让我们上去？我早说了，中央和地方就是不一样，他们上城楼，我们在下面，等他们接见完，毛主席也累了，手都握肿了，我们还有个屁呀！邱义群瞥一眼简小川，向身边的人布置，等游行结束，我们去北大，和聂元梓握手，就等于握了毛主席的手。

7点半钟，随着《东方红》震耳欲聋的声音，毛主席出现在天安门城楼上，身后跟着林彪、朱德、刘少奇、周恩来。毛主席穿着绿色军装，神采奕奕，不断地向人们挥舞手臂。整个广场沸腾起来，万岁的呼声惊天动地，连从天空中飞过的鸟儿都要被震落下来了。

11点，百万游行队伍全部通过天安门广场。毛主席在天安门城楼上分批接见红卫兵代表，微笑着戴上了师大女附中宋彬彬献上的红卫兵袖章，对她说不要文质彬彬，要武嘛。这消息传得更快，红卫兵们激动得相互拥抱，热泪纵横……

乌力天赫一直在跳跃和叫喊。他的视线被自己的眼泪淹没了。他不断地揩去泪水，再揩去泪水。他的胶鞋早不知去向，他全身汗淋淋的，他的嗓子喊哑了。他听不见自己的声音，只觉得每喊一声，就有一口鲜血喷涌而出。他听见一个湖北黄冈口音通过麦克风向广场上的百万青年说："我们坚决地支持你们敢闯、敢干、敢革命、敢造反的无产阶级革命精神！我们要大破一切剥削阶级的旧思想、旧文化、旧风俗、旧习惯，扫除一切害人虫，搬掉一切绊脚石！要把反革命修正主义分子，资产阶级右派分子，资产阶级反动权威彻底打垮、打倒，使他们威风扫地，永世不得翻身！"

乌力天赫因这番话激动着。他想还需要什么呢？他想这已经足够了。他知道自己已经站到了神圣的战场上，他必须相信这番话，必须为这番话里的每一个字去奋斗，并且在不顾一切的奋斗中毫无保留地献出自己年轻的生命。

1966年8月18日上午，年轻的乌力天赫相信所有他看到、听到、感觉到、联想到的事情。他唯一不肯相信的恰恰是一件事实：他和他的同伴们，他们的位置离天安门城楼太远，只能看见城楼上影影绰绰的人群，而无法看清楚那些人究竟是谁——他和他们根本没有看清楚他们崇拜的那个伟大人物。

3

乌力图古拉被停职审查了。他太低估了简先民的能力。他以为简先民只能做一些在行军路上打着快板鼓动士兵加快步伐的事情，完全没有想到，政治思想工作者简先民也能组织一场战役，并且能够将这场战役有条不紊地指挥下去。

简先民以基地“文革小组”组长的名义向乌力图古拉宣布，鉴于乌力图古拉反党反社会主义、恶毒攻击伟大领袖毛主席、在基地抓兵权企图搞兵变的反动罪行，他被解除党内外一切职务，并成立对以他为首的基地反党集团的专案审查组。简先民抛出了乌力图古拉恶毒攻击伟大领袖的事实材料——至少有四个在现场的人向专案组提供了证明，1966 年 7 月 16 日，毛主席在武汉畅游长江，乌力图古拉阴阳怪气地说，毛主席是一只猪尿脬。这是多么恶毒的语言哪！还有比这更恶毒的语言吗？这颗火力威猛的重磅炸弹，一下子就把乌力图古拉给炸倒了。

“我给过你一个机会，如果你记忆好一点，可以想起来。”简先民像个耐心的老师一样坐在乌力图古拉面前，十指交叉，态度诚恳地指点乌力图古拉，“那张大字报，《且看“老革命”乌力图古拉的丑恶面孔》，你不会忘记吧？那是无关痛痒的。如果你明白事理，知道为什么你会遭人忌恨，知道如何改正那些忌恨，比如说，就像我对你说的，值得我们深思，而你也深思了，然后放下架子，和我沟通沟通，回到政治挂帅的立场上来，仍然是一个可以教育的同志。可你硬要孤注一掷，抱着你的反党宗旨不放，只能搬起石头砸自己的脚。”

“你那是断章取义。你把我的话说完整。我说，‘难怪主席喜欢游泳,主席有本事嘛,游上一阵儿,往水上一躺,像一只上好的扎住口子的猪尿脬,风吹浪打都不怕,照这个样子,主席要谁护着?都拉倒吧,就他老人家一个人也能一直游到海里去呢。'我是这么说的吧?我说错了?"

"老乌啊,这就是你的不对了。你明明错了,错到底了,还嘴硬,你这就不是马克思列宁主义。猪尿脬的事情先放在一边,性质严重到什么程度你自己琢磨,看够不够得上恶毒攻击伟大领袖,先说下面的。你说'主席有本事嘛'这不是阴阳怪气是什么?你说主席'游上一阵儿,往水上一躺'这不是说主席畅游长江是玩儿,而且表现得很消极,而且你还怀疑主席游泳的能力?你说'主席要谁护着?都拉倒吧',这就暴露无遗了,你是想孤立主席,是想把主席和人民割裂开呀!你还说让主席一个人游到海里去,居心何在?你不是想淹死主席吗?"

"放屁!"乌力图古拉像一头咆哮的狮子,向简先民怒吼,"你放屁!"

简先民充满同情地看着乌力图古拉,心想,在政治斗争面前,英雄是多么苍白无力呀,他们什么都不能抵御,就像一些刚生下的鸡蛋,根本砸不开由他们自己创造出来的时代所需要的政治韬晦冶炼出的诡辩的石头。

4

按照基地"文革小组"的规定,乌力图古拉每天上午 8 点钟由严之然陪同,去专案组写交代材料,并且接受专案组的讯问。乌力图古拉心想,好嘛,梳毛运动又来了,你简先民也操上梳子了,行嘛,那就梳嘛,看你能梳出什么来。你把我身上的虱子都梳掉,我还舒坦呢,我还要谢谢你呢。乌力图古拉依然抱着这样的轻敌心态,没有告诉萨努娅自己被立案审查的事。他每天照常起床,穿衣洗漱,走出家门,去专案组,只是到了那里,他什么材料也不写,而是和专案组的人吵架。

萨努娅还是知道了乌力图古拉被立案审查的事情。她立刻跳起来,要乌力图古拉别服输。别让人梳毛,和简先民斗！他凭什么说你是反党集团？乌力图古拉问斗什么,拿什么斗。萨努娅说,拿你对党的忠诚,拿你对人民的忠诚！乌力图古拉冷笑道,那不叫斗,叫反抗,简先民不是简先民,是“文革”小组,你要反抗,他就把你整成阶级敌人,就像对待狗屎那样对待你。萨努娅质问乌力图古拉,那你就输给他？你就当他的阶级敌人？乌力图古拉当然不会认输,他怎么会认输呢？他正憋着劲儿和人斗着哪,没仗可打就和虱子斗嘛。他和萨努娅说那样的话,只是不想让自己的女人参与到这种事情中来。女人只适合在后方待着,洗洗被子,烙烙煎饼,烧点儿热水,等着男人完了事儿回家泡脚。他就是这么想的。

乌力图古拉不想让自己的女人担惊受怕,萨努娅却偏偏不是个待在后方的女人。她在自己的事情上都没有这么恼怒,她只是为深重的敌视和无休无止的交代苦恼,还有一些属于女人的怨言,可她却在乌力图古拉的事情上动了怒。乌力图古拉前脚离家,她后脚就去找简先民。她闯进简先民的家,在方红藤惊诧的目光中把简先民痛斥了一通。

“他说过我是他的母马,难道我就是母马了吗？他说过他的孩子们是恐龙蛋,难道那些孩子就成了恐龙了吗？他生在草原,他有那么多的草原语言,他骂过风,骂过雨,他在风中雨中从来没有躲避过,他是那么喜欢它们,从来也离不开它们,这能说他在攻击谁吗？除了敌人,他攻击过谁？”

简先民为萨努娅政治上的肤浅和在政治斗争中表现出的幼稚感到惊讶,她怎么会把政治和风雨混为一谈呢？或者她是对的,政治就是风雨,不是风雨又是什么?简先民坐在那儿,他面前这个已经三十多岁仍然美丽无比的女人让他赏心悦目,她的肤浅和幼稚让他非常快活,如果她真的是乌力图古拉说的母马,那她这匹母马只能证明一点:她的驾驭者同样肤浅和幼稚。这让简先民深深地松了一口气,他甚至在心里涌起了一丝对萨努娅的怜惜。

"你看,小萨同志,你看是这样的。老乌的秘书、司机、通讯员,我们都没给撤,对不对?你家厨子老万走了,那是人家要回家闹革命去,和组织上没有关系,组织上不是在给你们张罗着找厨子吗,对不对?老乌每天晚上按时回到家里,和家里人团聚,这说明什么?这说明我们还是给老乌留了余地嘛,还是要看他的交代情况嘛。小萨同志,你是老党员,是国际同志,你现在要做的,是怎么帮助老乌认识到他的错误,帮助他在回到人民当中迈出关键性的一步。"

"别拿那种眼神儿看我。"萨努娅冲出简家后,简先民拉下脸,冷冷地对站在楼梯口的方红藤说,"你要有那个鞑靼婊子一半儿勇敢,肯为自己的男人豁出来,我也不是这个样子,你也不是这个样子。"

"可你儿子是。他正在和乌力家的老四打架。他差点儿没把你的枪偷出去,朝乌力家的老四开上一枪。这是你要的勇敢吧?"方红藤的脸上没有任何表情,"还有,你应该上楼去和雨槐谈谈。"

"雨槐怎么了?"简先民愣了一下。

"她已经哭过好几次了。"方红藤的口气淡淡的。

"为什么?谁欺负她了?"简先民脑袋一大,嗖的一下站起来。

半小时后,简先民走出简雨槐的房间,从楼上下来。他很痛苦,因为女儿知道了乌力图古拉被停职审查的事,她为乌力伯伯难过,躲在房间里偷偷哭。多善良的女儿啊,多好的女儿啊,可他怎么告诉她,说那是一场政治斗争?说他做这一切都是为了他的孩子，尤其是为了她？不，女儿太小，不懂得这些，他不能把这些事情告诉她。

“爸爸，是你要审查乌力伯伯吗？为什么？”

他无法回答女儿。当然是他，除了他还能有谁？有人失去，有人得到，事情就是这么简单。也有不那么简单的。他这么做并不容易，食草动物要变成食肉动物，不容易。但他已经下嘴了，已经尝到了鲜血的滋味。他兴奋，还有恐惧。他要成为更凶猛的动物，也害怕反过来被对方吃掉。没有退路，要么义无反顾地进化，要么永远待在生物链的最底层，或者被残酷地淘汰掉。这一切，他都无法对女儿说，不能说。

“雨槐，你要相信爸爸。爸爸会给你一个舞台的。”简先民深情地对女儿说。这个，他能说。

5

从北京一回到武汉，乌力天赫就和简小川闹僵了。两个人先是为“文化革命”的对象问题，然后为谁来决定这样的对象问题，然后什么也不为，纠合聚众，大打出手。

回到武汉的乌力天赫被父亲的立案审查弄得目瞪口呆。先是母亲，接着是父亲，他们先后被解职，被推到“文化革命”的对立面上。他们怎么了？他们怎么一下子成了革命的敌人？乌力天赫从来没有想到，父亲和母亲这样的人会成为反党集团的头目，会攻击自己的领袖，会夺取兵权搞兵变，会成为“文化革命”的打倒对象。乌力天赫看完所有针对父亲的大字报，沉默了两天，然后旗帜鲜明地站出来，指出这是一场混乱的革命，一场以革命的名义打倒革命者的革命。他很快被开除出组织。他很快又拉起一支“重上井冈山”战斗小组，开始了他的保皇派生涯。

谩骂式的辩论。铜扣横飞的皮带。被扒下来丢进火焰的将校服。清一色悲壮的光头。呼啸而过的蓝岭牌、三枪牌、飞鸽牌。风高月黑的偷袭。漫天飞舞的传单。砸烂的油印机。摔在地上再跺上几脚的高音喇叭。沾着呕吐物的皮鞋。高高举起的日本指挥刀。分辨不清敌我的群殴。喷溅而出的鲜血。打落再和血吞下的牙齿……

乌力天赫站在队伍的最前面,身后是他的战斗小组。他们剃着发楂儿青青的光头,一律将校呢制服上装,粗咔叽布裤子,脚蹬低靿硬帮皮鞋,像一群毛羽光亮的犀鹃。乌力天赫拎着一根包裹着铁皮的枣木大棒,露出儿马般洁白整齐的牙齿,眼里闪烁着可怕的凶光。在双方声嘶力竭的呐喊声中,他一句话也不说,脱掉上衣,露出小背心,扎紧腰带,把垂在裤线旁的枣木棒轻轻地拎起来,先是慢慢地,然后是快步,最后是飞奔而上,扑向他的对手。鲜血横飞。头颅破裂。鼻梁断开。呻吟和惨叫在武汉潮湿的空气中奇怪地碰撞,浓得怎么也化不开。

事实上,乌力天赫已经脱离了理论上的革命。他自以为已经寻找到的那条道路变得模糊起来,而且越来越模糊。他根本就看不见他的道路。“我们坚决地支持你们……打倒走资本主义道路的当权派……一切资产阶级保皇派……搬掉一切绊脚石……展开猛烈的进攻……彻底打垮、打倒,使他们威风扫地,永世不得翻身!”他永远也不能忘记那个柔和而冷静的黄冈口音,永远也不能忘记天安门广场上雷霆万钧的欢呼,永远也不能忘记自己在泪水中发下的誓言。它们每时每刻都在啃啮着他的心,让他不得安宁。他害怕这种不安宁。他想驱赶开它们。他只有拼命地去斗殴,用包裹着铁皮的木棒把对方的头颅打碎,让对方的鲜血溅在自己脸上,把自己弄得更糟,让自己更加不安宁。只有这样,他才能摆脱它们。

6

乌力天扬根本不在乎他的四哥和简家老大之间的残酷战争。他的全部心思都在保护那些乱世中惊惶失措敛翅难飞的小鸟们身上。

乌力天扬的小鸟们是女孩子。她们有的比他小，有的比他大。她们的父母，都是在运动中被揪出来的走资派。因为这样的父母，她们成了狗崽子，任人欺负。

基地文工团一个舞蹈演员，比乌力天扬大两岁，乌力天扬非常喜欢看她跳《洗衣歌》，她舞姿活泼，笑得很甜，就像雅鲁藏布江里的一朵浪花，只因为她的父亲加入过国民党，她就被简小川领着一群男孩子从练功室里拖出来，用弹簧鞭抽得皮开肉绽，惨叫着在地上滚来滚去。

还有安禾。安禾从小就黏萨努娅，一直跟着萨努娅睡，十几岁了还不肯单独睡，乌力图古拉把她抱到别的房间，她一睁眼，又光着脚往萨努娅床上爬，弄得乌力图古拉烦躁不安。安禾和妈妈睡的事儿谁都知道，邱义群领着一群男孩子拦住安禾，问安禾跟妈妈睡，吃不吃妈妈的奶。他们把安禾推倒在地上，拖着走，吓得安禾再也不敢出门。

乌力天扬第一次心疼了。乌力天扬把牙都咬碎了。他想，王八蛋，你们凭什么欺负我的女孩儿！乌力天扬决心保护她们——保护安禾、童稚非、罗小丽、汪边疆、胡思迅、吕芒、蔡菲菲……不让她们受人欺负，不让她们被拖出她们的鸟巢，不让她们遭到邱义群简明了之流的侮辱，不让她们挨弹簧鞭的抽，不让她们美丽的脸蛋儿皮开肉绽。

乌力天扬领着罗曲直、汪百团、高东风、吕超、蔡小强，还有和他关系越来越好，几乎就是他的连体人的鲁红军，躲在防空洞里，商量一次次袭击的对象和方案。然后，他就像一名中世纪的骑士，全身披挂，带着他的骑士们，视死如归地潜入黑夜中。

门上留下“小心狗头”的粉笔字。把自行车胎扎破。玻璃窗哗啦碎掉。南瓜里装满屎。鞭炮在鸡笼里轰然炸响。黑棍把专案组成员孩子的头敲开花……

这个世界上有多少没有人保护，像兔子一样无辜，胆战心惊，瞪着美丽的大眼睛看着你，让你觉得自己是男子汉的少女呀！这就是乌力天扬闹革命的动力。

乌力天扬的革命行动并没有延续多久，他的圆桌骑士们很快一个个从他的麾下消失掉。他们垂头丧气地来和乌力天扬告别。白色恐怖太厉害，他们无法再坚持下去，他们必须进行战略转移，保存自己的有生力量。

“我爸要我和你家划清界限。”罗曲直老实说。

“我爸说，我要给你家惹事，他会打断我的腿。”高东风揉了揉鼻子说。

“打断腿算什么？我爸说了，我再跟着闹，他把我送回老家去。你们知道那是什么意思，我的妈，一村麻风病，全躺在村头晒太阳，一年去一次人，去就逮着从脸上往下挖烂肉，等于是万恶的旧社会！”汪百团讲恐怖故事似的说。

现在，乌力天扬这个被伤感笼罩着的了不起的疯子身边，只剩下了誓死不肯离开他的鲁红军。

“狗操的革军子弟就是麻烦。你放心，我是无产者，没那么麻烦，我就是粉身碎骨也不会离开你！”鲁红军大义凛然。

7

不能实现自己理想的乌力天扬把视线投向四哥乌力天赫。他就像一个理想无处寄存的骑士，带着鲁红军，跟着乌力天赫，参加了闻名武汉三镇的“三二三”大斗殴。

乌力天扬紧随乌力天赫，大步走向国棉四厂的货场，不断向人炫耀手中的铝合金短棒，并且在武汉军区、武汉警备区、独立师、空军指挥学院的孩子们到来后，大声叫着四哥的名字，让人们知道他是前锋杀手乌力天赫的亲弟弟。斗殴开始前，他站在人群的最前面，斗殴开始后，他退到人群外，挥舞着手中漂亮的铝合金棒子跳来跳去，大声呐喊着，杀呀，杀呀，杀死那帮狗崽子！

“三二三”大斗殴以乌力天赫一方败阵告终。三个孩子当场死于刀棍下，二十多个孩子受了重伤，六十多个孩子挂了彩。乌力天赫本人右小臂骨折，而乌力天扬却毫发未损。他跑得比哪吒还快。有谁能追上哪吒呢？

“你跑哪儿去了？”乌力天赫躲在房间里，咬着牙用一根旧绷带缠小臂。他不能去医院，一去就会暴露，让人捉住砍死，“我们上去的时候你在哪儿？”

“我能在哪儿？还能在哪儿？在战斗最激烈的地方呗！”乌力天扬抄着手，瞪着一双无辜的眼睛看着他的四哥，然后再看四哥的小臂。他想他没有那么大的力气，还是让四哥自己去完成野战救护工作吧，“你没听见吗？我叫了，我叫，‘杀死他们，杀死那帮狗崽子！’我就是这么叫的。”

“是吗？你叫了？”乌力天赫用牙咬着绷带头，打了个死结，闭上眼喘了一会儿气，再睁开眼，用那只好胳膊擦去脸上的汗珠，起身拿外套，“最没用的狗叫得最狠。”乌力天赫轻蔑地说，小心谨慎地把断掉的右臂套进衣袖里，拉下衣袖，遮住手腕，“它们用那种方式向人高声求饶，乞求同伴的援助。只不过它们永远也控制不好声音的大小，让人以为它们是在发出进攻的信号。”

“我不是狗！”乌力天扬脸色苍白。他本来打算帮乌力天赫扣上衣扣,整理好衣襟,这种事他还是愿意做的,可现在他一点儿也不想做了。他不想给一个战场上可悲的失败者帮忙,“我不是没用的狗!”他冲乌力天赫喊,“我那不是叫,是呐喊!我和鲁迅一样,在呐喊!”他觉得他要垮掉了。他的手在裤兜里颤抖着,捏住小刀,是那把捅了何子良屁股的小刀。他发誓,如果有必要,他会再次使用那把小刀,“不许你这样说鲁迅!不许你这样说我!”

乌力天扬转身冲出屋子,下了楼,用推翻三座大山的力气推开大门,冲到后院,躲进杂物间,靠着蛛网密布的墙角缩下去。他在那里不知廉耻地痛哭流涕,为他虚张声势的叫喊,为他怎么也驱赶不掉的怯懦而苦恼。

夜幕什么时候来临的,乌力天扬不知道,他只知道他哭够了,他不用在乎什么是屈辱了。他连脸上的泪水和鼻涕都不用揩,因为穿门而入的夜风已经把它们吹干。他听见前院传来卢美丽的声音:老五在哪儿?你们看见他没有?他听见父亲的大嗓门儿响起来:为什么不炖肉?他们说老子没肉不吃饭,你就让他们吓住了?然后是碗砸在地上的破碎声。他听见杂物间里渐渐有了热闹——老鼠在快乐地说着话,还有一条阴险的竹叶青蛇,它沿着墙边迅速向角落里滑去。然后,门被试探着慢慢推开,门口露出鲁红军的脸。天扬,你在吗?他问。

他不在。他死了。他那么软弱,根本就不配活着。可他却不知道该怎么死。

那也是一个难题。如果真的死了,他能够凤凰涅槃,在熊熊的烈火中再生吗?

“天扬,我不放心你,来你家找你,你爸他……”

“废什么话,不就骂了两句嘛,有什么好怕的?”乌力天扬站起来,啐了一口,朝门口走去,“他靠枪杆子打出天下,老子没枪,有菜刀。等着吧,等老子杀出天下,看哪个王八蛋敢说老子是一条狗!”

“不是老子,也不是狗,是你四哥。你爸知道你四哥的胳膊断了。”

乌力天扬在门口站住,抬头看了看天上的月亮。天上的月亮离得很远,不管清晰不清晰,都靠不住。他收回视线,吸了一下鼻子,把头转向鲁红军。

“红军,那是一场大屠杀。大屠杀你知道吗?我不能回去,我得逃!”

8

碗不是乌力图古拉摔的,是乌力天赫摔的。乌力图古拉晚饭时没见着肉,联想到大字报的事,发了脾气。他的吼声吓住了卢美丽,卢美丽盛好汤的碗没端稳,往童稚非手上放重了点儿,童稚非没接住,碗往怀里倾,乌力天赫眼疾手快,伸手去托碗——可他情急之中用错了手,用的是断掉的右手,那只手不听使唤——碗没托住,失手滑落,掉在地上,碎了。

什么也瞒不过乌力图古拉的眼睛。乌力图古拉盯着乌力天赫看了一会儿,不看了,扭过头去,用对三岁孩子的口气,对站在那里不知所措的卢美丽说,我刚才说肉,是说那些王八蛋,你不要往心里去;你要往心里去,我就给你道歉,你就不是我乌力家的人,你回你江西家里种棉花去。

乌力图古拉要卢美丽把安禾和童稚非带出去,给她们在厨房里弄点儿吃的填填肚子,然后他把汤勺从汤碗里拿掉,连汤带菜叶倒了半碗在米饭里,筷子用得像铁铲,连汤带米粒,几口就把碗里的刨干净,碗放下,筷子放下,抹一把嘴,抬头看看站在那里没动的乌力天赫,要他把外套脱掉。

乌力天赫迟疑了一下,没有动。乌力图古拉说,没听见我的话？乌力天赫只得脱。他脱得很小心，但还是让窄窄的衣袖牵动了右臂，疼得咧了一下嘴。

“说吧，怎么回事。”

“铁棍砸的。”

“没看见，撞上了？”

“是简小川。”

“练着玩儿？”

“我也砍了他。”

乌力图古拉一摁桌子站起来，踢开凳子冲过去，巴掌一挥。乌力天赫猛地撞到墙上，顺着墙壁滑下去，再撑着墙壁站起来，人还没站稳，扑上来的乌力图古拉又是一巴掌。接下来就是一场真正的殴打。乌力天赫低着脑袋，胳膊窝在怀里，尽力保护着受伤的胳膊，让后脑勺儿迎接一下又一下的猛击。

“说，为什么要那样干？”乌力图古拉一边挥动着他的大巴掌一边气咻咻地喊，“你不是喜欢打架吗？你来和我打呀！你不是能抄菜刀嘛，去抄菜刀呀！”他一巴掌接一巴掌朝下扇，“说，你错了，下次再也不这样！”因为用力过猛，他的衣扣挣掉了一粒，飞到汤碗里，当地一响，摇晃着沉下去。

“我没错。”乌力天赫让自己贴到墙壁上，那样身体的一半就得到了保护。

“说！”乌力图古拉怒吼。

“不！”乌力天赫咬着牙。

“我要不打死你我不是你爹！”乌力图古拉把皮带解下来。

“我要被你打趴下我不是你儿子！”乌力天赫贴着墙壁蹲了下去，那样，他连裆也保护住了。

葛军机和严之然跑进来。他们被这个场面吓住了，不知道该怎么办。出去！乌力图古拉一指门，冲葛军机和严之然喊。乌力天赫被吊了起来，双手吊在门楣上。既然他决定了不趴下，那就别像只狗熊似的蹲着，站直了，站出个英雄好汉的样子来。乌力天赫没有反抗的余地。这个家从来是老子暴打儿子，儿子挨老子的暴打。乌力天赫必须保护那只受伤的胳膊。可他还是没能保护住。它现在和另外一只胳膊一起，被绳索牢牢地捆在门楣上。他站着的样子十分可笑。他必须痉挛着脸，踮起脚尖，好让受伤的那只胳膊尽量少被牵动，这就让他像是在跳一种难度很高的舞蹈，而且非常渴望舞曲快点儿结束似的。

乌力天赫在萨努娅回到家里之后才被放下来。他的两只胳膊已经肿得发紫，特别是受了伤的右胳膊，基本上就是一根冻失了气的红萝卜。他差不多已经晕厥过去。要释放乌力天赫有点儿困难，这一回萨努娅做到了。她冷冷地盯了乌力图古拉一眼，先离开现场，再回到现场，手里多了一把明晃晃的菜刀。她把菜刀擎在手里，不看乌力图古拉，从他身边走过去，走到老四面前，嚓的一声削断门楣上的绳索，然后丢下菜刀，撑住滑落下来的老四。

萨努娅忙到半夜两点多还没喝上一口水，吃上一点东西。乌力天赫被送到医院，拍了 X 光片，右小臂打上了夹板，开了一周剂量的止痛药。吓坏了的安禾和童稚非挤在一张床上，萨努娅一个一个安慰她们，哄她们乖乖睡下。葛军机苍白着脸，紧咬着嘴唇，坐在自己房间里，一句话也不说。萨努娅叹了口气，拍了拍他的头，说，不早了，你也睡吧。

萨努娅问了每一个人，乌力天扬去哪儿了，怎么没看见他。她得到的回答是，那个孩子下午就不见了踪影，没有人知道他在哪儿。你们找不到他，三天之内，他不会出现。乌力天赫服过药，脸色缓了过来，冷冷地说出五弟的去向。然后他把脸转过去，不看自己的母亲，用一种仇恨的口气说，我恨他。

萨努娅看着这个在小臂骨折之后再受到一次伤害的男孩子。

她知道他在说谁。他的仇恨让他变得比最毒的眼镜蛇还要毒,她相信这个时候让他咬一条眼镜蛇,那条蛇爬不出三尺远就得死。萨努娅什么也没说,替她的老四盖上被子,又朝另一张空空的床看了一眼,关上灯,出了屋,掩上门。

忙完这一切,萨努娅根本没有饿意。她疲倦之极地下了楼,走进厨房,靠着水池边,接了一碗水龙头里的自来水,看着碗里的漂白粉泡消失掉,然后一点点地,把那碗自来水喝下去,把碗收回碗橱里,关上厨房的灯,走回客厅,关上客厅的灯,推门进了卧室,在床头坐下。

"我们得谈谈。"她捋了一下额前滑落的散发,把它们归顺在耳后,"我们必须谈谈了。我是说,认真地谈谈。"她觉得自己还是疲倦得很。天赫吊在门框上的样子让她大吃一惊。医生为天赫做检查时她愤怒不已。那碗自来水没有解除她的惊诧和愤怒,靠在水池边也没有解除她的惊诧和愤怒,"这个问题纠缠了我太长的时间。我怎么都想不通。不,我就是想不通。"她朝床上看去,看那个冰冷的石头一样躺在床上的男人,"我承认,你是一个有力量的男人,你是你和你孩子的主宰者,你有很多道理。你说,别把脚揣进你的口袋里,也许你是对的。你说,别挂在鱼竿上睡觉,也许你还是对的。你说,让屎壳郎给大象当奶妈,这你也对。你说,在草尖上练跳高的蚂蚁,你仍然是对的。你说,你错了,那是狗尿,不是酒。你还说,掰一条蛤蟆腿够你啃上三天,九十八岁的大娘养孩子,风爱刮让它刮去……好吧好吧,它们全是对的。可是,我想知道一件事,"她盯着他的眼睛,"为什么要打孩子?为什么要往死里打孩子?"

乌力图古拉转过头来看着萨努娅。他看她,目光里有一丝疑惑,像看着一个不认识的人。

"是什么让你失去了耐心?"萨努娅没让自己停下来。她有太多的积郁，停不下来，“战争年代，你把挡在前面的任何东西都视为对头，你用朴素的理想和果敢的行动毫不留情地蔑视并且摧毁旧世界的压制，创造自己的黄金时代，你那样做真好，让人敬佩。现在，你已经摧毁了旧世界，建立了自己的世界，成了自己世界的主人，可为什么，为什么你还要使用暴力？你在蔑视什么？摧毁什么？你在怀疑你的世界吗，还是它根本就没有建立起来？”

乌力图古拉用了和萨努娅的困惑同样长的时间来看她。然后他说：

“为什么鱼要在浪花里跳跃，鹿要在荆棘里奔跑，雨点儿要在雷电中滴落？”

“不，别拿这个来糊弄我，这一次，不行了。”萨努娅没有让乌力图古拉逃掉。她盯着他的脸。她的脸上有一种愤怒的神色，“你从来没有说过真话，你在说假话，你一直在对我说假话。没有鱼和浪花的事儿，没有鹿和荆棘的事儿，没有雨点儿和雷电的事儿，没有！你是害怕。你害怕你的孩子们。你根本就不知道该怎么对待他们。”

“笑话。”乌力图古拉冷笑一声。他被说中了，下意识地还击，“你在胡扯。我能怕他们？那些小崽子？我操出来的小耗子？我怕他们什么？”

“因为他们不再是博物馆里的恐龙蛋，”萨努娅比乌力图古拉还要冷，她连冷笑都不需要，只是仇恨地盯着她面前的这个男人，“他们孵化出来了，长大了，他们不再是你以为的那种生命——你要求的那种生命，他们在要求自己的生活。你不再是恐龙蛋博物馆的馆长。是的，你操出了他们，这方面你的本事很大，太大了，大到你怎么炫耀都有道理。可接下来呢？接下来发生了什么？他们没有按照你的愿望成长，不会长成小耗子。你不知道他们会长成什么，他们肯定不会永远是小崽子——你为这个害怕。”

“你在说什么?”乌力图古拉坐了起来,在昏暗的台灯光晕下,他用困惑极了的眼神看着萨努娅,“你在胡说一些什么?”

“我说的就是这个。”萨努娅并没有因为乌力图古拉坐了起来就移开她盯着他的目光,“你其实不该要孩子,这也许是你这辈子犯下的最大的错误。你根本就不配做父亲。你只配做一个马夫。你的确是一个马夫,一个好马夫。但你同时又是一个糟糕的马夫——在你眼里,没有好马坏马,只有能跑的马和不能跑的马。可你的孩子,他们不是马,他们是鸟儿。”她摇了摇头,再摇了摇头,目光里充满了深深的同情,“你这个糟糕的马夫,拿那些想要到处飞的鸟儿怎么办呢?”

她的男人,那个被她称作马夫的男人,困惑地看着她,没有说话。她说得对还是不对?他没有说话,而且困惑着,所以她不得而知。

第十三章　我们恋爱吧

1

乌力图古拉半个月时间没有和家里人说话。是他们互相不说话。乌力图古拉这段时间很忙，常常不在武汉，就是在，每天也只能在吃晚饭的时候和家里人见上一面。晚饭是家里最沉闷的时候，没人说话，只有碗和筷子说话。

乌力图古拉的忙不是对付专案组，他在给手忙脚乱的简先民当顾问。

上海“一月风暴”后，“文化大革命”进入夺取政权阶段，全面的武装内战在全国蔓延，枪声越来越激烈，先是不同立场和派系造反组织之间的枪战，然后是二百八十多万士兵以“三支两军”的名义介入其间。军方介入，想不开枪都难。

基地是重要的武器试验、生产和储备部门，多少双眼睛盯着，虽说主要生产和储备部门都在深山老林里，有部队严加守备，但那些单位也成立了造反组织，他们就像家贼似的，勾结外面的同伙冲击工厂和仓库，抢夺连军队自己都没来得及装备的新式武器。军方有规定，冲击重要军事部门，军队可以武力控制，可武力控制的后果却没有人愿意负责。2 月 23 日，青海省驻军奉中央军委指示强行夺取被红卫兵控制的《青海日报》，双方发生武装冲突，军方开枪，打死打伤红卫兵三百四十七人。流血事件发生之后，下令接管报社的青海驻军副司令员赵永夫却被隔离审查，丢了乌纱帽。

简先民搞政治行，搞军事不行。硬撑了几天，下面一个工厂被抢走一批刚刚设计定型的63式自动步枪元件，一个仓库被抢走四十五件56式半自动步枪和十三箱手榴弹，简先民就有些发慌，知道自己对付不了这种挠头的事情。他权衡了一下，认为暂时用一用乌力图古拉，把难题推到他身上，不叫放虎归山，也不会失控——乌力图古拉的材料上报到全军“文革”领导小组，他去总部工作的调令被取消，这已经充分证明了简先民有能力控制住局面。

乌力图古拉的审查结束，按全军“文革”领导小组的精神，结合进基地“文革”小组，主要负责武器装备的安全管理工作。前线在召唤，乌力图古拉又要去打仗了，他摆脱了虱子的纠缠，精神为之一振，立刻投入各部门安全管理措施的调配工作。萨努娅告诫乌力图古拉，要他向文革小组讨一份结案材料，以备不虞。乌力图古拉却根本不在意，说结什么案？我就没承认有案在身，他有什么案好结？

乌力图古拉不断往各部门跑，汽车跑坏了两台，跟他下去的人累得不行，累得上吊的心都有。乌力图古拉一下去就连轴转，去工厂查护厂队，去仓库看警戒哨，整夜研究方案，车上颠着还不让睡，问“大江南北”造反组织的头头是不是48军的转业干部，要是，让头头先背军史，再光着脊梁，背上一捆荆棘条子来和他说话。他把负责保卫工作的政治干部全撤掉，让他们带着职工们念文件去，恢复军事干部的职权，让他们重新回到岗位上。他和造反派谈判，命令他们离他的地盘远一点儿。他们之间发生了激烈冲突。用他的话说，他把他们收拾掉了。

萨努娅的日子越来越不好过。不久前，她接到哥哥库切默的一封信，信是从波兰辗转寄到广东，再从广东转到武汉的，落款的日期是九个月前。国际主义战士库切默50年代初牵涉进一件政治案，被判了死刑，以后不知为什么没被杀掉，送往西伯利亚劳改。

十三年后，他从西伯利亚逃了出来，逃往欧洲，在那里匿名躲藏起来，惶惶不可终日。库切默牵挂妹妹萨努娅，同时为自己的命运叹息。

“莎什卡，这到底是怎么啦？怎么会是这样？萨雷家族如今只剩下你一个革命者了，你可要坚持住，不要让我们的人把你抓进监狱去啊！”

库切默的信落到了造反派手中。娄子捅大了。萨努娅经历了一连串严厉的审讯，人倒是没进监狱，却被批斗了很多次，有一次还被拉到新华路体育场十万人的批斗大会上，陪市委书记和市长们挨斗。萨努娅很苦恼，而且非常恐惧，头发一把一把地往下掉，人开始浮肿，夜里睡不好觉，不敢睡。

“你就不能关心一下我的事？”萨努娅拦下又要出门的乌力图古拉。她认为他应该帮一帮她。

“怎么关心？”乌力图古拉站下，看着萨努娅，“我能让‘文化大革命’停下来？不是扯淡吗？”

“我没说你让‘文化大革命’停下来。你就不能找一找上面，说说我的情况？”

“找谁？现在谁不是人人自危？你的情况人家清楚。人家就是清楚才斗你。”

“你的意思，我挨斗是对的？”

“我没那么说。”

“等于说了。”

“这是‘文化革命’，不动枪不动炮也是战争。是战争就得有伤亡，伤了抹点儿龙胆紫，再上。不让人打倒，你还是战士！”

“谁伤我？亡了呢？”

“受不了了是不是？想撤下来是不是？”

“你要我往哪儿撤？撤回柯尔克孜去？”

“萨努娅，”乌力图古拉火了，“少给我来这个！你要敢往苏修那边迈一步，我就砸断你的腿！你试试！”

“乌力图古拉，”萨努娅也火了，“你怎么这么自私？你不如现在就砸断我的腿！”

两个人又大吵了一架。乌力图古拉不理萨努娅，摔门上车。萨努娅气得不行，坐在屋里落了几滴眼泪。过了一会儿卢美丽进来，怯生生地告诉萨努娅，首长走之前去了楼上，他噔噔地上楼，推开老四和老五俩住的房间，人没进去，把两个苹果丢在老五床上，看也不看屋里的老四一眼，转身噔噔地下了楼。卢美丽说，首长怪怪的，从来没见过他给谁送果子，这回送了，不说给谁，两个果子都丢在天扬床上，丢还不是一次丢的，先丢一个，再丢一个，是隔着时间丢，好像那丢法儿有什么不同。

2

乌力天扬像狼一样警惕，也像狼一样肮脏，连饥饿都跟狼一样。在知道两个大人都去下各自的地狱，应付大鬼小鬼后，他松了一口气，不再弓着腰贴着墙壁走，鬼子进村似的闯进厨房，翻开橱柜，看见里面有一盘吃剩的葱油饼，再看锅里有剩饭，就把葱油饼端到灶台上，满满地盛了一大碗饭，去油罐里舀了一大勺猪油，搅拌进米饭里，再往米饭里放上一勺酱油，脱掉已经发馊的外套，人往灶台上一坐，也不管指甲里有多少泥垢，头发上的草根是不是往盘子里掉，抓起凉饼子就往嘴里填。

“现在我知道了，”他鼓着眼珠子，努力把两块饼子塞进嘴里，再补了一勺猪油饭，腮帮子鼓鼓的，有声有色地对卢美丽说，“三毛流浪的时候不光受苦，他还快活，还自由自在。书上光说他受苦的事儿，这样不对。”

“你跑哪儿去了？家里人急死了。”

“急死活该。急死我做三毛。我自由自在带快活，怕什么。”

“胡说八道。”

“卢美丽，”乌力天扬拿半块凉饼子指着卢美丽，饼子指出去又赶紧收回来，填进嘴里，换了脏兮兮的手指，“你也学我爸的口气，跟伪军似的。”

卢美丽不和乌力天扬计较，往澡盆里放水，让他洗澡。等乌力天扬填饱肚子，心满意足地进了卫生间，把身上的泥洗下半盆来，她也把厨房收拾好了，再去洗乌力天扬换下的衣裳，洗了晾到院子里去，然后回到屋里，一边拖地一边偷偷地抿嘴笑，笑过以后就发呆。

卢美丽在谈恋爱，是萨努娅托人给介绍的。男方叫匡志勇，武汉国棉三厂的保全工，两代工人家庭出身，性格温温的，挺实在。有一只手被机器绞伤过，活动不方便，属于轻度残疾。

萨努娅先见了小伙子，试过小伙子那只不方便的手，然后和匡家谈了一次话。萨努娅一五一十说了卢美丽的情况，孤儿，农村出来的，没有文化，不漂亮，也不丑，人老实可靠，乌力家当女儿待，能找一个工人阶级的对象，乌力家很高兴，主要是小匡人可靠，手虽然伤过，不影响生活。但乌力家也有原则，小匡不能在卢美丽面前摆工人阶级的架子，给卢美丽气受，那样乌力家宁愿不结这门亲。

匡志勇真的老实，吭哧吭哧说了一句，能攀上老革命家庭，该我们家高兴才是。

萨努娅回来就对卢美丽说，美丽，谈吧。

萨努娅去单位挨斗的时候，给新来的通讯员周中保下了死命令，天赫干什么都别拦他，他就是点火把家里烧掉也不用拦，但不许他出院子大门。萨努娅要安禾帮助周中保看住四哥，答应给安禾很多毛主席像章。

安禾很尽职，四哥到哪儿她跟到哪儿，一步也不落下。四哥去厕所，她领着童稚非在外面蹲着，告诉童稚非，把耳朵堵起来，不听四哥撒尿的声音。安禾还给四哥送信，还给五哥布置任务。安禾先找到五哥，要五哥跟着四哥，四哥去厕所也得跟着，五哥是男孩子，不用堵耳朵。五哥要是没跟住四哥，把四哥弄丢了，她就当甫志高，告诉爸妈五哥偷爸爸的酒喝。

安禾布置完这一切，才去院子里找百无聊赖看蚂蚁搬家的四哥，告诉他，雨槐姐姐叫他去江边，她在那儿等他。

乌力天赫把树枝丢掉，站起来，迈过蚂蚁，出了院子。乌力天扬朝安禾狠狠地瞪了一眼，手揣进裤兜里，耷拉着脑袋，没精打采地跟了上去，走到院子门口，飞起一脚，把一块石头踢进花丛。

3

春意已经很浓了，江水在这个季节变得有些混浊。武汉这种地方不南不北，气候没个定性，冬季刚结束，冰凌没化完，柳芽儿就争相绽开，过上两天，已是满眼的绿色，再过两天，又是桃白李黄的夏季，那后面紧跟着的就是雨季，好像一口气要是喘得长了点儿，就能喘出好几个季节去。现在雨季还没来，是春季里拼命生长的植物和拼命生长的鱼儿，它们抢在雨季前面，先让江水有了最初的激动。

简雨槐在江边等着乌力天赫，看着他远远地朝江边走来。他吊着一只胳膊，肤色黝黑，宽肩膀，长胳膊长腿，懒无心肠地跳下江堤，宽大的颧骨上映着一片阳光。风吹动他的头发，让他的头发乱糟糟的，像个生机勃勃的鸟窝。

那个长着一双招风耳的孩子远远地跟在乌力天赫身后，在江堤边迟疑了一下，站住，反身回到果树林边，蹲下，没精打采地抠鞋上的泥。

风不欺生，很热烈，不光吹乌力天赫，也吹简雨槐。简雨槐有些慌乱，把被风掀起的裙子按下去，夹在膝间，红着脸瞟了走近的乌力天赫一眼。

乌力天赫觉得简雨槐和平常不一样，刚才的羞涩有点儿慌张。她其实用不着慌张。她应该保持她一如既往的安静。她本来就安静。湖水有多安静，她就有多安静。

他们在江边的草地上坐下。简雨槐把双膝拢在胸前，双臂环绕光洁的小腿，精巧的下巴颏儿轻轻地搁在膝头，看一眼乌力天赫的胳膊。风走开了，空气中充满了槐花的香味。

“让我看看胳膊。”简雨槐这么说，跪起来，小心地帮助乌力天赫把外套脱掉，看他的胳膊，然后帮助他把外套穿好，坐回草地，又把双膝拢回胸前，目光忧郁。夹板打得很漂亮，但一点儿也不适合他。

“你老是弄伤自己。”

“不是我，是你们家简小川。”

“你们非得打架？”

“不是打架。说了你也不知道。”

“我知道。你恨小川，恨我爸，恨我们家，”她把目光移开，难过得要命，“恨我。”

他有点儿恼火。她说得不对，并不总是他把自己弄伤，更多的时候是他们，是所有人。他当然恨。他恨这个世界。

“我要走了。”她说。

“什么？”他看她，不明白。

“去胜利文工团。”她说。她刚刚接到入伍通知书。她被特招入伍，成了一名文艺小女兵。爸爸向她保证过，会给她一个舞台，他做到了，他是一个好爸爸，“我又能跳舞了。”

他明白了，她是来向他告别的。她天生喜欢跳舞，就像江水天生就在流动似的。他的目光暗淡了一下。不是为告别，也不是为天生，而是为兵。他发愣，像在梦中。

“你不知道跳舞有多好。你在舞台上站着，眼前一片黑暗，什么也看不见，可你知道，有人在那儿，他们在等待。追光灯亮起来，罩在你身上，你的眼前闪耀着一片星星。音乐响起，你慢慢抬起双臂，踮起脚尖，就像踩着云朵儿一样，你就在天空上了，全世界的人都能看到你……”

他没有说话。她是那么兴高采烈，就像一个公主在向她的马夫说着昨天晚上那场舞会上的事。他能说什么？告诉她，他也有喜欢，他想做一名疲惫不堪的士兵，牺牲在战场上？他说了她就会明白吗？风在江面顽皮地滑动，没滑好，带了水光滑到草地上来，撞上他的脸，把他的脸往上抬，让他看她。她颀长的脖颈攀上了一缕明晃晃的水光，清晰地映照出柔软的绒毛和淡蓝色毛细血管。她刚刚洗过头，干净的头发散发出柔和的薄荷草香味。

“薄荷草。”他眼皮跳了一下，像在梦中。

“什么？”她回过头，有些疑惑。

江上传来一串船笛。阳光颤抖了一下。他又沉默了，好像又回到梦中。他身上有一股松香般的汗味，非常迷人。她突然有些害怕他身上的味道，有些不安。

“我们恋爱吧。”他像是努力要从梦中醒来，要把梦中的什么事情记住。

“什么？”她被他的梦吓了一跳。她其实听清楚了他在说什么，只是下意识的，她被刺痛了，要那么问一下。

他有些困惑，皱了皱眉头。不是为她问他，是为他自己。好像那个梦刚出生，身上有羊水，他没抓住，滑到什么地方去了，他在找，需要一点儿时间。

“什么?”等了一会儿,她催他,因为不好意思而面带微恼。不是慌张,是生气。她感到脸蛋儿热辣辣的,像是在燃烧,所以,她不能再等,得催他。

他还在寻找,目光有些空洞,还有些冷漠,好像遇到了难题,没有找到他要找的东西,重新回到梦里去了。

她只能等待。她不知道他的梦是什么,或者她知道,但那个梦是他的,她不便插手,只能等他再次呼唤她。她现在是一个人,而他在另一个地方,他不出现,她就找不到他,只能等待。她越来越不安,像是被狼跟踪着,狼在她的身后,把爪子搭在她的肩头上,她浑身哆嗦,一直在想,是不是把头转过去,把咽喉亮给狼,让狼咬住。

远处传来一声清脆的叫喊:我,杀了你!

他们同时惊醒,一个从梦里,一个从等待中,回过头去看。

江堤上,穿着一条肥大裤子的简雨蝉,一只手拎着红色塑料凉鞋,一只手举着桑树枝,正追打着乌力天扬。乌力天扬被抽了一树枝,抱着脑袋钻进果树林。简雨蝉追进果树林,但这没用,她只能抽他那一树枝。乌力天扬这回不是哪吒,是森林中的精灵,根本不用逃跑,只用消失就行了。

“不。”简雨槐慌张起来。她就像一只想要去山涧饮水却被倒下的大树拦住路的麋鹿,羞赧得满脸绯红。她不能把头转过去,把咽喉亮给狼,让狼咬住。她把目光挂在江堤上,站起来,急匆匆地走掉了。

乌力天赫坐在那儿没动,好像还在想他的那个梦。

简雨蝉从江堤上下来,头发汗漉漉地贴在额头上,翘翘的鼻头上粘着一星树灰。她把手中的凉鞋和树枝一丢,往草地上一坐,大声说妈呀,累死我啦!又恨恨地说:鬼天扬,抓住他,非剥他的皮蘸酱油吃不可!疯丫头咬牙切齿,做出一副白骨精的样子,可她生就一副洋娃娃脸，再怎么鼓腮瞪眼咬牙都没有用，谁也不会相信她能把唐僧怎么样。

乌力天赫用一只胳膊支撑着，从草地上站起来，去拿放在一旁的外套。

“哎，怎么我一来你就走啊？”简雨蝉不高兴了，仰了脑袋说乌力天赫，“简雨槐在这儿你怎么不走？”

“她走了。”乌力天赫不明白简雨蝉要干什么，站在那儿呆呆地说。

“那你就陪我玩儿嘛。”简雨蝉没心没肺，嘻嘻哈哈，“你和我哥谁打赢了？我哥打赢了吧？我哥把你扁了一顿，扁成残废了对不对？天赫哥哥你真可怜。”

乌力天赫把外套往肩膀上一搭，朝江堤上走去。简雨蝉爬起来，从后面拦腰抱住乌力天赫，脑袋一顶，乌力天赫向前扑倒，胳膊杵地，疼得哎哟一叫。

“你连我都打不赢，打谁？”简雨蝉一点儿同情心也没有，咯咯地笑，扑到乌力天赫身上，脸贴着乌力天赫的脸。

“你干什么！”乌力天赫冲简雨蝉吼。

“你吼什么？一点儿风度也没有！”简雨蝉生气了。可是很快她就不生气了，趴在乌力天赫身上，欣赏地摸他强壮的肌肉，“天赫哥哥，我知道你为什么吼，是简雨槐不喜欢你，对吧？简雨槐肯定这么说了。谁叫我这么聪明。可是你没有必要吼，简雨槐不喜欢你，你可以喜欢我。简雨槐是个冰美人儿，她不喜欢男孩子，她只想对他们呕吐。”她根本不管她的逻辑是什么，但她还是有逻辑的。她趴在乌力天赫身上，跷着两只光光的脚丫，她的脚趾头粉嘟嘟的，像刚给阳光晒出云彩来的樱桃果儿，再戴上晶莹剔透的皇冠，让人迷惑不解，“她不会对你好。她连乳房都没有。这就是她的毛病。”说完那句话，她胳膊一撑，离开乌力天赫，从草地上爬起，拍两下屁股上的草叶，捡起凉鞋，头也不回地向江堤走去，一边走一边快乐地唱着歌。

简雨蝉手脚着地爬上江堤。乌力天扬从果林中蹿出来，拦住简雨蝉。

“你和我哥说什么？”

“你管！”

“你不说我也知道。”

“知道就知道。我要天赫哥哥喜欢我。”

“我哥怎么说？”

“他不喜欢我。他喜欢简雨槐。”

“你真蠢！你像老鼠一样蠢！”

“你才蠢！你比日本人还蠢！乌力天扬，你知不知道为什么你比日本人还蠢，因为你是胆小鬼，什么事儿都干不好，什么事儿都干不成。你还是鸡胸，你是一个装作比谁都聪明，比谁都勇敢的鸡胸！我向毛主席保证，没有人会喜欢你，真的。”

乌力天扬很吃惊，张着嘴，可笑地挓挲着两只手，呆呆地看着简雨蝉，看了一会儿，眼圈儿红了，喉头一哽一哽，像是犯了哮喘。

简雨蝉有点儿可怜乌力天扬了。她决定不管手中有没有桑树枝，也不再教训他。她伸手一把推开他，跨上果园窄窄的土路，两只红色的凉鞋分开，一手一只，手伸平，像挑着两只袖珍水桶，歪歪扭扭地走了。

4

乌力天赫爱那些鸽子，乌力天赫爱一切飞翔着的生命，他甚至爱飘在空中的树叶和炊烟。

“它们比人高贵。”乌力天赫庄重地对乌力天扬说，“它们是和平。没有谁比它们更爱和平。”

乌力天扬嘎嘎地笑，差点儿没笑死。但他很快不笑了。他觉得四哥的话有一种冷森森的味道，严肃得让人起鸡皮疙瘩。乌力家老五仰了脑袋看天上那些飞翔着的鸽子，它们就像一些舞蹈家，姿势优美地从梧桐细雨中飞过。我有一个多么了不起的哥哥呀！乌力家老五那一刻想哭。

简雨蝉在自家院子里和简雨槐吵架，看见乌力天赫趴在鸽舍上，不吵了，靸着一双拖鞋跑到乌力家，来和乌力天赫玩。天热，她刚洗过澡，小辫儿没扎，一跑就散开，头发乱七八糟的，罩住喷香的小脸蛋儿，又不肯看不见，小大人儿似的晃着肩膀把头发往两边分。

简雨槐这两天心神不宁。早上起来，为简雨蝉没经她同意就穿她刚领回来的新军装照镜子，姐妹俩争了嘴。憋了两天，到底没憋住，简雨槐问妹妹，那天自己离开江边后，她在乌力天赫那儿捣了什么鬼。简雨蝉大言不惭地告诉姐姐，她告诉乌力天赫，简雨槐不会喜欢他，要他喜欢她。简雨蝉还把简雨槐叠得整整齐齐的军装抖开，弄得乱七八糟，说简雨槐不要脸，当后门兵，臭美。

简雨槐怎么会不喜欢乌力天赫呢？她当然喜欢，太喜欢了，但是她总不能老在那儿傻等着，让狼把爪子搭在她的肩头上，她来考虑是不是应该转过头去，让狼咬住自己的脖子吧。再说，那个连地球都不放在眼里的乌力天赫，他连“我们好吧”这种暗喻都不说，他连“我喜欢你”这种婉语都不说，直截了当就说“我们恋爱吧”，这让她怎么接受得了？她说不。她拒绝了他。她是又开心又难过的拒绝。她想，恋爱就恋爱，我为什么要拒绝呢？又想，得给他一点儿教训，不能什么话都往外说，不分场合地往外说，一点儿节制也没有。她相信，等他接受了教训，知道什么叫暗喻、婉语和节制以后，他就知道该怎么对待她了。

简雨槐站在自家的后院里，看见简雨蝉像个小疯子，在乌力天赫身边转来转去。她拿手中的棒棒糖让乌力天赫舔，乌力天赫不舔，她就闹着上鸽舍去看鸽子生孩子。乌力天赫把她抱上梯子，她探了脑袋进去看，母鸽子不肯把鸽蛋让出来给她看，生气地咕咕叫，拿爪子扒窝里的草甩她，她抽筋似的咯咯笑，往乌力天赫怀里倒。而乌力天赫也不知道回避，就把她抱在怀里，抱得那么紧，她裙子里的小裤衩都露出来了。

简雨槐心里很不好受，猫抓似的。她怨艾地想，天扬呢？天扬在哪儿？怎么没看见他？天扬要在，这个疯丫头有了对头，就不会这么张狂了。平时总在人眼前晃悠的天扬，这个时候偏不在，真是急死人！

简雨蝉银铃般的笑声不断从乌力家后院传来，简雨槐难过得要命，早上起来她就收拾要带去文工团的箱子，收拾了半天也没收拾清楚。简雨槐知道自己完了，她决定不再等什么暗喻和婉语，直接去乌力家后院，把不要脸的简雨蝉拉回来，省得她在那儿丢人现眼。

乌力天赫看见简雨槐从远处走来。她穿着一身崭新的军装，是文工团演出的那种，大开领小掐腰，让她完全变了模样儿，真正百媚千娇了。变了模样儿的简雨槐比先前更美丽，却让乌力天赫感到了陌生和距离。说不清是为什么，他拉了拉简雨蝉的头发，自己先往屋檐下一坐，让滑下梯子的简雨蝉也坐下。

简雨蝉莫名其妙地坐下，看看乌力天赫，再顺着乌力天赫的视线，看见了朝这边走来的简雨槐。机灵豆儿似的她立刻明白过来，很配合地再朝乌力天赫身边靠了靠，确定真正贴紧了，两个人之间钻不过一只蚂蚁去，还无师自通地把一只粉白的小胳膊搭在乌力天赫的膝盖上，摆好亲密无间的姿势，等着简雨槐。

简雨槐走过两家院子间的那条小车路，走上路边的林荫道。

一眼看见乌力天赫和简雨蝉并排坐在屋檐下，简雨蝉的胳膊亲密地搁在乌力天赫的腿上，两人挨得那么近，简雨槐脸红了，像被人抽了一下，步子慢下来。

简雨蝉扭过头，看了一眼站在林荫道上有点儿犹豫的简雨槐，再扭回头去冲乌力天赫笑，笑得有些卖弄。为了让事情更好玩，她在乌力天赫的脸上亲了一下。要做到这个有点儿难度，特别是，她不能把屁股挪开，得靠紧乌力天赫，不让蚂蚁什么的钻过去，这样，她就不得不伸出两只胳膊，把乌力天赫的脖子搂住，把他的脑袋够下来，让她红叶般娇嫩的小嘴唇能和他黝黑的脸颊接触上。

简雨槐站住了。她不敢相信自己的眼睛。她肯定自己没有看错。那个疯丫头，她亲了乌力天赫！乌力天赫并没有躲开，甚至还借着疯丫头的一吮往她身边靠了靠！简雨槐差不多是隔着一条林荫道、一小段草地和几级台阶挨了一耳光。她想也没想，一抬下颏儿，挺起胸脯，回身朝自家走去。

乌力天赫没看见简雨槐已经离开了，还坐在那儿。他能听见鸽子在自己头上嬉戏，振动羽翅，落下又飞走。它们在发疯地成长。他想他也应该这样，也该发疯地成长。可他不想说出这个感觉。他不想说话。和鸽子待在一起的时间越多，他就越不想说话。

"天赫哥哥，"乌力天赫的样子让简雨蝉觉得好玩极了，她从来没有玩过这么好玩的游戏。她仰了脑袋看乌力天赫，"你的鸽子有妈妈吗？它们认识自己的妈妈吗？"她长长地叹了一口气，心事重重，"我都想当一只鸽子了。可惜我不是鸽子，我也没有妈妈。我不知道谁是我妈妈。"

简雨蝉在乌力家疯够，靸着拖鞋回到家，眼圈儿红红的简雨槐在门口堵住了她。

"你想干什么？"

"再洗一个澡。头发上落鸽屎啦。"

“我问你刚才干什么了。”

“和鸽子玩儿。怎么啦?”

“你是和鸽子玩儿吗? 你亲他了!”

“谁?”

“他!”

“你说天赫哥哥?”

“你自己知道!”

“是亲了,气死你,谁叫你不告诉我我妈妈是谁,你知道的,你个窝藏犯!”

简雨蝉甩掉脚上的拖鞋,冲进卫生间。简雨槐追过去。简雨蝉尖叫,说滚开你个流氓! 就算简雨蝉不尖叫,简雨槐也不知道该把简雨蝉怎么办。简雨蝉洗澡从来不知道关门,方红藤说了几百次她都不听,方红藤只好告诉简小川和简明了,路过卫生间时先听动静,有小妹唱歌的声音就绕道走。

“小妹你听我说,你还是个小孩子,你什么都不懂……”简雨槐几乎是在乞求妹妹。

“那有什么,反正你要哭了。”简雨蝉满不在乎。

简雨槐不能哭。她不能让简雨蝉的企图得逞。但她到底没能说服和鸽子一样搅起珠玑般水花的小妹。她没能忍住,泪水夺眶而出,转身向楼上冲去。

5

礼拜天是在慢性自杀中一分一秒度过的,礼拜一终于到了。

简雨槐一夜没合眼,差不多是熬过了最后一个晚上。看着窗外露出晨曦,她在心里深深地松了口气。

天还没有大亮,方红藤就起床了,做了米酒鸡蛋,端到大女儿房间。简雨槐已经洗漱完毕，换上了新军装，正站在镜子前面梳小辫儿。看着镜子里的女儿柔弱无骨，美得就像一条天堂鱼，方红藤心里发紧，放下手里的米酒鸡蛋，走过去，接过梳子替女儿梳小辫儿。

“妈，我现在是大人了，是吗？”

“是啊，当兵入伍了，是大人了。”

“我可以问两个问题吗？”

“问吧。”

“爸爸没有对我说真话，他是在整乌力伯伯，对吗？”

“雨槐？”

“您和爸爸没有说真话，雨蝉不是您生的孩子，对吗？”

“雨槐！”

方红藤吃惊地看着女儿，简雨槐安静地看着母亲，母女俩对视着，过了好一会儿，母亲把目光移开。女儿绕过母亲，从她身边走过去，端起米酒鸡蛋，在床边坐下，一口一口静静地吃。那以后，她们再也没有说话。

黎明时分，天空色彩斑斓，美极了。鸽子在那样的背景下被驱赶起来，呼啸而过，忙乱而没有节制。乌力天赫穿着一条带球号的裤衩，光着上身，大汗淋漓，像是刚从水里捞出来，手里挥舞着一根竹竿，大声吆喝着，在鸽舍四周跑来跑去，不让那些企图逃回鸽舍的鸽子们降落下来。

简雨槐站在自家门前，向乌力家的鸽舍看去。有一段时间她有点儿走神儿。她想，他的样子真是投入。她还想，黎明的天空多么干净呀，那是一座圣洁的舞台呢，那个少年，他在那里驱赶着他的鸽群，他是在做着怎样忘情的演出，他是怎样地想要征服他头顶上的那座舞台呢？或者，他是想要摆脱他无人知晓的孤独吗？要是这样，她有孤独吗？雨蝉呢，雨蝉有孤独吗？她这么想着，有些迷惑。有鸽子飞着的天空比没有鸽子飞着的天空更有生气，有天空可飞的鸽子比待在鸽舍里的鸽子更有希望。简雨槐心里掠过这样的想法，然后，她收回视线，转身上了车。

乌力天赫看见那辆华沙牌小轿车拐向营区的主干道，消失在林荫处。他知道车上坐着谁，也知道车是去哪里，因为这个，他的心抽搐了好一阵儿。

乌力天赫做了一个梦，他梦见自己成了一名士兵，在一座燃烧着战火的城市废墟中跳跃着奔跑。他的军装被点燃了，浑身是火，一边奔跑一边向躲藏在暗处的敌人射击。他的那些鸽子们在一座教堂的大理石台阶上栖息着，它们的耳朵全都聋了，一点儿也听不见枪炮声。他朝它们奔去，要去拯救它们。他被敌人发现了，密集的火力网罩住了他，他的身体顷刻间被打成了一张筛子。在他被迎面射来的子弹击中的时候，他的鸽子扑棱棱地从台阶上飞起来，飞向天空。

鸽子的确出了问题。近段时间来，它们表现得非常反常，烦躁不安地在屋顶上走来走去，急匆匆地飞起来，别别扭扭地从低空滑过，在空中互相撞击，糟糕地坠落到草地上。乌力天赫把全部的时间和精力都用在鸽子身上。他不知道发生了什么，他的鸽子们出了什么事情，但有一点是肯定的，他不允许它们散漫和混乱。它们是鸟儿不是吗？既然是鸟儿，就应该高高地飞到云之上，而不是在屋顶上咕唧咕唧地打架，它们没有停下来不飞的理由。

乌力天赫像个疯子，整天和鸽子过不去。他挥舞着细长的竹竿，在鸽舍四周跑动，有时候会跑得更远，跑到草地上去，把开始仇恨他的鸽子一次又一次地轰赶到天空中，把它们折磨得疲惫不堪，也把自己折磨得疲惫不堪。他知道他会惹恼谁，他知道那个少女心疼那些鸽子，只有她会心疼它们。她总有一天会忍不住，瞪着羚羊似的惊诧的眼睛从远处跑来，冲着他大喊，你都干了些什么？你不应该那么对待它们！他从她身边冲过，把手中的竹竿子高高举起来，像举着一杆旗帜，在空中搅动着。或者他会站下来，回过头看她。他的汗流成一条河，流进他的眼睛里，然后变成泪水。他就像一条潜水的鱼儿似的，瞪圆他的眼睛，喘着粗气，看着那个迷恋着追光灯的小女兵。

“它们累了。它们会累死。”她说。

“我也累了。我也会累死。”他说。

“你累了吗？”她在揶揄他，“你也会累死吗？”

“你知道什么？”他晃了一下脑袋，晃落下一圈汗水，他的声音是坚定的，“你什么也不知道。”

“那些鸟儿，它们自己会飞，”她的声音比他还要坚定，就像她穿上了那身让她变得陌生起来的军装一样坚定，“如果它们想要飞的话，它们会那样做。”

“它们想要干什么就干什么吗？”他烦躁地说。他说这话时显得相当固执，他很吃惊自己用这种粗鲁的口气和她说话，他已经决定了要对她好，他已经决定了不再对她生硬。他被自己的顽固不化弄得有些不知所措。他掩饰着，挥舞着手里的竹竿，把那些企图降落下来的鸽子再度驱赶回天空。“飞呀！飞呀！王八蛋！你们这些王八蛋！”他气喘吁吁地朝它们大声喊叫，“给我飞起来！我就是要你们飞！我就是不让你们停下来！”

“你是一个可恶的没有良心的铁石心肠的丑八怪！”她跺着脚，咬牙切齿地朝他喊。

有很长一段时间他们不再说话，也不再对视。那个时候天空是什么颜色？应该黑下来了吧？黑下来的天空更像是神秘莫测的海洋，将那些疲于奔命的鸽子淹没了，草地不大容易和天空的颜色区别开来，如果从远处看去，草地就成了另外一片天空。而他和她，他们是另外两只鸽子，只是他们和别的鸽子不同，他们在飞起来之前，已经淹死了。

第十四章　头上的星星往下落

1

卢美丽和匡志勇谈了几个月对象，不怎么会谈，比较被动。和匡志勇在一起的时候她不说话，攥着手绢，低头拿脚一点点地抹地上的灰尘。萨努娅担心，问了好几次，问她是不是不喜欢匡志勇，怎么问她都不回答。萨努娅说，好吧，要是你不满意，我就去匡家把事儿给回掉，别耽搁人家。卢美丽急了，说阿姨你别去，回了我就死。

等谈开了，卢美丽老问萨努娅礼拜几，还问是不是仍然得看住天赫弟弟。萨努娅说，不是有日历吗？你一天看八遍，怎么不知道礼拜几？你要嫌累，别一时三刻地盯着天赫，他这些日子没出去，不用看那么紧。后来萨努娅恍然大悟，说卢美丽，你就不能给小匡说说，厂里停产，没什么事儿，不必礼拜天才见面，院子里不好来，约个时间，你出去，他在外面等着你，你们去他家不就行了？卢美丽不好意思地说，阿姨，你怎么这么会谈恋爱。萨努娅哭笑不得，说我怎么会谈恋爱，我和你首长，我们根本就没有谈过恋爱。卢美丽不相信，说怎么可能，阿姨要没谈过恋爱，怎么知道首长脚臭不臭，睡觉磨不磨牙，要那样，革命队伍不是和农村一样，也讲封建？萨努娅被卢美丽给问住，想了想，还真是的，和农村比，革命队伍也就多了一个组织，本来由爹妈管的事改由组织管了，别的什么也没多出来。要说封建，组织上什么都包干，比封建还封建。萨努娅回答不了卢美丽的问题,要卢美丽自己去问首长,问问他给了阿姨谈恋爱的机会没有。

冬天到来的时候,家家户户都在准备木炭,过冬时好烤火。卢美丽也准备,让通讯员周中保帮助自己采购了不少木炭回来,堆满了后院的杂物间。萨努娅问卢美丽买那么多木炭干什么,卢美丽说,不是一个冬天用的,能用好几个冬天呢,等那些木炭用完,她再和匡志勇回来准备一屋子。萨努娅看卢美丽那份急着要飞走的样子,就知道她的心已经不在这个家里了。萨努娅就开始替卢美丽准备嫁妆。

匡志勇家里不宽裕,两间正房,公用厨房和卫生间,匡家和邻居的关系处得好,厂里又停工闹革命,没人管,邻居一撮合,匡志勇在筒子楼外加盖了一间七八平方米的搭间,一粉刷,成了小两口的新房。

萨努娅找了一个夜晚,穿上厚厚的大衣,戴上大口罩,躲躲藏藏地去了匡志勇家。萨努娅对小两口的新房很满意,和匡志勇的奶奶父母拉着手亲亲热热说了一会儿话,搁下三百块钱,说了她来的目的。

“我家的情况没瞒你们,你们是知道的,我们不想给你们惹麻烦,孩子结婚的时候,我和她首长就不来了。孩子的新衣裳新被褥都有了,这是我和她首长给她准备的嫁妆,买台缝纫机,再买块手表。家里不好张扬,让孩子们自己去买吧,你们做老人的多担待。”

卢美丽和匡志勇准备春节时办婚事,元旦后两人去街道革委会领取结婚证。领证的头一天,卢美丽很紧张,老拉着安禾背毛主席语录,看自己是不是背熟了。那条语录是这样的:“我们都是来自五湖四海,为了一个共同的革命目标走到一起来了。我们的干部要关心每一个战士,一切革命队伍的人,都要互相关心,互相爱护,互相帮助。”卢美丽总是背错,把“五湖四海”背成“五座大海”,

把“革命目标”背成“革命书包”，把“我们的干部要关心每一个战士”背成“我们的战士要关心每一个干部”。安禾不用照着看原文，她能背五百多条毛主席语录，连标点符号都不会错，安禾就嫌卢美丽笨。卢美丽委屈，说我错在哪儿了，我和匡志勇，人家匡志勇是男人，等于是干部，我是女人，等于是战士，哪有男人关心女人的，不该我这个战士关心他这个干部吗？萨努娅担心，怕卢美丽背错了毛主席语录人家不给办证，弄不好还得批斗一下，喜事弄成愁事。萨努娅就要安禾陪卢美丽去街道办事处领证，就说是卢美丽的妹妹，关键的时候，给卢美丽提个醒。

卢美丽去领证的时候，萨努娅着急，看看该回来了，跑到门外去等着。一看卢美丽哭着抹着泪进了院子大门，萨努娅就在心里叫苦不迭，说完了，是我忽视了，该让军机陪美丽去。卢美丽谁也不理，低头进了门。萨努娅拉住安禾问哪句话背错了。安禾说没背错呀，就是有点儿抢，听不出标点符号，人家还表扬了她，证儿也给办了。萨努娅撇下安禾，进屋去，在厨房里找到卢美丽，问她，证儿都给办了，还哭什么？卢美丽本来哭了一路，哭过了劲儿，让萨努娅一问，又来了劲儿，号啕大哭，说他是流氓！萨努娅被弄糊涂了，问谁是流氓？卢美丽天大的委屈，擤着鼻涕说，还有谁，匡志勇呗。萨努娅吓了一跳，忙问小匡把你怎么了。卢美丽没忍住，哇的一声又哭出来，抽搭着说，他，他，他亲我的嘴，说证儿都拿了，他可以亲我的嘴了。萨努娅愣了半天才明白过来，笑得差点儿没呛住。

那天晚上，等全家人都睡下，萨努娅去了卢美丽的房间，把自己替她准备的衣裳和床上用品，一样样清点给她，说美丽，你在我家快十年了，来的时候是个孩子，你首长不让叫保姆，让叫女儿。现在，你成了大姑娘，说你不是我女儿，别人不相信，我也不相信。要是天健还活着，他该是咱家第一个成家的孩子，现在你成了咱家第一个成家的孩子，说什么我也得把你的事儿办好。家里的情况你也清楚，政治上的事情不给你说，经济上，你首长管着不少战友的父母，没存上几个。说着，萨努娅从兜里掏出一个存折，拿过卢美丽的手，把存折放在她手上，说，缝纫机和手表的钱不算，这些钱，是我和首长给你的私房钱，你拿着，收好，也许以后用得着。我和你首长，我们不能去参加你的婚礼，你也不要怪我们，就当我们出差去了，不在武汉。

卢美丽又哭，抱住萨努娅的胳膊，呜呜地哭得差不多快晕过去。萨努娅说美丽你别哭。卢美丽说阿姨我不结婚了，我一辈子也不离开你家。萨努娅说傻丫头，哪有年纪轻轻说一辈子的话？卢美丽急了，去翻书包，从书包里找出结婚证，下手就要撕。萨努娅一把抢过来，收好，安慰了半天，总算把卢美丽安慰好了。

萨努娅看着卢美丽把脸上的泪痕擦干净，这才告诉她，今晚和她说话，不是给她清点嫁妆，也不是给她存折，是要告诉她什么是结婚，男人女人结婚是怎么回事，应该做一些什么。接下来，萨努娅就给卢美丽说了一些男女之间的事，包括匡志勇为什么要亲她，他可不可以亲她，他亲她算不算流氓。卢美丽听得一个劲儿地捂脸，说羞死人，羞死人了。

那天晚上，萨努娅和卢美丽谈得很晚，卢美丽的脸蛋儿上泛着月光，说阿姨，我真不敢相信，我怎么会遇到你和首长，我怎么会这么有福气。我老听人说幸福幸福的，也弄不懂幸福是什么，现在吧，我就觉得我得了幸福。萨努娅叹息一声，捋一下头发，不说幸福的事儿，说好孩子，快点儿把事儿办了吧，事儿一办，你就得挑梁过日子，你就不会说这种傻话了。

萨努娅很晚才从卢美丽房间出来。走进客厅，黑暗中被什么东西绊了一下。她去摸开关，打开客厅的灯，从地上扶起一把倒下的椅子，这才看清，乌力图古拉目光呆滞，窝在沙发里，人像是挨过一闷棍，脸上完全看不出往日的神色。萨努娅本来没往心里去，她正和乌力图古拉闹着矛盾，不想和他说话。再说她和他，他们这两年就没有顺过，呆呆地窝在沙发里的不光有他，也有她，不光今天，以往也常有，值不当往心里去。可是，有一个细节却让萨努娅站住，没有径直往卧室里走。她看见电话机放在乌力图古拉手边，但话筒却缩在沙发角里，没有搁回话架上，那段黑色的电话线像一条阴险的蛇，缠住了乌力图古拉的腿。

“你怎么啦？”

乌力图古拉好长时间没有说话，也没有抬头。屋里静静的，这让萨努娅感到有些不对。她想，快两点了呢。

“老乌？”

乌力图古拉像被什么东西蜇了一下，眼睛里掠过一道冰冷的光。他慢慢把头抬起来，有些艰难地朝她移过脸，嘴唇动了一下，又动了一下，然后嗓子沙哑地吐出两个字：天时。

“天时怎么啦？”萨努娅的第一反应是天时来信了，但那只是一瞬间。她脑袋里嗡的一声，觉得天垮了下来，这个世界迅速地变得冰冷和僵硬起来。

“山洞塌了，十九吨石头，天时，他被砸在里面了……”

萨努娅的脑子里一片空白。她不记得自己是怎么靠在墙上，再顺着墙壁滑下去，坐到地毯上去……

2

工程兵第17团奉命打通贵州六盘水山区的一条战备隧道。九营六连三排二班副班长乌力天时，连续七十七个小时战斗在第一线上，没有出隧道。1月2日上午11点，指导员命令三排长把乌力天时拖出隧道，押回营房，让他吃几个元旦剩下的饺子，再睡上几小时。三排长进到作业面，向乌力天时发了火，抢下他手中的钻机，把他押出隧道。走到隧道口，乌力天时发现隧道顶壁正在往下掉碎石渣，他敏感地判断出有问题，就和排长一起大声朝隧道里喊话，要里面的人赶快撤出来。隧道口附近的人听见，跑了出来，可工作面深入隧道上百米，发电机和电钻又处于工作状态，里面的人根本听不见。乌力天时反身往隧道里跑，还没跑到工作面，顶壁坍塌下来，将整个隧道口埋了个严丝合缝。

乌力天时在隧道里连续干了七十七个小时，早已经和自己班里的战友分开。被堵在工作面里的五个士兵是三班的，这五个兵失去了主张，有两个兵吓哭了，另一个瘫在泥水里，大小便失禁。乌力天时问清五个兵都是新兵，没有班干部，没有党员，他说我是二班副班长乌力天时，团支部委员，中共预备党员，你们现在听我指挥。他要这五个兵保持镇定，搜索隧道内可用的生存物资和救生器材，只打开一盏矿石灯，找到的三个水壶凑满一壶水，每人每天只喝两小口，一个兵带进隧道没吃完的半个馒头留作急用。然后他把五个兵分成两个作业组，带他们去隧道口，开始挖那里的塌方石块和泥土。他说同志们，上级领导不会把我们丢在隧道里，我们很快就会被营救出去。

营救工作持续了六天六夜。凭着进出隧道口的经验，乌力天时估算出，塌方至少堵住了二三十米隧道，而塌方掉下来的石块巨大，没有动力器械很难挖动，隧道里的空气越来越稀薄，五个兵和他自己的力气很快耗尽，第三天，乌力天时命令停止挖掘，大家躺在地上，尽量节省力气和空气，等待外面救援。为了驱赶恐惧，乌力天时带头，在黑暗中讲故事。这帮了他们不少忙，黑暗中的回忆让他们暂时忘记了身处的险境和恐惧。

到了第四天，他们听到隐约的钻机声。乌力天时说，好了，现在我们停下来，不用说话，我们听钻机的声音，但谁也不许睡过去，隔一会儿我叫你们，听见你们就哼一声。

第五天深夜，隧道外将一根通风管打进隧道，黑暗中立刻涌进一股暖洋洋的新鲜空气，不光那五个兵，连乌力天时都流泪了。也就是在这个时候，躺在泥水中的乌力天时脸上有麻酥酥的感觉。长时间的缺氧和脱水让他反应迟钝，但他还是判断出来，那是洞顶的泥土在往下落。乌力天时从泥水中撑起身子，要五个兵迅速向隧道深处撤退。有两个兵服从了乌力天时的命令，艰难地往隧道深处爬去，另外三个兵已经没有了力气，躺在那里没有动。乌力天时拖住一个兵，把他拉进隧道深处，当他去拖第二个兵的时候，隧道外抢救造成的剧烈震动导致隧道口再一次塌方，乌力天时拼尽最后一口气，把那个兵推进洞里，自己和剩下的一个兵，则被铺天盖地的石头和泥土掩埋进去。

1 月 8 日下午 4 点多钟，四个兵被蒙上眼睛抬出隧道。把乌力天时和另一个兵挖出来又整整花费了一天一夜。乌力天时自腰椎以下被一块重达十九吨的巨石压住，只留下上半身在外面，全身血肉模糊，已经看不出人样儿。在设法撬开那块巨石的时候，乌力天时不断地醒过来，再不断地晕过去。每当醒过来，他都会嘴里流淌着血水，一字一句背诵毛主席语录：“下定决心，不怕牺牲，排除万难，去争取胜利。”抢救他的战友全都被他感动得流下了眼泪。

部队对乌力天时进行了临时抢救，然后将他紧急送往贵阳市。在那里，一个军地联合专家治疗组紧急成立起来，在十五天时间里对乌力天时进行了十一次手术。乌力天时在第二次塌方时被石块击中头部，造成原发性脑干损伤，送到贵阳市医院时呈持续性深度昏迷状态，经抢救脱离了生命危险。他的两条腿因为严重的粉碎性损伤，不具备断肢再植条件，只能截掉断腿，对股骨以下部分做了创面处理。他的腹腔脏器严重损伤，部分脏器坏死，在对坏死部分脏器进行切除后，他的腹腔被安上了一个先进的尼龙术口，以便今后的修复手术用。他的胸、腰、骶段脊髓遭到严重损伤，造成下肢盆腔脏器括约肌功能严重损害，在骶段无任何感觉运动功能保留，属于完全性损害。

3

不管说什么，萨努娅都在单位里请了假。

疼痛比能够说出来的厉害一百倍、一千倍。很奇怪，那种疼痛不是来自心里，而是来自脐部。有好几次，她都因为来自脐部的尖锐疼痛而窒息过去。乌力图古拉用力拍她的脸，朝她吼，说你醒醒，醒醒。她一直是醒着的，眼仁发呆，一转不转地盯着乌力图古拉，然后把他推开。她不和乌力图古拉说话。她脸上带着一种空茫的、豁出来的、奇怪的笑容对单位革委会的人说，我必须去看我的儿子，你们不让去我也得去，该判刑该枪毙，你们看着办吧。

卢美丽说什么也要推掉春节的婚期，跟着萨努娅去贵阳。她说家里出了这么大的事儿，天垮了，地塌了，你让我怎么幸福呀？她说您都说了我是您的孩子，我要是您的孩子，我就是天时的姐姐，我去看天时，是姐姐看弟弟，有什么错？匡家奶奶抹着泪说，天时那叫忠勇，美丽那叫善良，这样一家人让我们匡家摊上，等于是摊上杨家一门忠良啊！匡志勇难过了一阵子，说好吧，我们再往后推一推，我们只是往后推一推，没有说不结婚，对吧？

“在毛泽东思想的指导下，在无产阶级‘文化大革命’运动大好形势的鼓舞下，在乌力天时同志英勇事迹的激励下，”进入病房前，医院的领导充满激情地向萨努娅介绍情况，“我们已经控制住了乌力天时同志颅内高压和术后感染的难题，把乌力天时同志从死亡线上拉回来了。现在，乌力天时同志的病情已基本稳定，我们可以向您，向英雄的母亲保证，毛泽东思想给了英雄第二次生命，我们坚决维护毛泽东思想在医疗战线和生命史上创造出的这一伟大的奇迹。”

乌力天时躺在洁白的病房里，被绷带绑扎成一个样子奇怪的粽子。萨努娅有好一会儿没有认出儿子，她怎么也不能相信，那个“放”在床上、一动不动、身上插满了无数管子、脑袋肿得比篮球还要大、五官根本分不清楚、身子比七岁的童稚非还要短的人，就是自己人高马大的老三。萨努娅摇晃了一下，要不是卢美丽眼疾手快搀住她，她就倒在儿子的病床前了。

在负责特别护理工作的护士长小张亲切的呼唤下，乌力天时慢慢地睁开眼睛，顺着小张护士长的手指费力地转过头，看着萨努娅。他的眼睛就像苍老的橡树皮，裂缝里没有任何光感，只是露在纱布外的一根手指轻轻地动了动。他认出您来了！眼泪在小张护士长的眼眶里打转。她们激动地看着他，看着这个只剩下半个身子的英雄。他的嘴唇动了动，用力地张开，断断续续说：

“这个军队具有……具有一往无前的精神……它要压倒一切敌人……而不能被……不能被敌人所屈服……不论在任何……任何艰难困苦的场合……只要还有一个人……这个人就要……就要继续战斗下去……”

乌力天时的声音微弱而含混，萨努娅没有听清楚。小张护士长把那句话复述了一遍，萨努娅还是没有明白过来。她不知道儿子在说什么，不明白他说胜利和坚持是什么意思，他已经面目全非了，还要什么样的胜利和坚持？小张护士长拿过一本《毛泽东选集》，飞速翻动，然后她兴奋地宣布：是《论联合政府》，《毛泽东选集》第三卷第 1039 页！他总是这样，时刻不忘毛主席的话！

乌力天时在十一次手术过程中一直在背诵毛主席语录，在没有手术的情况下他也在默默地背诵着毛主席语录。他对伟大领袖毛主席的崇高感情感动了所有的医护人员。

“乌力天时同志连梦里都在背诵毛主席的语录。”护士长小张感动地告诉闻讯赶来的军报记者。

“背的是哪一条?”军报记者眼睛一亮,掏出笔记本。

“‘注意团结那些和自己意见不同的同志一道工作,不论在地方或部队里,都应该注意。’还有,‘我们当中还有犯过很大错误的人,不要嫌弃这些人,要准备和他们一道工作。’”小张护士长一点点回忆。

“《党委会的工作方法》第十条,《毛泽东选集》‘第三次国内革命战争时期’部分——我想想,在1333页上面。”军报记者熟练地回忆。他甚至不用翻动红宝书就能说出出处。他就是靠这个才从一名守仓库的士兵当上军报记者的,“你没记错?怎么是这一条?”他怀疑地看着小张护士长,然后恍然大悟。当然是这一条,天时同志在昏迷中还在思考塌方造成的问题,而且他渴望早日回到战斗岗位上去。这正说明,巨石可以砸伤英雄的肉体,却摧毁不了用毛泽东思想武装起来的英雄的战斗意志!

根据上级指示,工程兵第17团开始搜集乌力天时的事迹。一搜集,就让团领导、军报记者、军里和师里的宣传干事们感慨不已:英雄不是凭借脑袋一热,逞一时之勇偶然出来的,英雄是日积月累培养出来的——乌力天时平时就孜孜不倦地苦读毛主席著作,即使工作再苦再累,他也会坚持读毛主席的书。部队在山里施工,发电困难,一般工棚里晚上不供电,乌力天时为了雷打不动地读毛主席著作,就到修理排去借着淬钢钎的炉火读,或者到河边借着月光读,至于帮助战友打洗脚水、夜里起来替战友盖被子的事情,更是举不胜举。

怀着对英雄的崇敬之情,军报记者和宣传干事们经过一个多月对一百多人次的采访和三个多月上百次的改写,终于写出了长篇通讯报道:《青春的赞歌——记毛主席的好战士乌力天时》。

军报记者过分的热情工作让事情出了一点儿差错。为了加强说服力，军报记者希望团里提供乌力天时的日记。团里调查了一下，乌力天时没有日记。军报记者不高兴了，批评团领导不注意搜集英雄学习毛泽东思想的心得体会。军里的宣传干事有经验，把团领导拉到一旁，提示说，乌力天时没记日记，不是他不想记，是他工作忙，只能把日记记在脑子里，融化在血液中。你们可以把乌力天时平时说了什么、想了什么补记下来，抄在一个笔记本上，那就是乌力天时的日记。团领导恍然大悟，立刻组织乌力天时所在连队的干部战士回忆乌力天时说过的话。乌力天时平时说了什么好办，很快搜集了一大堆，可他平时想了什么怎么搜集？谁也不是谁肚子里的蛔虫，想什么谁能知道？团里想到和乌力天时一同分到团里开给养车的魏立宪，他是武汉军区的子弟，平时和乌力天时来往比较多，他应该知道乌力天时平时都想了些什么。团领导把魏立宪找来，要魏立宪提供乌力天时的有关情况。魏立宪犹豫了老半天，表示自己本来不想说，天时都被砸成肉饼了，说了不道德，可政委叮嘱关键时刻看表现，要不说团里肯定不让今年入党，要那样，他爸非熊死他不可。魏立宪就把乌力天时的事情说了。

至少一年前，乌力天时的情绪就不好，老是背着人唉声叹气。魏立宪问过他，才知道一年前他跟车去师部拉材料，到师部招待所找武汉警备区的子弟吴光荣玩，吴光荣告诉乌力天时，他接到的报平安的家信都是假的，他父亲和母亲早就给挂起来了，正在接受审查。乌力天时回到团里心情变得很坏，他特别害怕父母被审查出什么来，要那样，不要说他在部队上待不下去，复员都不好找工作，前途都没了。乌力天时不敢和别人讲这件事，那以后老翻毛主席著作，想在毛主席著作里找找有没有说他爸爸妈妈事儿的话。有一次，魏立宪到连里来找乌力天时玩，乌力天时突然说，毛主席的书我读了好几遍，先觉得吧，往敌我矛盾里说的那些话，没有一条和我爸我妈挨边儿，可再想想，好像吧，那些话又条条都在说我爸我妈,你说怪不怪?魏立宪当时还安慰乌力天时,说没事儿琢磨这个干吗,敌我矛盾多了,不行拉倒,最多复员回家,找不着工作在家待着,有什么大不了的。乌力天时发了好一会儿愣,红了眼圈,说我和我家别的孩子不一样。我家孩子多,我是让我爸扔出来的。现在我爸我妈这样儿,我要再被处理回家,没给我爸我妈省心,反而成了他们的包袱,他们会更难受。魏立宪说,别扯了,要扔往孤儿院扔,没说往部队上扔的。乌力天时说,那要分怎么扔。我出来的时候我妈不在家,我爸没跟我谈过,可我知道他为什么送我到部队。我大哥牺牲了,部队里没有他的孩子了,我得替他顶上。过了一会儿又说,要这样,还不如死了算了,死了起码不给我爸丢脸。

团领导一听就愣在那儿了,醒过神儿来就说魏立宪,你胡扯什么?照你的说法乌力天时是自己找死?你就这样要求入党?要不是让毛泽东思想武装起来,乌力天时能有那么大的勇敢,那么硬的骨头?十九吨重,压在你身上试试?团领导当时就给魏立宪封了口,叫他到此为止,不许出去乱说,人撵到团后勤去洗车,吩咐团里的宣传干部,魏立宪的话一个字儿也别记,别人的话,没用的去掉,有用的留下,适当润色,交上去。

4

乌力天时被转到部队医院接受治疗,并且做了尽可能的康复努力。因为永久性截瘫的形成和半植物生存状态,他将终身不能再坐起来,装假肢对于他已没有丝毫意义。同时,脑干的原发性损伤促使脑移位脑疝形成压迫脑干,伤后的继发性损伤又使网状结构严重受损,导致严重的意识和思维障碍,他已经不能正常思维,他已经没有了任何记忆。

萨努娅两次往返贵阳,看望儿子。萨努娅对单位革委会说,既然我儿子是英雄，那我就是英雄的妈妈，我这个英雄的妈妈去看望儿子，总不是什么反动行为吧？就算你们不承认我是英雄的妈妈，我去看望英雄，向英雄学习，不是更能帮助你们解决我的问题吗？

乌力天时认不出萨努娅。她叫他，他瞪着眼睛茫然地看着她，不理她。她和他说话，他有时候不说，有时候咕哝两句，声音根本不像是人发出来的，她听不懂他在说什么。

为了有更多机会照顾儿子，不再为去贵阳看望儿子反复哀求单位革委会，萨努娅向部队提出，乌力天时不能再工作和正常生活了，希望部队能把他送回武汉，在荣军疗养院疗养。谁知乌力图古拉却不让把儿子送到荣军疗养院去，要把他接回家里。

萨努娅先没明白乌力图古拉的意思，以为乌力图古拉嫌儿子残废了，不能再工作，不想再给部队添麻烦，连部队疗养院也不让住，这使她伤透了心。天时是她的头腹子，可在这个家里，他却是最不受待见的孩子。乌力图古拉嫌家里孩子多，管不过来，清君侧似的，早早地就把天时赶出家，先送去寄宿幼儿园，后送去寄宿学校，再回家就是当兵的那一次，那一次连住都没让住一晚，在家里不过待了两个小时，吃了一碗挂面，洗了个澡，然后就出门，自己背着一只挎包过江去兵站。现在天时要回来了，说好听点儿叫留下一条命，往实际里说，叫留下一块肉，就这样还不替天时考虑，还来大公无私那一套！

萨努娅心里阵阵发凉，觉得乌力图古拉连野马都不如。小野马让豺狗捕住，老野马还往豺狗堆里扑呢，宁肯自己让豺狗咬住脖子，也死活把小野马踢出撕咬的圈子。乌力图古拉不说拿自己的脖子给豺狗咬，换下儿子来，连扑都不扑，直接把儿子丢给豺狗，那还叫人吗？

后来萨努娅才知道，她冤枉了乌力图古拉。

部队满足了萨努娅的请求，把乌力天时送回了武汉。乌力天时被送回家的时候,乌力图古拉在下面检查工作,不在家。萨努娅领着人小心翼翼地把乌力天时抬到楼上,要抬担架的人慢点儿,别碰着乌力天时。萨努娅心想,现在天时终于回家了,他不光能在家里睡一晚上,他还可以在家里睡到离开这个世界为止,没有人再能把他赶出这个家了。

乌力天时回家,给他的兄弟姊妹带来巨大震动。乌力天时不光截了肢、成了半个人,躺在担架上一动不动,还傻了,不认识人,不和人说话。他的兄弟姊妹们看见他的样子全都吓坏了。葛军机脸色苍白,一直咬着嘴唇,在替乌力天时送盂盆进房间时,手抖得厉害。乌力天赫铁钉似的钉在那里,眼睛一眨不眨地看着自己的三哥,脸上有一种吓人的神情,让人觉得不是他三哥的样子让人害怕,而是他的样子让人害怕。乌力天扬楼上楼下地跑,撞了护送乌力天时回家的小张护士长,又撞了抱枕头上来的卢美丽,在萨努娅要他们兄妹都去问候他们的三哥,摸摸三哥的手的时候,他害怕得闭上眼睛,瞎子摸象似的往前移,结果摸错了地方,摸到了三哥的断腿,他恐怖地大叫起来,被一旁的乌力天赫猛地堵住了嘴。安禾和童稚非一直在流泪,安禾默默地哭,童稚非嘤嘤地哭,萨努娅准备了几个月的勇气全被这两个女孩子的哭泣给毁了,疲倦地往凳子上一坐,对卢美丽说:美丽,帮帮我,把她俩带下楼去。

乌力图古拉回家那天,萨努娅在单位接受批斗,很晚才回家。那天的批斗很激烈,萨努娅挨了打。本来挨打的不是她,是外事办主任,后来有人提议,打就打漂亮的,特别是漂亮的外国人,这种人平时打不上,现在落到中国的革命者手中,不打可惜了。萨努娅被人揪住头发打了几个耳光,还踹了两脚。

回家以前,萨努娅仔细洗了脸,不让脸上留下挨过打的痕迹。一进家门,卢美丽就告诉她,首长回来了。萨努娅问首长看过天时没有,她最关心的就是这件事,她甚至觉得这比第二天自己接受批斗时还会不会挨打更重要。

“首长一回家，我就告诉首长，天时回来了。他说嗯。”

“他说什么？”

“他说嗯。他就说了嗯，没动。”

“没动是什么意思？”

“首长在客厅里和人谈话，人走了又打电话，打完电话又翻文件。翻得动静很大，好像打仗似的。还嫌家里闹，要天扬把嘴闭上，要军机和安禾稚非快去睡，要严秘书别管他，都熄灯睡觉。”

“他没上楼去看天时？”

“我没说完呢。等家里人睡下，首长就上了楼，进了天时的房间，两个多小时，一直没下来。我上去过，门关着，里面上了锁，我也不敢敲门，怕挨首长批评。”

萨努娅上楼去看。乌力天时的房间果然门关着。她贴着门听了听，房间里有人轻轻说话。她离开紧闭的门，顺楼梯上了阁楼，从阁楼绕到楼顶的露台上，从那里，透过窗子，她看见了乌力天时房间里发生的事情。

乌力天时躺在床上，瞪着眼白多于眼仁的眼睛，一动不动地望着天花板。乌力图古拉坐在床头的一张小凳子上，像一头个头儿太大种不下去的大蒜，弓着背，塌着腰，一只手握着乌力天时的手，另一只手轻轻拍打着乌力天时的手背，他在轻轻地、生疏地、有些把握不准地唱着歌：

> 金色的灰背鸟啊，初一十五唱歌哟；
> 银色的乌拉盖花啊，从春到秋开放哟；
> 成群的灰背鸟啊，在乌拉盖河岸飞翔哟；
> 簇拥的乌拉盖花啊，在科尔沁草原开放哟。
> …………

“儿子，”他唱完了，咳了两声，掩饰地抬起手，飞快地抹了一下眼角,然后轻轻地拍了拍乌力天时的手背,“儿子,这是咱们唱的第几支歌了?十五支?不对?十八支?不对?那是多少?你看,你看你爸爸,你爸爸都糊涂了,记不住了。唱得不好,糊涂了。管他呢,记不住就记不住,糊涂就糊涂,爸爸能唱好多歌儿,爸爸接着给你唱。‘南方飞来的小鸿雁哟……’”

他唱了第一句,声音就哽咽住,唱不下去了。他把乌力天时的手抓住,拿起来,贴在自己的脸上,抽搭着,呜呜的。

“儿子……”他流着泪说,“儿子……你怎么,怎么也不夸夸爸爸。你夸夸爸爸,爸爸就知道你能听见,爸爸就知道你想听见,爸爸就能唱下去了……”

萨努娅站在露台上,没有动,也没有流泪,却笑了。她从来没有见过乌力图古拉落泪。她发现她是那么想要看到他落泪的样子。她觉得头顶上那些星星正在往下落,雨点儿似的,把她淋得浑身透湿。她觉得真是有意思,那些星星,它们可以像雨点儿一样地往下落,把人给淋湿,淋得透湿。她觉得她很累,脸上挨耳光的地方很疼,腰上挨踢的地方很疼,不想动,不想像星星似的动来动去。她想,也许她可以靠在栏杆上,这样她就不用动,也不会太疼太累了。

她真的这样做了。她靠上栅栏,把胳膊搁在栏杆上,把下颏儿放上去,就那么静静地看着窗户里,看那个像一头怎么种也种不下去的大蒜的男人,生疏地拍着他儿子的手背,给他儿子唱歌,并且握着他儿子的手哭泣。她就在那儿闭上了眼睛,打了一个盹儿。

第十五章　如同一道温暖的风

1

秋天到来之前，乌力天赫完成了他飞翔前所有的秘密筹备。他不再需要理由，也不再需要任何人的同意和帮助。天空在那里，他的翅膀也在，剩下的，就看他如何振动他的翅膀了。

乌力天赫从报纸、广播和地图上捕捉一切有用的信息，决定了飞行路线，季节则选择在秋天。秋天到来的时候，家里已经慢慢适应了乌力天时造成的震动。只有一点不同，这个季节是鸟儿南下的季节，乌力天赫却偏偏选择了北上。

1967 年 10 月 11 日黄昏时分，武昌沿江大道一带响起密集的枪声，还有几声手榴弹爆炸的声音，不久就有消息传来，“百万雄师”和“三钢三新”发生了一场激烈枪战，造成数十人伤亡。但这并没有让人们诧异。两个多月前的“七二〇事件”使武汉两大派造反组织关系更为恶化，武斗飞快地升级，长江大桥上已经出现了坦克和装备了重型武器的卡车，枪战不时在三镇各地展开，人们对城市战斗已经开始习以为常。

乌力天赫在隐约枪声中出了院子，朝简家走去。他穿过营区马路，走过桉树林，在简家院子门口站下，告诉简家警卫，他要找简家老二。简雨蝉很快出来，告诉乌力天赫，简雨槐不在。

“她不是每个礼拜天都回家吗？”乌力天赫有些意外。

“也许这个礼拜不想回来呗。她就喜欢疯，臭丫头。”简雨蝉没心没肺地说，然后疯疯癫癫地把乌力天赫往院子里拉，“天赫哥哥，你来看我刚刚盖的野战医院。我给五个布娃娃开了刀。我攒了好几条漂亮的腿。你帮我看看，把哪两条腿给天时哥哥接上？”

“我得回家了。”乌力天赫和蔼地对头发汗漉漉贴在脸上的简雨蝉说。

“你还是不喜欢我。”简雨蝉不高兴，樱桃叶儿似的嘴嘟起来，“你还是喜欢简雨槐，对不对？”

乌力天赫没有回答简雨蝉，冲她扬了扬手，离开台阶，跳到路上，像来时那样，头也不回地往自己家里走去。有一阵儿他什么也没有想，他走在路上的样子就像一名十分老练的士兵。后来他开始想了，他想，要早知道这样，我就不会等到这个礼拜天了。他想，不要紧，就算我不说，你回来的时候也能看到，那些鸽子现在飞得有多么棒。他还想，就算我没有亲口告诉你，总有一天你会知道，我是一名多么出色的士兵。乌力天赫这么想着，把胸脯挺得更高，就这么一直走回家里。

第二天，天还没有亮，乌力天赫就悄悄起了床，穿好衣裳，溜出门，下了楼，去了鸽舍。他爬上梯子，打开鸽笼。那些漂亮的铁青、瓦灰、点子、霞白、麒麟和宝石眼儿像熟透了的果子似的从笼子里滚出来，冲着他咕噜咕噜叫唤，然后分散到屋顶、水池边和草地上。乌力天赫站在那里看他的鸽子，他看它们的样子就像是老朋友，或者说，他就是它们当中的一员。他向它们扬起手臂。那些鸽子像是知道他的心思，一起张开翅膀飞向天空。它们如同一道温暖的风，从他的头顶上掠过，消失在黎明前的黑暗中。这就是飞翔呀！乌力天赫热泪盈眶地想。

两个小时后，乌力天赫出现在汉口江汉关海关大楼门口。他穿着一套洗得发白的旧军装，左臂上戴着红卫兵袖章，军帽的帽檐低低地遮住眉眼，斜背着一只军用挎包，横冲直撞大步走进大楼。

大楼的造反派没有管他。这种旁若无人的家伙全都有来头儿，谁知道他们是不是和中央文革小组的人有关系？

乌力天赫顺利地上到顶楼，并且在那里找到通道，很快登上大楼楼顶。他在那里打开挎包，从挎包里取出一摞印刷品，挎包翻了个个儿，露出里面事先缝上的蓝布，脱掉身上的军装，只穿蓝色运动衫，军装连同军帽一起装进挎包。做完这些事，他把印刷品分成两部分。其中一部分，他把它们放在楼顶朝向长江一方的排气口的铁皮沿上，脱下胶鞋压住，挎包搁下；另一部分他带着，朝大楼东边走去。他跳过楼顶管道，绕过沥青带，顺着女儿墙爬到东边的楼檐尽头，探出身子朝楼下看去。

正是早上日出的时候，沿江大道上人很多。乌力天赫朝如蚁的人流看了一眼，又看了看手中沉甸甸的印刷品。那是一份题为《十问中国向何处去》的传单，钢板刻的，娟秀的仿宋体，他写的。它以人民的名义建立，人民有理由问，它是人民理想中的国家吗？他深深地吸了口气，一伸手，将手中的传单抛出去。他没有看它们如何在天空中如花般绽开，转身往回爬，跳下女儿墙，绕过沥青带，翻过管道，回到大楼南端，在那里取回压在印刷品上的胶鞋，把鞋穿回脚上。看着头几页传单被排气口里的气流吹起来，飘向空中。他弯腰拿起挎包，斜挎在身上，转身离开那里，很快消失在楼顶。

2

简雨槐第二个礼拜天回到家里，在饭桌上听说了乌力家老四的事。

乌力家老四失踪了，乌力家找遍了基地，找遍了能找的所有地方，哪儿都没有他的影子。乌力家老五就像生长在地下洞穴里的盲眼鱼，瞪着眼睛看着问他的人，一脸阶级仇恨地说，他捡弹壳儿去了呗，不带我，这个“左”倾冒险主义的孝子贤孙，还能干出什么好事来！乌力图古拉怒气冲冲，发誓要打断老四的腿，但他说过那句话以后，也许是想到了自己的老三，又改口说打扁老四的脸。可直到目前为止，乌力家老四的脸还没有被打扁，因为他始终没有出现。

“江边打死了几十个，拖到火葬场烧掉了，好多人抢骨灰，抢去种南瓜。”简明了抠着鼻子兴奋地说，搛了一筷子紫姜爆炒仔鸭塞进嘴里。

“你知道什么？那一仗两边都动了机枪和手榴弹，我都没敢靠近，他能过去？”简小川不屑地瞥了简明了一眼。

“你们在说什么？天赫怎么了？”简雨槐迷惑地抬起头来，看看简小川，再看看简明了。

“天赫哥哥逃跑了。”简雨蝉在一旁大大咧咧地说。

简先民一边吃饭一边看着《人民日报》，这个时候从报纸上抬起眼睛，目光落在两个男孩子脸上，用耐心的口气教导说：

“叫你们多学习，你们就不学。看看最近阶级斗争的新动向，彭德怀在批斗会上被打倒在地七次。‘上柴联司’让‘工总司’给踏平了，死伤上千人。谢富治说，公检法必须彻底砸烂。北京红卫兵火烧了英国驻华代办处。缅甸军队连续侵犯我领土领空。印度军队再度入侵我边境。林副主席说，乱是必要的，不乱，反动的东西就不能暴露。你们不要只关心武斗，武斗的人能有什么出息？”

“谁说我没关心阶级斗争新动向？”简小川不服气，“上周一江汉关那个反动传单事件，我一听说就乘军轮过江去了，还从别人手里弄到一张传单呢。”

简先民警觉地追问传单在哪儿。简小川不情愿地上楼去把传单拿下来。简先民草草看了一下，然后一下一下把传单撕掉，叮嘱简小川，不要再说传单的事，公安部门已经在全市展开大搜捕，这个写反动传单的人是个臭老九，有一定理论基础，很可能是社科院的人，撒传单的人胆大妄为，居然选择江汉关作案，居然在光天化日之下，这样的反动集团，抓住非枪毙不可；这种事不叫关心，叫自绝于人民。

好了，过来。简先民命令他的孩子们，让他们一个个放下筷子，站起来，到他身边。他一个一个地拥抱他们。你们都是好孩子，他用肯定的口气对他们说。他拥抱简雨槐的时间比拥抱其他孩子的时间要长一些，也更加温柔一些。乖女儿，你是爸爸的骄傲。他这么对他的大女儿说。方红藤在一旁看着她的男人拥抱他的儿女们，目光冷漠。

简雨槐坐在院子里乘凉。夏天快要过完了，暑气尚未消尽，营区里的树上，知了在完成它们最后的绝唱。简雨槐有一搭没一搭地摇着一把蒲扇，看隔了一条林荫道的那只灰色鸽舍。她看见乌力天扬光着瘦骨嶙峋的上身，撅着屁股往鸽舍上爬，去给鸽子们喂食，那些鸽子像是中了暑，恹恹的，没有精神。简雨槐站起身来，朝院子门口走去。她在那里被方红藤堵住。

"我去看看天时哥哥。"女儿平静地看着母亲。

"你不是看天时。"母亲平静地看着女儿，她的目光能把任何事情看穿。

"那好，我去看我想看的人。"女儿依然平静。

"别给你爸惹事儿。"母亲警告。

"爸还是整了乌力伯伯，对吗？"女儿紧紧盯着母亲。

"大人的事儿，孩子不要关心。"母亲坚持着。

"你说过，我已经长大了。再说，他们家都那个样子了，还能惹什么事儿？"女儿乞求着。

"听话，回家背你的谱子。"母亲很固执，而且不准备让开。

简雨槐低下头，转身朝屋里走。她当然会听话。她从来就是个听话的孩子。但这并不是说她就想安静,她的安静就是安静。

3

简雨蝉在屋里剪头发。她跪在凳子上,操着一把巨大的裁缝用的大剪子,对着镜子一剪一剪把小辫儿剪下来。

“你说,我演大春哥像不像?”简雨蝉问。

“大春是男的。”简雨槐没精打采地坐在床头。

“我就想当男的。男的尿尿的时候不会流血。”简雨蝉满不在乎地说。

“小妹?”简雨槐刚还在自己的思绪里,这会儿才明白过来,惊讶地把目光转向妹妹。雨蝉的裤裆处鼓鼓囊囊,像揣着一只小兔子。

“别那么大惊小怪。你和你妈也流血,我流怎么不行?”简雨蝉咬着牙用力剪下去,这一剪很管用,剪下半条小辫儿。

简雨槐起身把房门插上,回到简雨蝉身边,把她手里的剪子夺下来,放在桌上,把她从凳子上拖下来,不由分说扒下她的裤子。那是一大堆凌乱不堪的草纸,星星点点地落着一些红色,像风儿吹落的桃花瓣儿,没有人怜惜,胡乱地包裹在草纸中,花瓣儿揉得凌乱不堪。

“为什么不告诉妈妈?”简雨槐责备道。

“为什么要告诉她?她又没有生我,管不了我。”简雨蝉推开简雨槐,把草纸胡乱塞回两腿间,连掉在地上的一团都没落下,裤子拉上,鼓出来的地方拍下去,威胁简雨槐,“不许当长舌婆。”

“我去告诉妈妈。”简雨槐往外走,“她就是你的妈妈。是我妈妈,也是你妈妈。”

“那我就不告诉你天赫哥哥说了什么。”简雨蝉张开两只手,小指抹掉鼻子上沾着的一撮头发，重新操起剪子。

“他说了什么？”简雨槐站住了，回过头来急切地问。

“他逃跑前来找过你。”简雨蝉眼睛往上翻，露出眼白，把剪子伸向头顶。

“我问你他说了什么！”简雨槐跺脚。

“你先向毛主席保证。”简雨蝉仰起下颏儿。

“我向毛主席保证。”简雨槐盯着简雨蝉。

“帮我把头发剪了，剪成大春的样子。”简雨蝉把手中的剪子一伸，命令着。

简雨槐找出一件衣裳，围了简雨蝉的脖颈，很快替简雨蝉剪出一个干练的运动头。

“我要洗澡。”简雨蝉继续下命令。

简雨槐去盥洗室打好水，伺候简雨蝉洗过澡，再去自己房间找出一副卫生带，精巧的船儿一样叠了草纸，用带子缚牢，替她系上，细绳儿在腰间打了个蝴蝶花结，告诉她，以后就照这个样子照顾自己。

“姐，你真好，我不该妒忌你，说你坏话，我是小心眼儿。”简雨蝉甜甜一笑，玩弄腰上的蝴蝶结，去亲简雨槐的脸蛋儿。

“告诉我，他说了什么？”简雨槐推开简雨蝉。

“他对周班长说，我找雨槐。周班长说，雨槐不在家。他说，雨蝉呢，雨蝉在不在？周班长到院子里叫我，说雨蝉，有人找。我就出去了。我说，哈，天赫哥哥，快来陪我玩儿，我给你看野战医院，我攒了好多漂亮的腿。”简雨蝉即使讨好谁，也没有忘了伶牙俐齿。

“呀，你能不能快点儿？说重要的，他说我什么了？”简雨槐又急又气。

“我还慢呀，嘴都说酸了，说麻了。”简雨蝉不高兴了，瞪了不知好歹的简雨槐一眼，“他说，她不是礼拜天回家吗？我说，也许她不想回家,她就喜欢疯,臭丫头。他生气了,眼睛瞪得像吊死鬼,牙里淌着血,抓住我的脖子,恶狠狠地说,你敢说她臭丫头,我扒你的皮、剐你的肉、抽你的筋、拆你的骨头、挖你的肝肠肚肺,把你点天灯!他喜欢你,该死的!"

简雨槐白了简雨蝉一眼,扭头朝门外走去。

"我说的是真的。"简雨蝉拍桌子。

"哪句话是真的?"简雨槐站住。

"我……我也说不清。"简雨蝉沮丧地想了想,"可后面的话肯定是真的,就是他喜欢你那句。我说,你还是不喜欢我,对不对?你还是喜欢简雨槐,对不对?他说,是的,我喜欢她。"

"他是这么说的吗?"简雨槐的心揪紧了,跳得厉害,快从胸膛里跳出来了。

"让我想想,"简雨蝉皱起鼻头,转了转眼珠子,"哦,我记错了,那句话不是真的,他不是这样说的。"

简雨槐的心提到了嗓子眼儿。她的手紧紧捏着,指甲把手心都掐疼了。

"他说,是的,我就是喜欢她,我太喜欢她了。"

简雨槐不可能再站在那儿了。她扭过头,冲到门口,拉开门,跑出去,穿过走廊,上了楼,跑回自己房间,把门关上,扑上床,拉过被角堵住嘴,痛痛快快地大哭了一场。

团里排芭蕾舞剧《白毛女》,喜儿、灰毛女、白毛女,A组B组一共六个女主角。简雨槐在市青少年宫舞蹈班学了六年芭蕾,是春蕾少儿舞蹈团的领舞,又是胜利文工团学员队里最出色的学员,团里考查了她的情况,把进团不久的她分到B组扮演白毛女。简雨槐上个礼拜天本来打算回家,她想回家让妈妈给做些好吃的,她多吃一点儿,吃胖一点儿,就不会因为太瘦更接近受尽苦难的白毛女,而被分到白毛女组,她就可以演她最喜欢的喜儿了。临出门的时候，她想起雨蝉亲乌力天赫的事，想起爸爸整乌力家的事，想起简雨蝉到处找她妈妈的事。她难过地站住，返回宿舍，换上练功服和芭蕾鞋，去了排练场。她在那里练习大跳、打脚、碎步、脚尖功，练习行云流水的阿拉贝斯克①、抒情缠绵的阿蒂迪特②、如痴如醉的富艾泰③。她把自己练得汗水淋淋，练得再也没有力气做一个富艾泰，这才拖着疲倦的步子回到宿舍，洗了澡，吃了两块饼干，上床缩进被子里，望着窗外黑漆漆的天色发呆。

她想，我哪里是不想回家呀，我是不愿意看到你让小妹亲你，不愿意看到乌力伯伯和萨努娅阿姨挨我爸的整，不愿意看到小妹到处找她的妈妈，不愿意我爸再对我撒谎！她想，既然如此，你为什么不自己告诉我，为什么不早点儿告诉我！她想，要这样，就没有什么了，我以后每个礼拜天都回来，不管你去了哪儿，我都等着，我总会等到你自己对我说这些话的。

简雨槐回到简雨蝉房间，在简雨蝉的床边坐下，把一方叠成四层沉甸甸的手绢放在床上。简雨蝉打开手绢，手绢里是一枚总政版毛主席五星像章、一枚湖南版毛主席竹制像章、一枚香港版毛主席荧光像章，一个比一个漂亮。

“我才不上你的当。”简雨蝉怀疑地看简雨槐。

“随你的便。”简雨槐淡淡地说，把一个信封放在像章边，“这封信交给天扬，要他在天赫回家后立即交给天赫。不许偷看。”

4

简雨蝉摇晃着漂亮的男孩头，跑去找乌力天扬。乌力天扬拿着信左看右看，又举起来对着阳光看，没有看出什么名堂。

“写的什么？”

---

①②③ 均为芭蕾术语。

“我姐不让看。”

“怎么成你姐了？你们和好了？”

“毛主席让我俩和好。”

“毛主席管你和你姐的事儿？”

“我姐给我毛主席像章，那就是管。其实我姐挺疼我的，我只是不喜欢她比我多个妈。”

“我永远也不和乌力天赫和好。毛主席说了也不行，除非毛主席多说几遍。”

“小心眼儿。”

“我以后娶老婆，坚决不生儿子。我不生儿子，我就不能打他们，他们自己也打不成。”

“我姐从不打我。”

“她也不会打我。”

乌力天扬找到了理由，刷地把信封撕了，从信封里翻出一张信纸。两个人脑袋凑脑袋地看那页纸，那上面写了一段话：

> 人们称他为男子汉之前，他得走过多少路？白鸽在沙滩上安睡之前，它得飞过多少条河？当他能把天空看清之前，他得凝望多少时间？当大山被海水冲塌之前，它得存在多少年？炮弹还要呼啸多少回，才能最终销毁？对这个回答，我的朋友，这回答正随风飘去。

“什么意思？”简雨蝉十分困惑，“她说路干什么？还有河，还有时间。谁会回答她？”

“你这都不懂。”乌力天扬手里捏着那页纸，像捏着一份沾满烈士鲜血的遗书，脚在地上摩擦，眨巴着小眼睛，快哭了。

“你懂？”

“没看你姐怎么叫他，‘我的朋友’。”

“那又怎么啦？”

“就是说，他们跟松树和红土一样，不会分开。”

“为什么是松树和红土？”

“你真是蠢！”

“好吧，就算你对。”

“那，我也叫你‘我的朋友’。”

简雨蝉看看抽着鼻子的乌力天扬，突然笑起来，人往一边软，没抓住桌沿，从凳子上滑下去，一屁股坐在地上，笑死了。

不管怎么说，这是他俩在一起唯一没有吵架和打架的一次。

5

秋天过完，乌力天赫没有任何消息。乌力图古拉和所有能联系的关系都联系过，他们没有乌力天赫的消息。乌力天赫失踪了。

萨努娅心里急，又不能和乌力图古拉讨论这件事，私下里和严之然分析，乌力天赫会不会失足落水、外出被车撞死、病在什么地方没人知道、去社会上参加武斗、到全国各地去串联？分析过去分析过来，都有可能，又都拿不出依据，等于白分析。萨努娅有个想法没有说出来，她觉得乌力天赫哪儿都没有去，就藏在家附近，他能看见家里人，家里人却看不见他。萨努娅那些日子染上了一个怪毛病，每天早上出门前，或者晚上回家，她都会在院子附近走来走去，突然冲进小树林中，用手电筒往林子里照，或者冲进工作人员宿舍，掀开床单往床下看，然后露出一脸的茫然，好像她怎么都不肯相信乌力天赫不在那里。

萨努娅和乌力图古拉大吵了几架。在她看来，要不是乌力图古拉把老四打成那样，老四不会离家出走。乌力图古拉反对这种说法，他认为老四不是什么好东西，他是孩子当中最具反骨的，这个小兔崽子早就心生叛逆，越来越不像乌力家的人，他就是永远都不回到这个家里来也不是什么大不了的事,只当这个家少了个害人虫。

乌力图古拉还讽刺萨努娅,说她搞国民党特务那一套,又是跟踪又是盯梢,结果呢,她并没有把一个叛逆分子拯救回来。萨努娅不能听“特务”这话,造反派就是拿这个词儿称呼她,给她定性。萨努娅还嘴说,有你这么个不讲道理的爹,光知道操不知道心疼的爹,不要说天赫,哪个孩子在家里也待不住,连蚊子都待不住。乌力图古拉想也没想,扬手给了萨努娅一巴掌,把她打倒在沙发上。

萨努娅当然不会甘心做一个受压迫者,她奋起反抗,从沙发上爬起来,冲过去,对乌力图古拉又踢又咬,在他胳膊上留下好几排牙印。但是,没有老四提着菜刀往屋里冲,她失去了支援,被乌力图古拉摁住,在屁股上恶狠狠地打了几巴掌,然后拖进卧室,丢沙袋似的丢在床上,半天没能爬起来。

萨努娅和乌力图古拉的吵架越来越频繁。他们不光吵架,还动手。萨努娅说乌力图古拉失去了耐心,她自己也失去了耐心。她在失去耐心之后学会了说粗话,并且丝毫不比乌力图古拉用得生疏,有时候甚至能骂出乌力图古拉闻所未闻的话,让乌力图古拉瞠目结舌。事后萨努娅想过这个问题,她为自己的出格行为感到吃惊和羞愧。但吃惊也好羞愧也好,这一切都没能止住,无法止住,他们之间的裂痕越来越大,大到他们自己都觉得他们不再是一对夫妇了。

他们有好长时间不曾亲昵过。乌力天时回家后,萨努娅每天都在乌力天时的房间里待很长时间,等她回到卧室,乌力图古拉早就睡了。在乌力图古拉第二次动手打萨努娅之后,萨努娅有了理由,她在乌力天时的房间里安了一张床,她就带着安禾睡在那里,睡在乌力天时身边,从此以后,她再也没有回到楼下的卧室去。

6

萨努娅把越来越多的精力放在照顾老三天时身上。她每天早晨7点钟乘军用轮渡过江去汉口，到单位接受无休无止的审查交代。她总是凌晨5点起床，花十分钟时间处理个人内务，另十分钟花在去轮渡的路上，留出一百分钟替老三洗脸刷牙，进行功能锻炼，喂他服下催醒药。她在做这些事情的时候，总会小声地和老三聊天。

“天时，你团里又来人了。是王副团长，还有叶指导员，他们代表部队来看看你。他们都挺想念你的。”萨努娅说着，轻轻地用温水浸湿的毛巾一点一点地替老三洗脸。她在洗去老三眼屎的时候，特别地多在他的眼窝处稍稍地加了那么一点点力气。她总有一种预感，老三几乎全是眼白的眼睛后面藏着一些什么，是等着她去呼唤的，她只要不放弃呼唤，迟早有一天，藏在老三眼睛后面的东西会醒过来，给她带来惊喜。

“安禾要过生日了，是军机提醒我的。瞧我这记性，这段时间忙得我都给忘了。我说给安禾煮鸡蛋，安禾要煮双份。我问她，你想吃多少都行，想吃多少妈都给你煮，干吗要双份？你猜她怎么说？她说，我要三哥陪我过生日。”萨努娅说着，回头朝另一张床上睡梦中的安禾看了一眼，然后把毛巾蘸湿，替老三洗耳朵。老三的耳朵很大，像两只灰色的香草菌，醒目地挺立在头发的香茅草中。萨努娅想到了一句中国俗语：耳大有福。她为自己能想到这样一句中国的俗语笑了。

“我昨天说了美丽。我说你要再不结婚，我就不认你，把你赶出去，不让你进这个家门。你猜美丽怎么说？她说不认就不认，赶出家门就赶出家门，反正我不结婚，反正我还是这个家的人，在门外站一辈子也是这个家的人。你说这孩子,什么没学到,这个家的犟劲儿倒学会了,我该拿她怎么办?"萨努娅说着,开始替老三擦身子。每次替老三擦身子的时候,萨努娅都会有一种奇怪的举动,她总是忍不住要往空着的下半截床上看几眼,好像擦完老三的上半身,她的工作还没有做完,还有另外一半工作要做,或者说,她是在期待着另外一半工作。她擦呀擦呀,什么时候突然一回头,空着的那下半截床上就会出现老三失去的另一半身子,那她就得继续擦下去,她的事情就会多起来。

"白求恩……白求恩同志……是加拿大共产党员……五十多岁了……"乌力天时瞪着全是眼白的眼睛望着天花板,喉咙里发出咕哝声,"……为了帮助……中国的抗日战争……受加拿大共产党……和美国共产党的派遣……不远万里……来到中国……去年春上到延安……后来到……后来到五台山工作……不幸以身殉职……"

"是啊,你说,毛主席他说得多好啊。"萨努娅听出这是毛主席"老三篇"里的话,想着白求恩和自己一样,也是从另一个国家来到这个国家的,也是不远万里,他和自己有着相同的经历,便顺嘴接了下去,"'一个外国人,毫无利己的动机,把中国人民的解放事业当作他自己的事业,这是什么精神?这是国际主义的精神,这是共产主义的精神,每一个中国共产党员都要学习这种精神。'"萨努娅说着,端了盆子起来,去楼上的卫生间倒水,"天赫还是没有消息,也不知道他现在在哪儿,是不是出了什么事儿……这话妈没对别人说过,妈只是担心,妈只是对你说。"

"所有……所有二流子……都要受到改造……参加生产……变成好人……"乌力天时一动不动地躺在那儿,喉咙里咕哝着。

"你说什么?"萨努娅在门口站下,回过头去不明白地看着乌力天时。乌力天时不说了,连嘴唇都不动,呆呆地盯着天花板的一角，像只专注的蜘蛛。萨努娅想，天赫怎么会是二流子呢？他不过是这次闹得有点儿过分，让家里担心罢了。他是个好孩子，用不着改造！

萨努娅这么想着，去把水倒掉，毛巾晾好，回到房间，替睡梦中的安禾掖好被子，看了看表，在老三床边的小凳子上坐下，替老三一点一点地按摩手臂上的肌肉。

乌力天时永远是一个姿势躺在那儿，固执地一动也不动。他躺在那儿的姿势就像一只蚕蛹，总也不肯破茧而出。他已经被锯掉了半个身子，他的另半个身子正在不可遏止地萎缩下去。萨努娅不能允许她的儿子萎缩得看不见。就算他是一只蚕蛹，她也不允许他消失掉。她要他永远吊在她这个枝头上。

萨努娅一边替老三按摩手臂，一边接着刚才的念头想，也许天时不是骂弟弟，是说别的事。别的什么事呢？天时为什么要说二流子呢？萨努娅就想起来，天时刚刚说的那句话，好像她在哪儿见到过，好像是毛主席说过的。也就是说，天时和她说话，不是说他自己的话，而是说毛主席的话。也许他是想借毛主席的话，来说点儿他想要说的什么。萨努娅这么一想，好奇心上来了，停下按摩，起身找来一本《毛泽东选集》，一页一页地翻，还真的在《组织起来》一文中找到了那句话，这个结果让她忍俊不禁。

"傻儿子，妈和你说天赫弟弟呢，你拿毛主席的话来和妈对，妈知道你想说什么？妈不知道。"萨努娅笑过，合上书本，抹了一下眼角的泪花，坐回床头，继续为老三按摩。但是很快地，萨努娅又停了下来。她呆呆地想，不对呀，照医生的说法，天时是严重意识障碍，根本就不会记住任何东西，他就算说什么，哼哼唧唧几句，也是无意识的表现，连傻话都算不上，既然如此，他怎么会记得毛主席的那些话呢？他怎么会不断地说出毛主席的话呢？他怎么会不断地拿毛主席的话来应对她，而且每一次应对都像是知道她在说什么？萨努娅心里咯噔一下，心想，天哪，天时在医院里就这样，他一直都这样，他和我说了这么多，我怎么就没有想到这个！

萨努娅高兴得都快傻了。她把老三的手臂放下，替他盖上被单，转身朝门口冲去，拉开门，跌跌撞撞地冲下楼，冲进客厅，冲进卧室，语不成调地喊，天时不是残废！他不是白痴！他能背毛主席语录！他能背很多很多毛主席语录！

乌力图古拉很早就起来了，靠在床头看材料。他看萨努娅冲进来，听萨努娅朝他喊，不知发生了什么事，愣愣地看着萨努娅。萨努娅激动地说，你听见我说什么了吗？天时能背毛主席语录！乌力图古拉皱了皱眉头，冷冷地说，那又怎么样。萨努娅着急地解释，他能记住毛主席的话，他有记忆，也就是说，他不是残废，不是白痴！

乌力图古拉很快明白过来萨努娅在说什么。是的，他们都没有想到这个，他们都忽略了。乌力图古拉知道这意味着什么。他丢下手中的材料，赤脚下床，把萨努娅撇在身后，光着脚丫大步朝楼上迈去，差不多是一步两级台阶地上了楼，撞开乌力天时的房门。

家里人听见萨努娅的叫喊，不知道出了什么事，都从床上爬起来，披上衣裳跑进乌力天时的房间。安禾也被闹醒了，坐在床上懵懵懂懂地揉眼睛，不知道发生了什么事。但他们很快就知道发生了什么。

“天时，”乌力图古拉神色激动地坐在老三的床头，然后他又站起来，重新坐下，坐到小凳子上，给老三让出宽松的位置，好像那样做，就能给老三创造一个良好的发挥空间，“儿，儿子，”他伸出手去抚摩老三的脸，半途上又改变了主意，一把抓住被子的一角，有些颤抖，有些语无伦次，“你听见我说话了吗？听见了吗？你，天时，乌力天时，乌力家的天时，你给爸爸背一段毛主席语录，好不好？”

大家都很紧张，都用期待的目光看着躺在床上的乌力天时。他们突然对毛主席语录产生了强烈的兴趣和渴望。他们都希望乌力天时在从那块十九吨重的巨石下面爬出来之后，再创造一个奇迹，让毛主席语录的背诵声响彻云霄。

乌力天时一动也不动，翻着大大的眼白，看着天花板，连头都没有转过来，要不是他的一只手指在一点一点机械地抠着床单，他的样子就像是睡着了。

“天时，妈妈在这儿，妈妈在你身边。”萨努娅过去，把乌力图古拉推开，在床头坐下，小心地把儿子抱起来，把他巨大的头颅搂在自己怀里，轻轻地抚摩他的头发，“你是妈妈的宝贝，你是妈妈的乖儿子，你给妈妈背一段毛主席语录，啊？”

乌力天时还是不理睬人。他动了动，显得有点儿不耐烦，好像到早晨了，他该睡觉了，家里人不该闯进他的房间，他们那样做侵犯了他的权利似的。当然，他并没有说出这句话，也没有任何表现，只是大家这么感觉。大家突然地，就有了这样的念头：他讨厌他们，不愿意他们走进他的房间，不喜欢他们站在那儿，这会让他非常地烦躁和不安。

“他累了。他不愿意说。”卢美丽心疼天时弟弟，不想让这样的游戏进行下去，央告萨努娅，“别让他说了阿姨，他累了。”

萨努娅迟疑了一下，点了点头，慢慢把儿子的头放回到枕头上，轻轻地摸了摸他的脸，遗憾地替他盖好被子。乌力图古拉失望地站起来，垂头丧气地朝门口走去。

“长江……长江是中国的内河……”乌力天时突然开口了，像是在晨曦中最后跳动了一下的启明星，吐出几个字。

“他在背！”萨努娅激动地喊道，返回床边，再度把儿子的头抱回怀里，同时伸手去向卢美丽要放在五屉柜上的《毛泽东选集》。

乌力图古拉在门口站住，回过头来，瞪大了眼睛看着萨努娅怀里那颗硕大的头颅。萨努娅正在卢美丽的帮助下用一只手飞快地翻动《毛泽东选集》，她挡住了那个巨大的脑袋，他看不清那张嘴。

“……你们……你们英国人……有什么权利将军舰……开进来……没有这种权利……中国的领土……领土主权……中国人民必须保卫……绝对不允许……绝对不允许外国政府……来侵犯……”

“不用翻了，四九年过长江后传达过，是毛主席的话！”乌力图古拉结结巴巴地肯定。

“找到了！《中国人民解放军总部发言人为英国军舰暴行发表的声明》，第1349页！”萨努娅激动地说。

“好……好儿子……”乌力图古拉大步抢上前去，粗鲁地推开萨努娅，从萨努娅怀里抢过老三，把老三巨大的头颅紧紧地抱在自己怀里，“我的好儿子……你……你太了不起了！”他眼里闪烁着泪花，拼命克制着不让眼泪落下来，掩饰着转过身子，大声对萨努娅说，“你说得对，他，天时，乌力天时，乌力家的天时，他不是白痴，我的儿子不是白痴！”

萨努娅用力点头，流着泪在笑，泪水滚落到《毛泽东选集》上，她抹一把脸上的泪，再抹一把书上的泪。卢美丽一个劲儿地抓起床单的一角揩眼泪，把床单都拉歪了。葛军机把童稚非揽过去，搂进怀里，自己落泪，也替小妹揩泪。安禾用手捂住嘴，呜呜地哭出了声。

除了躺在床上的乌力天时和站在门口拼命咬着嘴唇的乌力天扬之外，乌力家的人都流泪了。

7

萨努娅找来所有的《毛泽东选集》，精装本、平装本、线装本、普及本还有精装合订本，堆在一张小桌子上，整整码了一桌子。萨努娅开始背诵《毛泽东选集》。不管在什么地方，只要有一分钟的时间，她也会把《毛泽东选集》拿出来，念念有声地背诵其中的文章。她睡觉前背，起床后背，走在路上背，过轮渡时背，甚至到单位接受审查和批斗的空隙时还背。背诵《毛泽东选集》几乎成了萨努娅生命中最重要的事情。

萨努娅的这种反常行为让单位的造反派感到困惑。他们不明白萨努娅怎么了，她为什么要这样。但显然，《毛泽东选集》不是国家机密，连帝国主义和修正主义的头子们也该好好学习一下，她这样做，看不出有什么阴谋诡计。或许这是一种金蝉脱壳之计？这需要提高警惕。

乌力图古拉开始担心。萨努娅在家里的表现就跟一只不生蛋光打鸣的母鸡差不多，而且是一只老在篱笆边走来走去不断“咯咯嗒”的母鸡。乌力图古拉问萨努娅，卢美丽去什么地方了？萨努娅茫然地看着乌力图古拉，说：“全国妇女起来之日，就是中国革命胜利之时。”①乌力图古拉说怎么没看见天扬？萨努娅说：“国家的统一，人民的团结，国内各民族的团结，这是我们的事业必定要胜利的基本保证。”②萨努娅这么说也罢了，她不好好说，像念经似的，眼睛呆呆地看着人，脸上没有任何表情，嘴巴翕动着，发出蚊子似的声音，让人觉得有点儿神秘，又有些害怕。

“你能不能，”乌力图古拉皱紧眉头，“好好说话？”

“在我们的许多工作人员中间，”萨努娅想也不想，开口就来，“现在滋长着一种不愿意和群众同甘苦，喜欢计较个人名利的危险倾向，这是很不好的。”③

乌力图古拉想给严之然说些什么，人叫来，想了想，又挥挥手

---

① 见毛泽东《在中国女子大学开学典礼上的讲话》。
②③ 见毛泽东《关于正确处理人民内部矛盾的问题》。

让他走了。乌力图古拉在厨房里转圈子，把卢美丽转得莫名其妙，却什么都没说，出了厨房。卢美丽犯嘀咕，不知道自己做了什么错事，让乌力图古拉逮住，要收拾自己。乌力图古拉最后把孩子当中最可靠的老二葛军机叫到办公室，关上门，很严肃地给他下指示，要他注意他们的妈妈，他们的妈妈最近有点儿不正常，他要多留心，要是看到他们的妈妈去厨房拿菜刀，或者去院子里揪了花往嘴里塞，如果她那样做了，一定要在第一时间里阻止住她，并且立刻向他报告。

乌力图古拉并不知道，萨努娅不是不正常，不是要做一只蜕皮的知了，她是要把《毛泽东选集》一字不落地背下来，这样，她就可以和她的老三说话了。

"斗争……失败……再斗争……再失败……再斗争……"[1]乌力天时躺在床上，瞪着白眼望着天花板咕哝着。

"积一百零九年的经验，积几百次大小斗争的经验，军事的和政治的、经济的和文化的、流血的和不流血的经验，方才获得今天这样的基本上的成功。这就是精神条件，没有这个精神条件，革命是不能胜利的。"萨努娅想也不用想就接上去。

"捣乱……失败……再捣乱……再失败……直至灭亡……"[2]

"这就是帝国主义和世界上一切反动派对待人民事业的逻辑，他们绝不会违背这个逻辑的。"

乌力天时说上句，萨努娅接下句；乌力天时再说，她再接。母子俩就像在聊天，儿子说一句，母亲接一句，儿子和母亲谁也不会丢掉谁，看起来是那么温馨和默契，好像那样聊下去，聊长了，儿子随时都有可能从床上爬起来，去把母亲抱住，夸奖母亲接得好似的。有时候，萨努娅会伸出手去，替儿子揩掉嘴角的口水，不让它妨碍了他说话，有时候她会大声说上两句，或者咯咯地笑，好像怕

---

[1][2] 见毛泽东《丢掉幻想，准备斗争》。

儿子听不见，或者他们刚才说到了什么好笑的事情。

乌力天时当然不会从床上爬起来，或者说，他暂时还不能从床上爬起来。大多数的时候，他一声不吭地躺在那儿，对萨努娅的大声说话和咯咯的笑毫无反应，让期待中的萨努娅从幻想中一点点醒过来。萨努娅就像才想起似的，明白过来儿子不会笑，也听不见笑，她就不笑了，长长地，叹息一声。

8

卢美丽终于结婚了。她不结不行，萨努娅真把她往外赶。萨努娅很严肃地对卢美丽说：美丽，不是阿姨赶你，你这样做对不起小匡，你是在给工人阶级摆架子呢，你是在给工人阶级示威呢。

乌力家没有人参加卢美丽的婚礼。卢美丽求萨努娅，要把弟弟妹妹带去。卢美丽说，我是乌力家的人，您和首长不能去，弟弟妹妹总能去吧，乌力家没人送我出门，我拿什么幸福啊！萨努娅不让，说人家总得问，这是谁家的孩子？你怎么回答？美丽，不是幸福，不光是幸福，成家是挑担子，是把你爱的那个人、那些人的命担起来，担在肩膀上。路长着呢，别让你们落下什么，别给匡家带了连累。

婚礼当天，卢美丽和匡志勇回了一趟基地。卢美丽进门就给乌力图古拉恭恭敬敬地鞠了一躬，再规规矩矩地给萨努娅鞠了一躬。当然，鞠躬不是她一个人鞠，是她和匡志勇俩。给乌力图古拉鞠躬时，卢美丽说：首长，我和志勇结婚了，我俩回家来给您鞠躬。给萨努娅鞠躬时，卢美丽要说什么，没说出来，上前一把抱住萨努娅，眼泪流出来。萨努娅就笑，拍着卢美丽的背给乌力图古拉说：这孩子，大喜的日子不笑反哭，没出息。

卢美丽后来不哭了，从提包中取出一大包糖果，全是上海奶糖，是她和匡志勇一粒粒挑出来的，只给乌力家挑。萨努娅埋怨卢美丽不听话，人走了不到半天又往回赶，不长进的鸟儿似的。卢美丽辩解说，不是她要做长不大的鸟儿，是匡家的老人往回赶。匡家的老人说，美丽一个孤儿，长这么大，亏得乌力家，忘什么都别忘本，不说乌力家情况的话，也不说新娘子回门的话，头一定得磕，喜糖一定得送，要不磕，要不送，这个喜就不是喜。萨努娅听了卢美丽的话，眼圈一下子就红了。

卢美丽不仅婚礼当天回来，以后也常回来，有时候和匡志勇两个人来，有时候匡志勇有事，她自己来，萨努娅怎么说都拦不住。卢美丽一来就帮着做事，屋里屋外院前院后走来走去，像个威风凛凛的将军，要匡志勇把杂物间收拾出来，要匡志勇把菜刀磨了，把拘谨的小匡指挥得一愣一愣。匡志勇抹抹脸上的汗，小声问卢美丽，她是不是原来也这样，也管着这个家，要是，她就太了不起了。卢美丽骄傲地说，你没看首长在家的时候，我让首长脱鞋首长就得脱，我让首长洗脚首长就得洗，可听话了。卢美丽说了就去埋怨通讯员周中保，嫌周中保没打扫扬尘，她在的时候，别说扬尘，连灰尘都不许进乌力家的门呢。

匡家给卢美丽找了一份工作，在街道煤店打蜂窝煤，工作是半机械化，不算太累，就是整天和煤粉打交道，脏了点儿。卢美丽不在乎，何况在煤店工作工资高，每月能挣二十二块钱，还另外补贴两块五毛钱健康费。卢美丽对自己的新工作非常满意。

卢美丽走后，乌力家最大的问题是没人做饭。老厨师万东葵走后，基地拖着不给派厨师，饭一直由卢美丽做，现在卢美丽走了，乌力家就得自己做饭吃。

萨努娅很快教会安禾煮稀饭、摊饼和下面条。葛军机在这方面能帮上一把，他做的疙瘩汤放足姜，再滴上几滴醋，味道很不错，让乌力图古拉赞不绝口。萨努娅还要求每个孩子洗自己的衣裳。

安禾越来越懂事，像个小妈妈，不光洗自己的衣裳，还帮小妹童稚非洗。她还要洗乌力图古拉的衣裳，萨努娅没让，告诉安禾，爸爸和三哥的衣裳不用别人洗，留给真正的妈妈来洗。乌力天扬在一旁怪声怪气地说，三哥有什么衣裳？三哥的衣裳就是被子。萨努娅就骂乌力天扬不懂事。

贵阳人民医院护理乌力天时的那位护士长小张给乌力天时和萨努娅各写了一封信。她在给乌力天时的信中，表达了她对钢铁战士乌力天时的敬仰之心和爱慕之情。在给萨努娅的信中，她这样写道：敬爱的天时妈妈，天时同志是我心中最可爱的人，他的英雄事迹深深地感动了我，让我难以忘怀，我是在红旗下生、红旗下长的青年，今年二十二岁，身体健康，家庭出身工人，共青团员，我愿意一辈子照顾天时同志，永远在他的身边，向他学习，为他服务，请您，英雄的母亲答应我的请求，此致无产阶级“文化大革命”的战斗敬礼。

萨努娅见过小张护士长，在贵阳时见的，也是她送乌力天时从贵阳回武汉的。萨努娅很喜欢这个相貌清秀、业务出众的姑娘，她觉得这个姑娘就像一朵刚刚开放的雏菊。萨努娅给刚刚开放的雏菊回了一封信。她在信中写道：小张姑娘，我不知道天时会怎么想，我觉得你是世界上最美丽的姑娘，最可爱的姑娘，我想，天时要知道了，他会为认识你这样的姑娘而高兴，他一定会喜欢你。可是，我不能替天时答应你的请求，因为这种事情，你说的一辈子和永远的事情，是你和天时之间的事情，我不能替天时做主，也不能在天时不知道的时候替他做主。

萨努娅把小张护士长的两封来信和自己写给小张护士长的信读给天时听。她读得很慢，她想让天时把信中的每一个字、每一个标点符号都听进去，听明白。她读完了那三封信，有一段时间，乌力天时什么反应都没有，躺在那儿，好像睡着了。然后，他咕哝道：

“我和白求恩同志……只见过……只见过一面……后来他给我来过许多信……可是因为忙……仅回过他一封信……还不知……还不知他收到没有……对于他的死……我是很悲痛的……现在大家纪念他……可见他的精神……感人之深……”①

“我们大家要学习他毫无自私自利之心的精神。”萨努娅抹了一下眼泪，微笑着接着背诵，“从这点出发，就可以变为大有利于人民的人。一个人能力有大有小，但只要有这点精神，就是一个高尚的人，一个纯粹的人，一个有道德的人，一个脱离了低级趣味的人，一个有益于人民的人。”②。

第二天，萨努娅把写给小张姑娘的那封信投进了邮筒。她站在那里，看着一辆响着高音喇叭散发着传单的宣传车从面前过去。她在想，这封信送到贵阳需要几天呢？它不会在路上被粗心的邮递员给弄丢吧？

萨努娅这么想着，朝两边看了看，迈下马路，向对面的单位走去——又去接受当天造反派对她的批斗。

---

①② 见毛泽东《纪念白求恩》。

第十六章　像蛋壳一样脆弱

1

1967年冬天，乌力家收到一封信。信是失踪数月后的乌力天赫写来的，寄自广东梅县。信的开始没有任何抬头，信中也没有称呼，也就是说，这封信不是写给某个人的，而是写给乌力家所有成员的：

> 我想，这是一条规则，在这个家庭的人没有死光之前，应该不断有人离开它，去为国家效力。乌力家族不允许白吃国家的，不允许在国家需要的时候以及国家需要的地方不出现自己家族成员的身影，这是我从小在这个家庭中受到的教育。在我之前，已经有人这样做了，现在，该轮到我了。
>
> 我很高兴由我来延续这个规则。但这是最后一次。因为，我的高兴不是对这个规则的尊重，而是不管它是什么，事情由我来决定。我的决定是自己做主，离开这个家，并且永远也不再回到这个家。我不再承认这个家对我的一切管制，不再承认家庭长老对我人生的所有决定。从今往后，我将自己决定自己。
>
> 对于今后，我一点儿也不担心。我会有自己的选择，包括如何去生和如何去死。你们不会知道这对我来说有多么重要。它对我太重要了。我一直在等待这个机会。我已经等得不耐烦了。

有一点，我想这个家庭的有些人会感到高兴，那就是我会在离战争最近的地方出现，因为战争发生着的地方，就是人类最痛苦的地方，一个人可以忍耐个人的痛苦，却不能漠视整个人类的痛苦，这也是我在这个家里接受到的教育。这个家以强制执行的暴力方式“教育”了我，但我接受这个教育，我愿意走近人类的痛苦。记住，是我、愿、意。

就算我不说，你们也知道，我恨这个家庭，它是一个虚伪的、假革命者之名不思进取的堕落的家庭。一些人生活得如意，一些人生活得不如意。生活得如意的人想方设法剥夺他人，生活得不如意的人妥协于强权，或者起来造反，然后，如果他们成功了，他们就开始剥夺他人。我讨厌这样的革命者，他们在我眼里不过是一群麻雀。还有，我恨这个家庭无时不在的暴虐。

我不喜欢这个家庭的统治者，他的貌似正义和由此带来的权威从来都是那么让人生疑。我不喜欢大哥，他对我是那么的陌生，我甚至记不得在我小时候，他是否和我说过一句话。我不喜欢二哥，他像一个寄生虫，他的脸上总是带着驯服者的微笑，从来不敢对人说出让他束手无策的内心痛苦，从来不敢向这个家庭发出他自己的声音。我不喜欢三哥，他是胆怯的，从未有过真正的家庭温暖，却要颤抖着按照家庭执政者的决定去放逐自己，他的茫然让人怜惜，而他的牺牲是不值得的。我不喜欢五弟，他就像一只没有脑子的孑孓，只是胡乱碰撞，而根本不会对自己负责，也不会对任何人负责，他是我在这个家里最可怜的对象。

我不喜欢这个家庭中所有的男人，而我是这个家庭中的一个男人。是的，我也不喜欢我自己，因为直到现在，我还没有走出这个家庭带给我的阴影，我只不过是一只战战兢兢的蛾子，毫无用处的蛾子。现在我已经决定与这个家庭脱离一切关系了。我知道，我不再是这个秩序井然的家庭中的一员，我很高兴能知道这个。我在这个家庭里从来没有得到过任何自由，我很高兴，现在我得到了。

你们不用找我，那是白费心机。想想你们自己，你们也是从小离开自己的家庭，成为一个除了破坏什么责任也不用负的流浪者。也许你们和我一样，从来就没有喜欢过你们的家庭，从来就不曾对你们的家庭负过任何责任，事情就是这样，只不过在成为胜利者之后，你们把这个秘密藏匿起来了而已。

我很想说，因为你们的养育，我活到了十五岁，为此我感谢你们。但那是假话。因为同样的养育使我困惑和痛苦了十五年。在此之前，包括我的出生，我都插不上一句嘴；而在此之后，我得用漫长的岁月做代价，来摆脱那些困惑和痛苦。

好了，我没有什么感谢的话好说，现在轮到我自己决定自己了。我将决定我今后的所有日子——不管是一百年，还是一分钟。

萨努娅读了好几遍，每读一遍，心就撕裂一次，为乌力天赫在信中表现出的残忍和决绝深深地伤心一次。她不明白，是什么让她的老四拥有那么多的仇恨。她只知道她的老四与家里别的孩子不一样，他是这个家庭中最倔强的孩子，他既然那样说了，就会那样去做。他再也不会出现在这个家里，她已经永远失去了她的老四，这是一定的。她一点儿也不管那样做是不是体面，就坐在客厅里一把接一把地抹泪，并且把鼻涕响亮地擤到手绢里去。

乌力图古拉阴沉着脸看完那封信。他把那封信揉成一团，丢进字纸篓里，然后再捡回来，展开，叠好，插回信封里。他没有对儿子的信作出任何评价，只悻悻地、无力回天地、咬牙切齿地说了一句话：

“小兔崽子，他到底做了他想做的事！”

几天以后，孩子们知道了乌力天赫来信的内容。趁大人不在，乌力天扬从萨努娅的枕头下面翻出那封揉得皱巴巴的信。他草草地读了一遍。葛军机接过去仔细地读了一遍。两个女孩子，安禾和童稚非，趴在葛军机的肩头看那封信。葛军机在读信的时候以及读完那封信之后，就像乌力天赫在信中所说的那样，脸上一直带着谦卑的微笑，什么话也没有说，然后把信交还给乌力天扬。童稚非怯怯地问安禾，四哥为什么没在信中提她们。安禾茫然地摇摇头，说四哥早就把我们忘了，过了一会儿又说，他也没提他的鸽子。为这个，童稚非难过了好几天。

乌力天扬一脸阴沉地走到院子里，去看乌力天赫留下的那些鸽子。在失去了主人之后，那些鸽子显得懒心无肠，整天在苹果树里乱窜，或者飞到江滩上晒太阳，它们基本上已经成了一群野鸽子，有的再也不回到鸽舍里来了。我不喜欢五弟，他就像一只没有脑子的孑孓，只是胡乱碰撞，而根本不会对自己负责，也不会对任何人负责，他是我在这个家里最可怜的对象。乌力天扬爬上梯子，上了屋顶，把鸽舍从屋顶上掀了下来，再从屋顶上下来，找来一把斧子，非常凶狠地，一下一下地把鸽舍砍得七零八落。做这些事情的时候，他的脸上露出很可怕的神色，铁钉把他的手划破，流了血，他一点儿也不在乎。他把斧子往碎裂的木板和卷曲的铁皮中一丢，朝地上啐了一口，离开了后院。

2

实际上，乌力图古拉也好，萨努娅也好，他们根本管不了乌力天赫的那封来信带给他们的是怎样的冲击，等待他们的比这个要严酷得多。

入秋以后，北京传来中国最后一个皇帝去世的消息。不知道这个消息是不是一种兆示，那段时间，坏消息接踵而至。中国与印度尼西亚双双宣布断绝外交关系，缅甸宣布驱逐中国新华社仰光分社工作人员，老挝的战机轰炸了云南边境，美军的战机轰炸了中国海轮，局势显得十分紧张。国内更是乱作一团，铁路遭破坏，桥梁被炸毁，杀人越货的事件不断升级，商店里已经买不到糖果和肥皂，老百姓的日子没着没落。

乱纷纷之中，乌力图古拉接受了第一次公开批斗。他非常烦躁。前线消失了，没仗可打了，兔崽子们又开始咬篱笆了。而且，因为家里没了厨师，好长时间没有吃肉，他的脸上干巴巴的，十分难看。

“我的审查不是结束了吗？怎么还审？”

“谁告诉你结束了？是告一段落，不是结束。就算结束，需要的时候仍然可以重新开始，所以我们党才会有九次重大路线斗争。”

“你想干什么？简先民，你想干什么！”

“你喊什么喊？我让你喊了二十年了，你就不想想，你凭什么？‘文化大革命’一年多了，让你舒服到现在，你还有什么想不通的？”

最先撤离的是通讯员周中保。值班员把基地文革小组取消乌力图古拉一切政治待遇的电话通知一传达，周中保就把刚取回的《解放军报》往台阶上一丢，去后院工作人员宿舍打好背包，扛上就走，连告别都没有。随后离开的是司机小陈，不但他走了，吉姆车也开走了。警卫班原有三个值班员，撤走两个，留下一个，那一个去警卫连食堂吃饭，有时候半天不回来，有时候回来看一看，又溜回警卫连，等于一个没留下。

秘书严之然是最后一个走的。严之然走进乌力图古拉的办公室，张嘴想说什么，乌力图古拉烦躁地冲他挥了挥手，说行了，走吧走吧。严之然低下头，走到门口又站住，磨磨蹭蹭不拉开办公室的门。乌力图古拉叹了口气，说，这一年，我一直想不通一件事，轰轰烈烈地闹这场革命，它是为什么？有人让我想明白了。革命啊，它是一些人推翻另一些人的暴力行动，响枪不响枪，它都是战争，都有对头。你还年轻，日子还长，别为我这个老东西把前程给丢了，该怎么说，你自己看着办，保你自己吧。

乌力图古拉被拉到台上去接受群众批斗。他死顽固，不让人家批，人家批十句他还一句，那一句就把别人的十句全给否定了。

我革命那会儿，你爹还在放牛呢，你知道什么叫革命？他说。

军阀让我打了不少，你打过几个？没打你嚷嚷什么？他说。

毛主席说搞"文化革命"，毛主席是说搞坏人的革命，你好坏都不分，你提毛主席什么事儿？他说。

肢体冲突不是从推他上台开始的，是从摘他领章帽徽开始的。文革小组发现了一个疏漏，他们没有摘掉乌力图古拉的领章帽徽。简先民很恼火，下令摘掉，挂上牌子。乌力图古拉和摘他领章帽徽的兵发生了冲突。一群兵冲上去，拳头如雨，完全按照擒拿拳的套路下手。是乌力图古拉要求他们在训练中人人过关，是乌力图古拉把每个兵都训练成了硬拳头，他们做到了。乌力图古拉的反击绝望而可笑。一个怒气冲冲的兵使了个大背，把他摔倒在台上。兵摔倒他以后很兴奋，冲他脸上吐了一口唾沫，说没赶上战争年代不等于什么都赶不上，看看小人物能不能摔倒大人物，也让大人物尝尝被小人物摔倒的滋味儿！修缮队的邱金汉冲上来，给了乌力图古拉一脚，恨恨地说，你个狗东西，在我眼里跟地主老财没什么两样，这个世界怎么回事儿，老断不了你们这种人的根儿！那一脚踢在乌力图古拉左腿腓骨上。乌力图古拉左腿腓骨负过伤。他用手护腿。邱金汉不高兴了，接着又来一脚，把乌力图古拉的指骨给踩断了。

萨努娅到处给乌力图古拉找伤湿止痛膏,用热毛巾给他敷腰。她埋怨乌力图古拉和群众硬顶。乌力图古拉没好气地说,那是什么群众,一群流氓。

“干群众什么事儿,还不是你们自己弄的。”乌力天扬从客厅过,没好气地冒出一句,“什么破党,没人整了,自己整自己。”

乌力图古拉像一头发了威的狮子,一跃而起。乌力天扬想躲没躲掉,被乌力图古拉一耳光打倒在地,带翻了一把椅子。

“小兔崽子,你没有资格评价共产党!”乌力图古拉朝乌力天扬怒吼。

“打我干什么！是我斗你呀!”乌力天扬也朝乌力图古拉吼,抹一把鼻血,再捂着火辣辣的脸,“有本事揍我,干吗不去揍那些斗你的人？是他们欺负你,你揍你孩子的勇气到哪儿去了?”

“你放屁!”乌力图古拉语尽词穷。

“你才放屁!”乌力天扬瞪着血红的眼睛。

“野种！你是一个野种!”乌力图古拉手指头断掉,扇乌力天扬疼得他直抽凉气,换脚,一脚把乌力天扬踢到墙角里贴着。

“我就是野种！我是天底下最大的大野种!”乌力天扬激动得浑身颤抖,为自己的奋起反抗并且为此遭到的血腥镇压而得意,得意过后就泪流不止。

萨努娅去了趟卫生间,回来往脸盆里多丢了一块毛巾,绞出一块,拉开乌力天扬捂脸的手,把热毛巾往他脸上敷,回头又给乌力图古拉的腰上换了一块。她很平静,好像一个不关心牲口圈中打成什么样的牧人,只管把牲口们拉下的粪便以及斗殴结束后留下的尸体清理出去,好把地方腾出来,让剩下的牲口们接着活下去。

乌力天赫离开家后,乌力天扬接替四哥成了乌力图古拉的对头。父子俩经常干仗。乌力图古拉把乌力天扬追得楼上楼下乱窜,好几次,眼见着手中皮带就要抽到乌力天扬身上,乌力天扬一低头逃上阁楼，再攀上露台的栏杆，从那里跃到乌力天时房间的窗台上，踹开窗户跳进屋子，然后从那里溜掉。

“凡是反动的东西……你不打……他就不倒……这也和……和扫地一样……扫帚不到……灰尘照例……不会自己跑掉……”①乌力天时躺在床上，因为乌力天扬从他头顶飞鼠似的跨过，挡住了他看天花板的视线，有些烦躁，眼白比平时更多了一些。

“凡是敌人反对的，我们就要拥护；凡是敌人拥护的，我们就要反对。”②乌力天扬高喊着，冲出房间。

这种事发生过两次后，乌力天扬失去了逃生通道。乌力图古拉把乌力天时房间的纱窗钉死。萨努娅也警告乌力天扬，不许他再拿三哥做人质。乌力天扬只能做狼牙山五壮士，悲壮地从二楼窗台上跳进院子，摔得屎都差点儿溅出来。

乌力天扬再也不怕挨打。他现在已经不是那个巴掌没到就尖着嗓子嚷嚷的乌力天扬了。他敢和乌力图古拉对骂，甚至手中有家伙的时候，比如抄上了菜刀的时候，他敢和乌力图古拉对峙，转着圈子红着眼说，你来，你来呀，我劈不死你还劈不死你的野种！他在心里悲壮地想，你乌力天赫没做到的事情，留给我来做，让你看看，我是不是你说的光会叫的狗，是不是没有脑子的孑孓！

3

卢美丽终于不能到乌力家来了。门岗都认识卢美丽，知道她原来是乌力家的保姆，拦住不让进。带班的说，你要再闹我们就把你告到国棉三厂去，让他们收拾你。卢美丽那个时候马上就要临产，害怕肚子里的孩子被收拾掉，只好不再来了。

---

① 见毛泽东《抗日战争胜利后的时局和我们的方针》。
② 见毛泽东《和中央社、扫荡报、新民报三记者的谈话》。

安禾夜里不肯睡，坚持要等萨努娅从单位挨斗回来，乌力图古拉哄不行，葛军机哄不行，谁哄也不行。有一次，萨努娅一夜没回家，在单位交代问题，安禾坐在床上，衣裳不脱，就这么坐了一夜。第二天晚上，萨努娅疲惫不堪地进了门，安禾跳下床，扑进萨努娅怀里，浑身颤抖着说，妈，我害怕，你别离开我，你保证再也不要离开我了。萨努娅把安禾搂进怀里，想安慰她，却不知如何安慰。她很累，累极了，累得一句话也不想说。她到底没能向她的大女儿做出保证。

1968 年 3 月 23 日，苏联船只“乌克兰共青团员”号驶入广州虎门，二副波诺马尔楚克偷拍中国海军舰艇和虎门要塞地形，被中国反间谍机关人员抓获。间谍案事件发生后，萨努娅的问题升级，她被确定为苏联特务，属于敌我矛盾。

你出身大地主，这是你必然要搞反革命阴谋的铁证。你加入中国国籍这么多年，始终不忘俄语和突厥语，很明显，那是你搞特务活动的工具，你当然不会忘记它们。你搞间谍活动的上线是你哥哥，他是克格勃的双料间谍，你们之间一直保持着秘密联系，我们手里有铁的证据。荒唐？是的，这也是我们的看法——你不择手段，不惜使用美人计，在我们的重要机关和军事工业重要部门潜伏长达二十四年之久，用这个来达到你不可告人的间谍目的，这种做法，实在是荒唐透顶。

萨努娅完全失去了控制，激动地朝审查组的人喊，你们为什么不问问我和叶卡捷琳娜[①]有什么关系？你们怎么能放掉这么重要的问题？审查组的人有水平，而且有斗争策略，根本不会被萨努娅的失控吓住，冷笑着说，叶卡捷琳娜？你怎么会和她有关系呢？你不过是个苏联大革命时期的沙俄漏网分子，苏修的小特务而已。

---

① 即叶卡捷琳娜一世（1684—1727），俄国彼得大帝情妇，1725 年继承彼得大帝皇位，成为俄国女皇。

不过,这没有什么关系,你就算是安托瓦内特王后[①],我们也照样送你上断头台。

萨努娅是天不亮的时候被人从家里给带走的。两辆驾驶室玻璃上贴有武汉市革委会专政小组和武汉市公安局军事管制委员会联合颁发的特别通行证的吉普车停在院子外。基地保卫干部一脸紧张地领着两名公安人员进了乌力家。

"告诉他们,"萨努娅在走廊里甩掉公安人员抓住她胳膊的手,脸色苍白地冲着乌力图古拉的办公室喊,"我不是间谍!建国十八年了,我没有回过我的家乡,一次也没有,我靠什么来做间谍?有我这样的间谍吗?"

乌力图古拉办公室的门紧紧关着。两个警卫连的士兵事先进了办公室,控制住乌力图古拉。屋里很暗,公安人员吩咐不许开灯,他们是在走廊上向萨努娅宣布逮捕令的。

"我的孩子怎么办!"萨努娅被强行戴上手铐,她绝望地对公安人员喊,"谁来管他们?"

乌力天扬只穿了一件小背心和一条短裤,赤着脚从楼上跳下来。他插到萨努娅前面,想阻拦公安人员带走他的母亲。他立刻被基地保卫处的干部拖开,堵在楼梯口。他死死拽着楼梯扶手,脸像死人一样,泛着一层可怕的灰色。

拉开安禾费了点力气。安禾突然从楼上冲下来,撞开乌力天扬,撞开保卫干部,在楼梯口抱住了萨努娅。她低下头,用牙狠狠地咬一名公安人员的手。遭到袭击的公安人员恼羞成怒,用力甩开安禾,去掰她紧抱着萨努娅的手。另一个公安人员则把萨努娅推出门,往台阶下拖,拖进院子里。安禾死也不肯松开,她就像长在萨努娅身上的一朵蘑菇,随着萨努娅被从家里拖出去,拖进院

① 即玛丽·安托瓦内特(1755—1793),奥地利公主,为巩固欧洲两大封建王朝——哈布斯堡王朝和波旁王朝的联姻,奉母命与路易十六成亲,成为法国王后,在法国大革命中和丈夫一起被送上断头台。

子，鞋子拖掉了，匆忙穿上的棉裤也掉了下来，褪到腿弯处。

“别碰我的孩子！别碰她！”萨努娅像只母狼，用头去顶公安人员，“安禾，放开妈妈，回屋里去！”萨努娅的头发被公安人员紧紧地揪住，样子难看地往后仰着脑袋，“天扬，天扬你在哪儿？”

童稚非在二楼趴在窗台上跳着脚喊妈妈，尖锐着嗓子大哭。葛军机用一床被子把童稚非捂住，搂进怀里，带离窗边。人不在了，屋里的灯光突然亮了许多，就像一个动物猛地睁大了眼睛。

乌力天扬蹿回楼上，从那里跳到后院，再从后院冲出来。他手中举着一把锋利的斧子。他把斧子高高举过头顶，恶狠狠地朝揪住萨努娅的那名公安人员扑去。他在花坛边摔了一跤，摔得很厉害，斧子摔出老远。他从地上爬起来，捡起地上的斧子，一瘸一拐地继续往前冲。公安人员退后两步，从腰间掏出手枪，对准斧子。基地保卫干部从后面抱住乌力天扬，并且很快把他按倒在地，夺下斧子。

“Түүнийг сулла！”①

乌力图古拉像一头红了眼的孤狼，铁青着脸，踹开门冲了出来，身后跟着两个失去了控制的士兵。两个兵没拦住，他伸手一把揪住正拽着萨努娅的公安人员的衣领，将他掀出老远。萨努娅激动地看着乌力图古拉。乌力图古拉没有看萨努娅，而是费力地把安禾从萨努娅腿上剥离下来。安禾不肯松手，萨努娅的裤子被撕破了，一大块布紧紧地攥在安禾手里。

“收起你那鸡巴玩意儿！”乌力图古拉搂紧几乎窒息过去的大女儿，冲举着枪发呆的公安人员吼。他愤怒得连头发都充血了，一根根直立起来，“滚！快滚！”

萨努娅被胡乱塞进了吉普车。不知是不是因为天还黑着，视线不好，其中一辆吉普车在调头的时候撞上了路边的灯柱，往回退

① 蒙语：“放开她！”

时又撞着了一名警卫士兵。司机非常紧张,嘴里一个劲儿地咕哝着,好不容易才把车驶上营区的路,呼的一声开走了。

乌力图古拉试图安抚安禾。他很困难地蹲下身子,替安禾提上棉裤,把已经揉得不像样子的棉裤整理好。他颤抖着,笨手笨脚,好半天才把棉裤的裤腰系住。他要安禾回家去。安禾手里攥着那块布,两只眼睛直愣愣的,死死盯着被撞歪了的灯柱,坐在地上怎么也不肯起来。后来还是葛军机从屋里出来,才把安禾抱回了家。

4

下午1点多钟,乌力图古拉在楼下办公室,把一支32MM柯尔特自动手枪、一支勃朗宁小口径手枪和一支7.62MM苏式步骑枪交给基地保卫处的两名干部,并且在武器清单上签下了自己的名字。

突然,童稚非在楼上惊雁般地尖叫起来。尖锐的叫声让乌力图古拉觉得心都被抓破了。他摔下笔,推开保卫干部,冲出办公室,冲出客厅,冲过走廊,冲上楼,冲进女孩子们的房间,然后再从那里出来,冲上阁楼。

他在阳台上看到了像一只迷路的被芦苇缠住了的草雁一样高高吊在晾衣钩上随着风儿轻轻荡来荡去的安禾。

安禾咬掉了自己的半截舌头,她的咽部因为充血而肿胀不已。但她不是因为窒息的痛苦才咬掉自己舌头的,而是在那之前,在她把自己吊上晾衣钩之前。

安禾死前什么话也没有说,连冲过去紧紧抱住萨努娅的腿时她也没有说过一句话。那块从萨努娅裤腿上撕下的布,一直攥在她手心里。

“Адгуус, Үл бҮтэх амьтан!”[1]乌力图古拉攀上栅栏去解安禾。他在那里摔了一跤，碰破了膝盖。他把安禾抱在怀里，手忙脚乱地去解她颈下的绳子，因为慌张被晾衣钩剐掉了手上一块肉。抱着安禾下楼的时候，他又失了脚。他以为他能三步并作两步，但他没能做到。他和他怀里的安禾一同滚下好几级台阶。他紧紧搂着身体开始僵硬的安禾，他呼唤她。在他明白已经不能用自己的体温把大女儿暖醒过来之后，他疯了，眼睛里充满了血，冲着一直没有离去的保卫干部和闻讯赶来的医生大喊：“混蛋！混蛋！我要杀了你们！我要杀了你们！”

安禾是烈士遗孤，乌力图古拉和萨努娅当了她的父母，有个姥姥还活着，人在农村，自顾不暇，除此之外没有人可以通知。安禾死了，一把火烧掉，骨灰装进一个陶瓷罐里。萨努娅不在，乌力图古拉不知道该怎么安置一眨眼就变成了骨灰的大女儿，只能把她暂时放在家里，等萨努娅回家以后再说。可那有用吗？萨努娅能把女儿唤醒吗？萨努娅不会饶过他。他把萨努娅的心肝摘掉了一块。所以，混账王八蛋不是别人，是他。

有一天半夜，乌力天扬突然醒了。他从床上爬起来，去了放安禾骨灰的那间屋子。他在屋子当中站了好一会儿，慢慢走过去，打开那个陶瓷罐，低头往里面看，看了好一会儿，然后吸了一下鼻子，盖上陶瓷罐的盖子，走开了。

“安禾的颜色不好看，只有这么一点点，还不够我抓两三把。”乌力天扬坐在童稚非的房间里，绘声绘色地比画着，把他看到的安禾告诉童稚非，“我知道安禾为什么把自己吊起来。妈妈被抓走了，没人陪她睡觉了，她怕天黑以后鬼摸上她的床。她总是这样。”

童稚非盯着乌力天扬，害怕地往后缩，倒退着身子下了床，倒退着身子往后缩，一直缩到墙角里，倚着墙角蹲下，直着眼睛盯着

① 蒙语：“混账王八蛋！”

乌力天扬。

乌力天扬抽了一下鼻子，离开床，走过去，有些不习惯地把她搂进怀里。

“放心，她现在就像沙子一样，一点儿也不疼了。”他生疏地摸着那个惊恐万状的小女孩子的脸蛋，安慰她说，“安禾不在，以后我来照顾你，我陪你跳房子玩儿。”

5

自打安禾上吊后，就算到了晚上，乌力图古拉也不开灯，一个人坐在办公室里，在黑暗中呆呆地发愣。

乌力图古拉在想，这是怎么啦？孩子们是怎么啦？出了什么事，要他们这么做？乌力图古拉想，我们吃了多少苦呀，什么没经过？什么都经过了，不都还站着吗？不是都过来了吗？可孩子们呢？天健，一块弹片就给打没了；天时，一块石头就给压趴下了；安禾，一口气上不来，就把自己吊在阳台上，她才多大呀，还有多少日子没过，就走这样的路？孩子们都怎么啦，怎么变成了这样？

乌力图古拉想不通，怎么都想不通，他就是在这个时候，开始生出白发。

乌力图古拉开始处理后事。作为一个经历过残酷战争的老兵，他预感到事情并没有结束，更大的灾难还在后面。他必须承认，他对付不了人整人的那些勾当，对付不了“怎么回事儿”的这个世界。他学不会，也来不及学会，而且死也不肯学会。何况，人整人不是学来的。他在没有学会的过程中已经失控了，不能继续失控。他得在彻底失控之前，安排好孩子们的事情。

在做出这个决定的那天晚上，乌力图古拉把葛军机叫到自己房间，关上门，和自己的老二，同时也是他最信任的孩子谈到深夜。

两天之后，葛军机和乌力家决裂了。乌力家的老二写了一篇大字报，把它贴在基地的大字报专栏上，以烈士子弟的身份，宣布与大军阀乌力图古拉断绝一切关系。乌力天扬怒火万丈，提着菜刀要砍葛军机，被乌力图古拉拦下。

“操你叛徒的妈，我非砍死你不可！”乌力天扬气呼呼地盯着脸上带着神经质微笑的葛军机。

“刀放下！你敢动他一根毫毛，我揳死你！”乌力图古拉的脸痉挛着，朝乌力天扬大吼。

乌力天扬一直在寻找机会干掉葛军机。揳死他，他也得干掉他。没有理由让叛徒活着。别说哥，就是爹，他也干掉，非干掉不可。有两次，他差点儿得了手。有一次吃饭的时候，葛军机去开门，乌力天扬把一包老鼠药搅进葛军机的饭碗里。还有一次，乌力天扬怀里揣着匕首去撞葛军机，想趁葛军机还手的时候拔出匕首，狠狠捅进他的肚子里。

乌力天扬两次干掉葛军机的行动最终都功亏一篑，没有得逞。葛军机很小心，一直回避着乌力天扬，不与他发生正面冲突。凡是乌力天扬在场的时候，他都像只警觉的斑鸫，远远地飞上枝头，不往乌力天扬身边落。

乌力天扬很快失去了干掉葛军机的机会。乌力图古拉给在福建野战部队当军长的老战友柯振国打了个电话。乌力图古拉只有一个要求，把葛军机安排在机关工作。老葛留在世上的骨血，得给他留着，不能泼洒了。还有稚非，你也带走吧。

柯振国让自己一个当兵的儿子开车，在路上颠簸了好几天，父子俩从福建赶到武汉，先找了一家旅社住下，天黑以后摸进基地，在司令部大楼前熄了车灯，把车开进黑暗中，摸到乌力家。

“别难过了，再难过孩子也回不来。”柯振国安慰乌力图古拉，“我知道你，你也尽心了，老安地下有知，不会说什么。倒是小萨的事,你得想想办法,打听打听。不是我多嘴,咱们和苏联的关系越来越紧张,看样子非打一下子不可。小萨到底在哪个关节上出了问题,你得问清楚,别到时候一块儿给收拾掉。”

柯振国的儿子像个阿尔巴尼亚地下游击队队员,紧张地进来,要柯振国快走,免得一会儿让人发现走不掉。法西斯鬼子,他们来了!

“别嫌我投机,我那儿日子也不好过。军机和稚非交给我,你尽管放心,就是这把骨头砸碎了,我也替你保护着。天时和天扬,我是真没有能力啦。”柯振国苦笑着在门口对乌力图古拉说。家里没烧水,水果和糕点是早就没有了,两个十多年没见面的生死战友,再见面说了不到十句话,黑灯瞎火的,连手都没有握一下。

葛军机牵着童稚非从楼上下来。柯振国的儿子像绑架似的,上去捂住哭哭啼啼的童稚非的嘴,用一件军大衣把她裹住,再把一顶大号军帽递给葛军机,示意他戴上,遮住眼眉,然后拉开门,探头出去,警觉地看了看,拽着童稚非出了门。柯振国跟出去,步子迟疑了一下,不似当年那样敏捷。葛军机背了个书包,胳膊下夹着稚非的行李包,样子有点儿慌张。他张了张嘴,想对乌力图古拉说点儿什么,乌力图古拉已经转过身,朝屋里走去。葛军机也就不再说话,把耷拉下来的帽檐往上顶了顶,拉开门走了出去。

门再关上,屋里空空荡荡,一点儿生气都没了。

6

乌力图古拉被关押进学习班当天,家就被抄了。

来抄家的是警卫连的兵。楼上楼下,前院后院,跟电影里特务搜查地下党的家一样,东西到处扔,然后装了一车东西走。乌力图古拉的办公室和卧室贴上了封条,只留下楼上的几间屋子。

抄家的时候，乌力天扬一直跟在那些兵的身后，兵们翻腾，他在一边看。兵们问他看什么，是不是记着拿走了什么东西，好秋后算账。他咧着嘴笑，笑得很难看。兵们熟悉乌力家的老五，知道他是个不安分的孩子，警卫连好些兵吃过他的亏，他们讨厌他。

“现在不威风了？蔫儿了？成狗崽子了？”

乌力天扬两手揣在裤兜里，耸了耸肩，朝一边躲，身子靠在墙上，一只脚蹬在墙上，让两个兵把一只大号皮箱抬出去。

“你家一顿吃一只鸡，用天麻炖，烧肘子还放红枣和冰糖，有这事儿吧？”

“你爹是吹牛大王吧，他打过仗没有，到处显摆？”

“你那个特务妈把电台藏在哪儿，还有高跟鞋？”

“不就藏在高跟鞋里吗？走到哪儿电台带到哪儿。”

“说不定藏在奶罩里。瞧他妈那两个奶子，哪有那么大的奶子？肯定藏了电台。”

“你看到了？世界上怕就怕认真二字，共产党最讲认真。”

“喂，小崽子，你说，电台是不是藏在你妈的奶罩里？”

“藏在你屁眼儿里。”乌力天扬从裤兜里掏出一只手，撸了撸鼻子，再把手揣回裤兜。

兵们恼火了，要揍乌力天扬。乌力天扬蹿出屋子，在院子里被抬箱子出去的兵堵住，没跑掉。追上去的兵从堵住乌力天扬的兵手中拽过乌力天扬，给了他俩耳光，外带一脚，把他踹倒在地上。破孩子，再他妈嘴脏我抽死你！兵们骂骂咧咧走回屋子里去。

乌力天扬慢腾腾坐起来，头有点儿发蒙，坐了一会儿，看见不远处有一样东西，在阳光下闪着沁凉的暗光。他拿手背揉眼，看清楚了，是一块石头，他小时候从树上取下来埋在石阶旁的那块，原来埋得好好的，被人踩来踢去，露出一截。他从地上爬起来，抹了一下嘴唇，那里甜丝丝的，往外淌着血。他走过去，蹲下，抠开泥土，把石头重新埋好，站起来，踩实。

他感觉到背后有什么，回头看。一些家属远远地站在小路上。人群中有高东风、汪百团、罗曲直，他们的目光里透出一丝陌生，好像从来就不认识他。萨拉热窝的公民们……萨拉热窝的公民们……把你们的亲人领走……士兵不会开枪……重复一遍，士兵不会开枪……他看见了简雨蝉。她从人群当中挤出来，嘴里含着一支棒棒糖，推开司机，骂司机是瘌痢头。乌力天扬满不在乎地拍了拍屁股上的土，朝地上啐了一口，躲开抬着箱子从屋里出来的士兵，拉开大门走了进去。

抄家的兵们走了，一切归于安静。乌力天扬去卫生间，开了水龙头，洗干净鼻血，撩起衣襟擦干水，出了卫生间，上楼。一步一步上，上两步退一步，单脚往上跳，跨上扶手向上爬。换了好几种花样，出了一身汗。他推开乌力天时的房间，走进去，搬了一把椅子放到床头，万事皆休地坐上去。

“操他妈，走啦。”他跷起二郎腿，一下一下地晃悠着，“都走了，一个也没剩。”他觉得那样坐着不舒服，有点儿硌着刚才挨踢的地方，就把身子往后靠，让椅子的两只脚离地，一来一回地摇晃，“就剩我们俩了。狗操的，没人管。”他把身子再往后靠，尽量往后靠，那样他就像在荡秋千，“喂，你听见没有？听见你说话呀，摆什么架子。就剩我俩了，没别人。你还是英雄，还当哥哥，你这个哥哥，未必还要我来哄你？”他有点儿生气，冲乌力天时大声喊，喊过才觉得晃得有点儿头晕。他想起来，从早上到现在，光顾着看人带走父亲和看人抄家，他还没吃饭呢。他得想办法弄点儿东西吃。

“阶级斗争……一些阶级……胜利了……一些阶级……消灭了……这就是历史……这就是……几千年的文明史……”[1]乌力天时咕哝着。

---

① 见毛泽东《丢掉幻想，准备斗争》。

乌力天扬讨厌透了这些东西。运动开始的时候，他被乌力图古拉和萨努娅逼着背语录，囫囵吞枣地背了几句，仅限于和别的孩子吵架用。如今萨努娅和安禾不在了，他没法儿用这一套对付乌力天时。但是这个时候，乌力天时非常顽强，他就像再一次被压在十九吨重的巨石下，人显得很兴奋，睁大满是眼白的眼睛，望着天花板，嘴里念念有声：

“拿这个……拿这个观点……解释历史的……就叫做历史的……唯物主义……站在这个观点的……”反面的是……历史的唯心主义……①

“什么胜利失败的？谁他妈胜利了？谁他妈失败了？你鸡巴还是三哥呢，就不能说点儿人话？”

乌力天扬气急，一蹬腿，用力猛了点儿，屁股下的椅子失去重心，轰然一声倒下，摔了个仰八叉，脑袋在地板上重重地撞了一下。他被这个结果弄得哈哈大笑，笑得眼泪都出来了，然后他就哭。他一直躺在那里，不起来，不要脸地哭，任泪水曲里拐弯地流进耳朵，再从耳朵流淌到地板上。他呜呜地哭，哭累了，就那么睡去。

7

天完全黑下来的时候，有什么声音把乌力天扬惊醒。他翻身坐了起来。黑暗中飘来一股甜甜的蜂蜜香。他的肚子立刻咕咕叫起来。

“进来怎么不开灯？像他妈鬼子进村似的。”他没好气地推了一把蹲在面前的简雨蝉。

“吓我一跳，我还以为你死了呢。”简雨蝉撑着膝头站起来，去门口，摸索着把灯打开。

---

① 见毛泽东《丢掉幻想，准备斗争》。

乌力天扬被灯光刺得睁不开眼睛，拿手遮挡着。瞧，多么好的蓝天哪，真可惜，你再也见不到它了。

“高东风？高东风？”简雨蝉朝床上的乌力天时看了一眼，走到门口朝楼下喊。楼下没有动静。简雨蝉下去，一会儿捧了一堆报纸上来，“高东风害怕，不敢上来，走了。”简雨蝉手里捧着那堆报纸，在乌力天扬面前蹲下，双膝一磕，跪在地板上，把怀里的报纸放在地板上，一层层打开，是六张摊饼、八个煮鸡蛋，“饿了吧，快吃，简雨槐的妈给你和天时哥哥做的。”

乌力天扬像饿痨鬼，手也不洗，很快吃掉五张摊饼、五个鸡蛋，吃完去楼上卫生间，凑着水龙头灌了一肚子自来水，撑得他一个劲儿打嗝儿，老想吐。

怎么喂乌力天时吃饭成了问题。乌力天扬不知道自己的三哥平日里吃什么、怎么吃，以前这都是妈妈和卢美丽的事儿，他从来没留心过。他试了试，把摊饼掰成小块，往乌力天时嘴里塞。乌力天时嘴闭得紧紧的，没有任何反应，好像他一直在考虑吃还是不吃，还没有考虑明白似的，怎么塞都塞不进去。乌力天扬烦了。

“吃啊！你嘴闭着干吗？嘴闭着怎么吃？”

“你朝他喊什么？他要能吃用得着你？”

简雨蝉把乌力天扬推开，自己坐到床头去，一点点哄着，把鸡蛋往乌力天时嘴里填。可填了半天，乌力天时还是不张嘴，她也没了办法。

“要不，我去叫简雨槐她妈来，也许她有办法。”

“别叫你家的人，我烦。”

“烦什么？我不是我家的人呀？”

“是又怎么样？谁他妈请你来的？你走呀。”

“凶什么？是不是还想揍我？”

“想过，怎么啦？见你就想揍。要不是看你拿鸡蛋来，早揍了。”

“乌力天扬，别嘴硬，有本事别吃我家的东西！”

“等拉出来还给你，一粒麦子也不欠你的。”

简雨蝉把饼子丢开，扑过来掐乌力天扬。她动如脱兔，下手飞快，乌力天扬从她爪子下逃开之前，脸上已经被她挠出了好几道血印。

“你妈的，疯了！”乌力天扬捂住热辣辣的脸颊。

“你才疯了！你是王八蛋疯子！”简雨蝉仰了仰头，朝门口走去。路过乌力天扬身边时，用小皮鞋狠狠地跺了几脚，把剩下的饼和鸡蛋全跺碎了。

那天晚上，乌力天扬没有回自己的房间，就在乌力天时的房间里睡。记住我们的号，一人为大家，大家为一人。他也没有上另一张床——母亲萨努娅和大妹安禾的那张床。他就躺在地板上，躺在他笑过又哭过同时吃过当天唯一一顿饭的地方，发臭的球鞋往边上一蹬，衣服没脱，就这么睡了。

第二天早上，鸟儿啁啾，把乌力天扬叫醒。他爬起来，胳膊挂在膝头上，揉了半天眼睛，才想起昨天发生的事情。他看了看身边的报纸，爬过去，把乱七八糟的报纸一点点铺开，从报纸中捡起被跺碎的饼和鸡蛋末，把它们撮到手心里，手心往嘴里一扣，乱糟糟地填进嘴里。“反正你也不吃。”他扑拉着嘴角上沾着的鸡蛋末，心安理得地对躺在床上一动不动的乌力天时说。

吃过饭，乌力天扬去楼下和院子里侦察了一下。楼下的门大敞着，地上到处是散乱的家具和纸张，没有什么让他感兴趣的东西。他把父亲办公室的窗户玻璃弄破，翻进去。桌子和五屉柜的抽屉东一个西一个，丢得跟开膛破肚的尸体似的。乌力天扬算是能翻腾的，过去没少翻家里的抽屉，却从来没有翻出这样彻底的效果来，这让他多少有点儿沮丧。他从父亲的办公室逛到父母的卧室，一个屋子一个屋子视察，然后坐在桌子上，或者坐在地上，捡起戴八角帽的父亲还有梳大辫子的母亲的照片，歪着脑袋，看他们年轻时候风华正茂的样子，然后把他们丢回原处。他被灰尘呛了一下，打了个响亮的喷嚏。

很奇怪，家里一乱，灰尘就出来了，也不知道那些灰尘过去都藏在哪儿，可见表面光的东西不可信。

院子里的落叶也多，把乱糟糟的纸片都盖住了。有一台华生牌电风扇丢在那儿，上面落了几粒鸟屎，还有几件母亲年轻时穿过的旗袍，让人践踏过，显得脏兮兮的。最后一个值班员不知去向，警卫室的门开着，凳子上丢着一本登记簿，被风吹得上一页下一页的，还在那儿恪尽职守。

前院后院转了一圈，没转出什么名堂，乌力天扬又有些饿了，往屋子里走。进屋的时候，看见鲁红军在林荫道那边晃了一下，消失了。乌力天扬没有兴趣和谁说话，把大门关上，落了锁，去厨房翻了翻，翻出一个生鸡蛋，敲开喝掉，壳壁的蛋清舔干净，蛋壳往水槽里一丢，去卫生间洗了一把脸，没精打采地上楼，给乌力天时喂了几口生水。枕头全打湿了，他也懒得换，脱掉衣裳，上了另一个床，把被子拉过来，蒙头就睡。

8

天黑的时候，简雨蝉又来了，一手提一只军用饭盒，用肩膀顶开门，像条无鳞鱼一样滑进来。

“妈呀，吓死我了！还以为有人跟着我呢，窸窸窣窣的，原来是风吹叶子。你摸摸，现在还跳得慌呢！”简雨蝉脸颊红扑扑的，一副吓得很厉害的样子，手中的饭盒放下，埋怨乌力天扬，“怎么把门关上了？害得我从厨房往里翻，醪糟洒了一身。”

乌力天扬掀开被子坐起来，抹去挂在嘴边的涎水，揉了半天眼睛，适应了灯光，看简雨蝉。简雨蝉穿一件白底小红碎花的漂亮裙子，裙子上果然有一片湿润，挺拔的小腿上有一道划痕，是翻窗时蹭的。

这一回的饭食换了，是羊肉馅饺子和醪糟。乌力天扬一闻到羊肉的膻味心里就发慌，人像没了骨头，哧溜一下从床上溜下地，蹿到饭盒边上，根本记不得昨天和简雨蝉争吵的时候，自己铮铮傲骨还要还人家麦子的那番话——老实说，就是记住了也没什么意义，这个时候，只要能让他吃上饺子，就是要他当叛徒出卖自己，他一点儿都不会犹豫，当场就出卖。

“饺子你吃，醪糟天时哥哥吃。记着，饺子吃一半儿，留一半儿，明天早上用油煎一下再吃。”简雨蝉给乌力天扬定好规矩，把随身带来的一块胶皮铺开，围在乌力天时的脖颈下，打开另一个饭盒，倒出一盒盖醪糟，小心翼翼端着，一撩裙子坐到床头，用小勺子喂乌力天时，“简雨槐的妈说，要你记着给天时哥哥翻身，要不天时哥哥会得褥疮。”

“什么是褥疮？”乌力天扬坐在地上。他让饺子噎了一下。他吃得太快，已经吃掉了七八个。

“我也不知道。我没问。反正是疮呗。”简雨蝉用手绢替乌力天时揩了揩嘴角，停下来，低头在自己身上找，终于在左脚的脚踝处找到一个样子，抬起脚来给乌力天扬看，“就像这个。”

那是一个疤痕，有绿豆那么大。简雨蝉光脚穿一双棕色的小牛皮鞋，她的脚光光的，像一件瓷器艺术品，好容易找出一个疤痕来，就像得了一枚勋章，让她有些得意。

“要这样，我身上有一个连。又不碍事，得就得。”乌力天扬接着吃他的饺子。现在他缓过来了，吃出了羊肉馅里的茴香味儿。

“简雨槐的妈说，要你给天时哥哥洗澡。天热，不洗生泥。”简雨蝉把一勺在酒酿里发过酵的甜米粒儿填进乌力天时的嘴里，用勺子刮掉漏在他嘴角的汤汁，再用手绢在那里蘸了蘸。

“怎么洗？他没腿，站不住，我又搬不动他。”乌力天扬已经吃掉了半盒饺子，不饿了，这个时候，骨气又回到他身上，他不会考虑出卖谁的问题了。

“你傻呀，不知道用热水给他抹身子？被单撤掉，天时哥哥身下垫一块塑料布，水端来，先打一遍肥皂，再清两遍，不就洗了？”简雨蝉停下来，空出一只手，把乌力天时的一缕头发顺到一边。她顺得很仔细，嘴唇下意识地努着，脸颊上的酒窝比先前更深，这就使她更像一个洋娃娃。

“我自己还没洗呢。”乌力天扬耸了耸鼻子。他觉得简雨蝉太臭美，伺候一个瘫子还没忘了臭美，让人讨厌。

“你有腿，不用谁来搬，不洗怪谁。”简雨蝉撇了撇嘴，一副嫌弃乌力天扬的样子。

乌力天扬坐在地上，看简雨蝉。他觉得她的口气就像他妈的那种当妈妈的人，让人失去主宰，让人老往小里去，令人厌恶。简雨槐的妈。她们是什么味道？他看她脚踝上的那个疤痕，再顺着那个地方往上看。简雨蝉坐在床头，为了不碍事，小红碎花的裙子绕起来，裹住腿，躬身去喂乌力天时的时候，身子往前倾，喂完，身子收回来。她的腿很光滑，十分好看。现在他知道，他们全错了，这个该死的小狐狸精的裙子里并不是什么也没有，那里有一条白色的小裤衩。

乌力天扬把眼睛移开，去看窗外。屋里亮着灯，窗外黑乎乎的，什么也看不见。不知怎么，乌力天扬觉得那里是一口巨大的无底的深井，他坐着的这间屋子像蛋壳，脆弱得很，而笼罩着他的灯光就像颜料，稀疏得很，它们随时都可能破裂并且流淌掉，等它们破裂并且流淌掉之后，他就再没有什么保护，就会掉进窗外那口深井中，无休无止地惨叫着，手脚乱甩地往黑暗中跌去。他想到这个结局，打了个羊肉饱嗝儿。他害怕，非常害怕。

“你们家的男孩子都不脏。”简雨蝉喂了乌力天时一勺糖水，“天健哥哥干净，军机哥哥干净，天时哥哥干净，天赫哥哥干净。”简雨蝉仔细地揩去天时嘴角的醪糟汁，抬眼看了一下乌力天扬，“就你脏。”

乌力天扬坐在那里，头发乱糟糟的，脑后一绺都结成了团，耳朵根子上深一块浅一块，全是泥垢，背心几天没脱下来过，有一股浓烈的汗味儿，肥大的军裤揉得皱巴巴的，沾着几块油腻和泥土，还有一处撕破的地方，真的是脏。

“你怎么了？”简雨蝉问乌力天扬。

乌力天扬不光脏，脸上还挂着两行混浊的眼泪，泪水噗嗒噗嗒地往下滴落。他用手背去揩泪水，越揩越多，越揩越流，好像那是两眼本来在草棵中隐藏得很好的泉眼，不动它们还好，一动它们反而流得更急。

“你怎么了嘛，说话呀！”简雨蝉轻轻地顿了一下脚，小皮鞋跺得地板一响。

“我不知道他们还回不回来……我不知道明天我和天时吃什么……我不知道怎么才能不让天时长褥疮……我不知道干净有什么意思……”

简雨蝉仔细看着乌力天扬，看了一会儿，离开床头，把手中的饭盒盖放到一边，走到乌力天扬面前蹲下，撩起裙子，双膝一磕，跪在地板上，“你别这样，别哭。你干吗哭？”她没见过他这样，有些发慌。

“我不知道……以后……怎么活……”乌力天扬拼命地把呜咽声堵在嗓子眼儿里。现在他明白过来那口井是什么意思了。我的孩子怎么办？谁来管他们！他已经听见了蛋壳破裂的声音，已经看见了颜料流淌的样子。

“胡说。”简雨蝉双手撑地,移动膝头,朝乌力天扬挪近,“你胡说。”她抬起一只手去揩他脸上的泪水。她的手软乎乎的,很干爽,“你就是喜欢胡说。”她收回那只手,脚跟支撑着身子坐下,“你是全世界最不要脸的胡说大王。”现在,她不怎么慌乱了。她已经揩过他的泪水,已经骂过他,把他狠狠地骂过了,她越来越有了主心骨,“来,过来,到我这儿来。”她把手伸出去,这回不是一只手,是两只。她用两只手搭住他的肩膀,把他拽过去,拽到自己面前。她捧住他的脸,把他往怀里带,把他的脑袋拥进自己怀里,就像那种当妈妈的人,“他们回来就回来,不回来就不回来,我明天还给你送饭,我帮你给天时哥哥翻身,我监督你洗澡,这样,你就能活下去了,对不对?”

乌力天扬有些不好意思。他觉得自己身上的汗臭和简雨蝉身上的蜂蜜香让他昏昏欲睡,这不是一件好事。他觉得简雨蝉的胳膊滑腻腻的,像两条令人讨厌的蛇,缠得他耳朵痒痒的,这也不是一件好事。他觉得自己的眼泪把简雨蝉香喷喷的脖子弄得很脏,把她漂亮的的确良衬衣弄得很脏,这仍然不是一件好事。他想从简雨蝉的怀里挣脱出来。他想,破裂就破裂,流走就流走,但他怎么才能做到呢?

“而今我谓昆仑……不要这高……不要这多雪……安得倚天抽宝剑……把汝裁为三截……一截遗欧……一截赠美……一截还东国……太平世界……环球同此凉热……”[①]乌力天时在床上咕哝。

“他说什么?”简雨蝉朝床上扭过头去,问。

“摸摸。”乌力天扬说。

“什么?”简雨蝉回过头来,松开乌力天扬,在灯光下看他。

---

① 见毛泽东诗词《念奴娇·昆仑》。

乌力天扬不说话，眼睛直直的，盯着简雨蝉的胸脯。

“你是说，”简雨蝉明白了，撩一下额前的头发，手按着胸脯，“摸这儿？”

“是你说的。”乌力天扬急匆匆地说，“你说，妈呀，摸摸。你进来的时候说的。”

简雨蝉脚跟一撑，身子离开地板，跪起来。她蹙紧眉头，就像要把两朵黑色的雏菊收回到花蕊里去，一眨不眨地盯着乌力天扬。明亮的眸子里有什么东西闪了一下，是被激怒了。乌力天扬下意识地往后缩了一下身子，他觉得自己很快就要遭殃了，他的脸上又会多出几道血痕。

“乌力天扬，你是个流氓。天赫哥哥就没有你流。”简雨蝉宣布过，眉头一松弛，重新坐回到地板上，把裙子角牵起来，在膝盖上铺好，铺整齐，像大人似的，轻轻地叹了口气，“好吧，你想不想和我睡觉？”

“不想。”乌力天扬吞吞吐吐，“就摸摸。”

“我可以陪你睡觉。”简雨蝉凝视着乌力天扬，口气温柔得要命，“天时哥哥睡一张床，我俩睡一张床，灯开着，这样你就不会害怕了。”

“就摸摸。”乌力天扬固执得要命。

“这可是你说的。你自己愿意，不怪我。”简雨蝉歪着脑袋，手指绕起一绺稀疏的头发，发尖指着乌力天扬，“只许摸一下。轻轻摸，不许用力。”

简雨蝉把事情确定下来，跪在地板上，向乌力天扬挪近，两只手在下面拽住裙摆，脑袋往后仰，胸脯往前挺，屁股撅着，眼一闭，长长的眼睫毛扑闪扑闪的，让人觉得有风在那儿捣乱。

乌力天扬没有想到事情会这样。流氓。他只是说说，脱口而出，阿巴拉古。他一点儿也不想在没有人的时候，那些男孩子们不知道的时候摸简雨蝉。但是他很满足,毕竟她是狐狸精,应该被干掉,不管是谁来干,在什么时候,用什么方法。你还闹独立吗?我不独立了。

他这样想过,舔了舔干涸的嘴唇,伸出一只手,然后又换了一只手。他打算用右手摸简雨蝉左边的胸脯,因为他不是左撇子,右手摸比较正常。后来他又改主意了,决定用左手摸简雨蝉右边的胸脯,因为刚才他用右手抓饺子吃,手上有油,这样右手反而不如左手正常。他在那个时候打了一个大大的饺子嗝儿,身子抖动了一下,手滑落到一边。

简雨蝉睁开眼,很奇怪地看了一下乌力天扬,把身子收了回去。好了。简雨蝉快速地宣布,双膝一撑,灵巧地从地板上站起来,端起饭盒盖,重新坐回到床头,给乌力天时喂醪糟。

乌力天扬沮丧得要命,坐了一会儿,慢腾腾从地板上爬起来,手抄进裤兜,走到床边,站在那里看简雨蝉给乌力天时喂醪糟。看了一会儿,他转身拖着脚步去了自己的房间,到衣柜里翻出换洗衣裳,下楼去洗澡。

第十七章　找到草履虫伙伴

1

建军节头两天，简雨蝉没来送饭，乌力天扬饿了两天，饿急了，在垃圾里翻出几张饭票，去食堂打饭。他在好几个食堂都没打到饭，人家不让他打饭，把他从食堂里赶出来，连锅都给丢出来，后来走了很远的路，才在医院食堂买到四个馒头和一锅稀饭。

乌力天扬端着饭锅往回走，炎热的阳光晒得他满头是汗。走到机关操场时，鲁红军从小树林里钻出来，拦住了他。

鲁红军满头大汗，像接头的地下党，看看四周没人，急急忙忙告诉乌力天扬，他来过基地好几次，找罗曲直和汪百团帮忙，想见乌力天扬，罗曲直和汪百团说什么也不帮。乌力天扬不看鲁红军，只往锅里看，他担心馒头和稀饭让太阳一晒，会减少分量。鲁红军不知道乌力天扬的心思，他很急，有重要事情告诉乌力天扬。

"明天上午你们基地庆祝建军节，上午开批斗会，中午演节目，晚上放电影，你爸安排在上午，罗曲直让我别给你说。"鲁红军快速从书包里掏出一块三毛五分钱，塞给乌力天扬，"我从家里偷的。你先花着，不够我再偷。"

鲁红军很快钻进小树林不见了。乌力天扬在那儿又站了一会儿，然后朝天上看。阳光很强烈，刺得他睁不开眼。他心想，我偏要把眼睛睁开，看你能把我怎么样。他真的做到了。他在阳光下睁着眼睛站了几十秒钟，然后就摇摇晃晃走到路边坐下，为自己成了瞎子而傻瓜似的抽着肩膀笑起来。

第二天早上,乌力天扬天不亮就起来,胡乱喂乌力天时吃了几口冷稀饭,剩下的自己喝光,又哄着乌力天时尿了一泡尿,在乌力天时屁股下垫了一堆尿片,然后出了门。

乌力天扬早早等在大礼堂外面,坐在花坛边,看各个单位的军官士兵和职工排着队走进礼堂。他看见很多熟人。他知道那些熟人不会和他说话,他也不打算和他们打招呼。过了一会儿,几个兵押着挨批斗的人远远走来。乌力天扬从花坛边站起来,没等到押解的兵反应过来,人已经站到乌力图古拉面前。

仅仅几天,乌力图古拉就变了样子,头发乱糟糟的,胡子老长,形销骨立,显得很憔悴。他的脸一直板着,很阴沉,步子很快,老是抢别人的路,好像他很着急,要去完成一项任务。看见乌力天扬,他站下了,眼睛里掠过一道惊喜的光,甚至还下意识地咧开嘴笑了一下。

“你是大军阀,对不对?”乌力天扬仰头质问乌力图古拉。你是教养出英雄汉沙力占的阿爹,对不对?

乌力图古拉愣了一下,嘴角的笑容收回去。负责押解的兵往回走,说干什么,走开走开。

“你是大军阀,所以你该挨斗。”乌力天扬提高了声音。你揍我们揍得够呛,所以你该挨斗。

乌力图古拉不耐烦地推开乌力天扬,把他推到花坛边靠着,继续往前走。

“你为什么不承认你是大军阀?”乌力天扬追上去,拦住乌力图古拉,大声质问。你为什么不把他们毫不留情地干净彻底全部消灭之,不冲他们开枪,不揳死他们?

乌力图古拉的腮帮子抽搐了一下,扬手给了乌力天扬一耳光。那一巴掌很重,把乌力天扬打得哼了一声,踉跄着倒退几步,一屁股坐到地上。

挨斗的人们默默地站在那里看着这一幕。汪道坤小声说，老乌，你这是干吗？负责押解的兵护着肩头的枪带跑过来，推了乌力图古拉一把，说老实点儿，不许动手打人。

“你就是大军阀！你是混账大军阀！有本事你来揍我呀！”乌力天扬从地上爬起来，抹一把鼻血，倔强地冲到乌力图古拉面前。你是混账父亲、混账丈夫！有本事你把你儿子找回来，把你女儿救活，把你妻子救回来！

乌力图古拉阴沉着脸，看了乌力天扬一眼，这回他没有抬手揍乌力天扬，把鼻血滴答的乌力天扬往边上用力一扒拉，大步走了过去。

乌力天扬是在批斗会开了一阵儿之后走进大礼堂的。大礼堂里挤满了人，连走道上都是人。简先民和罗罡坐在主席台上，被批斗的人站在主席台前，每个人都由两个兵架着，努力低着头，做出一副认罪的样子。乌力天扬挤在人群中，被混浊的汗味和狐臭熏得睁不开眼睛。后来，他的眼睛睁开了，他看见了乌力图古拉。

乌力图古拉站在被批斗者最中间。他一点儿也不驯服，老是和批斗他的人争吵，别人发言他就插嘴，反驳别人的话，主持批斗大会的罗罡拍了几次桌子，喝令他住嘴，他仍然不听，架着他的兵把他的脑袋往下按，他不服，一次次用力把脑袋往上抬，眼里露出凶狠的光。兵烦了，抬起膝盖顶住他的腰眼，胳膊用力往上掰，他不得不弯下腰。修缮队队长邱金汉上台批判他，义愤填膺地说着什么，他又犟嘴，还把头挣起来看着邱金汉。邱金汉气坏了，冲过去，照着他的脸给了一拳。负责领呼口号的文工团一男一女趁势高喊：乌力图古拉不投降，就让他灭亡！乌力图古拉被激怒了，拼命挣扎，两个士兵架他有点儿费力，配合得不好，有个兵滑掉了一条抓着他的胳膊，又慌忙从后面抱住他，扑得有点儿重，三个人一起摔倒在台上。又有两个兵冲上台，和先前的同伴一起，七手八脚把他架起来。他趁机抬起头，高声喊道，混账王八蛋！混账王八蛋！简先民气得够呛，罗罡不停地拍桌子，让把麦克风拿走。负责架人的士兵挨了批评，等于任务没有执行好，在战场上让敌人占了上风，很愤怒，一个兵先出手，往乌力图古拉腰眼里捅了一拳，另一个兵跟上，狠狠踢他的腿弯。乌力图古拉身上挨了好几下，人撑不住，往地下滑。兵们这回配合好了，架住他。台下的群众被煽动起来，纷纷拥上台，参加到斗争的行列中，往他脸上泼墨，吐唾沫，打耳光。有个家属举着剃头推子往人群中挤，要给他剃阴阳头，可怎么都挤不进去，急得直喊。会场里乱成一锅粥。罗罡对着麦克风喊了几次安静，请革命群众坐回座位上去，都不起作用，只能示意两个领口号的兵不断呼口号。

乌力天扬站在那儿，手揣在裤兜里，激动地看着台上。他看出乌力图古拉很痛苦，脸涨成紫茄子，眼珠子突出，样子很难看，再加上鼻血、牙血、墨汁、唾沫，完全成了一张狰狞的大花脸。乌力天扬兴奋地颤抖着，揣在裤兜里的手直冒热汗，感到从来没有过的快乐。他激动地想，你也有这一天，你也有这样一天呀！

乌力天扬越抖越厉害，突然推开人群，朝台上冲去。他爬上台子，钻进乱哄哄的人群，从那个兴奋得有些失控的家属手里夺过剃头推子，再一把揪住了乌力图古拉的头发。

乌力图古拉看见了乌力天扬，看见了乌力天扬手中握着的剃头推子。他下意识地扭动身子，挣扎着，全身的关节咯吱咯吱吓人地响，大声骂道，小兔崽子，你想干什么！乌力天扬不搭话，一推子下去，一片头发飘散下来，落在乌力图古拉的脸上，再从那里跌落到乌力图古拉的身上。乌力图古拉骂得更厉害，他说你个……王八犊子……看我怎么……收拾你！乌力天扬不管不顾，只是咬牙，迅速开合着手中的推子。混账！不许往下倒！起来！抱紧我的腿！起来揍我！揍我呀！往死里揍！别让我来军阀作风啊！一推子，又一推子。他流泪了，泪水糊满了他的脸。你个破爹！你个破英雄！

乱糟糟的头发像是被打中了的黑天鹅身上的羽毛，一片片地飘落到乌力图古拉的身上，再飘落到人们的脚下。乌力图古拉还在骂，但声音明显弱下去，挣扎也弱下去，好像有什么东西在致命的地方准确地击中了他，让他一下子泄了气。他的头上迅速出现了一道道灰白色的头皮，那里很快渗出血珠子。他终于闭上了嘴，不再骂，而且闭上了眼睛，不再挣扎，任由他的老五在他的头上肆虐横行。

群众认出了乌力天扬，议论纷起。很快，全礼堂的人都知道了，那个给乌力图古拉剃阴阳头的孩子不是别人，正是乌力图古拉的老五。混乱很快平息，议论声沉静下去，全场一片寂静。简先民坐在那里，皱着眉头，直到最后，他也没有想出该不该阻止这个带有戏剧化的暴力场面。

2

卢美丽是从江边的小营门进来的。小营门站岗的哨兵是新兵，不认识卢美丽。卢美丽骗哨兵，说自己是简政委家的亲戚。哨兵把电话打到简先民家，方红藤接的电话。方红藤听说对方叫卢美丽，在电话那头沉默了一会儿，说叫她进来吧。

卢美丽到了乌力家，正碰上基地后勤营管处的人来通知乌力天扬搬家。乌力家要查封，乌力家的人不能再住在里面。本着革命的人道主义原则，基地文革小组指示后勤部，给乌力天扬和乌力天时兄弟俩找一处住房，让他俩搬出去。住房很快找到了，是修缮队的一间工具室，后勤部通知修缮队，把工具堆到别的地方，屋子腾出来，给两个反革命的崽子住。

乌力天扬已经成熟多了，没有和营管处的人犟嘴，找来一张床单，用床单做了个包袱，把乌力天时挪到包袱里，包袱的四个头系成死结，挂在自己脖子上，吃力地抱起乌力天时，咬着下嘴唇，一步一步地往楼下移。卢美丽拦住乌力天扬，问营管处的人想干什么，还让人活不让人活。卢美丽从乌力天扬怀里抢过乌力天时，抱着乌力天时反身回到楼上，把乌力天时放回床上，说搬什么，盘古王开天地这儿就是乌力家，又不是我们抢来的，我们哪儿也不去，要不就在这儿把我们枪毙好了。

营管处的人认识卢美丽，知道这个保姆和别人家的保姆不一样，乌力图古拉和萨努娅当女儿养，在乌力家是管着事儿的。营管处的人说，你们别犟，犟也没用，再犟也得给拿下来；给你们三天时间，三天时间不走，无产阶级专政的铁拳头说话。还拿话戗乌力天扬，翻什么白眼？是不是枪毙，也得无产阶级专政说话，不是你。

等营管处的人走了，卢美丽抹一把汗，嗅着鼻子到处闻，问屋里怎么一股屎味。乌力天扬说，又不是我拉的，是天时拉的。卢美丽埋怨说，你不会给他洗干净？乌力天扬说怎么没洗，没洗不光屎味儿，是屎堆。又说，简雨蝉跟简小川去上海串联了，没人送吃的，就啃生红薯了，没什么好拉的，要不还臭。又说，我给他洗过澡，先打一遍肥皂，再用干净水清两遍，每拉一次我都洗，屁股沟里还抹了痱子粉，不信你翻开看。卢美丽没接话，坐着扇了一会儿风，告诉乌力天扬，家里的事儿她知道了，是基地医院陈护士说的，她丈夫是匡志勇厂里的革委会干部。说罢站起来往门外走，叮嘱乌力天扬等着，她不回来哪儿也别去。

天快黑的时候，卢美丽回来了。不光她，还有匡志勇和一辆自行车。匡志勇手里握着一根绳子，进门时没迈好，差点儿摔一跤。卢美丽去各个屋子搜寻了一遍，办公室和卧室门上贴的封条她看也不看，一把撕掉，推门进去，把乌力图古拉和萨努娅的照片一张张从地上捡起来，装进一只纸袋，掖进怀里，安禾的骨灰罐用衣裳包好，再回楼上找出几件乌力天时和乌力天扬的换洗衣裳，连同安禾的骨灰罐一起打进包袱，往肩上一扛，要乌力天扬跟自己走，去她家，不在这儿受气。

匡志勇一直很紧张。卢美丽找东西的时候，他坐在乌力天时床头，看一眼乌力天时，再看一眼门，听见楼下有什么动静，立刻站起来，眼睛盯着门，用力绞手中的绳索，好像那里随时有可能冒出什么人来。等卢美丽上楼来，匡志勇小声问她，会不会惹出什么事情来，大人就算了，孩子还小。卢美丽替匡志勇整了整衣领，说志勇，别怕，我们做坏事了吗？我们没有。天时不是牛鬼蛇神，是英雄；天扬也不是牛鬼蛇神，是英雄的弟弟，他们不能把他们怎么样，也不能把我们怎么样，那是要遭天打五雷轰的。她又抻了抻匡志勇的衣袖，说志勇，我要你知道，嫁给你，我是跳龙门了。我一个乡下丫头，成城里人了，我这是上辈子修来的，我要你一辈子都替我拿主意，一辈子都做我的主心骨。又转了身叫乌力天扬，让他过来，说你别斜眼儿，你是唯一还站在这个家里的男人，斜眼儿没用，你跪下，给你姐夫磕头，就说乌力家谢谢匡家的救命之恩。

匡志勇没拦住，乌力天扬过来，人往地上一跪，给匡志勇磕头，说谢谢匡大哥，谢谢匡家救命之恩。匡志勇眼圈红了，抢上一步，用那只不残的手把乌力天扬用力往起架，说莫这样，莫这样，天扬弟弟你这是骂我。又急得说卢美丽，美丽你这是干什么？你不如扇我的脸。卢美丽就去床上抱乌力天时，说，好了，天扬，已经谢过了，起来，我们走。

乌力天扬不跟卢美丽走，任卢美丽和匡志勇怎么劝，他都不肯离开基地。天时可以走，天时是英雄。他不走，他不是英雄。卢美丽急了，说乌力天扬，你想干什么？没听人家说，要用无产阶级专政的铁拳头说话呀？首长都没有犟得过，你比首长还狠，你的小脑袋比铁拳头硬？匡志勇在一旁帮着劝乌力天扬，天扬弟弟，听你姐的，走吧，等你爸爸妈妈有消息了，他们会去三厂打听。卢美丽咬牙切齿地说，你恨人不恨人？我过去在家里就觉得你讨厌，你还真是讨厌！讨厌鬼！匡志勇搓着残手着急地说，兄弟，莫气你姐姐，你姐姐在奶毛毛，她一生气，毛毛就没有奶吃了。

乌力天扬还是没有走。乌力天扬绝得很，就是不走，说你们烦不烦，要走就走，不走就把天时留下，我们爱臭不臭。卢美丽没有办法，把乌力天扬狗血淋头地好骂了一顿，又让匡志勇看看带了钱和粮票没有。匡志勇摸衣兜，摸出五角二分钱，六两省版粮票。卢美丽把钱和粮票交给乌力天扬，再三叮嘱，要他脑子放灵活一点儿，遇事绕着走，别跟人斗气，看着过不去，就去国棉三厂家属区二宿舍十一栋问匡志勇家，或者到大庆路反修煤店找她。这样叮嘱完，自己箍了床上的乌力天时，把他抱下楼。匡志勇推着自行车，后架上用一床被子铺了木板，卢美丽把乌力天时放在木板上，裹上被子，再用匡志勇带来的那根绳子，仔仔细细把乌力天时扎好，匡志勇在前面推着车子，卢美丽在后面扶着乌力天时，两个人出了院子，很紧张地走了。

卢美丽第二天又来了，给乌力天扬送了二十块钱、三十斤市版粮票，还有一袋米。她把钱和粮票分成几份，分别替乌力天扬缝在几个裤头里，告诉乌力天扬，不到万不得已的时候，不要动这些钱和粮票。卢美丽又去楼下的几个房间翻腾了一阵，硬是让她找出四块五毛钱和二十多斤粮票出来，从厨房和储藏室里也收拾出一堆能吃的东西，再翻出两个旅行包、一口箱子，往旅行包和箱子里尽可能地装了一些日用品，这才让乌力天扬扛了箱子，自己拎了两个包，送他到修缮队，去找营管处分的新住处。

3

乌力天时被卢美丽接走了，乌力天扬轻松多了，觉得有一种喜儿走出山洞重见天日的感觉。那几天兜里有钱有粮，饿不着，又没人管，饿了吃，困了睡，还去警卫连的菜地里偷了几个西红柿，回来在公用水龙头下冲洗干净，当水果吃掉，过了几天自由自在的好日子。

修缮队队长邱金汉的儿子邱义群和乌力天赫年龄差不多，他打小不受乌力家男孩子的待见，乌力天赫瞧不起他，和乌力天扬一起玩也没讨过好，知道乌力天扬被营管处撵到了修缮队，拔了毛的大雁落进了泥泞里，就趾高气扬地带了几个修缮队的孩子来找乌力天扬，要给他一点儿颜色看。乌力天扬不买邱义群的账，双方都出言不逊，邱义群把乌力天扬痛揍了一顿，打得他在地上到处乱爬，鼻血打出来，肋骨也踢伤了，还被邱义群用脚踩住，在头上撒了一泡腥尿。

除了一瘸一拐地去公共厕所，乌力天扬好几天没有出门，整天蒙着脑袋睡觉，修缮队的孩子在外面踢门，骂狗崽子滚出来，他也不起来，一副被打了的架势。过了几天，聋哑学校毛泽东思想文艺宣传队到基地慰问演出，修缮队的人都去大礼堂看演出，乌力天扬也去了，因为去得晚，没了座位，委顿地靠在大礼堂的后面，不停地往地上吐口水。邱义群坐在人群当中，得意地转过头去冲乌力天扬笑，乌力天扬也咧开嘴卑鄙地笑，邱义群就回过头去对身边的同伴说，老子早就看着乌力家的人不顺眼，不就是有个破爹吗，历史证明，出身是他妈小娘养的。

那天的演出很精彩，有舞蹈《草原上的红卫兵见到了毛主席》《八角楼的灯光》，还有器乐小合奏《北京的金山上》，大家看得津津有味。人们发现,聋哑姑娘大多长得俊俏,比不聋哑的姑娘水灵。

事情就是在水灵的聋哑姑娘们表演《北京的金山上》的时候发生的。修缮队家属区突然起了大火,大火从邱队长家燃起,很快蔓延到附近人家,基地出动了消防车,用了两个小时才把火扑灭。事后的调查没有任何头绪。职工家普遍在晚上封炉子,第二天早上捅开炉子就可以用,私自牵电线烧电炉的事情也有,火灾隐患不少。加之邱金汉是职工造反派的头头,邱义群是红卫兵的头头,父子两人都有大量对头,人为报复的可能也存在。邱义群好几次冒出乌力天扬是纵火犯的念头,可不光他自己,基地当晚看演出的人都证明乌力天扬不在火灾现场,就算指证了也得不到支持。到最后,基地召集修缮队职工开了一个安全整治大会,再把职工私自乱牵的电线拆除掉,事情也就到此为止。

人们只是忽略了一点,乌力天扬几年前就制造过土炸弹,并且企图炸毁江边废料场的那架海军96式陆基攻击机,虽然炸飞机的阴谋没有得逞,但炸药包的确被点燃了,也就是说,乌力天扬具有足够的作案能力。剩下的技术问题不难解决——火药包放置在引火柴等易燃处,导火索的前端用打湿的油布包裹住,牵进封了明火的炉底,大约在三十分钟到五十分钟之间,油布被炉底的高温烘干,导火索点燃,启动火药包,继而引燃易燃品,火灾就发生了——这也是乌力天扬那天看演出时去晚了,找不到座位,只能靠墙站着看那些俊俏的聋哑姑娘的原因。

修缮队召开安全整治大会的时候,乌力天扬摸到警卫连的菜地,躲过学农班士兵的眼睛,从菜地里偷了两裤兜没长好的朝天椒。那天晚上乌力天扬跷着二郎腿躺在床上,一连吃了十几个青辣椒,吃得他眼泪都辣出来,肠子也辣麻了。乌力天扬觉得用这种方式来犒劳自己,庆祝自己作为一个纵火犯的胜利,这在中外战争史上恐怕算是一个先例。为这个,他很有些得意。

4

简雨槐从上海舞蹈学校学习回来就来找乌力天扬。两姊妹在门口站着，好半天没敢进屋。乌力天扬拉开吱呀呀乱响的门，说进来吧，两个人才小心地迈过地上到处乱丢的大字报纸和臭烘烘的球鞋，进了乱糟糟的屋子。

简雨蝉这一回没大大咧咧，东张西望地看猪窝似的房间，再看丢在地上的米袋子。那上面放着两个结了污垢爬满苍蝇的饭碗，一些长着赤褐色鞘翅的米象虫和几只灰白色的米蛾子在米袋附近大模大样地爬来爬去。简雨蝉抽了一下鼻子，从米袋边退开，坐到床头，什么话也没有说，一副打不起精神的样子。

简雨槐没有坐。屋子只有六七平方米，放了一张床、一张桌子，两个墙角各堆了一些灰浆桶之类的杂物，连凳子都没有一个。乌力天扬从来不叠被子，在一盏十五支光的灯泡下，屋里的任何东西都很可疑，让人不敢坐。

简雨槐本来就口讷，两个嘴巧的人不说话，她就找不到话说。后来还是她说了。她说自己前些日子去河南和湖南下部队演出，然后去上海芭蕾舞学校进修，一走就是大半年，不知道家里发生了这么多事情。她说芭蕾舞学校一个舞蹈老师头一天还在教她们，第二天就上吊了。她说得很凌乱，没有头绪，简雨蝉在一边听了很不满意，打断她的话，说姐你废什么话，你就问天赫哥哥的事，让天扬告诉你，不就完了嘛。简雨槐愣了一会儿，问乌力天扬，乌力天赫有没有消息。乌力天扬就把乌力天赫来信的事情告诉了简雨槐。

简雨槐始终瞪着一双惊恐不安的眼睛看着乌力天扬，脸苍白着，像蒙上了一层薄雪，随时可能被风吹破。在乌力天扬告诉她乌力天赫信里的内容后，她只问了一句话：他为什么要这么说？他为什么会恨家里人？

简雨蝉不耐烦地从床边站起来，要乌力天扬告诉简雨槐乌力天赫的地址。乌力天扬说没有地址，邮戳是广东梅县的，信封上只写了内详。你找不到他，乌力天扬很有把握地说，他就是这样，就是想让人找不到。

5

乌力天扬那一天精力旺盛，在简家姐妹俩离去之后，他决定出门一趟。乌力天扬把卢美丽缝在裤头里的那些钱和粮票取出来，装进一只铁盒，把铁盒埋在江边苗圃的一棵苹果树下，做上记号，身上揣了五毛钱，出了基地。他先在武昌漫无目的地逛，然后上了长江大桥，沿着大桥走到汉口，去了公安局。

乌力天扬告诉公安局门口站岗的士兵，他是萨努娅的儿子，他来找萨努娅。不一会儿，从大楼里出来一名吊着眼睛的军管人员和一名长着兔唇的公安人员，两个人眼里满是熬夜熬出来的血丝，哈欠连天。他们把乌力天扬盘问了半天，想弄清是谁派他来打探萨努娅的消息的。

“告诉我们你的学校，我们打电话查一查。”

“学校停课了，你们问不着。”

“你是不是想给她送情报？谁让你来送情报的？”

“我只想看看她，没有情报。如果你们同意，我想给她送瓶雪花膏。”

“什么雪花膏？你到底想干什么？”

“我都说了，我想看看我妈妈。要是你们不让送雪花膏，我就不送。”

“还犟嘴，你这个小间谍，你他妈玩儿我们哪?”

“你他妈才是间谍。”

乌力天扬没有跑出多远就被捉住。兔唇给了他两耳光，吊眼儿一脚把他踹到马路上趴着，再上前一脚，把他踢到下水沟里。乌力天扬被踢中了胃，摔得很厉害，想呕吐。他最近背得很，老是被人捉住，逃掉的概率很低，越来越不像哪吒了。

等兔唇和吊眼儿回到大楼里后，一个捡垃圾的老人过来，把乌力天扬从下水沟里拉起来，牵到树荫下，用捡来的大字报纸替他擦干净鼻血，劝他赶快离开，别给自己找麻烦。孩子，好人不敢来这儿，快走吧。捡垃圾的老人说。

乌力天扬在树荫下蹲了一会儿，觉得力气渐渐地回到身上，能动了，就站起来，捂着肚子，慢慢离开公安局门口。天色渐晚，是吃晚饭的时候，乌力天扬路过筱桃园鸡汤馆，现在叫红卫餐厅。他看见餐厅里空无一客，只有两个戴了红袖章的餐厅服务员坐在门口，面前的筲箕里躺着一些冷眉冷眼的馒头。乌力天扬花六分钱买了两个馒头，吃了一个，第二个吃不下，吐了两口淡淡的血水出来。他把剩下的那个馒头揣进兜里，朝江边走去。

黄昏时分，江汉关码头沉浸在落日余晖中。风把一些五颜六色的传单吹得到处都是，几只被惊动了的江鸥从传单中飞起来，斜着身子擦过江堤上的梧桐树，去追赶江中驶过的江轮。乌力天扬趴在防洪墩上，眯着眼看长江。江水中落进了大量的霞色，流金溢彩，看久了，人就会有慢慢升腾起，去一个梦幻世界的感觉。

乌力天扬喜欢这样的感觉。他想，乌力图古拉和萨努娅不知被关在什么地方，他们看不见这样的江水；乌力天时整天躺在床上翻他的鱼眼睛，他也看不见这样的江水；能看见这样江水的只有他。这样一比，他觉得自己现在是这个家里最幸福的人。乌力天扬也想了一下埋在冰冷的水泥墩子里的乌力天健，像皇协军一样穿上了军装的葛军机,从这个世界上蒸发掉了的乌力天赫,躺在陶瓷罐里不再担惊受怕的安禾,还有再一次改变家庭环境被别人领走的童稚非。但他很快就不再想他们了。他们已经离开了这个家,和这个家再也没有什么关系了,他们不是他的家人吗?他们都走了,家都没有了,这个家人还是个屁呀。事情就是这样。

6

武汉是一座河流众多而又多雨的平原城市,因为这个,武汉到处都是大大小小的湖泊。那些大大小小的湖泊里有一种肉眼不易看到的小动物,在显微镜下看,就像一只只草鞋底,它们叫草履虫。因为太小,容易受到鱼虾的侵犯,它们只能成群结队地生活,不敢放单。

乌力天扬很快就有了自己的草履虫伙伴,他们是鲁红军和汪百团。

鲁红军一直在暗中打听乌力天扬的情况。乌力家的事情他都知道,是汪百团和罗曲直告诉他的。鲁红军已经和自己的同学简明了彻底分道扬镳了。简明了警告鲁红军,如果他再来基地,再找狗崽子乌力天扬,他就告诉门卫把他抓起来,当汉奸毙掉。但这阻止不住鲁红军。学校已经停课了,鲁红军在家里待不住,再说他特别关心乌力天扬。乌力伯伯被斗被打他管不了,萨努娅阿姨被抓他也管不了,被斗被打被抓的不止一个,不止伯伯和阿姨,这些他都不管,他只管乌力天扬,当汉奸也管,毙掉也管。鲁红军不断往基地跑,跑来打听乌力天扬的情况。等乌力天扬从乌力家搬出来,搬到修缮队,鲁红军索性公开和乌力天扬走到一起,完全不把简明了放在眼里。

基地后勤部长汪道坤在运动中也被揪出来,进了学习班,家里的人也被赶到修缮队。因为被打倒的人越来越多，修缮队把两排旧库房腾出来，用油毛毡封出二三十间，家里人口多的分两间，人口少的分一间。汪百团家除了老大汪冀中和老二汪胜利在部队，下面还有五个兄弟姊妹，外加汪道坤的一个寡妇妹妹，家属有七口，汪道坤的老婆胡敏到文革小组去哭了几次，又去找简先民求情，考虑到汪道坤在批斗过程中被激怒的群众打成了脑震荡，简先民动了恻隐之心，汪家就此分到三间房子，是修缮队仓库住户中的大财主，被很多人嫉妒。

高东风停课以后也常来基地。锅炉厂造反派打得一塌糊涂，这让孱弱的他十分怀念基地安静的果林和快乐的小鸟。谁也想不到，乌力天扬当年的跟屁虫高东风会改弦易辙，投奔邱义群。他把汪百团的小妹妹汪大庆的橡皮筋扯断了，汪大庆要高东风赔，高东风不赔。汪大庆拉住高东风不让走，高东风把汪大庆摔倒在地上，把汪大庆的头磕出了血。汪百团去找高东风报仇，高东风找来邱义群。邱义群要两个修缮队的孩子把汪百团夹住，让高东风扇汪百团的耳光，扇左脸十下算土地革命战争，扇右脸十下算抗日战争，左右开弓扇十下算解放战争，再冲脸上吐三口痰算抗美援朝。小子，变天了你知不知道。邱义群往拳头上吐了一口唾沫，把拳头重重地打在汪百团的小肚子上，然后带着高东风等人扬长而去。

汪百团越来越不爱说话，和乌力天扬、鲁红军在一起，不管在任何地方，他都低头找大块的石头，在石头上磨一把折叠刀，磨得声音很刺耳。鲁红军埋怨汪百团是制造噪音犯。汪百团不停下，还磨刀。谁也别拦，我非捅他不可。汪百团恶狠狠地说，也不知道他是要捅高东风，还是要捅邱义群。

重新走到一起的三个孩子得有个组织。乌力天扬给这个组织起了个名字，叫“敌后武工队基地小组”，他任党小组长，鲁红军和汪百团任副组长，组员暂时没有，先空着，等条件合适了再发展。

鲁红军很兴奋,觉得自己终于成了正规军,不断地摩拳擦掌。汪百团对组织的名字有点儿挑剔,认为不够响亮,建议起个响亮的,比如说,叫“中共鄂东特委敌后武工队基地小组”。乌力天扬不同意。杏仁核、桃核、蓖麻子、蚕蛋、桑叶、沙包、剪纸、塑料绳儿、橡皮筋儿、画片儿、歌片儿、万花筒子……还有,鸡毛毽。那得多长一口气才能说完哪,还不得憋死,不如省下点儿力气干点儿实事。

7

基地小组的第一次任务是偷窃。偷窃的对象是他们自己的家——过去的家。黑帮家庭被赶出原来住处的时候,有保卫处的人监视,不让带太多东西,家产被查封了,门口贴了条子。一旦失去往日的生活来源,人们就像失去了苹果和山楂果的天蛾,日子过得十分窘迫。乌力天扬一个人过日子,就像一只大木蠹蛾,对食物充满了占有的欲望,车桑子也吃,山核桃也吃,金合欢也祸害,为了一口果蜜,宁肯豁出性命来和蝙蝠蛾毒蛾们打架。可一旦黑帮家庭都迁到修缮队,他就变了,要替其他的木蠹蛾们的生存考虑,决定先解决供给问题。

鲁红军和汪百团发现,自从乌力天扬冲上台去把他爹的头发剃掉之后,他有了很大变化。他们非常佩服乌力天扬的这种变化。所以,当乌力天扬宣布他自己任党小组长的时候,他们谁也没有表示反对。

乌力天扬和两个副组长商量,自己家被抄过,又让卢美丽搜罗过一次,基本上属于执行过三光政策的无人区,没有油水;汪道坤是白区过来的干部,知识分子,生活讲情调,肯定有些抄不干净的浮财,第一次先偷汪百团家。汪百团很爽快,表示不偷白不偷,很有点儿战争年代富家子弟为革命大义灭亲的架势。

那天晚上，他们在修缮队材料库集中。乌力天扬值班，鲁红军没回家，和汪百团拉了几个油漆桶，躺在油漆桶上睡觉。半夜两点钟，乌力天扬把他俩叫醒，三人夜马衔枚，避开营区巡逻哨，潜入家属区。

汪百团熟悉地形，领着乌力天扬，两人顺着楼后的下水管道爬上二楼露台，再用棉衣包住窗棂子，敲开一扇玻璃，开了窗户，翻进屋里。汪百团撞倒了客厅里的一只花瓶，弄出响声，差点儿被巡逻的夜哨发现。汪百团先去自己屋里找到一双回力牌高帮球鞋，把鞋往脖子上一挂，这才领着乌力天扬到处翻东西。白区来的干部果然有不少浮财，他们找到一捆衣裳、半筐松花皮蛋、一桶大米、半打午餐肉罐头、两瓶竹叶青酒、一套《白痴》、一套《叶尔绍夫兄弟》。乌力天扬甚至在汪家的储藏间里找到半条长满绿色肉霉的金华火腿和几大坛咕噜咕噜冒着气泡的泡菜。乌力天扬小声说汪百团，我操你妈，你家真是财主，难怪你爸有力气，生出你们七个。汪百团对那些东西没兴趣，他找到了一件东西，没告诉乌力天扬，偷偷掖进怀里。他还找到一本他爸爸的工作日记，也掖进怀里。东西从窗户递出去，鲁红军在外面接应，运进小树林。汪百团从黑暗中摸过来，小声问乌力天扬，他找到一包避孕套，问乌力天扬要不要。乌力天扬哧哧地笑，说又不能拿来装大米。汪百团很认真地把避孕套揣进裤兜里，说汪大庆没了橡皮筋，拿去给她当气球吹着玩。

第一次任务完成得很漂亮，乌力天扬以党小组长的名义占有了《叶尔绍夫兄弟》和《白痴》，其他东西，让汪百团和鲁红军分。鲁红军大方地说，我爸一个小破科长，我家没落到你们这个份儿上，也别想落到你们这个份儿上，我就别分了，都给百团吧。

乌力天扬那几天有事干了。他整天不出门，躺在床上读《白痴》，饿了啃几口从修缮队食堂买来的冷馒头，渴了跑到公共厕所里凑在水龙头下灌一气自来水。鲁红军和汪百团几次来找他，要他乘胜出击，去偷别人的家，都被他拒绝了。

乌力天扬被《白痴》里那个动荡不安的时代深深吸引住，被书中的故事深深吸引住。他觉得自己的家庭就像伊伏尔金的家庭，每个人都只顾着维护自己表面的尊严，骨子里却相互冷漠，自私自利；他觉得自己就像浑不觉世的瓦略，乌力天赫则像轻视家庭的笳纳，他俩身上都充满了庸俗、吝啬和琐碎的平凡。乌力天扬对费里帕夫娜这个人物非常着迷，她是一个追求正义和理想生活的化身，却又是一个被摧残和牺牲掉的人，乌力天扬好几次为她的悲惨命运流下了眼泪。

汪百团躲开母亲胡敏和几个兄弟姊妹，蹲在公共厕所里看完偷回来的那本日记。有好几天，他情绪低落，不想和人说话，再说话时，竟然闷头闷脑地说，我爸被打成脑震荡不冤枉，他是一个心理阴暗的小人。

乌力天扬和鲁红军不知道汪百团说那话是什么意思，问他，他又不肯说。后来汪百团把那本日记烧掉了，谁也不知道那里面到底写了一些什么。

8

卢美丽在基地大门口等着，看见一个认识的基地孩子回大院，就把那个孩子拦下来，让孩子给乌力天扬捎话，要乌力天扬去反修煤店找她。

卢美丽头上戴了一顶帽檐软耷下来的工人帽，脖子上围着一条分辨不出颜色的毛巾，身穿一件肥大的工作服，眼窝和鼻翼上全是黑煤粉子，正操着一口夹生的武汉话和一个买煤球的人争吵。卢美丽把乌力天扬拉到煤店外，避开打煤机的轰鸣声，问他过得怎么样，爸爸妈妈有消息没有，天赫和军机、稚非他们有没有来信，她上次给他的钱和粮票用光了没有。乌力天扬说，还行，没有，没有，没有。

“你看你瘦成什么样儿，像个鬼。”卢美丽埋怨乌力天扬，“你就不能多说两个字？你是毛主席呀？毛主席还说那么多话呢。毛主席天天说最高指示，也没有把他累着。”

卢美丽撩开衣襟，从内衣口袋里摸出一小沓钞票，数出两张五元的，一张一元的，想了想，又添上两张一元的，塞给乌力天扬，告诉他，这是她上个月的工资，想到他该没钱花了，给他一半。乌力天扬没讲客气，把钱接过来揣进裤兜里。卢美丽不放心，遮挡着乌力天扬，一定要看着他把钱塞进袜子里，叮嘱他别让人发现，别买零食，节省着花，这才放心。然后她告诉乌力天扬，天时很好，一点儿褥疮也没长，人也胖了一些，匡家奶奶非常喜欢他，因为他高兴的时候会说毛主席语录。匡家奶奶很骄傲，说他前世一定是文曲星，要是不让石头砸上，肯定是个了不起的文化人。

等说完这些事，卢美丽才告诉乌力天扬，叫他来不光是给他钱，听基地医院陈护士长的丈夫说，国棉系统的造反组织以实际行动响应中央文革小组不冲击军事机关的号召，他们去基地慰问，表示要做人民解放军的强大后盾，提出帮助基地开展文化大革命，比如批斗那些死不悔改的走资本主义道路的当权派，基地答应了。这一次是在国棉系统的十几个厂轮流斗，得斗七八天时间，国棉三厂借斗过好几次走资派，从来不管走资派的饭。卢美丽猜测，基地借出来的人当中肯定有首长。她担心首长饿着，准备和匡志勇一起给首长送饭。可是，别的厂她和匡志勇可以送，国棉三厂不行，匡志勇一家人都在厂里，让人家知道了日子不好过。

“我要你姐夫把时间打听清楚，斗到厂里那天，我把饭煮好，你给首长送去。”卢美丽交代说。

“什么首长，他早就不是首长了。”乌力天扬不耐烦地说。

“别人怎么叫我不管,反正我叫首长。”卢美丽固执地说。

“他没打死我,我凭什么给他送饭?饿死他才好。”乌力天扬恶狠狠地说。

“你是谁生的?谁养的?”卢美丽恨恨地说,“你怎么没让他打死?你这种儿子,就该让他打死!”

9

到了那一天,乌力天扬还是去了。坐在挤得满满当当的匡家,听卢美丽在公共厨房里锅碗瓢勺地碰响着,乌力天扬麻木地看躺在里间床上的乌力天时。匡志勇的家一间住着匡志勇的父母,另一间住着匡志勇的奶奶、匡志勇和卢美丽,还有他们出生不久的女儿丫丫。匡志勇和卢美丽搭出来的那间新房,让给了乌力天时。

一会儿工夫,匡志勇揩着汗进来,说批斗会开完了,看见首长了,是第一个被推上台的,人太多,他没有认出我。匡志勇不好意思地笑了一下,补充道,也许他早就把我忘了。卢美丽进来问匡志勇情况。匡志勇就说批斗会开得很斯文,光喊口号,没动手,人没吃亏,现在关在俱乐部里,一会儿就往染厂送。卢美丽转身出去,不一会儿用饭盒装了热饭热菜进来,还用罐头瓶子装了一瓶木耳菜蛋花汤。匡志勇有点儿不高兴,小声埋怨卢美丽把鸡蛋做了,丫丫没吃的。卢美丽去整理匡志勇的衣领,柔声说,我改天变成母鸡,我给你生蛋,好不好。匡志勇就不再说什么,用一个帆布包装了饭盒,领了乌力天扬出门。

匡志勇把乌力天扬带进厂里,把帆布包交给乌力天扬,告诉他,沿着厂区大道往前走,第三个路口往左拐,过制冷水塔再往右拐,一直走到头,厂部大楼边上那个绿瓦盖的房子,就是俱乐部。

乌力天扬刚拐过水塔,身后就响起一片枪声,有好几发子弹是朝他这个方向来的。乌力天扬吓得出了一身冷汗，缩了脑袋往路边躲，趴在地上，把脑袋紧紧地抱住，罐头瓶子从手里滑出去，摔在地上，碎了。枪声响得激烈，路边建筑被子弹打得直溅红色粉尘。乌力天扬稍稍抬头，看见不远处有人惨叫着摔倒在路上，一辆卡车失去控制，撞上了路边的热冷管道，车头立刻冒出一股浓烟。乌力天扬知道子弹不是冲着自己来的，就一点点往边上挪，挪到拐弯的地方，判断子弹打不着自己了，猛地从地上蹿起来，拎着帆布包拼命跑。

路上遇到好几拨儿提了枪过来的人，问出了什么事，枪是谁打的。乌力天扬也不回答，只管撒丫子狂跑，一口气蹿出好几个路口，也找不到哪座建筑是俱乐部了，看见一座两层楼的房子，上面盖着绿色的瓦，他推开门就冲了进去，一看，好几间房里，地上铺着褥子，墙上贴着“打倒走资派”的标语，小板凳上战战兢兢坐着一些灰脸土色的人，人手捏着一本红宝书。

乌力天扬上气不接下气地喘，问一个戴眼镜的中年人，是不是挨斗的。戴眼镜的中年人害怕地往后缩，点点头。乌力天扬就想，瞎猫撞上了死老鼠，总算让他找到了，身子一软，靠着墙壁，一屁股坐到地上，头晕得一个劲儿地想吐。

外面的枪声渐渐消失。乌力天扬喘了一阵儿，心不慌了，眼里也不冒金星了，这才看清楚，屋里的这些走资派，没有一个穿军装的，他谁也不认识。乌力天扬问中年眼镜，乌力图古拉在不在？中年眼镜反问，哪个乌力图古拉？乌力天扬就知道找错了地方，这里关着的是别的地方的走资派，不是军队的。

“你是谁家的孩子？到这儿来干什么？”中年眼镜朝门外看了看，悄悄移过来，小声问。

“给人送饭。”乌力天扬没精打采地说。

“就是那个乌力图古拉？你爸还是你妈？厂部的还是车间的？

名字挺怪,没听说有这么个人呀?”中年眼镜朝乌力天扬脚边的帆布包看了一眼,“烧茄子吧?我能闻出来。”

“都什么时候了,还来送饭,没听见外面枪响得狠?”一个额头上长满抬头纹的小老头儿抹了一把眼角的泪,感慨地说,“是烧干豆角,没闻到干豆角的味道吗?”

“老黄说得对,是烧茄子,放了郫县豆瓣。郫县豆瓣的香味和别的豆瓣不一样,油一煎,隔着一栋楼都能闻出香来。”一个额头上贴了一块纱布的中年人兴奋地说。

“胡工……老胡的判断对,是烧干豆角,用猪油渣烧的,你说的香味儿是猪油渣的香味儿。我过去当总务主任的时候,晒过干豆角,熟悉这个味儿。”一个躺在褥子上背朝门的人说。

“毛主席教导我们说,没有调查就没有发言权。”一个尖着嗓门儿的人不满地说,“你们都没有调查,狭隘经验论,乱发言,所以黄至清你才成了反动的技术权威,廖若行你才带着我们走上了一条资本主义道路。”

“区千秋,你不要对别人马列主义,对自己自由主义,你就是毛主席说的那种下车伊始就哇啦哇啦发议论,这也批评那也指责,十个有十个要失败的人,你这种钦差大臣才最该被革命群众打倒。”有人反驳尖嗓门儿。

屋里热闹起来。尖着嗓门儿的人和人争吵,戴眼镜的中年人、长抬头纹的小老头和额头上贴纱布的年轻人不争吵,兴味盎然地猜测乌力天扬的帆布包里到底是烧茄子还是烧干豆角。

“你们没吃饭?”乌力天扬突然问。

“也不能这么说。前天吃过一顿,昨天也吃过一顿,今天嘛,到现在还没有,也许没到时间吧。”戴眼镜的中年人说。

“那你们吃吧。”乌力天扬把帆布包推过去,“炒河虾和炒豆角。本来还有一瓶木耳菜蛋花汤,让我给泼洒了。”

“你说什么？炒河虾和炒豆角？不会吧？”额头上贴纱布的年轻人朝身后看了看，激动地说，“我们都犯了经验主义的狭隘错误，是炒河虾和炒豆角！”他回过头担忧地问乌力天扬，“你不给你爸爸送去？他没有吃的怎么办？”

乌力天扬已经出了房间，靠着墙在门口坐下。他听见身后人们围上来的声音、七嘴八舌议论怎么分那份饭的声音、有人慌忙去翻自己碗筷的声音、尖嗓门儿的人威胁要告发大家的声音，然后，所有这些声音突然消失，屋里响起一片狼吞虎咽的声音。

乌力天扬靠在墙上，把头埋在膝盖里，在脏兮兮的裤子的阻挡下拼命睁大眼睛。他想，他没有孙悟空的火眼金睛，根本看不穿他自己的腿。他想，他本来就不该给“那个人”送饭，反正不管怎么样他都得死，饿死比让人揍死好。不知为什么，因为这个发现，乌力天扬快乐得想哭。他想，饿死他！饿死他！他为自己这个念头激动得发抖。

10

冬天到来的时候，乌力天扬的小组干了一件惊天动地的大事。这件事，让小组的活动从偷窃上升到抢劫。

汪百团的小妹妹汪大庆得了急性脑膜炎，胡敏和汪百团抬着汪大庆去基地医院。医院根据文革小组的规定，拒绝给黑帮家属看病。胡敏找到文革小组，文革小组同意她带汪大庆去地方医院治疗。去地方医院看病得花钱，汪道坤已经被开除了党籍和军籍，不再享受组织上发给的薪水，胡敏50年代就从部队转业，回家当了家庭妇女，长期没有收入，家里没钱。胡敏抱着汪大庆坐在营区的路上号啕大哭，惹来很多人观看。

乌力天扬去果树林里挖出小铁盒，取出里面的二十块钱，交给胡敏。胡敏千谢万谢,找修缮队借了一辆板车,和汪百团一起把汪大庆拖到武昌区人民医院。哪知到了医院,钱却被小偷给偷了。胡敏一急,就在医院急诊室里,一头撞到墙上,头上撞出个大大的血窟窿。汪大庆躺在一旁没人管,她倒让人拖进了急诊室。

乌力天扬和汪百团、鲁红军商量,怎么才能尽快弄到钱,既给汪大庆治脑膜炎,又给胡敏治血窟窿。想了好几个方案都不行,最后鲁红军出主意,抢,不抢别的,就抢手表——抢别的目标大,钱少,一块手表怎么也值几十块,给汪大庆和胡敏治病足够了。

行动时间定在晚上,这个时候路上没有太多行人,容易得手。为了不引人注意,同时不在作案后被人怀疑,乌力天扬和汪百团装作去买学习材料,分别出了基地,鲁红军等在武昌积玉桥,三人集中后,从长江大桥过江,走到汉口。作案地点和撤离现场的路线是事先确定的,选择在中山大道三角路地带,这里是胜利街、岳飞街和蔡锷街的交会处,就算两条路线出了问题,至少还有第三条路可供撤离。

到达作案地点后,他们在街上漫无目的地游逛,等待天黑。逛了一会儿,乌力天扬带头,三人在马路牙子上坐下,看东南西北过往行人,猜谁戴了手表,是梅花牌还是上海牌。汪百团老是吸鼻子。鲁红军烦,说汪百团,你不要老吸鼻子好不好?吸得人怪紧张的。乌力天扬说,别吵,问你们一个问题,你们最想干的事情是什么。汪百团说,我最想干的是杀掉邱义群。鲁红军说,天扬没问这个,天扬问的是理想,对吧天扬?我最想有一个兄弟,亲兄弟,不过现在没关系了,天扬就是我的亲兄弟。乌力天扬说,我最想我是别人,不是我,随便是谁都行。汪百团看了一眼乌力天扬,闷闷地说,我也是。鲁红军想了想,说,我也是。

三个人一直在街上待到夜深,眼看着街上已经没有多少行人了,就开始行动。

乌力天扬眼尖，很快发现了目标。目标是一个大个子年轻人，梳着大背头，大概有急事，匆匆从他们身边走过。路过他们身边时，抬起手臂看了看腕上的表，表面在路灯照耀下反射出诱人的光。乌力天扬示意鲁红军和汪百团行动。三个人跟过去，看着跟近了，大个子年轻人却拐进了路边的公共厕所。乌力天扬使了个眼色，他和鲁红军跟进厕所，汪百团留在外面放哨。

厕所里没有别人，乌力天扬和鲁红军进去后，却看不到大个子年轻人，站了一会儿才听出，那人正蹲在一间茅坑上，一边畅快地拉屎，一边伤感地叹息。乌力天扬犹豫了一下，进了另一间茅坑。鲁红军看乌力天扬没有动手，也躲到一边，装作小解，在那儿磨磨蹭蹭地解扣子。等了好一会儿，大个子年轻人从茅坑间出来。乌力天扬一步迈出，准备下手。

就在这个时候，外面传来隐约喧闹声，乌力天扬想往回撤，已经来不及了。大个子年轻人被突然迈出茅坑的乌力天扬吓了一跳，警觉地问乌力天扬要干什么。外面的喧闹声清晰了，是高音喇叭的声音。汪百团冲进厕所，说有一支游行队伍过来了，快走！大个子年轻人连忙往上提裤子，说你们不要乱来啊。乌力天扬苍白着脸，命令大个子年轻人把手表给他。年轻人退到墙角，说我是车站路街道革委会的成员，你们抢革委会的人要吃亏的。鲁红军从腰后抽出匕首，握着匕首走过来。年轻人连裤子都没有扣上，连忙把手表摘下来，说革命小将，千万不要乱来，我给你们就是。乌力天扬过去，一把将大个子年轻人手中的表夺下，来不及看，三人慌里慌张抢出厕所，在厕所门口撞到一起，手表掉在地上。乌力天扬捡起手表，追上鲁红军和汪百团。

一出厕所三人就呆住了。刚才还寂静的街道，此刻一片喧哗——在他们视线之内，胜利街的街口和岳飞街的街口，几辆宣传车缓缓驶来，车上的高音喇叭里，一个激情洋溢的女声在播送着最新指示:“一个人有动脉、静脉,通过心脏进行血液循环,还要通过肺部进行呼吸,呼出二氧化碳,吸进新鲜氧气,这就是吐故纳新。”然后换成一个激动得嗓子眼儿里带着哭音的男声:“一个无产阶级的党也要吐故纳新,才能朝气蓬勃。不清除废料,不吸收新鲜血液,党就没有朝气。”宣传车后面是情绪激动的游行队伍,人们敲锣打鼓,高声呼喊:热烈庆祝毛主席最新指示发表!伟大的导师、伟大的领袖、伟大的统帅、伟大的舵手毛主席万岁!

三人还愣在那里,身后大个子年轻人已经从厕所里追出来,大声喊,抓强盗!抓强盗!三人被提醒了,兔子似的蹿出去,穿过街心小岛,蹿进蔡锷路。可是,他们遇到了最不可能发生的事情——蔡锷街上,另一支游行队伍迎面而来。乌力天扬收住脚步朝后看,大个子年轻人远远地追上来,嘴里大声喊叫,腰间的皮带没扎好,露出一截,像肠子头似的可笑地在身前晃悠着。鲁红军紧张地把手揣在裤兜里,紧紧捏着匕首。汪百团的脸在灯光下像是一朵枯黄了的栀子花,分辨不出五官。乌力天扬紧张地说,冲过去!乌力天扬在前,鲁红军和汪百团在后,三人像视死如归的草原毒蛾,向游行队伍扑去,在人行道和麻石建筑之间跳跃着、躲闪着,撞上人也被人撞上,从游行队伍中穿插而过。

大个子年轻人的喊叫声被宣传车的高音喇叭声、震天动地的锣鼓声和人们的口号声淹没。他用了很长一段时间才让游行队伍里的几个人了解到发生了什么。几个年轻气盛的小伙子离开游行队伍,向江边追去。狗胆包天的抢劫犯,他们是二氧化碳,必须给予吐故纳新的严惩,这是对伟大领袖毛主席最新指示最有力的落实。不断有看热闹的市民参与进来,追捕抢劫犯的队伍越来越庞大,追到沿江大道粤汉码头附近时,他们至少已有上百人了。

汪百团落到后面。乌力天扬以为汪百团跑不动了。他喘着粗气扭过头去朝汪百团喊，快呀，你妈的脚丫子生疮呀！但是，他愣住了，刹住了脚。

汪百团站下来，面对身后追上来的队伍，那张枯黄的栀子花脸就像要凋落似的狰狞着。他从怀里掏出一件东西，把它举起来，对准追捕队伍。那是一支马格努姆左轮运动型手枪，枪身的银色烤铬在灯光照映下发出冰冷的寒光。

“别过来，我会开枪！”汪百团嘶哑着嗓子朝人们喊。

人们根本没有听见汪百团在喊什么。也许他们听见了，却被最新指示鼓舞着，根本没有把那支点 32 的左轮手枪放在眼里。人们蜂拥而上。

“别开枪！”乌力天扬声嘶力竭地喊着，反身朝汪百团扑过去。

枪声响了。枪声在喧闹的夜里几乎听不见，至少呐喊着朝抢劫犯扑上来追捕的人们没有听见。乌力天扬看见那支点 32 的左轮枪在汪百团手中跳动了一下，一粒短短的弹壳像跳蚤似的蹦出来，跌落在马路上。追捕的队伍中，有一个人像是跑累了，脖子往后一仰，身子歪向一旁，坐到地上，后面的人没有收住脚，撞在他身上，好几个人摔倒在马路上。

乌力天扬的腿软了，喘着气，觉得舌头已经舔住了跳到嗓子眼儿的腥甜的心脏。他想完了，一切都完了。他看见汪百团紧张地微笑着，手里仍然举着那支枪，脸上有两行肮脏的液体滚落下来。他看见追捕的人群围住那个跌倒下去并且痛苦地捂住小腹的人，好像在劝说他站起来，然后，那些人慢慢地直起腰，转过身，充满仇恨地、同仇敌忾地朝这边走过来。

乌力天扬唯一能够做的，就是扑向汪百团，死死拽住他的胳膊，不让他打光枪膛里剩下的六发子弹。

11

乌力天扬和汪百团被当场抓获,扭送公安局。第二天凌晨,从粤汉码头跳入江中游回武昌并且准备潜逃到山西老家的鲁红军,也从武昌区委宿舍抓捕归案。汪百团被愤怒的人们打瞎了左眼,打断了左胫骨。乌力天扬左肋的两根肋骨被踢断,整个脸被打得肿成一只水泡南瓜。稍晚归案的鲁红军,甚至没有在第一眼时认出他们来。

对这桩抢劫和枪击伤人案的审讯花了三小时十二分钟,宣判则在两个月后。鉴于三个当事人年龄均不满十八岁,属于少年犯罪,汪百团被判劳动教养四年,年满十八岁后再行转判;乌力天扬被判劳动教养两年;鲁红军被判劳动教养一年;两件武器,手枪属于军用品,结案后被基地留下案底取回,匕首则丢进公安局一间专门存放作案凶器的仓库,时隔十二年后的1980年,和其他一批作案凶器一起,送往汉阳钢厂监督熔化。

简雨蝉跑去国棉三厂找卢美丽。国棉三厂太大,谁也不知道卢美丽是谁。简雨蝉告诉人家卢美丽是保姆。人家笑,说我们这儿只有保全工,没有保姆,保姆得去家属宿舍找。简雨蝉找到家属宿舍,挨着楼栋问人,问到第十一栋家属楼,人家问是不是匡志勇的农村媳妇?简雨蝉才找到了卢美丽。

卢美丽当天就背着铺盖赶到公检法军管会,要替乌力天扬蹲监狱。公检法的人说开什么玩笑,要卢美丽出去。卢美丽让公检法的人别发火,说她知道人不能犯罪,犯罪就得服罪,她愿意服罪,她就是来替乌力天扬顶罪的。公检法的人说顶罪好啊,人家肠子被子弹打了个大窟窿,你拿什么顶?卢美丽说,我要说了你又会发火,可我们拿什么顶都行,我让他把我的肠子打个大窟窿出来也行，你看你是不是又要发火？我不是说让他也犯罪，我是说，我们愿意交钱。

卢美丽回了一趟家，把萨努娅给她的那个存折里的钱全都取出来，又找匡志勇凑了一点，凑齐五百块，赶回公检法军管会，把钱交上。公检法的人收了钱，说好吧，看你态度好，少判他几年，判他两年吧，要不，就他这个罪，少说判个十年八年。

卢美丽满心欢喜地走出公检法军管会。她不知道，乌力天扬这个时候已经被送往汉阳大军山少年管教所服刑了。刑期是两周以前就判下来的，与她送去的那五百元钱丝毫没有关系。

第十八章　婴儿似的噙住手指

1

天渐渐亮了,蓝色的寂静的冰雪泛出本来的洁白,三只圆头圆脑的雪雀从江那边一起一落地飞来,飞到小树林上空,落下,脆生生地啁啾几声,岛上的沉静被打破。挂满了冰凌的树枝极像珊瑚枝,枝头抖动了一下,落下一片雾蒙蒙的雪粉。雪粉掉在乌力天赫的脸上,因为雪粉带来的暖意,他不禁打了一个寒战。

侦察分队是凌晨1点多钟进入伏击点的,除了夜里几头老实巴交的狍子和早晨一只胆小而又活泼的狐狸从小树林外走过,踩得干爽的雪粉窸窣作响,没有任何生命打扰他们。

从2月6日到25日,苏联边防军连续五次越过乌苏里江主航道,在中国实际占领区一方围攻并殴打中国边防部队的巡逻人员。入侵和挑衅事件不断升级,为了防止事态扩大,中国边防军暂时停止了上岛巡逻。苏联方面立即大肆宣传,说中国退出了达曼斯基岛[①],进一步证明该岛是苏联的领土,如果中国边防军再敢上岛,就将使用武力解决。中国方面很快作出反应,命令边防军继续上岛执行巡逻任务,同时准备武力反击。陆军133师侦察分队、陆军77师一部、会江军分区一部奉命支援珍宝岛边防站。133师侦察营在全营中挑选突击队员,三连九排二班长乌力天赫头一批被挑上。

乌力天赫已经是入伍十一个月的老兵了。几个北京的老知青

---

① 即中国黑龙江省虎林地区的珍宝岛。

帮了他的忙。他们替他编造了一份履历，为此他的年龄和下乡经历被适当地做了一些夸大和置换。你最好被苏联人打死，要活着你也活不好。那几个老知青感慨地说。他还是露了馅儿。新兵下连的时候，营里的周营长把他提到吉普车里，严严实实地审了一通，审完发了半天呆，发过呆下车撒尿，撒完尿回到车上，问他是不是鞑靼人。他说算是吧。周营长闷声闷气说了一句话，兄弟阋墙，蕨薇不再，还说个屁，互相残杀吧。他后来听说，周营长的父亲几十年前在苏联待过，曾在苏联国内战争时期的顿河骑兵军当过兵，是苏联布尔什维克的英雄，所以周营长才说兄弟阋墙的话。他听过以后默默地想，我的血管里流淌着一半克里米亚人的血液，一半蒙古人的血液，我算谁的兄弟？

乌力天赫并没有去广东，他是托回梅县探亲的排副把信带到广东，在那里把信投进邮筒的。为这个，他替排副打了几天洗脚水，就差没替那个黑脸小子揩屁股了。

出发之前，侦察分队从虎林气象站获知，岛上的气温在零下二十一摄氏度。为了抗寒，侦察分队做了准备，能保暖的措施都用上了，可在零下二十多度的雪地里一动不动地待上七八个小时，人还是受不了。乌力天赫觉得整个身子都是僵硬的，思维几乎停滞，因为不敢合上眼睛，眼珠子疼得麻木。最主要的是，他很紧张，小腹硬邦邦的，老想尿尿，可就是想不起来自己的阴茎还在不在胯下长着。为了不至于冻得遇到事情无法动弹，也为了消除紧张情绪，他每隔半小时就服用一粒止咳药，嚼一块饼干，不断地吞咽唾沫，抽动肌肉。这样做帮了他一些忙。

天已大亮，风一刮，乌苏里江上露出晶莹的冰面，太阳再一照，晃得人睁不开眼。这个时候是最困的时候。乌力天赫看到自己班里的士兵小秦眼睛睁不开，脑袋一顿一顿地，像只从山上滚落下来失血过多的山羊。他悄悄捏了一只雪团，向小秦投去，把小秦打醒。现在他更紧张了。

大约早上6点多钟,乌力天赫看见苏联境内下米海洛夫卡边防站方向开来一辆军用吉普车,在岛边停下,下来几名苏军,有两名军官朝岛上走,走出一段路,不知为什么吵了起来。我军指挥组那边传过命令,不要动,不管出什么事都不要暴露目标。两名苏军军官吵了一阵儿,有人叫他们,他们气呼呼地往回走,上了车,开走了。乌力天赫松了一口气,悄悄把手指从扳机上松下来。

一个小时后,按照事先计划,虎林边防站站长孙玉国带着第一巡逻队上了岛,另一排长带着第二巡逻队走在后面,照应第一巡逻队。两支巡逻队出现没多久,苏联方面开始动作。从下米海洛夫卡边防站和库列比亚克依内边防站开出两辆装甲车、一辆军用卡车和一辆指挥车,风驰电掣地冲上岛子,在岛子东头堵住了中国方面的巡逻队。从卡车和装甲车上跳下七八十名荷枪实弹头戴钢盔的士兵,枪端在手上,去撵巡逻队。

指挥组那边又传来命令,苏军没有带大棒子,全体都有,准备作战。乌力天赫神经绷紧了,颤抖着伸出手,将卧着的56式半自动步枪立起,抹去表尺和准星上的雪粉,照着训练了几百次的动作,打开闭锁,手往怀里探去,试了试子弹袋是否冻住,然后摘掉右手的手套,婴儿似的把食指噙在嘴里,让它活动开。

"这是中国领土珍宝岛,请你们立即离开!"

"Это советская территория–Даманский остров, вы–агрессор, необходимо сразу же уйти отсюда, отойти назад к вашей самой стороне!"①

"我们在执行正常的巡逻任务,请不要妨碍我们执行任务! 我再说一遍,这里是中国领土,应该退回去的是你们!"

---

① 俄语:"这是苏联领土达曼斯基岛,你们是侵略者,必须立即离开这里,退回到你们自己那一方去!"

“Я ещё раз говорю, это конечное предупреждение, вы необходимы уйти!”①

中国巡逻队凌乱地向岛西退去，撩开深及小腿的积雪困难地小跑。苏联人步步为营，二三十名士兵追上来。指挥组那边传来命令，松弛保险，准备战斗。

乌力天赫无声地咧了咧嘴，把右手食指从嘴里取出，生硬地在左掌中擦拭干净，确定表尺，套上扳机，移动枪口，在准星中套住了目标。那是一个年轻英俊的苏军士兵。乌力天赫突然心头一动。如果母亲没有在几十年前来到中国，也许他现在就是准星里套住的那个年轻的苏军士兵！他的准星有些颤抖。

“命令你们立即离开这里！”

“Это советская территория...”②

“中国方面强烈抗议……”

“Вся ответственность за возможные последствия пад ёт на вас...”③

枪声响了。两个点射，然后是两支 AK-47 突击步枪同时连射。六名中国边防军士兵跌倒在雪地里，四名挣扎着，两名当场阵亡。

兔崽子！指挥组那边鸣枪了。乌力天赫停止呼吸，几乎在指挥组的枪声响起的同一时刻，他扣动扳机，打出一个单发。子弹在目标脚下激起一团雪粉，对方立即趴倒在地，开始还击。乌力天赫脑子里完全没有了思维，枪口移动，很快套住下一个目标，这回他连续扣动了两次扳机。他在准星中看见一名准备在雪地里架设机枪的年轻苏军士兵抚住额头，转动脑袋到处看，然后两臂一伸，摔倒下去，钢盔滚出老远。

双方的枪声和战术口令声响成一片。中方的 56 式班用枪族在

---

① 俄语：“我也再说一遍，这是最后的警告，你们必须立即离开！”
② 俄语：“这是苏联的领土……”
③ 俄语：“一切后果由你们负责……”

苏军的 AKM 突击步枪和 AK-47 突击步枪密集的火力下显得有些力不从心。苏军装甲车上的 7.62MM 机枪发出的声音十分刺耳。

冲,冲上去,一个也别放走! 指挥组那边喊。会江军分区一个副连长带着几名士兵冲了上去,刚出小树林,就被苏军发现,急速的火力扫射过来,副连长当场被打倒在地,卡在树杈上不动了。

乌力天赫也带着自己的半个班上去了。即使有些慌乱,他还是多了一个心眼,没有从小树林的正面出击,而是领着人多绕了一脚,绕到树林北边,从那里插了出去。

一出小树林,他们就遇到了十几个退下来的苏军士兵。乌力天赫头一次在这么近的距离和敌人相遇,双方相隔不过三十米,乌力天赫的血液凝固了,没有采取任何保护姿势,站在那儿连射数发。他身后的士兵也纷纷开火,一下子打倒了四五个,剩下的苏军士兵连忙往回跑。

乌力天赫脑子里一片空白,机械地领着人追上去。岛子中间的一挺机枪响了,离乌力天赫最近的小秦身子往前一蹿,短促地叫了一声,坐倒在地上。乌力天赫反身回去,扑在小秦身上。小秦的胸口像早春挖开的稻田,一汪一汪地往外涌着新鲜的血浆,嘴张了几下,没说出话,头一歪,咽了气。

看住他! 乌力天赫浑身痉挛,喘着粗气,尖着嗓子对一名士兵叫,手上的血浆往身上一揩,抓起枪跳起来。跑过刚刚打倒的那几个苏军士兵时,他把自己的半自动丢在那里,捡起一支 AK-47,从尸体身上解下一条子弹袋,猫着腰向机枪奔去。在机枪手换弹匣的时候,他怀里的 AK-47 开了火。他扣死扳机,苍白着脸抵御住突击步枪剧烈的后坐力,把整整一匣三十发子弹不停顿地打出去。那挺机枪再也没有响,三个机枪手全都趴在那儿不动了。

一辆苏军装甲车从岛子东头绕到岛子北头的江汊上,企图包抄乌力天赫。乌力天赫指挥人连续发射了三发火箭弹,因为没有经验,手忙脚乱,没打中。苏军的装甲车退了回去。

形势发展对中方有利。中国边防军仗着地势和人数的优势,开始分头解决对手。苏军很快被分割成几支,大多数被打散成了单兵,在雪地里麂子似的飞奔。岛上到处是枪声,间或有手榴弹的爆炸声。苏军由装甲车掩护,且战且退,一直退到主航道上,上了装甲车,撤回苏联一方。

指挥组的撤退信号响起,催促动作快,往回撤,别让对方的炮火覆盖住。乌力天赫浑身都是硝烟,棉衣被荆棘剐破了几处,棉裤上被子弹穿了一个洞,绽出一朵焦黑的棉花。他气喘得厉害,只是不再发抖,而且口渴,汗水顺着背往下淌,喘气的时候能听见气管里发出尖啸声。他迅速清点了一下带上去的半个班:牺牲一名,负伤两名。他让没挂彩的士兵抬着小秦,搀扶着伤员,迅速向岛下撤退,他在后面断后。

他们很快从战场上撤下来,刚离开,身后就中了好几发炮弹。

2

参战部队下了岛,在公路边陆续聚集。指挥组下令原地休息,清点伤亡情况。一查,死伤不少,其中有两个连级干部。大家都累极了,还被死亡的恐惧紧抓着,脸上没有血色,站着的或躺着的,都在那儿哆嗦。几个干部围在一起,议论刚才战斗的事儿,说有个叫于庆阳的士兵,消灭了好几个苏军,自己也被打中,子弹从右边太阳穴进去,从后脑勺儿穿出来,脑浆都打出来了,卫生员为他包扎时,他的脉搏已经停止跳动,可枪声居然惊醒了他,他抓过冲锋枪,站起来,撕掉头上的绷带,端起枪又冲了上去,一共冲出去六步,这才倒下。又说县里反修办担架队的事,不知道为什么还没有来。其他的人不说话,呆鸡似的,有人从兜里摸出饼干来啃,有人从地上抓雪吃,解渴。

干部们正着急的时候,军医赶来了。干部叫军医快抢救陈副连长。军医蹲在陈副连长身边,摸摸索索地检查陈副连长的伤口。指挥小组的干部拍大腿,说打强心针,打强心针哪!别让他睡过去,一睡就过不来了!军医被提醒,连忙从药箱里翻出强心针,可一看,药水早就冻成了冰棍,打不成。

“你鸡巴是干什么吃的!那是针吗?那是冰棍儿!”

“人都拉下来了,死在这儿,窝囊不窝囊!”

“我操你妈,副连长要是没了,你要负责任!”

乌力天赫从雪地里撑起来,摇摇晃晃地走过去。陈副连长在众人的叫喊声中一点点睁开眼睛,轻轻地摇了摇头。有人翻译,副连长说他不行了,要大家别责怪军医。不知谁先领头,众人哭了。吴参谋发了火,把枪摔在雪地上。哭个鸡巴哭!能把人哭活,大家都哭!他这么吼了一嗓子,喉头一哽,自己的泪水也流了下来。

乌力天赫默默地回到自己班里。饼干吃完了,班里的士兵都坐在那里在发呆。有人把棉衣往紧里裹,汗冻住,冷得人发抖。小秦安静地躺在地上,一只胳膊弯曲着,另一只胳膊搁在小腹上,好像想解手,没有人帮忙,自己要去抓生殖器。

到17日为止,双方在珍宝岛激战数场,苏军出动了坦克和飞机,中国军队采用炮火打击,在前沿和纵深予以拦截。苏军上岛收尸那一天,中国军队没有开枪。侦察分队几天后撤离战场。更多的陆军部队像勤劳的渔民,看着鱼汛来临,源源不断地从南边过来,朝虎林方向开去。

乌力天赫被抽调到战斗事迹报告团,住进军区招待所,整天吃炖小鱼,背发言稿。他没往材料里写他打出第一发子弹前想了什么,还有他往上冲时怎么都压抑不住的害怕。他后来才知道,珍宝岛战事发生后没几天,北京和莫斯科都发生了大规模骚动,被激怒的中国人和苏联人互相冲击了对方的大使馆，双方还拍了宣传电影。苏联人比中国人有经验，他们的电影专拍战争寡妇痛不欲生的场面，电影拿到欧洲去放，欧洲人看了电影都抹眼泪，说中国人太坏了。

乌力天赫立了二等功，拿到一枚漂亮的战功章。报告团的工作结束后，他没有回到133师，而是被军方某个部门选中，送往南方一个代号××××的秘密基地，在那里开始了他新的训练。

3

乌力天扬上德育课的时候打瞌睡，还和郑管教顶嘴，被郑管教叫到食堂里。郑管教叫乌力天扬两腿叉开，靠墙站好，两臂向上，贴在墙上。郑管教先照着乌力天扬的右肋打了两拳，再用膝盖狠狠地顶他的肛门。乌力天扬已有过几次这样的教训，没有夸张地大叫，只是把脸紧贴在满是油烟味的墙壁上，像一口痰似的慢慢往下滑，痛苦地蜷缩在地上，在那儿喘着粗气。

“你要明白你是谁。”郑管教和蔼地笑了一下，“你是跳蚤。是跳蚤就得老实，否则人们就会捻死你。”

郑管教富有人性，没有打乌力天扬的左肋。乌力天扬的左肋断过两根，有旧伤，不能打。郑管教要是知道乌力天扬的肛门出过问题，也许他就会换另外的地方下手，比如说大腿根儿，或者脚掌。

“他把你怎么了？”军训课的时候，鲁红军问乌力天扬。

“没什么。他让我闻中午的煮南瓜馊了没有。”乌力天扬漫不经心。这是他进少管所后学会的。

“明天我也犟嘴。”鲁红军羡慕地朝操场边看了一眼。

汪百团精神委靡地坐在操场边抠鞋上的泥。抠泥的时候他把脑袋往左边偏，这样，没瞎的右眼就能照顾到原本该由左眼分管的视野。

“百团接到家里的信，胡敏说不认他了，要他自己投奔新生。”

“胡敏没说新生在哪儿，往哪儿投奔?”

乌力天扬运球，有一个傻大个儿学员想截下乌力天扬手中的球，乌力天扬恶狠狠地用手肘拐傻大个儿的肋。傻大个儿学员本想发作，看了看乌力天扬发蓝的眼珠子，咽了一口唾沫，捂着肋部冲乌力天扬笑了笑。

七班有一个叫朱向阳的高年级同学，老往乌力天扬身上蹭，还对他挤眉弄眼。乌力天扬想照对付傻大个儿的办法收拾朱向阳。朱向阳敏捷地躲开，继续对乌力天扬挤眉弄眼。后来朱向阳在厕所里堵住乌力天扬，要乌力天扬摸他的鸡鸡。乌力天扬不耐烦地把他往边上一推，说别他妈找不痛快，知道老子是怎么进来的？杀人。朱向阳笑得喘不过气来，问乌力天扬知道不知道他喜欢什么，他就喜欢白的进红的出。朱向阳笑起来的样子就像一棵找不着方向的向日葵，有一股炽烈而向往的劲头。

那天劳动课和手工课合二为一，去江边种树。汪百团拉肚子，乌力天扬种完自己分内的十八棵水杉，又帮汪百团种了十二棵。晚上乌力天扬很累，睡得很死，梦见涅瓦河畔篝火旺烈，自己和青年近卫军的人一起捉水蛇烧着吃，他排在第十八名，可水蛇只剩下十二条了，他急，拼命往前挤，别人也在后面挤他，好容易挤到前面，还没分到他，他就被一阵来自肛门的剧烈疼痛给弄醒了。

乌力天扬懵懵懂懂，没有弄明白自己为什么趴着，朱向阳为什么骑在他身上。朱向阳很恼火，冲乌力天扬的脊背吐了一口痰。

“你妈的什么屁眼儿？比猪还难日！”

朱向阳提起裤子跳下床。月光从大开着的门外涌进来。乌力天扬张皇失措地爬起来，到处找自己的短裤。

“我操你妈！我操你们奶奶！”

寝室里一片沉着的鼾声，还有流畅的梦话。月光很干净，就像灰姑娘城堡里的那种月光。乌力天扬把寝室里所有的毛巾都收来，用它们揩干净屁眼上的精液和血污，然后歪着身子坐在墙角，伤心地哭泣。

“告他，让管教收拾他！”鲁红军气呼呼地说。

“有屁用！”汪百团阴沉着脸，那只瞎了的眼睛空洞无物地盯着地上，从鞋里摸出一枚磨去了锈的钉子，“我去捅了他，反正我得关一辈子。”

郑管教很激动，在课堂上给学员们讲医疗战线的重大胜利——广州为一个病人摘掉了五十五斤的肿瘤，北京不甘落后，为一个病人摘掉了五十六斤的肿瘤。学员们拉长了声音惊叹，嗷！——嗷什么？你们必须把自己思想上的肿瘤摘掉，争取重新做人。郑管教郑重地说。连国民党飞行员黄天明和朱京蓉都驾机归来了，国家光黄金就奖励了一大堆，你们还赖着干什么？想在孤岛上待一辈子？然后排队唱歌：葵花朵朵向阳开。

4

卢美丽每隔两个月到大军山少管所看一次乌力天扬。卢美丽把家里的肉票和蛋票积攒起来，看乌力天扬前，买了肥肉和鸡蛋，用酱油卤了，装在茶缸里带上。管教担心家属在食物里下毒，一般要先尝尝，然后倒出一大半，只让带一个鸡蛋和两块肉进接待室。他们营养丰富，再吃会拉肚子。管教严肃地告诉卢美丽。

“叫你别带肉和鸡蛋，你捉老鼠，他们不吃老鼠。”乌力天扬埋怨卢美丽，连手指一块儿把卤肉送进嘴里。

“老鼠药你吃不吃？你怎么就不学好？”卢美丽恨铁不成钢，被身边又哭又叫的家长们弄得心烦意乱。

"你不用管我。教育我的人比江里的鱼还多,你凑什么热闹。"一滴油汁滴在凳子上,乌力天扬连忙趴下去,把油舔干净。

"就这样还没管过你来呢!你看你,哪像首长的儿子!"卢美丽恨恨地说。

乌力天扬把茶缸舔干净,往卢美丽手上一塞,站起身来,舔着手指去管教那里,站直了,规规矩矩喊报告,说152号接见完毕。卢美丽坐在那里抹泪。有个母亲揪儿子的耳朵,儿子往后躲,撞在卢美丽身上。卢美丽往旁边一歪,扶住凳子,然后起身,朝接见室外走去。

春节总结会上,乌力天扬和鲁红军受到少管所的表扬。郑管教在全体学员面前宣布,152号学员和174号学员大年初一到初三不参加打扫卫生,早上不用出操。学员们拉长了声音惊叹,喲——!

乌力天扬和鲁红军当场捉住在食堂里偷锅巴的朱向阳,同时揭发朱向阳偷郑管教的钢笔。朱向阳衣兜里满是锅巴米粒,他涨红了脸向管教解释,是乌力天扬和鲁红军突然袭击,把锅巴塞进他的衣兜里的,还在外面用力按了几下。但是,朱向阳怎么也解释不清,从他枕头套子里搜出来的钢笔是怎么回事。

郑管教连续三天把朱向阳带到管教室,用一些特殊的方法,耐心细致地做朱向阳的思想工作。朱向阳每次回到寝室都痛哭流涕,可怜兮兮地站在屋子当中,说自己活够了,不想活了。第四天,朱向阳彻底坦白了自己的作案经过,他为这个结果长长地松了一口气。

5

简雨槐到少管所看望乌力天扬。少管所军宣队负责人姓李,是警备区派来的。李军宣一见到简雨槐眼睛就亮了，听说简雨槐是胜利文工团的，脸就潮红，再一听简雨槐演白毛女和琼花，立刻诚惶诚恐。

美丽的简雨槐杀伤了所有少管所的管教干部，他们就像遭到零式飞机攻击的珍珠港驻军，不断地往李军宣的办公室里跑，简明扼要地向李军宣请示一些莫名其妙的问题，认真观察坐在李军宣对面的简雨槐。李军宣怎么也压抑不住对胜利文工团和简雨槐的由衷敬意。他过分地客气，有点儿口吃，在简雨槐答应下次请他去看演出后，他差不多激动得要把乌力天扬放出少管所了。她愿意见谁就见谁，愿意见多久就见多久，让她单独见，不许监视。李军宣向郑管教下命令。

简雨槐发现乌力天扬长胡子了，唇上细茸茸的一片，像春天森林边长出的地衣，喉结也突了出来。她有些吃惊，不好意思地笑了笑。

“你都长大了，怎么会呢？”她惊讶地说，把一只军用挎包交给乌力天扬，“江津米花糖。去重庆演出时买的，好多年见不着了。”

她说好多年，她才多大？十五还是十六？路太远，真没想到武汉还有这种地方。她说，然后四下看了看，往后仰了一下脖子，把短发顺到脑后，再捋了一下额前的散发，坐正。她本来就坐得很正，只是习惯了要那样做。她的军装是专为演出裁剪的，掐了腰，这让她显得更加轻盈，若不坐正，怕是要飘起来。

“要雨蝉陪我来，她不肯。学校复课了，她早就盼着去学校疯。”她突然有些郁悒，看着匆匆忙忙打开挎包往外掏米花糖的乌力天扬。她觉得他就像一个历经沧桑的老人，已经被什么东西给摧毁掉，根本不在乎她对他说什么，甚至不在乎有她没她。

“天扬，”她忧心忡忡地问他，“你是不是，很恨我们家？”

“是。”乌力天扬毫不犹豫地说，手脚麻利地撕去米花糖的包装纸，咔嚓咬了一大口，又咬了一大口，把掉在肮脏的裤子上的膨化米粒捡起来，迅速塞进嘴里，一点儿廉耻也没有，“有机会我非杀了你们全家，一个也不留，全杀掉。”他伸了一下脖子，把第一批食物咽下去，飞快地抬起头来看了简雨槐一眼，对她的惊愕满不在乎，“你别急着走，多坐一会儿。”他把手中剩下的半块米花糖塞进嘴里，像只成熟的土拨鼠似的迅速嚼动着，麻利地去剥第二块米花糖，“我得在这儿把它们全吃完，要不你就白来了。”他说。

6

1972 年夏天到来的时候，乌力天扬管教期满，走出大军山少管所。

头几天的日子不太好过，乌力天扬像一粒无所依附的灰尘，不知道该落在什么地方。

萨努娅还是没能打听到。乌力天扬从少管所一出来就打听她，想知道她关在什么地方，但没有人告诉他，好像她是一缕空气，让风一吹，消失了。乌力天扬去了很多地方，他必须找到她。他没有再挨揍，看来情况不错，在向好的方向发展，这样他就可以去更多的地方寻找萨努娅了。

乌力天扬去了学校，拿出少管所开出的证明，还有公检法军管会开出的证明，要求复学。学校革委会不认证明。他们对可以教育好的子女提供教育机会，对属于可以教育好的子女但有过刑事记录的坏学生，他们还没有这方面的政策。他们建议乌力天扬去工读学校，那儿是他这种人待的地方，好比厕所呀下水道呀，那里是耗子待的地方。

乌力天扬去了一趟国棉三厂，没有找到卢美丽。匡志勇被厂里抽调到湖北蒲圻，帮助建设蒲圻棉纺厂，卢美丽要照顾有残疾的丈夫，跟着丈夫去了蒲圻。他们把女儿丫丫带走了，把乌力天时当成另一个丫丫，也一起带走了。

乌力天扬夜里起来，去公共厕所小解，被人堵在厕所里。大晴天，那个人穿一件雨衣，从头罩到脚，像罗宾汉似的突然出现在乌力天扬面前，丢下一句没头没脑的话，然后又突然消失掉，把乌力天扬吓得半天没回过神儿来。

“孩子，你爸爸有可能解放。再忍忍吧，快过去了。”罗宾汉说。

根据《人民日报》社论《惩前毖后，治病救人》传达出的中央精神，在总部调查组的参与下，基地文革小组对乌力图古拉做出结论，乌力图古拉定性为犯了严重错误的同志，根据团结—批评—团结的教育公式，被遣送到湖北麻城五七农场，接受劳动改造。

乌力天扬不在乎乌力图古拉解放不解放。他就是一辈子不解放也没什么了不起，爱解放不解放，乌力天扬这么想。

乌力天扬那几天有一顿没一顿。幸亏修缮队的那间房子没人肯住，没给收回去。鲁红军先出来一年，一直数着日子等他，等他出来后，鲁红军隔三差五地给他送点儿吃的来，主要是武昌区委食堂里做的馒头，还有生萝卜什么的，乌力天扬总算有个落脚处，不至于饿死。

鲁红军也没回学校。他爸爸恨不能拿菜刀劈了他，你一只兔子帮黄鼠狼下什么套子？你又不是吃鸡的命！他爸爸这么骂他。鲁红军在家里待不住，成天往基地跑，知道很多事情。简小川上了武汉大学，读的是哲学系；汪百团的小妹妹汪大庆和简明了谈了几天恋爱，现在和高东风谈恋爱，当然是瞒着两家大人，但简明了非常肯定地说，他已经把汪大庆给睡了；邱义群在武斗中被打死了；又有一拨儿孩子当了兵……如今基地的孩子分成两拨儿，一拨儿的头儿是罗曲直，另一拨儿的头儿乌力天扬肯定想不到，是高东风。罗曲直向鲁红军表示，鲁红军可以作为有生力量加入到他那一拨儿去，以抑制职工孩子的嚣张气焰。鲁红军没答应，他觉得他爸爸的话有道理，他吃胡萝卜，不吃鸡，犯不上帮黄鼠狼下套子。他准备养金鱼，用金鱼去换钱，贴补家用，缓和一下紧张的父子关系。

鲁红军向乌力天扬透露，林彪反革命事件暴露后，简先民被召去北京参加学习，离开基地好几个月，一直没有回来。罗曲直告诉鲁红军，有一天晚上，他听见他爸爸和北京通一个电话，电话那头是简先民，因为他爸爸一直在说，好的政委，明白了政委。他爸爸通过那个电话以后情绪不好，唉声叹气地对他妈妈说，三十年河东，三十年河西，简先民这回非垮不可，我算跟错人了。

"爱垮不垮。"乌力天扬冷漠地说。

"你不想报仇？你应该报仇。"鲁红军的意思是，他自己犯不上帮黄鼠狼下套子，但乌力天扬不一样，得下套子。而乌力天扬是他的生死朋友，如果乌力天扬需要，他愿意帮他把这个仇报回来，"我们去捅了简先民！我攒了好几把家伙，都开过刃。捅不了他就捅简小川和简明了，看谁读哲学！谁睡汪大庆！"

乌力天扬眯着眼睛往天上看。黄昏时分，暮色渐次来临，光线十分柔和，天空如同婴儿，一切都呈现出等待的样子，观望的样子，需要唤醒的样子。这种样子是安静的，仿佛一幅洗过一遭的水墨静物，只有暮色懂得那以前涂抹过什么，那之后孕育着什么。

"不。"乌力天扬说，"没什么仇可报。我没有。"

7

乌力天扬吃生萝卜吃得拉肚子，拉了好几天。那天好容易止住，肚子空空的，想吃东西。他给自己煮粥，刚煮好，正吃着，简雨蝉来了。

吱呀的门如佩瑶叮咚。两年没见，简雨蝉长成大姑娘了，个头儿高了不少。她穿了一条白色的确良裙子，脚下是一双小红皮鞋，翘翘的小鼻头上冒着汗珠，缩着脖子，不断地哈着手指，活像一只在咸水湖边疯疯癫癫觅着食的美洲红鹮。

“以为你让人打死了呢。”简雨蝉大大咧咧往床上一坐，两条长长的细腿还像小时候那样，吊在那儿不安分地晃悠着。

“打死了，又活了。”乌力天扬蹲回地上，端起吃了一半的粥，稀里呼噜地喝。

“鲁红军说你在里面混得不错，谁都怕你。”简雨蝉脸颊上酒窝一闪，用撩人的目光看着乌力天扬，满是快乐的口气，“没剩几颗好牙了吧？”

乌力天扬不屑回答，故意把汗衫卷起来，撩到胸上，露出两排可怜的肋骨，头发耷拉下来，遮住一只眼睛，继续喝粥。

“喏，烟券。能买两条好烟，两条孬烟。知道你学会抽烟了。我爸的特权。”简雨蝉把一张烟券丢在床上。它像一只枯叶蝶，百无聊赖地躺在那儿不动。

“听说你爸要垮台。”乌力天扬冷酷地说。

“爱垮不垮。”简雨蝉一仰脖子，把额前的散发甩到脑后。

乌力天扬抬头看了简雨蝉一眼，那是他对鲁红军说过的话。这么说，他和她是一路货色。因为这个，他看得仔细了点儿。一个漂亮绝伦的小美人儿，闪亮的眸子，脸上有几颗俏皮的雀斑；散开的裙摆，兔毛一样干净的短发。污秽的房间里突然充满了苹果甜蜜的味道，乌力天扬兴奋起来，粥碗往地上一丢，用脚扒拉到一旁，开始不着边际地吹牛，满嘴的下流话，夸张地放声大笑，全身抖动起来，好像他是世界上最快乐的人，反正，能让自己怎么粗野就怎么粗野。

简雨蝉懒洋洋地听着，撅了嘴吹头发。她的嘴唇就像两片娇嫩的花瓣一样诱人。她不光是个冷酷的女孩，还是个放荡的丫头。她怎么能这么放荡呢？乌力天扬喉咙里涌起一阵焦渴的痉挛，这让他有点儿喘不过气来。

“我走啦。”简雨蝉突然站起来，朝门口走去。

乌力天扬还蹲在那儿，有点儿猝不及防，嘴边的粥米粒儿还沾在那儿。简雨蝉从乌力天扬的腿上迈过去。乌力天扬伸手抓住她的小腿。咦——简雨蝉说。她低下头看乌力天扬，就像看见了一只大脚蚊子雄心勃勃地振着双翅朝大海深处飞去的雨燕，充满了困惑，并且怀疑自己是不是应该转世投胎变成一头猫熊。一绺光滑的头发贴在她的额头上，鼻尖上沾着一星儿汗。

乌力天扬被简雨蝉看得心惊胆战，颤颤巍巍地把她的小腿往怀里抱。光洁的小腿很滑，好几次从他的手里滑掉，他又重新抓住它。她僵硬着，站在那里不动，厌恶地撇了一下嘴。你是胆小鬼，什么事都干不好，什么事都干不成，我向毛主席保证，没有人会喜欢你，真的。他的脸被裙角拂动着，怒气渐生，呼吸急促，顺着小腿往上爬，站起来，脸贴脸，把她推到床边，推到床上仰着。你敢强奸我吗？有本事你强奸我。他在床边踉跄了一下，差点儿被一堆生火的柴绊倒。他像害怕兔子从胯下跑掉的猎人似的，扑上去，按住她。她根本没有逃跑，只是在他把嘴凑到她脸上来的时候，用力把脸扭到一旁，不让他脏乎乎的嘴亲上她。他在她身上不着边际地拱了几下，慌里慌张地去扯她的裙子。哎呀！她被拉疼了，身子往上挺了挺，很烦躁地皱了皱眉头。他迟疑了一下，停了下来，像翻了塘的鱼似的大张着嘴。喏。她指了指裙子的前面，同时往床里移了移，让自己的背离开不舒服的床沿。他看清了，裙子的前面有一排蛋黄色的有机玻璃纽扣。他松开裙角，笨拙地去解纽扣。纽扣滑溜溜的，老是从他手指间滑开，像在嘲笑他。他就是有十个手指头，就是会告状、栽赃、诬陷、耍赖、亡命，也对付不了这几个有机玻璃纽扣。他能感觉到她被他压疼了，她不舒服，极不耐烦，在努力忍着。他失去了控制，在一阵惊慌失措的忙乱中完成了他生命中第一次有伴侣的射精。

安静了一会儿，简雨蝉把乌力天扬从自己身上推开，从床上爬起来，弯腰拉上一只脱了脚的鞋，直起身子，拉好裙子，扑拉了几下短发，回头看了一眼趴在那儿像一只奋不顾身死掉了的旅鼠似的乌力天扬。

“闹够了？你个强奸大王。我妈要你明天去一趟，去我家。不用怕我爸，他不在，他在北京等着垮台。”

门呼扇了两下，关上。乌力天扬慢慢坐起来，万念俱灰地褪下弄脏的裤头，用被单擦干净身子，套上外裤，顺手把飘落到地上的烟券捡起来，揣进裤兜，拉开门，走到屋子外面，靠着墙，慢慢坐下，看天上的星星。

广袤的夜空就像一个巨大的子宫，那些星星就像一些来路不明的生命。乌力天扬想，宇宙到底有多大？能装下多少生命？它装下了那么多的生命，有干净的，也有肮脏的，它怎么来分辨呢？要是子宫自己有时候干净，有时候肮脏，它还需要分辨吗？那么，他算什么样的生命呢？

乌力天扬想不明白这个问题。他抽动了一下鼻子，脸上流淌下一行肮脏的泪水。

8

“为什么卖给我？”高东风狐疑地看了看乌力天扬手中的烟券，再看乌力天扬。他身边围着十几个脸上长满青春痘的职工子弟。他们穿着自家裁缝的军装，脚上蹬着脏兮兮的回力牌球鞋，因为在商店里买的绿军布颜色有些泛黄，看起来像一些正在饿荒期的蝗虫。

“我需要钱,你不会给我。你需要烟券,我也不会给你。公平交易,谁也不欠谁的。”乌力天扬的脸上挂着分辨不出内容的微笑,这使他像一只不大容易辨别出毛羽的隐士夜鸫。

“你不是说过,”高东风看了看身边的那些小喽啰,再回过头看乌力天扬,“你要有了钱,会把全世界的烟全买完,看谁还能吐烟圈?”

“不是没钱嘛,所以才卖给你。”乌力天扬厚颜无耻,把烟券塞给高东风,钱抓过来往裤兜里一揣,转身要走。

“我不知道你关在哪儿,还要给我妈熬药,所以没去看你。”高东风把乌力天扬叫住,不好意思地挠了挠耳朵,然后把声音放低,“能不能,帮我弄两件军装?”

“你不是穿着嘛,就是脏了点儿。”乌力天扬朝高东风身上瞅了一眼。

“我说的是真正的军装。”高东风脸红了,“最好是将校呢。最次也得是的确良。”

“行,”乌力天扬非常爽快,“有个办法,不用花钱,你跟我去就成,就看你敢不敢。”

“有什么不敢?”高东风一喜,“我知道你说的是什么。汪大庆都告诉我了,你们偷过自己家。”

“后勤装备处库房,现成的,要多少有多少。”乌力天扬盯着高东风,“我提一把刀,你提一把刀,摸进去,见人就砍,背出多少来都是你的。”

“你什么意思?”高东风愣了一下。

“我操你妈高东风,别在这儿装没觉悟。汪百团还在牢里,你把大庆给霸了,你他妈是人不是人?”乌力天扬破口大骂。

“乌力天扬,”高东风脸色很不好看,两颊涨得通红,“我是看在过去友谊的分儿上，你不要以为我永远都得做你的跟屁虫！”

“那你还站在这儿干什么？闯世界去呀！”乌力天扬一脸不屑。

几个自家裁军装骂骂咧咧地上来，要修理乌力天扬。乌力天扬手伸到背后，拽出一把尺半长亮晃晃的钢刀。自家裁军装收住脚，不骂了。乌力天扬扭头就走，把高东风撇在那儿。

乌力天扬拿着卖烟券的钱，去余家头码头找运河沙的洪湖人买了一瓶猪油。他蹲在江边，用手指头从瓶子里抠出一坨来，吮进嘴里。猪油让人心慌意乱，飞速化掉，冰冷的小刀一样钻进胃肠。眼泪顺着乌力天扬的脸颊流淌下来。他流着泪，看一眼江景，抠一坨猪油填进嘴里；看一眼江景，抠一坨猪油填进嘴里。就这么着，没动地方，一瓶猪油全吃光了。

9

黄昏到来的时候，被江风吹得头发蓬乱的乌力天扬站到简家的客厅里。方红藤看着面前这个孩子，一对招风耳，肤色黝黑，宽肩膀，宽大的颧骨，身子精瘦，长胳膊长腿。他已经不是孩子了。他差不多快要度过孩子的蛰伏期了。他默默地看着她，眼里充满了深谷里的羊羔对豺狼的仇恨。有一刹那，方红藤觉得有点儿害怕，她甚至不敢走过去关上客厅的门。

“明天早上5点，你到中华路码头轮渡售票处等着，有人带你去看你妈。”她对那个用仇恨的目光看着自己的孩子说，“那个人不认识你。你把左边的裤腿卷起来，别到处走，他会过来问你的名字，还有你妈的名字。你告诉他，然后什么也别说，跟上他。别问他的名字，别提任何问题，他不会告诉你。也别对人说起这件事，我不会承认的。记住，早上5点，中华路码头轮渡。”

早晨的露水很大，5点钟的时候天还没有亮，一个男人朝乌力天扬走来。这个时候,已经在轮渡码头售票处等了一夜的乌力天扬被露水浸洇得都快要发芽了。

他们乘第一班轮渡过江,在汉口王家巷码头改乘另一班轮渡。船在汉江口拐入汉江,在清洌的汉江上行驶了一个多钟头,到了汉阳县境内的某个码头,在那里下了船。那个男人丢给驾驶员一包大桥牌香烟,领着乌力天扬挤上一辆东方红牌拖拉机。路很远,路上满是灰尘,乌力天扬始终闭着嘴,一句话也没说。那个男人也不说话,一支接一支地吸烟。

男人把乌力天扬带到一个农场,找到一个干部模样的人,两人小声说了几句。干部模样的人让乌力天扬跟着自己走,男人则坐到路边去,摸出香烟来抽。

"待在这儿别动,"干部模样的人把乌力天扬带到一片茶场,指了指一群正在茶林里干活儿的女人,"不许过去。不许出声。十分钟,我们回去。"

乌力天扬眯着眼,透过强烈的阳光,他看到了萨努娅。她穿着一件肥大的囚服,正沿着茶垄,费力地把一筐刚采下来的茶叶往地头拖。她紧绷着脸,面容呆滞,头上有一片白花花的影子。但是,乌力天扬很快就看出来了,那不干阳光什么事儿,是萨努娅自己——她的头发已经花白了。

走了那么远的路,乌力天扬口渴得很。他伸了伸脖子,用力咽下一口唾沫。

第十九章　寻找杀死你的那个敌人

1

所有北越人民军、南方民族解放阵线解放军、南越军队和美国军队的军事指挥官都知道那句出自阮氏朝廷①的格言：控制中央高地者得越南。

没有比中央高地更美的地方。19号公路东起港口城市归仁，沿着安仁、平溪、安溪、富荣，向西穿过整个中央高地，连接高地的首府波来古，再向西，一直延伸到柬埔寨境内。高地的东边是人口稠密的沿海地区，那里的沙滩是白色的，大海是彩色的；沿着海岸线西行，在水渠纵横交错的田野中，稻田一望无际，变幻着鹅黄、翠绿、墨黑、金黄的色彩；高地的中部是丘陵地带，地形高低起伏，有如无数只巨大的飞翔着的蝙蝠，悬挂在一条条清凉的河流上方；高地的西边是内陆山区，一座座海拔在五百至九百米的山岭连绵不断，间隔有奔跑着野鹿和狐狸的高山平原。

美军顾问团时期②，北越人民军和执政的越共中央委员会里，一批少壮派不再相信向南方的游击队提供武器弹药还有什么实际意义。他们竭力主张派遣整团整师的北越正规军向南方渗透，扩大战斗区域和战斗规模，将美军全面拖下水，解放北纬十七度线以南的国土。一向傲慢的美国人被自己强大的军事力量所欺骗。他

---

① 越南的封建王朝。

② 指1965年美国大批向越南派遣军队直接参加对北越作战之前。

们不知道，他们将卷入并旷日持久地陷进与这个神秘的丛林之国的战争之中，因此蒙受美利坚合众国在20世纪里最大的耻辱。

7月21日，中国人陈子昆和乌力天赫跟随秘密前往中央高地作战的北越人民军第65团离开了广宁省，进入胡志明小道。在此之前，他们向顾问团交出了所有的真实身份记录，注射了防疫针，拔掉了智齿，服下了一大把预防疟疾的药丸，同时留下了遗嘱。两个人换上了北越人民军的新军装。陈子昆的肩章下写着他的新名字和序号：黄志强，X362，少尉，血型O。乌力天赫的新名字和新序号是：狄果，X387，上士，血型A。他们的职务分别是军医和火炮观测员。

"这没用，没有人相信你是京族人，我是岱侬族人。我们只要被俘，一开口就完蛋了。"乌力天赫和自己的上司陈子昆开了个玩笑。

"向谁开口？"陈子昆阴森森地看了一眼乌力天赫，"你给我记住，别让他们捉住。否则就算你不拉光荣弹，我也会朝你的后背开枪。"

"用不着你开枪。美国人比我们更紧张。"乌力天赫把玩笑继续开下去，"《华盛顿邮报》和《星报》报道，美军第一骑兵师在'X光'着陆区战役中发现了两具个子高大、相貌和北越人不同的尸体。他们想弄到那两具尸体，可人民军动作更快，他们很快让那两具尸体从战场上消失了。美军前线指挥官向威斯特摩兰[①]汇报这件事，威斯特摩兰怒气冲冲地打断部下的汇报，警告他们说，不，你们谁也不许提有中国士兵在越南南方作战的事，谁也不许！"

"我再说一遍，"陈子昆一点儿面子也不给乌力天赫，"只要美国人抓住你的衣领，我就把你的后背打烂。"

陈子昆是老兵，朝鲜战争时的班长，出国前的职务是陆军连

① 驻越美军司令官，全称威廉·威斯特摩兰。

长，他不爱开玩笑，谁开玩笑他就戗谁，往死里戗。

关于北越人民军正规部队中有中国军事人员的消息，早在1965年就报道过。那一年的11月17日，《纽约时报》发表了记者查维斯·莫尔发自西贡的报道，报道援引美军特种部队抓获的北越人民军俘虏的供词，供词说，北越人民军的每一个团都有一名中国军事顾问。美国一位官方发言人非常谨慎地评论说，我们没有关于中国顾问的准确消息，我们不会猜测这种荒唐的事情。这位发言人的潜台词谁都明白，既然越南的抗法武装中有中国军事顾问的身影，对法战争的最后一战①是在中国顾问的参与下进行的，同时大量军用物资源源不断地从中国的广西凭祥运往河内，再经胡志明小道运往南方战场，在抵抗美国人的军事行动中出现中国军事人员的身影，又有什么好奇怪的？

陈子昆观察组的任务有两个，一是搜集美军新式战术战例，写下作战总结报告，二是搜集美军新式武器，在实战中研究对付这些武器的办法，然后将报告和武器实物送回北方。年轻的乌力天赫担任老兵陈子昆的助手。他们的联络官是越南军事学院战术教研室的武琴上尉，一名黑脸膛的小个子年轻人。一个班的人民军战士负责保护他们，由上士班长周廷安带领。他们全都是一些受过专门训练的年轻小伙子，擅长高地作战，是越共党员或者后备党员。

第65团沿着胡志明小道向南，陈子昆和乌力天赫走在部队最中间。他们的装备和人民军无二：一支AK-47冲锋枪、一百五十发子弹、五枚木柄手榴弹、一把匕首、一个水壶、两套棕褐色的咔叽布军装、一双用旧车胎做的胡志明胶鞋、一顶木制轻便帽、一块绿色塑胶皮、一个帆布吊床。口粮配备也一样：三公斤大米、两公斤小

---

① 即奠边府战役。1954年4月，越南军队在中国顾问团的指挥下攻克法国在东南亚的最后一个要塞奠边府，结束了法国对印支三国长达一百多年的殖民统治。

麦粉、两公斤咸肉、一公斤盐、十五片防疟疾的药片。

部队沿着胡志明小道进入南方，穿过9号公路，翻过长山山脉，进入老挝的下寮地区。在进入下寮后，部队匀速运动，每天行军十五公里，因为到下一个宿营地的距离正好是这么多。他们必须在宿营地宿营，否则会遭到毒蛇、野兽和蚊虫的攻击。部队每行军四到六天，会停下来休整一天，处理伤亡事件和治疗疾病，补充粮食。

不见天日的胡志明小道上，有成千上万的中国工程兵和越南民工在修路。一辆辆长春产解放牌汽车满载着弹药往前方运送，两轮车上装着中国制造的手雷和步枪子弹，成群结队的天津产实心橡胶胎自行车像无翅芫菁，驮着粮食和军装行驶在小道两旁。那些骑在自行车上的青年突击队员中，不少是身穿黑色紧身上衣和宽大裤子的年轻女工，或者乳房还没有发育起来的女学生。一些灰色的丛林蛾在人们头顶上飞来飞去。更高一些的地方，一批批从停泊在南海航空母舰上起飞的美军海基轰炸机轰鸣着飞过，去轰炸北方的河内和海防市。而中国的高射炮部队阵地就在附近什么地方连续响起沉闷的炮击声。

"我们每向南方行进一步，就离祖国的胜利接近一步。"65团政治委员阮友春中校豪情满怀地对陈子昆和乌力天赫说。他是一个大个子，像中国的东北人，说话喜欢用手势，很有气派。

"也离危险接近一步。"陈子昆阴沉着脸说，低头躲过一名防化兵伸向树梢的消毒喷头，把肩上的AK-47冲锋枪往上颠了颠。

"黄同志，我们不怕危险。伟大的领袖胡志明说过，世界上没有任何比自由和独立更宝贵的东西。我们的每一个战士都愿意为祖国的自由和独立献出生命。"阮友春中校听完武琴的翻译，严肃地对陈子昆说，"我们越南有个著名诗人叫素友，他写过一首诗，我背给你们听，"阮友春把一只手举在空中，好像要抓住那首诗似的，"解放之路才走了一半，另一半还处在水深火热之中，人的身体不能两分离，火剑不能割碎山河。”

阮友春中校在抗法战争期间是连政治委员，负过三次伤，算得上死过去又活回来的人，有资格背诵这样气吞山河的诗。乌力天赫只是奇怪，那么爱戗人的陈子昆为什么不告诉阮中校，美国人肯尼迪也说过同样的话：“美国会不计任何代价，不怕任何负担，也不畏任何艰难地为捍卫自由而战。”

2

在进入柬埔寨和老挝境内前的最后一个宿营地里，乌力天赫遇到了女民兵阮氏红锦。

阮氏红锦十七岁，战前是广宁省一家农具修理厂的工人，皮肤黝黑，眼睛很大，人瘦削，不爱说话，样子长得就像一个没有发育开的孩子。她穿着越南女孩喜欢穿的传统旗袍，宽大的白色裤子，这使得她在灰绿色和黑色的人群中像一个飘然的丛林仙女。65团中有人认识阮氏红锦。锦姐！阿锦！他们快乐地和她打招呼。阮氏红锦冲战士们笑，把头上的白色轻便帽摘下来。她的牙很白，笑起来有些羞涩。

“她是诗人。”阮友春向陈子昆和乌力天赫介绍，阮氏红锦十五岁结婚，有一个九个月大的女儿，“她的丈夫是一名人民军军官，七个月前牺牲在波来古了。”

部队宿营下来，陈子昆和古顿团长、阮友春政委、迪龙参谋长研究进入老挝阿带坡省后的行军日程，为这个他们争吵起来。陈子昆嗓门儿很大，弄得古顿团长脸色很难看。

周廷安背着冲锋枪，带乌力天赫去小溪边洗衣裳。丛林里有很多溪流，它们是中部地区的毛细血管。他们在溪流边遇到了阮氏红锦，她也在那里洗衣裳。不断有人民军的士兵到溪边来，他们站在阮氏红锦的身后，不时朝她紧身上衣下露出的一截细腰瞟上一眼，装腔作势地说着话，然后唱《进军歌》："越南军团，为国忠诚，崎岖路上奋勇前进，枪声伴着行军歌，鲜血染红胜利旗，敌尸铺平光荣路，披荆建立根据地，永远战斗为人民，飞速上前方，向前齐向前，保卫祖国固若金汤。"①

"小胜会说话了吗？她乖吗？"周廷安抢着和阮氏红锦说话。

"他是中国人？"阮氏红锦朝撅着屁股用力在水中揉军装的乌力天赫投去一瞥。她的眸子很明亮，像流星似的，一闪一闪，让人心疼。

"是我们的同志，由我负责保护。"周廷安不说乌力天赫是不是中国人，很骄傲地把冲锋枪往怀里一搂。

阮氏红锦看了乌力天赫几眼，起身甩了甩手上的水珠，走到乌力天赫身边，把乌力天赫手中的衣裳拿走，又回到原处。她揉衣裳的动作很快，长发在细而柔软的腰间来回晃荡。乌力天赫注意到，她没有穿鞋，赤脚浸在溪水里。溪水又清又亮，她的脚趾像一群安静的鱼儿，老老实实守着她，怎么都不肯游开。

周廷安遇到了孟东老乡，是从昆蒿撤下来的。周廷安把老乡拉到榉树下，询问谁战死了，谁受伤了，美国鬼子长得什么样儿，要用几发子弹才能打倒。乌力天赫没事干，总不能过去把自己的衣裳抢回来。京族话倒是能说几句，可一说就露馅儿。他只好坐在古藤垂吊的大树下，等自己的衣裳。

阮氏红锦洗完衣裳，把衣裳晾在藤条上，捋了捋散乱的头发，坐到乌力天赫身边。她斜了脑袋，睁着明亮的大眼睛看着乌力天赫，像看一颗星星。她和他说话，好像是问他父母的事。不是父母，是母亲，"难过"或者"担忧"什么的。她的口音很重，他摇摇头，表示没听懂，把一只趴在脚脖子上贪婪地吸着血的丛林蚂蟥拔下

① 越南音乐家文高所作，1946年越南第一届国会上定为越南国歌。

来，丢进溪流里，冲她一笑。

有一段时间他们没有说话，坐在那儿听周廷安和老乡激动地大声说话。阴暗的溪流从他们脚边淌过，有一群近似透明的无鳞小鱼儿游过来，看了看他们，又游走。后来阮氏红锦掏出一个笔记本，用一截短短的铅笔在本子上写着什么。她把本子放在瘦削的膝头上，咬着嘴唇，一笔一笔地写。她实在太瘦，骨架儿跟个孩子差不多，明显能看清脖颈下的锁骨。她写了一会儿，从本子上抬起头，呆呆地看溪水，又转过头来看乌力天赫。他们的目光在阴暗的丛林中相遇，他们都笑了。

武琴来找乌力天赫。团首长开完会了，和陈子昆一起下去视察各连队的宿营情况，武琴来带乌力天赫去宿营地。她在写什么？乌力天赫很好奇，问武琴。他知道，很多人民军的士兵都有一个笔记本，他们在本子上抄下胡志明的语录、一些爱情诗和抒情歌曲。他在一个人民军的本子上看到过中国歌曲《越南有个小姑娘》："越南有个小姑娘，家住南方小村庄……"

武琴和阮氏红锦说了句什么，从阮氏红锦手里接过笔记本。笔记本里夹着一张女婴的照片，用一张塑料纸包着，边角已经磨损。笔记本里全是诗，字迹匆忙，却很清秀。武琴为乌力天赫读本子上的一首诗，诗的题目叫《用胜利为你守灵》：

我不会这么快把你掩埋掉，
不，我会去高地寻找，去河谷寻找，
还有红棉树下，那里有爱情鸟飞过。
我能闻到你鲜血的味道，
你倒下时吐出的芬芳，
我将带着它们，
去寻找杀死你的那个人，
用他的鲜血浇灌你的坟墓，

来年，那里会开满无数的野菊花。

“是写给她牺牲的丈夫的。”武琴向乌力天赫解释，“她很了不起，人民军杂志发表了她很多诗，我们都是她的读者。”接下来，武琴又念了一首本子上的诗，那首诗叫《给女儿的遗言》：

你不是我的孩子，
除非你是一名战士，
除非你是敌人的敌人，
每时每刻都向敌人跃进和射击。
你的父亲为独立和自由战死了，
我也会战死，
用胸膛迎接敌人的子弹。
除非你倒在解放南方的战斗中，
否则你就不是我们的孩子。
除非你是我们留给祖国的一名战士，
勇敢地站立在枪林弹雨之中。

“这是写给她女儿小胜的。”武琴伤感地吸着鼻子，把本子还给阮氏红锦。

乌力天赫把目光投向阮氏红锦。十七岁女人的目光一直等在那儿，它们非常亮，像复仇女神的眸子。

3

晚饭是清水煮麦粉，没有菜。部队规定，大米和咸肉要留到最艰苦的时候吃。但也有的老兵先把它们偷偷地吃掉。老兵们知道，为祖国牺牲是迟早的事，人不知道什么时候就会“光荣”，有什么好吃的，先吃到肚子里去。

乌力天赫在麦粉中撒了一指头盐末。白天行军出汗太多，必须补充盐分，保持力量，这样才能在漫长的路途中不掉队。乌力天赫一边用铝勺往嘴里送有点儿苦涩的大麦粉，一边想，同样是士兵，美军的士兵每月可以领到九十九块三毛七分钱的美金，像他这样的上士，则可以领到三百四十三块五毛美金的薪水，而越南人民军的上士只能拿到一百盾左右的薪水，还不够买一包好烟卷。但是，那些美军士兵，他们也是50年代的儿童，60年代支持肯尼迪新未来主义的热血青年，他们大多数人参军的目的，是因为他们热爱他们的美利坚合众国，他们要为他们国家所倡导的正义而战，并且在战争中成长，正如美国陆军招募海报中的广告词："加入陆军服役，学会遵守纪律，并成为一名真正的男人。"

天黑之后开始下雨。丛林的每一棵树都在生产雨。天气冷得要命。胡志明小道就是这样，白天气候宜人，一到夜里寒冷无比，让人难以入睡。给观察小组安排的宿营地很不错，是一个堆满药品的吊脚楼，虽然单薄的竹篱不挡风，可毕竟不用淋雨，不用浸泡在雨水中睡觉，等于是在天堂里。乌力天赫钻进塑胶布中，把自己蜷成一只虾米，这样容易取暖。听着吊脚楼外滂沱大雨敲打树叶的声音，他很快进入梦境。

下半夜时，乌力天赫忽然被什么惊醒。他下意识地伸手去摸枪，同时飞快地往一旁滚了半圈，以防被射来的子弹或利器击中要害部位。陈子昆比乌力天赫更警觉，站在黑暗中，哼哼着说了一句什么，然后关上枪保险，把枪收起来，钻回到药箱后，用塑胶布盖上自己。

是她。透过雨水闪亮的暗光，乌力天赫看见那个十七岁的女人水淋淋地站在那儿，像一个被同伴抛弃的丛林精灵。营地太小，有部队宿营，支前民工只能睡在露天。乌力天赫关上枪保险，起来挪到门口，把自己的塑胶布递给阮氏红锦，指了指自己刚才睡的地方。那个地方不飘雨。别为她操心，那会浪费你的精力。陈子昆在黑暗中不满地说。

阮氏红锦站在那儿没动，长发上的雨水还在往下滴淌。乌力天赫躺下，试着避开硌背的竹节。阮氏红锦站了一会儿，也躺下了。他们面对面，在黑暗中对视着。有一片雨水飘进来，把乌力天赫的背打湿了，脖子里全是冰凉的雨水。阮氏红锦伸出一只手，乌力天赫没有动，一滴雨水滚落进他的眼睛。阮氏红锦捉住了乌力天赫的手，把他往自己身边拉，现在，乌力天赫的背离开雨水了。阮氏红锦把身上的塑胶布掀起来，盖住了他俩。我说了，别理她。陈子昆像一只蝙蝠，在黑暗中根本不需要眼睛，骂骂咧咧地说。阮氏红锦低声问了一句什么，大约是在问乌力天赫，陈子昆在说什么。乌力天赫没有回答，用塑胶布裹紧了阮氏红锦。

吊脚楼外面，狂风大作，大雨滂沱，雨点浇在树叶和吊脚楼上，发出鼓点一样的声音。阮氏红锦孩子般地哼了一下，钻进乌力天赫怀里。她身上湿透了。乌力天赫怜惜地抱紧她。她的呼吸吹在他的脖颈上，有一股金盏花的苦涩味道。他的脚接触到她赤裸的脚趾。她的脚趾像安静的无鳞鱼，冰凉而滑腻。她静静地躺了一会儿，慢慢转过身，背对着他，一点点贴紧，信赖地让自己全部窝进他的怀里。她太瘦小，简直就是一个孩子。她仍然捉紧他的手不放，好像那是她丢失掉的什么重要东西。她把他的手往上挪，把它放在她的胸脯上，放在她的乳房上，就像一个在询问哥哥自己是不是长大了的妹妹。她冷得打了个寒战，更紧地贴住他，然后，她很快地睡着了，并且在梦中喃喃地说着梦话。

她的乳房小小的，还没有发育成熟，握在他手中，像一只青涩的桃子。温度上来了，他感到她的腿、她的臀、她的腰肢在渐渐地转暖。鱼儿要游开了。他在蒸腾而来的潮气中闻到了他不熟悉的让人心软的女人的体味。*你不是我的孩子……*他在心里默默地背诵着那首写给一个失去了父亲的名叫小胜的孩子的诗。

4

65团在班达农离开老挝国境，进入柬埔寨，沿着一条狭长的地带向巴弋方向前进。

部队在茂密的热带雨林中行进，头顶被密实的林叶遮得严严实实，日光终年照射不到地面，只能一脚一脚地摸着黑走，每一脚下去，脚下就吱呀一声，冒出一汪黑水。原始丛林紧紧地包裹住他们，在茂密的柚木、花梨木、檀木和铁木中，蔓生的血藤和白藤缠绕成一张水泄不通的网栏，必须用大砍刀开路才能通过。砍刀八把为一组，每一组砍两个钟头，再换另一组，换下来的人退到后面，去处理惨不忍睹的伤口。

自从进入老挝境内以后，每天都有一些士兵死去——疟疾、痢疾，被毒蛇咬伤，失足掉进深渊，被湍急的河流冲走，美军的空袭，当地土著武装的偷袭。团长古顿和政委阮友春着急，要参谋长迪龙带一个尖兵班去寻找那条由老象开辟出的神秘小路。向导告诉古顿和阮友春，这样做没有用，前一批大部队是一个多月以前过去的，一个多月，热带雨林足可以生长出另一片森林。

陈子昆一直阴沉着脸不说话。他嫌每天不到十五公里的行军速度太慢。自从那个雨夜之后，陈子昆对乌力天赫始终没有好脸。他冷冷地说乌力天赫，新兵蛋子，从现在开始，闭上你的嘴，我他妈就不该把你带来。

部队长途跋涉了两个月，于9月24日踏上巴弋通往马努的19号公路。他们到达了南方。部队在这里进入高山蒿草区，从那里穿越19号公路，前往波来古。在穿越19号公路的时候，阮友春带着陈子昆和乌力天赫来到PK15号标志杆。那里有一块五六尺高的方尖石碑，碑上用越南文和法文刻着两行字：1954年6月24日，法国和越南士兵为了各自国家的荣誉在此地激战并光荣死去。

“我40年代的战友,大部分都牺牲在这里。”阮友春沉重地对陈子昆和乌力天赫说。周廷安带着他的十一名士兵在附近警觉地巡视着,小伙子们像刚出生的狼崽一样,都嗅到了隐约的血腥,一个个僵硬着脖子,一副随时准备跃出去扑住猎物的样子。

真正的血腥在第九天铺天盖地而来。

65团成功地接近并包围了驻守在美泽的美军第7骑兵旅的一个连队,并且在两次突袭中打死了六名美军士兵,打伤了十几名。他们没有想到,美军的炮火支援和空中支援来得那么快,那么猛烈。先是120口径的榴弹炮和更为猛烈的直管子炮速射,把65团集结的那片蒿草地炸成一片火海,然后是空袭。在四架A-IE型天袭者轰炸机和两架B-52战略轰炸机丢下一百一十公斤和二百二十公斤的重型炸弹之后,成群的UH-I型休伊式攻击直升机飞来,至少有十二架。它们在高空盘旋了一阵,突然俯冲下来,连续发射了几十组火箭。65团被炸得惨不忍睹,部队的建制被集束炸弹炸乱,失去了反击能力。成群结队的65团士兵在燃烧起数丈高火焰的高草中四处逃命,被炸成碎片,被飞机的机枪子弹打中,被飞机投下的可怕的凝固汽油燃烧弹烧着,惨叫着向河流中扑去。

乌力天赫在A-IE型天袭者飞临头顶时就意识到问题的严重性。这是他第二次参加战争,但他已经不是那个小腹硬邦邦老想尿尿的新兵了。那是头一批,后面跟着飞行堡垒!他朝陈子昆喊。陈子昆根本不理会乌力天赫,他的整张脸都因为气愤而痉挛起来。他大声向迪龙喊叫,要迪龙组织防空火力网,打下那些飞行速度缓慢的单引擎战斗轰炸机。乌力天赫从一块岩石后面钻出来,从一名手忙脚乱的北越士兵手中抢过一具RPC-2型火箭推进榴弹。他向天空发射出榴弹。榴弹发射出的后坐力将他掀倒在草丛中。他在那个地方压住了一只瞪着恐惧的小眼睛的无斑肥螈。

紧接着，B-29飞临他们的头顶。乌力天赫的耳朵被炸弹的爆炸声震聋了，什么也听不见。他看到自己身边，至少有几十名人民军士兵肢体不全地躺在那里。他自己的身上也燃起了火苗。他没有往小河里扑，他知道那将是轰炸的重点目标。果然，凝固汽油燃烧弹接着投进河里，胶质的凝固汽油浮在水面上，整个河水都在燃烧，跳进河里的那些士兵全都成了火人。

乌力天赫在地上爬动。毁灭性的轰炸在摧毁他的意志，他必须寻找一个藏身处。他看见刚才藏身的那块岩石已经消失了，它被一枚二百公斤的重磅炸弹炸得没了影子，年轻的小个子上士周廷安和同样年轻的几个士兵躺在一个巨大的炸弹坑旁，他们的身体已经被火药烧得变了形。

乌力天赫朝森林里爬去。他必须逃离高草丛快速蔓延的火焰。炸弹把他掀起来好几次，摔得他连肠子都快吐出来了。他加快速度，向森林滚动。攻击直升机一架接一架从他头顶飞过，旋翼叶片搅落下高大树木上的树枝。火箭一枚接着一枚在四周爆炸，灼烫的弹片像冰雹似的四处飞舞，割倒手腕粗的树枝，整个天空都被浓烟罩住，昏天黑地。

乌力天赫就在这个时候看见了陈子昆。陈子昆躺在一棵齐腰断掉的大树下，大树的上半截压在他身上。武琴则挂在大树上，肠子掉出来，缠了一身。乌力天赫手脚并用地朝陈子昆爬去，掏出急救止血带。但是没有用。他看见陈子昆的整个儿胸膛都被炸开了，甚至可以透过炸开的胸膛，看见他背后泥土中半截血肉模糊的乌梢蛇。陈子昆张着大嘴，两眼直直地瞪着乌力天赫，好像在思考，是不是应该为他没有用火箭弹击落那些战机而戗他一顿。

乌力天赫一阵恶心，趴在那儿呕吐了几口，吐出肠胃里的浓烟，喘了几口气，让自己平息下来。他把陈子昆的肩牌扯下来，揣进怀里。陈子昆的衣裳已经化成了焦炭，脸也烧得模糊不清，口袋里的东西早就没了,不需要再做任何清理工作。

森林开始燃烧起来。现在,他必须尽快离开这里,免得被烧成焦炭。他朝火海外爬去。一群小脑袋的蓝孔雀抢在他前面,迈动细腿仓皇向森林外逃窜。一只孔雀身上挂着化开了的黏稠的凝固汽油,美丽的尾巴正在燃烧,拖着一团火在他前面飞奔着,然后歪歪斜斜地倒下去,很快化成一团黑泥。

乌力天赫手脚着地,拼命往前爬动。他不知道他会去哪儿,可以去哪儿。他只知道一件事:观察组只剩下他一个人,没有人再朝他的后背开枪了。

5

1973 年冬天,乌力图古拉恢复了自由。

基地的车把乌力图古拉从麻城农场接回武汉,送进总医院检查身体,然后恢复了他的工作。他的工作是协助新的领导班子调研二级单位的部署情况,同时等待新的工作安排。秘书严之然和司机小陈重新回到他身边,新派了公勤员郝卫国和厨师周晃,警卫的建制也恢复了。至于别的,干部部门没有说,因为干部部门的上面没有说。

基地新调来了司令员和政治委员。他们在乌力图古拉回到基地之后专程登门看望。司令员叫胡伟,战争年代是二野的。政治委员叫梁永明,乌力图古拉抗大三分校的同学。胡伟客气地对乌力图古拉说了几句安慰的话,要他有困难尽管提出来,别的没说什么。倒是梁永明,在胡伟离开后,对乌力图古拉说了一些简先民的事情。

简先民是在隔离审查两年后回到基地的。他给总后勤部部长邱会作写了几封效忠信,事情涉及林彪反党集团,处理起来很麻烦。只是林彪反党集团还没有处理，要等着林彪反党集团处理了，才会轮到他这种小喽啰。他现回原单位继续学习反省，等待结案。他原来不这样，挺聪明一个人，谁知道聪明反被聪明误，这一回把自己聪明进去了。梁永明感慨地说。

乌力图古拉想，怎么是聪明呢？怎么是聪明反被聪明误呢？这真是一个奇怪的现象，兔子啃萝卜，狐狸追兔子，豹子追狐狸，天上还有个雷等着豹子吃饱，再把豹子劈倒，一腔旺血去养土里的萝卜。没有人能够总干着猎手的活儿，事情就是这样。但乌力图古拉这么想过，却没有想通，觉得事情还是窝囊得很——他遇到的事情，是豹子让狐狸追，狐狸让兔子追，兔子让萝卜砸，整个儿给弄颠倒了。还有，谁原来是这样？谁又能一直是原来？

乌力图古拉搬回自己的住处时，简家已经搬走，人去楼空。新来的司令员和政委嫌犯忌，谁都不愿住简先民住过的房子，宁愿暂时住在招待所里，等后勤给盖新宅子。基地新的班子严格执行党的治病救人方针，没有把简家赶到修缮队去，而是在干部宿舍找了一套两居室的营职房，让简家搬进去。

在学习班吃了两年多的苦头，相貌堂堂的简先民整个儿变了形，原来圆圆的脸，现在尖出了下颏儿，原来一头乌发，现在两鬓全白了。乌力图古拉到司令部大楼办事，站在楼下大厅里和汪道坤说话，简先民从一旁抢过来，惊喜地说，老乌你回来了？我还说要去接你呢！乌力图古拉没反应过来，被简先民握住手，上下摇晃，像亲兄弟似的。简先民脸上挂着讨好的笑容，一个劲儿地问乌力图古拉身体怎么样，好像乌力图古拉这两年是出差去了，累了，倦了，需要慰问一下，需要好好地慰问一下。这让乌力图古拉一时找不到话说。两个人的手握在一起好一会儿，汪道坤在一旁看不下去，说老乌你先忙，气呼呼地甩手上了楼。

事情过后，乌力图古拉笑自己，为什么没有把手从简先民的手掌里抽出来，就着劲儿扇他两个嘴巴子，让他握着摇了半天，摇得胳膊酸，难怪汪道坤生气。可乌力图古拉又想，他有扇简先民的那份儿心吗？他没有，或者说，他有，但要扇不是扇一个，是所有的人，包括他自己。他不是兔子，也不是豹子，事情就是这样。

乌力图古拉向组织上提出的第一个要求是弄清萨努娅的问题，让萨努娅回家。她九岁参加革命，从柯尔克孜大老远跑到中国来，马上颠到马下，九岁，能做什么特务？没有人强迫她，她自己把自己弄成了中国人，除了工作上的关系，还有她那个半道儿冒出来的哥哥，她没有和任何苏联人有过来往，怎么就成了苏联特务？不是扯淡嘛！他说。

萨努娅的问题不是基地处理的，基地管不了，连军队都管不了。胡伟和梁永明向基地政治部指示，军队的家属，凭什么军队管不了，军队连全国人民的安宁都管了，还管不了自己的老婆？管！政治部很积极，派人去了解情况，很快了解清楚，萨努娅已经判了，二十年，人不在武汉，在山西定襄县的一座监狱，那里关押的都是政治犯，还有一些外籍犯人。负责处理萨努娅案件的是公安部一个专门的部门，人家很客气，但一点儿也不通融，告诉去的人，萨努娅的事牵涉国家安全，和军队没关系，和家属更没关系。

乌力图古拉一听政治部的回话，第二天就去了北京，要见公安部领导。公安部领导不见，给政治部门的人打电话，说你们怎么搞的，军队是维护和平还是破坏和平？都说了事关国家安全，要出了事你们负得起责任吗？现在不可能让家属见面，能见面的时候我们会通知你们。

6

没有人告诉乌力天扬，乌力天扬并不知道乌力图古拉解放了，并且回到了基地。

乌力天扬这些年成了流浪儿。他离开了基地，到处流浪。他去过北京，在灰蒙蒙的天安门广场上溜达，圆了当年乌力天赫不肯带他来北京的那个残存的梦；他去了山西，站在虎头山上，啃着从地里掰来的嫩玉米，兴致勃勃地参观了大寨大队的无限风光；他去了大庆，在井架边用夹生东北话和油腻腻的石油小伙儿们耍贫嘴，吃他们用天然气烤的焦馒头……他去了很多地方，然后再从那些地方回到长江中游这座江湖城市。

乌力天扬在武汉没有固定的落脚地。有时候他会去鲁红军家里住上一两天，有时候他嫌麻烦，不愿意被鲁红军的父母当二流子审问。而且每一次他离开，鲁红军都会被他父亲揍一顿，父子俩你死我活地干一场。我为你牺牲大了！鲁红军吸着鼻子这么对乌力天扬说。

有过两次这样的经历，乌力天扬干脆哪儿也不去了，走到哪儿，天黑了，困了，随便找个地方就睡上一觉。他喜欢睡在码头上，那里停泊着许多船只，灯火明亮，空气新鲜，那些大大小小的船不光有遮风挡雨的睡觉处，兴许还能碰上好吃的。

有一次，乌力天扬在一艘等水上重庆的轮船上偷到一整只烧鸡，美美地吃了一顿大餐。还有一次，他在一艘客轮中睡过了头，被带到上海，差一点儿跟着集装箱去了坦桑尼亚。他挨过打，跳过船，有几次几乎被卷进船尾的螺旋桨里。这反而刺激了他，他不断往江里跳，有人追没人追都跳，跳进江里拼命游，像一头想变回祖先样子的丛林狼。他现在已经是一把游泳好手，只要不缺吃的，他能从武汉游到大海里去。他还学会了打架，学会了如何判断对手的实力——如果对方虚张声势，他会拔出小刀，往死里捅对方；如果对方实力太强，他就撒丫子逃，能逃多远就逃多远。他逃跑的速度快得惊人，要想捉住他可没那么容易。

乌力天扬回过两次基地。他想知道有没有母亲萨努娅的消息。乌力天扬后来又去过关押萨努娅的那个农场,可萨努娅已经不在那里了。鬼鬼祟祟的乌力天扬被农场的保卫人员抓住,审问了一番。他们没有从乌力天扬那里得到任何有用的信息,乌力天扬也没有从他们那里得到任何有用的信息。

有一次乌力天扬铤而走险,翻进公安局大楼,差一点儿就撬开了档案室的门。那一次他干得太出格,人们在后面追他,并且在黑暗中朝他开枪,子弹擦着他的头皮飞过。凌晨到来的时候,他躲在一艘破船中,拔掉扎进脚里的一颗钉子,那以后几天他都昏沉沉地睡着,因为伤口发炎而差一点儿死去。

鲁红军劝乌力天扬回基地。高东风他妈的太不像话了,整天待在基地,穿套马裤呢,到处冒充军干子弟,我他妈真想宰了他!鲁红军已经复学了,在武昌中学读高二,成绩一塌糊涂,整天逃学,跟着几个军区的大孩子玩,帮他们给女孩子送信,或者拎着两个八磅的开水瓶去餐厅打啤酒。你要回基地就好了,你要回基地我还跟着你,我们重新打出一片天下。操他的,给谁拎鞋呢!鲁红军真是怀念如火如荼的战斗岁月呀!他一想到这个就眼圈发红,一个劲儿地吸鼻子。

乌力天扬听说了简先民的事。他突然有一种浑身颤抖和想要呕吐的感觉。他想,他为什么说不?为什么说没有仇可报?为什么说他没有仇恨?他是被茴香馅饺子和江津米花糖打败了吗?他太不要脸,太胆怯,太懦弱,连仇恨都不敢有,就像一只胆战心惊的兔子厚颜无耻地活着。但是,简家现在倒霉了,他为什么没有快乐呢?他应该感到快乐才对呀!

"简小川完蛋了,他本来想申请退学,反资产阶级法权,武汉大学都传遍了。现在他什么也没反成,直接被学校开除了。"鲁红军倒是有快乐,脸上挂着压抑不住的笑容,好像打了胜仗的红二军团。他那样一快乐，背驼得就更厉害，“简明了现在跟孙子似的，见了谁都往路边儿站，好像过来的不是人，是万吨水压机，非得让路不可。汪大庆惨了，她为简明了打过胎，又为高东风打过胎。她已经不上学了，躲在家里，听说她妈要把她送到老家去，不让她在武汉丢人现眼。”

“雨蝉和雨槐呢？”乌力天扬突然问。

“简雨槐一直住在文工团里，不怎么回家。简雨蝉走了。她家一个什么亲戚把她领走的，不知去了什么地方。”

乌力天扬怅怅的，不知怎么，忽然想起了乌力天赫走时留下的那些鸽子。它们后来都变成了野鸽子。现在简雨蝉也变成了野鸽子。不同的是，乌力天赫的鸽子变成野鸽子，他一点儿也不心疼，他自己就是让它们变成野鸽子的那个罪魁祸首。可简雨蝉变成野鸽子，却是他不情愿的。他突然有些想念那个从小和他做对头的冤家宿敌了。

乌力天扬不知道，简雨蝉这个时候也在想念他。

7

简家搬进干部宿舍后，电话被拆掉，打给简家的电话，只能打到政治部。没有人愿意去干部宿舍叫简家的人来接电话，谁愿意沾林彪的边儿呀，上面也没有规定要给下了台的前副政委传电话。那天碰巧，简先民往政治部送检查材料，有找他的电话打到那里，人家就把话筒交给了他。

电话是北京打来的，简先民立刻听出对方是谁，心里一激动，差点儿没落下泪来。但对方找他不是为他的事，而是为简雨蝉的事。

“不能因为你把孩子耽误了。我过去是糊涂，拦不住你霸道，让你赶走,连孩子也见不着,这回说什么我也会拼到底。”对方斩钉截铁地说。

“事情没有你说得那么严重。我还在学习嘛。我们大家都要学习嘛。党的政策是给出路的,这一点,我从来都没有怀疑过。”简先民压抑着心里的恼怒。

“你不用嘴硬。你要不答应,我就去武汉。我直接找你们组织要人,找方红藤要人。”对方咬住不松口,和当年被他处理转业时的可怜样儿完全判若两人。

简先民当下不好说,和对方约定了再通话的时间。第二天,简先民请假出基地,到街上的邮政局里要了一个长途,把电话打过去。对方在电话里的口气很硬,告诉他,她会来领孩子,把孩子的户口和档案一并迁走,以后的事情就不用他操心了。他早就听说她嫁了个好人家,皇亲国戚之类,看来的确如此,要不说话哪有这么横,一点儿余地也不留?这样也好,他现在这个样子,也算替他解决了一个包袱。孩子不管是怎么生下来的,毕竟是两个人的孩子,如果来软的,迎合她,不光能把简雨蝉交代出去,自己也有理由经常和她联系,得到她的关照。对方不知道他在这边琢磨什么,在电话那边要他放心,她不会告诉孩子她是谁,没有哪个孩子希望自己是私生子,而且是被强行生出来的私生子。其实,他知道真正的原因是什么,皇亲国戚,自然更讲究正人伦之始,崇王化之原,两口子过了十几年日子,突然从外面领回一个野丫头,说是自己当年没有主张时让人给按住胡乱生下来的,那还不砸掉良缘踢破夙缔呀?这个他懂,不说破好,说破了对他没有什么好处。可是,她没有一点儿一日夫妻百日恩的心,对他的事情一点儿也不感兴趣,他还没有说上两句,她就在电话那头打断他。你的事情找组织去,我不管,我只管孩子。她的口气恶劣得很,让他感到心寒。他劝慰自己,有一个血缘联系着的孩子放在那儿,来日方长。这样他才收了线。

简雨蝉对突然要去北京念书这件事丝毫没有准备，对那个名叫夏至的小姑妈突然出现丝毫没有准备。简雨蝉喜欢武汉，她甚至喜欢武汉的杂乱和肮脏，她想不出自己有什么理由要离开武汉，跟一个从来没见过面却突然出现的小姑妈去北京读书。

“我哪儿也不去。”简雨蝉宣布。

“我早就知道你们不喜欢我，迟早把我赶走，没门儿！”简雨蝉愤怒。

“我跟她去干什么？要走你们把我妈叫来，我跟我妈走。”简雨蝉提出条件。

那个名叫夏至的女人走进简家，她高傲而矜持，像一只飞进了蝶巢里的马蜂，怀里揣着毒刺，对谁都充满了仇恨，只是在看见简雨蝉的时候，目光里才掠过一道温暖的光，流露出马蜂对晴朗天气的大度。

简家的人事先都回避开，家里只留下简先民和简雨蝉。简雨蝉看夏至的第一眼，人就发软，目光呆呆的。她揪着小辫儿看夏至，看一眼，把目光移开，看窗外，过一会儿移回来，再看夏至，再把目光移开，看窗外。第三次，她没有移开目光，而是盯着夏至看，好像夏至是一张美丽的玻璃糖纸，她能看穿她。

“叫姑妈呀，这孩子，怎么不叫人。”简先民不安地咳了一声，说简雨蝉。

“你为什么姓夏，不姓简？”简雨蝉突然开口，问夏至。

“我是抱出去的，给人做闺女，随继父姓。”夏至淡淡地说。

“我小时候老做梦，梦见我妈妈到梦里来找我。她走到地球的另一边儿去了，我去追她，没追上，掉进太空里去了。”简雨蝉激动地、急匆匆地说。

“是吗？这孩子，有意思。”夏至笑了笑，眼里有了泪光。

“你认识我妈妈吗？我指的是亲妈妈。”简雨蝉盯着夏至。

“不，不认识。”夏至仍然淡薄，眼睑却垂了下去。

“雨蝉！不要在姑妈面前胡说，没有什么亲妈妈。你妈妈就是亲妈妈。”简先民坐不住了，提高声音。

“你肯定？”简雨蝉盯死夏至。

“你爸爸说得对，没有什么亲妈妈，你妈妈就是亲妈妈。”夏至不看简先民，亲切地对简雨蝉说，眼里的泪光不见了。

“那你走吧，我不去北京。我哪儿也不去。”简雨蝉把目光移开。这一次，她再也不看夏至了。

“小妹，你还没有看出来呀，”简雨槐从文工团赶回来，做简雨蝉的工作，“爸爸那个样子，他是躲不过这一劫了。妈妈也给停职了，交代爸爸的问题，天天回家关着门哭。小川被学校除名，现在连接收单位都找不到。明了一天被人揍三遍，连学校都不敢去。团里要我停止排练学习文件，主角也给拿掉了。这个家，已经毁了，往下还会毁得更厉害，能走你就快点儿走吧。我看小姑妈对你不错，好歹在北京把书读完，要是想回武汉，还可以回来。”

“你为什么不走？你想去，你跟那个女人去。”简雨蝉闷闷不乐地说。

“小姑妈没说要我走，就算说了，我也不会走。”简雨槐脸上掠过一道若有若无的忧伤，“爸爸这个样子，倒霉是肯定了，就看倒成什么样儿了。这个家里，你不待见爸爸，小川恨爸爸，明了从来就没有和爸爸亲过，还有，还有妈妈……爸爸最疼我，我不能把爸爸一个人丢下。”

“姐，你怎么就这么心软？他们一直瞒着我，不告诉我我妈妈是谁，说把我赶出家就赶出家，一点儿也没心软。这个家，只有你对我好，可你也不知道我亲妈妈是谁呀！”

“小妹，爸爸是爱我们的。就算他犯了错误，他还是一个好爸爸。”

“姐，你说，大人们为什么都撒谎？他们为什么不说真话，为什么欺骗自己的孩子？”

“小妹！”

夏至在武汉待了三天，简雨蝉最终答应了去北京。

离开武汉那天，天气非常冷，火车站里人挤人，几个公安和一群联防押着上百个剃了光头的囚犯往车站里走，他们都是一些十七八岁的青年，严打期间被公安部门收进网里，要送往新疆。

夏至牵着简雨蝉的手，躲开囚犯队伍，把车票递给乘务员。

“呀，下雨啦！”简雨蝉抬起脸蛋儿，眯了眼睛，惊喜地去接落下来的雨珠。

“你叫雨蝉，雨是来为你送行的。”夏至的脸上头一回露出了舒心的微笑。她打扮得很洋气，白皮肤，高鼻梁，眼睛深陷进去，笑起来的样子很好看。

简雨蝉没有看夏至，抬脚迈上车厢。她在那儿停下来，下意识地回过头朝那队年轻的囚犯看去。他们都很年轻，像乌力天扬，说不定，他们曾经就是乌力天扬的同伴呢。她这么想着，在夏至的牵引下进了车厢。

8

乌力天扬从湖南宝庆人那里学会了怎样在长江里垂钓。他是一个令人羡慕的流浪儿，有大量的时间需要消耗，同时必须为自己弄一些能填饱肚子的食物。关于如何填饱肚子的问题，他有相当丰富的经验。汉阳的朱家店农场和黄陂的武湖农场是他经常作案的地方。即使是春节严打期间，他也能顶风上，从农场里偷到肥美的鸭子或者鸡，再想办法把它们弄进嘴里。这方面，他已经是老手了。

夏天是鱼儿们萌动着求偶情绪的季节。鱼漂被流水涌动着，因为有线牵系，不能变幻成鱼儿游走。饥饿的、耐不住寂寞的鱼儿是否会去咬鱼漂下面那埋伏着危险的饵？什么时候咬？这是一个让人忐忑的悬念，垂钓的乌力天扬并不知道。

“咬上了，起钩。”有人沙哑着嗓子在乌力天扬身边说。

乌力天扬不耐烦地嘘了一声，抖手提竿。一尾六七两重的大白条甩动着尾巴离开江水，又在空中挣脱鱼钩，重新掉进江里。乌力天扬气不打一处来，回头要教训那个闹场子的人。他看见了乌力图古拉。

“小子，得抖竿，让钩挂死。”乌力图古拉不看乌力天扬，不由分说，从他手里夺过鱼竿，把他推到一旁，收了鱼线，为钩子上好鱼饵，一抖手腕，鱼钩带着鱼漂飞出去，在江水里溅起一星水花，“这种事，老子是老手。”

乌力天扬的第一个念头是他又得挨打。但没有。“他”没打他，很认真地觑着眼看鱼漂，喋喋不休地说一些垂钓的技术。乌力天扬有一阵子没弄懂，“他”是谁？“他”是怎么出现在他身边的？“他”打哪儿来？来干什么？但是他看出来了，几年没见，“他”已经不是过去那个他熟悉的“他”了。“他”形容消瘦，两腮塌陷，双鬓斑白，印堂上已经没有了王者之光。

乌力天扬从乌力图古拉脸上收回视线，望着江里的浮漂，人有些发呆，心想，“他”老了，“他”是一个老人了。不知怎么的，乌力天扬心里有些闷闷的不快，好像他一直在等“他”，他等了“他”那么长的时间，他一直在流浪的生活中学习如何战胜“他”，一直在拼命地让自己在流浪的生活中长大，结果，他吃了那么多的苦，学到了一身的本事，却等来了一个苍老下去的对手，这当然不是他的原意。乌力天扬面无表情地看着波光粼粼的江面——那里有一江永远流淌不尽的水，一个说不清是如何进入老年并径自卖弄着的垂钓者，还有一个起起落落的鱼漂。

乌力图古拉把乌力天扬找回家之后，去了一趟蒲圻，去接乌力天时。卢美丽一看见乌力图古拉就哭，一把鼻涕一把泪地抹着脸，不停地说，首长，首长。乌力天时被蚊子咬了不少包，但没有长褥疮，人也胖了一些，皮肤白白的，越来越像个不肯长大的婴儿。

“我怎么会让他瘦呢？首长你太不相信人了！”卢美丽对乌力图古拉说乌力天时胖了这句话很有意见。

“我又没说别的。你看，我是说，谢谢你，天时他长胖了。”乌力图古拉笑着解释。

“他不胖难道还该瘦吗？凭什么他就该瘦？他本来就应该胖。”卢美丽更加生气，“而且你还说谢谢的话。我真是心寒哪！”

匡志勇两头儿劝，又是劝卢美丽又是劝乌力图古拉，和了半天稀泥，才把事情平息下去。

乌力图古拉当天没有走。卢美丽说什么也不让走。先埋怨乌力天扬从少管所出来也不给她个信儿，让她空跑了好几趟，还和人家吵了一架，说人家把乌力天扬给藏起来了；又埋怨首长没感情，自打纺织系统轮流批斗那次送过饭，再没有音信，让她不知道该往哪儿送饭。匡志勇帮卢美丽说话，说首长您是美丽的大半个日子，美丽一天到晚念叨您，您来一趟不容易，怎么也得住一晚上！卢美丽把家里收拾出来，自己和匡志勇住进了厂里的招待所。那天晚上，乌力图古拉就和自己的老三睡在一间屋子里。

卢美丽买了一大堆菜，这让乌力图古拉十分兴奋。他都忘记了世界上还有猪肘子这种东西。他一定要用手抓着肘子吃，吃出一副生吞活剥的样子来，好像若不那样，肘子就吃得不真实。卢美丽掩了嘴咯咯地笑，说首长这回你不批评我了吧，你不嫌我没给你吃肉了吧。但是卢美丽也好，匡志勇也好，他们都没有问乌力图古拉怎么就给放出来了,他的问题解决了没有。好像他们根本不关心这个事,或者说,他们一直就认为这是理所当然的事,早晚的事。他们把天时接到他们身边,一直像亲弟弟一样地照顾他,他们只不过是在等待,等待哪一天,乌力图古拉或者萨努娅忙完了,有时间了,就来把天时接走。如果这样,他们何必要问乌力图古拉别的什么事情呢?

倒是他们的孩子,那个满屋跑的小女孩,她问了。你是谁呀?女孩儿仰了脑袋好奇地看着乌力图古拉,这样问。

乌力图古拉和福建的老战友柯振国通了几个长长的电话。葛军机入了党,提了正排,正在中山大学哲学系读工农兵学员的课程,等他学习结束后,就考虑提副连的事情。老战友柯振国在这方面下足了力气,他甚至把葛军机送到军区学习毛主席著作积极分子讲习班里待了两个月。这两个月的经历,为葛军机赢得了他人生中最重要的一步。

你的话,这小子将来说不定和他爸爸一样,也是个干政治委员的料子,柯振国不住地夸奖葛军机。乌力图古拉欣慰地点头,也不管柯振国在电话那头能不能看见。

对童稚非的变化,乌力图古拉有些不能接受。童稚非正上小学四年级,个头儿足有两岁的梨树那么高,都说她将来是打篮球的料。小姑娘很乖,听话得很,又有礼貌,管谁都叫爸爸,如果是女的,就叫妈妈。

乌力图古拉在电话这头愣了一会儿,轻声说,老伙计,让你受累啦。柯振国在电话那头吃了一惊,说老乌,你没事吧,怎么听你阴阳怪气的,像说风凉话。乌力图古拉无声地笑,说不是风凉话。又说,别让稚非管谁都叫爹叫妈,等过些日子我收拾好,找个顶事儿的保姆,稚非我还接回来。柯振国连忙说,稚非也不是你生的,萨努娅不在,你带不了,还是让我们家老张带吧,她和小姑娘已经建立感情了，舍不得放孩子走。乌力图古拉就不再说什么，把电话放下。

“首长，今晚吃什么？”厨师周晃进来，请示乌力图古拉。

“吃稀饭吧，”乌力图古拉想了想，说，“弄点儿泡菜什么的，就吃稀饭。”

第二十章　向着电闪雷鸣的天空

1

雨季到来之前，乌力天赫已经写下了二十多份报告，并且到手了一批战利品——两挺 M-60 机枪、十一支 M-16 突击步枪、二十九份 C 野战口粮、一具 M-79 掷弹筒发射器和四十一枚 40MM 的小榴弹、两枚轻型反战车火箭、三支军官用的点 45 手枪、一架 PRC-25 型野战无线电台、一份美军第 7 骑兵师营级指挥官使用的五万分之一的大比例尺地图、一面隶属于该营的战旗、一批营或团的幸运物、一批 C-4 可塑性炸药、两枚克莱莫尔杀伤地雷、几份 UH-I 型休伊直升机的飞行图表、一架带着拍摄过胶片的 16CM 无声电影摄影机。这些连同他写下的报告一起，陆续送回了北方。

搜集武器的工作非常困难。美国人向他们的士兵下令保护所有武器，不让它们落到北越人民军和南越解放军手中。为了夺得那些武器，人民军士兵至少死掉了两百名。

乌力天赫还搜集到二十三块兵籍牌，这是他亲手打死的美国人中的一部分，这些兵籍牌他留下了，没有上交。

65 团在美泽遭到毁灭性打击，全团一千四百名官兵，五百多名倒在了那片高草丛中，成了新一年植物们复苏时必要的肥料。在接下来的几个月，65 团又经历了大大小小上百场战斗，不断减员，最少的时候不足一个连的编制。古顿少校在波来贝战役中战死，迪龙少校在富荣战役战死。阮友春中校负了重伤，身上中了四发

M-16 步枪子弹。把我放下来！我哪儿也不去！你们敢把我送走我就毙了你们！阮友春中校还是被送回了北方。在他走后不到一周的时间里，65 团最后一名团级军官阵亡，该团建制取消，和另外几支被打残的部队合编成 135 团，后又与新的部队整编成 74 团。

乌力天赫也负了伤。两次。一次伤在小腿，另一次伤在左肋。两次都是贯通伤，子弹没有留在身体里，这为他留在中央高地打下了基础。

小腿负伤那次，乌力天赫随 65 团夜袭宏都的一个美军榴弹炮营。夜战是游击战中最重要的战术之一，从南宁步兵学校和昆明高级步兵学校毕业的北越指挥官们很快领悟了毛泽东军事思想的精髓，并且不断在战斗中熟练地使用这一战术，那一次，他们却遭到了失败。美国人在炮兵阵地外围布置了大量绊索照明弹和防入侵装置，企图潜近楔形帐篷的人民军碰断了防入侵装置的挂索，触动了定时导线和压缩空气器，警报声此起彼伏，从 105MM 榴弹炮中发射出的照明弹照亮了整个夜空。很快，美军的 C-123 照明弹投放飞机飞临炮兵阵地，不停地抛下用降落伞悬挂着的照明弹，美军的自动武器组成了强有力的火力网，打得人民军无法抬头。夜战失效，人民军在丢下大量死伤士兵后，被迫撤离。乌力天赫就是在那一次被一发 AR-15 步枪里射出的子弹击中了右小腿。

中央高地是个适宜作战的地方，这里空气干爽洁净，伤口好得很快。乌力天赫的身上缠满了止血绷带，他必须保证伤口在痊愈之前不绽开，不感染。他有三个月没洗过澡了，浑身发臭，有一股强烈的野猪出林的熏鼻气味儿。他的粮食袋也丢了。在波来贝战役里，他只吃了一个桃子罐头、一个糕饼罐头；而在富荣战役里，整整四天，除了喝了几次水，他干脆什么也没有吃。

让乌力天赫惊讶和感动的是他的那些人民军战友。面对整整跨越了一个世纪的科技和经济的差距，寒酸而固执的越南人民军和南方民族解放阵线的解放军半步也不肯后退。为了消灭两个穿橄榄绿军装的美国兵，穿褐黄色军装的他们不惜冒着猛烈的炮火打击，使用人海战术，整营整连地往上冲。有时候，他们就像固执的西西弗斯一样让人绝望。他们敢于站在那里用手中的步枪向俯冲下来的休伊攻击直升机射击，直到他们被一连串机枪子弹拦腰打断。在他们中间，几乎找不到一个怯懦者，每一个人都抱着必死的决心往前冲，根本就不考虑在下一分钟里自己是否还能活着。

当然，这些事情乌力天赫没有写进他的报告。他只剩下半截铅笔，还有，在战火中要找到没有被烤焦的纸片不是一件容易的事情，他得节省着用。

实际上，乌力天赫根本就没法儿继续完成顾问团交给他的任务。65 团建制取消后，他被转交给 135 团；135 团打光了，他再去 74 团以及更新的团。有一段时间，已经没有人顾得上乌力天赫了，他连编制也没有，哪里需要他，或者哪里战斗激烈，他就去哪里，战斗结束以后，也没有人找他，什么地方有吃的就吃一口，什么时候能睡就睡一会儿，他完全把自己当成了一名人民军的普通士官。

乌力天赫的越语就是在这个时候得到了长足进步。Chúng nó obên trái！[①] 他朝他的战友们喊。Phá h uy cái chi c súng máy này！[②] 他弯着腰，像一只受了惊吓的兔子，提着手中的突击步枪朝机枪响着的地方冲去。在冲锋陷阵的时候，他基本上可以摆脱翻译。

有一次他独自一人作战，他被打散了，脱离了部队。他想解决掉架设在公路上的一门火炮，却被增援的美军堵在公路的另一头，离开了自己的战友。他在干掉了那门火炮后跳过一堆尸体，连续躲避开好几拨儿敌人，找到一个藏身处。他躺在高草丛中喘着粗气，看着被草叶隔成若干份的奇怪的天空，想乔治·巴顿说过的一

① 越语：他们在左边！
② 越语：打掉那挺机枪！

句话：战争的原则只有三条，胆识、胆识和胆识。他越来越困惑。他想巴顿是错的，没有什么胆识，因为人根本没有广阔的天地，那只不过是人的一种幻想，人随时都有可能被命运封锁在巴掌大的一块地方，遥望和遥想他们的天空。那么，巴顿说的胆识又是怎么来的呢？人为什么那么迷恋和依赖胆识？为什么在那么惧怕战争的同时又要挑起战争？说到底，人还是一种注定应该活在孤独中的动物。要是这样，人和大多数动物没有什么区别。

他在想着这些事情的时候，有四五个美国兵朝他这个方向走来。他听见他们当中有人用浓重东部口音叫喊：Those sons of bitches killed Fred and King![①] 他让自己侧过身子来，把M-16调到全自动位置上，在那些美国人离他只有五六米的时候，从草丛中站起来，不停顿地打光了弹匣里的所有子弹。这个时候，他看见离他三十米远的地方站起来一群南越人，他们的瓦形钢盔下露出惊讶的目光。他向南越人投出两枚杀伤手榴弹，然后是一枚烟幕弹。接下来的事情，就是如何侥幸地逃离那个地方，去寻找他幻想中的广阔天地。

那以后的十四天时间里，乌力天赫始终是一个人。战斗不断在突然的时间和突然的地点打响。北越人民军的袭击比美国人的反击对他构成的威胁更大，好几次他都差点儿被从苏联生产的AK-47或者中国生产的56式自动步枪里发射出的子弹击中。那十四天充满了奇异，好像那是一场三方的战斗，他是他的敌人和战友共同要对付的一方。他甚至产生了一种困惑，不知道谁是他的敌人。整个白天，他得小心翼翼地判断有可能发生的战斗。他不能随便移动，不能让自己处在战斗的中间地带，如果那样，即使他不被美国人打死，也会被北越人民军打死。

夜晚到来的时候，乌力天赫会找一棵大树爬上去，或者躲进茂

---

① 英语：那些狗娘养的，他们打死了弗莱德和金！

密的草丛中，他会给自己弄一些可以吃的树叶或者草根，把它们吃下去，然后再让肥大的旱蚂蟥钻进他的衣裳，贪婪地吸吮他的血。他不在乎这个。他已经适应了孤独，而且渐渐地喜欢了这种在同类生命之外的独处生活。遥望和遥想，和动物没有什么区别，就是这样。

乌力天赫在中央高地打了一年半仗，左肋负伤那一次，他被送到柬埔寨的巴弋营地，在柬埔寨民兵的关照下休养了一个月，然后再度返回中央高地。他在南方彻底失去了与北方的联系。没有人知道他的情况，没有人知道他是否还活着。顾问团从他最初送回的报告中知道了陈子昆阵亡的事情，但那以后，乌力天赫也消失了。顾问团通过几个渠道打听乌力天赫的情况，没有任何好消息传回，很显然，他也阵亡了。所以，在1970年中国从越南撤出大部军事支援人员时，撤离的名单中没有乌力天赫；在接下来的两年时间里，最后几批陆续撤回的人员名单中也没有他。乌力天赫被当成阵亡者和失踪人员中的一名，留在了越南。

2

在南方，依然活着的乌力天赫快速成长着。他已经指挥过好几次作战了。

有一次，他们袭击了一个美军阵地，打死了十几名美军，剩下十几名美军都负了伤。那些人民军士兵按照绝不留活口的原则，每见到一个还在喘气的美军士兵就开枪打死。乌力天赫阻止住自己的士兵，救下其中的四名美军。他要一位名叫麦克唐纳的少尉向他们的空中管制官呼叫，说他们遭到北越人的攻击，伤亡严重，需要医疗救援飞机。那位来自纽约长岛戴着游骑兵队员臂章的少尉拒绝服从命令。乌力天赫转向一名叫做波利得的墨西哥人，他也拒绝了。第三个是专业士官斯格特，他是一名机工师。他告诉乌力天赫，他还有四十六小时就满服役期了，他希望回到亚拉巴马州的家乡去经营父亲留下的葡萄园，他请他们别开枪，他会按照他们的指示办。

二十多分钟后，一架 CH-47 契努克大型运输直升机飞临头顶。就在契努克的滑翔橇板卷起落叶和尘土降落在草地上的一刹那，换上美军军装的人民军一起开火，几枚火箭弹同时击中契努克，它当场爆炸，那四名受伤的美国人也没能幸免。在撤离战场时，不管乌力天赫怎么阻止，人民军的士兵都把枪口顶在他们的脑门上扣动了扳机。打死斯格特的那名瘦小的人民军士兵，粗暴地把乌力天赫推倒在一堆废炮架上，骂骂咧咧地提着枪走开了。

乌力天赫指挥的另一场战斗是进攻朱莱机场。

人民军想炸毁机场上的几架飞机。守卫机场的飞行员和技师像人民军一样勇敢，他们拼命向进攻的人民军射击，在绝望中等待飞机的救援。负责攻打机场的人民军连长和连政治委员都在冲锋中牺牲了，副连长也负了伤。

乌力天赫站出来，迅速组织部队，重新布置攻击步骤。美军的三挺 M-60 重型机枪封锁住前进的道路，一批批勇敢的人民军士兵被打倒在红色泥土的跑道上。乌力天赫看见负了伤的那个副连长捂着肚子踉跄着朝几十米开外的飞机冲去，他手中的 AK-47 冲锋枪被一发机枪子弹打得粉碎，胸前冒出一股血雾倒下。乌力天赫突然想到那个名叫小胜的小女孩，想到了她抱着必死决心的年轻的母亲。他怒气冲冲，在火焰中跳跃着前进，把 M-16 的射击制导调到全自动的位置上，连续射出了三个弹匣，把一挺 M-60 机枪打成了哑巴。

一名黑人士兵从一辆被打废了的战车后面冲出来，肩上扛着一具榴弹推进器，企图用枪榴弹向乌力天赫射击。乌力天赫想也没想就扣动了扳机，把黑人士兵打得仰首跌倒下去。

四架F-4鬼怪式战斗机、一架F-105战斗机、一架RF-101侦察机和两架CH-47契努克大型运输直升机在炸弹惊天动地的爆炸中飞上天空，散开的飞机零件好半天没有落尽。乌力天赫命令部队迅速搜集武器，炸掉指挥塔和跑道，点燃汽油，把阵亡的战友拖离简易机场，迅速撤离。然后，他朝他刚才打倒的那名黑人士兵走过去。

那个黑人士兵还活着，躺在地上，痛苦地喘着气，榴弹发射器丢在一旁，没有来得及发射的弹头上沾满了肮脏的鲜血。乌力天赫被浓烟呛得不住地咳嗽，他弯下腰，从黑人士兵的脖子上取下识别牌，牌子的金属链子上挂着一把P-38型罐头刀。他叫山姆·克罗杰，是个三级专业士官，北卡罗来纳州人，子弹从他的左胸心脏下方打进去，在身体中拐了个弯，从右肋下钻出，鲜血不断从伤口往外冒。乌力天赫去他身上掏止血绷带，但显然他已经不行了。

"Because of the overwhelming strength of your army and the intensity and swiftness with which you attacked, our reinforcements could not arrive in time."①

乌力天赫没有听见克罗杰的第一句话。他俯下身子，从克罗杰冒着血泡的嘴里听清了他下面的话：

"Please keep my dog tag, and tell my wife that I love her. She is Chinese."②

克罗杰说完那句话就咽了气。乌力天赫愣了一阵儿，伸出手去，抹下克罗杰大睁着的眼睛，从他的衣兜里搜出一只钱夹。他打开钱夹，里面夹着一块折叠得整整齐齐的绸布和一张照片。绸布上用英、越、中文印刷着一行字："我是美国公民，我不会说越南话，

---

① 英语："你们冲得太猛，我们来不及呼叫炮火支援。"
② 英语："请收好我的识别牌。请告诉我妻子，我爱她。她是中国人。"

我遭到不幸，请您帮助我获得食物、饮水、住所，请您保护我的安全，请您带我到可能为我提供安全并能设法送我回到美国的那些人那里去，您将得到美国政府的酬谢。”

照片上，克罗杰幸福地拥着一个肩膀瘦削的亚裔姑娘，那个姑娘在照片里目光安静地看着乌力天赫。他们没有广阔的天地，没有。乌力天赫想。

他们在撤退时被美军的炮火追上。那是从120榴弹炮的炮口里发射出的白磷燃烧弹，炮弹腾起巨大的耀眼的白色烟柱，晃得人睁不开眼睛。乌力天赫看见一名被击中的人民军士兵倒在地上，用手去抓自己的脸，疼得满地打滚。白磷燃烧弹的碎片一遇到空气就会燃烧，那些碎片在士兵伤口四周的肉里燃烧冒烟，噼啪爆炸。乌力天赫拔出匕首，叫身边的人把士兵按住，用匕首剜出他伤口中正在燃烧的白磷碎片。Thâng Mỹ, tôi gi êt mày![①] 那个士兵声嘶力竭地喊叫着，然后晕死过去。

那天撤回丛林营地后，乌力天赫吃了一顿丰盛的晚餐。那是两份C野战口粮，他们从简易机场扛回来的。

乌力天赫领到一份火腿和青豆罐头，倚着树干坐下，从衣兜里取出铝勺，在裤子上擦拭了一下，把罐头放在烧焦了的鞋子上，心满意足地把罐头里的青豆和火腿吃光。他的鞋子已经换过好几双，现在是一双用汽车轮胎做的被称作“胡志明鞋”的凉鞋，鞋带已经断掉，用葛藤捆在脚上，前面露出被炮弹皮削得到处淌血的肮脏的脚趾头。

一个排长过来，给乌力天赫送来第二份大餐。这回是通心粉和肉丸罐头，金黄色的肉酱在半流动的卤汁里闪烁着迷人的光泽。排长郑重地说，这是连里剩下的六名军官一致决定的，如果不是狄果同志，不但不能全歼美国鬼子、炸掉鬼子的飞机，也许全连的人

① 越语：美国鬼子，我要杀了你！

一个都回不来,所以狄果同志应该得到两份晚餐,而不是一份。

乌力天赫没有推辞,他把那份超量的美餐一点儿不剩地全都吃了下去,舔干净罐头盒,收好铝勺,然后爬上一棵巨大的油楠树,用一根黄麻绳子把自己捆在枝头上,像只树蛙似的,在那里睡了大约十五分钟。他在睡梦中想,肉丸子可比木薯和甘薯好吃多了。

有几只淡绿色的君主绢蝶在他身边飞来飞去。一只纤细的、样子像琵琶的嫩黄色树蟋爬到了他的肩头,就像趴在一头睡眠中的树熊肩头似的,嚯嚯嚯地鸣叫起来。

3

1971年的"老挝–9号公路反攻战役"结束之后,负责指挥进入南方作战的北越人民军的周辉敏[①]将军从越河口返回西部山区营地,途中遇到了中国军事顾问团滞留人员乌力天赫。

那是一次偶然的相遇。周辉敏将军和他的高级助手阮友安上校视察一支人民军特工团。特工团团长汇报完战役的情况后顺便提到,他的团里有一名年轻的中国军人,因为部队建制反复组合,人转移了好几个战斗单位,失去了和中国顾问团的联系,在规定的时间里没有回到北方去;这名叫作狄果的中国年轻人现在是他的作战参谋,他为团里作战不断赢得的胜利立下了近似于奇迹的功劳。本来已经准备上路的周将军一听这件事,十分感兴趣,下令指挥部滞留四小时,要求团长立即通知团里,把中国人狄果送到他的流动指挥部来。

乌力天赫在具有传奇色彩的高地战区指挥部见到了具有传奇经历的周将军。他受到了周将军的热情款待,吃到了一份热气腾

---

① 越南人民军指挥官,时任高地战区司令员,指挥南方高地的北越人民军和南方解放军作战。

腾的B野战口粮：一大块焖牛肉，一盒由上海食品厂专为人民军生产的压缩米饭，一大杯滚烫的劣质咖啡。在他禁不住去抓爬到脖子上的那些肥大的虱子时，周将军哈哈大笑，命令部下去给这位勇敢的中国人找一套干净衬衣、一套新军装，并且想办法让他洗上一个热水澡。

乌力天赫在几名人民军士兵的服侍下痛痛快快地洗了一个热水澡。他几乎有一年多的时间不知道热水是什么东西。有一阵儿他有些神情恍惚，情不自禁地张开嘴，大口大口地把士兵浇在他头上的清水喝下去。

“Anh làm công tác gì torng doàn côvân?”①周将军问穿上干净军装肚腹饱胀精神振作地坐在他面前的乌力天赫。

“Xin lõi，dông chí chiê u tuóng，tôi không có quyên báo cho ông biêt công tác cûa tôi。Có quidịnh hạn chê tôi làm nhê th.”②乌力天赫安静地看着周将军。

“Truóc mặt cûa anh là phó tông uy viên chính t rị Quân Nhân dân. Anh không nên nói nhu thê´dôi vói dông chí chió utuóng.”③阮友安上校有些不高兴地在一旁提醒乌力天赫。

“Xin lỗi d′ông chí thuong ta，mênh lệ nh quidịnh tông d uoc nó i tât cá tôibiêt.”④乌力天赫毫不领情地说，同时为干净得有些过分的衬衣上树碱的香味忐忑不安。

“好吧，”周将军抬手阻止住自己的助手，和蔼地看着他面前这个消瘦但目光坚定的年轻人，改用闽南口音的汉语问，“告诉我，你属于顾问团哪个组？”

“C-3。”乌力天赫犹豫了一下，用闽南语回答。

---

① 越语：“你在顾问团从事什么工作？”
② 越语：“对不起将军同志，我无权说出我的工作。有规定限制我那么做。”
③ 越语：“你面前是人民军副总政治委员，你不应该这么对将军同志说话。”
④ 越语：“请原谅上校同志，命令规定我不能说出我知道的一切。”

"观察与研究,你不是常规部队的人。"周将军笑了,并且立刻把话转移开,没有给乌力天赫留下窘迫,"你们顾问团的几位首长是我的老朋友,三个月前,我还请他们看过嘲戏。"

在高地战区指挥部里,乌力天赫领到新的任务——他将拥有一个特别行动小组,他是组长,组员是滞留在南方的中国志愿人员吴天厚和张畅。他们将由一支人民军的特工部队护送,去南方一些重要的战略城市,考察和研究活跃在那里的南方民族解放阵线特工部队的战斗情况,对特工部队深入敌纵侦察,瘫痪敌首脑机关,破坏敌通信枢纽,炸毁敌机、舰、车、桥梁、军火库,绑架敌军政要员的战斗情况做出评估。如果可能的话,将军希望乌力天赫的特别行动小组能和美军的陆军第五特种战斗大队和海军海豹突击队有所"接触"。上述两支特种部队近段时间对南方的作战破坏非常大,尤其是后者,简直就是一群来无踪去无影的魔鬼。这帮绿脸杀手非常熟悉越共的战术,他们穿着黑衣裳,打着赤脚,使用AK-47或者K式冲锋枪,在越共控制地区设置陷阱和诡雷,进行偷袭和暗杀,拦截越共情报,伏击越共补给,突袭越共基地,让北方人民军和南方解放军大为恼火。人民军希望在这个问题上尽快拿出对应策略。

"你的特别行动小组直接隶属我,考察、研究和评估情况直接向我汇报。"在一群身穿黄褐色军装、肩挎SKS卡宾枪和戴格蒂亚列夫自动步枪的年轻卫兵簇拥下,周将军从折叠椅上站起来,收起笑容,严肃地对乌力天赫说:"任务完成之后,我将为你和你的小组庆功,并把你们安全送回中国,同时向你的上级说明你滞留期间的情况。"将军戴上白色的胡志明帽,朝帐篷外走去。他在阳光下站住,回过头来,补充了一句,"好好干小伙子,给美国佬儿一点好颜色。我是说,那种让他们永远记住的好颜色。"

4

乌力天赫在南方与解放阵线的特工部队接上了头，并见到了南方解放阵线特工兵种司令阮志恬。

从春天到冬天，乌力天赫参加了西贡别动营对美军军官俱乐部的袭击、西贡敢死队对“独立宫”袭击的策划、特工第9营对美军隆平总库的袭击、特工143团对安溪机场的袭击、特工混合指挥部对伪海军参谋部的袭击、海军126特工团对越河口运输船的连环袭击、岘港市别动队对岘港火车站的爆炸、特工51连炸毁东河大桥的行动、特工113团炮轰边和美军空军基地的行动，并且与美军第五特种兵战斗大队和海豹突击队“接触”了好几次。每一次战斗之后，他都把战斗情况详细地记录下来，做出评估，写出报告，派人民军特工部队的人送往西原高地周辉敏将军的指挥部。

乌力天赫的战友吴天厚，在对南越海军参谋部的袭击战斗中被一枚手榴弹炸开了脑袋。另一名战友张畅，则在炸毁东河大桥的战斗中被肆虐的台风吹进了河里，一眨眼就搅进一艘抢进港口躲避飓风的货轮螺旋桨中。

在接下来的三个月时间里，乌力天赫再次成了一名异国他乡谁也不知道来历的中国人。人们甚至不知道他的真实姓名。他在南方使用的名字叫“北”。

说是异国他乡，乌力天赫在南方却遇到过很多华人。那些在越南的华人，他们最早的祖先可以追溯到秦代，也有西汉末年王莽篡位和东汉末年董卓之乱时避难到越南的名士之后。乌力天赫知道，唐朝时，大学士杜审言、沈铨、刘禹锡、韩偓都在越南寄寓过，明朝末年，雷州人莫敬玖率志士四千人在河仙地区开垦荒蛮，龙门总兵杨彦迪、高雷廉总兵陈上川率士卒三千人开发湄公河三角洲地区,在边和、堤岸、龙川等地都保留有祭祀他们的庙宇。越南有五十多个民族,艾族、哈尼族、拉祜族、倮倮族、山由族、仡佬族、傣族、岱依族、侬族最早的祖先都是中国人。

在西贡颇有气势的中华会馆里,乌力天赫被介绍给华运委员会一位名叫曾途士的华侨领袖。为这个委员会工作的华人数以万计,他们有的被送进南方解放军,有的负责往前线运送军用物资,有的从事情报工作。在外围的乡村,他们还有华人自卫队,直接参加对美军和南越伪军的作战。

曾途士在铜质的净盆里净过手,为关公塑像上了一炷香,恭恭敬敬地在塑像前磕了头,然后告诉乌力天赫,他这是为一对年轻的华人姐妹敬香的。几天前,委员会下属一支别动队袭击伪军军营时失了手,有七名队员没撤回来,其中就有这对双胞胎姐妹。姐妹俩刚满十六岁,姐姐本来可以逃出来的,看见妹妹被打中了脚后跟,跑回去扶妹妹,结果也被打倒了。伪军为了杀一儆百,把姐妹俩的尸体剥光,拖在卡车后游街。姐妹俩没结婚,连对象都没有。

"你为什么叫北?"曾途士给关公敬过香以后,从瓷盘里取了一片槟榔,在蚌灰里蘸了蘸,裹在一小截蒌叶里,递给乌力天赫。

"不知道。"乌力天赫把槟榔放在嘴里嚼着,有一阵儿他有点儿犹豫,但很快他就决定放弃了,"也许,我是从北方来的。"

"你是一位勇敢的年轻人,"曾途士英雄不问出处地点了点头,郑重承诺,"我会为你敬平安香。"

乌力天赫本来想问曾途士,越南和中国,哪一个才是他真正的祖国,后来他决定不问了。那对姐妹没有广阔的天地,她们在另一个世界里遥想,这样说,祖国是没有意义的——如果它只能被人遥想。

5

乌力天赫在冬天的时候遭到了一种极其厉害的流行疟原虫的袭击，染上了疟疾。长期危险而紧张的南方生活使他的抵抗力大大减弱，从北方送来的疟疾药根本不管用。紧接着，他又染上了钩端螺旋体病，连续的高烧让他胡子拉碴、眼珠发红、不断地说着胡话，活像一个不可救药的酒鬼。

乌力天赫拖着病身子率领一支特工部队营救关押在波莱古英一个战俘营里的人民军和南方解放阵线人员。营救计划十分周密，行动也十分奏效，特工部队消灭了守卫战俘营的南越伪军，迅速破开牢房，放出了战俘。但谁也没想到，附近一支隶属于美军第五特种大队的车队突然驶到，突破了特工部队的阻击线，冲进战俘营，双方展开了激烈的枪战。

乌力天赫跪在那儿向美军特种部队士兵射击，打完一匣子弹，退下空弹匣，换上备用弹匣。突然，他全身发冷，手脚抽搐，连枪都抓不住，步枪掉在他脚边，他没有撑住，朝前一扑，倒了下去。

几天之后，乌力天赫从昏迷中醒来，已经躺在担架上，离开了南方解放阵线特工部队。柬埔寨游击队的几名担架员抬着他，在热带丛林中一步一趔趄地向北行走。他们常常要停下来，砍倒挡路的葛藤，或者屏住呼吸，等待成群结队的丛林象慢腾腾从附近通过。乌力天赫有时候昏睡，有时候醒过来，他被白磷弹烧伤的创口开始感染，不断地流出脓血。有几天，担架队的队员们不得不把他浸泡在溪流里，让他降温。他们把他烂掉并且长出蛆虫的腐肉用刀剜去，这样，他的疼痛就会好许多。

一个月后，他们进入胡志明小道。人民军野战医疗队的医生对乌力天赫进行了初步的伤口清理治疗，同时治疗了他的钩端螺旋体病,这让他不至于死在返回北方的路上。二十天后,乌力天赫被送进清化人民军医院,在那里接受了一连串手术。

秋天快要过完的时候,乌力天赫死里逃生,活了过来。他的个头儿一点儿也没有减,还是一米八二,可他已经瘦得完全脱了形,出院的时候只有四十九公斤,人像个骷髅,背驼着,目光呆滞,老是坐在背风的地方咳嗽,看什么一看就是大半天。他不喜欢防空警报锐利的鸣叫声,每当防空警报响起的时候,医院都必须派出两名护理员,去把在花园里发呆的他搀扶起来,拖进防空洞里躲避空袭。他很喜欢孩子,看见孩子的时候,他的眸子里总是会掠过一道亮光,然后喃喃地说,你不是我的孩子,你不是我的孩子。

医务人员私下议论,说这个中国人,该成家了。

乌力天赫是最后活着离开越南的三十六名中国志愿军中的一个。他们因为失踪后被找到、陷入困境不能返回、特殊理由必须留下,以及别的什么原因滞留在越南,没有赶上大部队的撤离行动。和他们一起返回中国的,还有一批装在简易容器里的遗骨。

中国方面派出专人越境迎接活人和遗骸遗物。领队的是一名副师职干部,北越人民军则派出了将军级别的欢送团欢送中国兄弟。在二十一辆解放牌吉普和六辆黄河牌交通车驶过友谊关之前,那些疲惫不堪的中国志愿军被北越人民军的军官们紧紧地拥抱了足足有几分钟。乌力天赫被一名叫做黎文涛的人民军准将抱住,说什么也不肯松开,准将的泪水浸湿了乌力天赫的肩头。这一天,离中国志愿军大规模撤离,已经整整过去了三年。

6

乌力天赫在南宁的一个疗养院疗养了一个月,重新回到南方那个代号为××××的秘密基地。在那个基地,和乌力天赫同时派往越南的二十名成员，十四名全身重返，其他六名，四名阵亡，两名伤残。

乌力天赫很快恢复到正常的训练当中，日子平常而惯性。那一天，结束了当天训练的乌力天赫回宿舍取自己的水杯，路过休息室，随手从报架上取了一册《解放军画报》。他接了半杯水，坐到宿舍外的石阶上，抹了一把汗，一边眯着眼吹凉滚烫的开水，一边心不在焉地翻开画报。他看到了简雨槐。

那是一张舞台照——在电闪雷鸣的椰林里，经受过恶霸地主南霸天酷刑的女仆琼花被雨水浇淋得苏醒过来，化装成华侨富商的红军指挥员洪常青路过这里，他给了琼花两枚银毫子，指引她去投奔红军。琼花看到了光明，她在雷雨中向指路恩人深深鞠了一躬，急切地向着黎明照亮的林中小路飞奔而去。

照片拍摄得很专业，是琼花在椰林中表示逃出樊笼决心的那个著名的“倒踢紫金冠”，身穿红色舞衣的简雨槐昂首握拳，在舞台上高高跃起，像一个轻盈的不肯屈服的雨夜精灵。她的脸向着电闪雷鸣的天空，不是正面，但乌力天赫一眼就认出她来。

乌力天赫的心狠狠地抽动了一下，端着水杯的手不断颤抖。他在阳光下盯着画报上的照片看了很长时间。他看着那张熟悉的像水一样柔和的脸，然后他把画报掩上，抬起头看天空，看那里有没有鸽子飞过。

整个下午，乌力天赫没有说话，人显得有些迟钝。直升机驾驶课上，他出了一个差错，急停迫降的时候，他把方向舵推向了相反的位置。他被严厉的教员臭骂了一顿，同时得了一个非常糟糕的记录。接下来的水下作业课，他又出了一个错误，他把炸药送到了水下设施的水柜里，而不是规定中的发射台下，他再一次遭到严厉的训斥。第一分队的教官在课程结束之后不得不找他谈话，教官想知道他出了什么问题。全大队公认的最优秀的队员，怎么会出现这种低级错误?

没有人知道,乌力天赫是在为那幅照片迷惘。他不明白,简雨槐被闪电照亮的脸上,怎么会有一种坚毅的神色。他想不出来,世界上还有没有比简雨槐更羞涩的生命,还有,她内心里深深埋藏着的、不愿展示给任何人看的、只有他才知道的炽烈。

第二十一章　用蝴蝶的语言说话

1

乌力天赫不知道，就在他看到那幅登在《解放军画报》上简雨槐的剧照的时候，简雨槐的世界真的电闪雷鸣了。她正在经历一场人生巨变。

团领导找简雨槐谈了一次话。这是继简雨槐被撤销正在上演的大剧中的主要角色的演出任务后，团领导第一次找她谈话。谈话在舞蹈队的一间办公室里进行。团领导首先肯定了简雨槐在撤销了她主要角色的演出任务后态度端正，没有闹情绪，积极配合新任主角工作，主动帮助同志们借还服装、搬运道具，表现是好的；同时指出，她这两年在团里一直挑大梁，训练刻苦，基本功扎实，上海舞蹈学校半年的学习让她更有了长足进步，是很有发展潜力的。团领导希望她能更上一层楼，处理好与父亲的关系问题，争取早日回到队伍中来，恢复主角的工作。

简雨槐从办公室出来，神情迷茫地往宿舍走。她认为自己的态度的确是端正的，训练的确是刻苦的，主角拿掉也没有闹情绪，该做什么做什么，能做什么做什么；但她弄不明白，与父亲的关系问题，她怎么处理才好？难道说，他们是在暗示她，要她揭发父亲的反党行为？或者更进一步，和父亲解除父女关系？可是，父亲的问题，她一点儿也不清楚，怎么揭发？她是父亲的女儿，父亲生了她，养了她，这个血缘关系，能解除吗？

简雨槐在路上碰到了文工团的司机陈小春。陈小春是上海人,很有灵性的一个小伙子,父母是复旦大学的教授。他对简雨槐很好,老帮她到街上买零食。陈小春站下,红着脸和简雨槐打招呼。简雨槐没有反应过来,也站下,呆呆地看着陈小春。陈小春说,槐姐,你没事儿吧?简雨槐这才反应过来,抿着嘴努力地笑了笑,说没事儿。

有人在传达室叫简雨槐,说有她一封信。简雨槐拿到了那封信。她把信攥在手中,一路低着头回到宿舍。她在床上坐了一会儿,发了一会儿呆,然后听见吃饭的号声响了,广播里传来《大海航行靠舵手》的歌声。她站起身,去取碗勺。她就是在这个时候意识到自己手里还捏着那封信的。她心不在焉地看了一下信封,信封上的落款是“内详”,字迹不熟悉。也许是那些看过她演出的人当中的一个,要和她谈谈“心得体会”。这样的信她已经有两大抽屉了。她把那封信随手甩在桌子上,拿着碗勺出了门。

风从窗户缝里钻进来,把桌子上的信吹到地上。信翻滚了几下,滑进床下。

2

夏天过完以后,简先民听说中央通过并批准了《关于林彪反党集团反革命罪行的审查报告》,那份报告定性之高,是中共历史上前所未有的。简先民急得上火,困兽似的在屋里转来转去,夜里睡不好觉,靠在床头唉声叹气,有时候突然冒出一句话,说方红藤,你不用吊着脸,也不用恨我,等我抓进去,你就和我离婚,带着孩子走人,这个仇,你就算彻底报了!

方红藤瞧不起简先民的软弱,但她心里清楚,简先民的问题不是他一个人的问题,牵涉她和孩子们。她怎么样不重要,她十八岁时就豁出来了，连电影《破东风》里的重要角色都不要投奔了延安，她十八岁就写过交代材料，现在再写也没有什么了不起，关键是孩子。

方红藤不和简先民使孩子气，说简先民，你不用那么垂头丧气，你不是主要分子，写了两封信，事情都查清楚了，定性再高也是脚跟不稳，大不了丢官罢职，值得这么要死不活的吗？

“你不懂，党讲路线，路线就是连带，拔出萝卜带出泥，长成长条的丝瓜豆角茄子都算在内，一锅烩，我是跑不掉啦！”

“你不用往泥里摔自己，也不用往云彩上架自己。这么大的戏院，你一个小角色，叫好叫不上你，砸戏也轮不上你，你急什么？”

简先民让方红藤一戗，没了话说，心里对方红藤把自己比作戏子不高兴。可方红藤话虽不中听，道理是明白的，这一点启发了他，他决定去找罗罡，探听一下虚实。

自从简先民从北京回到武汉，罗罡就一直回避着他，有时候两人在路上碰见，罗罡也装作没看见，快步走过去。简先民恨得咬牙，心想，过去你巴心巴肝往我身上贴，跟我脚下的一块泥似的，甩都甩不掉，现在你嫌我臭了，想躲开，什么玩意儿！这么一想，简先民就对人的可信度感到了彻底绝望。

简先民还是想办法和罗罡接上了头。接是硬接的。简先民那两天老往政治部跑，一份一份地交汇报材料，终于有一次，看见罗罡心不在焉地进了厕所，简先民一猫身子跟了进去。罗罡看见简先民，愣了一下，推开一间蹲坑就进去。简先民哪里容得罗罡躲，跟了进去，把罗罡逼得贴在墙上。

简先民说老罗，我想知道中央专案组在审查报告中说了什么，会怎么处理。罗罡说，报告没下来，你快离开。简先民说，老罗你别瞒我，军以上党委都传达了，你得告诉我，要不我心里不安。罗罡说，上面有规定，传达了也不能告诉你。简先民说，罗主任，我们可是同甘过来的，我不求共苦，就这一件事，你要不说，我死了也是个冤死鬼！罗罡说，简先民，你赶快给我离开，要不我叫人了！简先民说，你叫吧，反正我是落水狗，我就说是你让我进来的，你让我别把你那些见不得人的事说出去。罗罡说，你造谣！简先民说，你有你的说法，我有我的说法，看组织上相信谁吧。

蹲坑太小，两个大男人站在里面，不是脸贴脸，也是呼吸可闻。问题是那种呼吸不是别的呼吸，罗罡推门没有选择，刚好推开一个别人刚用过的蹲坑门，屎尿臭一个劲儿地往上蹿，蹿得罗罡直想呕吐。罗罡百般无奈，就把报告的主要内容大概说了。中央决定，永远开除林彪及其反党集团主要成员黄永胜、吴法宪、叶群、李作鹏、邱会作的党籍，撤销他们的党内外一切职务，对这一反革命集团的其他骨干分子，按照党的政策，区别情况，提出处理意见，报中央审批。

简先民没有对罗罡说一个谢字，推门出去，径直回家。简先民一路上想，我还真不谢你，谢你就谢出一个求字了。我没有什么好求你的，要讲连带，我闹成这样，你罗罡没少起作用，我是茄子豆角，就算不能把你弄成丝瓜，怎么也得把你弄成玉米棒子，反正谁也别想跑，我求谁？

3

简先民在家中思索了好几天，他主要是在“按照党的政策”“区别情况”和“提出处理意见”这三个相关环节上琢磨。党的政策有很多，惩前毖后治病救人是一种，决不让它们自由泛滥也是一种，关键的问题在于如何区别，以及提出什么样的处理意见。从北京学习班回来的时候，他的问题虽然已经弄清楚，可邱会作还没有处理，他得等待最后结案。现在邱会作的结案意见出来了，是开除党籍，撤销党内外一切职务，照萝卜画茄子，他也得是这个结局，这是他无论如何不能接受的。干了几十年革命，头发干白了，血熬枯了，命泼出来了，要论忠诚，他简先民对党、对组织从来没有过贰心，比谁不忠诚？如今却落到这个地步，凭什么呀！

简先民越想越不甘心，想要扳回这一局。可怎么扳？拿什么扳？他失去了阵营，等于失去了阵地，已经是落水狗，走投无路，只等着人家痛打之，或者“费厄泼赖”之。这个结局，让他悲观到了极点。

那天晚上，简小川为了一件小事，出手把简明了揍了，让简明了滚到外屋去睡，别在他屋里晃悠。简小川骂骂咧咧，说一颗老鼠屎坏了一锅汤。

自打被勒令退学以后，简小川上不着天下不着地，没有去处，整天待在家里，除了蒙头睡大觉，就是坐在床上抽烟。有一阵子，他跑出去找武汉军区几个关系不错的子弟散心，没几天回来了，脸上不好看。方红藤问出原因，是人家知道了简先民的事情，瞧不起他简小川。简小川骂简明了是指桑骂槐，明着是说简明了，其实是说简先民，是简先民这颗老鼠屎坏了简家这锅汤。

听儿子在另一个房间里没完没了地骂，简先民的苦胆都淌出来了。他在心里哀怨地想，我这个当爹的还要怎么样？我是军队老一派的文化人，书没少读，有修养，要论和丸教子，要论肯构肯堂，不要说基地，就是驻汉军队里，也是头一份儿。大院的孩子没有不挨打的，可老简家的孩子，打小到现在，谁挨过我一巴掌？不都是我抱着捧着养大的？就说你退学的事儿，那是我在接受审查时候，想到我的事儿不能连累家里人，为这个我费尽了心思。我想到下乡知识青年张铁生了，那孩子在大学招生考试中交了白卷，在考卷上写了一封信，信在《人民日报》《文汇报》和《红旗》杂志上发表了，他一下子就成了反潮流的英雄，连江青都说他了不起。还有一个叫黄帅的小学生,向师道尊严和修正主义教育路线开火,也成了反潮流的英雄。还有一个叫柴春泽的知识青年,给他当领导的爹写了一封退学的公开信,《人民日报》发表社论,称他是敢于同旧传统观念决裂的好青年。还有一个叫钟志民的南方大学生,抵制走后门,也退了学,社会上一片叫好,差不多给捧到天上去了。我是受这些事儿的启发,才动员你主动退学,保住政治荣誉。可你不干,硬赖着,结果让学校查出你是后门生,把你给清退了,这怨得着我吗?

简先民这么想着,不由得泪落了下来。他想,在家庭成员问题上,自己不可谓没有近虑远谋,要是儿子能按自己的打算,主动退,早点儿退,退到工厂或者别的什么单位,那他不也是反潮流的英雄吗?何至于被人开除?儿子在政治上太不成熟,他不明白,那样做,不光会为他自己赢得站住脚的机会,也会为这个家庭赢得一种政治资本,而这个家现在是多么需要政治资本啊!

简先民进一步地想,儿子已经失去了这个机会,捞不回来了,要是在这种时候,家里再有某个成员能采取某种行动,会怎么样呢?简先民顺着这个思路往下想,他自己不用说,政治上没有什么价值了,方红藤也没有价值,下面四个孩子,小川已经失去了机会,雨蝉和明了没有资本,剩下的,只有雨槐了。如果雨槐能采取行动呢?比如说,她主动退下来,从文工团退到连队。不,那样还不彻底,要退就从部队退,脱下军装。往哪儿退呢?去工厂?不,工厂差距太小,显不出什么来。还有什么地方?农村怎么样?农村是个好地方。对,去农村,雨槐就去农村!她要放弃文工团演员的身份,脱下军装,去农村当农民,就是反潮流!就是政治资本!就为这个家赢得了宝贵的主动性!

简先民心里一亮,立刻意识到,自己这盘棋还没有死定,还有扳回一局的机会,这个机会,就在女儿雨槐身上!

简先民这么一想，人激动起来。可是，很快地，他又陷入迷惘。雨槐有资本，能扳回这一局，可用雨槐来扳这一局，代价太大。雨槐从小就是他的心头肉，是他的掌上明珠，现在她已经受他的影响了，连主角都给拿掉了，他再拿她来做棋子，不是太委屈女儿了吗？他宁愿委屈别人，也不能委屈女儿。

可是，这世上有不委屈的生命吗？他简先民委屈了，全家人都跟着委屈，雨槐也跟着委屈；他要没了出路，全家人都没了出路，雨槐还有出路吗？就算他们有出路，雨槐也有出路，他还是委屈，他们的出路又有什么意义？雨槐的出路又有什么意义？反过来说，如果先委屈雨槐，等他有了出路，再对雨槐施以援手，这个委屈不就没有了吗？

简先民犹豫不决，琢磨了几天，琢磨得很苦，到底不甘心，把自己的念头告诉了方红藤——是不是可以考虑，让简雨槐脱军装，报名上山下乡，接受贫下中农的再教育，向资产阶级法权开火。

“你瞎琢磨什么！”方红藤一听就急了，“雨槐在文工团待得好好的，她又不是你，又没犯错误，为什么要脱军装？她向谁开火？”

“什么叫好好的，连主角都让人给拿掉了，还是好好的？你是好好的吗？小川是好好的吗？我要好不了，这个家，还有谁能好？”简先民一听方红藤这么说，只觉得自己真是孤家寡人，连亲人都对他不管不顾了，也急，而且比方红藤更急，“小川都说了，一个家，那是老鼠屎和汤的关系，老鼠屎不好，锅它能干净？汤它能好？我要成了不齿于人类的狗屎堆，狗屎堆生下的孩子能好？她连她老子都不管，她不是犯错误是什么？她是大错误，她才是不齿于人类的狗屎堆！她当然要脱军装，她当然要开火！”

“不管你说什么，反正我不同意雨槐脱军装！”

“那你想干什么？想让她做弑父自立的杨广？你是要我学梁太祖朱温，说生子当如李亚子，我的儿女全是猪狗？”

方红藤拿简先民的荒唐念头没有办法，可她说什么也不同意女儿脱军装。简先民真要这样做，她豁出去什么也不要，坚决和简先民拼到底。

自从知道简先民和夏至的关系后，方红藤十几年来没有对简先民热乎过，可也从来没有和简先民争吵过，连简先民犯错误被办学习班，她也没有对他说过一句重话，这件事情，她是真被逼到了绝境上。

简先民也被逼到了绝境上。他知道这样做意味着什么，他的心头在一滴一滴地往下淌着血珠子。可他没办法阻止自己的念头。他必须拯救自己，决不让这个世界把自己给活活地吞噬掉。这个念头一旦清晰，就顽强地扎下根来，并且快速地开花结果了。

那些天，简先民睡得很晚，等全家人都睡了之后，他把自己关在厕所里，门从里面插住，取出一张全家的合影，深情款款地看着照片上美丽的女儿，眼里噙满了泪花。他扬起巴掌狠狠地扇自己耳光，直到把两边脸扇麻木了，然后，他坐在矮凳上，任浑浊的眼泪顺着红扑扑的脸颊流淌下来，滴落在衣襟上。

简先民意欲驰骋，却马失前蹄，但这并不是说，他就不是一名经验丰富的政治工作者。简先民知道政治工作怎么做，知道“军队的基础是士兵”①，知道“抗大的教育方针是坚定正确的政治方向，艰苦朴素的工作作风，灵活机动的战略战术”②，知道“世界上怕就怕认真二字，共产党就最讲认真”③。简先民不打算再和方红藤纠缠下去，他决定直接做雨槐这个士兵的基础工作，他有信心让雨槐领悟到“三大作风”对他、对整个家庭的重要性。他会让她明白士兵与军队的关系、正确方向与灵活战术的关系，以及共产党是怎么讲认真的。

---

① 见毛泽东《论持久战》。

② 见毛泽东《被敌人反对是好事不是坏事》。

③ 见毛泽东《在莫斯科会见我国留学生和实习生时的谈话》。

4

简雨槐被简先民说出的那个决定吓坏了,完全失去了主张。有一阵她不肯相信简先民说出的话。她瞪大眼睛,看着简先民,目光中满是困惑。她说爸,你在说什么呀?她说爸,你没有开玩笑吧?后来她明白了,简先民没有开玩笑,他根本没有心情开玩笑,他说的都是真的,是他的决定——他在没有任何出路的情况下做出的、背着她的妈妈找到文工团来告诉她的决定。

“不。”简雨槐不能接受这个决定。她真的被这个决定吓坏了。她下意识地后退了几步,差点儿没退到马路上去。“我不脱军装。”她说,“我不下乡,不当农民。”她说,“说什么我也不。”

“‘到人民中去,到人民中去,那儿有你的位置,从知识的宝座上流放自己,你将成为代表人民的勇士。’”简先民准备充分,他充满希望地背诵道,然后向女儿解释,“这段话不是我说的,是伟大的俄国革命家亚历山大·伊万诺维奇·赫尔岑说的。你看他的话说得多么好,他说出了全世界青年知识分子应该走的道路!”

“你在说什么呀,我现在就在人民中间。工农兵学商,我不是在人民中间吗?”简雨槐不光反感那个决定,她还被简先民的奇谈怪论弄得很紧张。

简先民没有说服简雨槐。一次没说服,他去说第二次。他连着几天跑文工团,找简雨槐。他没有退路了,豁出来了。非把女儿这个堡垒攻下来不可。

“雨槐,”简先民的泪水流淌下来,他比他的女儿更早一些流下眼泪,泪水像大镐头狠命刨出来的两眼泉水,汩汩不断地顺着他的脸流淌下来,“你得救我,救你爸,救你爸我。”他急匆匆地说,并且不再使用任何革命家的语录,“你是我的女儿。没有人能救我。你妈、小川、雨蝉、明了,他们都救不了我,只有你能救我。”

“可,为什么我要脱军装?我脱军装就是救你吗?”简雨槐也流泪了。她不想让泪水流淌下来。她用力揩泪水,“我脱军装怎么就是救你?”

“女儿,好女儿,乖女儿,你怎么就不明白,”简先民流着泪,拳头紧攥着,是孤注一掷的架势,“他们在整我!他们会把我整死!”

“您过去也整过人。您整过乌力伯伯,还有萨努娅阿姨。他们被您整成那样,整得家破人亡,他们全都给毁了!”简雨槐揩不尽眼泪。她的眼泪太多了。她冲简先民喊:“您为什么要那样做?为什么要整人!您现在是在遭报应!”

“你说什么?你怎么能这样说?”简先民吃惊地看女儿。

“这是报应!这就是报应!”简雨槐不顾一切地喊。

简先民呆呆地看着简雨槐,看着和他一样也豁出来的女儿,不肯妥协的女儿。没错,他过去是整过人,但那是政治斗争,是党内路线斗争,是“文化大革命”的需要,他是党的工作者,必须服从这样的需要,这没有什么话好说。他同意女儿的说法,那是遭报应,任何斗争都会有报应,但他的报应不是整人整错了,而是他跟队跟错了,是这个报应。对这样的报应,他不服,他要翻盘,所以他才希望女儿支持他。可他也看出来了,女儿决绝得很,真的是一点儿余地也没有,一点儿希望也不给他留。他绝望了。他觉得他不是马失前蹄,是被马蹄踏成了齑粉。也许这样更好,这样的话,他和女儿之中,至少还能保下一个,他也用不着再费什么心机了。

“好吧,”简先民把头扭过去,看马路上一群英姿勃勃的士兵从他们身边走过,把先前摘掉的、没有了红色帽徽的、样子十分可疑的绿色军帽重新戴上,在军帽的后沿,留下了一缕未曾抿齐的白发,“好吧,那我就这么等死吧。”他不再看他的女儿,泪水簌簌地往下流,绝望地挥了挥手,“反正,人总得死,总得烂,死了烂了,就一了百了了。”

简雨槐的脑子里一片空白。她泪流满面，她不是现在才流泪。她早就在流泪。在简先民告诉她他的决定之后，她偷偷哭了好几次，躲在被窝儿里，或者坐在床头哭。她看见她的父亲，那个绝望到极点的大个子，他摇摇晃晃地朝营区外走去。他走出一段路，像是喝醉了酒，像是被抽去了脊梁，像是遇到了十二级台风，有些艰难，有些走不稳，然后他趔趄了一下，站住，用手扶住额头，慢慢地在马路边上蹲下，把头埋进颤抖着的两膝间，就在那儿像个不争气的孩子似的呜呜地哭出声来。

简雨槐把向后退的脚步收回来，向她的父亲跑去。她跑近她的父亲，在他身边蹲下，伸出手去抓住他的手，把他的手掰开，看那里究竟握着多少绝望的痛苦。

“您怎么啦爸？您怎么啦爸？您没事儿吧？”她急急忙忙地说，想要在急急忙忙中为父亲找到支撑，也为自己找到支撑。

“你别管我。你管你自己。你把自己管好。”简先民呜呜地哭泣着，一把一把地抹着泪，“你们都管自己，把自己管好。你们让我算了，让我报应，让我烂。”

“您别这样呀爸，别这样。”简雨槐完全乱了方寸。她看见她的父亲，那个从小拿她当掌上明珠的父亲，那个从来没有大声说过她一句、从来没有动过她一指头的父亲，那个过去整人、现在被人整、整得没有丝毫尊严和退路的父亲，他被泪水浸泡着的眼神是那么无助，他就像一个溺水的人、一个失去了母亲的孩子那么绝望。他为什么要这样？她为什么会是他的女儿？他们为什么会是父女？舞台坍塌下来，灯光熄灭了，她探出去的足尖踩着的不是硬地，而是覆盖着黄斑螽斯和缺翅虫的泥土，她伸出去的手指触摸到的不是柔软的空气，而是麦秸、豆梗和粪勺，她的腰肢不再被舞伴托举着，而是要背负起抹屋顶的稀泥、垒水渠的石块和装满河土的背篓。她得做一个农民。简雨槐如踩浮云，一下子就垮掉了，放弃了，心被撕裂开，头一次有了想要去死的念头。

“爸，您别这样，”她哽咽着说，“别这样，别这样。”她抽泣得差点儿没背过气地说，“我，我听话，听您的话。”她声音差不多消失掉地说，“我脱军装，去乡下，当农民。我去遭报应……”

从苏联留学回来的芭蕾舞剧《红色娘子军》的编导蒋慧生看了简雨槐扮演的吴琼花之后，非常肯定地对团领导说，她有一双典雅的腿，一双优美的手臂，一段楚楚动人的腰肢，一张超凡脱俗的脸，一对会说话的眼睛，脚尖功相当舒服，节奏感轻盈而抒情，最重要的是，她有一种高贵的、哀怨的、奥杰塔①的气质，她是为舞蹈而生的，所以，不要限制她，只要她愿意，她就能前途无量。

现在，她仍然有这样的脚尖功、节奏感、腿、手臂、腰肢、脸、眼睛和气质，但她不再是舞蹈的宁馨儿。

5

简雨槐离开文工团那天，平时唧唧喳喳说不完话的伙伴们，突然间都离得远远的，宿舍里只剩下简雨槐一个人。后来陈小春来了。小伙子不说话，埋头帮助简雨槐收拾东西。简雨槐想不出她该把什么东西带走，把什么东西留下。她执意要带上一双硬头舞鞋，还有一些演出剧照，别的无所谓。陈小春尽可能地把一口帆布箱子和一只旅行包塞满，连收拾布鞋时看见床下躺着的一封信，也给收进了旅行包里。

简雨槐默默地把军装脱下，叠好，放在枕头边，换上一件家里带来的桃红色外套，提起箱子和旅行包。陈小春过来，从简雨槐手里夺箱子和旅行包。简雨槐不松手，说小陈，别送我，对你不好。

---

① 芭蕾舞剧《天鹅湖》中的白天鹅。

陈小春什么话也没说，夺下箱子和旅行包，拎着出了门。

接下来的事情，是去哪儿，下什么地方的乡，做什么地方的农民。

简先民决定，让简雨槐去四川奉节县。一来基地现任司令员胡伟的老家在奉节，选择奉节比较容易引起胡司令员的好感，在考虑报上去的审查意见里，会多出一份感情上的因素；二来那里是老区，穷，听说很多农民还睡在山洞里，一个十几岁的女孩子放弃解放军排级干部的身份，放弃大城市生活，到那种地方去插队落户，容易引起轰动效应。

方红藤哭过闹过，没能阻止女儿脱下军装，万般无奈之下，剁自己手指头的心都有，但对女儿去什么地方，她却坚持自己的看法。方红藤要女儿去自己的老家四川资阳，她那个反动家族解放后被打倒了，可毕竟还有一些亲戚，他们一直惦记着出走多年的十一妹，他们会关照十一妹的女儿。

简先民不干，坚持让简雨槐去最艰苦的地方，说那样才能表示反潮流，那样的反潮流才是彻底的、不留后路的。两个人吵了一架。方红藤气得直哆嗦，说我怎么会嫁给你。简先民冷笑道，可惜你该早一点想到，你要早一点想到，我也不至于落到今天的地步。

“雨槐，千万别答应！”方红藤抱住简雨槐，拼命摇晃着她，“你会死在那儿的！妈求你了，别答应！”

“妈，我不会死在那儿的。”简雨槐从空中跌落到地上，跌过了，人已经平静了，不哭了，脸上干干的，是什么表情也没有、因为麻木而干涸得彻底的样子，“我得帮爸，我得帮家，我不能让爸和家遭报应。”

“简先民，”方红藤丢开简雨槐，冲到简先民面前，哆哆嗦嗦指着他的鼻子，“简先民，虎毒还不食子呢，你就这么吃掉了自己的女儿,你比畜生还不如!”

方红藤头一回骂粗话,头一回骂简先民,简先民却一点儿也没生气。他有些神情恍惚,心劲儿拿不住。是的,虎毒不食子,是的是的,他把女儿吃掉了。但是,但是但是,他怎么就变成了畜生?他为什么要吃掉女儿?他眼神儿奇怪地看了看方红藤,从破藤椅上站起来,身子摇晃着走出自己和方红藤的卧室。

简先民和方红藤的卧室如今由方红藤和简雨槐住,他和简明了睡在外屋。简小川整天阴沉着脸,一副要杀人的样子,简先民不会去招惹他。

简先民如今不会招惹任何人,他没有什么可以招惹的了。

6

简雨槐是在收拾去奉节落户时的行李时看到那封信的。她去腾旅行包,在旅行包里找到她的布鞋,布鞋下窝着一封信。她想起那封被她随便抛在桌子上的信。它已经被揉皱,满是灰尘。在离开文工团之前,她把所有爱慕者寄来的信都烧掉了,也许是这个原因,也许手中这封信是她现在拥有的唯一一封爱慕者的来信,她拆开了它。信的头几个字就把她击昏了——

雨槐:

我在《解放军画报》上看到了你的照片……

她的心脏停顿了片刻,血刷地冲到了脑门儿上,眼前飞出无数的星星,连呼吸都停止了。她迅速去看落款。落款上写着那个让她魂牵梦绕的名字——乌力天赫!天哪,天哪!是他,是他!他怎么……怎么会……这封信……为什么……为什么……她闭上眼睛,让眼中的星星尽快消散。然后她睁开眼睛,把手中的信纸展开,贪婪地读起来——

雨槐：

我在《解放军画报》上看到了你的照片。那张照片拍摄的角度不是正面，看不大清楚脸，可我认出你来了。那是你，对吗？

我突然觉得我活了过来，回到了这个世界，这个曾经令我困惑和仇恨的世界。我有半天时间一句话也没有说。也许还要长，是两天或者三天。我不太习惯自己这样，不太习惯做一个软弱的人，就像我不习惯做一个困惑和仇恨的人一样。可那张照片却始终不肯从我的眼前移走，它就像一只颜色鲜明的小樱蝶标本，钻进我的脑子里，并且再也不肯从那里出来。

是的，因为这张照片，因为你，我将宽容这个世界，不再仇恨它；我将学会和它相处，原谅它，也原谅我自己。

也许这么说你不太明白。我自己也不明白。我一直以为自己是明白的——明白自己想要做什么，想要去哪儿，想要如何飞翔。现在我开始有了疑惑。我知道我并不明白，或者说，仍然不明白——不明白自己想要什么，自己是谁，为什么要飞翔。

是什么造成了我这样？我原先以为是我的父母，是他们，他们生下并且决定了我，他们的意志是那么强大，他们根本没有问过我，我想成为什么样的人，想怎样去生活。他们只是按照他们的意志决定了我做什么样的人，决定了我怎样去生活。正是因为这样，我才反抗，拒绝成为他们要我成为的那种生命。

我是一只鸽子对吗？我是一只鸟儿对吗？我和所有的老鸽子、老鸟儿一样，有翅膀、有天空、有风，这就够了。为什么要由老鸽子和老鸟儿来规定我的飞翔呢？我就是这样想的。

也许我这样说还是不对。不是因为这个我才明白过来，或者说，仍然不明白。是另外一件事，是我的经历，让我开始学会原谅。

不知道该不该告诉你，但我还是想告诉你，我在从事一项孤独的工作——或者说是死亡的工作。我又不知道该怎么说了。我总是不知道该怎么说出自己——说出自己想要说的那些事情。我只能依赖行动，这是我的苦恼。

我要告诉你，我参加了一场战争，那场战争改变了我。我是那么渴望参加进那场战争中去。这是一次对苦难中的人们光荣而艰巨的拯救，这是我少年时代的梦——我的整个少年时代，就是为了这样的梦才经受过那么多的屈辱，或者说，我生下来，就在期待像这样活着。在这场战争中，我杀死了很多人。他们以自由和正义的名义，屠杀了无数手无寸铁的苦难的人民。他们大多数和我一样年轻，和我一样健康。我们是敌人。我们彼此在战场上用准星搜索对方，然后扣动扳机，把对方送进黑暗的死亡之井。

有时候例外，我是说在年龄上，还有，在我扣动扳机的时候。我不会不扣动扳机。在所有的战斗中，我只想到我的对手，他们在世界上很多的国家、别人的国家所犯下的罪行。他们是世界上新的法西斯、宣扬着民主自由却手中握着最先进的杀人武器的法西斯。他们是世界人民的敌人，我必须杀死他们。但有一次例外。有一次，我的枪口指住了一名军官，他在换弹匣的时候，我的枪口对准了他。我在那个时候想到的是一个失去了父亲、名字叫作小胜的小姑娘。我一直在为小胜打出一发又一发子弹。可那一次不同，那个军官，他在仓促地往弹仓里填弹匣，他的年龄比我大，显然成家了，也许还有孩子，也许不止一个孩子。他的孩子中，也许有一个和小胜一样，只有九个月大，他的那些孩子，也将失去父亲。

可我还是扣动了扳机，把他打死了。我犹豫了一下。我说不准，我犹豫了一下吗？犹豫过吗？我不知道是不是因为这个，让我想要对你说些什么。我当然不怀疑，我必须打死他——不是因为我不打死他，他就会打死我，而是因为我们是敌人。只要在战场上，我们就是敌人，永远是敌人。

我接受了无数次的选拔训练，还将接受更多次的选拔训练，它们需要我承受巨大的压力，而对我的智力和身体素质，要求则更高。这些我都挺过来了。我不怕压力，就像我不怕飞翔一样。我知道我是志愿选择做一名这样的勇士的。我选择的是一种生命的形式。我选择过一种苦难和最大限度接近苦难的生活。我完全清楚我的选择，它将改变我的一生——我将跨上荆棘密布的道路，它的身后是那些苦难的人民，它的前方通向胜利；我将以自己的生命维护团体的尊严、荣誉和崇高的品质；我将出现在最危险的地方，那是灾难中无助的人民呼唤着的地方。我永远也不会令我的人民失望。人民对我有最大权力的要求，他们期待我比他们的敌人行动得更快、更远、更有力量，并且从不后退。我将因此全力以赴，准备着为人民的目标战斗到底。我将永远也不会把同伴丢弃给敌人，即使是唯一的幸存者，我也会完成任务。

为什么我要告诉你这些？我们是朋友吗？我们曾经是过吗？我们好像不是朋友。我们连话也不常说。而且，我还被你拒绝过，是当面，在长江边上。你还记得吗？要是这样，我就不该给你写这封信。我还是该沉默下去。就像我离开家的时候，我对自己说的——对一群鸽子说的，你会看到的。

我现在跟着语言教员学一门奇怪的语言，它就像南美天狗蝶的语言一样，奇妙而难以琢磨。我将在今后的一段时间里用蝴蝶的语言说话。也许我还会学习它们的飞行方式，和它们一样潜入夜色，呼吸和觅食。

答应我一件事，不要告诉我的家人我给你写过这封信，以及我在信里给你写了什么，也不要告诉任何人，永远也不要。

简雨槐已经泪流满面。她委屈极了，不知该去什么地方、向谁、怎么倾诉她的委屈。她歪歪扭扭地走出房间，拉开门，走到屋外，在那里站了一会儿，然后回到家里，把自己关进卫生间，用毛巾堵住嘴，把所有的呜咽都堵在胸腔里，痛痛快快地大哭了一场。哭够了，哭得没有眼泪了，她再把信展开，又看了一遍，然后看了第三遍。

他为什么要在离开这么长的时间之后才给她写信？他说了他爱她吗？他说了他想她吗？他为什么不在信里告诉她这些事情，而是要告诉她一些和战争有关系的事情，和杀人有关系的事情？但是，那毕竟是他的来信呀！毕竟是他给她写来的信呀！她还有什么要挑剔的？就为这，她应该感激脱去军装离开文工团这件事，应该感激报应——要不是脱去军装离开文工团，要不是报应，她永远也不会看到这封信，永远也不会知道他曾经给她写过信！

现在，她的心境渐渐平静下来。让她好好想一想，她该做一些什么。她想好了，他给她写了信，她当然得给他回信。她把脸上的泪痕擦净，用冷水洗了脸，把头发收拾好，出了卫生间。为了不让家里人看到她在做什么，她把笔和信纸拿到简小川的房间，关上门，在桌子前坐下，铺开信纸，旋开笔帽，在信纸上写道——

天赫：

我的朋友——我是说，我曾经说过、我们要做的、鲍勃的那首《随风飘去》里唱到的那种朋友——我怎么会收到你的信？你怎么会给我写信？你怎么没有更早地、在一开始就给我写信？我为什么没有更早地、在一开始就读到你的信？我真傻，我以为那是别人的信。很长时间我都没有拆开它，我甚至不知道它放在哪儿了。我不喜欢别人的信。我从来就没有收到过我喜欢的信。我喜欢的信只有一封,那就是由你写的,你写给我的,写给我一个人的,让我一个人来读的信。

我现在还是傻,还是没能明白,我怎么会这样,怎么会把你的信当成别人的信,怎么会把它弄不在了。当然那不能是一封,我想读到你的很多信,它们读也读不完,它们需要我花整天的时间、整年的时间、一辈子的时间来读。你看,我是多么贪婪,我是多么不知道珍惜你,你不会因为这个责备我吧?我还是很傻,对吗?

我的朋友,我是说,我曾经说过、我们要做的、鲍勃的那首《随风飘去》里唱到的那种朋友(我们约好,我们以后就这样互相称呼,好吗?),你当然没有时间给我写这么多的信。你就像鸽子一样,像那些美丽的鸟儿一样,要飞翔,要去很多很远的地方,你怎么会有时间给我写信呢?可是,我的朋友,我不认为有什么决定。没有决定。父母不是,命运也不是。我是说,对你,没有人该来决定你的飞翔,我也不能。我绝不会这样做,死也不会。

我们当然是朋友。我们怎么不是朋友呢?我们当然说过很多话,有些话,它们不是面对面说出来的,是我们在心里说给对方的,是我在心里对你说过的,说过一百遍。你为什么要沉默?我拒绝过你吗?我怎么拒绝了?为什么要拒绝?不错,我们是当面,在长江边上,我还记得,但那不是拒绝。我没有拒绝。我只是……只是没有准备好,只是有点儿害怕,只是不习惯风,只是不知道该怎么说出那句不拒绝的话。

可是,我不明白,你怎么会参加战争?是什么样的战争?它发生在哪儿?我有些糊涂。你是说武斗吗?现在不是不让武斗了吗?还有,你怎么会选择去做一名勇士?是什么样的勇士？人民为什么要你出现在危险的地方？他们遇到了什么？他们在哪儿向你呼唤？你怎么会做一名幸存者？谁是你的敌人？你怎么会有敌人？你究竟在做什么？我还是糊涂。我还是傻。

小胜是谁？那个军官又是谁？你为什么要为小胜开枪？小胜她怎么了？你为什么要杀死那个军官？他又怎么了？你怎么会杀死很多人？他们为什么是你的敌人？请原谅，我问了这么多，我是不是让你感到厌烦了？可我太想知道这些事情了，这些事情都和你有关系，我想知道一切和你有关系的事情，我……我是说……我有些为你担心……非常担心。

对了，你说过，你的对手，他们在世界上很多的国家、别人的国家犯下了罪行，他们是世界上新的法西斯、宣扬着民主自由却手中握着最先进的杀人武器的法西斯，他们是世界人民的敌人，你必须杀死他们。我现在有点儿明白了，也许我知道你在说谁……你是说……但是，这怎么可能呢？难道说……我不敢相信。可为什么……我还是糊涂。我更害怕，为你害怕。我不知道你会出什么事儿。

你说不让我告诉你的家人，不让我告诉任何人，我明白，你是让我为你保密，对你的信，还有你告诉我的那些事情。好吧，我知道，你告诉我的事情一定有你的道理，你不想告诉我的事情也会有你的道理，我不再问了。可你能不能在下一封信里，告诉我一些别的事情，我是说，那些对你不重要的，但它们对我很重要的、你愿意说给我听的、我非常非常想知道的事情。比如说，你还好吗？你的身体怎么样？你在哪儿？你现在……

简雨槐在这个地方停顿下来。一滴墨水落在了信纸上。她被她刚刚写下的那句话提醒了，那句话是："你在哪儿？"她呆了几秒钟，迅速放下手中的笔，翻出乌力天赫的来信。她看了一眼信封，信封上没有寄信人地址，只有“内详”二字。她心里一阵发慌，把信封放到一旁，再把信纸展开，从头到尾又看了一遍，每个字都没有放过，可是——信里也没有留下地址！

她愣在那里。他没有给她留地址。他给她写了信，却没有留下地址！她给他写了回信，却不知道他在哪儿，她写给他的信该往哪儿寄！她突然有些害怕。他没有给她留地址，等于是说，他并不打算收到她的回信，并不打算让她给他回信。为什么？他为什么要这样做？是什么原因让他这样做？他不想收到她的回信吗？还是他不在乎她的回信？既然如此，他为什么又要给她写信呢？为什么？

简先民在外屋叫简雨槐，口气是兴奋的。他向政治部申请了外出假，去街上买了暖水瓶、新棉絮和一双雨鞋，还去政治部讨了一套崭新的马列主义经典著作，这些都是简雨槐下乡以后会用到的。简先民为自己做的事情感到自豪，想叫女儿和他一起分享打起背包就出发的快乐。

简雨槐落寞地收起没写完的信，和乌力天赫的那封信放在一起，夹进一本书里，把书贴在胸前，出了简小川的房间。

“瞧，多软和的被子，今年的棉花，能闻到太阳的味道呢！”简先民喜滋滋地让简雨槐摸他给她买回来的新棉被，然后又从网兜里取出雨鞋，“来，试一试，看大小合不合适，以后，你就得穿上它去战天斗地了！”

简雨槐像一只木偶，被简先民拉着，在外间的行军床上坐下，脱下脚上的布鞋，把雨鞋往脚上套。她当然不知道，简先民去政治部为她讨马列主义经典著作的时候，已经把一份他努力说服并且积极支持女儿与资产阶级法权决裂、坚决响应毛主席上山下乡号召去农村安家落户的情况说明，郑重地递交给政治部有关领导了。

其实,知道了又能怎么样?她根本就不在乎什么情况说明,军装都脱了,舞蹈都不要了,她还有什么舍不下的?她只是苦恼,弄不清楚乌力天赫为什么没有给她留地址,那究竟是什么原因?因为这个苦恼,她甚至淡薄了脱去军装的痛苦,忘却了自己要去插队这件事,也不再为今后的莫测命运而担心。

7

几天后,简雨槐的关系办下来了。简先民坚持自己带简雨槐去派出所销户口,然后把她的户口迁移证明、知识青年关系证明、早些日子从文工团带回来的共青团组织关系证明一起,放进一个大信封里。现在,简雨槐已经是一名光荣的知识青年了。

从派出所回基地途中,他们碰到了乌力天扬。

乌力天扬一副百无聊赖的样子,双手插在裤兜里,吹着口哨从马路对面走来。简先民看见乌力天扬,想和他打招呼。乌力天扬没有理他的意思,有些窘,讨好地看看简雨槐。简雨槐站下,冲乌力天扬笑了笑,算是打招呼。简先民对简雨槐说,那我先回去了。简先民说了那话还站在那里,眼睛往简雨槐手里的户口本看,看简雨槐没有把户口本给他的意思,只好侧过高大的身子,不舍地离开两个孩子。

"脱军装了?"乌力天扬问简雨槐。

简雨槐点点头,捋一下额前的散发。天阴得很,干冷干冷的,要下雪的样子。

"你们家简明了是个王八蛋,问他,他还当军事秘密,又不是他的事儿。"乌力天扬抽了一下鼻子,再问,"要下乡?"

简雨槐又点点头,嘴角上挂着笑容。是的,她已经做好准备了,没有什么可牵挂的了。如果说有,只有一件事——她想知道,他的四哥为什么没有在信中给她留下地址。

“你蠢。”乌力天扬毫不客气地骂简雨槐，“他们找过我好几次，要我下乡，我说行，别来重大意义那一套，你们跟我一起下，你们下我就下，下到旧社会都行。我操他的，我就这么说，能把我怎么的？你下算什么？兵当得好好的，舞跳得好好的，疯啦？你看看你，看看你的样子，从头到脚看仔细，你是下乡的人吗？你去乡下干什么？看牛打架呀？”

“我爸往北京打过电话，小姑说，雨蝉已经上学了，在六中。”简雨槐不想谈这个，把话题转开。

“没劲。”乌力天扬不耐烦地把重心换到另一条腿上，支撑着瘦瘦的身子，“你俩都一样，没劲透了。”

“我回去了。”简雨槐觉得有些冷，说完，绕过乌力天扬，朝干部宿舍的方向走去。

“我能替你做什么？”乌力天扬在简雨槐身后喊。

简雨槐停下来，转身。她看见乌力天扬不知所措地站在那儿，好像很不放心的样子。她笑了笑，摇晃了一下脑袋。

“我是真的。你要不想下，我替你下，我能和牛打架。要不，我也去销了户口，陪你一块儿去，我俩的活儿我都干了。反正我也没有什么事儿，待着也是待着。”

“你傻。那是能陪的呀？别说这话了，快回去吧，啊？”

简雨槐这么说完，就走了。这回是真走了，连头也没回。风一阵一阵从江边吹来，把一地的落叶吹得到处跑，像去赶什么热闹似的。雪怕是真要来了。

第七天早上，方红藤和简小川送简雨槐去奉节。简先民和简明了送他三人出门，到汉口客运码头乘上水的船。

简先民想把动静闹大点儿，向政治部请假，要送简雨槐去奉节，没有被批准。本来挺高兴的事儿，让人给堵在半道儿上，让他有些不快。但事情到底办成了，他不想为这点挫折让自己受到打击。

乌力天扬早早等在干部宿舍外面，在那里堵住了简家的人。乌力天扬谁也不看，径直走到简雨槐面前，递给简雨槐一个小纸包。简雨槐抬眼看看乌力天扬，乌力天扬不看简雨槐，吸了吸鼻子，皱了皱眉头，怕冷似的把脖子缩进衣领里，转身走了。

简雨槐把纸包打开。纸包里是一沓脏兮兮的钱，还有一小沓揉皱了的全国粮票。简雨槐的眼睛模糊了，抬眼看走远的乌力天扬。乌力天扬走路斜着身子，有一搭没一搭的，从背影上看，有点儿像没长熟的乌力天赫。

码头上人头攒动，简明了拎着的网兜被人挤掉在地上，暖水瓶从网兜里掉出来，摔碎了。简小川气得大骂简明了，说还没出门就砸东西，你能干什么？为什么不是你去当农民？操，好好儿的家让你砸成这样，你让别人替你顶缸，这世界还有公平没有！简明了委屈得很，也不好犟嘴，站在一旁抽鼻子。

轮船离开码头的时候，简先民一直追着船走，先是慢慢的，再加快了步子，再跟着轮船的方向奔跑，跑出一段距离，轮船逆着江水进入中流，码头没有那么长的傍道，撵不上，只好站下，孤零零地站在码头上。简先民那天没有戴帽子，头发被江风吹起来，人显得很失落、很寂寥。

新中国 70 年 70 部
长篇小说典藏

新中国70年70部
长篇小说典藏

我是我的神

下

邓一光——著

学习出版社
人民文学出版社

第二十二章 想要做一个男人

1

乌力天时又拉在床上了。他还是那只不肯破茧的蚕，在蚕茧里吃喝拉撒，弄得满屋子大便味儿。新来的保姆顾嫂在院子里和梁政委家的保姆说话，然后去厨房炖猪蹄，忘了每两小时上楼看一次乌力天时的规矩，等乌力图古拉回来的时候，乌力天时已经在大便里躺了很长时间。

“他吃什么了，怎么拉一床？”乌力图古拉把乌力天时往另一张床上抱，问闻讯跑上楼来的顾嫂。

“哎呀，怎么拉成这样？”顾嫂慌里慌张，帮助乌力图古拉把乌力天时安顿好，乌力图古拉为乌力天时换裤子，她去收拾床，“你看，我把他给忘了。”

“不是说了，你就管他，别的不用你管吗？”乌力图古拉生气了，挓挲着一双沾满大便的手，“你看弄的，跟掉进茅坑里似的。”

顾嫂知道自己犯了错误，不该和人聊天，忘了正事。本来厨房里的事不归她管，有厨师周晃，她是嫌周晃炖猪蹄不择毛，才去插一手，结果成了王铁匠教张灶哥揉面，王铁匠自己的炉子熄了。顾嫂连忙换下脏床单，再去打热水，给乌力天时洗。

乌力天时拉在床上不是头一回，离开萨努娅和卢美丽，乌力天时就像刚出生的小马驹似的，没了母马舔着，今天忘了洗脸刷牙，明天忘了喂抗萎缩药，后天又忘了揉身子，隔三岔五总会出点儿问题。乌力图古拉过去不管乌力天时的生活，现在他得管。自打把乌力天时接回家后，乌力天时吃什么、怎么吃，摸索了一阵子，有时候没喂好，喂得拉稀，拉在床上的事情也有。为这事儿，乌力图古拉专门写了一个每天要做的日程表贴在墙上：几时起床洗脸，几时吃第一餐，几时服药，几时捏手揉背，几时翻身，几时摸脉搏，几时接小便，几时抱出去晒太阳，几时端起来解大便，几时洗澡换衣裳，几时睡觉，多长时间给剪指甲，多长时间给剃头，多长时间给掏耳朵，多长时间请医生来检查，等等，比造一支新式步枪都仔细，就这样，还是常常出问题。所以，乌力图古拉生过气，事情也就过去，帮着顾嫂把乌力天时弄干净，再抱回原来的那张床上去。原来的那张床靠窗户，空气好，能晒着太阳。

乌力天扬从他的屋里出来，进了乌力天时房间，冷冷地看了一眼躺在床上的三哥，再看看乌力图古拉，说你吼顾阿姨干什么，人又不是顾阿姨生的，石头又不是顾阿姨砸的，他是你儿子，该谁管？一句话，把乌力图古拉顶在墙上揭不下来。

要搁在早两年，乌力天扬敢冲乌力图古拉这么说话，乌力图古拉早就大巴掌扇过去，一直扇出门，直接从二楼摔到一楼，砸他个经验教训出来。现在不是早两年。自从乌力图古拉把乌力天扬从宝庆码头找回来，父子俩就像变了关系，平时俩人没话，有话也是问一句回一句，不问就对面坐着，夹菜吃饭，喝水看报，乌力图古拉不拿骆驼眼瞪乌力天扬，乌力天扬也没有什么好气，懒洋洋的。只是，两人从来不提头几年发生的事情——乌力图古拉不提乌力天扬在批斗会上剃他阴阳头的事，不提乌力天扬抢手表进少管所的事；乌力天扬也不提乌力图古拉扇自己耳光的事，不提他给自己的孩子带来多少磨难的事。乌力图古拉再也举不起巴掌。人要举不起巴掌，说话的声音也就会落下几分贝去。

“我这不是，跟你顾阿姨说话嘛，我吼什么了？”乌力图古拉瞥一眼乌力天扬。乌力天扬上身穿一件差不多快要露出肚脐的白衬衣，下身穿一条上窄下宽的赭红色喇叭裤，像拖着两只大扫帚，脚上是一双茂记三接头尖皮鞋，头发油光水滑，梳着大背头，样子就跟30年代汉口租界的拆白党似的。乌力图古拉本来想让事情过去，这一看就没有好气，“你这是什么打扮？你看你，像十八岁的青年学生吗？”

“我像什么你不用管，反正你也没管过。再说我算哪门子学生？你明知道我没读书，你不是故意讽刺吗？再说我十八岁呀，我十七岁半，你连自己儿子多大都不知道，当什么爹！”

“我讽刺什么？你这样子还要人讽刺？没读书你怪谁？要你回学校你不回，整天到处瞎逛，和一些不三不四的人来往，我不管你管谁？差几个月就不是儿子了？我就不是你爹了？”

“爹不爹的，有屁用！你要真想管，你管管我妈，你把我妈管回来。别人不知道我妈，她给你当了二十年老婆，她是不是特务你不清楚？你不清楚让她给你生养那么多孩子？你现在自由了，没事儿了，你就不管她，让她在那儿受罪呀？”

“我怎么管？”乌力图古拉差不多是吼出来的，“你要我怎么管！”

“别问我。”乌力天扬冷到极点，“要是我老婆，我走遍天下也把她找回来，谁拦我，我开了膛也泼他一身血。”

乌力图古拉噎在那儿了。他没想到，父子俩一直的默契，谁也不提过去那些年发生过的事，谁也不去捅过去那些年留下的伤口，这么长时间过去了，儿子还是捅了出来。但是，儿子说得对，他没有走遍天下。他走了，但没走遍，而且，他没有开了膛泼谁一身血。

乌力天扬说了那话以后就下了楼，皮鞋踩着地板，噔噔的，一会儿楼下传来大门撞上的声音，一会儿听见乌力天扬在院子门口和值班的警卫说什么，然后就没了声儿。

“我死了以后……有我的儿子……儿子死了……又有孙子……子子孙孙……是没有……没有穷尽的……”①

“什么?”乌力图古拉被惊醒过来,回头问乌力天时。

“他说他儿子,还有孙子什么的。”顾嫂莫名其妙地说。

乌力图古拉回到楼下办公室,公勤员郝卫国跟进来,说首长在楼上的时候罗主任来过电话,有事找首长,问要不要挂过去。乌力图古拉点点头。郝卫国把电话挂到罗罡那里。罗罡像搞地下工作,压低声音告诉乌力图古拉,总参的人又来了。

罗罡说总参的人又来了,是指总参的人先前来过。乌力图古拉刚从麻城农场回到基地的时候,罗罡就向他汇报,总参来调查过他家的情况,来的人很神秘,调查得很仔细,祖宗八代的事都问过。乌力图古拉被调查不是头一回,连生命都交给组织了,连一家老小的命都交给组织了,别说调查,烤饼都行,借一句时髦的话说,剖开给你看看,看那颗心是红的不是。乌力图古拉没把这当回事儿,咸一句淡一句地听罗罡说了一些当年觉悟不高的后悔话,让罗罡打住,问罗罡还喝酒不,让官帽子压趴了没,别弄得级别上去,酒量下来,变了种。

罗罡在电话里告诉乌力图古拉,这次来的人和上次不同,可还是调查乌力家的情况。乌力图古拉说,不是调查过了吗,还调查什么?罗罡说,我也这么说,他们说人生下来还得长,还得变化呢,没听说就那样了,他们让我配合,不该问的别问。乌力图古拉说,费那个劲儿,你让他们直接找我,我配合他们,我哪只趾头有脚气,我比别人清楚,他要找别人,那是别人的趾头,他们懂事不懂。罗罡说,我也这么说,可他们说,是背对背调查,不让通知你。司令员,我这可是犯错误,我是想让你知道,你永远是我的上级,我就是犯错误也不能瞒着你。乌力图古拉说,那你就别告诉我。还有,我现

① 见毛泽东《愚公移山》。

在已经不是司令员了，你别这么叫。还有，犯错误也不是什么好事儿，别当那是荣誉，老往嘴上挂。

电话放下，乌力图古拉琢磨，总参来调查他干什么？难道上面打算让他去总参不成？可他去总参干什么？他不是玩儿脑子的人，不是纸上谈兵的人，不是给人五马六驾当差的人，他干不了那些事儿。再说了，真要他去，档案在组织手上，人在组织手上，连同家里的情况、社会关系情况，折腾了几十年，还有什么不清楚的？这么一想，乌力图古拉就有些糊涂，弄不明白出了什么事儿。

乌力图古拉的烦恼不在这儿，而在乌力天扬。

自打找回乌力天扬，乌力天扬就对乌力图古拉没有好气，父子俩说不上话，一说乌力天扬就不耐烦，老拿话挤对他，还冷笑，让人毛骨悚然。乌力图古拉知道，在自己的问题上，乌力天扬受的委屈大了，比家里哪一个孩子受的委屈都大，试过和他好好谈谈，人生下来哪能不受点儿委屈？再大的委屈，总得让事情过去，总也过不去，人怎么活？可没用，乌力天扬不理茬儿，照样不给乌力图古拉好脸儿看。乌力图古拉有时候被逼得狠，气上来，真想抽他。可乌力天扬不是当年的乌力天扬了，十七八岁的大小伙子，个头儿长起来了，又在外面闯荡了几年，被别人动过刀子，也动过别人刀子，血没少冒，就算真能打，能打动，父子俩打起来也不好看。有老马踢崽马的，人家都长成儿马了，满世界尥蹶子了，你再踢他？

乌力图古拉有些拿不准，当初一大家子，葱姜蒜韭，满园子竞相生辉，萨努娅拾掇得好好的，没压抑谁，一园子春光无限；现在园子荒掉，就剩下两头半蒜，他就没法儿收拾，老五在那儿憋着劲儿拿他当敌人，看得出是忍着耐着呢，指不定什么时候忍耐不住就出手，这个家，可就变成校场了。

萨努娅是怎么把这个家治理成这样的？这个家，没有了萨努娅，还真不是个家。乌力图古拉这么想着，就深深地思念起他的女人萨努娅来,而且为这个念头、为他的思念,苦笑了一下,再苦笑了一下。

2

乌力天扬走在大街上,脸上挂着两行清泪。

武汉这种江湖城市,是什么都招揽着,又什么都蓄不住。多少水和水中的生命流淌进这座城市,又流淌着经过这座城市;多少人从东南西北的地方来,在这座城市里打一晃,又匆匆地走掉。流淌掉的和走掉的大多是优秀的,是这座城市需要的,本该留住,却没留住,城市就呈现出日益颓靡衰落的气象,像个巨大的垃圾场。乌力天扬走在这样的城市里,走在肮脏的街道上,觉得自己孤立得很,跟一只蚊子差不多,谁要看他不顺眼,一巴掌拍死他,他也不会感到有什么委屈。

乌力天扬已经没有委屈这种感觉了。他想,我又不是被炮弹削掉了脑袋躺在水泥里的大哥、穿着四个兜干部服假模假式在大学里念哲学的二哥、让大石头压成了蚕蛹整天往床上拉的三哥、像绝望的空气一样不要脸地消失掉了的四哥、把自己当成一块腊肉吊在风中吹来荡去的大妹、木虻似的到处觍着脸叫人家爸爸妈妈的小妹,我活着,活过来了,活得自由自在,我他妈的才不上学呢,我他妈的才不让人管呢,我他妈的才不认谁呢,我操他有志青年的妈,我有什么好委屈的。

乌力天扬还想,那些伟大的人物严肃地告诉人们,世界是有规律的,这不是屁话吗?老鼠按照老鼠的方式偷窃,不会学豹子的掠夺;恶棍按照恶棍的方式作孽,不会效法教徒的施舍;疯子按照疯子的方式思考,不屑正常人的规矩。哪一样又不是规律?乌力天扬这么想了,冷冷地笑,朝一个奇怪地看着他的老人恶狠狠地横出一眼，吓得那老人连忙移开目光，颤颤巍巍地走开。

省委干休所一个叫昆文艺的孩子，爹妈回湖南老家修房子去了，家里空着，一群和乌力天扬同样打扮的待业青年在他家里集中。因为没事儿可做，他们把自己打扮成十二月党人的落魄样儿，穿着马裤和白色衬衫，脚蹬软面麂皮靴，抽着牡丹牌香烟，喝着散装啤酒，粗俗地开玩笑。马裤窄窄的裤腿宽大的裆，乍一看，像是一群长着一双长腿和一个巨大食囊的鲸头鹳。

昆文艺比别的孩子大几岁，在湖北省歌舞团拉小提琴，家里有一架老牌子的钢琴。他穿一件洗得雪白的大翻领衬衫，鼻梁上架着一副装腔作势的平光眼镜，头发像五四时期的颓废青年，留得老长，绷着脸，做出一副深沉的样子，在钢琴上叮叮咚咚弹着一首曲子。

"你爸这回赚老了，至少给补五千块。"一个叫兰世强的省委子弟说乌力天扬。

"七千六百八十一块三毛三分。"乌力天扬灌了一口啤酒，故意轻描淡写地说。

"我操！老财嘿，革命的对象嘿，非打不可！"一个叫吕长江的市委子弟大呼小叫，"叫你爸把长江大桥买下来，北京人不许过，上海人也不许过。"

众人都笑，说这个主意好，是武汉人出的主意，干脆，让吕长江守大桥，支根铁棍，遇人就审，凡是卷了舌头说北京话和夹着舌头说上海话的，就让回头，往江里跳，从江里游过去。反正吕长江没事儿干，不如为祖国守大桥。

"今天我请客，邦可。"乌力天扬大方地说。

"正说小乔来了没饵子，麦加泡夫，普罗旺斯奶油蛋糕，苹果馅饼，好饵子。"昆文艺深沉地说，灵巧的十指在钢琴上敲打出一串琶音，突然亮了眼珠子，拼命擂动琴键，扯着嗓子唱抗日歌曲，"到敌人后方去,把鬼子赶出境……”

“到敌人后方去,把鬼子赶出境,不怕雨,不怕风,包后路,出奇兵,今天攻下一个村,明天夺回一座城,叫鬼子顾西不顾东,叫鬼子军力不集中……”众人狗一样地狂吠起来。

门敲响了,快乐而急促。昆文艺两手往上一举,投降似的,鬼哭狼嚎戛然而止。昆文艺示意兰世强去开门,十只长指温柔如水地抚摩下去,长发甩出清澈的“万泉河水清又清”。

进来的是一群女孩子。领头的是小乔,昆文艺最近一段时间的女朋友,青少年宫合唱队队员。她们嘻嘻哈哈,或者故作矜持。来的大多是熟悉的,只有一个像风车一样单薄的女孩,小乔介绍,是合唱队的队友,技校生。女孩子头一回出现,蹙着猫一样的鼻子,眼睛滴溜溜地到处张望,像是进了猛兽级的动物园,有些不安。

话题改变,改成不久前死掉的王明、傅作义和竺可桢,还有江青火烧军队的讲话,还有为什么要批判孔子。青年子弟们一个个博闻强记,出口不凡,而且文质彬彬,半句粗口也没有,像极了工农兵大学生;而且不断地给女孩子们递汽水,让她们坐着,他们则站着,好让不夹香烟的那只手像落魄的青年毛泽东似的倔犟地揣在裤兜里。

昆文艺一直在弹“万泉河水清又清”,弹得很投入,真的弹出了流水如斯的清澈,让人觉得屋子里的姑娘就是那些编了斗笠来送给红军的姑娘,军爱民来民拥军果有其事,而且军民团结一家亲是颠扑不破的真理。小乔甜蜜蜜地挂了一只膀子在昆文艺肩头,昆文艺弹完第三个反复,手从琴键上收回,就势揽住小乔的腰,起身严肃地对众人说,废什么话,江青挖孔夫子的祖坟关你们什么事,你们就不能干点儿正事儿?说完带着小乔进了书房,门砰的一声关上。

等于是信号。青年才俊们闻风而动,各取所需。兰世强和吕长江迅速撇下江青，一人拽了一个女孩子往楼上去。其他人也没空着，猴找猴鹅找鹅，上树下河的都有，一会儿客厅就空荡荡的了，只剩下乌力天扬和那个像猫一样蹙着鼻子的女孩。

“不是说，跳舞来的吗？”猫茫然地看了看灯光下慢慢坠落的灰尘，不满意地耸了耸鼻子。

他们就跳舞。客厅里有现成的唱片机，随便放一张在上面。是马勒的《流浪少年之歌》：“哎，是你吗？哎，是你呀。美妙的世界，如今我要交好运。不，不，不会的，鲜花永远不会为我开放。”这个反革命悲观主义制造犯！

他们在鲜花和好运中挪来挪去，提一些无聊的问题，再无聊地回答那些问题。现在他们彼此认识了。他是社会青年，而她是纺校学生。这怎么可能？他像没事儿干的吗？那么聪明，骗人呀，是工农兵大学生吧。哈，大学的门朝南边开吗？上锁不上锁？他当然聪明，要是魔鬼遇到他，魔鬼就惨了，他就聪明成这种样子。

然后他们跳到沙发上。猫先发作，把乌力天扬压在下面，不太熟练地舔他的脸，用尖利的牙齿咬他。乌力天扬回咬，狠狠地，有一种秃毛公鸡对刺猬的仇恨。猫尖叫，哧哧地笑。乌力天扬伸手到她的屁股上，狠狠掐，把女孩子掐得叫起来，然后吓得哭出声来。

“你妈的是泡妞呀，还是掐蒜苗哪！”昆文艺光着上身从书房里探出脑袋，朝呼哧呼哧喘气的乌力天扬喊。他两眼充满血丝，长发用一根橡皮筋扎住，像只粪桶，粪桶边还屎汤似的淌着汗珠子，一点儿颓废青年的样子也没有。

“掐蒜苗又怎么了？我就掐了，你管得着吗？”乌力天扬从沙发上欠起身子，红着眼睛朝昆文艺吼，吼得躲到一边的猫哆哆嗦嗦地缩在那里，连哭的样子也没有了，“去你妈万泉河！去你妈清又清！去你妈！”

昆文艺愣在那里，愣了一会儿，看了一眼从楼上探出脑袋来的兰世强和吕长江，竖起一根指头，把汗贴在额头上的一丛湿发往上一挑，指头画一道弧，严肃地指向乌力天扬，一字一句地说：

“蘑菇烤蛋白，柠檬杏仁饼，糖浆水。我和小乔，一人一份。”

3

乌力图古拉在他五十八岁那一年接到了离职休息的通知。

不到岁数，不应该，但不应该的事情多了。就在干部部门找乌力图古拉谈话让他离职休息那天，印度把锡金王国给兼并了，一个国家生生地让另一个国家做了自己的殖民地，等于是让那个国家做孙子，国王都是儿皇帝，还有比这更不应该的？所以，没有什么好说的。

干部部门和乌力图古拉谈过话之后，征求他的意见，看他愿意去哪儿休息。年年搞疏散，干部一批一批地往外赶，进京不可能，但疏散有疏散的办法，上海广州这种城市，努力一下是可以办到的。或者叶落归根，回内蒙古老家——科尔沁草原野了点儿，呼和浩特是个不错的城市，青色之城啊，历史文化名城啊，金刚座舍利宝塔，不用乘车，走两步就到，跟去隔壁邻居家似的，塔上镶着一千五百六十三尊金子做的小佛像，哪一尊抠下来都是珍稀文物；还有，昭君墓，旷世美女啊，人家是湖北姑娘，水灵灵的，那么老远的路，不也嫁给一脸黄沙的呼韩邪单于了？民族和好嘛，老家肯定欢迎你回去。

乌力图古拉没让干部部门的人费太多口舌。小金人儿也好，水灵灵的姑娘也好，那是别人的东西，不能动，组织上要说，他拦不住，那以后的话就拦住了，不让往下再说。乌力图古拉明确表示，北京上海不去，老家也不回，他就在武汉歇下来，祖宗早就说过，无处黄土不埋人，何必马革裹尸还，他还费个什么劲儿？但是，有两件事儿，组织上得给办——

“萨努娅已经关了六年，我没有她的任何音讯，连人也见不着。这就奇怪了。就算她是特务，叛了党卖了国，该判，也得把判决书送到家里，让家属签个字吧！该毙，也得通知家属去收尸，让家属交子弹钱吧！是死是活，总得有个准信儿。其实，不光我清楚，你们也清楚，这两样，没有一样该让萨努娅沾上，她是替国家背黑锅，一口黑锅背了十几年，背了十几年呀！你们得把人给我送回来。怎么抓走的，你还照原路往回送。不是让休息吗？你让我好好休息，让我们好好休息。

“第二件，不是天时的事儿，天时为国家被石头砸了，国家要他这么做，他也该这么做，我能接受，不怪国家，也不怪石头。我的儿子，我背着抱着，不连累谁。是老五。”

乌力天扬老和乌力图古拉吵架，他就像一枚怒气冲冲的子弹，拦都拦不住地往前冲。又不是我把我闹成这样的！谁他妈愿意生在这个家？有本事你别生我！有本事你把我妈找回来！老五不讲道理，但他说得对，不是他把他弄成这样的，不是。

“他已经长大了，书没读成，又没个工作，是我连累的。就算我给组织上找麻烦，组织上管管这件事儿，让他当兵去。”

梁永明听干部部门来的人说了乌力图古拉的情况，沉默着没说话。第二天，他就带着干部部门的人去了北京。过了几天回来，也不知道他通过什么路子，用了什么手段，把萨努娅的情况摸到了。

萨努娅是1969年结的案，罪名是间谍，判了二十年。人关押在山西定襄，因为事情牵涉国家安全，十分敏感，所以不通知家属，也不接待家属的询问。案情是不是有误，乌力图古拉这边先别说，公安部已经答应，就萨努娅的事情再做一次案情审查。乌力图古拉也有事情做，他去看望萨努娅，“家属探视介绍信”梁永明已经给开回来了。

“什么也别说了，再耐心等等吧，等等再说。”梁永明拍了拍激动的乌力图古拉的手，自己的眼圈也红了，“去看萨努娅的时候，替我问个好。总听说你找了个好女人，还没见过她呢。”

乌力天扬的事情好办，基地自己就能解决。当然不能留在基地，那样影响不好。和武汉军区做交换，基地收他们的孩子，他们收基地的孩子，算是肉烂在锅里，反正是军队，好歹都在锅里。

和乌力天扬一起当兵的还有罗曲直、赵东江、胡小丽和鲁红军。本来没有鲁红军的事儿，鲁红军不是基地的孩子，基地不管，可他听说乌力天扬要去当兵，心馋，非要和天扬生死一路，求天扬帮忙。乌力天扬去找汪道坤，说鲁红军为汪家的事蹲了少管所，把前程蹲掉了，得落实政策，要不解放军真连国民政府军都不如，祸害百姓。没想到汪道坤和胡敏还真认这个。鲁红军的确是为筹钱给汪大庆和胡敏治病才去抢手表的，抢出一年劳教，前途给抢没了，这个汪家不能赖。反正汪家没人当兵，该当兵的汪百团还押在劳改农场，权当鲁红军是汪家子女，汪道坤就给办。还真办成了，鲁红军就当上了兵。

乌力图古拉叮嘱顾嫂，让顾嫂照顾好乌力天时，又让公勤员郝卫国什么事也别管，就管一件事儿，念乌力天时的生活日程表，每天早中晚各念一遍，念完检查，看看每一个项目是不是都完成了，要是完成了，就在项目下打一个红钩，他回来检查钩打得怎么样。这样吩咐完，就和乌力天扬一起，起程去了山西。

4

监狱在定襄。乌力图古拉对这个地方不陌生，当年打日本的时候，他来往于部队和五台山八路军总部，常常路过这个地方。忻口战役那会儿，他带一个团去敌后，在定襄的一个村子里住过一晚上。那次阎锡山的一个师长正在家里休养，非拉他去家里住了两天，给做了辣乎乎的饸饹，还给喝了沉缸汾酒，这事他还记得。

监狱不在县城，在山里。附近没有旅社，父子俩问清路，找了两头毛驴，进到山里时，已是擦黑儿点灯时分了。乌力天扬去敲监狱的门，人家拿着“家属探视介绍信”看了半天，又把乌力图古拉和乌力天扬从头到脚看了半天，说今天太晚了，犯人在监舍里学习，明天早上来吧。介绍信也不给退，咣当把小门关上了。

乌力天扬茫然得很，不知道再该怎么办。乌力图古拉有经验，闻了闻杂和着草木灰味道的风，领着乌力天扬去了附近一个村子，找到一家村民，几句话一说，人家就热情地把父子俩迎进门。那家的大婶拿出笤帚，给父子俩扫干净身上的尘土，沏了甘草茶让乌力图古拉喝，抓了罐里的醉枣让乌力天扬吃。

乌力图古拉让乌力天扬付了拉他俩进山来的脚钱，谢过人家，让把毛驴牵走。当天晚上，主人给父子俩做了一顿莜麦汤疙瘩和摊饼。父子俩饿了，稀里呼噜吃了喝了，也不洗，和那家人一块儿，男的女的挤在一张大炕上。乌力天扬很快就被跳蚤纠缠上，翻来覆去地满身挠。乌力图古拉也没睡，睁着眼看屋顶的那片亮瓦，看月光一点一点由暗到明，再由明到暗。

第二天一大早，父子俩起来。乌力天扬这回不用教，付了粮钱。大婶追出来，抓了柿饼塞到乌力天扬衣兜里，送父子俩出了村子。父子俩沿着长满红豆松和山白杨的山路往监狱里走。路上有雪，枝头挂着冰凌，一群松鼠在雪地里来回跑着，不断回头看这父子俩。

到了监狱，出来两个管事的干部，盘问了一通儿，说犯人正劳动呢，让等着。父子俩就等着，一直等到晌午过后，才出来一个狱兵，领着父子俩，绕过甬道长长的监舍，到了墙泥斑驳的接见室。

一会儿工夫,一个脑门儿上长着一大块紫色胎记的管教模样的人领着萨努娅进来了。

头一眼,乌力图古拉父子俩谁都没有认出萨努娅来。他们看见跟在狱兵后面颤颤巍巍进来的,是一个头发花白的老太婆,一脸老树皮,身子佝偻着,不停地捂着嘴咳嗽,咳得跟裹着泥浆的虾米似的。父子俩就愣在了那里。

萨努娅进了门,在屋里站定,慢腾腾地看了乌力图古拉一眼,再看了乌力天扬一眼,好像不认识,脸上什么表情也没有,又回头去看紫色胎记。紫色胎记让萨努娅坐下。萨努娅不坐,还站在那儿,有点儿茫然。紫色胎记去一边坐了,拿一张过期的报纸看。狱兵站在门口,很稀罕地看着乌力天扬脚上的回力球鞋。

乌力图古拉很激动,站起来,又坐下,坐下,又站起来。乌力天扬在一旁直捏手掌,两条腿硬在那儿,像是生了根。

"萨努娅,"乌力图古拉咳嗽一声,嗓子干涩地说,"萨努娅,是我。我来看你了。还有天扬,你儿子。"

萨努娅看着乌力图古拉,自上而下,再自下而上,看一会儿,好像想起来,世事悠悠地说,哦。她就说了这么一个字,哦。

后来就坐下来。乌力图古拉和萨努娅对面坐着。乌力天扬坐在旁边的长凳上。阳光从狱兵的胯下钻进来,铺在脏兮兮的土夯地上,那个阴影,是个人字。

"你还好吗?你怎么样?"乌力图古拉这么问,又觉得问得不好,改口说,"你瘦了,头发都白了。"这么说,觉得还是没说好,又改口说,"衣裳不缺吧?能吃饱吧?"

"喂,"紫色胎记放下报纸,提醒说,"谈话不许涉及犯人的狱中生活,不让说这个。"

乌力图古拉被噎了一下,没有反应过来。萨努娅像是冻久了,暖过来,急急忙忙地开了口,问天时怎么样,还说毛主席的话吗?

军机怎么样，脸上的疙瘩消了没有？天赫怎么样，人找着没有？安禾怎么样，又考五分了吧？稚非怎么样，想妈了没？又转过身去看乌力天扬，说天扬，来，到妈这儿来。

乌力天扬胸口里一哽一哽的，两只手都揣在裤兜里，坐在那儿不动。乌力图古拉也发着呆，不知道该怎么回答萨努娅那一连串的问，不知道该不该说家里的事，比如天时和安禾，比如军机和稚非。这么想着，他决定不说，不能说，至少不能往实话上说，就说乌力天扬，没听见你妈叫你呀。

乌力天扬听见了，萨努娅和乌力图古拉的话他都听见了，可他不动，就是不动，还坐在那儿，不把两只手从裤兜里拿出来。萨努娅看乌力天扬，看着看着抿嘴笑了，又拿手捂住嘴，说：

"大了，是大人了，都长胡子了。"

"怎么不是？都参军了，回去就穿军装。这么老大才参军，老兵了。"

"参什么军？"萨努娅又茫然了，看乌力图古拉，"天扬参什么军？天扬参军，谁在家里照顾天时？谁在家里等天赫的信？谁带安禾和稚非？谁给天健扫墓？谁给你炖猪蹄？谁给你开车？谁给你送材料？谁给你接电话？"

乌力图古拉愣了好一会儿，半天才明白过来，萨努娅是搞混了，先是说天扬，后来就乱了，把天扬当成了严之然、卢美丽、小陈、周中保。乌力图古拉就不知道该怎么回答萨努娅的问题，怎么回答照顾、等、带、扫墓、炖猪蹄、开车、送材料、接电话这一大堆事情。

这样沉默了一会儿，都没有说话。乌力图古拉是不知道怎么说，萨努娅是又陷入了沉思，乌力天扬是固执地要对付揣在裤兜里的两只手。三个人都闭着嘴，让阳光反射在腿上，胳膊上，或者鞋上。

乌力图古拉想，不能这样呀，日头跑得马儿似的，日头顾不了

谁,时间宝贵呢!他就咳了一下,开口说:

“萨努娅,家里都好。你好吗?天时好,还说毛主席的话呢。军机提正连了,大学都毕业了。天赫也好……这个,小兔崽子很好,怎么能不好呢?安禾也好,念高中了。谁说不是高中?高中好。稚非更好,小东西给我打电话,在电话里说,爸,我当上红小兵了,我能不能回去看你……”

“念什么高中?安禾该念初中。打什么电话?稚非要回哪儿?”萨努娅说话慢腾腾的,却敏感得很,抓住乌力图古拉的话,狐疑地看他的脸,“你把稚非怎么了?你把她关起来了吗?”

“没关,”乌力图古拉知道自己忘乎所以,说漏了嘴,连忙往回找,“没怎么她。打电话玩儿。她喜欢打电话,喜欢挂在鱼竿上。小东西,七岁不到呢,不懂事,调皮呗……”

“怎么才七岁?是十二岁。十二岁零……四个月二十一天。怎么才七岁?”萨努娅更疑惑,不满意地质问乌力图古拉,“你到底把她怎么了?是不是把她关起来了?那她怎么能长大?那她永远都得是七岁!你怎么是这样的人?”

乌力图古拉陷入了困境,额头上有汗渗出来,不知道该再怎么把这个谎给圆下去,求援地朝乌力天扬看着,让儿子救他。

乌力天扬感到胸闷,眼睛盯着鞋上的一片阳光,不敢看萨努娅,心想我得心脏病了,我得猩红热了,我得肺结核了,我得脑膜炎了,我得……得想杀人的病了!乌力天扬想,我怎么会这样呢?我怎么会得想杀人的病呢?乌力天扬这个时候就咬了牙,站起来,走到萨努娅身边,说,妈。

“天扬,”萨努娅脸上露出笑容,是那种在梦里梦见了开心事情的笑,她伸出手,去摸乌力天扬的脸,“天扬,你长高了,妈够不着啦。”

“妈,”乌力天扬鼻子发紧,把脸一挪,移开,又不忍心看萨努娅的手空在那儿，举在半空中，就把揣在裤兜里的手拿出来，手上摊着一个捏烂了的柿饼，往萨努娅手里塞，说，“妈，这是柿子饼，你吃柿子饼。”

“喂，”那边的紫色胎记把报纸放下，“不能给犯人东西。”

“是柿子饼，”乌力图古拉在一旁解释，“她儿子给她柿子饼。”

“柿子饼也不行。”紫色胎记原则性很强，“儿子也不行。不让。”

乌力天扬迟疑了一下，把塞进萨努娅手里的柿子饼重新拿回来，稀烂一团，塞进裤兜里。人高，在那里站不住，退回到长条凳上，坐下。

乌力图古拉生气，但也没办法，人家不让，只好这样。萨努娅倒没什么事儿，也不是真想吃柿子饼的样子，急急忙忙地问乌力图古拉，天赫在什么地方？怎么找到他的？他现在干什么？回过家吗？他是不是长高了，和天扬一样高？他是真的不认这个家了，不认他的父亲和兄弟们了吗？他为什么不来看她，他来她就好好说说他，批评他，骂他。她会让他知道，这一次她真的生气了，让他明白他有多么错误，比举着菜刀砍他爹还要错误。

没等乌力图古拉编出理由来，萨努娅又改了话题，问乌力图古拉，你怎么样？审查完了吧？没事了吧？本来就没事，硬要鸡蛋里挑骨头，屈打成招，说人是大军阀，说人是夺军权，说人是苏联特务，说人把电台丢进长江里，那就审查吧，看能审出什么问题来，看把长江淘干，淘出一江的鱼虾来，那江里有没有电台。

乌力图古拉知道，萨努娅又把事情弄混了，先是说他，后来就扯到她的问题上。乌力图古拉回答不了这样的问题，也不用他回答，那边紫色胎记又把报纸放下，这回很不耐烦，说栋拐幺，监规你背过，我不能老提醒你，再这样，探监就结束，你回监舍写检查。

乌力图古拉一肚子火，本来要站起来，要拍桌子，要朝紫色胎记吼，说你鸡巴什么玩意儿！栋拐幺个屁！要你提醒个屁！你说结束就结束？你小狗日的算个屌！你给我滚出去！到外面晒太阳去！但他看萨努娅很听话地闭了嘴，人茫然地坐在那里，神经质地抹去手掌上的一星柿子泥，再用手指去抠囚服上的一个洞，没有一点儿反抗，他就没有站起来，拼命憋，拼命憋，让自己坐住，没有发作。

以后就没有说太多的话。乌力图古拉不知道说什么，萨努娅和乌力天扬坐在那儿不说话。时间一到，紫色胎记第四次把报纸放下，站起来，让狱兵进来，把萨努娅带走，自己押着乌力图古拉和乌力天扬，送父子俩出监狱。乌力图古拉本来还想问几句，比如监狱里的伙食怎么样，萨努娅生病了没有，但一看紫色胎记那个哈欠连天的样子，又忍不住想抽他，就没再问。

父子俩出了监狱的小门，门在身后咣当一声关上，听见里面有狗叫，还有人说说笑笑，大约是在说晚上去山上捉丹顶鹤的事情，一会儿监狱里的喇叭响了，放一支歌曲，是“天大地大不如党的恩情大，爹亲娘亲不如毛主席亲”，很热闹。乌力图古拉看看表，4 点半，心想，这么早就吃晚饭，得多早起床，夜里不让在监舍外睡，怎么数星星？

乌力天扬气呼呼的，大步走在前面，在雪地里滑了好几跤，站起来，连身上的雪都不拍，又走。乌力图古拉跟在儿子后面，还在一片迷糊地想，二十多年前，这里到处出没着梅花鹿，到冬天的时候，鹿一群一群地在山头站着，看见人来了也不跑，瞪了美丽的眼睛看人，现在怎么一只也看不见了？

5

雁飞二月十月，是说二月春暖，雁往北去，十月秋寒，雁往南飞。征兵大多是冬季春季，每年 10 月开始，3 月结束。照说正是征兵季节，可乌力天扬不是计划中的兵，好比紫崖燕和陆地百灵，冬天来了往南方去，那是应该的，本来就生长在撒哈拉沙漠以南的蛇鹫或者生长在南美洲的笑隼，也吵吵着往南方去，有些不腥不臭的，反季节。

新兵要去河南新乡集训，因为是后门兵，部队没来人接，由基地的车直接送去新乡。也因为是后门兵，走时没有谁给发军装，各家的孩子在自家找了一身军装穿上，结果都是四个兜的干部服，连送孩子们去新乡的政治部杨干事都笑，说这回好，我给送一批干部去，看谁给谁敬礼，谁领导谁。

乌力天扬去江边的苗圃，在那里找到做了记号的苹果树，从树下挖出铁盒，取出藏在铁盒里的钱，那是他从乌力图古拉那里偷的，有五十多块。当流浪汉时积攒下几十块，简雨槐走时都给了她。乌力天扬拿着这些钱，去街上花七块钱给自己买了一件衬衣、一条裤子，然后去干部宿舍，把简明了找出来，从买衣裳剩下的钱里拿出十块，其余三十多块交给简明了，要简明了替他寄给简雨槐。

“为什么？你欠她的？”简明了让那么大一笔钱吓了一跳，百思不解地看着乌力天扬。

“就算吧。”乌力天扬懒心无肠地说。

“当兵有什么好，起早床，还要给班长打洗脚水，说不定碰到个没文化的连长，让你去养猪种地，跟农民有什么区别？”简明了没当成兵，心里发恨，装出无所谓的样子。

乌力天扬没说什么，看着简明了，心想，简明了是怎么长的，都快二十的人了，塌鼻子长了二十年，还没长出点儿肉来，让人看着着急。这么一想，乌力天扬就有点儿同情简明了。

“听说印度那边又准备打了。”简明了看乌力天扬不说话，以为他在考虑自己说的事，居心叵测地加了一句，“你们不会被拉到印度去吧？不会被打死吧？”

“打死算尿。”乌力天扬说了这话，转身就走。

“我操，”简明了瞪大了眼睛，看着走远的乌力天扬，在他身后喊，“我操，牛呀，比刘英俊都牛！”

乌力天扬用留下的十块钱买了一个洋娃娃、一套小衣裳、一斤糖果，拿着这些东西，去了国棉三厂。

匡志勇和卢美丽已经正式调到蒲圻，在那里安了家，那里生活水平低，好过日子。乌力天扬知道这个。乌力天扬把东西交给匡家奶奶，说是给丫丫买的，让奶奶收着，等卢美丽和匡志勇回武汉时带给丫丫。奶奶听了乐，前仰后合，说你这孩子，卢美丽匡志勇的，卢美丽是谁？是你姐不是？匡志勇是谁？是你姐夫不是？也不是丫丫，是你外甥女。乌力天扬叫不出口，不好意思，跟着笑，扭捏得很。奶奶拉着乌力天扬的手，喜欢得什么似的，老是忍不住伸手摸他的脸，说，多好的孩子呀，知道害羞。后来乌力天扬告别奶奶，说自己要走了。奶奶佝偻着身子送乌力天扬出门，说孩子，有空到奶奶这儿来玩儿，啊？乌力天扬说，哎，奶奶。乌力天扬叫了那声奶奶，不知怎么的，眼泪涌了出来。他赶紧昂着头，让眼泪回到眼眶里去，小心地迈过一堆晒在路边的煤球，大步往前走，心想，我也有奶奶了！

6

走之前的那个晚上，乌力天扬去了乌力天时的房间。乌力天时没睡，还瞪着他那双白多黑少的鱼眼睛，看天花板。乌力天扬搬了把椅子放在床头，人坐上去。这一回没有把脚跷到床上，也没晃来晃去，老老实实坐着，看着乌力天时。

“我要走了。”他对自己的三哥说，“当兵去。是黑兵。反正都一样。反正大家都得走。待在家里没意思。”他把目光投向乌力天时，顺着乌力天时的视线攀上去，攀上天花板，看那里，“我管不了你，也真他妈不想管了。”他让眼睛尽可能向上翻，这样，他就不会觉得眼里发涩，“你别怪我走，别怪我不伺候你，别怪我欺负你。我没欺负你。你是哥。这个家的哥一个比一个牛，你也是。其实你挺牛的。你走得比谁都早。你三岁就走了。要是你不让石头砸着，好好站着，不半截身子躺在那儿，我欺负不了你。”他把视线从天花板上移开，实在是空空荡荡的一个天花板，没有什么好看的，“其实吧，我是真不想管你，真不想在家里待。管你怎么管呀？你说毛主席的话，你往床上拉，你半截身子，动都不动，没法儿管。这个家，要什么没什么，该走不该走的都走了，没劲，没劲透了。你说是不是没劲？而且，天健哥哥走了，你走了，天赫走了，安禾走了，军机和稚非走了，妈也不回来，大家都走，都不想待在家里，这个家不是人待的，我干吗要留着？”他觉得这么坐着有点儿累，这么老老实实地坐着，的确有点儿累，他已经不习惯了。他习惯偷、抢、盗、骗、哄、赖、混、蛮、掐，习惯流浪，习惯自己管自己，习惯有没有人撵都往江里跳，习惯过一天是一天。他把脚往外伸了伸，把脚抬到乌力天时的床上，搁在床沿上，搁在乌力天时的脑袋边上，这样就舒服多了。“谁他妈该当人爹，谁他妈该当人儿子，谁他妈该揍人，谁他妈该挨人揍，凭什么？”他抹了一把脸，抹掉脸上的一层水，发狠地说，“老子不伺候谁，老子当兵去！”

乌力天时躺在床上，眼睛睁得大大的，像一个热衷于思考的哲人遇到了一个严肃的命题。乌力天扬知道，乌力天时不是哲人，他这个样子，连人都算不上，也没有什么好热衷的。如果说，有什么问题是严肃的，只有一个——他这样的……人，会老吗？会死吗？

什么时候老和死？

乌力天扬这么想着，他知道自己不会在乌力天时这儿得到答案。他从来没有在乌力天时这儿，在他所有出走的哥哥那儿得到过任何答案，他就是再想和自己的一个哥哥说点儿什么，那也是白搭。乌力天扬这么想了，慢慢地，从乌力天时的脑袋边抽回腿，站起来，在床前站了一会儿，又站了一会儿，弯下身子去，抱住了半截身子的乌力天时，用力抱了一下，然后撇开他，朝门口走去。

“漫天皆白……雪里行军情更迫……头上高山……风卷红旗过大关……此行何去……赣江风雪迷漫处……命令昨颁……十万工农下吉安……”①

乌力天扬没有回身，径直出了门。他听到了三哥的话，但他就是不回身。

7

第二天一大早，乌力天扬起了床，洗了澡，换上新买的衣裳——他没穿乌力图古拉的军装，他把乌力图古拉替他准备的军装给了鲁红军——然后背着挎包出了门。他走过院子，在院子门口停了下来，回头往门口走，在门口的石阶旁站住，低头往脚下看，那么看了一会儿，才离开那里。

送兵的车发动的时候，鲁红军突然在车厢里喊，嘿，天扬，你爸！

乌力天扬下意识地朝车外看，看见远远的，林荫道边，乌力图古拉站在那里。因为有树遮挡着，看不清乌力图古拉的脸，好像他就是那些树当中的一棵，只不过，他这棵树有些胖，有些老，不怎么适合种在那种有许多茂盛的新树生长起来的地方。我就是野种！

① 见毛泽东诗词《减字木兰花·广昌路上》。

我是天底下最大的野种！乌力天扬很快把身子转过去，攥紧了把手，不再朝林荫道那边看。

车开走了，喧嚣落下，送兵的人散去，回各自的家。乌力图古拉还站在那儿，这是他唯一的一次送家里人远行，送他的亲人。他还没有习惯，包括没有习惯怎么从送行的姿势中转变回来，比如说，把身子转过去，朝来路走。他就那么站在那儿，让落叶在他脚边一片片地滚过去，又滚回来………

第二十三章　除了野兽就是风

1

冬天，从川江的峡谷里往天上看，天空是生冷的，仿佛罩着一层冰，那样的天空不像天空，像一枚敲散了的生鸡蛋。川东的山区是风的摇篮，风被一道道尖锐的山峰割成一条条的，无比尖锐，来来回回抽打着大地。好像那样做就是反抗，就是报复，就能重新从一条条缝回一整块去，再缝回漫天漫地的那种风去。

隔着山脚下翡翠似弯弯曲曲的长江，对岸是闻名遐迩的白帝城。肖茅大队第二生产队的知青点孤零零地落在山坳里。一条叫做红肩河的溪流顺着大山流淌下来，再流淌进山下的长江里。溪流是真正的溪流，一注清澈的山水带着一片片红着或黄着的树叶汩汩淙淙地流动着，逢着雨季，就是肆虐的一条浊流，咆哮着从山上冲下来，让红肩河像了一条真正的河，只是不知道它为什么取名叫红肩河。

腊八那天，生产队开始放假，不再出工。肖茅就那么几块山地，也就是一季红苕一季洋芋，间歇着点一坡苞谷豌豆，一到冬天就没有活儿干。公社要求学大寨战天斗地，没有活儿也不能闲着。社员们扛把锄头上山，找背风的地方坐着，男社员袖着手拿成了家的婆娘们开玩笑，说些有盐无油的荤话，女社员打着哆嗦去沟壑里打点儿柴火。看着天色渐黑，江雾把对岸的白帝城罩住，就扛着锄头下山回家。

队里一放假，家家户户都忙碌起来，用头一年攒下的红苕皮磨豆腐。要是家里劳动力少，粮食不够吃，没有红苕皮留下，就去山上挖葛根，用葛粉做豆腐。

简雨槐没有豆腐磨。她刚来不久，不会，也不知道这个年怎么过，是不是要吃葛根豆腐才算过年。简雨槐已经决定，这个年就在队里过，不回武汉。回去干什么呢？父亲出了事，她本来就在人前抬不起头，现在又脱了军装，当上农民，她从来没有想到自己会沦落成这样，她厌恶那座让她沦落的城市。回去过年，见到熟人该怎么说，说她不跳舞，改种地了？那个城市不属于她，她已经回不去了。

二队原来没有知青，知青基本上安排在江对岸的县城附近，那里有一些梯田，还种了柑橘和茶树，符合国务院对知青安置工作的基本条件。二队的知青点是三个月前抢着盖出来的，两间干打垒麦秸顶的房子，一间是简雨槐的住房，一间是灶房兼储藏室，堆放着队里分的红苕、洋芋、苞谷，还有一些生产工具。肖茅大队支部书记屈十三自豪地对简雨槐说，到别个队访一访，哪个知青娃儿住得上这好的屋？要摆到五〇年，富裕中农都划得到你头上；要是屋顶再捡上瓦，就是地主，拖你到江滩上，乒乓一枪，就把你娃儿镇压了。

简雨槐到公社知青办报到那一天，屈十三带着二队队长屈接水和一个姓侯的女知青，三个人渡过江，到公社接她。屈十三看了简雨槐一眼，又看了一眼，心疼得要命，责备方红藤，你是啷个养娃儿的嘛，比丝瓜秧子还瘦，啷个不申请到平坝子大队去嘛，山里风大，吹跑了哪个负责？肯定要吃苦头喽。一看方红藤紧张了，屈十三又补充，方嬢嬢，你把肠肝肚肺装好，放一百个心，我屈十三是贫协时期的干部，有觉悟，不得让娃儿吃苦头；毛主席派来的娃娃，等于是毛主席的亲戚，砍掉脑壳也不得让她吃丁点儿苦头的。

屈十三四十多岁年纪，头发稀稀落落，长脸，脸上有几个出麻疹时烧出的坑，因为长期背背篓，身子佝偻得变了形，胳膊腿跟麻秆似的，自己就跟丝瓜藤差不多，只是不大的眼睛很亮，一副能拿主意的样子。

方红藤急着要过江去看肖茅大队，看简雨槐今后要生活的地方是什么样子。屈十三不让走，把方红藤拦下，很有经验地说，吃了中饭走，新知青下来，公社有羊肉罐吃，我背了苞谷来，不得占他的便宜。

那天在公社食堂吃了饭才走。不是什么羊肉，是水煮羊杂碎，山里人不讲究作料，放了几粒山花椒，羊杂碎煮得又腥又膻。方红藤和简小川不愿动筷子，勉强扒了两口苞谷饭，就把脏乎乎的土钵子放下。简雨槐一路上都没有胃口，也没有动筷子。屈十三先和公社文书斗嘴。公社文书说屈十三是属狗獾的，闻到腥味就来。屈十三不争辩，说公社把返销粮扣掉，群众饿死事小，他一个党员，要是饿死，就是给党抹黑，他是不肯做的。逗完嘴又说方红藤，方孃孃，好吃不好吃，饭还是要吃饱的，不能饿着肚皮。又说，侯知青刚来的时候，还不是恶心，看她现在，像不像饿痨鬼？我是可怜她，专门带她来吃羊肉的。

侯知青叫侯玲玲，是重庆知青，下乡两年半，人发育不好，挂不上一点绿色的树桩子似的，又黑又瘦，两根小辫子比麻雀尾巴长不了多少，又没有胸又没有屁股，基本看不出是女孩子，这个时候正埋着脑袋，拼命往嘴里扒拉黑黢黢的羊杂碎，谁也不理。

最初的窘迫和不适应是肯定的。光是在山梁上乱叫的狗獾和狐狸就让方红藤心惊胆战，夜里不敢睡觉。进了山才知道，山大到不讲道理，人在山里连只蚂蚁都不如。山民撒芝麻似的住得分散，知青点能看到两三家邻居的茅顶土房子，有什么事，扯起喉咙喊能听见，走却需要半天，等于不是邻居。几天之后，简家母子三个人开始水土不服，吃什么都拉水，两条腿上长满疮，痒得钻心。粮食的情况让方红藤感到担忧。肖茅人是悬在山上过日子，山深地薄，没有地方种水稻，一年到头以红苕苞谷洋芋为生，又有野兽争嘴，一个全劳力苦吃巴做，一年也只能分到七八百斤杂粮，折合成粮食，二百斤不到。

简雨槐根本就没有吃过苦，没有过苦日子的底子，饭不会做，灶膛里柴火点燃了就熄，吹半天吹不燃，迷一眼的灰。那天扛着锄头跟着人上山，说是要尽快适应生活，结果上山时一路摔跤，坐一屁股草青，让队里的男人女人笑死。好容易上了山，没锄上几分钟，就被人吼了一通儿，原来她不认识庄稼，把冬洋芋苗当草锄掉了。

方红藤和简小川在队里住了一个月。那一个月，方红藤天天帮女儿收拾屋子，教她洗衣做饭，带她去队里各家走动，拜托乡亲们照顾自己的女儿，还陪女儿去出了几天工。简小川去山上转了几天，又去江对岸的县城住了两晚上，给妹妹买了油灯和煤油，盐和背篓。过两天下了一场雨，去串门的方红藤和简雨槐淋得像落汤鸡，回来母女俩都害上感冒，成了二队的一个笑话。简小川又去了一趟县城，买回蓑衣和斗笠，另外买了明矾来净水。队里的婆娘们惊讶，说这个知青不简单嘛，喝明矾水嗦。

一个月后，方红藤假期到了。总不能陪女儿一辈子。穷山恶水，简小川也不耐烦再住下去。看着能帮女儿收拾的都收拾了，女儿也基本上学会了烧柴、挑水、做饭、走山路、用锄头，虽说还是生疏，至少饿不死，方红藤再不放心，也只能走。那天方红藤哭得怎么都止不住，渡船上的人等了一袋烟工夫，简小川不想让人看笑话，皱着眉头说方红藤，不行还把雨槐带回去，让那个狼心狗肺的东西自已来！方红藤这才松开女儿，恋恋不舍地上了船。

船调了个头，抢过茫茫急水，划去对岸。简雨槐站在草丛中，看船靠上了江对面的岸,人像芝麻似的,分不清娘是哪个,哥是哪个,这才转身,沿着茅草划脚的山路往回走。

下山时是中午,回到知青点,已是点灯时分。简雨槐没有心思做饭,那天就没吃晚饭,早早上床睡下。第一天一个人过夜,门上了闩,用锄把顶死,在床上大瞪着眼,睡不着。黑夜总会把一切扩大,尤其是恐惧和无助。狗獾和狐狸在山上叫了一夜,那一夜简雨槐心惊胆战,没有合眼。

2

方红藤和简小川走后,侯玲玲来找简雨槐。因为队里太穷,粮食不够吃,包括简雨槐在内,肖茅大队只来过三个知青,一个叫吴笑天的男知青,下乡半年后就失踪了,不知道去了哪里,也不知是死是活。简雨槐来,侯玲玲很开心,说终于有了个伴儿,不再是肖茅唯一的知青。侯玲玲告诉简雨槐,本来简雨槐也要下到她所在的第四生产队,是屈十三临时改变主意,把简雨槐安排到条件最好的第二生产队。屈支书心善得像菩萨,他不得让你吃苦的。侯玲玲羡慕地说。

侯玲玲是重庆钢厂的子弟,父亲是炉前工,有一次炉子泄漏,被烧成了焦炭。父亲死后,母亲改嫁给父亲的一个同事,继父有三个儿子,还有一个病爷爷。新组成的家庭,两个人挣钱八个人花,她、她哥哥、继父的两个儿子,一家四个知青,光买被子就得四床,下乡一趟就得四张船票。家里生活困难,继父对侯玲玲和她哥哥一直很冷漠。母亲怕继父,想管不敢管,每天省下厂里的那顿饭,从饭票里抠,一角五分地凑成整数,每隔两三个月,偷偷给她哥哥寄个五块八块。母亲对她说,玲娃子,不是妈不管你,是妈管不过来,你哥哥是侯家的独苗苗,妈要不管,你老汉做鬼都要掩我去的,你就当妈死了，你是孤儿，自己顾自己吧。

简雨槐后来才知道，侯玲玲下乡两年半，从来没有穿过袜子，一条卫生带是下乡时带来的，布用得都朽了，不敢用力搓，每次都是在水里荡两下，把血荡掉，晾干再用。简雨槐很吃惊，说这样怎么行？会生病的。侯玲玲咧开黑黢黢的牙齿笑，说没得关系，我有福，大姨妈有时候来，有时候不来，一年到头用不到几回，经用。

侯玲玲很羡慕简雨槐。简雨槐擦雪花膏，还有两套军装。简雨槐看侯玲玲穿得又破又单薄，送了侯玲玲一套军装。侯玲玲宝贝似的不肯穿，说这是她活到十八岁得到的唯一礼物，她要把它留着，等到她结婚的时候再穿。

简雨槐很佩服侯玲玲。侯玲玲下乡两年多没有饿死，她拿五分半工分，杂七杂八加在一起，全年只能分到八九十斤粮食，摊到每天二两半不到，就这样她也没有饿死。

"这算啥子嘛，"侯玲玲满不在乎地耸了耸刀脊一样锋利的肩膀，"在山啃山，在水吮水。蛇都饿不死，人哪个饿得死哟。"

"玲玲姐，你教我吧，"简雨槐觉得有了希望，至少她有一个榜样，"我跟你学。"

她们煮苞谷稀饭吃。侯玲玲人瘦，像只猴子，胃却不瘦，喝了七八碗稀饭，锅都舔了一遍，舔完很满足地夸奖方红藤，你妈妈才是妈妈，给你留了半柜子粮食，你几好的福气哟！

那天侯玲玲没有走，和简雨槐挤一张床睡。听着屋外尖锐的风一阵阵吹过去，两个人一会儿就暖和过来。简雨槐很快睡着了。在梦里，她披了一身绿色的霄萝，在大山中跳舞，她的舞伴是脸上涂了油彩的狗獾和狐狸。

3

自从队里放假后，侯玲玲天天窝在简雨槐这里，不回自己的队里去。侯玲玲告诉简雨槐，她在简雨槐这里，一来不用自己开伙，可以节省粮食；二来两个人说话不孤单，一天很快就能过去；三来夜里有个伴，不用害怕。侯玲玲很坦白，说这些话的时候一点儿也不害臊，好像她节省自己的粮食是应该的，简雨槐供她吃供她睡也是应该的。

简雨槐并没有觉得侯玲玲应该害臊。侯玲玲在她这里，其实是帮了她的忙，要不然，一个人待在这鬼都打得死的山坳里，出声的除了野兽就是风，夜里什么怪叫声都有，好像专门有人在屋外磨牙削爪，等着吃她，不憋死也要吓死。好在妈妈走时给自己留足了粮食，一时半会儿吃不穷她。

简雨槐就是有些不习惯和侯玲玲睡在一张床上。暖和是暖和，比一个人睡强多了，可是，侯玲玲有一个习惯，睡觉的时候老往简雨槐身边凑。头两天没什么，过了几天，就要抱着简雨槐睡，说这样跟抱着狗睡一样，舒服死了。她还伸手摸简雨槐的胸，惊乍乍地说，呀，好肥的咪咪哟！简雨槐不好意思，把侯玲玲的手打开，身子往一旁缩。侯玲玲不依，说简雨槐肯定能养孩子，这么大的咪咪，吊一串也吃不完。简雨槐知道自己的胸不大，乳房像桃子似的，还青涩着。侯玲玲坐起来，衣裳撩开，让简雨槐看自己的乳房，说简雨槐不知足，简雨槐要是桃子，她就是搓板。侯玲玲真是搓板，身上瘦得一点肉都看不见，两排肋骨阴森森地杵在那儿，该长乳房的地方，长了两粒沤变了色的豌豆，怎么看都看不出乳房的样子。简雨槐就红了脸笑，说快放下，丑死了。侯玲玲把衣裳放下，打着哆嗦重新钻进被窝，把简雨槐抱住。

“等我结婚了，我要我男人天天摸我的咪咪，摸得起来的。”侯玲玲一脸憧憬，“咪咪倒没得啥子，主要是找个男人箍到我睡，冬天就不得长冻疮了。”

“你有对象了？”简雨槐问。

“没得。”侯玲玲有些茫然，眼睛往上翻着，眼仁里有一种混浊的东西，“我也不晓得跟哪个男人结婚。反正婚总要结的。女人总是要有男人的。”

4

过小年那一天，侯玲玲回自己的队里去了，怕几天没回去，藏在堂柜里的一点苞谷被狗獾拱开门偷走，明年开春没得吃的。侯玲玲走后，屈十三派自己的老三闷娃子来给简雨槐送东西。

简雨槐正在灶屋里哆哆嗦嗦劈青杠木，想把地塘火升起来。夜里太冷，山风顺着屋脊的裂缝往屋里灌，简雨槐又老往一边躲侯玲玲，躲出了被子，冻得一晚上没睡着。炭是金贵的，队里不分，靠自家去山里烧，大多数家里烧不起，扛着。简雨槐没有炭，有一些做饭的柴，怕用光了没有做饭的，省着，这样扛了几天，手脚都冻出冻疮来，实在扛不下去了，只好生火，好熬过不出工的日子。

东西是屈十三去公社开会的时候捎回来的，一个辗转了很多地方被弄得肮脏不堪的邮包。简雨槐看邮包上的落款，是武汉军区胜利文工团，简雨槐就把邮包放在一边。

“简孃孃，我屋里今天杀猪，我老汉叫你黑了去我屋里打牙祭，吃猪血旺。”闷娃子十冬腊月地打着赤脚，脚板冻得通红，口气却是地主的口气，很得意，一边还伸出青蛙一样灵敏的舌头，把鼻子下的东西舔进嘴里。

肖茅大队四个生产队，一百多户人家，过年时能杀起猪的不过五六户。大多数人家都是到了年关，去江对岸的集市上称一块半斤重的槽头肉，或者买一挂羊下水，把年过了。屈十三家是能杀起猪的那五六户人中的一家。他每年在公社和区里开几十天会，大队有补贴，让他带几斤苞谷到会上换成饭票，几十天，能省下不少粮食，再加上公家每年补的三百个工分，能喂出一头猪。

简雨槐答应了闷娃子。等闷娃子走了，简雨槐也不生火了，把门关上，躲进被窝儿里，把邮包拆开，看里面的东西。

包裹里有两本书，还有七八十封信，其中一封信没封口，敞着。简雨槐把没封口的信瓤取出来。信是陈小春写的，很简短，告诉她，他在收发室取信时看见不少她的信，就替她收起来，然后从她家里要到她的地址，以后他会替她收信，再把信转给她。陈小春在信中告诉简雨槐两件事，一件是她走以后，团里议论了她好长时间，大家都觉得她太可惜，蔡老师有一次还流了眼泪，说简雨槐是她带大的学员，她最看好简雨槐，大家劝了半天，蔡老师才不哭了。第二件是日本芭蕾舞团到武汉访问，专门到团里，军区隆重接待了日本客人，两个团在军区礼堂共同演出《红色娘子军》，赵小兵演参军前的琼花，日本芭蕾舞演员美穗子演参军后的琼花。赵小兵一点儿也不如你，你跳得多好啊！陈小春在信里这样写道。

简雨槐放下信，看那两本书，一本是《中国舞舞蹈集成》，上海文艺出版社 1965 年出版；一本是《“文化革命”的丰硕成果——芭蕾舞剧〈白毛女〉〈红色娘子军〉》，解放军出版社 1972 年出版。陈小春在信中没提，不知这两本书是谁带给她的。简雨槐翻了两页，把书放到枕边。开始看那些信。那些信大多是慕名者写给她的，部队上的居多，也有几封上海的老师和同学写给她的。她匆匆翻了翻那些信，很快就看到了那两个她已经看过无数遍、熟悉得不能再熟悉的字——“内详”。

简雨槐的呼吸变得急促，因为冷，手僵着，半天才哆嗦着把信封拆开：

雨槐，你好吗？

我不能给家里写信，这是我接到的命令。我必须执行这个命令。其实我根本就不在乎这个命令。这个命令对我来说没有丝毫作用，因为即使没有这个命令，我也不会给家里写信。

可我却不想执行别的命令。我必须给你写信。对我来说，生命的每一天都是陌生的，从睁开眼睛看到那颗最后消失在天上的星星，到我每一天都要去面对的那些生活，它们都是陌生的，不为我所熟悉，也不为我所掌握。也许正因为这样，我才能坚持下来，才会去面对一切，才不会感到厌倦，才可以寻找到新的生命意义。我喜欢这样的寻找，喜欢寻找意义。可我并不接受所有我接到的命令，我还是会给你写信。

说到寻找，我一直在寻找自己。我是说，自己的天空，还有自己的翅膀。UW，Unconventional Warfare. DA，Direct Acton. SR，Speconnaissance. FID，Forecial Defense. CT，Counter Terrorism. PSYOP，Psychological Operations. Coalition Warfare/Support. HCA，Humanitaran and Civic Action.[①]这就是我每天要学习的内容。我只有学好了，锻炼好自己的翅膀，才能飞上自己的天空。

这样说你就明白了——我在从事一项伟大的工作，它们属于沉默者，它们不为人知。我必须学会更多的东西，必须和高高地飞在云端上的鹰一样，做强者中的强者，因为这个，我无限自豪。

说到高入云端的鹰，雨槐，你要知道，那是一种多么骄傲的生命。我喜欢高空低开跳伞，它的作用是减少暴露几率，达到秘密入潜的目的，以及保护运载器的安全。我从四千米的高空跃出舱门，在一千二百米的低空打开降落伞，再滑翔到十公里以外的地方。如果风向好，也许我能做到，但我必须保证

① 意为：非常规作战。直接行动。特种侦察。协防。反恐怖。心理战。联合作战/支持。人道和内政行动。

降落伞能够打开,而且不被地面的人发现。你想象不到那有多么激动人心。大地漆黑一片——我们通常是在夜间进行这个项目——身边是强劲的高空气流,它们湿漉漉的,总是往我脸上撞。我不知道我的脚下有多深,它们有什么,是什么在等待我,但我必须义无反顾地往下落,落入莫测的黑暗中去,寻找我的命运。

不过,有一次不同,有一次我在黄昏跃出舱门。你知道那一次我看到了什么?我看到了绿色的太阳。

雨槐,也许你从来没有看到过绿色的太阳,甚至没有听说过,可我说的全都是真的。在日表边缘的区域,七色光轮是自由的,不会重叠混合,它们源源不断地射向地球,其中的绿色光轮能够从容不迫地穿越大气层抵达地球,那个时候,人们看到的就是绿色的太阳。并不是所有人都能看到绿色的太阳,只有在太阳将要落入地平线的时候,在人们的视线清晰而没有遮蔽物的时候,在观察者虔诚的注视下,才能以瞬间即逝的方式看到奇异而美丽的绿色太阳。

我喜欢能看到绿色太阳的高空。喜欢视线清晰、没有遮蔽和虔诚。我喜欢做一只鹰。我觉得我就是一只鹰。

那么,你呢,你还好吗?我知道,我不会听见你的回答,听不见,不能听见。我得面对这个现实。也许我永远也不能听见你的回答。可我想知道,就是想知道——你还好吗?

…………

泪水浸湿了信纸。简雨槐用手背抚去信上的泪水,再用胸前的衣襟揾干信页上的濡湿处,把信爱惜地贴在胸前。

简雨槐想,这是什么样的命运呀!是什么样的命运让我在大山深处接到了他的来信?她想,他在寻找,他看到了绿色的太阳,他就像鹰一样,在寻找他的天空和翅膀。他的天空中有没有我呢?

他会不会寻找我？寻找到我？他往下落的时候，会不会被强劲的高空气流带着，偶然有那么一次，或者恰巧有那么一次，或者他就是要那么做——落到肖茅来？

因为想到这个，简雨槐笑了，用手去揩泪花。她想，这个年，她用不着葛根豆腐，也用不着木炭，有这封信，她就不会再孤单，她就足够了。她继续想，她也会面对这个现实，她不会在意这个现实，而且，她很好，至少，因为有了他的来信，她会努力地让自己好起来。

5

十二连三排九班士兵乌力天扬被指导员卜文章叫到连部，进门就被劈头盖脸地训了一顿。

卜文章真是恨乌力天扬，脖颈挣出青筋，糊涂也骂了，不争气也骂了，骂过还不解气，抬脚给了乌力天扬一下，把他踢得贴到墙上。不光乌力天扬贴着，他的头顶上，一排“批林批孔”心得体会也贴在那儿，被他向前一扑，扑出风来，哗啦啦地掀得一阵作响。

乌力天扬把三排排长段人贵揍了。

段人贵在九班宿舍里，盘腿坐在乌力天扬床上，鞋没脱，抽着烟。伸手到床下，把乌力天扬的一只鞋拿起来，放在床头，往里面抖烟灰。烟是“大前门”，排里的兵探亲回队后孝敬他的，还有“大重九”，还有“凤凰”。段人贵抽烟狠，但有个优点，不挑牌子，这让士兵减少了很多压力。九班的兵肖新风在外面表扬段人贵，我们排长好伺候，孝敬不了“大前门”“牡丹”，“春城”“大公鸡”也行。谁都知道，肖新风的爹是农机站站长，家里富裕，买得起好烟。但连肖新风也给段人贵买一块八一条的孬烟，所以他才说好伺候的话。

段人贵叫乌力天扬读报，读完报打扫厕所，打扫完厕所给全班人打洗脚水挤牙膏，再替肖新风执夜里的第三班岗。段人贵说，某些人自以为聪明，自以为脑袋瓜子好用，上蹿下跳，大抱其连领导的粗腿，我就不喜欢这种人，我就不买这种人的账，我就是要狠狠打击这种人，看他有多少嚣张气焰。段人贵把烟灰弹到鞋子里，郑重宣布，我要让某些人照着报纸学习学习，再到厕所里比照比照，再在同志们面前虚心虚心，再到小北风里站上两小时，来个灵魂深处爆发革命，这种人就教育过来啦。

肖新风看到段人贵手中的烟快要燃到手指了，连忙上去递了支新烟，划着火柴，替段人贵续上。乌力天扬去洗手回来，说读报可以，打扫厕所可以，打洗脚水挤牙膏站岗我不干。段人贵要乌力天扬拿出理由。乌力天扬说，肖新风又没病，又不出公勤，为什么我替他执哨？段人贵抹下脸来说，小兔崽子，叫你执你就执，你还反了不成？乌力天扬盯着段人贵问，你骂什么？段人贵说，我骂你小兔崽子，你没听清楚呀？没听清楚我再骂你一句，小兔崽子，你还揍我不成？乌力天扬丢下毛巾，上去就把段人贵揍了，肖新风和另外两个兵没拉住，段人贵被乌力天扬从床上拖下来，脸上挨了好几拳，不光刚点着的烟打掉，当烟缸的鞋打掉，脚上的鞋子也打掉了。

乌力天扬是个捣蛋兵，部队的说法叫后进战士。他喜欢歪戴军帽，敞开风纪扣，站没站相，坐没坐相，眼里一股邪劲，专门破坏纪律，和干部捣蛋，还喜欢打架，谁见了谁头疼。但这种情况很快就改变了，改变是因为指导员卜文章工作做得好。卜文章找乌力天扬谈话，头两次不灵，乌力天扬站不住，人靠在墙壁上，大叉着腿，还往地上吐口水。卜文章来气，整治了他几次，没整治住，再往下就换了方法，慢悠悠地说乌力天扬，你的情况我知道，一是做过几年狗崽子，二是进过几年少管所，三是当过几年流浪儿，不就是这个吗？有什么好炫耀的？要炫耀你拿点儿真东西出来炫耀。要没炫耀的，出路也是三条，一是破罐子破摔，摔成不齿于人类的狗屎堆；二是老老实实，做一天和尚撞一天钟；三是后来者居上，干出个样子给狗崽子少管所流浪儿看看。你自己选择吧。

乌力天扬站在那里没动，支了一只脚，又换了一只脚。你要明白你是谁，你是跳蚤，是跳蚤就得老实，否则人们就会捻死你。他咳了一声，开口问，是不是真让他选。卜文章瞥一眼乌力天扬，说，你不选还让我选呀，我又不是不齿于人类的狗屎堆。乌力天扬说，那我选第三条。卜文章拉长了声音问，什么第三条呀？第三条是什么呀？说出来听听。乌力天扬咧嘴一笑，说，后来者居上。卜文章拉长了声音问，还有呢？别话说一半呀。乌力天扬说，干出个样子，给狗崽子少管所流浪儿看看。乌力天扬说了那句话，想吐口水，想起什么，没吐，一伸脖子咽下去。卜文章说，这就对了，这样你就把话说全了，以后记着，说话办事看结果，一半儿的事情不算完，完了的事情才算完。

乌力天扬军人素质好，能吃苦，又是铁了心要做后来者，拼命整治自己，很快把自己整治出来，整治得有模有样，不光后进帽子摘掉。还连得了两个连里的表扬，让老兵都服气，说狗家伙，看他赖上泥地的狠劲儿，生该他显摆！

正遇着九班正副班长都调走，连里打算利用乌力天扬这个后进变先进的典型，提他当九班长，把九班好好带一带。可段人贵不想让乌力天扬当班长，向连里推荐肖新风当九班长，说乌力天扬调皮，刺儿头，不好管理。连里不能不考虑排长的意见，答应研究研究。正研究着，乌力天扬就把段人贵给揍了。

鲁红军和罗曲直也在十二连。鲁红军不在现场，说不上话。罗曲直刚交了入党申请书，有苦难言。班里其他兵都说，没有听见排长骂小兔崽子这个话，说排长态度十分和蔼，只说了帮助乌力天扬进步的话，乌力天扬这样对待领导，还撒谎，往领导头上泼污水，态度很恶劣。

乌力天扬想把事情的真相说出来。不是小兔崽子这句话，是段人贵，狗东西是龙阳癖，鸡巴专往人家屁眼里戳，排里的兵让他收拾了好几个，有一个叫谭小春的，被他弄了好几次，弄得一屁股血，痛苦不堪，还不敢说。段人贵看上了乌力天扬，想收拾乌力天扬。他找乌力天扬谈话，说，乌力天扬，你的屁股很翘嘛。乌力天扬盯着段人贵，不动声色地说，排长，我把话放在前面，你要敢碰我一下，我就把你鸡巴割下来。

其实，也不是段人贵硬要戳乌力天扬，是乌力天扬调皮，不好管理，不贴心。肖新风是让段人贵收拾的人中最服帖的。肖新风经常晚上到排长宿舍，把屁股翘得高高的，让段人贵戳，戳够了再精疲力竭地回班里，恬不知耻地说去排里出公差了。但这事儿现在不能说，因为乌力天扬没有证据，肖新风们也不会承认自己把屁股翘起来过，段人贵更不会承认他戳了谁。没有证据，连领导当然不会相信乌力天扬的话，还会认为他报复段人贵，问题就更加严重。

连长尤克勤说乌力天扬，黄泥巴糊不上墙，自毁前程嘛，怪哪个？卜文章不光气这个——乌力天扬当不成班长，还有一个肖新风，肖新风军政素质也不错，带一个班绰绰有余——问题是，一个兵把自己的排长打了，脸打得肿出半尺，看人得扒开眼缝看，不是反了是什么？处分是一定要给的。就这个结果，等于是把一个好苗子给毁了，不是毁是什么？不踢他的屁股踢哪个的屁股？

乌力天扬丧头垂气地从连部出来。段人贵在班里等他，让九班的人排得整整齐齐。乌力天扬一进宿舍，段人贵说，欢迎。九班的人就像欢迎西哈努克亲王似的热烈鼓掌，尤其属肖新风鼓得起劲，就差没有舞动鲜花喊，欢迎欢迎，热烈欢迎，西哈努克亲王，访问北京。鲁红军在一边看，想笑又不敢笑，憋着。

“乌力天扬，”段人贵像大人物一样，举起一只手，示意掌声停下来，手还不忙着放下，另一只手背在背后，绕着乌力天扬转了两圈，“我不会说你是小兔崽子了，因为你的确是，正因为你是，我发誓，你会吃尽苦头。”

乌力天扬朝段人贵扑过去。这一回肖新风有准备，带着郭城和王好学两个兵同时扑上去，抱住乌力天扬。乌力天扬把肖新风掀到一旁，郭城被撞了鼻子，痛苦地捂着脸躲到一边，王好学吊在乌力天扬的胳膊上，绝望地回头看着，盼望有人上去帮他。鲁红军看着要出人命，赶紧上去把乌力天扬架住。

“我杀了你！王八蛋，我要杀了你！”乌力天扬盯着段人贵，气咻咻地说，“我会的！”

“乌力天扬，”段人贵冷笑，不出声，身子在抖，“死到临头，你还嘴硬。”

鲁红军看段人贵那个样子，知道事情非常严重，乌力天扬的麻烦大了。事后埋怨乌力天扬沉不住气，好容易快混成班长，现在好，前功尽弃不说，还弄出个死到临头。罗曲直也批评乌力天扬，说我们不该当着全班的面和排长顶撞，那是我们没有给排长面子，是我们的错。罗曲直说我们我们，是在表示自己站在乌力天扬一边。鲁红军就看不来这个，说罗曲直，你别来这个，给他什么面子？你当他是什么好玩意儿？你是长了一个河马的下巴，他没看上，要不看他怎么日你！罗曲直让鲁红军戗在那里，想还嘴，一眼看见从远处走过去的肖新风，忙把话打住，起身说，我心得体会还没写，我写心得体会去，就走了。

6

部认正在拉练，住在河南驻马店。这地方脏得要命，满大街的土。吹得人睁不开眼睛,汽车像劳碌的屎壳郎,砰砰砰地在马路上跳动。自行车像折断了翅膀的蜻蜓,贴着地面爬来爬去。有两个穿着大红大绿的姑娘,头上罩着围巾,跟没了水分的紫萝卜似的,走近了,才看清灰头土脸中的苍茫。连风里都带着骡马屎的干屑,一股子酸臭味儿。

乌力天扬骑在驻地的土墙上,眯着眼,啃着指头。鲁红军说,你光啃手指头有什么用,得想想办法,不能让王八羔子的给阉了。乌力天扬垂头丧气地说,想什么办法?你想个办法给我看看。鲁红军想了想说,找个机会,等他夜里查哨的时候,揍他一顿,把屎糊在他嘴上,反正这里屎多。乌力天扬看了鲁红军一眼,没接他的话。

乌力天扬说没有办法,却不真的垂头丧气。在接下来的拉练途中,乌力天扬面貌焕然一新,帮战友背枪、背背包,过河的时候,工兵排人手不够,乌力天扬卸下枪,头一个跳进水里。到了驻地,乌力天扬把班里每个人的洗脚水都给打满,替打了泡的人挑水泡,还帮房东干活儿。房东一个个往连部跑,夸乌力天扬,你们有个雷锋的弟弟,叫乌什么,多好的小伙子呀!

“这个滑头,”尤克勤眼明心亮,转头对卜文章说,“他来曲线救国嘿!”

“我看应该鼓励。滑头不滑头,大方向是正确的嘛。”

“我说实话,我就不喜欢干部子弟,要么像傻驴子,什么都不懂,要么像屎里插着的葱,翘得比谁都高,最他妈操蛋了。”

“我也不喜欢干部子弟。”卜文章正色道,“但我想看看他有多危险,是为什么。我对这个感兴趣。”

乌力天扬再也不和段人贵来横的,段人贵叫干啥就干啥。叫扫厕所,连猪圈一块儿给带着扫干净,人都能躺进去;让站岗,下一班的人保准能睡个好觉,乌力天扬一岗给执到天亮。段人贵以为把乌力天扬收拾住了，让乌力天扬搬个小板凳，给自己剪脚趾甲。乌力天扬二话没说，把段人贵的臭脚抱在怀里，一只一只捉着，剪得仔仔细细，还撮了嘴吹趾甲屑。段人贵有点儿拿不准，怀疑地看乌力天扬，不敢骂小兔崽子的话，说你别给我来这一套，我知道你小子不服，你玩儿心眼儿是不是？

鲁红军知道乌力天扬脑瓜儿聪明，能玩儿心眼儿，可再聪明，再能玩儿心眼儿，也不能抱段人贵的臭脚呀！鲁红军气得要和乌力天扬翻脸。乌力天扬不提臭脚的事，给鲁红军讲了一个蛾子的故事。

故事不是乌力天扬编的，是跑川江的一个老水手讲给乌力天扬的。蛾子的生命有三个阶段，第一个阶段，作为卵，它们在具有保护作用的卵壳中发育，那个卵壳是它们最初生长的环境。它们在这个阶段将度过充满禁忌和无知的童年，同时不断蠕动着，以示它们对孕育自己的窄小环境的不满。第二个阶段，作为幼虫，它们在坚韧的卵壳上咬破一个洞，将幼小的身子挤出壳外，成为最初生长环境的叛逆者，这是它们最容易受到伤害的阶段。它们有的受到了伤害，退回到卵壳中，从此萎缩下去；有的没有退缩，而是啃食掉孕育它们的卵壳，以便能活下去，直到它们找到真正的食物为止。幼虫的主要经历是取食和进食，并且在成长的名义下蜕上几次皮。在这个阶段，它们无法判断哪一种食物是它们的需要——花蜜、果汁、发了酵的树液、腐肉或者粪便，而每一次蜕皮，都会令它们困惑和痛苦上好一阵儿，除此之外，它们必须在充满敌意的世界里学会抵御天敌的攻击——改变颜色让自己融入新的所在环境，伪装成枯枝或嫩芽藏匿自己，长出毛刺吓退天敌，让自己带毒令天敌生畏，或者干脆让自己变得味道不佳以令天敌退避三舍……

“你是说，”鲁红军琢磨着，“我们现在跟蛾子的幼虫一样，得学会抵御天敌的攻击,对吧?”

“谁都想做天使,”乌力天扬盯着鲁红军,盯了半天,一字一句地说,“可在做天使之前,得先下地狱。”

7

拉练快结束的时候,部队实弹演练。轮到鲁红军上场,鲁红军不知怎么一慌,踉跄出两步,拉了弦的手榴弹掉在脚边,把站在一旁的段贵人吓得不知道该怎么做。乌力天扬从一旁冲上来,推开鲁红军,从地上捡起手榴弹,一使劲远远地丢出去,再把段人贵压在避弹坑里。手榴弹在几十米开外爆炸,炸得人脑袋一麻。

罗曲直看出来,这不是鲁红军失误,是乌力天扬和鲁红军的设计,拿命赌表现。罗曲直汗毛直竖,那几天躲乌力天扬和鲁红军远远的,生怕他们再弄响什么,要没捡起来,大家都玩儿完。肖新风也怀疑,向段人贵汇报,说鲁红军夜里敢去掘坟,胆子大得鬼都怕,哪能慌到丢不出手榴弹去?说不定有什么猫儿腻。段人贵不肯相信,嘲笑肖新风,那是真家伙,不是扫帚,他俩都在场,要炸一个也跑不掉,猫儿腻谁呀?要不,你猫儿腻一个给我看看,看看你心慌不心慌?

接下来的事情就不是设计了。驻地的几个孩子在水渠里玩,上面水库不知道,开闸放水浇地,几个孩子被冲进一个大蓄水池里,会水的爬起来,不会水的打着旋儿往下沉。九班的兵出公差背粮路过,正好看见。乌力天扬带头,会水的都跳进蓄水池,七手八脚一阵儿捞,把水里的孩子一个不落全捞了起来。

本来没事了,孩子捞起来,送回老乡家,老乡再送一面感激子弟兵的锦旗,九班荣立集体三等功,皆大欢喜。谁知道,肖新风上来时一脚没踩稳,滑回水池里,滑还没滑好,滑进出水涵洞。涵洞口子小，水又急，肖新风被卡在涵洞里，既上不来，也冲不下去。

乌力天扬已经上来了，正坐在蓄水池边吐脏水，一看肖新风没上来，卡在涵洞里，就让大家快解皮带。七八个兵，皮带都解下来，环环连起，一头儿扣在乌力天扬腰上，一头儿扣在鲁红军腰上。鲁红军趴在水池边，七八个兵按强盗似的按住他，乌力天扬反身跳回蓄水池。头一回潜下去没摸着人，拉上来时乌力天扬呛得直翻白眼。第二次潜下去，人让他抓住了，水池边上的兵一声喊，两个人，连同乱七八糟的水草死鸡鸭一块儿拉上池子。乌力天扬人活着，大口往外吐淤泥，肖新风两眼翻白，已经没气了。鲁红军立刻让把人平躺下，风纪扣解开，嘴掰开，抠出嘴里的烂泥，做人工呼吸。一会儿工夫，乌力天扬缓过来，换下累褪了皮的鲁红军，两个人忙乎半天，硬是把肖新风从死亡线上救了回来。

"你怎么这么会带兵！"卜文章那个激动啊，说段人贵，"你看别的部队吧，好容易才出个把英雄，你这儿整班整班地往外冒，你这个排长，非得表扬不可！"卜文章说完抹一把脑门儿上的汗。他不是来政治工作那一套，他说的是真心话——那是好事做绝了，什么坏事也没留下来，要是好事后面再拖个尾巴，死两个兵进去，他这个指导员就算当到头儿了。

"得给军工部门写感谢信，"尤克勤没表扬段人贵，拿着一条湿漉漉的皮带看半天，慨叹道，"八根皮带，哪一根断掉，我这儿就得丢两个兵啊！"又问鲁红军，"你从哪儿学会吹嘴的？气儿这么足，干脆，你改当号兵得了。"

拉练总结大会结束之前，卜文章上台宣布，团里已经批准，三排九班在抢救人民群众的过程中体现了人民军队的光荣传统，荣立集体三等功；九班战士乌力天扬、肖新风、鲁红军表现突出，各荣立个人三等功一次，其余参加救人的战士受团嘉奖一次。卜文章宣布完，尤克勤接着上台，扯了一口胶东话宣布，经连里研究决定，乌力天扬任三排九班班长，肖新风任三排九班副班长。

九班喜气洋洋，晚上熄灯号响了还不睡，躺在床上争着说话。

“我没想到，真没想到，你会冒险下去救我。我以为你会恨我，会借这个机会报复我。”肖新风又激动又惭愧地对乌力天扬说，“以后你是班长，我是班副，你指哪儿，我就打到哪儿，决不和你有二话！”

“这回我爸该给我平反啦！他死也不会相信，我这个儿子不光能进少管所，还能立功。”鲁红军躺在床上，像从良的妓女一样羞涩。他没听见下铺的罗曲直接话，翻身起来，倒挂金钩地朝下看，“罗大下巴，你怎么不说话？”

“说什么？”罗曲直闷闷不乐，“水我也下了，孩子我也捞上来一个，我不跟班长和班副比，可人工呼吸我也会，是你硬往前抢，不让我给班副做人工呼吸，要不，我也是三等功，还什么嘉奖。”

“这你就错了。”鲁红军哑然失笑，“我立功，还真不是吹嘴的问题。班副一嘴臭泥，你当好吹呀？你让他再往涵洞里钻一回，这回我不管，你吹去。我那是给班长班副当鱼钩呢。你想啊，他俩要是让水流吸进去，你们再没把我按住，我不是让他俩也钓进去了？所以，罗大下巴同志，这个三等功，轮不上你。”

乌力天扬精得像兔子，听鲁红军和罗曲直斗嘴，在一旁咯咯地闷笑，突然不笑了，一声嘘，人钻进被窝儿。九班像风去尽了的林子，立马集体哑然。鲁红军吊在床边和下铺的罗曲直说话，话说了半截，来不及缩回被窝儿里，另半截话吞回肚子里，人依旧吊在床边，装睡燥热了，掀被子。

段人贵进来，拿手电筒一床一床地晃。晃到肖新风脸上，肖新风眼闭着，装打呼噜，眼皮子跳跳的；晃到乌力天扬脸上，乌力天扬眼睁着，挺挺地躺在那儿，看着段人贵。段人贵把手电熄掉，在乌力天扬的床头坐下来，从兜里摸出一盒“大重九”，抽出一支，叼在嘴上，再掏出火柴，抽出一根，点燃。

“排长，”乌力天扬小声地、礼貌地、眼睛在黑暗中闪着贼亮贼亮的光，提醒段人贵，“内务条例规定，宿舍里不许吸烟。”

“哼，”段人贵盯着乌力天扬看了半天，没看出什么效果来，冷笑一声，把香烟从嘴上取下来，捅回烟盒里，再把烟盒装回衣兜里，屁股离开床头，站起来，“乌力天扬，别给我暗藏杀机。我是从九班出来的，九班是我的井冈山，我在我的根据地，知道怎么收拾你。我警告你，九班是三排的九班，革命大熔炉的九班，你不要在九班搞老乡那一套，更不要在九班搞宗派，我是不会让你得逞的。”

“是，排长，你的话我记住了。”乌力天扬平静地说。

8

那天晚上，鲁红军执第二班岗，乌力天扬接鲁红军，执凌晨的岗。乌力天扬睡着睡着突然睁开眼，借着月色看了看挂在墙上的钟，到点了，却不见鲁红军来叫。他悄悄从床上爬起来，穿好衣服，扎好腰带，出了门。

鲁红军胸前挂着枪，像一棵盼望着曙光的向日葵，神色单纯，在那儿遐想。乌力天扬说你怎么不叫我。鲁红军说天冷，反正我没瞌睡，想让你多睡一会儿。乌力天扬说，太阳打西边出来了？你不是你了？袖筒里没藏死耗子吧？鲁红军不好意思地咧嘴笑。乌力天扬不揶揄鲁红军了，说，上午还要去农场背菜，七十多里路，够累的，你回去打个盹吧。鲁红军就把枪取下来，交给乌力天扬。

两人交接了岗位，鲁红军还兴奋着，不想离开，站在那儿和乌力天扬说话，说的是少管所里的事儿。郑管教讲故事，广州摘掉了五十五斤的肿瘤，北京摘掉了五十六斤的肿瘤，驾机归来拿了老大一堆黄金的黄天明和朱京蓉，也不知道他俩现在怎么样。

鲁红军说着突然问，你上次说蛾子，光说了卵和幼虫，没说幼虫以后的事儿，不是有三个阶段吗？以后蛾子怎么啦？乌力天扬就说了蛾子的第三个阶段。说如果蛾子能顺利完成前两个变态生活史，它们将挣出自己编织的蛹壳，排泄出蛾蛹期积存的废物，把血液压入翅膀，让翅膀张开。离开最初的环境，去更大的天地经历它们的成虫生活，那叫化蛹为蝶。

乌力天扬说完了蛾子的事儿，说，好了，别犯纪律，回去吧。鲁红军才恋恋不舍地往班里走，走几步，又停下来，抬头看看天空。乌力天扬也仰了脑袋看天空。

正是黎明前的时候，天空中淡淡地泼了一层墨汁，没有人打扰，布得很匀，大多数星辰都收迹回宫，只有启明星还坚持着挂在北天上。鲁红军把视线收回来，有些羞涩地转身看着乌力天扬。

“你说的那个话，就是……天使那个，能不能再说一遍？”

“我说什么了？”乌力天扬笑了，想了想，认真地说，“谁都想做天使，可在做天使之前，你得先下地狱。”

“说得多好啊！”鲁红军点了点头，不知怎么的，有点儿伤感，“我想过了，在你们院里瞎胡闹了这么多年，我都不知道我是谁了。现在才一点一点地弄明白，我吧，还是想做天使。为这个，我宁肯下地狱。”

第二十四章　完了的事情才算完

1

很长一段时间，离了职在家休息的乌力图古拉常常一个人从营区的林荫道上走过。他昂着头，大步向前走，看见人也不打招呼，别人向他打招呼他也不回话，只是点点头，很严肃地，大步走过去。这个景象，让基地的很多人都印象深刻。

人们当然知道，乌力图古拉一个人从营区的林荫道上走过，但他不是一个人，他家里还有一个儿子——瘫儿子，痴儿子，像一个永远也不肯破茧的化石儿子。乌力图古拉那样昂着头，大步向前走，多数时候，是为了化石儿子的事情，比如去基地医院请医生，比如去菜场为儿子买菜。人们还知道，这个景象，多少有点儿不真实——乌力图古拉和他的化石儿子，不真实。乌力图古拉的家庭曾经是一个多姓混居的繁荣家庭，那个家庭养了五个儿子、两个女儿，从那个家里传出来的笑闹声和打骂声，曾经让多少路过的人们心里羡慕得发热，而现在，那个家只剩下了乌力图古拉，还有一块躺在那里永远也不动，得让离了职的头发花白的父亲来照顾的活化石。这太让人难以接受。

乌力图古拉是基地退下来的第一名干部，他又哪儿都不去，基地不能为一个人盖后来几乎到处都有的干休所，只能让他暂时住在原来的那栋小楼里。乌力图古拉没有告诉任何人，他哪儿都不去，他就住在基地，不是因为他喜欢基地，不是因为他讨厌上海、广州，或者不愿意回到蒙古草原去，而是因为基地这个家，才是他真正意义上的家。他是在基地这个地方和萨努娅团聚，两个人过上了家庭生活；他是在基地这个家生下了天时、天赫和天扬，找到了安禾和稚非，接回了天健和军机，他又是在基地这个家失去了天健，失去了半个天时，失踪了天赫，失去了安禾，眼睁睁看着人把萨努娅给抓走，然后，他又不得不送走军机和稚非，再送走天扬。这个家，曾经是个水草丰泽的牧场，在茂盛过、丰腴过、强大过之后，现在它已经干涸了，凋敝了，垮掉了。

乌力图古拉五十八岁被剥夺了所有权力，等于是被人从马背上拖下来，不让撒野，手里给塞上一把粪铲子。他回天无力，不能再把倒下的马扶起来，不能再把垮掉的家重新垒起来，不能再驮着这个家去满世界撒野了。他能够做的事，唯一的一件事，就是在这里，在这个家里等待萨努娅，等着她回来。

有时候乌力图古拉有些疑惑。他在这条江边生活了十多年，他和他的家有多么大的变化啊，这变化大到连他自己都不敢相信，可这条江。流淌了多少年，好像一点儿样子也没有变。它是怎么做到的？而他和他的家为什么做不到？

2

乌力图古拉恢复自由以后，葛军机和家里恢复了联系。葛军机进步很快，大学毕业后回到部队，连提两级，已经是连级干部。部队找他谈过话，准备派他去南京政治学院继续深造，深造回来就调军区工作。葛军机来过几封信，提出要调回武汉，好照顾乌力图古拉。家里要是有个人，我就能放下心，可天赫没有音讯，天扬又在部队，我不放心，葛军机在信里写到。

“你不用管我，不用管家。”乌力图古拉戴着老花镜，坐在阳光充足的书桌前，一笔一画地给葛军机回信，“你给我在部队上好好干，像你爸爸一样，干出个政治委员来。”他写到这里，不由得笑了，因为笑，耸动了鼻子，老花镜没架住，往下滑。他把老花镜扶住，扶稳，继续写，“你有一个世界上最好的爸爸，他是多么的优秀啊，你也要像你爸爸一样，也优秀！”

乌力图古拉不是光在基地等萨努娅。他隔三岔五地往北京跑，公安部不见，他也去，他去要他的老婆。他们不还给他，不见他，不给个说法，他就一趟趟地跑，没完。公安部给军队反映，你们一个老同志太不像话，跟上访的老农民似的，一点儿觉悟也没有，我们又不能扣他，你们来个人，把他领回去。

梁永明不得不出面，去收拾乌力图古拉捅出来的马蜂窝。梁永明倒是见着公安部的人了，不光见了，还说上了话。公安部终于动弹了一下，重新审理了萨努娅的案情。连公安部自己都觉得事情有点儿荒唐，特务和间谍的说法，全是捕风捉影，和苏联闹矛盾嘛，凡是和苏联有关系的，都得踩上一脚，踩成屎，拿来往苏联脸上糊。萨努娅什么事情也没有，不知道怎么弄的，一层一层往上报，哪一层都拿萨努娅当武器，或者事不关己，不理不睬，生生就给做成这样，就给判了二十年。

梁永明通知乌力图古拉，让他再去北京，说这回有说法儿了，能见上，不干没觉悟的事儿。两个老家伙这个门出那个门进，终于把萨努娅的问题给解决了。公安部下文，萨努娅属冤假错案，平反，放人，恢复名誉。

梁永明私下对乌力图古拉说，也是萨努娅运气好，中苏两国正在恢复外长级谈判，前两年被砸掉的外交部，最近也恢复了工作，萨努娅是托了大好形势的福，要不，难说。乌力图古拉红着眼说，我是感谢运气呢，还是感谢大好形势？我该不该操他的娘？我该操谁？梁永明连忙去关门，劝乌力图古拉别太较真儿，凡事一较真儿就没法儿过去啦。

葛军机听说萨努娅的问题解决了，立刻请了探亲假，从福建赶回武汉，和乌力图古拉一块儿去山西接萨努娅。乌力图古拉那两天像盼着过年的孩子，老问葛军机，票拿到手了没？铁路不会被水冲掉吧？最近有没有闹地震？再让葛军机打电话问，是让去北京接，还是直接去山西？好像这些事情不落实，年就来不了。等出发那天，他又让葛军机检查，他的衣裳干净不干净，衬衣露没露出来，帽徽歪没歪，还和葛军机商量，要不，我把布鞋换下，换皮鞋？葛军机看乌力图古拉，说，爸。说完爸以后就没了下文，眼圈红了。

3

还是定襄那座监狱，还是那条长满了红豆松和山白杨的山路，只是乌力图古拉身边乌力天扬换成了葛军机，还多了个负责联络和照顾乌力图古拉的黄干事。

因为有组织出面，不用在老乡家过夜，定襄县武装部给派了一辆车，直接开到监狱门口。监狱方面已经接到通知，验明家属身份，让在一连串的文件上签字，画押，交割当事人的保存物品，顺便告诉家属，萨努娅脖颈上长了颗瘤子，得割掉。

萨努娅事先得到通知，换了当年穿进来的那身衣裳，从监舍一出来，也不和乌力图古拉细谈，也没对葛军机说什么，说声快走，自己抢在前面，就往监狱外走。乌力图古拉愣了一下，没明白萨努娅怎么了。葛军机抢上前去，说妈，妈您慢点儿，别摔着。萨努娅一脸紧张，说不能慢，慢了他们就追上来了，就不让走了。又埋怨说，你们怎么现在才来，我躲了半天，差点儿让他们发现。又让父子俩跟她走，她观察了好几年，琢磨了好几年，知道路在哪儿，摔不着，知道哪儿有人看着，不能过。乌力图古拉心里一咯噔，就知道萨努娅走火入魔了。乌力图古拉去搀萨努娅。狱方送了一套马列主义的书，希望结束刑期的人能继续学习，加强改造，乌力图古拉没接，是葛军机接过来的，这才没让狱方尴尬。

出了监狱的门，萨努娅径直朝山下走。葛军机抢过来说，妈，咱们有车，不用走。萨努娅看见车，脸立刻变了，僵硬着腿脚绕过车往前走，说上不得，上不得，上了就得拖走！葛军机解释了半天，连哄带拉，把萨努娅弄上车。车一开动，萨努娅又催着开快点儿，还不断地回头看，看有没有人追上来。过一个弯道时，司机怕掉进沟里，踩了一脚刹车。萨努娅变了脸，质问司机，你是谁？居心何在？是不是他们派你来抓我的？把司机弄得满脸不高兴。本来乌力图古拉想去上次住了一晚的那个老乡家看看，谢一下人家，萨努娅说什么也不让停车。乌力图古拉没办法，只好拿出事先准备的五十块钱，交给司机，请他把钱送给那家老乡，就说两年前，一老一少来看犯人，吃过他家的红枣和柿饼，睡过他家的炕，谢谢他和他的家人。

车回到定襄县城，武装部的领导等在那里，要陪乌力图古拉一家人吃顿饭。组织上出面，又是首长级别的人物，人家一定得照规矩行事。萨努娅不让吃，也不下车，紧紧拽住前座的靠背，让车快走，继续往前开。乌力图古拉看她那个样子，是半分钟也不愿停下，就说饭不吃了吧，谢谢武装部的同志，真是谢谢了。葛军机机灵，搭一台手扶拖拉机去火车站，买了四张去太原的票，回到武装部，萨努娅还赖在车上不下来。这回不用下，下了车的三个人再上车，把车窗摇下来，向外挥手，说谢谢谢谢。就那个车，把四个人送到火车站。

在火车站等车的时候，萨努娅认出了葛军机。她就埋怨葛军机，都长这么大了，怎么也不告诉她，还嫌葛军机穿了军装，刺人眼。没等眼圈红了的葛军机开口叫妈，萨努娅又紧张兮兮地要葛军机去侦察一下,看有没有便衣在车站外搜捕人,有就回来报个信儿,大家赶快转移。乌力图古拉已经平静下来,示意葛军机别争,照萨努娅的话做。葛军机出门,找了个背人的地方,靠在墙上发愣。一会儿黄干事出来,要葛军机赶快回去,说萨努娅到处找他,怕他让人抓走。葛军机就在满天的灰尘里,把脸背过去,呆呆地看着街上卖烤白薯的炉子。

等火车进站,大家上车,找地方坐下。是区间车,在定襄站停七分钟。这七分钟可要了人的命。萨努娅发了火,非要去质问列车长到底是什么用心,为什么让火车停在这儿不走?后来突然不说话了,人缩进靠背椅里,脸埋在膝盖里,浑身颤抖,好像要忍耐什么。葛军机看不下去,真的起身去找列车长,求列车长快让发车,就算车不走,弄出点儿响动来,也让萨努娅放心。好容易火车鸣了笛,吭哧吭哧出了定襄站,萨努娅一扬胳膊,开心地拍着大腿哈哈大笑,从车窗里探出脑袋去,冲着站台上来来往往的人们说,看你们还抓我不,看你们还抓我不,这回你们再也别想抓住我啦!乌力图古拉、葛军机、黄干事,三个人待在那里,一句话也说不出来。

一路上又闹了几次事。一次是在太原转车的时候,萨努娅眼睛滴溜溜地转,突然从椅子上跳起来,上前抱住一个妇女,叫人家花花,说我可找到你了,我知道你妈关在哪儿,你妈快不行了,撞了几回墙,你快去救她。一次是在郑州站,葛军机下车买吃的,萨努娅没见着葛军机,非找乌力图古拉要人,说乌力图古拉把葛军机出卖了,还质问乌力图古拉出卖了多少人、得到了什么好处,引得车厢里的人都过来看热闹。最后一次是到了武汉,接站的车带着他们回基地,一到基地大门口,萨努娅的眼睛就发直,恐惧得抓住葛军机的手,说军机,快,快带妈离开这儿,妈不能再让他们抓走!

回到家,公勤员郝卫国和值班员接出门来,帮着卸行李,乌力图古拉和葛军机才松了口气。萨努娅不理人,径直上楼,去乌力天时的房间，一会儿又在那儿闹起来。乌力图古拉和葛军机连忙上楼，一看，原来萨努娅没见过顾嫂，怀疑顾嫂是来害乌力天时的，要赶顾嫂走。父子俩把顾嫂带下楼，向顾嫂解释，把萨努娅留在乌力天时的房间里。

“天时，天时我儿，”萨努娅就像昨天才离开这个家，往床头一坐，伸手去摸乌力天时的脸，乌力天时还是那个乌力天时，半截身子，硕大的脑袋，眼白多多，看不出什么变化，这让她感到心里踏实，她一踏实就松弛下来了，“天时你看，妈回来了，妈今天干了很多事，妈忘了给你买牛奶，但是不要紧，妈一会儿再去买。”

“一个人……一个人发了阑尾炎……医生……医生把阑尾割了……这个人就……救出来了……”①乌力天时有些激动，眼睛老想往萨努娅这边转，嘴角有一汪口水流淌出来，好像——至少萨努娅这么认为——他还咯咯地笑了一下。

萨努娅在楼上和乌力天时说话的时候，葛军机在楼下抹眼泪。

“像什么话，”乌力图古拉在批评葛军机，“连级干，带一百多号人，哭鼻子，让你的兵看了怎么说你？”

“爱说什么说什么，”葛军机呜呜地哭，“反正我要回武汉，我要照顾您和妈妈。妈这个样子，您这个样子，我看不下去。”

“你妈要你照顾什么？”乌力图古拉说，“我要你照顾什么？我俩好好的，要谁照顾？你把你自己的前途照顾好。”

“爸，”葛军机抹着眼泪说，“爸您就别瞒我了，您装什么都装不像。我知道您心里苦，你盼妈是什么样子。您和我妈又打又吵，可我妈不在了，您的日子也不在了。我妈现在人不人鬼不鬼，她对付不了，您对付不了，我要前途干什么？”

“你这是什么话？”乌力图古拉生气，一生气就骂人，“你一点儿觉悟都没有！你一点儿也不像你爸爸！你操蛋！”

---

① 见毛泽东《整顿党的作风》。

"不像就不像,操蛋就操蛋。"葛军机听话听了二十多年,这一回犟上了墙头,"我又不是面揉的,我又不是空心人。不管说什么,我非回来不可。"

乌力图古拉要发火,眉毛竖起来,头发也竖起来,狠话到了嘴边,突然打住,竖起耳朵,茫然地回过头去寻找什么。葛军机愣了一下,听出那是外面传来的广播声。他抹一把泪,起身朝客厅走去,打开客厅的那架红灯牌收音机。收音机里,男播音员带着哭泣的声音像泼出了缸的酱,稠稠的,一汪一汪地流淌出来:……《告全党全军全国各族人民书》……中国共产党、中国人民解放军和中华人民共和国的缔造者和领导人,中国人民的伟大导师和领袖,中共中央主席、中央军委主席、全国政协名誉主席毛泽东,在患病后经多方精心治疗,终因病情恶化,医治无效,于 1976 年 9 月 9 日零时 10 分在北京逝世,终年八十三岁……

葛军机愣在那里,下意识地,心里往下一沉,有一种大事不好的感觉。他迅速回过头去找乌力图古拉。乌力图古拉站在门口,嘴张着,眼直着,两只胳膊耷拉着,一副被夯了一闷棍无助极了的样子。葛机就想,麻烦了。

4

七个月后,葛军机从福建调回武汉,在武汉军区政治部当干事。葛军机的材料方方面面都过硬,可以说是难得的苗子,让武汉军区干部部门很感兴趣。只是,武汉军区没有在随档案转来的那份南京政治学院的入学通知书上签字,让葛军机失去了一次难得的深造机会。葛军机没有把这件事告诉家里,他把入学通知书收起来,就当这件事没有发生。

不光葛军机回到武汉,读中学的童稚非也回到了武汉。童稚非一见到萨努娅就扑上来，抱住萨努娅连声叫妈妈，还瞪着一双恐惧的眼睛四下里睃，说你们不会再把我送给别人了吧，我真的不想再管别人叫妈妈了。

在此之前，萨努娅已经割掉了脖子上的瘤子。是乌力图古拉守着割的。

萨努娅是过敏体质，不能用麻醉药。骟自己那次已经吃了大苦头，亏得那时年轻，二十多岁，能扛，现在她已经不年轻，四十六了，扛不住。医院为难，研究方案。

乌力图古拉在这种时候冷静得很，问了几个问题，然后说，你们就那几根银针，没有方案嘛，还研究个屁，针扎进去，动刀子吧，别研究来研究去，把人给我研究没了。

乌力图古拉只提出一个要求，和医生一起进手术室，让他守着萨努娅。一进手术室，乌力图古拉就脱去上衣，露出一只胳膊，把胳膊放在萨努娅嘴上，让萨努娅咬住。

“你就当它是麻醉药，全归你。”他告诉她。

“像马儿咬马嚼子那样，咬紧了。”他教她。

“疼你就下劲儿，往死里咬。”他再教她。

“别愣着，动手吧。”他对医生说，然后兴致勃勃地给萨努娅唱起了《乌古斯汗的传说》：

我做了你们的可汗，
让我们拿起盾牌和弓箭。
我们的目标是吉祥，
我们的号令是苍狼，
我们的铁矛像森林一样。
让野马布满我们的猎场，
让江河在我们的土地上流淌，
让蓝天做我们的穹庐，

让太阳做我们的旗纛。

…………

他大声地唱,像马儿在漫天苍茫的雪子中嘶鸣,柔情万状,唱得很投入。看见大夫手里操着亮锃锃的手术刀,眼里炯炯发亮,有点儿磨刀霍霍的样子,他意识到这首歌属于激励性质,停下,改唱《额吉纳的云青马》:

额吉纳的云青马啊,
真是匹神奇的骏马;
千里迢迢路遥远啊,
转眼之间我就到了。
傍晚归巢的百鸟啊,
莫夸你翅膀的神速;
当你在巢边鸣叫啊,
叫声未落我就到了。

乌力图古拉的胳膊被萨努娅咬得鲜血淋漓,他哼都没哼一声,一首一首地接着唱,还和萨努娅开玩笑,说这回萨努娅争不成了,全归他一个人唱,要唱好了,怪不着他。唱到最后,连给萨努娅做手术的医生都流泪了,说这哪里是丈夫,是爹呢,是娘呢。话是小声说的,手术结束之后说的,让乌力图古拉听见了。乌力图古拉不让护士往胳膊上抹药水,褪下衣袖,说怎么不是爹娘?我刚找回来的,死里逃生,就当刚生下的孩子,是爹娘。

瘤子不是萨努娅真正的病。萨努娅做了一系列检查。医生告诉乌力图古拉,萨努娅的瘤子拿掉,并不等于她的病就好了;没有,她的病潜伏着,随时都有可能发作。所以,家属必须给予重视,比如,决不可以做出使病人产生幻听的威胁或发出导致上述结果的命令,尽可能隔绝病人与偏执症诱发源的现实联系,比如笑声或者眼神,比如刺激和诱发相关结果的回忆内容。

乌力图古拉从没听说过这种病。萨努娅的病是偏执型精神分裂症。

5

早饭的时候，乌力天扬吃得很快。四个馒头两碗小米粥，他只用了两分半钟，吃完起身洗碗出食堂，回到宿舍，把家里的来信拿出来又看了一遍。

信是葛军机写来的。以前都是乌力图古拉写，平均四个月一封。乌力图古拉每次来信，总是不厌其烦地教育他好好在部队干，不要玷污部队的荣誉，那张随时随地板着的脸，在他离家上千公里之后仍然紧贴在他脑后，让他心里发紧，让他忍无可忍。

乌力天扬很少给家里写信。部队换了驻地，他就写一封，几行字，干巴巴的：战备训练十分紧张，一切均好勿念。

当兵头一年，乌力天扬写了两封信，第二年一封，第三年他差点儿没写。部队换防到信阳，乌力图古拉从罗罡那里打听到部队的地址，写信来，还寄了一大堆学习资料。乌力天扬这才回了封，信的内容改了两个字：战备训练仍然紧张，一切均好勿念。

有时候他觉得父亲很讨厌。他当他的兵，关别人什么事？他当然会努力，他不努力别人就会把他当成跳蚤掐死。他当然会积极要求入党，在这个国家，只要不想当跳蚤，谁不钻天打洞地要求入党？他当然会加强学习，他得学会很多东西，比如狼学撕咬，虎学捕食，蛇学躲藏，猫学算计，这样才能主宰自己，而不是被别人主宰，被别人像龟孙子似的反复揍。可这和乌力图古拉有什么关系？难道他当兵的时候，爷爷也这样管过他吗？他已经不是孩子了，他带着十二个兵，很快的，他会带更多的兵。他要那个身边只剩下一个跑腿的公勤员、一个基本上不出车的司机、一个只会做酱肘子的厨子、一个权力越来越大的保姆的老家伙管什么？那个老家伙连自己都没有管好、管不好，他连自己的家都管不好、没有管好，能管别人什么？

葛军机的信却让乌力天扬欣慰，不，是伤感和委屈。母亲终于回家了！母亲终于解放了！他到处找母亲。他找了母亲那么多年。他差点儿没被打死。现在母亲找到了，回家了，因为这个，因为是葛军机把母亲接回家来，他在心里感激葛军机。而且他知道，葛军机为了照顾母亲，已经调回了武汉。

乌力天扬有些不安。他做不到。不是因为他现在还不能主宰自己，他调不回去，而是因为他不想回去，不想回到那个家里去。现在他才深深体会到，四哥为什么会那么急迫、那么义无反顾地逃离那个家。那个家是一座监狱，他们是犯人，他们得逃。因为没有行走的自由，所以才幻想在天空中飞翔，就是这么回事儿。

葛军机告诉了乌力天扬一件事，那年他给乌力家贴大字报，和乌力家断绝关系，不是他要那么做，是父亲的主意。父亲命令他这么做，他不肯，父亲发了火，说不光是他，还有稚非，他得把稚非带走，这个家才能保存下一部分。乌力天扬读信的时候发愣，觉得父亲太狡猾，把他都瞒过去了，瞒得他冤枉葛军机，差点儿没把葛军机捅死，这样的父亲真是老狐狸一只，没法儿斗。可是，父亲为什么没让他那么做？没让他和家里断绝关系？他不属于应该保存下来的那一部分吗？

6

连里在培养乌力天扬。不是兵头将尾的班长，是往上培养。卜文章找乌力天扬谈话，说九班带得不错，眼光再放远一点儿，得考虑一百米以外的事儿，进步嘛，是永无止境的。尤克勤也拿乌力天扬开涮，说九班长，什么时候再来点儿小聪明，把炮团没打出去的炮弹给抱起来丢出去？要不，再弄几根皮带往腰上扎？

卜文章和尤克勤对乌力天扬上心，是乌力天扬给连里办了一件大事。这件大事，连卜文章和尤克勤都办不下来，连营长和团长都办不下来，让一个小破班长办成了。连里竟然藏着这么个宝贝，卜文章和尤克勤才格外上心。

连里大半是农村兵，农村兵都是大肚汉，能吃能造，全连一百来号人，二两馒头一顿吃八个的能数出一个排来。卜文章和尤克勤接手这个连时，上一任已经拖下一屁股债，两年干下来，债上加债，累计亏损粮超万斤，钱超万元。卜文章和尤克勤找过上面，上面没办法，粮食指标是死的，按人头发放，哪个连不偷偷弄点儿自留地，不养几头自留猪，哪个连队就活该饿肚子。卜文章和尤克勤为这件事伤透了脑筋，私下里开玩笑，说就这样了，再干两年，船到码头车到站，也不用谁的儿子都背着，回家带着老婆种地去。

那一次，师里检查连队的训练情况，正好军区周副司令在师里检查工作，一块儿浩浩荡荡下来。检查到乌力天扬这个营，营领导向军区首长汇报工作，在汇报士兵立功情况时，提到了乌力天扬。这个姓很稀罕，听着抢耳，周副司令就让打住，问一旁的师长，老乌的孩子不是在你们师吗？就是和咱们换兵的那一批，是不是老乌的孩子？师长不知情，问营长。营里只知道乌力天扬是干部子弟，不知道是不是周副司令说的那个老乌的孩子。营长立刻要通讯员打电话，让通知连里，叫乌力天扬跑步到营里。周副司令说不用了，我来个突然袭击，不让你们哄着，下去看看。

卜文章和尤克勤接到营里打来的电话，连忙通知连队准备。操场刚泼了水，没扫两扫帚，大车小车一溜烟地就到了。部队立即集合，迎接军区和师团首长。

检查工作的事儿有一套程序，完了周副司令就让把乌力天扬叫去，一问，还真是乌力图古拉的孩子。卜文章汇报说，乌力天扬进步很快，是九班的班长。周副司令说，那叫什么快？当兵快三年才干个班长，那叫落后分子。又说乌力天扬，我儿子在你们基地，都提干了，你得向我儿子学习。

本来事情到这儿就打住，检查工作是走马观花，动真格的少，大家知道这一套，无非顺着首长的话打几声哈哈。周副司令已经站起来，一边往外走，一边顺口问了乌力天扬一句，有什么不习惯，有什么困难没有。乌力天扬说了一句，没有什么不习惯，困难有一个，吃不饱饭。周副司令站下。师长也站下。卜文章和尤克勤差点儿没当场晕过去，勉强站住，挤出笑脸来看着营长团长。

“口粮多少？”

“一斤二两。”

“一斤二两还吃不饱？”

“战备任务重，一天得干十四五个小时，又没有油水，老觉着饿，夜里睡不着，睁眼数星星。”

“能吃多少？”

“一斤半吧。”

“这么多？不撑着？”

“一斤半得省着，也就大半饱。”

周副司令来了情绪，想看看士兵们都怎么吃，能不能吃下那么多，大概潜意识里也想知道自己的儿子是不是也饿得数星星。他不走了，坐下，要等着看士兵们吃饭。首长的时间多宝贵呀，哪里能等，团长把尤克勤拉到一旁，挤眉瞪眼地说，你什么眼神儿？没见师长脸皮都贴不住，一个劲儿地往下垮呀？赶快给我开饭，让老家伙看完吃饭表演走人！

当然不能提前开饭。10 点钟不到，全连一百来号人，排着队，唱毛主席的战士最听党的话，步伐整齐地走进食堂，一声令下，端碗抄筷子，喊里喀喳往嘴里扒饭，那像什么话？尤克勤有办法，让炊事班立即称面摊饼，再剥两棵大葱，端上来，让首长们看乌力天扬表演吃饭。

饼很快端上来，一筲箕，尤克勤特意交代过，狠狠地放油，是油煎出来的，香气扑鼻。炊事班长立正报告，两斤面粉，按二两一个下剂子，一共十个。首长们好奇地围在桌边，连跟着来的参谋干事也在窗边踮着脚尖往里看。乌力天扬上场，不看人，往饼前一坐，不慌不忙从筲箕里取出一张饼。饼对折，一口咬去一半，牙下劲，嚼十二下，咽下肚；再对折，填进嘴里，牙下劲，嚼十二下，咽下肚。咽第二口前，他已经取过第二张饼，饼对折，等咽下第二口后再咬第二张拼，牙下劲，嚼十二下，咽下肚；再对折，填进嘴里。照二十二秒钟一张饼的匀速，三分十八秒钟后，筲箕里去了九张饼。剩下一张乌力天扬不再取，端过桌边招待首长的白开水，咕咚咕咚喝光，缸子放下，站起来，两脚一磕，立正，说报告，饱了。

“饱了？”

“饱了。”

“还剩一张。”

“够了。”

“有意思。”周副司令回头看看师长，“看他这么吃，我都饿了。”说着，从筲箕里拿过剩下的那张饼，对折，咬一口，再咬一口，点头，表扬炊事班长，“好饼，功夫不错，要是面再揉得筋道点儿，撒上葱花儿，抹上花椒，味道还得好。”然后说师长，“小刘啊，当兵吃粮，任何朝代都是铁打的规矩。不能不让兵吃饱啊！兵不吃饱，拿什么打仗？”

后来事情就给解决了。连里欠下的口粮债一笔勾销，另外还给多批了点指标——不是乌力天扬一个连，全师每个连都有份儿。

师长回去就骂师后勤,你们吃兵饷,不让兵吃饱饭,什么玩意儿!营连级带兵的人那个痛快,见了卜文章和尤克勤就说,伙计,谢了啊。卜文章和尤克勤一点儿也没客气,觉得自己给全师的营连干部们办了件好事儿,应该领这个谢。

“我说老段,”尤克勤回头就说段人贵,“带兵的人,第一是胸怀,有多大胸怀带多少兵,是这个理儿吧?你是要提副连的人,不能老抓住下面人一点儿屁大的毛病不放。乌力天扬不是省油的灯,这个我比你清楚。可他替咱们销掉了三万斤粮债,两万块钱债,就凭这个,老段我明给你说,我喜不喜欢他,都得向着他。”

乌力天扬没有告诉别人,他当流浪儿那两年,学会了“吃蓄”,遇到好心人,偷到大头儿,有吃的,一顿吃实在,像骆驼一样,像牛一样,然后在接下来的日子里,慢慢地反刍,这样就能把短日子过出长日子的样子。

这个办法是乌力天扬的办法,别人学不去。

第二十五章　狗獾和狐狸不是威胁

1

天气好的时候，即使隔着长江，即使在晚上，从北岸的肖茅这边也能很清楚地看到江对岸的白帝城。

简雨槐晚上也敢出门了，一支葵花秆火把，一把捏紧的草镰，有了这两样，再把眼睛放尖，就能沿着弯弯曲曲的山路赶到大队部去开“批林批孔”会，再沿着弯弯曲曲的山路返回知青点。

狗獾和狐狸不是威胁，它们在很近的地方瞪着美丽的眼睛看着简雨槐，看一会儿，匆匆走掉。它们的样子像朋友，从来没有咬过简雨槐，倒是在看见其他人的时候，很紧张地躲开，如果带着刚出生的孩子，躲得更快，让人很难发现它们，只能在有风的时候，老远地听见它们伤感的叫声。

鬼脸鹰也一样，夜里它们叫得那么难听，其实从来不伤人。有时候，它们会扑打着翅膀从茅屋上面飞过，像夜的精灵，或者守护神，那是它们在捕捉山鼠和蛇。鬼脸鹰白天藏在丛林里，人是听不见它们叫的。

月亮好的时候，简雨槐在红肩河里洗澡。这座山坳里除了她，再没有别人。禽虫倒是不少，白腹杜鹃、彩头鹟、黄额啄木鸟、大鲵、细鳞鱼、琉璃小灰蝶、枯叶蛾、彩瓢虫、大翅蜻蜓、箭齿螳螂、长须天牛、犀角金龟。它们不是人，也不伤害人。人都省油，早早睡下，或者在茅屋里，坐在黑暗中，抽一袋烟叶，说一些春种秋收的事，门掩得紧紧的，留下禽虫们在夜里说着知心话、吵架、交配，自行其是，自得其乐。夜里的肖茅是禽虫的世界，简雨槐在那样的世界里，不怕人打扰，就出门，去门前的红肩河，把自己好好洗一洗。

简雨槐脱光衣裳，在月光下潜入河中。河水被她的身体分开，又迅速在她的小腹上合拢，冒起一串晶莹的水泡，在月光下蓝莹莹地漾出去。她站在齐胸的流水中，脸庞亲热地埋进水里，再抬起，懒洋洋地抬起胳膊，击打水面，一点儿也不提防河水。她的皮肤白皙而细腻，因为干多了农活，晒出一层太阳红，在月光下透着凉意，就像一块被水浸泡得透明的石头，闪烁着一层幽暗的光。

如果是夏天，没有雨，红肩河清凉无比，尤其是夜里，水很柔，缓缓地流动。因为河里有简雨槐和月光，河水的柔情就被衬托得惊心动魄。

没有谁比简雨槐更适合水的柔情，没有谁比简雨槐更需要水的柔情。简雨槐被屈十三奸污了，简雨槐被屈十三霸占了，简雨槐要在红肩河里，把自己好好洗一洗。

2

头两年，屈十三不断碰壁。简雨槐把门闩得死死的，在床头放一把柴刀，枕头下压一把菜刀，还烧水，把滚烫的水从门楼上往外泼，烫得屈十三吱哇乱叫。有一次屈十三基本上得逞了，他把门锯开一道口子，一脚踹开。他说你叫吧，大声叫，看看能不能把毛主席叫来。他身手敏捷，夺下简雨槐手中的刀，把简雨槐按在床上，使尽浑身解数。弄得两个人都耗光了力气，结果他还是没能办了简雨槐。屈十三发现，他办不了简雨槐，简雨槐穿了两层裤子，每一层都用绳子系死。系成死疙瘩，根本无法解开。屈十三恨哪，恨得浑身颤抖，用力扇了简雨槐两个耳光。屈十三觉得太不公平，他有个傻姑娘，让人搞了。他带人去公社修水库，姑娘让人在家里搞了，回来问傻姑娘，谁搞了她，傻姑娘指了一圈，最后指到屈十三。屈十三是搞了不少女人。可屈十三没有搞自己的姑娘，他还没有无耻到这个地步，还没有不道德到这个地步。

“鸡子搞猫子，猫子搞鸭子，哪个都搞，不搞做啥子嘛，灯也没得，油又金贵，要省下来等生娃儿用。你们读书，读再多有啥子用处，还不是得让别人搞，冤枉花些心思。”屈十三愤愤不平地说简雨槐。“晓不晓得哪个在中央管知青？陈永贵。那么大个国家，那么多的知青，还不是让一个农耠皮领导了，我领导你一个人，有啥子要不得？”屈十三委屈地说，然后奇怪，“你把裤子系成死疙瘩，唧个屙尿嘛？你这个女娃儿，看把自己搞得几惨。”

简雨槐进出门都提着柴刀。她把柴刀举在手上，冷着脸说屈十三，你只要敢碰我，我就砍死你。她真的砍了。她举着柴刀，把屈十三从屋里撵到屋外。屈十三没站稳，摔下高坎，差点儿没摔死。

简雨槐的顽强抗争完全是无效的。她根本没有任何能力主宰自己，就是把柴刀举得再高也没有用。头一年，她只拿四分半工分，一年下来分到七十多斤口粮，第二年长到五分，口粮没涨反降，只分到六十几斤。母亲走时留下的粮食吃光了，她饿得心里发慌。然后问题就解决了，她评到了八分半，是中年男社员的工分标准。屈十三说，我说你拿几分你就拿几分，我要高兴，要你拿十分你也得拿，你不拿都不行。

四分五分八分，简雨槐算不清这个账，红苕洋芋苞谷，她算不清这个账，它们装进她的背篓里，拿了是疯子，不拿是傻子。

生产队长屈接水把简雨槐叫到家里。老实巴交的屈接水眉头皱着，圪蹴在地上，吸一只长长的水烟袋，咕噜咕噜，吸了一泡，咕噜咕噜，又吸一泡。屈接水的堂客在一边说，他老汉，当说得说，大不了少分点儿冬洋芋,看饿不饿得死,一个黄花闺女,就抵不得几斤洋芋嗦。屈接水就豁出来,把烟袋往地上搁了搁,对简雨槐说,妹子,山猪和家猪都是猪,日子却不得一样过,山猪啃葛藤,家猪吃潲水,你不是山猪,还是赶忙打转,回你自己屋里去吃你的潲水。

3

"我怕。"简雨槐在油灯下战战兢兢地给家里写信,"我想回家。我不能再待在这儿。我可以另外换一个地方下乡。换任何地方都可以。换到地狱里都可以——如果有地狱的话。"

"你不要偏执,不要只顾你自己。"简先民的回信龙飞凤舞,很有领导气派,"组织上已经找爸爸谈话了。爸爸刚刚得到组织上的原谅,问题很快就能解决。爸爸现在是关键时期,你要支持爸爸。你忍一忍,再忍一忍,等爸爸过了这一关,就接你回家。"

"我等不了了!我要被人害了!他们会害我!我会死在这儿的!"简雨槐再写信,没有风来,油灯的灯焰笔直,她却在灯焰下瑟瑟地发着抖,笔都握不稳,"我不是偏执,不是只顾自己,不是不原谅,求你们,让我回去!"

简先民再没有信来。他很生女儿的气。方红藤倒是有信来,却像什么事也没发生似的,只问简雨槐日子过得怎么样,吃苦没有,瘦了没有,身上长疮了没有,不谈怕和害的事,不谈让她回家的事,好像那件事根本就不值得一谈。

简雨槐豁出来了。她不能让屈十三把自己糟蹋了。她在全队人的面前揭穿屈十三。她把锄头杵在地上,颤抖着声音说,他想霸占我!全队的人都愣在坡上,看着简雨槐,再互相看,然后在和煦的山风中放声大笑。一个社员真诚地说,屈支书嗦,要是屈支书,那是你娃娃的福气。一个妇女给简雨槐出主意,要简雨槐先守住,不忙让屈支书霸占，先让屈支书再加半个工分，屈支书要是答应，就让他霸占，要是不答应，就先让他霸占，以后慢慢缠他。山上的空气真是好，风在这里无遮无掩，视野也开阔，可以一览无余，看见对岸的白帝城。

简雨槐背上书包，渡过江去，到公社找明书记，告屈十三。明书记刚从大寨大队学习回来，像是从阿尔巴尼亚罗马尼亚朝鲜学习回来似的，很兴奋。

“你等一哈儿，等我把种梯田的事情和修水库的事情布置完，慢慢说。”明书记布置完工作以后很迷茫，看了简雨槐半天，“不会吧？奸污成了没得？”在得到肯定和否定答案之后，明书记叹息了一声，好像那个结果很可惜似的，“狗日的屈十三，鸡巴总是不歇，非劁了他不可。”明书记非常生气，身子扭来扭去，屁股下的藤椅吱呀作响，“等他到公社来开会，我警告他，国家有规定，哪个敢奸污知青，哪个就上法场。”明书记把简雨槐送出门，郑重其事地叮嘱，“等他奸污成了，你就告到公社来，你放心，我们决不放过他，贫协会员也不放过他，二十年也不放过他。”

屈十三对简雨槐在全队人面前指控他的做法一点儿也不生气。他又不是只搞简雨槐一个人，他又不是白搞，他又不是总在搞。他管着肖茅一百多户人的生死，吃不好睡不好，一天走几十里山路，被蛇咬过百十回，脚都咬成了麻秆，他还不是站住了，没有倒下？他屈十三要没得这个权威，肖茅大队他就不得管，早去平顶山背煤了。屈十三生气的是，简雨槐居然跑到公社去告他，这不是搞破坏吗？要是把他告倒了，明书记拿这个来要挟，冬天多派肖茅几个修水库的工，再把今年的返销粮扣一半，肖茅的裤腰带就得扎紧一圈，非饿死个把人，这个结果，哪个来负责？哪个上法场？

下工从山上回知青点，已经是晚上 9 点多，简雨槐接到大队通知，要她去三队知青侯玲玲的屋里参加学习。简雨槐打着火把去了三队,进门一看,屋里点着一盏要熄不熄的油灯,屋里坐着好几个男社员。屈十三也在,只是他不坐,人圪蹴在地上,一片一片卷叶子烟,和男社员们说笑。

简雨槐站了好一会儿,眼睛才适应过来。眼睛适应过来,就看清楚了,屈十三旁边,那些男社员旁边,一张脏兮兮的床,床上躺着四仰八叉的侯玲玲,侯玲玲上身穿着衣裳,下身光着,一个男社员也上身穿着衣裳,下身光着,趴在侯玲玲身上,正起劲地蹂躏她。

简雨槐脑子里嗡地一响,血往上涌,以为走错了地方,扭头就往门外走。屈十三把脸抹下来,往地上吐一口唾沫,说站到,要你来学习,你往哪里走?两个男社员听屈十三说,起身去把门掩上,把简雨槐关在屋子里。简雨槐害怕极了,脑子里一片空白,想叫叫不出声,两条腿生了根似的,一步也迈不动。屈十三又朝地上吐一口唾沫,接过一个男社员递给他的叶子烟,就着另一个男社员划燃的火点着,吸了一口,沉下脸不理简雨槐。

床上的男社员忙活完了,起身穿裤子,点头哈腰地对屈十三说,屈支书,走了哈。屈十三点点头,不说话。男社员就绕过站在屋子当中的简雨槐,推门出去,在门外大声咳嗽清痰。另一个男社员说,屈支书,我去了哈。屈十三点点头,也不说话。男社员就丢了手中的烟蒂,走到床边,脱裤子,上床去,往侯玲玲身上爬。其他人依旧坐在旁边,继续听圪蹴在地上的屈十三说笑,吃烟,吐唾沫,也不往床那边看。

简雨槐突然醒过来,先是大口地呕吐,然后往门口冲。两个男社员起身挡在门口,不让简雨槐离开。简雨槐说,我要出去,你们让我出去!男社员说,屈支书要你站到,是屈支书。简雨槐去抓男社员,男社员的衣裳被撕破了,很生气,说你赔我衣裳,我屋里只这一件好衣裳。简雨槐哭了,眼泪一个劲儿地淌,说求你们,求你们了,让我出去,我要回家!男社员心疼地摆布着衣裳,说你求屈支书，屈支书就是家。

山里人不穿衬裤，罩裤没有裤带，两边一缅，往肚脐眼里一折，有一个时髦的说法，叫“巴扎嘿”，这种裤子脱和穿都方便，不占时间。侯玲玲上身穿着衣裳，不冷，别人上她身的时候，她不动，让人家动，好像她在歇息，要不就是一条死鱼，猫舔狗舔与她不相干，她只是把头歪向一边，歪向门的那边，但不是看简雨槐，是看门口。门口放着男社员们带来的东西，一碗腌菜，一把牛皮菜，七八个洋芋，一墨水瓶煤油。

4

第二天，又黑又干的侯玲玲出现在山坳里，像一片枯萎的叶子，被风吹上知青点。简雨槐头一夜发高烧，烧了一夜，第二天烧还没有退。她不让侯玲玲进她的屋子，在门口堵住她。

“让我进屋。”

“你走，走远点儿。”

“莫扯，我累脱了皮，没得力气跟你扯。”

“你不是说他心善吗？他就是这样心善的！”

“我说错了嗦？他要不心善，你的柴火从哪里来？你的工分为啥子评八分半？大家都背灰上山，为啥子安排你写大批判专栏？落雹子的时候，他赶天赶地往知青点冲，帮你捡屋顶，脑壳都让雹子打青了，他不是心善是啥子？”

“这就是心善吗？这就是心善！”

“那你告诉我，啥子是心善？”

“他们，他们在轮奸你，你知不知道！”

“那又啷个样？他们还不是轮流送米送菜给我。他们不是轮奸，是轮流养活我，懂不懂？”

简雨槐不知道再该怎么说下去。她把门掩紧，上了闩，回到床上，躺下。布谷鸟从茅屋上飞过，飞到红肩河边停下来，在那里叫：不哭——不哭——

“少给我说国家。”屈十三终于得逞了。他夺下简雨槐手中的柴刀，不顾胳膊上淌血的伤口，用柴刀把简雨槐腰上打了死结的两条绳子割断，“当年我是支前模范，我推着小车为解放军送过粮食，我屋里的牛累死在路上，解放军写了条子，到现在没有兑我的钱。你屋里老汉不是解放军吗？就算你是解放军兑给我的牛钱吧。”

以后控制不住。屈十三不断往知青点跑。简雨槐受尽凌辱。屈十三还挑肥拣瘦，嫌简雨槐身上肉少，净是骨头，硌人。这是事实。因为营养不良，本来就瘦的简雨槐瘦得厉害，颧骨突出，肩胛骨突显，看起来瘦骨嶙峋。这些都是事实。

“又唧个了嘛？”屈十三在简雨槐身上忙碌，忙得黑汗水流，不高兴地说，“我都说过了，你莫板个死脸给我看，夹生半吊的，那样不好。”忙一阵又说，“莫以为你脸蛋儿好，我才弄你。男人不看脸蛋，脸蛋再好不能当饭吃。要不是看你是城里的女娃娃，我才懒得弄你。”忙一阵又说，“我叫闷娃子送来的米粑，唧个没得动？你莫跟自己过不去。我都说了，好吃不好吃，饭是要吃的，不能饿肚皮。”

慢慢的，简雨槐不再反抗，不再去摸柴刀。她开始学习如何做一条死鱼，水混水浊，任由涤荡。

她在做死鱼的时候，有了一种复杂的心态。她觉得简家贱得很，自己贱得很，该受报应，该被糟蹋，该！

5

要不是方红藤到肖茅来看简雨槐，简雨槐就死在肖茅了。

好几个月没有收到女儿的信，方红藤心里发慌，想着是不是出了什么事，和简先民商量，要去肖茅看女儿。

简先民坚持了几个月，成天往政治部跑，问他的处理决定下来没有，什么时候下来，顺便问一下——只是顺便——对与资产阶级法权决裂的人和家庭，比如简雨槐和简家，表彰决定下来没有，什么时候开始宣传。政治部的人很烦简先民。罗罡交代，要他在家里等，不许他往政治部跑，他想干什么？还想搞投机取巧那一套呀！简先民心里发慌，在屋子里转来转去，终于抵抗不住方红藤整天在他耳边叨唠，牙一咬，让方红藤去肖茅看看。

简雨槐病在床上，一连几十天昏昏沉沉。侯玲玲跑来照顾简雨槐，给简雨槐煮米汤。要是简雨槐没有胃口，她就自己把米汤喝掉，然后坐在门口，看翠鸟从高高的岩上往红肩河里扎，扎出亮晃晃的无鳞鱼来。简雨槐基本上不喝米汤，只是昏睡。有时候她会说一些梦话。梦话没头没脑，侯玲玲没有听清，倒是简雨槐不断在梦中叫着“天火，天火”，好像在梦中，她是一个神仙，能够呼风唤雨，威风得很，这个，侯玲玲听清楚了。

方红藤一进门就看见女儿躺在床上，像一张撑不起来的人皮。简雨槐看见方红藤，口里说不出话，只是流泪，一行一行的清泪，流也流不完。方红藤手忙脚乱，一时乱了方寸，问侯玲玲，雨槐怎么病成这样，怎么没有人管。侯玲玲不高兴了，说啷个没得人管？我不是人嗦？我都管她个把月了，苞谷都长须须了。

后来还是屈十三把事情说清楚了。屈十三在门外欢天喜地地喊，妹儿，我来看你了，我给你带了万县的苞谷糖，好吃得很。屈十三推门进来，看见方红藤，人呆住，醒过神儿来，扯了几句野棉花，放下手中的苞谷糖，慌忙退出门。

“到底出了什么事？雨槐她怎么了？”方红藤心生疑窦，等屈十三走后，追问侯玲玲。

“别告诉她!”简雨槐从床上撑起来,朝侯玲玲喊。

“告诉我,出了什么事?”方红藤看一眼女儿,再盯住侯玲玲。

“别说,什么也别说!”简雨槐绝望地朝侯玲玲喊。

“我到底听你们母女哪个的噻?”侯玲玲看看简雨槐,再看看方红藤,耸了耸肩膀。

“我生了她,她是我身上掉下来的一块肉。”方红藤一字一句地说。

“我早就说过,你妈妈才是妈妈!”侯玲玲感动得差点儿没落泪。

知道了事情真相的方红藤差点儿没疯掉。她抱着简雨槐大哭,哭得死去活来,哭得人往地上瘫。哭过以后,方红藤从地上抓起一把镰刀朝屋外冲,要去找屈十三拼命,被侯玲玲死死地抱住。生产队长屈接水和堂客赶来,劝了半天,总算是把方红藤劝醒。

方红藤给屈接水和他堂客磕头,求夫妻俩帮忙照看简雨槐,她连夜往县城赶,下了山,才知道夜里没有过江的船,人已经没有了回肖茅的力气,就在江边找一块石头坐下,哭一阵儿,打一阵儿盹,坐了一晚上。第二天,方红藤过了江,赶到县城,在邮局里往武汉打长途。基地那头不耐烦给简家传电话,挂断了好几次。方红藤再挂通就哭,扑通一声在邮局里跪下,说求求你,求求你,给叫一下吧!

简小川第三天赶到奉节,第四天一大早过江爬上肖茅。方红藤没有告诉儿子出了什么事,怕他去把屈十三砍了,再放火把肖茅给烧了,那就不光是丢了女儿,连儿子也丢了。方红藤只说妹妹病得很重,要带回武汉治病。看看日头刚过正午,还来得及赶上过江船,方红藤就催着走人。简小川背着简雨槐下山的时候,侯玲玲追上来,拉住方红藤,说方嬢嬢,我晓得,简雨槐不得回来了,她屋里剩了一堆红薯,反正要被糟蹋,我先告诉你一声,我扛走了哈。

下山的时候，简雨槐昏昏沉沉的，趴在简小川背上，荡过来，荡过去。隐隐约约，听见背后有狗獾的叫声，还有狐狸的叫声，也不知道它们是不是在和她道别。

6

“信在哪里？雨槐的信，在哪里！”方红藤一手捏着一包老鼠药，一手攥着一把明晃晃的剪子，闯进卧室，盯着躺在床上的简先民，“简先民，简先民你听好了，你是一个王八蛋，你是世界上最无耻的人渣！我要你从此以后离雨槐远点儿，如果你敢再对雨槐有半个字的安排，我先捅了你，再吞药，我陪你死！”

简先民不用人陪，他已经死了。他泪流满面，像个死人一样躺在床上。他的处理决定下来了。鉴于他在林彪反党集团反革命政变中所持的立场、充当的角色，以及造成的影响，经组织决定，上报总部批准，撤销其党内外一切职务，开除出党，保留军籍，就地离职休息。

简先民是基地第二个离职干部。他想不通，自己怎么会落到这个地步？怎么会路路不通，满盘皆输？雨槐是他的掌上珠、心头肉，他就这么把她给输了出去！他是没有力气，但凡有点儿力气，不用别人动手，他自己就把自己捅出一万个血窟窿！

方红藤跌跌撞撞，和东湖的水鸭子一起贴着湖边的小路飞，飞进疗养院。方红藤探头探脑地打听，萨努娅住在哪儿？乌力司令员的爱人住在哪儿？一进萨努娅的病房，方红藤话没说，泪水夺眶而出，扑通一声给乌力图古拉和萨努娅跪下了。

萨努娅回家后一直把乌力图古拉当敌人，追着他，让他把天赫、天扬和安禾交出来。天赫没有音讯，天扬当兵去了，安禾成了一把灰，乌力图古拉没法儿交，交不出来。萨努娅偷偷摸摸把葛军机和童稚非叫到门外，要军机带着稚非快跑，找组织去，跑晚了他们的父亲就会出卖他们。乌力图古拉心力交瘁，好几次气急败坏，说不出话。好容易哄萨努娅安静下来，趁她恢复神志的时候，带她去上海做了半年治疗。根据医生建议，回到武汉后，乌力图古拉把萨努娅送到东湖疗养院疗养，他陪萨努娅，他也疗养。

“你这是干什么？快起来，小方你快起来。”乌力图古拉去扶方红藤。

“我没事儿。”萨努娅看一眼乌力图古拉，再看一眼方红藤，紧张地笑了一下，起身去把门关上了，把手指竖在嘴上，“嘘，小声点儿，别让人听见。”

“他爸爸不是人，害了你们，也害了雨槐……”方红藤泣不成声。

“雨槐怎么了？她怎么了？”乌力图古拉问。

“我不能说。说不出口。你就别问了。我给你磕头，你行行好，把雨槐救回来！”方红藤又要往地上跪。

“你没看出来吗？雨槐被人欺负了，她在落难。”萨努娅越来越紧张，站起来，又坐下，坐下，又站起来。

“我能看不出来吗？你让我怎么办？”乌力图古拉说，要给萨努娅披上衣裳。

“你不知道怎么办吗？你当然知道。你出卖了那么多人，你连自己的孩子都出卖了，怎么不知道。”萨努娅生气，打开乌力图古拉的手，偏不把衣裳披上。

“我倒是想做善事，可我怎么给一只虱子洗脚？怎么告诉一只苍蝇穿好裤衩再出门？怎么教蚊子学会刷牙？”乌力图古拉不搭理萨努娅的指责，冷冷地说。

“乌力图古拉，你心胸狭隘！所以你才出卖人，才把你的儿子女儿卖了，把我卖了！”风把门吹开，萨努娅连忙过去把门关上，把居心叵测的风关在外面。

“我不跟你说。”乌力图古拉往外走。门又开了，这回不是风，是葛军机。

“爸，妈。方阿姨。”葛军机说。

“别叫他爸，他不是爸。他是小人，卑鄙的小人。”萨努娅跺脚，指着乌力图古拉，恨恨地说。

“妈？”葛军机一脸惊愕，不知出了什么事儿。

“你嘴里放干净点儿，不要乱攻击人！”乌力图古拉生气了，声音提得很高。

“我就不干净，”萨努娅打开葛军机的手，像母狮子一样冲向乌力图古拉，“对你这种人，我有什么干净的？你有什么干净的？”

乌力图古拉沉默，拼命忍着，站了一会儿，拉开门，走出去。

“这一回，他被我揭穿了，他输给我了。”萨努娅得意地拉起方红藤的手，拍了拍，“我说过，我得和他斗争，一辈子斗争下去，我说得对。”又转过头，意气风发地对葛军机说，“这一辈子，非把你爸斗败不可。”

方红藤后悔得要命，从萨努娅手中抽出自己的手，抹去眼泪，站了一会儿，说了声我不该来，又说了声对不起，低着头，也走了。

7

“老梁，把雨槐搞回来。”乌力图古拉坐在梁永明面前，向梁永明下命令。

“为什么？”梁永明有些诧异。

“你别问，你只把孩子搞回来。”乌力图古拉像没听见梁永明的话。

“老乌，我在来基地之前，就听说过你的事儿。”梁永明递给乌力图古拉一个苹果，看他不接，又放回果盘里，“新中国成立后，你把别人的孩子都搞到身边，当自己的孩子养。你别急，听我说。我当然不是说那不应该，可那样做，给你和萨努娅添了多少麻烦呀！你和萨努娅，被这些麻烦弄得有多苦呀，弄得有多糟糕呀！你自己想想，是不是这样？你再想想，难道你还嫌没苦够吗？”

“老梁，”乌力图古拉沉默了好一会儿，然后说，“我过去说过这样的话，现在时代变了，可这个话，我不变。我们打了半辈子仗，那是为什么？人为什么要打仗，为什么要你杀我，我杀你，为什么？一个道理，是因为有人欺负人，有人被人欺负。欺负人的人不会讲道理，光讲道理，这个欺负扳不回来，它会永远在那儿。现在仗打过了，打完了，可孩子没了。孩子也许还在，却在被人欺负，被我们自己欺负，道理还是没有讲过来，这个仗，不是白打了吗？我们这些打了半辈子仗的人，不是白活了吗？那些被杀掉的人，不是白被杀了吗？老梁，你想想，是不是这样？你再想想，你同不同意这样？”

“好吧，”梁永明有一会儿没说话，然后他开口说，“好吧老乌，这件事是你惹的，本来该你对付，你先退下去，对付不了，我就替你对付吧。不过老家伙，我有言在先，你的事——我是指别人的事、不该你管的事、你偏要背着抱着的事，我就给你办这一件，别的我再也不管。不是不管，是管不了。你想想啊，你这个也管，那个也管，连对头的事儿也管，你成什么了？你是大包大揽呀！你大包大揽到时代上去了呀！”

“好伙计，”乌力图古拉咧开嘴笑了，然后他把笑收起来，拉下脸，“你别来这个。别把你的脚揣进口袋里。我才不相信你能揣进去呢。只要人欺负人的事儿还有，你就还得多干几年，我就还得来找你，你别想赖。”

罗罡过了两天找简先民谈话，告诉简先民，组织上考虑了方红藤的请求，认为简雨槐不适应继续接受贫下中农的再教育，决定以组织的形式出面，把简雨槐从奉节招回武汉。不过，简雨槐的军装已经脱掉了，是她自动脱掉的，再穿上不可能，人就安排在基地印刷厂工作。

8

天赫，天赫我的朋友，你在哪儿？你在哪儿？你在哪儿？你在哪儿？

我一直在告诉自己，反复地告诉自己，别问这个问题，别问他，别让他生气，或者让他为难。我是这么想的。我一直在这么做。可是，我的朋友，我再也做不到，再也做不下去了。我宁愿问过这个问题，然后就去死。

只问一次，然后就去死。

你在哪儿？你在哪儿？为什么你不出现？为什么你不告诉我你在哪儿？为什么我总得在等待中期盼着，而你却不在期盼的那一头？为什么你不出现，我们不能见面，我只能等着，无望地等着？我已经死过一次了。不，不是一次，是无数次，但都没死成。能够活下来，我只有一个念头，那就是见到你——只见你一次，只看你一眼，然后，我就去死。但没有。你不出现。你从来就不出现。你从来就不在期盼的那一头，不在等待的那一头。所以，我还不能死，还得无数次地去死，却死不成。是你不让我死，你要我活着，等你，等你直到你出现。

可是，为什么我要活下来？为什么我不死掉？为什么命运要这样折磨我？我究竟欠了你什么，要这样等待你而你又不在、我要死而死不成？为什么？

我回到基地了,回到家了。那是熟悉的基地,可我真的熟悉那个家吗?我真的拥有过那个家吗?那是一个罪恶的家,令人唾弃的家,让人痛恨的家,而我是它的一个成员,一个无法选择的成员,一个曾经那么相信它、深爱着它、为它的存在而庆幸的成员。我离开了它,又回来了,死过了,又活回来了,而它还在。它怎么还在?怎么没有死?我不明白,怎么都不明白。

你说过小时候在长江边上的事。是的,是小时候,是在长江边上,我没有忘,我不会忘。我看见你受伤的胳膊。我心疼极了。我说你为什么要这样,为什么?你对我说,我们恋爱吧。你是这么说的。然后,你就再也不说话,我问你,你也不说,从此以后再也不说。

我真后悔。我为什么要问你呢?我是听清楚了呀!我知道你在说什么,说了什么。我是太慌张了,还委屈,还傻。我该当面答应你。我该说,好的,好的我的朋友,我们恋爱,我们就恋爱。如果那样,你就会当面告诉我,你喜欢我,你爱我。

你喜欢我,对吗?你爱我,对吗?如果那样,我就不用再坚持活着了,我就可以一切轻松了,我就可以去死了,早早地去死,而不是像现在这样,活着,却已经死了,死了,却仍然活着。

我不知道我现在是什么样子,不知道今后怎么活下去。也许我不该等你,根本不该等你。你让我等过你吗?你说过你要我等你吗?没有。你只是给我写信。你只是给我写信,却什么也不说。为什么要这样,你为什么要这样?

昨天妈妈问我,雨槐,你会忘掉过去吧?妈妈说,雨槐,我们得往前活,往能活的地方活。她是怎么知道的?她为什么要知道?

活着太难了，天赫，活着太难了呀！

天赫，天赫，我的朋友，我的朋友，我的朋友，我的朋友！

……

（简雨槐写给乌力天赫的第一百三十六封信。和这之前所有写给乌力天赫的信一样，因为无处可寄，它没能寄出。）

第二十六章　水能静成什么样子

1

1977年，葛军机办理了转业手续，离开了部队。

葛军机沉得住气，事先没有透露自己这个决定。福建部队那头转业手续办了，带着档案回湖北，复转办给葛军机联系的单位是省委办公厅，葛军机去省委办公厅办完手续，才把事情告诉了两位老人。

萨努娅的病时好时发，发了去医院，然后疗养，然后回家。她拿乌力图古拉做了对头，每天和乌力图古拉斗争，并且乐此不疲，把乌力图古拉搞得十分疲惫。

乌力图古拉的病也次第来了。主要是战争年代留下的那些伤。没退下来的时候不觉得，一退下来，精神和身体都放松了，没精打采了，病就来了。这个时候，乌力图古拉就想起了老战友葛昌南。照顾什么身体，排斥知识分子嘛。葛昌南当年就是因为身体不好才留在中南的，让他去对付土匪，结果失足掉进冰冷的沅江。葛昌南那是风凉话，过去乌力图古拉最讨厌风凉话，谁说风凉话他就冲谁皱眉头，摔谁的骡子。现在他知道了，葛昌南那是英雄落魄呀！英雄，又是落魄，不说风凉话说什么？乌力图古拉现在也落魄，他提醒自己，不说风凉话，至少忍住，不多说，这样就不会失足掉进沅江，就不会让冰冷的江水冲得只剩下一只斗笠，就可以守住萨努娅。

葛军机是晚饭后把转业的事情告诉家里的。保姆顾嫂在厨房收拾碗筷，公勤员郝卫国去警卫连找老乡玩，乌力图古拉、萨努娅、葛军机和童稚非坐在客厅里说话。萨努娅要葛军机坐在自己左边，童稚非坐在自己右边，她一手拽住一个，好像他们是风筝，她怕风大，线细，非抓住不可，不抓住就跑掉了。

“我对不起老葛啊，都正营了，看着看着快了，到了没当成政委。”乌力图古拉知道葛军机有自己的主张，说什么都于事无补，长长地叹了一口气。

“当什么政委？只要不到处去抓人，当什么都好。”萨努娅抢白乌力图古拉。

“抓什么人？军机他抓什么人？别胡说。”乌力图古拉说。

“怎么不抓人？抓了就不让见，到处躲，找都找不着，信都没有一封，跟安禾似的。”萨努娅继续抢白乌力图古拉，话跟长了腿似的，然后又叮嘱葛军机，“别学安禾，抓不抓人，往哪儿躲，都得来封信，免得妈牵挂。”

安禾的死没有告诉萨努娅，只说安禾的姥姥找来，要把安禾领回老家，这边拦不住，让人给领走了。萨努娅为这个非常伤心，埋怨乌力图古拉没把人拦住，埋怨安禾忘恩负义，走了也不给家里来封信，白养一场，埋怨完又不让把安禾的床拆掉，说也许安禾在姥姥那边住不惯，会回来。

葛军机听萨努娅拿安禾的事情教育他，答应萨努娅，他会听妈的话，他不走，找到亲人也不走，守妈一辈子，看谁敢忘恩负义。萨努娅很高兴，松开拽着童稚非的手，去摸葛军机的脑袋，夸奖他乖，要给他买牛奶去。童稚非在一旁笑，说妈，二哥多大呀，都二十七了，喝什么牛奶呀，又不是奶毛毛。

童稚非的话提醒了乌力图古拉。乌力图古拉想，都这么大了呀？掐着指头算算，葛军机是新中国成立后第二年出生的，真是二十七了。接下去又想，二十七了，又是现在家里最大的孩子，该考虑个人问题了。

葛军机调回武汉前处过两个对象，一个是部队医院的护士，一个是福州市杂技团的演员，都没处长，以后就说不急，搁下了。乌力图古拉头一次婚姻是十八岁，第二次婚姻是三十六岁，在他那个年代，二十七岁早儿女成群了。头一个女人丢掉后，乌力图古拉没那么急，到后来仍然儿女成群，没落下什么，所以，葛军机不急，乌力图古拉也不急。现在乌力图古拉想想，二十七了，该成家了，成群不成群的，得先把父母当上，才能有儿女，这是事物发展的规律。

葛军机在复习功课准备报考研究生。他拿过中山大学哲学专业的文凭，但那是工农兵学员，部队保送的，他想凭自己的能力再提高一步，所以，即将恢复高考、考研的消息一传来，他就开始复习。葛军机和萨努娅说了一会儿话，哄萨努娅高兴了，又吩咐童稚非给妈妈揉揉腿，自己起身，回房间去复习功课。

葛军机前脚进了自己的房间，书没看两页，乌力图古拉后脚跟了进来。葛军机放下书，就说爸。乌力图古拉说坐吧，自己也在椅子上坐下。葛军机看出乌力图古拉有事要说，说爸，找我有事儿？乌力图古拉开门见山地说，你也不小了，二十七了，该成家了。葛军机说，还小呢，现在顾不上。乌力图古拉说，考试不误什么，你爸在东北娶你妈那会儿，四保临江打得正凶，撒尿都没有时间系裤带，你妈带着弹药车到你爸部队上，在指挥部人撞人见了一面，你爸说，这一上去还不知道能不能下来，咱们结了吧。你妈说，那就结吧。你爸你妈当着大伙儿的面拉了一下手，就算结了，你爸就领着部队上去了，不也没误什么吗？葛军机笑，说我还没对象呢，真有对象，我也学我爸我妈，考试那天和对象见一面，拉一下手，就上场考，也算结了。

乌力图古拉也笑了，很起劲的样子，有一种回到了战争年代，如沐春风如蹚春水的感觉，笑过以后说，有一个人，我觉着挺适合你，就不知道你是不是能看上。葛军机问谁。乌力图古拉不说谁，说了一件十几年前的事儿。那次基地党委请苏联专家喝酒，酒喝完，简先民在酒桌上说了要把雨槐配给天赫，雨蝉配给天扬，他没同意，要雨槐配给军机，说雨槐配军机。简先民答应了，后来因为什么事儿，两人翻了脸，事情没定下来，以后再没提过，现在想不起，当时是什么事情翻了脸，没定下来。

"你们那时小，就算不翻脸，我们做老人的也不会搞包办婚姻那一套。不过，爸爸觉得吧，雨槐这丫头心善，待人好，模样儿不错，院子里这么多女孩子，就属她安静，别的丫头比不上。就是不知道，你是不是喜欢她。"

"爸，这事儿您提起，我也不瞒您，我喜欢雨槐。不光我，基地的男孩子，没有不喜欢她的，连天扬都喜欢。天扬还给妈说过，要娶雨槐做老婆，那个时候，天扬也就十岁吧。可爸，简叔叔这人怎么样，我们先放在一边不说，他说雨槐配天赫，他那样说有道理。雨槐喜欢天赫。"

"这事儿我知道。雨槐小时候老来家里只找天赫。我说过这孩子像水晶似的往哪儿放哪儿亮堂。"

"您不光说过她像水晶，您还说过她安静。雨槐从来不和别的男孩子说话，只和天赫说话。"

"那不是小时候吗？现在都大了，不同了。她二十出头了吧？也成年了。再说，天赫都几年了，十一年了吧？一点儿音讯都没有，我看雨槐是个心里有数的孩子，喜不喜欢，都得丢掉。"

"爸，您是不是，心里还堵着？"

"你说天赫？我原来想，他是恨我，怨我对他太狠，和我犯犟，才说不认这个家的。这种事儿，放在年轻的时候，我也能干出来。现在，我不这么想了，都十一年了，这个恨，这个怨，掩不了那么长时间。我看，天赫他，已经不在了。"

乌力图古拉不这么说，葛军机也这么想过，只是没有说出来。十一年了，四弟音讯全无，再怎么绝，也绝不出这样的做法呀。葛军机沉默了一会儿，一桩在心里埋藏了十一年的秘密滑到嘴边，又让他给压了回去。他把话题岔开，问乌力图古拉是不是想回科尔沁老家去看一看，要想去，他考完以后陪爸爸走一趟。

乌力图古拉在乌力天赫的问题上继续不下去，葛军机一提科尔沁草原，他就松了一口气，来了情绪，眉眼活开，话篓子也打开，说了好多科尔沁草原的事。以后父子俩又换了话题，聊别的事。父子俩是真父子俩，你一句，我一句，聊了很长时间，聊到很晚，直到童稚非揉着眼睛进来，说你们怎么还不睡呀？葛军机低头看看表，说哎呀，爸，都快1点了，看把您拖的，您快睡去吧，明天我再陪您聊。

"雨槐在乡下受了欺负，孩子遭罪大了。"乌力图古拉出门的时候站住，回过头来对葛军机说，"你是男人，应该大方一点儿。要是心里有雨槐，能担起她遭的罪，就采取主动，别让人家女孩子像河边的柳树，老在风里戳着，啊？"

"爸……"葛军机说出那个爸字，打住了，后面的话咽了回去，没说出来。

"我知道你想说什么。你是想说，简先民前两年整我的事儿，对吧？"乌力图古拉看着自己的老二，目光纯净，"红凤菜开出的花是臭的，可当年打仗的时候，我们拿它的叶子充饥，还治痢疾；黑芥菜闻一下就熏得人流眼泪，可你要拿热水泡着，那个香味儿呀，一辈子难忘。孩子，我和简先民的事儿，不是你的事儿，你别把这事儿背着。你就把你的事儿处理好，你要处理好了，那才是希望。"

2

葛军机果然就听乌力图古拉的，隔了几天，带了两本书，去了简家，说是来看雨槐妹妹的。

葛军机到简家来，让简家受宠若惊。简先民像来了中央代表团似的，又是拿抹布抹凳子，又是端茶倒水，殷勤得不得了。方红藤有些出乎意料，有些迷惑，反应不过来。但雨槐是人家乌力家弄回来的，乌力家不计前嫌，救了雨槐的命，想感激都不好意思，没脸感激，乌力家的人上门，怎么都是一件让人高兴的事儿，于是也跟着张罗接待。葛军机懂礼貌，叔叔阿姨的叫着，不让费心，说了几句话，然后去了简雨槐的房间。

简雨槐在基地印刷厂当排版工，那天刚下班回家，很收敛地冲葛军机笑了一下，去卫生间里洗了手上的油墨，再换下工装，换上干净衣裳，回到房间里坐下，陪葛军机说话。

简雨槐病好以后，人瘦得完全成了一副骨头架子，坐在床头不动，头低着，看着膝盖发愣，有时候不知想起了什么，抿着嘴笑一下，笑得很茫然，让人看着心疼。葛军机心疼这样的简雨槐，不想她动，就想她那么坐着，发愣，或者无声地笑一下。他甚至不希望她说太多的话。她那么单薄的身子，话说多了，会累着的。

以后，葛军机隔三岔五地去简家，有时候送一本书给简雨槐，伤痕文学什么的，有时候是顺路，回家前绕一脚，到简家坐坐，和简雨槐说几句话，说到简雨槐沉默了，他就起身告辞。

只有一次，葛军机买了两张歌剧票，是重新公演的《江姐》，请简雨槐去看，简雨槐拒绝了。葛军机以为这件事刺激了简雨槐对过去经历的联想，所以她才拒绝，过了几天，换了两张电影票，这回留意了，买的是纪录片《高山植物》的票，片子获过第十届国际科技电影节金奖，和文艺没有关系，应该没有忌讳，谁知简雨槐还是拒绝了。

简先民和方红藤都看出来了，葛军机不是随便来看简雨槐的，是认真地看。本来他两人已经没有什么话好说，方红藤天天压抑着自己，提醒自己不要去想剪刀，免得一时没把住，真把简先民给捅了。葛军机来过几次后，两个人的敌意化解了一些，私下里嘀咕，但又不敢肯定，不敢往那方面想。

简雨槐拒绝葛军机请看电影的邀请后，方红藤心里有些不安，趁雨槐不注意，追出门撵上葛军机，向他赔着小心，说雨槐就是这么个脾气，心里想着的事，未必嘴上答应，要他别往心里去。葛军机不是压不住事的人，真没往心里去，笑一笑，说阿姨，雨槐不是闹脾气，她是在铅字架前站了一天，身子乏，让她多休息一会儿就好。

方红藤回家就对简先民说，军机这孩子知道疼人。简先民说，我知道他疼人，要不当年我在贵阳满大街找他呢，我还让雨槐跟他。方红藤瞥了简先民一眼，说雨槐的事，你不要再插手。过了一会儿又说，要真是让雨槐跟了军机，你从江湖郎中手里领回军机，也算做了一件好事。简先民让那话堵住，不再说什么，拿起一张纸头、一支笔，算这个月的工资单。

乌力图古拉看着葛军机去过简家几次，自己出了面，在路上拦住方红藤，主动打招呼。方红藤欠着乌力家的情，不好意思，又怕再给人家添负担，回了一声，想一低头走过去，被乌力图古拉叫住。

“我家老二去找你家老二了吧?”

“是。”

“我看，两个孩子挺合适的。”

“是。”

“他们，年纪也都不小了，都成人了。”

“是……”

“要是你们家同意，我们家不反对。”

方红藤呆住了。她先前一直忐忑不安，不敢看乌力图古拉，觉得简家卑鄙得很，无赖得很，把乌力家害成这样，还要觍着脸往人家树上攀，还要人家垂下枝头来让自己攀，现在看来，人家没有觉得自己卑鄙和无赖，人家把话挑得明明的，分明是支持这件事。方红藤哪有不同意的，激动得要命，一个劲儿地点头，点完头，神神道道地往家里跑，回家就给简先民说了乌力图古拉的话。

简先民先是不相信乌力图古拉会前隙尽释，主动提婚，怀疑老乌力搞阶级斗争新动向，等相信了，眼泪流下来，人往床上一瘫，跟淬过之后退了火的镰刀似的，脆弱得很。

简雨槐坐在水龙头下，拿一把刷子刷手，手心手背，指甲缝里，刷一遍，清水冲去肥皂，重新打上肥皂，再刷，一遍一遍，很投入，没表态。方红藤以为女儿没听清楚，又把乌力图古拉的话说了一遍，简雨槐还是没说话，方红藤就急了。

“你说话呀，到底是怎么想的？”

“怎么也没想。”

“那也得有个回答呀，妈在问你话呢！”

“都说了，没想。”

“你过年就二十一了，该考虑了。军机他多好啊，院子里的孩子就属他有出息。”

“再出息也是他。”

“那你说吧，你要等到什么时候才考虑。”

“没有时候，不考虑。”

“孩子，”方红藤一急就豁出来了，非要把简雨槐这个关攻下来不可，“妈知道你心里是怎么想的。你心里有天赫。妈早就知道这事儿。可天赫在哪儿？这么多年了，人影子都没有一个，连他家里人都不知道他在哪儿，你能等到什么时候，等来等不来？再说，你不想一想，你现在和过去一样吗？你就是等来天赫，天赫他那样烈的性子，他连家里人都不容，他能容你吗？”

简雨槐不说话，彻底地不说，把一双手浸在清水里。她的呼吸很平静，好像水能静成什么样子，她就能静成什么样子。

3

事情进展不下去，方红藤急也无计可施。葛军机倒是不急，性格本来就好，又是有主见的人，还像往常一样，来看雨槐妹妹，还不让那个看成为雨槐妹妹的负担。来是有间隔的，一周左右一次，来了也不多坐，说几句话，看雨槐妹妹把目光转向窗外，就起身告辞，不给雨槐妹妹留下讨厌的印象。

本来这样下去，也可能就这样下去了，不会出现变化——简雨槐拿定了主意拒绝一切，就算知道简家欠乌力家的，欠大了，一辈子还不清，自己是简家的人，没有资格激烈，没有资格把乌力家的人往屋外推，也守住了不接着儿，根本是一个“不”字把天下。葛军机凡事为人着想，不会拿上辈人的恩怨做资本，不会逼着人家去拆挂在嘴边上的那个“不”字。考试结束以后，葛军机考上了武汉大学哲学系研究生，省委办公厅同意他带薪读书。他学业紧张，没有太多的时间往简家跑，两个人实际上僵滞在那里，谁也不会再往前迈一步，就当还是一个院里的孩子，只是比别人走动得多了些罢了。可是，出了一件事，这件事把简雨槐和葛军机往前猛推了一步，事情就起了变化。

分配在街道童衣厂工作的简小川准备了好几个月——偷听“美国之音”和 BBC 电台，查地图，筹集钱粮，练长跑，练擒拿格斗，学习在冷水里憋气，学习东北方言，然后在一个月黑风高夜，带着简明了离家出走，去了黑龙江，打算从那里偷越国境，去苏联。走到半道上，简明了害怕了，担心边境上军民警惕性高，人没跑出去，捉回来毙掉，又不敢给简小川说，怕简小川杀了自己，到了白河，简明了借口出门买馒头，爬上一趟运木头到绥化的货车，一路颠簸，逃回武汉。

简家为简小川和简明了失踪的事急了十几天，一看又脏又累的简明了回来了，连忙问情况。简明了不是宁死不屈的地下党，开口就招。

事情不是简单的事情，投敌叛国是天大的罪，罪不会当事人一人承担，要株连九族，连带着家人一一过堂，是不是审过绑出去一同斩了，那得听天由命。简先民和方红藤蒙在那里，一个差点儿没当场哭出来，一个张着嘴发呆，天塌下来也不过如此。如果简先民在台上，事情还有个补救，如今沦落成丧家犬，过去的熟人避之莫及，哪里还能托人堵住简小川。简先民拿不出主意，方红藤也拿不出主意，简雨槐比两个大人镇定，虽说拿不出主意，但知道听天由命不是办法，要去印刷厂请假，只身去东北找简小川。方红藤下意识地不想丢了儿子再丢掉女儿，能护住一个就护一个，不让简雨槐去。简先民醒过神儿来，分析形势，简明了和简小川已经分手了十几天，十几天时间，他要真行动起来，要么已经过了边境线，要么已经被捉住，简雨槐就算去，也于事无补。还有一种可能，简小川没有行动，还在等待，或者被边防军民的威慑力震住，要另外寻找机会，这样的简小川是亡命之徒，好比卡在网眼里的鱼，前面是热锅还是猫嘴他都不会在乎，要鱼死网破往前挣。简雨槐去了，两个人若拉扯起来，更容易暴露目标。这样一想，简小川已经是死鱼一条，简雨槐再要被当成同案犯，简家就算一半儿被天收了回去。

为简雨槐去不去东北找简小川，一家人争了半天。争是两方争，简雨槐说什么也要去，简先民和方红藤坚决反对。简明了坐在一边不说话，挤脸上的青春痘，好像自己逃回来了，别的事情便与自己无关，只是听客。大门紧关着，声音压得很低，是防着隔墙有耳，让别人听去。

争来争去，简先民豁出来了，说不用争了，要去我去，反正我已经让人拿住，咸鱼翻身没有指望，我去把小川找回来，找不回来，我们父子俩一块儿挨枪子儿。方红藤待在那儿，不是被简先民的决定感动，是被简先民的话提醒了——简雨槐不能去，去了也没用，可对简雨槐有好感的葛军机能去呀！怎么就没想到这个？

方红藤把自己的想法说出来，简雨槐当即反对，埋怨母亲，亏你想得出，叛党叛国的事，怎么能连累别人呢？方红藤气短地说，还有什么办法，总不能看着小川不管吧。简先民赞成妻子的主意，说是个好办法，乌力家的人，没有嫌疑，又是军机，办事稳妥，比一百个我强。简雨槐急了，说你们不要这样，这样太缺德，你们真要这样，我就去公安局，把事情说出来！

方红藤当然不会让简雨槐把事情说出来，但她已经下了决心，非把儿子救回来不可。第二天，方红藤借出门上班的机会，去了武汉大学，找到葛军机，把事情告诉了他。葛军机果然稳妥，不但没有吃惊，而且看出方红藤是孤注一掷来找自己，是把身家性命都托付给了自己，就让方红藤先别急，告诉她，事情往坏的方面准备，往好的方面努力，准备的事情交给简家，简家不管什么人，都不要再有任何行动，努力的事情交给他，他要简小川的所有线索，他来处理。

葛军机挑可能和可靠的名单，给自己在东北的战友和校友打电话，又在学校这边请了假，就说家中有急事要处理，当天买了火车票北上。到了黑龙江，先找到省军区一个叫孙新民的战友，让孙战友给打听打听。孙新民就给打听，往各个军分区和边境武装部打电话，问抓住的人中有没有一个叫简小川的，问完再问葛军机，什么人让他这么动真格的。葛军机说一个大院儿里的，从小一起长大，不想看着他走绝路。孙新民说，你还真说对了，真是绝路，越境过去的不是什么福气，机灵点儿的，训练一下派回来，提心吊胆搞间谍活动，迟早得抓住；不能干的，丢到西伯利亚修路伐木，比苦力还苦，落不下好果子吃。

大海捞针，捞了二十多天，简小川的行迹一点儿也没有。葛军机每隔三天往基地印刷厂打一个电话，找简雨槐。电话里不能多说，只说到了鹿场，鹿茸没买着，还在等，这是走之前和简家约定好的，意思是人还没找着。孙新民要带葛军机去白河玩，那里有火山堰塞湖，美得跟天堂似的。葛军机心里有事，没去。等到时间过了一个月，还是没有简小川的踪影，葛军机心里没谱儿，孙新民就分析，要么真让小子越了境，要么害在熊瞎子嘴里，这种事情常有，不稀罕。葛军机想，简小川就带那么几个钱，早该花光了，人生地不熟的，野果子未必他就认识，待不住，恐怕真过去了，或者让野兽害了。葛军机就打算往回走，走之前给基地印刷厂挂了一个电话，在电话里对简雨槐说，鹿场说，今年鹿不产茸，鹿茸买不着。简雨槐在电话那头沉默了一会儿，说你快回来吧，别等了。又加了一句，给你添这么大麻烦，你辛苦了。葛军机放了电话，孙新民在一旁笑，说女朋友吧，看你说话的口气，要不是毛主席，只能是女朋友，没有第三个人。

买了票，是第二天去北京的。谁知当天下午，黑河武装部来电话，说找到了简小川，人是在上马场抓到的，大概想从那里越境，去苏联的海兰泡。人已经抓住了二十多天，因为简小川用了假名字，又没有身份证明，没查出来。等把偷越国境的人和盲流集中起来，往齐齐哈尔送的时候，一个武汉籍的企图越境者，是天安门事件的重要通缉犯，这个人认出了简小川，黑河方面才把简小川的身份弄清楚。

孙新民立即在电话里告诉黑河武装部,人扣在那儿,别往上送,他们赶过去。放下电话,孙新民和葛军机就往黑河赶,在黑河见到了简小川,人狼狈得不像样子,但的确是他。简小川看见葛军机,吃了一惊。葛军机拿眼神示意简小川,让他不要开口。孙新民那边很快把事情办妥,把简小川从武装部领出来,捎带着提了一大包猴头菇和五味子,上车走人。

回到哈尔滨,葛军机不逗留,立刻买了车票往回返。葛军机在北京给简雨槐挂了电话,说鹿茸买到了。电话那一头,简雨槐又是半天不出声,再出声时声音哽哽的,说,连累你了,谢谢你。

4

“你哥是家里的独子,你哥要出事,这个家就算完了。军机他是咱家的救命恩人。”

“我谢过他。我说了连累他。”

“那是连累吗？学不上了,冒那么大危险,就一个连累吗？人家是什么样的孩子,你已经看到了,你还想怎么样？”

“妈,你别逼我。”

“不是我逼你,是你在逼人家乌力家。你当你的心思乌力家不知道？乌力家为什么把你弄回来？人家知道你心里有天赫,人家那是对天赫有个交代。人家交代了,才把你弄回来。人家就不惦记天赫？那是儿子,是心头肉,你要不嫁,人家一辈子都得想着天赫,一辈子都得在苦汤里浸着泡着,你要逼人家死呀！”

“是我逼的吗？谁逼谁了？乌力伯伯被整成那样,萨努娅阿姨被整成那样,天时哥残了,安禾死了,军机和稚非有家不能归,天扬进了少管所,都是我逼的吗？”

简雨槐少见的激动,脸儿苍白得像一张暗处的纸。方红藤愣住了。女儿不是没想过这个，不是没清算过这个，她想过，清算过，知道简家是乌力家的祸根，简家害苦了乌力家，该乌力家的债八辈子还不完，她心里清清楚楚，就是没有说出来。现在她说出来了，她还是简家人，还是背着简家人的黑锅，她是一个怎样把苦涩都深深埋在心里的女儿呀！

“你知道这些就好。知道这些，我们就不说谁逼谁，我们就说我们欠了谁的，我们该还谁的。”方红藤没有机会那么永远愣下去，既然女儿什么都明白，那她也不再怕什么，这是她最后的机会，她不能再把这个机会丢掉，“你爸他是畜生，他害了乌力家，他把乌力家害苦了，害得没有了一点儿生气。可你爸是谁？你爸他是你爸，你就是拿把斧子劈了他、改了姓、离开这个家，他还是你爸，你还是他姑娘。父债子还，人家在那里盼着，你爸他还不起，我还不起，你哥他还不起，能还起的，只有你！你就说说，我们简家欠下乌力家的这个债，还，还是不还？”

简雨槐不出声，人坐在那里，呆呆地看着窗户外面，一会儿动了一下。方红藤以为她要说话，没有，人起来，去卫生间，打开水龙头，洗手；先用肥皂洗，一遍又一遍，洗完用水清，一遍又一遍。方红藤坐在里屋，听见女儿在卫生间里鱼儿划水似的洗着手，没完没了，自己手上的皮肤隐隐作痛，一直疼进关节缝里。

方红藤根本不能依靠简先民。简先民现在是虎落平川，整个儿没脾气，见了谁都点头哈腰，见了孩子都站住，没皮没脸的，笑眯眯地问人家好。方红藤豁出来，去找乌力图古拉，说了简雨槐的心思。

乌力图古拉沉默了很长时间。乌力天赫的事是长在他心里的一丛荆棘，这丛荆棘任何时候都在刺痛他。随着时间推移，他渐渐老了，刺痛却越来越深，而且无法排解。他不是一个能投降的，哪怕对儿子，哪怕对自己，不投降的唯一方式，就是不承认自己错了，打死也不承认。但对雨槐这样的好孩子，这样让人疼到心里去的孩子，他不会那么做。

乌力图古拉去卫生间洗了脸，穿上外套，扣好风纪扣，拍了拍外套上的褶子，走出家，走过营区的林荫道，走进干部宿舍区。从江边过来的风撵上了他，吹动他花白的头发，那让他像一根孤立无援的芦苇，显得很苍老。

“孩子，本来我不该告诉你，可不告诉你，你就不在，就活不回来，所以，我得告诉你。”乌力图古拉腰板笔直地坐在简雨槐对面，目光里透出无尽的疼爱，“天赫他，已经死了。他已经不在了。”

乌力图古拉知道自己很残酷。他事先就知道这个，并且做了准备，但他还是被那个纤弱的女孩子的失声痛哭给吓住了。乌力图古拉坐在那里没有动，甚至没有呼吸，就那么坐着，听那个女孩子把自己往死里哭，并且等着她哭出绝境。方红藤在外屋，把大门紧紧地掩上，把窗户全都关起来，把简先民、简小川和简明了推进另外一个屋，把门关上，然后，她自己倚在门上，捂住嘴，也哭了。

没有人知道在此之前简雨槐经历了什么。从奉节回到武汉后，她去胜利文工团找陈小春。陈小春转给她几封信，那里面没有乌力天赫的信。以后陈小春复员回上海，走之前来和简雨槐告别，说槐姐我走了，你要保重啊。陈小春走了之后，简雨槐每隔一段时间就跑一趟胜利文工团，看看有没有乌力天赫的来信。没有。乌力天赫没有来信，一封也没有。他就像失踪了似的，在长达一年的时间里，再也没有来过信。现在，乌力天赫没有来信的原因得到了证实——他死了，再也不能给她写信了。

简雨槐整整哭了一个星期，从来没有迟到过一次的她这次旷工了整整一星期，那一个星期，她把自己关在房间里，整天不出门，哭。

简先民和简小川被紧闭着的门里时而放声时而啜泣的哭声吓

得不轻，守在门口，商量是不是要破门而入，被方红藤拦下。方红藤这回铁了心要往绝里拯救女儿，抹一把泪对丈夫和儿子说，你们别管她，让她哭，让她哭够，哭够了，哭绝了，她才会有下辈子。

5

葛军机和简雨槐的婚事很快定下来。这回不用乌力图古拉出面，萨努娅比乌力图古拉还要积极，把事情揽过去，和方红藤商量，两家都是头一个孩子成家，得好好办一下。

商量来商量去，都觉得春节喜庆，是送旧迎新的好日子，适合办喜事，挑了春节。萨努娅很郑重地和方红藤约定，婚礼简繁任由两个孩子，先把假请下来，蜜月一定要度完，不能像老乌力似的，新婚不到九天的头上就摔门走人，摔过了让警卫员来取东西，一火车拉到丹东，再拉到朝鲜——蜜月得度完，谁也不能摔门。

方红藤不知道摔门走人这档子事儿，能让简雨槐嫁给葛军机，已经是烧高香了，不好再问，只是心里想，蜜月可以度完，门可以不摔，可婚姻这种事，要几十年来熬，变数大了，谁能说中呢？

简雨槐任由方红藤操持，换了新衣裳，去了乌力家，看望萨努娅和乌力图古拉，依着方红藤事先教的，叫了爸爸妈妈，算是正式上了门儿。在照相馆里拍结婚照时，简雨槐也没有犯脾气，头上裹一条中国红围巾，乖乖地坐在葛军机身旁，照相师让靠拢一些，她就靠，照相师让笑，也抿了嘴，总之很配合。只有一件事她犯了犟，就是她和葛军机的新房，她说什么也不肯安在乌力家，不去那里建自己婚后的小巢，任方红藤怎么说都没用，再说急了，就说，那就不结。

还是葛军机懂事。葛军机打小起就一直懂事，没有让人犯过难。他拦住方红藤，说雨槐不愿意的事儿，别勉强她，我去找罗叔叔,先借一间房,等单位的房子分下来,我们住到自己家去。

方红藤千夸万夸葛军机,忍不住责备简雨槐,真是让人操心呀。简雨槐没有还嘴,头扭到一边,呆呆地看着窗外,看几个孩子,脚下趔趄地从黑乎乎的雨水中蹚过去。简雨槐心里想,怎么就没有雪呢?

大年初一,葛军机天不亮就到简家来接简雨槐。葛军机进门的时候,简雨槐已经收拾好了,紫面棉袄,月白色褂子,黑色长裤,一身素,只在辫子上扎了一根红绸绳,人坐在床边,呆呆地等人来领。

“爸,妈,小川,明了。”葛军机和简家人打招呼。

“哎,来啦?”简先民点头哈腰。

“外面冷,快进来,看冻着!”方红藤欢天喜地。

“我可没钱送礼啊。”简小川冷冷地。

“军机哥,有席吧? 去哪儿吃?”简明了觍着脸问。

“来了,不冷。不用客气,我妈准备了饭,就在家里吃,你们一块儿去。”葛军机一一回应。

一家人正站在客厅里说着,简雨槐在里屋突然惊喜地叫了出来:

“呀,雪,下雪了!”

大家吓一跳,回头去看坐在里屋床头的简雨槐,连葛军机都吓住了,没见过简雨槐用那么大的声音喊叫。简雨槐跳下床,从屋里冲出来,一把拽住葛军机,转来转去看他头上肩上落着的绒毛似的雪花,惊喜地说,是雪,是雪! 然后就撇下葛军机,拉开门冲到外面去。

雪。是雪。

1978 年正月初一,武汉三镇下了一场大雪。雪是从凌晨开始下的,到下午的时候,三镇已经洁白一片,看不出城市原来的样子了。

6

天赫，天赫，天赫，天赫，天赫，天赫，天赫，天赫，天赫，天赫，天赫，天赫，天赫，天赫，天赫……

（简雨槐写给乌力天赫的第一百五十九封信。和这之前所有写给乌力天赫的信一样，因为无处寄出，它没能寄出。）

雨槐，你还好吗？

我刚刚结束了一次漫长的旅行，回到我的窝里。

你简直想象不到，我是一个多么奢侈的旅行者。就在给你写这封信的前两年，我去了秘鲁，在那里待了七个月，然后离开了那里。而在非洲的刚果（金），我则整整待了十一个月。

我在秘鲁沿着神秘莫测的安第斯山脉行走。公元11世纪，印第安人在这里创建了伟大的印加帝国，公元15世纪，这里成为印加文明的辉煌殿堂，我在文明的遗址上行走，它们让我知道，这个世界不是由一种文明组成的，是由无数种文明组成的，而每一种文明，哪怕它们正在消失或者已经消失了，都是令人景仰和尊重的。

人类一直在无数的可能和不可能中选择，他们选择得最多的是辉煌，但我不知道，他们能否和这里的遗址一样，在辉煌之后，坚守住遥遥无期的孤独？

我在美丽的阿普里马克河畔住了两个月，跟印第安朋友学会了拗口的阿伊马拉语，这和我刚学会的西班牙语完全不同。但你只要知道，我身边的这条粗犷的河流，它其实是亚马孙河的主源，你就会理解，我总是把“的的喀喀湖”直接说成

"活着的鱼",并且让我的印第安朋友哈哈大笑,那是一件多么有趣的事情。

在刚果(金)的那十一个月,是我旅行生涯中最难以忘怀的。那是一个由众多部落组成的国家(据说它有二百多个部落,还有人告诉我说是三百多个)。这个国家非常美丽,有安徒生笔下的原始森林,仙女般的玛格丽塔雪山,还有无数让人惊讶的河流和湖泊。钴和金刚石遍布刚果(金)全国,人们说它是世界原料的宝库,这个说法一点儿也不过分。我去过北部的阿赞德高原、东部的米通巴山脉、南部的加丹加高原和西部的刚果盆地,它们迥异的风格令我流连忘返。我真想永远待在那里,成为那里的一棵树,或者一头熊。要是这样,我就没有什么可以后悔的了。

在阿赞德高原的那些日子里,我常常一个人夜里走出帐篷,躺在草丛中,长久地仰望星空。无数的流星和流星群从夜空中经过,间或发出炫目的银色或褐红色光芒,慢腾腾地消失在更为耀眼的群星中。我在想,生命是地球人唯一拥有的形式吗?在地球人之外,宇宙中再没有其他的生命存在吗?如果答案是肯定的,生命则是孤独的形式。

只有一件事我不明白,为什么在希腊语的原意中,流星被称作漂流者。

我给你提到过这里的语言了吗?法语在这里是官方用语。这帮了我大忙。而尼加拉语比阿伊马拉语好学多了。反正我再也没有犯过把一座湖泊当成一条活着的鱼这样让我的朋友忍俊不禁的错误。

对了,还有一件事,我想告诉你。这件事倒是不太重要,可不知为什么,我就是想告诉你。1978 年春节那一天,我在安第斯山脉遇到了大雪。那是什么样的雪呀!你要明白,我是在炎热的丛林中、在暖洋洋的阳光下遇到了那场雪，它们从天空中悠然飘落下来，落在我身上，覆盖住了我。

雨槐，你知道那个时候我想到了什么吗？我想到了你。不知为什么，我就是想到了你！

说了这么多，我都忘了问你。雨槐，你还好吗？你真的还好吗？

（乌力天赫写给简雨槐的第三封信。这封信被寄到胜利文工团，静静地躺在收发室的信架上，一直无人领取。半年后，它和另外一封乌力天赫随后寄给简雨槐的信，还有一大堆旧报刊一起被装进麻袋，卖给了废品站。）

第二十七章　带上你们的长矛和弓箭

1

入秋以后,乌力天扬所在部队开始往南边调动。部队先到了湖北孝感,在那里做了战前动员工作,并且按归口作战单位充实装备。

一接到南下的命令,十二连三排排长乌力天扬就告诉三排九班班长鲁红军和连部文书罗曲直,准备好,泼血的时候到了。

部队在孝感短暂停留时,乌力天扬想回家看一看妈妈。当兵三年多,他一直没有回过家。不是没有探亲假,是他没用探亲假;他要把排长当上,不能因为回一趟家就让连长段人贵把他踢出局。他不光想回家看看妈妈,还想当面向葛军机和简雨槐表示祝贺。他接到了葛军机的信,知道葛军机和简雨槐要结婚了。乌力天扬有些伤感。可他已经不是孩子了,知道该如何控制感情。

乌力天扬向指导员卜文章试探自己回家的想法。卜文章沉思了片刻,表示他家离得这么近,三个小时的路程,照说也该回去看一看,可部队情绪不太稳定,好几个兵闹着回家治病,还有兵赖在床上不肯起来,他要一走,人家说干部都溜号,问题就大了。

卜文章是老指导员,原来的搭档尤克勤当上了营长,部下段人贵现在成了他的搭档,连乌力天扬都当上排长了,他还当指导员,他这个指导员论威信论经验都有。乌力天扬认为指导员说得有道理,打消了回家的想法,回到宿舍,给母亲和葛军机各写了一封信。

他在给葛军机的信里说，最近部队有调动，一段时间不能给家里写信，要二哥替他多安慰妈妈。他寄回家一件鸭绒衣和八十块钱，鸭绒衣是他孝敬妈妈的，还有一瓶雪花膏，那一年他想给妈妈送一瓶雪花膏，没送成，这回补上。钱给葛军机，他的津贴老拿来补贴排里的农村兵，三年下来就剩下这些，问问雨槐喜欢什么，自己买，算他这个弟弟送的礼物。他在信里没有提到父亲。一直是这样，能不提就不提。

“妈，你还好吗？儿子做梦，在梦里见到你了。”乌力天扬在给母亲的信中这样写道。她穿着一件肥大的囚服，沿着茶垄费力地把一筐刚采下来的茶叶往地头拖。她头上有一片白花花的影子。他这么写的时候，眼眶是湿润的。

2

日子在往冬天去，可越往南走天气越暖和，等到了夏石，季节已经是冬天，身上却只能穿一件单衣。

部队在路上遇到了一些麻烦。十一连有个兵的家长在崇左拦住部队，缠了好几天，硬是把儿子拖走了。十连有个干部子弟，父亲在总后任职，给军里打电话，问儿子癫痫病犯了没，人就给调走了。

卜文章和段人贵很紧张，整天分头把守，害怕自己连也出这种事。十二连干部子弟不多，可谁的子弟也不行，走掉一个，就是动摇军心的大事。段人贵没好气地说乌力天扬，三排长，你不要以为你们排军事素质不错，就不会出问题，有时候军事素质越不错，问题出得越大。乌力天扬想，什么逻辑，就这破水平还当连长？问题还能大到哪儿去，还能整排整排当逃兵不成？乌力天扬不操这个心，他这个排没有几个城市兵，农村兵都盼着立功入党提干，打仗，那是来了机会,哪里还会逃?逃回家背日头去?

1月12日,部队到达集结地点。1月28日,大年初一,连里放半天假,吃饺子。各班去伙房领肉馅和面粉,拿回班里包,包好再送回伙房。饺子包好,就等着下锅,副连长有事去营部,段人贵要乌力天扬带几个兵跟副连长去团部卫生队领急救包。鲁红军急了,说妈的什么玩意儿,还让不让人过年!乌力天扬拦住鲁红军,说算了,不就是晚点儿吃吗,一人五十个饺子两碗汤,少不了谁的。乌力天扬就带着七班长司马宗和几个兵跟副连长去团卫生队领急救包。

在团部卫生队领了急救包,副连长去营里汇报情况,让乌力天扬带人送东西回去。乌力天扬扛了两箱急救包在肩上,让兵们把剩下的扛上,领着兵们朝卫生队驻扎的院子外面走。走到院子门口,几个男女军人和他们擦肩而过。

乌力天扬已经走出一段路,觉得就在那擦肩而过的一瞥中,有一个女兵,人生得漂亮,特别是身材,有岭有峰,出类拔萃,惹人得很。乌力天扬就忍不住想再看一眼,把肩头的箱子往边上移了移,一边走,一边侧着脑袋回头去看。没想这一看,看出了麻烦——那个女兵,就是有岭有峰的,人家站下来,不走了,在金色的落日下,也在朝乌力天扬看。乌力天扬心里一喜,停下脚步,颠了颠肩头的箱子,把身子磨回来,站正了看那个女兵。乌力天扬在惹人的岭和峰上遭遇了对方,看,当然还是看岭和峰。那女兵也不知是怎么长的,胸呀,腰呀,臀呀,腿呀,长得那叫有道理,长得那叫有水平,长得那叫惹是生非,幸亏是在夏石这种小县城里,要是到大城市的马路上一站,那还不影响交通呀?乌力天扬这么欣赏着,嘴边挂着一丝邪气的笑容,心里赞叹道,真他妈是个妖娆的兵!谁知道,乌力天扬这么欣赏着,那个女兵却不干了,拔腿朝乌力天扬走过来。乌力天扬心里一咯噔,心想坏事儿啦,看出毛病啦,人家找来算账啦!

他连忙把肩上的箱子扶牢，扭回头想撒腿开溜。可他还是慢了一拍。女兵腿快，已经到了跟前，人往乌力天扬面前一站，一双又黑又亮的大眼睛盯着他，一脸嘲笑的神色。

“简……雨蝉？”乌力天扬嘴张得那个大，足足能塞进一颗手雷。

简雨蝉哈哈大笑，人往下一窝，像是事情太精彩，撑不住那份快乐，要在地上去找点儿什么帮着撑住，接着就扑过来，影子似的往乌力天扬身上一贴，胳膊往乌力天扬肩膀上一搭。乌力天扬没提防，脚一软，差点儿没把肩头的箱子给掉到地上。

接下来的事情乌力天扬会处理。先问简雨蝉，有没有三点五秒钟时间属于自己，她要是不跟上同伴，地球会不会爆炸。问过再回头，拿眼睛一横远远站着咧了嘴流哈喇子看热闹的兵，肩头的两个箱子交给他们，让司马宗带队，东西送回连里，销差去伙房领饺子。然后，乌力天扬就和简雨蝉去县城外小河边的榕树下坐下，两个人说话。

3

乌力天扬很快就弄清楚了简雨蝉离开武汉之后的事情。

夏至不是简雨蝉的小姑，是简雨蝉的妈，亲妈，生下简雨蝉的那个妈；而且，这个亲妈不是一般的亲妈，是中央首长的儿媳妇，公公权倾一朝，不断在报纸上露脸，亲妈后来嫁的这个丈夫虽说有残疾，但对她百依百顺。夏至有丈夫百依百顺，对简雨蝉也百依百顺，简雨蝉却一点儿也不领情。

简雨蝉早就知道夏至是自己的亲妈，在夏至去武汉接她的时候她就猜出来了。她问过夏至，可夏至不承认。后来又问过几次，夏至仍然不承认。简雨蝉问这个不是找亲妈算账，她一直在找她的亲妈，找了多少年呀！生命再多，世界再大，不管是谁，在哪儿，总得有个生她下来的人，有她一个家啊！她现在找到了，可这个人却不承认，为此她非常伤心，心生仇恨，索性做了无赖，不光不好好上学，还和夏至抬杠，抬不赢就吵架。凭什么我要听你的？反正你不是我亲妈。

“你看，生下我的两个人，一个撒谎，不告诉我亲妈是谁；一个也撒谎，不告诉我她就是我亲妈。方红藤呢，明明不是我亲妈，不欠我的，却硬撑着不说，还是撒谎，我一个真亲人也没落下。”

乌力天扬没想到简雨蝉经历了这样的遭遇。小时候都说简雨蝉是野孩子，方红藤不是她亲妈，他还带着人欺负过她。那个时候真没想过亲妈是怎么回事儿，只是被这小狐狸精惹得上火，没想到她还真有个亲妈。这么一想，乌力天扬心里就替简雨蝉抱屈，难过得很，还有点儿隐隐的惭愧。后来呢？他问。

后来，夏至看出简雨蝉不是做陈景润的材料，放弃了，不再在学习上逼她。简雨蝉高中毕业以后，夏至通过关系，把她安排进轻工业部工作。简雨蝉找到一个和亲妈闹别扭的机会，非不干，给个国务院总理也不干。夏至拗不过她，问她想干什么，她一时想不出来，但熟悉那身军装，就说要当兵。就这样，她穿上了军装，到部队医院当化验员。这次她所在的医院派人参战，她图热闹，还想躲开夏至的无微不至，于是写了申请，上了前线。

乌力天扬想，在森林里待久了，虎也好，兔也好，身上都有松脂味儿，一只松鼠，它也叫森林动物。事情就是这样。

“我家里怎么样？我是问武汉的那个家。”简雨蝉说完自己的事，问过乌力天扬这几年都在干吗，再问自己家里的事，“夏至不让我和武汉联系，说会影响我。他们也没理我。反正无所谓。”简雨蝉嘟着嘴。她管亲妈直接叫名字。她有一张饱满而富有弹性的嘴，让人老有伸手去摸一下的欲望。

“你爸栽进屎坑里，没爬出来，撸到底了，弄得你妈跟着窝囊。我是说，你武汉的妈。”乌力天扬犹犹豫豫地说。

“方红藤不是我妈，可她人不错。现在我知道，为了我，她吃了不少苦，委屈大了。我恨我爸，他他妈的不是个玩意儿，骗了他老婆，还有夏至和我，活该栽进屎坑里。”简雨蝉一点儿同情心也没有，干脆地说。

“喂，没有同情心就没有同情心，嘴那么脏干吗？”乌力天扬吃惊。

“谁他妈叫我是当兵的，你当我愿意？”简雨蝉一点儿也不脸红，不光骂人不脸红，自己的事儿往别人身上推也不脸红。

乌力天扬觉得简雨蝉骂得痛快，是彻底的唯物主义者，一下子就有找到了知音的感觉。他仔细打量这个知音。简雨蝉长成大姑娘了，可模样还和小时候一样，脸上有几颗俏皮的雀斑，翘鼻头，杏仁眼，洋娃娃似的，因为天热，军装的衣领随随便便敞开，露出半截脖子。她的锁骨高高的，在榕树的阴影下十分明显，这使她显得非常迷人。乌力天扬有些迷惑，有些头晕，人摇晃了一下，幸亏坐着，没倒下。

“雨槐和军机结婚了。”乌力天扬说。

“嚯！”简雨蝉瞪大了眼睛，很吃惊，“怎么是军机？天赫哥呢？”等知道乌力天赫仍然没有音信，她皱眉头，像哲人一样地难过，“有的人吧，是因为不在了，他才在那儿，天赫哥就是这样的人。”

“那，你这样说，雨槐呢？”乌力天扬问。

“雨槐是睁眼瞎，别人看到的东西，她看不到；别人看不到的东西，她又铁定了相信，比如天赫哥。你说这个天赫哥，干吗不好好的在，偏要不在。”简雨蝉替乌力天赫抱委屈，“他干吗呀？也太绝情了吧？什么不好干，去寻死。就是死，也得先给雨槐说说呀，一句话不说就死，让雨槐没着没落。”又口无遮拦地说，“我是让着雨槐,要不,小时候我就不依雨槐的,和天赫哥搞上了。这回好,让给雨槐,到了她还是没捞上。"

乌力天扬让简雨蝉搞呀捞的一说,一下子想起小时候和简雨蝉的那段交往。有一次,他摸她的胸脯,本来摸上了,打一个饱嗝儿,手滑开,没摸上。还有一次,他把她按在脏兮兮的床上,手忙脚乱地解她的裙子,结果她的裙子没解开,他给"跑"掉了。乌力天扬想到这儿,脸一下子红到了脖颈,不敢看简雨蝉。

"怎么啦?"天往下黑,简雨蝉眼神儿却好,看得仔仔细细,不解地问。

"没什么。"乌力天扬臊得不行,坐不住,起身拍屁股,"得回连里了。晚上要点名,还要讲评。"

不知怎么,乌力天扬那么急着走,却有点儿恋恋不舍,好像夏石的榕树是神仙变的,给他施了魔力,让他生出一种从来没有过的柔情,而他非常讨厌这种柔情似的。

4

因为十连和十一连收到的血书比十二连分别多出十七份和二十一份,段人贵被营长尤克勤训了一顿。教导员在一旁敲边鼓,十二连比十连多三个人,比十一连多一个人,血书反而少,说明什么?说明临战情绪不对,说明干部没有做好工作,这样的连队怎么上去打仗?还不打得一塌糊涂呀!段人贵挨了一顿训,火冒三丈,回到连里就把乌力天扬臭了一顿。就你们三排血少,蚊子似的,四十三个人,二十四份血书,拆我的台呀?你们要脸不要脸?

"三排晕血的多。"乌力天扬咳一声,平静地说。

"晕血你有决心没有?有决心不在乎是不是血,红墨水儿也行!"段人贵点烟的手都气得发抖。自打到了边境,他烟也改了,火也改了，烟改成粗棒子雪茄，火改成打火机。

副排长肖新风和九班长鲁红军等在连部外，看乌力天扬从连部出来，连忙迎上前问情况。肖新风后悔不迭地说，我早说过，形式主义那一套，还是需要的。我去弄红墨水，让没咬指头的人全补上。鲁红军愤愤地说，写什么？一上去我就收拾他，非打他的黑枪不可！

乌力天扬跟鲁红军去了九班，走到门口，听见九班副郭城在给几个新兵蛋子吹牛。那几个新兵是几个月前才入伍的，好几个是少数民族兵。

“有对象没有?”郭城问一个叫韦步登的壮族新兵。

“没有。”韦步登傻笑。

“谈过对象没有?”郭城再问一个叫麻浩的布依族新兵。

“没有。”麻浩也傻笑。

“啊，有对象没有？没有；谈过对象没有？没有。看来，这个问题很严重，是大问题。那么，”郭城问两人，“看过姑娘的身子没有?”

“没有。”新兵蛋子互相看了一眼，有点儿害羞。

“你们真不该来前线，”郭城同情地总结，“要让子弹咬上，你们就白来人世走一遭了。”

“你有对象？你谈过对象？你看过姑娘的身子?”一个叫汤姜的傈僳族新兵不服气，涨红了脸反问郭老兵。

“什么意思?”郭城不高兴了，叼着的烟卷从嘴上取下来，“我有对象没有？谈过没有？看过没有？话是你这样问的吗？嘁，你该问我有过几个，谈过几个，看过几回，懂了吗?”

新兵哄地一笑，敬佩地看郭老兵。汤姜被晾到一旁，孤立得很，脸涨得通红。

“我住的那条街，”郭城把烟卷送回嘴里，不用手扶，叼着颗机枪弹头似的，“一半儿姑娘和我好过。那个时候不像你们，反正没书读，搞对象呗。我们用石子丢窗户，发信号，装作什么事儿也没有，溜出家门，躲在电线杆子下亲嘴儿。江边不能去，联防的人抓，抓住了游街。操，谁游谁呀？”郭城停下来，眯缝了眼睛，卖弄地环视新兵蛋子们，“知道姑娘身上最好的是什么？”

新兵蛋子们收了笑，紧张，不敢相互看，盯着郭老兵，僵硬着身子，摇头。

“这都不知道？我操，你们真白活了。她们的奶子呗！”

新兵蛋子各个屏住呼吸，眼直着，崇拜得要死。屋里一片寂静，针落地的声音都能听见。

鲁红军哧哧地笑，要进屋去，把郭城的嘴封住。乌力天扬拉住鲁红军，人往门口一靠，蹲下，示意鲁红军，让郭城继续，让他表演完。

“不解气是不是？想听来劲儿的是不是？”郭城把一团暗红的火星吐掉，身子往前探，好像那样做就能接近真实的生活，“我摸我第一个女朋友奶子的时候，你们猜猜，我想到了什么？我想到了母亲。我想，母亲原来就是这个样子的呀！”他站起来，环视新兵，一脸严肃劲儿，“明白我的意思了？明白了？我那些女朋友，她们个个都是母亲，未来的母亲，未来母亲的母亲。她们得生孩子对不对？她们的孩子得生孩子对不对？所以说，保卫祖国是什么意思，就是保卫母亲呗！反过来说，就是保卫女朋友呗！那些背信弃义的叛徒和小人，他们有奶就是娘，才不管母亲是谁呢，我太他妈讨厌他们了！就为我那些女朋友洁白的小胸脯，我也饶不了他们，我也得狠狠地杀他几个小鬼子！”

“到时候上去了，我不会再给你说什么。”乌力天扬蹲在黑暗里，狠狠吸了一口烟，看了一眼蹲在对面的鲁红军，“你把自己看好，别莽撞，别到时候丢了，我没法儿向你家里交代。”

“我不用谁交代。”鲁红军恶狠狠地说，“我会杀疯的。”

“我也会。所以我才不在乎鸡巴血书。”乌力天扬说，又狠狠吸一口烟。

“我们会立功，会成为人民的英雄，祖国的骄傲，对吧？”鲁红军激动地问。

“我们是一群母鸡，根本不用操心把蛋生在什么地方，不管生在什么地方，吃蛋的都不是我们。”乌力天扬说。这是真话。但他还是想当英雄，想骄傲，这也是真的。

5

春节过后，临战气氛越来越浓，空气中都能闻到硝烟味儿。部队分别进入出击地，白天掩蹄衔枚，夜里炮车出来了，坦克也出来了，不让开大灯，由夜光灯指挥道路。黑夜中，柴油味儿呛鼻子。

乌力天扬有几次想起简雨蝉，想和她联系，可又不知道她在哪儿。有一次，他碰到野战总医院一个管后勤的科长，顺口问了问，没想到那个科长竟然认识简雨蝉。

“简雨蝉？就是化验室那个辣美人儿？当然认识。总医院的人来自四面八方，你要问认不认识‘四人帮’，没有不认识的；你要问认不认识院长，一半儿人不认识。简雨蝉划在‘四人帮’和院长中间，三分之二的人知道她吧。”

要上战场了，该告别的得告别，乌力天扬在这里除了鲁红军和罗曲直，他觉得自己能告别的——和自己生命源头有关系的人——只有简雨蝉。可战区野战总医院在南坡，不管简雨蝉知名度有多高，在一个新单位是不是比领导还有名，离着太远，没法儿去看，就像启明星，谁都认识，可太远，够不着。

最紧张的是前指，最忙的是负责打穿插的部队的主官和各部队尖兵队伍的主官。各种操练都停止了，好像加加林少校①，人被塞进宇航器，肯定不能练引体向上，得好好默背一下程序，等着人家在屁股下点火；再就是祈祷，让上天保佑自己能在一切结束之后安全地回来。营连主官天天往团里跑，跑完回来就折磨乌力天扬这样的小排长，沙盘复得人头晕想吐。士兵们反倒有时间，不知谁先带的头，一个个含着眼泪写遗书。信不管写给谁，内容全是人还活着就可以评革命烈士的那一种，写完互相念，念得热泪盈眶。也有写完不让看的，拿糨糊把信口封死，再套一个信封，糊好封死，和用不上的装备以及个人用品一起，交到文书那里，打好包，插好卡，一齐往上交。

命令终于下来了，乌力天扬所在团是师先头，尤克勤的营是团先头，段人贵的连是营先头，乌力天扬的排是连先头。第一战役阶段的任务就不轻松，要拿下七个破击点，控制一条要道，全团正面敌方的兵力超过两个营，已知火力点至少在四百个以上。

各部队指挥员到团里集中，听一位来自一支非常规部队的特工给讲过境侦察的情况。特工们早就进去了，干得非常出色，连对方一名公安团长写给老婆的信都给弄了回来。据说这位从上面派来的特工是个头儿，他的人负责中线战场过境侦察，是最早潜入战区的参战人员。乌力天扬做了第一回真正意义上的指挥员，跟着尤克勤和段人贵到了团里，是指挥员中军衔最小的一个。

一进团作战室，乌力天扬就在昏暗的灯光下看见师侦察科长和团首长们围着一个穿保护色军装的人。那是一个熟悉的身影——高高的个子，瘦骨嶙峋，脸像马皮一样绷得紧紧的，脖颈黝黑，耳轮尖锐，目光犀利。他捡弹壳去了呗，不带我，这个“左”倾冒险主义的孝子贤孙，还能干出什么好事来！他没死，还活着！乌力

① 即尤里·加加林（1934—1968），苏联宇航员，1961年4月12日乘东方1号载人飞船进入太空，成为第一个进入宇宙太空的地球人。

天扬僵在那里，脸都痉挛得变了形。有一刻，他没有了呼吸，眼前一片金星，然后，他强迫自己平静下来。

“我知道你在这儿，两天前就知道了。”乌力天赫朝乌力天扬走过来，在他面前站住，锐利的目光飞快在弟弟身上扫了个来回。

“你……怎么知道？为什么……不来找我？”乌力天扬显得有些笨拙，甚至有些口吃。

乌力天赫笑了一下，没有说怎么知道的，也没有说为什么不来找他，只在他肩膀上拍了拍，很快回到团首长那边。指挥员们围了上去，他们进入沙盘。

乌力天扬分心了一刻，不断抬起眼睛看沙盘对面的乌力天赫。乌力天赫就像一台大功率的机器，对整座沙盘的每一颗沙粒都烂熟于心，他根本不看沙盘，介绍情况简明扼要，回答问题一步到位。我有一个多么了不起的哥哥呀！他的每一个动作都显得那么老练和果断，没有丝毫拖泥带水的成分。

这太不真实了！乌力天扬想。好像这是梦，好像乌力天赫活着是梦，好像他们兄弟俩始终在一起，从来就没有分别过十二年，这是梦。不过，他们都长大了，这是实实在在的，不是梦。

6

部队在黑夜中紧张地忙碌着。有自行火炮一辆接一辆从简易公路上缓慢驶过。工兵引导着满载的炸药车往南边驶去。军工看起来比战斗人员还忙，大车小担地往前赶。两辆柴油气扑鼻的轻型坦克在路边熄了火，一个指挥员模样的军人在那里鸡巴长鸡巴短地骂人。

“我们有十七分四十秒。”乌力天赫瞟了一眼腕上的表，准确地报出时间。

兄弟俩站在简易公路旁。车灯一串一串地打在他们身上。稍远一些的地方，师侦察科长和团首长们等在那儿，小声说着话。

乌力天扬没有见过那样的表，那块表像炸弹。但不是因为表，而是因为乌力天赫。乌力天扬还没有习惯过来，乌力天赫的出现太令人意外，乌力天扬觉得乌力天赫神秘得让人隔膜，像一颗他不熟悉的炸弹。

“拿着。”乌力天赫似乎没有动作，手中已经出现了一个拳头大的保护色海绵小包。他把小包递给乌力天扬，先在公路边的山坡上坐下，再拉乌力天扬一把，让他坐在自己身边。

“什么?”乌力天扬手里捏着那个小包，坐下，一只脚碰到了乌力天赫的脚，他快速把脚收回来。在乌力天赫面前，他表现得很不成熟，像个孩子。

“三十片APC，一种含大剂量咖啡因的阿司匹林，它可以让你兴奋起来。两个手术刀片，负伤后立刻切开伤口，防止感染。三支吗啡，带针头，比手榴弹管用。”乌力天赫说。

“干吗?”乌力天扬不明白，在黑暗中看着乌力天赫，“我要吗啡干吗?”

“挂彩不像电影上演的，扭几下咬咬牙就能过去，你会活活疼死。到时候它们就管用了。”乌力天赫帮助乌力天扬把小包塞进衣兜里，又替乌力天扬整理好衣襟，突然笑了，“你长大了，都当排长了。”

“说什么呢。”乌力天扬有些不高兴。不光是乌力天赫出现得太突然，在指挥所里，他还像个灵魂人物，连团首长都像新兵蛋子，竖着耳朵听他的，不断地点头，而乌力天扬这种小喽啰就更没说话的地方了。乌力天扬一直没有找到状态表现自己，这让他非常沮丧。

“杀死你见到的所有敌人，因为你得活下去。”乌力天赫坐在那儿，却是随时都要走的样子，所以，他不回答任何没有意义的话。

乌力天扬知道自己得杀人，但没有人告诉他是为了什么，就跟没有人告诉他吗啡的事情一样。这让他更不高兴。远处有尖锐的哨音响起，嚯嚯嚯嚯。背后公路上的车灯一下子熄掉。他们身上的光也消失得无踪无影，但柴油机的轰鸣声没有停下来。

“Warning Order.”乌力天赫说。

“什么？”乌力天扬困惑地看着乌力天赫。他没有上过高中，不懂英语，连单词也不知道几个。

“警戒令。”乌力天赫说。他坐着，身子却一直笔挺，让人觉得他那不是坐着，是一发随时待命的炮弹，“当攻击的命令下达后，所有被选中的参战人员都得披挂整齐，集中待命，随时准备攻击前进。”他抬起头来，朝天上看去。那里，无数的星星闪烁着，就像那些被选中即将奔赴战场的小伙子们一样。他把脸转向乌力天扬，“知道吗，警戒令最早是由爸爸那个民族发明的。公元5世纪，他们的铁骑踏上了多瑙河流域，警戒令每天都会从中军帅帐里发出。”

“他们怎么说？‘为了胜利，前进’？”乌力天扬看着乌力天赫。他没有想到乌力天赫会提到父亲——虽然不是直接说父亲。他觉得乌力天赫太牛哄哄了，就像30年代燕京大学的历史系教授，而他和他的野战部队的上司们则像穿着对襟大褂梳边分头的学生。他找到这个机会，可以使用揶揄的口气让自己显得老练一点儿。

“我们将在太阳升起的时候出发，”乌力天赫没有理会乌力天扬的促狭，慢慢地、一字一句地背诵着他们的祖先——输给了他们一半血统的那些先人们——的警戒令，“我们将驱使我们心爱的马匹，并且像兄弟般地依赖它们，把那些肮脏卑鄙的叛徒统统杀掉……神庇护的勇士们，带上你们的长矛和弓箭，穿上铠甲……”

乌力天扬愣住了，觉得一股热血顺着腿脖子迅速往上攀，冲过小腹,在胸膛那儿集中,猛烈地往外涌。但他没有动。他还是困惑,乌力天赫为什么会在这个时候提到父亲?这是不应该的。

"你得到的授权是什么?是不是比我们,我是说,比野战部队更多?"乌力天扬见乌力天赫在黑暗中看着他,故意恶毒地加了一句,"非常规部队是什么意思?是不是拎着特种手枪,到处逛荡的那种军人?"他还是不能忘记小时候在乌力天赫那儿受到过的屈辱。这些屈辱是他长大的一部分。

"你还在看《地雷战》,还在背电影台词,没长大。"乌力天赫一点儿也没生气,在黑暗中笑了一下,好像知道乌力天扬心里想着什么。

"操,你真不知道这些年我都经历过什么,我足足有一百岁了。"乌力天扬很想告诉乌力天赫,自己这些年都是怎么过来的。在失去了主人之后,那些鸽子显得懒心无肠,整天在苹果树里乱窜,或者飞到江滩上晒太阳。它们基本上已经成了一群野鸽子,再也不回到鸽舍里来了。但是乌力天扬忍住了,没有把话说下去。在警戒令发出之后,他不会这么做。

"妈妈怎么样,她还好吗?"乌力天赫并不追问乌力天扬,迟疑了一下。

他头一回迟疑,而且终于问到家里的事情。这是一道坎,一个症结。他们一直在回避这个问题——乌力天赫在回避,乌力天扬在帮助乌力天赫回避,这才是事实。

乌力天扬犹豫了一下,但他知道这一次他躲不过去。他们都得到了警戒令。乌力天扬就把他所知道的挑重要的说给乌力天赫听——妈妈被捕、监禁、杳无音信、释放、分裂症,顺带说了父亲被隔离审查、批斗、关押、劳动改造、解放、休息,还有安禾那把不足盈握的骨灰。乌力天扬有些激动,一边说一边掏出香烟点燃,狠狠地吸着。乌力天扬在说话和点烟的时候,乌力天赫什么话也没说,仍然笔挺地坐着，黑暗中看不清他的脸色。乌力天扬感觉到，有什么东西从乌力天赫那边传过来，在冲击着他。把那些肮脏卑鄙的叛徒统统杀掉。乌力天扬想到了警戒令。

“好了，我得走了。”乌力天赫没有看腕上那只表，就知道时间到了。他几乎没有动作，从地上冒起来，或者说，是装填进了弹匣，被压簧压入了枪膛。

乌力天扬愣了一下，他的话没说完，他还没有说乌力天时、葛军机和童稚非，还有，他自己。

“记住我的话，没有什么荣誉，对你来说没有。”乌力天赫伸出一只手，把乌力天扬从地上拉起来，拉到自己身边，替他把枪口顺到脚下的方向，看了看在稍远处等待着的军官们，压低声音小声说，“战场是地狱，你死我活，或者你活我死，就是这样。如果你想活着，就得离机枪弹道五米，离炮弹的弹着点二十米。你能做到这个吗？”没有等乌力天扬回答，他把乌力天扬嘴上的香烟取下来，丢在脚下，踩熄，人往公路上一推，“别学抽烟。走吧。”

乌力天扬朝坡上走去。公路上浓烈的柴油味扑了过来。乌力天赫在背后叫住他。他站住，回头，看坡下的乌力天赫。他激动地想，他叫他了，他叫他天扬。他想，他会问，雨槐怎么样？告诉我雨槐的事。那他怎么办？怎么说？告诉还是不告诉？

乌力天赫朝坡上走来，几乎悄无声息，像一缕空气。他走到乌力天扬面前，站住。乌力天扬在黑暗中看着乌力天赫的眸子，等待他发问。

“来。”乌力天赫把胳膊伸开，把乌力天扬搂了过去，让弟弟的胸膛紧紧地贴住自己的胸膛，加了一把劲儿，差点儿没把乌力天扬挤碎。然后，很快地，在乌力天扬还没有来得及反应时，他松开了他，“好了，走吧。”

乌力天扬再一次转身，朝公路上走去，从等在那里的军官们身边走过。乌力天扬没有停下来，没有向军官们敬礼，也不再回头。他知道，乌力天赫已经休息好了，交代过了，而且，如果他的判断没错，乌力天赫现在已经不在那里了，消失了。他还知道乌力天赫为什么要拥抱他。他是在告诉他，活着，别被炮弹削掉脑袋，别被石头压成两截，别做不足盈握的骨灰，别分裂。

7

最后一次强烈抗议发表不到十二小时，他们鞋带紧系的防刺胶鞋已经踏上了另一方的红泥土地。

凌晨 6 点 45 分，随着各出击点两发红色信号弹悠悠升空，集结在边境上的中国军队开始实施进攻。

105 和 120MM 榴弹炮的集束炮火划过黎明前的夜空，把偌大的天空撕出成片的伤痕。照明弹不断降落又升起，把夜色照得如同白昼。炮车和坦克车不再需要憋住气息，车声辚辚，生硬地碾过黑夜，因为战车太多，所经之处，植物全都被油烟熏蔫了。

总攻之前两小时，十二连尖兵排就出发了。他们如离弦疾箭，直射夜幕，从指定路线出境，沿着工兵铺设的急造公路急速向前。乌力天扬带着九班在最前面跑步前进，速度快得能撵上风。最开始的一段路畅通无阻，除了两小时后的炮群齐射和这以后的榴炮延伸射击的沉闷爆炸声，没有任何东西打扰他们，只听见部队向前奔跑时发出的脚步声、草棵划过绑腿的声音和人喘息的声音。乌力天扬能感到他的兵都很激昂悲壮，每个人都像关久了放出圈的斗牛，都想冲到别人的前面去。他有些紧张，不知道仗真的打起来会是一种什么样子，还担心这样没命地奔跑会把部队跑散，于是吩咐鲁红军压住速度，让后面的另两个班和炮班能跟上来。

天亮以后，他们在 15 号地区拐向一条岔道，在前进了十几里路后，进入攻击状态，开始对第一个目标实施攻击。

他们没有遇到任何反抗。这里是边境一个模范公安屯据点，已经被炮火收拾了一遍，到处是高爆炸弹制造出的令人心悸的效果，两栋哨所板棚正在燃烧并且坍塌，坑道里丢弃着好几支步枪，还有一些弹药箱，一头被炸得倒在地的水牛还在抽搐，试图站立起来。没有死尸，一具也没有，看来是给打跑了。

副连长和肖新风上来了。副连长要乌力天扬留下一个小组等待后续，其余人继续前进。乌力天扬照办，下令继续前进。鲁红军接到命令，还没有转身走开，乌力天扬突然像中了邪似的往前一冲，把鲁红军冲倒在地，枪口重重地硌了一下鲁红军的下巴颏儿，人也倒在了鲁红军身上。

没等鲁红军哎呀叫出声，一发 K 式步枪发射出的子弹就在鲁红军刚刚站立的地方拉着尖啸的声音跳起来，斜刺里飞开。一片落叶被子弹打下来，在空中打着旋。与此同时，趴在鲁红军身上的乌力天扬手中的冲锋枪响了，一个点射，然后又是一个点射。九班的兵全都呆站在那儿，一点儿防范动作都没有，只有九班副郭城把枪丢开，抱着脑袋卧倒下去。

十几米开外，一棵大桉树窸窸窣窣响了一阵，一名身着草绿色军装的对方公安屯士兵划开树枝坠落到地上，人落下来就不动了。

这是三排打出的第一枪。肖新风反应过来，将枪口指向附近茂密的树林，扣动扳机。其他的兵也醒过来，几十支枪同时扣动扳机，打得树叶到处飘飞。

一阵子弹过后，树林中再没有任何动静。乌力天扬看鲁红军下颏儿上淌着血，在那儿气咻咻地换新弹匣，叫住他，让士兵们节省子弹。他口干舌燥，心跳得厉害，自己都能听见心跳的声音。不是为打冷枪的那个公安屯士兵——那是他打死的第一个敌人——而是为上百发子弹扫射过后树林里神秘莫测的安静。

继续上路后,情况有些不妙。先是在一大片杂树林里迷了路,不知道岔道口的三条小路该走哪一条;然后发现了板钉、竹签和地雷,虽说没踩上,但惊吓不小。有一个兵走不动了,大喘着气在路边蹲下来,枪窝在怀里,怎么都拉不起来。还有一个兵老想尿尿,可又尿不出来,催急了,挣出两滴,不像尿,倒像树上落下的水珠。在翻越一座山头时,一个兵踩虚了脚,掉进七八米深的山沟里,躺在那儿爬不起来。乌力天扬让另一个兵等在那儿,等后面的人上来再把掉下去的兵捞起来,尖兵班别停下,继续前进。大家都很紧张,或者说,是害怕。鲁红军装得什么也不在乎,下颏儿上挂着干涸了的血珠子,提着枪走在最前面,只是迈坎的时候,乌力天扬看见他的腿在发抖。乌力天扬越来越怕,还焦灼。九班的前进速度慢下来,副连长和肖新风赶上来,两个人不光挎着自己的枪,还帮炮班背着 82MM 迫击炮的炮盘和瞄准具。乌力天扬和副连长简单商量了一下,由他改带司马宗的七班上。七班没有看见在第一个攻击目标发生的那一幕,前进速度果然有所提高。

8

三个小时之后,攻击 321 高地的战斗打响了。因为是头一次攻坚战,段人贵很重视,把连火炮调上来,用八二迫击炮和四〇火箭筒猛轰了一阵,再下令夺取高地。乌力天扬突然想到昨天晚上会餐吃的红烧肉,那些肉坨子现在还在他的胃里蠕动,而战争在一顿饭之后就改变了一切,让人无法相信。乌力天扬像一只受了惊吓的兔子,痉挛着脸,张扬着双臂,跃出隐藏的那块岩石,带头向高地的环形防线扑去。

第一个倒下的是新兵麻浩。他是乌力天扬小组的战斗员,紧跟在乌力天扬身后。他被一串机枪子弹击中,上身往旁边一折,几乎是拦腰切断。麻浩留给乌力天扬最后的印象是一张因为急切倒下而变形的脸，好像那样一来，他就没有什么好怕的了。

乌力天扬不敢停下，拼命在弹雨中跳跃着向前奔跑。风吹痛他的眼睛，他的眼里含满了泪水。他听见鲁红军像个见了牲口群的屠夫似的尖着嗓子叫，冲啊，冲啊！他看见肖新风在奔跑中站下来，恐惧地喘息着，慌乱地打出一个点射。不断有人在他身边倒下去，子弹击中身体时发出沉闷的声音，那种声音非常奇怪，好像庄稼丰收时粮食袋急促的相互撞击声。他听见有人呻吟着喊，卫生员，我被打中啦！他的眼睛因为泪水的刺痛而眯缝着，然后，斜吊在他胯旁的冲锋枪响了，枪口喷出的火舌短促，枪口指向的方向，一个佩戴绿色领章和肩章的对方公安士兵撞在坑道壁上，胸口冒着浓烟滑了下去，手中一支 SKS 卡宾枪丢出老远。

乌力天扬在肖新风小组的掩护下打掉了环形防线顶端部的那挺机枪。那挺机枪打倒了好几名三排的兵，让三排吃了大亏。乌力天扬眼睛都红了，一连向那个机枪阵地丢出了三枚手榴弹。鲁红军比乌力天扬更快，他的小组已经开始向中心阵地进攻。乌力天扬从侧翼向中心阵地前进。他小组的兵王好学第二个被打倒了，子弹打得王好学旋转了一圈，陀螺似的倒了下去。

段人贵很果断，不让战斗有任何胶着态势，把一排派了上来。中心阵地上很快乱成一片，手榴弹在堑壕里掀起一片片泥土，爆破筒把暗堡的沙袋掀起到半天上，枪声急促地响着，子弹和手榴弹的弹片嗖嗖地四处横飞，火焰燃烧着的地方不时有弹药爆炸，气浪将弹药箱的残片掀出老远，把厮杀中士兵们短促的话切割得支离破碎。

“兔崽子……”

“小心……”

“张晓江……”

“火箭筒……”

“退回来……”

“注意背后……”

“九班副……”

“机枪……”

“哎呀……”

四十分钟后,321 高地上的战斗基本结束,十二连攻上了高地。阵地上什么都有,武器、本子、钢笔、口琴、笛子、断了弦的吉他、女明星羞答答的照片。空气中满是令人窒息的硝磺的呛人味儿,还有一股浓浓的血腥味儿。

乌力天扬全身燃过一遍,头发眉毛全没了,脸上燎起几个大水泡,蹲在地上,和司马宗一起帮助卫生兵何未名处理伤亡的士兵。

麻浩死了,身上中了好几发子弹,胸口以下打得稀烂。负伤的有五个,除了一名九班的,都是七班的。那四个好一点儿,都不在要害,王好学最严重,是肩上中的弹,子弹从右肩进去,左后背出来,伤口不大,出血处已经被结扎住,一点点渗着黑血。王好学躺在那里,眼睛向上翻着,浑身颤抖,不断抽搐,体温快速下降。乌力天扬不敢看王好学,抓着枪的手有些发抖,问何未名怎么办。何未名在卫生队里只学过如何包扎伤口,没学过如何对付下降的体温,张皇失措,拿不出主意。乌力天扬的眼泪又上来了,说,那还愣着干什么?快叫人往下送啊!乌力天扬有点儿控制不住自己,手和腿都在抖,他觉得自己脆弱得很,人蹲在那儿站不起来。

段人贵上来了,手里提着可笑的点 45 手枪,由几个提着冲锋枪嘴唇哆嗦的兵保护着,要是嘴里再叼一支雪茄,就是瘦型巴顿。段人贵一上来就嚷嚷,问打死了多少,打伤了多少,捉了多少俘虏。一眼看见地上躺着几个三排的兵,血像小溪流一样顺着泥土往地下渗,他的脸就拉下来,说怎么伤这么多?麻浩牺牲了?一点气儿都没了？怎么不抢救？干什么吃的？快抢救！

阵地上，零星的枪声仍然在响着，一阵急促，一阵稀落，间或突然地炸响一枚手雷，是走不动的敌方伤兵拉响的。很快，手雷响处就会有中国士兵撕心裂肺的惨叫声传来，然后是救护兵带着哭声的喊叫：担架！这里需要止血绷带！乌力天扬一下子想起乌力天赫告诉他的，不要翻开敌人的尸体拿走他们压在身下的武器，他们会在临死前把手榴弹挂在枪机上，或者把保险针拔掉，压在胸脯下，把自己做成一枚诡雷。

“别动压在身下的武器，谁也不许动！”乌力天扬尖着声音大喊，“尸体下有诡雷！”

“喊什么？”段人贵听见乌力天扬的喊声，不满意地说，“不打扫战场等什么？让十连上来捡洋落儿呀？”

乌力天扬见排里的人都从敌方尸体旁退开，不去动那些尸体，他觉得自己快要瘫了，紧张得不想说话，但又不得不说，就把诡雷的事给段人贵说了一遍。

段人贵将信将疑，要人去试试。两个兵找了根绳子，绑住一具尸体，人退到远处，一拉尸体，尸体翻了个身，什么动静也没有。再拉第二具，也没动静。段人贵扭过脸来瞪了乌力天扬一眼，说这才刚开打，就让人吓成这样。话没说完，第三具尸体响了，轰隆一声，尸体往上一掀，一股黑烟升起来，被炸烂的尸体翻了个个儿，砍开的猪似的滑进壕沟里，像是睡累了，要换个姿势，找个僻静的地方接着睡。段人贵这下信了，抹一把汗，说狗操的，不傻嘛。又阴沉着脸吩咐多几个人去找绳子，照这个样子，先处理尸体，再打扫战场。

鲁红军那边遇到了麻烦。鲁红军在中心阵地背后搜索到一个隐藏式坑道，外面看不见里面，喊了一阵话，让坑道里的人出来，出来就宽大俘虏，里面没有动静。鲁红军试图进入坑道，刚进去，就看见一个年轻的女人，人躲在一摞火箭弹箱后面，手里握着一颗零延时的自杀式手雷，还朝他喊着什么。鲁红军没有心理准备，枪指着女人，就是扣不下扳机，慌忙中退出坑道，在坑道口跌了一跤，爬起来，和郭城两个人封锁住坑道口，再让汤姜去找乌力天扬。

乌力天扬提着断了枪带的冲锋枪，跟着汤姜，顺着堑壕一溜小跑到了坑道口。鲁红军把坑道里的情况说给乌力天扬听，说只看了一眼，没太看清，坑道里至少有三个女人，有武器，话喊过了，人家不肯出来投降，请示怎么办。

四周零落的枪声仍然在响着，时而有被大火燎着的炸药或手榴弹的爆炸，冲起一股股焦土和零碎的尸体。乌力天扬让硝烟呛得厉害，也没时间考虑，咳嗽着说鲁红军，不能让他拖住，想办法把坑道顶挖开。几个人就去找工兵铲，开始挖洞。正挖着，段人贵和卜文章过来了，问在磨蹭什么，鲁红军就第二次汇报了坑道里的情况。

“我在山下就看见你动作慢，”段人贵把脸黑下来，不耐烦地说乌力天扬，“一排都运动到接合部了，你们还没有把环形工事拿下来，要不然麻浩也不会牺牲。他和王好学是你小组里的人吧，别人的小组都齐头齐脑，怎么就你的小组丢了三分之二？”

“你什么意思？”乌力天扬一听这个就上了头，工兵铲一丢，瞪着段人贵，脸上的水泡疼得他倒抽了一口凉气，“我丢我愿意丢啊？不行你来试试？”

“你什么态度？”段人贵火了，“你愿不愿意，为什么不丢你这三分之一？”

“算了算了，”卜文章拦住段人贵，冲乌力天扬使眼色，让他闭嘴，“三排长打得不错，进攻很果断，就是伤亡大了点儿。”

“你等着，回头我找你算账！”段人贵瞥了乌力天扬一眼。

一发 120 榴炮拉长了尖啸从远处飞来，落在一百米开外的灌木丛里，掀起高高的泥土。段人贵往后看了看，把手枪举起来。是试射，对方的报复性炮火眼见着就要到了。

“干掉她们！”段人贵回过头来下命令。

“是女人。”乌力天扬愣了一下，手开始抖。

“有武器，是不是武装人员哪？执行命令！”段人贵白了乌力天扬一眼，朝堑壕那头走去，不再理会谁。

火蛇扭曲着蹿进坑道，再裹着浓烟从坑道里蹿出。尖锐的惨叫声中，好几枚手雷闷闷地炸响在坑道里。两个女人浑身是火地从坑道里滚了出来……

士兵们吓得厉害，朝后退，站在远处，呆呆地看着女人在火焰中挣扎。乌力天扬已经走开，人往地上蹲，脑袋埋在胯里，突然又站起来，扭头往回跑，冲到坑道口，黑着脸推开呆在那儿的鲁红军，操起枪打了两个点射。

火团挣扎了一下，不再动弹。空气中充满了一股呛人的人肉味儿。乌力天扬的枪口泛着铁蓝色，静下来，却没收回，枯枝头似的支在那儿。汤姜没有忍住，冲到一边大口地呕吐起来。

9

幽深狭长的山谷，山石嶙峋，灌木丛生，乳白色的山岚像是被一只神秘的手牵引着，一会儿拉过来，一会儿推过去。腐叶和腐草不知是哪个年代积蓄下来的，深深地蓄了老厚一层，下面的已经化成了泥，一脚踩下去，就像踩在面团上，咕唧咕唧冒出一股黑水。雨刚停，地上的坑洼里，孑孓一群一群地扭动着身子，蚂蟥挺着巨大的吸盘攀上落叶，飞快地向人爬来。

部队在米字山下的峡谷里运动。峡谷是这个方向通往 TL 公路的唯一道路，敌方以雷代兵，在峡谷里埋设下大量地雷，部队无法快速通过。排雷队已经干了好几个小时，排出了上百颗雷，但更多的雷还在腐叶下、草丛中、灌木里隐藏着，它们大多是美国人留下的克莱莫尔雷，那是一种专门对付步兵的地雷，每颗雷能发射出数百个定向的轴承钢珠，形成扇形杀伤面，它们一般是互相联手，绊发雷掩护压发雷，子雷掩护母雷，绊发线上常常又拉上了附绊线，如网般牵向四面八方，冷静地等待着猎物到来，这种合成雷群很难排除。

前指把时间抠得很紧。师长已经在报话机里骂了娘，说一分钟不等，时候一到部队就正步通过峡谷。排雷队急了，同时上去几个组，因为不顾一切，有些手忙脚乱，免不了碰响一些雷。地雷的爆炸声一会儿一下，一会儿一下，响得后面等待通过的人一惊又一惊。后来雷声响得就频繁了，不是一下一下地响，是一串一串地响。从前面传来消息，说排雷队豁出去了，一个排长手中的排雷器炸飞了，把半截手柄丢到一旁，带着几个兵躺在地上往前滚，排长炸得动弹不了副排长上，副排长炸得动弹不了班长上。

部队通过峡谷的时候，乌力天扬看见了那个排长。准确地说，不是排长，是排长的遗骸，一截一块的，被救护队的民兵四处捡来放在担架上。担架血糊拉的，像盛放着刚剁开的牛肉。一旁好几个抬着滚雷兵的担架和乌力天扬擦肩而过，有两个滚雷兵没咽气，痛苦的呻吟声让人揪心。鲁红军追上来，告诉乌力天扬，那个排长姓车，坦克车的车，他的两条腿被雷炸断，还往前滚，小腹炸开，肠子肚子流出来，还往前滚，一直滚到咽气，大约滚响了上十颗雷。鲁红军喉咙里哽咽了一声。乌力天扬煞白着脸，虎口卡紧枪带，不回头看鲁红军，大步往前走。

米字山头上静悄悄的，不像有人的样子，但那里有敌人的一个加强营，凭着交错相连的交通壕、猫耳洞、暗堡和射击掩体，构成了一张严密的防御网。命令上是友邻的两个营从正侧两个方向打主攻,四营助攻;十连为四营前卫连,十二连打增援;三排是十二连的一梯队,跟在十连的后面。

主攻营打响之后,段人贵要召开支委会,趁这个机会给乌力天扬上上螺丝。卜文章知道段人贵盯上了乌力天扬,要他在各排排长面前丢脸,不好明说,只说前面已经打上了,让各排休息一下,我找三排长个别谈一下,别的同志就不要牵扯进来了。

“说那么多有什么用?”傈僳族新兵汤姜和壮族新兵韦步登做了乌力天扬的新组员,乌力天扬帮汤姜修理K式半自动步枪上的闭锁件,示意汤姜去找鲁红军要点儿枪油,随手在草叶上擦拭着油手,心灰意懒地对卜文章说,“连里要是不放心,可以撤我的一梯队,让别人干好了。”

“不要带情绪,就事论事。”

“我有什么情绪?我都让他拿死了,能有什么情绪?”

“你这还是情绪。这样不好。”

“指导员,你是真不知道还是装蒜?这些年,他哪一回看我顺过眼?他明摆着是要掐死我。他一直把我往前面推,不是嫌我伤亡多了,是嫌我没伤亡到自己头上!”

“乌力天扬!”卜文章大声说。他想说,乌力天扬,这种没有原则的话你也敢说!可他后半截话没有说出来,要是他说出来,那就真是装蒜了,“我已经给你请功了。”沉默了一会儿,卜文章说。

“我不要什么功,有屁用。”乌力天扬闷闷地说,用力吸了一下鼻子,“你把功给麻浩和王好学,他们该得。”

鲁红军说了好几次,只要打响,就打段人贵的黑枪,可真的打响,鲁红军反而不说这话了。十二连几仗打下来,伤了十九个,牺牲了四个,其中六个伤在鲁红军的九班,牺牲的四个三个在九班,鲁红军那么心硬的人也流泪了,还不让别人看见他流泪,做出一副凶狠狠的样子,破口大骂,操死他小鬼子!我饶不了他!九班一直担任排前卫，伤亡重正常，但看着自己的兄弟一个个往下倒，死了的面目全非，伤了的痛苦不堪，所有人的心都硬了又软了——硬了的是对敌人，软了的是对自己人。这个自己人，包括阶级敌人段人贵。

对方的士兵打得凶狠而顽强，他们剃光了头发，只在头顶上留下一绺，好像那是他们期待中的庄稼，他们有信心让它长得很结实很饱满似的。他们以这样的信心和中国军队对抗，这个信心以宁死不屈做着支撑，根本不像战前上面说的那样不堪一击。打一个小小的公安屯，三四十个人的排建制，得用火炮轰上好一阵子，还得上去几倍十几倍的人。部队冲锋时，先还喊“热呆勒恩！诺松空叶！”[①]喊得很有气势，跟电影里演的一样。后来不再喊了，知道喊也是白喊，费嗓子，对方没有可能“诺松空叶”，对方还指望着这边“诺松空叶”呢。

前往T城的路上，乌力天扬遭遇到一场伏击——对方的士兵把自己吊在树上，由一个活套套着，在树林间荡来荡去，在空中开枪射击。他们像灵敏的猴子，愤怒的猴子。他们怀里的SKS卡宾枪和戴格蒂亚列夫自动步枪吐出的是死神之火，真是难以对付。他们那种大家都别想好、大家都别想活的顽强念头，更是难以对付。

地形复杂也是打得不顺的原因之一。T城下来那次打穿插，乌力天扬迷了路，破指北针根本派不上用场，耽搁了好长时间，就是走不出山谷。乌力天扬通过步话机和段人贵联系，说找不着方向了。段人贵骂乌力天扬吃干饭的，怎么那么蠢，炮在哪儿响就往哪儿扑，这都不会？乌力天扬说，到处都在响炮，我往哪儿扑？后来还是乌力天扬冷静下来，派三个组出去找公路和铁路，找到了公路和铁路也就找到了目标。

① 意为：举起手来，缴枪不杀！

敌军的武器非常杂，很难做出防御判断。他们甚至把原本用做坦克并列机枪的 M2HB 勃朗宁重型机枪拆卸下来，架在阵地上。那种机枪发射出的子弹能把坦克钢板打穿，用它打人，能把人打成碎片。还有一种钢珠手雷，是他们抗击美国人时期中国特地为他们制造的，弹壳里装有两百颗小钢珠，它不同于一般的手雷落地爆炸，而是落地后跳起约一米在空中爆炸，躲都没法儿躲，杀伤面更大。

副连长挂了彩，眼睛被弹片崩瞎一只，胳膊也断了，被送下去。卜文章提议让乌力天扬代理副连长，段人贵不同意，要一排长代理，卜文章又不同意，说三排长一直在前面，正好是副连长的位置。两个人顶上了牛，一时没结果。

乌力天扬的脾气越来越坏，没法儿控制住。有一次鲁红军派两个兵去找水，乌力天扬拿着净化水的药片等在那儿，兵没有回来，只听见到处都是叽叽咕咕的枪声，像山鸡发情。乌力天扬急了，用冲锋枪指着鲁红军骂，你妈个头，给我把兵找回来！鲁红军走了以后，乌力天扬不放心，也跟着去。空气中浮着厚厚的尘土，把阳光遮住，他们就在这样的尘土中深一脚浅一脚地走。快到河边时，看见两个兵各提着两只五加仑的塑料桶往回走。兵看见排领导来接自己，咧开嘴笑，说排长注意脚下，别绊着。乌力天扬往脚下一看，看见岸边的蒿草中躺着一些尸体，里面有两个中国兵，有一个兵嘴上挂着半边肺，那是他自己的肺，好像他在吃自己的肺。乌力天扬好半天才明白过来，那是炸弹震的，它们把兵的五脏六腑都震出来了。

九班有一次居然集体失踪。是在 T 城外围打一个模范村，战斗结束后，九班只剩下汤姜，其他人都没了影儿。乌力天扬问汤姜，其他人在哪儿。汤姜困惑地摇摇头，没人要的鸭子似的。乌力天扬派人到附近找，尸体中没有九班的人。段人贵一听说九班集体失踪，话都结巴了，指着乌力天扬的鼻子骂，我操你妈，你怎么带的兵！卜文章冷静，下令派人出去寻找，其他人把大米和发电机背走，地堡炸掉，屯兵洞点着，撤。

鲁红军没走远，带着九班撵十几个逃跑的敌军，撵得收不住脚，撵上去把敌军干掉，捎带着还捉了两个俘虏回来，其中有一个少校军官。这一仗打得顺，鲁红军高兴，一路上向乌力天扬吹牛，踢少校军官的屁股，还为对方语言中“狗日的”这话怎么说和郭城争。

走在前面的乌力天扬惊兔子似的四处看，突然变了脸色，站下不动，抬手示意后面的人往后退。鲁红军知道乌力天扬踩上了地雷，下令其他人看着脚下，别碰响了连环雷，都退开趴在地上。乌力天扬等人退开，把枪挂在胸前，慢慢蹲下，小心翼翼拨开左脚下的虚土。他的左脚下，露出一颗塑料壳的跳发雷。乌力天扬屏住呼吸，试探着一点一点拧下雷盖，从上衣口袋里摸出一截五号铁丝，插进保险销上的小孔里，拔出引信，旋下起爆管。

“幸亏你没和我们争‘狗日的’怎么说，要不非分心不可。”鲁红军冲上来，愣愣地说。

“离我远点儿。”乌力天扬把地雷起出来，丢到一旁。

鲁红军身子僵在那儿，朝乌力天扬的另一只脚下看，脸色煞白。

“你身上臭。”乌力天扬说。

鲁红军明白过来，乌力天扬是嫌他身上的味儿，这么一明白人就往下瘫，埋怨乌力天扬话不说清楚，“炸就炸了，要不就直接死，别弄得人没炸死，先给吓死。”

不光臭，还累。几天几夜捞不上觉睡，打完就走，打完就走，好像人活着就只为了打和走。这样也有一个好处，就是人不清醒。人不能清醒，一清醒就觉得神经绷得铮铮响，要断掉，没劲儿，吞枪的念头都有。晚上如果不打仗，不推进，可以睡上一觉，那就是过节。这里的山大多奇诡，要是在山上宿营，得一个人找一棵树骑着睡，免得滚下山去。鼾声，梦里的喊叫声，噼啪打脸上的蚊虫声，娘呀妈的响成一片。后来就有命令，睡觉时嘴里衔一枚子弹，不让出声；要是嗓子眼粗的，怕子弹吞下去，咬急救包也行。

乌力天扬的事多，要检查无线电，与侧翼联系，补充弹药找水源，查看伤亡情况和防御火力配备，还得调动士兵的士气，说祖国在背后看着我们什么的。就算排里的事忙完了，他也基本上捞不着觉睡，因为榴弹炮和迫击炮的爆炸声不绝于耳，让人紧张，还因为他在担心。他知道乌力天赫也在这里，在北方的山区里，说不定离他很近，就在附近的什么地方啃压缩饼干。奇怪得很，兄弟俩分开了十几年，乌力天扬却一直相信，总有一天他俩会见面。十几年后，他俩果然见面了，虽说只是匆匆见了一面，可他对乌力天赫积蓄了十几年的怨恨，一下子就没了影儿。乌力天扬骑在树上，怀里抱着枪，困得想呕吐，却在为小时候老是压抑他、狠狠敲他栗暴的四哥担心。他想这是什么样的命运啊，他们兄弟俩怎么会在同一场战争中相遇？他们能在这场战争中活下来，并且战后再度见面吗？

10

友邻的两个营没有拿下米字山的主峰阵地。敌军精心设计的防御网十分奏效，交叉工事、梯形拱卫、扇面支撑，每一个重要的据点附近都有八五加农炮群和八二迫击炮群支持。友邻两个营组织了好几次冲锋，每一次都被炮火覆盖回攻击出发地。战斗打得很苦，伤亡很大，主峰始终在敌军手里。

四营上去了。段人贵可笑的手枪换了一支56式冲锋枪，把卜文章推到身后,说连长是我还是你,你争个什么劲儿!尤克勤下到十二连,告诉段人贵,二营和三营消耗不小,是真碰上硬石头了,这一仗会很惨,叮嘱他要有心理准备。段人贵像发情的牛似的,把冲锋枪拍得啪啪响,说我一个共产党员,党培养多少年,就是当烈士,也得把山头拿下来!

炮击打了一次,又打了一次。两次炮击之后,轮到十二连上。十二连是强攻,不讲道理地愣头愣脑往上冲。前面用火箭筒扫雷开路,来不及架火箭筒的地方用手榴弹砸,用刀砍,用身体滚。敌军不光在阵地前埋设了雷,还埋设了涂上毒药的竹签阵和铁钉板,撞着谁都得往下倒。倒下的就倒下了,没倒下的继续往前冲。倒下的士兵太多,后面的工兵连跟进排雷,从进攻路线上排出好几百颗,有的雷是引信响了炸药没炸,那一带全是雷场,光是让十二连冲锋士兵踩歪了和脚带出来没响的就有好几十颗,可当时谁也顾不上这些。

段人贵头一个跃出待命阵地,向山头运动。乌力天扬担心他太情绪化,紧紧跟在他后面——连长要中了弹,十二连就没法儿再往下打了。可段人贵就是要迎着子弹上,连低姿都不用,横着身子往前冲,还嫌乌力天扬碍事。乌力天扬听见一颗炮弹拉着尖啸飞来,不是过路弹,一个跃身把段人贵扑倒在地。炮弹在他们身边爆炸,两个人的钢盔被石块打着铮铮作响。段人贵却一点儿也不感激乌力天扬,爬起来就骂乌力天扬马屁拍得不是时候。乌力天扬冷笑,要肖新风保护连长,自己撤到一旁,去带火力组,专用火箭筒打火力点。

开头推进得很快。团炮兵的榴弹炮把山头打得浓烟一片,石块横飞,敌军被压制在工事里,无法反击。三排很快打掉了几组连环地堡,逼近山头的中心堡垒。炮击刚停止,尤克勤就带着十连和十一连上来了。尤克勤在步话机里朝段人贵喊,沿着交通壕往上打，压死他，别让他出来！鲁红军涨紫了脸，大声喊，九班的，为麻浩报仇，为李要武王好学报仇，杀死那些龟孙子！鲁红军呼喊着扑进交通壕里，九班的兵也跟着扑进去，再进去的是七班和八班。各班沿着四通八达的交通壕分开，以战斗小组为单位，各自为战。

乌力天扬滚进堑壕，砸在一名正在换弹匣的敌军少尉身上。敌军少尉往前踉跄了一下，回身顺过手中的AK-47突击步枪。乌力天扬摔在堑壕底下，少尉的枪口正指着他的脑袋。乌力天扬情急中一抬脚，架住枪口，同时扣动了扳机。少尉的枪口吐出火舌，一串子弹飞向天空，而他的胸膛上溅出几朵血花，人往后一冲，坐倒在堑壕里，手中的突击步枪飞到一边。

乌力天扬喘了几口气，抹一把额头上的冷汗，要跟在他身后跳进交通壕的汤姜和韦步登替自己看好后背，然后从地上撑起来，朝那个少尉爬过去，也不管脏不脏，丢掉头上的钢盔，把对方的通帽摘下来，扣在自己头上，再把对方被打烂的上衣剥下来，套在自己身上，自己的领章掖进去。这样穿戴好，又把对方的子弹袋摘下来，扎在腰间，对方丢掉的AK-47突击步枪捡起来，换掉自己的半自动步枪。汤姜和韦步登不明白乌力天扬在干什么，呆呆地看着变成对方少尉的乌力天扬。乌力天扬说别看了，你们俩跟上我，别跟太近，别跟成一条线，尽量贴着堑壕壁走。

堑壕像乱糟糟的章鱼爪，到处都是人撞人的战斗，到处都响着短促的枪声和手榴弹的爆炸声。敌人看见突然从交通壕一头出现的乌力天扬，都愣住了，就在他们发愣的刹那，乌力天扬怀里的AK-47响了，把对方打得往堑壕壁上贴。乌力天扬打得很节制，控制钮拨到自动挡上，全凭手指肚的感觉，能单发就单发，能点射就点射，只是遇到几个敌兵在一起的时候，他才压死了扳机不松开。

十二连的兵看见乌力天扬也发愣，有两次没认出来，差点儿冲乌力天扬搂火，被紧跟着乌力天扬的汤姜和韦步登尖着嗓音喊住，说别别,是排长!

乌力天扬一路打得很有效果。迎面撞上谁,他的通帽和胸前军装烂漫如大丽花的新鲜血迹都会让对方有一瞬间的判断失误,就是这一瞬间,乌力天扬的枪就响了,对方一瞬间的失误,便铁定铸成了终身的失误。这样一路打下去,打出了好几条交通壕,又炸掉了几个暗堡和机枪射击平台,汤姜和韦步登基本上没有开火,负责给乌力天扬递弹匣、拧手榴弹盖子。在通过一个机枪射击平台时,汤姜眼馋崭新的机枪,要抱一架走,乌力天扬没让,只让汤姜和韦步登搜集制式子弹和手榴弹,别的一律不要。

他们在两条交通壕接口的地方遇到了鲁红军小组。鲁红军一眼就认出了乌力天扬。在那样紧张的枪林弹雨中,鲁红军也没能忍住,扑哧一声乐了,乐过以后也要去找敌军的尸体,从尸体上往下扒衣裳换。乌力天扬阻止住鲁红军,说一个是冷不防,多了就乱套,非闹出事儿不可,你们跟着我就行。鲁红军想,都打成这样儿了,还不算乱套呀,这事儿还闹得小呀?但乌力天扬说得有道理,鲁红军就不再扒尸体,带着自己的小组跟上了乌力天扬。

快到山头时,乌力天扬被守在山头上的敌军识破,好几发火箭弹朝他打来。韦步登和鲁红军小组一个叫彭文学的兵负了伤,一个脑袋被弹片崩开一块,一个脖颈上中了弹片,幸亏几个人在曲里拐弯的交通壕里,弹片飞不出几米,多数被壕壁挡下。

乌力天扬用 AK-47 打了一梭子,没能压制住对方,对方还在往这边打火箭筒,弹片撞不着,震得人屎都快拉进裤裆里。鲁红军拖过一架四〇火箭筒,像狗一样顺着交通壕往前爬,把一具敌军的尸体推到壕壁上,火箭筒架在尸体上,向上面打了一发,没打中。乌力天扬紧张地喘着气,一边低下脑袋换弹匣,一边吩咐汤姜和另一个兵给韦步登和彭文学包扎一下,叫卫生员上来领人,等换好弹匣回过头看,那边鲁红军已经发了疯,嫌在交通壕里打不准,人翻上交通壕，火箭筒扛在肩上，站在那儿向山头的火力点瞄准。

下来！你妈的下来！乌力天扬脑袋都大了，一边拎着枪向那头跑，一边喊。鲁红军的耳朵被炮震聋了，听不见，要么干脆不想听见。他扣动扳机，打出一发火箭弹，同时被对方的一发火箭弹掀下了交通壕。气浪将乌力天扬掀倒在交通壕里，泥土和呛人的火药味儿台风似的卷过来，他有一刻失去了知觉。等醒过来，乌力天扬用力从泥里挣出，抹了一把脸上的血，手脚并用地朝鲁红军爬去。爬近了，看见鲁红军蜷在那儿，身上乱七八糟，一动也不动。乌力天扬心往下一沉，想完了，人往鲁红军身上一扑，到处翻鲁红军身上的伤，翻出一手的血，却怎么也找不到伤口，不知道哪一处才是真伤。

乌力天扬眼泪出来了，整个儿人往泥里坍塌。他喊鲁红军，拨拉鲁红军的眼皮，抽鲁红军的脸。他说鲁红军你妈的别死！不许死！不许当死尸！他想不就是这个吗？不就是把别人打没了，再把自己打没了，打得这个世界上谁也不认识谁，都鸡巴是疯子和死尸吗？

“干吗你？”鲁红军动弹了一下，一骨碌坐起来，吐出嘴里的血泥，扶着晕乎乎的脑袋，拿血手从嘴里往外抠泥，不高兴地埋怨愣在那里的乌力天扬，“钱我留在留守处了，手表也打坏了，没什么东西让你发财。发财你也等我死硬了再发呀，我尸骨未寒呢，你就掏我腰包。”

乌力天扬愣了一下，又在鲁红军身上找了一圈，除了一些砸伤淌血处外，没有什么大伤。乌力天扬一下子松弛下来，一屁股坐下去，情绪控制不住，想放声大哭，又想大笑。

“我操你妈鲁红军！”乌力天扬坐了一会儿，翻身起来，不理鲁红军，提着枪弯下腰往前走，趁机抹了一把泪，“下次再给我弄这个，我饶不了你！”

11

打到T城时,终于和对方正规军接触上了。

对方正规军清一色咔叽布军装,钢盔上套着网套,网套上插着五颜六色的草,看起来像一丛丛老树蔸子。可一旦打起来,他们就不像树蔸子了,而像石头,砸碎了,砸成粉,用水一和,还是石头。

冲锋是在战争中彼此互相展开的。中国军队冲上去,对方军队再冲下来,反反复复,直到其中一方的人打光为止。战斗双方都在用拼命冲锋来掩盖内心的恐惧和仇恨,每一个冲锋和反冲锋的身体里都散发出对其他身体强烈的仇恨之火。它们战胜了胆怯,变成各种急匆匆威力无穷的杀伤性武器,在消灭对方的同时,让自己保持心理平衡,这不禁让人怀疑,人的内心深处到底埋藏着多少割舍不去的杀人欲望。

双方都有坚固的防御措施,双方都拿冷炮和狙击手说话。打Q山东北角的一个高地,打了三天,阵地上的尸体开始腐烂。对方的士兵夜里把尸体拖到中国人的阵地前,丢在那儿,腐烂的尸体臭气熏天。派人去拖,对方的狙击手就开枪,打倒好几个中国士兵。

狙击手全是疯子。一个疯子突然从掩体里站起来,冲着这边哈哈大笑。这边狙击手的枪口刚顺过去,疯子就消失掉,另一边又冒出一个疯子,大喊一声。这边的狙击手被疯子的举动弄得毛骨悚然,就像遇到了传说中的山鬼。只好让尸体在那儿烂着,防毒面具不够,用塑料袋罩着鼻子嘴,多少能遮住一些尸体的臭味儿。事后想起疯子喊了一句话,那句话没学过,找翻译问,疯子说的是,中国佬儿,我要杀了你们!

中国军队打得很苦,死伤无数。一开始,兵一死干部就哭,后来兵不断往下倒,干部也倒了不少,这样倒来倒去,倒麻木了,不流泪了，也没有泪可流了。都想打攻坚，都想往上冲，都激动地想着自己躺在烈士花名册上的样子，不让躺都不行。你们去哪儿？在路边休息的部队问。去死！匆匆往前赶的部队答。

卜文章打T城时负了伤，身上中了好几弹，血人儿似的。卜文章把乌力天扬叫去，气息奄奄地对乌力天扬说，三排长，现在是讲大利益的时候，你得帮助连长，千万不要为个人恩怨影响祖国的荣誉。

卜文章这样说，是心里放不下。十二连的情绪不稳定，战斗减员严重，还失踪了三个士兵。是派出去接应弹药的，连部文书罗曲直带队，结果没回来。派人去找，弹药接回来，人没有见着，也没有发现尸体和战斗过的迹象。

乌力天扬很憋闷，浮肿的脸很难看。三排死伤过半，能动不能动的，有气没有气的，拖下去二十多个，连里给补了一些，后来没补的了，就给补军工或民兵。乌力天扬想，我还要怎么讲大利益？影响了谁的荣誉？我连个人都没有了，还有屁恩怨！但卜文章是真担心乌力天扬和段人贵闹起来，在担架上欠起身子不放心地看着乌力天扬，眼里淌着血光，死在前线的心都有，乌力天扬的心就往下软，告诉自己当太监，压抑到底。

乌力天扬回到排里，排里的人东倒西歪，坐在一堆弹药箱上，蔫怏怏地分着最后几块压缩饼干，啃又苦又涩的芭蕉头。乌力天扬自己当太监，不能让下面的人当太监，提起精神怂恿郭城说点儿逗乐子的事儿，比如女朋友的事儿，丢石子发信号什么的。

郭城脚下踩着一颗手榴弹，滚过去，滚回来，没精打采地不接话。肖新风看出乌力天扬的用意，也怂恿郭城说说他那些女朋友，随便说一个，让弟兄们开开心。郭城对女朋友这一套已经不感兴趣了，阳痿了，溜旱冰似的，还踩着脚下的手榴弹。

鲁红军知道乌力天扬要干什么，从地上撑起来，坐直，端着架子宣布，仗打完什么事儿也不干，专找女朋友，浪不浪，得大乳房，屁股也得大，那样才能生出个头儿大的孩子，别像小个子人，老出叛徒。

乌力天扬干涩地笑，笑得拉动了脸上弹片划破的伤口，疼得他咝地抽了口凉气。肖新风也笑，哧哧的，像蛇抽芯子。

“笑什么？我是真的。”鲁红军无限憧憬，“最好走路外八字，就像奶牛。你们见过奶牛走路没有？那才够味儿！”

“我喜欢说普通话的，长头发，细腰，最好是《朝霞》的读者，会背高尔基的《海燕》。”汤姜往前凑，红着脸说。

“在苍茫的大海上，狂风卷集着乌云。在乌云和大海之间，海燕像黑色的闪电，在高傲地飞翔。”乌力天扬哑着嗓子背中学课文。

“雷声轰响。波浪在愤怒的飞沫中呼叫，跟狂风争鸣。看吧，狂风紧紧抱起一层层巨浪，恶狠狠地把它们甩到悬崖上，把这些大块的翡翠摔成尘雾和碎末。”汤姜兴奋地接上。

“——暴风雨！暴风雨就要来啦！这是勇敢的海燕，在怒吼的大海上，在闪电中间，高傲地飞翔；这是胜利的预言家在叫喊：——让暴风雨来得更猛烈些吧！”乌力天扬让肖新风佩服地一看，也兴奋起来。高尔基该当指导员，当什么破作家。

“听说没有，我们有抚恤金。战士五百，干部五百五。”郭城突然插话。他还是不甘寂寞，“不过得打死。死了才能发这个财，不死的没有。”

“刷牙没？”鲁红军瞪郭城，“我们我们的，是你，不是我，我才不发那个财呢！我说，别老踩着那玩意儿滚来滚去的好不好？都坐在这儿呢！”

“不一样。”司马宗悠悠地说，“我要死了，我家欠的债能还上一多半儿。”

听了司马宗的话，大家都闭了嘴。三排城市兵少，农村兵多，困难家庭不是一个两个，出发前领薪水，大家都忙着还账，怕到时候回不去，英雄当得窝囊，还怕欠着债让鬼拖腿，那样更窝囊，就这样，还有一半人欠着债，还不清。

乌力天扬想，我们家上来两个呢，天赫五百五，我五百五，加起来一千还饶出一百，卖命能卖到这个价儿，没想到。他这么想，又觉得有什么不对，后来恍悟到，他是想“我们家”了。

12

乌力天扬的屁股被火箭筒尾翼划了一下，铁丝网剐破了大腿，头上被石子打出了好几个口子，肿得眼睛都睁不开。头上的口子好办，屁股上的伤口难办，连着下了好几天雨，在泥水里浸泡着，伤口生了痈，动一下就往裤腿里流脓水。乌力天扬让何未名给自己处理过，不管用，叫了鲁红军来，匕首烧红，裤子脱掉，把坏痈部分割下来，伤口烫封了口，再包扎上，这回好多了。

只有鲁红军没事儿。鲁红军的状态极佳，不断充实弹药，换武器的频率比所有人都快。乌力天扬觉得鲁红军就像一个得了机会的刽子手。有几次他看出，鲁红军控制不住自己，手在发抖，像宾努亲王。九班的兵在鲁红军的带领下乱开枪，只要看见对方的人就扣动扳机，连猪和牛都杀。他们被战争弄得不知所措，完全不知道应该怎么办。他们心里充满了仇恨。只是仗打到这个份儿上，已经说不清那是什么样的仇恨，也不在乎要说清什么了。

乌力天扬一直没有阻止鲁红军的行为，根本就没法儿阻止。对方的人像变色龙似的，换衣裳的速度非常快，你根本没法儿判断清一色高颧骨、小眼睛、塌鼻梁、黄褐色皮肤的男人是上士还是上尉，你也不知道那些身穿黑衣黑裤的消瘦女人是民兵还是军队中职责暧昧的女兵。但乌力天扬在发现鲁红军枪杀俘虏的时候还是火了。如果你再朝俘虏开枪，我就朝你开枪。我会把你打到树上挂起来，让你的肠子给猴子荡秋千，明白了？乌力天扬恶狠狠地对鲁红军说。

鲁红军根本不听乌力天扬的，对乌力天扬的警告置若罔闻。打下410高地后，他又那样干，把枪口顶在一个破口大骂的敌军机枪手的脑袋上，面无表情地扣动了扳机。肖新风收拾不住鲁红军，把这事儿告诉正在帮何未名补充急救包的乌力天扬。乌力天扬憋闷着，一句话不说。鲁红军过来的时候，故意把枪扛在肩头上，大摇大摆地从乌力天扬面前走过，还有意识地踩了一脚乌力天扬放在脚边的枪。乌力天扬阴沉着脸，什么话也没说。肖新风叹了一口气，劝解说，那个机枪手打倒了好几个十一连的兵，也难怪红军起火。

那天撤下来休整，鲁红军脖子上挎着枪，端着个罐头盒到处走，边吃边找人说话。走过乌力天扬身边时，乌力天扬突然出手，处心积虑地在鲁红军的脸上打了一拳。鲁红军哼了一声，摔进路边草丛中，过了一会儿，慢慢爬起来，冲脚下的罐头盒吐了一口血水，横了一眼乌力天扬，什么话也没说，提着枪走开了。

不知为什么，从自己的枪口发射出去的子弹越多，乌力天扬内心深处的柔情越多。他一直在替乌力天赫担心。有好几次，他想到母亲萨努娅，大哥乌力天健，还有躺在陶瓷罐子里的安禾。他不知道这是不是因为他想当天使，也不知道他现在是不是在下地狱。

第二十八章　把自己还给妈妈

1

3月1日，中国军队完成了对L市的合围。敌军第3师12团残部、从H市赶来增援的第327师一部和第一军区坦克旅坚守着这座有着六万人口的北方名城。大战在即。

段人贵向尤克勤争营主攻任务，争得吵了起来。我的指导员负了伤，副指导员牺牲了，副连长生死不明，十四个连排干伤亡了九个，十二连要拿不到主攻，营里就是欺负十二连，是对十二连犯罪！段人贵气红着眼睛朝尤克勤喊。教导员帮段人贵说话，说老尤，真得考虑一下部队的情绪。尤克勤才勉强同意，给十二连补充了减员，把营主攻的任务交给了十二连。

3月2日上午10时10分，攻打L市的战斗打响。十二连和集结在北郊的各路主攻部队一起打进对方省党政机关所在的北市区，在伤痕累累的62式轻型坦克掩护下，他们越过一个又一个弹坑，踩着遍地的碎砖瓦砾，先后打下了敌军A三营营部和L市公安高等专科学校。

当天夜里，十二连和友邻部队一起越过Q河大桥，进入南市区。在更为激烈的城市巷战中，他们遭遇了对方第一军区坦克旅的反击。对方将苏式PT-76型坦克分散隐蔽，组成可移动的火炮群，通过观测员指挥，用坦克炮的火力拦截攻入南市区的中国军队。十二连遇到的那几辆坦克藏在铁路后面的仓库里，段人贵指挥人用追击炮轰,用320定向抛射炸药炸,都因为无法逼近仓库,仓库又是用钢筋水泥修筑的,很结实,没有收到攻击效果。

乌力天扬带着两个班向铁路匍匐迫近,正排雷时,一队敌军弯着腰朝这边过来。鲁红军要打,乌力天扬不让,等敌军大摇大摆地过去,乌力天扬让跟上他们。鲁红军眨巴一下眼睛,说你鸡巴当什么排长?直接当参谋长好了。

他们前进到铁道编程站,又被拦截住,有一地堡里的重机枪打得他们抬不起头来。一连投了十几颗手榴弹,打了好几发火箭筒,那个地堡很隐蔽,打不着。段人贵一个劲儿在后面催乌力天扬,问他磨蹭什么,部队被坦克炮打得屎都拉进裤子里了,要他动作快点儿。乌力天扬尖着嗓子对送受话器喊,我这里甩上石头了!段人贵发脾气,说少废话,你就说行不行?不行下来,我换人!

乌力天扬把送受话器丢给步话机员,枪带往虎口上一挂,拖着枪爬出隐蔽处,蜥蜴似的在瓦砾中爬行。公路对面一辆工程车突然启动,卷起泥浆向乌力天扬冲来。肖新风用火箭筒一连打了三发,打掉了那辆工程车。从炸毁的工程车后跑出十几个敌方士兵,被鲁红军的机枪扫倒好几个,其余的退了回去。

乌力天扬身边的黑泥不断被密集的子弹打得溅到脸上,眼睛被汗水蒙住。他突然有些茫然,觉得自己不是在战场上,而是在少管所里,在管教干部的监视下趴在泥水里剥蚕豆;他身前身后那些人也不是士兵,是学员,他们也在剥蚕豆;他们累坏了,累得不想活,也不想让别人活;他要尽快爬到那个地堡边,把地堡里的钟往前拨几圈,这样他们就能收工回宿舍,就能活下去了……

乌力天扬就这么绝望地想着,爬到地堡边。他被管钟的人发现了,子弹雨点般地朝他泼来。后面的肖新风怕伤着他,不敢打火箭筒。鲁红军拖着机枪往这边冲,被火力压制住,动弹不得。乌力天扬像一只等着让人宰掉的鸭子,绝望地缩在一个角落里。正在这个时候，射击声突然停了下来，地堡里传来咔嚓咔嚓的声音。乌力天扬的眉头轻轻地跳动了一下——对方在换弹链！乌力天扬翻身起来，趺趺撞撞冲到射击孔前，接连将两颗手榴弹投进去，然后绕到后面，一脚踢开地堡的门，痉挛着手指扣紧扳机，向里面打光了弹匣里所有的子弹。

地堡里没有了动静。乌力天扬喘着气，颤抖着手换上弹匣，抹掉挂在眼睛上的汗水，摇摇晃晃进了地堡。透过浓烟，乌力天扬看见地堡里一片狼藉，马克沁重机枪被掀翻到一边，三个对方士兵血肉模糊地躺在那里，另一个还剩下一口气，人靠在子弹箱上无力地咳嗽。

看见乌力天扬进来，负伤的那个士兵动弹了一下，拼命抬起身子，颤抖着伸出手，试图捡起身边不远的一颗手榴弹。乌力天扬没有动，呆呆地站着，手中的枪垂落在腿边，神色黯然地看着那个士兵，等待他把手榴弹捡起来。

可惜的是，那个士兵直到咽下最后一口气，也没能捡起那颗手榴弹来。

2

3 月 4 日下午，枪声在 L 市市区内渐渐稀落下去。3 月 5 日一大早，尤克勤在步话机那一头通知段人贵，部队接到后撤命令，十二连撤下来，要段人贵到营里开碰头会，把后撤路线和联络员带回去。

段人贵有些发愣，傻了似的问，撤？往哪儿撤？放下送受话器，段人贵往下一坐，半天没说话，若有所思的样子。临近战争结束，段人贵好几次临阵指挥失误，急躁让他显得非常不冷静，有时候冲动得毫无道理，另外的时候又犹豫不决，要琢磨好半天。

官兵们坐在掩体墙后面,抱着枪,围着一台总政治部发下来的春雷牌收音机,听新华社奉中国政府之命发表的后撤声明:……正告……当局……不得再对中国边境进行任何武装挑衅和入侵活动……保留继续自卫还击的权利……

后撤的速度很快。基本是熟道,搭了一段铁道车,再搭了一段坦克车。从T城打到L市用了十多天,从L市回到T城没用上三天。

鲁红军一路上都在睡觉,人躺在往后运的机器设备上睡成一摊泥,差点儿没从铁道车上滚下去碾成肉饼。醒了以后,鲁红军来了精神,到处和人抬杠,说谁谁能评上战斗英雄,谁谁能立一等功。鲁红军已经火线转正,见人就本党员本党员的,要人别叫他九班长,叫他鲁党员,还深仇大恨地说,知道遵义会议的重大意义吗?毛主席回到领导岗位了,雪耻啊,雪耻!他掰着手指头给段人贵算账,九班的不算,光他自己,毙敌三十七名,俘虏七名,炸掉火力点二十三个,打掉战车两辆,凭这个,他就是拼命发扬风格,不想要一等功,使劲儿往外推,恐怕也推不掉。

“推什么?”段人贵冷冷地瞥鲁红军一眼,“九班牺牲六个,伤了十二个,原来的人就剩三个囫囵个儿的,给你补上的也被你打光了,你当班长的,就这样发扬风格?你推什么?怎么推?”

鲁红军让段人贵这么一算账,没话说,枪带往脖子上一挎,吸了一下鼻子,无聊地转过身,去追自己的兵。

看着快撤回来了,离国境线不到二十公里,十二连接到命令,一支敌军从P城方向过来,看意图是想在后面搞小动作,营里接到指示打阻击,要十二连插过去,和友邻部队一起,掩护大部队安全后撤。段人贵一路上没精打采,一听这个兴奋了,腰带往里收了两扣,要和追击上来的敌人决一死战。

“祖国考验我们的时候到啦!”段人贵在战前动员会上气吞山

河地说。

“祖国已经考验过了。”鲁红军嘀咕着。

“你说什么?”段人贵把目光投向鲁红军。

“九班只剩八个,五个是补上来的,再打光不合适。”鲁红军拿段人贵说自己的话还回去。

九班还是被派了上去。对方的阻击部队刚赶到,正在部署抢占 325 高地,封锁住通往 T 城的公路,想阻截中国军队留在后面的部队。侦察队回来报告,敌军阻击部队有一个加强连,备有八二迫击炮,就十二连现在的兵力,明显占弱势。段人贵和友邻联系,可友邻慢了一拍,还没到指定位置。战场瞬息万变,段人贵怕事情等黄了,再说敌军那个加强连后面跟着多少部队难说,一定要先打。

乌力天扬拦不住段人贵,想到卜文章的叮嘱,就向段人贵建议,打就擒贼擒王,打掉对方的指挥所,只要打掉指挥所,这个连是不是加强的都没有意义了,然后再说后面跟着谁的事儿。段人贵觉得这个主意好,同意了。敌军指挥所设在无名高地,要打掉它,得通过一片三百米距离的高草开阔地。乌力天扬又出主意,如果硬冲,部队伤亡会很大,怕是十二连打光了也冲不过去,不如他带三排头一晚潜入开阔地设伏,第二天黎明发起冲锋,段人贵带二梯队在后面跟上,这样既可以避开开阔地,进攻又有了突然性,行动成功的把握性大。段人贵也同意了。

“该撒的野都撒完了,到家门口了,你还想干什么!”鲁红军气不忿儿,愤愤地说乌力天扬,“你想当参谋长你自己当,凭什么卖我?凭什么卖九班?凭什么卖三排?你那个聪明劲儿,不是害人嘛!”

乌力天扬不和鲁红军争,一边准备装备一边想,到家门口了,乌力天赫在哪儿?是不是也正往家门口赶呢?

3

子夜时分，潜伏分队出发。段人贵为潜伏分队送行，和每一位士兵握手，眼里噙着泪花，说这是胜利前的最后一仗，祖国在等着你们，人民在等着你们，光荣在等着你们！鲁红军不想和段人贵握手，绕过段人贵从一边走掉了。握到最后一个乌力天扬时，段人贵不知意味着什么，轻轻叹了一口气，拍了拍乌力天扬的肩膀，说，你一打响我就带人上来，不会让你没指望。最后一仗，你小心点儿，看好自己。乌力天扬突然就有一种什么是战友的感觉，就在心里骂自己狭隘，骂完后向段人贵立正敬礼，郑重地说，连长，你放心，三排一定完成任务！

他们通过一片马尾松和红树林，乌力天扬下达了射击管制命令。他们向开阔地爬去，潜近无名高地。照明弹不断升起，高高悬在降落伞上，慢悠悠往下落，把大地照得一清二楚。照明弹升起的时候他们停下，照明弹落尽时再往前爬。他们看到一堆尸体，横七竖八地躺着，也不知道是什么时候留下的，其中有一个中国士兵，脸被炸掉了，躺在草丛中，瞪着一对空洞的眼窟窿，无望地望着夜空，也不知道在看什么，能看见什么。乌力天扬朝那具尸体看了一会儿。现在他知道了，人没有脸是什么样子。

两个小时后，他们到达了预定冲锋地，停下来。借着升上天空的照明弹，乌力天扬看了看表，3 点多钟，只需要再潜伏两个多小时。乌力天扬向士兵们打手势：定好射界，保持戒备。

天快亮时，发生了意外。对方两名士兵要大解，大概觉得风向不对，不肯臭自己，从无名高地上下来，到开阔地脱裤子，互相保护着解决问题。本来已经解决完了，潜伏分队没有暴露，可那两名士兵回去的路上，触发了一枚绊索照明弹。照明弹嗖地跳上空中，无名高地上的敌军以为中国军队偷袭，机枪向开阔地扫来，当场把其中一名打倒在草丛中。乌力天扬判断自己没有暴露目标，借着机枪扫射的声音向身边人下令，不要动。机枪扫过一阵子后，对方没有发现什么异常，停了下来。

乌力天扬刚刚松了一口气，突然听见身后轰隆隆的，什么地方响起一串陨石飞来的声音。没等他反应过来，几发82MM无后坐力炮的炮弹落在开阔地中，炮弹剧烈的震荡把他掀起来，再跌回地面。紧接着，炮弹“柔——柔——”地一发接一发飞来，而且还加上了85MM加农炮，完全没有章法，有几颗离他们很近，好像就是冲着他们来的。炮击越来越密，潜伏分队坚持不下去了，有几名士兵开始躲炮弹往后爬。乌力天扬觉得不好，从步话机员手中抓过送受话器，呼叫段人贵：

“我被黄蜂袭击，怎么回事？”

“我已经看见了。不是我们的蜂巢。再说一遍，不是我们。”

“是篱笆干的！他们真该死！”

“坚持住！再说一遍，坚持住！”

炮弹还在飞来。开阔地的高草被打燃，火焰翻滚着向潜伏分队扑来。乌力天扬被炸弹爆炸时发出的强光刺伤了眼睛。他没法儿再坚持下去。

“我们被友邻袭击了！回撤！”乌力天扬向肖新风喊。

“王八蛋！打你爹呀！”鲁红军捂着耳朵破口大骂。

他们开始下撤，躲过炮弹和熊熊的火焰。无名高地和高地附近的敌军发现了他们，用火力网拦截他们。一队士兵从高地上往下冲。现在不光友邻，敌人也参加进来，潜伏分队遭到两面夹击。

“快，带人走！”乌力天扬冲无名高地打了一个长点射，冲肖新风喊。

“你带人走，我掩护！”肖新风一边向无名高地射击一边喊。

“操你妈快点儿!”乌力天扬吼,从步话机员手中夺过送受话器,这回连密语也用不着了,“向前两密位,阻拦烟幕,我要下去!”

段人贵的动作很快,一堆82和60口径的炮弹砸过来,把往山下冲的敌军盖住。随后,几发烟幕弹在开阔地尽头爆炸,火光成了乳白色,像云彩似的,非常漂亮。

“撤下去!”乌力天扬朝他的兵喊。

一发火箭弹在他们中间爆炸。有人倒下。乌力天扬朝火箭弹射来的方向打了一个点射,回头看,倒下的是郭城,他的脑袋被崩开了,人已经死了,彻底阳痿。

“把他拖回去!”乌力天扬从汤姜手中夺过四〇火箭筒,挎在脖子上,火箭筒撞疼了他的胯骨。

“你呢?”汤姜空着一双手惊慌地问。

“我个头呀!还不快走!”乌力天扬骂,嘴里一股血腥往外涌。

乌力天扬转身朝回扑。他不能让无名高地上的敌军冲下来,那样他们谁也走不掉。乌力天扬在草丛中跳跃着,盯紧乳白色的烟雾,看到枪口冒出的火舌在什么地方出现就向那个方向射击。他打光了剩下的三发火箭弹,丢开火箭筒,用冲锋枪射击,打出两匣后,子弹卡壳了,空壳无法退出。他身上冒着烟,匆忙用通枪条排除卡壳现象,脑子里一片空白。

就在这个时候,一名敌军士兵突然从高草中站起来,出现在乌力天扬面前。乌力天扬傻在那里。他们离得太近,不到十步。曳光弹的照射中,乌力天扬看见那个士兵恐惧地看着他,通帽下,一张稚气的脸上挂着一行泪珠。那是一个还没有成年的孩子,不过十二三岁。乌力天扬突然明白过来,他就是那两个士兵中的一个,他被他们自己的炮火给轰到这边来了。

孩子兵像是突然醒来,从腰里摘下一颗手雷,慌里慌张地拉弦。乌力天扬用力捅了一下枪膛,他的手被通枪条拉开了一条大口子，血像蛇信子一样飞溅而出，弹壳往上一蹿。他被滚烫的弹壳烫得一咧嘴，一拉扳机，子弹上膛，在扑向地面的一瞬间，扣动了扳机。

手雷在乌力天扬身后几米处爆炸，气浪和泥土将乌力天扬覆盖住。那个孩子兵往后一坐，胸口冒出一股血，跌了下去，消失得无踪无影。

乌力天扬只剩下一只弹匣。他觉得全世界都在向他开火。他知道地狱是怎么回事了。他从地上爬起来，一边疯子似的射击，一边朝后面退去。他回冲得太远。他离安全地带还有二百多米。二百多米的开阔地，乌力天扬像经历了从受孕到分娩的整个过程。可他还是被阻止在出生之前。

炮火追了上来，乌力天扬被掀翻在地上。他爬起来，再度被气浪掀倒。他手脚着地往前爬。他在爬动中看见了肖新风。肖新风弓着腰，一手提着枪，一只胳膊挡着火焰朝这边跑来。

“别过来！”乌力天扬声嘶力竭地朝肖新风喊。

肖新风站下，呆呆地看着乌力天扬。他就像一棵生了根的山毛榉树，站在那儿一动也不动。然后，他痉挛着张开双臂倒下去，手中的枪飞到一旁。

乌力天扬朝肖新风爬去。荆棘割破了他的脸。他爬近了。他看见鲜血像捣烂了的珊瑚，冒着气泡从肖新风的嘴里涌出来。他看见肖新风的胸腔和腹腔像山花烂漫似的炸开，涌出一团团内脏。乌力天扬有一种幻觉，他好像看见肖新风身上的肉一块块往下掉，他能感觉到肖新风暴露在外的肋骨刺痛了他。他去抓肖新风，把他往怀里抱。肖新风活过来，撕心裂肺地惨叫一声。乌力天扬松开肖新风，去堵他的伤口，想把那些正在往外流淌的内脏给堵回去。不，不光肚子，他的胸也给打开了，他把自己玩儿大了！

友邻的炮击终于停下来。他停什么？为什么停？轰呀！为什么不轰了！他有本事打自己人，他准头儿那么好，为什么不朝无名高地打，压住敌人的火力！乌力天扬没有时间讲这个道理。乌力天赫给的吗啡早就用完了，他现在才知道乌力天赫是对的，乌力天赫一直是对的！他他妈凭什么是对的？

肖新风抽搐着，大张着嘴，眼睛瞪得比牛眼还大，是疼得叫不出声来。乌力天扬把身上的急救包掏出来，胡乱地替肖新风包扎伤口。这根本就没有意义。肖新风的伤不是伤，是开膛。乌力天扬弄了一手烂肠子烂肝烂肺。他举着血淋淋的手，他手足无措，不知道该拿那些烂肠子烂肝烂肺怎么办。

“我……已经废了……没用……你带人……出去吧……”肖新风抽搐出一口气，呛了一下，一股血从他嘴里喷出。

“别说话，你没有废。我不让你废。我们都带人。我们都出去。”乌力天扬手忙脚乱。他从肖新风脸上抓掉几只被火烧得没头没脑乱窜的象蜱和龟蜱。他把象蜱和龟蜱往裤兜里揣，又拿出来。他脱上衣，上衣没了，被燎光了。他脱裤子，想用裤子捂住肖新风。他完全失去了主张。

“有机会……去我家看看……我家穷……不是我……我原来说的那样……我爹不是……不是农机站长……他……他有一头牛……”

乌力天扬没有时间和肖新风讨论爹和牛的事。他得把肖新风弄回去。他不能让他躺在这儿往外淌内脏。他把肖新风往背上扛，要把他扛回去。肖新风软成一团稀泥，老往下滑，扛不住。他换了一种办法，把肖新风抱在怀里，人坐在地上，一手搂着血人儿似的肖新风，一手抠住泥土，用脚蹬地，一步一步往回挪。

高草在燃烧，大火追逐着他们，一只只飞鸟惊慌地往他们身上撞，还有山鼠什么的，像是疯了。段人贵大概也发疯了，组织连里的火炮尽可能压制住无名高地的炮火，这为乌力天扬赢得了喘气的机会。

“告诉祖国……我是……我是为她战死的……”肖新风晕过去一会儿，醒过来，在乌力天扬怀里断断续续地说。

“别死。”乌力天扬拼命蹬动光脚。他的防刺胶鞋早就不知道到哪儿去了，他的脚趾上扎满了荆棘，“求你！求你了！别死！你别死！”他觉得他又有了泪水，他他妈又有了泪水！“别人才他妈的不在乎你呢！别人才他妈不会因为阵亡名单上多了你就得意！”他觉得他不崇高了，他做不到那个，他不想做到那个了，“你必须活着回去，回到你妈妈身边去！回到你自己妈妈的身边去！”

“排长！排长！”鲁红军过来了。他在浓烟中拼命咳嗽，大声喊。

“别闭眼，我们快到了……”乌力天扬说。

“排长，你们在哪儿！”鲁红军喊。

“你妈妈在等你，她在等你回去，你得把自己还给妈妈……”乌力天扬说。

鲁红军找到了乌力天扬和肖新风。他和乌力天扬一起，把肖新风拖出开阔地，拖到了安全地带。

“他要死啦！”鲁红军嘶哑着嗓子喊。

“副排长！”汤姜流着泪喊。

“是吸气性创伤！”何未名朝乌力天扬喊，手忙脚乱地去翻衣兜。他带了几支杜冷丁，可急救包在后撤时不知丢在了什么地方。

“谁有杜冷丁？谁他妈的有杜冷丁！”乌力天扬绝望地喊。

当然不会有。乌力天扬手脚并用，爬进灌木丛里，砍下一截苦竹，用匕首切齐断茬处，当作胸腔排气针，插进肖新风的胸口，然后帮助何未名，用十几条急救带把肖新风的胸部草草地缠上，再用七八条急救带把肖新风其他地方也缠上。

一排副谭小春带人上来，接应乌力天扬。一排的兵抬着肖新风、郭城、王历华、朱丛晓，搀着负伤的士兵，帮助三排往下撤。

4

回到营地，十二连的兵都跑来了。段人贵由通讯员搀扶着，拄着一根棍子，一瘸一瘸地过来。

“别看他们！那是我的兵！”乌力天扬红着眼睛，跪在地上，神经质地张开双臂，护着躺在地上奇形怪状的四个兵，歇斯底里地冲着人们喊，不让人看他的兵，“我得把他们还给妈妈！”

“你还活着，脑袋没打烂，你得为这个磕头，而不是别的！”鲁红军流着泪紧紧抱住乌力天扬，朝他喊，把他往后拖。乌力天扬脸上的泪痕早已干了，但鲁红军知道，乌力天扬在哭泣，他在心里哭泣。

后来乌力天扬冷静下来。伤亡者被送下去，友邻部队很快上来，把十二连替换下去。段人贵不服气，瘸着腿和友邻部队的指挥员吵架，乌力天扬这才注意到段人贵的腿。段人贵的腿上包扎了绷带，绷带上往外渗着血。一问，是枪伤。乌力天扬不明白，段人贵在指挥所里，还没有来得及冲上去，哪儿来的伤？连部通讯员先不肯说，后来逼问急了，才说，是段人贵自己开的枪，他知道潜伏分队遭到阻止后，就像泄了气的皮球，拎着一支半自动，枪口抵在腿肚子上，然后他扣动了扳机。

“我操你妈，你什么玩意儿！”乌力天扬冲进指挥所，一脚把段人贵手中的水杯踢掉，把段人贵从炮弹箱子上揪起来，劈头盖脸地骂，“你段人贵，还是个人吗？”

“你骂吧，爱怎么骂就怎么骂。”段人贵脸色难看，硬撑着，不去掰乌力天扬揪住自己衣领的手。

“我，我撤了你！”乌力天扬失去了理智。

“你没这个权力。”段人贵抽搐着脸上的肌肉。

"我有！"乌力天扬杀气腾腾。

乌力天扬向十二连剩下的支委宣布，撤销段人贵十二连连长的职务，由他代理连长，指挥协助友邻攻打无名高地的战斗。除了段人贵本人，十二连支委剩下的四名委员都举了手，一致同意并见证了这一决定。

乌力天扬把段人贵撤了。一个排长把一个连长撤了。

5

鲁红军在回撤的路上踩上了地雷。

很奇怪，一片桂树园，前面的人都顺着园子边上走过去了，一点儿事没有，鲁红军到了，雷就响了，到最后也不知道鲁红军是怎么踩上那颗雷的。

鲁红军还在和身边的人说笑，说闻到了祖国的红烧肉香。轰的一声，地雷响了，鲁红军被一团火光掀到桂树园里，人倒下以后还撑着泥土坐了起来，看了看被炸得飞到一旁的两截腿，再看了看手中剩下的半截56式自动步枪，说，操，谁干的？说完人往下一歪，又倒了下去。

乌力天扬跳跃着从趴在地上的士兵身上越过，朝鲁红军扑去。他的绝望到了顶点。

"红军！红军！"

"别动我！"

"你鸡巴眼睛到哪儿去了！"

"哎哟！疼死我了！"

"我操你妈！你个王八蛋，踩鸡巴踩！"

"把我的腿给我！哎哟呀！"

"何未名？何未名？急救包！"

乌力天扬撕裂嗓子喊，手足无措地松开鲁红军，朝一边爬过去，先捡起鲁红军的半截腿，再捡起鲁红军的另半截腿，把血糊拉的两截断腿抱在怀里，再也不肯松手。

他们已经看到苍松翠柏扎成的高大的凯旋门了。他们已经听见热烈的锣鼓声和鞭炮声了。他们已经逃离了死亡，回到了祖国。雷响了，鲁红军倒下了。他说操，谁干的？他就倒下了。

6

远处传来湿漉漉的射击声，有机枪的连射，也有步枪的单发。北方的山林潮气和鬼魅之气可以影响一切，机枪咕咕的声音像受了惊的翼龙往灌木丛里钻动，步枪闷哑的声音像脊齿龙躲在石头后面咳嗽，让人觉得这里不是战场，而是白垩纪时代的亚热带草原。

但这不是真的，这里不是白垩纪时代的亚热带草原，而是离N郡不远的丘陵地带。杂色的灌木丛、枯黄的高草、高低不平的土丘，再往远一点儿，一些叫不出名字来的地被植物一直延伸到河边。

在清脆的鸟叫声中，乌力天赫醒了。他睁开眼睛，一动不动，让自己保持着睡眠时的姿势，用三秒钟时间，判断出自己没有处在危险状态里。组员董干在另一棵树上，专注地用红外线望远镜观察四周的动静。

对方特工的狙击手喜欢在夜晚爬到高大的树上，白天守在那里，朝二百米内的过路者打冷枪。乌力天赫不担心这个。对方的特工通常是三五成组，组成交叉狙击网，在夜里用敲枪托的方式传递信号，或者学鸟儿的梦呓，乌力天赫熟悉这一套，知道怎么判断和对付他们。现在他知道了，和两个小时之前他睡去时一样，树林里很平静，只是天快亮了。

乌力天赫看了看表。17 日凌晨 4 点 48 分。这个时候，中国军队已经全部离境回到了国内，国内正在组织盛大的欢迎仪式，欢迎并慰问“新一代最可爱的人”。而乌力天赫和组员董干却被留下来，留在了硝烟尚未散尽的战场上。

实际上，乌力天赫已经在回撤的路上了。上面找到他，要他返回 N 郡，营救一名叫沈福强的参谋，这名参谋身上带有重要的作战文件，同时，他是军队的一名情报人员，他在 N 郡以北和后撤的大部队失去了联系，失踪了，很有可能是被捕。一天前，T 城方向仍然有中国的大部队后撤，对方不敢轻易往 T 城方向移动，上面要求乌力天赫尽快回到 N 郡，找到沈参谋，哪怕是找到他的尸体。

在此之前，乌力天赫领着一个特工小组，一直活跃在北部腹地。在作战的前期时段，他被命令专门对付对方的特工部队。2 月中旬，因为机关庞杂并且保护措施不得力，G 地方向有一个师的前指被对方特工部队纠缠上，一些对方特工人员混入行进中的中国部队，趁机刺杀高级指挥员，袭击作战首脑机关，窃取情报。乌力天赫带人上去。他太熟悉对方特工那一套，知道他们都是亡命之徒，热衷于铤而走险。他的人全都会一口流利的当地土语，他们在乱七八糟的人群中击毙了好几名民工或民兵打扮、操着我方边境土话的对方特工，然后带着师前指闯出对方特工设下的埋伏圈，摆脱了危险。

乌力天赫还带着自己的小组化装成对方特工，提前进入了 T 城，炸掉了几座变压站、几截通往市外的铁路和两座桥梁，并且在中国军队发起总攻前，炸毁了对方的弹药库，让对方头尾无暇相顾，军心涣散。

和参战的野战军不同，乌力天赫已经连续工作了五个多月。对他来说，这就是他的工作。他显得精疲力竭，但仍然保持着足够的冷静和执着。这是多年来训练养成的,就像黑角毒隐翅虫在密林里寻找一颗可以休眠数十年的假酸浆种子,即使寻找过程长达整个夏季,也始终保持着最初的冷静和执着。

天渐渐亮了。早春,白天的气温至少在32摄氏度以上,湿度也超过90%,让人觉得身上汗淋淋的,很不好受。乌力天赫收起手中的枪,从树上下到地上,去林子里盛回一口杯雨水,在水里放了一片杀菌药片,用救生刀在泥地上掏出一个野炊坑,从背包里找出一块C-4可塑性炸药,切了一小块儿,垫在一片黄杨叶片上,放进野炊坑里,架上口杯,点燃炸药。十秒钟之后,乌力天赫就靠在树干上,啃着压缩饼干,喝着滚烫的、大部分病菌都被杀死了的热水了。当然,点燃炸药需要一点经验,否则,那种高效能的炸药会把人和口杯一起掀到天上,那样的话,那杯热水就浪费了。

乌力天赫很快吃完干粮,把董干换下来。董干个子小巧,五官集中,像一只行动敏捷的滇金丝猴。他馋劲儿十足地啃着饼干,喝着乌力天赫给他留下的半口杯热水,叨唠应该再来一支香烟,那样才是正宗的、没有留下遗憾的早餐。乌力天赫没有说什么,很快上了树,用望远镜观察四周的情况。乌力天赫知道,董干只是说说而已。一个老练的特工,知道风会把烟味儿吹到敌人那里——如果附近正好有敌人的话。

吃过早饭,他们开始检查装备。他俩的装扮一样:黑色的宽松衣裤,无袖雨衣,头上戴着葵叶红漆斗笠,背上背着行囊,行囊里装着特工应该携带的东西;董干肩上挎着一支美式AR-15步枪,乌力天赫则挎着一支法制猎枪——如果遇到对方的人或者对方的特工,他们就是对方的特工,连武器都是。不同的是,乌力天赫那支法制猎枪是雷明顿7188型霰弹枪的伪装型,它是迄今为止最具杀伤性的近距离武器,只需要一秒钟就可以打完一只弹匣,如果使用XM257鹿弹弹药,每发霰弹装有二十七粒小子弹,那么,这支雷明顿7188只需要一秒钟就能让一个目标身上出现二百一十六个弹孔，就算三支冲锋枪以全自动方式同时射击，其火力强度和速度都远不及它。

7

天亮以后，他们出发了。一路上，乌力天赫他们躲过了好几次突如其来的遭遇。中国军队撤走之后，对方边民从山上牵着牛扛着自行车返回村子，逃到山洞里躲藏起来的公安屯官兵也钻出山洞，还有一些匆匆走过的特工部队。乌力天赫他们得尽可能躲开正面遭遇，除非躲不过去。消灭敌人不是他们的事儿，完成使命才是。

只有一次，乌力天赫有些犹豫。他看见一队下山的公安屯官兵中有一个年轻的女兵，人瘦瘦的，有点儿像阮氏红锦。乌力天赫让自己的目光顺着薄荷叶的间隙追踪了那个女兵很远。他想，那不会是她，她家在广宁省，离得远着呢，而且，要真是她，她不会不带着女儿小胜。

接下来的几天是困难层层递增的几天。战争结束，或者暂时结束，中国军队已经全部撤回国内，对方居民在大批地回到自己生活的地方，军队也在向边境地区开进。乌力天赫他们很难躲开对方的人，正面遭遇不可避免。这需要他们利用学到的和实践过的那些超凡技能来应付。

第三天，他们就遇到一件意外的事情。一个村子里的民兵抓住了两名掉队的中国士兵，在得知中国军队撤离后，民兵押着这两名士兵前往N郡。乌力天赫的任务是找到那名叫做沈福强的情报参谋，职业规定不允许他动丝毫感情。但当乌力天赫看见愤怒的村民不断追上去，用石头和棍棒殴打那两名中国士兵，朝两名士兵的脸上吐唾沫，抽他们的耳光，两名士兵恐惧地抱着脑袋，挤在一起，躲避人们的殴打，眼里流出混浊而害怕的泪水时，他还是心软了。他想到了乌力天扬。乌力天扬还活着吗？要是活着，他是不是也和这两名士兵一样，掉队了，被俘了，被人追着用石头砸，抽耳光，眼里流淌着恐惧的泪水呢？

当天晚上，乌力天赫和董干摸进公安屯，杀死了三名公安兵，把两名士兵救了出来。

困难加大了。两名士兵不可能跟着他们行动，更不可能独自回到国内。如果藏在什么地方，这里到处都是密林山洞，藏一百年，藏成类人猿也没有人会发现，可是，乌力天赫他们回头的时候是不是会走这里，这很难说。乌力天赫决定，董干送两名士兵调头出境，自己一个人前往 N 郡寻找沈参谋。他们之间很默契，不争论，甚至不用商量，董干只是和乌力天赫调整了一下弹药——很显然，乌力天赫将需要得更多。

“快去快回，五个多月没手谈，手痒了。”董干用特工手势做了一个“往下”的动作，就像乌力天赫是去出门买一盒烟，他等着他回来接着下那盘没下完的围棋。

8

以后的日子，只剩下乌力天赫一个人。他像一只细腹螯蜂，收敛住坚硬的颚齿，藏匿住锋利的尾刺，周旋于 N 郡的城郊市区，寻找任何可能的痕迹。他终于找到了目标。是那个名叫沈福强的情报参谋，沈参谋。他被关在 N 郡郊南一栋法国军队留下的旧堡垒，等着移交给情报部门。

乌力天赫很感激过于小心谨慎的对方情报部门官员，他们不相信任何人，把俘虏关在闹市以外，甚至远离因为打了败仗怒火中烧的正规部队，这就让事情好办多了。

半夜后，乌力天赫趁着夜色匍匐前进，从堡垒的后面悄没声息地攀上楼，从楼顶窄小的通风口进入堡垒里。堡垒里一共有五名看守者。一名士兵抱着一支 AK-47 突击步枪守在楼梯口。乌力天赫很有把握地把他的脑袋削掉了。另两名士兵守在门口，被乌力天赫用无声手枪干掉。一个守在屋里的士兵听见外面有响动，提着一支点 45 的中国造手枪从屋里出来查看，走到门口，被乌力天赫的枪口指住，推进房间。那个士兵被房间里剩下的那名军官用手枪击中了脑袋，而军官自己的脑袋，则被闪进房间的乌力天赫打得粉碎。

乌力天赫朝倒在地上的军官走过去，弯腰捡起军官的手枪。军官使用的是一支法国老式手枪，那种有身份的人使用的武器，手枪的枪柄上有一行铭文：巴黎安索瓦爱玛大街 94 号陆军铸造商库斯纳公司。法国人的阴魂还没有散去。战争就是这么回事，一旦进行，就没有结束。柏拉图说，只有死者看到过战争的结束。可是，战争永远也不可能结束。

乌力天赫把老式法国手枪揣进怀里，发火销按回，强爆手雷挂回腰间，转身去看捆成粽子似的一排、靠墙坐着紧张地看着他的五个中国人。

“沈福强？识别番号 C072？”乌力天赫不动声色地问一个精神疲惫的高个子。

“是。”高个子犹豫了一下，看着乌力天赫并非中国军队的大尉肩章和套了消音器的手枪。

困难到这个时候才算真正到来。不是沈参谋，是另外四名中国官兵——一名副排长，一名步话机员，一名火箭筒弹药手，一名机枪手。其中副排长、火箭筒弹药手和机枪手带着伤，火箭筒弹药手和机枪手还是重伤。怎么走？

这还不算是最困难的。回撤的时候，他们遭到了阻击。意外。意外随时随地都会出现。

一大群绿色领花的对方武装公安，差不多有四五十人，他们从峡谷里出来，和向峡谷里走去的乌力天赫等人迎面相撞。双方突然出现在对方面前，防不胜防。乌力天赫没有更多的衣裳给中国官兵们换，他们被认了出来。乌力天赫的行动快了好几拍，他将霰弹枪的旋钮拨到全自动位置，扣住扳机不放，打完了一个弹匣。沈参谋手中的AK-47步枪也开了火。乌力天赫向纷纷倒下的对方武装公安抛出两枚强爆力手雷，领着人仓促往峡谷外撤退。一名中国士兵在撤退时被打死了，是那名没受伤的步话机员，乌力天赫甚至没有机会把死里逃生又生里奔死的他带走。他得把追击者引开。他让沈参谋和三个兵朝小河边跑，在那里找个安全的地方躲起来，等着他。

乌力天赫在峡谷口一块岩石后箭螳似的紧缩着，换上新的弹匣，然后振翅跃出，扣动扳机。他的准确射击让追击者丧失掉一半人。他就是在这个时候被击中的。一发中国制造的56式半自动步枪子弹钻进了他的腹部。他就像一个决心要打破纪录的跳高运动员，用力往上跳去，手中的雷明顿霰弹枪飞到一旁，然后，他重重地摔倒在了岩石旁的灌木丛中。

有几秒钟的昏迷。乌力天赫感到了暖烘烘的血，它们像在他的身体中窖了太久的陈酿，急不可耐地从他的手指间往外蹿。有一段时间，他有点儿疑惑，不知道自己是不是应该松开手，让血畅快地冲破肉身的樊笼，挥发向大地。为了这个，他觉得有些对不起血。也许它们本来就不属于他，只是他的祖先寄存在他身上的，或者要由他来传给更遥远的后代，他的后代。

一想到这个，想到遥远和后代，乌力天赫的眼睛一亮，用力挣了起来，先把自己靠在岩石上，然后迅速行动。他现在可以使用很难控制的 C-4 炸药了。它让好几名不知天高地厚往上拥的对方公安飞上了天。趁着这个机会,他离开了峡谷,沿着一片茂密的金鸡纳霜树园穿过一条林中小路,跌跌撞撞向山上攀去。

半路上,乌力天赫简单处理了一下伤口,止住了大量流血,然后继续往前走,一路上布下了好几处迷魂阵,埋下了几枚微型跳雷。直到确定甩开了追踪者,他才停下来,靠在一棵树下,为自己注射了止血针剂和防感染针剂,并且重新包扎了伤口。由于剧烈疼痛和大量失血,他开始呕吐。他决定停止逃亡,睡上一觉。他在丛林中找到一个穿山甲使用过的土穴,把它处理了一下,钻进去,用灌木盖住洞口。他就像一只在搏斗中受了伤回到巢穴的穿山甲,很快睡着了。

乌力天赫醒来的时候已是黄昏时分。他发现,他的手枪枪管上居然有一只漂亮的细角尤犀金龟在悠闲地爬动,它的油亮的盾片在灌木透进的夕照中闪闪发亮。还有一群蚂蚁,在他腹部的伤口四周愉快地忙碌着,从被血染透的伤口破绽处,把一些细小的人体碎屑搬出来,运走。他看出来,那些蚂蚁很兴奋,一个个非常卖力。他第一次知道,蚂蚁也吃人肉。

现在他得回去。他得找到沈参谋和另外三个兵。没有他,他们走不了多远,回不到自己的国家去。他在心里谢过那只不曾相识的穿山甲,从它或者它们舒适的巢穴里爬出来,判断了一下方向,沿着另一条丛林小道向河边走去。伤口疼得厉害,因为失血过多,人很虚弱,他走得有些困难。但这没有阻止住他。他看见一架老式的 O-IE 鸟狗式空中观测机从树林上飞过,嗡嗡的,像只大苍蝇。借着这个机会,他靠在一棵树上休息了一会儿,检查了一下背包里的东西,再为自己注射了一支防感染剂。现在他知道那个空中的偷窥者飞去了什么地方。那正是他要去的地方。他也知道了自己还剩下多少可以依赖的伙伴。他可以继续上路了。

乌力天赫在河边一丛水松林中找到了沈参谋和另外三个兵。他们正准备离开那个地方。

"我们以为你……你回不来了……不回来了。"沈参谋看见乌力天赫,又惊又喜,还有点儿尴尬。

乌力天赫淡淡地笑了一下。他很快知道了沈参谋为什么要尴尬。沈参谋决定和伤势相对较轻的副排长先走,回到国内,向部队汇报,再让部队派人来救两个伤势较重的士兵。

"是,我们商量的,也是他们自己提出来的。"沈参谋向乌力天赫解释,指了指两个伤重的士兵,"他们说,要不然,我们谁都走不出去。"

"为什么。"乌力天赫看着沈参谋。

"同志,"沈参谋已经不慌了,他已经恢复过来了,"我不知道你叫什么,但我知道,这是你的任务,营救我是你的任务。你做得很好,你完成了任务,为这个我得感谢你。回去以后,我一定会向上面汇报你的英勇行为,你会为此立功。"他甚至恢复了作为一个特殊人物通常会有的特殊的口气,"你也知道,我的身份很特殊,要不然,你不会来营救我。我必须回去,我只能这样做。"

"我把他们带出来,就没有打算把他们丢下,他们也是我营救的人。他们要留在这儿,就不可能回去了,没有人再来救他们。"乌力天赫盯着沈参谋。他现在知道了,对方不是没有看到他腹部的伤,而是看到了,做出判断了,却有意识地在回避,"他们会死在这儿。"

"我很难过。"沈参谋皱了皱眉头,但他不想改变什么,"我也会为他们请功。"

"好了,你可以走了,回去请你的功。但你得做一件事。"乌力天赫把手中的枪举起来,对准沈福强——他决定不再叫他沈参谋——向他示意了一下躺在草丛中的火箭筒弹药手,"把他背回去,否则我让你躺在这儿陪他。”

“同志,请不要冲动,请听我说。”沈福强往后退了一步,露出害怕的神色。

“闭上嘴。从现在开始,除非累得哼哼,如果你再说一个字,我就把你的脑袋打碎。”乌力天赫压低声音,像一头不耐烦的豹子。

“那……”沈福强犹豫了一下。他总在犹豫。他凭什么搞情报?“你呢?”

“留点儿力气吧,那不是你该参谋的事儿。”乌力天赫嘲笑地说,捂着腹部向那名伤较轻的副排长走去,从背包里取出一支手枪、两颗手雷,交给副排长,向副排长示意了一下躺在草丛中的机枪手,“架到我背上,你走前面,我们走。”

他们上路了。

第二十九章　只想和他结一次婚

1

经过几千年人类文明史的实践，战争不光是战役学的发展和科技含量的高度提升，仪式化也更加受到重视。恺撒[①]拎着庞培[②]的头颅从埃及回到罗马之前，已经接受过至少五次盛大的凯旋式带给他的巨大荣耀；而他手中拎着的那颗头颅的主人——他曾经的上司、政治同盟、女婿和政敌，在埃及的一条小船上结束自己的生命之前，至少也经历过三次辉煌的凯旋。没有人说得清，战争的仪式化和战争本身谁更重要。

出境作战的军队太多，加上民兵和支前的军工，几十万人，每天都有陆续回到国内的。回国时要过凯旋门——松柏门、鲜花、彩带、激动的泪水和欢呼声等待着参战者们。不少一线的参战连队打得建制不齐，是军工和民兵们用担架抬下来的。上级要求他们在进入凯旋门时拿出正义之师的样子，给祖国人民一个好印象，连队指挥员们就在离凯旋门一里地外集合连队，下令能撑起来的伤员都下担架，立住，让人搀直，踢正步踢回国内。

乌力天扬的代理连长只当了一天，第二天，营里就派了十一连司务长左公宝来十二连代理连长，是左公宝领着十二连撤回国内

---

① 即尤利乌斯·恺撒（前100—前44），古罗马统帅。恺撒，后成为罗马和欧洲帝王袭用的头衔。

② 即庞培（前106—前45），古罗马统帅、政治家，第二次罗马内战时被恺撒打败，在埃及被杀。

的。回撤路上，十二连的情绪一直很低落，左公宝领着大家唱歌，唱《钢枪是战士的铁胳膊》，大家有气无力地唱了几句，没续上，不唱了。左公宝看那个样子硬撑不住，也就算了。进凯旋门时，一看国内人民那份热闹，十二连的人先激动了一会儿，被鲜花和欢迎的人群弄得满脸通红，个个像小公鸡一样挺着胸脯，后来首长过来握手，左公宝上去向首长敬礼，说十二连怎么怎么样，其实十二连的连级干一个都不在，都给打掉了，大家又沉默下去，低着头往前走，再不愿意开口说话。

通过凯旋门，回到营区，卸下披挂，该干什么干什么。十二连根本没有剩下几个人，过凯旋门的时候和别的部队挤在一起，显不出什么，等回到军营，要求恢复正常作习，连排个像样的队列都做不到。号声一响，连里剩下的四个支委加上左公宝站在操场上掐着表等兵，等半天，兵不齐，一想，不是不齐，是一多半丢在国境线那头了，齐不了。士兵们大多精神紧张，像受了惊吓的老鼠，夜里睡不安稳，风一响就摸枪往外冲，平时走路眼斜着，脚步也斜，见了浮土和植物就绕道走，怕踩上地雷。还有的兵一看见穿便衣的就横眼，随时要往上扑的样子。活下来的人像再生的兄弟，相互怀着敬意，见了面，话不多，肩头上轻轻重重地拍两下，无限的庆幸、热爱和尊敬都在那里面。一开始的时候，他们不吃红烧肉，不吃猪肘子，一般情况下只吃素，有的士兵一见到猪肉就呕吐，还有的士兵风一吹就哭，泪流满面，止都止不住。

烈士的遗体比活人宝贵，一具一具从枪林弹雨中抢下来，或者一块一块收罗齐，由军工和民兵运回国内，送到火化队处理。那些天，火化队的人是世界上最忙碌的，也是最能担待的。遗体要清洗干净，炸空的胸腹腔要用棉花填充好，炸掉的脸要用石膏补完整，补得像个人形，要是打烂了，零碎又能找回来，就得尽可能缝合起来。尸体收拾好，崭新的军装从后背齐中央剪开，一只一只捅上胳膊，衣裳往背后一翻一掖，穿上，扣好扣子。衣裳穿好，敬烟敬酒，红塔山、玉溪，五粮液、泸州老窖，全是好烟好酒。烟点着，叫名字，说某某，给你洗干净了，衣裳也穿好了，衣裳有点儿紧（大多是尸体浮肿），反正时间不长，你将就点儿，这会儿工夫咱哥儿俩歇歇气，抽支烟吧。这么说着，点上一支烟，放在尸体脑袋边上，让它青烟袅袅，自己燃着。再倒上一盅酒，说兄弟，好酒，泸州老窖呢，平时喝不上，喝一盅吧，喝完哥哥送你上路。这么说着，酒盅顺着尸体走，绕身子泼一圈，泼得酒香四溢。敬过烟敬过酒，就真上路，尸体用一丈三尺白布裹上，贴上标签，写上姓名、职务和部队番号，扛去隔壁房间。人堆在那里就像整齐的柴火，排着队送进焚尸炉，然后等待烈士陵墓抢建完毕，再进行大规模的安葬。

然后是战后总结。然后是报功评功。

2

段人贵是用担架抬回来的。保卫部门的干部直接进了病房，门一关，病床边开审。段人贵什么话也不说，问什么都不说，脸扭到一旁，呆呆地盯着墙角，后来慢慢地红了眼圈，有了哽咽，想拿什么堵没堵住，号啕大哭起来，连医生告诉他会落下残疾他都没有这么痛苦。

乌力天扬始终没弄懂，段人贵为什么要朝自己开枪。段人贵不是怕死的人，过境以后一直身先士卒，哪儿打得邪乎他就出现在哪儿。他究竟为什么要冲自己开枪，那么做有什么意义，乌力天扬想不明白。

“他是太贪，贪急了眼。”一排长谭小春私下里和乌力天扬说小话，“咱们连一直打前卫，打得不错，集体一等功没问题，问题就在个人一等功上。咱们连的连级干伤的伤，牺牲的牺牲，那还不给往前面评呀，就剩下他，连彩都没挂上，他要挂了彩，又是坚持指挥作战到最后，不光一等功稳拿，连调两级都有可能。”

“那也得真挂呀，哪儿有自己干自己的！”

“是啊，现在这样，不要说立功调级，轻者处理转业，重者上军事法庭。唉，苦干了十几年，一个念头没把持住，毁了！”

乌力天扬听谭小春这么一分析，心里就有些难受，有些后悔，觉得自己不该把事情闹大，要是他不把段人贵撤掉，反过来帮助把事情遮掩住，就说段人贵是让流弹打的，也许就不会毁，对得起十几年的奋斗。不过，就算段人贵不毁在自伤上，乌力天扬也打算收拾他。乌力天扬没有对人说，还拦过鲁红军，其实他拦鲁红军，是不想让鲁红军抢了先。他已经准备好，等仗一打完，一回到边境线这头，他就出手，把段人贵废掉。这个仇，他认定了，非报不可。

乌力天扬不光代理连长没当上两天，回到国内的第二天，因为行为不检点并且连续破坏营规，还背了一个严重警告，连他的排长职务也给停掉了。

“像什么话？像打了胜仗回来的英雄吗？”大家累得都虚脱了，可以说惊魂未定，尤克勤没开骂，但气色很不好，是恨铁不成钢的样子，“正在节骨眼儿上，你让我怎么说你？你给我好好反省，好好写检查，往孙子上检查，态度要严肃诚恳，但别给我上纲上线，明白了？”

重新包扎肖新风用了几十只急救包，人裹得跟只粽子似的。肖新风在回撤的车上颠簸了两天，挺了两天，一直把眼睛瞪得大大的，坚持着。都说他能创造奇迹，可等回到国内，刚送上手术台，绷带一剪开，人就咽了气，到底没能抢救过来。

鲁红军还活着，吊了几十瓶血，前后动了好几次手术，米粒里拣沙子，从身上掏出四十六块地雷碎片和钢珠，总算保住了命。但两条断腿已经坏死，接不上了，为了防止感染，膝盖以下锯掉，炸烂的睾丸也给摘掉了。

乌力天扬正狼吞虎咽地大口往嘴里扒着米饭，一听说肖新风和鲁红军的事就炸了头，撂下碗，带了九个兵，提着棍子去砸野战医院。一群衣衫褴褛的兵情绪激动，破口大骂，提着棍子往病房里冲，闹得医院翻了天。医院的人很生气，医生护士拥出一大群，说打了仗有什么了不起？睾丸摘掉了有什么了不起？睾丸摘掉的多了，也不能这样呀。医院政工科的干部赶来，说你们是哪个部队的？是不是我军建制下的部队？

乌力天扬让风一吹，冷静下来，想想肖新风身子都打成那样，成酱缸了，也不是人家野战医院打的，救不回来在情理之中；鲁红军踩的是敌人的地雷，地雷不是人家野战医院制造的，人家也没有说拿掉腿和睾丸是拿着玩儿；反而是自己，既没救下肖新风和鲁红军，还提着棍子在这里霸蛮，不要说讲道理，说起来那是第一不要脸的。乌力天扬心虚地丢了棍子，说声走，领着九个兵往回走。医院的人跟在后面，看几个兵贴着墙快快地退出病房，蛇绕道似的走掉，眼里全是轻蔑。

不算后来补充的，三排原来四十一个兵，两名干部，牺牲了十二个，躺在医院里二十一个，排里能给自己打洗脚水的，除了乌力天扬，还剩九个兵。

乌力天扬领着九个兵晦头晦脑地回到营地，门岗把人拦下，要他们出示通行证。乌力天扬说，你又不是不认识我。门岗说，我不站岗认识你，站岗只认通行证。乌力天扬是带了兵出去打架的，只知道要带棍子，哪里知道要开通行证？乌力天扬不想吵架，慢腾腾地在怀里掏，掏出土豆大一个铁疙瘩，那是没来得及上交的光荣弹。乌力天扬很真诚地把光荣弹拿给门岗看，说这就是我的通行证。门岗紧张地往后退，肩上的枪取下来，握紧。乌力天扬说，没用啊兄弟，这玩意儿零延时，杀伤范围四到六米，你就是退进岗楼里也躲不过去。门岗结巴着说，不要胡来，不要胡来啊！乌力天扬刚刚冷静下来，又火了，说去你妈的宝贝儿！你难道不明白，我没处可去，这儿是我唯一能待的地方，只要我还披着这身绿皮，我还活着，就没人能把我往外撵！

回到排里，九个兵不愿意散，都坐在乌力天扬的宿舍里发呆。乌力天扬让他们去洗澡，换衣裳，理发剃胡子。人家都洗了换了，他们也不能老邋遢着。兵不走，还坐着。乌力天扬去谭小春那里讨了两包“金沙江”，回来分给兵们，看兵们云里雾里，一副醉生梦死的架势，他熬不住，也点了一支。那么抽了两口，想起躺在塑料袋里的肖新风和另外十一个兵，想起躺在医院里的鲁红军和另外二十个兵，就为自己活着回到国内而内疚，就奇怪他干吗会领着九个兵坐在这儿，这么想着，怎么都压抑不住破罐子破摔的念头。

“要哭就哭，傻坐着干什么！”乌力天扬把抽了几口的烟丢在地上，冲九个兵吼，“怕什么！你们怕什么！有什么好怕的！”

九个兵终于宣泄出来，都哭了。大家抱在一起，放声大哭，鼻涕眼泪流得到处都是，没有一个人感到羞耻。哭完，汤姜把泪抹掉，慢腾腾地说，今天我生日，我满十九岁了。乌力天扬觉得生日不错，生日是个好彩头，这么一想，就起身去司务长那里支了二十块钱，带着九个兵翻墙出营区，去街上找小馆子喝酒，一个个喝得烂醉如泥。

“兄弟，你小子，经受过考验，是男子汉了。生日，生日他妈的快乐。”乌力天扬摇晃着身子和汤姜撞酒瓶子，再摇晃着身子对另外八个兵举起酒瓶子，“弟兄们，谁，谁爱回来不回来，他妈的生日，就是这么回事儿。”

他们没洗澡，没理发，穿着发臭的军装。他们把酒瓶子举得高高的，就和举过头顶的光荣弹一样高。酒精刺激着他们的胃，他们的眼睛红红的，那种打死不让酒精撂倒的决心，真是让人感动得很。

3

乌力天扬停职反省的时候一点儿也不老实,每天往野战医院跑,去看鲁红军。

乌力天扬头一回去野战医院是提了棍子去砸人家的,连鲁红军的面都没见着,就灰溜溜地贴着墙离开了。再次去,看见医院里人头攒动,一些工人和市民排着长队给伤员们献血。有两个大学生模样的青年想插队,和人争得面红耳赤,说是搭长途车从南宁赶来的,还要赶回去上课。人们都急着把一腔血献出来,都有革命工作,一点儿也不通融,说上课不稀罕,上课还排排坐呢,还得等上课铃呢。

乌力天扬站下来,脸上发烧,觉得让人家抢着献血,自己也太混账,跟王八蛋没有什么区别。这么一想,就往人群里挤。人们一看又挤上来一个,不耐烦,往外推乌力天扬,说排队去,我们早来了,你的血管又不是大号的,比谁粗呀。乌力天扬不好意思地说,真不是插队,里面躺着我的战友,要献该我先献。人们一听乌力天扬这么说,就知道他是从前线回来的,热烈鼓掌,给他让路,不和他争。负责登记的小护士认出乌力天扬,提着棍子来砸医院那伙儿人的头儿嘛,土匪似的,能不认识吗?所以不理乌力天扬。乌力天扬诚恳地对小护士说,要不然,我献四份,来800cc,就算我道歉。小护士没见过这样道歉的,瞪大眼睛看着乌力天扬。乌力天扬连忙改口说,要嫌态度不诚恳,再加一份,凑一千吧。小护士扑哧一声乐了。

乌力天扬弯着胳膊摁着针眼进了住院部,一路找鲁红军。他推错了门,推开了手术室的门,看见里面几个医生和护士正满头大汗，为一名伤员锯腿。主锯的医生用一把锃亮的小钢锯刷刷地往下锯，伤员像奇形怪状的木变石，躺在手术台上，眼睛翻白，呆呆地看天花板，像在思考什么问题。一个护士举着血糊拉的手问乌力天扬有什么事。乌力天扬犯了上次的错误，对所有的医务人员都不好意思，冲人家招手，说没事儿，我没事儿，你们忙。

鲁红军活过来以后一点儿也不消沉，见了人就拿自己的两条断腿给人家看，非要人家摸，摸圣钉[①]似的，还气贯长虹地向来探望的首长保证，一定争取早日养好伤，听从祖国的召唤，上战场去继续痛揍小鬼子。见了乌力天扬，鲁红军先问乌力天扬带笔记本没有，他要写日记，记下负伤后的心得体会，以便与战友们相互砥砺。

乌力天扬情绪低落，哪有心思带笔记本，他关心鲁红军的腿打哪儿锯的，能不能安假肢，假肢安上能走不能走。打球游泳翻墙摘桃的事情就算了，走不了外八字也算了，他不能容忍鲁红军坐在轮椅上到处晃悠。鲁红军个头儿高，背有点儿弓，再往轮椅上一坐，跟半截富贵虾差不多，这个乌力天扬不能接受。

乌力天扬先以为鲁红军有革命毅力，视死如归，是真英雄。医院里真英雄不止鲁红军一个，整天都能听见病房里传出迷迷瞪瞪喊“冲呀杀呀”的声音，也有报作战诸元的，也有叫“不用管我”的，跟拍电影似的，热闹得很。要是有首长来看望，或者有地方的人民代表来慰问，口号声就响彻云霄。但是，鲁红军不是这样，等慰问的人一走，首长一走，鲁红军就把护士支出病房，要乌力天扬去把门关上，然后气就泄了，一把鼻涕一把泪地开哭，说，完了，一切都完了，什么前途也没有啦！

乌力天扬想，这才是鲁红军，这样的鲁红军才让人接受，锯掉两条腿还要上战场去继续痛揍谁的鲁红军，说什么都有点儿假。

乌力天扬劝鲁红军，劝他别去想和谁交流心得体会的事儿，也

---

① 耶稣受难时钉在他手上和脚上的钉子。

别去想完了的事儿,安心养伤,养好伤再说伤养好以后的事儿。话没说一半,鲁红军抬手就给了乌力天扬一耳光。乌力天扬脑袋晃过去,刚摆回来,鲁红军又给了乌力天扬一耳光。打完耳光就骂,为什么地雷响了以后不给他补一枪,还冲过去捡他的腿,要是给他一枪,不管腿的事儿,他现在就是烈士,省得下半身成了烈士,上半身当英雄,一辈子不完整,互相牵挂。

鲁红军打是真打,红着眼,力气用足,一耳光一耳光的,还不让乌力天扬躲,乌力天扬躲他就急,气咻咻地说,过来,你妈的别想跑,给我过来!还朝乌力天扬吐口水,一吐一脸,吐完不让擦。骂也是真骂,什么难听骂什么,一边骂一边做亵渎的手势,很鄙视乌力天扬的样子。

乌力天扬那些日子脾气乖巧,牙咬着,不让舌头乱动,免得被牙咬断,闭着眼,任鲁红军打骂,半句都不还嘴。等鲁红军打完骂完,消停了,他给鲁红军擦干净嘴边的唾沫,掖上被单,开了门,告诉门外等着的护士,鲁班长刚交代完班里的事儿,累了,刚睡下,让护士照看一下,自己去厕所洗一把冷水脸,把鼻孔里的血洗掉,牙血吐出来,再上街去给鲁红军买笔记本。笔记本买回一大摞,外加圆珠笔,等鲁红军醒来,本子吊在夹板上,笔塞进鲁红军手里,让鲁红军用豪言壮语写他的体会,自己坐到床脚去,伛偻着身子,写他第十份或者第十一份检查。天气渐热了,手上有汗,不管是鲁红军的体会还是乌力天扬的检查,写起来都不容易。

现在乌力天扬明白了,一百五十年前,威灵顿公爵为什么会在发自滑铁卢的战报上心情沮丧地写下那句话——除了败仗之外,没有任何东西像胜仗那样使人伤感。

4

乌力天扬不光看鲁红军,十二连的人他轮流看。乌力天扬先看卜文章，再看兵，再看别的干部；不像有的人，先看干部，后看兵，或者只看干部，不看兵。

医院里的故事多，乌力天扬进去出来地看了几次，听了一肚子的故事。

有一个兵，负伤以后掉了队，被对方民兵捉住。对方民兵把枪口塞进兵嘴里，搂了火，子弹从兵的脖子后面穿出去，一颗脑袋打得稀烂，可他居然没死，被救了回来。

有一个兵，腿上挂了彩，用绷带扎着，仗打得急，忘了半小时松一次绷带，结果血坏死，腿没保住，齐根处锯掉。这个兵是农村的，手术后醒过来，告诉他说腿没了，他沉默了一会儿，叹了口气，说我父母还指望着我养他们，现在得他们养我啦。

有一个兵，和同班的兵们沿着扫雷队扫出的道路往前走，因为几天没睡，太困，身子晃了晃，脚离开通道半步，人就踩在雷上，轰隆一声，一只脚没了；他站不稳，手下意识地去抓一旁的灌木，轰隆又一声，灌木上挂着的手榴弹响了，一条胳膊飞了出去；他被冲击波冲得往旁边倒，倒下的身子又压上一颗雷，轰隆再一声，半边屁股被掀开。这个兵前后挨了三颗雷、一颗手榴弹。清洗他的遗体时，火化队的人不忍心让他带着这么多弹片走，用磁铁从骨灰中吸弹片，一共吸出一百四十一块。

有一个兵，是干部子弟，父亲是某军的副军长。临战前，他请了半小时假，去和父亲告别。副军长不高兴，说头发那么长，去把头发理了。理完发，时间已经到了，那个兵向副军长敬礼，说首长我走了。副军长手往帽檐上碰了一下，眼都没离开地图，说走吧。仗打起来以后，副军长天天注意战报，战报一来就看儿子那个方向的战况。副军长不知道，儿子在开战当天就牺牲了，尸体运下来，在离指挥所不远处停过一天半，父子俩离了不到一百米。副军长后来流泪了，说我叫他理发，理了发负伤以后好包扎，没想到头上没事儿，下面打没了。

还有一个，不是兵，是兵的母亲，人家拿一张《解放军报》给她看，说你儿子在报纸上，她当时就晕过去，醒过来说我儿子死了，不然不会上报纸。结果她儿子没死，活得好好的，就是瘦了几斤。这个母亲见到儿子的时候又晕过去了，醒过来以后不肯相信儿子是真儿子，一定要儿子掐她，掐疼了她才肯相信。

故事很多，说不完。

谭小春和左公宝也在连部说故事，两个人唉声叹气，一支续一支地吸烟。乌力天扬找左公宝交检查，谭小春问乌力天扬还记不记得回国那天那个往人堆里撒糖的姑娘。乌力天扬想起来，那天从苍松翠柏扎成的凯旋门下通过，一个单眼皮、大辫子、脸上带着伤感笑容的姑娘挤在人群中，一把一把往士兵们怀里塞水果糖，他怀里也给塞了一把，好几粒掉在地上，印象里是相当不错的上海奶糖。那姑娘一个劲儿地问过去的部队，他们见没见着某某部队的高凤瑞。乌力天扬还看见一群坦克部队的官兵，驾驶一长溜59式坦克车，车身被苏式冰雹火箭弹打得东翘一块西露一块，官兵们站在炮塔里，挂在车身上，牛得很。等坦克从姑娘身边过时，官兵们都往坦克里钻，没钻进去的用帽子把脸遮住，脑袋往一边拧，好像不想吃上海奶糖似的。

“姑娘是南宁手表厂的工人，叫唐凤英，高凤瑞是她表哥，也是她的未婚夫，在某某部队当车长。两个人打小没了父母，跟一个上了年纪的亲戚长大，天长日久，两人恋爱上了，恋得谁都离不开谁。国家有规定，表亲不让结婚，他俩去领结婚证的时候才知道，没有人告诉他们呀，要早告诉就给戒掉了。熟人都劝，算了吧，趁年轻，另外找还来得及。他俩说什么也不肯分开，说要么在一起，要么打一辈子光棍儿。后来不知是谁想出的办法，两个人决定不要孩子，这样国家就拦不住，绝门绝户的事，怎么拦呀？为了表示态度坚决，唐凤英去医院摘掉子宫，把自己连根掐掉。都要结婚了，定好日子今年春节，高凤瑞上去了，指挥332号车，在打T城时，车子中了两发火箭弹，人给打进去，烧得只剩下一把骨头。”

“唐凤英不知道这事儿？没人告诉她？”

“怎么没告诉，她是高凤瑞最近的亲属，要通知只能通知她。”

“那，她还问，还撒糖？”

“所以说，惨就惨在这儿。她知道高凤瑞不在了，还天天在边境上等，非说能等回高凤瑞。她说，‘我只想和他结一次婚，别的什么都不要。’听明白没，结一次婚，是只结婚，没指望结婚以后过日子。”

谭小春说到这儿，欷歔不已。过了一会儿又说，唐凤英三天之内收到两百多封信，都是高凤瑞那个部队的，表示愿意代替高凤瑞和她结婚，还有几个年轻干部直接找到唐凤英，可唐凤英不干，非等高凤瑞。

左公宝在一旁说，也是，人家打小过来的，那叫命，不是结婚不结婚就可以解决的。大概觉得这话有点儿觉悟不高，又补充说，不管怎么说，我们的烈士，他们是祖国新时期的骄傲，是人民最崇拜的人，我们应该记住他们。

乌力天扬怎么听怎么觉得左公宝后面那半截话不该续上去，谁骄傲呀？崇拜什么呀？人都没了，要谁来记住，记住又能怎么样？

乌力天扬不说什么，起身离开连部，回到排里，让汤姜把司马宗叫来。一会儿司马宗在门外喊报告，进门的时候犹豫了一下，眼睛盯着地上的半截纸头，好像在判断那半截纸头和绊发雷有什么关系。乌力天扬要司马宗去司务长那里，查一查牺牲战友的账目，看看有谁欠账没还清的，或者有别的什么困难，大家能帮就帮一把。司马宗说，你是排长，这事儿你去合适。乌力天扬说，我不是给撸了吗？你是排里唯一剩下的班长，你不去谁去？司马宗揉了揉鼻子，去了。

5

乌力天扬一直在打听乌力天赫。乌力天赫没有消息，好像失踪了，或者说，再一次失踪了。

乌力天扬有一种预感，他觉得乌力天赫没有从边境那头撤出来，要是撤出来了，他会来找自己，打听自己的情况，就像自己到处打听他的情况一样。乌力天扬想，乌力天赫这个喜欢自找麻烦的家伙，不会又有什么麻烦了吧？

乌力天扬是野战部队的一个小排长，而且是一个被停了职的小排长，他要找到在特种部队服役的乌力天赫，等于一块躺在地表的白云母片岩想要找到一块火山深处的冰晶石一样，基本上是妄想。乌力天扬知道这个，求助于尤克勤。尤克勤问了乌力天扬一些检查写得怎么样、认识深刻不深刻、以后还犯不犯一类的碎话，然后要通师里的总机，给师里的关系打电话，托关系帮忙打听乌力天赫。

特种部队归另外一条线，和常规部队相当于风和雷的关系，不要说师里，军里也未必知道他们的情况。尤克勤的关系没有打听到乌力天赫的情况，尤克勤只有这个级别的门路，再往上就没有办法了。

乌力天扬开始担心乌力天赫。要说，他没撤回来的可能性极大。从小就这样，爱去那种一般人不去的地方，爱把自己弄得没影没踪。乌力天扬胡思乱想，想乌力天赫要没撤回来，是不是会戴着圆顶通帽，穿着黑色无领对襟上衣和宽脚裤，脚蹬一双木屐，满嘴猩红地嚼着槟榔，去打废的战场上“胜似闲庭信步”地视察一圈？

若是，他在视察了没用的战场之后，会不会安全地撤回来？——大家都撤回来了，至少从目前的情况看，中央军委没有打算往死里敲小鬼子，没有打算把四个现代化建设要用的钱和人丢进旷日持久的战争中去，他一个人留在那边也派不上用场呀？

乌力天扬担心乌力天赫，也只能白担心。是乌力天赫自己和乌力天扬联系上，才化解了乌力天扬的牵肠挂肚。

乌力天赫带着情报参谋沈福强和三个负伤的兵昼伏夜行，在中国军队全部退回到边境线以北之后，在边境地区和对方的人兜圈子。乌力天赫、沈福强和伤势较轻的副排长负责搀扶两个重伤员，五个人像五只不怀好意的鼹鼠，在那里转来转去。有一段时间，他们被追到边境一带的对方军队压回到N郡。火箭筒手没能熬住，死在路上。乌力天赫看出回到T城不可能，决定放弃南下的路线，改为回头北上，从另一个方向绕道回国。为这个，情绪激动的沈福强和乌力天赫争执起来，但是乌力天赫很快让沈福强闭了嘴。绝望的沈福强当天夜里试图跳崖自杀，被警觉的乌力天赫一拳打掉三颗牙。那以后，乌力天赫将看押沈福强的任务交给副排长，自己背着机枪手。乌力天赫用活扣锁住万念俱灰的情报参谋的两根拇指，冷冷地说，听好了，你就是一只苍蝇我也不管，可你是国家的苍蝇，你这一百二十斤肉，是烂是臭，都得还给国家。

十六天后，衣衫褴褛蓬头垢面的他们终于踏上国境线中国一方。一群边境民兵冲上去，用枪指住他们。乌力天赫没有反抗，他把背上的机枪手慢慢卸下，放在灌木丛边，因为没有了负重，踉跄了一下，站稳，再慢慢把挂在身上的武器和行囊一样样取下来，放在脚边，踢开，然后乖乖地举起双手，并且示意沈福强和副排长学着他的样子也把手举起来。他们的身份很快得到核实，立即被送进医院。

6

乌力天赫所在的医院是野战总医院，和鲁红军不是一个医院，他一到医院就要求查找乌力天扬。师里直接通知下来，一名政治干事押车到十二连，把乌力天扬带上车。

乌力天扬在乌力天赫的病房里待了不到一小时，乌力天赫被要求立即转往南宁。前来接他的是特种部队的人员和车辆。在此之前，野战总医院已经为乌力天赫做了第一次手术。乌力天赫是腹部贯通伤，子弹从上腹穿进，左腰穿出，打碎了脾脏，又在肠子上穿了好几个孔。医生说，乌力天赫的伤口处理得很好，基本没有感染，这差不多算是奇迹，否则，他这种伤势在南方濡湿的山林里钻了半个月，早该烂成臭豆腐了。

乌力天赫的胡子和头发没有来得及剃，跟野人似的。他让乌力天扬替自己拿过一个枕头，把自己垫高一点，和乌力天扬说话。我不会死，中枪以后我就知道。乌力天赫淡淡地说。

乌力天赫对乌力天扬的表现很满意。他是满意乌力天扬没被打死，甚至基本上没有怎么负伤，而对乌力天扬如何进行了那些激烈的、现在回想起来毛骨悚然的战斗，他不感兴趣。乌力天赫甚至对十二连的惨重伤亡没有表示出太多的难过，对乌力天扬领导的三排只剩下他和九个完整的兵缺乏必要的沉痛，对鲁红军的两条腿被炸掉只是淡淡地说了一声，哦。这一点，让乌力天扬非常不高兴。

"我这么说，你就没有丝毫难过，哪怕只是因为同情？"

"你指望什么？我已经说过了，战场是地狱，你死我活，或者你活我死，就是这样。"

"你是说，只有你看清楚了？一切？"

“好了，我们不说这个。”

“为什么不说？鲁红军是我朋友，我他妈最好的朋友！”

“那没用。在事情发生之前，就应该清楚自己会怎么样。”

乌力天赫息事宁人地把话题引开。很明显，他不想在这种时候和弟弟争吵。在兄弟两人单独相处的整个儿时间里，他都用一种温情的目光看着乌力天扬。但乌力天扬觉得自己在被——还在被乌力天赫欺负。我不喜欢五弟，他就像一只没有脑子的孑孓，只是胡乱碰撞，而根本不会对自己负责，也不会对任何人负责，他是我在这个家里最可怜的对象。他无时无刻不表现出自己比别人强大，比别人能承受更多的东西，过去是这样，现在还是这样！他怎么就不想想，他乌力天扬已经上过战场，杀死过人，并且差点儿被人杀死？他对人负过责，对自己的四十一个兵负过责，就算他只剩下九个完整无缺的兵，他也尽过力了！他不是雏子，用不着谁来可怜！

乌力天扬对乌力天赫充满了仇恨。他以为他是谁？他在改变历史吗？他像一个小偷一样偷偷摸摸地从家里溜之大吉，从此再也不回家，就是因为他要到处去撒野，并且在撒野中改变历史吗？他知不知道他这样做卑鄙得很，为此他“杀死”了他们的母亲。乌力天扬非常愤怒，有一种想要报复的强烈冲动。

“所以你一直不敢回家。我是说，打你从家里逃跑之后。我是说，在你逃跑之前你就清楚自己要什么，对吧？”

“不，我并不知道。”有一会儿乌力天赫没说话，只是看着乌力天扬，看着他怒气冲天的五弟，然后平静地开口道，“我是后来才知道的。”

“你觉得所有人都是恶人，对吧？你不相信他们，你连自己的家人都不相信。可是，那有用吗？我们还是见面了，你这个知道一切的了不起的家伙肚子被打得稀烂，糟糕地躺在你不想见到的兄弟面前,而他除了屁股上有一道伤疤之外,居然他妈的毫发未损,这是不是太可气了?”

“不,”乌力天赫依然那么平静,“我不相信我自己。没有什么恶人和善人。我们所有的人都一样。我们比我们以为的自己更复杂。”

“雨槐结婚了。”乌力天扬突然说。他觉得跟不上乌力天赫的思路,他得使用更厉害的武器。“和军机。”乌力天扬残酷地说。他要阻截住乌力天赫,在那片正在燃烧的开阔地。“去年春天。”乌力天扬微笑着说。他不能让乌力天赫从他面前再一次消失,他宁愿和他来一场决斗,“他们在礼堂举办婚礼。人山人海,差不多全世界的人都去了。你是没看见,场面太热闹了,非常热闹。二哥很开心,而雨槐——我应该叫她嫂子对不对?她也很开心。”乌力天扬恶毒地想,好了,这些事情,在它们发生之前,你没看清楚吧?

乌力天赫的眉头轻轻地跳动了一下,眸子里掠过一道不易觉察的暗光。他躺在那儿,没有说话,只是静静地看着乌力天扬,脑后的枕头像一片等待着风暴的沙漠,随时可能出现沙陷,让他埋没进去。

乌力天扬摸不准乌力天赫是什么意思,是等着他说人山人海的事、全世界的事、热闹的事、开心的事,还是不想知道那些事。这使乌力天扬有些犹豫,不知道自己该不该继续下去。

门被推开,董干走了进来,后面是医生和护士。医生在向董干叮嘱路上要注意的事项。护士为乌力天赫摘掉点滴瓶,并且推来担架床。

“可以让他们等等。”乌力天扬有些茫然,对乌力天赫说。

“你兄弟?”董干问乌力天赫。

“嗯。”乌力天赫开口了,就一个字。

“陆军排长那一个?”董干上上下下打量乌力天扬。

“嗯。”乌力天赫很配合地张开双臂，让护士给他系上腹带。

“不像。”董干笑嘻嘻地说。

“有你什么事儿！”乌力天扬冲董干发火，像一头毛发凌乱的年轻豹子。乌力天赫的平静态度激怒了他。这里的一切都在激怒他，“干你屁事儿！”

“嚯，更不像了。”董干好脾气，嘻嘻笑着，帮护士搭了把手，把乌力天赫移到担架床上。

“自己多留心。别抽烟，那对你没好处。”乌力天赫对乌力天扬说。借着护士和董干的帮助，他在担架床上躺好，看护士在等待着，对护士说：“走吧。”

“我能和你联系吗？”乌力天扬心软了，两肋下有什么在牵扯着他，疼得他跳了一下。他妥协了，追到门口。

“不能。”乌力天赫斩钉截铁地说，然后又犹豫了一下，“我会和你联系。”门再度被打开，担架床推到门口，乌力天赫躺下，“鲁红军还是你的朋友，这个没变。”

担架床被推走了。乌力天扬没有再追。乌力天赫已经说过，不能。他看见担架床推到走廊尽头，拐弯儿，消失了。董干在那儿回过头来，嘻嘻笑着向他挥了挥手，然后像乌力天赫的头皮屑一样，也消失掉了。

乌力天扬在那儿站了一会儿，突然有一种再度被抛弃的强烈委屈和愤怒。

两个护理员进来收拾房间，说着一名手术感染的团政治部主任的事儿。很快又有人要搬进来，他得离开这儿了。

第三十章　下意识地闭上眼睛

1

就像那个管后勤的科长说的，简雨蝉在野战总医院里的知名度很高。乌力天扬问到第一个人，那人就告诉他，去化验室，能找到他想找的人。

乌力天扬到了化验室，一个小护士上上下下地打量他，问了他一连串问题，然后要他去第三病区找简雨蝉。乌力天扬果然在第三病区找到了简雨蝉，她正在那儿给一个伤员换裤子。

“乌力天扬？”简雨蝉一看见颧骨宽大、肤色黝黑、宽肩膀、长胳膊长腿、长着一对招风耳的乌力天扬，眼睛就瞪圆了，捂住嘴，像见到不肯回到海边的灰背鸥，接着就来气，“你太不像话，走也不打个招呼，回来也不来个电话，让人家往死里揪心！”简雨蝉丢下手中的毛巾，挟风带火地扑到病房门口，当胸给了乌力天扬一拳，是真气急了要算账的架势，“你把我都气死了！什么呀你，真是！”气过揍过，人松弛下来，往前凑，踮着脚尖看乌力天扬的脸，伸手摸他脸上结了痂的疤痕，然后拉着他前前后后转圈子，上上下下翻找，连胳膊窝都摸了一把，就差没掰开嘴看牙齐不齐了，“还活着，本事挺大的嘛！就知道你这种人，惹雷响数第一，雷下来就不在那儿了，半点儿雨滴也落不上，狡猾兮兮的！”突然想到把人家伤员还晾在那儿，伤员没穿裤子，光着屁股，一旁还有三个伤员眼睁睁地看着，她一翻睫毛，吐了一下舌头，附在乌力天扬耳边小声下命令，“去外面等着，一会儿我这儿完了找你去。别走远啊！”

乌力天扬到外面等，人蹲在花坛上，隔着窗户看病房里的简雨蝉。看她来来回回手脚利索地换了床单和塑料布，给拉在身上的伤员洗屁股，那么大个头儿的伤员，她一个人，把人家抱在怀里，洗呀抹的，再把裤子给穿上，还开玩笑，不知说了什么，逗得伤员笑得捂着伤口直抽气。乌力天扬让南方三月的阳光晒着，没精打采，额上一会儿就出了汗，把视线从病房里收回来，从兜里掏出香烟，点燃抽了一口，想起什么，又熄掉，连同打火机一块儿装回衣兜。

简雨蝉忙完四个伤员才来找乌力天扬，上来就嬉皮笑脸地往乌力天扬肩膀上挂，说他黑了，英俊得很，迷人得很，再骂他没良心，怎么没让子弹盯上，就这么囫囵个儿地回来了。骂完想起什么，把爪子从乌力天扬肩膀上拿开，挓挲开双臂，要乌力天扬等一会儿，她去把手上的大便洗干净。人是飞走的，跟急匆匆的金腰歌雀似的，羽色鲜明，振翅匆匆，可爱死人。

“你不是在化验室吗，怎么干上了护理？”等简雨蝉甩着湿手回来，乌力天扬怕她再拿自己开涮，抢着问。

“伤员太多，护理科忙不过来，连院长都给伤员吹笛子呢，我也不能老在化验室里待着呀。伤员们喜欢我，我让他们喜欢，就当我是止痛片好了。”

“吹什么笛子？”乌力天扬不明白。

“解闷儿呗，就是竹笛。院长那个破水平，也就会吹《我是一个兵》，再加一首《扬鞭催马运粮忙》，笑死人。”简雨蝉说到这儿直笑，咯咯的。她的笑很迷人，乌力天扬不由心里动了一下。

“化验室有个青春痘，把我审了一遍，告诉我来这儿找你。”

“她呀，戴小芳，我们一个寝室。她肯定让你给迷住了，要不非把你支到食堂去。”简雨蝉笑得直弯腰，直往地下坐，“也不能怪她，往化验室里探头探脑的人太多，不上闸没法儿工作。”

“这么热闹?”乌力天扬吃惊,还有点儿没来头的醋意。又觑着脸问扬扬得意的简雨蝉:“你刚才说,往死里揪心,真揪了?”

“什么刚才?操,乌力天扬,说你没良心,你还真没良心!”简雨蝉说来气就来气,眼睛瞪得老大,小鼻子耸起来,“人家好几天没睡着觉,打个盹就吓醒,伤员抬进来就问,认不认识乌力天扬,黑得像焦炭,长一对招风耳那个?你不说声谢谢,就这个态度!”

“嘿,嘿嘿,”乌力天扬瞪大眼睛,有些禁不住,“什么嘴?这么臭。”

简雨蝉连忙拿手去捂嘴,支了脑袋往两边看。其实不是羞涩,只是做做样子。这一看,就皱了眉头。乌力天扬顺着简雨蝉的目光看去,不光过路的人,住院大楼里,每个窗户里都有人往这边看。

“你这儿真得上闸。”乌力天扬怎么都忍不住,哧哧笑。

“走吧,别站在这儿当动物,去我寝室。”简雨蝉看了看表,“到吃饭的时间了,我请你吃食堂。沾你们打胜仗的光,我们的伙食可好了,顿顿不重样。你不急着回去吧?”

2

一进简雨蝉的寝室,两个人就抱在了一起。

说不清是谁先抱谁。寝室里一片响动,脸盆架被撞得直摇晃,口杯掉在地上,凳子碰倒了,头上搭满衣裳的晾绳晃动着,掉下一只胸罩。两个人急不可耐地去寻找对方,瞎碰撞了一阵儿,嘴粘到一块儿,手也是,胡乱搅到一起,拨拉着在对方身上乱摸索,因为生疏,没有章法,找不到该去的地方,抓挠出好些血痕。简雨蝉呼吸急促,放弃了摸索,把胳膊吊在乌力天扬的脖子上,把他勒得喘不过气来。乌力天扬隔着衣裳捉住简雨蝉硬邦邦的乳房,在那儿慌乱地捏紧了她。两个人往死里吮吸了一阵儿,简雨蝉撑离墙角,嘴不放松，咬着乌力天扬，带他移到门边，一脚把门蹬上，再咬着乌力天扬到窗户边，把窗帘拉上，然后回到床边，往深渊里跌似的，两个人搂抱着倒下去。

乌力天扬很快扒掉简雨蝉的衣裳。至于小衣，他根本没有耐心对付，直接扯断了搭扣。空气中充盈着苹果的甜味儿，她的嘴里满是矢车菊的清香，而他的身体，则满是阳光的味道。她突然停下，吐开他的嘴，把脑袋埋下去，人蜷缩地窝着，在他身下哧哧地笑。

“笑什么？”乌力天扬非常紧张。

简雨蝉不回答乌力天扬，仍笑。他看她。她的额发散乱着，遮住了脸，眼睛亮闪闪的，躲在乱发后面。她有一对深深的酒窝，还有一双惯于折磨人的眼睛。她侧着身子，躺在他的身下，身体的曲线纤毫毕见——线条优雅的脖颈，健美的胸脯，圆润的肩膀，像缎子一样光滑的手臂。*她是一个放荡的姑娘。她怎么能这么放荡呢？*她的迷人充满了危险。

乌力天扬就像一枚看见目标怒气冲冲的子弹，拦都拦不住地把自己发射出去。他们又噙住，像一对失足落水的狐狸，彼此拼命抓挠，对身边的一切水草都不信任。他去寻找他应该泅去的地方。她感觉到他的急促和无助。她帮他，引导他避开那些水草。他突然开始颤抖，嘴松开了她，身子也离开她。他全身颤抖得厉害，脑袋用力顶住床头，身子弯成一张弓，肌肉绷得紧紧的，好像在害怕什么，好像被什么东西给擒慑住，绝望到了顶点。

“怎么啦？”她被他的恐惧感染了，害怕，从后面抱住他。

“别说话！”他粗鲁地说，拼命让自己控制住。

但他无法控制。绝望中无尽的长夜，雨点般下坠的星星，凌厉的总也不肯停下来的风，泥水中被剐破的战旗，喘不过气来的硝硫味儿，蝗虫似乱飞的曳光弹和居心叵测的弹片，脚盲目地踩在虚松的红泥土上。竖着的叶片往一旁阴险地滑开。绿色的尼龙线铮的一声断掉。像巨型蚯蚓似的肠子。粘黏在芭蕉叶上干涩的眼珠。一只失去了主人不知所措的脚。正在慢慢停止呼吸的伤兵。渴望在中弹前和女人睡一觉的年轻士兵,张皇失措说不出一个字的指挥员……

她真的不再说话。但她因为他的离去而感到强烈的羞涩和寒冷。她不想把自己晾在一张无所作为的弓下。她伸出双臂,环住他的脖子,轻轻地、然后用力把他重新纳入她的怀抱。她亲他尖削的下巴颏儿、深陷的双眼、瘦骨嶙峋的身体,还有身体上那些还没有来得及脱掉的带着一股奇异味道的痂壳。她感觉到他的身子冰冷得厉害,他就像一条老也游不出北极圈的鱼,绝望得很。她心疼。她感觉到她脸上湿漉漉的,胸脯上湿漉漉的,那是他的眼泪。她不知道他出了什么事,是什么让他绝望,她只知道不能松开他,不能放弃他,不能让他冰冷下去,那样他会死去。

她像填海的精卫那样地搂紧了他,把他纳入她的身下。现在,她是天了,而他是地;她是风了,而他是万物;她是雨水了,而他是河床。她清逸而他凝重,她舞羊角而他为华岳,她降时雨而他承天霖。金木水火土。风雨中化石而飞的石燕。雨金三日,雨稻三夜。上下四方为宇,古往今来为宙。她感到她的身下,他在渐渐地变暖过来。她哭了,像一牙天隙、一缕风、一滴雨点那样地哭了。

……

在南方三月朗朗的星空下,他俩肩傍肩坐在河边。在他俩的头顶上,夜空广袤,银汉灿烂,这样一来,他俩像是遗落在人间的两颗星星。

“我喜欢你说‘别走远啊!’这句话。”他回过头看着她,认真地这么说。

她扭过头去看认真的他。月辉下,他的脸上挂着幼稚而幸福的微笑，禁不住她看，有些不好意思地抬起头，看天宇中那些不知名的星星。她也抬头看。

他想，她也想——夜空中，那些没有生命迹象的星球显得那么安静和干净，那才是真正的理想生活的地方呢。

3

授功大会召开之前，单位和个人的立功情况已经确定下来。十二连因为穿插有力，作战威猛，战绩卓越，被中央军委授予“敢打敢拼英雄连”荣誉称号，荣立集体一等功；三排被授予“英雄尖刀排”荣誉称号，荣立集体一等功；乌力天扬、肖新风、鲁红军等五人被授予“战斗英雄”荣誉称号，荣立个人一等功；三排四十三人，除留守一人外，其余四十二人个个立功。

“真的？”简雨蝉在电话那头开心地大叫，然后咯咯地笑，笑声直往乌力天扬心底里钻，钻得乌力天扬痒酥酥的，“你太棒了天扬！我为你感到骄傲！亲你三百下！”

立功名单宣布之后，紧张了好些天的尤克勤松了一口气，把乌力天扬找去谈了一次话，通知他，准备参加军区组织的巡回演讲团，去各地演讲。尤克勤特地敲了敲乌力天扬的边鼓，要他别骄傲，革命路上继续前进，当然也顺便给了一勺糖，透露了送他去军校读书的计划。营里已经讨论过军校生名单，你在名单上，但还没有最后定，你给我警惕再警惕，别再干出翻墙抄棍子的荒唐事，小心我饶不了你。

“你太了不起了天扬！我都不知道该怎么夸奖你了！亲你五百下！”简雨蝉在电话那头高兴得要晕过去，后来“妈呀”叫了一声，小声说，“完了，完了完了。”

“怎么了？”乌力天扬吓了一跳，下意识地抓了一把电话线，一副随时准备从电话线里爬过去救人的架势。

“都是你给闹的,刚才的话被我们科主任听见了。”简雨蝉在那头憋着哧哧地笑,然后小声下令,“不和你说了,我上班去。去师里报到的时候来看我,好好看一次。”

乌力天扬放下电话后迷糊了半天,想自己闹什么了?简雨蝉的话有什么不对?被科主任听了有什么不好?要是她亲他五百下,那得亲到什么时候?他等不等得及?还有就是,她说好好看一次,指的是什么意思?

段人贵没有功,这件事大家有心理准备。段人贵人已被转到保卫部门,伤没全好,带伤审查。连里几个干部私下议论过段人贵的事。左公宝问大家知不知道贝当这个人。谭小春问是不是军事法庭的法官。乌力天扬解释,法国将军,一次世界大战时凡尔登战役的英雄,可在二次世界大战时成了维希政府的元首,向德军求和,战后被法国以通敌罪判处死刑。段人贵不是贝当。乌力天扬瞥了左公宝一眼,说。

一排二班长对评功有意见。二班长在战斗中打死了五个敌人,他胆子大,每打死一个,都想方设法跑过去,把人家的领花给摘下来,回国以后,他掏了五副领花交给连里,可他只立了个二等功,觉得不公平,闹情绪。

还有二排一班长,在二排长牺牲后,主动站出来代理排长指挥作战,上面给了个三等功,奖品是一支英雄钢笔,组织上准备提他当干部,他说我干不了,复员回家伺候父母去,走得早,还能赶上插头季秧。

鲁红军家接到部队通知,知道鲁红军负了伤,立了大功。武昌区委敲锣打鼓往鲁家送喜报,慰问活动搞了半个月没结束。

罗曲直家也接到部队的通知,知道罗曲直失踪了。罗罡往广西打了好几个电话，问有没有可能搞错，罗曲直不是失踪，也不是被俘，而是牺牲了，要是那样，罗曲直就是烈士，评不评功没什么，至少不是被俘，也没有投敌的嫌疑，那样的话，部队应该给个合理的说法，不要让烈士含冤九泉，也不要让烈士的亲人背上沉重的政治包袱。

简雨蝉听说了鲁红军的事，请了假，搭乘一辆军车大老远从县里赶来。乌力天扬早早等在医院门口，心里痒痒的，看谁都咧嘴笑，看见苍蝇都想打个招呼。简雨蝉真是了不起，来医院不到十分钟，医院里上至政委下到护士全都成了她的熟人，还被政委拉到化验室里凑了半天热闹，要她帮助医院检查一下化验程序是不是合理。

简雨蝉忙乎了半天，回到鲁红军的病房，往乌力天扬身边一坐，说鲁红军，你没事儿，政委说你的情况是最好的，再过几天就给你康复治疗，要不了多久，你就能满地跑了。还和鲁红军开玩笑，警告鲁红军别随便让姑娘看他的断腿，姑娘们脆弱得很，最受不了这个，一看非爱上他不可。

简雨蝉下午要赶回野战总医院。乌力天扬要守鲁红军，说我不送你。简雨蝉说，送什么，我又不是不认路。想起什么又咯咯地笑，笑完亲热地把乌力天扬拉到跟前，踮了脚尖扒在乌力天扬的肩头说，不是我赖账啊，当着人的面，亲不成，留着秋后一块儿算账。乌力天扬心里痒痒的，说好了不送，还是送到医院门口，看进进出出的人都把目光投向简雨蝉，那份儿得意，想收敛都收敛不住。

“少给我来这一套，什么功不功的，我就不是为这个上去的。”鲁红军冷冷地瞟了一眼送走简雨蝉回到病房的乌力天扬，冷冷地说。

“你说过你想当天使。”乌力天扬干巴巴地说。

“像现在这样，半个天使？”鲁红军恶毒得很。

"我不会不管你。我会和你在一起。"乌力天扬赌咒发誓。

"你算个屁。"鲁红军一点儿面子也不给乌力天扬,"你功拿了,战斗英雄当上了,马上要到处去卖嘴皮子,嘀嘀嗒,嘀嘀嗒,卖完嘴皮子回来继续往上爬,我呢?我怎么爬?没有腿,怎么爬?"

"你要正视现实,这样没用。"乌力天扬苦苦地劝。

"正视什么?我操你妈正视什么?你站着说话不腰疼!你干脆点儿,给我补两枪,把我眼睛崩瞎,我就没什么可正视的了!"鲁红军恶劣得就像一只一千年没洗过的夜壶。

"那你要怎么样?雷已经踩上了,腿已经锯掉了,我又不能让你回到踩雷前,让你不踩雷不锯腿!"为了那枚该死的踏发雷,乌力天扬总觉得自己在鲁红军面前抬不起头。他甚至想过,要是他和鲁红军面前放着那颗雷,他们不能选择,必须去踩它,他会不会抢在鲁红军前面去踩那颗雷?回答是,他会,他会抢着去踩那颗雷。现在乌力天扬火了,他伺候鲁红军已经伺候够了,不想再伺候了。

鲁红军呆呆地看着乌力天扬。病房里安静极了,能听见隔壁病房里的呻吟声。另一头的病房,是几个伤员轻轻的歌声:"也许我告别将不再回来,你是否理解你是否明白?也许我倒下将不再起来,你是否还要永久的期待?如果是这样你不要悲哀,共和国的旗帜上有我们血染的风采。"

"你根本就……不能理解……我……我没有睾丸了……我不能生孩子了……我连女朋友都谈不成……我活着……还有什么意义……"

泪水顺着鲁红军的脸颊流淌下来。他两只手神经质地抓着床头的吊环,松开又拽紧,肩膀抽搐着,拼命往喉咙里吞咽着什么,像一张不知所措的驴皮,风一吹就能散掉。他慢慢地从乌力天扬脸上收回视线,慢慢地松开手,慢慢地躺到床上去,企图把身子缩成一团。因为没有了腿,他做不到这一点,他只能把脸别到一旁,放声大哭起来。

这才是那个问题，他和他要面对的问题。不是腿，是睾丸，那对外表骄傲、内里孤独、一直在无人知晓的地方执着地憧憬着的睾丸，它们不在了。它们不是一般的睾丸，不是简单的睾丸，它们是一个二十三岁的年轻男人的未来，现在，它们不在了，永远地消失了。

乌力天扬被钉在那里——被那枚暗绿色、塑料壳、用黄蜡和松香封口，比一只国光苹果重不了多少的踏发雷钉在那里，被截掉了双腿、摘掉了睾丸、抽掉了精神、没有了活下去信念的鲁红军钉在那里，什么话也说不出来。隔壁的歌声还在继续。乌力天扬在心里恶毒地想，那是他听到的最愚蠢的歌。

4

部队专门在医院召开隆重的授功大会，为不能离开病床的立功者戴上功勋章。

鲁红军坐在床上，换上了崭新的军装，团首长把光闪闪的一等功勋章戴在他胸前，军报记者抢上前去拍照，闪光灯咔嚓一下，热烈的掌声在病房里响起。握手。敬礼。鲜花入怀。首长鼓励。你是祖国的英雄，好好养伤，早日回到部队。让英雄讲几句。谢谢首长，谢谢牺牲的战友，谢谢祖国，谢谢祖国人民。

鲁红军的伤口开始收敛，在往愈合上发展，就算他不害臊地流泪，就算他把脸别到一旁，他也阻止不住这一点。

医院请来假肢厂师傅，给截肢伤员们量尺寸。假肢厂师傅激动地表示，一定以解放军英雄为榜样，用最强的责任心、最优良的材料、最好的技术为英雄们做出义肢。

鲁红军的照片和事迹上了《解放军报》，二版头条，整整半版。

在报道鲁红军事迹的时候，军报记者用了移花接木的手段，没有写鲁红军是在回国途中踩响的地雷，而是写他在攻打某高地的时候为保护战友勇敢地踩响了地雷，那篇报道的题目叫做《为了祖国，勇士扑向地雷》。

鲁红军的父亲见到鲁红军时完全像个做错了事情的小学生，不断地向鲁红军检讨，承认自己过去对儿子的悲观失望是毫无道理的，历史证明他错了。鲁妈妈收集了好几份《解放军报》，每天读一遍，每读一遍就哭一次。鲁爸爸说你哭什么？你要骄傲，为你儿子骄傲！鲁红军病房里的鲜花越来越多，来探望的领导和各界群众代表越来越多，这让哭过以后的鲁妈妈真的很骄傲。

乌力天扬始终在回避该死的睾丸问题。他心烦意乱，但装作什么也没有发生。只要一有机会，他就去医院，床架吱呀地一屁股坐下，参观鲁红军生出新鲜肉芽儿的断茬处，告诉鲁红军连里发生的每一件事情，把鲁红军没吃完的肉丸子全吃掉，嫌鲁红军长出了危险的肥肉，警告他必须开始锻炼胸肌和腹肌，并且和护士要贫嘴，要护士监督鲁红军，除非他做完三百个引体向上，否则不给他开饭。

乌力天扬还抢着看全国人民给战斗英雄鲁红军写来的信。自从鲁红军的事迹上报纸以后，护士每天都会送来大量的信。写信的人有学生、老红军、工人、农民、知识分子、劳改人员，他们的信写得全都让人感动不已。鲁红军靠在床头，头顶罩着光环，眼里闪烁着泪光，他每天都要护士为自己读全国人民的来信。有的信，那些充满了敬仰的信，他给它们编了号，要护士反复读。如果乌力天扬在，他就要护士把读信的任务交给乌力天扬，让乌力天扬读，让护士坐在一旁听。

乌力天扬大声地念那些信，像念诗歌，一边念一边摇头晃脑，叹气，在病房里走来走去，羡慕得一塌糊涂，然后喘着气把信放下，用卑鄙而夸张的口气大声说，你妈的比中央领导都闪亮！

有时候，乌力天扬会故意念出一些白字，鲁红军就会打断他，纠正他那个字该怎么念，解释那个字的意思，指导他往正确的方向走。一直到乌力天扬念得哑了嗓子，再也念不动，鲁红军才会很受用地长长地叹出一口气，示意乌力天扬停下。然后，他像一只急于回到巢穴里的刺猬，磨着屁股，动作熟练地缩进被单里，把自己蒙好，不耐烦地对乌力天扬说，你走吧，该干吗干吗去，我要睡觉。

5

参加全国巡回演讲的人先要到军区集训。乌力天扬到师部报完到，急不可耐地请假去野战总医院找简雨蝉。简雨蝉坐在床头，坐不住，晃悠着两条长腿，冲乌力天扬嘻嘻地笑，一副不怀好意的样子。

“笑什么？”乌力天扬靠在桌边，屁股挂在桌角，不明白。

“笑你。”简雨蝉还笑，手里玩着军帽，军帽叠成扬帆出海的船的样子。

“我怎么啦？”乌力天扬更不明白，屁股离开桌子，换一个重心，重新挂回去。

“你这算什么？一来就往我寝室冲。”简雨蝉斜吊着明亮的眼睛瞥乌力天扬，“我是你什么人？咱俩什么关系？”

“女朋友呗，还能是什么？”乌力天扬十分肯定，“你就是我女朋友。”

“真的吗？我怎么是你的女朋友呢？”简雨蝉坏劲儿上来，歪着脑袋，一副怎么想都想不明白的样子，“我答应做你的女朋友了吗？”

“你都说过亲我三百下了，后来又说亲五百下，后来又说好好看一次,后来又说秋后算账。这都不算了呀!”乌力天扬急了。

“我还说过‘完了’呢。我说‘完了完了’你怎么没记住?”简雨蝉存心和乌力天扬捣蛋,偏不就范。

乌力天扬莫名其妙。什么“完了”?在哪儿“完了”?为什么会“完了”?乌力天扬后来想起,她在电话里开心地尖叫,说亲他五百下,然后说“完了完了,都是你给闹的!”乌力天扬想,怎么是我闹的?你就没闹?你没闹我一个人能闹上吗?乌力天扬就觉得,他不能和这个不讲道理的浪丫头废话下去,那不是他的专长,他不喜欢在虚无的问题上纠缠下去,他是一个行动主义者。乌力天扬就开始行动,离开桌子,朝坐在床头的简雨蝉走去。

简雨蝉躲避着乌力天扬,在他怀里低声尖叫,身子扭曲地硬挺着,和他的身体做着一些猥亵的摩擦。然后,她像湿漉漉的水草似的缠紧了他。她的身体是那么柔软,像一只伸展开来健康无比的章鱼。她的嘴唇就像两片娇嫩的花瓣,吸住了花蕊的他。她把脑袋扎进他的腋下,用力嗅着他那男人的气味。她贪婪极了,完全不顾羞涩。

在最初的不适应之后,他发现他不是无所作为的,他根本就无须作为。她应和周到而又不露声色,带着他在他所生疏的她的世界里如花随影。她自己则灵如夭桃,轻似柳絮,暗中优美地舒张开合,示意并激励他做照耀果子的阳光和吹拂柳枝的风。她配合他小心地向前滑动,正迎合了探险的临渊境界,再一点点让他自信,找到攀登的感觉,放松,做了主。他毕竟聪明,很快就反从为主,知道自己豹入深涧也好,鹤立深潭也罢,怎样的姿态都有对方丝丝入扣的默契配合。一对大兵,是兵中尖子,首先占了英俏挺拔的优势,有滑腻腻的汗水在那儿做了背景,两个人似藕丝连,生命在翕张中不可能不激发和张扬起来,不可能不迅速地联袂起来。

戴小芳没有回寝室,简雨蝉早和她串通好。乌力天扬在简雨蝉的寝室待了一晚上，直到天快亮才离开。两个人折腾了一夜，乌力天扬把简雨蝉折磨得死去活来，一直把她折腾到动弹不了为止。

“妈呀，你真是战斗英雄，不给你授功怎么也说不过去。”简雨蝉哧哧地笑，把乱得不像样子的短发捋到耳后，心满意足地缩回到乌力天扬怀里，用尖尖的手指一点一点地抠乌力天扬的脊背，把乌力天扬抠得龇牙咧嘴。

“我那是，报复你。”乌力天扬喘着气，拱树似的把身上的汗往简雨蝉身上拱，相反拱得两个人的汗到了他一个人身上，越发是湿漉漉的。

“什么？”简雨蝉不明白，往外推乌力天扬，仰了脑袋要看清楚他。

“小时候。”乌力天扬把简雨蝉往怀里摁，不让她离开自己，咬牙切齿地说。

“小时候怎么啦？”简雨蝉还是不明白，用力撑住乌力天扬，要他说清楚了再贴。

“你总让我丢脸。”乌力天扬离开简雨蝉就心里发慌，捞出水的鱼，要渴死似的，一点儿骨气也没有。

“嘿。”简雨蝉明白过来，松开手，缩回乌力天扬怀里，松鼠似的再钻出来，仰着脑袋看乌力天扬，无限温馨地摸他的脸，“报复够了？”

“没有。才开始。我会报复一辈子。”乌力天扬觉得这个誓发得有水平，不免得意忘形。

“别指望我退却。”简雨蝉幸福极了，搂紧乌力天扬，“我喜欢你报复，我等着。要狠狠报复。说好了一辈子啊？不许反悔！”

“虫子才反悔。”乌力天扬搂简雨蝉，狠劲儿搂，像搂滑腻腻的娃娃鱼，“我喜欢你说一辈子。再说一次。”

“哎呀，你掐断我了！”简雨蝉叫，腰往前挺，弯得像一张弓，馨香的呼吸吐在乌力天扬的脖颈上，让乌力天扬鼻子痒痒的，老想打喷嚏，“你说，你还有什么不喜欢的，你这个贪婪犯！”

乌力天扬心满意足，认真地想了想，没有。她的存心捣蛋，乱七八糟的短发，汗漉漉的身子，满弦弓似的腰，所有的一切他都喜欢，没有什么他不喜欢的，他必须狠狠的。

“要这样，”简雨蝉顺着这个念头，要乌力天扬老实招供，“你是不是小时候就喜欢我？是不是？你带一帮人在学校门口堵我，说要亲我，那算喜欢呀？乌力天扬，敢情你从小就流氓，真不要脸！”

简雨蝉不能想这件事儿，一想就来气，小时候的深仇大恨一股脑儿全涌上来，气咻咻地翻身起来，把乌力天扬骑在身下，扬了玉捣似的拳头揍乌力天扬，一下一下，来真的。

乌力天扬不肯吃亏，脸埋进简雨蝉怀里，躲她的拳头。两个人纠缠到一块儿，又是一阵折腾，那折腾各有占上风的时候，没能分出胜负。

两个人闹了一会儿，因为提到小时候，简雨蝉不闹了，把她小时候老做的那个坠入太空的梦告诉了乌力天扬。她去追她的生母，她的生母走到地平线那头去了，她追过去，头开始朝下，往黑暗中的太空里坠落，怎么也收不住。简雨蝉一边说一边哧哧地笑，笑一阵儿不笑了，身子轻微战栗，滑溜溜地往乌力天扬怀里钻。

乌力天扬很认真地听简雨蝉说她的梦，听得毛骨悚然，心里隐隐发紧，好半天没有开口。本来想问她现在还做不做这样的梦，也没开口。

“你说话呀，你说话我才知道我没有掉进太空里。”简雨蝉急，说乌力天扬，“我知道我没有往太空里掉，但是你得说我没往太空里掉，我才相信。”

“我不能说。”乌力天扬小心地捋一把简雨蝉乳沟里的汗，再胡乱地捋一把自己胸前的汗，甩到一边，瓮声瓮气地说。

“为什么?”简雨蝉不解地问,“为什么不能说?”

“我觉得,你不是在做梦。”乌力天扬拿眼睛看着简雨蝉,身上起了一层细细的鸡皮疙瘩,愣了半天说。

“你,”简雨蝉吓出一身冷汗,抬手给了乌力天扬一巴掌,“你要死呀,不知道安慰人家一下,说这种话!”

后面的话她打住了。她想起了什么,没有往下说。所以她对他说,不要走远了!

6

演讲团的日程安排得很满,一个城市演讲几场,马不停蹄,再去另一个城市,有时候连吃饭的时间都得挤,还有的城市没安排上。那些城市就派人沿路堵截,苦苦哀求,说咱们省咱们市也是中国领土不可分割的一部分,没签订丧权辱国条约呀,怎么就不一个待遇?演讲团的领导出来打圆场,解释英雄们太累了,得让他们休息,硬给堵了回去。

三个多月后,演讲团结束了在全国各地的巡回演讲,团员们返回各自所在部队。一路上,人们的泪水、掌声和鲜花让乌力天扬焕然一新,至少他自己是这么认为的。

乌力天扬一回到连里就被告之,鲁红军半夜从床上爬起来,挪到轮椅上,把轮椅摇到走廊里,去摸电闸。鲁红军没有死成,220 伏的电把他从轮椅上打到地上,电闸短路。他刚试过假肢,还没有来得及学会用假肢站立,根本没法儿在护理人员赶来之前从地上爬起来,再一次把手伸向电闸盒。

鲁红军的行为被部队认定为勇敢的夜游行为——他仍然在战斗,他在梦中向敌人的堡垒冲去,把爆炸筒塞进射击孔里,这就是新一代的战斗英雄。医院是部队的医院,很配合部队的说法,连战后抑郁症的诊断都没有给。只是医院加强了对英雄的护理工作，一天二十四小时身边不离人，哪怕是夜里，都会有专人在鲁红军的病房里陪护。

“为什么？他为什么要这么做？”乌力天扬明知故问。他很快知道了他离开连队之后在鲁红军身上发生了什么。

鲁红军在返回国境线时踩上地雷，腿被炸掉，失去了性能力，很苦恼。他的战友们非常关心他的情况，要帮助他找一个好姑娘，以此唤回他对生活的勇气。好姑娘太多，她们简直就像秋天到来时满天飞舞的梧桐花絮一样多，她们都愿意把自己当做一束鲜花，献给她们心目中的英雄。战友们在那些写给鲁红军的求爱信中挑选，选中了一个广西师范大学的学生，她是他们认为的那种好姑娘。她的确是，关于这一点，鲁红军的战友们不是通过她写给鲁红军的信，而是通过她的实际行动得出的判断。

谭小春、司马宗、何未名、汤姜，他们就像卑鄙的老鸨，轮番游说，告诉女学生，鲁红军是战斗英雄，他在战场上的表现令人敬佩，他打小就令人敬佩，他还没出生就令人敬佩，他基本上就是那种天生的英雄，非得让人敬佩不可，这样的英雄，谁和他搞上是谁的福气。女学生说，你们不用说了，我知道他的情况，我不用你们做思想工作。战友们流下了眼泪，一个个说鲁红军，这么好的姑娘，活脱脱红嫂再世啊，你还等什么？战友们发火，说鲁红军，你怎么是这个样子的呢？你怎么黄泥巴糊不上墙呢？女学生心疼鲁红军，说你们冲他嚷什么？你们该冲他嚷吗？你们走吧，都走，我在这儿。

鲁红军试过了。他把女学生当急救包，他想唤回生活的勇气。他哆哆嗦嗦地往女学生身上爬，把女学生掐得青一块紫一块，掐得女学生咬紧枕头不敢叫。可是，不行，他不行。他面色如土，气喘吁吁，粗鲁地推开一张粉脸臊得通红的女学生。走开，你走开，别碰我！他当天晚上就从床上爬起来，挪到轮椅上，把轮椅摇到走廊里。

部队接到命令，要离开广西，返回原来的驻防地。游戏结束了，如果参加游戏的人不准备接着玩下去，就得打扫场地，退场，去琢磨新的游戏。战争当然没有结束，也不会结束，就跟生命会世世代代繁衍下去一样，战争也有生命，也会繁衍下去，战争的参与者也应该繁衍下去，比如轮战，比如在战争中学会打仗，比如在战争结束后学会如何把自己往墙上糊。乌力天扬没有更多的时间和鲁红军耗下去，他必须结束掉鲁红军的怯弱。

“你他妈真有本事！摸电门？那样死起来很难看你知不知道？龇牙咧嘴的，舌头吊出来，屎糊一裤子，比骟猪难看多了！你有这个本事，干吗不撞墙？红血白脑浆，样子更好看，你撞墙去呀！”

“你当我不敢？要能站起来，我就撞！”

“要什么站起来？就你这个样子，你能站起来吗？有资格站起来吗？站不起来没关系，你往地上撞，你拿地当墙，撞吧，撞呀？怎么不撞？懦夫！你他妈懦夫！”

“随你怎么说。说完没？说完滚蛋！”

“说什么？你有什么好说的？你那都是假的！你的勇敢都是假的！鸡巴整天往基地跑，也就是混件军装穿穿，讨把弹壳玩玩儿，玩儿什么玩儿？你就不是当兵的种，你就不是当兵的命！你从小就这样，汪百团开一枪你都往长江里跳，你玩儿不起！我说你怎么不把裤口往后开？加块屁帘儿，那样就不用换开裆裤了，要不你把裤口往边上开，蹲着撒尿！”

“我怎么撒尿和你没关系。我说了，我没腿，我用小便壶。小便壶你没用过吧？哈哈！”

“你想干什么？你想干什么！”

“去你妈的，你有什么资格教训我，有吗？”鲁红军哆嗦着，灰着脸看气势汹汹的乌力天扬，怪声怪气，"'这回亲不成了'哈！'秋后一块儿算账'哈！你妈的像头发情的骡子，你们全都是发情的骡子，让我寡蛋似的挂着，你他妈是人不是人？"

"不就是这点儿破事儿吗？不就是想操操不成吗？"乌力天扬被逼进绝境，没有了退路，浑身颤抖，"好吧，鲁红军，我他妈陪你，我奉陪到底！我也不操，也做寡蛋，也挂着，行了吧！"

"吹吧，尽管吹吧，不愧是演讲团的人，吹牛不脸红！"鲁红军往被单里缩，不再理会乌力天扬。

"鲁红军，鲁红军你听好了，我要再碰简雨蝉一手指头，我他妈不是人！"乌力天扬一字一句地说。

乌力天扬气喘吁吁，仇恨地盯着缩进被单下的鲁红军。被单下，鲁红军突然笑了，嘿嘿的，像只被人踩了一脚的蛤蟆。

7

简雨蝉被垂头丧气的乌力天扬讲述的那个荒唐故事弄得目瞪口呆，然后她哈哈大笑，人像抽了筋脉的树叶，软软地往桌上趴，哎哟哎哟地揉肚子，眼泪都笑出来了。

"你别笑好不好，我说的是真的。"乌力天扬脸色如土，不断地伸长脖子往下咽唾沫，紧张得要命，也晦气得要命。

简雨蝉还笑，为了笑疼的肚子，要报复乌力天扬，一撑桌角站起来，人像往树上挂的小豹子，挂在乌力天扬肩膀上，要咬乌力天扬的耳朵。乌力天扬血誓都发过了，不能让简雨蝉咬，把脑袋偏向一旁，躲开简雨蝉。简雨蝉还笑，挂不住乌力天扬了，端了水杯起来，想拿水止住笑，还没喝上嘴，水已经泼了一地。这么笑了一阵儿，笑够了，喝一口水，再喝一口，拿眼睛瞟乌力天扬一眼，再瞟一眼，慢慢收住嘴角，不笑了，有些吃惊地看着乌力天扬，看一会儿，一根手指头横出去，抹掉挂在长睫毛上笑出来的泪花。

“喂，你来……真的呀？”简雨蝉眉毛往上一挑。

“这种事儿，能开玩笑吗？”乌力天扬咳嗽一声。

“乌力天扬，你他妈算什么破男人！”简雨蝉把水杯往桌子上一蹾。

“嘴啊，嘴又臭了。”乌力天扬想让事情轻松起来。

“你让我怎么香？我一个大兵，操他妈我怎么温柔娴静？我凭什么让人说香？”简雨蝉怒气冲冲，脸都白了。

然后他们都不说话，一个坐在床边，一个坐在桌角。屋外有人走过。一会儿，院子里广播响了，“再见吧妈妈，军号已吹响，钢枪已擦亮，行装已背好，部队要出发；你不要悄悄地流泪，你不要把儿牵挂，假如我在战斗中光荣牺牲，你会看到满天的彩霞……”

“你妈生你的时候吞了一粒钢珠、半卷钢带。”简雨蝉平静下来，习惯地捋了捋额前的短发，转身趴在桌子上，用手指在那上面画着什么。

“你怎么知道？”乌力天扬困惑地看着简雨蝉。

“猜呗，猜你铁石心肠是怎么来的。”简雨蝉冷笑了一下，撅了嘴，往桌子上轻轻吹气。

乌力天扬不知道该怎么接简雨蝉的话。他接不上。事先做了准备，想了那么多的话，关于鲁红军，关于他和他、他和她，现在一句也用不上，连抽自己耳光也不起作用。他心事重重地坐在床边，坐了一会儿，见简雨蝉目光不在自己身上，而是津津有味地看桌子，他起来，走过去，看简雨蝉在桌子上画什么。

简雨蝉不是画。她趴在那儿，眼睛直直地看着桌子。桌子上，有一对小小的硬甲芫菁，其中稍小一点儿的那只，让稍大一点儿的那只背着，不肯下来，稍大一点儿的那只背上赖着同伴，也不肯走。乌力天扬先没看明白，看了一阵儿看明白了，两个小家伙，不是在耍赖,是在旁若无人地做爱。乌力天扬心里一阵发紧,痛苦地想,他对不起她,他他妈的对不起她!

简雨蝉伸出一根手指,轻轻拨动了一下两只幸福甜蜜的小家伙。两只小家伙动弹了一下,不动了,根本不管不顾,完全沉浸在自己的世界里,聚精会神地施承甘霖。简雨蝉又拨动了一下,这回动作大了点儿,男芫菁身子一歪,从女芫菁的背上滑下来,显出不耐烦的样子,伸了伸触须,好像在说,谁他妈惹我我砍谁。它很快爬回到女芫菁的背上去。简雨蝉伸手去一边,从杯子里挑了一指头水,小心地滴在男芫菁背上。男芫菁慌里慌张从女芫菁背上跌下来,丢下伴侣,连滚带爬地跑到一边去,在一本书的后面躲起来,探头探脑朝这边看。

“瞧,溜得最快的总是你们男的。”简雨蝉开心地说出了她的发现。

乌力天扬知道那个开心是假的。他也知道自己的抉择是假的。他还知道他真的喜欢她的那句话,别走远啊!只有一点是对的,他们还是冤家,过去是,现在依然是,什么都没有改变。

8

部队忙着打扫驻地,移交营房营具,准备离开广西。

连里新来的文书交给乌力天扬两封信。一封是乌力天赫来的,告诉乌力天扬,他已经出院了,回到所在部门。还说能在战后看到乌力天扬,他很高兴,他看出乌力天扬成熟了不少,有股子硬朗劲儿了,“好好干弟弟,有空儿多读书,别只收拾肌肉,得收拾脑子。还有,别抽烟,我知道你还在抽。”乌力天赫在信中说。

另一封信是葛军机写来的。葛军机告诉乌力天扬,父亲虽然嘴上不说,可为乌力天扬被授予战斗英雄称号的事心里十分骄傲,这两天话多，说的都是和战争有关系的事儿，还说身子乏，想喝点儿酒，当然不是真乏，是心里高兴，想喝。“你参战的事没有告诉妈妈，怕妈妈受刺激，又犯病。你什么时候回家探亲？妈妈老念叨你，雨槐和稚非也老提你，她们都很想念你，你当兵那么些年，也该探一次亲了。”葛军机在信中说。

乌力天扬给简雨蝉打了三个电话，头两个简雨蝉没接，说是正忙，要给伤员洗屁股，第三个是戴小芳接的。戴小芳很吃惊，说简雨蝉已经走了，前天走的，你不知道呀。乌力天扬一脸茫然，问去哪儿了。戴小芳说回北京呀，伤员出院的出院，转走的转走，大家都要回原单位，她这两天也回广州。又说，简雨蝉说过要告诉你的。乌力天扬问什么时候说的。戴小芳说大概十二三天以前吧。

十天前，乌力天扬去野战总医院，那次他告诉了简雨蝉他对鲁红军的承诺。她本来打算在那次告诉他，但没有。他堵住了她，没让她说出来。

乌力天扬说了声谢谢，把电话放下，呆呆坐着。左公宝进来。乌力天扬从发呆里醒过来，向左公宝建议，连里能不能在离开的时候给驻地的老乡留点儿粮食和菜金。左公宝认为乌力天扬考虑得很周到，同意召开支委会研究一下，菜金不能留，粮食不用带走，能留下的都留下。

有一次，部队在外面集训，吃饭的时候，附近村里的老乡都来了，孩子在里面，大人在外面，默默地围着饭锅，站在那里看士兵们吃饭，弄得士兵们都吃不下去。乌力天扬说给老乡留点儿粮食，指的就是这件事儿。

还有一件事。那个关于从地球上坠入太空的梦。乌力天扬真觉得它不是梦。而且，它不是她的，是他的，是所有人的。

第三十一章　数到二百零三停下

1

雨槐：

我已经回到基地，在基地疗养院疗养，除了吃饭睡觉，就是整天晒太阳，像一只可悲的寄生虫，过着资产阶级好逸恶劳的日子。医生说我还需要休养一段时间，他们不明白这对我来说有多么残酷。他们说我太苍白。这怎么可能呢？我会苍白吗？他们为什么不说鸟儿苍白，或者鸟儿厌倦飞翔？鸟儿会厌倦飞翔吗？

我的伤已经彻底好了。至少我是这么认为的。昨天我去疗养院后面爬山，在山上待了整整一天。我在山上奔跑。我看见一大群争吵不休的猕猴，还有一头幼鹿。那头幼鹿在我涉过溪流时企图超过我。它没能做到。我还是第一个到达终点的那一个。

我觉得我完全健康了。我又可以过丛林生活了。至于我的饭量，你完全想不到我是一个怎样的饕餮之徒，我差不多快要把疗养院给吃穷了。我敢向你保证，他们一定希望我快点儿离开这个地方。可惜他们不能把我赶走。他们没有权利把一个身无分文而又无比热爱阳光和争吵不休的猕猴的无产者赶走，你说对吗？

雨槐，我已经知道了你结婚的消息。从天扬那里。我是不是一个太迟钝的人？我是不是最晚知道这个消息的人？我是说，我并不是一个活在这个世界上的人——我被这个世界隔绝了，或者说，我把这个世界隔绝了。我对这个世界知道得太少，这个世界发生了那么多的事情，而我却不知道。

为什么我不知道呢？是因为时光的限制，我无法看到这个世界发生了什么事情吗？因为无法突破光的传播限制，人类无法看到宇宙的现在，他们的视线始终停留在过去——假使他们现在看到一颗距离他们十亿光年的星星，实际上他们看到的是那颗星星十亿光年以前的样子。这和我的现状何其相似！我活着，活在“现在”，但这个“现在”却是刚刚消失的过去和那些“过去”的“过去”，它已经远离我了。

但我还是要祝贺你。军机是一个值得你去爱并且托付一生的人。他是我印象里最懂得珍惜的男人。还记得小时候，因为体弱多病，我不能和别的孩子一起玩，我很孤独，他和你总是陪着我。你们和我一起坐在院子前面的台阶上，玩着一些什么，或者什么也不玩，就那么坐着。为了我，你们失去了多少正常孩子应该拥有的快乐，而这不是你们该承担的。军机，他是一个值得信赖的人，他就是这样一个人。

你看，我在祝贺你。我祝贺了。

还有一种可能——我觉得有什么东西被我错过了。一切都像是昨天才发生过，我们并没有活过我们以为的那么长的时间，我们没有收获过什么，我们还处在幼儿期，还没有学会思考，还没有来得及长大，还不会对这个世界说，我们是谁、我们需要什么。我们应该活到足够长的时间，才知道我们是谁，我们需要什么，才应该做出我们的选择，不会错过什么。

可是，为什么我不能忘掉你？为什么我在已经知道你结婚了，嫁给了我的二哥以后，还会那么深深地想念你？这是一个让我说不清的问题，一个令我困惑的问题。

我每天都会到山上来。山上没有别的人。动物当然不算，植物也不算，还有阳光，这让我容易静下心来思考一些问题。这个问题我后来想明白了。

太初时刻，运动伊始，漫天铺延的宇宙粒子相互间激烈地撞击，每一颗粒子在一秒钟内碰撞的次数比起整个地球的沙粒总数都要多，在一秒钟的时间里，流过粒子空间的能量超过宇宙间所有恒星从诞生到毁灭的全部能量的总和。在这一刻，宇宙中所有的物质都被创造出来，广袤的宇宙由此诞生。我也一样，“我”在大爆炸最初的那一秒钟就形成了，所有可能创造出生命的元素全都被创造出来，所有构成“我”的重要细节在最初时刻已经诞生；创世纪的痕迹顺着时间之流而下，“我”的宇宙里，每一粒微尘都带着开天辟地那一刻创造出来的遗传基因。

那一秒钟，无异于永恒。

是的，我错过了。我错过的是你。我把你弄丢了。我一直活着，一直处在幼儿期，因为我还没有来得及，没有收获你，所以我还没有长大。可是雨槐，我必须在阳光下告诉你，你是我的第一间鸽舍，第一条从高空俯瞰到的河流，第一道托着我向上飞去的气流。即使我失去了你——因为我的迷失、风雨太大、困惑无数、天黑了——我失去了你，我仍然会去寻找你。

我是说，在我的想象中继续寻找你。

（乌力天赫写给简雨槐的第六封信。在此之前，因为无人领取，又无发信地址，他写给简雨槐的第三封到第五封信，均被胜利文工团传达室以“查无此人”为由卖给了废品站。在此之后，乌力天赫仍然坚持给简雨槐写信。只是从这封信开始，他不再把它们寄出去，它们一直安静地躺在他的一只属于私人的皮箱里。）

2

葛军机回到家里，已经是晚上7点20分，广播里正在播送《各地人民广播电台联播》节目。葛军机在机关宿舍的存车棚里把自行车存好，取了放在车篓里的书包和短波收音机，上了楼，在门外把收音机的声音扭小，扭到自己能听清的音量，然后掏出钥匙，开了门。

葛军机一路上都在收听《各地人民广播电台联播》节目。他非常注意掌握时政新闻。在学校读书的时候，功课很紧张，尤其像他这种年近三十的大龄学生，和比他小得多的孩子一起坐在课堂里拼记忆力，显得很吃亏。葛军机是班长和学生党支部书记，平时有不少活动，但他再忙再紧张，也没有放松对时政的关心；等回到省委办公厅，给省委书记当上秘书，工作更忙，他却越发加强了对时政的了解和掌握。

"你这点和你爸爸一样，"乌力图古拉夸奖葛军机，"你爸爸有个小本本，一有空就掏出来记，仨瓜俩枣的，再后来就拿那仨瓜俩枣哄战士，哄得那些兵拿你爸爸当八磅的暖水瓶。所以说，你爸爸他能当政委。"

葛军机从学校回机关办事，正好省委书记在，秘书长把葛军机介绍给省委书记。省委书记认识乌力图古拉，站下来和葛军机谈了几句话。过了两天，秘书长往武汉大学打电话，告诉葛军机，省委书记问葛军机什么时候毕业，点了名，要葛军机毕业后跟他。秘书长要葛军机把握这个机遇。很多事就是这样，走过路过，就怕错过。葛军机想了两天，在学校办了提前结业证，回到省委办公厅，给省委书记当上了秘书。

葛军机进门，换了鞋，脱掉外套，把鞋和外套拿到外面抖了抖土，再拿回屋里，连同书包一起挂到阳台上。

葛军机进门的时候，简雨槐正在抹床架。她拿了三个盆、两只桶进卧室，地上铺一块布，人钻到床底下，把床架的底子抹了几遍，再一道床缝一道床缝地抹。每抹一遍，人从床底下钻出来，先去桶里洗抹布，再去盆里投抹布，每洗一遍抹布都得经过五道水的程序，再钻回床下。听见葛军机进门，简雨槐从床下钻出来，出了卧室，摘下头上的帆布帽子，说你回来了。葛军机说回来了。简雨槐往下脱工装，说饿了吧，饭做好了，我这就热去。葛军机说你歇着，我来吧。简雨槐说你累了一天，别动，洗个澡，坐着看你的书吧，饭菜一会儿就好。葛军机说你不也累一天了吗？简雨槐说我没事儿，你的工作重要，四个现代化，全靠党的领导呢。

简雨槐说着去阳台上挂工装，换上一件做饭时穿的外套，进了厨房，洗手准备热饭热菜。葛军机知道她洗手不是一时半会儿的事儿——简雨槐讲卫生，每天下班回家要拖三次地板，衣裳天天换，洗一次手要打十遍肥皂，再冲洗二十遍。她眼睛尖，能看见空气中的灰尘，而且固执得很，绝不会放过它们。葛军机就去衣柜里找出换洗衣裳，进卫生间洗澡，特地把脖子和耳根子搓了两遍，洗完换上干净衬衣，习惯性地照了照镜子，看鼻毛上带了灰尘没有。

葛军机一边做着这些事情，一边听广播。今天的新闻联播内容丰富，一条消息是各地落实《中华人民共和国中外合资经营企业法》的报道，另一条消息很喜庆，是说中央和国务院联合下发通知，从年底起，给全国百分之四十的职工升级和增加工资，这是粉碎江青反革命集团以来第三次为职工增加工资，这个消息会让人们兴奋好些日子。

等简雨槐把饭菜端上桌，已经是晚上 8 点多钟，葛军机已经把省委书记的发言稿写完，在读一本香港版的《红都女皇》。葛军机看看饭桌上，一碟碧绿的椿芽青豆，一碟红亮的回锅肉，一碗色彩鲜明的番茄丝瓜汤，虽然热过一遍，仍然色香俱在。葛军机过意不去地说，你看你，这么辛苦，还做这么费事儿的菜。简雨槐小心翼翼地看着葛军机的脸色，说就怕不合你的口味。葛军机连忙说，哪能呢，会宾楼的菜也不过如此。简雨槐抿嘴笑，说你喜欢就好。葛军机拿起筷子，见简雨槐坐在那里没动，还看着他。葛军机低头打量自己，澡洗了，衣裳换过，指甲用旧牙刷刷过，不该有什么程序没做到啊，就用目光询问简雨槐。简雨槐没说什么，起身绕过葛军机，走到卫生间外的鞋柜旁，看贼似的看着鞋柜上的短波收音机。葛军机恍然大悟，他光想着洗自己，忘了擦收音机。他连忙放下筷子，说瞧我，光顾听新闻了，我来我来。简雨槐红了脸，抱歉地说，你快吃饭吧，我来。

简雨槐把收音机拿去卫生间，仔细擦拭。门在这个时候敲响了。简雨槐从卫生间里出来，往门口走，说你别动，快吃吧，看饿坏了胃。

“天扬？”简雨槐把门打开，惊讶得差点儿没把手中的收音机掉到地上。

是乌力天扬。一身合体的军装，领章鲜红，帽徽闪烁，人站在门口，结结实实，个头儿快齐门楣了，笑眯眯地看着屋里的两个人。乌力天扬背后钻出扎着马尾辫的童稚非，笑嘻嘻地叫哥、嫂子。

“天扬，怎么是你？快进来，快！”葛军机高兴地放下筷子，从饭桌边站起来，迎过去。

一句话提醒了简雨槐，她连忙放下收音机，往屋里拉乌力天扬，说天扬快进家，怎么事先也不说一声，你把家里给忘了吧。童稚非已经进屋了，熟门熟路地换了鞋，外套挂到阳台上，说你们怎么才吃饭呀，又闹着去葛军机的书房，要看二哥新买的书。童稚非刚参加完高考，分数没上线，葛军机找关系，让她进了商业学校学旅游，这两天就报到。童稚非很崇拜葛军机，说自己要向二哥学习，商校毕业后再考大学，自学成才。

葛军机问乌力天扬什么时候到家的。乌力天扬说下午到的家，晚上吃完饭，陪妈妈说了会儿话，这才让稚非带着来看看哥哥和嫂子。简雨槐忙手忙脚给乌力天扬找鞋换，说，呀，天扬，你都长这么高了。乌力天扬拦住不让简雨槐动手，要自己换鞋，笑着说，这都多少年过去了，我都像过了半个世纪，个头儿还能不长呀。乌力天扬一定要葛军机和简雨槐把饭吃了再说话，否则他就和童稚非去外面站着，等他们吃完重新敲门。

葛军机和简雨槐匆匆扒了两口饭。简雨槐不能看着用过的碗碟放在那儿不管，去厨房里洗碗，童稚非陪嫂子说话，两个人在厨房里说说笑笑。葛军机在外屋陪乌力天扬说话，问了一些他在部队上的事情，乌力天扬说，他点头。乌力天扬老成了，话说得不多，葛军机点了一会儿头，慢慢的，兄弟俩见面时的兴奋过去了，话越来越少，问一句说一句，不问，两个人就坐在那儿。

“二哥，”乌力天扬不好意思，“那次妈被抓走，你写大字报和家里划清界限，我真是浑，提刀捅你。我那时候特别恨你，就恨不得一刀捅了你。”

“这事儿呀，你还记着。”葛军机笑了。

“我不会忘。”乌力天扬认真地说，“我想了两年，老觉得对不起你，这次回来我就想，一定得当面向你道歉。”

“那是你不知道实情。你和稚非小，爸爸不让告诉你们，怕说出去误事儿。事情都过去了，别再往心里去。”葛军机说，问乌力天扬喝茶还是白开水。

简雨槐惦记着乌力天扬，碗筷洗了两遍，用杀菌药水泡上，再胡乱洗过两三遍手，出来和乌力天扬说话，问他受伤没有，在前线吃了多少苦头，打仗怕不怕。葛军机起身把位置让给简雨槐，把她的水杯端过来。简雨槐的水杯是一只干干净净的玻璃杯，用一方洁白的手绢垫着，葛军机用手绢隔了手，小心地递给简雨槐。童稚非顽皮，说看二哥把二嫂宠得，都赶上宠公主了。简雨槐不好意思地说，你二哥就怕我累着，什么事都不让我动。葛军机笑眯眯地看着简雨槐，说你这就不是实话，是你不让我动，家里的事情都是你做，我什么事也插不上手。简雨槐说，谁说你插不上手，你干大事业，我就做一些小事情，我要这都不能做，还有什么资格给你做妻子呀。童稚非弹出一根手指来刮脸，说羞不羞，王婆卖瓜，自卖自夸，也不怕人家说你们肉麻。大家就笑。

“我见到雨蝉了。”说了一会儿话，乌力天扬犹豫了一下，对简雨槐说。

“雨蝉？你见到她了？”简雨槐惊喜地拽住乌力天扬，“快告诉我，她怎么样？你怎么会见到她的？”

乌力天扬脸上没有什么表情，心里牵扯着，狠狠地疼了一下，把在广西见到简雨蝉的事情告诉了简雨槐，只是没说他和简雨蝉之间发生的那些事情。那些事情本来是他生命中的华彩，现在却成了他的伤口，比战场上射向他的那些子弹还可怕，他无法说出来。

没有人观察到乌力天扬有什么异常。简雨槐开心得很，好几次轻轻地笑出声来，不像以往，要笑也是抿嘴笑，风过荷塘似的。简雨槐说，家里知道简雨蝉参军的事，知道简雨蝉在北京军区，只是没有联系过，也不知道她怎么就去了前线；又埋怨了一阵简雨蝉，说她离开家后就一直没给家里写信，疯丫头，把这个家给忘了。简雨槐说简雨蝉的时候，乌力天扬不接话，端了茶杯坐在那儿，听简雨槐说把家忘了的话，心里还是隐隐地疼，没过去。

四个人坐在外屋谈了很久，其间童稚非拖乌力天扬去参观二哥二嫂的屋子。省委机关事务管理局分给葛军机的房间是一套两居室，五十平方米，一间书房，一间卧室，一间小客厅，房间不大，收拾得一尘不染,干净得能做化验室。乌力天扬有些拘泥,回到客厅又坐了一会儿,要和童稚非回去,说时间不早了,明天二哥和嫂子还得上班。简雨槐说,再坐会儿吧,才11点呢,还早。乌力天扬说自己还要在家里待几天,再来看二哥二嫂。葛军机和简雨槐就把乌力天扬和童稚非送出门。

到了门口,简雨槐突然说出一句话,让乌力天扬大吃一惊。

"你四哥要还活着,看到你这个样子,他会为你骄傲。"

"谁说天赫死了?"乌力天扬愣了一下。

"爸。"简雨槐嘴角挂着一丝忧郁的笑容,口气平静地说。

"你爸还是我爸?"乌力天扬盯着简雨槐。

"傻瓜,你爸不就是我爸嘛。"简雨槐抿着嘴笑。

"他放屁!"乌力天扬没忍住,脱口而出。

"天扬,当兵苦,但不一定要粗鲁。"简雨槐有些失措,红了脸,求助似的看看一旁的葛军机。

乌力天扬看着简雨槐,她脸红得真好看。乌力天扬再看葛军机,葛军机把目光移到一旁。乌力天扬意识到什么,他想,军机那么爱雨槐,雨槐生活得也很平静,没必要说出天赫来。这么想过,他深深地吸了一口气,把到嘴边的话压了回去,说哥,嫂子,你们留步吧,我和稚非回去了。

葛军机和简雨槐一直把乌力天扬和童稚非送到大街上,看着他们走远,这才往回走。

上了楼,回到家,葛军机和简雨槐都有点儿兴奋。这不是他俩的习惯。葛军机总是人群中最冷静和最理性的一个,年纪轻轻就有一种宠辱不惊的大气。简雨槐平时总是躲着人,在家也是端着一杯白开水,坐在窗前呆呆地看楼下大街的时候多。两个人说话都是和颜悦色,都拿对方当远方来的贵宾,不会大声说话。那天却奇怪,乌力天扬给他们各自带来了新鲜的感受。

葛军机的感受是他很幸运。在门口，乌力天扬追问简雨槐，问谁说天赫死了，还粗鲁地说了放屁，这让葛军机一时有些吃惊。他不是吃惊乌力天赫没有死，是吃惊乌力天扬看了他一眼，最终没有说出乌力天赫的事情，可见乌力天扬明白道理，对雨槐是关心的，对自己是尊重的。葛军机知道，乌力天赫和乌力天扬都喜欢过雨槐，或者说，仍然喜欢着，雨槐最终却做了他的妻子，而不是两个弟弟当中的一个。葛军机就觉得，他在对人对事的选择上看似和别人不同，却总是对的。比如转业，看似失去了基础很好的前途，他却在考研这件事情上把什么是前途的牌翻了过来；比如成家，看似娶了有过一段不堪经历的雨槐，他却能泥里托荷，把知道什么是珍宝的那张牌翻了过来。葛军机这么想过，就有点儿为自己的剑走偏锋兴奋，就想在这个晚上做点儿什么。

简雨槐的感受是她还活着。乌力天扬突然出现在她面前，带给了她惊喜，同时带给了她对两个昔日最亲密的人的回忆。简雨槐没有想到，她还会对昔日那么在乎。已经一年多了，她始终试图忘掉过去，忘掉乌力天赫，她以为自己做到了。她在门口对乌力天扬说“你四哥要是还活着”，是下意识说出来的，就像人们会下意识地说出“我们小时候”这样的话；她没有想到乌力天扬的到来，会让她曾经的努力付诸东流。为了这个，她在心里责备自己，并且对葛军机心怀愧疚。

所以，当两个人各自收拾完，进了卧室，上了床，葛军机从后面抱住简雨槐的时候，简雨槐没有躲闪，任葛军机轻柔地抚摩她，耐心地为她解开小衣，甚至在他的胳膊压住了她的头发，把她弄疼了时，她也没有叫出声来，而是体贴地挣出一只胳膊，取掉头上的漆皮小发卡，不让它弄伤了他，再费力地把被子的一角从她的身下拉开，以便他活动起来不那么碍手碍脚。只是，在他俯身向她的时候，她下意识地闭上眼睛，轻轻颤抖了一下，默默地开始在心里数数:一、二、三、四、五、六、七、八……

和每一次一样,简雨槐数到二百零三的时候会停下来,如果葛军机没有停下的意思,她就从头开始数。

在遇到那些她必须去做,却又让她难以接受的事情时,她会下意识地闭上眼睛,默默地在心里数数,一直数到那件必须去做的事情结束掉。

从一到二百零三,这是她的数字。她的。数字。

3

乌力天扬已经不认识武汉了。

武汉是一个知道珍惜夜晚的城市。武汉有两条江,无数的湖泊,江水会流淌,湖水会在平原的风路过时拍打湖岸,那都是要人来聆听的,要人在梦中,以梦呓的方式和它们对话。生活在这座城市里的人,习惯了在夜晚到来时守在江边湖畔,和江水湖水一起静静地遥想,所以在整个夏天,这座城市的大街小巷里才会摆满大大小小的凉床凉椅,人们在凉床凉椅上坐着躺着说话睡觉,那是为了在夜里聆听江水湖水,和它们说话。现在不一样了,一群群年轻人,穿着尖领衬衫、细腿裤或者喇叭裤、尖头皮鞋,男的梳飞机头,女的烫发,手里拎着时髦的四喇叭三洋牌录音机,录音机里放着刘文正的《秋蝉》,挤在街头公园或者干脆在马路两旁搂着腰搭着肩跳交际舞,没有人再留意去听江水和湖水说些什么。

乌力天扬牵着童稚非的手,兄妹俩从葛军机和简雨槐住的胭脂路出来,上了昙华林街,穿过中山路,沿着积玉桥一路往家走。

乌力天扬问童稚非会不会跳交际舞。童稚非说想学,同学约了几次,没去。乌力天扬问为什么不去,跳舞多好啊,同样搂着抱着,推来搡去,比打群架文明得多,也好看得多。童稚非嘻嘻地笑,说怕爸骂呀，爸会骂我不学好，没敢去。又问乌力天扬是不是想起小时候打架的事情。

乌力天扬让童稚非一问，有些发呆，想自己小时候打了不少架，打输的多，打赢的少，往后溜的多，往前冲的少，现在反过来了，打赢的多，往前冲的多，怎么就变了呢？不是反过来了又是什么呢？所以，武汉变了，也就不奇怪。

乌力天扬不认识武汉，萨努娅也不认识自己的老五了。萨努娅几年没见乌力天扬，她被抓走的时候，乌力天扬只十来岁，还是个举着斧头冲出来要砍人却往地上跌的没换毛的小公鸡。后来母子俩在山西定襄监狱匆匆见了一面，萨努娅那时正犯着严重的强迫症，认出乌力天扬等于没认出。现在乌力天扬高高大大，唇上有了胡楂儿，头发硬得扎手，一身强烈的汗味儿，是个大小伙子了，萨努娅认不出来了。

乌力天扬请下探亲假，从郑州上车，车上人挤人，他把座位中途让给了一个抱小孩的妇女，整整一天，他是从郑州站到武汉的。乌力天扬有点儿激动，人靠在厕所边上，来来回回地收腿，贴着墙让人通过，心里想，这次回家，可以见到妈妈了，可以叫一声妈妈了。为这个，他特别感激京广线和在京广线上奔驰的列车，见了乘务员老是忍不住叫人家大哥大姐。可是，进了家门，萨努娅半天没认出他来，他红着眼圈叫了几声妈，童稚非抱着他又叫又跳，萨努娅还问童稚非，这位小同志是不是天时的战友，来看天时的？

后来萨努娅认出了乌力天扬，就不让乌力天扬离开她一步，先很奇怪，老五怎么一夜之间变了样儿，变得比几个哥哥都大？然后拿乌力天扬当婴儿，老是要抱他。乌力天扬不让抱，她就急，要乌力图古拉过来教育儿子。乌力天扬没办法，只好让她抱，她抱了几下没抱起来，又犯疑惑，怪乌力图古拉在一边拽着儿子，让她没抱好。吃饭的时候，她一会儿拿手绢替乌力天扬揩一下嘴，一会儿又要乌力天扬别吃快了，看噎着，就差没拿围嘴替乌力天扬围上，喂他吃饭了。

“妈，五哥又不是孩子，你让五哥自己吃。”童稚非在一旁嘻嘻笑，冲乌力天扬扮鬼脸。

“你吃你自己的，别管你哥的事儿。”萨努娅把一块肘子搛进童稚非的碗里，责备她说，“你都十九了，也不知道让着你哥哥。”

“我十九，五哥多大？”童稚非嘻嘻地笑，斗嘴说，“该他让我。”

“胡说，怎么该他让你，”萨努娅放下筷子认真地掰着手指头算了算，很肯定地说，“你五哥十三，比你小六岁，你不让他让谁。”

乌力图古拉在一旁责备童稚非，要她别惹妈妈，又放低了声音向乌力天扬解释，你妈老往过去走，我们都习惯了。

“你跟我儿子说什么？”萨努娅警惕地收了筷子，看着乌力图古拉，“是不是要他来揭发我？”

“我说什么了？我说你光记着过去的事儿，不往前看，不进步。我说得对不对？”

“好，这可是你说的。那我问你，毛主席说，忘记过去，就意味着背叛，你怎么解释？”

“我解释什么？毛主席领导着几百万军队、几千万党员、几亿人民群众，要说多少话？说了多少话？要都解释，我不成毛主席的翻译了？再说，毛主席说这话时睡觉没睡觉？游泳没游泳？是吃了红烧肉说的，还是吃了辣椒说的？睡了，游了，吃了，事情就会发生根本性的变化，情况那么复杂，说得清楚吗？”

乌力天扬不喜欢父亲那么抢白母亲，都说了母亲这是病，哪有好好的人和病人争执的，而且好好的那个人还是病人的丈夫。看两个人在饭桌上争吵，你一句我一句，谁也不让谁，争得面红耳赤，还拿筷子指对方，乌力天扬就不高兴，想插嘴，被童稚非拦住。

童稚非要乌力天扬别管父母，他们闹一闹好，闹一闹动脑子，要不，妈整天光和三哥说话，三哥又很少回妈的话，妈的脑子就没有机会锻炼。乌力天扬问童稚非这说法是哪儿来的。童稚非说爸琢磨出来的，过年的时候，妈的病犯得重了，爸送妈去医院，问过妈的主治大夫，是不是得和妈斗争，不斗争妈老往下坠，越坠越找不着，一斗争妈就昂扬向上，人就找回来了。大夫说，有一定道理，但不是斗争，别太刺激病人，别给病人提她遭的那些罪。乌力天扬听童稚非这么说，心里咯噔一下，先前一直没有缓过来的对乌力图古拉下意识的抵触，就有些松动。

萨努娅记得自己的名字和生日，记得位于克里米亚她出生的那个城堡和她父亲的鹿群、白骆驼群。她能清晰地回忆起年轻时她就读过的延安女子大学和苏联东方大学里的老师和同学，很容易就说出他们的名字，以及他们各自闹出的笑话。对于她跟随国际主义战士库切默来到中国之后的事情，她回忆起来总是充满热情，眼睛炯炯发光，人显得美丽而单纯。然而，对丰富多彩充满传奇的早年生活记忆犹新的萨努娅，却记不起 1967 年以后的日子，在医生为她诊断的时候，她回忆的思路总是在 1967 年她被捕的那一天戛然而止，不再往后延续。

“能告诉我今年是哪一年吗？”医生用一种亲切的、尽可能随意的口吻问萨努娅。

“1967 年。难道你忘了？中国道教协会在北京成立。外交部宣布印尼外交官巴伦和苏玛尔诺为不受欢迎的人。中国第一颗氢弹爆炸成功。印度军队越过中锡边界卓拉山口入侵中国领土。中国撤回在缅甸的全部中国专家和技术人员。国际形势越来越紧张，但不是小好，而是大好。”萨努娅想也不想，思路清楚地回答。她花白的头发在日光灯下熠熠生辉。

“您出生在哪一年？”

“1930 年。”

"那么,您今年多大年纪?"

"应该是,"萨努娅有些犹豫,蹙着眉头认真地想了想,还转过头去,看了一眼身旁的乌力图古拉,好像要从他那里得到支持,"三十七吧?我没留意这个问题。我不太在乎这个。"

萨努娅的记忆在 1967 年之后出现了空白。偶然的,她会回忆起 1967 年之后在她身上发生过的一些事情,但这种记忆断断续续、零零星星、互不连贯,在时序上十分混乱,就算回忆起了,也是稍纵即逝,很快就会忘掉。她在 1967 年以前的生活是真实的、完整的,一让她回忆那些年的事情她就充满兴趣,咯咯地笑。而在 1967 年之后,她生命中的时间就完全结束了。医生为萨努娅做了脑电图、脑部扫描 X 光片,诊断的结果,既没有发现乳头体的萎缩现象,也没有发现大脑损伤的痕迹,癔病性遗忘症和赋格式遗忘症的可能性都被排除掉。医院甚至为萨努娅做了钠阿米妥测试,试图释放出萨努娅可能受到压抑的记忆,但显然的是,这一切都没有任何作用。

最后的诊断是由上海医科大学陈良德教授做出的。陈教授认为,萨努娅得的是一种叫作逆行性遗忘症的精神疾病,这种疾病属于科尔萨科夫氏综合征中的一种。陈教授无法对情绪激动的乌力图古拉讲清楚萨努娅的病理。乌力图古拉只会一遍又一遍愤怒地说,为什么会这样!你们把她怎么了!陈教授看出葛军机是个理性的青年,他让助手把愤怒的乌力图古拉带走,只让葛军机留在他的办公室里。经典的科尔萨科夫氏综合征是一种深刻而永久的但也是单纯的记忆力破坏,患者的记忆力没有恢复的希望,也就是说,你母亲这种情况无药可治。陈教授这样对葛军机讲解萨努娅的病情。

萨努娅有知觉、感觉、意志、感情、道德观、生活习惯,就是没有完整记忆,从某种角度讲,她并非生活在当下,而是生活在 1967 年以前。不管时代是不是在往前推进，不管别人是不是在继续向前生活，她依然故我，像一块不动声色的化石似的停留在 1967 年以前，在那里过着她曾经经历过的高尚的、圣洁的、有意义的生活。她用这种方式，成功地将 1967 年之后发生的事情从她的生命中抹得干干净净。

她在等待最后的遗忘，这种遗忘最终会将她整个儿的一生从这个世界上抹去。

4

乌力天扬和童稚非回到家，童稚非要去楼上萨努娅和乌力天时的房间。乌力天扬看乌力图古拉的办公室里有灯光，就要童稚非先去，一会儿自己再上去。

乌力图古拉在自己的办公室里看电视。那是葛军机托人从华侨商店买来的，一台东芝牌黑白电视。电视里，呆板着脸的男播音员正在播送中国重申对西沙群岛和南沙群岛主权的新闻。乌力图古拉坐在一把老式藤椅上，腰板挺得笔直，目光落在电视屏幕上，一动不动。看见乌力天扬进来，他身子仍然没动，只是把目光从屏幕上移开，询问地投向儿子。

“爸，我见到天赫了。”乌力天扬在沙发上坐下，开门见山地说。

乌力图古拉眉头跳动了一下，仍然坐在那里看着儿子。有一刻，父子俩都没有说话。然后乌力图古拉把电视关上，站起来，走过去，把办公室的门掩上，再坐回来，坐在乌力天扬身边的沙发上。

乌力天扬把他怎么见到的乌力天赫，他所知道的乌力天赫的情况，兄弟俩都说了些什么，大致地对乌力图古拉说了一遍。

乌力天扬在说乌力天赫的事情时，乌力图古拉一直认真地听，一句话也没有插，很冷静。等乌力天扬说完，乌力图古拉才开口，问了一下乌力天赫负伤的事。

乌力天扬告诉乌力图古拉，乌力天赫自己处理的伤口，处理得很好，没有感染。乌力图古拉点点头，神态平静，说贯通伤，只要身子里干净，没留下东西，不喝生水，就没什么事儿。他那样说，好像在替乌力天赫宽慰乌力天扬，好像他就是那枚击穿了乌力天赫的子弹，知道他带给乌力天赫的伤害究竟有多严重，然后，他把话题移开，问乌力天扬在部队作战的情况。

乌力天扬回家大半天，没有和乌力图古拉说上话。一是有萨努娅在，乌力图古拉捞不上，二是乌力天扬心里有症结，总也忘不了小时候和乌力图古拉的那些芥蒂，忘不了乌力图古拉往死里打他的事情，忘不了他往批斗台上冲，去给乌力图古拉剃阴阳头的事情，有意无意地回避着乌力图古拉。这时父子俩说过乌力天赫的事情，这件事过去一直是乌力家的禁忌，好像满河的水在什么地方开了一道闸，后面的水跟着前面的水走，乌力天扬顺势就把自己的事拣主要的说了。

乌力图古拉这回不光点头，也插话，是被乌力天扬说的事情煽动起来，忍不住，身子往前挪，眸子亮闪闪的，老是不满意地质问乌力天扬，谁让这么打的？好好的打成这个样，雏子嘛！最后竟有些生气，骂了一句扯鸡巴淡，说这不是瞎胡闹嘛，仗这么打还不打输？

乌力天扬那里说不下去，心想扯不扯鸡巴淡，你又没上去打，有本事骂人，你上去面对面骂，骂出个不是雏子的打法嘛。乌力天扬多少受了点儿伤害，就闭了嘴，不再往下说。

乌力图古拉看乌力天扬不再往下说，知道自己话多了，批评过了头，仗是儿子打的，是儿子的首长指挥的，而且仗没打输，是胜仗，那是一片天空也好，一片海洋也好，飞着的鸟儿和游着的鱼都不是自己，自己站在地上，站在岸上，光看人家活蹦乱跳，那叫挂眼科，没有资格批评谁。

两个人冷了一会儿场，乌力图古拉起身，去办公桌前拉开抽屉，取出一封信，走回来，把信交给乌力天扬。

乌力天扬看一眼信封，收信人是萨努娅，落款是“内详”，字迹有点儿熟悉，取出信瓤来，展开看，抬头是“妈妈”两个字，落款是“您的儿子乌力天赫”。乌力天扬心里咯噔跳了一下，从头读下去——

妈妈：

我见到了天扬。从天扬那里，我知道了您和安禾的事儿。

我很难过妈妈。我真的很难过。从小到大，我一直认为您是这个世界上最坚强的女人，没有什么东西可以战胜您。我就是这么想的，就是在对您毫不动摇的坚定信念中一点点地长大，长到了现在。可是现在，有人告诉我，我错了——您不是那样的一个女人，您不是坚不可摧的女神，您还是被人打倒了、战胜了，被这个世界上更为强大的邪恶势力打倒和战胜了。您可以想象，我在知道这个消息的时候有多么痛苦和悲哀。我的痛苦和悲哀甚至让我在一刹那间怀疑我是不是还活在这个世界上，是不是有理由仍然活在这个世界上。

我怎么能不知道您遭遇了那么多的苦难、会遭遇到那些苦难？我怎么能不知道他们会这样对待您、会把天使般圣洁的您投进监狱？我是您的儿子，妈妈，我是您脐带上摘下来的那些儿子们当中的一个。也许我不是您最牵挂的，您最牵挂的是天时；也许我不是您最心疼的，您最心疼的是天健；也许我不是您最满意的，您最满意的是军机；也许我不是您最操心的，您最操心的是天扬。可我总是耗尽了您所有心血的儿子们当中的一个。而我在您遭遇到邪恶的时候却茫然不知，在您遭遇到邪恶的时候却不在您的身旁，不能为您抵挡住邪恶无耻的袭击，让您吃了那么多的苦，我算您的什么儿子啊！

还有安禾。我的妹妹。小时候,她是那么信赖我,她老是跑来找我为她梳小辫儿。我还记得她上学的那一天,是我牵着她的手把她送进教室的。我不该不管她,不该让她牵不到我的手。我算什么哥哥!

告诉我您现在怎么样。告诉我您还好吗?告诉我您是否要我回到您的身边去。告诉我您的一切。

回信寄:××省××××信箱。

您的儿子乌力天赫

乌力天扬读完那封信,把信折叠好,放回信封里,还给乌力图古拉。他应该猜到这个结果。他告诉了四哥妈妈的事,四哥小时候最护妈妈,他护妈妈护到提着菜刀砍爸爸,被镇压下去了还往上冲,他不会什么表示也没有。乌力天扬有一种说不出的伤感。难怪他说在前线见到了乌力天赫,父亲没有吃惊。

乌力图古拉把那封信放回抽屉,回来坐到沙发上。他告诉乌力天扬,信是春节后收到的,很显然,乌力天赫是在战前发出的信,也就是说,在乌力天扬告诉他家里的事情之后,他一分钟也没有停留,就发出了这封信。萨努娅的病情不大稳定,医生建议最好不要刺激她,而且,这封信里提到了安禾的事,所以一直没有给萨努娅看。是不是给她看,什么时候给她看,得看她病情好转的情况,还得听医生的建议。

“前几年,总参不断派人来调查家里的情况,那个时候,我就觉得事情有什么不对劲儿。我想过是他,他还活着。”乌力图古拉说。

“二哥知道这封信吗?”乌力天扬并不关心谁来打听过乌力天赫,也从来没有怀疑过乌力天赫还活着。乌力天赫的命硬,要死,他小时候就该死了,吃冰棍儿就能噎死他,也挺不过练搏克往地上摔他那一关。

“知道。他给天赫回的信。”

“雨槐呢?”

“不知道。”

“为什么不告诉雨槐?”

“不能告诉她。那会害了她,也会害了军机。”

“这对雨槐不公平,对天赫也不公平!”乌力天扬冲动地说。

“没有什么公平。要公平,他就不该一声不吭地逃掉。就算他是兔子养的,也该早点儿来封信,告诉我们他在哪儿撒野,别动他窝边的青草,而不是在十几年之后。难道我们就该把他窝边的青草收拾好,让雨槐一辈子等着他吗?”乌力图古拉怒气冲冲。

乌力天扬默然,无从回答。他在中线野战总医院对乌力天赫说了那些伤害乌力天赫的话,说人山人海、全世界、热闹、开心,他是多么卑鄙!他想用这个来消除他和乌力天赫之间的芥蒂,他其实没有做到。现在他知道了,不光他被阻止在过去,父亲也被阻止在过去,他们谁都没有摆脱掉。但有一点,父亲说得对,没有什么公平。

实际上,父子俩那天晚上都有一种想要说话的冲动,甚至有一种想要重修于好的念头,毕竟事情已经过去这么多年了,人该老的老,该大的大,不应该总纠缠在过去,但父子俩都没有做到。

在结束掉乌力天赫这个话题之后,乌力图古拉开口说了两次话,一次是问乌力天扬接下去有什么打算,一次是乌力天扬在说到部队打算送他去军校读书时表现得有些淡漠,表示出不满,批评乌力天扬消沉。乌力天扬不打算和父亲再谈下去,站了起来。

“时间不早了,您早点儿休息吧。”

乌力天扬离开后,乌力图古拉又坐了一会儿,听见乌力天扬上楼的声音,还有公勤员郝卫国在后院关门的声音,然后他起身回到藤椅上,重新打开电视机。

电视机里一片雪花,什么图像也没有。

5

整整一个星期，乌力天扬忙着在家里接待人，或者去别人的家里，让人接待。

罗罡夫妇到乌力家来过几次，向乌力天扬打听罗曲直的事情。

罗罡对部队谨慎而冷漠的答复非常恼火，他一直对失踪的儿子抱着一种绝望而侥幸的幻想。他不断向乌力天扬提问，问得很仔细——罗曲直在部队的表现如何，上战场之前有什么反常，是不是写了血书主动要求上去的，在战场上有没有张皇失措，怎么失踪的，失踪后部队有没有采取营救措施，等等。

乌力天扬就自己了解的情况，详细做了回答。罗曲直没有当场牺牲，这一点可以肯定，运送弹药的军工们到达阵地后，部队立刻派出了一个班，沿着送弹药的那条路往回搜索，路上没有发现搏斗过的痕迹，也没有血迹，连弹壳都没有一枚。

罗罡对这个答复表示不解，紧锁着眉头一个劲儿地质问乌力天扬，怎么会呢？怎么会没有弹壳呢？

乌力天扬不知道怎么回答罗罡。他也觉得困惑，怎么就没有弹壳？三个兵，三支半自动步枪，不带备用弹匣，枪里一共四十五发子弹，还有揣在上衣口袋里的光荣弹，怎么就一点儿搏斗的痕迹也没有？

罗曲直后来和段人贵走得很近，是段人贵的心腹，所以才当上了连部文书。段人贵派罗曲直带两个兵去后面接弹药，属于照顾性质，让罗曲直离死亡远一点儿，谁知人就不在了。乌力天扬本来瞧不起罗曲直，有点儿冷落他，但罗曲直失踪后，他怎么也放不下心，老觉得把什么东西给丢掉了，部队撤离218地区时，他还说服段人贵，带着鲁红军的班再次寻找过罗曲直，却没有结果。

乌力天扬几乎每天都会去鲁红军家，陪鲁红军的父母说说话。

鲁妈妈不厌其烦地问鲁红军踩上地雷的情况。她在广西医院里已经问过这件事，知道得清清楚楚，但她还问，一遍又一遍。怎么踩上雷的？踩上以后雷怎么炸的？问过就哭，鼻涕眼泪一大把。

鲁爸爸说妻子，天扬都说过好几遍了，老问这个干什么，让人怎么说？红军当兵是人家天扬帮的忙，当兵后又归天扬领导，打仗也是天扬带上去的，你让天扬怎么说？

鲁爸爸这么一说，乌力天扬就有一种坐不住的感觉，真的就不知道自己该说什么。那个他想了无数遍的念头又出来了，他不知道自己为什么会坐在这儿，而不是和鲁红军一起，让地雷掀上天去，再落下来，呼天抢地地抬回国内，让人拿掉两条腿和睾丸，如果那样，他会觉得好过得多。他觉得自己欠鲁红军的，欠鲁爸爸鲁妈妈的，欠大了！

鲁爸爸鲁妈妈刚从广西北海的一家疗养院看儿子回来。他们告诉乌力天扬，鲁红军已经装上了假肢，他很配合康复治疗，现在已经能扶着把杆走上两三个来回。部队上表示，鲁红军是战斗英雄，一等功臣，提干的指标已经批了，今后的生活将由国家民政部门负责，如果鲁红军本人不提出转业要求，部队将一直保留鲁红军现役军人的名额。我们就怕部队不要他了，他好容易走上正道，不能再退回到过去。鲁爸爸心情复杂，既宽慰又担心地说。

乌力天扬没有告诉鲁爸爸鲁妈妈，鲁红军曾经自杀过，没死成。部队离开广西后，乌力天扬一直设法和鲁红军取得联系，他知道鲁红军在哪儿，在做些什么，他甚至知道鲁红军康复食谱上的菜单，可是，鲁红军没有理睬他。告诉那个幸运的小子，叫他别来烦我，什么牵挂不牵挂，操他妈，他挂个屁，让他学葫芦瓜，往鸟屎上挂去吧！鲁红军轻蔑地对去探望他的左公宝说。

左公宝百思不得其解，回到部队后问乌力天扬，你俩一块儿长大，好得跟一个人似的，一起到部队，又是一路肩傍肩打进打出，说唇齿相依有点儿肉麻，说生死战友一点儿也不为过，怎么就撕咬上了？乌力天扬不承认撕咬的事。左公宝说，都恨成这样，不是撕咬是什么？乌力天扬也想不通，但事情就是这样，他能说什么？

6

乌力天扬陪萨努娅去江边散步，回家后童稚非说，五哥，百团哥来找过你。乌力天扬有些蒙，问童稚非，哪个百团哥。童稚非说，还有谁，汪家的老四呗，你们总在一块儿玩儿的那个。乌力天扬把萨努娅交给童稚非，转头出了门，去汪道坤家找汪百团。

汪百团年满十八岁之后由劳教改判劳改，重新判了十年，在湖北沙洋劳改农场服刑。基地前后勤部长汪道坤解放后，找组织上解决儿子的事。汪百团抢劫和开枪杀人都是事实，但组织上欠汪道坤的，得还债，这也是事实。组织上有组织上的办法，那一年全国各地都在平反昭雪，汪百团的案子也被归到平反昭雪一类，这就好办多了，抢劫也好，杀人也好，那是林彪“四人帮”祸国殃民所致，应该由林彪“四人帮”负责，加上汪百团已经服刑多年，人给弄了出来。

乌力天扬差点儿认不出汪百团。汪百团在少管所里染上了疥疮和肺结核，在沙洋农场和人打架，又被开过一次瓢，脑袋上留下了一道一寸半的刀痕，才二十四岁，早早地谢了顶，腿也有些罗圈，走起路来老是侧着身子，一瘸一拐的，像只营养不良的鸭子，加上他在抢劫手表时被打瞎的那只眼睛，基本上算是一个残疾人。

“你妈的都当官儿了，怎么混的？”汪百团蹲在自家院子门口给一只狗梳毛，醋兮兮地看着向他走来的乌力天扬。等乌力天扬走近，他站起来，一摇一拐地把乌力天扬领进家，让乌力天扬在脏兮兮的沙发上坐下，去一旁拿过一盒春城牌香烟，递给乌力天扬一支，“你得请客，不然说不过去。”

乌力天扬就手用汪家的电话给自己家挂过去，告诉接电话的郝卫国，他请汪百团吃饭，中午不回家了。放下电话问汪百团去哪儿吃，由汪百团定，他兜里揣着四五十块大洋，跟四十年前宋美龄来汉口时一样，富得让人痛恨，不宰他的确说不过去。汪百团想了半天，没想出地方，沮丧地撸着头顶上的几根稀毛说，吃了半辈子水煮白菜，已经记不得还有什么能吃的东西了。

两人出了基地大门，在对面的街上选了一家餐馆。乌力天扬是真高兴，点了一大桌菜，要了一瓶汾酒，两个人边吃边谈。

汪百团急匆匆的，吃了一肚子菜，喝了几杯酒，有些上头，胡说八道开了，说乌力天扬不够意思，把他一个人丢在号子里，受欺负大了，连尿都喝过好几回。乌力天扬说怪谁？谁让你开枪？带枪也不说一声，拦都拦不住。汪百团说拦什么？你都冲过来了，你就不能从我手里夺过枪去，再扣它一响，你扣一响，咱俩不就一块儿去沙洋了吗？乌力天扬说根本就不该有第一枪，根本就不该有枪，结果怎么样，大庆的病没治利索，我们不也给判了吗？汪百团说你这就没意思了啊，你提大庆就没意思了，要这么说，大庆跟谁结婚了你知道吗？跟高东风，你的跟屁虫。我他妈真是悔呀，早知道大庆让他这个王八蛋给搞上，我抢什么呀？冲谁开枪呀？我谁也不尿。

汪百团一提高东风，乌力天扬就想起小时候的种种事情来，脑袋一热，想见高东风。汪百团就当他请客似的，酒杯一放，出了餐馆，瘸着腿过了马路，回基地去叫高东风。

一会儿工夫，高东风来了，汪大庆也挺着个大肚子跟来，头也没梳，邋里邋遢的，说要见天扬哥。高东风倒是很注重仪表，梳一个小分头，穿一件洗得发白的工装，一进餐馆就抢上前和乌力天扬热烈握手，说早知道他回来了，工作忙，没顾上去看，反倒让他掏钱请客，实在不好意思。

“有工作了？”乌力天扬问高东风。

“在武汉钢铁公司上班。”高东风在饭桌边坐下，很满意地看看满桌的酒菜，“这桌饭算我的，我请。”说了去掏口袋，掏两下哎呀了一声，埋怨汪大庆，“怎么不提醒我，你看，钱包没带。”再向乌力天扬抱歉，“走得太急，光想着见你，忘了换衣裳。要不，下次吧，下次我请。”

“什么武汉钢铁公司，是武钢的大集体。”汪百团眨巴着那只瞎眼说，然后说高东风，“少装蒜，你请过谁呀？能请得起谁呀？有钱包吗你？”

“干什么工作？”乌力天扬问高东风。

“搞运输。”高东风不搭理汪百团，回头说服务员，“怎么不长眼，没看见来客人了吗？快拿餐具，回头非找你们领导批评你们的服务态度不可。”

“什么搞运输，用板车往废料场里拉废钢铁。”汪百团继续揭发高东风。

“的确，有点儿早婚。”高东风看乌力天扬打量汪大庆的大肚子，嘻嘻解释道，“没办法，大庆她太爱我了，不结又不能那个什么，违反法律。事情就是这样，爱情的力量是强大的，能战胜一切世俗的势力。”

“高东风，少来那一套，什么爱情力量，谁还不知道你的小九九。”汪百团是拿定了主意要和高东风作对下去，“你还不是瞧上了我家的房子，想来个鸠占鹊巢。我告诉你高东风，只要我在，我还活着，你就别想进汪家的大门。”

“哥，这就是你的不对了。我和大庆，我们是纯洁的爱情，是我把大庆从邱义群和简明了的魔爪下拯救出来的，也是我给了大庆全新的生活，我连我爸我妈都没管，就管大庆了。大庆在这儿，问问她，我说的是假话吗？”高东风一脸正色地用筷子指乌力天扬，“天扬最了解我，当着天扬的面，我把事情说清楚，我根本就不是你说的那种小人，我压根儿就没有想过什么房子的事儿。我是想，咱家冀中哥和胜利姐在部队，镇江哥和平藏姐在外地，你整天在外面捣弄你的火花，我要是再把大庆领走，家里没人照顾，两个老人喝口热水都没人烧。我是为了谁？还不是你们汪家人。”见汪百团不听他的，在那儿教训汪大庆，高东风扭头向乌力天扬抱怨，“他从沙洋农场回来，家里给联系去王家敦机场上班，他嫌是扫跑道的，活儿脏，不去，在外面倒腾火花烟标邮票，工商不给办照，只能偷偷摸摸干，前几天让人家搜走一批货，他心里烦，拿我和大庆出气。”又转过头去说汪大庆，“大庆，你哥说得对，别和你哥犟，我们不回你家去，一次也不回。就回一次，等你爸妈去世了，我们回去哭一次。”

“我操你妈高东风！”汪百团把筷子往桌子上一拍，斜了一只瞎眼瞪高东风，要动手揍他，“你会说人话吗？谁他妈爸妈去世？”

“你看，你看，”高东风无辜地看着乌力天扬，“回他家不行，不回他家也不行，我能怎么办？”

“算了算了，”乌力天扬拦住他俩，觉得这一切怎么那么生疏了，“喝酒喝酒，不说那些事儿。大庆，别光坐着，你吃菜。”

7

乌力天扬当晚回家，把自己和乌力天赫的箱子柜子翻了个遍，找出小时候玩的那些烟标、火花、邮票，用报纸包了一大包，第二天交给汪百团。

汪百团感激得要命，眼泪都快出来了。乌力天扬给他东西不是拿他当垃圾箱,那里面有不少“老纪特”,还有好几版“文革”新票,烟标里也有一些《红楼梦》类的上品,是真给。汪百团红着眼圈说,还是你天扬,你还能记得我。

乌力天扬不擅煽情,问汪百团还需要自己做什么,凡是能帮的,他都会尽力。汪百团想了想说,你在部队,部队是革命大熔炉,信多,你替我多搜集点盖销票,实寄封更好,给我寄回来。乌力天扬答应下来,说这事儿我能办。

后来两人又见了两面,但已没什么话好说。汪百团不让乌力天扬提过去的事儿,乌力天扬真不开口他又敏感,说乌力天扬是不是觉得他是个做小买卖的,别以为第一个尝螃蟹的人是达尔文,错了,吃螃蟹的事儿和老达没关系,是一个犯了罪、被吊在船舷边、饿了几天的水手。汪百团想跟人去上海收火花,手头紧,没有盘缠。乌力天扬搜光衣兜,把回程的车票钱留下,其余的都给了汪百团。

高东风来找过乌力天扬一次,进门就熟门熟路地叫伯伯阿姨,先到客厅和乌力图古拉萨努娅说话,人坐得规规矩矩,汇报整天跑长途的老爸的情况,还有瘫在床上的老妈的情况,说他们都惦记着老首长,一直说要来看老首长和阿姨。乌力图古拉问清楚高二油就等着退休,然后带着瘫子老婆回老家,就要高东风带话,让高二油走之前来家里一趟,他给带点儿钱走。高东风代表父母谢过伯伯阿姨,说找天扬有事儿,完了再接着汇报。

高东风没提请乌力天扬吃饭的事儿,要乌力天扬帮自己给汪百团说说情,让他和汪大庆搬出修缮队的房子,住到汪家去。汪道坤的脑子在“文革”中被打废了,不能听汽车喇叭声,打算和胡敏回老家。

“汪家房子那么宽敞,不住也是空着,怪可惜的。看在小时候的分儿上,你得帮我,我那时候多么信赖你呀,我都恨不能把命交给你了。百团听你的,你的话比毛主席的话还管用。”高东风说。

高东风一提小时候的事,乌力天扬就想起几年前自己拿烟票找高东风换钱买猪油的事，就问高东风，那些跟着他混的小喽啰都去哪儿了。高东风说食尽飞鸟各投林呗，都老大不小的，没工作的找工作，有工作的找老婆，过日子呗。想了想这话有些消极，又很认真地补充，他不能老带着他们混，他有他的理想对不对。他现在正在学习写诗，现在是武汉钢铁公司钢花文学社的骨干，文学社的每次活动他都积极参加，一次没落下，晚上再累也点灯熬夜琢磨诗。他最近写了几首诗，《武钢文艺》的编辑老师说写得不错，留下一首准备发表。

“有机会给你看看。大庆看得流泪，说没看出来，原来她嫁了个诗人。”高东风说。

乌力天扬答应高东风，找机会给汪百团说说房子的事，但不敢保证汪百团是不是会把自己当成毛主席。高东风也不多坐，说还要回家去伺候汪大庆。汪大庆快要生了，他得给汪大庆做气锅肉，要不孩子会没有营养，生下来不健康，就算有一个诗人的爹也白搭。

第三十二章　回到母亲子宫

1

在家里待了十天，乌力天扬买好车票，要用剩下的探亲假办点儿事，打算第二天就走。

正逢着星期天，葛军机和简雨槐赶回家来送乌力天扬。一家人吃过饭，乌力图古拉要看新闻联播，童稚非看天气好，拉着其他人去院子里坐着说话。

乌力天扬给简雨槐削苹果。简雨槐说该我给你削呀。乌力天扬说你是嫂子。简雨槐抿嘴笑，说你是咱家的大英雄。童稚非在一旁纠正说，嫂子说的不对，五哥不是咱家的大英雄，五哥是国家的大英雄。简雨槐不反驳童稚非，只是笑，脸颊上浅浅地洇着两汪灯光。

"你们说天扬什么？"萨努娅让童稚非捶着背，本来闭着眼养神，挺舒坦的，这时睁开了眼睛，很警觉地说，"天扬才不做什么英雄呢。"

"妈，不是你认为的那种英雄。现在不兴那样的英雄了。"童稚非的小拳头轻轻落在萨努娅肩上，"五哥保卫祖国，是保卫祖国的英雄。"

"保卫祖国可以，英雄咱们不做。"萨努娅叮嘱乌力天扬，伸手去摸乌力天扬的脸。

"妈，你放心，咱们不做那样的英雄。"葛军机看乌力天扬没有回答，替他回答，“五弟不做那样的英雄。”

乌力天扬不是没有回答，他在心里想，高东风都快当爹了，葛军机比高东风大六七岁呢，该有个孩子了。乌力天扬就问葛军机和简雨槐，什么时候他能当上叔叔。

“这得听雨槐的。”葛军机扭过头去，目光温柔地看着简雨槐。

“往我身上推干吗，一会儿妈听见，该怨我了。”简雨槐红了脸，小声说葛军机。

“不怨你，怨我。是我没让生。”葛军机笑着把话头儿往自己身上引，探过身子去，轻轻摘掉落在简雨槐肩头上的一片落叶。

“不怨他，怨我。”简雨槐连忙拦下葛军机，对乌力天扬说，“他给领导当秘书，工作紧张，我不想拖累他，是我同意的。”

“你同意，我拿的主意，还是怨我。”葛军机说。

“你看你，我都说是我了，你就别再往自己身上揽呀。”简雨槐看解释不过去，小声埋怨葛军机，“妈怨我就怨我，我以后改正还不行嘛。”

“妈才不怨人呢。妈就奇怪，二哥怎么就结婚了。”童稚非在一旁抢着对乌力天扬说，“二哥和嫂子的事是妈给办的，办完妈就忘了，背地里对爸说，军机和雨槐你得管管，两个多好的孩子呀，老往一块儿凑，别犯下什么错误。”

大家就笑。童稚非笑得岔气，葛军机笑得开心，简雨槐笑得羞涩，一个劲儿地往葛军机背后躲。萨努娅看大家笑得热闹，没闹明白，也跟着笑，说童稚非，鬼丫头，又编派我了吧，看我怎么收拾你。

乌力天扬没笑，坐在那儿看藏在葛军机身后的简雨槐，心想，她曾经是水晶一样干净透明的生命，现在，她还是吗？

看着天色晚了，江水黑下去，乌力天扬催着葛军机和简雨槐早点儿回家，催了两次，葛军机和简雨槐才起身。葛军机向乌力天扬解释，明天一早要跟书记下乡检查工作，雨槐也要上班，不送他了。

简雨槐说,天扬,给我们来信啊,我们都挺惦记你的。乌力天扬本来没打算送,走到院子门口,突然心血来潮,说我送送你们吧,就算你们送我了。

出了基地大门,简雨槐要乌力天扬回去。乌力天扬不肯,说反正出来了,送到家吧,到家我就回来。葛军机看出乌力天扬是真想送,就对简雨槐说,当兵的觉少,就让五弟送吧,见一次不容易,再回来还得两年呢。

三个人不坐车,一路走着说着,很快到了胭脂路省委宿舍。乌力天扬在楼下站住,开玩笑说自己不送上楼了,脚臭,嫂子会嫌。简雨槐腾地红了脸,说瞧你说的,再嫌我能嫌你。三个人在楼下告别,乌力天扬正打算往回走,一旁黑暗里传来一个声音:

"干吗急着走?招呼也不打一个?"

熟悉的声音,当头一击,乌力天扬的心一下子提到嗓子眼儿,人蒙在那儿,简雨槐惊讶地叫出"雨蝉?"他才慢慢地转回身。

明媚的美人儿简雨蝉身着剪裁过的合体军装,长腿、翘臀、纤腰,脸上挂着她特有的、洛丽塔式的、能降服所有男人的微笑,从黑暗中走出来。

"雨蝉,你,你怎么在这儿?"简雨槐不相信自己的眼睛,一时傻在那儿。

"姐,军机哥。"简雨蝉罩在车灯中,轻盈地从人行道上下来,和简雨槐葛军机打招呼。

"这么多年,你都干什么去了?也不来个信!什么时候回来的?"简雨槐这下喘过气来了,又惊又喜地扑上去,拉住简雨蝉。

"6 点多下的车,到家吃了点儿东西,妈给了我地址,刚才我上楼去,家里没人,我想你们肯定看电影去了,反正我也没事儿,就在附近逛了逛。"

"我和你姐回基地去了。"葛军机连忙解释,"让你久等了,真对不起。走吧，到家里说话。”

“快，到家里，家里坐着说话。”简雨槐忙不迭地去拉简雨蝉。

“怎么，就走？”简雨蝉不动，转过头来看乌力天扬，目光平静又带着一丝挑衅，“不上你哥我姐家坐坐？”

“时间不早了，坐了一天，他们都有事儿。我还是回去吧。”乌力天扬还没有回过神儿，有些语无伦次，脑袋嗡嗡地响着，像挨了一颗手雷。

“那好，”简雨蝉转过头去，对简雨槐和葛军机说，“姐，军机哥，我替你们送客人吧，明天我再过来看你们。”

简雨槐没明白过来，有些不能接受，要说什么，葛军机已经从简雨蝉和乌力天扬的眼神里看出点儿蹊跷，悄悄拉了一下简雨槐的胳膊，把简雨槐的手从简雨蝉的胳膊上拿了下来。

2

两人一路没有话。谁也没看谁，都看脚下，或者往远处看，看夜幕中长江大桥和蛇山上那些收拾不住的灯光。人离着一步的距离，并排走，对面有人过来，两个人就靠近半步，给人家让开路，等人走过去，再分开半步，或者看见路人过来，两个人各自拉开一步距离，等路人从中间过去，再各自收回一步。路灯给两个人各添了一个影子，那样走着，就像四个人，好歹是个伴儿，不孤单，只是两个影子没有脚，不出声响，而且一会儿在前，一会儿在后，鬼鬼祟祟的，有车迎面过去或者从后面过来，那影子干脆就消失在车灯中，靠不住，等于还是两个人。

他们没有回基地。两个人出了胭脂路，简雨蝉在前，穿过民主路，往阅马场方向走。乌力天扬没有问要去什么地方，也没有停下脚步，两个人还是并排走，穿过蛇山隧道、武昌起义军政府旧址，到了首义饭店。简家没地方住，简雨蝉在首义饭店开了房间。简雨蝉叫服务员开了房间的门。脸上有一块紫斑的女服务员用警惕的目光打量乌力天扬，没说什么，斜着身子紧贴着墙壁走开。

房间靠着马路，家具和卧具十分陈旧，散发出一股尘土的味道。因为是老饭店，地板年久失修，有的地方已经塌陷下去，踩上去发出轻微的吱呀声。乌力天扬进屋的时候，刹那间有点儿犹豫，他想那塌陷下去的地方会不会埋设了踏发雷，或者那吱呀声就是引信启动的声音。

简雨蝉没有留意乌力天扬的犹豫，开了房间的灯，绕过站着发愣的乌力天扬，过去把窗户打开，让外面的空气流淌进来，再把放在沙发上的旅行包拿开，去卫生间里拧了一条毛巾出来，把沙发擦了一遍，对乌力天扬说，坐吧。

乌力天扬把目光从脚下收回来，小心翼翼地在沙发上坐下。简雨蝉又去卫生间里洗了杯子出来，给乌力天扬倒了一杯水，放在他面前的茶几上，摘了军帽，脱去外套，把帽子和军装挂在衣架上，腰被皮带掐得细细的，只穿一件白衬衣，回来坐在乌力天扬身旁。

有一阵子，两人沉默着。乌力天扬憋得心里发疼。他把茶几上的那杯水端过来，也不管是不是烫嗓子，一口气喝光，再把空杯子放回茶几。简雨蝉坐着没动，好像并不打算为乌力天扬再倒一杯水。那一刻，乌力天扬有一种窒息感，感到自己无趣得很，打算站起来走掉。但他没能做到，有人敲门。

简雨蝉站起来，绕过乌力天扬，把门打开。门外站着一个手里拿着电筒的中年便装男人，一个蓝衣民警，还有刚才那个脸上长着紫斑的女服务员。

“有事儿吗？”简雨蝉问。

“查证件。”中年便装说，往房间里看了一眼。

“不是登记过了吗？”简雨蝉说。

“登记是登记，查是查，不一样。”中年便装说，再往房间里看了一眼。

简雨蝉回到房间，从外套的衣兜里掏出军官证，出去交给中年便装。

“那位同志，你的证件。”中年便装看过简雨蝉的军官证，冲房间里努嘴。

乌力天扬从兜里掏出军人通行证，起身到门口，把证件交给中年便装。中年便装仔细看过乌力天扬的证件，然后把两个人的证件交还给他们。

“饭店有规定，客人10点钟以前要离店，现在快11点了，请你送客人离开。”中年便装对简雨蝉说。

“他不是客人，是我男朋友。”简雨蝉说。

“有结婚证吗？”中年便装问。

“我说了，是男朋友。”简雨蝉有点儿生气。

“没有结婚证就不行，有结婚证不办住宿手续也不行。请你送他离开。”中年便装公事公办地说。

“我凭什么要离开？”乌力天扬突然火了，“这儿是雷场？不离开你们就开炸？”

中年便装和蓝衣民警迅速交换了一下眼神，“你打过仗？”蓝衣民警贴了过来，兴奋地说，“我看出来了，她出示的是军官证，是机关的；你出示的是军人通行证，是野战部队的。你肯定打过仗，对吧？”

“打没打跟你没关系，你们该干吗干吗去，我们不陪。”乌力天扬往房间里走，把简雨蝉往房间里拉。

“打仗一定很刺激，对吧？”蓝衣民警伸手撑住门，不让乌力天扬把门关上。

“刺激你妈个蛋！蠢货！”乌力天扬怎么都压抑不住，愤怒得连头发都充血,一根根竖立起来,冲蓝衣民警吼,“你没让机枪子弹打成筛子,不知道透风是什么滋味儿,你没做过蛆,不知道腐烂是什么滋味儿,刺激个屁!”

简雨蝉去拉乌力天扬。中年便装去拉蓝衣民警。蓝衣民警愣在那儿,不知道乌力天扬干吗发那么大的火。这边简雨蝉已经把乌力天扬推进房间,回头说了声对不起,反手把门关上。

乌力天扬还站在那儿喘粗气,手在发抖,不知往哪儿放。简雨蝉回身就把乌力天扬抱住,眼泪夺眶而出。两个人都委屈到极点,都像刚出生的孩子,没法儿适应和不肯适应面对的这个世界,没法儿适应和不肯适应守责的中年便装、好奇的蓝衣民警和警惕的紫斑女服务员。他们像急迫地想要寻找回到母亲体内的那根脐带的婴儿,急迫地去寻找对方的嘴。

他们找到了对方,又因为不适应这个世界的呼吸,他们的呼吸全靠对方来支持,所以就更急切。简雨蝉的嘴被堵得结结实实,哽咽着,泪水怎么都止不住,弄了乌力天扬一脸一身。乌力天扬觉得脸上滑溜溜的,像兜头泼过来的海水,而他自己则像一条不肯认错的露脊海豚,粗鲁地去扒简雨蝉的衣服。简雨蝉也扒乌力天扬的衣服。两个人毛毛躁躁地把对方扒光,然后跌倒在床上。

走廊里有人走过。马路上有车驶过。他们身陷绝境。

他看着身下的她。因为有他的掩盖,她松弛下来,以一种必死无疑的姿势决绝地躺在那儿。她纤长的双臂和纤秀的腰肢分外柔和,柔软的腹部因为扭转而有些透明,这样的身体绝对是他的理想,是他在绝境中唯一可以信赖的同伴。他还在哆嗦,还没有止住恐惧,有一种强烈的欲望,想要和她一起去死,一起去赴汤蹈火,逃离绝境。他俯身向她,去寻找他想要的那条必死之路。可他失败了,好像他若不肯认错,若要躲进温带海域,不肯循着冷洋流游进智利或者秘鲁外海的亚热带纬度区,失败对他来说就在所难免,他就必须活下去，继续在这个世界上接受耻辱。

“别急宝贝儿，你太紧张。”她喘息着，腾出一只手，抹一把泪，把挂到眼睛上的乱发撩到一旁，再去抚摩他的脸。

“你他妈才紧张！龟孙子才紧张！”他躲开她的手，粗暴地说。

“你就是龟孙子！你以为你是谁！”她生气了，在他身下咬牙切齿地说。

要是这样，他就根本不能认错。他凭什么要认错？绝境是他的错吗？理想的身体是他的错吗？腐烂的筛子是他的错吗？错的应该是她，而不是他。她美得太夸张，太膨胀，那简直就是淫艳，让人无法容忍。她的淫艳不是那种自我意识很强的淫艳，不是那种要做给人来看的淫艳，惟其如此，她才显得既色情又纯洁，让他不断地在心里对她进行诅咒。他有什么错？她是越轨最多的那个森林精灵，要认错的应该是她。

她感觉到了他执拗的愤怒，感觉到了他的蛮不讲理。这让她很生气。这个王八蛋。他就是一个王八蛋！既然这样，她也不认错了。她本来就没有错。没有错为什么要认错呢？摇摆着的松枝应该对风认错吗？闪烁的星星应该对夜色认错吗？他不是露脊海豚吗？那她就是领航海豚，她能在水中潜行半个世纪，能跃身击浪，能在游进中贴着海面快速滑行，或者高高地飞跃起来。她现在就那么做，带领他去深海而不是浅海；她现在就来认错。

好了，他发现了她用美丽的背鳍犁开的通道。他跟了上来，在暖流尚未消失之前排闼而入。他跟上了就好办了，排闼而入就好办了。她回身迎合他的跟进，用强有力的尾鳍推动他，用柔韧的胸鳍将他包围得绵密无隙。那是一种来自海洋深处的生命的默默鼓励，他感觉到了，可并不满足，作为曾经的逃逸者和失踪者，他更迷恋陈述性的下潜和升降的过程，比如潜翔中对海底世界一丝不苟的探索，浮窥时海水划过腹部和背鳍时的细致，飞跃起来用尾鳍拍打海浪时的感染力。迷失掉什么就想找回什么,缺少什么就想获得什么,情况就是这样。可是,他迷失掉了什么?有什么是他缺少的?他不明白这个,或者说,他明白,却不肯承认。

她感觉到了他的迟疑不决。她开始用各种姿态来挑逗他,激起他对她的持续愤怒。她给他的感觉从来就不是模棱两可的。她太强烈,对他的进入反应激烈,容不得他歇息和反抗。他当然不会歇息,当然会反抗,他的反抗就是进攻。他的进攻简明扼要,洗练明了,在最初的拍击海浪之后,丝毫也不停顿,长驱直入,气势磅礴,直捣深海。

她不由自主地挺起身子叫了一声。她的呻吟划过深海的礁丛,追上一群惊诧地游弋开的鱼儿。她用他结实的肩膀堵住自己的嘴,用她两排尖细的牙齿,在他的脖颈上、肩膀上、胸脯上留下一排排绯红的牙印。汗水顺着她光洁滑腻的肌肤往下流淌。她觉得她支离破碎了,但他仍然没有停下来,一直把她折腾到奄奄一息,不再动弹为止,然后他也被海浪抛回到沙滩上,不再动弹。

“天哪!”过了好一会儿,她喘过气来,扭过湿漉漉的头,盯着他看了很长时间,“你的仗还没打完吗?你打哪儿来的那么多的仇恨?”

他没有回答她。汗水在他的额头上碎成无数的星星。他们又躺了一会儿。窗户大敞着,清新的空气流淌进来。不是海水,但已经没有关系了,现在他们原谅了这个世界,他们愿意把他们遇到的一切都当成海水。

“想什么呢?”过了好一会儿,她翻过身来,侧着身子对着他,顽皮地伸出一只光洁的胳膊,用手指去拨他的眼皮。

“什么?”他反问,想躲开她的手指。痒痒的,他有点儿受不了。

“在路上。”她朝他的眼皮吹了一口气,兰草的芬芳吹进他的鼻孔。她的短发乱成一蓬,搔得他又想打喷嚏。

“老等着雷响，雷老不响，紧张得要命。”他说，一只手不老实地伸到她的怀里，捉住一只柚子般结实的乳房，心慌意乱地握紧，“后来就有一种豁出来的念头。反正遭遇上，躲不掉，就当是烈士，爱怎么着就怎么着。”

“为什么不说话？”她抬起身子来，趴在他的胸膛上，用迷茫的目光看着他，“反正豁出来了，反正是烈士。”

“说什么？求你的雷快响？”刚才被他捉在手里的那只乳房从他手中滑落掉，压在他的胸前，压得他透不过气来。

她露出洁白的牙齿笑，然后把笑声憋进腹腔里，撩开他的胳膊，爬过来，钻进他的胳肢窝里，贪婪地闻着他大汗淋漓后焕发出的体味。

“你呢，你想什么？”他没有得到答案，不肯放弃。

“想你是撒谎大王。”她没憋住，咯咯地笑出声，重新躺下，撩了他的一只胳膊起来。这回不是要嗅他，是拿它当枕头，垫在她的脑袋下，“你不是撒谎大王是什么？你就是撒谎大王嘛！”

两个人几乎同时睡去，像两个无辜的婴儿，想回到母亲子宫里却没能做到的婴儿。她在他的怀里均匀地呼吸。他从后面搂紧了她，枕着她丰俏沁凉的肩头。她很满意有这样温暖结实的鸟巢，只是有点儿不放心，反过一只胳膊，揪了他的一只耳朵不肯松开，好像那样一来，他就不会悄然离开，她的鸟巢就不会有什么改变，就能让她一直度过这个冬天了。

窗户大敞着，市井之声全然消失，干净的夜风潮水般地涌进房间，在曙光到来之前，一层浅蓝，一层深蓝。他们没有说到在广西发生的那件事——关于绝望的鲁红军，乌力天扬的血誓，两只芫菁，找不到人的电话。他没说，她也没说，好像那些事儿从来就没有发生过。

…………

3

那些子弹飞得非常缓慢，像一群训练有素的苍蝇，在天空中慢腾腾地舞蹈着，很悠闲。

乌力天扬看见肖新风朝这边走来，脸上带着一丝苦涩的微笑，好像他知道，那些苍蝇是他身体的一部分，它们会找到他，重新回到他的身体中，他命里注定了躲不开它们。

乌力天扬从草棵中跳起来，大声喊着，朝肖新风奔去，然后在半道上停下来，又转头朝那些苍蝇奔去，想要阻止住它们的飞行。

乌力天扬看见鲁红军从另一头朝这边走来，脸上带着满不在乎的神色，在他身后，一颗压发雷飘在空中，慢慢变大，绿色、铁皮壳、癞蛤蟆似的，背着成百上千枚带毒的钢珠，它越飞越快，快要撵上鲁红军了。

乌力天扬想喊，却怎么也喊不出来。他急得发抖，朝那颗压发雷奔去，又站下，转身朝子弹奔去，然后再站下，想去阻止压发雷。就在这个时候，一个孩子兵突然从高草中站起来，恐惧地看着他，通帽下，一张稚气的脸上挂着一行肮脏的泪珠。乌力天扬吓坏了，扣动了扳机。孩子兵胳膊一扬，往后摔去。与此同时，乌力天扬感到心脏部位一阵钻心的疼痛，胸口冒出一股血花。是他射出的那发子弹，它击中了他。他丢下手中的枪，踉跄着跌了下去……

乌力天扬大叫一声，从梦中惊醒过来。他发现自己汗淋淋的，整个儿人都浸泡在冷汗里，连怀里的简雨蝉也被他的冷汗浸泡住。

“怎么啦宝贝儿?”简雨蝉颤抖了一下，睡眼惺忪地睁开眼，惊慌地问。

“没事儿。”他心虚地说，知道是梦，没有动弹，口气冷静得如同亿万年钟乳石上滴下来的硅酸钙水珠，“没事儿，睡吧。”

她真的继续睡过去，窝在他怀里一动没动，像一只寻找了亿万年再也挣不动翅膀的乖乖鸟。她听他的，他说没事儿她就信，他说睡吧她就睡，这一点，也像乖乖鸟。

天还没有亮，和他们睡之前没有太大区别。也就是说，他们只睡了一会儿，或者说，他只睡了一会儿。有一阵儿他什么也没有想，就像睡着了似的，但他没有睡，是像睡着了的那样没有睡。她在他的怀里轻轻地动弹了一下，翕动着花瓣似的双唇嗫嚅了一句什么，是梦呓。也不知道她梦见了什么，是不是与海豚有关。他的心里涌起一股暖意，是心疼的那一种，因为命里注定而且无法逃避的那一种。他勾下脑袋，让自己的嘴唇轻轻地贴在她纤尘不染的额上，就那么把她搂紧在怀里，同时为他勾下脑袋时趁机侵入他们之间的光和空气而充满了嫉妒。他有些想不通自己怎么会这样。他和她，怎么会这样？他们曾经是一对儿冤家，谁都想狠狠地咬对方一口，现在他却迷恋她，迷恋到疼痛，迷恋到无法摆脱。那么，他们还算不算冤家呢？

天在亮起来。在漫长的黑夜之后，天亮的速度是飞快的，像锋利的刀子。有什么东西在切割下来，他感到皮肤凉飕飕的，不由得打了个寒噤。现在他才发现，他们什么也没盖，像两条真正的海豚，除了海水，什么保护也不肯要。黎明的乳色在他们的身上涂上了一层浅浅的亚光，这样一来，他们就成了两条瓷海豚。为这个，他把她搂得更紧。他痛恨那些无处不在的光线和空气，为不能覆盖住她的每一寸肌肤，不能保护住她而深深地痛恨自己。但肯定有什么锋利的东西在切割他，以及肌肤相连的他们。有一阵儿，他有些困惑。很快的，他感到了害怕。他知道是什么在切割他——他害怕见到醒过来的她，害怕她醒过来，用她那双平静的、带着挑衅眼神的美丽的眼睛看着他。她会怎么对待他，这是一个谜。他被那种害怕慑住，一阵一阵的，恐惧如晨曦，潮水般涌来。他不知道自己怎么会被伤得这么厉害，被谁伤得这么厉害，以至于他必须去伤害另外一个人，一个他此生最心疼的人，才能让自己的伤口减轻疼痛。

他搂着她，屏住呼吸，一动也不动，因为依恋而心疼不已。然后他慢慢地，抬起环住她的那只手臂，再从她的脖颈下轻轻抽出另一只胳膊。他把自己一寸一寸地从她的皮肤上剥离下来，有一刻，他疼得几乎快叫出声来。他差点儿没弄醒她。是她的一只手。她的那只手拽着他的一只耳朵。她一直不肯相信地拽着它，在整个儿睡眠中不曾放开。他歪着脑袋，去一旁够过被子，替她轻轻盖上，被子的一角做成耳朵状，替换下自己的耳朵。然后他坐起来，看着她捏住被子一角的那只手，怔怔地发呆。

乌力天扬离开首义饭店的时候，服务员正在交接班。他们打着长长的哈欠，神情呆滞地检查胸前的毛主席像章，把空水瓶集中起来，把手里的抹布团来团去，不耐烦地去倒垃圾篓。那个紫斑女服务员用异样的眼光看着乌力天扬从她面前走过，出了饭店。紫斑很生气，觉得自己的工作没有得到足够的尊重。

现在，乌力天扬站在大街上。他逃离了海洋，回到了陆地。他感到身体在飞快地干爽起来。他活过来，踏实了，没有什么可以害怕了。他就用那种死里逃生的劲头穿过马路，向单洞门方向走去。

4

“昨晚去哪儿了，怎么送你哥你嫂送得不回家？”乌力图古拉听见大门响，手里拿着一份《解放军报》从办公室里出来，问正准备上楼去收拾行李的乌力天扬。

“遇到一个朋友。和朋友在一起。”乌力天扬抓住楼梯扶手，站下，口气淡漠，因为不得不提到简雨蝉，心里狠狠地疼了一下。

“吹熄灯号也不回营房?”乌力图古拉的口气像是说笑话，但从他的嘴里说出来，怎么听都像是讽刺。

“我在休假，不是在部队。”乌力天扬尽量耐心地解释。他像是欠下了天下所有人的。他们是父子，他不想做出一副忤逆的样子，那样对父子俩谁都不好。

“在不在部队，你都是当兵的。当兵就得讲纪律，哪有整夜不归队的兵?”乌力图古拉根本就不是会开玩笑的人，乌力天扬一不配合，他就严肃起来。

“爸，你能不能让人轻松一点儿。我是回家探亲，总不能进门喊报告，见面叫你首长吧。”乌力天扬压抑着，不想让自己深深的沮丧表现出来。

“轻松是老百姓的事儿，要轻松就别当兵。”乌力图古拉一点儿也不通融。

乌力天扬看出和父亲谈不下去，也不想再谈下去，径直上了楼，去自己的房间收拾东西。也没有什么东西好收拾，回家时一个旅行包，装了给家里人带的礼物，现在空了，塞进两件换洗衣裳，剩下的事情就是告别。

萨努娅在乌力天时的房间里，坐在床头，和乌力天时小声说着话。乌力天扬没有惊动母亲和三哥，在一张椅子上悄悄地坐下，安静地看着他们。

“射箭……要看靶子……弹琴……要看听众……写文章……做演说……倒可以……倒可以不看读者……不看听众么……”①

“我们和无论什么人做朋友，如果不懂得彼此的心，不知道彼此心里面想些什么东西，能够做成知心朋友么?”②

“你要知道……梨子的滋味……你就得变革……变革梨

---

①② 见毛泽东《反对党八股》。

子……亲口吃……吃一吃……”①

“所谓‘败者成功之母’‘吃一堑长一智’，就是这个道理。”②

萨努娅坐在床头，把乌力天时的一只手捉在自己手里，一下一下替他按摩手指。乌力天时的手指已经干枯了，像一束发黑的陈年麦秸。萨努娅则像一个富有童话精神的农妇，一点儿也不肯放弃，硬要把那一束干枯掉的麦秸揉出绿色，揉出根须和种子。乌力天扬从来没有见到过这样顽强的母亲，这样固执到不讲道理的母亲。他眼眶湿润着，站起来，走过去，从后面抱住萨努娅。

萨努娅把所有的人都当成孩子，其实她自己就是一个孩子。她让乌力天扬抱着她，没有回头，手里依旧揉摩着乌力天时的手指，嘴里依然和乌力天时说着话。她和她的头腹子现在成了一对高山流水的知音，他们一唱一和，谁也无法进入他们的那个世界。

乌力天扬拎着空空的旅行包从楼上下来。没想到，乌力图古拉还站在那儿，手里拿着那份《解放军报》，等着他，好像他知道他能等到什么似的。

“和你妈说过了？”

“说过了。”

“你妈没说什么？”

“说了。她说‘赤橙黄绿青蓝紫，谁持彩练当空舞？’③”

乌力图古拉有一阵儿没有说话。乌力天扬站了一会儿，说爸，那我走了。乌力图古拉点点头，看乌力天扬拉开门，让他等等，把报纸换了一只手，说：

“你们一批当兵的，三个参战，一个失踪，一个落下残疾，只有你活得好好的。你活得好好的，就得继续好好地干，不要辜负了党和部队对你的教育。”

---

①② 见毛泽东《实践论》。

③ 见毛泽东诗词《菩萨蛮·大柏地》。

“我好好干了，我没辜负谁。”

“光好好干还不够，光不辜负还不够，还要努力。”

“爸，”乌力天扬忍了几下没忍住，终于还是把话说了出来，“你是不是觉得，我这么全胳膊全腿儿地回来，就不正常，就让你不高兴，就非得弄个断胳膊断腿儿才好？我是不是最好失踪掉，否则事情就不正常，你脸上就没有光，就没法儿向人交代？没错，我的确全胳膊全腿儿，人活着，活得好好的，回来了，但这不是我的罪过，我也没有必要为这个去讨好谁，没有必要因为这个就觉得欠下了谁的。还有，你以后别再教育我了。你已经教育得我够了。说老实话，我从你那儿受到的教育，它们根本帮不了我，在一颗地雷的爆炸中，它们就全炸得没了影儿。对我来说，它们根本就没有用处，一点儿用处也没有！”

乌力图古拉粗粗的眉头挑动了一下，在乌力天扬拉开门走到院子里去的时候，他什么话也没说，人也没有跟出去。他太软弱，乌力图古拉在心里想，他想要成为一个男子汉，还早着哪。

5

一整天，简雨蝉都没有离开饭店，很安静地待在房间里，等乌力天扬，等他回到饭店里来。她哪儿也没有去。她甚至没有吃饭。只是在天黑以后，她离开房间，去楼下的小卖部买了一包饼干，再回到房间，把门关上，盘腿坐在床上，一块一块的，发着狠，把那包饼干全都吃掉。然后，她去卫生间刷了牙，痛痛快快地洗了一个冷水澡。

简雨蝉一直习惯洗冷水澡，寒冬腊月也如此。她不是那种太把自己当回事儿的姑娘，她没有那么疼惜自己，这一点，她从小就和别的女孩子不一样。她站在淋浴喷头下，任冰冷的清水从头上淋下来，顺着脸颊、脖颈、胸脯、小腹和腿流淌下去。冷水像一把刀子，深深地切割进她的骨髓里去，在体内最细微的缝隙里充盈着，然后在那里渐渐地变得温暖起来。

简雨蝉洗完澡，用一块干净毛巾裹住湿头发，换了一件白布衬衣，一条白布衬裤，光着脚，趴在窗台上，看路灯下匆匆而过的行人和车辆。她趴在窗台上的样子很奇怪，坚决得很，固执得很，像是一只把自己做成靶子的小鸟，等着人来射击，根本不打算飞走，如果枪声不响，她会一直那么趴着，直到烂掉为止。

其实她早就知道，他不会再出现，不会再敲响她房间的门。她太了解他了。昨天晚上，他易怒而脆弱，忘情地干她，直到把她干得奄奄一息，他自己也奄奄一息。他那是在害怕。他害怕他自己。他害怕一切。他根本就是一粒从滑膛枪里发射出来的子弹，没有长性，没有什么可以做保证，这就是他的问题。

她没有告诉他她的地址，因为他没有告诉她他的地址。好像他们故意要那样做，故意要把自己隐藏起来，隐藏到对方怎么也别想找到。这是他们的诡计，是他们之间的一个默契。他们是玩捉迷藏的好手，不会放弃任何一次机会。正因为如此，在和他相处的七八个小时的时间里，她没有告诉他，她不是特意回武汉看父母的。她甚至一点儿也不想见到她的那些身份暧昧并且已经被生活遗弃掉的家人。如果有什么特意，那这个特意就是他。她有一种直觉，说不出道理，她觉得她会在武汉见到他。

她的直觉很灵，她真的见到了他。

在这场关于射击的迷藏中，最终是作为靶子的她，赢了作为子弹的他。

在夜色越来越深浓的窗台前，简雨蝉的脸上带着一种平静的微笑，那个微笑没有人看见，也不会有人看见，她就让那个微笑挂在脸上，任泪水在无人知晓中顺着脸颊一颗颗滚落下来，滴淌在窗台上。

6

乌力天扬离家的第二天，下雨了。

从旅游学校回来的童稚非正在门口跺脚上的泥，看见简雨槐撑着一把雨伞穿过雨雾从院子外面进来。童稚非和简雨槐打招呼，说，嫂子。不知道是否与风雨有关，简雨槐像是没有听见童稚非叫她，迷蒙着眼从童稚非身边过去，推开门，径直进了屋。

简雨槐走进乌力图古拉的办公室，人颤抖着，站不住，歪歪扭扭地走到沙发边，伸手扶住沙发，坐下。乌力图古拉正一笔一画，用红蓝铅笔在报纸上认真地画横杠，新华社中新社画红杠，美联社越通社画蓝杠，画了一半，听见动静，抬起头来，从老花眼镜的上方看着简雨槐，手中的笔停在那里。

“爸，您为什么要骗我？天扬为什么要瞒我？”

乌力图古拉的眉头跳动了一下，把手中的红蓝铅笔放下，摘掉老花镜，身子往后一靠，看着面前身子颤抖着的简雨槐。

“您为什么告诉我天赫死了？天扬为什么不告诉我他见到了天赫？”

有很长一段时间乌力图古拉没有说话。屋里一片沉寂，能听见屋外的风声，还有雨点敲打窗户的声音。

“你听到了什么？”乌力图古拉问。

“天赫没有死，他，他活着……”简雨槐啜泣着说。

“谁告诉你的？谁？”乌力图古拉再问。

“雨蝉……雨蝉告诉我的。天扬见到了天赫……在广西。天赫……他没死……他活着……”简雨槐泣不成声。

乌力图古拉说不出话来，呆呆地坐在那里。他觉得红蓝铅笔根本没有用。他觉得新华社中新社根本没有用。他觉得美联社越通社非常可耻,自己非常可耻。他卑鄙地诅咒了自己的一个儿子,言之凿凿地保证他死了,不在世上了,与所有活在世上的亲人都没有关系了。他不光是那个儿子的父亲,他还是另一个孩子信任的老人;他其实知道那对简雨槐意味着什么,但他还是那么做了,还是欺骗了她。孩子也许还在,却在被人欺负,被我们自己欺负,道理还是没有讲过来。

泪水簌簌地从简雨槐的脸上流淌下来。一时之间,屋外漫天漫地的雨水涌进了房间,而简雨槐就像被她自己的泪水抽空了,从头到脚雾蒙蒙一片。

7

简雨槐大病了一场。她不吃不喝,在床上躺了半个月。

家里的窗帘从来是拉严着,两居室的房间十分安静,像是两间可供人神交流的忏悔室。平时若是简雨槐一个人在家,连走动的声音都没有,一道阴影过来,就是人来了,阴影停下,就是人停下,阴影短了一半,就是人坐下了,然后,连阴影都不动了,静了。只有葛军机回家的时候,简雨槐才会把窗帘拉开,让喜欢通风的葛军机不至于感到人神无法沟通的憋闷。

简雨槐喜欢独处,而且是在私密的环境里独处。她不愿意任何声音和尘埃进到她的世界里来。她甚至因此拒绝了和煦的秋风。这样的简雨槐躺在床上,脸上一丝血色也没有,把老树皮似的没精打采的被单拉上来,严严地掩住身子,只留出半张苍白而消瘦的脸,睁着一双大而无光的眼睛,呆滞地看着窗帘,一整天,再一整天。

葛军机急坏了,急出一嘴的口疮。组织部长和葛军机谈了话,准备把他下派到一个边远县挂职锻炼，做县委副书记。省委书记对葛军机说，不是我撵你，你不是做秘书的料，做秘书你亏了，到基层去吧，锻炼锻炼，对你有好处。从宜昌一回武汉，组织部就通知挂职的那个县，要县里来接人，说好立刻就走。简雨槐一病，从来没有为私事请过假的葛军机，这一次也破了例，向组织上告了两天假，回家照顾简雨槐。

"她已经知道了。"乌力图古拉在电话那头说。

接下来父子俩什么话也没有。乌力图古拉甚至没有问老二什么时候动身下县里去。电话里，只有两个人喘气的声音。然后，他们挂断了电话。

8

"为什么不能告诉她？你们这算什么？你们把她当成什么了？你们有什么权利这么做？"简雨蝉盯着葛军机的眼睛愤懑地质问。

"告诉她能解决什么问题？能解决吗？"葛军机恨恨地盯着简雨蝉的眼睛反问。

"要解决什么？你们要解决什么？雨槐做了什么事要你们这样对待她？她惹过你们谁了？"简雨蝉气呼呼地说。

"她得生活下去，这就是她要解决的问题。"葛军机阴沉沉地说。

"说得好，她是得生活下去。可你们要她怎么生活？她爱天赫，就算她嫁给了你，也有权利知道天赫在哪儿、是不是还活着！"简雨蝉发作道。

"然后呢？"很长时间葛军机没有说话，他一直那么看着简雨蝉，看着他妻子的同父异母妹妹，"你知道雨槐经历过什么？知道在你离开武汉之后她遭遇过什么？你不知道。那不是一个正常人应该经历的，不是，甚至不是一条狗应该经历的！在她经历那些事情的时候，天赫在哪儿，他在哪儿？你呢，你在哪儿？你们关心过她吗？真正关心过吗？你们有什么权利对你们从来没有真正关心过的她的生活指手画脚？有什么权利让生不如死过的她再一次受到伤害？”他发怒了，眼睛瞪得圆圆的，是简雨蝉从来没有见过的样子，“想一想吧，你，还有天赫，你们认真想一想，她在你们的生活中算什么，在她需要人关心和在意的时候，你们又在哪儿？请你们，请你们在为她要求和向她要求权利的时候明白一点，她是活生生的人，她得活下去，重新活一回！她不能为了知道谁在哪儿，是不是还活着而活在这个世界上！”

简雨蝉被葛军机的样子吓住了。她看着葛军机，葛军机的脸色难看极了，就像一头并非饥饿而想要把人撕碎吃掉的动物。这是整个儿基地最讨大人们喜欢的孩子，他的温文尔雅和上进心成为大人们在饭桌上教育自己孩子的典范，他们几乎异口同声地说，你们怎么不像军机一样？现在这个温文尔雅的不一样的青年楷模怒气冲冲地盯着简雨蝉，一副要吃掉她的凶狠样儿。

简雨蝉不光是害怕，她也没有时间等着被葛军机吃掉，她要赶去车站，离开武汉，回到北京去。她当然想知道简雨槐在她离开后经历了什么——什么样的经历让简雨槐只剩下活下去这样一件事情？什么样的遭遇让葛军机变成了一头想要把人撕碎吃掉的动物？

“告诉我，她怎么啦？”简雨蝉忐忑不安地问。

葛军机狠狠地瞪了简雨蝉一眼，什么话也没有说，转身走开。他走开的样子就像一块冒着烟的岩石，正顺着火山口快速下坠。

9

简雨槐很听话，摇晃着身子从床上撑起来，让葛军机搀扶着，跟着他去了医院。

医生看不出简雨槐得了什么病。她不发烧，不咳嗽，血常规正常，生化指标正常，所有的生理指标都正常，根本看不出有什么病症，这让医生很糊涂。

“她没病。”医生说。

“她有病。”葛军机说。

“她没病。”医生强调说。

“她有病。”葛军机固执地说。

医生不知道简雨槐得了什么病，葛军机知道。简雨槐病了，他能肯定。他还知道她是为什么病的。

葛军机把简雨槐带回家，替她换衣裳，搀扶着她在床上躺下，打来水给她洗脸洗手。他知道她信赖清水和肥皂，她只相信它们。然后，他去卫生间里仔细地洗过手，再走进厨房，为她熬米粥。

简雨槐不想吃东西，见了喷香的米粥就皱眉头，把脑袋转向一旁。你得吃一点，一点点就好。葛军机把粥勺送到简雨槐嘴边。她像是在梦中，好半天没明白他在干什么。你已经几天没吃东西了，你得吃一点，要不会饿坏的。他哄她。她摇头，往后躲，像躲灰尘。他端着米粥碗，不知道该把它怎么办。他把碗放下，坐在床头，无所适从。他想他总得干点儿什么。他起身朝窗前走去，想去拉开窗帘。

“别拉开。”简雨槐气若游丝地对窗台边的葛军机说，“求你。”

葛军机手里拽着窗帘，人被钉在那里，不知道为什么，鼻子一酸，流下泪来。他撇下窗帘，转身走回来，在床边跪下，捉住简雨槐的手，把脸埋在她的手中。简雨槐的手瘦成了枯柴，冰冷，贴在葛军机的脸上，像两块再也没有温度的陨石。

“别这样……别这样……请你别这样……”葛军机的泪水浸润在简雨槐的手掌上，顺着指缝淌走，“求你……是我……求你……”

有一段时间，简雨槐没有任何动静，过了一会儿，她像一个幽灵似的撑起身子，移过来，把手从葛军机手中挣脱出来，捧住他的脸，摩擦着它，像擦拭一件陌生的瓷器。然后，她把他的头抱在怀里，失魂落魄地贴紧了他。

葛军机想反过来抱住简雨槐。可她是那么瘦，瘦得只剩下一把骨头，让人无法往怀里拥，这让他感到从来没有过的茫然。他的心疼得直抽搐。

“你要我怎么样……你要我留在你身边吗……我可以留在你身边……我哪儿也不去……我不去挂职……我回家照顾你……”

简雨槐的嘴唇动了一下，它擦动了葛军机的鬓发。有一阵儿，他没有听清她嚅动的嘴里在说着什么，然后，他听清楚了。

“……一百七十九，”她说，“一百八十，一百八十一，一百八十二……”

葛军机突然有一种奥尔甫斯[①]的恐惧。他感到她体内最细微的缝隙里都充满了寒冷。他一下子明白了一件事——她不是现在，而是从一开始，从他们结婚的那一天起就离开了她的躯壳！她是结束了她自己，才把她嫁给了他！她是那么的决绝，是宁愿腐烂掉，也不会再让自己活下去！

就像在证实葛军机的预感，简雨槐松开了他。厚厚的窗帘遮蔽住外面的光线，眷恋着的蛋黄色早就变成了蛋青色，屋子里混浊一片，看不清她的面目，这使得她更像一个早已不在人世间，却找不到神灵接应的幽灵。葛军机觉得自己往下重重地坠了一下，脸上空荡荡的，心一下子提了起来，屏住了呼吸。

“……二百零二，二百零三。”简雨槐停下来，好像做完了一门艰难的功课，然后抬手捋了捋额前的散发，看着葛军机说，“军机，我们离婚吧。”

---

① 歌剧《欧律狄刻》中的人物。奥尔甫斯的爱妻欧律狄刻婚后不久被毒蛇咬死，奥尔甫斯悲痛欲绝，冥王哈德斯同情奥尔甫斯，同意他把欧律狄刻带回人间，但有一个条件，离开阴间时不得回头。奥尔甫斯未能遵守这一约定，欧律狄刻被重新带回阴间。

第三十三章　别把梦告诉过路的青年

1

他去看望阵亡战友的父母，看望那些折了脊的山梁、断了流的江河。

他为自己找了一百个理由不那么做，不去敲响那些失去了亲人的家庭的门，不去面对那些痛不欲生的父母和家人。只有一个理由让他那么做——那些子弹和炮弹击中了他们，而不是他。他是他们的排长，他们死了，他活着，他得替他们看一眼他们留在世上的亲人。或者，不是替他们，是替他自己。我得把他们还给妈妈！为他自己。

那些阵亡的战友们的家人，他们大多在伤心欲绝中保持着一种骄傲，因为那是他们唯一可以抓住的稻草，是他们后半生活下去的精神寄托。他们的精神全都崩溃了，无所适从，见到他，先是呆呆的，涩涩的，不知道该拿他怎么办；然后他们手忙脚乱，拉他进家，为他扑扫身上的尘土；然后他们急急忙忙，语无伦次地说话。

“麻浩他保卫祖国，死得光荣。部队上给记了二等功，还给寄了抚恤金。三百块钱，去广西给他扫墓，都花光了。家里？麻浩是老大，他爸那年修水库，砸掉了一半肺，家里就麻浩一个劳动力，两个妹妹小，干不了活儿，化肥用不起，困难呢。部队上说了，每年补贴六十块钱，能给补三年。明年就他爸去广西看他，我不去，花钱呢，没钱呢。我给部队首长提过，能不能把麻浩接回家里来，要不每年去一次，一个人来回得一百多，花不起。首长说，部队有规定，不让迁。他爸说，儿子活着给国家尽忠，人死了，忠尽完了，让我们回去吧。人家还是不让，说是国家统了一不让。我知道，国家是大道理，可我弄不明白，麻浩已经死了，难道就没有别的人来保卫国家，还得他们这些死鬼去保卫吗？国家的规定我们搞不清楚，麻烦你给首长说说，让我们把麻浩接回来，要不，这么老远的路，我们看不起，真得让麻浩一个人在那儿孤苦伶仃地待着了……”

“你这也不是实话。你为什么不告诉人家实话？他排长，麻浩妈说的不是实话。麻浩有钱，部队把他的遗物还给我们了，他攒了三十一块二毛二分，一大笔呢。是他的津贴费，找人算了算，这孩子省，不该花的钱他一分钱也没舍得花。他妈哭得死去活来，说这孩子，怎么这么傻，不让他花钱，不是不让他一个子儿也不花。人家有钱家的给孩子倒贴，我们贴不起，孩子自己拿命换来的钱，还不让他花，我们对不起他啊……”

“我怎么没说实话？他排长，我说的是实话。那钱不是我们的，是孩子的，是孩子的卖命钱。我们忍心花吗？我们不忍心。孩子在家时老帮队里的五保户挑水，孩子的卖命钱，我们帮他捐给队里的五保户了……”

…………

“郭城是好儿子，他陪我下棋，给我剪脚趾甲，说我脚臭，我骂他，他不还嘴。他打破别人家窗玻璃，我揍他，脸上三道印子，他一声也没吭。首长说，要好好照顾烈属，孩子他妈当时就哭晕过去，说还是首长知道，儿是妈的血肉。其实，不照顾也没办法。我们就郭城这么一个儿子，他姐姐小儿麻痹症，在家里待着，没有参加工作，也没人管。郭城那年考大学，差六分儿，没考上，就去当兵了。听说是回来路上出的事儿。他妈眼皮子老跳，说咱们去一趟吧，我们就去了，结果战区不让进，等了二十天，没看上，只好回来。三个月以后才通知我们，人没了。又往广西赶，结果还是没赶上。人没见着，照片也没给一张，光看见墓地，老大一片，怪瘆人的……”

“从墓地回来，我问首长，郭城有功没有？首长说有功，但不给评，不是冲锋死的，不给评。他爸说，首长您不能这样，这样就是不讲道理，不是冲锋死的，是为了冲锋死的。谁也不想死，不想拿命换功，可是，命丢了，怎么也该夸他一声吧，要不我们怎么向邻居交代，说他自己去胡闹丢了命？后来给了个三等功，告诉我们是争取来的。问以后怎么办，车票给不给报。部队说归民政局管。民政局说，不是给了三百块抚恤金嘛，还要？再要找部队要。他爸就骂我，让我别再提这事儿，脸撑不住，再说就没趣儿了……”

“郭城？他骗人，他根本就没有谈过那么多恋爱。我是他第一个女朋友，唯一的女朋友，他就跟我谈过。他成绩不好，个子又矮，我们街上的姑娘谁也看不上他，见他就躲。我是看他死缠着，天黑了还在电线杆子下靠着，探头探脑往我家看，可怜得很。他对老人孝敬，邻居都夸，说他煤球捏得结实。我妈身体有病，我想以后结了婚，他可以帮我伺候妈，我就答应了他。他才没有那么大的胆子呢。有一次他说想亲我，我豁出来，眼睛都闭上了，等了半天没动静，睁眼一看，他早溜得没影儿了。他怎么会是这样的人？他为什么要撒谎？我现在不能说他。我只后悔，没有答应他，让他和我好。他走的时候，我送他钢笔和笔记本，最好的那种。他说不要，要送就送他一个好。我问什么是好，他说和我睡觉。我正来那个，害怕，又生他的气，觉得他像流氓，不学好，动歪心思，你说，这不是流氓是什么？我当时气得都想和他吹。要早知道他回不来，我就不管这些，让他把我好了，让他把我流氓了，这样他就没有遗憾，也不用撒谎。现在说也没用，后悔都来不及了……”

…………

“好学死得值得，好学给俺王家正名儿了！他二爷爷当过皇协军,俺王家三十年抬不起头,好学让俺王家抬了头。接到部队通知那天,俺说,他娘,别哭,俺该高兴才对,高兴才对得起好学。俺去代销店赊了一挂鞭,给俺王家放了一串响。亲戚那边也放了好几挂,都夸好学,说亏了好学,老王家翻身解放了。那啥,口号里不是说,牺牲一个人,为了十亿人吗?好学他躺在那么老偏僻的地方,为谁?他是为俺王家呀!他是给王家换匾呢!就为这个,俺得放鞭。俺还和他娘一块儿去看了孩子,卖房卖地也得去看看出息的孩子……"

"其实吧,他首长,也不全是你叔说的那样。你都看到了,俺这儿是山区,光见石头不见土,有雨的年头儿能收上点儿瓜干儿,天一旱,就得饿肚子。儿子苦吃巴做养出个模样儿,说没了就没了。也不怨谁,要怨就怨俺当老人的,琢磨不出个道道儿,就想让好学他当兵吃粮,让他偷偷多报了一岁,这才当上了兵。没想他攀不上这个福气,倒是让福气给噎死了……"

"好学不是自己攀福,是给俺老王家正名儿。他首长,俺给你说个秘密。看好学的盘缠是王家人集体给凑的。二百多块呢!来回花了一百八十多,还余下几十,来年的种子钱够了。不是正名儿,谁给你凑,对吧首长?凑不凑,借上盘缠也得去呀!去看看俺出息的孩子。他不是噎死的,是正名儿……"

…………

乌力天扬坐在那些失去了亲人的父母和恋人面前,听他们急匆匆地向他述说。有时候他会和他们说几句话,更多的时候,他什么话也说不出,好像是他杀死了他们的亲人,他把这件事隐瞒了,没法儿向他们交代。

乌力天扬把这些兵丢了,他自己没丢。他没丢,挨家挨户去看望丢掉的兵的家人。他就像一个手中沾满了鲜血的凶手,一路杀着人,一路杀将下去,到肖新风家的时候,已经血灌两袖,心力交痒了。

2

果然如肖新风所说，肖家很穷。家里四把秃锄，三副朽桶，两间干打垒的草房，将倾未倾。肖新风的父母本分得要命，每天听着生产队长的哨子响，费力地咳着痰扛着锄头出门，去地里干活儿，和肖新风吹嘘中专横跋扈的农机站长相去甚远。

肖新风的父母是近亲结婚，四个儿子，除了肖新风，其他三个都是白痴。三个白痴儿子不干活儿，坐在屋檐下，嘴里流着涎水，互相捉虱子，冲着乌力天扬傻笑。乌力天扬还见到了肖新风说到过的那头牛，它已经上了年纪，在院子外面披着脏土没精打采地立着，有一搭没一搭地反刍，风沙吹过的时候眯上眼睛，入定和尚似的一动不动。

"我没有保护好他，我应该保护好他。"乌力天扬愧疚地说，头埋得低低的，不敢看两位老人的眼睛。

"别这样说孩子。别说这种话孩子。你怎么能保护他呢？你保护不了。"肖新风的父母反过来安慰乌力天扬，要他别太悲痛，振作起精神；要他别太惊吓，照顾好自己家的老人。

那天他们没出工，没听哨子响，没去伺候那些不知道能不能收获到手的庄稼，忙进忙出，洗锅刷碗，去亲戚家借鸡蛋，给乌力天扬煮鸡蛋吃，四个不够，得吃六个，六个好，六个顺。他们不知道该怎么招待儿子的战友。他们太穷，没有什么可以款待儿子的战友。他们要杀家里唯一的老母鸡。

乌力天扬去夺刀，他说别杀它，您别杀它。别死，你别死，你得把自己还给妈妈！肖新风的母亲说，杀，得杀，新风离家的时候就想杀给他吃，新风不让，和你说的一样，他说妈，别杀它，你身体不好，留着下蛋给你补身子。他走时没杀成，想等他探亲回家再杀，谁想到……得杀，不能留下，留下不知道还得走谁！你是新风的排长，你就替他吃一口吧……

鸡杀掉，炖熟，盛进碗里。乌力天扬端在手上，抬头看那两位满脸老树皮似的老人，他们那么急切地看着他。他不敢看他们的眼睛，埋下头，胃里一阵阵地抽搐着，大口大口吃鸡，连骨头一块儿嚼碎咽下肚去，嗓子眼儿划得生疼，眼泪吧嗒吧嗒滴在碗里。

肖新风的父母不让乌力天扬走，要他在家里过一夜。他们恳求他那样做。他们想让儿子的战友在家里过一夜。他排长，就当你替新风，在家睡一宿再走，求你了。

那天晚上，三个傻兄弟很兴奋，蹲在炕上，围着乌力天扬，轮流摸他的脸，掰他的手指头，抓他的头发嗅来嗅去。肖新风的父母不睡，双双进屋，搬了条断了腿的长凳，并肩儿坐在炕边，看着乌力天扬睡。看是静静地看，不敢咳嗽，老慢支喘紧了，揪起衣襟捂住嘴，把咳堵在胸口里。

乌力天扬还是不敢看两位老人的眼睛。他衣裳没脱，蜷在土炕的角落里，一动也不动。他想，他睡的地方，就是肖新风当年睡的地方吧？肖新风在这个地方睡了十七年，然后走出这个家门，从此再也没有回来。那个夜，很长。

第二天早上，乌力天扬离开肖新风的家。肖新风的父母把他送出很远，一直送到公路上，在那儿站着，一句话也不说。直到长途汽车来了，停下，乌力天扬上了车，车门关上，扬起尘土开走，两位老人还在尘土中站着，只是站不空站，颤抖着扬起手臂，向乌力天扬挥别，好像他是他们的一个儿子，他那样一走，就再也不会回来了。

乌力天扬一直忘不了郭城的女朋友离开他时说的最后一句话。那个因为失去了最亲爱的人而张皇失措不知道该如何面对未来日子的女孩子失声痛哭，然后泣不成声地责问他：

“为什么你没有死？为什么你活着？”

3

乌力天扬精疲力竭地回到部队。一进连部，连长左公宝就告诉他，十二连失踪的兵罗曲直和王洪亮回来了。乌力天扬吃了一惊，不明白地看左公宝，好像左公宝不是在说罗曲直和王洪亮，是在说他，是在责问他为什么还活着，为什么回来。

“没回部队。人在广西学习班，回来的人都往那儿送。罗曲直是路上憋不住，躲到丛林里解大手，让人家特工给按在林子里，接着又在路上按住了王洪亮和周明。周明在路上想逃，夺人家的枪，被捅死了。这回换俘虏，罗曲直和王洪亮是头一批给换回来的。”

“怎么处理？”

“还能怎么处理？交代情况呗，背靠背找证明材料呗。甄别完，有变节问题的当变节分子处理，有出卖情报的当叛国分子处理。屁股上没屎的，学上一段时间，复员拉倒。”

“罗曲直一向谨慎，家里来信，看完都用胶水封起来，为什么不在路上拉，非得跑到林子里去？”

“是啊，我也想不通，怎么会是这样。让王洪亮和周明一头儿一个守着，子弹在膛里，还怕谁看见屁股？尤营长刚才从广西回来，营里两个被俘的，都在我们连里。尤营长说，罗曲直在学习班里眼泪巴巴，直后悔，说他当时该拉响光荣弹，可当时光顾着提裤子，一分神儿，让人家按在那儿。你说他，真不该管裤子的事儿，要拉响光荣弹，就没有后面的事儿了，我们连反倒多了一个战斗英雄。”

这个事儿，有关裤子的事儿，乌力天扬真回答不出来。离开连部以后，他认真想过，要是换了自己，会不会拉响光荣弹。答案是，不会。他宁愿让人家给按住，也不会拉响那颗小炸弹。问题是，然后呢？再然后呢？怎么办？也像罗曲直一样，在被遣送回国后，痛哭流涕地后悔不该管裤子的事儿吗？

4

乌力天扬去了石家庄步兵学校，开始了他的军校生活。

战争刚结束，学员中一多半是参过战的基层年轻军官，差不多全立过功受过奖，一个个牛皮哄哄，教员根本不用教他们如何挺胸，反而得随时提醒他们，拔正步时别把脑袋仰得太高，这在任何一个国家的军校里都不被允许。

乌力天扬突然间失去了从众的感觉，不适应孔武有力的军营生活，也不适应那些和他一样胸前扎过大红花的战友。

红脸蛋儿的河南兵，女人模样的上海兵，高门大嗓的东北兵，声色俱厉的武汉兵，趾高气扬的北京兵，爱开玩笑的四川兵……骂人上瘾的教员。心事重重的教导队长。言辞华丽的宣传干事。目中无人的作训科长。圆头滑脑的事务长。谎话连篇的政治队长。厚颜无耻的通讯员。拍马屁的示范兵。老爱打听人家对象的学员队文书。牢骚满腹的炊事班长。衣着鲜亮的门岗……

荒唐的人很多，荒唐的事情更多，好像人们活在这个世界上就是为了上一次战场；上一次战场，就是为了从战场上回来后充当一个在人群中仰着脑袋走路的小丑。

乌力天扬觉得，他不该到军校来。不知为什么，他开始向往曾经有过的流浪儿生活。

乌力天扬越来越不适应军队的生活。他总是打不起精神，学习有一搭没一搭，风纪不整，衣襟上总是沾着一星稀饭的干痕，人站在那儿，手不由自主就揣进裤兜里，有时候神秘莫测地笑一下，突然又不笑了，样子怪怪的。他在步校里的表现乏善可陈，他的学习每况愈下，甚至因为破坏学员队的规定挨过两次队前批评，记了一次过。

学员队长和教员向教导队长反映，说乌力天扬学习上挺认真的，他老在琢磨问题。教导队长怀疑这个说法，琢磨什么问题？问问他，他都想了些什么？他不是在琢磨问题，他是战后综合征，脑子出了问题！

乌力天扬的确在想问题。他一直在想，而且想的是同一个问题：为什么他没有死？为什么他活着？为什么？

乌力天扬怎么也不能把那些倒在他身边的同伴的样子给忘掉。他也不能忘掉那些同样勇敢的对方士兵。他们被猝然打倒的样子，他们撕心裂肺的惨叫声，他们死后瞪着天空的不甘的眼白，一直萦绕在他心头，始终不肯离去。活下来的人们撤离之后，战争双方的士兵并排躺在那里。在那之前，他们是彼此的死亡之神，现在，他们就像亲兄弟一样，不离不弃地长眠在熟悉或陌生的大地上。他们不能像他一样活到老，不能和他一样站在操场上甩大步，为一些无聊的事情争吵，甚至不能再看见天空。

乌力天扬的胸口老是疼痛。那里不断冒出大股的血花，怎么擦也擦不干净。现在他才明白战前乌力天赫对他说过的话。没有什么胜利，没有人会胜利。

乌力天扬苦恼地承认，他不是乌力天赫，不是那个拼命让自己化蛹为蝶去寻找和验证生命意义的四哥，不会把风雨雷电当作成长的福祉。也许正是这一点，证明他永远也不可能像乌力天赫一样坚强。

5

距离1980年的元旦只剩下四天。

晚上7点刚过，剧烈的爆炸声响起，位于喀布尔市中心的国家电信大楼火光一片，共和国首都与外界的通信联系随即中断。与此同时，喀布尔市街头出现了大量蝗虫般的苏军坦克和装甲车，一批批身着深土色冬装的俄国士兵很快封锁住市区的交通要道和政府机关大楼，电视台、电台、报社和军营很快被苏军105空降师控制住。

第二天凌晨，距离喀布尔市以北五百公里的苏阿边境上，苏联军队的东路突击群五万军队由潘菲洛夫中将指挥，在360摩步师T-72型坦克的前引下，越过喷赤河大桥，向马扎里沙里夫开进。同一时间，西路突击群四万军队在舍甫琴科中将的指挥下，越过库什卡河，向坎大哈省挺进。一批接一批安-12和安-22巨型运输机飞临喀布尔，卸下105、104和103空降师的士兵，那些大鸟停在跑道上，连引擎都不熄灭，呕吐似的吐出腹中身穿冬季迷彩服的士兵们，没等他们冒着螺旋桨卷起的风沙走开，就立即起飞，去运载下一批次士兵。

三个多月后，身着柯尔克孜族传统服装的乌力天赫从新疆明铁盖出境，沿着当年马可·波罗进入中国的那条道路，穿过狭长的瓦罕地区，向阿（富汗）巴（基斯坦）边境进发。这里是帕米尔高原余脉，人烟十分稀少，瓦罕河自东向西奔流不息，偶尔能遇到几个柯尔克孜族部落的牧人。他们骑术精良，异常骁勇，一个个骑在骏马上，沿着清冽冽的瓦罕河放牧他们的骆驼和羊群。

在从加兰尔前往瓦罕的路上，乌力天赫交了好几个朋友。他们是部落首领古里巴德的儿子塔鲁德、青年牧民齐里扬诺和塔鲁德的小妹妹米米拉娅，他们待乌力天赫就像亲兄弟。实际上，乌力天赫和他们就是兄弟，他身上流淌着一半柯尔克孜人的血液，这也是他选择由瓦罕地区而不是别的地方入境的原因之一。

乌力天赫在塔鲁德暖和的毡包里吃到了他出境后的第一顿热饭。饭是手抓饭，快乐无比的米米拉娅做的。米米拉娅往饭里放了大量的葡萄干、洋葱、胡萝卜、西红柿和去骨羊肉，放了足够多的新鲜的浅草茴香、迷迭香、肉桂叶、豆蔻、黄葱，淋了足够多的葵花子油，香味扑鼻。乌力天赫从来没有见过如此风情万种的手抓饭，他差不多觉得自己是个流浪的阿拉伯王子了。

十几个牧人围着乌力天赫，好奇地看着他把甘美的羊肉往嘴里送。乌力天赫脸上有一块深陷的伤疤，右脚缺了小趾，走路时有些轻微的瘸，因为不断受伤失血，显得苍白而消瘦，这使得他像一个羸弱的知识青年。他慢腾腾地吃着饭，一副去了很远的地方、终于回到家的样子。塔鲁德要牧人们离开毡包，别打扰乌力天赫。乌力天赫不让。乌力天赫安静地对塔鲁德说，让他们看着我吃吧，他们难得看见一个外乡人。

后来青年牧人齐里扬诺带头，牧民们一个个端着鹿角酒杯过来，排着队敬乌力天赫的酒。他们自己不喝酒，但他们决定把这个形销骨立的外乡人灌醉。乌力天赫一连喝了七八角杯醇厚的麦子酒，坐在那儿东倒西歪。米米拉娅看不过去，拿鞭子往外抽赶牧民。乌力天赫拦下米米拉娅，结结巴巴地说，请别抽他们，让他们灌醉我吧，他们是蓝天白云下的主人，有资格得到这样的乐趣。米米拉娅不高兴地说，你是天上飞着的人儿，他们会把你灌成一朵烂云，再糊到马肚子下去，让你永远也飞不成。乌力天赫抹了一把下颏儿上的酒滴，呵呵笑道，把一个外乡人灌醉，这样的事儿，他们会记上一辈子。

部族接班人塔鲁德热情地邀请乌力天赫留在美丽的瓦罕河流

域，和他们一起自由地享受伟大的安拉赐予的取之不尽的财富。年轻的牧人齐里扬诺缠着乌力天赫摔跤赛马，还要乌力天赫带着他一块儿去旅行，就像热情虔诚的阿布·伯克[1]一样。美丽的米米拉娅亲手为乌力天赫缝制了一件色彩艳丽质地柔软的紫羔皮坎肩，还特意在两只袖褡上镶嵌了几粒珍贵的青金石。

他们和乌力天赫有着共同的血缘，却过着两种完全不同的生活。他们唯一的理性生活是背诵《古兰经》。他们把那些记录在兽皮、石板、海枣树枝或者驼羊肩胛骨上的优美文字当做魔力无边的诗歌、咒语和卜辞。每当这个时候，从他们嘴里流淌出来的就是威严而典雅的、优美而流利的、令人肃然起敬的、鼓舞和安慰人们的圣者的心灵讲话——

> 奉至仁至慈的真主之名。我在那高贵的夜间确已降示它，你怎能知道那高贵的夜间是什么？那高贵的夜间，胜过一千个月，众天神和精神，奉他们的主的命令，为一切事务而在那夜间降临，那夜间全是平安的，直到黎明显著的时候。[2]

米米拉娅把乌力天赫当做一头小牛犊，往死里喂他新鲜驼奶。她问乌力天赫知不知道“夜间”是什么，乌力天赫不知道。米米拉娅为此非常生气，罚乌力天赫去河边背水，然后把他拖到河边的草地上，和他促膝面对面坐着，掀开漂亮的布达，要他捧着她的脸用黑羽草给她描眉毛。

河水从雪山来，凉得浸骨。有失去了母亲的草原狼崽张皇失措地从河对岸溜过，一群生着瓦蓝色翅膀的大鸟飞过河去，再从河对岸飞回来。

塔鲁德要米米拉娅不要缠着乌力天赫。米米拉娅眨动着两只

① 穆罕默德门下的第一个伊斯兰教教徒（约573—634），跟随穆罕默德在麦地那和麦加传教，632年成为真主的使者和继位人，哈里发帝国第一位哈里发。

② 见《古兰经》第九十七章。

狐狸般美丽的眼睛，一掌将乌力天赫推进河水里，自己嘻嘻笑着跑开，一会儿，毡包里传来她动人的歌声：

我的孩子，别把你的梦告诉你的哥哥，
他们会用它去猎熊，你的梦会破碎。
我的孩子，别把你的梦告诉你的父亲，
他会用它去种麦子，你的梦会哭泣。
我的孩子，别把你的梦告诉过路的青年，
他会带它去远方，你再也找不回它。

6

塔鲁德骑着雪青马，带着部落里的几个年轻人，一直把乌力天赫送到兴都库什山下，然后和乌力天赫告别。

乌力天赫答应红了眼圈的米米拉娅，他会回到瓦罕，给她讲他路上经历的事情。他还答应闷闷不乐的齐里扬诺，他会为他带一支好使的步枪回来。

乌力天赫不知道，他将永远无法兑现他的承诺。在他离开瓦罕后不久，大批苏军塔吉克族士兵越过卡拉潘贾山口，入侵了瓦罕地区。他们接到命令，对瓦罕的土著居民进行灭族屠杀。生活在瓦罕地区的一千多名柯尔克孜人奋勇抵抗，试图保护自己的家园，但终因寡不敌众，惨遭屠灭。

塔鲁德和齐里扬诺战死在瓦罕河边。米米拉娅在母亲的带领下，逃到了巴控克什米尔地区。苏联人很快控制了瓦罕地区，在那里修建了机场和军事设施，并在通往中国和巴基斯坦的各个山口布设下大量地雷和边防巡逻队。乌力天赫再也无法回到瓦罕。

九天之后，靠着塔鲁德准备的鹿肉和烧酒、米米拉娅缝制的紫羔皮坎肩和在背风处挖出的雪洞，乌力天赫翻过了兴都库什雪山，向南折往米特拉姆，再前往喀布尔。他将在那里待上一段时间，然后回头向东，进入贾拉拉巴德，从那里出境，抵达巴基斯坦的白沙瓦。

乌力天赫在路上遇到了不少麻烦。有一次，他被卡尔迈勒的人抓住，挨了一顿揍，差点儿没给毙掉。一名普什图族士兵把苏式冲锋枪对准乌力天赫，要他往前走几步，免得溅出来的血弄脏了自己的新军装。幸亏乌力天赫随身携带了几本书，它们使他化险为夷。那是苏联新闻社印制的《政治读本》《勃列日涅夫回忆录》和《列宁关于社会主义条件下的劳动、关于合作化、关于武装力量的作用、关于新型政党、关于青年的论述》。一名从苏联留学回来的土库曼族年轻军官拦下了那名士兵。

乌力天赫抹掉嘴角被枪托揍出来的血沫，向年轻军官解释，自己是“青年与四月革命”[①]组织属下“火焰”俱乐部的基层干部，他的工作是了解山区青年在建设新阿富汗过程中的作用，并且调查革命和爱国主义内容的书籍在基层的推广情况。

年轻军官很欣赏乌力天赫，像是遇到了知音，尽可能地安抚乌力天赫，问他什么时候加入的人民民主党，说像他这样有志的青年，应该加入政府军，而不是在青年组织中工作，要是这样，每个月他可以领到一千五百阿富汗尼薪水，而且不必为生活必需品的匮乏犯愁。

这当然是一个好建议，但是乌力天赫另有打算。他告诉年轻的军官，自己曾在第 14 步兵师服过役，这个师目前驻扎在加兹尼市，在纳第尔国王统治的 30 年代和达乌德发动政变的 70 年代，他的家族都有亲人在政府军中服役，这是他家族的骄傲。他郑重地向年轻军官保证，他会考虑他的建议，在完成了组织上交给他的光荣任务之后，重新回到军队中去。

---

① 阿富汗人民民主党领导下的青年组织。

后来他们又站在路边谈了一会儿扫盲运动、伊斯兰教事务委员会[1]和乌列木委员会[2]长老们的情况，以及逊尼派、什叶派和伊斯玛伊勒派的争端问题。那名差点儿射穿乌力天赫后背的士兵朝两个人看了一眼，再朝卡车驶过时扬起的尘土吐了一口痰，没意思地把枪往肩上一顺，一颠一颠地走开了。

乌力天赫如今是一名志愿者。他没有任何背景和身份，不与任何组织联系，甚至不再拥有个人历史和国籍。也就是说，乌力天赫是那种人们所说的自由人。那是一颗闪闪发光却注定要牺牲的星星，它洒下光明，掩护黑暗世界的罪人逃跑，它自己则因为光明而永远孤独，成为人们眼里身负重罪的怪物。他将和一批来自各国的志愿者一起，在白沙瓦的一个难民营里从事他波希米亚流浪汉的工作。

出国前，乌力天赫接到了辗转寄给他的乌力天扬和葛军机的信，两人都问到他是否考虑回家看看。不，他不考虑。他没有家，没有任何社会关系和个人历史，没有什么地方可以让他回去。这一次他将走得更远，或者说，这是他所希望的，他希望他的行程比以往更远，远到他再也回不到出发地。他将彻底消失，甚至不会对一只蚊子说出他的去向。他没有给他的兄弟们回信。如果愿意，他可以用普什图语或者达里语来写那两封回信，但没有。也许这样问题会更单纯。

即使这样，在出发之前，他还是给母亲萨努娅写了一封信——

妈妈，我亲爱的妈妈：

我将为您去战斗。我将为全世界被侮辱和损害的母亲去战斗。也许这一次，我再也回不来了，再也见不到您了，我会倒在陌生的地方，流尽最后一滴血。我为这个而害怕。

但是妈妈，请您记住，永远记住，不管我倒在什么地方，从

---

①② 两个委员会均为阿富汗神职人员组织。

我身上流出来的每一滴血，它们都是深爱着您的！

在给母亲写过那封简短的信之后，乌力天赫没有停下来，又给简雨槐写了一封信：

…………

必须承认，是差异和冲撞孕育了地球和地球生命。人类因此信奉差异和冲撞，甚至因此迷恋战争。

在宇宙初建的洪荒运动中，无数尚未建立起轨道的彗星被抛向年轻的地球。它们改造了地球的表面构成，并且带来了大量的冰块，形成海洋、河流和地球的大气层。它们孕育着地球上的生命，同时也在摧毁那些生命。

行星撞击地球，陨击区顷刻毁于一旦。明亮而炽烈的溅射物高高抛起，再铺天盖地落下，将更为广大的地表掩埋在几公里厚的碎屑下。火山熔岩溢流，地表被陨热烤得焦煳。巨大的海啸将海底生命杀死，滚烫的海水蒸发到大气层中，二氧化碳充斥大气层。酸雨无休无止地下，地表急剧变冷，气温降至冰点以下。在陨击发生后几年内，食物链底端的植物因为没有了光合作用而迅速灭绝，食草动物死亡，继而食肉动物死亡。

不，我说的不是四十亿年前发生在地球上的陨击时代，而是贯穿整个人类蒙昧期至文明时代的战争。人类一直在以战争的方式突破自己的空间，摆脱限制。他们究竟需要多少，需要多大？

看一看吧，这个世界正在关心什么？关于军队、国家和领袖的关系、政教分离、军政独立、联邦与共和、普选代议、三权制衡、防御体系……在所有的道貌岸然之下，我只听见狗苟蝇营者的艳笑、窃权者的阴谋、宫闱政变的权力杀戮和狡兔死走狗烹的祭坛血灾之声。

不，我不关心这个，我只关心苦难。我想知道，为什么人类会有那么多的苦难？是什么让人类必须经历苦难？

我会去我想去的地方。我想走遍这个世界，走遍凡是有人迹到达的地方，以及没有人迹到达的地方。我想知道别的生命，那些穷困的、下贱的、暗淡的、被暴力裹挟着的生命，他们是怎样生活着，知道罪恶和苦难的根源在哪儿。

…………

乌力天赫有一只熟牛皮缝制的箱子，里面安静地躺着几十封他写给简雨槐的信，以及一册旧的《解放军画报》。这封信写完之后，他把所有的信读了一遍，再拿起那册画报，打开它，翻到一幅剧照。

剧照上，身穿红色舞衣的简雨槐昂首握拳，在舞台上高高跃起，像一个轻盈的不肯屈服的雨夜精灵。乌力天赫伸出手，想要抹去简雨槐身后的一道闪光。他发现做不到，那是闪电的背景。

乌力天赫合上画报，连同那几十封信，以及给母亲的那封信，把它们一起锁进箱子，提着箱子上了车。

乌力天赫把车开到野外，在一片开满紫茉莉和串铃花的湿地前下了车，用工兵锹挖了一个深深的坑，把箱子放入坑内，用事先准备好的助燃剂点燃箱子，然后退到一旁，看着箱子燃起来，直到变成一捧灰烬。他把那个坑埋上，踩实，在那里又站了一会儿，朝东南方向看了一眼，然后上车，离开那里。

7

简雨槐的病连续发作了几次，她有两个多月没有去印刷厂上班了。

简雨槐的病是她一个人的事，没有别人知道。她把自己关在屋子里,长时间地发呆,然后颤抖,然后缩到床上,抖得越来越厉害。有时候,她会靠在墙角里,就那么睡去。她睡得很不安稳,常常打一个盹,突然惊醒。有时候,她会哆嗦着下床,去一只锁着的小箱子里,翻出乌力天赫写给她的那两封信,回到床上,贪婪地读它们。更多的时候,她把自己关在盥洗室里,一遍一遍地淋浴。她用刺激皮肤的高碱肥皂给自己消毒。她用粗糙的丝瓜瓤狠狠地擦拭身体。她急急匆匆,不依不饶,好像自己的身子很脏,好像她闻到了扁螋产卵后留下的恶臭。她反复地在身体上抹肥皂,用丝瓜瓤用力擦拭,再用清水把它们冲洗干净,然后再重复这样的动作。她的肩头被丝瓜瓤擦破了皮,露出藏红花似的血丝。

葛军机还是离开简雨槐,去了县里。他没有告诉家里,在他和简雨槐之间发生了什么。

乌力图古拉和萨努娅不放心,要简雨槐住回家里去,简雨槐拒绝了。乌力图古拉要童稚非别住学校,晚上去省委宿舍陪简雨槐,简雨槐也拒绝了。葛军机打电话回家,问简雨槐的情况。乌力图古拉问葛军机为什么不往印刷厂打,往家里打。葛军机吞吞吐吐,没说什么,把电话挂掉。乌力图古拉感觉不对,往印刷厂挂电话,对方说简雨槐没上班,她请病假,两个月没来了。

乌力图古拉回手就把电话打到葛军机那里,板着脸问,到底怎么回事儿,我闻着不对劲儿,雨槐出了什么事儿?葛军机捂着电话小声说,爸,我这儿有人汇报工作,一会儿我给您挂过去。乌力图古拉不放电话,大声说,汇报不汇报,别拿那个吓唬我,我听汇报多了,排着队汇报我也见过,你先说雨槐的事儿。葛军机看出来,自己要不说,乌力图古拉不会放电话,就说,爸,没什么事儿,雨槐有些不舒服,她身子骨儿弱,有些积寒,我让她请假在家休息一段时间。

乌力图古拉放下电话嘿嘿地笑,然后挥挥手安慰萨努娅,没事儿，军机说雨槐有点儿积寒，军机在撒谎。萨努娅生气，说撒谎你还说没事儿，你还笑，丧失原则。乌力图古拉说，我当然笑，你连这个都不明白，雨槐她为什么要请假，军机他为什么要撒谎，雨槐那是怀孩子了。你想啊，怀孩子有反应，得在家养胎吧，军机那儿有人汇报工作，不好明说，得撒谎吧，当年老薄荷对叶至珍就是这么干的，军机他学他爹，他这个政委，算是当上了。

乌力图古拉安慰完萨努娅，伺候萨努娅服过药，要郝卫国去干部宿舍把方红藤找来。方红藤一到，乌力图古拉就把简雨槐怀孩子的事告诉了她。萨努娅服过药后有点儿糊里糊涂，坐在藤椅里晃来晃去地转脑袋，问方红藤有没有老卤水，说自己有点儿犯胃酸，可能怀上孩子了。乌力图古拉去屋里取了一床毛毯来，给萨努娅盖在腿上，说你别听她的，她刚吃了药，说不清楚事儿，不是她怀孩子，是雨槐；我一个做公公的不方便，你去做做雨槐的工作，要她搬回家里来住，炖个汤啥的，比她那没人照应的鸽子窝强。

方红藤欢天喜地地去了省委宿舍，一会儿工夫又原路返回，进门一脸疑惑地告诉乌力图古拉，事情不像他说的，雨槐没有怀孕，这一点，虽然雨槐不肯说，生过两个孩子的方红藤有经验，能看出来。倒是雨槐的神色有些不对，问十句话不回答一句，看人冷冷的，像是拿一双眼睛当刀片，要在人心里剜出点儿什么来，看来是真病了。

简雨槐是不是怀孩子，都是一只没有伴侣照顾的鸟儿。要是真病了，就是病着的鸟儿，不能由着她放单，孤零零落在那儿，让风吹，让雨淋，让狐狸吓唬。乌力图古拉决定亲自出马，把简雨槐接回家里来。

“孩子，跟我回家，咱们回家住。”

“……一百零六，一百零七，一百零八……”

“你看你这儿过的什么日子，窗户也不开，家里冷锅冷灶，哪像个日子。”

“……一百一十三，一百一十四，一百一十五……”

“养病回家养去，咱一家病人，不缺你的药罐子。咱办个医疗所，我当所长，你们都是我的病员，你，你妈，天时，我给你们熬粥喝，领你们晒太阳，带你们唱歌，咱们排着队，唱《解放区的天》，要不就唱《打个胜仗哈哈哈》。”

“……一百二十五，一百二十六，一百二十七……”

“怀没怀，没关系，谁怀孩子以前怀了孩子？我生你天健大哥之前，不也没怀吗？你妈生你天时哥以前，不也没怀吗？所以，没关系，咱把身子骨儿养好，养结实了，再怀。”

“……一百三十八，一百三十九，一百四……”

“孩子，”乌力图古拉有些沉不住气了，人坐在那里，本来笔直的腰板又往上挺了挺，“你别老数数儿，你说话。”

简雨槐停下来，不数了，是让乌力图古拉打断了，有些紧张，还有些害怕，嘴唇没停住，还嚅动着。

“孩子？”

“爸。”

“你说话。”

“说话。”

“你说什么？”

“我要和，军机离婚。”

8

葛军机接到乌力图古拉的电话，在电话里沉默了一会儿，说，爸，您别急，雨槐是一时的气话，是我对她关心太少，我太顾自己的事业，过些日子忙完了手头的工作，我就回去和她好好谈谈，她会忘掉这事儿，她还是您的儿媳妇。直到乌力图古拉在电话里把简雨槐的病症告诉了葛军机，说雨槐不是气话，也不是一时，葛军机才急了，从县里赶回武汉，两脚干泥地回了家。

“跟我走。去医院。”

简雨槐没说去还是不去，眼睛盯着葛军机的裤腿，还有他的身后。有一阵子葛军机没有明白，不知道简雨槐看什么，后来他明白过来，简雨槐是看他带进屋来的那些泥土。“他”把“她”的屋子弄脏了，把“她”的世界弄脏了。

“先看病，看完病我会把屋里收拾干净。”

简雨槐还看。但这次不是看泥土，是脸色紧张，看被风掀动的窗帘。

“雨槐，我知道发生了什么。我知道这都是为了什么。我们可以把这件事放在以后来处理，先给你看病。我们去看病。”

简雨槐还看。她越来越紧张，是害怕，人往墙角缩，好像这样做了，就可以躲避开一切。

“雨槐，雨槐你听我说，你要理智一点儿，你这样做什么意义也没有。实话告诉你，我早就知道天赫他没有死。我不光知道他没死，我还知道他离开家之前干了什么。他刻钢板留下的草稿和蜡纸是我替他销毁的，宣传队那台印刷机的铅字也是我偷出来丢进长江里的。我没告诉他。我没告诉任何人。十几年了，没有人知道，只有我知道。我知道他是带着什么心情走的，他不会回来了，他回不来了。我给他写过信，不止一封。我对他说，你应该回来，看看父母，看看亲人。是的，我是这么想的，他离家那么久了，事情已经过去了，再大的仇再多的恨也已经过去了，他是这个家的儿子，他应该回来看看这个家，他是爹妈的儿子，他应该回来看看爹妈。可你知道我最想做的是什么？是让你们见一面，面对面见一面，最后见一面。知道结果是什么吗？天赫他没有回信，没有给我回，也没有给天扬回，一封也没有。

"雨槐，过去的事情已经结束了，你们不再是孩子了，你们不可能再走到一块儿，这就是结果。你和天赫，你们从来没有过开始，现在你有属于自己的生活，我爱你，我愿意把你捧在心窝里，捧着你往前走，捧着你走过过去，难道你就忍心为了从来没有过的开始，把这一切都毁掉？"

葛军机杜鹃啼血，几乎是声泪俱下。简雨槐脸色苍白，有一阵儿她好像停止了呼吸，一动不动，眼神散开。葛军机害怕极了，他觉得他快支撑不住了。

"军机，告诉我，为什么你从来不和我说狐狸和狗獾的事儿？"

"雨槐……"

"为什么你从来不和我说我为什么回来、打哪里回来的事儿？"

"雨槐……"

"我就不该回来，我应该死在那儿，对吗？"

"雨槐！"

"军机，我知道，你对我好。我也知道，我欠你的，欠你太多。你让我做什么事情，我都会答应，让我去死，我现在就去。只有一件，我做不到，做不到了。我是一个坏女人，我不能和你在一起。"

"雨……"

"不，不是对不起天赫，对不起你，是对不起我自己。"

大多数时候，简雨槐是安静的，和所有正常人一样，她在说着这些话的时候就是正常的。她说完这些话，倚着墙角，慢慢往被子里缩，缩进被子里。葛军机习惯性地欠过身子，伸出手，要替她掖被子。她下意识地拽住被角，躲开他。

葛军机的手停在半空中，然后落下来。他身子轻轻颤抖着，尽量用一种平静的动作站起来，站了一会儿，慢慢转身，朝阳台走去，去那里拿扫帚，打扫他带来的那些泥土。

9

南亚地区流传着一个说法，印度的响尾蛇，孟加拉的猛虎，阿富汗人的弯刀，这三样是世界上最可怕的事物。

乌力天赫见识过阿富汗弯刀，但他知道，比阿富汗弯刀更凶狠的是握着刀子的那些人。乌力天赫目睹了那些穆斯林是怎样对付入侵者的。他看到过一个可以做他父亲的上了年纪的部落首领，亲手用火弩把一发发汽油弹射向自己的庄园，把躲在庄园里的苏军烧死。他也看到过一个十几岁的孩子，把自制的手榴弹塞进苏军伤兵嘴里，拉掉导火索，转身走开，手榴弹爆炸后飞开的血肉溅了孩子一背，孩子连头也没回。

进入喀布尔市以后，乌力天赫才知道社会主义国家和共产主义阵营对发生在阿富汗的战争有多么关注。喀布尔市聚集着那么多共产党人、革命民主党人、工人党人和民族解放运动的代表——罗马尼亚共产党、德国共产党、巴西共产党、丹麦共产党、波兰统一工人党、巴拿马人民党、委内瑞拉共产党、大不列颠共产党、印度共产党、埃塞俄比亚工人党、秘鲁共产党、卡尔迈勒尼加拉瓜人民解放祖国阵线、阿尔及利亚民族解放阵线、孟加拉国共产党、圭亚那人民进步党、奥地利共产党、伊朗人民敢死队组织、也门社会主义党……这些社会主义者和共产主义者是在苏联老大哥的策动下，跑到喀布尔来，主动要求支援阿富汗人民的建国大业的。

同样的，乌力天赫在进入白沙瓦以后，才知道资本主义国家和自由世界对发生在阿富汗的战争有多么操心。白沙瓦，这座位于开伯尔山口的古老城市，在战争中成了冒险家和流亡者的天堂。这里不光有傲慢的阿富汗伊斯兰教逊尼派各党领袖、脾气暴躁的抵抗力量后方基地和联络站游击队员，还聚集着大量的巴基斯坦

"混合军事情报委员会"的官员,美国FBI特工人员,英国军情局谍报人员,苏联克格勃情报人员,沙特阿拉伯、埃及、利比亚的军事人员,各个国家的记者,人道主义组织官员。这里差不多就像二战时的新德里。

乌力天赫在白沙瓦很快投入了工作。

白沙瓦郊外有无数难民营,所有的房子都是用简易木板、泥土和干麦秸盖起来的。难民们在营中诵经、随处闲逛、睡懒觉、打架斗殴,等待每天两次由国际人道主义救援组织的卡车送来食品和饮用水。那些难民营中,有一个叫赫卡多尔。在它中间,用铁丝网拦出一个营地,约莫五六平方公里。它由一座被挖空了的小山头和数十座临时营房组成,除了持有特别通行证者,任何人不得随意进出。

那是一处秘密的游击队训练营地,乌力天赫和几名美国人、十几名巴基斯坦人在这里做教官,训练抵抗力量武装。在这里接受训练的每一名游击队战士都将返回阿富汗,在那里投入与苏联军队和卡尔迈勒军队的战斗。他们在离开那里之后,直到战死在家乡的土地上,脑子里都深深留下了对教官"白昼"的印象。

"白昼"是乌力天赫在训练营地里的代号。没有人知道他的真实名字,也没有人知道他的真实国籍,人们只知道他是一名自由战士,就像西班牙内战时期的那些"国际纵队"战士。

"白昼"教官身子羸弱,总在咳嗽,一有机会就一瘸一瘸地走出营房,坐在沙地上晒太阳,晒得鼻梁上的皮一层层地脱落。他看起来经历过魔鬼般的炼狱,伤痕累累,人显得淡漠,灰绿色的眸子里总是透出一种深深的忧郁。可他却是全营最有本事的教官。他教城市游击战和山地作战课:"夜间袭扰""反搜索与反歼灭""反摩步化作战"。离开这里的游击队员们被派往喀布尔、坎大哈、赫拉特和哈扎拉贾特,在那里用火箭弹袭击侵略者的营地和车辆,或者被派往北部的巴格兰和拉格曼山区，破坏占领军的运输、伏击占领军巡逻队，成为反抗力量的骨干。

和基地大多设在伊朗的什叶派穆斯林组织不同，逊尼派穆斯林组织的基地大多设在白沙瓦。乌力天赫在白沙瓦见到了属于原教旨主义派的古勒布丁、布汉努丁，民族主义派的赛义德、纳比。通常情况下，乌力天赫和其他教官不能离开秘密营地，甚至不能取掉头巾或者战斗帽在露天处待得太久，大多数时候，是逊尼派的首脑们到营地里来检阅他们勇敢的战士，或者为即将走上战场的弟兄们吟诵《古兰经》。

乌力天赫不喜欢那些浮躁的趾高气扬的抵抗运动领袖们，他们实际上并不关心他们的那些勇敢的战士的死活，他们更关心他们的对手是不是吃够了苦头，如果是，那在这以后他们能不能拿到更多的政治资本和各种目的的国际支援。没有人真正关心苦难，人们为了摆脱苦难而抗争，却因为抗争而在苦难中越陷越深，这就是乌力天赫了解到的情况。

乌力天赫还在营地中见到了英国首相撒切尔、斯里兰卡总统朱尼厄斯·查理德·贾亚瓦德纳、澳大利亚外长比尔·海登、美国国会议员查尔斯·威尔逊。他们到难民营来视察难民状况，发表措辞激烈的演讲，呼吁人权，谴责苏联对阿富汗的侵略。可在他们之前，人类的先知早已说过同样的话："我们认为这些真理是不言而喻的：人人生而平等，他们从他们的'造物主'那里被赋予了某种不可转让的权利，其中包括生命权、自由权和追求幸福的权利。"可是，平等在哪儿？人们不言而喻的权利早已被这个文明世界魔鬼化了。参与魔鬼化的，包括那些以人权伸张者自居的人。

10

战争打响两年之后，乌力天赫再度进入阿富汗北部山区。那里的战事出现了一些令人焦虑的变化。

占领军速战速决的计划没有实现，他们遇到了逊尼派穆斯林、什叶派穆斯林、部落组织、左翼联盟和前国王查希尔空前绝后的抵抗。为了控制局势，接替去世的勃列日涅夫上台的安德罗波夫利用军队换防的机会向阿富汗增兵，一批新式武器随之进入战场。

春季过后，游击队的头顶上出现了高性能的米格-23 鞭击者 B 式飞机，它们把试图袭击占领军车队的游击队打得抱头鼠窜；萨姆-8壁虎式导弹替代了萨姆-6 式导弹，它们巨大的药仓和几乎与眼睫毛一样敏捷的机动性让游击队吃尽了苦头。

占领军开始使用“蓝雨”“黑雨”“灰雨”化学毒气弹，游击区内的人们不断染上奇形怪状的疾病，又吐又拉，脱水死去，或者窒息而亡。

最让游击队心惊胆战的是“熊蜂”火箭式喷火器和“卡拉季诺”火炮。前者不过十一公斤重，一个步兵轻而易举就能扛起它，可它的威力极大，射程达到六百米，弹药威力相当于 152MM 榴弹炮，一发炮弹就可以摧毁一架飞机；后者则完全是从地狱里出来的魔鬼，它被装在 T-72 坦克上，可以在十五秒钟内将三十发炮弹倾泻一空，其精确度和火力密度，世界上没有同类武器可以与之抗衡。

乌力天赫进入阿富汗督导“反压制行动”。他在西部的赫拉特为游击队表演了一场好戏，给那些惶恐不安的反击者们吃了第一粒定心丸。

乌力天赫从白沙瓦带去了几个“毒刺”肩射式导弹发射器。那是美国人提供的，它们和其他一些武器一起，源源不断地运往巴基斯坦，再从那里转运到阿富汗游击区。

乌力天赫躲在赫拉特郊外山上的一个岩洞里，整整两天，吃喝排泄都没有离开过岩洞。第三天上午，当趾高气扬的“鞭击者”在轰炸过赫拉特后飞临头顶时，乌力天赫拖着“毒刺”发射器猫腰钻出岩洞。他站在一片灌木丛中，将发射器扛在肩头，屏住呼吸，瞄准天空。红外线跟踪仪和瞄准镜视场完全重合，音响信号通过识别系统确认那是敌机。他稳稳地扣动扳机。

价值五万美元的宝贝一仰头上了天，气浪掀起乌力天赫的头发，他丢下发射器，扑向地面，连滚带爬钻回岩洞。他的屁股还露在阳光下，天空中就闪过一道耀眼的白光，随着一声剧烈的爆炸声响起，一架“鞭击者”四分五裂，拖着五色火焰向地面坠落，整座山头上的气温顿时增高了好几度。

乌力天赫真正要对付的对手比“鞭击者”强大得多。那是一支军事恐怖行动部队，这支部队隶属克格勃第八局，被叫做“奥斯纳兹”。“奥斯纳兹”的士兵配备了最新式的AK-47冲锋枪，他们经过了特殊的训练，熟练多种特工技能，任何一支小分队出动，都有米型武装直升机掩护，大规模的战役则首先派出图型獾式战略轰炸机做高空饱和式狂轰滥炸。游击队在这样的对手面前不过是任意涂炭的目标。

乌力天赫在北部战场组织并领导了一支反特种作战游击队。这支游击队由两名投奔游击队的柯尔克孜族苏军士兵、一名阿富汗前政府情报局军官、一名前《青少年时代周刊》编辑、一名前工会技术学校教师、一名天然气工程师、一名创作联盟作家、一名医生、几名部落青年和三十几名政府军反水官兵组成。游击队中甚至还有两名年轻姑娘，她们用厚厚的布达把自己遮得严严实实的，只露出忧郁的眼睛，而医生和部落青年则穿着白色的长袍。

乌力天赫领着这支穿着奇异的游击队不断与渗透进游击队控制区的克格勃和政府情报局特工队周旋，把他们驱赶出控制区，同时潜入政府军控制区，解救将被驱赶到国外去的反抗力量人士，追踪和破坏克格勃和政府情报部门建立起来的间谍网。

乌力天赫的游击队越战越勇，在契尔年科接替安德罗波夫担任苏联最高国家领导人期间，他的游击队甚至南下进入喀布尔市，在那里发起突然的、频繁的攻击，攻击对象是市区内的占领军驻地、占领军顾问住宅区、国家情报局总部、国家电台和政府军辖下的军官学校。

乌力天赫在岩洞密布的潘杰希尔谷地见到了大名鼎鼎的游击司令艾哈麦德·沙阿·马苏德。那是一个比乌力天赫大不了几岁的了不起的年轻人，具有卓越的指挥才能和人格魅力，人们以他的顽强为榜样，称他为“潘杰希尔之狮”。

马苏德崇拜毛泽东，他请乌力天赫吃葡萄干，并且毫不讳言地告诉乌力天赫，他用毛泽东的军事理论来统领自己英勇善战的部队，他甚至在每个基层单位中都安排了一名政治委员，他认为这是“毛军事思想的核心部分”。

“我想让你知道为什么我们会赢，因为我们从来就不准备输给敌人。”

“你的战士很勇敢，但他们面对的是难以对付的敌人。”

“我们不怕那些不信道的人。我告诉你他们会得到什么，那是火狱。不管那些人来自东方还是西方，代表着古老文明还是现代文明，作为不信道的人，他们将收获恐惧。”

乌力天赫知道马苏德说的是什么，他说的是《安法勒》里的话。“你的主启示众天神：‘我与你们同在，故你们当使信道者坚定。我要把恐怖投在不信道的人心中。’”

“毛会支持我。”马苏德喝了一口盛在铝制杯中的雨水，用充满智慧的目光看着乌力天赫，把身子向他移近了一些，十分郑重地说，“知道吗，毛没有死。真主知道他那不是死，他得到了永生。”

那天夜里，乌力天赫在一个部落首领的家里，借着手提式蓄电灯给简雨槐写了一封信：

如果我说我们都是苦难的生命，你会反对吗？事实上，我们正是这样的生命。

战争初期，每月拥进巴基斯坦的难民高达十几万人，战争开始两年多，难民已达数百万。很多人在战争中死去，更多的人将要在战争中死去。和死去的人相比，难民的生命还在，但他们和死去没有什么两样。

占领者正在分期轮换他们的士兵。最初派到阿富汗来的士兵大多是乌兹别克和塔吉克族人，他们是执行总参谋部化解伊斯兰族裔矛盾的政策被派往阿富汗的。这些士兵在以后的日子里开始明白，他们来阿富汗并非打击干涉内政事务的帝国主义分子，也没有看到阿富汗嗜杀成性的暴民，他们看到的是比沙漠还要清贫的人民、没有任何机会读到书的孩子、终日背井离乡到处逃难的妇女。被轮换掉的那些士兵，他们大多来自杜尚别或者塔什干那些南部加盟共和国，你知道，那里是我母亲的故乡。那些年轻的士兵拒绝与穆斯林兄弟作战，占领者不得不改派斯拉夫人到前线来作战，为俄罗斯人的利益当炮灰。

美国人运来了大量的口香糖、牛仔裤、大麻素，占领军的士兵瞒着他们的军官偷偷地用坦克零件来换取这些东西。他们的国内没有《古兰经》，他们的士兵偷偷地溜进清真寺，用机枪或别的什么武器从游击队员手里换取《古兰经》。

我的游击队里有两名投降过来的占领军士兵，他们成了我最好的帮手，帮助我教会游击队员们使用反坦克武器和反直升机战术。占领者把阿富汗当成向中东和印度洋发展的重要通道，可阿富汗近一半居民与中亚地区各加盟共和国的塔吉克族、乌兹别克族和土库曼族有着血缘关系。这是一场奇怪的战争，战争在敌人之间发动，却在兄弟之间展开。我说的苦难的生命，就是这个意思。

为什么人们要制造并且承受这些苦难？难道苦难也是人类追求的文明？人们怎么可能热衷于这样的文明？

几乎所有的人类文化都是同时出现的。希腊人、中国人、希伯来人、印度人几乎同时创造出他们的文化，孔丘四处游学，《奥义书》形成，苏格拉底在罗马讲学，希伯来先知们的活跃，释迦牟尼的诞生，他们几乎出现在相同的时代，而那个时候人类几乎没有大陆间的交流。所有尚未取得联系的文化，在同一时代创造和生产着相同的陶器；古埃及和哥伦布到达之前的美洲，都建造了设计上明显一致的大金字塔；为了取火，世界各地的早期人设计出完全一样的工具；中国人、印第安人、阿兹蒂克人、伊特鲁利亚人、祖鲁人和马来人具有明显不同的文化背景，但他们却根据同样的模式来制造他们的工具并建造他们的墓碑。即使到了现代，这种情况仍然存在——牛顿和莱布尼同时创立了微积分学，达尔文和华莱士同时提出了生物进化的基本机制，贝尔和格雷同时发明了电话，萨哈罗夫和泰勒同时向本国政府鼓吹原子弹的研发。好了，我们现在说到原子弹了——战争的最后掣肘，几乎所有发达国家都想拥有它，并且冠之以原子文明的桂冠——人类通过它将自己进化成魔鬼，这就是我要说的。

战争在人类的任何文明阶段都不曾消失过，它是人类文明形态的基础；战争不是他人带来的，它是人类自身的欲望。如果这样说你不认同，那么我再给你举一个例子。你知道阿喀琉斯手斧吗？它是石器时代一种人类使用过的攻击性工具。它们被设计成杏仁状或者梨状，战斗部和承重部打磨得非常精良，而且十分对称。在非洲，这种斧子是用石英岩、页岩和辉绿岩制成；在中东，它们大多采用黑硅石做材料；欧洲人则用更为结实的燧石来制造它们。看起来，这种细节上的一致性是一种实用主义的巧合，来自人类发现和解决共同遇到的难题的需要，但是我们怎么来判断，那些分布范围如此广泛而且绝对不可能发生交流的人们怎么会生产出在细节上有着惊人的一致性的战斗工具？它的原始冲动是什么？是什么让他们有着那么相似而又执着的顿悟？

是的，是它，战争。是战争让人类有了同样的征服欲望和聪明才智。人类的自我认知能力和随之而来的自我意识使他们成为地球上唯一的灵性动物，而正是灵性，是导致人类与生俱来的大规模暴力的根源。

要明白这个，警惕它，侵略驱力是人类感觉和行为的发动机。

可战争会在某一天消失掉吗？人类会在某一天彻底摆脱战争吗？人类的苦难会有尽头吗？

乌力天赫写完这封信，在灯下从头到尾看了一遍，然后划燃一根火柴。信纸在火焰中飞快地卷曲着，火焰消失后，灰白色的灰烬散落到地上。

乌力天赫站起来，走到窗边，推开窗户。潘杰希尔谷地的风吹了进来，很快把地上的灰烬吹得没有了踪影。

第三十四章　乳房上的功勋章

1

乌力天扬拿到了退伍证书，还有几百元转业费。

他在军队服役数年，离开时行李十分简单：两套换洗衣服、一枚战功章、三枚纪念章和一枚铜制弹壳。

离开部队前，连里的兵每天往乌力天扬宿舍里跑，乌力天扬到哪儿，身后就跟着一群他的兵，一个个红着眼圈，默默地看着他的背影。连里养的一群鸭子也跟在后面，鸭子眼睛小，看不出眼圈是不是红着，伸长脖子嘎嘎地叫唤，这点和兵不一样。乌力天扬不和兵说什么，也不和鸭子说什么，拐弯儿进了厕所。那些兵在外面站了一会儿，低着脑袋走开了。剩下鸭子们，在厕所外面不知所措地四下里打量，不知道是走进厕所好，还是和兵一样，也低着脑袋走开。

“好吧。”营长尤克勤搓着光光的下颏儿，盯着乌力天扬看了好半天，喉结一耸一耸的，有什么东西憋在那儿，下不去，又上不来，然后他用力把那个东西咽下去，站起来，和乌力天扬握手，“军队谢谢你。回家去吧，从头开始生活。”

乌力天扬就是这样想的。他要结束现在的生活，从头开始新的生活。他不是随便结束什么，也不是随便开始什么。他试过，让自己看开点儿——如果愿意，他可以假装一切都很美好，一切都很崇高，这是人们向生活妥协的唯一办法，可他怎么都做不到。对生活你很难做到诚实，因为你不欺骗它，你就得欺骗自己。他当然不想欺骗谁，不管那个“谁”是他人还是他自己，他就是做不到，就是觉得他这样活着非常羞耻和不安。他明白他和现实之间出现了问题，只是他弄不清楚问题到底有多严重。我得重新开始，他这么对自己说。

2

乌力图古拉对乌力天扬选择转业这件事怎么也想不通。乌力天扬不是犯了错误，战斗英雄当着，一等功拿着，作战经验有了，军校毕业，连级干，那是真正带兵打仗的位置，给个中校团长都不当——中校团长只知道撅着大屁股钻指挥所，连敌人的眉毛胡子都看不着——正是大展宏图的时候，怎么就转业了？为什么？等听到乌力天扬说不是上面让转的，是他自己要求转的，乌力图古拉就火了，手中报纸啪的一声摔在了桌子上。

“你这算什么？这不是当逃兵嘛！”

“有这么严重吗？要不要求我也是部队批准的。你不也离休了吗？一样。”

“听听你这口气！听听你这口气！国家正用人的时候，你包袱一夹溜回家，不是逃兵是什么！你八十岁的老太太嚼豆子，把自己挂在鱼竿上，还犟！”

“我嚼什么豆子？国家又不缺我一个人，国家又没让全民皆兵。国家是你当着主席呢，你说什么就是什么呀？”

“你，你混账！”

萨努娅进来，迷惑不解地看着父子俩，“你骂天扬干什么？他逃学了？”萨努娅转身向乌力天扬，很严肃地问，“你逃学了？”

乌力天扬朝屋外走。他没法儿告诉母亲自己逃了什么。他不是学生，也不是军人了，他说不清楚自己是什么。他非常讨厌乌力图古拉的口气，难道就因为他提供了一粒精子，就有权利对他精子的生长物说，“看看你像什么样子”，或者说，“你简直在给我们丢脸”吗？就可以永远地、不讲道理地、理直气壮地主宰他的精子的生长物吗？要是换了老蜥蜴，它也会这么对它的孩子们说话吗？红花草呢？海藻呢？

生命进化的路径不同，人类最早的祖先不是猴子，是细菌，人类不能也不会退回去像细菌那样生活，事情就是这样。

3

离上次探亲不到两年，乌力天扬差点儿不认识简雨槐了。

简雨槐先就瘦，现在瘦成一张纸，瘦得吓人。简雨槐痴痴呆呆地坐在床头，很紧张地看着窗帘。乌力天扬进屋来的时候窗帘上晃过一道阴影，像是有风在那儿藏匿着，简雨槐不由得打了个寒战。

简雨槐和葛军机已经离婚了。谁也劝不住。方红藤哭得鼻涕眼泪一大把，当着萨努娅和童稚非的面给简雨槐跪下了，说姑娘，妈也走过你的路，妈的路比你还难，妈都挺过来了，你这是为什么呀！

简雨槐没有去拉方红藤，甚至不看她。简雨槐只是和童稚非说了一句话，她抿了一下额前的散发，对童稚非说，稚非，我再不是你嫂子了。童稚非眼圈红了，哽咽一下，说，你是我姐。

葛军机在车库里，打着哆嗦，用一支撬杠撬扎穿了的轮胎。乌力图古拉来到后院，在车库外站着，想和老二说话，却不知打哪儿开口。后来葛军机开口了。葛军机把手中的撬棒丢在脚边，又捡起来，神经质地在手中摩挲着，声音颤抖着说，爸，是我错了，我一开始就错了。雨槐她是在出卖自己，她把她一点一点地割碎了卖给想要买她的人、所有的人。我早就知道这个，可我太自以为是，我以为我是爱她的，我有资格买下她，我有权利买下她，我的爱能够拯救她。我怎么会这样，我怎么会这么丑恶！

乌力图古拉黑着脸，张了张嘴，没说出来，身子摇晃了一下，转身走开了。他走掉的时候步履有些怪，是那种失去了判断的踉跄。

离婚以后，简雨槐没有地方可去。简小川不让简雨槐回去。简小川骂骂咧咧，说目光呆滞的简先民，都他妈是你弄的，好端端一个家，让你给祸害了！你让雨槐回来住哪儿？是我和明了吊在房梁上，还是你和妈吊在房梁上？你说你革命革命地折腾了一辈子，为了什么？你有病呀！

简先民躲简小川，溜出家到外面逛荡，遇到乌力图古拉也在外面逛荡。两个人在小树林前走了个头撞头，都站下。简先民窘得麻木，呆呆地看着乌力图古拉，不像过去那样见了谁都点头哈腰地主动打招呼。

乌力图古拉眼里有血丝，腮帮子抽搐了两下，拉着地球似的长叹了一口气，像是对简先民，又像是对自己说，老简，你混账，这没什么可说的，没想到我，我也混账，我们都不是什么好玩意儿，都害人哪！

简雨槐有几天像幽魂似的在外面逛，连饭都没得吃。葛军机从县里往回赶，满世界找简雨槐。那天下雨，葛军机在武昌桥头找到简雨槐。简雨槐淋得全身透湿，哆嗦着站在桥洞里，专心致志地看着浑黄的江水，好像在研究那下面藏匿着什么。葛军机下了车，走过去，脱下衣裳把简雨槐裹住，把她抱上车。葛军机说，桥洞里没窗帘，还是回家吧。

葛军机把简雨槐带回家，安置她洗过澡，换了干净衣裳，然后收拾自己的东西。他把东西打了两个包，让秘书拎下楼，再把家里所有的钥匙找出来，连同自己身上的一套，一起交给简雨槐。葛军机揩了一把脸上的雨水，说，家是你的，我不回来了，你也别出去了。葛军机说完站了一会儿，四下看了看，拿墩布倒退着擦掉自己的脚印，出了门，轻轻把门带上。

葛军机说不回来，其实还是回来。每次到省里开会，他都会来看简雨槐。来不是随便来，先派秘书送一张字条，说自己什么时候来，简雨槐不反对，就在门口放一双拖鞋，简雨槐不愿见他，就不放。葛军机每次来都不往屋里去，搬一把椅子坐在门口，也不多待，坐一会儿就走，走的时候，会留下一些钱。钱选新的，没用过的，干净纸包好，不当着简雨槐的面，放在鞋柜上，然后离开。简雨槐不能上班，没有工资。没有工资的简雨槐不是薄薄的一张纸，是一星纸屑，用不着风，自己就往背阴的地方去。

乌力天扬在家里翻找老照片，萨努娅问他干什么，他说他想看看自己小时候的样子。萨努娅对这个工作感兴趣，帮助乌力天扬找，照片簿搬来一大堆，母子俩像做游戏，翻自己喜欢的照片，翻出来让萨努娅讲解。那天萨努娅很开心，说一直忘了一件事，现在想起来，铁托攻击周恩来总理的那份内参，她放在办公桌最下面的抽屉里了，她要打电话告诉吴副主任。

乌力天扬从照片中找出几张，拿去给简雨槐看。照片是许多年前拍摄的，纸色泛黄，照片上，有的是乌力家和简家人的合影，有的是两家孩子的合影。照片上的简雨槐，美丽得让人惊讶。

“那是我。”简雨槐抿着嘴笑。她一下子就从人群中认出自己，有些羞涩，不好意思地往边上坐了坐，让乌力天扬挨着她坐下，“她多可爱呀。我可比不上她。”

“她就是你。”乌力天扬说，看照片，再看简雨槐。

“我知道她是我，可我没有她好。”简雨槐很肯定地说。

“雨槐，你看清楚。”乌力天扬把照片从简雨槐手中拿过来，伸出一只手指，指准了照片中那个不笑，却从头到脚洋溢着醉人梨花香的女孩，“这是你。她是你。你明白吗，是你，不是别人。她就是你，你就是你，没有别人。”

简雨槐脸上的笑意慢慢消却，有些意外地看乌力天扬，好像他在说一件她不可能明白的事情，或者说，他在欺骗她。

乌力天扬对简雨槐的表现非常吃惊，为此很苦恼。他不明白简雨槐是怎么了，她为什么要这样，为什么非要把自己和自己分开。他不明白母亲萨努娅是怎么了，天健、天时、安禾，他们是怎么了，为什么他的这些亲人、他所爱的人，他们一个个都那么脆弱，脆弱得不堪一击，非得把自己和这个世界分开，把自己和自己分开！一个人不能自己成长，他必须在另一个人或者几个人中成长，在他们的身体中、情感中、命运中一点点长大。乌力天扬就是这样，在他的成长过程中，先后有过乌力图古拉、萨努娅、乌力天赫、简雨槐、简雨蝉、鲁红军这些重要的人；他们是他的亲人，或者曾经承载过他的梦想，曾经与他亲密无间，孕育、启发、辅助或者刺激过他的成长；他爱他们，为他们的遭遇而痛心疾首，他想走近他们，他们却不让他走近，一个个急匆匆地远离他，连商量的余地都没有。

乌力天扬不明白这是为什么。

4

乌力天扬被分到公安警官学校任教员，教学员单兵动作和警械使用。战斗英雄，一等功臣，连级干，经历过血与火的考验，他有资格去这个世界最需要他去的地方。

乌力天扬在警官学校里沉默寡言，和学校里的人从来没有过多的交道，也不在学校里交朋友。学校的人都觉得他身上有一种神秘感。正规军转业，打过仗的呀，战场上下来的呀，可不像咱们这些逮小偷捉强盗的主儿,人家不肯和咱们说话,那叫有道理。

学校领导把乌力天扬叫到办公室,神秘秘地关上门,倒上水,递上烟,要乌力天扬讲一讲战场上的事儿,比如,活捉对方女兵或者被对方女兵活捉的事儿。这种事情在社会上广为流传,很神秘。乌力天扬眼前掠过一道火焰,火焰中蹿出两个女人。他打了个寒战,握紧了桌角,告诉校领导,他没捉住过女兵,也没让女兵摁住过。学校领导不相信,怎么可能?谁相信呀?对方不光出产男人,也出产女人吧,虽说他们的女人皮肤有点儿黑,但有女人是肯定的。乌力天扬握住桌角的手开始失血。他干巴巴地说,有是有,都跑了。学校领导更不信,你唬谁呀,人家主力就没出来,都是老弱病残和你们打,老弱病残,不是女人是什么?要不你这个战斗英雄是怎么当上的?乌力天扬黑着脸说,你就当我稀里糊涂,往老弱病残堆里钻了一圈儿,出来让人硬给塞了一块战功章,行不行?学校领导不高兴,但也拿乌力天扬没办法,就算他的战功章是稀里糊涂让人给戴上的,那也是中央军委给戴的,公安再威风,也得敬着大兵一丈,不好瞎发表意见。

乌力天扬不是卖关子,他讨厌任何人和他谈论那场战争。他不想告诉任何人他参加了那场战争,包括学校的领导、查房的蓝衣民警和便装男人。兔崽子……小心……张晓江……火箭筒……退回来……注意背后……九班副……机枪……哎呀……他想重新开始他的生活。重新,开始,他的,生活。

可是,乌力天扬怎么做得到重新开始呢?生活根本就没有新的,所有的新都是旧的延伸。乌力天扬不知道自己应该干点儿什么,除了睡觉,他在生活中几乎没有提得起兴致的事情。但睡觉是一个深深的陷阱。他总是在梦中梦见那个在火焰中滚动着的妇女,还有那个在开阔地的草棵中扬手跌出老远的孩子兵。那个孩子兵胸膛上溅开的血花非常清晰,就和乌力天扬胸膛上时常冒出的血花一样清晰。

乌力天扬经常从噩梦中大声喊叫着惊醒，浑身大汗淋漓。他几乎不能完整地睡上一觉，为此他筋疲力尽。有很长一段时间，乌力天扬处于精神麻木状态。他想，他这一生都将在枪响声中从梦中惊醒。

5

乌力天扬参加了一次聚会，是省委子弟昆文艺发起的。参加聚会的都是乌力天扬的老相识，如今他们不再是待业青年，大多在省直机关或者大学行政部门工作，日子过得不错，而且一个个都在念业余大学，走自学成才之路。

几年没见，昆文艺进步不小，已经是省歌舞团的党委成员了，结了婚，妻子不是当年那个小乔，前任妻子也不是，据说现在这个妻子也快成前任了。昆文艺正在和武汉大学外语系一个苏格兰裔外籍教师谈恋爱。他用很沉痛的口气充满哲理地告诉乌力天扬，他用了近十年才明白一个道理，狗的最佳伴侣不是狗，是狐狸，或者是狼，所以，他今后决不再在文艺圈里浪费精液。

昆文艺带了几个歌舞团的女孩子来参加聚会。他把一个姑娘介绍给乌力天扬。

"不是我们团的人。"昆文艺对乌力天扬说，"对你而言，她是狐狸，或者是狼。"昆文艺向姑娘介绍乌力天扬，"他不是狼，是战斗英雄，杀了不少人。"

姑娘看着乌力天扬，眼神神出鬼没，一眨也不眨，人是瘦削的，像一把冷凛的尚未开锋的青铜刀。你好。她说。你好。乌力天扬说。

"乌力天扬，你是不是杀了很多人？"兰世强正给一个舞蹈演员看手相,拽着人家的手不放,硬说人家情感线支架太多,桃花劫数想避也避不掉。听昆文艺那么说,他朝这边大声问。

乌力天扬给自己弄了一杯啤酒,看了看,桌上全是甜腻腻脏乎乎的东西,他灌了一口凉沁沁的啤酒,端着杯子走开。他不知怎么就觉得,这里也是一所乌七八糟的军校,或者傻了吧唧的警官学校,充满了让人讨厌的未成年人气味。

"什么话你这是?"除了乌力天扬,参加聚会的还有一个叫吴国栋的,也参加了那场战争,是从战场侧翼打过境的。吴国栋摆出一个观察哨的姿势,大叉着腿站在屋子当中,脸上红光满面,瞟了兰世强一眼,口气激动地说:"他们屠杀我们的边民,那叫杀人,我们出境作战,那叫消灭侵略者。"

"伟大的长城啊!"兰世强嬉皮笑脸,手里还拽着姑娘的手,"要不这样,我代表全国人民感谢你们。"

"玩世不恭是不是?"吴国栋不屑地瞥了兰世强一眼,"没有为这个国家打过仗的人,就不知道做一个和平状态下的国人有多么幸福。"

"国栋,你先别激动。"昆文艺把手从姑娘的肩头拿下来,揣进裤兜里,另一只手端着啤酒杯子,走到屋子当中,"我在想,你们究竟打了一场什么样的战争?正义的战争吗?可是,没有任何一场正义的战争结束过战争,也没有任何正义者不是用战争来阻止战争的呀!"

那把青铜刀坐在对面的角落里,一眨不眨地穿过人群看着乌力天扬。乌力天扬像是没有听见屋里的谈话,躲在角落里,贪婪地喝着啤酒。昆文艺要乌力天扬说说他的观点。天扬是战斗英雄,有发言权,天扬你说说。大家都看着乌力天扬。青铜刀也盯着乌力天扬。乌力天扬担心地看着杯子里很快少下去的液体,心想,昆文艺应该把杯子放下,把揣在裤兜里的那只手拿出来,一只手插在背心里，另一只手在空中舞动，那样，他就像1918年的列宁同志了。

“我们不是什么英雄，”吴国栋抢着说，他在二线，没有放过枪，所以没有立功，对这个话题很敏感，甚至很反感，“我们不过是在国家需要的时候，在热爱和平的人民遭到背信弃义的时候，在和平生活受到外势力威胁的时候，去教训了那些破坏和平的人。”

“吴国栋，你不要那么偏激。你说和平和平的，我看你是嫉妒和平生活。”兰世强不怀好意，“你有点儿心理不平衡，对不对？”

“是的，我是看不来你们这种颓废的生活，”吴国栋愤懑而激动地大声说，“我没办法装出什么也没有发生，也不可能对没有信仰的生活漫不经心，因为我已经出生入死过，我们中间有人已经躺在冰冷的水泥中了，永远也不会站起来了。你只有亲身经历过战争，而且幸存下来，才会知道和平是什么，才会知道像你们这样活着有多么肮脏！可惜，你不会有这样的感受。”吴国栋说完不满地向乌力天扬投来责备的目光——他为什么不在侧翼保护自己，给自己支援？要这样，他算什么友邻，算什么战斗英雄？

乌力天扬依然坐在角落里。隔着人群，坐在另一个角落里的青铜刀一眨不眨地看着他。那是一把好刀，不，一个好女孩。从乌力天扬坐着的这个角度看过去，屋子里的女孩都很单纯，她们就像供品，呈现在那，把敬佩的目光投向屋子当中那个从战场上下来有些找不着方向的士兵，等待他向她们投去傲慢而挑剔的目光。英雄总是可以占有最新鲜的果子，事情就是这样的。

“她问过你好几次。”昆文艺看乌力天扬一直沉默着，只一杯接一杯地喝啤酒，走过来，小声对乌力天扬说，“我告诉她，你百分之百当烈士了。”

“乌力天扬，我前两天见到了鲁红军。”兰世强激怒了侧翼战场方面的勇士，颇为得意，在捉住另一位姑娘的手，打算给她看桃花运之前，有意扩大战果，大声对主战场方面的勇士说，“鲁红军说，他是为你挨的炸。他说地雷本来是你要踩上的，他看你没反应，往前扑了一步，抢在你前面了。”

“他放屁！”乌力天扬脱口而出，差点儿没把手中的酒给泼掉。那是他的第四杯，他刚刚斟满杯子，杯沿还挂着不要脸的泡沫。过了一会儿，他把头低下去，小声补充道，“不，是我放屁。”

屋里一片哄笑。昆文艺笑着摇摇头，安慰地拍了拍乌力天扬的肩膀。歌舞团的姑娘们笑得有点儿害羞，拿手背掩住嘴。吴国栋笑得尴尬，不知道该不该打住。兰世强拿手指点着乌力天扬，笑得没有了声音。吕长江嘎嘎的，笑得几乎捯不上气来。

青铜刀脸都白了，利剑出鞘般嗖地从角落里站起来，推开人群，走到乌力天扬面前，抢过他手中的啤酒杯，连酒带杯子丢在沙发上，一把将他从椅子上拽起来，把他往屋外拉。路过兰世强身边时，青铜刀抬起脚来，狠狠踹了兰世强一脚，踹得兰世强哎呀叫着，腰弯下去捂住脚脖子。

“嘿，嘿嘿，谁告诉你们什么叫英雄了？谁？”昆文艺兴奋了，大声说，“姑娘们，看看吧，什么叫英雄！”

青铜刀把乌力天扬拖进院子里。那是一片望月之色，院子里的一切都显得水淋淋的。青铜刀把乌力天扬一甩，怒气冲冲地在水淋淋的夜色下盯着乌力天扬。

“你为什么要撒谎？为什么？”

“我没有撒谎。”

“你根本就不想待在这儿，可你却一杯接一杯地喝啤酒，好像你渴了一辈子。你是一只无药可救的酒虫子，你不是撒谎是什么！”

有很长一段时间，乌力天扬没有明白过来发生了什么事。他的嘴角还沾着啤酒沫，舌间还残留着啤酒的苦涩，这是武汉第一家大型啤酒厂生产出来的啤酒，他当然想待在这儿。

“那么，”乌力天扬谨慎地换了一只脚支撑重心，咽下一口唾沫，小心地问，“啤酒里，有虫子？”

青铜刀在月色下看着乌力天扬，看了好一会儿，扑哧一声乐了。

6

猫留给乌力天扬的第二次印象非常强烈。他觉得她一点儿也没变，只是过余瘦削。她属于60年代出生的代乳品一代。他拿不定主意，是不是应该告诉她的妈妈，让她妈妈多给她喝点儿真正的牛奶，而不是假模假式的代奶糕。不过，她让他好奇。她觑着眼睛看人的样子太棒了。她恶狠狠地踹兰世强那一下更棒，像一把真正的青铜刀。他想，在这个世界上，还有什么比藐视一切的眼神和恶狠狠地踹人更棒的？

猫回到了乌力天扬身边。她已经不再是当年那个十五岁的缩在沙发一角吓得大声哭泣的雏子，这个染厂的小女工，这个青少年宫合唱团不起眼的队员，瘦小的外表下埋藏着没有人能预测的风暴。她和乌力天扬不是一拍即合，而是臭味相投。

哎，是你吗？哎，是你呀。美妙的世界，如今我要交好运。猫由衷地哼哼。

不，不，不会的，鲜花永远不会为我开放。乌力天扬恬不知耻地跟着哼。

猫完全被乌力天扬迷住了。她急切地想要看看乌力天扬在杀过人之后，成为战斗英雄之后，鸡巴是不是变得威风凛凛，像十字军胯下吊着的青铜长剑。她迷恋他没刮干净的胡子，固执地认为那是她见过的最性感的东西。天哪。她恐惧地发着抖，身子缩成一团。它会戳死我的！她只要一摸乌力天扬的胡子就热泪盈眶，不能自已,想他插她,把她往死里搞。她认真地告诉乌力天扬,她反对性施虐,也没有受虐癖,可她就是忍不住做他的受虐对象。咬我。她恳求乌力天扬说,因恳求而泪水涟涟。把我吊起来,扇我耳光,用皮鞋狠狠踩我。她瘫软在乌力天扬脚下,浑身颤抖,用力揪扯自己的头发,一副要死过去的样子。你不是杀过人吗?你为什么不杀了我?你这个骗子,彻头彻尾的大骗子!

猫迷恋上了杀人的游戏,非让乌力天扬表演给她看。乌力天扬一度被这个游戏迷惑住,跃跃欲试。他杀死了一只鹅,接着杀死了一条在街头流浪的狗。他把它们的脑袋生生揪下来,弄得一身血污。他在整个屠杀的过程中嗅到了一种熟悉的味道,这使他有一种重返战场的心悸和兴奋。

"这个我也能干。我帮我妈杀过鸡。"猫嘲讽乌力天扬。她对乌力天扬的表现一点儿也不满意,逼着乌力天扬必须杀一个人,来证明他的能力,"不要隐瞒什么。知道我为什么会爱上你?不是因为你有一根与众不同的鸡巴,而是你和他们不一样,和那些只知道夸夸其谈的家伙不一样。你本质上是个坏男人,却非要怀疑这个,非要把自己搞得像个找不到天堂的天使。你这个样子太迷人了。"

乌力天扬已经不能主宰这个游戏,他带着猫在江边寻找受害者。他们像两个忐忑不安的侦察兵,一个沮丧,一个兴奋,耸着鼻子在黑暗中努力嗅着受害者的气味。可惜他们的运气很糟糕,受害者全都受到了上帝的庇护,躲藏起来。

猫不要这个结果,她非要乌力天扬杀了她,让她看看他是怎么杀人的。乌力天扬后来揍了猫。他不得不揍她。他找不到别的办法来终止这个游戏。猫在江滩上爬来爬去,满身都是肮脏的泥水,哭泣着乞求乌力天扬不要打她的脸,不要弄破了她迷人的鼻子。乌力天扬在揍猫的时候心里流着泪,他觉得他很快乐,这是他回到武汉之后找到的最快乐的事情。他想,每个人都拥有属于自己的一段好时光，至于尊严，那完全是狗屎。

事情过去之后，乌力天扬把他的战功章送给了猫，作为他揍她的补偿。他知道猫在挨揍的时候也是快乐的，因为她的哭泣声就像母猫发情一样，还因为她告诉他，现在她知道英雄是怎么回事儿了。他让猫在他带回来的那几样东西中选一个做礼物。他知道自己是个穷光蛋，但他是一个穷光蛋男人，穷光蛋坏男人，坏男人总得送点儿什么给好女人，尤其这个好女人瘦削得让人心疼，并且想要知道什么是英雄，因此急切地想要被他杀死。

猫喜欢属于来自乌力天扬的一切。她对那枚弹壳情有独钟，爱不释手，同时她在考虑，她要是穿上那套对她来说显得过于肥大的军装，是不是很炫？是不是会让武汉喘不过气来？她最终选择了那枚战功章。她把战功章爱惜地捏在手里，小心地拨开铜别针，一点一点地将别针刺进胸脯里，把战功章别在自己的乳房上，让它在她的乳房上晃荡，然后得意地问乌力天扬，自己是不是像个伤痕累累的大兵。

猫皮肤黝黑，乳房很小，像两枚藏匿在桃叶丛中的雏桃，其中的一枚，被尖锐的金属别针刺破了，往下流淌着鲜血。鲜血在肚脐那儿拐了个弯儿，顺着小腹流淌下去，一直淌进阴毛，这使猫像一个不顾一切的殉难者，显得无比骄傲。

乌力天扬有一种想呕吐的感觉。他冲到窗台边，大口大口呼吸着新鲜空气，并且努力抑制着从那里跳下去的冲动。我把你吓住了吗？猫从后面扑上来，心疼地拥住乌力天扬。她哭了。她乳房上的战功章像一块狰狞的弹片，硌疼了乌力天扬的脊背。黑暗中有什么从窗前飞过。它们是一些找不到归宿的灵魂。

现在乌力天扬知道生活是什么了。生活是王八蛋，没有廉耻，也没有目的。你能说森林它们不要脸地戳在那儿就是高尚吗？能说风在广袤的大地上刮来刮去就是有目的吗？扯淡，才不是呢，相信那个简直就是傻瓜。

猫并不干净,她为了参加青少年宫合唱团和合唱团的团长睡过觉,为了离开肮脏的车间和厂办主任睡过觉,为了报复街道的小流氓和刚出狱的杀人犯睡过觉。她有理由问自己,那个领唱《让我们荡起双桨》第二声部的歌手为什么不是她?那个坐在窗明几净的办公室里打字的女孩子为什么不是她?她的母亲卖过淫吸过鸦片就该被人欺负吗?街上当然有比猫更干净的女孩子,可她们谁的乳房上别着战功章?她们的乳房上没有战功章,就是一堆没有信仰的死肉,一堆美丽得让人堕落的死肉。而猫简直就是为流血出生的,殷红的鲜血像刚出生的蜥蜴,顺着她皮肤黝黑的小肚子往下流,还有谁比这样的她更纯洁?还有谁的乳房比她小小的乳房更美丽?你从来见不到像她这样廉价得不可思议而又精彩到无与伦比的女孩子,而且她笑起来眯着一双眼睛,带着一股往人心里抓的邪气,她用那个来证明她是一把能切开生活的青铜刀。优雅算什么?端庄算什么?高贵算什么?算个屁!所以,真正的生活绝对不会存在于高贵之中。高贵已经被印成了书本。那不是生活,或者是狗屁生活,别人的生活。

乌力天扬现在是个一无所知的小学生,他必须像高尔基说过的那样,学会热爱生活。大海抓住闪电的箭光,把它们熄灭在自己的深渊里。这些闪电的影子,活像一条条火蛇,在大海里蜿蜒游动,一晃就消失了。也许不是热爱,而是重新热爱——热爱那个混乱的、质感的、没有头绪的、彩色的、被污染过并打倒过了的生活。生活被打倒了,缺损掉了,遗失了,所以才要学会。也许不是重新,而是第一次,那就更要学会。谁知道呢,也许事实和他的认为根本就不同,他的童年根本就没有热爱过什么真实的东西,那种浑浑噩噩根本就算不上真正的热爱。

乌力天扬豁然开朗。他找到了重新进入生活的通道。他开始明白应该学习如何生活——学习如何操生活，让生活操，或者自己操自己，管它是什么。

乌力天扬那一天感到从未有过的平静。他把猫搂在怀里，哄她入睡，在猫迷迷糊糊的时候，他把被血弄得脏兮兮的战功章小心翼翼地从她的乳房上取下来，为她的伤口消了毒。乌力天扬在做这些事的时候告诉自己，在学习中，他将忘记自己是谁，他的努力和勤奋将会让他成为一个新人。

7

汪百团、高东风和罗曲直很快就聚集到乌力天扬身边。

罗曲直比乌力天扬早两年回到武汉，一直没有找到工作。复转办的人根本不理睬他，他的档案被丢在不知道哪个角落里，再也无法找到。每一次罗曲直去复转办，人家都很不耐烦，要他等着，好像他那样隔三岔五地去找人家的麻烦干扰了人家的正常工作，完全没有道理。罗曲直没有生活来源，罗罡每个月给他二十块钱。罗罡希望他不要老在家里吃闲饭，犯了错误，就得拿出实际行动来改正错误，吃闲饭显然不是一个改正错误的行为。有时候，乌力天扬会从工资中拿出几个给罗曲直。乌力天扬到处对人说罗曲直是他的战友，还跑到复转办去和人吵了一架。为这个，罗曲直感动得一塌糊涂，就差没哭出声来。

罗曲直一直在乌力天扬身边转悠，像一枚干枯的苍耳或别的什么难以摆脱的脏东西。他试图回到社会中来，重新被社会接受，为这个他蓄起胡子，每天用冷水淋浴，以磨炼自己的意志。但是他怎么也改不掉怯懦的个性，就像传说中一听见脚步声就爬上树去躲藏起来的那只猫，在脚步声消失之后，在从树上下来之后，还会被自己吓唬自己的念头重新弄回树上去。按照汪百团的说法，他还不如干脆吊在树上,当一粒风干的枣子。

有一次,他们在汪百团家里听邓丽君的歌。猫挨着乌力天扬,把乌力天扬挤到沙发的角落里,哼哼唧唧的,用力舔乌力天扬的脖子。汪百团斜着脑袋,用一把精巧的小刀削自己的指甲,一下接一下,非常投入。他想看看把指甲削掉后的手指头是什么样子的,要是不满意,他就打算继续下去,把手指头削掉。高东风用吸气法吹口哨,给三洋牌录音机里的邓丽君伴奏,这种方法有难度,并不是每个人想吹就能吹出来。汪大庆在一张纸上抄歌词,不断慨叹地摇晃脑袋,然后离开那里,下楼去看看孩子是不是醒了。邓丽君多么了不起啊,她怎么知道人心是肉长的呢?她怎么可以在被这个世界伤害了个够之后,仍然甜蜜蜜地去爱这个世界呢?罗曲直不要脸地哭了,眼泪流淌到下颏儿上。他从沙发上滑了下去,用手在裤腿上抠着,一副不堪回首的样子。

"罗大下巴你哭个屌呀,你以为出声的都叫音乐呀。"汪百团眨巴着他那只剩下的好眼说罗曲直。

"你要再哭就不欢迎你到我家来了。"高东风鄙视地看了一眼罗曲直,为汪百团帮腔。

"谁家?"汪百团拿一只眼横高东风。

"抄错了,"高东风低头埋怨汪大庆,"是'请你看一看,月亮代表我的心',不是'请你干一干,月亮代表我的心'。"

"我知道你们瞧不起我,我知道。"罗曲直痛不欲生地蜷在那儿,怨恨地说。

"没有什么瞧得起。没有什么谁。"汪百团用那只好眼睛认真地看着罗曲直,十分严肃地说,"但是我要说一句,罗大下巴,你真的很愚蠢。"

在这方面,与命运顽强抗争方面,汪百团永远不肯服输。他的脾气越来越暴躁,打架非常狠,出手凶悍,到处惹是生非,风要挡了道他都会咬风一口，是个谁都害怕的狠角儿。他就像这个世界上最了不起的混蛋，不管别人在背后怎么叫他“卡西莫多”，他都会昂首挺胸地在大马路上行走，不给任何车辆让路，让人瞠目结舌。

汪百团怂恿乌力天扬和他一起去偷基地的被服仓库，乌力天扬不用费劲，在外面放风，他进去。那些东西都是崭新的，可以卖个好价。要不然他们就开个镖局，专招从战场上回来的复员军人，他们可以做一些护送贩毒分子的生意，没准儿能挣大钱。

“你可以给猫扎两针，让她掉点儿膘。她都快成一个肥婆了。”汪百团向乌力天扬建议。

“我是人民公安，不能贩毒。”乌力天扬提醒汪百团，“再说，猫不胖，没有膘掉。”

“人民公安怎么了？人民公安就长三个鸟呀？”汪百团对乌力天扬心生怒气，好像乌力天扬是刚入团的青年，天都黑了，还在背诵举手宣誓的那些词儿，“其实你根本不知道自己是谁，你怎么就知道自己不是虱子变的？”

“好吧，”乌力天扬不和汪百团斗气，汪百团蹲大牢的时间比他们中间任何人懂事的时间都要长，没有人有资格和他斗气，“可你怎么知道，虱子它们不举手宣誓？”

“你他妈少摆谱儿。”汪百团点评乌力天扬，“你知不知道，你现在的样子，谱儿大得厉害。不就是上了一趟战场吗？那种鬼哭狼嚎的地方，有什么了不起？我也杀过人。我比你还先放枪呢。我在沙洋到处找那支左轮，我是没找到，要找到你试试，比你厉害一百倍。你要不想干，就给你妈妈打个电话，告诉她，你快尿裤子了，让她把你接回家去。”

乌力天扬没有理汪百团的茬儿。他已经告诉自己，绝不回过头去，绝不回到过去，那就是说，过去的一切他都不要。多年前他没有在汪百团打出那发子弹之前阻止住汪百团，现在他得阻止。

他要阻止不住,就不是子弹的错,不是左轮枪的错,是他的错。他不会再让生活干掉任何人。

高东风到处抄爱情诗,对希特勒的《我的奋斗》和贺拉斯的《诗艺》崇拜得五体投地。高东风在钢花文学社里已经是个人物了,他在《武钢文艺》上发了好几首诗,还在晚报上发表过大量的“思想火花”,他告诉乌力天扬,那叫散文诗。

高东风从来不把抄来的爱情诗拿给汪大庆看。不,你看不懂。他这么对汪大庆说。这可惹怒了汪大庆。汪大庆喊,高东风,你少给我来这个,我要把你的所作所为都告诉我哥,我要告诉他,你骂他是变态狂,你还说他是葛朗台。汪大庆这么说,当然没有真的去告诉汪百团,她只是说说而已,因为高东风会悲痛欲绝地走到摇篮边,弯下身子,把他们的儿子抱起来,像一个将要走向刑场的共产党员,用阴郁而深情的目光看着怀里的儿子,就像是在和儿子诀别。知道下面会发生什么事情?汪大庆立刻就老实了,什么话也不敢说。在高东风不依不饶,一定要汪大庆兑现她的话,大义凛然拉着她去见汪百团的时候,她会反过来乞求他别去。

“不去也行,把裤子脱了,躺到地上去。”高东风命令汪大庆。他就在地上干她。他要她喊。他要她用自由主义的、人文精神的、抒情式的标准普通话大声说,她是高干的姑娘。“我操你高干的姑娘!我操你爹!”高东风的所有高潮都是在那种时候到来的。

“我一直在想,为什么出身比出生重要。”高东风认真地和乌力天扬讨论问题,“生在一个司令员的家里和生在一个为司令员开车的司机家里就是不一样。我从小就在想这个问题,给你当跟屁虫的时候就想这个问题,可一直没有想通。我有什么办法?我不能把我自己生出来,这不是我的错,不该我来负责。但我要再这么生我儿子,那就是我的错。”

趁着汪百团上楼去拿东西的时候,高东风告诉乌力天扬,他根本不爱汪大庆，她被邱义群搞过，又被简明了搞过，是个地地道道的傻大姐和破货。他说这些事情的时候眼睛湿润，像一头受伤的狼似的咻咻喘息。

“我就是想把她搞到手，看看搞一个高干的女儿是怎么回事，是不是和搞别人家里的女儿不一样。你不知道汪大庆有多么糟糕，我搞她的时候她老是大叫，叫得人心慌，好像我要杀她。我有必要杀她吗？我有洁癖，害怕沾上别人的血。可这有什么关系？我的儿子就是汪大庆的儿子，汪大庆的儿子就是汪道坤的孙子。哈，我的儿子生在一个高干家里，这是不是有点儿毛骨悚然？我看这没有什么区别。你说呢，人有区别吗？”

“当然有区别。这个区别就是人们一直在撒谎，说自己愿意为美好的事物而死，比如祖国，还有尊严什么的。”罗曲直过来，挤开高东风，对乌力天扬说，“可是，这不是混账话吗？美好的东西，它们只能诱惑人们，让人们好死不如赖活着，所以，哥白尼根本没有被教廷赦免的第二条路，他只能用找死的办法把自己弄死，这就是我发现的真理。”

只要他们扎在一堆，就会云遮雾罩地瞎侃一通。没有人关心白天和黑夜的事，没有人关心屋外是不是在下雨，每个人都很自恋，都觉得别人出了问题，要靠自己去拯救。他们把自己搞得很颓废，而且没有责任感，对一切事物都充满了仇恨，尽可能地像“五四”时期到处为自己寻找解脱之路的文艺青年。

有时候，乌力天扬觉得自己是不是走得太远，有点儿力不从心。可他不知道怎么回到原处，重新出发，或者不走，或者干脆往回走。但那显然不行。他必须努力地往前走，寻找新的生活。他有一种让人心酸的强烈愿望，那就是他一定得把自己变成一个连自己都不明白的那种……新人。

他们很快和走自学成才之路的昆文艺们拉开了距离。昆文艺的女朋友们嘲笑猫和一群脏猪在一起鬼混。猫这个时候显示出她了不起的一面。她冲女朋友们说,你们以为呢?你们不过是跟猪的大便在一起,你们是不是要生下大便的孩子?

猫的了不起导致了一场恶性斗殴,这是意料之中的事。双方都很默契,没有使用和人肉无关的东西,结果是省委子弟兰世强和市委子弟吕长江双双被废掉,乌力天扬被驱逐出昆文艺的高尚圈子,滚回到脏猪应该待的地方。

第三十五章　光不在了怎么行走

1

那是又一个躁动的年代。中国在这个年代里有了经济特区，葛洲坝水库正在紧张地拦截长江，个体户成了雨后到处蔓延的蘑菇，走私货进了千家万户，邓小平批评资产阶级自由化阻碍了中国的改革之路，尼克松早不干总统了还老往中国跑，中国女排连获世界冠军打遍全球无敌手，廖承志致信蒋经国，要蒋贤弟“度尽劫波兄弟在，相逢一笑泯恩仇”……

汪道坤和胡敏去了老家，受到家乡的热烈欢迎。他们给汪百团写信，告诉他，他们打算在几乎没有汽车所以听不到汽车喇叭声的县里圈一块地，盖房子养老，不再回武汉，让他好自为之，不要再把自己弄进监狱里去。

罗曲直一直搞自己，他就像没有足够勇气长大的孩子，宁愿躲在黑暗的子宫中，龇牙咧嘴自己搞自己，并且因此痛不欲生。乌力天扬觉得罗曲直需要振作，不要尿了一次床就一辈子愁眉苦脸。他到处张罗，为罗曲直找到一份在长江边捞死尸的工作。

罗曲直很感激乌力天扬，但对这个工作冬天闲夏天忙的季节性感到不满，他希望夏天的时间长一点，这样他就有更多的死尸可以捞。乌力天扬要罗曲直去找一个姑娘，最好是身强力壮的励志女青年。可是，罗曲直真是倒霉，姑娘们根本不买他的账，她们和他接一次吻就离开他，说他连舌头都没有，根本不能靠励志解决问题。

猫被乌力天扬感动，带来几个姑娘，把她们灌醉，赶到马路上去，任她们七零八落地蹲在路边，消火栓似的往外吐发过酵的啤酒，然后让罗曲直充当人道主义者，陪着醉醺醺的姑娘们坐在马路牙子上，为她们递草纸揩嘴，听她们又哭又笑地说酒话。罗曲直后来把一个姑娘带去停尸棚，但是他没有碰那个姑娘。姑娘在长椅上睡着后，他守着一具刚捞上来的尸体哭，哭了整整一夜。他说他受不了姑娘那双沾上了呕吐物的带襻儿皮鞋，它让他觉得自己是一个没有任何希望的人。所以，罗曲直只能自己搞自己。

有时候，他们会到外面去疯上一阵子。不光他们，全武汉的年轻人都在外面疯，因为疯是成长的必经之路。出生在一个贫穷家庭、一家五口挤在一张床上、长了四环素牙齿和患有小儿麻痹症、成绩不好没有考上大学、因为好奇偷看过女厕所、因为嘴馋在七岁的时候被隔壁的老鳏夫猥亵过、送不起烟酒不认识街道干部找不到工作、家里有精神病患者和下岗者……这些事情不是他们的错，所以，他们只能走必经之路。武汉人不说必经之路，管这个叫“抽筋”。

三层楼文化宫是他们常去抽筋的地方，那里有武昌区最桀骜不驯和令人炫目的年轻人——男青年“孔夫子”“大指甲”和“踢娃”，女青年“巴豆”“浪尖”和“飞飞”。那里的待业女青年比任何地方都要多，她们一个个含苞欲放，等着男孩子们去搞她们。国家已经取消了上山下乡的政策，他们失去了农村这片大有作为的广阔天地，一个个无所事事，等于失去了长大的机会。这真是一个无聊透顶的时代，竟然不许人长大，所以大家都去抽筋，在抽筋中搞和被搞，在搞和被搞中摆脱童贞，走时代赋予他们的必经之路。其实大家都知道这个秘密。生命总得长大，总得经历痛苦的拔节，没有人知道这就是叛逆，反正大家都留着大鬓角，穿瘦腿裤或喇叭裤，跳贴面舞，满嘴国骂。男孩子吹着口哨，手揣在裤兜里，中指上戴着有机玻璃指扣，到处寻衅闹事；女孩子则随时找机会躺下来，把腿叉开，让人家搞，然后就成人了，抓住搞她的人，一起进入新的人生。

露天舞场是最好的抽筋场所，舞场里聚集了全武昌区年轻有为的杂种，他们一个个怒不可遏，横冲直撞。音乐不是在演奏，而是在声嘶力竭地轰鸣，让人产生马上要坍塌掉的感觉，绝对让人心动过速，让人觉得不必担心自己非得要活到被人讨厌那么大，不必考虑为谁活和谁生下了自己这些严肃的问题。

猫在舞场中很得分。她就像一只营养不良的母豹子，丝毫不守规矩，对朴素的布鲁斯、高贵的探戈、俏丽的伦巴、灵动的吉特巴一律报以藐视。她在人群中游来游去，扭动着绷得紧紧的小肚子和屁股，以无人可及的鬼魅舞步在舞池中央移动，引得一群小青年朝她吹口哨，大喊大叫。

秩序被猫搞乱了，搞得屁滚尿流。猫就是想与众不同，她就像一枚金刚石，用力把身子往乌力天扬的胯里镶嵌，气咻咻地喘着，告诉乌力天扬她快不行了，央求乌力天扬在这里干她。

乌力天扬也很得分。他穿了一件洗得发白的棉布衬衣和一条松松垮垮的单军裤，一副委靡不振的样子。他的漫不经心和冷峻不是练习出来的，是从骨头缝里流淌出来的，这让很多女孩子着迷。

要知道，这里是武汉最飙的舞场，这样的舞场不可能没有挑战者。“七叶一枝花”像避水珍珠似的分开一条道，走过来。她们一色少年犯打扮，剃男孩头，穿窄腿裤，敞着怀，一点儿也不在乎平平的胸脯是不是让人看见。这是一个很有名气的混世组合，她们曾经把一个多管闲事的警察打得往公共汽车下钻，还把江汉关那座著名的大钟拨快了两个小时，拥有狠毒和不可思议的名声。

“七叶一枝花”在舞场中央堵住乌力天扬，众星捧月，把他团团围住。这就是武汉，武汉就出产这种敢于戳破天的妞，有时候，你会觉得在武汉做一个有喉结的人无比悲哀。

“是你来采我的蜜，还是我来给你授粉？”“一枝花”用盖住轰鸣的舞曲的声音问乌力天扬，“喂，我说，别像个娘儿们，说点儿什么。”

猫试图阻挡“一枝花”，被“七叶”们推得老远，而且她们冲她做了一个猥亵的动作，这让猫非常恼火。去你妈的，他才不是娘儿们呢，他是你爹，你少惹他！猫冲“一枝花”喊，结果她挨了一耳光。不是“一枝花”打的，是其中的一片叶子打的。猫捂着她那张汗涔涔的俏丽脸蛋，无辜地看着乌力天扬。乌力天扬没有反应，傻乎乎的，好像在考虑，是不是要挤到舞场边上去买一支奶油冰棍儿，那愚蠢的样子实在让人难以置信。

汪百团推开人群冲上来，笑呵呵说，嘿，你们这群母蜂子，离他远一点儿。高东风也挤过来了，演话剧似的，动作很大地去解腰上的皮带，可就是解不开。罗曲直就像一辈子都在等着这个机会，脸憋得煞白，摆出伊里安岛大狒狒的架势，从人群外挤进来，嘴里念念有声，挨个儿地数叶子们的脑袋，好像数完脑袋，他就一个接一个地开它们的瓢。他还说，操，坏人当道，当兵的让人欺负，这个世界搞颠倒了！

“一枝花”对这种结果很高兴，说她早看出来了，乌力天扬是解放军叔叔，所以他才不出手，这叫不和老百姓一般见识。她在乌力天扬的肩膀上拍打了几下，说看在解放军叔叔的面子上，不把高东风打得钻汽车，也不把罗曲直拨快两小时，但是他俩回去必须排练一下解皮带和数脑袋的动作，下一次别给解放军丢脸。

乌力天扬把“一枝花”的手从肩膀上拿下来，怜香惜玉地在手里握了握，像真正的鱼水情一样。“一枝花”告诉乌力天扬，她很欣赏他，要是退回去两年，她非缠着嫁给他不可，不光她，全国的女人都想嫁给额头上顶着一颗红星的男人，现在只有一半女人还惦记这个，另一半觉悟了，改巴结知识分子了。

猫整个晚上都不愉快。她伤心极了，躲开乌力天扬，走得远远的，故意像没有氧气的孑孓，在舞池子里和几个男青年暧昧地挨来擦去。到舞会最后一曲，全场蹦迪的时候，她哭了，把一个老缠着她的大龄青年重重地推倒在水磨石地上，然后守着卖冰棒的箱子，一口气吃了六根冰棍儿。

高东风想让人们大开眼界，他把一个扎着冲天辫的女孩子丢出去，又拉回来，他的屁股不知怎么变，被它刺激的不是人们，而是冲天辫的塌鼻子男朋友。塌鼻子带着几个纯正的杂种过来，一句话也没有，把高东风打倒在地，踢皮球似的踢来踢去。罗曲直吓得呆在那里，一时半会儿扮演不出伊里安岛大狒狒的角色，一个劲儿地向塌鼻子道歉，说天气太热，让人失去平衡，完全是一场误会。汪百团去舞场边上摸汽水瓶子，然后一瘸一拐地朝这边奔来，被哭喊着的汪大庆紧紧抱住。猫冷冷地朝这边看，同时把第七根冰棍儿塞进嘴里。

乌力天扬在，事情不可能糟糕到不可收拾的地步。乌力天扬太狡猾了，突然出手，攻击了对方。塌鼻子最先倒霉，东倒西歪地坐下去，吐了一嘴血牙在地上，很快被众多的脚踢得看不见了。

猫被乌力天扬揍人的样子镇住了。她从来没有见过谁揍人能揍得这么精彩和迷人。乌力天扬的机敏和凌厉让他浑身焕发着金花鼠般的魅力。他和虚张声势到处找半推半就受害者的汪百团不一样，和参加开国大典的乐队队员似的高东风不一样，和拼着小命想要证明自己不光能搓自己而且能搓别人的罗曲直不一样，他是玩儿真的。他用拳头揍那些家伙的下巴，用脚踢那些家伙的小腹；他用的根本不是拳头和脚，而是恶狠狠的那股劲头儿。他在攻击对手的意志,那个伤害将是永久性的,没有什么可以医治。

舞场发生了骚乱,汽水瓶在空中飞来飞去,有人被撞倒,被踩中了肋骨,发出受袭的天鹅般尖锐的惨叫。汪百团终于摆脱掉汪大庆,不知道从哪儿弄了一只麦克风,他就像一个憋急了的强奸犯,拼命往人多处冲,把对方的一个脑袋敲开了花。

这是一场集体的狂欢,乌力天扬是这场狂欢中最令人激动的元素。现在猫看见乌力天扬如何杀人了。她被他疯狂的狠劲儿给吓住。她发现她不光是迷恋,而且是深深地爱上了他。她宁愿去舔他的脚,让他揍她的下巴,让他踢她的小腹,让他彻底伤害她,在她心里留下永久性的伤痕。

情况变得越来越糟,那些狗娘养的全都拼了命,跳蚤似的往上扑。谁都想宰了别人,所以出现了砍刀和三棱刀。猫像过年似的,完全控制不住自己,老想凑到前面去扇人耳光,因为没有得逞,急得直跳脚。汪百团的鼻血怎么也止不住,下颏儿也给打开了花,样子就像一个烂透了的桃子。罗曲直差点儿被一个小眼镜捅穿脊梁。乌力天扬一脚把那个小眼镜踹出了舞池。高东风朝乌力天扬喊,狗屎,敌强我弱,快跑!高东风一把拽住汪大庆,往舞池外溜。关键时刻,他是一个顾及自己女人的男人,所以他在任何时候都是可以被原谅的。

警察来了,整个舞场被包围得水泄不通。哦,他们敢包围正规军,他们不如杀了我!罗曲直委屈得脸都痉挛起来。乌力天扬第一次看到他的同行怎么使用电警棍。他没有教过他们这个。他教他们用56式手枪速射和在障碍行进中换弹匣,教他们辨别射击时枪口发出的微光距离自己有多近。他觉得那个阴茎似的玩意儿握在那些龟孙子手上真是可笑极了。

乌力天扬把最后一个对手扛过头顶,狠狠地摔在地上,站稳,手伸出去,巴掌摊开,向冲上来的同行示意自己没有凶器,也不会反抗，然后乖乖地举手搂住后脖颈，叉开两条长腿，等着那些冲上阵地的胜利者铐住他。

他们在派出所待了一夜，分别被提出去做笔录。罗曲直一直在发抖。猫在隔壁的屋子里大喊大叫，摔东西。汪百团的烟瘾上来，想找警察要一截烟头，被骂得狗血喷头；他的那只好眼睛被血封住，看不清路，回到墙角时差点儿没摔跟头。高东风一个劲儿说，你们是不是觉得这很可笑，我们一直在寻找真理，真理它不过是一场狗屁群架，简直太荒谬了！

派出所把电话打到警官学校，核实教员乌力天扬的身份。学校领导坚持要乌力天扬听电话。学校领导在电话里问乌力天扬是不是真的是他，他是不是真的在舞场里出了手，对方是不是街头的小痞子。学校领导很不甘心地放了电话，现在，他更相信乌力天扬在那场战斗中的战斗目标是老弱病残了。

他们离开看守所的时候已经是第二天早晨。汪大庆不断地抹眼泪，并且因为困乏而哈欠连天。高东风说汪大庆，婊子养的，你烦不烦。武汉人说婊子养的不是骂人，有时候它表示亲热，所以汪百团听了也不发火。汪百团的肋骨被踢出了问题，一路上都捂着肋骨吸凉气。但是汪大庆还是因为高东风和别的女人跳舞惹出了事抽了高东风一耳光，然后他俩手牵着手，小声商量给儿子买雀巢奶粉的事儿。

他们真是非常合适的一对儿，这个时候，你就会羡慕那些有老婆抽耳光的男人。

2

葛军机和乌力天扬谈了几次话。

葛军机已经调到地委工作，比在县里的时候更忙。谁都知道他是省委书记的红人，他跟着省委书记去北京开人代会回来，马上要赶回地委去检查土地承包政策的落实问题——这可不是一般的问题，国有土地半私有化，这可是国家大政方针的改变哪——但他还是趁着在武汉短暂逗留的时间，和乌力天扬谈了几次话。

乌力天扬不想和葛军机谈责任感问题，也不想让葛军机辅导自己如何紧跟时代的步伐。乌力天扬的意思是，葛军机不必用太多的中央文件来教育他，不必跟着不要脸的报纸鹦鹉学舌，那样的话，比有没有志气这种事更无聊。

"我没想告诉你如何战胜软弱。天扬，你不软弱，如果愿意，你比谁都勇敢。你是不愿意看到现实，你是在逃避现实。"葛军机盯着乌力天扬，不让他逃掉，"现实是，你所经历的那场战争，它的意义比我们过去的理解深刻得多。它让中国解决了徘徊不决的局面，打开了国门；它让世界大吃一惊，不得不正视中国屹立于世界之林的愿望和决心，还有当它站起来之后焕发出来的巨大的发展潜力。看看现实吧，西方的智慧是如何表现出来的，那场战争之后，它们的封锁正在全面崩溃，它们对中国这个世界最大市场的兴趣远远超过了对长城和马王堆女尸的兴趣。中国正在大步走向现代化，没有人可以阻止这个。天扬，那场战争是值得的，国家儿女的浴血奋战和捐躯是值得的！"

"是吗？"乌力天扬问。他很平静，他比任何时候都平静："那么告诉我，国家怎么成了父母的？我们怎么成了国家儿女的？"

"天扬，你不能这样，这样你会失去自己。你会找不到自己！"葛军机痛心疾首。

乌力天扬无法回答二哥的话。他已经失去自己了。这是他自己的选择。在失去那枚战功章之后，他已经把自己与自己的前史割裂开了。但他知道，生命的毁灭不是结束，毁灭会形成新的元素，它们被吹散到黑暗中，看起来零落不堪，甚至看不见，而正是这些死亡的碎片，构成了另一些生命的材料。乌力天扬在心里嘲笑自己，看起来，他比已经子承父业的二哥更像政治委员。

3

乌力天扬和乌力图古拉的冲突越来越严重，两人总是吵架。乌力图古拉已经打不动乌力天扬。他不能再把乌力天扬当沙袋，拎起来往地上掼，然后再让他爬起来，自己摔自己。乌力天扬不想再吵，觉得没意思。他说你能不能少说两句。他说“你”。他已经很久没有叫乌力图古拉爸爸了。这个当然和葛军机说的国家不同，可乌力天扬就是不想叫。

乌力天扬在家里待不下去。乌力图古拉还有最后一道防线，那就是他的亲生儿子中，只有乌力天扬还站在他面前。乌力图古拉在忍，没有出手，但谁都看得出来，迟早有一天，他会出手，宰了他的老五。

童稚非像一只小看家狗，坚决站在父亲和二哥一边。只要她在家，乌力天扬那帮乌七八糟的朋友谁也别想进乌力家的门。

“讨厌这个词儿你学过吗？你想想苍蝇、臭虫、老鼠、蛆，想想那些东西，现在你明白什么是讨厌了？”童稚非把大门用力关上，把那几个苍蝇、臭虫、老鼠、蛆关在门外，转身盯着没精打采的乌力天扬，冷笑道，“没想到，真没想到，我的五哥会变成这种样子，让我恶心。好吧，那又怎么样呢，就算我有一个反面典型的哥哥，一个不齿于人类的狗屎堆的哥哥。”

“你们在批斗谁？”萨努娅紧张地从屋里出来，问乌力图古拉，再问童稚非，“谁是不齿于人类的狗屎堆？不许你们上纲上线，不许你们冤枉人！”

“天扬，到底发生了什么，让你这样？”简雨槐伤感地伸出手，抚住乌力天扬的脸,让他偏向她,让他好好地看着她。

简雨槐的手指冰冷,像一排正在融化的冰凌。她难过的样子让乌力天扬受不了,好像他真的是那种自绝于人民的人。可他怎么说得清楚,他的生活中到底发生了什么?如果有错,又是谁让他错的?在经历了这么多事情之后,他既没有被上帝选中,也没有被魔鬼选中,他被悬置在那儿,成了一枚风干的果子,谁能说清这到底是怎么回事?

学校分给乌力天扬一间房子。没有厨房,厕所共用,他从家里搬出去,住到单位里,也就是找了一个地方睡觉。他自由了,自由的同义词就是独立卧室。

4

汪百团给了乌力天扬面子,准许汪大庆和高东风每周回家住一天。高东风如愿以偿,按捺不住胜利的喜悦,给乌力天扬分析历史,蒋介石从来就没有接受过毛泽东,在他眼里,共产党始终是土匪,可惜国共合作这种历史的步伐谁也阻挡不住,天下迟早是共产党的。

高东风老想表现出自己的政治水平,他现在的理想是成为一名政治抒情诗人。乌力天扬并不想打击高东风的热情,他还是希望高东风成长为马雅可夫斯基什么的,不过乌力天扬劝高东风别做政治抒情诗人,那得装出一副很懂政治的样子,这是一件十分困难的事情。而高东风的致命问题就是藏不住,有一点儿小得意就暴露出来,逮住谁都瞎扯一通,连送牛奶工都不放过。

乌力天扬很认真地建议,大家应该去上业余大学,武大或者湖大什么的。他们不必知道这个世界是什么样儿的,但必须知道他们自己是谁。

大家瞪着眼睛看乌力天扬，像看马戏团里的小丑，然后他们一起嘎嘎大笑起来，好像乌力天扬在用世界上最可笑的事情谋杀他们。汪百团模仿一个著名的励志青年说，身残志不残，噢噢，太阳每天都是新的，噢噢。

乌力天扬非常固执，他找来一支铅笔，在汪大庆儿子的奶粉纸上一笔一画地安排每个人的学习方向。汪百团瞎了一只眼，视力不好，因此蔑视一切制度，他应该学法律，以后当个律师，别一天到晚惦记着咬风一口的事儿。罗曲直一身尸臭，还老惦记着被人摁住的事儿，除了死人，没人愿意和他打交道，那就学工科，比如车钳铣刨，说不定能和女师傅或者女徒弟恋爱上，解决个人问题。高东风渴望茁壮成长，他就像一棵野心勃勃的苦艾草，文学是他最好的肥料，也许让文学一催，他真能成个了不起的诗人，这也没个准儿。汪大庆有孩子拖着，只能学幼师，为四个现代化培养优秀人才，让国家可劲儿地使用。猫的专业比较难办一些，她快二十岁了，年纪不小了，又没有大到可以重新开始生活的份儿上，学什么都有点儿前后不着调，乌力天扬最后决定，让猫去学烹饪，虽然这不符合她青铜刀的气质，可总能让她有机会切点儿什么，也不算荒芜了。

猫不同意乌力天扬对她的安排。猫想成为乌力天扬的同行，当警察，不切萝卜白菜，切人。乌力天扬从学校找来一份上年度的考卷让猫做。猫咬着笔杆皱着眉头做了几个小时，乌力天扬给她判分，A 卷三页做了一页半，错了一页，B 卷一道题也没做，上面画了一件汗衫，还一只袖子长一只袖子短。乌力天扬告诉猫，警官学校最差的考生也能给她改卷子，她考不了。猫因为这个和乌力天扬翻了脸，好几天不理他。

乌力天扬真的去湖北大学报了名，学经济。他还给猫报了名，让猫学教育。他觉得她应该远离催眠术，像个时代好青年。这件事被当成一个笑话，汪百团他们一说起来就笑。但猫很听话，依了乌力天扬。她知道乌力天扬在拼命摆脱什么，比如说一种惯性，好让自己从什么运动状态中停下来。当然，猫上课的时候从来不去她自己班上，不去听老师讲如何和孩子们搞阶级斗争的那些破事儿，她坐在乌力天扬身边，帮他整理书本，帮他拧钢笔帽，玩儿上一阵子，然后趴在他胳膊上睡到放学。

这种情况坚持了一年，乌力天扬很投入，忘我地糟蹋作业本，星期天还去书店买书。慢慢地，他不再和汪百团们来往，基本上不再回基地。谁都认为他变了，真成了一个有志青年，但只有他自己知道，书本上的东西根本就不能拯救灵魂，它们不过是一些知识分子躲在黑暗中自娱时留下的排泄物，这样的东西连稻草都不是。

5

大多数时候，乌力天扬不想猫在他身边，就算猫精力充沛，而且会用一种迷惑人的语音对他说，你是不是想找个地方放你的家伙，如果那样，你找错人了。

猫总是把乌力天扬当成一个过家家的伙伴，几乎一步也不离开他，整天在他身边转悠，给他剪脚趾甲什么的。她经常往警官学校打电话，也没有什么要紧的事儿，只说想他了，或者说心慌，怕他出什么事儿。

乌力天扬烦这个。她又不是一张网，而他也不是她的老鼠玩具，他们为什么要总是纠缠在一起。他不能每天晚上给她讲故事，按照她喜欢的方式，抓住她的小乳房哄她睡觉。乖乖，我们现在讲故事，故事是这样的，天黑了，我们上路了，怀里揣着零延时手雷，肩上扛着火焰喷射器，去杀人。这算他妈的怎么回事儿？

乌力天扬不想让猫束缚住。有时候他管不住自己的精液，会把它们涂得到处都是，可这不是他的错，这比那些管不住自己的嘴到处乱说话的人要好得多。

“你能不能从我身上下来？你弄得我难受。”

“你说过我是你的一把钥匙。”

“我忘了把你放在哪儿了。”

“乌力天扬，我警告你，别想着和那些街头的女孩子鬼混，她们不适合你！”

“你真他妈的幼稚。”

“混蛋，你混蛋！”

“你能不能坐到地上撒泼去，你挡着我撒尿了。”

后来猫停止了夸张的尖叫，搂住两条光光的瘦腿，窝在床角仇恨地看着乌力天扬，看他摸摸索索地去拿烟，笨拙地叼在嘴上，却不点着。他们都不说话，就像他们都死去了一样。

“我想不起我小时候是什么样子的了。”乌力天扬笨拙地叼着烟，感伤地说。

“我也是。”猫说，然后钻进被窝儿里，伤心地睡了。

有时候猫会问起简雨蝉的事，问乌力天扬喜欢简雨蝉什么，和简雨蝉怎么搞，简雨蝉在床上是不是很浪。

“她凭什么骑在我男朋友身上？她应该感到害臊。”猫气咻咻地说。

乌力天扬不知道该怎么安慰孩子气的猫。她还没有长大，脸还没长开，青桃似的小乳房总也没有起色。也许他该叫她放轻松点儿，到外面去踢一会儿毽子，再回来洗个热水澡。也许不是她，而是他，该他放松一点儿。何况，猫是一个单纯的女孩子，她一直想成为陈冲那样被人叫作小花的好女孩，从此以后不再喝醉，他想不出她有什么错。

乌力天扬想不出任何人有任何错，如果错了，这些错该如何改变。猫也一样。所以他们是同病相怜的一对儿。不搭界，但他们是一对儿。

6

鲁红军的假肢真是漂亮无比，它们有着一流的质地——线条流畅、骨感逼真、肌纹清晰，比所有的真腿都棒。

鲁红军在北海的疗养院里没有闲着，经过刻苦锻炼，路走得有板有眼，从容不迫，像亚洲丛林象，很稳妥。但是，鲁红军大多数时候不走路，他愿意坐在同样质地一流的轮椅上，眸子里流露出深邃的属于思想者的光芒，让人推来推去，或者自己摇来摇去。这使他在任何地方都能成为中心，赢来人们钦佩的目光。

鲁红军回到武汉后，在荣军疗养院里也没有闲着。他穿戴得整整齐齐，胸前的衣襟上别着几枚亮晶晶的功勋章，把自己收拾得像一个政治辅导员，到处去做报告。那是一个鱼儿浮出水面大口呼吸的年代，国家连同人们刚刚从地狱里爬出来，国家连同人们都需要向上浮出水面大口呼吸的榜样，鲁红军就是这样的榜样，以至于在很长一段时间里，鲁红军成了武汉著名的公众人物，他可歌可泣的事迹到处传扬。

回到武汉一年之后，鲁红军做出一件令人惊讶的事情，他拒绝继续享受国家给他的各种福利，拒绝成为军队的拖累，主动要求从部队转业，到地方上自食其力。这件事成为轰动一时的新闻，《解放军报》做了大版报道，题目是《无腿英雄再度出征　革命路上继续前进》。

鲁红军转业到地方后真的没有食言，他和几名伤残军人一起办起了一家餐馆，他任餐馆经理。餐馆开业的第一件事不是杀鸡宰鹅，而是捐出一笔残疾金，帮助十名城郊失学儿童回到学校继续读书，电视台为此做了专题报道，鲁红军再一次赢得了人们的尊重和敬佩。

鲁红军和他的同伴不断地上报纸，他们还到电台去，声音坚定地回答朴素的市民们用哽咽的声音打进直播室的电话。鲁红军进步得太快了，他知道如何用自己的两条假肢和空空的阴囊感染别人，特别是感染报社和电视台那些文理不通的记者，以及在政治口径的刀锋上游刃有余的官员。而且，鲁红军待他那些断胳膊断腿的战友们很好，他们经常在一起回忆改变了他们一生的战斗经历。哦，回忆，真他妈不错！

鲁红军和他的伙伴们的创业受到了方方面面的关注，民政局、工商局、税务局为他们大开绿灯，一些背景暧昧的干部子女公司和另一些背景复杂的道上公司都争着和他们做生意，利用他们的平台"借船出海"，连一些政府官员都成了餐馆的座上客。用高东风的话说，鲁红军差不多已经成了一个社会问题。

鲁红军和他牵上关系的政府官员们心照不宣，共同玩一个游戏。在这个游戏里，政府官员是猫，鲁红军不是老鼠，也是猫。鲁红军为自己的餐馆取名"红旗飘飘"，在汉口、汉阳和武昌开有好几家分店。菜名由他亲自拟定，充满杀戮之气，叫"风卷残云""冲锋陷阵""铁马金戈""战地黄花""火烧连营"之类，因为菜式适合武汉人的江湖气质，拥趸者众，生意一时火及三镇。以后鲁红军又和两家干部子弟的公司联手，涉足制药业、房地产业、种植业、物流业、废旧物资业，"红旗飘飘"很快做成了集团公司。

鲁红军的业务在武汉越做越大，好像全武汉都在给他让路，或者说，给他那两条质地一流的假肢让路。

有一次，鲁红军打起航空快餐的主意。他飞来飞去地做生意，觉得航空公司提供的快餐难吃得要命，像牢饭。他盘算着想把航空快餐业务接下来，去找航空公司谈合作项目，结果没谈成，人家不给他做。鲁红军没有气馁，召集他的智囊团开会，研究怎么办，然后他换上一套洗得发白的军装，胸前佩戴着一大堆闪亮的奖章，坐在轮椅上，把自己摇进了省政府。

鲁红军给省直机关的青年党团员们作了一场精彩的演讲，讲他和他的战友怎么在前线为国争光，怎么争掉了两条腿以及他没来得及出世的后代，讲他和他的战友们怎样自强不息，艰难创业，把国家发给他们的抚恤金全都拿出来，一部分捐给了失学儿童，另一部分办起了“红旗飘飘”。现在，他们想改变人们吃牢饭的命运，办一个航空快餐公司，但没有门路，把持门路的人就是把航空快餐做成粪便，也不许别人染指。

在含着热泪经久不息的掌声中，鲁红军的问题得到了解决，省直机关党政工团负责人当场表示，他们来做这个工作，他们来打通这个不许别人染指的门路，连工商税务都不用新时代最可爱的人跑，全由省直机关党政工团包下来。人家还说，小鲁，有什么事，你尽管发话，我们没能在战场上为国家争光，我们能在湖北为国家提倡的事情盖章。

报纸上刊登了鲁红军一句名言：倒下去的不叫英雄，倒下去爬起来的才叫英雄；断了腿的不叫英雄，断了腿继续前进的才叫英雄！

7

乌力天扬知道鲁红军一直在打听他。有好几个战友给乌力天扬捎信，让他主动去看看鲁红军。人家现在是名人，著名企业家，自强不息楷模，你该主动。乌力天扬想，名人真不错，企业家真不错，楷模真不错，主动也行，可看什么呢？他们之间谁看谁？鲁红军没有腿和睾丸，他没了时代，他俩谁更值得看？

那天乌力天扬回基地看萨努娅，葛军机也在，刚从北京回来，和乌力图古拉坐在客厅里说话。父子俩说的是春旱的事。乌力图古拉牵挂农村的情况，担心春旱会影响全年收成，问葛军机怎么应付猖獗的旱魃，问得很详细。葛军机让乌力图古拉放心，说他到地委以后，专门组织专家搞了一套科学的减灾方案，这次派上了用场，现在地委已经全部动起来，机关干部都去了抗旱第一线，他这次去北京，是想找部里要一批资金，购买抗旱设备，他和全地区干部群众都有信心战胜旱灾。

乌力图古拉对葛军机的信心很满意，对葛军机的日益老练很满意，表扬葛军机，知道动脑子，不蛮干，越来越像你父亲。本来挺高兴的，一看见乌力天扬进屋，乌力图古拉就来气，站起来走开了。葛军机要去看望简雨槐，然后赶回地委去指挥抗旱工作，也准备走。走之前，他和乌力天扬谈了几句。

"听说，你在和染厂的一个女孩子同居。"葛军机说什么都稳稳当当，是代表乌力家家长的口气，"当然，这是个人生活。不过，妈的意思，你年纪不小了，也到成家的时候了，如果对方不错，你觉得合适，不如把婚结了，你们搬回家来住，这样对你，对女方，对这个家都好。"

"要是不结呢？"乌力天扬不喜欢这种上下级似的谈话，免不了生出恶意，"你都知道同居了，干吗不直说，往妈身上推？"

"天扬，咱们这个家庭，不是社会上那种家庭，咱们做家庭成员的，得考虑影响，不能让人家说三道四。"葛军机耐心得很，一点儿也不躁，"人家说三道四，不是说咱们这些做孩子的，是说咱们的父辈，说父辈代表的阶级，说他们开辟的事业，所以，我们没有权利随心所欲。"

"你们操心操得太多，容易得心脏病。"乌力天扬盯着葛军机，"凭什么你们要来管我的生活？凭什么我非得按照你们的要求过日子？你都说了，这是私人生活，私人生活干你们什么事儿？"

“就算你有你的生活准则，”葛军机一点儿也不恼，有条不紊地反驳乌力天扬，“可结婚是正常的事情，怎么叫管呢？这种要求不算过分吧？你总得生孩子，生养后代的职责你不会不要吧？不结婚怎么生孩子？人家女方总不会一直和你同居下去吧？”

“我讨厌孩子，讨厌做父母，”乌力天扬觉得自己不做魔鬼都不行，“你可以那么做。你为什么不那么做呢？像他们一样，生一大群孩子下来，再养一大群孩子，然后好好地管教他们，让他们都正常起来。可我不会，我不会生下我的儿子，我出门就去把自己结扎了。”

“天扬，你这样是没有出路的。我知道你在想什么。我知道我这么说会激怒你，可我还是要说。”葛军机痛心地看着自己的五弟，掏心掏肝地说，“历史不会停下来不走。历史讲的是硬道理，那就是强者更强，弱者更弱。要想做强者，你就不能停在过去，你就得往前走，什么也别想，只管往前走。”

“我现在知道了，”乌力天扬盯着自己的二哥，“爸爸为什么会喜欢你。”

8

乌力天扬从家里出来的时候，被一辆黑色的尼桑车拦下。尼桑是红旗飘飘集团公司董事长鲁红军的坐骑。鲁红军到基地来看望他的熟人——那些在他少年时代关照过他这个地方子弟的好人——并且看看他们有什么需要他帮助的。事情往往是这样，种一畦蒜根根不抽薹，蔫得像绿鸡毛，反倒是蒜种里带了一粒瓜子，满畦结瓜，让蒜畦成了瓜畦。

“喂，排长，”鲁红军让车停下来，摇下车窗，亲热地叫住乌力天扬，他的脸上带着一种居高临下的微笑，“我们什么时候冲锋？什么时候吃压缩饼干?”

乌力天扬看鲁红军。他们几年没见,鲁红军焕然一新,红光满面,神采奕奕,穿一身挺括的西装,头发向后,梳得油光水滑,的确像著名企业家。

“不认识了?你看,我老没到你这儿来报到。我忙啊。我得学做天使。还记得这话吧?你说的,我可没忘记。一想起这个,我老是热泪盈眶。”鲁红军口气里充满了嘲讽。

乌力天扬当然记得。要想当天使,你得先下地狱。这是他说的。他没有告诉鲁红军,这是当年他流落街头时一个老乞丐对他说的。那个老乞丐后来让人给打死了,尸体丢在汉口十七码头,好几天没有人管。老乞丐姓米,做乞丐前是教堂里的神甫,做神甫前是南洋的富商,做富商前是剑桥的学子。他是不是应该把这个告诉鲁红军?

“听说你当警察了?这么说我还得让你保护?怎么会这样?怎么你老比我进步?要不咱俩联手,你保护我,我交你租子,你替我看门,见鬼杀鬼,见魔杀魔,怎么样?”鲁红军幸灾乐祸地说。

乌力天扬当然是警察。警察的保姆、妈妈、教父、孵化器、制造商,但他从不收租子,也不替谁看门,尤其替断了腿还继续往前走的英雄看门。红军当兵是人家天扬帮的忙,当兵后又归天扬领导,打仗也是天扬带上去的,你让天扬怎么说?

“怎么,不同意?还是单纯的喜儿?觉得让黄世仁糟蹋了影响不好?要当喜儿别当警察呀,当警察迟早得进奶奶庙,迟早得做白毛女,影响谁?”鲁红军耐心地开导乌力天扬,“不是我瞧不起你,你还没弄明白,人民警察就得和魔鬼打交道,你们是这样说的吧?可魔鬼最不怕的就是天使。天使你能干什么?你背一对小翅膀飞来飞去,谁怕你呀?你只能做魔鬼,比魔鬼还魔鬼,这样魔鬼才怕你,你才能战胜他,对不对?所以,没有什么糟蹋不糟蹋的,你迟早得把自己糟蹋掉。”

“你为什么不下车？你肯定觉得你是世界上站得最稳的那个家伙。”乌力天扬冷冷地说。

“是的，我是。”鲁红军一点儿也不生气，心平气和，“我敢肯定，你现在就想杀了我，因为看见我，你的腿就开始发软，你就难过得受不了。你真是白有一双好腿了，糟蹋了。顺便说一句，大多数时候，我不站着，我得节省体力，干更重要的事儿。”

乌力天扬觉得这事儿真他妈的无聊透了，他们像两个伪君子，遭到抛弃的同性恋者。他一点儿也不怀疑，对方也是这么认为的，也在为这个生气。他们还不如猛踢对方的肚子，把对方的下水踢出来，或者干脆，拿榔头直接砸碎对方的脑袋。

蠓是一种奇异的生物，把它们装入试管，放入一百度的火上烘烤，再放入太空低温下冷冻，再置于强辐射下照射，然后让它们回到正常的生活环境里——那些经过残酷杀伤的蠓很快就能苏醒过来，恢复旺盛的活力，并且繁殖出完全健康的后代。

蠓的故事是乌力天扬做流浪儿的时候大庆油田的一位技术员讲给乌力天扬听的。技术员讲过这个故事后，很激动地向乌力天扬提了一个问题，希望乌力天扬回答，结果乌力天扬没能回答出来，只知道傻乎乎地啃天然气烤焦的馒头。

技术员的问题是：人类连最顽强的地球生命都不是，他们凭什么自以为是？

现在，乌力天扬可以回答技术员这个问题了。不，错了——不是人类错了，是技术员错了——技术员只拿烈焰烘烤、太空低温、高剂量辐射这些科学可以测验的内容来做考验生命力的参数，他忽略了那些科学无法测验的参数，那才是考验生命力更为重要的内容。

9

汪百团又一次惹出了麻烦。他帮一个朋友打架，把对方一个人砍成了残废。公检法迅速介入案子，判了汪百团五年。

汪道坤和胡敏连武汉都没有回，托人从老家带话来，说他们早就不认汪百团这个儿子了，他们有四个儿子，四个女儿，只当没有他这个儿子，生下他这么个儿子是他们一辈子犯下的最大的错误，现在，他们要把这个错误彻底改正掉，就像改正令人烦恼的脑震荡一样。

汪大庆哭哭啼啼找到乌力天扬，说她想不出该给汪百团准备什么东西，监狱里潮气重，他别又带一身疥疮回来。高东风非常兴奋，而且一点儿也不想掩饰他的高兴，他忙着收拾儿子的奶瓶、尿片，还有自己的书本、退稿信，一趟趟往汪家搬。

“我们进城赶考来了，人民会得到一份他们满意的答卷。”高东风叉着腰，站在汪家的院子里，理了一下大背头，环顾四周，长长地吐出一口气，用湖南话器宇轩昂地宣布。

乌力天扬早就料到会出这种事，但事情出了，他还是觉得难以接受。他觉得他是眷恋汪百团的，像兄弟一样眷恋，这种感觉和痛恨一样强烈。他不知道是什么让汪百团这样迷恋监狱，迷恋残疾，是什么让他不断地把自己搞进监狱里去，并且热衷于把自己的某些器官弄得面目全非。乌力天扬没有给任何人说过，那两年的少年犯生活彻底改变了他，他痛恨那种被当成灰尘和虱子的日子，痛恨被人操屁股的日子，他不会再把自己弄进任何监狱里去。

乌力天扬到处跑，打听汪百团的案子，托人帮忙活动，看能不能把案子翻过来，要翻不过来，起码少判个一年半载。汪百团从看守所里带话出来，让乌力天扬别管他的事儿，说这回混栽了，他认，安安心心去国家指定的“疗养院”休息两年，出来接着混。

十天的申诉期结束，汪百团果然如他所说，没有提起申诉，满心欢喜地去“国家疗养院”休息去了。

汪百团被送往沙洋农场那天，乌力天扬托劳改局的朋友请沙洋农场来提人的管教干部吃饭，拜托他们关照汪百团，别让汪百团吃太多苦。酒菜要了一大桌，乌力天扬挨着个儿敬酒。酒是一敬三巡，一巡三组，一组三杯，谁不喝乌力天扬就上去抓谁的衣领，不依不饶，这个乌力天扬会，乌力天扬会的事要么不做，要做就做得惊天动地。乌力天扬一组组往嘴里倒酒，也没忘了找服务员要两个快餐盒，就桌上菜盘里的肥肉装了两盒，托管教干部带给汪百团，让他吃了再进班房。

酒喝到一半，猫、高东风和罗曲直赶来了。乌力天扬不高兴地说，不就几件衣裳吗？又不过野猪林，就扛不动，走死你们了？高东风没回乌力天扬的话，往桌边一站，举了酒杯，先说了几句酒逢知己千杯少、对酒当歌人生几何、明月几时有把酒问青天、千金散去还复来莫使金樽空对月的话，然后挨个儿点射。

罗曲直把包袱放在一旁的凳子上，小声向乌力天扬解释，不是他们走不动，是出来时碰到简明了，说了一会儿话，所以来晚了。罗曲直看了乌力天扬一眼，又吭吭哧哧地小声加了一句，简明了说，简雨蝉回来了。

乌力天扬正往酒杯里倒酒，想把沙洋的朋友往死里灌，灌到不关照汪百团就对不起人的程度上去，听罗曲直这么一说，心里嗡地一沉，人就像抽掉一根筋，往下一坐，杯子里的半杯酒泼在衣领上。

那边高东风敬过一巡，叫罗曲直前赴后继接着上，自己坐下，搛了一条小鱼干在嘴里嚼，接过罗曲直的话告诉乌力天扬，简明了拉着他们抱怨了半天，说简雨蝉一回来，他就得出去找地方住，地方不好找，他已经在礼堂里睡过两晚上了，简雨蝉又不说她在家里待多长时间，要是十天八天还行，无非他出去混个十天八天，要是简雨蝉一个月不走，或者更过分，永远不走了，那他就只能当个晃晃，和野外的蚊子老鼠拜把子了，哪儿来的公平？

乌力天扬看着高东风。他看高东风的样子就像他不认识高东风，不知道高东风在说一些什么，说谁。

“而且，简明了说，这还不是最痛苦的。最痛苦的是，他还得给简雨蝉干活儿，帮着简雨蝉带孩子。”高东风打了个酒嗝儿。

“她有孩子了？”乌力天扬吃了一惊，血往脑门儿上冲，话没拦住。

“孩子的爹是海军，没套住简雨蝉，结了又离了。孩子一岁多，男孩儿，鬼机灵，知道往人碗里吐唾沫，还拿榔头砸人脑袋，磨人得很，简雨蝉被他磨苦了。”高东风喝猛了，又打了一个酒嗝儿，就着酒嗝儿吐出鱼刺，“要是个女孩儿就好了，是个女孩儿，我就和简雨蝉攀亲家。我最不怕磨，唾沫榔头都不怕。”

猫吃醋，拿脚在下面蹬乌力天扬，乌力天扬没反应。接下来的酒全靠高东风和罗曲直，乌力天扬完全不能喝了，废了，人坐在那儿发呆，然后傻笑，拿一支筷子东戳西捣，哈，哈，哈，哈，谁说话他都打哈哈，像受了风寒的麻鸭。酒喝到不分敌我的程度，一个管教干部东倒西歪，亲热地拍猫的手背，大着舌头说，没关系嘛，晚上用酒洗个脚，叫犯人来给擦个背，就活过来了嘛。

喝完酒，送走管教干部，汪百团的肥肉也送走了，乌力天扬和猫回警官学校，高东风和罗曲直回基地。本来已经到了车站，乌力天扬突然决定和高东风罗曲直一起回基地。

猫恨恨地说乌力天扬，你就那么傻，你以为你的魅力比山高比海深？你也不想想，人家孩子都一岁多了，加上十月怀胎，两代人的岁月，人家早就把你给忘了。乌力天扬根本不听猫的，酒上了头，哪里拦得住，也不管高东风和罗曲直在那儿大眼瞪小眼，不知所云,撇下猫,抬脚上了车。猫拦不住,后脚也跟着上了车,看乌力天扬沉着脸,不敢再吭声,拿眼睛一下一下地瞟乌力天扬。高东风和罗曲直撵上车,看看乌力天扬,再看看猫,也不敢吭声。

10

进了基地大门,乌力天扬径直往干部宿舍走去。

猫紧紧跟在乌力天扬身后,要小跑才能跟上,人很紧张,嘴里神经质地嘀咕,她会说,嘿,把你漂亮的小母猫牵走,别让我生气。我就说,我要不走你会怎么样?你会拔光我的毛对吗?好吧,有本事你就试试,你要敢动我一指头,我让你粉身碎骨。高东风和罗曲直用不着跑,可是不敢跟近,远远地掉在后面。

四人一条线到了干部宿舍,隔着好几栋宿舍楼,看见简雨蝉站在门口的水池旁,衣袖绾得老高,在给简雨槐洗头。

乌力天扬先站住,然后是猫。高东风和罗曲直慢慢跟上来。四个人站在那里,看简家姐妹俩。

简雨蝉一副居家女打扮,短发随便顺在脑后,一绺被汗贴在脖颈上,露出高高的额头,一件看不出牌子的白色棉布圆领衫,一条水洗布牛仔裤,裤腿七分长,露出脚脖子,简单的打扮,恰到好处地衬托出她迷人的身材。这样的简雨蝉光彩照人,锐不可当,不是人们熟悉的月亮,或者习惯中的星星,而是宇宙万物的中心。

还有那个孩子——那个在传说中磨人的孩子,扬着两条小胳膊,从水龙头溅起的水雾中摇摇晃晃地穿过。水珠泼洒下来,洒在孩子的小脸上,孩子喜欢极了,咿咿呀呀叫嚷着,摔进水里,被简雨蝉哈哈大笑着捞起来。孩子要下地,继续疯,简雨蝉不松手,孩子就在简雨蝉的怀里踢蹬着腿,水淋淋地大叫。

乌力天扬像是种结实了的白杨,待在那儿。可以肯定的是,他不可能走近她，因为他不是那种可以穿越雨林的虻或者天牛，而是老在蛹和成蛾之间来回徘徊的蝴蝶。而她，是不会对蝴蝶感兴趣的。

11

猫那天哭了。乌力天扬不知道猫哭什么，她有什么必要那么激动。后来猫告诉乌力天扬，她不是因为乌力天扬回基地看简雨蝉哭，今天是她的生日，她满二十岁，她想和乌力天扬一起过她的二十岁，生日没过成，她才哭。

乌力天扬在路灯下站下，很认真地想自己的二十岁。军号声像狗一样地追咬他的屁股，班长在拉练的尘埃中骂他昨晚打的洗脚水不烫，二米饭里满是硌牙的沙子，被窝儿里的手抄本。姑娘，如果你是地狱，为了和你在一起，我愿意永坠之中。[①] 没有，他没有二十岁，没有姑娘，没有谁可以让他和她在一起，可那的确是他的二十岁，他就那么过来了。

现在，猫也二十岁了，她的无忧无虑彻底结束了，这太可怕了。乌力天扬觉得，他有责任给猫过一个生日。但是，他给猫过了二十岁，以后呢？三十岁呢？四十岁呢？他拿什么给猫过？他怎么承担猫，承担自己，并且承接住？他活着，经历着活着的每一分钟、每一天，可他什么都没有把握住，没有找到他的开始。他把目光投向永坠之处，比如说，明天，比如说，未来，可是，没有，没有什么明天，明天根本不存在，那都是扯淡。他在欺骗自己，他在欺骗中扯淡。

乌力天扬这么想，他知道他已经荒唐到了头，他要结束掉“这一个”开始，去寻找另一种新的生活。如果你是树上的花……是露水……是阳光……只有这样我们才能够结合在一起。[②]乌力天扬

①② 匈牙利诗人裴多菲·山陀尔（1823—1849）《我愿意是树》中的诗句。

这么一想，就温存地伸出胳膊，把猫弯过来，弯进自己胳肢窝下，很爱惜地替她掩了掩衣领。

“好了，结束了。”

“我早就困了。我们回家吧，回家你操我。”

“你没有明白我的意思。我是说，我们俩，结束了。”

猫钻出乌力天扬的胳膊，借着路灯昏暗的灯光看着他。她渐渐地蹙起眉头，鼻子上皱起了一道小纹路，眼睛在灯光下泛着暗蓝色的幽光，那两点幽光一跳一跳的，这是不是说，她的真身要出现了呢？

乌力天扬做好了准备，他想她会怎么对付他，是扇他的耳光，咬他的手指，掐他脖子上的肉，狠狠踢他的裆，还是亮出她的青铜刀，宰了他？

“乌力天扬，你累死我，你就不能早点儿说出这个话？你还算个男人吗？”猫说，真的一副累极了终于解脱掉的样子，“喂，你没听到我的话呀？我是说，你早干什么去了？结束的话，为什么不早说？你肯定早就这么想了，对不对？”

“不对。”乌力天扬有些缓不回劲儿来，像个无知的小学生，呆呆地看着猫，“我没有早这么想。我是刚刚才这么想。”

他们不再说什么，继续往回走。猫低着头，不断地捋头发，像是想要看清自己的鞋子。猫穿着一双布鞋，赤着脚，她喜欢赤着脚的那种感觉。

等回到警官学校，一进屋，猫就慌了。没等乌力天扬把门关上，她就把他紧紧抱住，不肯松手。

“别让我走，求你，别丢下我！我不知道还有谁可以让我去爱。我没有朋友，一个朋友也没有。我害怕。请不要让我走！”

乌力天扬挣开猫，去找啤酒。啤酒里，有虫子？桌子上没有，过道里没有，床下也没有。乌力天扬不知道啤酒都到哪儿去了。

你根本就不想待在那儿，可你却一杯接一杯地喝啤酒，好像你渴了一辈子，你是一只无药可救的酒虫子，你不是撒谎是什么？他去公共厕所接了一大缸子自来水，喝了一半，猫抢过去，把另外一半喝光。他们其实很相像，而且彼此在乎。

“我早就受不了你了。我早就受不了你了。”猫喝过自来水后冷静多了，盘腿坐到床上去，捋了一下头发，“我都二十岁了，却不知道自己该干什么，知道那是为什么吗？是因为你，因为你是英雄，我想和你在一起。”她有些发愁，像是把一件心爱的玩具弄丢了，“可是，你要我干什么，你要我怎么办？”

“别再回合唱团。别再去唱《我爱北京天安门》。别相信任何英雄。”乌力天扬认真地想，为猫盘算，“你读书吧。你读书。要是不想当孩子头，随便读点儿什么都行，毕业以后找个老实厚道的男人，把自己嫁掉。”

“你就这么狠心？”猫的眼泪流淌下来。

“别这么说。”乌力天扬觉得自己很卑鄙。

“你爱过我吗？”猫擤了一下鼻子问。

这是一个难以回答的问题。乌力天扬想，猫不过是一个被生活遗弃的女孩，还没有懂事就知道孤独是什么，与其说她想要找到快乐，不如说她想要摆脱掉害怕。她这样的生命，在快乐面前从来都是顺从的。可惜，她不是快乐的宠儿，在哪里都找不到快乐。

“相依为命算不算？”

“算。”

“那我爱过。”

“还有一个问题。我可以偶尔来找你吗？比如说，有时候我会不坚强，会害怕自己找不到回家的路。我要你带我去看江边的风筝，然后你就杀掉我。”

“不，已经结束了。”乌力天扬不知道事情为什么会这样，为什么猫不抱怨？人们不抱怨？人们没有永生的权利，难道连抱怨的权利都没有了吗？“我要你明白，已经结束了。”

“那我怎么办？我真的不行。没有你我活不下去。”猫泪流满面，那张动人的小脸蛋儿乱得一塌糊涂。

“过来。”乌力天扬向猫伸出胳膊，牵着她的一只手，把她从床上接下来，抱进怀里，让她在自己的腿窝里坐得舒舒服服，“我刚刚在书上看了两个故事，讲给你听。”

猫抹一把泪水，往乌力天扬怀里靠了靠，仰了脑袋看着他。

乌力天扬讲的第一个故事是五祖法师的故事。

一天夜里，五祖法师和几个弟子返回寺院。走到半路上，突然一阵大风刮来，众人手里的灯笼全熄了。法师问他的弟子，光不在了，你们靠什么走路？有个名叫佛果园悟的弟子回答法师，看脚下。

“第二个故事呢？”猫耸了耸鼻子，那里挂着一颗泪珠，欲坠未坠。

“释迦牟尼八十岁时染上病，在传道途中死去。临终前，弟子阿难问他，我师死后，我依靠什么生活？释迦牟尼说，以自己为明灯而依靠自己，以佛法为明灯而依靠佛法，其他的没有一样可以依靠。”

“乌力天扬，你原来很会讲故事嘛！”猫破涕为笑，鼻尖上的泪珠滚落下来。她换了个姿势，在乌力天扬怀里跪起来，捧住乌力天扬的脸，很郑重地亲了亲他的脸，然后松开他。

“生日快乐。”乌力天扬真诚地对猫说。他想，她是一个好女孩，她是值得他爱的，否则他不会到处去找啤酒，不会担心啤酒里有虫子，不会因为找不到没有虫子的啤酒就那么伤感。但是，他没有把这话告诉她。有时候就是这样，不能在黑暗中对一个人说出真话，如果你真的在意这个人，就应该明白，黑暗会毁掉他（她），真话也会毁掉他（她）。

12

第二天，乌力天扬没有去给学员上枪械课。天蒙蒙亮的时候，他背着行囊出了警官学校，跳上一辆长途汽车，离开武汉，去了一个谁也不知道的地方。

乌力天扬走的时候没有告诉任何人，也没有向单位请假，他就这么消失得无踪无迹。两年后，警官学校不得不对乌力天扬教员作出处罚，他们把乌力天扬的事情上报给市局政治部，以自动离职为由，将乌力天扬从学校教职工的花名册上勾掉。乌力天扬的档案被转往市人才交流中心，和一大堆失踪人员的档案堆在一起，很快被灰尘覆盖住。

乌力天扬从武汉消失几天后，简雨蝉在染厂职工宿舍里找到了猫。两个女人，一如蛾，一如蝶，盘着腿，促膝坐在一张乱七八糟的床上说话。

“他不是一个狠心的男人，不是。每次我说我害怕，他都会抱着我，抱得紧紧的，直到我不再害怕。他那天走的时候把装着钱的信封留在枕头下，他说你去读书吧，一定得读。”猫的泪水止也止不住，这让她失去了做一把青铜刀的资格。她从简雨蝉手中接过手绢，胡乱揩了一把脸，把手绢团在手心里，神经质地揉捏着：“不，他不喜欢和我做爱。他喜欢喝啤酒，还有，发呆。我们只是说话，像兄妹一样，说累了，就闭眼睡觉。我睡床上，他睡床下。他喜欢像婴儿一样蜷缩在床脚。他比我更害怕，他是在害怕黑暗。我心疼他，从床上下去，躺在他身边。他钻进我的怀里，他就像我的孩子，一动也不动，一觉到天亮。”猫用手绢团抹了一把脸上的泪水，破涕为笑，看着面前那个百娇千媚的女人，“知道吗，我真的希望和他做爱。他是我见过的最迷人的男人。可我不会勉强他，不会那样做。我见过他解决自己。就在我躺在他身边的时候，他把自己给解决了。你明白我的话吗？他是那样地容易受伤。他是一个孩子。他就是一个孩子。”猫笑着抹掉脸上的泪水，她问了简雨蝉一个问题，“可是，我弄不明白，我已经答应和他分手了，我们已经结束了，我不再把他当成一个英雄，他为什么还要逃避？”

“他不是在逃避你。”简雨蝉想也没有想，回答猫。或者说，回答她自己，“他不是在逃避任何人。而且，他不那么想，他不会认为他是在逃避。”

第三十六章　跃上日光翩翩起舞

1

乌力天扬就像一点雨滴，在阳光出来之后，悄然消失在亲人和熟人的视野里。没有人知道他去了什么地方，他做过一些什么事，甚至他是否还活着。

乌力家真是一个很奇怪的家庭。这个家庭的孩子老是出走，而且是说走就走，连招呼都不打，走了以后也不给家里来信，告诉家里他们在什么地方，在那个地方站着，躺着，思考着，或者发着呆。乌力家孩子的这种做法，有点儿像人类空间时代的做法，这个时代从乌力天扬出生的第二年开始，打那以后，三十年时间，人类向太空发射出大量的探测器和航天器，建立起行星和行星际观测网、太阳系外围空间观测网和载人空间站，在月球、金星和火星上着陆，并且从那上面径自取走了一些星际物质。人类在这个时代越来越频繁地从地球上出走，越来越频繁地表现出他们对地球的厌倦和对宇宙空间的迷恋。

乌力天扬没有离开地球。他始终生活在地球的引力中。没有人知道他的行踪、他做过一些什么和他是否活着的原因，是他从不和人交流这些事情。他甚至不怎么说话。在这七年当中，他说过的话寥寥可数，全部记录下来，不会记满小学生的一个抄写本。他在午后对一条游过他身边的无鳞鱼说过话，那条无鳞鱼隐匿在水草丛中，阴险而无声地接近一群对此一无所知的快乐的孑孓。他对一个胎儿说过话,那是一个刚刚死去的女胎,她被丢在一片乱坟岗上,无数的食腐蚁正迅速地爬进她的嘴里。还有一次,他对半个肮脏的馒头说过话,那一次他饿了好几天,一直没有找到需要"使用"他的人。

当乌力天扬再度回到武汉时,这座城市刚刚成为中国首批开设期货市场的城市。中国正在发生着一些橘红色的变化:《中华人民共和国香港特别行政区基本法(草案)》公布……美国总统布什访问了中国……民工在国务院的紧急通知中被称作盲流……居民身份证查验制度开始实施……公安部严厉打击拐卖妇女儿童和卖淫嫖娼活动……西方对中国采取经济制裁……违法走私现象猖獗……伪劣商品充斥市场……"扫黄"风暴在全国展开……邓小平要求辞去中央军委主席职务……艾滋病病毒感染者被发现……中国对其他国家开放的一二类口岸达到了四百五十二个……

对这个国家正在发生着的那些大事情,乌力天扬置若罔闻。回到武汉的他只对一件事情感兴趣,那就是父亲乌力图古拉的中风。

乌力图古拉喝了一口牛奶,浓密的眉头皱了起来,活像一条老丝瓜。他喝牛奶不是为自己,而是为妻子萨努娅。乌力图古拉正在不可遏止地衰老下去,但他从来不提这个,也不肯承认自己的衰老。他就像一头奔跑中无法跃起的豹子,恼羞成怒,却无能为力。他在喝了一口牛奶以后生气了,因为牛奶是馊的。他给后勤部打电话,询问牛奶变质的问题。后勤部接电话的小干事不买退役司令员的账,在电话里不客气地批评了"某些老同志斤斤计较的不良现象"。乌力图古拉如果养了一头奶牛,就不会斤斤计较,问题是他没有养奶牛,他没有养,而萨努娅等着喝牛奶,并且得是新鲜的、没有馊的牛奶,他不承认这是不良现象。

"你就当那是酸奶。你又不是没有做过酸奶。1952 年,秋天快过完的时候，你在广州，给我和孩子做烤羊腿、辣白菜、酱地梨、莜面窝头，还用奶粉做酸奶。你还许诺给我们做满汉全席。忘了？”萨努娅提醒乌力图古拉。

“那是那，这是这。满汉全席不是酸奶。有这样的酸奶吗？你把酸奶当成什么了？”乌力图古拉把两瓶牛奶举得高高的，好像他举着整个人类的命运。

“你是共产党员。”萨努娅警告乌力图古拉。

“我当然是共产党员。我还能是别的什么不成？”乌力图古拉气呼呼的。

“就算你把《毛泽东选集》放在胸口上发誓，我也不会再相信你！”萨努娅也生气了，开始上纲上线。

“我要你相信什么？我要你相信什么？”乌力图古拉有些哆嗦，牛奶瓶被他捏成两颗炸弹。

“你为什么不把他们从门里踢出去？他们就在你的眼皮子下把我抓走了，把你的老婆抓走了！”萨努娅一激怒就会翻出当年的老账。

“闭上你的嘴！你这个可恶的鞑靼女人！”乌力图古拉最不能听这个，怒发冲冠地大骂。

被激怒的乌力图古拉无法洗清历史的污秽，无法在烤羊腿和老婆被人抓走之间找到平衡。他拎着两瓶变质的牛奶怒气冲冲出了门，去后勤部，想让小干事喝一口变了质的牛奶，看看这样的牛奶能喝不能喝，看看某些老同志是不是斤斤计较。

在前往后勤部的路上，乌力图古拉摔了一跤。一个种树的花工师傅发现了倒在地上口吐白沫的乌力图古拉，连忙叫来几个种萝卜的士兵，士兵们把乌力图古拉抬到基地医院，乌力图古拉被诊断为重度中风。那两瓶掉在地上的牛奶完好无损，很快爬满了兴奋的蚂蚁。

乌力图古拉歪着脑袋看扛着一只肮脏的行囊走进家门的老五，目光中透出一股尖锐的蔑视，因为中风后遗症，嘴巴合不拢，张嘴冷冷地哼了一声。乌力图古拉每天都要完成医生叮嘱并经自己修改过的康复锻炼计划：一瘸一拐地走五公里，踢三十组一共九百次腿，接受公勤员心不在焉的软组织按摩，一本正经地深呼吸，转身、再转身、继续转身，等等。他看自己老五的姿势有点儿像康复训练中的一种。

乌力天扬觉得不可思议。他的不可思议不在于乌力图古拉对他事隔这么多年突然出现在家里没有表现出太多的惊讶。乌力家的人，干什么都决绝，干什么都往漫长里去，不会为这种事惊讶。乌力天扬不可思议的是乌力图古拉。

乌力图古拉一辈子没让人放倒过，一生都处在开始的阶段，每天早晨睁开眼，他都觉得自己是刚出生的婴儿。50年代战争结束，他上医院检查，交代该割的肠子割掉，该补的洞补上，把打烂的身子拾掇整齐，再接着去满世界插红旗。拍完X光，医生客客气气要他回去，说首长您身上十处贯通伤不算，还有两枚弹头、六块弹片，又都不老实，到处乱钻，拿起来十分麻烦，得把整个儿身子卸开，一处处费劲地翻找，那样巨大的工程，不叫割肠子补洞，叫开屠宰场，不是“一五计划”能解决的，我们基本把您没办法。乌力图古拉听了哈哈大笑，明白事儿地说，那我就替你们省了吧。说罢系上衣扣出医院，从此不登医院的门。可现在，这个在乌力天扬记忆里永远像一头出林的豹子似的男人，他居然中风了，居然被强大的命运撂倒了，哈！

萨努娅的失忆症仍然未见好转。从远方来的风在她身边总是迷乱得找不到方向，因此而停顿下来。她和它们彼此迷失。她像一个走失的孩子，有感觉、知觉、感情、意志和道德，但记忆却断裂了。她靠道德专注和道德行为来控制自己，她的灵魂和圣人语录完美地结合为一体，她完全沉浸于一种儿童的行为之中。

“‘人民大众开心之日，就是反革命分子难受之时。’①”一头雪白银发的萨努娅对老五在消失了那么多年之后再度回家也没有表现出丝毫的惊讶。她走上前来，努力把乌力天扬往怀里抱，显得有些不高兴，“放学也不回家，到哪儿野去了？”

2

乌力天扬在街口迟疑了一下，然后迈下马路，穿过二十二磅大锤敲击残墙扬起的粉尘，朝藏匿在楼群中的简雨槐走去。

这一带是武昌老城。公元221年，孙权取“都武而昌”之意，把都城从建业迁至鄂城，筑起武昌城。郦道元注《水经》时，说它“依山傍江，开势明运，凭墉借阻，高观枕流”。武昌城应武运而生，城为战守，楼为瞭望，从东吴到南朝，从岳飞数度过江抗金到太平天国军千舰围攻，左良玉肆掠、张献忠惊扰、工程营辛亥首义、北洋军兵变屠城，一千八百年来，战火不断，武昌老城屡度摧毁又屡次重建，如今逢着老城区改造，民居被拆得七零八落，如一丛在历史中无可奈何老去的烂蘑菇。

简雨槐存在于她自己的历史中。简雨槐患上了严重的自闭性强迫症，最初的诊断是一种以基底神经节为基础的疾病，叫做风湿性舞蹈病。另一家医院的诊断是前额叶功能缺失，需要做被膜和扣带束切开术。手术最终没有做，因为即使是支持做手术的医生，在对简雨槐做过诊断后也表示，乐观地说，手术做了不一定就比没做好，悲观地说，没有人能把简雨槐弄出她的世界。

简雨槐足不出户，整天把自己关在屋子里，窗帘拉上，只留出一道缝，让日光从那道缝隙中细细地照射进来。她坐在床上，紧张

① 见毛泽东《〈关于胡风反革命集团的材料〉按语》。

地看着日光随着窗帘的摇曳而在地上移动,然后,她蹑手蹑脚地从床上下来,慢慢接近那道忽去忽来的日光,突然跃上日光,随着日光的飘摇而翩翩起舞。在漫长的黑暗中,她与那道日光人影相伴,乍断乍续,联翩络绎,进退无差,若影追形。她在舞蹈着的时候,会为自己和日光数数:一、二、三、四,五、六、七、八……一直到二百零三,然后从头开始。她只会数到二百零三,绝不会超过这个数字。要是黑暗或者她一个人的空间被打破,比如灯亮了,窗帘拉开,老鼠从走廊里跑过,风在窗外行走,她会立即停下她的舞蹈,离开那道飘忽不定的日光,飞快地坐回床上去,靠拢角落,把自己缩成一团,保持静止的姿势,眼神紧张地盯着亮光处或者声音传来的地方,好像那个地方藏匿着什么,随时都有可能跳出来伤害她。

葛军机有时候会来看望简雨槐。在他回省里开会,或者从北京以及国外出差回来路过武汉时,他会让司机把车停在宿舍楼下,自己上楼去待上一会儿。他还像几年来一直坚持的那样,不进屋,搬一把椅子放在门口,坐一会儿,然后走。他们不交谈。简雨槐不和任何人交谈。

葛军机当上了地委书记。他是全省最年轻的地市级一把手。下一步,他该调回省里来当厅长,再下一步是省委副书记、省委书记。当然,这得等上几年,等待某种机会。

乌力天扬出门前,乌力图古拉歪斜着身子,拖拉着一条生硬的腿,走进办公室,从抽屉里找出一把钥匙,交给乌力天扬。她不会给你开门,你得自己开。乌力图古拉有些漏风的声音在发了霉的办公室里回荡。

“开什么门?”萨努娅警觉地问,嘴唇立刻苍白了,“天扬,别开门,别让他们进来!你爸他是叛徒,他会出卖我,你得救我!”

“我是什么叛徒?”乌力图古拉伸手指着萨努娅,手在空中颤抖,“你把话说清楚,我是什么叛徒?”

"'错误和挫折教训了我们，使我们比较地聪明起来，我们的事情就办得好一些。'[①]"萨努娅盯住乌力图古拉，临刑的死刑犯似的冷笑，看着对方颓唐地落下手臂，她朝地上吐了一口唾沫，扭头走出办公室。

钥匙是用来开门的，乌力天扬知道它的用处。乌力天扬还知道，简雨槐已经不是过去的简雨槐了。小辫儿笔直，遮盖住磕膝头的棉布碎花裙，抿着嘴羞涩地笑，踮着脚尖跳舞。她不是那个轻盈得风都能吹走的简雨槐了。他不能再把她当成过去的简雨槐，那样就是他的问题。

但乌力天扬还是没有想到，简雨槐会走得那么远，远到没有人可以找到她。简雨槐不光不会说话，她也不再梳头，头发乱糟糟的，有一股劣质洗发精的味道。这和那个每天要洗一百次手、到处洗洗涮涮的她不一样，和那个小辫儿扎得整整齐齐、圆口布鞋一尘不染的她更不一样。

"我可以替你梳头吗？"乌力天扬问简雨槐。

乌力天扬在盥洗室里放好清水，找来一件干净衣裳，替简雨槐围在脖子上，把她从床边牵起来，牵进盥洗室，笨拙地替她洗头。洗完头，他用干毛巾替她揩干头发，把她带回屋里，让她在床边坐下，再去盥洗室找出一把梳子，用清水洗了好几遍，再用毛巾揩干，回到屋里，搬来一把椅子，放在窗前，把她从床边牵起来，牵到椅子上，让她坐下，为她梳头。

乌力天扬笨拙地勾起一根指头，将一小绺发丝挑在手心里，用梳子一点点地剥离开，梳理整齐。她的头发乱糟糟的，焦黄而稀疏，没有光泽，脱落了很多，像夏天过去后的白头翁。乌力天扬觉得那不是头发，可那是什么，他离开的时间太久，说不清了。

"知道吗，小时候，我喜欢过你。"乌力天扬说，用牙叼住梳子，

① 见毛泽东《论人民民主专政》。

空出手来，小心地分开简雨槐被水粘连住的发丝，重新钩了一小绺头发在手心里，把梳子从牙间取下，用梳子轻轻地梳着它们，“不是一般的喜欢，是刻骨铭心的喜欢。”他停下来，想了想。它们太少，她的头发太少，只能一绺一绺小心地拢在手心里，这有点儿像他的语言。他正在恢复他的语言功能，有时候需要停下来想一想。他想他能够做到，至少他不会让它像牛奶一样变质，或者像头发一样消失掉，“也不知道为什么，那种感觉太深刻了。那种喜欢一个人的心情改变了我。”

简雨槐腰身笔挺地坐在那里，目光一直在墙壁上。那里有什么东西跳了一下，又跳了一下。乌力天扬停下来，看简雨槐的目光，再顺着她的目光朝窗帘没有遮掩住的窗外看。是几片树叶，它们从高处飘落下来，路过窗户。

“是树叶。它们落到下面去了。”乌力天扬说，重新替简雨槐梳头，“也许一会儿还会有别的树叶落下来，也许有很多树叶。也许不喜欢你，我会去喜欢一棵树，或者一滴雨水。”他被自己的念头逗笑了，那一笑，就闻到了儿时的味道，从槐树的花儿中传来的。她是蜂蜜香，她是槐花香。“现在想起来，其实都一样。”他这么说，心里突然跳了一下，有些心慌意乱，停了下来，控制住梳子，不让它把她给弄疼了。

简雨槐一句话也没说，呆呆板板地坐在椅子上，也不知道乌力天扬的话她听到了没有，听进去了没有。她看上去令人捉摸不定，手臂和腿的线条瘦削而流畅，脖颈迷人。她仍是那么美丽，美丽得心不在焉。

乌力天扬替简雨槐梳好头，走到她面前，歪着脑袋看了看，觉得还满意，是她的样子。这样，他把梳子收好，搬了一把椅子过来，在她面前坐下。

那以后就没有话了。不是她不说他没了说话对象，是他看她扎了小辫儿的样子，人单薄得像一株风下的白茅，让人担心它会随时折断。他就有些发愣，想一些儿时的事，想一会儿，笑一笑，再想。想是他自己想，笑也是他自己笑，她不搭讪，是他一个人的事儿。

两个人在静静的房屋中一声不响地坐着，快到中午的时候，乌力天扬去厨房为简雨槐做饭。厨艺方面他天分不足，做不了什么好的，熬了一点儿粥，炒了一碟白菜，冰箱里剩着两碟剩菜，也给热了。等这些都做好，端到饭桌上，他和她道别，说他走了，会再来看她。

“她回来了。”

乌力天扬走到门口，听见简雨槐在身后这么说。他站下，回过头看她。她仍然是那个姿势，坐在椅子上，呆呆地盯着墙角，显得有些紧张，好像那个地方藏匿着什么，会随时跳出来伤害她。他好半天没能判断出他是不是听到了那句话，如果听到了，那句话是不是从她嘴里说出来的，或者它是窗外的落叶带来的。头发梳过之后，她显得精神多了，可这不能说明她就会开口说话、那句话就是她说出来的。

不过，乌力天扬并不需要做出什么判断，在走进屋子的时候他就看出来了，简雨槐不是一个人住在这套鬼魅的房子里。她之外，还有一个女人，还有一个有足够的能力把一切秩序都弄得一塌糊涂的孩子。

3

高东风成了湖北小有名气的诗人。他在《星星》和《诗刊》这样的主流刊物上发表了很多诗，还参加了著名的风华诗会。那个诗会有点儿像一个同性恋俱乐部，每个参加诗会的人都落落寡合，又彼此惺惺相惜，在摆满八个热盘的会议餐上风卷残云地捞残羹剩菜的时候，眼眶里常常盈满泪水。

高东风有了一个笔名，现在他不叫高东风了，叫唐风。唐朝的唐，大风的风。他这样对乌力天扬解释他的新名字。他还托人找关系改了户口，现在的他不是二十九岁，而是二十五岁，属于诗歌新生代。他到处说自己无父无母，是个孤儿。他也不承认他有一个已经能熟练地使用方言和他对骂的儿子。这种来历不明的前史，让他多少显得有些神秘莫测。

高东风送给乌力天扬一本《诗人》，作为他们重逢的见面礼。那是一份著名的地下诗刊，由几位大名鼎鼎的诗歌活动家担任编委，上面有高东风写的一组长诗，叫《农耕时代的誓言》："祖先留下的财富无计其数，我却消化不良，注定以腐烂的食物为生。那就腐烂吧。不能结为果实，就做一堆粪便，哺育后代……"

高东风正经历着诗名大振时期。他经常在大学或者民间诗社里进进出出，给诗社的成员们讲奥斯卡·王尔德和废名。不少脸上长着青春痘的文学女青年成了他的崇拜者，那中间以纱厂女工和地方院校的女学生居多。

"对女人来说，世界上最幸福的事情就是成为一个伟大诗人的情妇，她们被伟大的诗人操着的同时，也被伟大的诗歌操着，她们还想怎么样？"高东风为了证明他的观点，拿汪大庆举例。汪大庆对他佩服得五体投地，她把他的工作服浆洗得满是漂白粉味儿，皮鞋擦得比玻璃还要亮，日子伺候得妥妥帖帖，让他生活得像一只帝王般的来杭种鸡。可是高东风并不领情。他已经不操汪大庆了。他一直在痛心疾首地反思自己，对他曾经迷恋过的庸俗进化论大加鞭笞。

"妈的人这种东西，怎么就会认为一辈子儿子最重要？怎么就不能和动物一样，想干什么就干什么，想怎么操就怎么操？"

“你还想干什么，上太空？你操我操少了？哪次不是你想了就上，和我商量过吗？你比动物可幸福多了，人家动物还得拖儿带女呢。”

“我没说这个，我说的是……我也没说这个，我是说……”

“高东风你听着，你不要白日做梦了，你就是找根玻璃绳子吊到天上去，你也不是来杭鸡，还是土鸡一只。”

高东风愤怒了。他对土鸡这种恶毒的说法充满了厌恶，对汪大庆充满了厌恶。人们爱说愤怒出诗人，这句话就是说高东风的。高东风大量读书，读弗雷泽或者杜尚什么的，一开口就是存在主义或者垮掉派。那真是一种高尚的生活方式，它对高东风的塑造是脱胎换骨的。就算高东风每天早上仍然吃狐狸粪便似的热干面或者干枯的海星似的面窝，朝那个已经能偷看他写的情诗的退役高干的外孙吐口水，他的气质也开始发生了显著的变化。他再也不穿工装，汪大庆把它们洗得再干净他也不穿。你总不能让一个著名诗人穿着满是漂白粉味道的工装去写诗吧。

高东风成名之后试图改变自己的生活。他对裸体生活派[①]充满了向往。他向汪大庆晓以大义，希望汪大庆为人类诗冠上的明珠计，和他一起去勇敢地接受裸体生活派的高尚生活。高东风的企图遭到彻底的失败，他的脸被汪大庆挠出了好几条血痕，并且在很长一段时间里被限制了行动自由。汪大庆不允许高东风再写诗，说都是狗屁诗弄得，让他不知道自己是谁。高东风因此痛不欲生。

高东风对乌力天扬总是记不住他的笔名而在公开场合仍然叫他高东风生气，但即使这样，他还是带乌力天扬参加了一场他的演讲会。

---

① 亦称亚当派，主张恢复《圣经》中亚当犯罪前所处的无罪境地，在举行礼拜时完全裸体，以模仿伊甸园生活；为了不使原罪遗传下去，强烈主张取消婚姻。

"乔治·巴塔耶说,"高东风——诗人唐风,像一只孤独的猩猩,把两只胳膊长长地伸出去,撑住讲台,阴沉的目光穿透耷拉在眼前的长发,在那些女崇拜者的脸上一寸寸地游弋,"每一个个体的他或者她都是不连续的,而性欲则能够突破身体所设置的孤独的禁闭,从而与他人共同建立并领会某种连续的感觉。"高东风——诗人唐风,收回长臂,离开讲台,走到他的崇拜者当中,在一个圆脸圆眼的女工面前停了下来,"在巴塔耶看来,色情就是对于终有一死的生命的崇高肯定。"高东风——诗人唐风,把圆脸圆眼女工面前的桌子当成讲台,伸出长臂,撑住桌子,目光炯炯地盯着激动得直咽唾沫的女工,很肯定地告诉她,"它的决定性时刻就是把自己裸露出来,在裸裎相对中,断然投身于异质性,放弃窒息你我的封闭、不连续的状态。"

"谁是巴塔耶?"演讲会结束之后,乌力天扬问高东风。

"你没救了。"高东风看了乌力天扬一会儿,在确定乌力天扬不是在捉弄他之后,十分肯定地宣布。但是一转眼,他又开始喋喋不休地向乌力天扬宣传他的济世理论,"我必须拯救她们,让她们知道,她们不是雌性动物,只在相当有限的发情期里才能交配。正因为对她们无法控制的性欲的恐惧,男人才卑鄙地利用家庭和父权把她们合法地留在自己身边。所以,她们必须逃离家庭,否则就丧失了上帝赋予她们的天权。"

"有一件事我必须告诉你。"乌力天扬觉得巴塔耶是谁没关系,女人是不是应该逃离卑鄙的男人设下的圈套也不关他的事,但下面这件事却很重要,"你在台上台下乱窜的时候,你的小兄弟一直硬着,顶着裤裆,很不雅观。"

"我操,乌力天扬,没想到你这么庸俗。你越来越庸俗了。"为了证明自己没有乌力天扬那么庸俗,高东风告诉乌力天扬,他已经开始写电影剧本了。这可不是一般的观念选择,这是有信仰的知识分子才会干的事儿。高东风第一个电影剧本叫《格拉丹东的神》，他说只有神性才能造就人类的灵魂。他严肃地告诉乌力天扬，只有拥有了灵魂，人们才能把命运掌握在自己的手上，才有资格谈论生活这个话题，“是谁创造了历史？人民，是人民，不是吃坚果长大的贵族。我不想做什么革命者，但我有革命者的激情，这一点，我们是相通的。”

“你是说，”乌力天扬似懂非懂，而且非常顽固，“革命者就是神？就是你在讲课的时候顶起裤裆的兄弟？”

“乌力天扬，我算彻底看出来了，你真的没救了。”高东风悲天悯人地总结道，“你说你回来有什么意思，还不如就在外面晃荡，或者干脆死掉得了。”

4

汪百团两年前刑满释放，出狱后干上了“湿活儿”，职业性的那一种。也就是说，汪百团靠殴击人的身体和切割人的器官这个行当谋生。

汪百团有几条相对固定的上线，他的工作全由上线交给他；适合他干的活儿，上线就找他，事情交代了，他干活儿拿钱，按照业内说法，叫接单。活儿干砸了他认，干出问题他顶着，坐牢杀头都是他的。

有一段时间环境不好，汪百团的上线生意清淡，汪百团没有生活来源，被逼无奈，坏了规矩，接了一些零担活儿干，帮人从云南带毒品回武汉，或者替蛇头送货去福建，能挣一笔是一笔。有时候，汪百团连零担活儿都接不到，没事儿可干，只好到处闲逛，和人打嘴仗，勾引郊区路边店里的姑娘，借此打发时间。

汪百团还和人一起干过骗保的事。有一次，他出人，朋友出资金，在境外一家保险公司买了一笔数目不小的保单，在保险期限内，汪百团把自己杀死了，骗了一大笔美元，过了一段舒心日子。当然，被杀死的那个人不是汪百团，是街头一个流浪乞丐——人找到后，买了一大堆麦当劳里的东西让乞丐吃，吃完就把人给弄死，再用卡车从头上碾过去，看不出原来的模样。所以汪百团一见乌力天扬就开玩笑，说你是谁我不知道，反正我不是我了。

汪百团变化很大，对什么都满不在乎，不能在一个地方待久了，老是神经质地在屋子里转圈，不断地点着香烟，再把香烟掐熄，然后再点着，好像他很迷恋把香烟点燃和掐熄这件事。其实汪百团只迷恋一件事，就是让自己紧张起来。他服用氯普鲁马嗪和巴比妥，这玩意儿能使人产生一种类似于紧张的状态。有时候他也扎针，注射脱氧麻黄碱，在不能当英雄的时候，让自己变得像一个英雄那么偏执。在这方面，他就像一个不能左右自己的婴儿。因为酗酒和长期吸毒，他的手指总在不停地颤抖，那只剩下的好眼睛斜得很厉害。罗曲直说，那是因为汪百团要用它照顾太多方面，累的。

罗曲直离开过打捞队，后来又回去了，因为不管去什么地方，他身上的腐尸味都没法儿消除，所有的人都躲避他，他只能回到打捞队和水鬼打交道，吃淹死鬼这碗饭。

罗曲直结婚了，娶了一个汉川乡下媳妇，生了一对漂亮的龙凤胎。能生龙凤胎的汉川媳妇厉害得要命，罗曲直所有的工资奖金都被她收走，就这样汉川媳妇还不满意，嫌罗曲直畏葸得不像一个男人，没有本事挣大钱，不能让她和孩子们过上好日子。这也是罗曲直回到水上打捞队的原因。罗曲直背一个水鬼能挣十元钱，如果是在夏季，或者碰到上游闹水，罗曲直每个月能多挣几百元，这是一笔不小的收入，能用它们塞满汉川媳妇和漂亮的龙凤胎贪婪的三张嘴。

乌力天扬见到罗曲直的时候，罗曲直正低着头认真地摆弄着他胯下的东西。罗曲直穿女人的衣裳。女人的小裤衩、小背心、低领衬衫，一些奇形怪状的东西。汉川媳妇特批，只要罗曲直能拿回钱，他就是把自己全身粘上鸟毛也行。

“不错，我有兄弟，父母给的，但怎么使用它，是我自己的事儿。”

“但是，你能不能把指甲剪短？雌雄同体不一定要蓄长指甲。”

“你应该去看看鲁红军，小子混大了，现在是省人大代表，要说不一定，你先不一定认识他。”罗曲直终于把自己弄出来了，很满足地叹息一声，收拾干净，十分细心地穿上吊颈带似的女内裤，“不是我让你去看他，鲁红军知道你回来了，他要见你，在我这儿留了话。”

“哦。”乌力天扬可以不说这个字，但他就是想说。乌力天扬发现，自己越来越渴望恢复语言能力，只是他不太肯定，在渴望之后，他能不能够做到。

5

香格里拉这种地方不太适合乌力天扬这种人，一杯猫尿似的咖啡三十八元，一杯鲜果汁六十元，它们没有一样能解渴，而且作为液体显得十分可疑。乌力天扬习惯喝解渴的饮料，比如泉水、河水或者自来水。

鲁红军胖得基本上只剩下了两截，头和身子。他窝在轮椅里的样子，活脱脱一头终于寻找到了幸福并深谙其义的阉猪。他被两个英俊的助手抱下车，抱上轮椅，推进大堂。立刻有衣着整洁的大堂副理和衣着鲜亮的门童迎过去，帮助助手们恭恭敬敬地把鲁红军抬进酒吧。

“我真是太累了。”一俟安顿好，没等毕恭毕敬的大堂副理和助手走开，鲁红军就感慨地告诉乌力天扬，他结了五次婚，当然，在娶第五个老婆之前，他离了四次，“这费了我不少钱，还有头发。”他让乌力天扬看他的脑袋，“我现在谢顶谢得厉害，脑袋上没剩下几根毛。”他并不为此沮丧，在轮椅里坐正，冲乌力天扬戏谑地眨巴着眼睛，“知道我怎么干吗？自力更生，用手做，然后让姑娘们用她们花瓣似的小嘴儿。”

鲁红军给乌力天扬的感觉，就像他们没有分别过七年，昨天才见过面，而且两人之间什么问题也没有，是一对无话不谈亲密无间的朋友。

“昨天陪奥副省长打牌，起来晚了点儿，饿了。你陪我去吃点儿东西。”鲁红军的口气不容拒绝。

“为什么不直接去餐厅，闹这么大动静。”乌力天扬不解。

“我喜欢到处走走。”鲁红军坦率地说。

助手和大堂副理以及门童再度过来，把鲁红军抬离酒吧，无声地推进电梯间。乌力天扬跟在后面，像在为著名人物送葬。

“你进来的时候，我看到你的车了。”他们被领班和服务生安顿在昂贵的餐具中之后，乌力天扬向荐酒师示意，他不需要酒水，“好车。”

“你是说，”鲁红军在领结下塞好洁白的餐巾，着急地把一碟多汁的红油车钱草移近自己，匆匆往嘴里填了一堆，那一刻，他有些精力不集中，“一个臃肿到不能再臃肿的人，弄一辆慢腾腾的公务车算了，偏偏追求 VVT-I 发动机，这个有点儿可笑，还是一个挪动一百米得花三分半钟的人，却要显示冒险精神，把身家性命押在四轮驱动配置上，这个有点儿可笑？”

乌力天扬没有回答鲁红军的话，而是坐在那里，看鲁红军咽下嘴里的草料，急切地示意服务生撤去面前的菜碟，把汤汁香浓的红豆炖肥肠移到他阔大的胸部前。他为鲁红军担心。

“我知道你心里想什么，在大堂吧里我就知道。”鲁红军专心致志地往嘴里塞了满满一汤勺炖开了花的糯红豆，一边用力咀嚼着，一边咕哝，“你在想，凭什么要我陪你吃饭？你他妈是谁？打新石器以来人类最成功的人士？你还想，娶五个老婆又怎么样？我任何一条裤头都比你的婚姻寿命长。你还想，他妈胖成这样，就像一只尾巴退化掉的狗，因为难看，才炫耀自己干那种事比别的狗方便。”鲁红军说完，哈哈大笑，笑得有些急促，也不管餐厅门口的导座小姐吓了一跳，快速朝这个方向投来一瞥，“也许这个可以证明你这几年没白在外面逛荡，是个正常男人，也许相反。”

“你错了，”乌力天扬突然感到他捉住语言了，他为此有点儿兴奋，“我在想，你到处张望，看桌上的味碟，你是在找醋。可是你不会让他们为你送上你们山西的老陈米醋，你是想找意大利的香草黑醋，或者马来西亚的椰子醋。你还得费头发和钱。”

“说下去，我喜欢你用这种口气说话。我不会生气，也不会成为好战分子。”鲁红军笑眯眯地看着乌力天扬，往嘴里送了一块白如蜜蜡的肥肠。

“不生气这样的话，你没和你爹说过吧？”乌力天扬真诚地问。

“没有，没有和爹说过，和儿子说过。顺便告诉你，我正好是爹，人民的爹。我是省人大代表。这有什么办法，谁让我们落到了这个时代？”鲁红军用一种疲倦的、心满意足的口气说，示意服务生把他面前的汤盅撤下去。

“你一直就明白自己要什么，在触过电门之后，对不对？”

“你在问对不对，”鲁红军脸上的肉抽搐了一下，怒气冲冲地把领结上的餐巾拉下来，丢在一旁，“那好，我也问一个对不对，只问一个。”他努力抬起硕大的头颅，象征性地把身子往乌力天扬的方向够了够，像一颗硕大的无法正常发射出去的炮弹，“如果你是我，你踩上了那颗地雷，你不会去草丛中寻找你掉在一边的腿，而会拉响光荣弹，把自己彻底炸上天，对不对？”鲁红军松弛下头颅，满意地让自己舒适地回到椅圈里，目光中满是看穿一切的鄙薄，“你是一个胆小鬼，从小就是，现在也没有改变多少，甚至对你最好的朋友，你都一直在隐瞒你内心的想法。顺便说一句，这么多年过去了，这一点丝毫没有改变。”

“吃好了？”乌力天扬同意这个观点，这么多年，什么都没变，连泽芹根腌渍的冷肉的味道都没变。他回过头，向服务生示意要消费单，“我让人推你进电梯。”

“用不着。”鲁红军费力地欠起身子来，去牙签盅里取出一根牙签，“倒不是我怀疑你这几年是不是有了点儿长进，口袋里是不是装着几个钱，是你做不到，不信你试试。”

乌力天扬看鲁红军眼里含着宽容的笑意，再把身子转过去，看走近他的服务生。

“对不起先生，酒店有约定，鲁先生的单我们不能接。”服务生弯曲着身子口齿清晰地说。

“你就当他不在这儿。”

“也许我没有说清楚，先生，不管鲁先生是不是在这儿，我们都会当他在这儿。”

“我知道你心里怎么想，”鲁红军被这个场面弄得开心极了，几乎是用压抑不住的得意对乌力天扬说，“你在想，现在怎么办？不管我是不是想宰了这头肥猪，是不是先站起来，都得把他从座位上拉起来，然后才能走掉——总不能因为被这头该死的肥猪咬了一口就撇下他不管，让他烂在这里吧？”

第三十七章　像一个傲慢而高贵的杀手

1

鲁红军在汉口惠济路有一套公寓，公寓大得离谱，上上下下好几层，主客厅里挂着一幅巨大的仕女画，鲁红军介绍说，那是喜多川歌磨的真迹。乌力天扬坦白他不认识喜多川歌磨这个人。鲁红军表现得很宽容，说没关系，一个日本的浮世绘画家，死了快两百年了，活着的没人认识他，我也不认识。鲁红军不认为这有什么大不了，不认识这个日本人，并不影响他们在他瘾病发作时随手画出的仕女图前坐下来喝茶聊天。

鲁红军操纵自动轮椅在房间里自由穿梭，为乌力天扬沏茶、取香烟。他在宽畅而又曲径通幽的公寓里非常灵巧，就像一条银斧鱼，有着强有力的胸鳍，能够快速游动，甚至在需要的时候，能够跃出水面追逐配偶或者逃生，根本不用担心他会撞在那些昂贵的缅甸红松或者波斯瓷器的礁石上。

没有仆佣和助手，也许楼下或者楼上什么地方有一套属于助手的套间，供助手们玩电子游戏或者看录像，做他们愿意做的事情，同时把耳朵竖起来，聆听主人的咳嗽声。

在他们，还有那些茶水和香烟，以及礁石和渐渐平息下来的水域都安顿下来之后，鲁红军开诚布公地告诉乌力天扬，他之所以在香格里拉见他，并不是要他陪自己吃饭，而是要亲眼看看他，如果对几年后再度现身的他还感到满意，他会让他跟着自己干。

鲁红军丝毫也不遮掩，说他知道乌力天扬已经回到武汉，甚至尽可能地了解过他这几年去过什么地方、去那些地方干了一些什么。既然乌力天扬空手而去，空手而回，回来又不是串门，他这种情况，是不可能再回到警官学校去继续教学生怎么护住胯裆不让人踢中，等于是穷困潦倒了，就这么把自己生命的头三十年花出去了。不，不叫花，叫浪费，浪费得什么也没有剩下。既然这样，他总要吃饭吧，他总不能做一粒社会渣滓吧，那么，他跟着鲁红军干，是最好的出路。

“你想想这种情况，你尿胀了，想撒尿，可你却捏着你的小弟弟，不让尿撒出来，这很容易得上该死的前列腺炎，所以，你只能跟着我干。”

“你一直在等待这个机会？”

“不错，一直，在等待。我只能等待。我只能在酒吧和中餐厅，或者我自己的公寓里逛一逛。我不能跟着你去高原、森林、沙漠或者别的地方。”

“我还是想想别的办法吧。”

“你就是这样，总是回避现实，这让人很讨厌。”鲁红军有些不高兴，在沙发里蠕动了一下，敲了敲沙发扶手边的一只铜铃，“我让你见一个人，你会知道，不是你一个人要面对现实，你真的可以考虑一下我给你的建议。”

一个身材娇小的女人从楼上下来。那是一个风情万种的女人。

“介绍一下，这位是我的朋友，从小撒尿和泥的朋友，一块儿当兵一块儿上战场的朋友，乌力天扬。不过在战场上，他是我的头儿，我管他叫排长。我们有几年没见了。”鲁红军的脸上涌起一丝柔和的光泽，向风情万种介绍乌力天扬，然后示意她到他身边来，惜香怜玉地握住她的一只瘦削的手，揽着她细小的蜂腰，扶她在沙发扶手上坐下，“这位，这位是，”鲁红军脸上的表情有点儿困惑，好像他得了健忘症，“慢着，慢着，我不太清楚应该怎么介绍她。她叫符彩儿，这个名字有点儿俗气，对吧，可恰恰相反，她是一个非常有雅趣的女人。她是干什么的？她是学经济的，也许是硕士吧，好像就是这样。”鲁红军抬头看了看目不转睛盯着乌力天扬的符彩儿，冲她讨好地笑了笑，“哦，这太可怕了，当你说你是学经济的，尤其是硕士，有个什么学位，等于就是说，你是一个白痴，相信经济是学出来的，而且野心勃勃地想要用你的整个儿一生来证明你学习它是正确的。好极了宝贝儿，好极了。告诉我，今天早上，在浴盆里，你是怎么对我说的，你的意思是，那些聪明人，他们全都是幼儿教育时期从集中营里逃出来的天才，他们在逃亡的路上又吐又拉，吐出来和拉得到处都是的东西，就是经济，是这样的吗？”

符彩儿冷冷地朝鲁红军看了一眼，然后把她那张瘦削得像一把尚未开刃的青铜刀似的脸转向乌力天扬。你好。她对他说。

“是的，这太令人吃惊了。看得出来，你还不能适应这个。她比七年前更漂亮了，对不对？七年前你叫她什么？对了，你叫她‘猫’。可她的确有名字。她的名字叫符彩儿，虽然这名字有点儿俗气，可这不能怪她，对吧？”鲁红军很开心，甚至有些得意，目光熠熠生辉，“在你离开武汉之后，她和我来往，你可以把这个叫作鬼混。是我把她勾搭上的，她一点儿也不反对鬼混。和我一样，她想让你知道她受到了伤害，为了这个，她等了几年时间。她知道你会出现，她等着。”鲁红军把他的手从符彩儿的手上拿回来，怜惜地抚摩着她修长的腿，就像抚摩一柄质地良好而又危险的宝剑，“她真是一个尤物，就像牡蛎一样鲜嫩软和，就像一包水做成的。她是那种女人，所有的男人都想和她有一腿，你明白我的意思吗？遗憾的是，我不能让她满意。在这方面，我是一个废物。我倒愿意试试给她介绍一头骡子，也许它会让她满意。”

“你好。”公寓里的恒温设施让乌力天扬有些缺氧，他那样和符彩儿打招呼使他显得很笨拙，像一只茫然的三叶甲虫，然后他转向鲁红军，“我想，我可以走了。”

“你还没有回答我，跟不跟着我干。”鲁红军从符彩儿的腿上拿开手，粗鲁地把符彩儿从身边推开。

“听好，”乌力天扬有一种朝对方脸上啐上一口然后再狠狠击出一拳的强烈欲望，他尽量控制着自己，事情已经过去了十几年，没有谁能让他们回到十几年前去，而且，这已经不是当年的武汉，是他不认识的武汉了，他不认识，就当一切都没有发生过，“我承认，我没有把你整个儿带回来，我欠你的，但不等于我一辈子都欠你的。”

“你想说什么？你想说，那颗地雷没有炸中你不是你的原因？那颗地雷炸中了我而且把我炸成了这副窝囊废的样子也不是你的原因？”

“你知道，我也知道。”

“哈，那当然不是你的原因，我有什么理由让你踩中那颗地雷？可这有什么用，有用吗？你根本就不欠我的，从来就不欠。你说你欠我的，你什么意思？想做我的救世主？你以为你是谁？你以为你是你三哥，能把自己弄废，弄成半截人，然后躲开这一切？你这个胆小鬼！”

“离开这里。”乌力天扬压低声音对符彩儿说。他不看她。他的喉咙里有一种毒蛇发起攻击前的嘶嘶声。

符彩儿眸子里掠过一道寒冷的光。那是一种因为兴奋而越发寒冷的光。她起身朝楼梯走去，在那里她回过头来看了一眼客厅里的两个男人，然后上了楼。

乌力天扬从沙发上站起来，朝鲁红军走去。鲁红军飞快地从茶几上抓过一把小巧的银制水果叉子握在手中，大张着嘴，兴奋地看着乌力天扬，像一头目光中充满了焦急渴望的河马。乌力天扬用膝盖顶着宽大的意大利沙发，毫不费力地把它和鲁红军推到墙角，让厚厚的墙顶住它和他。鲁红军努力挣起上身，把手中的水果叉子用力捅向乌力天扬的肚子。乌力天扬没有躲闪，迅疾地在鲁红军的脸上来了两拳。鲁红军捂住脸，好半天没有拿开他的手，等他慢慢地拿开手时，他的脸已经被血污糊湿了一大片。

"给我纸巾。"他喑哑着嗓子命令乌力天扬，"你把我的牙打坏了。"他呻吟着，用一大堆纸，勉强止住鼻血，接过乌力天扬从客卫里拧来的湿毛巾，痛苦地敷在脸上，"别出声儿，我要靠一靠。"他警告乌力天扬，然后费力地躺进沙发圈里，疲倦地把眼睛合上。只一会儿工夫，他就睡着了，发出轻微的满足的鼾声。

乌力天扬隔着衣服，从小腹上拔下水果叉子，把它丢在茶几上，坐回原处。血在一点点往外流，不断渗进衫衣，打湿了皮带。他静静地发着抖。

他不能离开这里，不能从这套宽大的公寓里走出去。不是他面前放着刺进他小腹的银制水果叉他走不出去，而是不管他走到哪儿，不管他离开了多久，他都得回到原地，回到他曾经中断过的地方。有什么东西中断了，有什么事情中断了，原因不是宽大的公寓，不是鲁红军，也不是猫或者符彩儿，而是他们，是他们自己——他、鲁红军和猫。他们从来就没有真正善待过自己，于是也就没有真正善待过对方；他们一直都在防范并且出卖自己，防范并且出卖对方。现在他坐在那里，心里想，鲁红军说得对，他是一个胆小鬼，一个什么事也干不成的人，从小就是，现在仍然是——他从来就没有战胜过自己，战胜过生活；从来就没有攀上过幼儿园练功房的窗户，看到他想要看到的简雨槐；从来就没有炸毁过那架96式陆基攻击机；从来没有吐出过像样的烟圈；从来就没有剃掉父亲的头发或者杀死父亲；从来就没有救下或者寻找到母亲。他知道鲁红军在撒谎，根本没有什么等待，鲁红军没有，符彩儿也没有。他们和他一样，只是恐惧，只是害怕——害怕生活，还有他们自己，这才是原因。他知道鲁红军用不着银制水果叉，他完全可以敲打一下扶手旁的那只铜铃，那样，楼上或者楼下的什么地方就会冲出一群衣着鲜亮的打手，他们会从容不迫训练有素地揍他，把他揍成一块他们觉得有创意的肉饼。他知道所有的人都在撒谎，天健、天时、天赫、安禾、高东风、汪百团、罗曲直、段人贵、肖新风……那些逃避开的、倒下去的、踽踽独行的，他们全都在撒谎，他们全都在害怕，害怕自己的生命，害怕自己的战场。因为害怕，他们把什么东西给中断了，把自己给中断了，这才是原因。他知道这是一个简单的道理——小时候，他们就像一群无头苍蝇，到处乱扑，可是现在，他们的少年时代早已结束了，他们的青年时代也要结束了。那是两场多么好的演出呀，灯光明亮，舞台宽阔，音乐优美，但是，它们落幕了，他们不能再当苍蝇了。

公寓里静极了，惠济路的确是老汉口留给这座喜新厌旧城市的最后一条安静的街道，风在这条街道上畅通无阻，还有鸽哨，它们不用甚嚣尘上，不用和谁对抗，可以安静成流淌的样子。因为这样，当鲁红军醒过来，睁开眼睛呻吟了一下的时候，乌力天扬十分平静，甚至在鲁红军表现出不耐烦的时候，他也没有发作，而是递过去一沓纸巾。

“好吧，我们怎么合作。”

“去你妈的！乌力天扬，你听好了，不是合作，没有什么合作！是你替我照场子，你给我打下手，因为是我给了你机会，我在照顾你，我是你的老板，我是排长，我给你下命令，明白了？”鲁红军欠起身子，抓起一件东西丢给乌力天扬。那是一部摩托罗拉手机，那种砖头似的、能当哑弹把人脑袋砸开花的家伙。鲁红军笑了，咧开嘴，露出雪白的牙齿，“我知道你在想什么，排长，你当然可以那样做，可以在你干不下去的时候，用它砸我的脑袋。但是现在不行，现在你得跟着我干，你得替我卖命，给我当马仔！”

乌力天扬离开公寓的时候，天已经擦黑了，他腹部上的伤口不再淌血。他知道猫在楼上看着他，瘦削得像一柄青铜刀，只是离得稍远了一些，所以他不会再一次受伤。

乌力天扬没有回头。也许这是他的错。至少他不该再叫她猫，而应该叫她符彩儿。

2

这是一场战争，不管别人怎么想，乌力天扬就是这么认为的。但这是一场与别人不相干的战争，他自己就是战争的双方，他自己，他和“他”。

十几年前，乌力天扬离开了战场。那个时候，他是一个被生活抛弃了的流浪儿，是众人眼里的废黜之物。他不想当那样的废物，他想当英雄，但他做不到，没有做到。几年后，他又离开了战场。那个时候，他是一个浑身充满了硝烟味道的士兵，是众人眼里的英雄。他不想当那样的英雄，他用决绝的方式埋葬掉了自己的战功章。他想寻找另一种生活，但他做不到，没有做到。那以后，他再一次离开战场。他不再是一名伤痕累累的士兵，而是一个伤痕累累的生活的失败者，是众人眼里的懦夫。他逃得远远的，远到别人找不到他，他自己也找不到自己。现在，他回来了，回到战场上来，以士兵的名义。他要再一次把脑袋掖进裤带里，再一次把光荣弹挂在脖子上，再一次系紧鞋带，并且在心里装满热爱的引信以及仇恨的火药，和自己来打，并且要打赢这场战争。

乌力天扬把汪百团招回到他的身边。不是他一个人需要拉起幕布，不是他一个人需要打赢这场战争，汪百团也需要。

乌力天扬给汪百团约法三章:戒毒;和狗屎上线分道扬镳;把衬衣洗干净。汪百团不含糊,答应了后两项,保证天天换衬衣,背公民自律手册,除了乌力天扬,从此谁也不认识,可就是不戒那些能够让他往返于地狱和天堂的玩意儿。

“它会害了你。”

“你怎么知道?”

“它已经害了你。”

“你怎么知道没有什么害了你,已经害了你。”

乌力天扬弄不懂汪百团吸毒究竟能得到什么好处,就像他不是西西弗斯,不知道那家伙整天往山上推一块没用的石头有什么好处。但这又有什么关系呢,他已经走出来了,不会再被那玩意儿从后面往里插,不会重新投入它的怀抱,就是这样。

乌力天扬认为他也应该考虑高东风和罗曲直。他俩一个辞了职,整天在家里装牙病患者,在外面装精神病患者;另一个看谁都像看水鬼,恨不能上帝再来一场大水,这回连诺亚方舟也不要,是条命都在水面上漂着,等着他十元一个捞起来数钞票。

乌力天扬征求高东风和罗曲直的意见,告诉他俩,他决定跟着鲁红军干,给鲁红军照场子,打下手,他拉上了汪百团,如果他俩愿意,那就大家一起干,一起拉幕布。高东风和罗曲直不是汪百团,有骨气,他俩一唱一和,把乌力天扬骂得狗血淋头。

“你可以说我异装癖,说我雌雄同株,总比让我给一头肥猪做看家狗好。”

“你再说一遍?替那个王八蛋组织护院队?时代没发展呀?你白出去革命了几年呀?”

“我还是背我的水鬼。那个吃自己腿的食腐族,比烂掉的水鬼还要臭。他为什么没炸死?他为什么没让人按住?”

“嗽,这是什么世道呀,为什么人们非得把自己弄得像条狗?

难道人们就不可以拥有哪怕一点点的尊严吗？”

“不要说我不答应，就算我答应，我老婆也会把我赶出家门。我不想再让谁来甄别我。”

“嘿，我说，你现在是生意人了，要体面一点儿，注意你的形象。要用右手握着大哥大，还有，去给自己弄两套板儿装，别一天到晚穿着牛仔裤到处走。”高东风最后拿腔拿调地总结说，“你把祖宗三代都忘啦！”

高东风说的是《平原游击队》里老勤爷的台词。老勤爷手里总是提着一面破锣。老勤爷还说，老天爷白给你披了一张人皮。老勤爷还说，好小子，朝这儿打，你能打死我这七十多岁的老头儿，你看你有多能耐。老勤爷最著名的台词是，皇军好，皇军不杀人，不放火，不抢粮食，你看这有多好呀。

汪百团幸灾乐祸，一会儿点着香烟，一会儿把香烟摁熄，眨着一只瞎眼，看看这个再看看那个，这让他在短时间内不必走来走去，让人犯晕。

3

“我警告你，不许再和他们混在一起！”童稚非一听乌力天扬又和汪百团那几个来往，立刻就急了，“你没听院子里的人怎么议论他们，叛徒、吸毒犯、骗子、革命家庭的败类！”

童稚非恋爱六年了，男朋友小蔡在地质大学读在职博士。为了照顾乌力图古拉和萨努娅，两个人到现在也没结婚。

“哥你别和他握手。”乌力天扬第一次见到小蔡时，童稚非拦住他，不让他和小蔡握手。

“‘恰同学少年，风华正茂；书生意气，挥斥方遒。’[①]非儿，你让

① 见毛泽东诗词《沁园春·长沙》。

你哥握,你哥和小蔡是同学。”萨努娅掰开童稚非的手,把乌力天扬的手拽出来,搁在小蔡手上,“天扬你要好好向小蔡学习,小蔡都念大班了。小蔡你好好带天扬,他年纪小,不懂事儿,你多教着他点儿。”

“哥你先别握,我先交代几个关键词,交代完你再握。”童稚非把小蔡的手从萨努娅的手里拔出来,扶萨努娅坐下,对乌力天扬说,“关键词一,独子;他是独子,他爸妈不同意他入赘到咱家,咱爸也不同意,说没有这个道理。关键词二,分手;我俩分了几次手,没分掉,我不干,他也不干,我俩都不干,没办法。关键词三,拖;我俩拖了这么久,是我拖,我给他介绍过女友,这回是他不干。”

“天扬你批评非儿,她和同学闹不团结,她总是欺负男同学。”萨努娅生气地冲童稚非举起巴掌。

“妈您别捣乱,我们说正事儿。”童稚非端了核桃箩来,给萨努娅戴上手套,塞了两颗薄皮核桃在萨努娅手里,哄着她,“妈您剥核桃,一会儿我给您煮核桃粥吃。”

“天扬哥,”趁着童稚非安顿萨努娅的机会,小蔡紧紧地握住乌力天扬的手,眼圈红了,“天扬哥你到底回来了,我和稚非,我们有情人也该成眷属了。”

“他接下去要说他吃了八年方便面,一见方便面就想吐。”童稚非提醒乌力天扬。

“还有面包,还有饼干。我现在一见深加工食品就想吐,我都得厌食症了。”小蔡补充说。

“他接下去要说他坚决不当丁克一族。”童稚非提醒乌力天扬。

“我们家四代单传,谱系上长期处在家族灭绝的临界点。我爸说,他不管一万年以后的事儿,他只管他看得见的事儿,不见到孙子,他决不闭眼。”小蔡补充说。

“接下去,他要说先把婚结了,孩子生了,人分开住,他住学校,我住咱家，孩子住他父母家。”童稚非提醒乌力天扬。

“我同学的孩子，最小的都上幼儿园大班了。我又没有什么问题。孩子的问题解决了，大人的问题好说。”小蔡补充说。

“幼儿园？谁上幼儿园？”萨努娅警觉地把目光从核桃上挪开，看看这个，再看看那个，“是高中，你天扬哥该上高中了。”

“接下去，他要说，等有了孩子，离了也行。”童稚非提醒乌力天扬。

“离什么？我爸要孙子，我是我爸的儿子，我有责任给我爸提供孙子。我给我爸提供孙子，我就得要孩子他妈，要不我生孩子干什么？孩子也是他妈的孩子。”小蔡嗫嚅了半天，说。

“喂，”童稚非瞪大了眼睛看着小蔡，“你过去可没有对我说过，什么时候有的想法？为什么瞒着我？”

“天扬，快批评非儿，她又和同学闹矛盾。”萨努娅急了，拿核桃夹敲箩边。

“小蔡，稚非，”乌力天扬愧疚得很，觉得实在对不起妹妹和小蔡，“你俩年纪不小了，快点儿把事儿办了吧，稚非再晚要孩子，对母子俩都不好。”

“谁不想早点儿？我觉得我特可恶，让我遇到了他，耽搁自己也就算了，把他也耽搁了。”童稚非狠狠地捏小蔡的手，不满意地瞥乌力天扬，“可怎么个快法呀？谁管爸妈？”

“我管。我这次回来，再不走了，老人的事儿你们不用再操心。”

“哥你不用说这个，我不担心你走，最多我和小蔡结了再离呗，反正孝敬老人是姑娘的事，我是这家的姑娘，当着小蔡我也这样说，我不要自己的家也得要老人。可你这样，又和汪百团他们混在一起，让人怎么指望你？”童稚非嘴不饶人。

“姑娘怎么了？你们说姑娘怎么了？”萨努娅手里捏着一颗核

桃仁，东张西望地到处看，“安禾呢？她怎么还没放学？天扬你去找找大妹，要她回家做作业，别老在学校给老师添乱。”

“妈你快剥核桃，一会儿咱们要煮粥了。”童稚非哄着萨努娅，然后再说乌力天扬，“你为什么不学学魏跃进？同样是院子里的孩子，人家现在是五一劳动奖章获得者，人家设计的光纤光缆都铺过太平洋了，替国家挣多少外汇，争多少光呀。你也可以学学朱立宪，人家守着祖国的边防，脚趾头冻掉四个，人家无怨无悔，人家比你大不了几岁，现在是大校，国防大学虎班的学员。还有吴军，你们同年的，无线电十一厂的厂长，厂里倒闭，集体下岗，人家多励志呀，一点儿也不气馁，从擦皮鞋开始，从卖热干面开始，现在成了再就业明星，厂里找不到工作的下岗工人他全给招回去了。你要觉得他们离着远，不好学，你学学二哥，都是一个爸妈养出来的，他给爸妈争多少光呀。”

“我还有一个优点你没发现，”小蔡紧张地看乌力天扬一眼，咳一声，暗地里捏了一下童稚非的手，“我晚上在学校没什么事儿，跟一个同学学按摩。什么时候让我伺候你一下，白伺候，不收费。”

乌力天扬觉得自己可恶得很，劳动模范没当上，脚趾头没冻掉，再就业明星也没当上，窝囊废一个。

“对了，二哥昨天来电话，要我给雨槐姐送药。”说到葛军机，童稚非想起简雨槐，又从简雨槐想到了简雨蝉，“五哥，雨蝉姐回来了。她把北京的工作给辞了，回武汉来照顾雨槐姐。”

乌力天扬伸出手去，从萨努娅面前的碗里捡了一片核桃壳出来，鼓着腮帮子用劲吹碗里的核桃仁屑皮。我喜欢你报复。我等着。说好了一辈子啊？不许反悔！他小心翼翼地把剥了壳的核桃从萨努娅手里拿下来，放到一边。

“她丈夫不愿意她回武汉，她硬要回来。是她第二个丈夫，国家旅游局的什么官儿，五十多岁的老头子，出国跟上厕所似的，一趟一趟没个完。”

乌力天扬又伸出手去，从小蔡手中拿过核桃夹，夹破一颗核桃，放在萨努娅手中。浑球儿，你扎不过她。那丫头扎人不看对象，谁都敢往死里扎，她连自己都敢扎。你俩一对儿冤家，哪一次狭路相逢，不是你这个投机分子败下阵来？他夹核桃，夹得很认真，那些薄皮核桃很好夹，一夹就碎，你说它们都是怎么长的？

“‘卑贱者最聪明，高贵者最愚蠢。’①天扬你不要气馁，你比他们都聪明。”萨努娅表扬乌力天扬，表扬完再吩咐童稚非，“稚非，去告诉你雨槐姐，叫她和雨蝉俩回来，回来咱们煮核桃粥。”

“雨蝉姐不是方阿姨生的，是她小姑生的。不是真小姑，是简先民的相好。后来雨蝉姐知道了这件事，她原谅简先民了，说要回武汉来伺候简先民，伺候方阿姨。”

乌力天扬知道这个。石头是天生的，比如我；砖头是制造的，比如你。他不知道谁是自己的相好，自己该伺候谁。他觉得自己可恶得很。他只能夹核桃。核桃在核桃夹中转着圈儿走，一夹一颗，一夹一颗，碎得均匀，剥起来很容易。

4

那部砖头似的摩托罗拉突然响起，铃声尖锐而固执，把乌力天扬吓了一跳。

鲁红军总是在他想找乌力天扬时拨通电话，有时候在电话里和乌力天扬说说业务上的事，有时候纯属闲聊。没事儿，扯一会儿淡，他在电话那头说。说业务的时候，鲁红军总是三言两语，说完就挂线，也不问乌力天扬有没有话说。闲聊时就没个钟点了，天上地下，常常弄得乌力天扬得把手头的事情放上半天，或者人在浴室

① 见毛泽东《为丹东五一八拖拉机配件厂试制成功第一台拖拉机的批语》。

里，通完电话，身上的肥皂已经结了壳，要洗半天才能洗净。

有一次，乌力天扬刚穿上一条裤腿，电话响了。鲁红军在那头一说半天，没有收线的意思。乌力天扬冻得腿发紫，忍不住说，一会儿我给你挂过去吧。鲁红军不高兴，说我没让你下班你就下班，你还想不想干？其实鲁红军就是不说这个话，乌力天扬也不可能收线，因为他不知道鲁红军的电话号码。鲁红军遮蔽了自己的号码，乌力天扬根本没办法再把电话打过去。

“我说，”鲁红军在电话里像鸭子似的嘎嘎地笑，“你得动起来呀。你不会让我把轮椅借给你吧？要不，我让符彩儿给你当秘书去，你俩重整旧河山，搭档着再弄一弄？”

乌力天扬要找鲁红军的时候，必须通过鲁红军的助手。助手的头衔是董事长助理，鲁红军一大群助理中的一个。这个乌力天扬不奇怪，他奇怪的是，鲁红军干吗要用简明了做他的助手？

简明了在基地修缮队干过花匠的活儿，在四建公司干过泥瓦工，改革开放后，跟简小川去了海南，给简小川当马仔，做一些去楼下买盒饭，拎着装满草纸的密码箱人模狗样站在简小川身后一脸不耐烦地听简小川和人唾沫星子横飞谈生意，替简小川往外阴部位一管一管涂抹青霉素软膏的事儿。简小川后来找了两个帮手，弄了支枪，抢了合伙人卖地的款子，以民运人士的身份逃往海外，从此销声匿迹。合伙人到处找简小川，发誓要把简小川毁尸灭迹，简明了在海南混不下去，只能跑回武汉。简明了逢人就痛斥简小川，说人生最大的悲哀莫过于两个，第一是有一个背信弃义的堂兄，第二是有一个堂兄背信弃义。

乌力天扬发现不光是简明了，那些小时候在一起玩的伙伴，不少人成了鲁红军的员工。乌力天扬觉得鲁红军像一个幼儿园的阿姨，有保姆癖。但是鲁红军只带基地的孩子，是基地的保姆，这个和别的保姆不一样。

本来乌力天扬想和简明了说点儿别的事，比如还记不记得小时候他俩比赛抽丝瓜藤的事儿，简明了却和他拉开距离。

“我警告你，别再给我来女孩子为什么不站着撒尿那一套，一硝二磺三木炭也别来，亲戚的话也别来，总之，玩儿滑头的事对我不起作用。我现在是董事长助理，你也知道，我和董事长是老同学，炒你不行，参你一本还是行的。”简明了警惕地对乌力天扬说。

5

天气晴朗，刮着风。江上的船走得很快，更快的是天上的云彩。乌力天扬看江中几只江鸥在风中趔趄着，老也飞不到轮船溅起的浪花上去，这让他有些为那些江鸥担忧——而且，他没想到符彩儿会背着鲁红军来见他。

“烟不抽了？”

“戒了。”

并不是符彩儿要报复乌力天扬，也不是鲁红军要报复乌力天扬，那是鲁红军编出来的话。没有什么报复，几年前她和乌力天扬分了手，分手时乌力天扬要她去读书，还给她讲了两个故事，她被两个故事迷住，就去读了书，一读就读成了优秀学生，而且上了瘾。她不再是阿难，而是佛果园悟，知道怎么看脚下了。

有一次，在一个宴会上，她遇到了衣着光鲜印堂发亮的鲁红军。她早就知道乌力天扬和鲁红军的关系，鲁红军也听说过她和乌力天扬的关系，两人一拍即合。现在想起来，那天在宴会上，他俩谈的都是乌力天扬，要说一拍即合，也是因为乌力天扬，他是他们共同关心的人。

“是吗？”

“是的。”

乌力天扬想起来了，是有过他劝猫读书的事儿。他让她别再唱《我爱北京天安门》，然后给她讲五祖法师和释迦牟尼的故事。但这又有什么关系呢？猫成了现在的符彩儿，不光为鲁红军的“红旗飘飘”撑门面，还成了鲁红军的姘头，为无法抵达性爱尽头的鲁红军吹箫。不过，这好像都不是他该关心的事情。他已经没有战功章了，不能再让如今的符彩儿的乳房上开出一朵骄傲的花来。

江风吹得很厉害，乌力天扬有些昏昏欲睡。他回过头去看符彩儿。符彩儿的睫毛上有一道明亮的水光，这使她的脸更具金属光泽。乌力天扬想到那些跌落在蒙古草原上被历史尘封住的阿尔卑斯铜牌。苍老总是在年轻的生命中被发现，他想。

鲁红军又来电话了。符彩儿迅速地看了一眼电话，站起来，整理一下裙子走开了。没事儿，扯一会儿淡。鲁红军在电话那头儿说。我们谈谈简雨蝉。你该去见见她。灿烂的清晨。江风吹拂着苹果林。空气中弥漫着一股鱼腥草的味道。乌力天扬想到了枪油的味道。枪械在经过细心保养之后会有滑腻的手感，让人有一种冒失的冲动。

“你不知道吧，她丈夫和我一样，性无能。那个男人老得像史前动物，他变态地爱她。他知道她在外面有人，又痛苦又兴奋，老拿这事儿问她，要她告诉他，她怎么和人调情，怎么和人上床。”

“我在和人说话。”

“我知道，是符彩儿，你们在谈陈芝麻烂谷子的事儿，真是浪费生命——你说这种男人当得有多幽默，他不知道他有一个什么样的女人！她早晨刷牙用 DIOR 标签的牙膏，鞋一定得是 JIMMY CHOO 牌子，化妆品非 RALPH LAUREN 牌子的不用。她是没养宠物狗，要养了，肯定穿 BURBERRY 牌子的马甲。还没明白？你蠢呀，镀金鸟笼啊！”

鲁红军在电话那头儿像个女人似的咯咯笑，电话里一阵嗡嗡作响。乌力天扬没有觉得有什么好笑，把电话移开了点儿。

“知道女人身上什么最让男人着迷吗？气味儿，是气味儿。男人不叫气味儿，叫屎。你想想，香水，美食，汽车，这些都是为男人设计的，哪一样不是女人的气味儿？还有，男人为什么看球赛？女人的气味儿！球员在场上追逐女人的气味儿，球迷通过球员的追逐完成他们的追逐，达到高潮，然后进入平台期。简雨蝉身上就有那样的气味儿，我是说，那种让男人着迷的气味儿。”

没膝的萋萋芳草向汉口方向蔓延而去，这片草地是长江开辟出的一块冲击洲，千百年来被很多大文豪写进过他们的诗词歌赋里。稍远的地方，是当年湘军或者徽军的兵营，有一些洋人留下的建筑，灰色的墙围，红色的屋瓦，果绿色的百叶窗。

“你怎么不说话？我在给你上课呢，你得虚心一点儿。所以，和女人做爱就像吃面包，除了能把胃肠撑满，什么也捞不到。我做不成。我的欲望还在。它们没有被女人剥夺走。我能闻到女人身上的气味儿。”

乌力天扬想起来，有一年，他在额尔古纳河边遇到大火，草原上的火来头很快，风助火势，波浪起伏，他被后面追上来的几头獐子撞倒，爬起来的时候找不到鞋子。火的气味儿令人刺激，还有母獐子喷在他脸上的刺鼻的气味儿。事后他一直想弄清楚，要是自己被烧死，会是一种什么气味儿？

“符彩儿离开了？她总是这样。她穿裙子没？她一穿裙子就害人。简雨蝉从来不穿裙子，这让我非常痛心。她把自己的两条好腿给糟蹋了。她故意那么做。真是暴殄天物。有一种人，他就是能让你心疼，让你心疼而又没办法，让你觉得你是这个世界上最无能的家伙，从此对一切都不再感兴趣。简雨蝉就是这种人。”

这是一个爱憎分明的城市，城市里的人同样爱憎分明。他们早在一百年前就从洋人那儿学会了抽纸烟、打克郎球、骑自行车、赌马。一座江湖城市,让所有居住在这座城市里的人身上都散发着一股江湖气味。

“你在打哈欠？狗日的你在打哈欠对不对？你他妈有什么用？有本事你学赤军和红色旅,来点儿革命的。”

“好吧。”

“好吧是什么意思？”

“我发现,你的脖子越来越硬朗。你就当你随时都在勃起好了。”

鲁红军在电话那头开心地哈哈大笑,笑了一阵子,把电话挂断。

6

鲁红军和几个家庭背景显赫的北京人来往密切。他们中间有两个货真价实的家伙,就是那种路子很野但智商很低的狗屎,如果他们较起真儿来,完全可以把武汉当苍蝇拍死。可是他们不会拍死武汉。武汉不是苍蝇,而是奶妈。地球上有无数的城市,但是有资格当奶妈的城市并不多,如今有资格而又不愿意当奶妈的城市在快速多起来,所以,他们很珍惜武汉。

有一个北京人,大家叫他紫砂壶,老爹是中顾委的,他年轻的时候因为老爹的事挨过打、坐过牢、在内蒙古放过马,吃了很多苦,显得很深沉。他问乌力天扬,觉不觉得他像托洛茨基。

红旗飘飘会所,水陆杂陈,蟹蕈宴,自助式。假模假式的人造瀑布旁,红绸铺蒙住一溜长长的条桌,条桌上庄重地摆放着高似孙的四卷线装真本《蟹略》,以及高似孙的同代人傅肱的两卷石印本《蟹谱》。

书不是吃的,吃的分两种,一种是蟹,一种是蕈。蟹用巨大的水晶盆盛了，酒蟹、盐蟹、糖蟹、洗手蟹、蟹饈、蟹膏、蟹羹。蕈用木制汤盆盛着，泉水新茗清灼出来，麦蕈、桐蕈、紫蕈、合蕈、玉蕈、稠膏蕈、栗壳蕈、鹅膏蕈。佐蟹的是女儿红，五十年沉缸，缸体上的暗霉故意不擦掉，在火光下散发着腐蚀色。几个面目呆板的中年侍者在一旁无声无息地进退，为主人换布碟，递姜醋汁和净手水。

鲁红军驾着轮椅过来，手里端着殷红的高脚杯，活像一个得道的屠夫。告诉他，他像不像。鲁红军命令乌力天扬。

乌力天扬没有见过托洛茨基，不太好判断。他用冥思的神情凝视一阵儿紫砂壶，然后告诉他，蟹和蕈来历可疑，很多时候它们是带毒的。他知道一些更好的食物，“五谷为养，五果为助，五畜为益，五蔬为充”，不如他告诉他这个。

“他在讨好你。”鲁红军对迷惑不解的紫砂壶解释。

“韭菜一百五十克，鲜虾同量，鸡蛋一个，炒熟，就白酒五十克佐膳，每天一次，十天一疗程，治肾阳衰弱。精瘦猪肉二百五十克，海参三十克，煮汤内服，治直肠脱落。绿豆三十克，荷花瓣九克，枇杷叶同量，生石膏十五克，煎水服三十剂，治酒糟鼻子。还有，以后尽量多喝羊奶，多吃大蒜，预防癌症。”

紫砂壶狐疑地看着乌力天扬。他是那种认定全世界人民都欠了他的人，对什么事都要琢磨上一会儿。

“人的爱好不同，有人把《圣经》当成《共产党宣言》，有人把《共产党宣言》当成《圣经》，那是他们的自由，谁也没有权利干涉。像别人也是一种自由。你说像就像。有一次我对人说，我像三叶虫，人家也相信了。”

“好了，他告诉你了，他是对的。”鲁红军对紫砂壶说，然后命令乌力天扬，“跟我走，我带你去见一个人。”

7

简雨蝉君临一切地站在一大群北京人中间。北京男人。他们全都穿着挺括的晚礼服,剃着寸头,活像一群打着领结的方头蝙蝠。她空着手。那些时髦的男人被她迷人的目光定在精巧的灯光下,显得十分可笑。

“谁没有理想呢?理想就像人类的瘊子,你不知道它怎么就长到你身上来了。”一个长得像草本植物的男人冲动地对简雨蝉说,“可是,做一个伟人并不容易,他要操多少心哪!至少有一半人想当毛主席,可是只要想一想毛主席操了多少心,他们就放弃了,他们只配老老实实做普通人。”

简雨蝉微笑地看着草本植物,眼里充满了同情。她依然那么婀娜多姿,大理石般优雅的脸颊,箭矢般锐利的乳房,保养得很好的头发在脑后绾成一个大髻,黑而发亮的发丝衬托着她长而白皙的脖颈和脸上的红晕,一袭白裙,圆润的肩头随意搭着一条随时可能滑落掉的淡蓝色斗篷,像令人眩晕而又傲慢地宣称自己不守规范的唐朝女人。她的目光澄澈而明亮,很容易看进去,可永远也看不到尽头。

乌力天扬在西藏墨脱见过一种丽匿盾猎蝽,他被它的美丽给迷住了。后来他特地为这个查过资料,知道丽匿盾猎蝽的种名叫EXCELLENS,意思是精美的,优秀的,完美的。他趴在草丛中着迷地看它,一直到它睡完一觉,慵懒地消失。他觉得它的雅丽之态像极了简雨蝉。什么叫完美?完美就是什么都喜欢,什么都天真无邪,不装深沉,不做出痛苦不堪的样子,哪怕真的痛苦,还是喜欢,就算喜欢不成,也不放弃,这就是完美。

“你明白吗?你这是一种后遗症,就像生了一次孩子,生怕了,一挨操肚子就会疼。”鲁红军狡猾地一笑，对站在人群外发怔的乌力天扬说，然后像一个身着红袈裟的胖住持，把乌力天扬推进人群，“介绍一下，乌力天扬，我的助手。”

简雨蝉一点儿也没有感到意外，清澈的目光如水般淌过乌力天扬的脸，再淌过他整个儿人。宽肩膀，宽颧骨，长胳膊长腿，肤色黝黑，一套脏兮兮的丹宁布牛仔。这样的乌力天扬站在蝙蝠当中显得有些不合时宜。

“诸位，别往他身上瞧，别以为那是‘红旗飘飘’的标识，我可不喜欢这种落魄的品位。”鲁红军就像一只发情的鸽子，咕咕地围着乌力天扬，转动他的轮椅，“什么是品位？就是克制你的本能，学习如何压抑自己，捏住自己的鸡巴，用假模假式的那一套宣称自己得到了升华。就是说，什么时候你成功地患上了神经衰弱症，什么时候你就有品位了。”

“你还是把我当成野蛮人吧，”乌力天扬平静地说，“那样我会更舒服。”

“少蒙我，”鲁红军哈哈大笑，用力拍乌力天扬的肩膀，“我知道你怎么想，可那没用。你要想，世界真的没有那么严肃，这样一想，你就觉得轻松多了。”

“干吗要羞涩？”简雨蝉问乌力天扬，口气旁若无人，然后她转过身去，微笑着看蝙蝠们。她的目光让所有人都感到自己生命的可怜和荒芜，“他有一种破坏与毁灭的时尚，对吗？”

乌力天扬的确羞涩，而且谨小慎微，仿佛他不是在一个充满腐败的江湖气味的高贵会所里，而是面对着一池幽水，他的任何动静都可能改变水的原形，水底的鱼儿会惊吓着游开，水的气息会弥漫成大陆气息，水再不能复原成原来的样子。

“我早就看见你了。我在想，过一会儿我们会见面的。”简雨蝉抿着嘴笑了一下，一点儿也不让乌力天扬有溜号的念头，旁若无人地对乌力天扬说,“我当然会这么想,因为我是为你来的。”

“告诉我,”鲁红军夸张地做出一副痛苦万状的表情,揪乱自己稀疏的头发,“你用什么方法让美丽的女人摆脱不掉你?噢,乌力天扬,她们欠了你什么?”

“别激动。”简雨蝉像哄一个孩子,弯下身子,抚摩鲁红军的头发,把它们弄乱,“激动对一个反复成家却不能让老婆生孩子的人是十分有害的。”

北京男人的生命迅速地枯萎下去。鲁红军在问谁知道《中华人民共和国行政诉讼法》颁布的事儿。灯光突然亮了,新上来了奶油鳟鱼汤。

8

乌力天扬和简雨蝉离开大厅,去了阳台上。那里只有他和她,他们俩。

“我有时候会恨自己,”她太聪明了,看出他在想什么,“无论怎么做出轻佻的样子,都装不像。”

“还好。”他也看出来了,她在故意糟蹋自己,“没有你说的那么严重。”

“那你哆嗦什么?担心我也会抚摩你的头?担心每个女人都渴望收藏你一根尊贵的头发,让你不得不变成一个秃子?还是屋里的那些人会抢着送你一沓支票,你没法儿花完它们而欠下太多的人情?”

她仍然美丽而任性,明净的皮肤紧绷绷的,却和他一样,不肯原谅对方。可这没关系,他想,黑夜并不重要,重要的是迷恋。即使那么多年没有见面,他仍然迷恋着她。他只是无法判断,她是怎么想的。

“知道吗？我想把你宰了，老这么想。”她对他说，口气相当轻松。

“你怎么想都是对的。”他诚恳地回答。

“我当时就想死。但我必须得活着。因为你太没志气。你那是在侮辱我。我得等，等你随时出现。我不能错过了。一个人离开，另一个人就得存在；一个人死去，另一个人就得活着。就是这样。”她把目光从他的脸上移开，去看月亮。

“你有个孩子。”他提醒她。他觉得他这么做有些无耻，但事实如此。她始终在生活里，而他却离开了，等他再度回到生活里的时候，她仍然在生活，一样也没少。

“是的，我得把他养大。”她承认他说得对，而且那是她的担忧。

“他像你吗？”他问这个，心里有些酸溜溜的。

“不，他像他自己。”她很肯定，一点儿也没有犹豫。

“我在找自己。”他看出她不想继续这个话题，突然有点儿冲动地说。

“很好。找到了吗？”看起来她对他给出的新话题不太感兴趣，就像她对那些被醋或者酒或者别的什么东西浸渍着的螃蟹不感兴趣。

“这我说不好。”他说，不是因为他真的说不好，是他感到了她的不感兴趣，为这个有些失望。

“你太危险。就像陨石，把握不住。”她点了点头，把目光从月亮上收了回来，看着他，总结似的说。

“我们都是陨石，都把握不住。”他习惯她这样看着他，就像过去一样，他们根本就不会依赖语言，也不在乎语言。

“可是，究竟谁错了呢？谁有错？”她嘲笑道。

“没有，根本没有错这种东西，那不过是我们不知道过去是什么、现在怎么办、将来在哪里的一种托辞。我们不知道过去是什么，现在怎么办，将来在哪里，就说我们错了，这样就有了改正的机会，或者推卸责任的机会，就能苟活，或者重新开始了。”

他已经很久没有一次说出这么多的话了——很久没有动作敏捷地跃出战壕了。他觉得他恢复得非常好——他还没有废掉。但是，好像有什么不同——他表现得有些不正常。

她靠在汉白玉栅栏上，在夜色中嘲笑地看着他，看出他有一点儿超然物外，有一点儿讥讽，有一点儿玩世不恭，但更多的是坚强、镇定和稳妥。她突然倾过身子，凑近他，快速地在他嘴唇上轻轻地吻了一下。

他像挨了一耳光，知道她是故意，却没有想到她真的会这么做，这比糟蹋更严重。而且，她的嘴唇很冷，比屋外的空气冷，比他想象的冷。

她吻过他以后靠回栅栏去，淡淡地看着他，举止娴雅，像个傲慢而高贵的杀手，冷漠从她的指尖上往下滴淌，在她的脚下蓄成一汪，慢慢地圆了盈了，溢出一条细流，流淌到他脚下。她他妈凭什么？凭什么该她来嘲笑他？她就是那个德行，他才懒得搭理她呢！他这么想，但是有什么东西在后面推动他，让他穿过夜色向她抵近。

“不，别说想和我上床的话，也别说要娶我的话，”她用一种嘲笑的口吻阻止住他，“我不是你在蟹蕈宴上遇到的蒙特斯庞①，也不想做那个幸运的曼特农②。不是，也不想。”

他停下来，认真地想了想，然后得出一个结论。他不喜欢她的决定，但很显然，她是对的。

① 法国国王路易十四的情妇。
② 法国国王路易十四的情妇，后与其秘密结婚。

第三十八章　和我一起生活，成为我的爱人

1

雨槐：

春天快结束的时候，我离开了喀布尔。离开了那座被人类疯狂的热情摧毁得完全失控的城市，这让我感到轻松了许多，我好像重新回到了生命世界里。

如果你要问喀布尔最多的是什么，我会告诉你，不是挤满惊恐万状的人们的黑市，也不是睡眠严重不足的政府武装人员，而是占领者的坟墓。喀布尔几乎被大大小小的各种坟岗给包围住了。我去过一座坟地，它修建得非常漂亮，我不知道战争打成这样，政府打哪里弄来那么多的花岗岩。那座坟地里密密麻麻埋的全是占领军的飞行员，他们大多是被“毒刺”导弹击落的，所以，这座墓地也被称作“毒刺墓”。

这个世界上最痛苦的，不是正在经历痛苦的人，而是他们的亲人。

我刚从世界上最大的联盟共和国境内返回克什米尔山区，在春寒料峭的薄雾中做短期休整，养好我在那边染上的伤寒。我已经好多了，基本上已经痊愈了，也许再过几天，我就该丢掉我的手杖，以及让我迷恋的草药汁——它们就像上等的朗姆酒，味道非常醇正，令人难以割舍——回到昆都士或者塔哈尔，去那里开始我新的工作。

你不必为我担心，我不过被蚊子咬了一口。也许这样反而是件好事，它让我能够暂时离开寒冷的城市，在克什米尔的阳光下好好地呼吸几天清新的空气，让这里没有被硝烟污染过的雾洗一洗我有点儿僵硬的肺。在克什米尔地区我能做一切我想做的事情，但在北边的那个大国就不那么方便。我有安全的渠道进入那个国家，而他们对安全这个词汇的理解和我完全不同。他们越来越知道自己在干着什么。他们曾经是我们的兄弟姐妹，我们一直在互相敌视。但老实说，我们之间并不熟悉，至少半个世纪以来，我们是陌生的。他们的傲慢、深沉和自以为是是我陌生的，那些可怕而固执的想法也是。

我在那个国家看到的情况让我感到沉重。那些士兵的家属们，他们不断接到自己亲人的阵亡通知和锌制棺材，他们承受着亲人转瞬即逝的痛苦，并且将用余下的生命去咀嚼那些痛苦。而那些回到国内的伤残军人，他们虽然没有死在战场上，日子却非常不好过。他们得到严厉警告，不允许把作战的真相泄露出去。这些以国际主义战士崇高名义出境作战的年轻人，很快就被处理复员，他们在自己的国家里普遍受到冷落，甚至遭受到残酷的对待，有的截肢军人想得到一辆轮椅都不可能。

战争不是作战者的选择，是从来不曾参加战争的那些人的选择。这真是一个可悲的现实。人们都怎么了？每个人都在发疯，或者以病理学的方式，或者以别的什么方式，比如政治家、民族英雄或者别的什么。

我在一场反战骚乱中遇到了一点儿麻烦。有人以为我是从战场上逃回来的，抓住了我，差点儿把我送到秘密警察手中。中亚地区一些加盟共和国的民间武装正在与游击队取得联络，向驻扎在南部的他们自己的军营射出仇恨的子弹。在前线，战场上的麻烦是表面的，军队里吸毒、抑郁症、偷卖武器装备、自杀和枪杀事件非常普遍。

其实我要说的不是这个。那仍然不是我说的人类的罪恶和苦难。不是那些亲人以及伤残者，而是整个人类的灵魂。人类的灵魂在经历着罪恶和苦难，它们不是天生的，而是来自人类向往的自由。自由同时指向天堂和地狱，它是一孔双眼泉，既是善之源，也是恶之源，以这眼泉水为生命的人类由此善恶双生，人类的罪恶和苦难正产生于这里。而这才是人类面对的真正的战争。我是说，所有的人类罪恶和苦难都有人类内心战争的份儿。

一个牧羊人在山下的什么地方唱着歌。乌力天赫停下笔，眯缝着眼睛听了一会儿，分辨出那不是他的房东基什特曼，然后他埋下头继续写：

雨槐，在我给你写这封信的时候，有一个牧羊人在山下唱歌。那是一首写给情人的歌。他是这么唱的：

来吧，和我一起生活，成为我的爱人……我将用玫瑰花做成花床，用一支散发着芳香的花架将它支起，做一个花帽并用爱神木叶刺绣一件长袍。我将用我可爱的小羊身上的羊毛为你做一件晨衣……我还将用青草及常青藤的花蕊为你编一条腰带……如果这能使你喜笑颜开的话，来吧，和我一起生活，成为我的爱人吧……

这是一首忧伤的歌，对吗？

可真正忧伤的是什么？我是指人类。我记得很早的时候，我第一次读到《独立宣言》这部人类伟大的著作，它让我无比激动："我们认为这些真理是不言而喻的：人人生而平等，他们从他们的'造物主'那里被赋予了某种不可转让的权利，其中包括生命权、自由权和追求幸福的权利。"它说得多么好啊！可是，我们拥有这些权利吗？拥有过吗？会拥有吗？为什么民主平等的旗帜在全世界到处飘扬的时候,科学技术的光芒在全世界大行其道的时候,人类却反而处在历史上从未有过的黑暗当中?人类历史上从来没有那么多人在经历着暴力、恐怖、饥饿、不平等、经济掠夺、宗教分裂和意识形态的压抑。是什么造成了这些压迫和压抑?是什么样的霸权有资格以种种理由剥夺人类自身的权利,而制造这样的忧伤?

我不知道未来人类是不是可以如愿以偿地迁居迪森球①,如果那样,生活在那个人造球体上的几万亿人类能否保证他们将理性地控制住他们新的生存地,或者说,控制住他们不断互相杀害以及戕害他们脚下土地的欲望。

谁是最后的胜利者?谁最终存在?

雨槐,我给你说这些,你可能有些不耐烦了。为什么我会说这些和你完全不相干的话?你会这么想。可这就是我的生活。我生活在战争和战争制造的后遗症中,看着它们不断在吞噬着无辜的人们,它们和所有生活以及将要生活在地球上的生命都有着关系。

风起了,雨燕的翅膀会乱;水黑了,比目鱼回不到礁丛。

……

乌力天赫写完这封信,捂着嘴吃力地咳了一会儿。他刚刚做过肺部切除术,拿掉了一根肋骨,右膝关节在迅速萎缩,做了固定,人显得非常孱弱,面容消瘦,下颏儿尖尖,两颊上浮着两朵病态的红晕。他拿起刚写完的信,裹上羊毛毡子,一瘸一瘸地走出木屋,顶着山风,划燃火柴,看着信纸在风中迅速化为灰烬。然后,他坐在滴着雾水的屋檐下,靠着石墙,眯缝着眼睛,听远处山脚下牧羊人的歌声。

---

① 美国普林斯顿大学物理学家迪森提出的太阳城方案。在这个方案里,未来的人类世界是一个半径为1.5亿公里的人造中空球体,届时,太阳将在其中。

牧羊人一直在那儿唱着，风把他的歌声卷得满处都是。乌力天赫看不见他，不知道无忧无虑的他长得什么样。大多数时候，人们总是看不见他们想要看见的东西，比如说真理，或者他们自己。

2

那些顾问团中的美国人也一样，他们同样看不见自己。

乌力天赫在白沙瓦与美国顾问团的人有来往，他们在交往中很默契，不会交换任何情报，不会谈论战争以外的事情。在夏季或秋季攻势结束之后，各国的志愿人员在白沙瓦或者瑙谢拉的秘密营地里休整，接受心理干预师的治疗，进行政策甄别。一些人心力交瘁，不再能胜任工作，离开了，一些人留下，继续他们的工作。留下的人在风沙中喝着劣质咖啡，谈论军队、国家和领袖这样的话题。巴基斯坦人和伊朗人喜欢谈论宫闱政变、祭坛血灾、政教合一，还有他们的精神领袖；美国人喜欢谈论军政独立、联邦与共和、普选代议和三权制衡；以色列人则谈论他们的人民公社和来自巴勒斯坦人的恐怖袭击事件……

美国人几乎在任何地方都有一种本事，就是他们插手的事情最多、得到的好处最多，但绝对不受人欢迎。在白沙瓦和瑙谢拉也一样，他们成了志愿者们嘲笑和鄙薄的对象：

“这是一个奇怪的现象，共同生活在这个世界上的人们被分成若干个世界，高高在上的第一世界，冷漠矜持的第二世界，还有焦眉躁眼的第三世界。你们北美人是幸运的，你们在建国初期得到了最伟大的领袖，他们是华盛顿而不是拿破仑，是富兰克林而不是俾斯麦，是杰弗逊而不是罗伯斯庇尔或者戈培尔。你们拿到了一副最漂亮的色子……”

“亲爱的山姆，别忘了你们骄傲的理由，别忘了你们的汉堡和热狗是舶来品，你们引以为自豪的南方风味菜是第一批流放犯人从他们的牢饭中发明出来的，你们新教徒的祖先在美洲大陆上岸后的第一个感恩节是靠着后来被他们屠杀掉的印第安人的玉米度过的，有这么一回事儿吧……”

“纳粹德国不过花费了两百万马克来研制原子核武器，而你们投入原子核武器研究的费用是纳粹的四千倍，十二万五千名来自世界各国的科学家以美利坚合众国公民的伟大名义参与了那个武器的研制……”

只有一次，乌力天赫参与了那些讨论。一个叫山奇的性格开朗的美国退役军人，和一些同伴受中央情报局雇用，以志愿人员的身份来到巴基斯坦，在反抗力量基地里向游击队员们传授“毒刺”导弹的使用方法。山奇用一种天真无邪的口吻大谈高贵而朴实无华的美国人对有色人种的忏悔和对自然生命的敬畏，山奇的傲慢激怒了乌力天赫，让一直沉默寡言的他开了口：

“美国人民也许不知道一个事实，也许知道了故意装傻，那个事实是，第三世界要为第一世界的好日子提供一半以上的资源，以及每年二千六百万儿童和妇女的身体。贪婪和霸道不光第一世界独有，而是整个上层精英和中产阶级阶层共有的人格，因为他们比无产阶级更理性，知道如何拥有并使用更多的科学手段、技术和信息权利。问题不在于他们是不是比无产阶级更了解有色人种也是人，人们应不应该尊重残疾了的猫和狗，而在于地球上的资源不像人们想象的那样具有乐观的再生能力。占世界人口百分之五的高贵而朴实无华的美国人民消费的能源占世界总量的百分之二十五，按照美国人民的消费水平，地球能源总量只能满足世界上百分之二十的人口的需要，剩下的那五十七亿人民怎么办，难道因为他们没有生活在北美洲和西部欧洲，他们就不是人民？如果你们真的具有自己在二百年来一直宣称的那种济世精神，那么你们就应该减少自己的能源消耗，这意味着必须降低生活水平。问题的实质就在这里，第一世界的人民不愿意降低自己的生活水平以保证第三世界的人民不饿死。所以，这不是一个教育学问题，也不是一个经济学问题，而是一个生存权利问题。你们在扇自己的耳光，这是最可笑的事情。”

“亲爱的白昼，你在宣扬可怕的共产主义言论，一种危险的情绪。”

“你们比任何人都清楚，美利坚合众国接到的求爱信越来越少，人们正在想办法扩大自己的反抗势力，用强盗的方式讨回被强盗窃去的财富，这与共产主义无关。何塞·马蒂几十年前就说过，不是拒绝与美国人谈判，而是被压迫者真正强大之后，以平等的身份坐到谈判桌前，迫使美国人把属于第三世界的财富还给第三世界。”

“我们将是敌人。”山奇忧心忡忡地说。

“我们本来就是敌人。”乌力天赫安静地说。

3

在克什米尔山区休养了一段时间之后，乌力天赫的脸上恢复了血色。房东基什特曼用大量的羊奶和洋葱炖肉让乌力天赫很快恢复了健康，使他的肺部创伤和腿伤完全康复了。基什特曼有三个儿子参加了游击队，十二岁的女儿达乌孜也在为游击队运送粮食。基什特曼用一种将军才会有的口气严肃地对乌力天赫说，伟大的安拉知道，我们为那些教外人准备了足够的坟墓。

结束短期疗养的乌力天赫告别了基什特曼和他又黑又瘦的女儿达乌孜，但他并没有回到昆都士或者塔哈尔，去继续指导那里的抵抗力量进行城市或山地作战，而是去了另一个地方。

这一次，他走得更加远。那是加勒比海边上一个美丽的岛国。

一个多月后，他又在那个美丽的加勒比海岛国给简雨槐写了一封信——

雨槐：

我在初夏浓郁的海风中坐在临海的窗前给你写这封信。这封信写在这样一个地方，它是一座学校，而过去它是一座兵营，它的名字叫蒙卡达兵营，现在改名叫圣地亚哥"七月二十六日学校"。

离开战火纷飞的西南亚大陆腹地，让乌力天赫一时不能习惯。不仅西南亚大陆，整个世界都在作战——危地马拉内战、尼加拉瓜内战、乍得内战、哥伦比亚内战、萨尔瓦多内战、黎巴嫩内战、莫桑比克内战、安哥拉内战、西撒哈拉战争、第三次印度支那战争、苏阿战争、乌干达内战、两伊战争、以色列第二次入侵黎巴嫩、第五次中东战争、索马里内战、第二次苏丹内战……

这些战争，有的已经打了几十年，甚至超过了乌力天赫的年龄！人类在战争中出生，然后死于战争，好像他们来到这个世界上的目的就是为了战争；而另外一些人则因为战争发了财，坐上了王位，获得了荣誉，满足了本能需要，并且名垂青史。战争的硝烟在世界各地弥漫，它们挡住了太阳，让地球面目全非。

乌力天赫离开了战场，这让他有一种初生的感觉。初生真好！可人类会回到初生时代吗？

乌力天赫并没有闲着。他去了这个岛国的好些地方。让他激动的是他在马埃斯特腊山的那些日子。那里到处都是美洲红树林，森林中飞舞着咬鹃和蜂鸟，山坡上开满白色的姜花，山区的妇女们喜欢把它佩戴在胸前。那些肤色健康的妇女亲热地称呼乌力天赫为"契诺"①。她们对他说：契诺，勇敢！

① 即中国人。

是的，你已经知道了，是古巴，我在这儿。它是加勒比海的一颗明珠，被人们亲昵地称作糖罐，还有另外一个称呼，“战士的摇篮”。人们这么称呼它，是因为这个国家产生了无数的英雄人物，他们为争取和捍卫民族的独立、抗击外国入侵、维护祖国尊严而英勇战斗、视死如归。宁死不屈的印第安人酋长阿图埃伊，独立战争的领袖马蒂，青铜巨人马塞奥……他们是我从小就景仰的人物。我现在就在他们的祖国。我为人类拥有这样一个不会妥协于任何强权的国家而骄傲。

但我怀疑，为人类的强权和不妥协。我还怀疑，不，不是怀疑，是确信，那些强权和不妥协，它们会持续下去。它们会持续到什么时候？

古巴是一个人种庞杂的国家，初来乍到时，我根本弄不清自己是到了什么地方。这个国家有西班牙人、克里奥尔人、穆拉托人、印第安人、曼丁加人、卡拉巴里人、刚果人、米纳人和卢库米人。我觉得我来到了人类博物馆。人类真的应该好好纪念自己。但愿这个纪念是值得的。

古巴是一个美丽的国家，1492 年 10 月 27 日，第一次美洲航行中的哥伦布见到了古巴海岸，他惊奇地称他看到的这块土地是“人类的眼睛所能看到的最美丽的地方”。有意思的是，哥伦布认为，他看到的是传说中神奇的大汗国——那是欧洲人对中国的称呼。他在自己的航海日记里写道：“我决心要到大陆上和京师城（他说的是杭州），以便把陛下的书信递交给大汗，并带回大汗的信。”

哥伦布看到的当然不是中国，但中国和古巴有着千丝万缕的联系。一百多年前，十几万中国劳工被贩卖到古巴当奴隶，他们以及他们的后代和这个国家一起，经受着长期以来的艰辛和屈辱。为了摆脱征服者的压迫，数万名华人参加了古巴的独立战争。何塞·马蒂的亲密战友冈萨洛·克萨达说，在古巴的中国人没有一个是逃兵，没有一个是叛徒。对了，在那以后，一个中国女人曾深刻地影响过切少校。她让切第一次认识到东方革命者的思想魅力。她同时是他的恋人。

到达古巴二十一天后，乌力天赫见到了国务委员会主席菲德尔·卡斯特罗。菲穿着一身洗旧的橄榄绿军装，显得非常年轻。美国人说菲患上了绝症，乌力天赫见到菲的第一眼就知道，那是无数谎言中的一个。在乌力天赫看来，菲无疑是一位有着坚强意志的老牌革命家，他的目光中透出犀利而坚定的神情。他详细询问了年轻的中国人去过什么地方，与什么人作过战，然后告诉乌力天赫，人民中国是伟大的，因为那里有着世界上最了不起的战士，还有他们高高飘扬的旗帜下勇敢无畏的人民。乌力天赫在心里想，那些照亮人类黑暗的星星，要到什么时候才不再孤独和绝望呢？

这里的人们喜欢吃“摩尔人和基督徒”和“孔格利”。它们是用黑豆子和红豆子做成的米饭，还有用番石榴枝叶熏烤的乳猪，外加炸香蕉。至于喝的，我在哈瓦那海湾西岸一家被海明威称作“深巷小酒家”的酒吧里喝过一种非常有劲儿的烈性酒，当地人叫它“莫希托”。海明威在古巴盘桓了二十年时间，在柯希玛尔港湾钓鱼，在比希亚庄园里写《老人与海》。他常到“深巷小酒家”喝“莫希托”，他差不多把自己当成哈瓦那人了。我找到了桑地亚哥①，他当然不叫这个名字，他的真名叫高利·富恩特斯。他已经九十岁了。我想知道半个世纪前他在海上遭遇到那条大鱼的故事，可他什么也说不出。他真的很老了。他显得很孤独，苍老的目光中有一种隐隐的恐惧。我说不出来那种恐惧到底是什么，它是否与半个世纪前发生

---

① 《老人与海》中的主人公。

的那场人鱼大战有关。你觉得，他是怎么打败那条威风凛凛的大鱼的？

乌力天赫写完信，读了一遍，然后像过去几年中所做的一样，把信烧掉，灰烬冲进洗手池里。然后他离开房间，在7月的明媚天气中走出“七月二十六日学校”，走上大街。

一只鸟儿从头顶飞过。乌力天赫认出了它，它就是他在信中对简雨槐说过的咬鹃。乌力天赫站下来，仰首看那只美丽的，有着蓝、白、红三色羽毛的鸟儿，心里有些遗憾，他觉得应该在刚才那封信中加上一段话：

它们是一种神奇的鸟儿。它们并不反对和人类同处一地，但却决不肯被人类擒获。如果人们抓住了它们，把它们关进鸟笼里，即使用各种手段强迫它们进食进水，它们也会很快结束自己的生命，因为它们渴望自由。

自由和生命是同一体，如果必须分开，它比生命更重要。

4

7月的武汉是炽白色的。在其他季节，它是灰色的、赭红色的、蛋青色的。这样的颜色使一座城市显得有些混沌，给人一种创世前的错觉。

乌力天扬打着赤膊，像一匹穿越过整个蒙古大陆的角马，汗流浃背地在农庄里跑来跑去，监督人往车上搬运蔬菜。无风的夏季让人显得绝望，而无土栽培技术有点儿像生机勃勃的蚊子，生育周期短，生育能力强。温室里穿不住衣服。温室里的昆虫和植物都不穿衣服。乌力天扬觉得自己上辈子是一只冬瓜，而冬瓜是不用穿衣服的。

鲁红军带着几个朋友来看日本农作技术结出的硕果。武汉被钢筋混凝土占据得严严实实，没有什么可休闲的地方，这样一来，现代农庄模式的蔬菜养殖基地倒成了一处怡情之地。

简雨蝉也来了，带着她那个一刻也不肯安宁下来的孩子。孩子个头儿很小，不像七八岁的孩子，倒像一匹精力充沛的小狗，满世界跑，把营养钵里的苗拔出来，丢得到处都是。孩子变化莫测，和狗在一起是忠实的朋友，和老鼠在一起是威武的勇士，和蚂蚱在一起是残酷的暴君，和母亲在一起是狡猾的泥鳅。

“我可以把南瓜砸烂吗？”孩子额头上顶着一颗晶亮的汗珠，仰了脑袋问乌力天扬。

“为什么？”乌力天扬不明白。

“我想砸烂。”孩子不容分辩。

“不行。它们是吃的，不是砸的。”乌力天扬阻止孩子。

“我会踢烂你的脑袋。”孩子很有把握地说，然后他跑开了。

简明了前后张罗，替鲁红军撑着遮阳伞，为客人们取冰块儿，严肃地批评乌力天扬没有按照条例穿上保洁工装，叱骂在苗圃里吸烟的汪百团。

鲁红军情绪不错，不断向客人炫耀乌力天扬结实的三角肌和腹直肌，怂恿一个女客人去摸乌力天扬汗涔涔的腹肌。他突然有些生气，把手机丢给简明了，罚简明了当四个小时的老总。老同学，帮帮忙。他拉长声音怪模怪样地说。

他们穿过水塔，绕过箱式养鳝池，还有正在清出塘泥的养蟹池。农庄的两条德国狼犬警惕地看着他们。乌力天扬把鲁红军的尿瓶摘下来，去一旁倒掉，清洗干净，回到轮椅边，重新接好导管，套上卫生袋。两个人在下午的阳光下依傍地眯缝着眼坐着，鲁红军坐在他的轮椅上，乌力天扬坐在地上。一群有着瓦蓝色羽翼的野鸽子懒洋洋地飞起来，从他们头顶掠过。

“你老是看那个孩子。”鲁红军看着远处想挣脱简雨蝉往复合肥堆上爬的孩子,再看看乌力天扬。

“我喜欢没长大的人。”乌力天扬承认,从脖颈上刮下一溜混浊的汗水。

“我也是。但你尤其喜欢那个小坏蛋。你注意他很长时间了。”

“他说要踢烂我的脑袋。”

“野种。”

“什么?”

“你喜欢那个孩子。他是简雨蝉的孩子。你喜欢简雨蝉。”

“是的。”

“你一直都爱着她。”

达尔文主义或新达尔文主义一直在证明一些普遍存在的道理。芸香在夏天开出黄色的有苦涩香味的花朵。泽芳的根茎在香料商手中会成为紫罗兰的替代品。比利时马在花式骑术和跳跃表演中表现出它们卓越的才能。自然金在任何酸液中都不会溶解。消失掉又被重新发现的生命越来越多,但它们大多数不可能再重新成为一个种属,比如河北细犬。

“是的。”

“我也是。我是说,我随便说说。”

“我不是。”

“你为什么不睡她?”

“什么?”

“你们已经睡过了。你们可以继续睡。什么事情一继续,问题就解决了。”

“没有什么事情可以解决。永远不会出现这种事。”

“你害怕什么?”

“我不害怕。”

“你在害怕。你是不是在想,地狱不止十八层,而是一百零八层,一千八百层,也许还要多,门太多了,我们走不完所有的房间。”

“那又怎么样?”

“既然这样,你为什么不睡她?你可以为自己找一个伴儿,你们一起穿过地狱。你告诉我地狱和天使的事情,我就想,它们是怎么回事儿?我想明白了,没有什么天使,天使是人们幻想出来的,这样,人们在地狱里待着就容易多了。”

乌力天扬扭头看鲁红军。鲁红军硕大的脑袋被阳光照耀着,额头上满是汗粒儿,样子十分认真。乌力天扬问自己,他幻想过吗?幻想出什么来了吗?也许他还没有找到自己的生活,他还在进化,还在路上。

那个孩子终于摆脱掉简雨蝉,爬上了粪堆。一群蜻蜓飞过去,在阳光下振动翅膀。孩子想学一只蟑螂,四肢杵地,从粪堆上滚下来,哈哈大笑。

“小时候,我们都爱过她们。我是说,简家姐妹俩。”

“那不是爱。”

“没有人说得清楚那是什么。没有谁会战胜谁。我说的不错吧?”

“需要买两口新锅炉。大棚里温度老上不去。”

“你为什么不睡她?你老是在关键时刻走开,这是你的问题。”

“没有人知道什么是关键时刻。”

“要是打点一下,再买三千亩地进来,你觉得怎么样?”

“我们都不知道。”

简雨蝉过来了,湿漉漉的,汗水在她脸上和胳膊上流淌。鲁红军眯着眼看跳过鱼池往这边走来的简雨蝉,告诉乌力天扬,好几个北京人打过简雨蝉的主意,可惜没能得逞,这件事让他百思不得其解,但想起小时候,他们想干掉简雨蝉,最终也落荒而逃,这么一想就不奇怪了。

鲁红军心满意足地叹了口气，按动扶手上的电钮。简明了在远处跳起来，像狗一样四处看，然后向这边跑来，身子一斜一晃。

“你们谈吧。我不喜欢像狗一样激动，也不喜欢像水蛇一样冷静，尤其鄙视落荒而逃，像你似的。”鲁红军把轮椅驶开，去迎接简明了，“对了，我已经告诉办公室，从今天开始，你给我做助手，你做公司副总。”

“我不做助手。”

鲁红军没有停下来，连头也没有回，让过简雨蝉，被跳蚤似的急忙奔过来的简明了推着，上了简易村道。

“为什么？”简雨蝉往红扑扑的脸上用力扇着风，躲进阴凉处，这样她就和乌力天扬离得很近了，近到他能闻着她身上散发出来的蓖麻子的味道，“他在提携你，给你机会，你没看出来？”

“我喜欢待在有蛾子的地方。”乌力天扬说。他说的是真话。蛾子在眼前飞舞的时候一点儿声音也没有，就像空气中的粉尘。他一直在说真话，只是大多数时候别人听不懂，或者不肯相信。

“你想干什么？”简雨蝉看着乌力天扬，下颏儿上一颗汗珠顺着脖颈流淌下去，闪烁了一下，消失在衣领中，“乌力天扬，你怎么这样？你他妈是堆生蛾子的臭狗屎，你他妈是社会渣滓！”

乌力天扬平静地看着简雨蝉。他不明白她干吗要动那么大的气，她可以好好对他说。她就是告诉他，蛾子脏，总是喜欢在粪堆这种地方孵化，也不是不可以。或者，他们可以换一种方法，什么也不用说，只做爱。有一点是肯定的，他们找不到别的方式来表达自己对对方的痛恨，或者不是痛恨，而是别的什么。

“你在想什么？”她看他不接她的话，挨过身子，认真地看着他。她长长的睫毛离他的脸很近。

“我俩是一对儿冤家。”他又说了一句真话。

“没错儿，死去活来的冤家，离不开，又搞不好。”她笑了。

“不如不做冤家。”他建议。

“什么？”她把在眼眉上搭凉棚的手放下来，视线离开头朝下打算爬到池塘里去玩泥巴的孩子，看着他问。

“给我生个孩子吧，留下点儿纪念。”他看着她，目光单纯，真诚地说。

“妄想。”她嘲笑道，就像看到了一条蜥蜴，厌恶地撇了一下嘴，“就算我给半个中国的男人生孩子，也不会给你生。”

他们彼此咬住了，谁都不会投降，谁都不会叫对方爸爸或者妈妈，谁都不会把真实的自己交给对方。但是，他们都知道对方是谁。他们就像杂卤石和玉髓，一样脆弱，一样以自我为中心，一样容易受到伤害。

“这又何必？何必赌气？”他觉得自己越陷越深。这是危险的。他在失去自己。他在失去破茧而出的机会。可是，他什么时候有过自己？

“我喜欢你这个样子。你这个样子像二流子。你像二流子的时候，我就觉得自己很踏实。可是，生孩子的事情做不到。我不能让你觉得我欠你的，或者反过来，让你觉得你欠我的。”简雨蝉笑眯眯地把大裙摆撑了撑，赶开牛蚊子，让风顺着汗涔涔的腿滑上去。她发现他根本没有阉掉他的野蛮。他不是当年的他了。他比任何人都结实，而且一如既往。关键的问题是，她发现他随时随地都能点燃她，“我俩就这样，谁也不欠谁。”

“好吧。”他赞同。

他们很快转移开话题。简雨蝉告诉乌力天扬，她打算带简雨槐离开一段时间，去北京看病。简雨槐没治了，这谁都明白，但没治和治不治是两回事。

“反正我现在没事儿。乌力家和简家谁都管不了她，她不能成为没人管的人。她是人，是人就得有人管。”简雨蝉脸上挂着一种淡淡的神色，说。

乌力天扬知道简雨蝉的平静是假的。问题不那么简单。不光是简雨槐，是整个儿简家。

简家的麻烦大了。简先民不到六十就发现了冠心病，人倒过几次，抢救过来了，照说装个支架能解决不少问题，报告送上去，却迟迟批不下来。老干部那么多，需要照顾的心脏越来越多，而且那些心脏是政治审查中过得了关的心脏，轮到谁也轮不到简先民，拿原则说话，给猪装支架也不能给简先民装。简先民在等死。医生说了，他这种情况不会太痛苦，说没就没了。方红藤患上了乳腺癌，切掉了一个乳房，病灶转移了，也在等死。简小川到底做了逃亡者，弃家而去，有人说他在罗马，在等大赦令下来后领取合法居留证，也有人说他死在了缅甸，因为说错了一句话，被人捅死了。简明了只管自己的事，抱怨说他在简家什么好儿也没落下。

简家破落到扶也扶不起来，要说好处，只有一个——基地再也没人翻简先民的老账。谁没有做过缺德的事？谁没有昧过良心？

谁也没想到，简家的二姑娘简雨蝉现在成了简家的支柱。她回武汉，不光为了照顾简雨槐，还要照顾一塌糊涂的简家。她现在是垂死的简先民的拐杖，还是后妈方红藤的希望。她开始学着爱那个什么都失去了的老人，那个想要主宰自己同时征服他人却最终没能做到的老人。她把北京的房子卖了，给简先民做了支架，为方红藤找了最好的肿瘤医生，但她不许他俩流泪。你们不该我的，就算我吃了你们十几年，不白吃，还你们。她这么对他们说的时候，口气仍然是淡淡的。

简雨蝉也爱她的生母，那个叫夏至的女人。生母终于认了简雨蝉，是在她的丈夫死了以后。生母痛哭流涕地告诉简雨蝉，她不能把她俩的关系说出来，说出来她就毁了。简雨蝉从不说她是怎么回答生母的，但她最终还是选择了离开生母，就像生母最先离开她一样。

这些事情乌力天扬全知道，却没有说。他一直想着一件事——她小时候那个从地球上坠落太空的梦，现在还做吗？

5

鲁红军对乌力天扬不当副总的事耿耿于怀。

乌力天扬接手蔬菜养殖基地八个月，基地的基础建设推进迅速。鸡场和奶牛场扩建了，供应商代理网铺进了全市所有主要零售点，一些老大难问题，比如废水涵道问题、垃圾处理场问题、两百亩黑布李果林的烂摊子问题、国有农场下岗职工的社会保险和看病问题，都漂漂亮亮地处理掉了。附近两个"道儿上的"团体，也让乌力天扬给收拾了。人家过去吃国有农场，后来国有农场被鲁红军吃下，变成养殖基地，他们又转吃养殖基地。勋章芋螺吃珊瑚虫，砗磲吃岩藻，蛇鹫吃蜥蜴，公主鹦鹉吃浆果，倒立鱼吃水草，长刺河豚吃河蛤，玳瑁猫吃鸟，人通吃一切，包括吃自己。乌力天扬去了，不让吃，也不让人家下岗，弄了十几个精养鱼池，让两拨"道儿上的"猴子分头侍弄，专门伺候公款钓鱼的主儿。精养鱼池投资不大，来钱快，生意是闲散生意，喝雉呼卢，樗蒲之戏，橘中之乐，"道儿上的"猴子和"道儿上的"主儿，两类人能玩到一块儿，而且都仗义，谁也不打谁的折扣，谁也不赖谁的账，大家相处起来其乐融融。养殖基地这边，鱼池的租子不收，只接待公司的客人，花销多少，记上账，到年底对折结算。猴子们乐得仗义，公司也免去一笔不小的开支，两厢里皆大欢喜。

鲁红军对"道儿上的"事情不感兴趣，这种事他不耐烦做，要做也能对付。鲁红军感兴趣的是，乌力天扬怎么就把国有农场下岗职工的社保和看病的事情给解决了。鲁红军为这事没少找市里，该打发的部门没少打发，结果事情没解决，钱都打了水漂。后来听说，乌力天扬怂恿下岗职工去政府门口打着标语静坐，怂恿不是公开怂恿，采取诱导的方式，人是老弱病残混成，分成好几个梯队，武警的人抬走一批，预备队上去，补上空缺，抬走一批，预备队再上去，补上空缺，前仆后继，生生不息，还有后勤给送卤鸡蛋和矿泉水，还有医疗小组背着小药箱在人行道上守着，静坐不是一天，是持久战，带着被子和毛毯，夜里不让撤回。他们终于拦下了市长的坐驾，硬是和市长说上了话。

鲁红军吓了一跳。怂恿个屁呀，那就是处心积虑地组织嘛——围魏救赵、借尸还魂、擒贼擒王、假痴不癫——计划缜密，训练有素，跟打仗似的。鲁红军汗都下来了，破口大骂乌力天扬，恨不能开着轮椅把乌力天扬给碾死。事后一想，职工又不是他让下岗的，政府卸包袱，烂摊子丢给企业，没道理。事情反正不是他让干的，要追究起来，他也会——偷梁换柱、李代桃僵、金蝉脱壳、隔岸观火——把事情往乌力天扬头上推，让乌力天扬去顶缸。总不会把已经办下来的社保和医保再收回去，要这样，政府就别做政府了。

“你妈的不是在算计我吧？你拿我当段人贵，玩儿你那套丢手榴弹的把戏。”鲁红军心里打鼓，总觉得什么地方不对劲儿，狐疑地盯着乌力天扬，探过身子去，闻了闻乌力天扬身上的汗味儿，“要来这个，我对你不客气。”

乌力天扬一点儿也不在乎鲁红军客气不客气。他给鲁红军分析情况。他对鲁红军的不待见，鲁红军比谁都清楚，要是当上了鲁红军的副总，让不让，他都得把冒着烟的手榴弹往鲁红军脚下扔；他不会把手榴弹踢出去，也不会把鲁红军扑到地上用身体盖住，他会让手榴弹当场爆炸。“红旗飘飘”箭响林外，但明眼人都知道，这种公司的猫儿腻大了，偷税漏税、行贿受贿、侵占国有资产、套用挪用资金，哪一样瞒得过副总去？那还不一炸一个准儿，炸出个人仰马翻的动静来呀！

“要这样，你打算怎么处置我？”鲁红军承认乌力天扬的分析合情合理，抓住了要害。他很关心接下来乌力天扬会怎么做。“报复我一把？把我弄到牢里去？”

“不会让你坐牢，那样的话，你不愁饭吃，有地方睡觉，有人听你吹牛，没有什么好急的。我不是副总嘛，我接管公司，至于你，撵到大街上去。不，你别急着走，摸摸口袋，看兜里还有一分钱没有，有给拿出来。你挣的钱的确不少，可每一分都是人民的，人民的钱也是钱，不能让它们烂掉。”

鲁红军哈哈大笑，笑得很急促，轮椅晃动着，笑声转眼戛然而止，很认真地看了乌力天扬半天，抹掉额头上的汗，承认乌力天扬说得对，还真不能让他当副总，他当副总害人。

简明了像是激素没打好，打到尾骨上，气急败坏地问到公司交报表的乌力天扬，别不是来臊他的吧。简明了问乌力天扬他该怎么称呼他，是称呼乌力主管还是乌力准副总。过去你就挑拨我和老同学的关系，现在你还挑拨，你太没劲了。

符彩儿两颊上泛着两道冷冷的青铜色，用不明白的神色看乌力天扬，说她知道会这样，乌力天扬不会接受副总的职位。她只是想不明白，他完全可以不答应鲁红军，根本就不进公司，既然进了，为什么给个位子又不干？

6

乌力天扬不和简明了符彩儿费口舌，没接他俩的话，但有一个人的话他得接。

简雨蝉悠悠地给乌力天扬说创世之事。宇宙诞生的时候，温度高如炼狱，它让宇宙粒子经历了兴奋而又苦不堪言的成长，如果炽烈的温度保持下去，辐射会创造出质量超凡脱俗的奇特粒子，不幸的是，温度在下降，不断下降，绝大多数粒子开始衰老，在时光演变中，它们注定了要走向毁灭。不过，也有例外，极少数的粒子坚持下来，它们隐匿在黑暗的太空中，无人觉察，却在顽强不屈地继续演变，用天体物理学家的话说，它们是宇宙针尖上舞蹈着的天使。

“真正征服邪恶的办法只有一个，那就是去爱它。你是这么想的吧？”简雨蝉揶揄乌力天扬。

“那倒不是。我就是想做点儿正经事，比如捉捉菜虫子什么的，省得一天到晚泡在酒缸子和澡堂子里，迟早淹没了。”

“这么说，你什么也没有战胜，包括你自己。”

“我要战胜什么呢？”

简雨蝉看乌力天扬。乌力天扬一脸认真，没有说俏皮话的意思。简雨蝉想起来，乌力天扬打重新露头起，就没有说过任何俏皮话。但她还是想知道他脑子里到底在想什么。她想知道他的真实念头。

“我们常爱说‘脑子里一闪’。一闪是多少？一秒钟吗？百分之一秒？万分之一秒？到底是多少？要是短到一秒的十亿分之一呢？十亿分之一又十亿分之一呢？我们肯定在想，肯定想了。可那是什么？我们到底想了什么？所以，我们不知道我们想了什么，我们想的大部分事情都一闪而逝，没有留下来，也不会留下来。”乌力天扬想起小时候，自己离开同伴，坐在水龙头旁，在最后一缕晚霞中，一把接一把吃掉了一大抱桉树叶子，那是他最接近自己的时候，“没有真实，因为没有人面对过真实，没有人能够面对真实。我们会在真实的自己面前停下来，我们会被自己吓坏。”

“所以,你说你在寻找?”

“是的。”

“这回见你,真有点儿不同了。”简雨蝉若有所思地看着乌力天扬。她这么说过以后就走了,带简雨槐去北京看病。

乌力天扬去火车站送简家姐妹,肩上扛着姐妹俩的箱子,被人群挤来搡去。简雨蝉为简雨槐戴了一顶大大的帽子,帽檐拉得低低的,尽可能遮住简雨槐惊恐的眼睛。她握着简雨槐的一只手,一边推开拥挤的人群一边对乌力天扬说,这回非得把简雨槐的病治到头儿,北京不行换其他地方,不治到头儿不回来。

简雨蝉要乌力天扬带话给方红藤,孩子牛痘已经种过了,乙肝疫苗也打过了,要是方红藤不舒服,或者头疼管孩子,星期天就不用去寄宿学校接他,让他一个人在学校里待着,和篮球架玩儿。孩子皮实,能对付。

“你不该把孩子丢在学校。”乌力天扬说。

“那怎么办? 我爹和方红藤病入膏肓,自己都管不了自己,孩子跟精猴子似的,你给我带?”简雨蝉不耐烦地说乌力天扬,“给你说这个等于对牛弹琴,你谁也不相信,就连你自己,也只偶尔相信自己一次,那还得看天气阴晴的情况。”

乌力天扬想对简雨槐说,她说得不对。他并非她说的谁也不相信,连自己都不相信。他是相信的,而且越来越相信。正因为相信,他才会回到这座城市来,他要从源头寻找,从他出生的地方寻找,找回他失去的相信。但他没说,没把那些话告诉简雨蝉。简雨蝉匆匆忙忙,下定决心,是要把简雨槐的病治到头儿的。治到头儿,不是治愈,就是说,她也在寻找,不说出来,但在寻找。所以,他们说的都不对,说出来的都不对。

火车开走了,简家姐妹消失在铁轨的尽头。乌力天扬逆着人群往外走，隐隐约约感到心口灼疼。

7

“除了沙漠，凡有人群的地方，都有左、中、右；一万年以后还会是这样。”①吃晚饭的时候，萨努娅看乌力天扬没精打采地往嘴里扒饭，严肃地对他说。

乌力天扬被萨努娅的这句话给逗笑了，差点儿没让饭粒噎着。

“不要动不动就上纲上线。”乌力图古拉皱了皱眉头，伸出筷子指点菜碗，“这碗烧白是左还是右？这碗豇豆呢，是左还是右？不是扯淡嘛！它们就是猪肉和豇豆，吃了有营养，拉了能做肥。”

“在阶级社会中，每一个人都在一定的阶级地位中生活，各种思想无不打上阶级的烙印。”②

“阶级就不吃饭了？哪个阶级他不吃饭？哪个阶级宣言上说了他们就想当饿死鬼？打上烙印不还得生活，还得吃饭吗？”

“革命不是请客吃饭，不是做文章，不是绘画绣花，不能那样雅致，那样从容不迫，文质彬彬，那样温良恭俭让。革命是暴动，是一个阶级推翻一个阶级的暴烈的行动。”③

“萨努娅，你有完没完？”

“生命不息，战斗不止！”

……

乌力天扬嘴里嚼着米饭，心里想，这话说得多在理啊。

---

① 见毛泽东《事情正在起变化》。
② 见毛泽东《实践论》。
③ 见毛泽东《湖南农民运动考察报告》。

第三十九章　必须搜集更多的火柴

1

一旦忙碌起来，生活就变得像生活了，好比一头驴，有鞭子在后面抽着，驴就像一头驴了。

乌力天扬喜欢这样的忙碌，这样的忙碌让他老有汗出，可以大量喝水。他觉得自己恢复得非常好，浑身充满了使不完的力气，就像一匹来自罗德河谷的巴伐利亚温血马，身体的发育越来越适合用来进行杂交了。

蔬菜养殖基地在武汉北部的黄陂县，离家远，中间隔着长江，乌力天扬回家一趟比去一趟上海还难，有时候开着基地那辆破烂不堪的"江陵"面包，咯叽咯叽地过江回家，要是车在路上拉了缸或破了胎，到家准得天亮。

童稚非不爱给乌力天扬开门。童稚非揉着睡眼惺忪的眼睛说乌力天扬，你就不能不回来。乌力天扬不能不回来，他越来越喜欢小时候睡过的那张床，他还要帮助萨努娅对付乌力天时的褥疮。乌力天时终于生褥疮了。一个几乎没有任何生命迹象的植物人，过了二十年才生褥疮，这是奇迹。

乌力天扬成了乌力家的主心骨。萨努娅定期看病的事儿，乌力天时定期复诊的事儿，还有，家里有什么需要和老干处交涉的，乌力天扬全包了。给萨努娅看病的医生老夸温室里种出来的小黄瓜味道不错，夸过小黄瓜再给萨努娅检查病，把萨努娅当娇嫩的小黄瓜一样谨慎而认真。

乌力天扬还向老干处搬西红柿，一箱一箱的，搬得很卖力。西红柿分到老干部家，算福利，不要钱。都夸乌力家老五，院子里富起来的子弟不少，没看谁拿一个西红柿回来。乌力天扬解释，西红柿是卖不动的，丢了可惜。能卖的不能往老干部处搬，那是贪污。老干部们不同意乌力天扬的观点，卖不动是不是西红柿？西红柿是不是营养丰富的绿色食品？下回你把上了年纪的奶牛往老干处丢，奶牛老了也卖不动，看可惜不可惜。

夏天到来的时候，乌力天时已经被抱到院子里晒过好几次太阳。牛奶再也没有变过质，院子里的花草红红绿绿。罗罡家的鸡被乌力家新来的勤务员郭想打伤了，罗家只找乌力天扬，不找别人。童稚非在买嫁妆，她和小蔡为买牡丹牌电视机还是买日立牌电视机的事争论不休，还为去不去青岛旅行结婚的事斗了嘴，好几天没有理小蔡。

乌力天扬只是处理不好和乌力图古拉的关系。乌力图古拉即使中过风，即使热衷于坚持不懈地进行他“一个人的长征”，也不放弃对乌力天扬的管教。

乌力图古拉对乌力天扬失踪几年这个事耿耿于怀。乌力天赫离家出走，二十年没有回家，乌力天扬也出走，他们想干什么？生他们下来，把他们养大，就是为了让他们在不高兴的时候、挺不住的时候出走吗？要这样，他们干脆变成一只贪恋新鲜草籽的黑鸨子，飞得远远的，去别的地方“呵——瑞——呵”地尖叫，别再出现！

谁都需要破茧而出，谁都需要出走。不光黑鸨子，还有拍尾蜂鸟、黑鹧鸪、绿啄木、丹顶鹤、攀雀、林莺、褐隼、蓑鸽、槲鸫、雪鹭、寒鸦、企雕、红鹳、走鹃、苍鹰、雨燕、泽凫、山鹬，它们哪一个不出走？乌力天扬试图向乌力图古拉说出自己对这个世界的看法：大哥乌力天健，让一块四连机炮的弹片打得脑浆四溅，灵魂出窍，人没了，把自己永远留在湛江那座冰冷的坟茔里；二哥葛军机，先把自己弄出这个家，再把自己弄回这个家，再把自己弄出这个家，对他来说，这个家铁定了是茧不是港湾，他就是回来一百次也得出走一百零一次；三哥乌力天时，人虽然回到这个家里来了，半截身子却丢在了贵州的大山里，等于还是出走，连同一块儿出走的还有背着一只简易挎包离家时的驯服和沉默；大妹安禾，说是没离开家一步，可出走得比谁都坚决，而且一句话也不说，一个字都没有留下，那样的出走，让人连话都没法儿搭；就连乌力图古拉和萨努娅，他们一个把自己弄成中风，一个把自己弄成失忆症，难道他们这样就不是出走？

乌力图古拉歪着嘴冷笑，因为中风留下的后遗症尚未痊愈，半边身子不断地颤抖。他颤抖着身子冷笑的时候，乌力天扬有一种受到了挑战的冲动，不由得也颤抖起来，乌力图古拉要不是他爹，他会一脚踢破他的睾丸，这个他保证能做到。

不和乌力图古拉争吵的是老二葛军机和老三乌力天时，葛军机再忙也会每周给家里来一个电话。乌力图古拉每周都盼望着和老二通电话，他在电话里不问国家大事，只问葛专员治下的农民，他们有油吃没有？他们的孩子如果想读书，能不能读上？治家之宽猛，亦犹国焉，这个道理他明白得很，他不问老二宏观计划里的事儿。

“因为是熟人、同乡、同学、知心朋友、亲爱者、老同事、老部下，明知不对，也不同他们作原则上的争论，任其下去，求得和平和亲热。或者轻描淡写地说一顿，不作彻底解决，保持一团和气。结果是有害于团体，也有害于个人。这是第一种。”①

“不负责任……当面不说……背后乱说……开会不说……会后乱说……自由放任……第二种……”②

①② 见毛泽东《反对自由主义》。

“事不关己，高高挂起；明知不对，少说为佳；明哲保身，但求无过。这是第三种。”①

“命令不服从……个人意见第一……只要组织照顾……不要组织纪律……这是第四种……”②

乌力天扬为乌力天时擦身子。温水。干毛巾。痱子粉。萨努娅坐在床边，和自己的头腹子有一搭没一搭地说着话，有时候他们会在什么地方卡住，比如萨努娅突然问乌力天扬怎么不去温习功课，乌力天时被乌力天扬抱起来洗屁股，这种时候萨努娅和乌力天时会终止说话，然后他们继续。

那是一个安静的、神秘的、具有禁忌主义色彩的游戏。

2

丫丫老是想从匡志勇的手里挣脱出来，到一旁的草地上玩。女孩子大了，如果不能像小棉袄似的穿在身上，就得像水一样地泼出门去。丫丫还不到泼出门去的年龄，她只是不想老让人牵在手里，老替她决定什么样的她才是她。她这样做完全没有错。

“为什么不早说？”乌力天扬听完匡志勇的话，一股血直往囟门上冲，压都压不住，“多长时间了？”

“四个月。四个月零九天。”匡志勇脸红得像一堆刚屙出来的牛粪，紧张地支吾着，“说不出口。我们也知道，首长家三个病人，病得都不轻，情况比我们糟糕。说不出口。”

“那你来干什么？你不是耽搁她吗？”乌力天扬火了，把手中的复合肥培养基往脚下一蹾，嗓门儿提高了八度。看一眼吓得往后退了一步的匡志勇，后面的话压住，没让它冲出来。又站了一会儿，血头子退下去，恼火没退，过去把丫丫的手从匡志勇的手中拽

①② 见毛泽东《反对自由主义》。

出来。“去玩儿,爱怎么玩儿都行,别跑远了。”叮嘱过丫丫,再回头问匡志勇,“她在哪儿?”

乌力天扬当天就随匡志勇赶到蒲圻,在厂职工医院见到了卢美丽。

卢美丽得的是癌症,细胞癌。先当感冒治,又当贫血治,后来到地区医院检查,原来的诊断和治疗全错了。厂职工医院处理断指头崩眼球行,拿癌症没办法,就算能检查出来也治不了。

卢美丽一见到乌力天扬就哭了,硬要下床回家,去给乌力天扬做回锅肉。老五喜欢吃回锅肉,而且挑肥拣瘦,肉片咬去瘦的,留下肥的,趁安禾和童稚非一扭头就往两个女孩子碗里埋,这个坏习惯她知道。

“一定要买五花肉,带皮的,瘦肉要多。”卢美丽叮嘱匡志勇。

“我现在不吃猪肉。改了,吃天鹅肉。”乌力天扬想哄回卢美丽的眼泪去。

“志勇你买鹅。鹅和天鹅是一家,没家养之前也是天鹅。”卢美丽冲床边的痰盂呕吐了一气,吐完不好意思地拿一块肮脏的手绢抹眼泪,“我现在这个样子,就像一棵没有水分的老白菜。”

“来,到这儿来,让我抱抱你这棵老白菜。”乌力天扬真就把卢美丽给抱进怀里了。

“我要死了。丫丫还没长大。我不想死。”卢美丽在乌力天扬怀里哭得差点儿没晕过去。

乌力天扬和失去了主张的匡志勇商量——不是商量,是决定——半分钟也不耽搁,他带卢美丽回武汉,让卢美丽在武汉接受检查和治疗。治疗费不用匡志勇操心,照顾卢美丽的事也不用匡志勇操心,匡志勇带好丫丫,在蒲圻等消息,他会每周给匡志勇一个电话,告诉他卢美丽的治疗情况。

“这怎么好,拖累你。”匡志勇难过得要命,眼泪吧嗒吧嗒往下落。

“说这话有什么用？你别找我呀！”乌力天扬不是看不起匡志勇一个大男人抹眼泪，是恨匡志勇拖了那么长时间才告诉他。癌症，跟溺水似的，抢一天是一天，卢美丽的诊断出来四五个月，都三期了。

乌力天扬当天就带着卢美丽回到武汉，在肿瘤医院找到一张床位。即便有心理准备，治疗费之高还是吓了他一跳。积蓄全部拿出来，只够检查和头一个疗程的治疗。凑钱的事成了当务之急。

3

卢美丽的事，乌力天扬没有给乌力图古拉和萨努娅说。乌力图古拉的工资从来没有拿全过，小一半帮助了老战友的遗孀和孩子，再小一半往水灾旱灾虫灾的地方丢，几十年如一日。萨努娅的工资，看病自费部分花了不少，还得继续花下去，不知什么时候是个头儿。乌力天扬不想再去占用他们那两个可怜巴巴的养老钱。再说，和医院商量治疗方案的事，乌力图古拉和萨努娅也帮不上忙，他们要知道，相反会瞎着急，更添乱。

乌力天扬好几次要汪百团戒毒，两个人为戒毒的事闹过几次。乌力天扬把汪百团的屋子翻了个遍，被褥衣裳丢得到处都是，毁了汪百团的毒品，为这个，汪百团差点儿没跟乌力天扬动刀子，扬言乌力天扬再逼他，他非翻脸不可。汪百团毒没戒掉，公司发的那点薪水全换了货，隔三岔五还得找乌力天扬要几个，指望不上。

罗曲直倒是挣了几个死人钱，可钱由汉川媳妇把持着，借罗曲直行，借来杀了剁馅卖都行，借钱一个子儿也别想。

乌力天扬问高东风，能不能凑两个，有了就还。高东风用一种刚刚成功地接受了厌恶疗法的患者见到让他堕落的罪恶源的眼神看着乌力天扬。

“什么？你在寻求？你想把自己翻十倍、一百倍？你在寻求信徒？——去寻求零吧！”高东风严肃申明，“这不是我说的，是尼采说的。他说得多好啊！”

“她是你家亲戚，你叫她表姐。”

“尼采怎么说？”

“小时候，她偷偷给你碗里埋过红烧肉，你爸去锅炉厂后她还给你送过菜。”乌力天扬提醒高东风，“我会还你。”

“让我们面对自己的行为毫不怯懦，让我们不厌弃自己的行为，良心的折磨是不体面的。这话也是尼采说的。”高东风低下脑袋痛苦地想了一会儿，“你说，他真的没和莎乐美有过一手？那他凭什么把鞭子交给那个蠢货？人类的灯塔上悬着一根鞭子？啊，该死的，为什么是这样！他把我们交给了谁！”

乌力天扬不知道尼采和莎乐美的事，但他知道，给卢美丽治病需要的不是一个小数目，算下来，能掏出这笔钱的只有鲁红军。也就是说，能让卢美丽活下来的是魔鬼。

乌力天扬拨通了简明了的电话，说奶牛场的饲料里让人给投了毒。鲁红军的电话很快打过来。没等鲁红军开口骂娘，乌力天扬就告诉鲁红军，投毒的事已经处理了，没事儿，虚惊一场；这个月的报表也出来了，货款整整多收了两成，几家大酒店希望下月多送点儿高端菜和精品菜。而且——乌力天扬特地强调这个词儿——他已经开始和黄陂县政府谈蔬菜养殖基地的新用地问题。黄陂方面答应，他们对基地的发展非常看好，三千亩的新用地——如果鲁红军还记得这件事——不是不可以谈。

“不当副总，薪水提到副总水平行不行？我缺钱用。”

“做梦吧你，缺钱你抢银行去，贩毒去，当蛇头去，剥削色情工作者去，赖我什么？我的钱也不是白捡来的。”

乌力天扬收了电话，抓过针管继续给奶牛打防疫针，防止牛瘟那一种。汪百团问鲁红军怎么说的，借还是不借。乌力天扬把鲁红军在电话里说的话告诉了汪百团。

“又不是没干过贩毒当蛇头的事儿，又不是什么新鲜事儿，干就干。”

“你当他在给你指出光明大道。真赚钱的营生他没说，自己用着。”

“大道不走，我走小路，行不行？”

“不行。”

“我偏走。”

“你试试，迈一步出去，我打断你的腿！”

鲁红军的电话又打过来了。乌力天扬看了一眼那个隐藏了来电显示的电话，示意汪百团拿着电话，告诉汪百团，头两个不接，要有第三个，就接，问他人，就说看地去了。三千亩地，且得看一会儿。

“为什么第三遍才接？”

“不知道。”

4

乌力天扬和童稚非商量，这些日子他有事儿，不能回家，爹妈的事，三哥的事，她多操点儿心。童稚非问，“这些日子”指多少日子？两天还是两年？乌力天扬盘算了一下，说半年吧。童稚非冷笑一声，说我就没有正经指望过你，我就知道，让螳螂做看田的稻草人，难。

童稚非当着乌力天扬的面给小蔡打电话，让小蔡别看地图了，钱也别取了，结婚的事打住；先打住半年，有可能无限期延迟，一直到四个现代化建成那一天。

乌力天扬捧着一杯自来水坐在台阶上。他口渴。他越来越喜欢喝自来水,而且越来越口渴。他看童稚非。童稚非脸色焦黄,头发怎么洗都是干枯的。缺少滋润的老姑娘。乌力家那么多男人,个个儿都顶过天立过地,可真要拿来用一下的时候就瞎掰,不管用了。乌力家的男人已经耽误了童稚非,他不能再把卢美丽的事告诉她。

好容易在电话里等到葛军机。葛军机刚处理完农民哄抢种子库的事,有点儿余火没发出来的意思,问乌力天扬要那么大一笔钱做什么,用途合不合情、理、法。乌力天扬让葛军机别问干什么,愿给就给,不愿给就挂电话。葛军机估摸了一下,五弟要的那个数目够修一条简易村道,十分之一他也给不出。葛军机在电话那头报了个数字,是他所有储蓄的三分之二,另三分之一留给随时撞上的揭不开锅的农民。

"贪官什么时代都有,我不是没有条件当贪官,但目前我还没当,只能给你这么多。"葛军机说。

乌力天扬开始搜集火柴。他小时候的游戏。一次壮烈地开始又可笑地结束的游戏。那架被一千七百零三盒火柴燃烧后完全看不出本来面目的海基轰炸机,经过两场雨,驾驶舱附近长出一片茁壮的蘑菇。他必须搜集更多的火柴,并且确保它们制成炸药而不是柴火,以便在今后的岁月里彻底摆脱掉蘑菇的侵扰。

乌力天扬把每一分搞到手的钱都积攒起来。它们不够。他开始想别的办法。他没有太多可以变卖的东西——两颗天珠石,是藏族少女堆美送给他的,"阿妈心爱的小松耳石,姑娘心中也爱它;小松耳石有一颗,小松耳石有两颗,小松耳石有三颗";一把镶嵌着宝石的箜篌,是吐谷浑大哥苻力毒送给他的,"夫何皎皎之闲夜兮,明月烂以施光;朱火晔其延起兮,耀华屋而喜洞房";一尊不知年代也不知出处的小玉佛，吉林小偷汉卡送给他的，“人若不习死，将违愿而死；习死所以知生；未知死而知生者，未之有也”。除了这些，他再也没有值钱的东西。他把天珠、筊筷和小玉佛都卖了。他想，堆美、苻力毒和汉卡，他们不会怪他。

“道儿上的”朋友非常爽快，乌力天扬开口借五万，人家不借，钱丢在桌上，让乌力天扬拿去用。乌力天扬扭头往门外走，说就当我没说这话。人家起身把乌力天扬拉住，眼睛瞪得溜圆，一副出门就卸胳膊卸腿的架势。么意思？两方钱的事，搞得那清楚，冇得味口。乌力天扬把钱揣进怀里，打了一张借条，说好银行一年定息的利，多一分不给，再借还是这个规矩。

5

夏天悠悠地过去。卢美丽死了两次又活了回来。武汉在这个季节里有雨，是长蘑菇的时候。乌力天扬把命都拼出来了，看见一只蘑菇就踢一只，踢断了根再碾碎，一只也不让它们在卢美丽身上长出来。在迅速变化着的潮湿空气里，他让自己坐在阴影里，不让卢美丽看见他脸上迅速攀升的绝望。

卢美丽从病友那里知道了天价治疗费的情况，人吓傻了，当天就拒绝继续治疗，见了医院的人直往旁边躲。

“我不治了。我十辈子也换不来这么多的钱。他们欠了我什么？他们是我的恩人，他们把我从南瓜花变成人，让我有了家有了孩子，我到底做了什么孽，要来祸害他们？”卢美丽连饭也不吃，后悔得直流眼泪，还因为用了那么多的钱狠狠地给了自己两巴掌。

乌力天扬打听到有一种国外进口的针剂，对吞噬已经扩散的癌细胞有非常好的疗效，肿瘤医院为几名患者注射过，真有起死回生的样板。一万二千元人民币一个疗程，三个疗程一组，至少得用五组。乌力天扬小心翼翼地核实过，是一万二千元，不是一千二百元。

“好，我们不治了。药太贵，我们治不起，我们回家去，等死。”乌力天扬收拾床头柜上的东西，卷纸和饭盒什么的，一样样往旅行包里装，“走吧。”

“我不怕死。”卢美丽把病员服脱下来，换上入院时穿来的红格子布褂，“我也不怕疼。我咬手绢，吐过洗干净，再咬。我不用忍，我让志勇把我打晕。”

“打晕干吗？直接打死。等你死了，姐夫自己洗衣裳，自己做饭。吊着残胳膊，自己伺候自己。”

“他用脚踩衣裳。他踩过，他会做稀饭。”

“上有老下有小，他踩得完吗？老人孩子都喝稀饭？过年怎么办，煮饺子馅稀饭？”

“他可以再娶一个。我死之前，给他娶一个。”

“娶谁？一个残废，半大老头儿，谁让他娶？图什么？噢，我忘了，还有丫丫。丫丫不是残废，不是半大老头儿，能干活儿，能伺候后妈。倒屎盆子、掐腰、揉脚、洗衣裳、做饭洗碗、打扫屋子、买煤、扛米、夜里捉蚊子、下雨收柴火，还能给后妈洗血裤头，给后妈生的小弟弟洗屎片……”

“她还小！她还是孩子！”

“……她要不听话，不肯干，就揍她。挠、掐、咬、踹、扇耳刮子、木条子抽、烟头烫、麻绳捆了，吊起来，三天三夜不给吃饭，不让睡觉……”

“孩子受不了……”

“受不了就打出门去。和狗抢着吃，喝雨水，打断腿乞钱去，再不就领去卖掉。丫头，卖不了两个钱，麻袋装了背到川东乡下，罗锅麻脸，谁爱要谁要，做不了媳妇做牛马，做不了牛马推进江里淹死她。”

脸盆咣当一声掉在地上。卢美丽恐惧地缩回床上去。

“走吧。收拾好了。去付家坡长途客运站，能赶上中午的班车。”乌力天扬真的收拾好了，什么也没有落下。

“我不走。我治病。”卢美丽害怕地看着乌力天扬。

“治什么？南瓜花变的，丫丫再让她变回去，变回南瓜花，祸害就让她祸害了。”乌力天扬拎着旅行包往门口走。

“我不走！我要治病！”卢美丽尖着嗓子喊，屋顶上的灰尘都给震下来。

“真治假治？”乌力天扬站住，问卢美丽。

卢美丽哭了，泪水哗哗，拼命点头。乌力天扬转身走回来，旅行包放下，顺手从病友床几上撕下一截卷纸，俯下身子，为卢美丽擤鼻涕，然后把卢美丽抱进怀里，抱紧，拍她的背。乌力天扬瘦，却结实，出去七年，他没白遭罪。

“好了，我们接着治病。”他像哄丫丫似的，哄生下丫丫来的这个女人，“我们做人了，就做定了，死也不再变回南瓜花，死也不让人祸害！”

乌力天扬等着，一直等到下班以后堵住医生，不好意思地和医生商量特效药的事。

“知道你们家属心里怎么想，你们总说手头紧，撑不住了就往外挤一点儿，能撑住你们就说不如买营养品吃进嘴里。”医生见多了，一边换衣裳一边不耐烦地说。

“我们不撑，该花多少花多少。我得把她救活，一定得救活。她是妻子，是母亲，她不能死，不应该死。”乌力天扬说。

医生看了乌力天扬一眼，衣扣扣好，顺手取过一张处方笺，屁股挂在办公桌角上，在处方笺上画图，把药的用处讲给乌力天扬听。知道乌力天扬是转业军人，打了个比方，这种药不是大炮，好细胞恶细胞一块儿轰，这种药是狙击步枪，定点清除癌细胞，所以药价才贵。讲完叹了口气，感慨地说，姐姐非得有个弟弟，有弟弟的姐姐死不了。

向医院定购了进口针剂，交了定金，手里的钱又见了底。乌力天扬走出肿瘤医院。他闻到石头的气味。他伸出手去，摸了摸医院大门口那棵老桉树的树皮。一个退休工人模样的中年人在灯光下吮吸着手指，颤抖着，仿佛要窒息了一般地清点一沓医疗账单。如今科技做了主人，账单全是电脑打印，不用复写纸和圆珠笔了。

6

乌力天扬不得不给简雨蝉打电话。简雨蝉一听他要借钱就火了。

“乌力天扬，雨槐病成这样，你们乌力家没说给她掏钱治病，你们乌力家就一点儿责任都没有呀？你也就光扛只箱子送到火车站，假模假式的，还有脸向我借钱，我欠你的还是欠你们乌力家的？我算看透你们乌力家的人了……”

蔬菜养殖基地不能拨长途，鲁红军给的大哥大没有开通长途，邮电局的长途电话不好打。乌力天扬看着墙上钟的秒针一下一下走得起劲儿，心里默默计算，两块八、五块六、八块四、十一块二……他不能让简雨蝉打住，得让她说够，说够了他才可能拿到钱。

“没想到你们乌力家这么卑鄙。雨槐她怎么你们乌力家了？她凭什么恐惧？她攻击了谁？她要躲避什么？谁是欺骗者？谁失去了控制？生活的谎言打哪儿来的？她干吗要有负罪感？她究竟在忍受什么？她需要什么暴露练习？医生说，从没见过这样的强迫症案例，她的脑子里全是窗口，到处都是撞人者，她无处可逃，氟伏沙明和帕罗西汀对她根本没有用处……”

乌力天扬知道这个，知道简雨槐满目疮痍，灵魂无处安放，没有任何他妈的治疗对她是有效的。他只是不知道他是不是可以付出长途电话费，是不是可以借到救命的钱。而且，简雨槐不是唯一无处可逃的人，他们也是，他们也丢失掉了自己的灵魂。他和她有病吗？他们承认自己有病吗？抑制剂对他们有用吗？或者是电击疗法？

“我没法儿告诉你，这个世界让我有多恶心，男人让我有多恶心，谁他妈想看男人一眼谁不正常！男人会让我的儿子作呕！他们为什么不负起责任来？他们为什么老是不肯长大？还有你，你找到自己了吗？你怎么还没找到自己？你在拖延什么？”

“我需要钱。多少都行。”乌力天扬用乞求的口气说。

“没有人告诉过你？”沉默了一会儿没说话，简雨蝉让自己平静下来，换了不那么恶毒的口气。

“谁？告诉什么？我保证，一有钱我就还你。”要是不怕吓着对方，乌力天扬会告诉对方，抢银行他也会还上她。

“我已经离开单位了，除了卖房子那笔钱，我的每一分钱都是我丈夫的。他不在乎我和哪个男人上床，但他不会高兴他的钱被任何一个男人花掉。”简雨蝉的口气冷静而残酷，听得出来，她的呼吸有些困难。

“我需要钱。”乌力天扬非常固执，“我不在乎怎么弄到它。”

“你去死吧！”失望极了的简雨蝉在电话那头骂，然后挂断了电话。

乌力天扬付了五十三块二毛钱的电话费，他月薪的十八分之一。一个简单的经济问题，没有癌症治疗费那么复杂。现在他要做的是如何节省开支，不能再从狙击步枪中一颗一颗地往外抠子弹了。他打算在冬天来临之前，关闭一切与外界的联系方式，就像关闭不起任何作用的大门,把风关在外面。灰白色的风,吹蔫老白菜的风。

一看见汪百团手里那卷脏兮兮的钞票,乌力天扬就出了手。汪百团根本禁不住乌力天扬的拳头,人飞了出去,重重地撞在植钵机上,顺着皮带滑下来。一些蠓子在花苗丛中焦灼地飞舞。汪百团嘴角流淌出一缕血,他的影子在阳光下变得模糊而细碎。几个员工听见培养棚里的声响,手里捏着花花草草跑进来,发呆地看着两个人。

"滚出去!"乌力天扬怎么也压抑不住,冲员工吼,顺手抄起一把切割刀,丢给汪百团,再抄起一支植钵机的滚筒捏在手中,沙哑着嗓子说,"拿好,看住你的腿,你这个该死的没长进的毒贩子!"

汪百团仰身躺在那儿,痛苦地喘着气,然后从皮带上爬起来,根本没有看地上那把沉重的切割刀,跪着爬了两步,撑着地站起来,朝门口歪歪斜斜地走去。走了几步,想起手里的那卷钞票,把钞票丢在地上,冲钞票吐了口血唾沫,说:

"找汪大庆要的。高利贷,三分的利。她攒给孩子买钢琴的。要嫌不干净,你自己退去。"

矢车菊还看不见覆绒毛。向日葵正在吐出舌状花瓣。朝鲜蓟一出苗就惹来大群的蜜蜂。积雪草匍匐得小心谨慎。乌力天扬像个傻瓜似的愣在那里,手中的锻造件簌簌发抖,脖颈上的青筋突显着,怎么也下不去。他感到强烈的头晕。

7

那天晚上,两个人在滠水河边的草地上坐着喝酒。两瓶黄鹤楼,一碟霉千张,一簸箕黄瓜。一群群的蠓虫不断地飞过来,往他们脸上和酒瓶子上扑。他们谁也没有提二十年前发生的事,那支点 32 的左轮手枪和大军山少管所，也没有提那把切割刀和那卷肮脏的钱票。月色中，几只被称作斑鱼狗的翠鸟在河水里忙碌着，黑色的翅膀发出瓦蓝色的暗光。

“百团，等卢美丽的病治好了，你去治眼睛吧。”

汪百团不说话，斜着眼，黄瓜蘸进霉千张汁里，转一个圈，咬一口，再咬一口。

“你治眼睛，我供你，咱们把眼睛治好。”

汪百团伸长脖子，把嘴里的黄瓜咽下去，拎起酒瓶，仰头灌了一口。

“还有，你得成家，成个家了。”

汪百团吸了一口凉气，是被酒杀的。他的半边脸肿着，嘴角的淤血一时半会儿不会消，这使他像是长了三只眼睛。月光下，他那只坏了的眼睛显得非常亮。

“你不能老和野店里的姑娘混。她们有病，你这样，混不了两年就把自己混成一堆烂肉了。”

“谁不脏？谁没有病？”汪百团瞧不起地瞪了乌力天扬一眼。

“我没说她们脏。”乌力天扬解释。

“你不明白她们。她们心眼儿好，从来没有嫌弃过我。”过了好一会儿，汪百团说。

轮到乌力天扬不说话了。他在想那些心眼儿好的乡下姑娘。她们有着结实的胳膊和野性十足的眼神，笑起来咧着大嘴，前仰后合。蠓虫找到了规律，飞来飞去的像跳祭祀舞。部落里的情况也会是这样。鹿脯烧熟了，猎鹿人为什么还不回来，他们遇到狼群了吗？

“她们都是些朴实的姑娘。”过了好一会儿，乌力天扬想明白了，承认说。

“好姑娘。”汪百团纠正道。

沁人肺腑的空气中，有一道暖流涌了过来。蝈蝈的叫声在深秋到来之前将是漫水河边最后的生动。

“你呢？”

“什么？”

“怎么解决问题？”

乌力天扬一时没说话。他知道汪百团说的问题是什么。他当然有问题，但不是汪百团说的问题，是别的。有很多方法可以解决汪百团说的问题，比如说，在南方等待作战的时候，有人自己解决问题，有人和最好的同伴一起解决，用医用凡士林或者枪油做润滑剂，用那种方法来缓解焦虑。他早就不用解决这个问题了，早就没有这个问题了。他的问题比这个严重得多，在离开简雨蝉之后。

乌力天扬突然笑了，在月光下无声地咧开嘴。他想起了一件别的事。

“记不记得，小时候，咱们看《人体解剖学》的事儿。”

“怎么不记得。你从家里偷出来，把我们召集到防空洞。”汪百团仰头灌了一口酒，头没动，伸长脖子，用那只好眼睛望着天空中的星星，“那个时候，我们最佩服天赫，可你的主意最多，跟他妈星星似的。小时候，多好啊！”

“我是害怕，不知道自己是谁，不知道别人在哪儿，不知道这个世界安全不安全。我只是想知道这个。”乌力天扬羞涩地笑，朝河对岸的朦胧处望去，猜测那里有没有一片挂着白色小花的苹果林，“有时候，我在想，我们在什么地方走岔了道儿，没有走回丛林里，所以才没长大。”

“我也想过你说的这事儿。我在想，我要是一条狗会怎么样，会不会成为现在这个样子。”

“我想过我是一只灰翅鸥。那一年在海边，我想晕了头，从悬崖上跳了下去，差点儿没让礁石磕碎。我以为我能够飞过去。”

“狗的视力不好。”

“大家都不好。”

“那就一样了。”

汪百团高兴地笑了，不知意味着什么，叹了口气。有一段时间他们没再说话，沉默了好一会儿。

“我那么做很糟糕。我可能真的会打断你的腿。”

“你做不到。我不会让你打断。”

乌力天扬扭过头来看汪百团。黑夜未必不能看到，白天未必能看到。这一点他没有想到。

“知道为什么？因为没有任何时候像现在这样，让我觉得做人实在。我想死，早不想活了。可我没死，死不了。我活着，能干活儿，有饭吃，有好姑娘睡，还能给卢美丽弄钱，我喜欢这种感觉。跟着你，我觉得踏实，我就这样活着。你呢？”

“什么？”

“为什么回来？你完全可以不回来。”

“错过了。”

“错过什么？”

“你想过没有，这个世界，有多少东西值得我们打心眼儿里敬重——安静地出生、尊严地死去、至死相爱，可是，我们总是错过它们。我们在错过中经历战争、灾荒、动乱、革命、运动。我们说它们是时代赋予我们的，这有多么荒谬。可生命不会在想撒手不管的时候就终止，我们注定了要在荒谬的时代中经历。能怎么办？怎么办也不行，生命它有自己的性子。那么，那就回来，万劫不悔地回来！”

瓶子里最后一点酒见了底，簸箕里还剩下半截黄瓜，河面上的风吹过来，他们闻到一股水獭出没时的诡秘味道。汪百团站起来，摇摇晃晃地下了河堤，朝河里走去，他在那里站住，回过头来。

“我不会再胡来,但你也别管我和姑娘们的事。你不明白,她们真的是好姑娘。而且,我说出来你别不高兴,你并不适合她们的胃口。”

汪百团衣裳没脱,直接坐进河水里。他在那里呕吐了一会儿。月光把河水弄乱了。大概是鱼儿游了过来,泼刺一声,溅起一朵浪花。

乌力天扬从草地上爬起来,脚上的鞋甩到一边,没脱衣裳,摇摇晃晃下了河堤,朝河水深处走去。

第四十章　下到水里当一条鱼

1

孩子不是简家塞给乌力家的，是乌力图古拉和萨努娅在路上捡的。

孩子在学校惹了祸，用石头把教导主任的脑袋给打开了花。学校让家长去解决问题，简家去不了人，学校就把孩子给送回来了。

孩子不能再留在学校和篮球架玩，再皮实也得待在家里。孩子倒是无所谓，学校有篮球场，基地也有篮球场，学校没有妈妈，基地也没有妈妈，在哪儿都一样。简家却遭了殃。孩子真跟精猴子似的，比齐天大圣没戴金箍时还能折腾，两天不到，简家就被彻底掀了个个儿——简先民和方红藤的药被倒进厕所，炉子上的火差点儿没玩到房顶上，红灯牌收音机在洗脚盆里冒气泡，隔壁朱技术员家的窗玻璃给砸碎了三块……

简先民的心脏病气得犯了好几次。方红藤只惦记着怎么把药再配回来，根本没有力气追剿小肇事者。简明了正忙着离婚，躲前妻躲得整天不回家。孩子没人管，乐得从家里折腾到外面，仓库玩几天，警通连玩几天，饿了或要或偷或抢，冷热生馊，能塞一嘴就行，困了随便找个地方蜷缩着睡上一觉，有一天睡在操场的检阅台下，那晚下雨，人泡在泥水里还呼呼地睡，愣是没被浇醒。

乌力图古拉牵着泥猴似的辨认不出模样的孩子，心疼得直抽搐,站在操场上大骂简家缺德,还歪着半边身子非要去收拾简先民。萨努娅怀里抱着药包,一脸的迷惑不解,不知道孩子是怎么回事,一个劲儿地问乌力图古拉,雨蝉上学呢,多大的孩子,她打哪儿来的孩子?不可能。

碰上那天乌力天扬回家,才把事情解决了。

乌力天扬好些日子没回家,他和汪百团在黄陂承包了百十亩菜地,雇了十几个四川人种菜,让农民工胡纠纠管着,用种菜的收入供卢美丽治病。乌力天扬脑子好使,看着什么菜时兴,什么菜市场上没有,专种什么菜,吩咐不用化肥,用大粪和河泥,不用农药,用草木灰杀虫子,还给菜起了个好听的名字,叫"村里菜",市场上很受欢迎,菜价比大棚菜高出两三成。

乌力天扬那天回市里收钱,再去肿瘤医院交钱,顺道回家给老干部们送柿子椒,路上碰上乌力图古拉、萨努娅和孩子。乌力天扬想也没想就说,要收拾早干什么去了?早你饶过他?行了,别在这儿宣读檄文了,领回家去吧。

回到家,乌力天扬给孩子洗澡。孩子突然吸了一口洗澡水,没等乌力天扬说水脏,不能喝,孩子鼓成皮球的嘴对准他,一口水一点儿没浪费,全吐在他脸上。

"你这是干吗?"乌力天扬抹去脸上的水,不解地问孩子。

"你胳肢我。"孩子愤懑地说,低头要去喝第二口水。

"我那是给你搓泥。"乌力天扬拉住孩子,不让他喝第二口。

"你想害死我!"孩子挣扎着,抽出一只滑腻的小胳膊,猝然给了乌力天扬一耳光。

"别闹!"乌力天扬把孩子抱住,像抱一条露出牙齿的小黑鱼。

"我踢死你!"孩子扑腾着,又踢又咬,看着扑腾不动,顺手拽过皂盒,使劲儿砸在乌力天扬脸上。

好容易把孩子收拾干净,乌力天扬洗了被肥皂水刺疼的眼睛,接过萨努娅从箱子里翻出的乌力家男孩小时候的衣裳，生硬地替孩子往身上套。孩子这个时候老实下来，不反抗，小而有神的眼睛骨碌碌转，惦记着乌力图古拉读报纸的放大镜。萨努娅还在疑惑孩子的来历，埋怨乌力图古拉骗她，假模假式地在操场上玩演戏的那一套。乌力图古拉怎么解释也没用，两个人吵起来。萨努娅指责乌力图古拉拿对付敌人的办法来对付自己的同志，搞党内阴谋。乌力图古拉在操场上撒了一阵子气，这会儿工夫要养气，只管冷笑。

乌力天扬替孩子穿好衣裳，把生着气的萨努娅劝开，牵到屋外去晒太阳。乌力图古拉在萨努娅那儿吃了败仗，要捞回来，在身后警告乌力天扬，别分你二哥的心，他忙着退垸还堤工程，几十万人的事儿，比孩子的事儿重要。

晚上童稚非一回家就火了，不说乌力图古拉和萨努娅，说乌力天扬，你还嫌家里事少呀，爸妈的情况你不是不知道，你说了爸妈你管又不管，你的话我根本不相信，还领个孩子回来，你不是要爸妈的命吗？不是要我的命吗？你领回来你管，我不管！

那天晚上乌力天扬一夜没睡。不是不困，是让孩子闹的。孩子从屋里溜出去，想回到操场上去睡，让乌力天扬堵住，两个人搏斗了一场。乌力天扬把孩子捉回来，命令孩子和自己一起睡，孩子不干，还跑，最后只能找出绳子，把孩子捆在床上。孩子动弹不了，吐乌力天扬唾沫，吐了上百口，吐干了，精疲力竭，这才怏怏睡去。

乌力天扬第二天去了寄宿学校，找校方谈孩子的事。学校问乌力天扬，你是孩子什么人？乌力天扬说，算是叔叔吧，来替孩子赔礼，替孩子认罚，该怎么罚就怎么罚，怎么罚都行。学校说，礼是肯定要赔的，罚是肯定要认的，但不是你。孩子的监护人是谁让谁来。监护人来不了，谁生了孩子谁来。谁生了孩子来不了，直系亲属来。叔叔算什么？

乌力天扬跑了四趟学校,还打听到教导主任家,给教导主任送苹果,走时留下医疗费,请学校和主任给孩子一条出路,让孩子回学校上课。学校给堵回来:现在搞四个现代化,打砸抢抄抓行不通了,得讲师道尊严,孩子闹了那么大事儿,家长面儿都不露,不还跟“文革”一样,把我们当臭老九吗?

童稚非不是赌气,家里两个老人、一个二哥,痴的痴,瘫的瘫,残的残,她工作没法儿安心,境外导游的赚钱活一次也不敢接,让人觉得她患上了厌钱症。这还不算,每天到点儿就得往家里赶,一路上惦记两个老的出什么事儿没有,三哥出什么事儿没有,没出事儿,这一天就算完整过去,再操下一天的心。这种情况,真没办法再留下谁。别说孩子,一只蜻蜓也留不住。

乌力天扬还是给简雨蝉打了电话,在电话里一五一十,把孩子的情况给简雨蝉说了。谁知简雨蝉听了,一句话也没有,在电话那头静静地好半天没有出声儿。等乌力天扬喂喂地叫过两声,那头把电话挂断。再打过去,打出警报声也没人接。

乌力天扬不明白简雨蝉什么意思,是不相信他的话呢,还是急赶着去火车站买票回武汉?凭直觉,两样都不像。乌力天扬想不明白,苦笑一下,去柜台交电话费,出了邮局。

2

孩子被带到蔬菜养殖基地,高兴坏了。他喜欢这个地方,啊啊地叫,像一头小野兽,叫完以后打一个响亮的喷嚏,和乌力天扬交涉,他要爬粪堆、下干池塘、骑狗,谁也不许管他,谁管他他就砸南瓜,他还踢破谁的脑袋。他知道南瓜在哪儿,也知道脑袋在哪儿。

汪百团直皱眉头,说乌力天扬,破孩子,又不是你的私生子,领到这儿来干吗?怎么带?不是添乱吗?汪百团看孩子去撵那两只狼狗，撵得狼狗满大棚乱窜，瞎眼往上一翻，出了个主意，让乌力天扬再跑一趟邮局，给简雨蝉发个加急电报，就说孩子没了，下河游泳淹死了，让简雨蝉回来收尸。后来又出了个主意，把孩子送到四川人那里去，让胡纠纠的老婆带，胡纠纠的老婆养了四个孩子，个个肥头大耳，再让她养一个精猴子，泔水调得稠稠的，直接喂成小猪娃，让他在圈里躺着哼哼，省得闹事儿。

乌力天扬没听汪百团的，孩子带在身边，也不调泔水，也不喂猪娃，想怎么玩儿都行，敞养。告诉孩子，想砸南瓜也行，想踢碎人脑袋也行，但有规矩——砸南瓜和踢脑袋都得讲出道理，讲不出道理，南瓜砸掉一个种十个出来，脑袋踢碎一个赔十个出来。不种不赔，就把他当南瓜种进地里去。

孩子警觉得很，认准乌力天扬是一头阴险无比的丛林蚺，合计着要吞掉他，老和乌力天扬保持一定距离。吃饭的时候，孩子非得等乌力天扬端着碗从饭桌边走开，走到门外去蹲着，才肯上桌吃饭，还拿眼睛往门口睃，看那条阴险的蚺是不是悄悄游了进来。

有一天晚上，乌力天扬从睡梦中疼醒，醒来闻着一股焦臭味儿，伸手一抹，鼻子给烧出一串大水泡。是孩子干的。孩子一直在暗中算计乌力天扬。他打算从乌力天扬的鼻毛开始，一样样收拾他，按照计划，半夜起来摁着了气体打火机。

乌力天扬从杂物间里把孩子捉出来。孩子紧张得要命，牙咬得咯咯响，瞪着一双小眼睛看着乌力天扬，因为恐惧，一张小脸儿显得十分丑陋。乌力天扬也瞪着孩子，心里怎么都排解不掉对小崽子深深的妒意。他想过简雨蝉十月怀胎时的模样，那个鬓角有几根白发肚子腆起来的海军军官晚饭时喝了两盅军费购买的五粮液，心满意足地打着酒嗝儿，嘬着牙花子打量着简雨蝉的肚子，眼里全是猥亵。孩子是那个臃肿的海老鼠的种！

乌力天扬想揍孩子一顿，像当爹的揍自己孩子那样揍。这么想着，拳头攥紧，气提到胸口，可看到孩子恐惧的眼睛，突然心软下去，气头子无缘由地消失掉。

两个人一前一后，匍匐在地上，一点一点地向精养池塘爬去。孩子有一阵儿跟不上，想站起来，被乌力天扬狠狠地摁在地上，摁了一嘴泥。乌力天扬拿眼睛瞪孩子，示意他别出声。乌力天扬的目光寒冷得很，在月光下亮得让人心悸。孩子打了个寒战，没敢出声。

有两次他们差一点儿被捉住。一次是狗，那狗闻到了人味儿，狂吠着向空中伸出鼻子，想绕过池塘来。乌力天扬嘬了嘴学青蛙叫，狗安静了。一次是孩子失脚掉进池塘，弄出响动，棚子里出来人，睡眼惺忪地拿手电筒往四处照。乌力天扬水獭似的无声无息潜进水里，捏住孩子的鼻子，抱着孩子没入水中，过了好一会儿，两人才喘息着浮出水面。

孩子蜷在瓜地里，冷得直哆嗦，没看见乌力天扬是怎么把鱼弄上来的。一条气势汹汹的大白条，差不多两斤来重，在月光下用力扑甩着尾鳍。他们很快离开了那个地方，找地方收拾战利品。

"知道不知道，你他妈真让人讨厌。"

两个人站在滠水河边，一高一矮，都抱着胳膊，腿大叉着。孩子光着身子，衣裳在篝火边架着，为那条烤在篝火上的大白条遮挡夜风。孩子先没抱胳膊叉腿，看乌力天扬那样，学乌力天扬的样子，也不管小鸡鸡是不是让乌力天扬看见。孩子哼了一声，没哼好，鼻子里冒泡出来，这让他很恼火，但又不肯输给乌力天扬，脖子梗着，不去擦鼻涕。

"看起来你挺聪明的，可白聪明了，连在瓜地里爬都不会，连在水里呼吸都不会，连让人讨厌都比我小时候差多了。"

"你骗人！"孩子生气。

"你别往水里跌呀，有本事自己弄一条鱼上来。"乌力天扬不管孩子生不生气，冷笑一声。

孩子被击中要害，说不出话来，抽搭一下鼻子，有些难过。乌力天扬翻了翻火苗上的鱼，拢了拢篝火，顺手摘下一片黄姜叶，揉巴揉巴，递给孩子。孩子顺从地接了黄姜叶，揩鼻涕。

鱼很快烤熟了，香气扑鼻。更香的是玉米。乌力天扬消失了一小会儿，回来时一手拎着几穗玉米，换了个地方架篝火，原来的灰烬拢到一块儿，玉米埋进去，不一会儿工夫，玉米噗噗响起轻微的爆裂声，香味儿从灰烬中涌出。孩子很快吃掉大半条鱼、三个玉米，因为暖和过来，鼻涕早没了，鼻子下一抹黑灰色的玉米浆，样子像贪吃的小浣熊。这个时候的孩子可爱得很，而且心满意足地打了个响亮的饱嗝儿。

乌力天扬没有吃玉米。他坐在那儿，仰头眯缝着眼看天上。滠水河汩汩地流淌过去，有各种昆虫在草丛里了无忧愁地鸣叫。

“我妈也喜欢看星星。”

孩子悄悄地移动着身子，靠近乌力天扬。乌力天扬看了孩子一眼，把烘干的衣裳取过来，扑打了两下，帮孩子穿上，用巴掌把孩子鼻子下的玉米浆抹去。

“我妈咬我爸，她叫我爸去淹死。”

“别说大人的坏话。”

“我妈是婊子。”

“不许这么说。”

“是我爸说的。”

“那也不许说。”

“我妈就是婊子。她把我爸踢得站不起来，婊子才这样。我喜欢做婊子。”

孩子仰天向后倒去，重重地跌躺在草丛里，腿扬得老高，像做广播体操的青蛙。乌力天扬低头看了看自己的巴掌，把巴掌在裤腿上蹭了两下,坐了一会儿,过去把孩子从草丛中拽起来。孩子勇敢,一声没吭。乌力天扬坐回篝火边。过了一会儿,孩子也过来了,动静很大地坐下,往乌力天扬身边挪了挪。

“你妈看的不是星星。”

“那是什么?”

“她看她自己。”

“怎么是她自己?”

“有时候,她不想待在地上,想去别的地方。她想去别的地方找找,看能不能找到她想要找到的东西。”

“我知道。我也不想待在地上。我想下到水里去,当一条鱼。”

“好主意。”

乌力天扬笑了,扭头去看孩子。夜色中,无形的风现身出来,淡蓝色幽灵似的,在篝火旁来来去去,搅得无数的火星飞到高空。孩子受到夸奖,兴奋了,挡开乌力天扬想要去摸他脸的手。他已经不在乎那里是不是还疼了。

“你说好主意。”

“我说了。”

“你同意我当鱼?”

“让我想想。这的确是个不错的主意。”

“你肯定?”

“你得答应我,不许踢人的脑袋。”

“嗯。”

“不许做婊子。”

“嗯。”

“要疼女人。”

“包括妈妈吗?”

“她是第一个。她是最美的鱼。”

“明白啦!”

孩子很快跑开,去河边玩水。他把脑袋埋在河水里,像一头去水底寻找同伴的水獭。

乌力天扬从后面看孩子,他觉得孩子应该跟父亲过一段日子,不管父亲是不是海老鼠,喝不喝军费开支的五粮液,孩子都需要父亲。何况,海老鼠,他总能带着孩子下海吧,即使孩子不能变成鱼,至少也能和海水成为好朋友。孩子该是一切事物的朋友,而不是别的。

3

过了几天,鲁红军打电话过来把乌力天扬骂了一通,说乌力天扬拿着他的工资跑自己家保姆的事,不光工资,还有时间,还有汽油。乌力天扬知道是谁告的密。有时候就是这样,告密者永远都是告密者。但他没有提亲戚的话,只说这件事他必须管,工资可以停发,汽油费另算,但车得用,要不跑一趟武昌得五六个钟头。

鲁红军倒是没在这件事情上纠缠,让乌力天扬别拿辞职威胁他,坦率地说,蔬菜养殖基地需要乌力天扬,没他玩儿不转,叮嘱乌力天扬抓紧度假山庄装修的事,他几个朋友已经说了,今年春节不去澳门赌了,太累,就在度假山庄里等着,打点儿小牌。

“你还是放不下简雨蝉。”鲁红军在电话那头说。

“孩子得有人管。”乌力天扬看看屋外。外面的风很大,孩子在小路上歪歪扭扭地推一辆两轮车。他想把那辆两轮车推上路坎。风迷住了他的眼睛。

“简雨蝉在干什么,还赖在北京?简雨槐已经疯了,根本没法儿治。听说小杂种的爹正在活动往总参调,这样的话非找简雨蝉不可,让她亲妈出面嘛。海军的人往总参调可是稀罕事儿。”

“气象预报说今年上游的雨量大，得准备点儿麻袋石头。”

“长江是中央的长江，你管得了？上面有葛洲坝挡着，孙文大总统设计的，你就放心吧。要不，我让符彩儿去你那儿，帮你把小杂种带着？”

“不用了。我能行。”

“我说，你真该把她睡了。”

乌力天扬知道鲁红军说的是谁。听得出来，鲁红军是真心的，他的口气甚至有些伤感，和平常的他不一样。乌力天扬没有接鲁红军的话，先把电话挂掉，起身去屋外，叫汪百团去胡纠纠那边看看菜地的情况，再叫孩子把车放下，和自己一起去检查蔬菜大棚。

孩子像鸟儿一样飞过来。

风大了，天阴得厉害。

4

雨季没有和谁商量就来了。

大雨一连降了十几天，蔬菜大棚里的机器一天二十四小时运转着，棚顶上挂着大滴大滴的水珠子，钢结构上长出一层茸茸的绿霉。先是奶牛场断了饲料，运牛草的车过不了九丈堤，那里的湖水漫上来，路基全泡垮了。接着是养鳝池、牛蛙网箱和精养鱼池。附近几爿荒湖吃足了雨水，一下子丰腴起来，湖水倒灌进池塘里，野鱼家鱼乱了阵线，鳝池里的鳝鱼全跑光了，牛蛙死了不少，塘鱼跑了几十万斤。黄花畈一带的油桃林和黑布李林也积了水，排水管道堵塞住，十几台水泵没日没夜地轰鸣，积水还是排不出去，出现了果树烂根的情况。

孩子对这样的局面高兴得很，整天在雨地里撒野，跟着乌力天扬去各处抢水，要是只鸟儿，也是水鸟。乌力天扬嗓子都喊坏了，养殖基地百十号员工全都吃睡在水里，连度假山庄的装修队都停工拉过来，跟着到处堵漏，可到底还是架不住雨水无休止地往下倾泻，不少员工病倒了，汪百团也拉上了肚子，那种抗争，真是可怜得很。

肿瘤医院来电话催治疗款，对方在电话里不耐烦地质问乌力天扬，平时跑那么勤，现在人影子也见不到，是不是家里商量好了，看着病人没有治疗价值，想把人丢在那儿，弄个呆账出来啊？乌力天扬解释，自己在抗涝，实在分不开身，一时去不了医院，没有赖账的意思。对方说，我们不管抗涝的事儿，给你三天时间，拿钱来，要不我们就把药给停了，通知法院裁决欠款。卢美丽在人家手里，要治，气就得受着，乌力天扬不能发火，告诉对方，三天之内一定送钱过去，然后收了线。

雨这么下着，胡纠纠那儿的菜全烂掉，根本收不上钱来。乌力天扬和汪百团商量，往下怎么弄钱。汪百团拉长声音说，能弄的地方挖地三尺，钱渣滓都没落下，能找的人求爷爷告奶奶，脸打肿了冒充营养过剩，还能有什么办法？铸钱需要铜，我们这儿只剩稀泥，拿什么铸？你要真想救卢美丽，只有一条路，贩货，那玩意儿来钱快。乌力天扬知道汪百团说的是什么，不接他的话，心里想，雨就不停了？真是绝路了？

乌力天扬给家里打电话。电话是乌力图古拉接的。乌力天扬不知道该怎么开口，问妈妈怎么样，天时怎么样。乌力图古拉不耐烦地说，你没上堤抗洪？闲着没事儿干？你把你的工作管好，家里的事儿用不着你操心。戗得乌力天扬话没听完就把电话撂下了。

挨到天黑，估摸着童稚非下班了，乌力天扬再往家里挂电话。这回果然是童稚非接的。乌力天扬觉得自己舌头大了一倍，吞吞吐吐，半天问了一句，家里能不能给凑一笔钱？家里的钱一直由童稚非管着，小看家狗责任心强，问五哥要钱干什么，要多少。乌力天扬说，能凑多少就凑多少，越多越好，是借，会还给家里，只是借期要长一点儿，得先还外面的。童稚非一听，警惕性提高了，声音也提高了，说乌力天扬，外面也借？你借那么多钱干什么？不是干坏事儿吧？乌力天扬发毒誓自己不是干坏事儿。童稚非不相信。你要搞科研肯定不会在鲁红军那儿搞，要创业你拿证明出来，只要走正道儿，别说家里的钱，我不结婚，连辫子都铰了，加在嫁妆里全支持你！

乌力天扬能拿出证明，但那样就不光是钱的问题，连一家老小都得拖下水。乌力天扬只能默认拿不出证明，要钱与走正道无关，无可奈何地放下电话。

汪百团在一旁冷冷地看着乌力天扬，吹口哨，吹《在希望的田野上》。乌力天扬脸阴沉得能拧出水，咽一口唾沫问汪百团，贩货的事儿不干，有没有别的能弄到钱的事儿？汪百团看一眼乌力天扬，没逼他，挂了两个电话，在电话里和人说蓝田人语，急赤白脸地讨价还价，吵了半天，挂断电话，告诉乌力天扬，市场不景气，乌力天扬又不愿干来钱的活儿，没什么体面活儿给他，老关系照顾，给了一份单子，钱不多，还危险，问乌力天扬愿做不愿做。乌力天扬先问什么事，再问能拿到多少钱，干活儿需要多少时间，干完活儿是否能立刻拿到钱，问完告诉汪百团，接。汪百团奇怪，说就问这个？乌力天扬说还问什么？汪百团说，我都说了，这活儿危险，你怎么不问问危险的事儿？乌力天扬没说话，愣了半天，说百团，我得谢谢你。

“你什么意思?”汪百团急了，“你骂我不上心是不是？市场不景气又不是我让不景气的，我有什么办法!”

“我不是这个意思。”乌力天扬不看汪百团，把脸扭过去，看屋外斜飘着的雨丝，“百团，卢美丽的事儿和你没关系，是我把你拖下水的。我对不起你。”

“我就看不来你这样。你要不扭脸好好的，一扭脸让人不认识。”汪百团吸了一下鼻子，“天扬，我给你说实话吧，我也不要谁谢，不习惯这个。这件事情，我是仰着头看你。卢美丽都这样了，你还死拽着不松手，你把自己跌得没影儿了也不松手，我一辈子，没见过人对人能死心眼儿到这样。我是看得来你这个，才跟着你，不是你把我拖下水，是我往水里扑。”

不知道是不是汪百团的话重了，屋外的雨丝不再往一边斜，拉直了往下落。雨点儿打在泥地上，那里早已吃足了水，蓄不住，很快流向低洼的地方。

大雨连着下了二十多天，完全没有停下来的兆头。

鲁红军打电话来问养殖基地的情况。乌力天扬身上已经发了霉，头发湿漉漉地支棱着，在电话里告诉鲁红军，菜已经没了，地里连点儿绿都看不见了；水产品倒了一多半，剩下的全是野湖汊子里倒灌进来的野鱼；果树正在往根里烂，牛开始烦躁；员工病了不少，男的不同程度地烂裆；现在最缺的是柴油和人手，没有这两样，基地全得泡汤。

鲁红军一点儿也不在意烂裆和泡汤的事儿，问乌力天扬想不想洗温泉，这些天雨气重，他腿伤犯了，过些日子他去咸宁泡几天温泉，乌力天扬要是扛不住，就撤回汉口，跟他一块儿去。还能比小鬼子厉害？你就当是和小鬼子干吧。鲁红军在电话里说。

鲁红军的电话刚收线，肿瘤医院的电话就来了。孩子举着硕大的电话跳过积水跑来，嘴里咯咕咯咕学青蛙叫。乌力天扬抹一把脸上的泥水，大喘气，雨水顺着雨衣袖口往胳肢窝里流淌。他想，到底还是没拦住。

乌力天扬放下电话就往场部冲，去开那辆破“江陵”。他叮嘱孩子，跟着汪叔叔，别一个人往水深的地方跑，晚上冲个澡再睡觉，别把蚯蚓带上床，继续做剩下的作业，等他回来检查。然后告诉汪百团,他可能有两天回不来,基地的事儿,人比别的都重要,先照顾人,再照顾牛鱼蛙树和赌场,如果能喘气,多收集点儿麻袋和铁锹,可能用得上。

5

两天之后,卢美丽咽下了最后一口气。

卢美丽死之前很痛苦,癌细胞布满她的全身,不用杜冷丁根本不能睡觉。好几次她疼得满床打滚,疼得去抠自己的眼珠子。乌力天扬死死抱住她,不让她抠。她抠不到眼珠子,就抠乌力天扬,把乌力天扬抠得血糊拉的。

"天扬,"卢美丽瞪着一双鲢鱼似的突眼球死死盯着乌力天扬,大口地喘气,"天扬你救我。我不想死。我不死。我要死了丫丫怎么办?你姐夫怎么办?"

"姐你叫,你叫出声儿来!"乌力天扬头发潮乎乎的,好几天没洗澡,身上有一股浓浓的水腥味。他紧紧地搂着卢美丽,他把卢美丽搂在怀里。他能感到她让疼痛折磨成什么样。魔鬼缠住了她。一枚要爆炸的草籽,碎裂掉也不过如此,"姐你别忍,你叫,大声儿叫,我在这儿呢!姐我们不怕,什么也不怕;我们不死,说什么也不死,谁来也不死!我们做老白菜!"

卢美丽还是死了。匡志勇带着丫丫冒雨赶到武汉,赶上卢美丽咽下最后一口气。乌力天扬没让丫丫看卢美丽最后的那副惨样儿,叫护士把丫丫堵在病房外。丫丫在病房外哭着叫着喊,阿姨你让我进去,阿姨你让我进去呀,你让我再看一眼妈妈!

丧事是乌力天扬给办的。匡志勇完全失去了主张,哭得像个泪人,也不管丫丫,连着两天坐在屋角里发呆,怀里抱着卢美丽的一只鞋,怎么也不肯松手。匡志勇一夜之间进入更年期,碎嘴子,老说卢美丽没了，他说什么也活不下去，要不是丫丫，他就随卢美丽走。乌力天扬知道那是真话，卢美丽不光伺候了匡志勇十几年，她是给匡志勇当了十几年主心骨，当得匡志勇已经没了主心骨。

乌力天扬不是因为这个才操办卢美丽的丧事。卢美丽是孤儿，娘家早没了人，她是乌力家的人。卢美丽在乌力家做过多少碗烧煳了的红烧肉啊！她还痛快淋漓地骂过乌力天扬。你恨人不恨人？我过去在家里就觉得你讨厌，你还真是讨厌！讨厌鬼！你是谁生的，谁养的？你怎么没让他打死？你这种儿子，就该让他打死！他没被打死，她却先死了。一朵南瓜花，成了老白菜，最后，蔫儿了。

趁着大雨喘息的空隙，乌力天扬领着工人动土，把卢美丽安葬在武昌郊区的九公山公墓。墓碑是一块汉白玉，上面刻了一行字：卢美丽之墓。

“姐，我送你到家了。”乌力天扬抹一把潮乎乎的脸，再抹一把潮乎乎的墓碑，对石头说，“姐，不是兄弟心硬，人都是一辈子，都得另找家。姐你得认这个家，你得先把这边的日子过习惯，过暖了，等姐夫，等丫丫，你让兄弟放心。”这么说过，也不管墓地上泥水乱成怎么样，在坟前跪下，冲着墓碑磕了两个头。头一个是为自己，后一个是替乌力家。磕完，让丫丫过来，跪下磕头，“告诉你妈，就说，你一辈子做好女人，报答她。”

接下来，和匡志勇商量丫丫的事。卢美丽不在了，匡家塌了天，九十多岁的老奶奶躺在床上，大小便失禁，丫丫没人照顾，匡志勇自己的衣裳扣子全掉了，也没人缝，这种事拖个一年半载可以，往永远上拖，拖不过去。乌力天扬让匡志勇自己回蒲圻，去照顾老奶奶，把日子撑起来往顺当上过，丫丫留在武汉，他来管，等丫丫大了，再让她回蒲圻去孝敬老人。

“这怎么可以？”匡志勇又傻又拘束，擤一把鼻涕，说话没精打采。

“我姐的孩子，就当是我的孩子。”乌力天扬不耐烦地说。

这回再瞒不住家里，乌力天扬把丫丫领回家，也把卢美丽的事情说给家里人听——怎么病的，怎么治的，怎么走的。说这些话的时候，乌力天扬看了童稚非好几次。他拿定主意，不管童稚非怎么发作，他都听着，不回嘴，就算童稚非要他自己管丫丫，他也不回嘴。孩子和丫丫他都管，都认。他让他们睡在他身旁，一边一个，一个当儿子养，一个当闺女养，他认。

萨努娅拿一块抹布抹乌力图古拉的鞋，半天没明白乌力天扬在说什么。什么死了？谁死了？美丽她不是结婚了吗？结婚就好好过日子，干吗死？她和小匡闹矛盾了？她欺负人家工人阶级了？这怎么行，批评她。

乌力图古拉叹了一口长气，说这孩子，这孩子，说过以后很不满意地瞪乌力天扬，把乌力天扬狠狠埋怨了一通：事情怎么能这样处理呢？早怎么不给家里说？怎么就把人治没了？医生是干什么吃的？科学是干什么吃的？就算人没了，丫丫领回家，小匡呢？奶奶呢？你叫他们怎么过日子？为什么不一块儿领回来？

童稚非倚在门口，沉默了半天，身子一挺，去屋子当中，牵了呆呆站在那儿的丫丫，把她往楼上领，去安顿下来。乌力家的人一个个出走，走了就不回来，空出的房间不少，床一张没拆，都留在那儿，不愁丫丫睡的。

路过门口时，童稚非站下了，没看乌力天扬，喉咙哽咽着，叫了一声哥。下面的话没说出来，堵回去了，眼里噙着泪花，牵着丫丫上了楼。

乌力天扬低着头，一时没话。他知道，怎么说，她都是他的小妹啊！

6

川水和汉水两条水系长时间停留在雨季里，降雨量大且急，水来不及走掉，形成两条咆哮的长龙，由西边和北边直扑江汉平原。武汉上游，不少生机勃勃的垸子被汹涌的洪水攻破，洪水涌进美丽的田园，顷刻间收复了本来属于它们的领地。长江里，大水气势磅礴，不时泛起人畜的尸首和人类曾经的生活痕迹。武汉市几十万人上了大堤，日夜严防死守，唯恐百里大堤破溃，上游则有好几百万人守在疮痍满目的长江大堤上，目的只有一个，保住武汉这座居住着七百万人口的大城市。

汪百团来过好几个电话，每个电话都像是从地狱里打来的，催乌力天扬赶快回蔬菜养殖基地，口气悲怆的像是最后告别。蔬菜养殖基地已经完了，全泡在水里，现在的问题，是如何把重要设备和办公室往外撤，还有暂时活着的人。

"撤什么？"

"不撤做鳖呀！"

"孩子怎么样？"

"比虾还活，满世界蹦跶。"

"等我回来。"

"等你回来我们早做鳖了！"

"那也等着！"

"有你这样的战场指挥员？把士兵丢在战场上，自己往后跑？像你这样的，放在我手里早毙了！"乌力图古拉极度不满地说乌力天扬。

乌力天扬不和乌力图古拉争辩，放下电话往外走，在门口套上早已进了水的雨靴，取过雨衣，出了门，上了那辆破"江陵"。萨努娅追出来，手里捏着擦鞋的抹布，探着身子替老五擦去车窗上的雨水，口气温和地对儿子说：

"'在野兽面前，不可以表示丝毫的怯懦。我们要学景阳冈上的武松，在武松看来，景阳冈上的老虎，刺激它也是那样，不刺激它也是那样，总之是要吃人的。或者把老虎打死，或者被老虎吃掉，二者必居其一。'①"

乌力天扬笑了，这是这些日子里他头一回笑。他隔着车窗玻璃，意气风发地冲萨努娅扬了扬手。破"江陵"跳跃着，甩起两汪泥水冲出院子。

回到蔬菜养殖基地，乌力天扬才知道，他离开的这几天问题严重到什么地步——长江水倒灌得厉害，滠水河的水出不去，一个劲儿地往上抬，子堤破了好几处，管涌现象到处都是。省市政府很紧张，派了几批督察组上堤探视险情，查看洪水是不是会从北边涌入汉口市区，要那样，武汉就是一个世纪以来第三次被淹。头两次是在上两个政府手上，几十万人死在大水和紧跟其后的瘟疫中。也有第二手准备——市政府已经在组织人撤离危险区，但这个撤离，没包括汉口的几百万居民。

简明了给乌力天扬打电话，要他赶紧带人往市里撤，要是路上堵，撤不出来就组织人上高地逃命。乌力天扬告诉简明了，他是打算带人上高地，但不是撤，不是逃命，是去堤上堵水。简明了申明，往市里撤不是他让撤，是鲁总。鲁总交代，基地毁就毁，人不能丢，丢一个是一辈子的麻烦，多丢几个公司就不用办了，改善后公司。乌力天扬试图说服简明了，让他向鲁红军汇报，没打算要没血没肉的东西，目前这种情况，想要也要不了，但往后撤容易，回来不容易，基地糟蹋过黄陂，黄陂泡在水里基地也有责任，不能这么不要脸，说走就走。简明了说，谁让你管糟蹋的事儿，黄陂又没埋你家

① 见毛泽东《论人民民主专政》。

祖坟，没必要在那儿要脸，更没必要为脸丢命。乌力天扬说，埋不埋的，过若干年，我也是祖先。简明了说，乌力天扬，你一辈子聪明，这回傻，你还疯狂。乌力天扬说，就算吧。说完把电话挂断，掐断电源，真拿它当了砖头，丢在一旁。

乌力天扬没有理会鲁红军。他现在顾不上他。他把基地的员工召集到一块儿，告诉他们，几十年的开垦，养殖基地一带早已被掏空，成了低洼地带，各种输水输污管道的铺设，使滠水河堤坝埋藏下大量隐患，有点儿脑子的都知道，眼下这种情况得走人。可是，人能走，别的走不了，这一带不光有昔日国营农场几千户员工的家，还有好几个自然村落、一座小学、一座技术学校，一座变电站，要是大堤崩溃，这些全都得毁，毁得干干净净，人们祖祖辈辈守宗守祖居住着的家园将陷入一片泽国，不复存在。还有，滠水河堤坝要是垮了，长江水会从这儿倒涌进来，涌向汉口，没有什么可以挡住脱了缰绳的大水。

“也许还有一种可能，去堤上，去堵水，洪水能被堵住，河堤不会坍塌，大水不会从这里涌入武汉。也许不能。”乌力天扬觉得嗓子疼得厉害，沙哑得厉害，是上了火，“上游已经塌了好几处，死了不少人，我们这儿也一样。堤是泥筑的，要真塌了，会水不会水，堤上的人都难跑掉。”他想不起来什么地方有几片黄连素，给牛服用的，应该把它找到，那玩意儿也许管用，“我在养殖基地管事儿，也干过掏空的勾当，水来之前还在干，没脸走。我现在到堤上去，看看能不能做点儿什么。”他不再去想给牛服用的药，在大雨中站着，身子笔直，大颗大颗的雨点打在他脸上，他连眼睫毛都没眨一下，看着那些完全失去了主张的人们，“现在，你们谁愿意和我一起去，站出来。不愿意的，回去收拾东西，带着自己的家人，尽快往高处走。”

六十多个青壮年站了出来，还有一个七八岁的孩子。这样算起来,比一个排还多出两成。乌力天扬一个个询问了那些站出来的志愿者,问了他们的身体情况,比如有没有心脏病,是不是独子,这样剔除了几个,其余的人编成三个组,指定了组长和副组长。他还需要两个机灵点儿的联络员,也选了出来。他还需要更多的人手,但他没人可选,他不能撒豆成兵。

乌力天扬把站到他面前的孩子拎到一旁,塞给汪百团,要汪百团带着孩子留在基地。上堤是没日没夜的事,雨水里视线本来就差,换了洪水,跟兜头泼糨糊似的,汪百团一只眼,肋下少两根横骨,肚子拉得只剩下一层皮,上去也派不上用场,留在基地组织不想回家的人往堤上运麻袋,算后勤保障。

汪百团觉得受了侮辱,痉挛着脸破口大骂:我说了我没死,我没死不是我怕死,你他妈的风光过了,让人仰头看,还嫌不够,风光的事儿都霸着,把破麻袋留给我,你让我在姑娘面前要脸不要脸!

乌力天扬没有理会怒气冲冲的汪百团,带着三个组上了堤坝。汪百团是后来上来的,孩子也跟着,怎么撵都撵不下去。乌力天扬又累又疲,没有多余的力气和人吵架,指了堤下几棵大树和不远处一座水塔给汪百团,告诉汪百团,要是堤破了,就往那儿抢,拼命抢好头几把,上树或塔,渴了喝自己的尿,别喝生水,只要坚持一两天,就会有人来救援。又告诉孩子,别到处乱跑,尽量靠近他,眼睛放尖,堤破的时候别慌,变成鱼向他游,变成鸟向他飞,游近飞近够住他,他告诉他怎么做他就怎么做。孩子很兴奋,他不怕大水,大水能让他做鱼或鸟。

大堤对岸是驻汉军队守护的地方,那里的局势十分危急。洪水连续几次冲垮了堤防,一群群年轻的士兵扛着麻袋喊着口号往堤坝上冲,然后把自己当成麻袋投入洪水里。有一次,一个兵没跳好,头朝下栽进黄汤汤的水流中,水中的人们被冲得东倒西歪,顾不上去捞,那个兵很快被冲得不见人影了。

乌力天扬这边抢得快，而且是孤注一掷的防守法——放弃子堤，子堤上的沙袋石块全往大堤上移，堤防里的菜地土一车一车夯在堤上，管涌发现了十几个，都给堵得严严实实。

省市和县里知道养殖基地的人没往下撤，赶过来视察。先没看明白，见乌力天扬把子堤丢掉，全线退守干堤，连缓冲也没有，大吃一惊。乌力天扬人在发烧，浑身发抖，简单说了自己的理由，大水涨得快，子堤根本没有任何意义，反倒是分散兵力，把子堤丢掉，说不是赌博说不过去，但不是毫无章法地赌，那叫只守底线，守住底线。

省市和县里的人看出乌力天扬有胆有谋，魄力冷静一样不少，大堤有希望保住，马上调整防汛方案，派了一支抢险队上来，木桩和沙袋源源不断往堤上运，充实乌力天扬的力量。督察组现场宣布，这一段堤防由乌力天扬牵头，县里派来的抢险队听乌力天扬的，无论如何，守住武汉的北大门，不让洪水吞噬掉这座有着两千年文化的城市。

原以为坚持住了，人们的脸上开始露出希望的笑容。可上堤后的第十一天头上，大堤还是垮了。

水看起来很平静，无声无息，先是追着堤防漫上大堤，黄缎子似的往堤内漫，一小片堤角恋恋不舍地陷下去，陷得很慢，好像地底下有一只无形的手在把它往下拽，然后是另一片。

乌力天扬正在棚子里红着眼睛包扎被钢筋扎破的脚，脑袋一栽一栽地老想睡觉，联络员冲进来，声音都变了，一个劲儿地说完了完了！乌力天扬赤着脚一瘸一跳地赶到险区，大堤已经被撕开了一道口子，约莫有五六尺宽，困兽般的大水找到了出处，一涌而上，短短几分钟就把口子撕到十来尺宽。人们慌乱起来，有人开始逃亡，叫喊声和哭声响成一片。乌力天扬脸都痉挛了，跳上跳下，指挥抢险队把大石块推下豁口，沙袋一只只往豁口里填。可那一段堤坝太陡峭，沙袋一下水就被冲走，冰箱大的石头顺着堤坡滑出老远，根本来不及夯上泥土。乌力天扬看出这样不行，堤坝要再撕开几尺，别说石块儿，就是砸进一艘万吨巨轮也挡不住整条河往下垮了。乌力天扬下令停止抛阻，从抢险队中挑结实的拽出十来个，吩咐抢险队负责人，他带人抢在堤坝崩溃之前下水，拦住浪头，固定石头和沙袋，负责人再指挥抢险队在他们身后下土打桩，生死都是那一下了。

孩子鱼儿似的过来，贴住乌力天扬，仰了脑袋看他，一脸激动。

"站在高处，不许下水！"

"我要跟着你！"

"水里有钉螺！"

"我踢烂他的脑袋！"

乌力天扬抡起巴掌，狠劲儿把孩子抽到汪百团怀里。你得把自己还给妈妈！他没有说这个，张开双臂，纵身一跃，浪花四溅地砸进水里。

裹挟着碎石和泥沙的洪流扑面而来，乌力天扬被水流冲出好几米。他眼疾手快地抱住一块大石头，固定住自己。身后十来个棒小伙儿也陆续下到水里，大家很快在乌力天扬的高喊声中连成一道人坝。抢险队负责人一点儿也不含糊，石头木桩一块儿下，准备的沙袋一个不留，全扔到水里，经过几十分钟不要命的拼抢，到底把豁口给堵上了。接下来，立刻上土夯实，终于把破掉的堤坝重新夯上了。

乌力天扬是最后一个上到堤坝上来的。孩子被汪百团拿一根绳子拦腰拴住，另一头系在汪百团腰上，当狗一样牵牢了，正拿满是敬佩的眼神看着乌力天扬。乌力天扬吐着泥水往堤上爬的时候，孩子变了脸色。乌力天扬原以为孩子还记着刚才挨扇的事儿，要装生气，或者自己的衣裳被水剥光了，光着血糊拉的身子不好看，等他意识到有什么不对的时候，已经来不及了。

一根脖颈粗的松木檩子埋藏在洪水里，从上游飞速冲来，重重地撞在乌力天扬的腰上。乌力天扬猝不及防，两手一扬，往后跌去，浪头一卷，顷刻间消失在洪水中……

7

鲁红军在咸宁温泉被几个身份不明的年轻人带上一辆经侦处牌照的公务厢式车的同时，检察院的人冲进了红旗飘飘公司总部，查封了公司的所有账目和银行户头。

鲁红军没着装，假腿都没戴，正让按摩生往身上涂精油。一名服务员进了桑拿房，怯生生地叫鲁先生到大厅接省政府办公厅的电话。鲁红军裹了一件浴袍，让人从桑拿房里推出来。一进大厅，几名精干的年轻人上来，推开服务员，连人带车把鲁红军劫出洗浴中心大门，直接抬上一辆黑色厢式车。鲁红军先还以为遇到了黑道儿上的人，和人讲条件，但很快的，他知道了对方的身份，闭上了嘴。

鲁红军没有被带回武汉，而是连同随后取来的两条义肢，直接被公务车带去了宜昌，人关在葛洲坝工程局的一个招待所里，在那里被秘密审讯了两个月。

头一个半月，鲁红军死扛着，拒绝与预审员配合。预审员向鲁红军出示各种走私汽车、汽油、电子芯片的证据，他咬定那是伪造文件。预审员向鲁红军出示免去他省人大代表资格的书面材料，他爽朗一笑，说自己当了两届代表，也该歇歇了，歇足了劲儿从头再来。直到预审员让鲁红军打了几个电话，接电话的人一听是他，劈头盖脸把他批评一顿，让他老老实实接受审查，不容他有任何说辞就把电话摔上，或者在电话那头想半天，硬是想不起他是谁，这个时候鲁红军才明白,他是撸光了毛的鸭子落进汤锅里,水冷水烫都是一样的结局了。

红旗飘飘公司倒得非常快。高层负责人抓了好几个,关键部门的负责人一个没剩,全进去了,都是鲁红军指认的。事情披露出来,公司里的员工才知道,公司的餐饮业、蔬菜基地这些子部门,根本就是幌子,是拿着残疾人就业明星工程的优惠政策,私底下做着走私的勾当。员工们明白了之后,一时作鸟兽散,只怨自己没有先见之明,以为找了家优秀企业,端上了好饭碗,结果却栽进了屎坑里。

简明了是最早离开公司的人,第二天他就去了海南岛。他在那里多少还认识几个人,走前留下话,那几个人若做了豺狼,他就做秃鸦,那几个人若做了秃鸦,他就做食腐蚁,那几个若做了食腐蚁,他就做蘑菇,总归饿不死。

大水退去,黄陂养殖基地的员工正在收拾洪灾带来的巨大损失,通行的说法叫抗灾自救,检察院来人宣布对公司处理的决定,查封了基地办公室和一应财产账目。

汪百团根本没有能力应付这种情况,跑回汉口向乌力天扬通报情况。乌力天扬刚从医院回家,身上的数处外伤封了口,腰伤尚未痊愈,在家调养。乌力天扬对这个消息一点儿也不吃惊,让丫丫去给汪叔叔倒水。丫丫乖巧得很,水杯下给托了个软垫子,这样,水再烫也能端住。

有一点可以肯定,检察院掌握了大量材料,每一份材料都切中要害,让鲁红军和同伙儿们没有脱身的可能。也许是那几个货真价实的北京人做了手脚,他们不会拍死武汉,但并不保证他们就不会拍死武汉人,比如说,像鲁红军这种自以为是、不怎么听话、有时候还来点儿猫玩虎游戏的武汉人。

也有人怀疑堡垒是从内部攻破的,这事和符彩儿有关,和简明了有关，这两个人都有报复鲁红军的动机，也有下手的机会。汪百团说那是屁话，公司里点着人头数，一多半能找出报复心来，真想报复，什么机会没有。乌力天扬沉默了一会儿，给汪百团说了他和鲁红军曾经有过的那番对话。在那次对话里，他说了要把身无分文的鲁红军送到大街上去讨饭。

"你那不是吓唬他嘛，要真想干，能告诉他吗？"

"你错了。我是真想过要干，只是没下手。"

汪百团不解地看着乌力天扬。乌力天扬替丫丫编着辫子。辫子编好，他让丫丫去自己的房间做作业。等丫丫走开，他对汪百团说：

"没有天使敢保证他就是天使，也没有魔鬼能说他就是魔鬼。我们都有踩着云彩到处送雨的念头，也有驾着雷电作恶多端的念头。这就是我们。"

8

乌力天扬在家休息了一段时间，黄陂县政府托人捎信，希望他能回到黄陂去。养殖基地的事要等法院的最后判决，但黄陂是武汉市辖区内地域最广阔的县，是武汉市的后花园。黄陂人看出乌力天扬和一般人不同，有想法，有能力，是干大事的料，愿意和他合作。

汪百团一切都听乌力天扬的，让乌力天扬拿主意。乌力天扬本来打算去南方，看看那里是不是能够找点儿什么事情来做，但身边有孩子和丫丫，他决定留下，暂时不走，这样的话，回到黄陂，倒是一个可行的办法。

孩子已经回到学校去了。童稚非找到一个在教育局工作的熟人，让熟人出面疏通，赔偿了教导主任的医药费，向教导主任和学校方面赔了礼，说孩子的妈妈一直在外地，旁系亲属都是走不出家门的病人，不是不尊重知识分子。学校方面不好让一个学生长期停课在外，那样教育局查下来就是他们的问题了。

发生在孩子身上的事，简家自然会转告打电话回家的简雨蝉。简家告诉简雨蝉，孩子星期天不肯回简家，非要回乌力家。孩子像是长大了许多，不上房不揭瓦了，见人还行礼，有一次硬要帮人搴鸡毛，弄得过去习惯了孩子偷偷跟在后面踩脚后跟的人都有点儿紧张，不知道孩子在琢磨什么鬼蜮伎俩。简雨蝉在电话里听了，只淡淡地说了一句知道了，别的什么也没说。

丫丫在武汉上了学。头几天情绪不高，放学回家不怎么说话，还哭过一场。问她，先不肯告诉大人，后来说了，原来是同学笑她的乡下话。这件事让乌力图古拉很生气，拄着拐杖要去找老师，问乡下是不是中国的乡下，说了乡下话为什么要被中国人笑话？让童稚非给拦住。

丫丫的户口问题暂时没有考虑，丫丫迟早要回匡家，匡志勇那种条件，再婚的可能性不大，能把老奶奶给服侍闭眼就算不错。丫丫得学会少哭和不哭，长大以后还得赡养父亲，受委屈的事儿日后多了，都要她去经历。

乌力天扬和汪百团商量着回黄陂的事。有两个农产品零售集团看上了乌力天扬，知道“红旗飘飘”一时不可能东山再起，愿意另立山头，出资建立武汉市最大的蔬菜养殖基地，让乌力天扬当蔬菜养殖基地的总经理，被乌力天扬拒绝了。乌力天扬打算自己贷款，再去农业大学找专家，办一个现代化农场，自小至大，死活都是自己。

汪百团眨巴着那只好眼睛，额头上顶着一抹潮红，兴奋地畅想着农场的长远规划——洋水果抢滩抢得厉害，果林是要栽的；“村里菜”已经有了老客户，这个品牌不能少；花圃的主意不错，谁都想住在巴黎那样的森林城市里；池塘也得有，但不养鱼，改养水鱼和蟹，这样才能挣大钱。

汪百团开始戒毒，很痛苦。有两次戒不下去，口吐白沫，疯了似的跑出去找货，被乌力天扬堵在门口，两个人动了手。汪百团困兽犹斗，出手狠毒，乌力天扬的眼角被打开了花，胳膊被汪百团用铁铲砍开一条大口子。最终乌力天扬还是摁住了汪百团，用绳子把他结结实实绑在床上。

汪百团备受折磨，痛恨乌力天扬，破口大骂，从头辈儿祖宗一直骂到九百九十代，发誓要把乌力天扬捅了，捅个对穿对过，不捅是小娘养的。后来又求乌力天扬，他只吸一次，只让他吸一次，吸过他就戒，求乌力天扬亲爹了。后来狼似的嗥叫，咬舌头，绝食，大小便拉在床上，基本上算是死过去了。

乌力天扬不接汪百团的话。汪百团说什么他都不接，人坐在床对面一张破椅子上，看日头升上去又落下来，人发呆，任胳膊上的血凝住，干成痂。汪百团骂了十天，求了十天，死去活来十天，乌力天扬十天没有给汪百团松绑。也许事情很困难，汪百团做不到，他也做不到，他只是不回头，不肯回头。

熬了半个月，事情缓过来，汪百团筋疲力尽地睡了三天三夜，醒来以后问乌力天扬，他要真戒不下来，乌力天扬是不是不会放过他。乌力天扬承认是。

“百团，你并不真的需要它，你只是找不到需要，才告诉自己它是你的需要。我宁愿你死掉，或者你砍了我，也不会再让它跟着你。”乌力天扬嗓子沙哑地说。

汪百团开始进食。吃泡面。答应进戒毒所，配合医生把根掐断。两个人坐在屋里说话。门还关着，汪百团已经松了绳子。说着说着就说到罗曲直和高东风。罗曲直病了好长一段时间，风湿病，一早一晚骨头疼，整天裹在臭烘烘的被子里哼哼，汉川媳妇不理他,说他故意装病。高东风现在真成了著名诗人,得了不少奖,还把自己弄进了武汉大学,是插班生,等毕业出来,不知道能不能又弄出个别的什么著名来。

老话讲,说什么来什么。两人说到罗曲直和高东风的第二天,乌力天扬就见到了高东风。是因为汪大庆。汪大庆终于做了一件让高东风发疯的事,她割了自己的手腕,然后给乌力天扬打电话,告诉乌力天扬她把自己割开了。电话那头有很大的杂音,乌力天扬没听清楚。

"你怎么了?"

"我要死了。"

"为什么?"

"别问我为什么,我不知道。我冷,我害怕。孩子还没有放学。冰箱里什么吃的也没有。我只想告诉你,我恨世界上所有他妈的狗杂种诗人!"

乌力天扬赶到汪百团家,踢开大门,冲进卫生间,用一条干净毛巾扎住汪大庆的手腕,从水池子里把光着身子的汪大庆捞起来,胡乱套了件衣裳,把她背到医院。

"别碰我!"乌力天扬一身血污地从挂号室回到急诊室,听见汪大庆在冲护士喊,"你们是猪! 全是猪!"

"劳驾,让一让,让一让。"乌力天扬推开围观的人群,一转眼被身后冲进来的一个人撞翻在地,嘴角磕在满是污秽的垃圾桶上。

"哦,他妈的! 哦,不! 告诉我,发生了什么!"乌力天扬从地上爬起来,听见那个狗杂种诗人在他身后气急败坏地喊,"你们傻站在那儿干什么? 为什么不把她泡进消毒药水里!"

忙乱了好一阵子,总算是忙出了个结果。因为抢救及时,汪大庆脱了险。医生给她缝合住伤口,注射了镇静剂,让她睡过去。

乌力天扬一身血迹,去卫生间里洗了手上和腮帮子上的血污,检查了磕破的嘴皮，和高东风两人到院子里坐下喘气。高东风狠巴巴地抽烟，乌力天扬不抽，看着高东风。高东风穿一件竖领学生装，混纺料子，裤线笔直，皮鞋锃亮，下巴颏儿刮得比皮鞋还要亮，不怎么像学生，倒像一个春风得意的富家子弟。乌力天扬拿不准他老婆割脉这事儿会不会刺激高东风，也许他能拿这事儿写一首好诗出来？这个他倒不怎么关心，他在思忖，要不要提醒高东风，请个人来照顾汪大庆，他自己出门去躲几天。汪百团在戒毒所，但事情瞒不过他，一旦他知道汪大庆把自己割了，高东风是死是活就很难说了。

还有一件事情乌力天扬想不明白，诗人高东风——唐风，他眼睛好好的，没有一点儿近视，干吗要戴个平光眼镜。

第四十一章　天使不在天堂里

1

孩子老是蹲在大门的石阶旁，脑袋埋在胯裆里，像一只寻找自己尾巴的黧狗，瞅着地上看，一看老半天。孩子这样不正常，是在往斯文上去，往安静里去。乌力天扬忐忑不安，没想干涉，终于没忍住，干涉了，去看孩子在研究啥。原来孩子不是斯文，是对石阶旁一块小石头感兴趣，老琢磨。

石头是在泥里的，露了一截在外面，不是原来的模样，沁凉的黑灰色中有了温润的透明，像天空的某种颜色。乌力天扬一下子想起来，那是自己埋的，二十多年前埋的，有两个半孩子的岁数那么长的年头了。乌力天扬突然有了一种时光如梭的感觉。

"看它干什么，又不是鱼。"乌力天扬有些发呆。

"是石头。"孩子挪了一下位置，让乌力天扬和他一起蹲着。

"所以，干吗看它？"乌力天扬想，已经过去了二十多年，它怎么还在这儿。

"没看。是等。"孩子严肃地说。

"等什么？"乌力天扬不明白。

"等它变成星星。"孩子这一回更严肃，几乎是把一个秘密说出来，"你说过，我妈不是看星星，是看她自己。我妈说过，石头不是石头，星星才是。"

孩子不光严肃，不光说出秘密，还胸有成竹。缺乏逻辑，不科学，但他是对的，还有他妈妈。石头不能老是石头，要么它变成泥土，要么它变成星星；它说不定就是星星，是星星的孩子，是它自己。它要变成星星了，说不定就是变回了自己，就是回来，等就对了。乌力天扬这么一想，没有怂恿孩子再拿土把石头埋起来。他和孩子约定，算他一个，他们一起等，看它能不能变成星星，看它怎么变回自己。

2

家里有了两个孩子，一下子变得热闹起来，像复苏中的金色牧场。

孩子老想在丫丫面前逞强，不肯叫丫丫姐姐，丫丫牵他的手，他把丫丫的手打开。丫丫委屈地看着乌力天扬。乌力天扬不批评谁，带两个人到镜子前，让他们照镜子，比一比谁的脸干净，再让两人把抄字本拿出来，比一比谁的字写得工整。孩子照过镜子，翻过抄字本，不服气，说丫丫的眼毛比自己的长。乌力天扬纠正他，那不叫眼毛，叫睫毛。人家睫毛比你长，人家是姐，姐是女人，你得疼女人，你还得教女人学蝈蝈叫。

孩子喜欢乌力天扬的说法，马上不和丫丫闹矛盾了，再出门时，丫丫要牵他的手，他就让她牵上。蝈蝈叫是秘密武器，孩子不肯轻易拿出来，答应先教丫丫说普通话。孩子一口京腔，自己的普通话都说不好，越教丫丫，丫丫的普通话越糟糕。不过，孩子到底信了睫毛长短的话，整天揪自己的眼睫毛，而且积极性很高，让人没法儿打击他。

乌力图古拉和萨努娅的生活被打乱了。两人平时没事儿说话都戗，现在有了两个孩子，戗得更厉害；一半是为了孩子们的事，另一半什么也不为，纯粹拿对方当牛顶。乌力图古拉牧民习性不变，觉得男孩子日后是套马放牛的料，能派上用场，女孩子只能煮个马奶子什么的，派不上大用场，所以偏心孩子。萨努娅疼丫丫，老拿丫丫当卢美丽，只是不明白，卢美丽来家时十五岁，怎么这会儿工夫人没见长，倒往回缩了。再就是丫丫的名字，卢美丽过去不叫这个名字，叫四丫，也叫臭女，也叫花花，也叫没把儿，“卢美丽”这个名字是萨努娅给起的，现在改名叫丫丫，她不高兴，也不同意。萨努娅不高兴丫丫的名字，但宠丫丫宠得厉害，尤其看不来乌力图古拉偏心，一点儿小事儿两个人就干起来，干得脸红脖子粗。

乌力天扬看出来，乌力图古拉偏心孩子也好，萨努娅宠丫丫也好，那都是表面现象，实质里两个人是在斗争。两个人斗争了几十年，斗争方式在不断变化，斗争性也越来越强，拿着任何事情都要往斗争上发展，连家里多出两个孩子来这件事也不例外，若不这样，两个人的生命就没法儿继续下去。乌力天扬想，什么叫冤家？这世上为什么会有冤家呢？

乌力天扬看出这一点，没打算管两位老人。他们吵让他们吵去，吵出一个新世界他也不管。他只当那不是他的新世界。不是他的新世界，他管什么？

乌力天扬说不管，后来还是管了。管是因为一封来自德国的信，写信人是乌力天扬的舅舅，前苏联逃亡分子，前前苏维埃职业革命者，前前前国际共产主义革命家萨雷·库切默。库切默如今在法兰克福一家医院里等待死神降临，他患上了帕尼斯综合征，心脏衰弱到经不住任何人的咳嗽声，他的第十四任妻子离开了他，消失得无踪无迹，同时带走了他抱病写下的自传。好在一家欧洲的报纸愿意分批支付他的医疗费，前提是能分批从他那儿拿到他保存在银行保险柜里的一批秘密档案。库切默在信中告诉妹妹，在他分期分批延续着他最后生命的时刻，他非常想念他在这个世界上唯一的亲人，他可爱的、单纯的、毫无斗争经验的莎什卡，他多想见她一面啊！

萨努娅流着泪一遍一遍地看亲爱的柯契亚的来信，把眼睛都哭肿了。乌力图古拉不让萨努娅哭。医生说了，萨努娅不能受刺激。乌力图古拉没收了国际主义战士的信。萨努娅让乌力图古拉把信交出来，还宣称要立刻收拾行李，动身去德国，给柯契亚送医疗费。两个人为这事儿差点儿没爆发战争。

“爸你能不能绅士一点儿，”事情本来与乌力天扬无关，他不认识这个舅舅，也知道母亲这个样子是不能去德国看舅舅的，看父亲在那儿欺负母亲，实在看不下去，说乌力图古拉，“你都这样了，站久了都晃悠，还和妈过不去，你就不能让着点儿妈？”

“把你的脚揣进口袋里，别在老子面前充英雄！”乌力图古拉勃然大怒，拍着桌子骂乌力天扬，“我让谁？我让得出谁去？我让石头石头闹地震，我让燕子虎燕子虎装神弄鬼，我要都让了，这世界有个太平吗？还有你，我让你放眼看天抬头做人，你呢，眼在哪儿头在哪儿？种菜让一脚盆脏水泡了，百十号人都端不住，让人给踹了窝也不冤枉，就你这种熊样儿，有什么资格教训老子？”

“我说妈的事儿，你扯种菜的事儿干什么？”乌力天扬皱眉头，“菜让水泡了又不是我让泡的，大半个中国都给泡了，我也没闲着。”

“你妈是谁？她是我老婆！我爱扬鞭扬鞭，爱尥蹶子尥蹶子，山南跑到海北，那是我的事儿，羔犊子变成马熊也是我的事儿！”乌力图古拉冷笑一声，“种菜是你的事儿。你没种好就是你的错，你让水泡了就是你的错！你泡了菜地国家就少了一块菜地，你把国家的阵地丢了，你闲没闲着都是错！”

“你还讲理不讲理？”乌力天扬真是火了，没见过这种没理都能翻出理来的人，尤其是，这个人已经老了，而且还中过风。

“我的理我管着，谁也拿不走，这辈子没人能拿走！你翻翻自己的巴掌,看看上面翻不翻得出一根道理来?你这辈子就这么光着巴掌过下去?”乌力图古拉阴阳怪气,把儿子往墙头上踢,踢上墙还加一颗钉子,钉死。

乌力天扬没办法和乌力图古拉说话。他无法原谅那个比孩子还要逞强却逞强得没有道理的老家伙。也许这样说不对,是无法原谅那个拿个人道理当天下道理的老家伙。要不是童稚非出来拦住,真不知道乌力天扬会干出什么不理智的事情来。

3

童稚非还是有埋怨,只是不再说出来,也不让乌力天扬插手。孩子和丫丫生活上的事,她都承担着。这样一头儿是工作,一头儿是两个老人一个瘫子,再加上两个孩子,童稚非就是拼了命,就是想做铁人,也有力气不够的时候,眼看着头发焦黄得更厉害,脸色越发是不好看。

乌力天扬心里有愧,觉得对不起小妹。事情全是他揽的,他说我姐的孩子就是我的孩子,他说领家去吧就领到家里来了。话好说,可孩子是属鸟儿的,得一颗草籽一条虫地喂大,不是风能吹大的,让童稚非做一只老鸟,整天和老人孩子纠缠,自己的生活全荒芜了,实在是害性命的事儿。

乌力天扬琢磨着请个人来帮助童稚非,但乌力图古拉不让,理由是他和萨努娅已经退下来,不能再为国家做贡献,家里有公勤员,有司机,不能再给国家找麻烦。乌力天扬说,扯不上国家,国家不管你家里需不需要人手,相反,找个人来做家务,来的要是下岗工人,解决了再就业问题,来的要是农民,解决了孩子读书的问题,那是为国家作贡献。可不管乌力天扬怎么说,乌力图古拉就是不同意,申明他的生活不用别人操心,碗筷自己洗,尿盆自己倒,就算走路走急了跌一跟头，别人也不用上前拉他，他自己爬起来继续往前走。他还拉长了口气嘲讽乌力天扬，你要眼馋地主老财，想用长工，你去别处用，我家不用。

左思右想，乌力天扬瞒着童稚非找到小蔡。他和小蔡商量，是不是可以这样，理论问题放到一边，一百年不争论，入赘的事情不谈，小蔡和童稚非先把事情办了，小蔡不用住学校，住到乌力家来，小日子和大日子一块儿过，先把日子过起来再说。如果小蔡同意这个方案，不用小蔡说，他去做伯伯伯母的工作。

小蔡愣了半天，说还真是的，不入赘不等于不能住到岳父母家里嘛，这事儿我怎么就没想到？看我这书读的，都读傻了。想了想又沮丧，说想到也没用，事情不光得通过自己的父母，还得稚非同意，她要不同意，大小日子都过不成。

乌力天扬坦白说，妹夫，我给你说实话，我出这个主意比较卑鄙，没太考虑你，伯伯伯母那头，也得先和你串通好了，拿理论和实际的幌子来哄他们；我这样做，主要还是考虑小妹，你要不认，就算我的错，我出了馊主意。我是真对不起小妹，对不起妹夫你，我是想，你俩到一块儿，家务事儿不用你做，夜里不读书了，你和小妹说点儿贴己话，让小妹有个躲起来抹眼泪的地方，你那按摩本事，也能派上用场，要是能这样，我就算再欠小妹的，欠你的，也算没欠到底。

小蔡一听这话，一把握住乌力天扬的手，哆哆嗦嗦地涨红了脸，不让乌力天扬再往下说，就冲乌力天扬这话，这回他不让当哥的拿主意，不让哥的小妹拿主意，也不让儿子的父母拿主意，这个主意，他当妹夫、未婚夫和儿子的拿了。

小蔡果然拿了主意，一改优柔寡断的性格，要和童稚非办事，两个人的小家就安在乌力这个大家里，还拿出尚方宝剑，把自己的父母接到乌力家，让两个赞同特区政策的开明知识分子当面申明男方家里毫无保留地支持。

童稚非没有想到，磨了这么多年，事情竟然这样容易就解决了，解决得一点儿遗留问题都没有，这个结果让她有些失控。那天两家人高高兴兴在一起吃了顿饺子，商量好事情什么时候办，怎么办。商量完，送走小蔡的父母，回到客厅里，童稚非靠在门口，眼泪唰唰地流下来，怎么都止不住。乌力天扬不会劝人，说小妹你这是干什么？你切完葱没洗手啊？没洗手你揉眼睛干吗？童稚非说，你走开，我不要你管，我爱洗手不洗手，爱揉眼睛不揉眼睛。

乌力天扬走开，在走廊里背着人长长地松了一口气，拐弯，一步一步上楼，去了三哥房间。他搬了一把椅子，把椅子放在三哥床边，在椅子上坐下。他坐得很松弛，但没有跷腿，没有摇晃，那么坐着，和三哥说话。

“报纸上说，哈雷彗星要回来了，六艘宇宙飞船从地球出发，去迎接哈雷彗星，它们拍回了不少哈雷彗星的照片……”

乌力天时躺在床上，瞪着一双越来越显得智慧的白眼，看着天花板，不理乌力天扬的茬儿。

乌力天时最近有点儿不像话，他滥用他的智慧，有一次乌力天扬喂他吃饭，他慢腾腾把手抬了一下，好像要抢乌力天扬手里的汤勺。还有一次，乌力天扬给他洗屁股，他很不耐烦，朝乌力天扬翻白眼，嘴里咕哝着，含糊不清地哞了一声。

这两件事，乌力天扬都没有告诉家里人。倒不是怕父亲知道了批评三哥出格，也不是担心母亲伤心三哥忘了伟人语录，而是乌力天扬尚未确定，三哥是不是真的想抢他手里的汤勺，这个“是”和“不是”意义重大，要确信无疑了才能通报。而且，三哥含糊不清地叫了一声“哞”，三哥不是学牛叫，乌力天扬分析，三哥那是在叫“妈”——三哥虽然智慧，毕竟生疏了，没认出，把乌力天扬当成妈妈，性急了，含糊不清，把“妈”叫成了“哞”。这个含糊不清，有可能不是含糊不清，而是含糊其辞，要先搞清楚。

“报纸上还说，再过一年，大麦哲仑云超新星就会爆发，人们会见到三百八十多年以来最亮的超新星。”乌力天扬松弛地坐在那儿，不跷腿，不摇晃，目光自然地看着自己的三哥，“所以，哥，有一句话我得对你说，你听了别不高兴。哥，你这么老当化石，老躺在这儿，真落伍了，没什么意思。要我说，你是彗星你就回来，你是超新星你就爆炸，好不好？”

4

原以为小妹的婚事有了头绪，会向希望的方向发展下去。乌力天扬和父亲不对付，也不打算再对付下去，打算小妹的事一办，自己就离开家去黄陂种菜，不在父亲眼前晃来晃去，免得他看哪儿都不对劲，那样会委屈一方，或者委屈双方。哪知道，童稚非的事情还没办，乌力图古拉就出了事。

一伙水耗子看中江边废料场上的汽车，趁天蒙蒙亮从江里泅上来，把汽车的发动机和轮胎卸了下来。谁也没想到大冬天有人命都不要了这样干，江边的流动哨早不知躲到什么地方避风去了。乌力图古拉的“长征路线”有江边废料场一段，那天刚好碰上。一个病病歪歪气喘吁吁的老头儿和七八个能在三四摄氏度的气温中往江里跳的年轻人对阵，明摆着前者不占优势，乌力图古拉偏偏以卵击石，要打这一仗。

在乌力图古拉个人的战史上，以弱胜强以少胜多的战例不是没有，比如说1949年的荆沙阻击战，比如说这一次。乌力图古拉喝令水耗子们放下卸掉的发动机和轮胎。对方被乌力图古拉的一声吼吓住了，乖乖照办，真把东西从船上卸了下来。事情到了这儿，乌力图古拉打了个大胜仗，是满赢。可乌力图古拉不依，愣要把人也带走,交到基地保卫部门去。按乌力图古拉的想法,东西是基地的,留下合该留下,这样的仗不叫胜仗。你要冬泳可以,你要假冬泳真盗窃就不行,你就得受到惩罚。乌力图古拉硬要来战争年代那一套。堵住狗娘养的,一个也不许放过!除非313师打没了,让狗娘养的从313师头上踩过去!他要捉水耗子的俘虏,水耗子不干,两边动起手来。乌力图古拉走路都困难,手中一支枣木手杖不是汤姆式冲锋枪,只一个回合,就让水耗子给撂倒在地上。

乌力图古拉身上有两处挫伤,下颏儿给碰破了,左手中指骨折。这些都不要紧,要紧的是乌力图古拉被推倒在地之后,人站不起来,在冬天的江风中躺了好几个小时,后来一点一点顺着"长征路线"往回爬,爬上江堤,爬过果林,远远地叫住营区路上的行人,这才让人发现。这个过程时间长了点儿,冻着了,染上了感冒,后来发展到肺炎。

萨努娅嘲笑乌力图古拉,既然寡不敌众,不是对方的对手,干吗不讲点儿策略,"敌军围困万千重,我自岿然不动"[①]。可见还是落伍了,至少是轻敌,不是什么真英雄。后来还是童稚非觉察到乌力图古拉的情况不对,人才从基地医院转出去,转到军区总医院,接受进一步的检查和治疗。

萨努娅对乌力图古拉转院的事百思不得其解。乌力图古拉不是没有被打倒过,不是没有进过医院,他进医院进多了,他身上没有一处地方是完整的,顺着脑袋往下数,光窟窿眼儿就能数出十几个来,这回又不是让榴弹炮给掀了,又不是让狙击步枪给点了,完全可以服两片感冒药,踹开门吧嗒吧嗒地满世界撒野去,转个什么院?

闻讯从下面赶回来的葛军机给萨努娅解释,爸不是当年的爸了,年纪大了,抗不住,得重视。萨努娅虽然还没想明白,但也不再

① 见毛泽东诗词《西江月・井冈山》。

说乌力图古拉的风凉话。

5

乌力天扬和汪百团的“乡里庄园”正在黄陂县蓝花荡划地的时候，鲁红军结案出了看守所。

鲁红军在接受审讯的时候内外有别，公司里的事，能说的他一样没瞒，公司外的人，口风却一直很紧，一些关键性的人物，他一个也没提。预审组有经验，知道天要黑着，什么道儿都不能走到底，并不真要撬干净他，看着能结案了，就放他过去。这一点帮了鲁红军。那些在电话里装不认识他的关键人物，不都是明哲保身之辈，案子一结，就有人私下给有关方面打招呼，做了种种工作。鲁红军是昔日的战斗英雄，又是残废军人、省人大代表，将功折罪，判了两年。考虑到他的残疾程度，采取保外就医的方式监外执行，公司以及鲁红军个人非法所得全部罚没，这个判法，也还说得过去。

鲁红军的事，一直是符彩儿在奔波。公司垮掉之后，符彩儿始终没有离开，到处疏通关系，甚至沸沸扬扬闹到有关人士的家里去，这和那几个关键人物出面打招呼不无关系。

鲁家在鲁红军发达之后没有得到过任何好处。鲁家别说光耀门楣，鲁爸爸退休前想让儿子找区里说说，给自己调个正处调研员，那样生病住院的时候能住四人小病房，而不是八人大病房。鲁红军推掉了，说多大点儿事呀你就敢动我。鲁爸爸做前列腺手术，鲁红军连医院都没去，就是过年的时候，连点儿年货都没往家里送过，所以，鲁红军的事，鲁家不愿管。

鲁红军出来的事，是符彩儿告诉乌力天扬的；鲁红军情绪消沉的事，也是符彩儿告诉乌力天扬的。符彩儿的意思，是让乌力天扬去看一下鲁红军。不光家里回不去，鲁红军现在是众叛亲离，过去围着他转的人如今都离开了他，办公司时得罪下不少人，还欠下不少多头债，仇人和债权人整天追着找他，他只能躲在招待所里，日子很不好过。

“只有我会为他做这些事。”符彩儿平静地对乌力天扬说，“也只有你还会帮助他。”

符彩儿没有带乌力天扬去鲁红军那里，她要赶去火车站，从那儿去北京。符彩儿读书上瘾，考上了人大的博士生，半个月前拿到录取通知书。她知道乌力天扬会去看鲁红军，所以连火车票都买了。她还知道乌力天扬为什么回到武汉。

“我出生在这里，在这里长大；我从这里走掉，再回到这里，没有什么不同。”

“不错，谁也看不出你消失掉再出现和出现后再消失掉有什么不一样，或者你永远都待在这座老死的城市里，或者你从此不再回来，这也没有什么区别。但有一件事情例外——走掉和回来的不光是你，不是你一个人。”

乌力天扬在料峭的北风中眯缝着眼睛迅速地看了符彩儿一眼。乌力天扬很长时间没有见过符彩儿，符彩儿变化很大，好像这么多年，她终于找到一个成熟的机会，不用躲在什么人的背后神经质地嘤嘤哭泣，若是青铜刀，现在还是，冷飕飕的，只是刀已经开了刃，出了鞘，而且犀利得很，能伤人了。

“你走了，她也走了；你回来了，她也回来了。一个人的存在和两个人的存在不同，它们或者有序，或者混乱。不管那是什么，一个人没有过去和未来，两个人才会有。”

“你还会回到这个城市里来吗？”

乌力天扬想转移话题，问过这句话之后就后悔。这句话问得很蠢。人不是肉苁蓉，只会寄生在红沙、盐爪爪或者琐琐树的根茎上，人更像适应能力极强的车轴草、矢车菊或者三色堇，在哪里都会扎下根须,吐出花苞,结出蒴果,没有一粒种子在离开果荚之后还会回到原处。

大约知道乌力天扬心里怎么想,符彩儿没有回答乌力天扬的话,抿嘴笑了笑,将额前被风吹散的乱发捋了捋,说:

“有一样东西,一直想还给你,但又舍不得。还记得那枚战功章吗?”

乌力天扬当然记得。符彩儿在乌力天扬从战场上带回来的几样东西中最终挑选了那枚战功章。她把战功章火种似的捏在手里,一点一点刺进胸脯,把它别在自己的乳房上,然后骄傲地问乌力天扬,自己是不是像个伤痕累累的大兵。

“我一直保存着。不是我硬要留下,毕竟它记载了我年轻时的一段岁月,我忘不了,也不想忘。我想过了,还是不还给你了吧。”

乌力天扬和符彩儿在新华路长途汽车站分了手,看着符彩儿招手拦下一辆出租汽车,弯腰钻进车里,车向火车站方向驶去,很快消失在车流中。乌力天扬转身向另一头走去。一群中学女生迎面走来,情绪激动地说着自杀身亡的三毛的事,有人抹眼泪,有人语无伦次地说话。

我不知道还有谁可以让我去爱。我都二十岁了,可却不知道该去干什么。我有时候会不坚强,会找不到回家的路。

现在都过去了。他们都在寻找,而且在抵近或抵达。

6

招待所属于一家中央在汉单位,深藏在洞庭街的一个院落里。几十年来,老租界的建筑增添了不少,法桐树却不受干扰地往上长。那种老式的哥特式四层小楼在杂乱无章的建筑中非常不起眼,有时候找到楼下,却不知道是不是要找的地方。

出示了身份证，问清楚山西的鲁力先生住在哪个房间，乌力天扬按服务员的指点上了三楼，来到房间门口。

几乎是在伸手敲门的同时，乌力天扬听到房间里传来一种轻微的、熟悉的器械撞击声。手悬在半空中，脑子飞快地转了一下。下楼叫服务员开门得费尽口舌解释，时间不够。眼睛往门上一睃，得出判断。人往后退一步，回身朝门冲去，臂膀重重地撞向门。

黄漆陈旧的房门一声闷响，沉重地向里倒去，老式牛头牌内销锁飞向墙壁，在那里砸飞一大片墙灰。乌力天扬随着惯性扑进房间，眨眼间将屋内的情况尽收视野。

两张一米二的单人床，靠里墙的一张床上被子凌乱，枕头皱巴巴的。另外一张床上放着打开的皮箱，箱子里的东西翻得满床都是。床头柜和地板上放了好几个烟缸，每一只烟缸里都装满了长长短短的烟头。电视柜上胡乱丢着几件脏衣裳，地上到处是快餐盒和食品包装袋。一辆义友牌轮椅斜倒在墙角，车轮压着一条失去了光泽的义肢，另一条远远躺在卫生间的门口。

乌力天扬吸进一口烟，被呛得咳嗽起来。满屋都是烟，这一点他没有料到。可他没有停下来，准确无误地扑向窗帘下靠墙坐着的那个半截人。但是，他在半途中倒抽了一口凉气，急速收住身子，颓丧地站在了屋子当中。

一支有螺纹枪口的手枪阴森森地指住了乌力天扬。

是国产67式改进型手枪，使用64式7.62MM无底缘手枪弹，九发弹匣装，消声装置简便，具有良好的平衡性，那支手枪捏在鲁红军手中。鲁红军头发凌乱不堪，胡楂儿乱糟糟的，眼眶深陷，眼珠子里透着血丝，人靠坐在靠墙的床边，拉严的窗帘搭在他身后，棉袄敞了上面的两粒扣子，两只断腿下各垫了一只枕头，上面胡乱搭了一条毛毯。他的身边有一盒拆了封的红塔山牌香烟，一个打火机；地板上丢着几个凌乱的烟头，其中一个冒着余烟；一盒打开的二十四发装手枪弹，盒中的枪弹少了三粒。

果然不错，敲门之前传出的，是叉簧和套筒滑动时发出的轻微声响。

房间里的人和撞进房间里的人同样受过良好训练，并且接受过死亡考验，能够在第一时间阻止住对方；只不过，房间里的那个人不用撞开门、平衡住身体，然后再扑过四五米的距离，这一点，房间里的人占了上风。两个人如同两条攻击能力一流的蝮蛇，停滞在原地，盯着对方；一个咻咻地喘气，一个冷冷地纹丝不动。

“她叫你来的？”

“是。”

“算你来过了。走吧，门给我带上。”

“枪给我。”

鲁红军冷笑了一下，垂下眼看了看手中那支冰冷的家伙，因为身子靠着墙，半截下身使不上力，握枪的手下意识地往回带了一下，枪口顺到一旁。可没等乌力天扬收缩肌骨扑向他，枪口又回到原来的方向，指住乌力天扬。

“别动。”

“这么做没意思。”

“我没请你来。”

“犯得着吗？”

“这是我的事儿。”

“枪给我。”

“滚出去，要么我把你一块儿捎上。”

鲁红军恼羞成怒，像一头卧在枯骨丛中等死的老象，让人撞进神秘的坟场，看见了成堆的枯骨和象牙。问题比先前复杂，至少比半分钟前复杂。乌力天扬觉得浑身的毛孔都张开了，额头上有细细的汗水涔涔渗出，后背一阵阵发紧，呼吸不由自主地急促起来。

“红军你听我说，”乌力天扬用力咽了一口唾沫，他觉得自己卑鄙得很，他根本就不想这么叫对方，却这么叫了，“没有什么过不去的，不就是公司垮掉了吗？又不是你一个人垮掉，大家都在垮……”

“闭上你的臭嘴！”鲁红军恶狠狠地说，眼里的血丝充盈得更厉害，“用不着你来教训我！你算什么玩意儿，凭什么来教训我！”

“……每天都有人垮。垮就让它垮。垮又不是什么了不起的事。再说你已经垮过了。你人已经放出来了……”乌力天扬紧张地盯着对方手中的那支枪，不让自己停下来，也不去听对方在说什么，“……地雷炸了，人被掀起来，脚没了，睾丸没了，这没什么，我们重新开始。我们可以重新开始。我们可以再办一家公司……”

“你他妈的，太逗了。”鲁红军抽着气大笑，笑得急促，凌乱不堪的长发在额前乱晃荡，手中那支枪也在剧烈晃动，“那叫什么重新开始？狗屎！我要重新开始就没有地雷什么事儿。我要长回我的脚来，长回我的睾丸来。如果我还是男人，我要做一个有鸡巴的男人。我能做到吗？”

“……办公司又不是挖山。人家山都能挖。人家愚公一大把年纪，只有锄头，他不是挖一座，他是挖两座，一座叫做太行山，一座叫做王屋山。他干劲儿大得很。他都不怕，你怕什么……”乌力天扬紧紧地盯着对方手中的枪，不让自己停下来，也不让对方停下来。他把身子往一旁移了一下，让自己离开枪口，“……你又不是没有让人废过，又不是没有从屎堆里爬出来过。你腿没了，睾丸没了，这不算什么。要怨你就怨你自己，怨你现在这个样子，看你长得有多肥，下巴都长双了，坐都坐不直了。你看看你的样子。就这样你还要什么睾丸？还不扇自己的耳光？还不长进？你要连这点儿事儿都禁不住，就算满身都长上鸡巴又有什么用？你就是一个没用的家伙……”

“我崩了你个兔崽子！”鲁红军勃然大怒，手中的枪冲着乌力天扬伸出来。

够了。乌力天扬已经判断出来，鲁红军手中的那支枪，弹匣里装有三发子弹，其中一发有可能顶上了膛。但他还是找到了机会——手枪握把左侧的手动保险在闭锁状态下，武器尚不能击发。这真得感谢对方把枪口指向他，这样他就可以装作害怕，或者采取凡有避弹经验的人都会采取的动作，往旁边移一步避开枪口。当然，他选择的是向右边移动，这样他就能看清楚位置在握把左侧的保险装置。还有第二个机会——他激怒了对方，让对方失去控制，把枪伸了出来，这样枪就离对方远了两尺而离自己近了两尺，对方要收枪解开保险就会延迟两秒钟。

“别开枪，我这就……”

乌力天扬扑出去，越过外面的那张床，直接扑到鲁红军身上。几乎是将七十三公斤重的身体重重地砸在鲁红军身上的同时，他双手握住鲁红军持枪的那只手，枪口抬向空中，靠近鲁红军的那只肘臂猛撞鲁红军的胸口，在鲁红军负痛失神的一刹那，飞速拧腕，把枪夺了下来。

鲁红军捂住胸口，痛苦地顺着墙倒下去。乌力天扬迅速地从鲁红军身上起来，退开，同时摁动握把下方的弹匣扣，卸下弹匣，拉开套筒，退出弹膛中的子弹，从抛壳窗检查了一下弹膛，释放套筒，扣动扳机，听清楚枪机撞击空仓的声音后，将空仓的武器反手插入后腰带。做完这一切，他才感到一阵虚弱，汗水一片一片顺着脊背往下滚，腿一软，一屁股坐在床上，大口喘着粗气。

有很长一段时间两个人谁也没动，各自待在原地。有人在走廊里走动，在什么地方拐了个弯儿，下楼去了。老房子，地板的质量靠得住，塌陷不下去。那么呆坐着，也不知待了多久，鲁红军嘤嘤地哭起来，后来哭得动静大了，然后，他拖着没有了腿的臃肿身子向乌力天扬爬来。

乌力天扬下意识地站起身,厌恶地离开鲁红军伸向自己的手,朝门口走去,颤抖着手,去把撞开的门扶正,掩上。他没回头,脑袋支在门上,手还在颤抖,大喘粗气,想要呕吐。他有了一种幻觉,眼前火光一闪,看着身后挂着枪说说笑笑走在路上的鲁红军被掀翻了,人倒下以后还撑着坐起来,看了看被炸得飞到一旁的两截腿,再看了看手中剩下的半截步枪,人往下一歪,倒了下去。红军!红军!别动我!你鸡巴眼睛到哪儿去了!哎哟!疼死我了!我操你妈!你个王八蛋,踩鸡巴踩!把我的腿给我!哎哟呀!何未名?何未名?急救包!

乌力天扬把自己支在那里,支在门上,人颤抖着,什么话也说不出来。他知道,他一直在寻找天使,他寻找的天使,他们不在天堂里,而在地狱中,他根本不可能在天堂里找到他们,他也不可能在天堂里学会做一个天使那样的生命。他知道,他也许还会重新走上战场,他肯定会重新走上战场,可他永远也不会再撕裂着嗓子对谁喊叫,而且,有一点可以肯定,他再也不会松开那个被地雷掀起来又落回到地上并且丢掉双腿和睾丸的兄弟的手了。

7

春节快到的时候,简雨蝉姐妹俩回到武汉。

不仅北京,简雨蝉带着简雨槐跑遍了上海和广州所有的大医院,找了无数专家,做了无数治疗。总是在绝望的时候,走投无路的时候,什么地方突然冒出一个希望,说有一位大隐于市的奇人,他能治这种病,或者什么科研部门攻克了人类不治之症,简雨蝉就带着简雨槐赶过去,然后希望又像美丽的气泡一样破裂,简雨蝉再带着简雨槐去寻找下一个不知在什么地方藏匿着的虚无缥缈的希望，直到精疲力竭，所有美丽的气泡都破裂为止。

简雨蝉那段时间还要照顾生母夏至。丈夫死后，夏至考虑得继续生活下去，谈了好几个老头儿。不是恋爱，是寻找配偶，过习惯了的再也回不去的日子。前夫家对夏至的做法很不满意，让夏至注意政治影响，同时动用关系阻止夏至与老头儿们的交往。夏至由此患上了寻找配偶综合征，整天给简雨蝉打电话，要简雨蝉去看她，陪她说话，替她给那些望眼欲穿的老头儿们送信，把简雨蝉累得不行。

简雨槐去的时候什么样，回来的时候仍然什么样，一点儿都没变。孩子却在回到妈妈怀里的时候抹了眼泪。

乌力天扬不高兴，皱紧眉头说孩子，喝水喝多了？喝多了去撒泡尿。

乌力天扬和孩子约定，过几天他把农场基建的事情处理妥了，回来教他鸟儿叫，长尾伯劳或者红冠戴菊，它们一个叫声清脆，一个叫声高亢，而且都是喜欢浆果的家伙，嘴都馋。

“光会青蛙叫和蝈蝈儿叫不行，那样狗还是会发现。”还有，“你能踢破钉螺的脑袋，这一点你比我强。”还有，“你知道你很聪明，要是魔鬼遇上你，魔鬼就惨了，你就聪明成这种样子。”

“还要教我呼吸水，你答应过。”孩子破涕为笑，趁机加码。

说了几遍，那不叫呼吸水，是在水中呼吸，但孩子固执得很，就是不肯改。乌力天扬没有觉得这有什么不好，孩子有这个权利，他就是觉得自己是一块埋在泥里的石头，也没有什么不对。

乌力天扬和孩子东一句西一句，像是打哑谜。简雨蝉站在一旁，一句话也没说，自始至终，用一种不肯相信的、如在奇迹中的目光默默地看着乌力天扬，然后再看看孩子。

“我不会做婊子。”孩子抹了一把眼泪，勇敢地向乌力天扬承诺。

“我相信。现在你比我强多了,我得想办法赶上你。”乌力天扬一脸严肃,用力拍了拍孩子的肩膀。

“他说他不会做什么?”简雨蝉为孩子的话吃了一惊,瞪大眼问乌力天扬。

“他没说。他说他喜欢做鱼。”乌力天扬冲孩子眨了眨眼睛,惭愧地承认,“我不该揍你。”

“大人总是爱揍小孩。”孩子扬扬得意地说。

“你揍他了?”简雨蝉大惊。

“两次。”乌力天扬承认。

“乌力天扬,你真不要脸!”简雨蝉气急败坏。

“好了,我走了。我去看雨槐,有事儿告诉她。”乌力天扬说。

简雨蝉看着乌力天扬向远处走去的背影。他个子高高的,肤色黝黑,宽肩膀,宽大的颧骨,长胳膊长腿,长着一对招风耳。他的身后拖着一条长长的影子,有时候,影子会被水杉树的影子温柔地切割开,成为好几个闪烁的影子。简雨蝉被那些闪烁的影子给弄糊涂了。她不知道哪个影子才是他,或者它们都不是。她的目光一直追随着他的背影。她迷迷糊糊地想,要是她像湿漉漉的水草似的缠紧他的影子,会是一种什么样子?

简雨蝉一直想问乌力天扬一件事,可一直没机会问——他忘没忘她对他说过的、他说他喜欢的那句话?别走远啊。她是那么对他说的。他就在她默默的目光和念头中走远了,消失了。

8

窗帘拉上,留出一道缝隙,一缕日光从缝隙中细细地照射进来。她紧张地看着日光,日光随着窗帘的摇动而摇动。她蹑手蹑脚地从床上下来,慢慢走向忽去忽来的日光,接近它,突然跃上,足尖被日光托住，托稳，日光飘摇，她也飘摇，双臂缓缓抬起，翩翩跹跹。

一、二、三、四——灯光亮了，追光灯罩住她。

五、六、七、八——灯光次第亮起来，舞台辉煌一片。

音乐响起，从黑暗中潜过来，笼罩住她。她僵硬的脸开始融化，开始变幻无穷——妩媚的天真和纯净，柔弱的忧戚和渴望，单纯的欣慰和欢愉，强烈的震惊和癫狂，痛苦的伤逝和绝望；漫长的黑暗，她与日光人影相伴，联翩络绎，进退无差，若影追形——轻盈而谨慎的足尖踩出娇羞，柔美而易折的双臂探询着多情，令人轻声叹息的头部微摆，让人不易觉察的长睫震颤；日光融化了，水一样散开，雾一样散开，攀着她的足尖向上，一直向上。

日光跳跃了一下。门锁响。她颤抖了一下，停下来，收束回双臂，离开飘忽不定的日光，飞快地坐回床上，靠拢角落，把自己缩成一团，拢住双膝，保持静止的姿势。

门开了，是乌力天扬。他放下手中的旅行包，目光从窗帘边收回，那里有什么东西跳跃了一下，又消失了。

“我给你带来了一个人。”乌力天扬走到床边，单膝跪下，从衣兜里小心地取出一封信，递给角落里的那个人，“不，还不是人，现在还不是，是一封信。反正都一样。信是他写的。他很快就要回来了。他让我把这封信交给你。”

简雨槐把目光从窗帘边挪回来，落在信上，没有动。好像她不知道那是什么，好像她在想，它是不是日光，她该不该接住它。

乌力天扬把信收回去，起身走出卧室，一会儿搬了把椅子来，在床边坐下，拆开信封，取出信瓤，轻声地为简雨槐读那封信：

> “在汽车还没有出现的时代，圣彼得堡的马车夫们为了让马在拉车时不受干扰，常常给马戴上眼罩。我这一生就是戴着眼罩走过来的，这使我的工作没有受到外界任何干扰，使我

能够一心想着自己的事业。”

知道上面这段话是谁说的吗？乌兰诺娃，你最喜欢的舞蹈家；或者说，我认为，她是你最喜欢的舞蹈家。

而我喜欢乌兰诺娃的这句话。她这句话说得多好啊！我们都是马，是马一样热爱自由的生命；我们的眼睛在一出生的时候就被蒙上了，上天为我们制造了那只眼罩。我们戴着那样的眼罩长大，长大后继续前行，去寻找生命中的自由。我们的确没有受到外界的干扰，因为真正干扰我们的不是别人，而是我们自己，是因为我们不明白、我们的质疑，而我们恰恰忘记了一点，在寻找生命中的自由时，我们应该同时寻找到和生命的自由相适应的限制性力量。

现在，我已经走完了我的一生。我是说，戴着眼罩的一生。我已经结束了我的起源、成长、变迁和死亡。我该死而复生了。

…………

雨槐，二十年前，当我在福建南部山区的一座大山里看到你的一幅剧照后，我一直在对你说话。我对你说了二十年，说了那么多，现在，我不想再说了。不，不是不说，是不再在纸上说，不再在心里说。不管发生了什么事，我都要回到国内去，我要见到你，把我的话，还没有说出来的话，还会不断生长出来的话，说给你听。

你会看到，我的右手放在左胸上①，永远放在左胸上。

等着我。

乌力天扬把信折叠好，放入信封，探过身子，拿过简雨槐的一只手，把信放进她的手里。

“好了，我走了。”

---

① 早期芭蕾哑语，意即表达爱。

乌力天扬这么说，站起来，提起地上的旅行包朝门口走去。他说他走了，没说他去哪儿——他从这里离开之后，会去火车站，从那里去南方一个偏僻的山村，去找一个名叫段人贵的人——或者他曾经叫过这个名字。他去看他，看看他能为他做些什么，然后，他会回到这座城市。也许是他一个人回来，也许是他和他，如果后者在战场上留下的伤落下了残疾，并且愿意跟着他走。不管回来几个，他会在回到这座城市后的第一时间去司法部门，告诉他们，他在几个月前接过一件活儿，他们不会喜欢那件活儿，但去他妈的，他接了，干了，并且不会为接下这件活儿而后悔。至于他将受到如何处置，那是法律的事。

乌力天扬走到门口。他在那里听到了一种不同凡响的声音。是鸽子飞过天空的声音，那些野鸽子。

乌力天扬站下来，回过头去，看了一眼缩在角落里的简雨槐。他眼眶湿润。他想，她一直在等待“他”的这句话，她一生都在等待“他”的这句话，现在她终于等到了。他这么想着，拉开门，走了出去，然后把门稳稳地带上。鸽哨悠悠，从窗外掠过。

“那个孩子，是你的孩子。”简雨槐对着空空的门说。然后，她慢慢低下头，目光落在手中的那封信上。一缕日光悄然移过来，跃上信封。

9

萨努娅在电话里表现得非常镇定，镇定到乌力天扬一时没能反应过来。萨努娅说，你爸爸要走了。乌力天扬问，去哪儿？乌力天扬问过那句话之后才醒悟过来，他不该那么问，他那么问像没长大的孩子。

乌力天扬赶到军区总医院的时候，葛军机已经先到了，陪着萨努娅,和一科的两位主任在病房外谈着什么。几名医生和护士在稍远一点的地方站着,百无聊赖地守着可能需要可能不需要的各种急救器械,脸上带着些许不耐烦的神色。基地也来了人,有些夸张地走来走去,公事公办地张罗着,因为专司老干部工作,业务上很熟练,也很尽职。

葛军机和乌力天扬打招呼。萨努娅看了乌力天扬一眼,说,你进去吧。然后平静地对主任们说:

"不,你们听错了我的意思。不是不开胸、不切管,是所有的抢救措施都不要,所有的、你们认为必要的、《急救手册》上规定的抢救措施,都不要。"

"我们不敢保证一定有作用,不过,抢救过来的几率还是存在的,我们有过这样的先例。"

"不,不要先例。"

"可是,首长这种情况,我们没有得到指示……"

"不,不要指示,也没有首长。他不需要抢救,我已经说过了。"

乌力天扬推开病房的门。浓烈的丹参味道扑鼻而来,还有一股什么东西正在腐烂的味道。呼吸机过滤器里传来气泡冲击蒸馏水发出的声音,显得懒散而疲惫不堪的生命仪上,暗绿色的显示波僵蛇般呆板地来来去去,落下一片片数字蛇蜕。

乌力图古拉在弥留的回光返照阶段,人很精神,躺在床上,脑袋下高高地垫着两个枕头,看见乌力天扬进来,皱了皱眉头,脑袋往一边歪,往阳台上看,嘴里咕哝着。因为插着氧气管和鼻饲管,假牙给拿掉了,听不清他在说什么。

童稚非在阳台上,背对着病房,不肯相信一切也不肯原谅一切地靠在栅栏边,双肩抽搐,一把一把抹眼泪,抹完再拿手抠玻璃窗上的油封泥。阳台的门关着,听不见她的声音,她的声音是在乌力天扬推门走进阳台后听到的。童稚非哭得很厉害,声音控制在喉咙里，用不要命的、恨不能哭死算了的架势哭。不光哭，还咬自己的衣袖，恨恨的，是恨一切，尤其恨自己的衣袖。

乌力天扬走过去，揽住童稚非的肩膀。童稚非讨厌地躲开，还抬起胳膊挡了一下乌力天扬。乌力天扬说，行了。童稚非不说话，长长地吸着气抽搭了一下，好像要抽得背过气去。乌力天扬说，行了。童稚非恨恨地说，不行，偏不行，偏偏不行，关你什么事儿！乌力天扬知道劝不过来她。她不会原谅他，不会原谅弥留之际的父亲，还有丹参的味道、什么东西腐烂的味道、氧气冲击蒸馏水发出的气泡声，这个时候，她不会宽恕一切。乌力天扬放弃了，回到病房，把阳台的门带上。

乌力图古拉的脑袋仍然歪着，眉头皱着，人很精神，精神得不高兴，嘴里咕哝的声音能够听见了，却无法分辨，不知道他在说什么，或者想说什么。

乌力天扬在墙角的一张椅子上坐下。他想，这真是一个糟糕的场面、糟糕的地方。他想，不光他不喜欢这样的地方，那个歪着脑袋躺在病床上处于弥留状态中的老人，他也不喜欢。但是，他和他是否喜欢这样的时刻呢？他们作为父子相伴了三十多年，对抗了三十多年，厮搏了三十多年，谁也没有战胜谁，谁也没有赦免谁。他们其实是敌人，是那种敌人的关系。现在不管他们怎么想，这一切都要结束了，对这种无奈的局面，他们喜欢吗？

门外的声音提高了：

“请你们不要对我提组织……不要对我说理解……我们已经组织得够了……不……不需要理解……”

“请你们尊重我的母亲……尊重我的父亲……他们有权利决定怎么……包括你们说的……我父亲他……喜欢或者不喜欢……最后的方式……”

躺在床上的乌力图古拉看着乌力天扬，看着他的老五。乌力天扬不看乌力图古拉——不想看被各种各样的管子插满全身的乌力图古拉。他倒是想做点儿什么,比如给乌力图古拉泡一大缸沱茶,水要烫,茶要浓;或者掰一根香蕉给乌力图古拉,那种蕉皮黄亮的、硬硬的水果;再或者,他们当中的一个人,随便谁,在腰里束上搏克带,把另一个人当沙袋,用力地摔到地上去,拿腿狠踢,然后冲着对方破口大骂,让对方爬起来,别装屄。他知道自己的这个念头有点儿可笑,这只是他的一相情愿,乌力图古拉已经走到了生命的尽头,他已经不再需要这些,也不再是个搏克手了。乌力天扬被这个念头弄得有些失控,有些想不明白,他想不明白乌力图古拉怎么会这样。他坐在那儿,隔着地上一双早已失去了作用的皮拖鞋,看着床上因为回光返照而目光炯炯的乌力图古拉。

"给我,剃头。"

乌力天扬有好一会儿没有明白乌力图古拉在说什么。这回不是咕哝,吐字很清晰,乌力天扬听清楚了,只是不明白。但是很快地,一股电流从脚底涌起,贯穿了他的身体。

那个躺在床上歪着脑袋的老家伙,他要剃头!他想干什么?他想干什么!他还想被人推搡着架上台去,胸前挂上一个大牌子,脸上的唾沫多得来不及擦去,一边叱骂一边抵御着人们抓住他骄傲的头发,然后让他的老五冲上台去把它们一推子一推子剃掉吗?他为什么要提那只早已锈迹斑斑的推子?他还想最后来一场搏克吗?

乌力天扬知道一件事,那就是生命来自于海藻,那些被忽略掉的海藻。有很多次他都想回到过去,回到生命的初始,变回一丛海藻。他现在可以肯定地告诉自己,如果生命能再来一次的话,他不会再成为那个始终攀不上窗台的无望儿童、那个始终张皇失措的羸弱少年、那个始终找不到地狱入口的困惑青年,他会毫不犹豫地走进任何他寻找到的通道,走进去;而且,他走进任何一个通道,都会穿越它，都能穿越它，从它的另一头走出来。他能成为一丛结实的海藻，成为海藻不断进化的后代！

乌力天扬从椅子上站起来，拉开病房的门，走出去。他去街上买了一套理发工具。他出去的时候和回来的时候都没有和萨努娅说话，也没有和葛军机说话。他那个灵魂出窍的样子让两个人都有所警觉。

葛军机跟着乌力天扬进了病房，萨努娅随后也进来了。童稚非先不肯让人看见她哭肿的桃子眼，隔着阳台看见乌力天扬在那儿咬围布上的线头，擦掉剃头推子上的黄油，也进来了。

“你要干什么？爸爸他不能动，会有危险。”葛军机担心地说。

乌力天扬没有回答葛军机，把剃头工具整整齐齐放在床头，在床沿上坐下，先在腿上垫好枕头，再把手伸进乌力图古拉的胳肢窝，环住他的上身，小心着呼吸机的管子，慢慢用力，一点一点，把他抬到自己腿上，搁在枕头上，搁好，再替他围上围布，然后拿起推子。

萨努娅没有说话，甚至没有动。她在一把藤椅上坐下，坐得舒舒服服的，目不转睛地看着乌力天扬，看着乌力图古拉，神态自若，平静得要命。

乌力天扬在自己的头上试了第一推子。新推子，很好用，咬合起来几乎没有声音，一片头发无声地落下来，掉在他的裤子上。乌力天扬没有管那片头发，他开始给乌力图古拉剃头。很好，推子很好用，头发也很配合，一片片往下落。他剃得很小心，很认真，每一推子，都像执著的垦荒者，推进得十分彻底，推进到可以望见并可以抵达的尽头。

乌力图古拉的脸上露出享受的神情，他甚至哼哼了一声，想要调整一下姿势，让自己在儿子的怀里躺得更舒服一点儿，可惜这个他做不到，做不到了。

“我死了以后，你妈和天时跟天赫过。”乌力图古拉咕咕哝哝地说。

“爸您放心。我已经计划好了，妈和天时跟我。我会把妈和天时照顾好。”葛军机看看乌力天扬没有开口，接过话来说。

“妈才不跟你呢！妈跟我！谁也不许抢走妈！”童稚非突然地勇敢起来，抬手抹掉一串眼泪，倔犟地说。

“我谁也不跟。我自己过。我和天时过。”萨努娅说，目光从儿子和女儿身上移开，移到丈夫身上，“你操那么多心干什么。你就操你自己的心。你死你的，死好。死彻底。别落下什么牵挂。别玩儿什么猫儿腻，回头又闹。我们没时间陪你。我的事你不用操心。天时的事你也不用操心。”

“怎么不操心。”乌力图古拉咧了咧嘴，不是推子把他拽疼了，是他想笑，谐谑地笑，拿它反击妻子，结果没笑好，笑得质量不高，“我当然要操心。”

“把你自己的心操好。”萨努娅一点儿也不买乌力图古拉的账，“你操好自己的心，世界就安宁了。”

“别把脚，揣进你的口袋里。”乌力图古拉遭遇到反击，有些烦躁，有些不耐烦，在乌力天扬怀里咳了两声，不是咳，是用气抵开胸中正在往上涌的什么，然后固执地说，“我说了，你和天时跟天赫过。”

“天赫不在。”葛军机镇定地看着乌力图古拉，“他不在。”

“我不干。我不让别人抢走妈。谁都不许！”童稚非的眼泪又涌出来了，可她的勇敢没有退却，还挂在脸上，和眼泪在一起。

“他会在的。”乌力图古拉很肯定，目光炯炯，而且倔犟得很，“他逃不过去。他已经够了。让你妈跟他过。”

“我说了，我谁都不跟。我跟我自己。”萨努娅平静地说，一点儿也不妥协。

“别惹我。”乌力图古拉生气地瞪萨努娅，警告她，或者是威胁，因为这个，因为这些反抗很顽强，有些棘手，他得拿出手段来认真对付，因此喘息得厉害，“别给我说屎壳郎的事儿。它不是大象的奶妈。”

“你也一样。别在草尖上练跳高。别挂在鱼竿上睡大觉。还有，别来你的军阀作风。”萨努娅讥笑地看着乌力图古拉。这一次她开心极了，直起腰板，抬了抬骄傲的下巴颏儿，向他宣布，“你也够了。你也逃不过去。”

“Үхэл дайрсан！”①乌力图古拉在喉咙里咕哝地咆哮着，眼里露出恶狠狠的光，一眨不眨地盯着萨努娅。

“Ты это самы й проходимец-милитарист，когояувидела！”②萨努娅仰起脸儿，挑战地迎上乌力图古拉的眼神，丝毫也不退却。

“妈的。”乌力图古拉皱着眉头认真地想了想，又咧咧嘴，想笑，笑不出来，沮丧地说，“妈的。”

“这就对了。”萨努娅满意地笑了，温存地说。

乌力天扬停了下来，手里捏着推子，抬眼看母亲。一头雪白银发的萨努娅坐在藤椅上，她的坐姿非常优美，就像一株凛然不可侵犯的牛蒡花。乌力天扬这个时候才明白过来发生了什么——不，不是他俩都说了粗话，说了他们自己能听懂、别人听不懂、别人就算能听懂他们的母语也听不懂他们到底在说什么的粗话，而是母亲。

萨努娅不是萨努娅了。萨努娅思路正常，辨析条理分明，根本就没有任何失忆症的表现，好像那个困扰了她十几年的科安萨科夫氏综合征一下子从她身上消失了。而且，她没有背任何人的语录。

---

① 蒙语：“真该死！”
② 俄语：“你是我见到过的最无赖的军阀！”

萨努娅用平静的目光迎接住儿子。她甚至在那个时候都是平静的。乌力天扬知道这是他的问题——是他没有反应过来，没有明白，没有理解，在传承上走开了，脱离和丢失了出处，这些都是他的问题。

“剃干净，给老子剃干净，什么也别剩！”乌力图古拉命令，喉咙里咕哝着。

乌力天扬从母亲脸上收回目光，继续给乌力图古拉剃头。他当然要剃干净，什么也不会留下，什么也不让它留下，而且他保证能做到这个。他走开了，脱离了，丢失了，没有明白和理解，所以才找不到那些通道；现在他回来了，回采就能找到，就应该找到。

现在好了。问题解决了。乌力天扬把乌力图古拉剃光了，剃得整整齐齐。乌力图古拉的脑袋新鲜得像一只饱满的蘑菇，看起来意味深长，而且他很信任他的老五，相信他的老五会把他剃干净，剃得什么也没留下，所以他没有要求照镜子。他从来不照镜子。

“你出去。”乌力图古拉咕哝着说。

“听你爸的话。”萨努娅用鼓励的目光看着女儿。

童稚非看了看乌力天扬。乌力天扬的目光等在那儿。童稚非抹了一把泪，出去了，把门掩上。

“扶我起来。”乌力图古拉命令乌力天扬。

乌力天扬看着乌力图古拉。他在想，他是不是应该告诉他，他们没有来得及、根本就没有想到、根本就没有习惯，为他准备墓志铭。一头把自己钓上了鱼竿的大象。一阵收不住脚的风。一丛疯长着的植物。一滴反复来往于天空和大地之间的雨珠子。一个除了胜利什么也不要的奴隶。他会不会告诉他们，他打算自己来写他的墓志铭？

乌力天扬还想，他起来干什么？他已经不能主宰自己的亲人了，他连自己都无法主宰。他已经剃过头，像一只饱满的蘑菇，他还要干什么？要唱歌吗？乌力天扬想起一首歌："金色的灰背鸟啊，初一十五唱歌哟；银色的乌拉盖花啊，从春到秋开放哟；成群的灰背鸟啊，在乌拉盖河岸飞翔哟；簇拥的乌拉盖花啊，在科尔沁草原开放哟……"

"老子死之前，得撒，一泡尿。"乌力图古拉有些不耐烦。

"你们的老子，他要撒尿。他不想躺着撒。"萨努娅骄傲地向两个儿子宣布。

乌力图古拉被摘掉呼吸器和鼻饲管，搀扶起来，或者莫如说，被乌力天扬和葛军机兄弟俩架了起来。要想把他弄到卫生间里去几乎是不可能的事。他的身体已经散开了，骨骼和肌肉全都没有了附着力，如果硬要那么做，他们得一块块地往回捡他。他们只能把他抱着，让他站在床边。

时间漫长得足够孕育一茬儿好种子。乌力图古拉终于尿了。尿液渍湿了乌力图古拉的衬裤，一点点地顺着裤腿浸透下去，没有水花四溅的效果，量很少，甚至没能打湿他自己的脚面。

乌力天扬把眼睛闭上。他在想象壶口瀑布的样子，黄果树瀑布的样子。他在想血溅出血管的样子，生命冲出子宫的样子。他想，"他"还是赢了。这个老家伙，他还是赢了！

"好了，把我，弄回床上去。"乌力图古拉十分享受。他撒完了他生命中的最后一泡尿，满足地吐出一口长长的气，命令道，然后把眼睛闭上，等着他的两个儿子把他重新抱回床上。

"你们走吧，老子要死了。"他在床上躺好以后，躺舒服以后，向他的儿子们宣布，并且再也不理睬他们。

"你们出去。"萨努娅从藤椅上站起来，去衣橱里取出一条干净的衬裤，平静地对自己的老五说，"天扬，你去，看看他们需要签署什么文件，他们可以拿过来了。你签。"

乌力天扬像萨努娅一样平静，甚至没有再看乌力图古拉一眼，向门口走去，拉开门，走了出去。他在走廊里灵巧地穿过两台用来救死扶伤的器械，让开身子，让一位急匆匆的护士冲过去。他就像贴着地面飞的雨燕，根本不看咄咄逼人的颤抖着的天空，迅速地掠过春天里最后一道余霞，去寻找暴风雨到来的那个方向。他那样沿着走廊走着，无声而沉着，好像他是再生了，不再需要他的父亲，不再害怕找不到自己，而且他是孩子，不断地是孩子。

10

离开莫斯科的前一天，乌力天赫去新圣女公墓看望尼・奥斯特洛夫斯基。

在春天穿越空气干爽而沁凉的红场是一件十分惬意的事情。乌力天赫驻足红场，目送三岁的乌克兰小姑娘玛瑙从他面前走过，摇晃着两只小手向她年轻的妈妈玛斯洛娃跑去。他不认识她们。他其实并不知道她们叫什么、来自什么地方，他只是喜欢玛瑙和玛斯洛娃这样的名字，喜欢乌克兰这样的地方。他微笑着看着小姑娘扑进美丽的母亲的怀抱，急促地和母亲说着什么，然后，他冲着并不曾注意到他的母女俩扬了扬手，继续往前走去。

山毛榉、槭树、桦树、寒地杨。卓娅和舒拉、契诃夫和果戈理、斯坦尼斯拉夫斯基和爱森斯坦、马雅可夫斯基和绥拉菲摩维支、索菲娅公主和赫鲁晓夫……还有，柴可夫斯基梦中的天鹅湖。

尼・奥斯特洛夫斯基的军帽和军刀雕刻在他的墓碑下方，他本人则斜着身子，靠在硬朗的枕头上，瘦削的手边搁着一摞厚厚的书稿，看着前方。乌力天赫伸出手去，摸了摸那柄冰凉的军刀，又摸了摸军帽上那颗有些暗淡了的红五星。他看着奥斯特洛夫斯基。奥斯特洛夫斯基的表情是安详的，因为彻底摆脱了疾病的困扰而显得从容淡定。乌力天赫为这个感到高兴。他还为这位好兄弟没有活在这个时代感到高兴。他在心里默默地背诵这位好兄弟在病床上写下的那段话：

> 人最宝贵的是生命，生命属于我们只有一次。人的一生应当这样度过，当他回首往事，不因虚度年华而悔恨，也不因碌碌无为而愧疚，这样，在他临死的时候，他就可以自豪地说：我把自己的整个生命和全部的精力都献给了世界上最壮丽的事业——为人类的解放而奋斗。

告别了奥斯特洛夫斯基，乌力天赫去看望加琳娜·乌兰诺娃。为了一个承诺，他去看望这位伟大的芭蕾天使，看望那双人类最美丽的脚。

乌力天赫找到军方的朋友普列宁，向普列宁提出，他希望“借”到普列宁年轻美丽的妻子佳娜，以便能够以敬重艺术的人的身份走进莫斯科大剧院。乌兰诺娃已经与世隔绝，在医院里度过她生命的最后时刻，乌力天赫无法见到她，他只能去看望她曾经演出过的那座剧场，在那里寻找她的霓裳。这当然是没有问题的。在这之后，乌力天赫换了一套整洁的正装，一脸严肃地挽着光彩照人的佳娜的手臂，走进莫斯科大剧院。

灯光亮了，美丽的农家少女吉赛尔出现在舞台上——那是乌兰诺娃最好的学生马克西莫娃。朦胧、神幻的奇妙色光笼罩着她，莱茵河畔的微风吹拂着她；见到阿尔贝特，她的脸上流露出妩媚的天真和纯净；撕下占卜的雏菊花瓣，她的脸上流露出柔弱的忧戚和渴望；戴上收获季节女王桂冠，她的脸上流露出单纯的欣慰和欢愉；得知巴季尔达是阿尔贝特未婚妻，她的脸上流露出强烈的震惊和癫狂；在坟场与阿尔贝特重逢，她的脸上流露出痛苦的伤逝和绝望。轻盈而谨慎的足尖踩出娇羞，柔美而易折的双臂探询着多情，令人轻声叹息的头部微摆，让人不易觉察的长睫震颤……

美丽的佳娜发现，乌力天赫哭了，泪水顺着他坚毅的脸庞急促地流淌下来，一颗接一颗地滴落在洁白的衫衣领上。佳娜的眼睛湿润了。她朝乌力天赫伸出手，把手放在乌力天赫的手上，握紧了他。她想，是什么让这个有着蓝色水晶般忧伤气质的中国男人流下了眼泪？是那些灵魂无所依附的维丽丝①，是她们吗？

2005 年 7 月 28 日至 2006 年 9 月 15 日写于汉口

2007 年 1 月 2 日至 4 月 30 日改于汉口

2007 年 10 月 15 日至 10 月 25 日再改于汉口

---

① 欧洲民间传说中的一群少女幽灵，她们在婚前被所爱的人抛弃，死后化成幽灵，半夜时分聚集在森林中、山谷里或者坟场上，头戴花环，身披白色婚纱，成群结队诱惑过路男子，强迫他们同舞直至精疲力竭而死。舞剧评论家戈蒂埃（1811—1872）在德国诗人海涅的《论德意志》一书中读到这个故事，并以维丽丝和雨果短诗《幽灵》中的故事为素材，创作了芭蕾舞剧《吉赛尔》。

“新中国70年70部长篇小说典藏”书目

书　名	作　者
风云初记	孙　犁
铁道游击队	知　侠
保卫延安	杜鹏程
三里湾	赵树理
红　日	吴　强
红旗谱	梁　斌
我们播种爱情	徐怀中
山乡巨变	周立波
林海雪原	曲　波
青春之歌	杨　沫
苦菜花	冯德英
野火春风斗古城	李英儒
上海的早晨	周而复
三家巷	欧阳山
创业史	柳　青
红　岩	罗广斌　杨益言
艳阳天	浩　然
大刀记	郭澄清
万山红遍	黎汝清
东　方	魏　巍
青春万岁	王　蒙
许茂和他的女儿们	周克芹
冬天里的春天	李国文
沉重的翅膀	张　洁
黄河东流去	李　準
蹉跎岁月	叶　辛
新　星	柯云路
钟鼓楼	刘心武
平凡的世界	路　遥
第二个太阳	刘白羽
红高粱家族	莫　言
雪　城	梁晓声
浴血罗霄	萧　克
穆斯林的葬礼	霍　达
九月寓言	张　炜
白鹿原	陈忠实
长恨歌	王安忆
马桥词典	韩少功
抉　择	张　平
草房子	曹文轩
中国制造	周梅森
尘埃落定	阿　来
突出重围	柳建伟
李自成	姚雪垠
历史的天空	徐贵祥
亮　剑	都　梁
茶人三部曲	王旭烽
东藏记	宗　璞
雍正皇帝	二月河
日出东方	黄亚洲
省委书记	陆天明
水乳大地	范　稳
狼图腾	姜　戎
秦　腔	贾平凹
额尔古纳河右岸	迟子建
藏　獒	杨志军
暗　算	麦　家
笨　花	铁　凝
我的丁一之旅	史铁生
我是我的神	邓一光
三　体	刘慈欣
推　拿	毕飞宇
湖光山色	周大新
大江东去	阿　耐
天行者	刘醒龙
焦裕禄	何香久
生命册	李佩甫
繁　花	金宇澄
黄雀记	苏　童
装　台	陈　彦